配图新著

中國題畫詩發展史

国家『十三五』重点图书出版规划项目

上卷

ZHONGGUO TIHUASHI FAZHANSHI

PEITU XINZHU

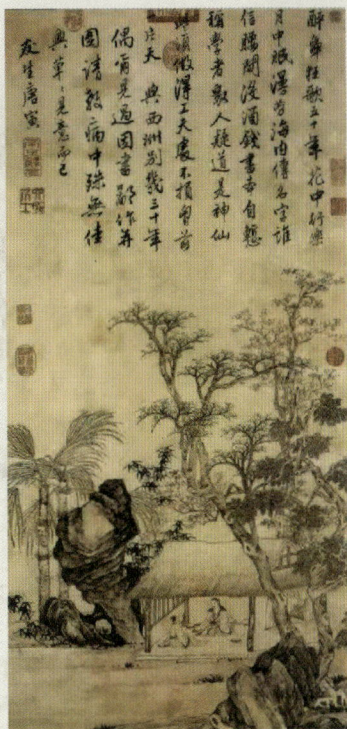

刘继才 著

东北大学出版社

ⓒ 刘继才　　2021

图书在版编目（CIP）数据

中国题画诗发展史配图新著 / 刘继才著. -- 沈阳：
东北大学出版社，2021.6
ISBN 978-7-5517-2711-2

Ⅰ.①中… Ⅱ.①刘… Ⅲ.①题画诗—诗歌史—研究
—中国 Ⅳ.①I207.209

中国版本图书馆 CIP 数据核字（2021）第 137245 号

视频主创人员

词、文：刘继才		播　讲：陈　红	
作　曲：李　刚		制　作：袁　美	
演　唱：马忠月		监　制：孙德海	
王　旭		统　筹：郭爱民	

出版发行：东北大学出版社
　　　　　地址：沈阳市和平区文化路三号巷 11 号　　邮编：110819
　　　　　电话：024-83687331（市场部）　83680267（社务部）
　　　　　传真：024-83680180（市场部）　83683655（社务部）
印 刷 者：辽宁新华印务有限公司
幅面尺寸：170 mm × 240 mm
印　　张：102
字　　数：1617 千字
出版时间：2021 年 6 月第 1 版
印刷时间：2021 年 6 月第 1 次印刷
责任编辑：孙德海　牛连功　刘　莹　郭爱民
责任校对：米　戎
封面设计：潘正一
责任出版：唐敏志

ISBN 978-7-5517-2711-2　　　　　　　　　　　定　价：360.00 元

序

吴承学

有幸拜读刘继才先生书稿《中国题画诗发展史配图新著》（下简称《题画诗新著》），收获良多。

刘继才先生研究领域颇广，而穷年累世、持之以恒且创获最多的，就是对诗画关系的研究。他积60余年研究、构思而成的《题画诗新著》，是一部研究中国题画诗的相当完备和系统的学术专著。该书主要贡献在于对题画诗的发展，探明源头，理清脉络，揭示其发展规律，为题画诗确立了独特的艺术价值和文学史地位。

2010年，刘继才先生出版了《中国题画诗发展史》。傅璇琮先生在该书的序言中，高度评价《中国题画诗发展史》"填补了一项我国题画诗研究的空白"，称赞此书"具有开创意义"。时隔十年，《题画诗新著》在此坚实基础上经过修订、补写，由原来的60余万字扩充为160余万字，编为三卷。不仅扩大了篇幅，而且扩展了内容与内涵，大大推进了学界现有的研究。

《题画诗新著》是跨学科的成果。它既是文学研究，也是综合的艺术研究。既是文本研究，也是图像研究。既是传统领域的研究，也包含了新兴学科的前沿研究。刘继才先生的新著，在占有大量资料的基础上，通过比较、分析，提出了许多新观点，不仅论述常见的载体为绢帛、纸质绘画的题诗，而且扩至为罕见载体的绘画、雕塑等艺术品的题咏之作。正如书中所说："绘画、雕塑等的载体和所用材料极为丰富，金、木、水、火、土及其所派生物等无不可用来作为制画的材料或工具。所谓金，是指金属材料，包括金、银、铜、铁、锡等，主要有铜塑像和铁画等。木，主要指木刻、木雕等制品。水，主要指水画。火，主要指火画。土，主要指泥塑和捏泥等立体艺术品，都可以为之题诗"，并且多有形象生动的诗证。这说明诗与画是"绝不争风吃醋的姊妹"，她们各扬所长，相得益彰，成为中国艺术史光彩夺目的瑰宝。

学术界对于题画诗的起源，历来众说纷纭，莫衷一是。经多方论证，探明题画诗的源头是本书重要贡献之一。清代沈德潜《说诗晬语》说："唐以前未见题画诗，开此体者，老杜也。"这是就成熟定型的题画诗而言。从选本来看，南宋孙绍远所著《声画集》，只收唐、宋两代诗人作品，未收唐前之作。清代陈邦彦所编《历代题画诗类》收历代题画诗堪称完备，但也无一篇唐以前的作品。可见古人只注意成熟定型的题画诗。《题画诗新著》追溯题画诗滥觞到2000年前。作者认为，最早的题画诗当起源于咏壁画之画赞。除屈原的《天问》外，又以《诗经·大雅·大明》诸篇为壁画的图赞之证。其中对寺庙壁画出现时间的探索，也是本书亮点之一，因为它是产生画赞，即最早题画诗的基础和前提，因而十分重要。

关于题画诗的发展规律，刘继才先生提出高屋建瓴的观点："题画诗的发展是与人性的觉悟和进步同步"，并以此为纲，以历史的进程、经济文化发展为背景，以诗、书、画发展史为参照，对题画诗的发展脉络做了清晰的描绘，题画诗的发展分为七个时期：春秋到两汉为萌芽期；魏、晋南北朝为生成期；隋唐五代（主要是唐代）为成熟期；宋元为发展期；明清为繁盛期；近代为延展期；现当代（主要指20世纪）为新变期。这一梳理不是简单的时间划分，而是在对比、鉴别诸家之说后，用翔实的材料，经过缜密的研究后提出的独到结论。《题画诗新著》新增写的近现代题画诗（含词、曲），是中国题画诗发展史上的一座高峰。这时期中外绘画竞相发展，文学巨擘、艺术大师辈出。吴昌硕、齐白石、黄宾虹、柳亚子、郭沫若、刘海粟等的题画诗以各自的独特风格，焕发出熠熠光彩。作者对近现代题画诗的研究成果也填补了学术的空缺。

这本书不但是跨学科的研究，在著述形态方面也是跨媒体的。作者与时俱进，利用多媒体形式，拓展读者的鉴赏与想象空间。此书配有300余幅名画、法书图片，并增加了视频，将诗歌、绘画、书法、视频相结合，使画面动起来，文字活起来，色彩斑斓、有色有声。读者与作者同频共振，给人以美的享受和情的感染。在学术著作中，这种跨媒体的著述形态也是很有创意的。

此书既思理深致，又文采斐然，很有可读性，是一部专精研究与大众普及相结合的读物。它不仅是一般文艺爱好者品评题画诗的通俗读物和有志于学习题画诗的画家、诗人的参考教材，也是有关学者研究题画诗以及国画、书法的参考书，对继承、弘扬中华传统文化具有积极意义。我们有理由相信，《题画诗新著》的出版将会受到社会的欢迎。相信后来者会在这本书的基础上，继续推进题画诗的文献与理论研究。

曹丕的《典论·论文》说："盖文章，经国之大业，不朽之盛事。年寿有时而尽，荣乐止乎其身，二者必至之常期，未若文章之无穷。是

以古之作者，寄身于翰墨，见意于篇籍，不假良史之辞，不托飞驰之势，而声名自传于后。"学者与学术研究何尝不是这样？真正可以传世的著作，是超越作者的尊卑贵贱和自然寿命，而具有长久生命力的。我很喜欢这段话，值此新著问世之际，特录之与刘先生共勉。

2020年深秋于中山大学

【序作者简介】吴承学，著名学者，享受国务院特殊津贴专家，教育部"长江学者"特聘教授，中山大学中国文体研究中心主任、博士生导师。主要研究领域为中国古代诗文与诗文批评、中国古代文体学。学术兼职有国家社会科学基金学科评审组专家、中国古代文学理论学会副会长、中国明代文学研究会副会长、广东省古代文学研究会会长等。出版《中国古代文体形态研究》等专著数种，主持过国家哲学社会科学基金重大项目等。论著多次获国家、省级优秀图书奖。

原序①

傅璇琮

翻阅眼前这部厚厚的《中国题画诗发展史》书稿，好似翻阅一页页日历，使我不由想起十几年前的往事。

大约在1992年，辽宁人民出版社为编辑、出版《全唐诗广选新注集评》，该书的主编之一刘继才先生等曾专程来京找我征求意见。从此，我们常有学术交流。同时，刘继才先生担任辽宁唐代文学会会长，因工作关系也多有接触，于是我对他的学术研究逐渐有所了解。他治学的一个特点是善于从边缘、交叉学科入手，研究学术界未加重视或较少有人涉猎的选题。先后发表的关于题画诗、咏物诗和六言近体诗等论著，曾受到学术界好评。其论文《论唐代六言近体诗的形式及其影响》、专著《唐宋诗词论稿》（内有关于题画诗论述），曾被收入了由海峡两岸学者共同编辑的《唐代文学研究论著集成》丛书（此书由傅璇琮、罗联添主编，三秦出版社2004年出版）。

刘继才先生自上世纪60年代大学毕业后，一直致力于题画诗研究，从80年代初发表关于题画诗第一篇论文和出版第一本专著，至今已近30年。这次即将面世的《中国题画诗发展史》是他集40余年研究成果的力作。我粗读此书，深感有以下特点：

——具有较为全面的涵盖性。说它"全"，主要体现在三方面：一

---

① 此序系为《中国题画诗发展史》所作。此书于2010年由辽宁人民出版社出版。

是论述的诗人、画家、书家比较全，无论是达官显贵还是布衣隐士，无论是学者名家还是风尘女子，都以诗取人，全面论列；二是论及的题画诗较全，尽管著者似稍有不安，唯恐有遗珠之憾，但基本做到了好诗必论；三是论述的题画诗种类较全，目前已出版的题画诗论著，大多只限于研究题画诗一种，而对题画词尤其是题画散曲则少有人问津。现在这部著作不仅全面论述了题画词曲的产生与发展，而且设专章评论明清题画词曲的繁荣盛况，以及题画词、题画散曲之特点与区别。

——具有深入的探索性。在此部专著中，著者探索的问题甚广，且有一定深度，如关于题画诗的起源，学术界一直众说纷纭、莫衷一是。著者在占有大量资料的基础上，通过深入比较、分析，提出不少新见。又如关于我国诗画一体化的融合，最早书写于画上的题诗起于何时，著者也力排众议，探索性地提出了自己的观点。但是，著者似乎更注重对历代题画诗发展原因和规律的探索，用力最勤，所用篇幅也多，因而更具参考价值。

——具有可贵的开创性。目前面世的题画诗论著，虽然各有特点，并具学术价值，但多为对某一朝代或某一诗人题画诗的论述，即使是属于纵论的著作，也多是侧重于对题画名篇的分析、鉴赏，往往缺少"史"的特点，并且是只论题画诗，而未涉及题画词曲。本书对题画诗既溯源探流，又爬罗剔抉；既言题画赞、诗，又论题画词曲。特别是在评述作家时，不仅谈到其生平与创作，而且善于作横向比较，既从不同作家中找出共同点，又从同一创作群体中找出不同之处，如对"扬州八怪"的评述就是如此。并且对海内外的学术研究成果也能博采众长，出以己意，其中不乏新见。综上所述，此书可谓填补了一项我国题画诗研究的空白，具有开创意义。

——具有承前启后的传承性。题画诗是中国的国粹，特别是书写于画幅上的诗，融诗、书、画于一体，既富诗情画意，又有笔韵书趣，更是极为宝贵的非物质文化遗产。然而这份文化遗产能否继承下来、传承下去，却不容乐观。当下，有些青年国画家往往只会作画而不善题诗。刘海粟先生曾经说过："一个画家如若不懂得作诗，不会题画，便是个哑巴画家，等于半个美人。"（江辛眉《刘海粟中国画选集·序》，上海人民美术出版社1983年版）而有些诗人或因古典诗词底蕴不够深厚，或出于不习惯，也不愿为别人画题诗。长此以往，中国题画诗传承颇堪忧虑。此书的出版，无疑为有志于学习题画诗的画家和诗人提供了一本可备选用的教材或参考书。

——具有审美的愉悦性。本书虽然是一部学术著作，但文字流畅、生动，饶有情趣。特别是在品赏山水、田园类题画佳作时，作者"使笔如画"，或"描绘波澜不惊、一碧万顷的湖面，于心旷神怡中观赏静态美"，或"描绘风起云涌、白波若山的海水，于雄奇之中给人以壮观美"，或"描绘云遮雾绕、层峦叠嶂的山景，于时隐时现之中领略朦胧美"，或"描绘平畴无际、风光旖旎的田园，于闲适之中充溢着恬淡美"，等等（参见此书《绪论》部分）。徜徉在美不胜收的艺术化的山水间，阅读者当会一身轻松，得到审美的愉悦。

此外，此书的价值还体现在对题画诗这座文化"富矿"的开掘上。据作者初步统计，从自题画诗中新发现的史籍未载的画家、画人，就不下百位。据此，似可重写《中国绘画史》。

当然，此书并非完美无缺。书中的观点，只是一家之言，或亦有可商之处。又因为它是中国第一部以"史"为名的题画诗专著，当可待学术研究的不断深入而逐渐完善。并且，瑕不掩瑜，我们相信凭借此书较为丰厚的内涵和尚属精美的装帧，当会赢得读者的青睐！这里，我拟引用此书"绪论"最后几句话，借作本序的结语，并致我本人对题画诗研究进一步发展的期望："历经两千余年风霜雨雪，题画诗这枝艺术之花已枝繁叶茂，鲜花朵朵。让我们展开想象的翅膀，翻开一页页书纸，去欣赏题画诗的奇花秀朵吧！"

2009年冬，北京

【原序作者简介】傅璇琮（1933—2016），浙江宁波人，著名学者、唐宋文学专家，在海内外享有崇高学术声誉。历任中华书局总编辑、编审，国务院古籍整理出版规划小组秘书长、副组长，中央文史馆馆员。2008年3月起为清华大学中文系教授、博士生导师，清华大学古典文献研究中心主任。主要著作有《唐代诗人丛考》《唐代科举与文学》《唐诗论学丛稿》等。曾参加《二十四史》点校和编辑工作，担任《唐才子传校笺》《宋才子传笺证》《唐五代文学编年史》《全宋诗》《续修四库全书》《编修四库提要》等大型古籍整理类总集与丛书的主编。多部论著曾获国家图书奖、思勉原创奖等奖项。

目 录
CONTENTS

绪 论
"山色蒙蒙横画轴，白鸥飞处带诗来"

第一编 萌芽期
"小荷才露尖尖角，早有蜻蜓立上头"

第二编　生成期

"桃花嫣然出篱笑，似开未开最有情"

第三编　成熟期

"归来笑拈梅花嗅，春在枝头已十分"

第四编　发展期

> "玉堂卧对郭熙画，发兴已在青林间"

第五编　繁盛期

—— "等闲识得东风面，万紫千红总是春" ——

第七编 新变期

"海压竹枝低复举，风吹山角晦还明"

结 语

"请君莫奏前朝曲，听唱新翻杨柳枝"

绪　论

—— "山色蒙蒙横画轴，白鸥飞处带诗来"

题画诗这枝艺苑奇葩，从诞生那天起，就是诗与画交叉的产物。如果把它比作音乐，则是诗与画的二重奏。这首特制的乐曲，既有诗的韵律，又有画的光彩。如果将它比作舞蹈，则是配合默契的双人舞。画的线条，是跳动的舞姿；诗的文字，则是画境的升华。但是，如果将它准确定位，其本质还是诗。

我国"三大国粹"之一的中国画，有三种主要元素，即诗、书、画。其中，诗是画之魂，书是画之骨。画无骨不立，无魂则无生气。因此，题画诗在中国画中地位十分重要。

第一节　题画诗界定与分类

题画诗与其他诗的最大不同，在于融入了画的内容与形式；但又绝不仅仅是"诗中有画"而已，而是画的因子已渗入诗的"体内"，两者浑不可分。因此，研究题画诗，就不能不从诗与画两方面来考虑。题画诗是一种以画为题而作的诗。其内容或就画赞人，或由画言理，或借画抒怀，或另发议论；但因这些诗都是缘画而作，所以统称题画诗。如果细分一下，题画诗又有广义与狭义之分。从狭义来说，只有题写于画面上的诗，才称

1

题画诗。这又有题于画的正面与背面之分。如果从题诗者的角度看，又有自题与他题之分。自题画诗，专指画家在绘画完成之后题写于画幅上的诗。他题画诗，是指其他诗人为画家绘画所题写于画幅上或另处的诗，有时一幅画要题写不同诗人的几首诗。但是，无论是自题诗还是他题诗，都是以书法为媒介，其中有许多题画诗是把诗直接书写于画幅上，诗与画相融合，构成完整的艺术体，具有独特的艺术内涵，既是中国诗歌特有的文学形式，又是中国传统的文人画的重要艺术特征。因此，题在画幅上的诗与画的关系更为密切，它已经成为画面不可分割的有机部分。它，特别是它的媒介——书法，在很大程度上属于绘画的范畴。广义的题画诗，除指题于画面上的诗外，还包括一切与绘画、雕塑等有关联的诗（详见"结语"部分有关论述）。它可以是就一幅画而题，也可以是为几幅画而作，甚至还可以是为画家而赞。其体裁，既可以是诗、词，也可以是曲、赋。其义界较为宽泛。我们要说的中国题画诗发展史，主要是指广义的题画诗而言。这是因为，狭义题画诗与广义题画诗并没有本质的区别，它们只是书写的地方不同罢了。从发展的角度看，题画诗与画的关系又经历了一个由密到疏，再由疏到密的复杂变化过程。现在，虽然没有实物作证，但是从现有资料完全可以推测，题画诗从产生那天起，与自己的孪生姊妹就是相依相伴的。绘画最早与文字相结合，是出于政治教化的需要。早在汉代就有所谓"左史右图"之说，那多是绘功臣画像，再配以韵文赞语，画与赞的配合极为紧密。从书写的地方看，中国最早的题画诗多是书于画壁、画扇、画屏等，它与绘画相得益彰，起着重要的装饰作用，很显然也是诗与画书写于同一平面上。后来，随着文化艺术的不断发展，题画诗由小变大，由幼苗长成参天大树，逐渐成为一种独立的新的艺术形式，于是这位长大成人的"姑娘"，便脱离了她的姊妹——绘画，开门立户，不再与原来的小姊妹相依为命了。成熟的题画诗体制也日趋完备，长篇题作不断涌现，小小的画面再也容不下她已长高的身躯，于是不得不迁徙于另处了。这时期，题画诗与绘画的关系，从方位看似乎疏远了，但在"血缘"上仍是亲姊妹的关系。也正是由于这种割不断的亲情，随着社会的变化、文化艺术本身的发展，她们逐渐又联起手来，彼此的关系又变得密切；但这种密切，绝不是历史的简单重复，而是更高层次上的密切合作。有人认为题写于画幅内的诗作最早出现在宋代，其实是不准确的。因为早在唐代就有题写于画幅内的诗作，实证有二：现藏于台北"故宫博物院"的《草堂十志图》就是迄今看到的最早的一件诗、书、画完美结合在一起的艺术品。作者为唐代卢鸿（一作鸿一），字颢然，亦作浩然。学界虽然对此图作者不无争议，但大致可信。一是卢鸿为著名书画家，具备创作融诗、书、画于一体的艺术品之条件。据史载，卢鸿博学多才，工书画，尤擅籀、篆、隶、楷；工山水树石，得平远之趣，与王维相埒。开元中，屡征不起，赐隐士服，为营草堂居之。自绘其胜，曰《草堂十志图》。二是现存的《草堂十志图》虽为北宋人摹本，但后边有杨凝式的题跋说明："右览前晋留书记左郎中家旧传卢浩然隐君《嵩山十志》，……此画可珍重也。"此题跋作于丁未年（947年，后汉天福十二年）。从"旧传"二字看，可知此图流传已久，闻名于世。三是《宣和画谱·卢鸿》说："画《草堂图》

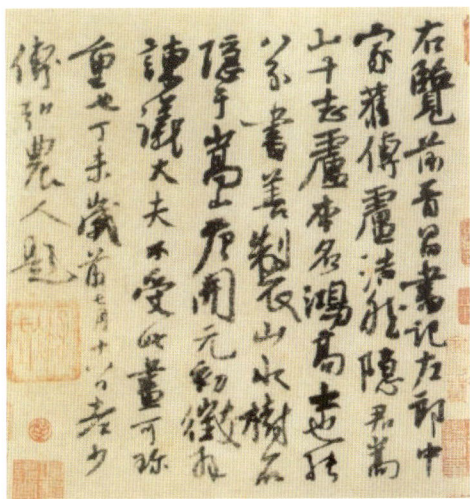

杨凝式题跋

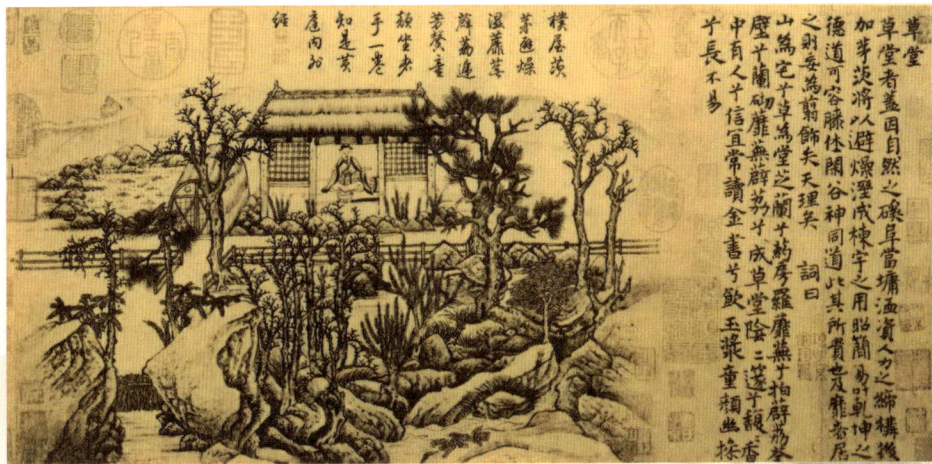

卢鸿《草堂十志图·草堂》

传世，以比王维《辋川》。草堂盖是所赐，一丘一壑，自己足了此生。今见之笔，乃其志也。"此图共 10 幅，每幅图右边均有一首诗，但无作者落款。这十首诗都是骚体，如第一首《草堂》题诗：

> 山为宅兮草为堂，芝兰兮药房。
>
> 罗藤芜兮拍薜荔，荃壁兮兰砌。
>
> 藤芜薜荔兮成草堂，阴阴邃兮馥馥香，中有人兮信宜常。
>
> 读金书兮饮玉浆，童颜幽操兮不易长。

四是《全唐诗》卢鸿名下录有《嵩山十志诗》十首，与《草堂十志图》上的题诗大致一样。

另一个证据，是李白的《上阳台帖》。此图现藏于故宫博物院。李白书学张旭，善行草。此帖被认为是李白唯一的书法真迹。这是一首四言诗。其诗是：

> 山高水长，物象千万。
>
> 非有老笔，清壮可穷。

此诗是为唐代道士司马承祯一幅山水画而题。前两句是写画，意谓山高水远，物象千姿百态；后两句是称许画家，也是赞画，所以当属题画诗无疑。司马承祯（647 或 655—735），字子微，法号道隐，自号白云子，人称白云先生，河内温县（今属河南）人。他不仅精通道术，而且诗、书、

李白《上阳台帖》

画皆有极高造诣，尤擅山水画。天宝三载（744），李白与杜甫、高适同游王屋山阳台观，并寻访司马承祯。待到达阳台观后，方知司马承祯早已仙逝。不见其人，唯睹其画（当是壁画），于是观画有感，而题上阳台诗，其书法便称《上阳台帖》。李白此帖是我国现存最早的题画诗墨迹，可惜司马承祯的山水画却因建筑物的倒塌而荡然无存。这正如胡震亨所说："唐人诗亦有录自画卷及壁画者，诗班班在诸集中，而画未必常存，画寿不敌诗寿也。"（《唐音癸签》卷三十三）并且李白的题诗也不见于《全唐诗》。

　　因此，现存最早的融诗、书、画于一体的艺术品在唐代出现，当属确凿无疑，而不是在宋代。

　　但将诗与画载于一体并蔚为风气，还是在宋元之后。宋代最早在画上题诗的有张先、苏轼、赵佶等名家。到了明代，许多画家不仅自己在画上题诗，还邀请他人题跋。如文徵明的《绿茵草堂图》，除自书两首诗外，还有蔡羽、王宠、陆师道诸家题作。又如王绂的《凤城饯咏图》，除画家自题的一首诗外，还有胡俨、李至刚、王景等12人的诗跋。这种多人为一幅画题记的形式被后人称为"落花款"，有如"落花片片皆流水"。与早期的画内题诗不同的是，明清以后的画内题诗，更讲究诗与画的布局以及书写的字体与画面的谐调与美观。这时的题画诗已成为画的完美艺术体的一部分。题画诗从书写的地方看，除了题写于画幅上（正面与背面）外，还有书写于册页、扇面、屏风、墙壁等之分。如果从题材上分类，题画诗受所题画的影响，又有山水类、天文类、名胜古迹类、花鸟鱼虫类等之分。

　　与题材关系密切的是题画诗的内容。中国古代题画诗由于受绘画题材的影响，反映自然风光的诗篇占绝对多数。据清代《御定历代题画诗类》统计，全书共分三十大类，其中属于描写自然景物的"天文""地理""山水""树石""兰竹""花卉""禾麦蔬果""禽""兽""鳞介""花鸟""草虫"等类题画诗有5284首，占所选8962首题画诗的近60%。此外，"名胜""古迹""行旅""渔樵"等类题画诗，也基本属于山水类题画诗。当然，这些以描绘自然风光为主的题画诗，其内容并非只停留在客观景物上，而大都融情于景，抒发了诗人的主观情怀，并间接地反映出色彩斑斓的社会生活。如果分类，则基本可分为刺世、感怀、绘画、赞人、言理等五类。但就一首诗而言，其内容又多有交叉。并且细分一下，每一类又可分为若干种。

第二节　中外题画诗比较

为绘画题诗不仅中国有，外国也有。王向峰先生在《在诗与画的文本间创造——谈林声的题画诗》一文中指出，意大利文艺复兴时期的美术大师米开朗琪罗曾为自己的雕塑《昼》《夜》《晨》《暮》题过一首诗，可看作广义的自题画诗。诗中对这组美术形象的含义进行了揭示，并对美第奇家族的专制统治表现出强烈的诅咒和批判态度。英国19世纪诗人济慈的《希腊古瓮颂》对古瓮上的风俗画进行了诗意的叙述与张扬，诗中说："等暮年使这一世代都凋落，只有你（指画）如旧。"同一时期，英国另一位诗人华兹华斯也有题画诗存世，如《览美丽的图画有感》，便是诗人对画家博蒙特的一幅风景画发出的赞语和感叹。他的另一首代表作是《题博蒙特爵士所绘彼尔城堡历风暴图》。此诗用五步抑扬格间杂拗句写成，韵脚采用abab式，十分工整。诗中既有对往昔美好生活的回忆，又有对弟弟不幸遇难的悲伤，虚实结合，颇为感人。[1]19世纪法国诗人波德莱尔的诗集《恶之花》收入的题画诗更多，如为《幻想版画》所题的《一匹灰白马之死》，为画家德拉克洛瓦描绘意大利文艺复兴时期诗人塔索的绘画而题的《题狱中的塔索》以及《题奥诺雷·杜米埃的肖像》等。此外，美国现代诗人马卡姆有一首看法国画家米勒《扶锄的人》的题诗，也颇为著名。米勒的这幅深切同情劳苦大众的画，当时被推崇为"大地的呐喊"的不平之鸣的杰作，震撼了法国社会。时隔百年之后的美国诗人仍受到强烈感动。马卡姆把画家同情农民不幸命运的画，升华为劳动者愤怒而起的战歌，广泛传播于全世界，被誉为"未来一千年的战歌"。由此可知，外国的题画诗也有不朽之作。

就缘画而作，为画而题这一点看，中外题画诗并无不同，其目的都是阐释画境或寄托新意，并且也都有自题画之诗和为他画所题之作。但是中外题画诗的不同之处也有很多，其中最主要的不同在于，中国古代，特别是明清以后的题画诗大多书写于画上；而西方却不是如此，尚未见画上之题诗。这又有三点不同：一是所题咏的绘画不同。中国画，无论水墨画还是彩色画都在画上留下空白，它是整幅绘画的有机组成部分，不可或缺。这不仅给人想象的空间，也为以后在上面题诗留下余地。而西方的油画却不是这样，画面全涂色彩，并无空白，也无处题诗。倘若题诗便破坏了绘画的整体美。二是书写题画诗的工具不同。中国古代的题画诗无论书于画上还是题于另纸，都一律使用中国所特有的毛笔，而绘画所用的工具恰恰也是毛笔，这样以同样工具写的字和绘的画便能融为一体，浑不可分。并且对于题写于画面的字的要求也颇多，其字体、大小、文字的长短，诗人都要进行精心设计，有的用小楷，有的用草书，有的写于空白处，有的书于草树间，有的用长篇歌行，有的用短小绝句，都力求达到与整个画面谐调一致，成为真正意义上的"画中有诗"而非阅读者的审美观照。而西方的写字笔和画笔则是不同的。三是中国题画诗人多是画家出身，并擅书，往往诗、书、画多艺集于一身，是"三绝"艺术家，其对画理、诗义、书诀都有独特的感受。他们以画笔为诗笔、书笔，不仅画中有诗意、诗中有画境，而且书中也有诗韵和画美，如王维、苏轼、赵佶、赵孟頫、文徵明、徐渭、吴伟业、石涛、吴昌硕、齐白石等都是这样的艺术大师。而西方的画家很少有人诗画兼擅，如俄国的普希金、莱蒙托夫和法国的波德莱尔虽然有时也作速写或自画像，但他们都以诗著称于世[2]。基于中外绘画和题诗之不同，宗白华曾指出："在画幅上题诗写字，借书法以点醒画中笔法，借诗句以衬出画中意境，而并不觉其破坏画景（在西洋画上题句即破坏其写实幻境），这又是中国画可注意的特色。"[3]当然，外国的题画诗也不能一概而论，如日本就有类似中国题画诗的作品。大约相当于我国唐五代时期，在日本的屏风画上就有为画而题的诗，如纪贯之《本康亲王七十奉筵座后屏风题诗并书》："春至亭前树，寒梅首发花。祝君千万寿，插发似珠珊。"（《古今和歌集》卷七）这当是受中国题屏风画诗的影响。又如日本著名作家夏目漱石在1916年写过一首《题自画》诗，其诗曰："唐诗读罢倚栏杆，午院沉沉绿意寒。借问春风何处有，石前幽竹石间兰。"这首用

汉字写成的七言绝句，与中国的近体题画诗并无不同。这是因为夏目漱石曾长期受到中华诗词的熏陶，特别是受到王维诗画影响，所以日本的中国式题画诗，可另当别论。

从哲学层面看，中外绘画和题诗之不同，来源于不同的哲学宇宙观。西方现代哲学建立在科学基础上，解剖、分析、实证是它的根本方法，它的认识论是主客二分的结果，因而排斥与人的情感、意志密切相关的价值论与本体论。这种科学认识论，长期以来成为西方文学艺术的哲学基础。中国古代哲学与此不同，它不是科学认识论，而是生命存在论。它不靠分析、解剖的方法去认识自然，而是靠直觉认识与心灵体验相结合的方法，与宇宙自然建立和谐关系，即所谓"仰观俯察"与"心向往之"。这是一种整体论的方法，不切割生命存在，是认识论、价值论、本体论融为一体的生命存在论。中国古代哲学所追求的境界，与艺术-审美境界具有亲缘关系。

在生命存在论哲学思想根基上成长起来的中国艺术，其基本形式与基本方法是时空一体，虚实相生。从某种意义上说，中国艺术分类，没有严格意义上的所谓"空间艺术"和"时间艺术"的机械划分，因为事实上空间和时间是一体的，是不能截然分开的；空间乃时间的空间，时间乃空间的时间。时空一体是生命意识所依托的基本形式，虚实结合则是生命意识表现的基本方法。人的生命存在是机体与精神的统一：机体是实，精神是虚，虚实结合为一，才能表现一个健康、完美的生命存在。与虚实密切相关的，是处理好动静关系。动，属于时间；静，属于空间：动静关系实质是时空关系。中国艺术的时空意识总是密不可分地联系在一起，而以时间为主，由时间统领空间，因为时间比空间更能体现生命存在的律动。空间是静的，方位是固定的；而时间是流动不居的，是生命生长过程。生命总是不停地活动，其突出的表现是变化，是成长，是生动。生命过程就像流水一样，形成一条奔腾不息的大河。这正是重视生命意识的中国艺术更关注时间、让时间统领空间的原因所在。宗白华说："中国哲学是就'生命本身'体悟'道'的节奏。'道'具象于生活、礼乐制度。道尤表象于'艺'。灿烂的'艺'赋予'道'以形象和生命，'道'给予'艺'以深度和灵魂。"[4] 道分阴阳二气，一虚一实，虚实相生不断地转化。气是世间万物产生、发展、演变的动力，也是生命活动的动力。气是虚实的统一体，就生命而言，机体是实，精神是虚，生命活动正体现了一虚一实的结合、转化的运动。就艺术而言，形象是实，空白是虚，转虚为实，化虚空而为实的形象，就表现出无限的生命活力来。"这生生不已的阴阳二气织成一种有节奏的生命。中国画的主题'气韵生动'，就是'生命的节奏'或'有节奏的生命'。伏羲画八卦，即是以最简单的线条结构表示宇宙万相的变化节奏。后来成为中国山水花鸟画的基本境界的老、庄思想及禅宗思想也不外乎于静观寂照中，求返于自己深心的心灵节奏，以体合宇宙内部的生命节奏。"[5] 中国艺术这种时空关系，正是为了表现人的生命意识、生命精神。中国山水花鸟画不是纯粹描摹自然面貌，而是把自然景物情感化、意识化了，画面不是自然空间的一瞬，而是不同时间、不同角度所感受到的不同自然空间的融合重构，不同的自然空间已经被时间过程（变化的情感）联系起来了。因此，"书画之妙，当以神会，难可以形器求也，如彦远画评言，王维画物，多不问四时，……如画花往往以桃杏芙蓉莲花同画一景"（沈括《梦溪笔谈》卷十七）。中国画的这种特殊的时空感，既是与西洋画的区别所在，也是中国题画诗存在的理由。又如中国的园林本是空间艺术，也要极力时间化，山石的堆砌，花木的种植，色彩的选择，整个园林的经营布局，也常常要显出不同的季节变化。有限的空间，经过巧妙的安排，使人产生流动变化的时间感。登山临水，峰回路转，如历春夏秋冬，时间的流动过程使空间变得大了，甚至成为无限。由于突出时间意识，中国的园林不是平直空阔，不是一览无余，而是曲径通幽、柳暗花明，有限的空间给人无限之感。中国的戏剧不设写实布景，不把使用器物都搬到舞台上，因为布景、使用器物等是为剧情服务的，因人而动，因人而生变化，因而常常用人物的表演动作来表示，把静的景物、器物变成流动的时间过程的一个部分。中国的题画诗也不屑于客观地去描写各种景物，而是把人物对景物的观感、体验和情趣糅合在一起进行描绘抒写，静的景物因渗入人的情感而生变化，而显时间过程，也更显出宇宙人生的生命活力和无限情趣。艺术要表现生命意识、生命精神、生命情调，这是对中国艺术的一种普遍要求。任何一种艺术，不管是所谓"空间艺术"，还是所谓

"时间艺术"，以及时空结合体艺术，都毫无例外。艺术只有如此，才能给人以感染、体验和领悟，才能打动人心。用艺术形式表现生命精神，这是中国古代生命存在论哲学在艺术中的突出表现，也是中国艺术的生命力所在。

第三节　题画诗社会功能

题画诗的社会功能，除了同其他文学艺术品一样，具有了解生活、认识社会的功能外，还具有其他艺术品所不具备或较少具备的特殊功能。

一、社会交际的珍贵礼品

初期的题画诗，特别是画像赞，原是统治阶级政治教化的工具。但是随着社会的发展，它渐渐淡化了政治色彩，常常用来抒情言志、展现才艺，并用作社会交际中唱和酬赠之礼品。在中国古代，以诗赠人、以画酬客，本是文人交际中的常见现象。因此，用作酬赠也是题画诗的社会功能之一。但是单以诗相送或单以画酬人，似乎嫌礼轻情不重，还不如既赠画又题诗或为别人画题诗更显礼重情厚。于是题画诗在文人交际中的作用日益突出，这既是题画诗发展的动因，也是它自身价值的体现。早在魏晋南北朝时期，题画诗的社会交际功能即已显现。到了明代，题画诗不仅在友人间用作酬赠之礼品，而且连同绘画一起还成为交易之商品。就这一点而言，它还具有一定的经济价值。

二、评赏、辨识绘画之最好佐证

题画诗，对于尚存的古画，可以借助它去了解作画的背景、创作过程等；对于已经失传的古画，则可以依据诗的描述，去研究、想象原画的艺术风采，甚至可以据以考证画家的技法。画家谢稚柳就曾根据苏轼的题画诗《王维吴道子画》中的描绘推论出王维的画竹已"不再是双勾敷彩，而是放笔撇出的写意形体"，进而认定此竹为"墨笔撇出的"。因此，这首题画诗的考据意义不可忽视。在古代绘画真伪杂陈的文化环境中，画上题诗也是鉴别古画真伪的重要依据。特别是明代，由于绘画的商业价值日增，伪画泛滥，所以题画诗便成为评画、鉴画的最好凭证。崇祯年间，郁逢庆印行的《郁氏书画题跋记》，汪森即着眼于诗跋等画面文字资料可以存史的功能，所以称其为"古今之一助"（裴景福纂《壮陶阁书画录》卷八《明王孟端溪山渔隐卷》）。汪砢玉的《汪氏珊瑚网名画题跋》也说其"得以备考订，存鉴戒"。因此，题画诗所具备的考订评赏功能，也是其重要价值之一。

三、怡情养生的良好"补品"

对于书画的愉悦功能，古人早有认识。宋代大画家文同在其墨君堂将书画悬挂于壁，朝夕玩赏，其乐融融，并作诗说："嗜竹种复画，浑如王掾居。高堂倚空岩，素壁交扶疏。山影覆秋静，月色澄夜虚。萧爽只自适，谁能爱吾庐。"（《墨君堂》）现代都市人远离自然山水，拼搏于职场上，紧张忙碌，步履匆匆。在这样快节奏的时代，人们无暇重返大自然的怀抱。倘若能读一读山水田园类题画诗，也能以一种特殊的方式感受到大自然的气息。特别是边看绘画边赏题诗，更有一种欲辨已忘言的温馨。清幽的意境，恬淡的情怀，是养生的良好"补品"。

而养生贵在养心。山水田园、花鸟虫鱼类题画诗表现的是高雅的隐逸情趣，而隐逸者大都心平气和，淡泊功利。一个人如果真能看淡功名利禄，心灵就能得到净化。为生活、事业而奔忙的人们，白天脑子里充满繁杂的事务，一直处于紧张状态，晚上回到家里心情仍然激动不已。这时如果翻阅一下描绘山水田园风光的题画诗，去卧游那艺术化了的自然景观，心情就会慢慢平静下来。这里有崇山峻岭、茂林修竹，这里有淙淙流水、阵阵花香。倘徉在诗情画意的山路上，你会忘记烦恼，一身轻松。因此，悦目养心莫便于此。

禅修，也是养心的一种手段。据报载，有些高官和白领人士"跑到寺院挤大通铺、起早床、吃素食"，装模作样地禅修，为的是缓解工作的压力，求得心结的开释[6]。而诗人经过自身感悟写成的禅意题画诗，对于那些初悟禅理的人，无疑更有启迪作用。常读这样的题画诗也是一种不入寺院的禅修，又何必再去禅修班坐禅呢？

第四节　题画诗艺术价值

题画诗的艺术价值，首先体现在其存在本身。题画诗较其他诗歌最突出的特点，就是诗情画意。一般地说，"诗中有画""画中有诗"是某些诗歌所具有的特点，同样某些文人画也常常会"画中有诗""诗中有画"；但这仅仅是诗人和画家各自创作的艺术天地。而题画诗则不然，它的"诗中有画""画中有诗"是诗人借助画家已有的画境，再创造的艺术境界，不仅包含画家所引发的创作兴趣、灵感，而且常常把已然确定的画境引入诗中，加以阐释和生发，形成全新的艺术结晶。这便是"有声画"与"无声诗"的有机结合。以上主要指他题画诗而言。自题画诗大体也是如此，虽然诗与画同出一人之手，但题画诗也是其再创造的产物。所不同的是一般不赞己画，并且其创作构思、画技、画境的阐释与描述等往往交织在一起。但是，无论是自题诗还是他题诗，不仅都取材于绘画，升华画境，而且开拓了诗的表现领域，增强了诗的表现力。此其一。其二，题画诗使诗与画的关系更加密切。在一般意义上说，虽然诗歌属于时间艺术，绘画属于空间艺术，但是如前所述，在中国传统文化中，时空意识与西方有明显的不同。宗白华曾指出："中国古代农人的农舍就是他的世界。他们从屋宇得到空间概念。从'日出而作，日入而息'（《击壤歌》），由屋宇中出入而得到时间观念。空间、时间合成他的宇宙而安顿着他的生活。……画家在画面所欲表现的不只是一个建筑意味的空间'宇'，而需同时具有音乐意味的时间节奏'宙'。一个充满音乐情趣的宇宙（时空合一体）是中国画家、诗人的艺术境界。"[7] 由于中国人的宇宙观实际上是时空相融相随的观念，所以便直接影响了诗歌与绘画的创作，使他们都自然而然地突破空间与时间的界限。苏轼说："味摩诘之诗，诗中有画；观摩诘之画，画中有诗。"（《东坡题跋》卷五《书摩诘蓝田烟雨图》）这正说明王维的诗是空间化的时间艺术，而他的画又是时间化的空间艺术。不仅王维的诗画如此，在中国古代，许多情景交融或情以景显的诗歌和具有浓郁诗情的文人画，都具有这一特点。特别是素以散点透视著称，所谓"三远"——数层视点所构成的艺术空间，便是诗意创造的流动的辗转的渗透时间节奏的空间。这正如郑绩所说："布景欲深，不在乎委曲茂密、层层多叠也。其要在于由前面望到后面，从高处想落低处。能会其意，则山虽一阜，其间环绕无穷；树虽一林，此中掩映不尽。令人玩赏，游目骋怀。必如是方得深景真意。"(《梦幻居画学简明》)因此，"中国诗与中国画在艺术形象存在方式上的这种交叉性的特征，使画家谈诗、诗家谈画都感到一种异乎寻常的亲切，使他们都感到从对方那里吸收一点什么是那样的自然，那样的便当"[8]。正是中国诗与中国画原有的密切关系，不仅使诗与画的结合成为可能，而且使结合后的二者关系由密切达到融合。受绘画的影响，诗人可以"使笔如画"，达到更深层次的"诗中有画"；受诗歌的启发，画家以诗笔作画，使绘画臻于更加完美的"画中有诗"。题画诗真正成为既是沟通诗与画的一座桥梁，又是连接诗与画的一条纽带。

题画诗的审美价值，除了体现在其所特有的诗情画意之艺术美外，它放眼于锦绣河山，刻画栩栩如生的花鸟鱼虫，还多方面地表现了自然之美。仅以山水、田园类题画诗为例，特别是题写于画内的山水诗，或描绘波澜不惊、一碧万顷的湖面，于心旷神怡之中观赏静态美；或描绘风起云涌、白波若山的海水，于雄奇之中给人壮观美；或描绘云遮雾绕、层峦叠嶂的山景，于时隐时现之中领略朦胧美；或描绘峭壁悬崖、直泻九天的瀑布，于惊心动魄之中感受险峻美；或描绘平畴无际、风光旖旎的田园，于闲适之中充溢恬淡美；或描绘风霜高洁、水落石出的林泉，于静谧之中带有飘逸美；等等。总之，各种题材的题画诗，因内容不同、形式各异而仪态万千，美不胜收。

题画诗的艺术价值还体现在其他许多方面：

一、中国绘画艺术史的诗意书写

题画诗，无论是自题还是他题，都是诗人与画家对话的产物，因此它对画家和画作的描写哪怕是只言片语，都具有重要的认识和鉴赏价值。特别是自题画诗，是画家创作的内心独白，具有其他评论家不可替代的认识作用。

在题画诗中涉及绘画的内容很丰富，其中有对画家生平际遇的描叙，有对画作的鉴赏与品评，有对绘画理论的阐释，也有对不同画家的画作的比较、论析。这些题画诗除了具有诗的情趣外，还为绘画艺术鉴赏增添了感人的诗意形象。因此，如果我们把中国现存的全部题画诗按年代编辑起来，那无疑将是一部以诗歌书写的、色彩缤纷的中国绘画艺术发展史。

二、中国书法艺术史的实物体现

中国题画诗的发展史虽然不能等同中国书法艺术的发展史，但是自从题画诗产生以后，题画诗的书法艺术便与绘画艺术的发展同步了。国画大师陆俨少曾说，"画画的十分功夫，应该是四分读书，三分写字，三分画画"，这是因为"中国画注重骨法用笔，一支毛笔，用好它必须经过长期刻苦的训练，而写字是训练用笔的最好方法。要做到使笔而不为笔使，要笔尖、笔肚、笔根都能用到，四面出锋，起倒正侧，得心应手，无不如志"。[9] 因此，对于中国画而言，画史与书史是密不可分的。从这个意义上说，我们从中国绘画史上可以看到书法艺术发展的脉络，而从书写题画诗的书法中更可以看出书法艺术发展变化的轨迹。特别是某些现存于古代名画上的题诗，无疑就是当时书法艺术发展的一个缩影。从现存书写于画内（含正面与背面）的题诗看，北宋的苏轼、赵佶等即留有较多的画上书法作品。到了南宋，虽然画上题诗已成风气，但现存的有题诗的画作却较少，其中扬无咎的《四梅花图》是现存最早的题于画上的词作。金元之后，画上题诗蔚然成风，及至明清两代已达极盛，因而有大量画内题诗存在，其中的书法作品也是百家荟萃，书体异彩纷呈，是研究各朝代书法艺术的珍品。因此，现存于画上的题诗，也是古人用笔书写的、以实物形式出现的书法艺术史。

三、待开掘的诗书画艺术"富矿"

题画诗相对于庞大的诗歌家族而言，只是一个小小的分支，常常被研

究者边缘化；其对绘画而言，更被人看作画的附庸，因而被称为"画
賸"。因此，题画诗这枝在角落里成长起来的小花，并没有引起人们足够
的重视。但是，自南宋以来，它开始进入研究者的视野。孙绍远编辑的
《声画集》不仅第一次汇集了唐宋的题画名家，而且搜集了许多诗画家文
集中缺失题画的作品。清代的《御定历代题画诗类》既补充了许多诗人的
个人文集，也增加了中国诗歌的总量。题画诗这座文化"富矿"，待开发
处还有很多，我们不仅可以为已经编定的《全唐诗》《全宋词》《全宋诗》
《全辽金诗》《全元散曲》《全明词》《全明散曲》《全清散曲》等补充新发
现的题画、诗、词、曲等，还能从题画诗中发现许多史籍未载的书画家。
据粗略统计，仅从明、清两代的自题画诗、词、曲中，新发现的画家或画
人就不下百位。

此外，长期以来，"文学是人学"的命题严重地局限了创作与批评的
视野，以至于在作家、批评家的心目中，只关注"人"而缺少关注自然[10]。
而中国古代的题画诗60%以上都取之于自然原生态或人与自然的和谐共生
的题材，这从一个侧面证明，文学不仅仅是人学，同时也是人与自然的关
系学、人类的精神生态学。"文学是人学"，是出自西方文学家的主张。虽
然其基本观点在今天仍不失积极意义，但对于文艺学描写的主体，中西方
在不同历史时期确有不同认识。西方重视人文，以"人"为主要描写对象
的再现文学小说、戏剧出现既早，发展又快；绘画、雕塑等空间艺术的对
象也主要是人体。而中国是诗歌的王国，以描写"人"为主体的再现文学
小说、戏剧等不够发达，明清之后才渐入佳境。但作为表现艺术的诗歌一
直长盛不衰，而诗歌的吟咏对象多是名山大川、清风明月。即使以抒发情
志为主的诗歌，也往往以草木禽鸟等自然景物为比兴。绘画也是如此，自
从魏晋以后，"庄老告退，而山水方滋"（《文心雕龙·明诗》），也以自然风景为描
写对象，特别是山水画，即使有人物，也只占画面的极小部分。而大量以这
类绘画为题材的题画诗及一部题画诗的发展史，也是颠覆"文学是人学"的
有力佐证。

第五节　题画诗基本特点

题画诗作为一种独立的艺术形式，自有其特征。不过，由于题画诗与绘画有一种不解之缘，所以在分析它的特点时又不能不与绘画发生千丝万缕的联系。

一、凝练，以少总多

题画诗有很多是题在画上的，而画幅一般又是很有限的，这就决定了题画诗不能长篇大论。诗人或画家必须把自己的满怀深情加以提炼，用极少的诗句表达出来。因此，篇幅短，是题画诗的外在特征；凝练，则是题画诗的内在特征。如元代诗人贡师泰的《题渊明小像》：

> 乌帽青鞋白鹿裘，山中甲子自春秋。
>
> 呼童检点门前柳，莫放飞花过石头。

这首诗选取陶潜平生传说中最有代表性的两件小事——纪年以甲子，门前植五柳，并就此加以生发，一方面赞美了陶潜不与当朝统治者合作的崇高品格，另一方面抒发了诗人的故国之思。此诗用笔经济，而意境深远。

"以少总多"的另一个含义是，题画诗往往能使画意升华。有些画就画而言，常常不易看出画家的深意。而经诗人的几笔"点染"，便使人看到了绘画的深层含义。这既是画意的升华，也是诗人的再创造。如清八大山人朱耷的水墨《孔雀》，虽然屏风上画的孔雀都是三根"花翎"，似有暗讽清朝高级官员之意，但终不明显，而题上"孔雀名花雨竹屏，竹梢强半墨生成。如何了得论三耳，恰是逢春坐二更"四句诗之后，不仅把矛头指向清朝最高统治者，而且辛辣地嘲讽了卑躬屈膝的"三耳"奴才，较为充分地表达了诗人的民族意识。

与"以少总多"这一特征相联系的，是题画诗的另一特点——以小见大。如唐寅的《秋风纨扇图》诗，所写的本是"秋扇见捐"的"小题"，然而经他一"大作"——"请把世情详细看，大都谁不逐炎凉"，便较为深刻地揭示了封建时代普遍存在的问题，即趋炎附势的社会恶习。并且，诗人举重若轻，只寥寥几笔，就把千百年来人情世态的虚伪面具彻底揭穿了！

二、摹状，绘声绘色

模山范水，拟形绘状，是多数题画诗的一个显著特点。这一特点，也是因画而来。诗人"使笔如画"，时而泼墨似水，时而惜墨如金；时而大斧劈皴，横涂竖抹；时而细入毫发，工整严密。呈现在我们面前的，既有风景绮丽的山水图，也有惟妙惟肖的人物画。千态万状，色彩缤纷。因此，这一类型题画诗有一种特有的"绘画美"。如杜甫在《天育骠骑图歌》中的一段对马的描写，既写外在的天骨、黄耳，又写内在的意态、龙性；具体到瞳孔，细微到毫毛。可谓极好的工笔重彩画。

因此，题画诗中的摹状，诗人无论是就写意图而咏，还是为工笔画而题，都不是机械地摄取画面上景物，而是有所选择、有所详略、有所创造的艺术实践。但从总的倾向看，这类题画诗是比较注重对客观景物描写的。如按王国维对意境的分法，可称为"以境胜"型的，并且多是"无我之境"。如楼钥的《海潮图》，就是以描绘雄奇的钱塘潮见长的题画诗，它很像宋代的山水画，主要以真实感人的空间物象构成意境，画家把自己的主观感情融化于实景之中，通过境象自身引起读者的联想。又如范宽的《溪山行旅图》《雪山萧寺图》等，也是通过描绘崇山峻岭的真实景象，把画家的主观饱满的气质与客观雄浑的物象融为一体，给人一种壮观美。

重摹状，是唐宋题画诗的一个特点，特别在唐代题画诗中比较突出。这大约与唐代画坛上形神并重和以形写神的审美思想有关。北宗画派重写形且不说，即使是重写意的南宗派鼻祖王维又何尝忽视写形呢？据莫是龙《画说》中说："米虎儿谓王维画见之最多，皆如刻画。"明清以来，随着画坛上出现重写意轻写形的审美情趣，题画诗中摹拟画上景物的作品渐少，代之而起的多是借画发挥、别有寓意的诗篇。

三、寄托，意在言外

寄托，虽然不是题画诗所独具的特征，但却是题画诗中最常见的手法。并且，它不是"托物言志"，而是"托画寄情"。这里有两种情况：一种是就画意引出寄托意，二者虽不相同，但也有某些一致处；另一种是以画为媒介或根本与画意无涉，另有所寄。后一种题画诗，题画而不言画，情况比较简单，可略而不论。我们着重谈一谈前一种题画诗。这种题画诗比较常见，但要写好颇不容易。诗人必须处理好画中之景与自己心中之情的关系，并且达到"物""我"相融、妙合无间的程度。如杜甫的《画鹰》，表面上看处处写鹰，实际上处处写人。在这里，画鹰的形象，就是诗人的化身。"何当击凡鸟，毛血洒平芜"就是诗人的志向。杜甫并无一句直接发论，但通过描绘画鹰的形象，诗人的情志——和盘托出，丝毫不给人以说教之感。这是因为，诗人对画中客观之"物"与主观之"情"的"似"与"不似"的分寸掌握得恰到好处。

因此，诗人对画的"摹形绘状"与主观的"托兴寄情"的关系，是"物"与"我"的辩证统一关系。画中之"物"与主观之"我"各具特点，是所异；诗人之所以有感于画中之景物，是有所同（就整体而言，不是个别比喻之同），即其某些特点与"我"要表现的气质、感情有相同之处，于是才借画发挥，以咏情志。并且，这类题画诗由于运用寄托或象征手法，画中之"景"与诗人心中之"情"的非一致性，又产生了另一特点——含蓄性。它往往意在言外，耐人寻味。但是，题画诗表现手法上的含蓄性，读者在理解上的伸缩性，并不影响作品的深刻性。相反地，其中的佳作要比那些直来直去、一览无余的诗歌有更多的启发性和艺术感染性。当然，这类题画诗有些作品由于寄意不鲜明，也为读者理解主题带来了一定困难。如果不了解诗人的生平和作品的背景，往往很难了解诗意。有的题画诗好似"隔雾看花"一样，虽然有一种"朦胧美"，但是终究迷离惝恍，读者有时很难琢磨出它的真意。这既是某些题画诗的一个特点，也是它的一个弱点。

四、传神，以画作真

模山范水，固然是题画诗的特点，但许多题画诗并未停留在绘形拟状上，而是追求艺术上的神似。因此，逼真传神是题画诗的另一特点。以画作真的表现手法，早在唐、五代诗人画家中就已运用，如袁恕己在《咏屏风》中说"绮阁云霞满，芳林草树新"，独孤及在《和李尚书画射虎图歌》中说"杀气满堂观者骇，飒若崖谷生长风"等，都不是直接写画，而是以画作真。当然，有时也在题画诗中点出"真"字，如"画松一似真松树，且待寻思记得无"（景云《画松》）；又如"沧洲误是真，萋萋忽盈视"（皎然《观王右丞维沧洲图歌》）。但是，逼真仅是艺术形象生动的条件之一。除此之外，还要作者独具匠心，融入自己的主观感情，达到生活的真实与艺术的真实的统一。这也就是谢赫在"六法"中所说的"气韵生动"之意。一幅画，只有达到"气韵生动"，才能笔墨传神，才会有动感，才知其有生命力，因而才会产生美感。因此，传神才是艺术，也是题画诗的最高境界。明代陆时雍说："咏画者多咏真，咏真易而咏画难。画中见真，真中带画，尤难。"（《杜甫诗详注》卷十三）这里所说的"画中见真"，是说作品符合生活的真实；"真中带画"，是说题画诗不是"独守尺寸"的文字说明，而是以神写形的"高于生活"的艺术品。在表现方法上，如果说题画诗的绘形拟状的常用手法是工笔的话，那么传神写照的最好方法则是白描。白描，源于古代的"白画"，多用笔线勾描形象，不着颜色，时或略施淡笔渲染，是中国画技法之一。它以线条简约著称，不以工笔见长，因此，以白描手法作画，必须画龙点睛，才能笔墨传神。题画诗也是如此，它往往寥寥几笔，就能形神俱现，如清代边寿民的《沙洲雁影》：

> 点点芦花映碧流，风吹旅影落沙洲。
>
> 道人本是无愁客，写到苍茫亦感秋。

诗中所写之芦雁，不求形似，只写"旅影"，而着重渲染秋水芦花、风吹沙洲，以雁之浪迹江湖衬托自己的漂泊生涯，既得神似之理，又抒无限沧桑之情。由于边寿民深得白描之法，画雁得其神似，故有"边芦雁"

之美称。

五、言理，诗情画论

言理，也是中国题画诗的突出特点。题画诗既是为画而题，那么除极少诗篇外，大都要言及画家画法及诗书画之关系，如宋代关于诗书画理论的几种主张，都是在题画诗中提出来的。欧阳修首先在《盘车图》中提出了"忘形得意"说，秦观又提出"画意忘形形更奇"（《观易元吉獐猿图歌》）的看法。此后，苏轼在《书鄢陵王主簿所画折枝》中又提出了"诗画一律"说；而邵雍却从诗与画的不同特点，提出了各有所长说，他说："画笔善状物，长于运丹青。丹青入巧思，万物无遁形。"（《诗画吟》）他的观点既补充了"一律"说之不足，又道出诗画互补、相得益彰的题画诗的本质特征。但是这些艺术主张的提出，绝不是来自生硬的说教，而是充满了浓郁的诗情理趣，如陈与义《和张规臣水墨梅五绝》中第四首说：

> 含章檐下春风面，造化功成秋兔毫。
> 意足不求颜色似，前身相马九方皋。

此诗提出了"意足不求颜色似"的绘画观点，与欧阳修的"忘形得意"说略同。这组诗共5首，第一首说墨汁虽然将白梅变黑，但"风韵更清姝"；第二首说自己老眼昏花，初看墨梅"未敢怜"；第三首则语义双关，见到墨梅想到"缁尘染素衣"而为"恨"。诗人在反复歌赞墨梅之后，蓄势已足，然后才提出"意足不求颜色似"的观点，毫无生硬之感。并且第五首又以"横斜"之墨梅映衬初雪之白梅，融情于景，赞梅而不留痕迹。全诗在诗情画意之中，只用一句言理，收到水到渠成之效。又如晁补之的《和苏翰林题李甲画雁二首》其一说：

> 画写物外形，要物形不改。
> 诗传画外意，贵有画中态。
> 我今岂见画，观诗雁真在。
> 尚想高邮间，湖寒沙璀璀。

冰霜已凌厉，藻荇良琐碎。

衡阳渺何处，中沚若烟海。

这首诗是步苏轼《题李甲画雁二首》其一的原韵脚字而作。它同苏轼诗的前四句一样，虽然都是以议论开篇，但却不空泛，而是紧扣苏诗和李画，落脚点则是赞美苏轼的题画诗。这也正是和诗之主旨。并且此诗将言理、绘景与抒情有机结合起来，既有诗情又有理趣。

当然，题画诗也有它的不足或先天缺欠。由于这些诗都是缘画而题，所以不能不受到绘画题材的限制。即使有的题画诗可以借画发挥，寄托新意，但终不如自己立意设题来得自由、方便。不过，自题画诗则不同，它不仅能自主命题，而且可以发挥诗与画相结合的双重作用，能取得更好的艺术效果。

第六节　题画诗发展脉络

中国题画诗从产生、发展到繁荣，又从繁荣而衰微，再从一度衰微而求变求新，经历了漫长的演变过程。这个过程大致可分为七个时期，即萌芽期，时间为春秋战国至秦汉；生成期，时间为魏晋至南北朝；成熟期，时间为隋唐至五代；发展期，时间为两宋、辽、金至元；繁盛期，时间为明清两朝；延展期，为广义的近代时期；新变期，从20世纪30年代至21世纪初，包括习惯意义上的现代、当代。其中明清时期是中国题画诗发展的鼎盛阶段，是研究的重点。而近代仍延续明清两代题画诗的繁盛势头，并加以拓展，形成了题画诗发展的新高峰。20世纪是新旧时代交替时期，新形势、新生活使题画诗的发展出现了新局面，也应引起足够的重视。

同其他艺术一样，题画诗的产生与发展总是同人性的觉醒与进步同步的。才华与性情总是相联系的。明末清初思想家顾炎武曾说："才由性生，唯有尽其性才能尽其才也。"因此，性情的张扬，是艺术发展的重要条件。诗歌是抒情言志的，具有浓郁的主观色彩；而绘画更是画家直接展示自己情怀的艺术手段，虽然有时也含蓄蕴藉，但比起诗来似乎更为袒露。所以，为绘画而题的诗，就具有诗人、画家的坦诚与气质。因此，在划分题画诗发展的分期时，首先要考虑的也是要以某一历史时期的人性发展为前提。秦汉时期，由于受封建思想的统治和儒家礼教的束缚，人性受到压抑，表现在绘画和画像赞上尤其明显。在汉代，人物画和画像赞赋大多是为了政治教化，诗人、画家的感情很少能自由表露。因此，这时期的题画文学往往见其人而无其情。只是到了魏晋南北朝时期，随着人性的觉醒和日渐张扬，题画诗才开始形成。其次，由于书写到画面上的题画诗涉及诗、书、画三种艺术，算作综合艺术，所以它的发展自然要受到大文化发展的制约。因此，在考虑题画诗的分期时不能不联系到当时诗坛、画苑以及书界的发展情况。我们之所以把明清两代定为题画诗发展的繁盛期，在很大程度上，也考虑到这时期绘画、书法艺术的长足发展，而这一时期传统文学形式诗歌却呈衰微态势。第三，文学艺术的发展不仅有自身规律，也受到当时政治、经济的种种影响。孙明君在《追寻遥远的理想》一文中说："韦勒克·沃伦指出：'大多数文学史是依据政治变化进行分期的。这样，文学就被认为是完全由一个国家或社会革命所决定。''不应该把文学视为人类政治、社会或甚至是理智发展史的消极反映或摹本。因此，文学分期应该纯粹按照文学的标准来制定。'遗憾的是，像过去的文学史著作一样，章编[11]文学史分期的标准依然是取决于王朝的更替，而不是依据文学自身的嬗变规律。"[12]针对以前中国学术界的实际情况，这种观点无疑是正确的。但是从中国古代封建社会的特点出发，特别是题画诗这种特殊形式着眼，它的分期又不能不考虑王朝更迭的重要影响。这不是简单地以朝代作为划分题画诗发展分期的依据，而是考虑到当时政治、经济的发展对文学艺术的影响。如从隋唐开始实行的科举考试制度，不仅涉及人才选拔，而且影响了诗歌创作的繁荣。如果说"丹霄路在五言中"的诱引促使诗人学写近体试帖诗，那么后来增设的让举子同观一幅画赋诗取士，自然也促进了题画诗的发展。至于当时最高统治者个人的爱好与倡导对绘画、书法以及题画诗发展的影响更是直接而有效的。在中国古代，由于长期的封建统治，皇权高于一切，皇帝一言九鼎。因此，最高统治者的一句话、一种爱好，其影响都是极为巨大的。这种特殊的"国情"，同西方国家不尽相同。如宋徽宗赵佶偏爱绘事，即位后对画院非常重视，整顿、健全了画院组织，提高了画家的政治地位。崇宁三年（1104）设置画学，学生以绘佛道、人物、山水、鸟兽、花竹、屋木为业，并亲自出题取士。宋代的绘画在他的提倡下，取得显著成就，张择端的《清明上河图》就是此时期的代表作，《宣和画谱》也是赵佶使文臣编辑而成。这不仅推动了绘画艺术的发展，而且对题画诗创作也有潜移默化的影响。即使在西方，最高统治者的爱好与作为对文学艺术的影响也是不容忽视的，如中世纪欧洲佛罗伦萨城邦国国王科西莫一世因特别提倡文学艺术而采取许多措施，极大地推动了文学艺术的发展，使佛罗伦萨因而成为欧洲文艺复兴的中心之一。这里不仅出现了但丁、彼特拉克、薄伽丘等文学大师，而且诞生了达·芬奇、米开朗琪罗等艺术巨匠。每当我们想到佛罗伦萨夜空这些永远光芒四射的艺术之星时，也不能不想到科西莫一世应有的历史功绩。

　　从经济的角度看，经济不仅是文学艺术存在和发展的基础，而且其直接的促进作用也不可忽视。如唐代经济发展，商业繁荣，市民的文化需求也日渐增多，因而书画买卖、收藏活动非常活跃，据张彦远《历代名画记》记载，著名画家展子虔、阎立本、吴道子等人的画屏风一片，在当时"值金二万，次者售一万五千"（《历代名画论》卷二）。杜甫在《夔州歌十绝句》中说："忆昔咸阳都市合，山水之图张卖时。"可知当时咸阳已出现了书画交易市场。在唐朝升平时期，曹霸的画更是人们争相收藏的珍品，"贵戚权门得笔迹，始觉屏障生光辉"（杜甫《韦讽录事宅观曹将军画马图歌》）。但是，安史之乱后，唐朝经济走下坡路，连曹霸这样的名画家也"途穷反遭俗眼白"（杜甫《丹青引赠曹将军霸》），普通人更是不得温饱，还有谁去买他的画呢，更何谈艺术发展繁荣呢！

　　此外，中国题画诗发展的分期，还应考虑外来文化的影响，以及哲学、宗教等方面的因素。

　　题画诗发展的分期，因素是多元的，除了经济、政治的一般影响外，主要因人性的觉醒而萌发，因艺术氛围的变化而生新。历经两千余年风霜雨雪，题画诗这枝艺术之花已枝繁叶茂，鲜花朵朵。让我们展开想象的翅

膀，翻开一页页书纸，去欣赏题画诗的奇花秀朵吧！

注　释

〔1〕参见杨成虎、钱志富：《李白与华滋华斯的两首山水题画诗比较》，《宁波大学学报》（人文科学版）2006年第19卷第4期。

〔2〕参见彭定安、王向峰主编《林声题画诗研究》，沈阳出版社，2006，第93页。

〔3〕宗白华：《美学与意境》，人民出版社，1987，第151-152页。

〔4〕〔5〕宗白华：《美学散步》，上海人民出版社，1981，第68、110页。

〔6〕参见胡晓熙：《小众圈子里的N个属性·修禅族》，《新周刊》2007年第9期。

〔7〕同④书，第89页。

〔8〕张晨：《中国诗画与中国文化》，辽宁教育出版社，1993，第160页。

〔9〕陆俨少：《学画微言》，《文汇报》2008年6月25日。

〔10〕参见杨泽文：《生态批评：颠覆"文学是人学"》，《中国社会科学院报》2008年10月28日。

〔11〕指章培恒、骆玉明主编《中国文学史》。

〔12〕孙明君：《追寻遥远的理想——关于20世纪〈中国文学史〉的回顾与瞻望》，《北京大学学报》（哲学社会科学版）1997年第1期。

第一编 萌芽期

—— "小荷才露尖尖角，早有蜻蜓立上头"

中国题画诗的萌芽期，也可称为滥觞期。时间为春秋战国至秦汉，约一千年。这时期经历了由书画同体，向各自独立转化，即最初的象形字与画是极为相似的，以后才随着各自的功能不同而异化。而有的学者认为诗与画"最初未尝相提并论，而是不相关各自发展着"，是不准确的。其实，最初以象形文字书写的诗歌，宛如连环画，它与画也可比作连体姊妹，密不可分，可谓真正意义上的"诗中有画""画中有诗"。二者一体而双用，既有诗的功能，又具画的效果。但是，随着时间的推移，连体姊妹逐渐长大，她们便向着各自不同需求而发展，于是先进的艺术"手术刀"便把她们分割开来。后来，她们各自"成婚"后，虽然自立门户了，但"同胞"之情使她们仍互相依恋。因而画在寂寞之余又寻求诗的相伴，而诗也愿为画作嫁，于是顺理成章地产生了题画诗。从这个意义上说，题画诗的出现，既是社会文化的客观需要，也是艺术本身的自然回归。不过，最初的题画诗正像刚刚分割后的小姊妹开始学走路一样，不免蹒跚，尚处在幼稚阶段。这时的题画文学，主要有两种简单的形式：一是画像赋；一是画像赞，而画像赞即题画诗的雏形。

这时期，题画文学大多隶属于画并依附于画，它主要是为画服务的，其存在的价值就是解释画意。诗与画的地位并不是平等的。后来，人们称画上之诗文题跋为画賸，即如同陪嫁之女，可见其地位之低下。但是这种新的艺术幼苗，却自有其顽强的生命力，随着社会的发展，她也在不断地成长、壮大，最后终于成为一种可以与画分庭抗礼的独立的艺术形式，在中国艺术史上具有了自己的地位。因此，萌芽期的题画文学具有深远的开

创意义。

　　在文学作品里，将中国诗歌与绘画相联系，当在春秋中叶之前，最早见于孔子与其学生的一次对话，即子夏读了《诗经·卫风·硕人》这首描写庄姜美貌的诗后向老师的一次求教。《论语·八佾》记载了这次对话："子夏问曰：'"巧笑倩兮，美目盼兮，素以为绚兮。"何谓也?'子曰：'绘事后素。'""素以为绚兮"，《诗经·卫风·硕人》中所无，当是逸句。其义是白色的底子上绘文彩。而"绘事后素"，是说"先有白色底子，然后有画"。这当是用来比喻庄姜美丽容貌的。这段对话虽然没有将诗与画作比较，但是却将诗与画联结在一起了。

第一章

中国题画诗起源

中国题画诗源远流长，如果从六朝时算起，已有近两千年历史。但从远古绘画产生的年代看，题画诗滥觞的年代当更早。因此，要探讨题画诗产生的年代，应先从研究中国画产生的年代开始。这是因为，以中国文字书写的题画诗与中国绘画有着不可分割的关系。

第一节　画与书

中国绘画的历史，从史前岩画算起，已逾三万年；从新石器时代仰韶文化晚期的秦安大地湾地画算起，也有五千年以上。但中国文字却产生较晚，大约在中国画较为成熟阶段之后，即中国文化已相对先进时期。文字分表形、表意、表音三种类型，标志着文字发展的三个不同阶段。中国文字的产生，先从表形文字开始，由单体象形发展为合体象形（又称会意）。单从象形而言，它与绘画当是同根生。许慎在《说文解字·序》中说：

> 仓颉之初作书，盖依类象形，故谓之文，其后形声相益，即谓之字。文者物象之本，字者言孳乳而浸多也。

我们目前看到的商代文字，包括甲骨卜辞和铜鼎铭文。卜辞是盘庚以后的作品，器铭却只有少数可确定为商末文字。其中有很多就是图画文字。但这不是"文字画"，而是"图画字"。文字与绘画的区别在于，绘画只能描写印象，表现自然，不能完全表现画者的思想感情；而文字则是思

想交流的工具，人们对它有了共识，所以文字的产生是在有了统一的语言之后。不过，文字本于图画，最初的文字是可以读出的图画，但图画却不一定能读。后来，随着社会的发展，文字与图画便逐渐分家，文字不再是描画，而是书写，只要把特点写出来就不必再像绘画那样有逼真的描绘了。唐兰先生说："《甘肃考古记》上所载的辛店时期陶器所有的所谓'图案'，实际上应该是一种文字。"[1]辛店期的时代，大概相当于夏代，或许更早。由此推算，中国象形文字的产生应远在夏代以前，至少在五千年以前，中国文字已经形成并有发展了。由此可知，中国象形文字的产生与中国绘画的发展有着极为密切的关系。

由于中国最早的文字就是线条简练的图画，所以那时用象形文字书写的诗歌，也可看作一组有机联系的连环画，诗、书、画真是浑然一体，不可分开。书、画之同，造就了中国题画诗与中国画的特有的亲缘关系。并且，中国在上古时就发明了毛笔，殷墟出土物，就有书写而未刻的卜骨，还有朱书的玉器，很明显都是用毛笔写的。在铜器上的"聿"字，即为古代"笔"的象形。毛笔和水墨的特质，使其不仅便于绘画，而且很适合写汉字。古代的一些石刻，从竹林的浮雕中我们可以读出用竹叶构成的诗句。宋代画家文同画了一幅《墨竹图》，在很大的一张纸上画了一枝倒生的竹子，竹枝弯曲，在末梢的地方又向上翘起。同时代的苏轼也画了一幅《竹石图》，画中的竹子也不直挺。这两幅画的竹子与后人所画刚直挺拔的竹子不同。蒋勋说："他们（宋人）用墨来画竹子的枝干，画片片的竹叶，就像写字一样。"（《写给大家的中国美术史》）这是因为，文人画竹不仅崇尚其气节，还因竹的枝叶与汉字的笔画形态相近。这进一步说明随着时间的推移，书与画的关系不但没有疏远，反而更加密切。

第二节　画与诗

以文字形式出现的诗，自然离不开书，而最早的书（字）又是象形的，所以从这个角度说，诗与画也有不解之缘。

诗与画是两种不同的艺术形式。一般来说，诗以时间为幅度，而画以空间为幅度。诗的建筑材料是语言文字，而画的建筑材料则是点线、色彩。关于诗与画的区别，18世纪德国美学家莱辛在《拉奥孔》中已作过详尽的论述。他认为，绘画凭借线条和颜色，描绘那些同时并列于空间的物体，所以绘画不宜处理事物的运动、变化与情节；而诗歌通过语言和声音，叙述那些持续于时间的动作，所以诗歌不宜充分地、逼真地描写静止的物体。因此，绘画作为造型艺术只能描写完成了的人物性格，概括其基本特征，而诗歌则能描写在形成和发展中的人物性格和反映出他所具有的矛盾。莱辛的理论，就是要扫除千百年来西方文艺理论关于诗、画是孪生姊妹的说法。因为在他看来，诗、画各有各的面貌衣饰，是"绝不争风吃醋的姊妹"（《拉奥孔》第十六、二十一、八章）。此外，德国的赫尔德、英国的伯克、法国的狄德罗等，还分别从读者和观者的欣赏过程、艺术感染的方式等论述诗、画之不同。中国古代的诗人、画家对诗与画的区别，也有许多类似的看法。[2] 宋代的邵雍认为，画笔善写"形"，而诗笔宜表"情"，各有自己的长处。（《伊川击壤集》卷十八）晋代大画家顾恺之根据嵇康所作"目送归鸿，手挥五弦"的诗句绘画时，曾叹道："手挥五弦易，目送归鸿难。"（《晋史·列传》卷六十二）这是说，绘画不便于表现时间的连续性。总之，诗与画的根本不同点在于，一是语言艺术，一是造型艺术。

但是，"诗是无形画，画是有形诗"（张舜民《画墁集》卷一）。唐人说："书画异名而同体。"（张彦远《历代名画记》卷一）宋人说："诗画本一律，天工与清新。"（《苏东坡集》前集卷十六）这说明，对诗、画的共同点，前人已有明确的认识。既然诗与画同属于上层建筑的艺术领域，其共同点还是显而易见的。

先看中国画的特点。中国画自古有南宗、北宗之不同：南宗派讲求"简约"，即主张用最少的笔墨获取最大的艺术效果；而北宗派则"尚实"，要求"穷其枝叶"。程正揆说："论文字者谓增一分见不如增一分识，识愈高则文愈淡。予谓画亦然。多一笔不如少一笔，意高则笔减。"（《青溪遗稿》卷二十二）按此而论，北宗画笔"繁"，自然就意"低"了。其实不然，北宗派的始祖唐代大画家李思训，曾为唐玄宗画掩障，画得很好。后来玄宗对李思训说："卿所画掩障，夜闻水声，通神之佳手也。"（朱景玄

《唐朝名画录》，《美术丛书》2集6辑）可见，北宗派并非只追求形似，也是很讲究"神似"的。因此，这种将画家分为南北宗派的分法并不科学。并且自古就有人根本不承认有此两派画家。因为就"形""神"关系而言，无论南宗派还是北宗派，大体都经历过这样一个发展变化过程：六朝的画家一般都崇尚形似；到了唐代则形神并重；宋元时代，进一步追求神似和意趣；到了明清两代，画坛盛行文人写意画，某些画家的"传神"的艺术观甚至走向脱离实际的轨道。这说明，不同朝代的画家，尽管有不同的风格流派，但也有其共同的艺术要求。

再看中国的古诗。我国诗歌的流派更多，以唐诗为例，能开宗立派的诗人就不下20位。尽管如此，也有其共同点可寻。并且，中国诗的某些共同特点，也恰恰是中国画的基本要求。第一，主张形象性。唐代被称为"诗家天子"的王昌龄说："搜求于象，心入于境。"（胡震亨《唐音癸签》卷二）僧皎然提出："假象见义。"（《诗式》卷一）毛泽东在总结诗歌特点时，也明确指出："诗要用形象思维。"（《给陈毅同志谈诗的一封信》）关于诗的形象性，细分一下，又有抒情诗的抒情形象和叙事诗的人物形象。但强调形象性这一点却是共同的。后来，关于形象性的标准越来越高，不仅"期穷形而尽相"，而且要达到"传神""神似"。苏东坡说："论画以形似，见与儿童邻；赋诗必此诗，定非知诗人。"（《苏东坡集》前集卷十六）王渔洋说："大抵古人诗画只取兴会神到。"（《池北偶谈》卷十八）这两段话将诗画并提，恰恰说明了诗、画有共同的艺术要求。第二，主张简约、含蓄。王渔洋说："余尝观荆浩论山水，而悟诗家三昧，曰：'远人无目，远水无波，远山无皴。'"（《香祖笔记》卷六）又说："《新唐书》如近日许道宁辈画山水，是真画也。《史记》如郭忠恕画，天外数峰，略有笔墨，然而使人见而心服者，在笔墨之外也。"（《香祖笔记》卷十）由此可见，"略具笔墨"，既是诗家三昧，也被大多数画家奉为矩矱。第三，主张情景交融。司空图说，诗要"思与境偕"。《文镜秘府论》也认为，"境与意相兼始好。"不难看出，这一点也是中国画的基本要求之一。苏轼之所以称赞王维"诗中有画""画中有诗"，就是因为诗、画在情与景的关系上有共同的艺术要求。因此，莱辛仅就诗、画的面貌服饰不同，而断定它们没有共同之处，是"绝不争风吃醋的姊妹"，未免失之片面。这是因为诗与画这些相同或相近之点，是它们之间互相影响而产生的。它既不是什么人牵强附会地贴上去的，也不能因为什么人不承认而不存在。

诗与画既有不同点又有共同点，既各有所长又各有所短，这不仅决定了诗、画有互相配合的必要，也决定了它们有互相配合的可能。"画难画之景，以诗凑成；吟难吟之诗，以画补足。"（曹庭栋《宋百家诗存》卷三十七）于是，诗画配合这种艺术形式便应运而生。[3]

第三节　中国题画诗之滥觞

中国题画诗究竟产生于何时，谁是题画诗的首创者，学术界一向有很大争议。我国最早的一部题画诗选集——南宋孙绍远编辑的《声画集》，只收唐、宋诗人的作品，未见唐以前的题画诗。清代陈邦彦编辑的《御定历代题画诗类》尽搜历代文人诸集，得题画诗8962首，不可谓不完备，但也只是唐、宋、金、元、明五个朝代诗人的题画诗，并无一篇唐以前的作品。明代胡应麟在《诗薮》中说："题画自杜诸篇外，唐无继者。"（《诗薮》内编卷三）胡氏在这里虽然主要指题画诗的艺术性而言，但一个"自"字，似有以杜甫为题画诗发端者之意。清代沈德潜则明确指出："唐以前未见题画诗，开此体者，老杜也。"（《说诗晬语》卷下四十六）

新中国成立后，随着研究的不断深入，又提出许多新看法，其主要观点有五：一是认为，战国时代诗人屈原的《天问》是最早的一首题画诗[4]；二是认为，东汉武氏祠石室画像石的赞文是最早的题画诗[5]；三是认为，题画诗产生于魏晋南北朝之际，如西晋傅咸的《画像赋》，杨宣为宋纤像所作的颂等，还有人认为庾信的咏画屏诗"是题画诗始作俑者"[6]；四是认为，题画诗从北宋开始[7]；五是认为，题画诗起于元代文人画兴起之后[8]。

以上各说尽管意见不同，但都不否定题画诗在我国有悠久的历史。既然如此，它就有一个长期的逐渐形成的过程。同五言诗、七言诗等普通诗歌形式的产生一样，题画诗也是集体智慧的结晶，所以很难说是哪一个人独创的。即使从现有书籍中我们找到了最早的一首题画诗，也很难断定它就是第一首，而写这首诗的人就是题画诗的首创者。因为由于年代的久远和书籍的散佚，很可能第一首题画诗并没有保存下来。我们所见到的，也许是第二首、第三首，甚至是第几十首、几百首、几千首也未可知。因此，我们只能论定题画诗产生的年代，而不能也不可能说出谁是题画诗的首创者。

从现有资料看，题画诗当滥觞于春秋至两汉之际。由于题画诗与画、书（字）的关系极为密切，而中国画与汉字产生得都比较早，所以中国题画诗的产生至少有两千年以上的历史。首先，早在文字产生的初期，以象形文字书写的诗歌，诗与画（象形字）融为一体，虽然尚不能称之为题画诗，但从它与"文字画"的关系看，已具备题画诗的某些特点了。这也是中国题画诗产生较早的原因之一。其次，中国题画诗最初的吟咏对象主要是岩画、壁画，而中国的岩画、壁画产生的年代又极为久远。内蒙古阴山上的石刻人面纹，产生于新石器时代。1981年在甘肃祁连山北麓肃北县发现的表现动物和狩猎场面的岩画，应当是春秋至秦汉时期的作品，年代也很久远。壁画产生的年代要晚一些，当在有建筑之后。潘天寿说："吾国壁画，开始于周，盛于两汉晋唐之间。"[9]《墨子》载："纣为鹿台糟丘，酒池肉林，宫墙文画，雕琢刻镂，锦绣被堂。"（孙诒让《墨子间诂·附录》）这里所谓"宫墙文画"，即为壁画。先秦时期，明堂、宗庙内的壁画规模宏大。相传孔子参观周代的明堂，见到壁间画"有尧舜之容，桀纣之像"，"各有善恶之状"。传说中还提到孔子见到了"周公相成王，抱之，负斧扆，南面以朝诸侯之图"。又说"有周盛时，褒赏功德……独周公有大勋，劳于天下，乃绘像于明堂之墉"。（以上均载于《孔子家语》）这说明，绘功臣像予以表彰，早在春秋时期即已开始，并非起于汉代；但是否有画赞却不见记载。现藏于陕西省秦都文物管理委员会的《车马出行图》是秦宫较早的完整壁画。画中四匹枣红色骏马在飞驰，隐约可见顶端相连的三轹车伞、马饰面具及身上白色带饰。奔马姿态各异，动态变化十分生动。可知此时的壁画已发展到相当成熟的阶段。

壁画展于大庭，场面宏大，形象栩栩如生，观者众多，当不乏为画像所感者咏叹其间，可惜因年代久远，其题画诗文多已湮没。现仅存的伟大爱国诗人屈原的《天问》，就是因观壁画有感而题写的长诗。东汉王逸在《楚辞章句》中为《天问》所作的序说：

> 屈原放逐，忧心愁悴，彷徨山泽，经历陵陆，嗟号昊旻，仰天叹息。见楚有先王之庙及公卿祠堂，图画天地山川神灵，琦玮谲诡，及古圣贤怪物行事，周流罢倦，休息其下，仰见图画，因书其壁。呵而问之，以泄愤懑，舒泻愁思。

《天问》是一首奇诗，全诗374句，1553字。采用巫术降神中一问到底的句式，提出了170多个疑问。"天问"之"天"，不仅指宇宙天体，也包括"一切远于人、高于人、古于人之事"（姜亮夫《屈原赋校注》）。郭沫若曾在《屈原研究》中称赞此诗为中国文学史上"空前绝后的第一等奇文字"，"那种怀疑精神，文学的手腕，简直是前无古人而后无来者"。

此诗为屈原所创作当不容置疑，但是否如王逸所说为屈原见壁画而作，学术界却有不同说法。有人认为，"庙与祠当在郢都，何云放逐彷徨山泽？岂庙祠尽立于山泽间乎？"（参见游国恩《天问纂义》）因而姜亮夫认为，"《天问》当作于《离骚》之前，为早期学术思想的总结"[10]。郭沫若则明确指出："这篇相传是屈原被放逐之后，看到神庙的壁画，而题在壁上的。这完全是揣测之辞。任何伟大的神庙，我不相信会有这么多的壁画，而且画出了天地开辟以前的无形无像。据我的了解，应该是屈原把自己对于自然和历史的批判，采取了问难的方式提出。"[11] 孔寿山也认为，"《天问》'是中国最早的一首长篇题画诗'的观点，值得商榷，目前是难成立。"[12]

其实，这些怀疑是缺乏足够根据的。目前我们虽然难以考定《天问》的准确写作时间，但从诗义看，当是有感于画像而作。其开头说："遂古之初，谁传道之？上下未形，何由考之？冥昭瞢暗，谁能极之？冯翼惟像，何以识之？"其大致意思是：宇宙开辟之初的情状，是何人告诉我们的？当时天地既未形成，又是从哪里考察得来？白天和黑夜朦朦胧胧，谁能穷其究竟？所谓元气，本是看不到的，怎能知道其形状呢？很显然，这是诗人看到壁画中凭想象画出的开天辟地时画像后而提出来的问题。这既是对画家的诘问，也是对天宇的质疑。在170多个疑问中，涉及天文、地理、神灵、鬼怪、历史、方物等，并且都指向具体物态，不可能全是凭想象而问，而当是见到一幅幅画图而生感，然后通过文字叙述、描绘，再现出壁画图像的存在，并"呵而问之"。此其一。其二，从出土文物看，也可佐证《天问》中所描写的天体当有画图参照。姜亮夫在讲到《天问》中诗句"圜则九重，孰营度之""九天之际，安放安属"时说："解放后我们在信阳发现过一个'天栻图'，底下为一固定的四方盘，以象地；上面是一个可转动的圆形盘，以象天。天上的某一度、某一星宿和地下的某一地方联系起来，就叫'天栻'。天栻也是天体理论的一部分。"[13]由此可知，诗人在壁画上很可能看到了类似"天栻图"的图画。其三，郭沫若说"我不相信会有这么多的壁画"，又有人说这么长的诗不可能全题写于画壁上，清代蒋骥在《山带阁注楚辞》中论及《天问》时说："旧序云，……原辞止书于壁，而楚人论述成篇，则未必然。"（《山带阁注楚辞·楚辞卷三》）不会有"这么多的壁画"可能是事实，但屈原却可能不是一画一问，而很可能是由几幅或几十幅画引发出一连串的疑问。至于全诗1500余字是否全题于壁上，有待确考，何况有人认为此诗非一时之作呢？其四，我国自古就有为壁画题诗的习惯，尤其是在汉唐之后，已渐成风气。如王逸之子王延寿的《鲁灵光殿赋》就有一段咏壁画的四言诗，其诗是：

> 图画天地，品类群生。
>
> 杂物奇怪，山神海灵。
>
> 写载其状，托之丹青。
>
> 千变万化，事各缪形。
>
> 随色象类，曲得其情。
>
> 上纪开辟，遂古之初。
>
> 五龙比翼，人皇九头。
>
> 伏羲鳞身，女娲蛇躯。
>
> 鸿荒朴略，厥状睢盱。
>
> 焕炳可观，黄帝唐虞。
>
> 轩冕以庸，衣裳有殊。
>
> 下及三后，淫妃乱主。

忠臣孝子，烈士贞女。

贤愚成败，靡不载叙。

恶以诫世，善以示后。

这段诗所描绘的壁画景物，有不少与屈原所见楚庙中壁上的画图是相似的，如"上纪开辟，遂古之初"与《天问》中"遂古之初，谁传道之"所咏的画图当都是开天辟地时"上下未形"之画。它与《天问》所不同的是，《天问》未言及画图，而此诗则明言"图画""丹青"。但也不能据此而断定《天问》非咏壁画之作，因为汉以后就有许多题画诗并未言及绘画。其五，古代祭祀招魂仪式常借助于图画，如1973年长沙城南楚墓出土的《从物御龙帛画》，就是用以招引死者灵魂升天的葬具。据《史记·封禅书》，方士李少翁谓汉武帝曰："'上即欲与神通，宫室被服非象神，神物不至。'乃作画云气车。……又作甘泉宫，中为台室，画天、地、太一诸鬼神，而置祭具以致天神"（司马迁《史记》卷二八《封禅书》第六）。因此，云气鬼神图式当是战国时楚人祭祀时天人交通的一种媒介。屈原的《天问》也当是诗人看到祠庙壁上所绘的神灵圣贤像而引发联想，呵问咏叹。又据《晋书》载，晋太康二年（281），汲郡人不准盗掘魏襄王（前318—前296在位）坟墓，得竹书数十车，共75篇，其中有"《图诗》一篇，画赞之属也"（《晋书》卷五一《束晳传》）。由此可知，战国时代已见画赞。并且，屈原生活时代与魏襄王相去不远，《天问》的文体与画赞的四言句法也基本一致。因此，曹铁珊、罗义俊认为，《天问》"可能即是仿效北方魏国流行的图诗，属于画赞的作品"[14]。此外，还有一旁证，屈原的确也写过吟咏画图的诗句，如在《招魂》中说"仰观刻桷，画龙蛇些"，便是写祠庙刻桷，绘有龙蛇神物，以利祝祷时天人交通。

如果说仅有《天问》孤证尚不足以确证春秋时期即存在题画壁诗的话，那么近年考证的《诗经·大雅》中《大明》诸篇为图赞则是更有力的旁证。今人李山在《〈诗·大雅〉若干诗篇图赞说及由此发现的〈雅〉〈颂〉间部分对应》一文中，在西周早期宗庙已有壁画的论证基础上，对《诗》内部进行了考证，得出结论："《大雅》中《大明》《绵》《皇矣》《公刘》《生民》等若干诗篇为宗庙壁画图述赞之诗，当属可信之论。""述赞壁图的目的，在于以祖先功德教育后代。"这与东汉兴起的图赞别无二致。文章论述资料翔实，由此可以认为《大雅》诸篇实际是早期的图赞，是最早的题画诗。为此，他还作了三重论证：第一，从诗篇对诗中人物特定的称谓方式，可以推断这些诗为图赞之作；第二，由诗篇具有的画面感，可以推断为图赞之辞；第三，这些诗篇在表述地理名谓时，即《大雅》中几首诗最初的创作与演唱，都是在寺庙内进行的。而这些推断的前提，则是春秋乃至上古壁画的存在。这一点，不仅有《论语》等先秦典籍的记载，而且有出土实物的佐证。在辽宁西部红山文化区域一座被称为"女神庙"的遗址中，人们发现过"彩绘墙壁"的残块。这是五千年前母系氏族社会的珍贵文物。而在更晚近的殷墟遗址中，人们曾发现描在灰白壁面上的红色花纹和黑色圆点。在洛阳东郊的殷人墓穴中，又曾出土被称为"画幔"的东西。这些无不说明上古壁画的存在。而壁画又是咏画铭赞——最早的题画诗存在的前提和依据。

注　释

〔1〕唐兰：《中国文字学》，上海古籍出版社，1979，第64页。

〔2〕伍蠡甫：《试论画中有诗》，《文艺论丛》1979年第9期。

〔3〕以上参见拙作《论诗画配合》，《学习与探索》1982年第1期。

〔4〕陈履生选注《明清花鸟画题画诗选注·序》，四川美术出版社，1988。

〔5〕潘天寿：《潘天寿美术文集》，人民美术出版社，1983，第123页。

〔6〕丁炳启：《古今题画诗赏析》，天津人民美术出版社，1991。

〔7〕陈兆复：《中国画研究》，云南人民出版社，1982，第165页。

〔8〕代琇、庄辛：《诗画相济》，《文汇报》1982年4月20日。

〔9〕潘天寿：《中国绘画史》，团结出版社，2006，第24页。

〔10〕〔13〕参见姜亮夫：《楚辞今绎讲录》，北京出版社，1981，第77、72页。

〔11〕郭沫若：《屈原赋今译》，人民文学出版社，1981，第108、109页。

〔12〕孔寿山：《中国题画诗大观》，敦煌文艺出版社，1997，第16页。

〔14〕曹铁珊、罗义俊：《中国题画文学的发展》，《文艺论丛》1984年第19期。

第一章

画赞之勃兴

　　秦汉时期，是我国民族艺术风格确立与发展的极为重要的时期。公元前221年，秦王嬴政统一中国之后，建成中国历史上第一个中央集权制的封建帝国。秦王朝的国祚虽然很短，但在其有限的14年中，却高度重视造型艺术，使其为王权服务，在建筑、雕塑、绘画等方面都取得了辉煌成就。进入汉代以后，绘画艺术进一步从工艺装饰中分离出来，得到了独立而迅速的发展。其门类很丰富，有宫殿壁画、墓室壁画、帛画、画像石、画像砖、漆器装饰画、木刻画、木板画等。其中最能反映这一时期绘画成就的是帛画和壁画，以及新兴的艺术形式——画像石和画像砖。我国的人物画，至汉武帝时期已有长足发展。据《汉书·郊祀志》记载，"武帝作甘泉宫，中为台室，画天地、太一诸鬼神，而置祭具以致天神。"又《汉书·霍光传》载："上（武帝）乃使黄门画者画《周公负成王朝诸侯》，以赐光。"此"黄门"之署，当为后代画院之先河，可知当时最高统治者对绘画之重视。《汉书·苏武传》又云："（宣帝）甘露三年（前51），单于始入朝。上思股肱之美，乃图画其人于麒麟阁，法其形貌，署其官爵姓名。"所谓署其官爵姓名，当是后代绘画题款之滥觞，颇有开启之意义。汉朝统治者对绘画的高度重视，虽然促进了绘画艺术的发展，但其以绘画作为政治教化的工具，对后世也产生了一定的负面影响。不过，汉朝有些统治者对绘画的重视也不完全出于鉴戒的功利需要，有时也用以观赏，如魏曹植《画赞序》载："昔明德马后，美于色，厚于德，帝用嘉之。尝从观画，过虞舜庙，见娥皇、女英，帝指之，戏后曰：'恨不得如此人为妃！'又前，见陶唐之像，后指尧曰：'嗟呼！群臣百寮恨不得戴君如是！'帝顾而笑。"此外，汉代还出现了专为娱悦的"秘戏图"，如《汉书·景十三王传第二十三·广川惠王刘越传》载，刘越的后人"坐画室（一作屋），为男女裸交接，置酒请诸父姊妹饮，令仰视画"。绘画是画家主观欲望的直接表现。汉代这种"春宫画"的出现，说明人性本能的需求开始上升。这不仅促进了绘画的发展，而且更能引发诗人观画后抒发主观情思，其对后世题画诗的发展也当有一定影响。

第一节　西汉画赞

我国的人物画，成熟于战国时代。到了汉代，人物画得到了进一步发展，于是为之服务的画像赞也随之勃兴。据《汉官典职》载，早在汉武帝太初四年（前101），"明光殿省中，皆以胡粉涂壁，紫青界之，画古烈士，重行书赞"。又据《汉书·赵充国辛庆忌传》载，汉武帝时讨伐匈奴的车骑将军赵充国，在保边卫国中屡建奇功。成帝时，西羌叛乱，成帝出于"守四方"的需要，"思将帅之臣，追美充国"，便召黄门郎扬雄，命其为已与霍光等并画于未央宫的前代功臣赵充国的画像追题赞诗。其诗是：

> 明灵惟宣，戎有先零。
>
> 先零猖狂，侵汉西疆。
>
> 汉命虎臣，惟后将军。
>
> 整我六师，是讨是震。
>
> 既临其域，谕以威德。
>
> 有守矜功，谓之弗克。
>
> 请奋其旅，于罕之羌。
>
> 天子命我，从之鲜阳。
>
> 营平守节，屡奏封章。
>
> 料敌制胜，威谋靡亢。

遂克西戎，还师于京。

鬼方宾服，罔有不庭。

昔周之宣，有方有虎。

诗人歌功，乃列于雅。

在汉中兴，充国作武。

赳赳桓桓，亦绍厥后。

这首诗虽然未直接言画，但诗中"充国作武""赳赳桓桓"的英武形象描写，显然是受画像启发的，并且此诗还由表及里，赞美了赵充国"料敌制胜，威谋靡亢"的超凡智谋。作为初期的画像赞，它已基本具备了题画诗的某些必要条件。

扬雄（前53—公元18），字子云，蜀郡成都（今属四川）人，是西汉著名辞赋家、哲学家，也是一位有创见的题画文学作家。除《赵充国画像颂》外，他的《甘泉赋》也值得重视。此赋是扬雄随从汉成帝郊祀甘泉归来而作。甘泉宫，原是秦之离宫，建筑非常奢华，而汉武帝在甘泉苑又增修许多宫殿，壁画也极精美。这篇赋中所涉及的造型艺术主要有三：一是建筑艺术，包括塑像。这是此赋铺陈联想的主要凭借。诗人说，甘泉宫的楼台宫殿之华美，使得雕塑大师般倕、建筑巨匠王尔也自愧不如——"般倕弃其剞劂兮，王尔投其钩绳"。特别是其中还有用璧玉雕塑、光彩缤纷的马犀和雄伟勇武的金人像。二是宫殿壁上的绘画。这一点虽然赋中没有具体描写，但诗人的联想所描绘的形象足以让人目不暇接——"集乎礼神之囿，登乎颂祇之堂……想西王母欣然而上寿兮，屏玉女而却宓妃。玉女亡所眺其清眸兮，宓妃曾不得施其蛾眉。方揽道德之精刚兮，侔神明与之为资"。三是旗上的绘画和车饰、服饰等——"乘舆乃登夫凤皇兮，而翳华芝"；"流星旄以电烛兮，咸翠盖而鸾旗"。这篇赋也是一首骚体诗，其意义并不在于描绘了多少建筑艺术、雕塑和壁画，而是借咏叹造型艺术而讥刺甘泉宫的奢丽，生发"亡国肃乎临渊"的慨叹，表达写作此赋的讽谏宗旨。而这一点恰恰是以往题画文学所缺乏的闪光之处。因此，此赋的出现标志着汉代题画文学的发展进入了一个新阶段。唐代的题咏塑像诗和杜牧《阿房宫赋》当是受到了扬雄《甘泉赋》的影响。

第二节　东汉画赞

到了东汉时，画赞文学又有进一步的发展。其中石壁碑刻之画像赞尤值得重视。山东嘉祥县武宅山的武氏祠，为郡从事武梁、执金吾武荣以及武斑、武开明数墓之享堂。武梁祠，约系桓帝建和年间建。其图为三皇、五帝、圣贤、名士、孝子、刺客、列女诸像等。武荣祠，约系桓帝永寿年间建。其图为文王、武王、周公、秦王、齐桓公、孔子及诸弟子等，均系阳刻，都有榜题赞文。又有《慈母投杼》石刻画像，取材于《战国策·秦策二》曾母投杼的故事。石刻图画上曾母坐在织布机前，回头作训示状，而曾参跪在母亲面前恭听。上刻赞文有：

《慈母投杼图》

> 曾子质孝，以通神明。
>
> 贯感神祇，著号来方。
>
> 后世凯式，以正橅纲。

与石刻像不同的是，此赞文将褒奖者转为曾参，颂扬他孝敬慈母的品质，并将他作为后人学习的楷模。众所周知，两汉的画像赞一般都依附于画像并为其作文字说明，很少表达作者的主观意识，即赞与画像的主题是完全一致的。而这首石刻像赞却改变了石刻像的主题。这是一个很值得重视的变化，它标志着画像赞可以脱离画境而自由发挥，这便开启了题画诗创作的新模式，对于题画诗发展无疑具有重要意义。

东汉这种画像或石刻像与赞、铭相结合的情况，从出土墓壁中也可见一斑。河北望都一号墓前室左右两壁绘有属吏 20 余人，人物性格鲜明，比例准确，可称为东汉壁画中最优秀的代表作，而更值得重视的是画壁上还有四言朱书铭赞。其词是：

望都一号汉墓壁画属吏图

> 嗟彼浮阳，人道闲明。
>
> 秉心塞渊，循礼有常。
>
> 当轩汉室，天下柱梁。
>
> 何亿掩忽，早弃元阳？

这首画赞与扬雄、王延寿的画赞文学不同的是，它不是一味平板地歌功颂德，只作画像的解说词，而是具有浓重的感伤意味，也有一定的感染力。此赞以嗟叹起，以叹问止，中间虽然也有赞颂之词，但也不是枯燥的平述，而是富有感情色彩。这样的画赞无疑是后来题画诗的先声，在中国题画诗发展史上当有着一定的地位。

随着画赞文学的不断发展，东汉文人画赞作家也开始增多。赵岐便是这时期的代表作家之一。

赵岐（约108—201），字邠卿，初名嘉，字臺卿，京兆长陵（今陕西咸阳东北）人。他博通经学，有才艺，也是东汉著名画家。一生坎坷，几遭贬谪，曾四方避难。后历任议郎、太仆、太常，

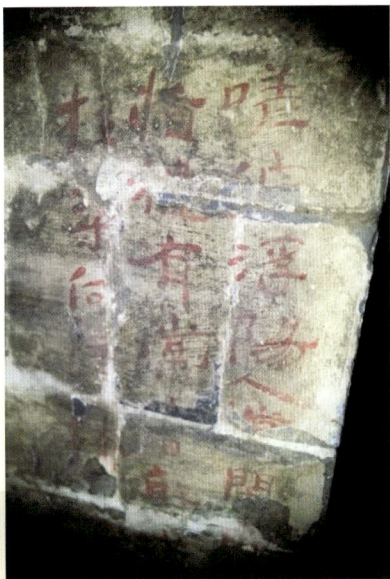

四言铭赞

年九十余病卒。著有《孟子章句》《三辅决录》等。据《历代名画记》载，他曾"自为寿藏（冢圹）于郢城，画季札、子产、晏婴、叔向四人居宾位，自居主位，各为赞颂"（张彦远《历代名画记》卷四）。又范晔《后汉书》卷六四《吴延史卢赵列传》也有相同记载。由此可以看出，赵岐不仅是画家，也是自画自写题赞的作家。

第三节 "三美"艺术家蔡邕

稍后的蔡邕更有以书、画、赞兼擅的美名，在中国题画诗发展史上占有继往开来的重要地位。

蔡邕

蔡邕（132—192），字伯喈，陈留圉（今河南杞县西南）人。灵帝时为议郎，熹平四年（175）与杨赐等奏定"六经"文字，自写经文，立碑于太学门外，世称"熹平石经"。在对诏中，他纠弹宦官和权贵而被流放朔方。遇赦归，五原太守设宴饯别，邕不为礼。太守是宦官之弟，在朝廷陷害他，他又"亡命江海，远迹吴会"，十二年才归。献帝时董卓当权，他被迫出仕，累迁中郎将。后董卓被诛，王允认为他有"怀卓"之罪，他因而被捕并死于狱中。蔡邕著述甚丰，曾撰"汉史"，未成。后人辑有《蔡中郎集》传世。他博学多识，好辞章，精音律，善鼓琴，工书画，是中国文化史上的艺术巨匠。《历代名画记》载："灵帝诏邕画赤泉侯五代将相于省，兼命为赞及书。邕书画与赞皆擅名于代，时称三美。"（张彦远《历代名画记》卷四）

首先，蔡邕的绘画为时所重。他出身文人，具有深厚的文化底蕴，所以潘天寿认为，其绘画"已露唐宋文人画之端绪"[1]。因此，他在中国绘画史上的开创意义不容低估。其次，他在书法方面也有开创之功。据《历代名画记》载，他曾"创八分书体"。《艺舟双楫》也说："蔡邕变隶而为八分，八宜训背，言势左右分布相背也。"一说八分书体，相传为秦时上谷人王次仲所造。但从中国书法发展史看，一种书体的创造，并非一人之功。而从蔡邕所书"熹平经文"为世人所摹学来看，其书法的影响是很大的，所以他至少也是八分书体的创造人之一。复次，在文学方面，他更是成就卓著。文章讲究音节谐协，字句典雅，在汉末很有地位。他是当时文风由朴实厚重转为典雅清丽变化的代表作家。《郭有道碑》《陈太丘碑》是其碑文的代表作，历来受人称道。辞赋，以《述行赋》最为著称。他的诗歌虽然传世不多，但也有佳作，其代表作如《翠鸟》等。而最为难能可贵的是他兼擅诗、书、画，时称"三美"，当是后代所谓"三绝"之先驱。并且，他也是有文献记载的中国较早的一位自画自书的画像赞诗人。但可惜的是，其赞诗已不传。

注　释

〔1〕潘天寿：《中国绘画史》，团结出版社，2006，第24页。

第二编　生成期

—— "桃花嫣然出篱笑，似开未开最有情"

　　魏晋南北朝是中国文化艺术的重要转折时期，也被鲁迅称为"文学的自觉时代"（《魏晋风度及文章与药及酒之关系》）。而从社会环境看，却是军阀割据、战乱不已，给人民造成了深重灾难的时代。也正因为如此，社会势力中地方大姓士族的地位越来越突出，秦汉以来的专制皇权受到了削弱。由于士族的权力总体而言是世袭的而不是受赐于皇权，所以便具有与皇权并列的性质，如在东晋初期，社会上就曾有"王与马，共天下"之说（《晋书·王敦传》）。并且，士族势力为了与皇权相抗衡，还极力笼络读书人，于是他们对皇权的依附意识也逐渐减弱。在这时期，所谓君臣大义已不被看重。《南齐书·褚渊传论》曾批评士人"殉国之感无因，保家之念宜切。市朝亟革，宠贵方来。陵阙虽殊，顾眄如一"。与此同时，儒家独尊的局面也被打破。在曹魏时代，曹操敢于不顾传统的礼教，下达"唯才是举"的命令。在士大夫阶层中也出现一些人无视儒家礼教者，如嵇康在《与山巨源绝交书》中就敢于"非汤、武而薄周、孔"。于是文人中的个人意识开始觉醒，人的"本性"开始回归。所谓"文学的自觉"，正是基于人性的觉醒。魏晋南北朝时期，正是由于个人意识的觉醒与张扬，才促成了文学艺术的发展。就题画文学而言，秦汉以来的画像赞，主要是秉承儒家的教化宗旨，很少流露个人的感情。而到魏晋时代，随着人的意识的觉醒，画家、诗人摆脱了传统礼教的束缚和功利主义的羁绊，便开始在诗画中抒写个人情感。这时，也只有这时才能产生将画意与主观情思相交融的真正意义上的题画作品。这也是将魏晋南北朝时期称为题画诗的生成期的原因所在。这时期出现的题画诗虽然尚不完善，但已具备了题画诗的基本要素：

一是在诗题或小序中明示为画而题；二是阐发画意或借画抒怀，具有鲜明的主观意识，而非绘画的客观文字说明；三是具有一定的艺术性和审美价值。但是，这时期的题画诗尚未完全成熟，特别是其中的咏画扇、画屏的题诗，往往既咏画，又咏扇、屏，可谓画、物双咏，有的诗甚至咏物多于咏画。此外也缺少寓意深远的题画佳作。不过，这时期的题画诗在中国题画诗发展史上却起着承上启下的重要作用，其意义不可忽视。

第一章

魏晋南北朝题画诗发展原因及其特征

魏晋南北朝时期是中国题画诗发展的重要阶段，也是题画作品由四言画赞向五言题诗过渡的转折时期，在中国题画诗发展史上具有深远意义。

第一节　魏晋南北朝题画文学发展原因

魏晋南北朝时期题画文学作品的发展具有多方面原因。

首先，这时期绘画、雕塑和书法艺术的发展，为题画诗的生成提供了条件。"魏晋南北朝时期的绘画，在继承中有着更大的变化。它是我国主流绘画发生大变动的一个历史时期。在历史上，这个时期与宋元时期的绘画艺术构成了中国绘画的基本技法和理念框架，影响所及，至为深远。"[1] 这时期的人物画有了较大的发展，出现了许多著名的人物画画家，如曹不兴，作巨幅画像，心敏手运，须臾即成，而"头、面、手、足、心、臆、肩、背，亡遗尺度"（许嵩《建康实录》）。顾恺之也以人物画名世。他与南朝的陆探微、张僧繇被推为"六朝三杰"。他画的维摩诘像，据张彦远说"有清羸示病之容，隐几忘言之状，陆（探微）与张（僧繇）皆效之，终不及矣"（《历代名画记》卷二）。据记载，他画裴楷像，在颊上添了三毫，便使形象"神明殊胜"。张怀瓘评价其画说："象人之美，张得其肉，陆得其骨，顾得其神。神妙无方，以顾为贵。"对于人物绘画，他主张"以神写形"，十分注重刻画人物的内心世界和表情动态的一致性与复杂性。相传他画人物，有时数年不点睛。人问其故，他说："四体妍

蚩，本亡关于妙处，传神写照，正在阿堵之中。"可以说，顾恺之人物画及其理论，代表了魏晋南北朝时期人物画发展水平和最高成就。特别值得注意的是，这时期的山水画开始由人物的陪衬转为独立的艺术品。中国的山水画出现于战国之前，滋育于东晋，确立于南北朝。根据早期的文献记载，不少画家留下了这样一些作品：魏曹髦的《黄河流势图》，东晋司马绍的《轻舟迅迈图》，东晋夏侯瞻的《吴山图》，东晋顾恺之的《庐山图》《雪霁望五老峰图》，东晋戴逵的《吴中溪山邑居图》，东晋戴勃的《九州名山图》等。至南北朝，不仅山水画进一步发展，而且对山水画的理论也开始探微发奥。姚最在《续画品录》中说萧贲"尝画团扇，上为山川"，表现出"咫尺之内，而瞻万里之遥；方寸之中，乃辨千寻之峻"。这些都足以说明，山水画的体系已经确立并成为独立的画科。此外，花鸟画这时期也出现不少作品，如顾恺之的《凫雁水鸟图》，史道硕的《鹅图》，陆探微的《鸂鶒图》，袁倩的《苍梧图》，丁光的《蝉雀》等；但这时期花鸟画尚处在萌芽状态，并未成为独立的画科。

魏晋南北朝时期，随着佛教兴盛，大兴寺院，佛像雕刻、壁画图绘有了长足发展。我国绘画在继承传统的基础上，又吸收外来营养，使佛教绘画艺术水平迅速提高。现存新疆、敦煌、麦积山等地的石窟艺术，就体现出当时佛教绘画发展的主要趋势。这时期的壁画，除石窟壁画外，寺院壁画也极为丰富，但随着建筑物被毁，幸存极少。

魏晋南北朝时期，还兴起了屏障、扇面画，它与题画诗的形成和发展有着极为密切的关系。晋宋时，书画家盛行在屏风、扇面上绘画、题字。"扇用书画，见于记载者，《晋书》：王羲之'在蕺山，见一老姥持六角竹扇卖之，羲之书其扇，各为五字'。……《齐书》：竟陵王子良'能书善画，于扇上图山水，咫尺之内，便觉万里为遥'。"（沈德潜《说诗晬语》卷下四十六）为画扇所题的诗，如东晋桃叶的《答王团扇歌》三首。其中第一首是："七宝画团扇，灿烂明月光。与郎却暄暑，相忆莫相忘。"此后，南齐有丘巨源的《咏七宝扇诗》，梁有鲍子卿的《咏画扇诗》等。但是最初出现的咏画扇的诗，与后来的题画诗有所不同。其既咏扇又咏画，是介于咏物与咏画之间的一种题画诗。如丘巨源的《咏七宝扇诗》：

妙缟贵东夏，巧技出吴阊。

裁状白玉璧，缝似明月轮。

表里缕七宝，中衔骇鸡珍。

画作景山树，图为河洛神。

来延挥握玩，入与环钏亲。

生风长袖际，晞华红粉津。

拂眄迎娇意，隐映含歌人。

时移务忘故，节改竞存新。

卷情随象箑，舒心谢锦茵。

厌歇何足道，敬哉先后晨。

　　这首诗的前六句写扇，中间两句写扇面上的画，下面六句写人，最后六句借咏扇而抒怀，发出"厌歇何足道"的感慨。沈德潜曾为杜甫的题画诗下过定义："其法全在不粘画上发论。如题画马、画鹰，必说到真马、真鹰，复从真马、真鹰开出议论，后人可以为式。"（《说诗晬语》卷下四十六）如果用这个定义来衡量丘巨源这首诗，除了咏物（扇）的句子稍多外，其余是无懈可击的。

　　书法是题画诗的重要元素。魏晋南北朝时期的书法艺术也得到了空前发展。它同文学、绘画一样，也处于新旧交替、承前启后的重要时期。在复杂多变的历史时代中，完善了楷、草、行等书体，产生了钟繇、王羲之等伟大的书法家，创造出光彩夺目的书法作品，从而开启了唐代书法艺术繁荣的鼎盛局面。

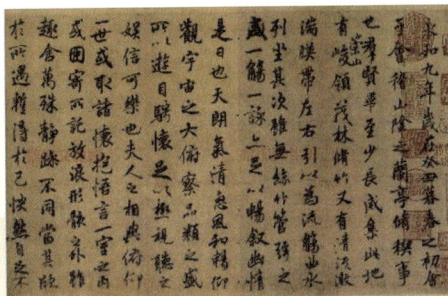

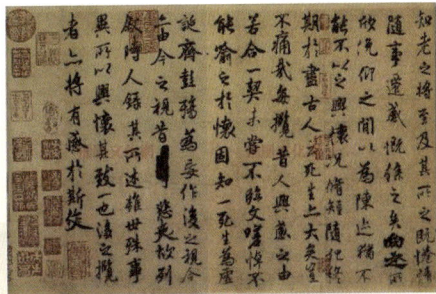

王羲之书法

　　魏晋南北朝时期的书法，大致可分为两个时期：魏、西晋为前期；东晋、南北朝为后期。前期，以隶书为通行书体；但楷书也在民间流行，并有取代隶书之势。这是因为战争年代，减省隶书波磔、笔画的楷书，更便于消息传递和军令发布。草书流行于汉末，其标准写法是笔带波磔的章草。但章草到了西晋也开始变化生新，逐渐向今草转变，即不带波磔的草书。魏晋是章草与今草的交替时期。到东晋，经王羲之、王献之父子的发展，草书逐渐定型，其笔势既有转折又连绵不断，更臻完美。行书产生于汉代，也成熟于魏晋。钟繇善楷书，是中国书史上第一个确立楷书地位的书法大家。他的《荐季直表》《宣示表》等成为雄视历代的艺术佳品。两晋时代，中国书法艺术的发展出现了第一座高峰。晋之书，同汉之文、唐之诗、宋之词一样，在中国文化史上备受推崇。并且在当时，搜集珍藏书法作品已成为时尚。书画家对名家墨迹极为珍重，经常把玩。一幅绘画也常常因名家题字而增辉。因此，为画题诗、写赞，也渐成风气。这当是这一时期题画文学发展的原因之一。北朝的书法以碑刻著称。它与题画文学关系更为密切。北魏帝王提倡佛教，开窟造像之风大兴。这些造像、造像碑大都有题记，书法艺术保留至今的也非常丰富。著名的龙门石窟成为北魏书法艺术的宝库。其中以《牛橛造像记》《始平公造像记》《杨大眼造像记》《孙秋生造像记》《魏灵藏薛法绍造佛记》等最为著名。它们无疑应属于题画文学。此外，北魏摩崖石刻《石门铭》《论经书诗》，北齐的碑刻《陇东王感孝颂》等，除书法精妙外，也是诗体的韵文，当属于广义的题画诗范畴。

　　其次，文学发展的自身原因，也促进了题画文学的生成。魏晋南北朝时期是文学的自觉时代，各种体裁的文学作品都得到了不同程度

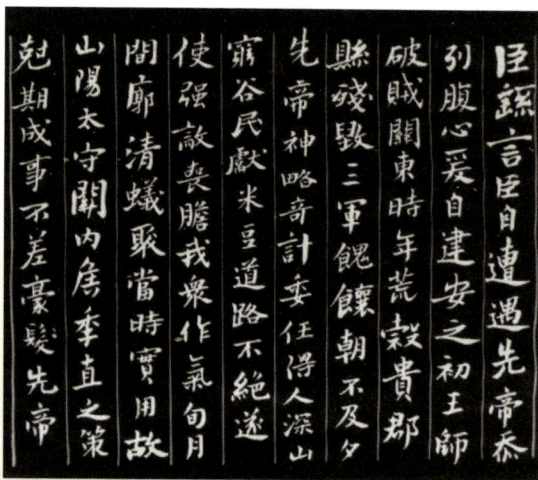

钟繇《荐季直表》

的发展，其中最有成就的是诗歌。中国诗歌经历了四言、骚体诗的兴盛和衰微，到东汉初年产生了文人五言诗。它从建安时期奠定了坚实的基础，再经过阮籍、左思、陶渊明等许多诗人的共同努力，不仅作家、作品日益增多，而且艺术表现手法也丰富多彩，并创造出多种多样的风格，形成了五言古诗兴盛时期。七言诗也在这一时期逐渐形成，魏曹丕已有完整的七言诗。宋鲍照更采用这种形式多方面地反映现实生活，并改曹丕的连句韵为隔句韵，在艺术上渐至成熟，从而确立了七言诗在诗坛上的地位。五言诗的盛行，必然要影响到题画诗创作。这时的画赞和题咏画屏、画扇的诗已不再局限于四言了。如梁江淹的《云山赞四首》便是五言诗体，又如他的《班婕妤咏扇》也是五言诗。其诗是：

> 纨扇如团月，出自机中素。
>
> 画作秦王女，乘鸾向烟雾。
>
> 彩色世所重，虽新不代故。
>
> 窈愁凉风至，吹我玉阶树。
>
> 君子恩未毕，零落在中路。

至于咏画屏的诗，也多是五言。这时的咏画扇、画屏之作，虽然较四言的画赞只多了一字，但从内容到体式都发生了变化。它不再是一味枯燥地赞颂佛或人，而往往是借咏画而抒怀，更富有诗意。江淹这首《班婕妤咏扇》便是这样一首颇有寄意的题画作品。

魏晋南北朝也是山水诗大发展时期。刘勰说："宋初文咏，体有因革。庄老告退，而山水方滋。"（《文心雕龙·明诗》）山水诗虽然早在先秦时期就已出现，但作为一种新种类诗的产生却是在晋宋之际。东晋时期，郭璞、庾阐、殷仲文、谢混、孙绰等人的诗赋中，山水已经是较为常见的描写对象了。到了刘宋初年，谢灵运的山水诗描绘细腻，融情于景，真实地反映自然美，标志着山水诗已走向成熟。这时期的山水诗与山水画的发展基本上处于同步，但从实绩看，山水诗的发展是快于山水画的。无论是山水诗还是山水画，它们所描写的都是自然界的美景，即所谓"江山如画""风景如画"；而题画诗的描写对象则是作为艺术品的画。二者既有相异之处，也有共同之点。因此，描绘社会"画"的题画诗的产生也会受到山水诗的影响。

从诗歌的类别看，这时期兴起的咏物诗与题画诗的形成和发展的关系也至为密切。明代胡应麟说："咏物起自六朝，唐初沿习，虽风华竞爽，而独造未闻。"（《诗薮》内编卷四）其实，此说是不准确的。清康熙四十五年（1706）奉敕编辑的《御定佩文斋咏物诗选》，所录咏物诗上起汉魏，下至元明。其中东汉蔡邕的《翠鸟》便是较早的一首文人咏物诗。其诗是：

> 庭陬有若榴，绿叶含丹荣。
>
> 翠鸟时来集，振翼修形容。
>
> 回顾生碧色，动摇扬缥青。
>
> 幸脱虞人机，得亲君子庭。
>
> 驯心托君素，雌雄保百龄。

这首诗借物咏怀，诗人以翠鸟自比，反映了自己幸脱世网的心情。这种咏物诗"极摹形绘状之工，托兴寄情之致"（《四库全书简明目录》卷十九），很像题画诗。所不同者，一是为自然界的真物而咏，一是为艺术品的假物而题。所同者，大多数题画诗也要"摹形绘状"，"托兴寄情"。因此，题画诗的产生可能受到咏物诗的某些影响[2]。

复次，魏晋南北朝时期，诗与画的关系进一步密切，诗歌常与绘画相配合，诗论也与画论相融通。这时期的许多绘画，特别是人物画往往有画赞相配，以《艺文类聚》所引作品为例，即有曹植《帝尧画赞》《画赞序》，夏侯湛《管仲像赞》《鲍叔像赞》，孙绰《贺司空修像赞》《孔松阳像赞》，潘岳《故太常任府君画赞》，傅亮《汉高祖画赞》《班婕妤画赞》，江总《庄周画赞》

顾恺之《洛神赋图》（局部放大）

等。同样，当时的画家也喜欢以文学作品为题材作画，据《历代名画记》记载，有晋明帝《毛诗图》《豳诗七月图》《史记列女图》《洛神赋图》，卫协《诗北风图》《史记伍子胥图》《诗黍稷图》《史记列女图》《白画上林苑图》，史道硕《蜀都赋图》《酒德颂图》《嵇中散诗图》，戴逵《嵇阮十九首诗图》，陆探微《诗新台图》，史敬文《张平子西京赋图》，刘斌《诗黍离图》，顾景秀《陆机诗图》等。今天传世的作品摹本尚有大画家顾恺之的《女史箴图》《洛神赋图》等。其中《女史箴图》有两种摹本：一藏于故宫博物院，为南宋人所摹；一藏于伦敦博物馆，传为唐人摹本。此图是顾恺之根据西晋张华所撰《女史箴》所画，《洛神赋图》是根据曹植所撰《洛神赋》而画。这些绘画将文学作品具象化、色彩化，使之更加感人；而文学作品也借助绘画功能，更加充实、完美。因此，魏晋南北朝时期，已进入绘画

顾恺之《女史箴图》

与诗歌互相影响的重要历史时期。

　　文学作品与绘画的结合，使诗与画的关系更为密切。东晋时，马岌写了一首《题宋纤石壁诗》。待到张祚时，太守杨宣有感于此事，就在阁上画了一幅宋纤像。并作颂曰：

　　　　为枕何石？为漱何流？
　　　　身不可见，名不可求！

　　这是我国现存资料中见到最早的为诗配画，复为画题诗的形式。这说明，在魏晋南北朝时期，诗与画的关系已十分密切。它们常常相辅相成，相得益彰。与此相联系，诗人与画家的关系自然也是亲密的。他们有的是朋友；有的则一身两任，既是画家，也是诗人。如在历史上有画迹的名家中，杨修、嵇康、王羲之、晋明帝、顾恺之、谢灵运、谢惠连、谢庄、宗

炳、梁元帝等，既是上层人物、社会名流，又是当时的著名诗人、文学家。

因为诗人与画家难以分野，他们往往同时从事多种艺术创作，所以诗歌理论与绘画理论也往往是相通的。一是诗歌与绘画都重视其教化功能。《历代名画记》引陆机话说："丹青之兴比雅颂之述作，美大业之馨香。宣物莫大于言，存形莫善于画。"他把绘画兴起的社会价值比作诗教传统的雅颂述作，将"言"与"画"并举，认为其社会功能是相同的。曹丕在《典论·论文》中说："盖文章，经国之大业，不朽之盛事。"谢赫在《古画品录》中则云："图绘者，莫不明劝戒，著升沉；千载寂寥，披图可鉴。"都是从社会教化的角度赋予文学和绘画重要价值。二是诗歌与绘画在处理物、我关系时，都强调外物对"我"的情感的感发作用。陆机的《文赋》说："遵四时以叹逝，瞻万物而思纷；悲落叶于劲秋，喜柔条于芳春；心懔懔以怀霜，志眇眇而临云。"钟嵘在《诗品·序》中说："气之动物，物之感人，故摇荡性情，形诸歌咏。"画家王微在《叙画》中也说："望秋云，神飞扬，临春风，思浩荡……披图按牒，效异山海，绿林扬风，白水激涧。"这同文论家的言论一样，都是将自然的"物"与自己的"情"联系起来，并强调其诱发作用。三是诗论与画论往往都轻再现而重表现。谢赫在"六法"中强调"气韵生动"和"骨法用笔"，曹丕在《典论·论文》中提出了"文以气为主"的主张，钟嵘在《诗品》中评论曹植的作品"骨气奇高，词彩华茂"。可见诗论与画论的一些概念，如"骨""气"等都是相通的，并且其评价诗歌、绘画的艺术标准也基本上是一致的。如曹丕在《典论·论文》中评价孔融时说"体气高妙"，论及徐幹时则谓"时有奇气"；谢赫在《古画品录》中评卫协为第一品的理由是"虽不说备形妙，颇得壮气"，论顾骏之也说"神韵气力，不逮前贤"。

在魏晋南北朝时期，由于诗人与画家在行为上互相合作，或为画题诗，或为诗作画，在理论上又相通相近，所以便促成了中国诗画史上第一次诗画较为密切的融合。这无疑是题画诗形成的机缘与条件。

第四，有其复杂的社会原因。魏晋南北朝时期，战争频仍，社会结构大多处于分裂状态，朝代更替频繁。统治集团很少有精力顾及思想文化事业，所以文艺、学术思想表现极为活跃。在多元文化格局中，文学艺术最突出的特点是逐渐摆脱了功利主义的束缚，使其成为抒发情感的工具。就绘画而言，据《贞观公私画史》载，魏晋时期教化类绘画尚有十之一二，到南北朝时期便十分少见了。[3] 由于政治权力对文化思想干预较少，这便为当时的诗人、画家的思想提供了广阔的拓展空间。"一个时期内，生活的怪异化，思想的极端化，形成了这个时期文人生活的重要特征。"[4] 祢衡的癫狂放肆，嵇康的"非汤、武而薄周、孔"，潘岳的"乾没不已"等，均以个性异常鲜明堪称文学史上的一"绝"。而张扬的个性，恰恰是艺术创新的基础和动力。因此，在魏晋南北朝时期，新的艺术形式的出现和发展是很自然的。南朝时期，由于东晋以来人口大量南移，以及长期以来南方比较安定，经济得到了繁荣和发展；但是这样的社会条件一方面对文学艺术的发展有促进作用，另一方面也带来一些消极影响。当时的作家大部分出身豪门世族，靠庄园的收入和俸禄过着奢侈的寄生生活，很少想到民间的疾苦，因而他们的作品反映生活的面，比起魏、晋来显得很狭窄。特别是到了梁、陈时代，士大夫的生活进一步腐朽、堕落，不少诗人陷入形式主义的泥潭。北朝文坛，除乐府民歌外，基本上沿袭齐、梁的绮靡诗风。总之，南北朝时期的某些诗人或浪游江湖，寄情山水；或足不出户，咏扇题屏。他们精神上的空虚，自然会导致追求形式上的花样翻新。因此，题咏图像之作在这一时期出现绝非偶然。

最后，外来文化的影响，也是这时期绘画艺术和题画文学发展的重要因素。佛教自东汉传入中国以后，在魏晋南北朝时期逐渐从各方面渗透进中国文化。其中，绘画和文学是受佛教影响较大的领域。当时，佛教绘画成为压倒其他画科的新画种，涌现出一大批佛教画工。由于佛教造像是印度艺术希腊化的结果，所以佛教艺术的传入也给中国绘画艺术带来了希腊风格。在画法上，受佛教艺术的影响，中国传统的人物画也开始采用晕染法。而在文学创作上，新的题材、新的语言也开始出现，直接为佛像写赞歌的新文体——佛像赞——广为盛行。南朝宋时，沈约就写了许多这样的赞、铭。这些赞美佛像的赞、铭，已不再像题壁诗、刻石诗那样为自然界或社会上的物和人而咏，而是为作为艺术品的像而赞。就体裁而论，虽然赞、铭有别于诗，但就诗的广义而言，也可以包括赞、铭。明代冯惟讷所

编《诗纪》，就是把铭、赞、诔等也算作诗而收入的。

第二节 魏晋南北朝题画文学种类与特点

魏晋南北朝时期的题画文学作品，从题刻的载体来看，大致可分为五种：一是刻于石的，又有刻于石窟造像和刻于石（砖）之分；二是题于画扇的或为画扇而题的；三是题于画屏的；四是题咏壁画的；五是题于画卷或书于另册的。从题咏的对象看，又有单纯咏画和画、物并咏两种。一般来说，画像赞大多单纯赞画；而咏画扇诗则往往画与扇两咏，有时又以咏扇为主，如高爽的《咏画扇诗》：

> 细丝本自轻，弱彩何足眄。
> 直为发红颜，谬成幄中扇。
> 乍奉长门泣，时承柏梁宴。
> 思妆开已掩，歌容隐而见。
> 但画双黄鹄，莫作孤飞燕。

此外，这时咏画诗还有一种人、画并咏的，如南朝梁庾肩吾的《咏美人看画应令诗》："欲知画能巧，唤取真来映。并出似分身，相看如照镜。安钗等疏密，著领俱周正。不解平城围，谁与丹青竞。"这首诗写得很妙，将画中美女与看画美人相比较，无论是面容还是妆饰，均难分高下。此诗既赞画又赞人，但意在夸赞看画之美人，即所谓"美女如画"。

魏晋南北朝题画诗赞，明显地呈现出过渡的性质。

其一，从内容看，由客观赞画向侧重于主观抒情过渡。如果说南朝梁江淹的《云山赞四首》已开始将画中景物与主观情思相交融的话，那么北周庾信的《咏画屏风诗二十五首》则侧重于主观抒情了。如其第九首："徘徊出桂苑，徙倚就花林。下桥先劝酒，跂石始调琴。蒲低犹抱节，竹短未空心。绝爱猿声近，唯怜花径深。"这首诗已不再像当时其他题画作品只是客观地就画上景物进行描绘或赞美，而是抛开画面，化虚景为实景，并且诗人自己也进入了画境，既融情于景又借景抒情。这样的题画诗不仅在当时是一种新的题画尝试，也为唐以后题画诗的发展提供了新范式。

其二，从教化功能看，日趋淡化。汉代的画赞从产生那天起，就带有浓厚的功利色彩，歌功颂德或劝善惩恶是其主要目的。到了魏晋之际，许多题画文学作品虽然仍具有一定的教化功能，但已开始减弱。许多画赞已由庙堂功臣转向高人名士。这标志着正统的功利主义的偶像崇拜已转向对风流高士名节的标榜。题画诗的创作动机，也具有明显的自由性。如陶渊明的《扇上画赞》，就是对诗人所企慕的八位著名隐士的图像加以礼赞。诗人以与古代高士同趣为荣，以归隐为乐，虽然在现实中缺少知音，但并不感到孤独。此诗可谓自抒襟怀，全无功利色彩。这也可以说是魏晋时代真正意义上的自由诗。

其三，从题画诗所题咏的对象看，由两汉时单纯赞颂人物开始向多种景物过渡。如魏曹植的《庖牺赞》说："木德风姓，八卦创焉。龙瑞官名，法地象天。庖厨祭祀，网罟渔畋。琴瑟以像，时神通玄。"其所涉内容颇多，有伏羲制琴瑟、造网器、教渔畋等。南朝梁江淹在《云山赞四首并序》的序中明确指出："壁上有杂画，皆作山水好势，仙者五六，云气生焉。怅然会意，题为小赞云。"其所赞对象虽然仍有"仙者"，但却描绘了"山水好势"。此外，刘孝威的《辟厌青牛画赞》也拓展了题画诗的表现领域。

其四，从形式上看，题画诗从四言向五言过渡，由短制向长篇过渡。汉代的题画作品，几乎都是四言韵语；而到魏晋南北朝时期，则开始出现五言画赞，并有渐多之趋势，如除上文提到的江淹的《云山赞四首》是五言诗体外，高爽的《咏画扇诗》、庾肩吾的《咏美人看画应令诗》、萧纲的《咏美人看画诗》等都是五言。并且还出现了长篇的题画组诗，如陶渊明的《读〈山海经〉诗十三首》。第一首写隐居读书的乐趣，之后十一首都是因读《山海经》《穆天子传》所载的奇异事物生感而寄意，最后一首以史论作结，说明"帝者慎用才"之主旨，表达诗人对现实中频频易代的态度。

其五，从艺术上看，由单调枯燥发展为丰富多彩。早期的画像赞，无论是长篇还是短赞，无非都是单纯地赞佛或赞人，以劝善惩恶为终极目的。叙述平淡，描写乏味。而到了魏晋南北朝时期，随着绘画题材的扩展，画中景物的增多，题画诗的表现手法也开始多样化。许多题画作品既摹形拟状、绘声绘色，又融情于景、托物言志，在艺术上渐趋成熟。如南朝梁江淹《云山赞四首》之一的《王太子》："子乔好轻举，不待炼银丹。控鹤去窈窕，学凤对嶙峋。山无一春草，谷有千年兰。云衣不蹀躞，龙驾何时还。"此诗不仅描绘细致、形象生动，而且将主观情思融于画景之中，与两汉画赞客观叙事的劝善惩恶迥然有别，所以曹铁珊、罗义俊认为，"作者并非出于对像的歌功颂德，或者如《天问》诉问哲理'以泄愤懑，舒泻愁思'，而是对画的意境的'怅然会意'之作，从而点明了画的意境，与画面有机地融合了，明显地具有了形象感、文学感。"[5]并且，这首诗在形式上已初具五言律诗的雏形，在平仄上虽多不合律，但均押平声韵。特别是在对仗上，中间两联颇为工稳，已无懈可击。因此，此诗应视作中国近体题画诗之先声。从这个意义上说，它也是中国题画诗由古画赞向今（近）体题画诗过渡的一首标志性的作品。

特别值得注意的是这时期题画诗在艺术表现手法上也有新突破。一是开始运用"以画作真"的表现手法，如南朝梁萧纲的《咏美人看画诗》将宫中佳丽与画上"神女"作比较，"可怜俱是画，谁能辨伪真"，但是比对的结果还是现实中的美女要比画上"神女"好，因为她"长有好精神"。这种艺术表现手法对后世题画诗创作颇有启迪。唐代的许多题画诗在品赏绘画时常用的"拟真"手法显然受此影响。二是化静为动、化视觉为听觉的表现手法也为后世题画诗创作提供了借鉴。庾信的《咏画屏风诗二十五首》其十一说："捣衣明月下，静夜秋风飘。锦石平砧面，莲房接杵腰。急节迎秋韵，新声入手调。"诗人用诗笔巧妙地把静止的画面搅动起来，读者似乎听到了捣衣女子手中木杵发出的急切节奏声，伴着秋风传向远方。如果说题画诗的这种表现手法在魏晋南北朝时期是偶一为之，那么到了唐代则被题画诗人广泛运用了。

魏晋南北朝时期的题画作品延续了汉代画像与赞密不可分的特点，大多数题画诗当是书写于同一平面上的，这是因为它们多是为画壁、画扇、画屏而题，有着重要的装饰作用。张彦远在《历代名画记》中说，王献之

"风流高迈，草隶继父之美，丹青亦工。桓温尝请画扇，误落笔，因就成乌驳犉牛，极妙绝，又书犉牛赋于扇上，此扇义熙中犹在"（《历代名画记》卷五）。不过，迄今为止，尚未发现有关物证。这是因为，随着建筑物和屏、扇的损毁，画已荡然无存。这正如明胡震亨所说："诗班班在诸人集中，而画未必常存，画寿不敌诗寿也。"（《唐音癸签》卷三十三）

　　魏晋南北朝时期，现存较早题于画面上的五言题画诗当是东晋支遁的《咏禅思道人诗并序》：

　　　　孙长乐作道士坐禅之像，并而赞之。可谓因俯对以寄诚心，求参焉于衡轭，图岩林之绝势，想伊人之在兹。余精其制作，美其嘉文，不能默已。聊著诗一首，以继于左。其辞曰：

> 云岑竦太荒，落落英岊布。
> 回壑伫兰泉，秀岭攒嘉树。
> 蔚荟微游禽，峥嵘绝蹊路。
> 中有冲希子，端坐摹太素。
> 自强敏天行，弱志欲无欲。
> 玉质凌风霜，凄凄厉清趣。
> 指心契寒松，绸缪谅岁暮。
> 会衷两息间，绵绵进禅务。
> 投一灭官知，摄二由神遇。
> 承蜩累危丸，累十亦凝注。
> 悬想元气地，研几革粗虑。
> 冥怀夷震惊，怕然肆幽度。
> 曾筌攀六净，空同浪七住。
> 逝虚乘有来，永为有待驭。

　　这首诗虽然主要是咏"禅务"的，但不仅对景物的描写颇为形象、生动，而且对人物的内心世界也有细腻的刻画。因此，可算作山水类题画诗。孙长乐的画像赞与此诗当为题写于同一画面的题画作品。这时期题于画卷上的题画诗还有很多，但大部分均已随着画的损毁而散佚，如东晋王彪之曾作题咏画扇的《二疏画诗》。其《二疏画诗序》说："余自求致仕，诏累不听，因扇上有二疏画，作诗一首，以述其美。"（《太平御览》卷七五）可惜其诗已不传。

魏晋南北朝时期的题画诗与画是密不可分的，大多数题画诗都与画题写于一处。其根据，一是从现存资料看，大多数题画诗赞都注明诗与画"并而赞之"；二是这时期题画诗赞都是为画像或画扇、画屏而题，是为画服务的，往往都是画的文字说明或画意的升华，很少有借题发挥之作；三是题画诗赞大多篇幅较短，完全可以题写于画面上，而不像唐以后的题画诗越写越长，只好题于另纸了。因此，在中国题画诗史上，诗与画经历了合而分、分而合的不同发展阶段，而且在每个发展阶段中都存在着有合有分的不同情况，但总的趋势是合逐渐取代了分，并且越是近现代越是如此。

注　释

〔1〕〔4〕傅璇琮、蒋寅总主编，刘跃进主编《中国古代文学通论·魏晋南北朝卷》，辽宁人民出版社，2005，第233、4页。

〔2〕以上参见拙作《杜甫不是题画诗的首创者——兼论题画诗的产生与发展》，《辽宁大学学报》（哲学社会科学版），1982年第2期。

〔3〕参见郑午昌：《中国画学全史》，上海古籍出版社，2001。

〔5〕曹铁珊、罗义俊：《中国题画文学的发展》，《文艺论丛》1984年第19期。

第四章

魏晋南北朝题画诗

第一节　魏晋题画诗人

　　魏晋文学是从建安时代开始的。建安文学实际上包括建安年间和魏晋前期的文学。它是魏晋时期文学成就的代表和标志。当时文坛上以曹氏父子为中心，在他们周围集中了王粲、刘桢等一批文学家。鲁迅在《魏晋风度及文章与药及酒之关系》一文中介绍了建安文学的代表作家之一曹丕的"文以气为主""诗赋欲丽"等文学主张。刘勰认为，文学作品必须达到"风骨"与"采"相结合，所谓"若风骨乏采，则鸷集翰林；采乏风骨，则雉窜文囿"（《文心雕龙·风骨》）。这种既重视风骨，又追求审美的文艺观，也体现在题画文学创作中。这时期的题画诗已不再像汉代画赞那样为儒家思想所束缚，而是能较为自由地抒发自己的情感，并开始对美的追求。

　　在绘画方面，随着文学的发展，绘画艺术也有长足的进步。这时期，画家辈出，群星闪烁。著名画家如三国时的曹不兴，西晋的卫协，东晋的戴逵、顾恺之等。其中顾恺之为一代宗匠，其绘画对后世影响极大，谢安称他的绘画艺术为"苍生以来，未之有也"（《晋书·顾恺之传》）。这时期的画坛也出现了一些新特点：一是最高统治者和宰府重臣也参与绘画活动，如三国吴之孙权、蜀之诸葛亮，东晋明帝司马绍等；二是著名作家也涉绘事，如嵇康、谢灵运等都能作画；三是一些书法家兼擅绘画，如被称为"书圣"的王羲之，据说也能绘画[1]。一个朝代的最高统治者、朝廷重臣参与并倡导绘画，和文学家、画家、书法家的兼擅多艺，既推动了绘画艺术的发展，又为诗、书、画的融合创造了条件。这无疑有力地促进了题画诗创作，出现了一批能自由抒发情志的题画诗人，主要有曹植、夏侯湛、陶渊明等。

曹植

曹植（192—232），是这时期题画文学的重要作家，字子建，沛国谯县（今安徽亳州）人，曹操第三子，封陈王，谥思，世称"陈思王"。少年聪敏，颇受曹操宠爱，曾欲立为太子，后失宠。曹丕称帝后，他备受猜忌和迫害，屡遭贬爵、改换封地。他多次上书请求任用，终未如愿，忧郁而死。现存诗80余首，较完整的词赋、散文40余篇。原有集30卷，已散佚。宋人辑有《曹子建集》。

据《隋书·经籍志》载，曹植有画赞五卷。又据《历代名画记》载，"汉明帝《画宫图》，五十卷，第一起庖牺，五十杂画赞。汉明帝雅好画图……诏博洽之士班固、贾逵辈取诸经史事，命尚方画工图画谓之画赞，至陈思王曹植为赞传。"（《历代名画记》卷三）曹植五卷本画赞已散佚，其遗文，严可均辑入《全上古三代秦汉三国六朝文》内共有31篇，多为四言八句的韵文，也可视为四言诗，主要有《庖牺赞》《女娲赞》《神农赞》《黄帝赞》《少昊赞》《颛顼赞》《帝喾赞》《帝尧赞》《夏禹赞》《殷汤赞》《周文王赞》《周武王赞》《周公赞》《汉高祖赞》《汉文帝赞》《汉景帝赞》《汉武帝赞》《班婕妤赞》《商山四皓赞》等。作者在这些画赞的《序》中说："观画者，见三皇五帝，莫不仰戴；见三季暴主，莫不悲惋；……见忠节死难，莫不抗首；见忠臣孝子，莫不叹息；见淫夫妒妇，莫不侧目；见令妃顺后，莫不嘉贵。"其作赞的目的在于"存乎鉴戒"。但联系其写作背景，似另有隐衷。据考证，这些画赞约作于建安十九年（214）前后[2]，当时"太祖狐疑，几为太子者数矣"（《魏志·陈思王植传》）。诗人在皇权争夺中，行动受到严密监视，处境极为艰难。他赞颂三皇五帝等明君，当是其身处逆境而思贤主以用其才。此外，他的《许由巢父池主赞》《卞随赞》

《商山四皓赞》等，也颇值得重视。作者倾慕古代许由、巢父、池主、卞随、商山四皓等高士，除了表明其不得用世而退隐之意外，也开启了画赞赞颂隐士之先河。此后的夏侯湛、陆云、陶渊明等都有这类题材的画赞。

夏侯湛（243—291），字孝若，谯县（今安徽亳州谯城区）人。富文才，美容貌，与潘安友善，时称"连璧"。泰始中，举为贤良，历任太子舍人、尚书郎等职。晋惠帝时，任散骑常侍。建安之后，骈文盛行，他反流俗，仿《周诰》文体，作《昆弟诰》，揭开了古文与骈文斗争之序幕。他以《东方朔画赞》而著名。此《画赞》不仅在当时被称诵，也为后世所赞赏。其《画赞》序中盛赞东方朔的名句"戏万乘若僚友，视俦列如草芥"，宋代苏轼曾用来表述伟大诗人李白的性格特征而传诵不绝。唐代大书法家颜真卿曾书此赞，成为后代习字之法帖。原有文集十卷，已散佚。明人辑有《夏侯常侍集》传世。其《东方朔画赞并序》是：

> 大夫讳朔，字曼倩，平原厌次人也。魏建安中，分厌次以为乐陵郡，故又为郡人焉。事汉武帝，《汉书》具载其事。

> 先生瑰玮博达，思周变通，以为浊世不可以富贵也，故薄游以取位。苟出不可以直道也，故颉颃以傲世。傲世不可以垂训也，故正谏以明节。明节不可以久安也，故诙谐以取容。洁其道而秽其迹，清其质而浊其文。弛张而不为邪，进退而不离群。若乃远心旷度，瞻智宏材。倜傥博物，触类多能。合变以明算，幽赞以知来。自《三坟》《五典》《八索》《九丘》，阴阳图纬之学，百家众流之论，周给敏捷之辩，支离覆逆之数，经脉药石之艺，射御书计之术。乃研精而究其理，不习而尽其功，经目而讽于口，过耳而暗于心。

> 夫其明济开豁，包含弘大。陵轹卿相，嘲哂豪杰，笼罩靡前，跆籍贵势。出不休显，贱不忧戚。戏万乘若僚友，视俦列如草芥。雄节迈伦，高气盖世。可谓拔乎其萃，游方之外者已。谈者又以先生嘘吸冲和，吐故纳新，蝉蜕龙变，弃俗登仙，神交造化，灵为星辰。此又奇怪惚恍不可备论者也。

> 大人来守此国，仆自京都言归定省，睹先生之县邑，想先生之高

风；徘徊路寝，见先生之遗像；逍遥城郭，观先生之祠宇。慨然有怀，乃作颂焉。其辞曰：

矫矫先生，肥豚居贞。

退不终否，进亦避荣。

临世濯足，希古振缨。

涅而无滓，既浊能清。

无滓伊何，高明克柔。

能清伊何，视污若浮。

乐在必行，处沦罔忧。

跨世凌（一作陵）时，远蹈独游。

瞻望往代，爰想遐踪。

邈邈先生，其道犹龙。

染迹朝隐，和而不同。

栖迟下位，聊以从容。

我来自东，言适兹邑。

敬问墟坟，企伫原隰。

墟墓徒存，精灵永戢。

民思其轨，祠宇斯立。

徘徊寺寝，遗像在图。

周旋祠宇，庭序荒芜。

榱栋倾落，草莱弗除。

肃肃先生，岂焉是居？

是居弗形，悠悠我情。

昔在有德，罔不遗灵。

天秩有礼，神监孔明。

仿佛风尘，用垂颂声。

这篇画赞写得很精彩。它一改以前画赞一味生硬地对人物歌功颂德的惯例，感情浓郁，褒奖有度。赞中既有对人物高度的由衷赞叹，又有对祠宇周遭景物气氛的烘托。尤为可贵的是，诗人作赞的目的，不是单纯地"存乎鉴戒"，而是借观古人画像以抒慨。据《晋书·夏侯湛传》记载，夏侯湛仕途蹭蹬，在晋武帝时其官职"累年不调"，心中之郁闷可知。所以便借东方朔"退不终否，进亦避荣"的达观之"酒"来浇自己胸中之块垒。这种借画抒怀的题画作品，也是后来题画诗的惯用范式。所不同的是，它只是四言而已。从这个意义上说，这首画像赞当是现存较早的一首感情充沛、体式完备的题画诗。并且，其序文洋洋洒洒，词采照人，堪称题画艺苑中之美文。此外，他的《管仲像赞》《鲍叔像赞》等也属题画类文学作品。

陆云（262—303），字士龙，吴郡吴县华亭（今上海松江）人。少以文才著称，与兄机齐名，世称"二陆"。十六岁，举贤良。吴亡，与兄同入洛阳，曾任浚仪令、尚书郎、中书侍郎等职。后成都王荐为清河内史，转大将军右司马。原有集十二卷，后散佚，宋人辑有《陆士龙集》十卷。其著有《荣启期赞并序》，盛赞春秋时隐士荣启期的高风亮节。其赞序说："荣启期者，周时人也。值衰世之季末，当王道颓凌，遂隐居穷处，遗物求己。……友人有图其像者，命为之赞。"其赞辞是：

> 芒芒至道，天启德心，
> 自昔逸民，遁志山林。
> 邈矣先生，如龙之潜，
> 夷明收察，灭迹在阴。
> 傲世求己，遗物自钦，
> 景遁琼辉，响和绝音。
> 恋彼丘园，研道之微，
> 思乐寒泉，薄采春蕤。
> 鸣弦清泛，抚节高徽，
> 有圣庚止，永言伤悲。
> 天造草昧，负道实嘉，
> 于铄先生，既体斯和。

熊黑作祥，黄发皤皤，

耽此三乐，遗彼世华。

翼翼彼路，行吟以游，

的的黻冕，陋我轻裘。

永脱乱世，受言一丘，

媚兹常道，聊以忘忧。

如果说夏侯湛所称赞的东方朔是一位隐于朝、"和而不同"的大隐士，那么陆云笔下的荣启期则是真正"遁志山林"的高士。这样的隐士，也是魏晋时期许多名士所钦慕、崇尚的人物。1960年发现的南京刘宋大墓内有《竹林七贤与荣启期图》，时人将"竹林七贤"与古人荣启期画在一起，可以看出"竹林七贤"与荣启期的志趣是一致的。此后，陶渊明在《咏贫士诗七首》其三中称"荣叟老带索，欣然方弹琴"，所推崇的也是其安贫乐道的思想，并借以表现自己绝无"苟得"的品质和不可动摇的隐居山林的决心。此赞在写法上，不是单用丽词佳句来赞美人物，而是侧重描写其外貌、衣饰以及内心活动，并通过"翼翼彼路，行吟以游"等行动来表现荣启期的清高节操。这较之前人画赞也是一大进步。

东晋的陶渊明，不仅是中国文学史上可以与屈原、李白、杜甫媲美的伟大文学家，而且是这时期的重要题画诗人。陶渊明（365—427），字元亮（一说名潜，字渊明），私谥靖节，世称靖节先生。浔阳柴桑（今江西

陶渊明像

九江西南）人。陶渊明出身于没落的仕宦家庭。他的曾祖父陶侃是东晋的大将，官至八州都督，封长沙郡公，曾显达一时，死后又追赠大司马，策谥曰桓。其祖父和父亲也做过太守、县令一类地方官。他出生后家境便逐渐衰落。但是寒微门第并没有影响他"壮且厉"的志向。青少年时代，他"猛志逸四海，骞翮思远翥"（《杂诗十二首》其五）。29岁那年，开始迈向仕途的第一步，出任江州祭酒，但不久就辞

官。此后，又做过几任参军等小官，每次时间都很短。在这十几年中，他的经济情况逐渐恶化。到39岁那年，因贫困不得不亲自耕种。但是，"耕植不足以自给"，只好再度出仕，做了八十多天的彭泽令，时年41岁。从此，他"躬耕自资"，直至逝世。陶渊明今存诗120余首，文10余篇，有《陶渊明集》传世。在《陶渊明集》中，共有题画诗14首，他是魏晋南北朝时期创作题画诗最多的诗人之一。先看其《扇上画赞》：

三五道邈，淳风日尽。
九流参差，互相推陨。
形逐物迁，心无常准，
是以达人，有时而隐。
四体不勤，五谷不分，
超超丈人，日夕在耘。
辽辽沮溺，耦耕自欣；
入鸟不骇，杂兽斯群。
至矣於陵，养气浩然，
蔑彼结驷，甘此灌园。
张生一仕，曾以事还；
顾我不能，高谢人间。
岌岌丙公，望崖辄归，
匪骄匪吝，前路威夷。
郑叟不合，垂钓川湄，
交酌林下，清言究微。
孟尝游学，天网时疏；
眷言哲友，振褐偕徂。
美哉周子，称疾闲居；
寄心清尚，悠然自娱。
翳翳衡门，洋洋泌流，
曰琴曰书，顾盼有俦。

饮河既足，自外皆休。

缅怀千载，托契孤游。

这篇画赞共赞颂荷蓧丈人、长沮、桀溺、於陵仲子、张长公、丙曼容、郑次都、薛孟尝、周阳珪等几位隐逸高士。诗人"缅怀千载，托契孤游"，不仅指出"三五道邈"、社会黑暗是他们归隐的共同原因，而且充分肯定了他们的贡献和高尚人格。从中也反映了陶渊明的生活态度和理想追求。

这篇赞共48句，除首尾各8句是全篇的开头和结尾外，中间每4句赞一人（其中长沮、桀溺并赞），共赞了九个人。本篇全是四言韵语，应看作情景交融的四言诗。它和诗人其他四言诗《命子》《荣木》《答庞参军》等一样，都是继《诗经》之后，古代四言诗的优秀代表作，而完全不同于这时期其他画赞的枯燥无味。诗人运笔有情，既有对画中人物的由衷赞叹，又有对每一人物生活环境及其日常行为的具体描写，如"辽辽沮溺，耦耕自欣""郑叟不合，垂钓川湄"等。并且融情于景，寄慨良多，是题画诗之佳品。他的《读〈山海经〉十三首》也当是题画之作。试看其中之五首：

其一

孟夏草木长，绕屋树扶疏。

众鸟欣有托，吾亦爱吾庐。

既耕亦已种，时还读我书。

穷巷隔深辙，颇回故人车。

欢言酌春酒，摘我园中蔬。

微雨从东来，好风与之俱。

泛览《周王传》，流观《山海图》。

俯仰终宇庙，不乐复何如？

其二

粲粲三珠树，寄生赤水阴。

亭亭凌风桂，八干共成林。

灵凤抚云舞，神鸾调玉音。

虽非世上宝，爰得王母心。

其三

夸父诞宏志，乃与日竞走。

俱至虞渊下，似若无胜负。

神力既殊妙，倾河焉足有！

余迹寄邓林，功竟在身后。

其四

精卫衔微木，将以填沧海。

刑天舞干戚，猛志固常在。

同物既无虑，化去不复悔。

徒设在昔心，良晨讵可待！

其五

岩岩显朝市，帝者慎用才。

何以废共鲧？重华为之来。

仲父献诚言，姜公乃见猜。

临没告饥渴，当复何及哉！

《山海经》，是一部记载古代神话传说及海内外山川异物的书。全书共十八卷。书名最早见于《史记》，可能是周秦时人所作，汉刘歆校订。陶诗中说"流观《山海图》"，明确指出他所看的《山海经》是一种插图本。据载，东晋郭璞曾为《山海经》作注，并图赞。毕沅说："《山海经》有古图，有汉所传图。"[3] 由此可知，陶渊明所读的《山海经》当为郭璞的图赞本。

关于这组诗的写作时间，论者向有分歧。一说写于南朝宋武帝永初三年（422），为刘裕篡晋后的作品；一说则断为晋安帝义熙四年（408）六月以前的作品。从诗意看，前说近是。当时刘裕篡位后为巩固其统治，曾诛杀异己，政治环境十分险恶，所以诗人在诗中不得不采用转弯抹角的方式加以谴责。

其一（原第一首）写诗人隐居多闲，在躬耕之余读书的乐趣。这首诗是这组诗的总序。以下各首则分咏书中的人物、故事等。清代温汝能纂辑的《陶诗汇评》中说："首章揭明'俯仰宇宙'四字，包括一切。下十二章俱从此出，借神仙荒怪之论，以发其悲愤不平之慨，此其大较也。"

其二（原第七首）主要描写神仙世界的奇异现象，以仙界神灵的美好情趣，反衬出人世间的卑微欲望，并抒发自己久郁心中的苦闷。此诗想象奇特，绘景离奇，富于浪漫色彩。正如明代黄文焕所指出："王母之山，凤自歌，鸾自舞，三珠在赤水，八桂在番隅，不属王母山中，却拈来合咏，直欲将山川世界更移一番，以他处所有，添补仙神地方之所无，想头奇绝。"（《陶诗析义》卷四）

其三（原第九首）通过咏叹夸父逐日的故事，热情地歌颂了这位勇士不屈不挠的英雄气概，反映了古代人民征服大自然的强烈愿望，同时也寄寓了诗人壮志未酬的幽愤。

其四（原第十首）歌颂了两个形象：一个是溺海而死的女娃，化为小鸟后，口衔微木，填海报仇；另一个是断首的刑天，虽死犹生，仍挥舞干戚，抗争不已。他们这种不达目的誓不罢休的斗争精神，不仅体现了中国人民的优良品质，也反映了诗人可贵的精神面貌。

其五（原第十三首）通过回顾历史，既对晋帝用人失当，导致身死国亡，而哀其不幸，又对刘裕等以禅代之名行篡权之实的罪恶进行抨击。此诗是十三首诗中的最后一首，带有总结的性质，写诗人念及朝廷而生悲。这组诗以乐起，以悲结，布置精细，寄慨殊深。

陶渊明的这十三首诗，虽然每首诗并非缘画而作，但从诗意看，显然大多是因观图而生感，如"粲粲三珠树，寄生赤水阴""夸父诞宏志，乃与日竞走""精卫衔微木，将以填沧海""刑天舞干戚，猛志固常在"等，当都是描写画中之物象。因此，这组诗也属于题画诗。

这时期除了上述主要题画诗人外，仕于魏的傅玄（217—278），也写过6首《古今画赞》，均为四言，分别赞颂孙武、信陵君、汉高祖、汉明帝、班婕妤、明德马后6人，意在教化，并无文采。

第二节　南北朝题画诗人

南北朝时期，特别是南朝齐梁时期，文学在自觉道路上又跨进了一大步。钟嵘论诗主张，"干之以风力，润之以丹彩，使味之者无极，闻之者动心，是诗之至也。"（《诗品·序》）至萧绎，则进一步指出："至如文者，惟须绮縠纷披，宫徵靡曼，唇吻遒会，情灵摇荡。"（《金楼子·立言》）他一方面强调美是文学的最重要因素，另一方面又丰富了美的内涵。这就为文学的基本功能作了较为全面、明确的阐释[4]。到陈代，又出现了公然赞扬"艳歌"的主张以及专门收录"艳歌"的诗集《玉台新咏》。在这种文艺主张之下，齐梁时期的题画诗创作开始出现专门描写女性题材的作品，如萧纲、庾肩吾的一些题画诗。这应看作题画创作的大胆尝试。中国题画诗由极端地为教化服务，为别人歌功颂德，到诗人适情任性地抒发自己的爱欲，这是对束缚人性观念的挑战，也是题画诗发展史上的重要里程碑。

南北朝的绘画艺术也有很大发展，山水画开始兴起，逐渐向独立画科发展，花鸟画也处在独立成科的状态。这时期的知名画家很多，仅据张彦远《历代名画记》记载，南北朝时就有画家近百人。其中南朝著名画家较多，如陆探微，名重一时，谢赫评其画"穷理尽性，事绝言象"；张僧繇，也是六朝最有影响的画家之一，其画被称为"张家样"；特别值得一提的是梁元帝父子也善书画，萧绎"尝画《圣僧》，武帝亲为赞之"，"元帝长子方等，字实相，尤能写真"（张彦远《历代名画记》卷七）。北朝佛画较为兴盛，现存佛教艺术北朝多于南朝，但北朝知名画家相对较少，其中蒋少游、杨子华、曹仲达等较为突出。据《历代名画记》所载，曹仲达以画"梵像"著称。南朝宋郭若虚在《图画见闻志》中把他与吴道子并提，说"曹之笔，其体稠叠，而衣服紧窄"，而"吴之笔，其势圜转，而衣服飘举"。这便是中国美术史上所谓"吴带当风，曹衣出水"，可见其画名气之大。此外，这时期也出现一批杰出的绘画理论著作，如宗炳的《画山水序》、王微的《叙画》、谢赫的《古画品录》、姚最的《续画品录》等，在绘画理论上都有新的建树。画家辈出，绘画理论创新，特别是山水画、花鸟画、佛教画兴起，不仅推动了绘画艺术的发展，也为题画诗创作提供了较为广泛的题材。这时期的题画诗人也较魏晋时期有所增多，主要有丘巨源、沈约、江淹、高爽、费昶、庾肩吾、萧纲、庾信等。

沈约（441—513），字休文，吴兴武康（今浙江德清）人。出身世宦之家。父沈璞，宋时为淮南太守，后被诛。沈约幼年流寓孤贫，而好学不倦，博览群书。历仕南朝宋、齐、梁三代。宋时官至尚书度支郎。入齐，累官太子家令、著作郎、东阳太守等。永明年间，受爱好文艺的竟陵王萧子良的招引，与当时的才士谢朓、萧衍、王融等并游竟陵之门，时称"竟陵八友"。后与范云等助萧衍成帝业，以功封建昌县侯，官至尚书令兼太子少傅。卒后，谥曰隐。他是南朝著名的文学家、史学家，为齐梁文坛领袖。其诗注重声律对偶，与谢朓等共创"永明体"，促进了诗歌由古体向近体发展。他提出的"四声"说，为韵文的创作开辟了新境界。有《沈隐侯集》。

沈约的创作兴趣是多方面的。他除了热心于诗歌创作和声律学研究外，还留下一些题画文学作品，这主要是画像赞和题画诗。其中画像赞主要有《绣像赞》《瑞石像赞》《释迦文佛像铭》等；题画诗有《和刘雍州绘博山香炉诗》，其诗是：

> 范金诚可则，搞思必良工。
> 凝芳自朱燎，先铸首山铜。
> 瑰（一作环）姿信岩崿，奇态实玲珑。
> 峰嶝互相拒，岩岫杳无穷。
> 赤松游其上，敛足御轻鸿。
> 蛟螭盘其下，骧首盼层穹。
> 岭侧多奇树，或孤或复丛。
> 岩间有佚女，垂袂似含风。
> 翚飞若未已，虎视郁馀雄。
> 登山起重障，左右引丝桐。

百和清夜吐，兰烟四面充。

如彼崇朝气，触石绕华嵩。

这是为香炉上的雕绘而题的诗，也属广义的题画作品。此诗较为细致地描绘了香炉上下的景物和人物，极为形象："赤松游其上，敛足御轻鸿"；"蛟螭盘其下，骧首盼层穹"；还有仙女"垂袂似含风"等。其间飞禽走兽、奇树异草，也栩栩如生。但此诗的不足之处是缺少寓意。

费昶，生卒年不详，江夏（今湖北武汉）人。梁时任新田令。曾为乐府，作《鼓吹曲》，深得武帝赞赏，称其"才意新拔，有足嘉异"。今存《发白马》《行路难》等诗10余首。原有集二卷，已佚。现存题画诗两首，即《和萧洗马画屏风诗二首》：

阳春发和气

日静班姬门，风轻董贤馆。

卷耳缘阶出，反舌登墙唤。

蚕女桂枝钩，游童苏合弹。

拂袖当留客，相逢莫相难。

秋夜凉风起

佳人在河内，征夫镇马邑。

零露一朝团，中夜两垂泣。

气爽床帐冷，天寒针缕涩。

红颜本暂时，君还讵相及？

这是诗人和梁太子洗马萧子显《画屏风》的诗。萧诗今已不存，其屏风更是荡然无存，所以也无缘见其画；但我们从费昶的两首和诗似可想象原画的风采。这两首诗虽然写的是一般的男欢女爱和旷夫怨女，但却颇值得重视：一是它改变了魏晋以来题画文学只是写明君贤相、忠臣孝子的题材而描写世间的男女情爱，是人性的解放与张扬，具有积极意义；二是在题画作品中首次出现了"蚕女"形象，尽管她并非代表普通劳动者，但也具有一定的象征意义；三是两首诗都具有一定的情节，也有些许叙事成分。这三点便奠定了它在中国题画诗发展史上的地位。

萧纲（503—551），即梁简文帝，字世缵，小字六通，南兰陵（今江苏常州西北）人，梁武帝第三子。他雅好诗赋，自称"七岁有诗癖，长而不倦"。其诗才在萧氏家族中当推第一。他大力倡导创作宫体诗，以其特殊的身份和地位，"引纳文学之士，赏接无倦，恒讨论篇籍，继以文章"（《梁书·简文帝本纪》），因而在他的身边逐渐形成了一个人数众多的创作群体。萧

萧纲

纲4岁封晋安王，7岁为云麾将军。此时徐摛、张率入幕。徐摛为萧纲侍读，他"属文好为新变，不拘旧体"，"摛文体既别，春坊尽学之，'宫体'之号，自斯而起"（《梁书·徐摛传》）。张率"年十二，能属文，常日限为诗一篇"（《梁书·张率传》），曾得到沈约的赞赏。这两人对萧纲的影响很大。萧纲11岁为宣惠将军、丹阳尹时，有庾肩吾等人入幕；18岁为南徐刺史时，有王规等人入幕；在雍州刺史任上7年，又有刘孝仪、刘孝威等人入幕。至萧纲入主东宫后，文学才士更是济济一堂。《隋书·经籍志四》载："梁简文之在东宫，亦好篇什，清辞巧制，止乎衽席之间；雕琢蔓藻，思极闺闱之内。"其左右文士也迎其所好，竞相创作宫体诗。于是以美人为题材的绘画也成为他们吟咏的对象，有时也写古代皇帝、贤士的画像赞。从这一点看，这个文学集团，也可看作中国题画诗发展史上最早的、初具规模的题画诗创作群体。如萧纲写了《咏美人看画诗》，将宫中之佳丽与画上之"神女"作比较："分明净眉眼，一种细腰身"，真是美人如画、画似美人，难辨真伪。其幕僚庾肩吾奉诏也和一首《咏美人看画应令诗》（见本书第56页）。这首诗与萧纲的诗有异曲同工之妙，都是既以真赞画，又以人赛画；但其结论似与萧诗不同，而是突出了美女画的审美价值及其社会功能，即它能"解平城围"。据《艺文类聚》载，汉高帝"至平城，为匈奴所围，七日乏食。陈平使画工图美女，间遣人遗阏氏，云：汉有美女，姿质若是，将欲献单于。阏氏以为然，从容言于单于，乃始得出"[5]。诗人用此典故，在于赞赏美人画而非赞赏美人。这既是与萧诗的

不同之处，也是后代许多题画诗的写作题旨。并且，此诗也是现存资料较早的一首唱和题画诗，颇具开启意义。庾肩吾的另一首题画诗《咏美人看画诗》，也似唱和之作，但无"应令"二字。

庾信（513—581），字子山，南阳新野（今属河南）人，庾肩吾之子。初仕梁，曾任御史中丞，后转右卫将军。42岁出使西魏，后西魏灭梁，不得返国，羁留长安。仕西魏，累迁仪同三司。仕北周，官至骠骑大将

庾信

军、开府仪同三司，世称庾开府。其一生可分前后两期。他前期的文学活动，始于萧纲为太子时的东宫抄撰学士任。《周书·庾信传》说："时肩吾为梁太子中庶子，掌管记。东海徐摛为左卫率。摛子陵及信，并为抄撰学士。父子在东宫，出入禁闼，恩礼莫与比隆。既有盛才，文并绮艳，故世号为'徐庾体'焉。当时后进，竞相模范。每有一文，京都莫不传诵。"这时期的诗文多属消遣娱乐性质，内容较为轻浅。仕西魏之后是他创作的后期，由于生活、思想的变化，其诗歌也由冶艳而转为刚劲苍凉，风格为之一新。杜甫说："庾信文章老更成，凌云健笔意纵横。"（《戏为六绝句》其一）这时期的诗歌充满了故国沦亡之痛和乡关之思，情意深沉，真挚感人。在艺术上，他把南方诗歌的声律技巧传至北方，又摆脱南方浮艳文风，吸取北方刚健精神，体现了南北文学合流的趋势。因此，杨慎评价说："庾信之诗，为梁之冠绝，启唐之先鞭。"（《升庵诗话》卷九）庾信在题画文学创作上，也留下了优秀诗篇和画赞。他的《咏画屏风诗二十五首》中绝大多数为咏画之作。"二十五首"之说，是据明代朱承爵所刊《庾开府诗集》，今人逯钦立辑校的《先秦汉魏晋南北朝诗》也从此说。但《庾子山集注》却定为24首，将第一首（"侠客重连镳"）另列为《侠客行》。此外，其第四首（"昨夜鸟声春"），本集和《艺文类聚》虽作《咏屏风诗》，但《诗纪》《初学记》又作《咏春诗》；其第五首（"逍遥游桂苑"），《文苑英华》也作

《咏春诗》；其第十一首（"捣衣明月下"），《艺文类聚》作《捣衣诗》。如果去掉题目有争议的诗作，那么其中的题画屏诗当为21首；但如果从诗意看，这21首诗中也并非全是咏画屏之作。不过，总的来看在这些诗中题画诗还是居多的，其根据主要有三：其一，诗中以描写形象为主，这些形象当指画上物象而言，而很少有主观抒情的句子，颇似借景抒情的题画诗；其二，第二首诗中说"水纹恒独转，风花直乱回"，其中一"恒"字，当是描绘画上水波的静止状态；其三，诗中多推测疑问之词——"定""谁""疑"等，如"定是汾河上，戈船聊试游"，就是看到画面上的船只，而推测当是汉武帝"泛楼船兮济汾河"。

关于这些咏画屏诗的写作时间、地点，也有不同说法。谭正璧、纪馥华认为写于南朝梁代[6]，日本兴膳宏则认为是庾信北迁之后的作品[7]。后说为是。从诗人的思乡情结和诗意看，这些屏风（当是多折）画上当是他在北方因思念故乡而画的南方风物。于是，他每看到屏风画都会引起思乡之情，随看随作，便写成这些咏画屏之作。因他身处北方，看到南方风物画，其思绪便时南时北，所以便给人似乎写于南梁之感。这从其第二十四、二十五首诗中尤能感受到：

> 金鞍聚碛岸，玉舳泛中流。
> 画鹢先防水，媒龙即负舟。
> 沙城疑海气，石岸似江楼。
> 崩槎时半没，坏舸或空浮。
> 定是汾河上，戈船聊试游。

> 竟日坐春台，芙蓉承酒杯。
> 水流平涧下，山花满谷开。
> 行云数番过，白鹤一双来。
> 水影摇丛竹，林香动落梅。
> 直上山头路，羊肠能几回？

前一首诗写诗人看到描绘北方风景的屏风画，想到了自己飘忽不定的行踪。画中"沙城"所笼罩的云雾，疑似南方的"海气"，而北方的"石岸"又很像南方的"江楼"。诗人融情于景，其思乡之情溢于言表。后一首诗似乎是写南方的景物，诗人所看到的当是一幅描绘南方的风物画。这里"水流平涧下，山花满谷开"，行云飘过，白鹤双来，水影映竹，梅落林香。看这秀丽的江南风光，诗人便想能沿着山头的羊肠小路返回自己的家园。但是，以上分析仅仅是推测而已，我们尚未找到更充足的根据。因此，有人认为其中一些诗是写于南方也不无一定道理。

无论这些咏画屏诗写于何时何地，其确属题画诗已无疑。并且其意义还在于：首先，它开创了题画诗诗画相融的新境界。以往的题画诗尽管也有融情于景的描写，但总给人诗、画游离之感。而庾信的这些咏画屏诗将画中之景、眼前之景和心中之景真正融于一体，使人看不出哪是实景、哪是虚景，并且情景交融、浑不可分。仅从这一点，它当是题画诗成熟的一种标志，只不过它是咏画屏而已。其次，它是中国题画诗发展史上现存最长的一组题画诗，即使去掉几首有争议的作品，以21首计，也多达860字，比陶渊明的《读〈山海经〉诗十三首》还多300字。复次，这些咏画屏诗基本合律，是唐代近体诗的雏形，也是中国题画诗发展史上现存较早的基本属于近体的题画诗，其影响是深远的。从近体诗的基本要素看，一是这些诗均押平声韵；二是多数诗的平仄虽偶有失对或失粘，但基本合律；三是除首联、尾联外，中间各联基本对仗，其中最后两首近于五言排律。此外，庾信还写有《黄帝见广成画赞》《舜干戚画赞》《荣启期三乐画赞》等。

注　释

〔1〕参见王伯敏：《中国绘画史》，上海人民美术出版社，1982，第71页。

〔2〕参见孔寿山：《中国题画诗大观》，敦煌文艺出版社，1997，第30页。

〔3〕转引自王瑶编注《陶渊明集》，人民文学出版社，1956，第82页。

〔4〕参见章培恒、骆玉明主编《中国文学史新著》上卷，复旦大学出版社、上海文艺出版总社，2007，第236页。

〔5〕欧阳询：《艺文类聚》卷七十四，上海古籍出版社，1982。

〔6〕谭正璧、纪馥华选注《庾信诗赋选》，古典文学出版社，1958。

〔7〕兴膳宏：《六朝文学论稿》，彭恩华译，岳麓书社，1986。

第三编　成熟期

—— "归来笑拈梅花嗅，春在枝头已十分"

　　隋唐五代时期，尤其是唐代，是中国题画诗发展的重要阶段。经过魏晋南北朝时期题画文学的生成与完善，到了盛唐，题画诗已渐趋成熟，在艺术上已达到相当高的造诣，涌现出一大批著名的题画诗人，创作出许多彪炳史册的题画佳作。

　　人的个性意识的觉醒从魏晋时期在文学作品中出现，发展到隋唐时期渐成一种趋势。唐代前期文学主要受南朝文学的影响，从思想意识上看，即使是批判齐梁诗歌的陈子昂，在人生观上也标榜"龙性讵能驯"（《酬李参军崇嗣旅馆见赠》）的自我个性。李白更是桀骜不驯，他高唱"安能摧眉折腰事权贵，使我不得开心颜"（《梦游天姥吟留别》）。这都是魏晋以来的适性任情思想的继续与发展。从艺术上看，也延续了魏晋南北朝时期对美的追求。李白在《宣州谢朓楼饯别校书叔云》中大加赞赏"清发"的"小谢"，实际上是对"采丽竞繁"的齐梁文学的肯定。即使是以"写实"著称的诗圣杜甫，也借鉴了六朝诗歌的形式美；并且他赞扬李白的诗"清新庾开府，俊逸鲍参军"（《春日忆李白》），也反映了他的文学见解与李白的共同之处。而诗人对美的追求，也恰恰是对束缚人性观念的一种反叛。刘熙载说："笔性墨情，皆以其人之性情为本。"（《艺概》卷五）题画诗作为一种诗与画的综合艺术，其发展既受诗人主观意识的驱使，也受文化艺术发展规律的影响。特别是山水类题画诗，只有在人的心灵摆脱"无邪"观念束缚之后，才能真正感受到自然界的美好。正因为唐代诗画家的主观个性得到了张扬，在客观上继承并发扬了前代艺术的传统，题画诗才作为一种特殊的艺术品类得以成立，并走向成熟，从而开创和奠定了题画诗的基本范式，对中国题画诗的发展产生极为深远的影响。

　　题画诗在唐代之所以能成为一种独立的文艺形式，有以下主要条件和标志：

　　第一，唐代出现了以王维为代表的重写意的文人画。这种画意境朦胧，很便于诗人借画发挥，展开联想，进而抒写新的情志。这对画境无疑是一种再创造，而题画诗也便成为一种新的艺术体式。

　　第二，这时期的题画诗借助唐代诗歌的繁荣发展，臻于完美，而在艺术上更加成熟。特别是许多伟大诗人（如李白、杜甫等）的参与，使题画诗身价倍增，引起广泛关注，遂为社会所认可。

　　第三，唐代的题画诗逐渐改变了魏晋南北朝时期依附于画的情况，已不再是画像的文字说明，尤其是在书写方式上已有别于以往。唐代的许多题画诗，特别是长诗往往题写于别幅绢纸，在形式上也真正独立了。因此，唐代的题画诗在中国题画诗发展史上具有划时代的意义。

　　首先，唐代题画诗发展的一个重要标志，是数量的增多。魏晋南北朝，仅存题画诗86首；而《全唐诗》《全唐诗外编》及诗人专集等所收录的题画诗，共有292首，是魏晋南北朝现存题画诗的3倍以上。其次，唐代题画诗形式多。现存的唐以前的题画诗，多是题咏画屏、画扇的，而唐代题画诗的形式已趋向多样化。从所题之画的画幅形式看，除画壁、扇面、屏障外，还有大量的卷轴、册页等形式。特别是从书画的载体看，随着绘画的载体逐渐由墙壁、屏障转为纸、绢，题画诗的书写载体也随之发生变化。书写于墙壁、屏障上的题画诗既易损毁，又不便保存；而书写于纸、绢上的题画诗不仅便于收藏，而且为题画诗的书写拓展了空间。从题画诗的体裁看，除六朝时已有的五言古诗外，还有七言古诗、杂言等，特别值得注意的是出现了新的近体题画诗，五绝、七绝、五律、七律、五排、七排等，一应俱全。就四言画赞而言，虽然早在魏晋以前就已出现，但是如果算作一种独立的艺术形式，尚有一定距离。而唐代的四言题画诗从内容到形式，都有新的突破。除原有的人物画像赞进一步发展外，又出现了新的画鹰赞、画鹤赞、画马赞等。复次，唐代题画诗的题材进一步扩大，所反映的生活也较六朝广泛。第四，在艺术上达到了前所未有的造诣。无论古体还是近体，都出现了一批堪称典范的题画佳作。第五，不同的题画诗人在不同时期创造出不同的体式，广泛地影响了后世题画诗的创作，如杜甫、白居易、刘商等对题画诗体式的开拓，就具有一定的示范作用。

第五章

唐代题画诗概览

第一节　唐代社会背景

唐代，是中国人引以为自豪的历史上最伟大的时代（618—907）。其经济的繁荣，国力的强盛，文化艺术的发达，都达到了一个新的高度。唐朝建立不久，经济就从隋末的大破坏中恢复过来，并迅速得到发展。贞观初已走向繁荣，"至贞观四年，米斗四五钱，外户不闭者数月，马牛被野，人行数千里不赍粮，民物蕃息"（《新唐书·食货志》一）。唐朝势力之强大，延续一百余年，至开元、天宝年间达到顶峰。此后，虽因安史之乱，经济遭到破坏，但中唐中兴，使国力又得以恢复，社会仍在持续发展，只是到了晚唐国势才逐渐衰微。

唐朝是一个充满活力的世界性帝国，对外来文化采取博采兼容的政策。去华夷之防，容八方之客。唐太宗曾说："自古皆贵中华，贱夷狄，朕独爱之如一。"（《资治通鉴》贞观二十三年）他的这种思想，为他的后继者所承续。直至玄宗朝，李隆基仍说："国朝一家天下，华夷如一。"（李华《寿州刺史壁记》）因此，整个唐代，在中外文化交流方面形成了一种较为开放的风气。伊佩霞（Patricia Buckley Ebrey）在《剑桥插图中国史》中说："唐朝的中国人眼界格外开阔，对其他文化广采博收，音乐和艺术尤其受到异国影响，来自中国本土之外的学说与仪式继续丰富着佛教。"[1] 在唐朝，从文学艺术到生活趣味、风俗习惯，无不受到外来文化的影响。由于大量外族移民入住，商旅往

来，宗教传播，西域各族、各国的生活习俗、文化也广泛影响着长安、洛阳、扬州等大都会以及南北丝绸之路沿线地区人们的日常生活。从饮食、衣着、歌舞到婚姻风俗，都杂有异国情调。这无疑也拓展了文学、艺术创作题材，促进了诗歌、绘画、音乐等各种文化艺术的繁荣发展。

第二节　唐代题画诗发展原因

唐代题画诗的发展、成熟是多种原因促成的，既有继承魏晋南北朝时期题画诗创作的可贵经验，又受到唐代政治、经济等因素的影响，特别是文化艺术发展的自身规律，更是其重要原因。

首先，绘画艺术的发展，直接影响了题画诗创作。唐代绘画的发展具有多种因素，其中历朝最高统治者的重视与倡导是不可忽视的原因。张彦远《历代名画记》记载："高祖神尧皇帝、太宗皇帝、中宗皇帝、玄宗皇帝，并神武圣哲，艺亡不周。书画备能，非臣下所敢陈述。"许多王公大臣也爱画善画，"汉王元昌，高祖神尧皇帝第七子，太宗皇帝之弟，少博学能画。……汉王弟韩王元嘉亦善书画，天后授之太尉，善画龙马虎豹。滕王元婴亦善画。"（《历代名画记》卷九《唐朝上》）此外，官至工部尚书、被封为大安县公的阎立德与拜为右相、被封博陵县公的其弟阎立本俱为著名画家。"李嗣真云：'博陵、大安，难兄难弟，自江左陆、谢云亡，北朝子华长逝，象人之妙，号为中兴。至若万国来庭，奉涂山之玉帛；百蛮朝贡，接应门之位序。折旋矩度，端簪奉笏之仪；魁诡谲怪，鼻饮头飞之俗；尽该毫末，备得人情。二阎同在上品。'"又如"李思训，宗室也，即林甫之伯父。早以艺称于当时，一家五人，并善丹青。……官至左武卫大将军，封彭城公，开元六年赠秦州都督。其画山水树石，笔格遒劲，……云霞缥缈，时睹神仙之事，窅然岩岭之幽，时人谓之大李将军其人也"（同上）。唐朝最高统治者和达官显宦对绘画的爱好、倡导及亲为，无疑对绘画艺术发展起到巨大的推动作用。

唐朝最高统治者和王公贵族由于爱画、赏画，所以也喜欢购买、收藏名人绘画。自皇室至一般豪富，都有蓄聚书画宝玩的风气，并以储藏古今名家名画为荣。张彦远的《历代名画记》对此多有记载。唐初，"太宗皇帝，特所耽玩，更于人间购求"。大臣萧璃、许善心、杨素等都曾主动向皇帝进献书画。开元时，"玄宗购求尤多"，并令专人搜访。天宝中，又命徐浩为"采访图画使"。于是，绘画作为商品交易成风，许多商人也因贩卖书画而致富。当时的书画家，对于书画的收藏要求也日高。"凡人间藏蓄，必当有顾（恺之）、陆（探微）、张（僧繇）、吴（道子）著名卷轴，方可言有图画。若言有书籍，岂可无九经三史？顾、陆、张、吴为正经，杨（契丹）、郑（法士）、董（伯仁）、展（子虔）为三史。其诸杂迹为百家。必也手揣卷轴，口定贵贱，不惜泉货，要藏箧笥，则董伯仁、展子虔、郑法士、杨子华、孙尚子、阎立本、吴道玄屏风一片，值金二万，次者售一万五千。"（《历代名画记》卷二）这种风习，必然促使画家各显其能，努力作画，"技艺亦随之而精到"，绘画艺术会更加发展。

唐代的绘画艺术促进题画诗的发展，主要表现在四个方面：一是山水画由六朝时萌芽阶段进入成熟、发展阶段，并且独立的翎毛、走兽画也大量出现。这些作品无疑为题画诗创作提供了题材。二是传统的人物画在六朝的基础上也有新的发展。特别是宗教题材的人物画，到唐代，外来的影响已被消化，形成了我国的民族风格，出现了一批善画佛寺道观壁画的画家。大画家吴道子便是其中最著名的一位。他的画"出新意于法度之中，寄妙理于豪放之外"（《东坡集》卷二十三），因而许多诗人都喜咏他作的壁画。三是唐代的画家空前增多。据《古今图书集成》载，唐有画家369人，大大超过六朝画家的总人数，并且唐代画家的流派也渐多。"画之南北二宗，亦唐时分也。"（董其昌《容台别集》卷四）由于唐代开宗立派的画家较多，所以唐代画坛上出现了五彩缤纷的局面，这种局面也直接影响了题画诗创作。四是文人画到唐代已进入发展时期。据史籍记载，唐有文人画家约200人。其中，艺术大师王维在中国文人画发展史上占有相当重要的地位，其余如张璪、郑虔等也有一定影响。他们的画"带有文人之性质，含有文人之趣味，不在画中考究艺术上之工夫，必须于画外看出许多文人之感想"[2]。由于文人追求"画中有诗"，重"写意"，轻"写形"，所以很便于诗人借以抒怀。与文人画相联系的水墨画的确立与发展，也是唐代绘画艺术中的创新。水墨画技法自由豪放，不仅便于表现画家的个性，而且其具有的象征性的水墨也极能引起诗人借以咏怀的雅兴[3]。

其次，书法艺术的发展是题画诗创作的直接原因。唐代的立国者很重视书法艺术，认为书品反映人品，运笔的力度、均匀度和流畅感表现了书法家的道德和情感。因此，在唐代，书法成为任命官吏的重要依据。于是社会上尊重书法名家、珍爱名家书法蔚然成风，深刻地影响了书法艺术的发展。据载，唐太宗非常喜爱王羲之的书法，为得到他的墨宝《兰亭集序》，曾三次派使者去见南方寺院中的一个老僧辨才，想从他手中要出《兰亭集序》，但每次都遭到拒绝。几经周折，唐太宗终于得到了《兰亭集序》。他对《兰亭集序》珍爱无比，多次派人临摹，据说还将它作为陪葬品埋在自己墓中。这桩轶事无论细节真实与否，的确发生于唐代。这说明，在当时从皇帝到僧民，对名家书法作品的珍爱是何等如醉如痴。同时，也从一个侧面反映了唐代书法艺术发展有着广泛而深厚的社会基础。唐代，无论篆书、隶书，还是楷书、草书，都取得了新的成就。从初唐起，便有虞世南、欧阳询、褚遂良、薛稷等名家，此后李邕、李白、张旭、贺知章、王维、郑虔、张彪等也都是有名于时的书法家。至于颜真卿、柳公权等，不仅名重一时，而且至今其书仍被我们奉为楷模。正因为唐代诗人、画家往往善书，所以常常乐于为画题诗。伟大诗人杜甫，自童年起爱好书法。他"远师虞秘监"（仇兆鳌《杜诗详注》卷十），认真学书，"九龄书大字，有作成一囊"（《杜诗详注》卷十九）。因此，他的书法艺术造诣很深，"于楷隶行草无不工"（陶宗仪《书史会要》卷四）。杜甫在唐代题画诗作者中，为写诗最多的一位，恐怕与他善书也有一定的关系。此外，许多题咏画扇、画屏乃至画卷上的题画诗，是作为一种装饰出现的。假若这些诗不是题写在画面上的，岂不失去其意义了吗？这一点从现有的诗中也可看出，如韩偓的《草书屏风》："何处一屏风，分明怀素踪。虽多尘色染，犹见墨痕浓。怪石奔秋涧，寒藤挂古松。若教临水畔，字字恐成龙。"从中显然可以看出在屏风画上有墨迹。总之，唐代书法艺术的发达，与题画诗的发展也有密不可分的关系。

　　第三，唐代审美标准的重大变化，使诗、画进一步融合。文人画之所以在唐代进入成熟阶段，一个重要的原因是人们审美标准和审美情趣的变化。六朝时，虽然谢赫以"气韵生动"为六法之首，但是他自己的画也"点刷研精，意在切似，目想毫发，皆无遗失"（姚最《续画品录》）。至于其他画家，不消说也是追求形似的。当时的文坛，也是"期穷形而尽相"，所崇尚的是"巧构形似之言"（钟嵘《诗品》卷上）。到了唐代，这种审美思想便发生了很大变化。无论南宗派，还是北宗派，都不同程度地开始重视神似。除南宗派的鼻祖王维"不拘形似"已素为人所称道外，北宗派的创始人李思训的画也并非"穷其枝叶"、刻板写实。

　　与此同时，唐代诗坛的审美标准也发生了重大变化。且不说以陶潜为宗祖的王维、孟浩然、韦应物等田园山水诗人作诗不为形貌所拘，重在表现浑然一体的意境，就是伟大的现实主义诗人杜甫，又何尝不重视"有神"呢？但是，另一方面也必须看到，在唐代即使像李白、李贺那样被称为"飘逸""奇诡"的诗人，他们的作品也都是扎根于坚实的现实生活的土壤之中的。这也可以说是诗坛上的"形神并重"。因此，唐代是我国诗画史上第一次达到诗画真正融合的时代。这是唐代题画诗发展的一个极其重要的美学原因。

　　第四，唐代以观画赋诗取士，也是促进题画诗发展的一个重要原因。唐代科举考试的内容之一是命题作诗。其题目或来自"圣人"经典，或取之眼前景物，变化多端，使人难以预测。其中有一种题目就是同观一幅画，以画意命题，让举子作诗。如李频的《府试观兰亭图》、马戴的《府试观开元皇帝东封图》、李行敏的《省试观庆云图》、柳宗元的《省试观庆云图诗》等。尽管以画意作诗，并不是唐代科举考试经常性的题目，但是这种情况的影响所及却是深远的。它无形中使一切想应试的知识分子在读诗、作诗之余，还要读画、懂画甚至作画。这对于培养唐代诗人对绘画的欣赏能力和提高造型艺术的素养，对于融合诗与画的关系，无疑起到不可估量的作用。

　　第五，唐代题画诗的应用日益广泛，因而题画诗的数量不断增多。在唐代，诗歌除了用来应试之外，还常常作为交际的礼物，比如向达官干

谒、送人出使、还乡，慰人贬官、下第等，都用诗。在这些酬赠诗中，有许多就是题画诗。题画诗与画相配合，用来赠人，似乎更显高雅和贵重。如张祜的《题山水障子》、杜甫的《丹青引赠曹将军霸》、白居易的《赠写真者》、刘商的《酬道芬寄画松》、齐己的《谢徽上人见惠二龙障子以短歌酬之》等，显然都是应嘱和酬答之作。这是唐代题画诗增多的一个社会原因。

第六，文人聚会，常常就画赋诗，也产生许多题画诗。这种情况的出现，主要是诗人和画家之间联络感情和借以抒怀的需要。这里有三种情况：一是诸诗人、画家同咏一画而分得一字作尾韵，互相比试。这是从六朝时同咏一物的咏物诗形式发展而来的。如杜甫的《严公厅宴同咏蜀道画图得空字》《奉观严郑公厅事岷山沱江画图十韵得忘字》等，就是难得的好诗。二是就图中之景各赋一物，如李颀的《李兵曹壁画山水各赋得桂水帆》等。三是大家就一幅画联句同咏，或各分一绝，或各分一联。诸人联成一诗后，少则八句，多则数十句。如段成式、张希复、郑符、昇上人的《吴画联句》，清昼、崔万、潘述的《道观中和潘丞观青溪图联句》等。

第三节　唐代题画诗主要内容

唐代题画诗的内容已较六朝时期大为丰富了。它的取材虽然大多是山水、翎毛、走兽等画，直接触及社会的风俗画极少，但是较为广泛地干预了社会。政治、经济、人民生活等，几乎都间接地、不同程度地有所反映。但也应当承认，唐代的题画诗并不是一面历史的镜子，它所反映的生活面是有限的。它似乎很像一只小巧玲珑的万花筒，尽管它的直接可见面极小，但是通过它我们不仅可以看到艺术化了的祖国山山水水的五颜六色，给人美的享受和情的感染，而且从这些璀璨夺目的折光中，也可以看到整个唐代社会风俗人情之一斑，给人可贵的启迪和高尚情操的熏陶。从这一点来说，唐代题画诗除了其固有的美学价值外，还具有一定的认识意义和社会意义。

一、模山范水，绘声绘色，多方面地表现自然形态美

在唐代200多首题画诗中，描绘自然景物的作品占大多数。这类作品有一部分另有寓意，它所反映的内容已不限于自然风光。但是有相当一部分题画诗并无寄托，而是赞美栩栩如生的飞禽走兽，歌颂祖国的锦绣河山，即描绘自然美。如鲍溶的《周先生画洞庭歌》中的一段景物描写：

> 闲分楚水入丹青，不下此堂临洞庭。
>
> 水文不浪烟不动，木末棱棱山碧重。
>
> 帝子应哀窈窕云，客人似得婵娟梦。
>
> 六月火花衣上生，斋心寂听潺湲声。
>
> 林冰摇镜水拂簟，尽日独卧秋风清。

这首诗因画起兴，描绘了洞庭湖"春和景明，波澜不惊。上下天光，一碧万顷"的诱人景色。这是洞庭湖使人心旷神怡的静态美。并且，此诗将现实景物与美好的想象结合起来，于静谧中带有一种富于浪漫色彩的飘逸美。

在唐代题画诗中还有另一种美，如白居易的《题海图屏风》。这首诗，白居易以其罕见的惊人之笔描绘了海上喷风鼓浪的雄奇景象。这动人魂魄的画面，让人联想到《庄子》中任公子钓鱼时"白波若山，海水震荡"的场面。这是一种使人胸襟开阔的壮观美。

在这类题画诗中，还有一种将诗情画意融于一体的诗篇，如李白的《观博平王志安少府山水粉图》。此诗通篇写景，只是间或点到"愁客""沉吟"，就这一点来说，可谓"诗中有画"。但这里的画，不是单纯地模拟自然，而是"一切景语皆情语"：那如游子之意的浮云，那飘飘不定的"白鸥"，那"秋色""晓寒"，无不与"愁客"相表里，就此而言，又可谓"画中有诗"。因此，这首诗表现了一种诗情画意之美。

二、寄情志于景物，间接而广泛地反映唐代社会生活

（1）反映诗人的爱国主义思想。

伟大的爱国诗人杜甫一生写了许多脍炙人口的题画诗，其中不少篇章

反映了诗人强烈的爱国思想，如《杨监又出画鹰十二扇》尽情地抒发了诗人炽烈的爱国热忱。诗人以拟人化的手法，将画鹰比作为国除害的勇士。结尾四句，既有诗人不遇时的无限感叹，又有杀敌报国的坚强志向。此外，他的另一首《题壁上韦偃画马歌》不仅表现了诗人与友人同甘苦共患难之情，而且抒发了他的忧国之思和报国之志。

白居易的《河阳石尚书破回鹘迎贵主过上党射鹭鸶绘画为图猥蒙见示称叹不足以诗美之》，也是反映诗人爱国主义思想的题画诗。还有那些赞美祖国大好山河的题画诗，也洋溢着诗人对祖国的热爱之情。

（2）表现诗人对人民的深切关怀。

在唐代题画诗中有一些诗篇通过题咏画中景物，间接地表现了诗人对人民的关怀，如李收的《和中书侍郎院壁画云》：

> 粉壁画云成，如能上太清。
>
> 影从霄汉发，光照披垣明。
>
> 映筱多幽趣，临轩得野情。
>
> 独思作霖雨，流润及生灵。

这首诗由画云而生感。诗人既不作"渔樵"之思，也不作"云游"之想，而"独思作霖雨，流润及生灵"，这种念及人民的思想十分可贵。

（3）揭露社会黑暗、权奸当道、贤良受压的现实。

唐代题画诗中对社会弊端的揭露，虽然多是间接的，但也不失深刻。如戴叔伦的《画蝉》：

> 饮露身何洁，吟风韵更长。
>
> 斜阳千万树，无处避螳螂。

这实际上是一首咏物诗。诗人以高洁的蝉自比，对害人的螳螂进行了针砭。从中也可看出诗人对豺狼当道、贤者受欺的现实的强烈不满。反映这一主题的，还有杜荀鹤的《八骏图》等。

（4）反映隐居生活。

反映归隐生活的，在唐代题画诗中也占有不小比重。唐代文人之所以要遁迹山林，一是因某些人要走"终南捷径"；二是因某些有志之士不得其用，于是以隐居表示不满与抗争，如李白的《当涂赵炎少府粉图山水歌》中最后说："南昌仙人赵夫子，妙年历落青云士。讼庭无事罗众宾，杳然如在丹青里。五色粉图安足珍，真仙可以全吾身。若待功成拂衣去，武陵桃花笑杀人。"同样，杜甫在《奉先刘少府新画山水障歌》中也说："若耶溪，云门寺，吾独胡为在泥滓，青鞋布袜从此始。"我们对伟大诗人李白、杜甫的这类诗篇，不能简单地看成消极出世思想的反映，而应看作对黑暗现实不满的一种表现。

此外，在唐代题画诗中还有少量反映婚娶、送别等生活的作品，也有一定认识意义。

三、阐述艺术理论

在唐代题画诗中，也有一些间或谈及文学、美术理论的。虽然这些都是片言只语，毫无体系可言，但是这散金碎玉也闪烁着艺术理论的光辉。其中有些观点，在今天仍不失借鉴意义。

（1）提出了"意匠"说。

杜甫在《丹青引赠曹将军霸》中说："先帝天马玉花骢，画工如山貌不同。是日牵来赤墀下，迥立阊阖生长风。诏谓将军拂绢素，意匠惨澹经营中。斯须九重真龙出，一洗万古凡马空！"在这里，诗人首次提出了艺术创作"意匠"说。这里的"意匠"，是指艺术创作的精心构思，包括立意和布局（构图）两个方面含义。后来，"意匠"一词又发展成创造艺术品意境的加工手段。它影响着山水画的意境深度和诱发观者再创造的艺术魅力，并成为中国画区别于西方绘画的标准之一[4]。

（2）提出了"写真"说。

唐人题画诗在评画时，特别强调"写真"，并把它作为重要标准。李白在《求崔山人百丈崖瀑布图》中说："闻君写真图，岛屿备萦回。"在《观元丹丘坐巫山屏风》中又说："昔游三峡见巫山，见画巫山宛相似。"此外，杜甫、刘长卿、白居易等人也都在题画诗中强调"真"与"相似"。这与彦悰在《后画录序》中所提出的绘画"挥毫造化，动笔合真"

是一致的。但是唐代题画诗对"真"的要求并未仅停留在"似"的阶段，还提出得"骨"、传神的审美追求。杜甫在《画马赞》中说："韩幹画马，毫端有神。"元稹在《画松》诗中说："张璪画古松，往往得神骨。"唐代诗画家所提出的"写真"与"有神"之说，对后世产生了深远影响。一方面，直接影响了荆浩、李成、范宽的绘画创作；另一方面，有些画家、诗人发展了其"神骨"说理论，追求神似，作画主张"逸笔草草，不求形似"（倪瓒《清閟阁集·答张藻仲书》），创立了"文人画"，并推动了题画诗的发展。

（3）提出了"象外生意"说。

刘长卿在《观李凑所画美人障子》中说："爱尔含天姿，丹青有殊智。无间已得象，象外更生意。"后两句的句意是：于微忽处产生物象，而在画像之外又产生新意。他从诗、画结合的角度，提出了艺术创作和欣赏过程的"意境理论"。后来刘禹锡提出的"义得而言丧，故微而难能；境生于象外，故精而寡和"（刘禹锡《董氏武陵集纪》），以及司空图的"味外之旨""韵外之致"（司空图《与李生论诗书》）的理论，就是与刘长卿的"象外生意"说一脉相承的。

（4）提出了"性生笔先"说。

皇甫冉在《刘方平壁画山》一诗中说："墨妙无前，性生笔先。"这里的"性"，指事物的本性、特性，引申为形态。"性生笔先"，是强调画家在作画之前，必须先有"成竹在胸"。此后，白居易在《画竹歌》中说："不根而生从意生，不笋而成由笔成"，也阐述了立意的重要性。皇甫冉、白居易在题画诗中关于这方面的叙述，是晚唐张彦远"意存笔先"的艺术理论的先声和基石。

（5）论画兼论其人。

画品与人品一向是有联系的。唐代题画诗的作者论画时，每每兼及其人。如杜甫在《丹青引赠曹将军霸》中不但高度赞扬了曹霸的绘画技巧，而且赞扬了他轻视权贵、发愤忘食、乐以忘忧的品格。另一方面，特别值得称道的是，他论画不以人的权势、地位作为衡量艺术高低的标准。他既不因某个画家久负盛名而随便捧场，如对曹霸的弟子、太府寺丞韩幹，竟批评说："幹惟画肉不画骨，忍使骅骝气凋丧"；也不因某个人在政治上受污而不赞誉其画，如对被株连赐死的大画家并书法家薛稷，杜甫仍称赞他"画藏青莲界，书入金榜悬"。

此外，唐代题画诗对画法中的"神""神妙"，对艺术创作要有严肃认真的态度，对绘画表现空间之所长和表现时间之所短等问题，也都有精到的见解。

第四节　唐代题画诗艺术特点

唐代题画诗同唐代其他诗歌一样，在艺术上也达到了很高的造诣。这表现在四个方面。

一、描绘细腻，景物逼真，具有形象的精确性和生动性

注重在题画诗里具体描绘画中景物，给人逼真之感，是唐代题画诗的一个很突出的特点。在初唐诗人作品中，这一点尤为显著。如上官仪的《咏画障》所描写的画障景物就非常细致，使人有身临其境之感。

大诗人杜甫"使笔如画"，对画中形象的描绘更是栩栩如生，如《天育骠图歌》：

> 是何意态雄且杰，骏尾萧梢朔风起。
>
> 毛为绿缥两耳黄，眼有紫焰双瞳方。
>
> 矫矫龙性合变化，卓立天骨森开张。

这一段对马的描绘达到了入微程度：既写外在的骏尾、黄耳，又写内在的意态、龙性；具体到瞳孔，细微到毫毛，可谓极好的工笔重彩画。正因为杜甫的题画诗对画中景物描绘细致，形象准确，所以竟可凭其诗鉴别古画的真伪。宋代米芾在《画史》中说："世俗见马即命为曹、韩、韦，见牛即命为韩滉、戴嵩，甚可笑！唐名手众，未易定。惟薛道祖绍彭家《九马图》合杜甫诗，是真曹笔。"

但是作为一种艺术品，仅仅达到与实物酷似的程度是不够的。逼真，

仅是艺术形象生动、具体的条件之一。除此之外，还要融入作者的主观感情和独具匠心，从而达到生活真实与艺术真实的统一。这一点，杜甫的题画诗也是具备的。陆时雍曾就杜甫的《韦讽录事宅观曹将军画马图歌》说："咏画者多咏真，咏真易而咏画难。画中见真，真中带画，尤难。此诗亦可称画笔矣。"（《杜诗详注》卷十三）这里的"画中见真"是说，作品符合生活的真实；"真中带画"是说，题画诗不是"独守尺寸"的文字说明，而是一种感人的精美艺术品。

二、以假作真，以真衬假，给人以真假难辨之感

（1）真假对照法。诗人为了表现绘画逼真，常把真实景物与画中景物相比较，并说成自己亲历亲见之景物。杜甫的题画诗最善用此法。他的《丹青引赠曹将军霸》《韦讽录事宅观曹将军画马图歌》，就是用以真衬假、真假对照的方法表现画马之逼真。又如徐安贞的《题襄阳图》也说："画得襄阳郡，依然见昔游。岘山思驻马，汉水忆回舟。"曹松的《观华夷图》还说："长疑未到处，一一似曾经。"

（2）化视觉为听觉法。这是一种运用通感来实现的表现手法。人的知觉具有选择性，它在综合诸感觉时往往偏重于事物的一些特征和属性，而抑制其他特征和属性。唐代的一些题画诗中通感的运用常偏重于化视觉为听觉，如白居易的《画竹歌》："举头忽看不似画，低耳静听疑有声。"贯休的《观李琼处士画海涛》："令人错认钱塘城，罗刹石底奔雷霆。"

（3）时空凝固沟通法。在唐代题画诗中运用时空拟真时常常用两种方法：一是将绘画时间与客观自然时间加以比较，把画面的凝固时间化为超越客观规律的永恒时间，如徐安贞的《题襄阳图》："丹壑常含霁，青林不换秋。"岑参的《刘相公中书江山画障》："岩花不飞落，涧草无春冬。"二是将画面空间与现实空间相沟通，如郎士元的《题刘相公三湘图》："枕上见渔父，坐中常狎鸥。"[5]

三、想象奇丽，比喻贴切，以虚作实，富于浪漫色彩

如果说唐代题画诗中细腻的景物描写，基本上是运用现实主义手法的

话，那么诗人以神奇莫测之笔，借助神话和幻想抒写画中奇情壮彩，则是浪漫主义手法的一种表现，如李白的《当涂赵炎少府粉图山水歌》，诗人挥彩笔，扫粉图，时而"三山""羽客"，时而"眼前""夫子"，极尽想象、变幻之能事。

宋洪迈在《容斋随笔》中说："至于丹青之妙，好事君子嗟叹之不足者，则又以逼真目之。"大胆的夸张手法，在唐代题画诗中也很常见，如高适在《同鲜于洛阳于毕员外宅观画马歌》中不作工笔描绘，直言画中之马如真马下堂，竟使家童愕而欲鞭，枥马惊而屡顾。这种大胆的夸张手法，能把画马写活，使之跃然纸上。

生动而贴切的比喻，也是唐代题画诗常用的手法。如李白在《金银泥画西方净土变相赞》中，将"佛"的"眉间白毫"比作"五须弥山"，将"目光"比作"四海水"。既是大胆的夸张，也是贴切的比喻。这种比喻，初看好似荒诞不经，但细一琢磨只不过是古代常用的"眉似春山""眼若秋水"的进一步比喻夸张而已，何况用之于"佛"，不夸张又怎能尽其貌呢？

值得注意的是，唐代题画诗中的比喻既注意到本体与喻体的形似，也注意了神似。如李白在《金乡薛少府厅画鹤赞》中将"丹睛"比作"星皎"；在《壁画苍鹰赞》中将鹰之"觜"比作"剑戟"；将"爪"比作"刀锥"。又如杜甫在《丹青引赠曹将军霸》中将马比作"龙"，在《题壁上韦偃画马歌》中将马比作"麒麟"等，都是取其神似，目的在于揭示两种不同事物在本质上的某种内在联系。正因为如此，我们从唐代题画诗中某些夸张而贴切的比喻体中，不仅可以看到诗人的自我形象，而且在一定程度上也可以看到"盛唐气象"和时代精神。这也是李、杜大家的题画诗高明之处。

四、咏画寄意，别有发挥，画中之景与心中之情浑不可分

如果说好的题画诗是以托物咏志为目的的话，那么上面谈到的对画图绘声绘色的逼真描写，便为诗人借以寓志抒情提供了条件和基础。唐代许多题画诗的作者很善于处理画中之景与诗人心中之情的关系，并且达到了"物""我"相融、妙合无间的程度，如杜甫的《画鹰》，表面上看处处写

鹰，实际上处处写人。在这里，画鹰的形象，就是诗人的化身。杜甫并无一句直接发论，但通过描绘画鹰的形象，诗人的情志便一一和盘托出，丝毫不给人说教之感。这是因为，诗人对画中客观之"物"与主观之"情"，"似"与"不似"的分寸掌握得好。这画鹰既"似"，又不"太似"，笔笔写真，即使写成一只真鹰，也达不到寄意的目的；倘若不"似"，写鹰而似雁，则诗人所寄之情就失去了真实性。

因此，诗人对画的"摹形绘状"与主观的"托兴寄情"的关系，是"物"与"我"的辩证统一关系。画中之"物"与主观之"我"各具特点，是所异；诗人之所以有感于画中之景物，是有所同（就整体而言，不是个别比喻之同），即其某些特点与"我"要表现的气质、感情有相同之处，于是才借画发挥，以咏情志。所以题画是手段，抒情咏志是目的。并且二者彼此渗透，互为依存，"物""我"不分，浑然一体。这一类题画诗之所以被称为上乘，其奥妙正在于此。

但是，唐代题画诗在艺术上也存在弱点。不少题画诗还处在单纯模山范水阶段，即使有寓意，也较为浅露，寄寓深远之作并不多见。有些题画诗往往就画发论，而宕开画面从旁处着笔的作品很少。并且形成一种模式，"如题画马、画鹰，必说到真马、真鹰，复从真马、真鹰开出议论"。这种写法虽然"后人可以为式"（沈德潜《说诗晬语》卷下），自有其积极作用，但是在一定程度上也束缚了后代题画诗创作。

注　释

〔1〕伊佩霞：《剑桥插图中国史》第七章，赵世瑜、赵世玲、张宏艳译，山东画报出版社，2005，第76页。

〔2〕陈衡恪：《文人画之价值》，载于安澜编《论画丛刊》，第692页。

〔3〕以上参见拙作《唐代题画诗》，《辽宁教育学院学报》1988年第1期。

〔4〕李可染称意境的加工手段为意匠。参见万青力：《论"意境"——山水画研究之一》，《中国画研究》1981年第1期。

〔5〕参见贺文荣：《唐代题画诗对题画诗体例的开创之功》，《西南交通大学学报》（社会科学版）2006年第7卷第3期。

第六章

初唐、盛唐题画诗

第一节　初唐题画诗人

　　初唐，在战争的余烟和齐梁诗风的笼罩下，诗坛较为寂寞。题画诗也是如此。写过题画诗的诗人不多，佳作也甚寥寥。

　　上官仪（约605—665），字游韶，陕州陕县（今河南三门峡）人。贞观初进士，召授弘文馆直学士，累迁秘书郎。高宗即位后，升迁秘书少监，官至宰相。曾为高宗起草废武后诏书，遭武则天忌恨。后被诬与废太子李忠谋反，下狱死，家口籍没。上官仪是当时著名宫廷诗人。诗多应制、奉和之作。工五言诗，风格绮

上官仪

错婉媚，为时人所效，称"上官体"。他归纳六朝以来诗歌中对仗方法，提出"六对""八仗"之说，对于律诗形成起了一定的促进作用。《全唐诗》收其诗20首。《全唐诗续拾》补诗12首。《全唐诗》录其题画诗1首，题为《咏画障》：

> 芳晨丽日桃花浦，珠帘翠帐凤凰楼。
> 蔡女菱歌移锦缆，燕姬春望上琼钩。
> 新妆漏影浮轻扇，冶袖飘香入浅流。
> 未减行雨荆台下，自比凌波洛浦游。

这首题画诗同上官仪的其他诗一样，辞藻华丽，善于用事，并无新意，但体物图貌细腻而精巧，属对工切自然，也自有其特点。尤其值得重视的是，这是唐代现存较早的一首基本属于近体的题画诗。此诗虽然有多处拗格，但基本合律，并且对仗也很工严。在格律诗尚未定型的初期，这样的近体诗是常见的。在唐代，上官仪最早将一种新兴的诗体引入题画作品，其开创之功实不可没。《全唐诗续拾》还录其一首《假作屏风诗》，疑也为题画之作。

宋之问

宋之问（约656—713），是上官仪之后另一位写过题画诗的著名诗人。一名少连，字延清，汾州（今山西汾阳）人。上元二年（675）登进士第。天授元年（690），与杨炯并以学士分直习艺馆。后授洛州参军，迁尚方监丞、左奉宸内供奉。神龙元年（705），以谄事张易之兄弟贬泷州参军，次年春逃归洛阳。后因其侄密告张仲之等谋杀武三思事有功，擢鸿胪主簿，转户部员外郎，兼修文馆直学士。景云元年（710），因曾附张易之、武三思，流徙钦州。玄宗先天中，赐死徙所。宋之问在诗坛与沈佺期齐名，并称"沈宋"，对律诗形式定型化有较大贡献。《全唐诗》存其题画诗2首：一首为《寿阳王花烛图》；另一首是《咏省壁画鹤》。这两首诗从内容上看，并无可取之处，无非都是为当权者歌功颂德。据《唐才子传》卷一载，宋之问"迁考功郎，复媚太平公主"。前一首诗正是为奉承太平公主之子薛崇胤而作。但值得注意的是，一为五言律诗，一为五言绝句，当是唐代最早的近体题画诗。上官仪的《咏画障》虽然早于此诗，但有多处不合律。而这首《寿阳王花烛图》在音律上几乎无懈可击，即使与盛唐以后的近体诗相比，也不逊色。其诗是：

仙媛乘龙日，天孙捧雁来。

可怜桃李树，更绕凤皇台。

烛照香车入，花临宝扇开。

莫令银箭晓，为尽合欢杯。

此诗除一、七句偶有拗格外，其余全部合律。至于颔联用"流水对"，也是近体诗常用的格式。这首诗在艺术上也有特点，它咏画图而不滞于图，形象生动；用典不露痕迹，贴切而自然。

稍后的陈子昂（659—700），字伯玉，梓州射洪（今属四川）人，也有题画诗问世。《全唐诗》录其题画诗3首。他的《山水粉图》，是唐代最早的一首骚体题画诗：

陈子昂

山图之白云兮，若巫山之高丘。

纷群翠之鸿溶，又似蓬瀛海水之周流。

信夫人之好道，爱云山以幽求。

"粉图"，指粉壁上的画图。在唐代有许多题画诗是为"粉图"而题，如李白的《观博平王志安少府山水粉图》《同族弟金城尉叔卿烛照山水壁画歌》《当涂赵炎少府粉图山水歌》等。但陈子昂这首《山水粉图》当是见到唐代最早的为粉壁图而题的诗。他的另一首题画诗《咏主人壁上画鹤寄乔主簿崔著作》是题画佳作：

古壁仙人画，丹青尚有文。

独舞纷如雪，孤飞暧似云。

自矜彩色重，宁忆故池群。

江海联翩翼，长鸣谁复闻。

这是初唐难得的一首题画诗。它虽然不能比其《与东方左史虬修竹篇序》在诗坛上所起到的振聋发聩作用，但对于尚在初兴的初唐题画诗，却有着很好的引领意义。陈子昂一生仕途坎壈，虽有大志，却难以施展。此诗借画鹤以抒怀，可谓寄意颇深。诗的最后说"江海联翩翼，长鸣谁复闻"，似有无限辛酸与愤懑尽在言外。它与骆宾王《在狱咏蝉并序》中的"无人信高洁，谁为表予心"，出于同一机杼。诗人把孤鹤写成独往独来、

厌恶世俗的先觉者形象。它失群，不为同伴所理解，感到孤独而自矜。很显然，他是借孤鹤形象曲折地表现自己辞官后归隐乡里的处境与心境。陈子昂在为官时敏锐地察觉到盛世背后潜藏的社会危机，曾屡次上表章批评朝政，为此遭到武氏集团的排挤与打击，入狱，从军，被迫辞职，隐居乡里。这首诗当是他辞官后所作。诗人虽然仍坚持自己的操守和主张，但却不免感到孤寂；虽然厌恶污浊尘世，想超尘绝俗，但仍然眷恋知音。由此我们可以说，诗中的孤鹤形象就是诗人的化身。此诗很好地处理了咏画中之物与寄心中之情的关系，诗人对画中客观之"物"与主观之"情"的"似"与"不似"的分寸掌握得非常好，诗中的画鹤既"似"，又不"太似"，即在"似与不似间"。鹤羽白，故起舞时似雪纷飞；鹤翼长，故飞翔时幽暗如云。但它又有人的感情，"自矜彩色重，宁忆故池群"。因此，二者彼此渗透，互为依存，很恰切地抒发了诗人的情志。陈子昂在这首诗中的表现手法堪称典范。它不仅影响了唐代的许多题画诗人，而且宋元以后的题画诗也大都沿着他所开辟的艺术途径发展。

与陈子昂同期的袁恕己，虽然曾官拜中书令，一度官高爵显，但在《全唐诗》仅存诗1首，即题画诗《咏屏风》。其诗是：

> 绮阁云霞满，芳林草树新。
> 鸟惊疑欲曙，花笑不关春。
> 山对弹琴客，溪留垂钓人。
> 请看车马客，行处有风尘。

在初唐的题画诗中，这是一首不多见的艺术上较为成熟的题画诗。说它艺术上成熟，主要有以下几点：一是描绘生动，耐人寻味。首联直接写画，具体形象，使人如置身画中。"鸟惊"句是说观画者可借助想象，产生时间感；而"花笑"句则说画中景物毕竟不是实物，它不为四时所限，即"年年岁岁花相似"。这两句诗既辩证地阐发了中国画所特有的时间意识，又极富情趣。二是诗人赞画的方式极为巧妙，全篇既不言"画"字，也不说"丹青"，而是从观者的感觉着笔，看"鸟惊"而疑天曙，见花开而非春至。特别是尾联说如见车马渐行渐远，风尘四起，使画面极具动感。袁恕己题画诗的这种赞画方法也为后世开启范例。三是在体裁上，它又是一首成熟的五言律诗。它不仅粘对合律，属对也极为工稳，并且在不要求对仗的首联，也自然成对，这在盛唐以后的近体诗中也不常见。因此，袁恕己仅存的这首题画诗在题画诗发展史上有不可忽视的地位。

第二节 盛唐诗歌与绘画艺术

盛唐，是唐诗发展繁荣的第一座高峰。这一时期诗歌的重要内容是抒写"济苍生""安社稷"的宏伟理想，讴歌建功立业的豪壮生活，所以充满蓬勃向上精神的浪漫情怀是当时诗坛的主流。边塞诗人以粗犷的笔调描写边塞烽烟和戍边将士"万里不惜死"的英雄气概，成为代表"盛唐气象"的重要诗歌流派。在这方面，除了高适、岑参取得很高成就外，王昌龄、李颀等，也有不可忽视的地位。以王维、孟浩然为代表的山水田园诗派，在继承陶渊明田园诗和谢灵运、谢朓山水诗的基础上，追求新的意境，取得了令人瞩目的成就。伟大诗人李白与杜甫，不仅是盛唐时期无与伦比的诗人，也是中国诗歌史上最为耀眼的双子星。更为可喜的是，在这些杰出的诗人中，大多也是唐代最有成就的题画诗人。其题画作品既抒发"济苍生"的壮志豪情，又描绘"怀物外"的田园风光；既大胆针砭时弊，又热情讴歌锦绣河山。他们以诗笔作画笔，把盛唐的题画诗坛渲染得波澜壮阔，色彩斑斓。

同诗坛一样，盛唐的画坛也是星光璀璨。被后世民间画工尊为祖师的人物画家吴道子，被尊为南、北宗开创者的山水画家王维和李思训，以画鞍马著称的曹霸、韩幹，以画仕女画名世的张萱等，他们创作的大量绘画作品，不仅为盛唐诗人写题画诗创造了条件，而且为后世各朝各代诗画家题咏绘画提供了题材。因此，盛唐题画诗人之多和所创作的题画诗数量之多，都是初唐时期不可比拟的。

第三节　盛唐前期题画诗人

从初唐转入盛唐之际，最值得一提的题画诗人是李隆基。

李隆基

李隆基（685—762），陇西成纪（今甘肃天水附近）人，李旦第三子，有才略，能诗文。初封楚王，后为临淄王。景云元年（710）进封平王，被立为皇太子。即位后，励精图治，海内殷盛。开元之治，比于贞观。天宝后，宠贵妃杨玉环，用李林甫、杨国忠为相，致安史之乱。庙号玄宗，谥曰明。《全唐诗》存诗一卷。有题画诗1首，即《题梅妃画真》，其诗是：

> 忆昔娇妃在紫宸，铅华不御得天真。
> 霜绡虽似当时态，争奈娇波不顾人。

梅妃，即江妃，名采蘋。开元初被选入宫中，得玄宗宠爱。所居处遍植梅树，玄宗戏名曰梅妃。杨玉环入宫后，采蘋失宠。她的仅存诗《谢赐珍珠》道出了苦情："桂叶双眉久不描，残妆和泪污红绡。长门尽日无梳洗，何必珍珠慰寂寥。"《题梅妃画真》是李隆基在梅妃死后所作，诗短情长，感人至深。它一反题画诗的惯用赞画手法，说画像虽似其人，但无奈已失生机。悠悠思情，自在言外。此诗于抒情之中言理，颇耐人寻味：一是说明了贵在天真的道理；二是说明了作为艺术品的画真，尽管酷似其人，也毕竟不能与真人相比。

李隆基这首题画诗的意义在于：首先，它是中国题画诗史上现存最早的一首提出绘画艺术与客观真实问题的题画诗，其独特的表现手法对后世题画诗创作产生了一定影响；其次，李隆基作为皇帝亲自写题画诗，也产生了倡导作用，促进了唐代题画诗的发展；复次，这是唐代题画诗史上第一首皇帝的题画诗，开启了皇帝写题画诗的先例，并引起了后代皇帝的效法。

在盛唐前期有一位政治人物兼诗人对于盛唐题画诗发展作出了不小的贡献，这不仅因为他自己写过题画诗，而且更在于他作为朝廷重臣的倡导作用。他就是著名宰相张九龄。

张九龄（673 或 678—740），字子寿，一名博物，韶州曲江（今广东韶关）人。早慧，七岁能文。长安二年（702）进士及第，始任校书郎，后任右拾遗、中书舍人等职。开元二十一年（733）拜相，翌年迁中书令。受奸相李林甫排挤，于开元二十四年（736）罢相，改任尚书右丞相。后贬荆州长史。在荆州唯以文史自娱。有《曲江集》二十卷。存诗 200 余首。张九龄不仅在政治上

张九龄

有建树，在诗文创作上也为时人所推重。晚年被贬谪后，诗风一改前期之浮华，转为质朴遒劲。其《感遇》诗 12 首，托兴寄讽，可与陈子昂《感遇诗》媲美，故后人每以陈张并称。张九龄的《题画山水障》，是现存唐代题画诗中最早的长篇题画障之作，其诗是：

> 心累犹不尽，果为物外牵。
>
> 偶因耳目好，复假丹青妍。
>
> 尝抱野间意，而迫区中缘。
>
> 尘事固已矣，秉意终不迁。
>
> 良工适我愿，妙墨挥岩泉。
>
> 变化合群有，高深侔自然。
>
> 置陈北堂上，仿像南山前。
>
> 静无户庭出，行已兹地偏。
>
> 萱草忧可树，合欢忿益蠲。
>
> 所因本微物，况乃凭幽筌。
>
> 言象会自泯，意色聊自宣。

对玩有佳趣，使我心渺绵。

这首诗当是诗人被贬谪之后的作品。诗人借观山水画障以抒怀，表达了自己的山野情趣。但诗中既有物外之逸致，又有"秉意终不迁"之执着，可以看出这位贤相的忠正之品格。此外，此诗还提出了"言象会自泯，意色聊自宣"的艺术观点，也值得重视。《易经·系辞上》说："子曰：'书不尽言，言不尽意。'"又说："圣人立象以尽意。"（《易·系辞上》第十二章）张九龄虽然并不否定"言象"的一定作用，但强调绘画的"意色"的赏玩"佳趣"和愉悦功能。这既是他对绘画艺术审美价值的肯定，也是他自己观画后的切身感受。张九龄对题画诗的贡献，除了这首长诗及其所提出的观点外，还在于他广纳人才，而这些才俊中就有诗画大家王维。王维是经过他的援引才走上仕途的。我们虽然不能说王维在绘画和题画诗创作上有他的功劳，但是他对王维的影响是潜移默化的。

这时期储光羲、徐安贞、梁锽等也写过少量题画诗。其中梁锽的《观王美人海图障子》由"海图"转写王美人之娇态，构思颇为新奇。诗中"白鹭栖脂粉，赪鲂跃绮罗"一联为人所传诵。

第四节 "诗中有画""画中有诗"的王维

王维诗画兼擅，既是唐代山水田园诗派的开创者，又是中国南宗画派的鼻祖，在中国诗歌史和中国绘画史上都占有不寻常的地位。

王维（701—761），字摩诘，先世为太原祁县（今属山西）人。后随父徙家于蒲州（今山西永济西南蒲州镇）。开元九年（721）中进士，任大乐丞，因事贬济州司库参军。不久得张九龄提拔，任右拾遗，累迁监察御史、吏部郎中等职。但他在40岁以后，就过着亦官亦隐的生活。最初隐居终南别业，后迁至蓝田辋川宋之问的别墅。安史之乱时，王维被执，并

王维

强其做官。乱平，他一度被降为太子中允，于是笃志奉佛，以禅诵为事。

王维的艺术修养很高，也很全面，在诗歌、绘画、音乐等方面都有很高的造诣。其诗各体兼长，风格恬淡，意境幽远，前人称之"诗中有画"；其画以意取胜，"画中有诗"，尤工水墨山水。并且，在诗画结合方面，也有可贵的贡献。有《王右丞集》。

据《王右丞集》统计，王维有题画诗7首，其中6首是画像题赞，仅有1首是为山水障子而题。在6首画像类题诗中，有3首是佛像画赞，3首是人物画赞。较有兴味的是《崔兴宗写真咏》：

> 画君年少时，如今君已老。
>
> 今时新识人，知君旧时好。

此诗，《唐诗纪事》题作《与崔兴宗写真咏》。由此可知，这是诗人为崔兴宗画像后复为主人题写的诗。这也是中国题画诗史上现存最早的为画的自题诗。崔兴宗，生卒年均不详，约唐玄宗开元末前后在世。工诗。与王维友善，曾一道隐居于终南山。这首绝句主要写作者与崔兴宗的友情。先写两人交往之久，相知之深；后写自己对昔日崔君的良好印象，也感叹当时人情浇薄，世风日下。另一首《裴右丞写真赞》虽然只是赞颂裴右丞"气和容众，心静如空。智以穷理，才包至公"，并无寄意，但却提出了一个画笔难写真人的道理："粉绘不及，清明在躬。麟阁之上，其谁比崇。"但是，王维在另一首题画诗中，却称赞绘画如真。其诗是：

> 君家云母障，时向野庭开。
>
> 自有山泉入，非因采画来。

这首题为《题友人云母障子》的诗，当是为友人家饰有云母的山水彩屏而题。此诗未写屏上绘画，而是径写自然景物：山野辽阔，泉水流来。虽未写画面一字，而画却活起来。这种赞画之笔，遂成后世赞画惯用手法。

王维对中国题画诗的发展，贡献是巨大的。除了创作题画诗外，主要有三方面：一是在他的周围有一个较小的题画诗的创作群体；二是绘画；

三是关于诗画融合的理论与实践。

王维有一首赞诗画家的诗，即《故人张谓工诗善易卜兼能丹青草隶顷以诗见赠聊获酬之》。诗中说："不逐城东游侠儿，隐囊纱帽坐弹棋。蜀中夫子时开卦，洛下书生解咏诗。药阑花径衡门里，时复据梧聊隐几。屏风误点惑孙郎，团扇草书轻内史。故园高枕度三春，永日垂帷绝四邻。自想蔡邕今已老，更将书籍与何人。"《历代名画记》卷十载："张谓，官至刑部员外郎。明《易》象，善草隶，工丹青，与王维、李颀等为诗酒丹青之友，尤善画山水。"王维还有《戏赠张五弟谓三首》《赠李颀》等诗，可知他们交往之密切。李颀也有《临别送张谓入蜀》《咏张谓山水》等诗，后一首是为张谓的山水画而题，又可知他们还有题画之往来。而尤值得注意的是李颀的另一首题画诗《崔五六图屏风各赋一物得乌孙佩刀》：

> 乌孙腰间佩两刀，刃可吹毛锦为带。
> 握中枕宿穹庐室，马上割飞黳蜍塞。
> 执之魍魉谁能前，气凛清风沙漠边。
> 磨用阴山一片玉，洗将胡地独流泉。
> 主人屏风写奇状，铁鞘金环俨相向。
> 回头瞪目时一看，使予心在江湖上。

崔五，生卒年不详，曾任太守，王维有《送崔五太守》诗。"六图屏风"，屏风多为六扇，上各有图画，故曰"六图"。李颀所咏之"乌孙佩刀"，当指其中一扇屏风上的画物。既然屏风为六扇，扇面上的画物当有许多，所以从李颀的这首题画诗中便可以推测这是一次集体性的题画创作。这也是见诸现存资料中唐代最早的一次群体题画活动。至于参加者有谁，已不得而知。但既然李颀与王维、张谓等为"诗酒丹青之友"（张彦远《历代名画记》卷十），所以王维、张谓等参与看图赋诗的可能性最大。倘有王维参加，则以王维的政治地位和艺术资历，他当是核心人物。

在绘画创作中，王维更是成就卓著。他对李思训父子的"密体"和吴道子的"疏体"兼收并蓄，所用"破墨"（用水渗透墨彩来作渲染）技法和"簇就"（用笔点簇）技法也相得益彰。他打破了青绿山水派重色、轻线条勾勒的束缚，使水墨山水派逐渐超过了以李思训、李昭道父子为代表的青绿山水派，成为中国绘画中最有特色的一种画派。所以后人推崇王维为绘画的"南宗之祖"。董其昌的《画旨》也说："文人之画，自王右丞始。"在美术理论方面，王维著有《山水诀》，提出了"咫尺之图，写百千里之景""夫画道之中，水墨最为上"等理论。他的绘画理论广泛地影响了后世画坛，并且有的被奉为圭臬。他的绘画作品，既成为当代和后代画家学习的范本，又为后世诗人、画家题咏提供了良好的题材。宋代以后为王维绘画题诗的作品层出不穷。

　　在诗画融合方面，王维的贡献尤令人瞩目。王维既是融诗入画的诗人，也是融画入诗的画家。他将诗歌绘画化、艺术化，将绘画诗歌化、文学化，所以苏轼在《书摩诘蓝田烟雨图》中评价说："味摩诘之诗，诗中有画；观摩诘之画，画中有诗。"在王维的创作中，成就最大的是山水诗和山水画。他的山水诗充分表现了隐逸和禅理思想，他的山水画也恰好传达了同样的情趣。他成为中国题画诗发展史上第一位真正使诗画交融的代表者。王维一生，不仅创作了大量诗歌，绘画作品也颇丰。据《宣和画谱》记载，当时御府中就藏有王维126幅画。其中最应引起重视的是依诗歌《渭城曲》（一作《送元二使安西》）画成的《阳关图》和依20首《辋川集》绝句而作的山水画《辋川图》。这当是中国诗、画史上最早出现的自己依诗而作画、诗画完美结合的范例。此前，东晋大画家兼诗人顾恺之"每重嵇康四言诗，因为之图"（《晋书·列传》卷六十二），那是为别人诗作画。王维这种依诗自画的创作实践，将诗画相结合，达到了空前密切的程度。因此，《中国古代画家》一书中说："绘画和文学（主要是诗）的密切结合……始于何时、何人，还是一个需要探讨的学术问题。但是，一般谈到中国画的这种结合时，往往首先提到唐代著名诗人、画家王维。"[1]

第五节　借画抒怀、"雄姿奋发"的李白

　　唐代的题画诗，在盛唐时期也同其他诗歌一样进入繁荣发展阶段。这

时期的主要代表诗人除了王维之外，还有李白和杜甫。

李白（701—762），字太白，号青莲居士。自称祖籍陇西成纪（今甘肃静宁西南），先世于隋末因罪徙居西域。李白诞生于唐安西都护府所辖碎叶城（今吉尔吉斯斯坦北部托克马克附近），5岁时随父迁居绵州昌隆（今四川江油）青莲乡，家庭是富商而非显贵。李白青少年时即聪慧多才，博学广览，接受儒、道、侠等多方面的思想影响。开元十四年（726）出蜀，先后游览江河流域的名胜古

李白

迹。28岁时娶故相许圉师曾孙女为妻，定居安陆。天宝元年（742）由友人道士吴筠推荐，被玄宗召至长安，供奉翰林。后遭谗，上书"恳请归山"，而被"赐金放还"。天宝三载（744）春离开长安再度漫游四方。后自隐庐山屏风叠。安史之乱时，被永王召入幕府。永王兵败，李白以"附逆"罪长流夜郎，至巫山遇赦东归。依族叔当涂令李阳冰，62岁时病卒。李白是盛唐诗坛的杰出诗人，也是中国文学史上继屈原之后又一位伟大的浪漫主义诗人。存诗900余首。有《李太白集》。

李白现存题画诗19首，按所题绘画分，可分山水类、鸟兽类、人物类、佛像类及其他类五种。其中山水类7首，顾名思义，这类题画诗主要是模山范水。其共同特点是：其一，由画写起，描绘画中景物逼真，如真山真水置之目前；其二，由画言理，或由画及人，阐述艺术创作规律和画家之特点；其三，由画生感，借画发挥，寄托自己的情怀。

唐代的题画诗大多是赞画的，因而有人称唐代的题画诗为赞画诗。李白的题画诗也是如此。在这些山水类题画诗中，诗人尽情描绘画中景物，极为生动形象，如《莹禅师房观山海图》就《山海图》展开联想，让人感到"丹崖森在目，清昼疑卷幔。蓬壶来轩窗，瀛海入几案"。这就把画景与周围的环境融合起来，把画写活了，使人如入画景之中。又如在《观元丹丘坐巫山屏风》中说："寒松萧瑟如有声，阳台微茫如有情。"也是绘声绘色，使人如置身于巫山之中。

在题画诗中阐述画理，也是唐代题画诗中的普遍现象；但就阐述画理

之全面、深刻而言，是李白开其先河。

　　一是首次在题画诗中提出画天空不设色。《观博平王志安少府山水粉图》："粉壁为空天，丹青状江海。""粉图"，有人将其解释为彩画的一种，并认为是"杂粉色而绘之"。其实，"粉图"就是在粉壁上画的图。李白在《同族弟金城尉叔卿烛照山水壁画歌》中就明确地说是"高堂粉壁图蓬瀛"。杜甫在《奉观严郑公厅事岷山沲江画图十韵得忘字》中也说："白波吹粉壁，青嶂插雕梁。"至今保存在敦煌莫高窟的壁画都可称为"粉图"。但壁画不能一律称为"粉图"，如画在木板漆面的壁画以及日本所称的"金碧障壁画"，就不能称为"粉图"。既然"粉壁"为壁画的画底，则"粉壁为空天"就是以"粉壁"的本色作为天色。李白所见的这壁山水画，"空天"就是没有勾线，也没有赋彩设色的。在这首诗中，作者将"粉壁为空天"作为首句提出，它与下句"丹青状江海"成为明显的对照。这是说，一种不用"丹青"而表现出有"空天"的感觉；一种用上"丹青"，画出江海之状。"粉壁为空天"在唐画中不多见。唯敦煌莫高窟的二一七窟南壁，所画《法华经变》中的《化城喻品》，天空是不施颜色的，因为不多见，竟给人较新鲜的感觉。所以诗人看了王少府署中不以彩色画天的作品，自然感到新鲜。原来中国山水画是青绿着色的，"空天"及水，往往用石青石绿来渲染，自六朝至唐宋，一般都如此。东晋画家顾恺之撰《画云台山记》，其中提到"清天中，凡天及水色，尽用空青，竟素上下以映日"。可证这个时期画天画水，曾经用过"空青"。"空青"是矿物质的颜料，《历代名画记》早就提到"越巂（今四川西昌东南）之空青，蔚之曾青，武昌之扁青"。至于唐画山水，如李思训、李昭道的金碧设色，水、天皆画色。敦煌莫高窟唐画山水，如二十三窟壁画《法华经变》中的配景，山用阔笔刷染，云则勾线施彩；一四八窟中唐壁画《涅槃经变》的左上部画青山绿树，以赭色为土坡，山间有云，天空染朱色为晚霞。到了宋代，画山水，天空也大多染色。不但壁画如此，卷轴画中有些兼工带写的山水画，所画天空，也染色彩[2]。所以唐代的壁画山川，一般都用丹青，像李白所见的这铺以"粉壁为空天"的壁画，倒成为例外之作了。无怪乎诗人在开头第一句，便把这种绘画的表现方法写出来了。不

过，中国古代的山水画，到水墨画法盛行时，像元、明、清的一般山水作品，除了画雨景、雪景之外，就不再染天画水了。其表现是："江天无点墨，云水自然生。"这些画上的云、水，都不是靠笔墨直接画上去，而是靠画面上其他方面的巧妙变化，而取得另一种别致的效果，可以谓之"素纸为空天"。

这种以"素纸为空天"的画法，到了元代以后逐渐发展起来。它可以让山水树石更突出，尤其画大山大水时，正如唐棣（字子华）所说，免得"丹青竞胜，山容为之减色"。李白游齐鲁，在兖州瑕丘少府王志安处所见的这铺山水粉图，画家在"空天"上不予赋彩，非但没有使作品减色，反使其成为当时一幅别具风致的山水图，并因此引起了诗人的歌颂。这很有助于我们对山水画发展的研究。有人提到中国山水画的发展时，认为"自元季王、黄、倪、吴出，山水画始不以丹青画天"。现在读了李白的这首诗，可知唐人的山水画，已经有此画法了。

二是谈到了山水画的某些创作方法。李白在《当涂赵炎少府粉图山水歌》中说："征帆不动亦不旋，飘如随风落天边。"上句写远景之征帆，因其远，看去不觉其动；下句又以"飘如随风"来形容，就点出征帆画得逼真。至于"征帆"远到了"天边"，说明画家把征帆的位置画得很高，使人感觉上与天接。李白在这首题画诗中所涉及的山水画的布局手法，可资后世画家借鉴。

三是阐述了画家创作时的构思与剪裁。诗中说"名公绎思挥彩笔，驱山走海置眼前"，既表现了画图之磅礴气势，也把画工如何"绎思"写出来了。五代诗人贯休说"常思李太白，仙笔驱造化"，是说诗笔如画笔。李白这里则是说画家以画笔来"驱山走海"。这"驱山走海"，不仅赞美了画家化静为动的本领，也道出了画家"因心造境"、剪裁取舍之手法。

四是由画及人，评价了画家的创作特点。李白的这些山水类题画诗中都直接或间接地评价了画家，但在诗中提到画家名字的，却只有《求崔山人百丈崖瀑布图》一首。其诗是：

百丈素崖裂，四山丹壁开。

龙潭中喷射，昼夜生风雷。

但见瀑泉落，如潊云汉来。

闻君写真图，岛屿备萦回。

石黛刷幽草，曾青泽古苔。

幽缄傥相传，何必向天台？

崔山人，在唐、宋人的几部有关论画著作中都不见著录，只是在近人黄宾虹的《古画微》增订手稿中引明代邹守益跋郭纯《苍松图卷》云：

崔巩为李白所重，白作《求崔山人瀑布图》，诗以赞之。巩字若思，蜀人。天宝中居长安，与郑广文（虔）交，善画松、马。

李白的这首题画诗补充了关于崔山人历史记载之不足。据李诗，崔山人还工山水画，并且诗中指出其特点是既长于点缀，又善于设色。

李白在山水类题画诗中也常常借画抒怀，其中主要是追慕萧散的隐逸之情，明显地反映了道家思想。《莹禅师房观山海图》是诗人30岁时游洛阳龙门寺期间所作。当时李白正与道人元丹丘交往，并偕其隐居嵩山。面对这幅画有蓬壶、瀛海等的《山海图》，诗人怎能不心向往之呢？因此，诗中对景物的描绘，不仅流露出浓厚的道家意趣，而且表示"即事能娱人，从兹得消散"。又如《同族弟金城尉叔卿烛照山水壁画歌》，反映的道家思想更为明显。李白在出蜀前的青少年时代即已和道教接触，出蜀后更是悉心求仙访道，向往"三山"仙境。在这首诗中，他除了描绘自己借烛光来欣赏"蓬""瀛"壁画的景物外，还表达了"却顾海客扬云帆，便欲因之向溟渤"的心愿。此外，他在《当涂赵炎少府粉图山水歌》中竟带着焦急的心情发问："几时可到三山巅？"在《观博平王志安少府山水粉图》中，居然替主人设想："沉吟至此愿挂冠。"这些诗句无疑都是道家思想感情的自然流露。

李白在山水类题画诗中所体现的艺术风格同他的直接描绘大自然的山水诗一样，场面壮阔，景象雄奇，表现出一种飘逸又豪迈的气韵。如在《莹禅师房观山海图》中对"蓬""瀛"的描写，既形象生动，又气势浩大：

烟涛争喷薄，岛屿相凌乱。

征帆飘空中，瀑水洒天半。

峥嵘若可陟，想像（象）徒盈叹。

在《求崔山人百丈崖瀑布图》中所描绘的景象更令人惊心动魄。在这里，龙泉喷射，声如风雷，日夜轰响。又见瀑泉由空中落下，汇成巨流，一似九天银河，景象极为壮观。但是在山水类题画诗中，李白的艺术风格，更多的是体现清新明丽的飘逸美，如《观元丹丘坐巫山屏风》：

昔游三峡见巫山，见画巫山宛相似。

疑是天边十二峰，飞入君家彩屏里。

寒松萧瑟如有声，阳台微茫如有情。

锦衾瑶席何寂寂，楚王神女徒盈盈。

高咫尺，如千里，翠屏丹崖灿如绮。

苍苍远树围荆门，历历行舟泛巴水。

水石潺湲万壑分，烟光草色俱氤氲。

溪花笑日何年发，江客听猿几岁闻？

使人对此心缅邈，疑入嵩丘梦彩云。

在这首题画诗中，诗人把画上的巫山巴水描绘得很美好，情景交融，令人神往。"水石潺湲万壑分，烟光草色俱氤氲"，创造出烟水迷离的清幽意境。这种意境和道家的思想是一致的。六朝以来，一些具有道家思想的作品，如云烟缥缈的《方壶图》、溪水烟云的《向道图》等，都意在表现山水的清幽。这是因为，道家有时好用自然现象来解释社会现象。李白在《同族弟金城尉叔卿烛照山水壁画歌》中所说"回溪碧流寂无喧"，就是通过山水画的这种"无喧"的意境反映道家清静无为的人生观。

李白的题人物画诗共9首。这些诗有的是为古代传说中的人物而咏，有的是为佛像而赞，但更多的是为当代人物画像而题，它们是：《羽林范将军画赞》《江宁杨利物画赞》《宣城吴录事画赞》《安吉崔少府翰画赞》《金陵名僧颢公粉图慈亲赞》《当涂李宰君画赞》。在这类题画诗中，除了间接地赞美画家技艺外，主要是赞颂画像人物。诗人虽然没有具体介绍人物之行止，但对品貌的评价，仍有一定的史料价值。在谈到对"写真"的主张时，诗人强调了"真"——既要写出生活的真实，又要做到"神似"。他在《安吉崔少府翰画赞》中说："爱图伊人，夺妙真宰。"这不仅是对画家的高度评价，也是对写真创作的实质要求。

李白的这些人物画赞，在评画品人的同时，也反映了诗人的情志。他在《与韩荆州书》中说："十五好剑术，遍干诸侯"，"虽长不满七尺，而心雄万夫"。可知李白是一位任侠使气的文人。他赞扬画中人物"瞻天蹈舞，踊跃精魂。逐逐鹗视，昂昂鸿骞。心豪祖逖，气爽刘琨。名震大国，威扬列藩"（《羽林范将军画赞》），所表现的就是一种侠肝义胆的尚武精神。如果说这种精神在对当代人物画的题诗中表现得还不明显的话，那么在《观佽飞斩蛟龙图赞》中则表现得更为充分：

> 佽飞斩长蛟，遗图画中见。
>
> 登舟既虎啸，激水方龙战。
>
> 惊波动连山，拔剑曳雷电。
>
> 鳞摧白刃下，血染沧江变。
>
> 感此壮古人，千秋若对面。

在这首诗中，诗人以极为夸张的手法描写了佽飞不畏江蛟与之激战的情景。"惊波动连山，拔剑曳雷电"，充分表现了壮士的英勇气概。诗人还对视觉形象作了进一步描写："鳞摧白刃下，血染沧江变"，使人如置身于厮杀现场。李白看了这幅古代斩蛟图，之所以感到"千秋若对面"，是因为此画不仅描绘了客观现实，而且深刻地宣扬了现实生活中有作为的侠义思想。这也是诗人李白任侠思想的反映。

李白还有题赞鸟兽绘画的诗作3首，即《金乡薛少府厅画鹤赞》《壁画苍鹰赞》《方城张少公厅画狮猛赞》。这类题画诗，绝非单纯赞画，而主要是诗人抒发政治抱负和美好理想的一种载体，无论是对画鹤、画鹰的描写，还是对猛狮的题赞，无不寄托着自己的情志。先看《金乡薛少府厅画鹤赞》：

> 高堂闲轩兮，虽听讼而不扰。
>
> 图蓬山之奇禽，想瀛海之缥缈。

紫顶烟翘，丹眸星皎。

昂昂仁眙，霍若惊矫。

形留座隅，势出天表。

谓长鸣于风霄，终寂立于露晓。

凝玩益古，俯察愈妍。

舞疑倾市，听似闻弦。

倘感至精以神变，可弄影而浮烟。

这首诗当作于开元二十五年（737），诗人时年37岁，尚未应召入京。金乡，在唐时隶属兖州鲁郡（今山东金乡）。李白在金乡薛少府的衙署看了这幅画鹤图有感而写下此诗。"薛少府"，不详其人，有人认为是指薛稷，非是。此时薛稷已辞世二十余年，何况考薛稷一生，并未任过"少府"之职。

李白写此诗时虽仍醉心于学道，不禁说出"图蓬山之奇禽，想瀛海之缥缈"，但已有参政之念。"形留座隅，势出天表。谓长鸣于风霄，终寂立于露晓"，从这些描写看，李白似乎在以鹤自况。范传正在李白的新墓志碑文中说李白"常欲一鸣惊人，一飞冲天"。因此，这里是借画鹤以抒怀。李白一度隐于名山，求仙学道，是他一种求仕的途径。他很想"善事天下"以达到"大放宇宙间，寒暖共千夫"的政治理想。他的另一首《壁画苍鹰赞》的政治目的更为明显：

突兀枯树，傍无寸枝。

上有苍鹰独立，若愁胡之攒眉，

凝金天之杀气，凛粉壁之雄姿。

觜铦剑戟，爪握刀锥。

群宾失席以愕眙，未悟丹青之所为。

吾尝恐出户牖以飞去，何意终年而在斯！

据王琦本《李太白文集》，在此诗题下加注"讥主人"三字，似道出了这首题画诗的主旨。李白一生以布衣啸傲于公卿间，时以诗歌作为他嘲讽某些人的工具。他在任城（今山东济宁）时就写过《嘲鲁儒》，对行为迂腐的儒者进行了尖锐的讽刺。在此诗中，诗人讥笑那些"失席以愕眙"

的"群宾"，指出他们"未悟丹青之所为"。这里说"未悟丹青"并非为了赞画师，而是嘲笑"群宾"眼睛昏花，不辨真假。在李白看来，这些腐儒不谙世事，"问以经济策，茫如坠烟雾"，向为其所蔑视。同时，这首诗也借赞画鹰托出诗人的理想性格与审美情操。李白以布衣干主，笑傲王侯，很想一飞冲天。诗人刻画的苍鹰形象，恰好体现了他的性格与理想。在《方城张少公厅画狮猛赞》中，诗人着力描绘猛狮"森竦眉目，飒洒毛骨。锯牙衔霜，钩爪抱月。掣蹲胡以震怒，谓大厦之峣杌"，似也有寄意。那"雄姿奋发"的风神当是诗人之化身。

不过，李白在中国题画诗发展史上的地位绝不是仅仅留下了几首著名的题画诗，而是在诗画融合、诗画一律方面也作出了贡献。李白虽然不是画家，但是在绘画鉴赏上具有真知灼见，俨如画苑行家。他既能在诗文中道出传统绘画的特点；又能以画法入诗，描绘出大自然的千姿百态。贯休说李白"仙笔驱造化"。而李白在《当涂赵炎少府粉图山水歌》中称赞画家"驱山走海"。虽然二者"驱"的方式方法不同，但道理是一致的。他的另一首《观博平王志安少府山水粉图》也表现了诗画相融的意境。这对后世题画诗发展具有深远的影响。

第六节　边塞诗派中的题画诗人

盛唐时期，两大诗歌流派（山水田园诗派和边塞诗派）中的主要诗人大都留下了题画佳作。山水田园派诗人除王维外，储光羲也写过一首《述韦昭应画犀牛》，但这一派的常建、裴迪、綦毋潜、刘眘虚等均无题画诗存世。相比之下，边塞派诗人中的主要诗人都创作过题画诗，除高适、岑参这两位代表诗人外，李颀、王昌龄等也有题画诗问世。

高适（约700—765），字达夫，渤海蓚（今河北景县）人。少时家贫，有较多机会接触下层人

高适

113

民。20岁时曾到长安，但求仕不遇。40岁后举有道科，授封丘尉。不久辞官。后在河西节度使哥舒翰幕中掌书记。安史之乱后，官职累升，最后任散骑常侍。

高适与岑参齐名，世称"高岑"，是盛唐边塞诗派的大家。他的作品内容很丰富。有些诗反映了民间疾苦。边塞之作多反映政治上的问题，思想感情深沉。其诗直抒胸臆，悲壮淋漓，语言爽快，形象鲜明。有《高常侍集》。《全唐诗》录其题画诗3首。他的题画诗虽不如其他边塞诗那样慷慨激昂，粗犷豪放，但其基调也不失高昂，如《同鲜于洛阳于毕员外宅观画马歌》：

> 知君爱鸣琴，仍好千里马。
>
> 永日恒思单父中，有时心到宛城下。
>
> 遇客丹青天下才，白生胡雏控龙媒。
>
> 主人娱宾画障开，只言骐骥西极来。
>
> 半壁趑趄势不住，满堂风飘飒然度。
>
> 家僮愕视欲先鞭，枥马惊嘶还屡顾。
>
> 始知物妙皆可怜，燕昭市骏岂徒然。
>
> 纵令剪拂无所用，犹胜驽骀在眼前。

这首诗作于唐肃宗乾元二年（759），诗人当时贬官为太子少詹事。此诗先写主人久爱千里马，后写延客画良马，极言画马逼真，竟使家僮愕视，真马惊嘶。诗人采用极度夸张手法绘声绘色，富于浪漫色彩。诗中言画上良马纵然剪拂无所用，"犹胜驽骀在眼前"，既赞赏主人之雅好，又寄托了自己弃燕雀而慕鸿鹄之壮志。这也恰恰符合诗人追求功名的宏愿。此诗的特点也正如殷璠所评"多胸臆语，兼有气骨"（《河岳英灵集》卷上）。他的另两首题画诗都是与人同咏一画所作，也值得重视。其一是《同李九士曹观壁画云作》；另一首是《画马篇》，诗下原注说："同诸公宴睢阳李太守各赋一物。""李太守"，即李少康，天宝元年（742）至三载（744）任睢阳太守。诗人赞太守爱马，也是歌颂其能赏识人才，故诗中似有希望太守援引之意。从上述两首诗可知，当时诗画家同观一画而咏，已很普遍，这无疑也是盛唐题画诗发展的一个动力和标志。

岑参（约715—770），江陵（今湖北荆州）人，其先世居南阳棘县（今河南新野东北）。少时居嵩阳。天宝三载（744）举进士。天宝八载（749）在安西节度使高仙芝幕府中掌书记。天宝末年，又随封常清出任安西、北庭节度判官。肃宗在凤翔时，任右补阙。后出为虢州长史、嘉州刺史等。罢官后客死成都。

岑参

岑参的诗题材很广泛，以边塞诗著称，热情地歌颂了戍边将士慷慨报国的英雄气概和不畏艰苦的乐观精神。其诗具有浪漫特色，气势磅礴，想象丰富，热情奔放，色彩瑰丽。著有《岑嘉州诗集》。《全唐诗》录其题画诗3首。

岑参的题画诗与高适的不同，很少有边塞派诗歌的特点，其风格近于清新恬淡，很像山水田园派。按一般说法，边塞派诗歌有三大特点：在形式上，以七言为主；在内容上，以军旅、边塞题材为主；在风格上，以雄放为主。而岑参的题画诗多为五言，多写山水风光，其风格表现为平淡清远。如《刘相公中书江山画障》：

相府征墨妙，挥毫天地穷。

始知丹青笔，能夺造化功。

潇湘在帘间，庐壑横座中。

忽疑凤凰池，暗与江海通。

粉白湖上云，黛青天际峰。

昼日恒见月，孤帆如有风。

岩花不飞落，涧草无春冬。

担锡香炉缁，钓鱼沧浪翁。

如何平津意，尚想尘外踪。

富贵心独轻，山林兴弥浓。

喧幽趣颇异，出处事不同。

请君为苍生，未可追赤松。

这首诗虽然是要劝画障主人为苍生"未可追赤松"，但全篇主要写山、水、风云和日、月、渔舟等，基本属于山水田园诗的描写范畴，并且作者赞许刘相公轻富贵而慕山林的雅趣，可谓既有劝勉又有称誉。因此，此诗的风格是清淡飘逸的。

岑参与高适题画诗风格之不同，可以以他们同观李士曹壁画云诗加以比较说明。先看岑参的《题李士曹厅壁画度雨云歌》：

> 似出栋梁里，如和风雨飞。
>
> 掾曹有时不敢归，谓言雨过湿人衣。

再看高适的《同李九士曹观壁画云作》：

> 始知帝乡客，能画苍梧云。
>
> 秋天万里一片色，只疑飞尽犹氛氲。

天宝十一载（752）秋，时在长安。这两首诗作于同时同地。李士曹，即李九，名藇，当时任京兆府士曹参军。岑参与高适同观李士曹厅壁画云而作诗。两人同咏画云，同赞画云如真，一说"雨过湿人衣"，一说画云"飞尽犹氛氲"。但两首诗的意境、气象却不同：岑诗只写厅内气象，虽然也绘声绘色，给人以身临其境之感，但缺乏其边塞诗中的豪宕之气；而高诗视野开阔，意境高远，一句"秋天万里一片色"，让我们想到李白的名句"长风万里送秋雁，对此可以酣高楼"（《宣州谢朓楼饯别校书叔云》），具有慷慨豪情。

李颀

边塞诗派的另一位诗人李颀（？—约753），郡望赵郡（今河北赵县），家居河南颍阳（今河南登封西）。开元二十三年（735）进士，曾官新乡县尉，后因不得升迁而愤然归隐，直至去世。李颀为盛唐著名诗人，其边塞诗、人物素描诗、音乐诗、咏史怀古诗等均有佳作。胡应麟将其与高适、岑参、王维并称，视为李、杜前盛唐的代表作家。《全唐诗》存其诗3卷，有题画诗2首。其《崔五六图屏风各赋一物得乌孙佩刀》由画上的"佩刀"联想到大西北少数民族乌孙的马上生活，颇有边塞诗风。另一首题画诗是《咏张谞山水》，赞唐代山水画家张谞诗、书、画俱佳。王维的《戏赠张五弟谞三首》也称他"染翰过草圣，赋诗轻子虚"。

王昌龄（？—756），字少伯，京兆长安（今陕西西安）人。开元十五年（727）进士，授秘书省校书郎。二十二年（734）中博学宏词科，改授汜水尉。因事被贬岭南。后迁江宁丞。天宝七载（748）再度被贬为龙标尉。安史之乱爆发后，他避乱返归途中为刺史闾丘晓所杀。有《王昌龄集》。他的五言古体题画诗《观江淮名胜图》借观画以抒怀："感对怀拂

王昌龄

衣，胡宁事渔钓"，反映了他被贬后寻求解脱的思想。此诗与他的边塞诗的豪宕诗风不同，风格趋于恬淡。

注 释

〔1〕雪华编著《中国古代画家》，中国青年出版社，1979，第170页。

〔2〕王伯敏：《李白杜甫论画诗散记》，西泠印社，1983，第12页。

第七章

开诗体的题画宗师杜甫

　　杜甫与李白在中国诗歌史上素有"双子星座"之称。同样，在中国题画诗史上，他俩仍是唐代耀眼的双星；这是因为，在唐代他俩创作的题画诗不仅数量最多，而且质量也属上乘。

第一节　杜甫生平与创作

　　杜甫（712—770），字子美，郡望京兆杜陵（今陕西长安东北），祖籍襄阳（今属湖北），出生于巩县（今河南巩义西南）。青年时期曾漫游吴、越、齐、赵等地。两次应试，均不第。35岁时赴京求官，困居长安十年，才获得右卫率府胄曹参军的小官。安史之乱起，长安陷落，曾一度被俘。逃奔行在凤翔，肃宗授左拾遗。后以论救房琯获罪，于乾元元年（758）六月贬华州司功参军。次年七月，辞官携家入蜀，卜居成都草堂。广德二年（764），剑南节度使严武聘为节度参谋，荐为检校工部员外郎，故世称杜工部。永泰元年（765）离成都，寓居夔州近二年。大历三年（768）正月出峡，后辗转漂泊于鄂、湘之间。五年冬，病殁于由长沙至岳阳舟中。诗人生活于唐朝由盛转衰的时代，怀着"致君尧舜上，再使风俗淳"的理想，思有作为；但仕途坎坷，终未如

杜甫

愿。他的诗广泛地反映了社会现实，"地负海涵，包罗万汇"，情真意切，描述动人，被誉为"诗史"。诗人亦被尊为"诗圣"。在艺术上，既集前贤之大成，又勇于创新，贯通古今，刻意求工，众体兼备。其风格或雄浑奔放，或清新俊逸，或质实古朴，或富赡流丽，论者多以"沉郁顿挫"相称许。杜甫也是著名的书法家，楷、隶、行、草无不工。据载，他曾亲书《赠卫八处士》诗，字甚怪伟。他对绘画也深有研究，不仅与唐代许多著名画家过从甚密，而且精于鉴赏其绘画。由于对画家的了解和对绘画的偏爱，他写下许多脍炙人口的题画诗。在《杜工部集》中有题画诗22首。如果将《送许八拾遗归江宁觐省甫昔时尝客游此县于许生处乞瓦棺寺维摩图样志诸篇末》也算作题画诗，当为23首。有唐一代，杜甫是题写题画诗最多的一位诗人。

第二节　杜甫题画诗分类与内容

杜甫的题画诗大致可分四类，其中题山水画8首，即《奉先刘少府新画山水障歌》《戏题王宰画山水图歌》《严公厅宴同咏蜀道画图得空字》《题玄武禅师屋壁》《奉观严郑公厅事岷山沱江画图十韵得忘字》《观李固请司马弟山水图三首》；题鸟兽画11首，即《画鹰》《画鹘行》《姜楚公画角鹰歌》《观薛稷少保书画壁》《通泉县署屋壁后薛少保画鹤》《杨监又出画鹰十二扇》和题画马《天育骠图歌》《画马赞》《题壁画马歌》《韦讽录事宅观曹将军画马图歌》《丹青引赠曹将军霸》；题画松2首，即《题李尊师松树障子歌》《戏为韦偃双松图歌》；题佛、道画2首，即《冬日洛城北谒玄元皇帝庙》《送许八拾遗归江宁觐省甫昔时尝客游此县于许生处乞瓦棺寺维摩图样志诸篇末》。

在杜甫的各类题画诗中，所表现的内容是多方面的，除了赞美画家及其画技外，一般地说，山水类题画诗往往侧重于描绘逼真的自然风光，而鸟兽类题画诗则常常借画发挥，抒发自己的情怀。但也不完全如此，如在《奉先刘少府新画山水障歌》的最后就说："若耶溪，云门寺，吾独胡为在泥滓，青鞋布袜从此始。"此诗大约作于天宝十三载（754）。诗人当时42岁。他在长安困守多年，由于奸相李林甫和佞臣杨国忠当道，有志不获骋，这首诗就是他当时心情的反映。

直面现实、针砭世事，是杜甫题画诗的重要内容，也是这位忧国忧民的诗人同前代题画诗人的最大不同之处。仇兆鳌曾引张溍的话说："杜诗咏一物，必及时事，故能淋漓顿挫。"（《杜诗详注》卷十三）其题画诗也是如此。他善于揭示画中之物本不具有的内涵，抒发浓重的忧患意识和积极的用世精神。试看他早年写的《画鹰》：

> 素练风霜起，苍鹰画作殊。
> 㧗身思狡兔，侧目似愁胡。
> 绦旋光堪摘，轩楹势可呼。
> 何当击凡鸟，毛血洒平芜！

此诗由赞画鹰转写活鹰，突破画面的时空限制，塑造了一只威猛的真鹰形象，从而抒写了诗人疾恶如仇的品格。全诗形象鲜明，意境深远；层层推进，一气呵成。透过纸面，我们分明可以感受到诗人激情涌动、壮志充盈的胸怀，以及对现实中尸位误国者的痛恨。如果说这首诗表达诗人为国除害的心志尚不够充分的话，那么他的《杨监又出画鹰十二扇》抒发自己的胸襟则酣畅淋漓：

> 近时冯绍正，能画鸷鸟样。
> 明公出此图，无乃传其状。
> 殊姿各独立，清绝心有向。
> 疾禁千里马，气敌万人将。
> 忆昔骊山宫，冬移含元仗。
> 天寒大羽猎，此物神俱王。
> 当时无凡材，百中皆用壮。
> 粉墨形似间，识者一惆怅。
> 干戈少暇日，真骨老崖嶂。
> 为君除狡兔，会是翻鞲上。

　　这首诗作于大历元年（766），是为画屏而题。《杜臆》说："此诗盖因才志不展，而发兴于鹰扬者。公赋鹰马，必有会心语，此则'清绝心有向'是也。"（《杜诗详注》卷十五）画中之鹰神勇、雄健，志在高远。诗人以鹰自况，通过对画鹰的赞颂和对真鹰的慨叹，表达了自己虽已暮年仍壮心不已，誓要除害报国的决心；但是杜甫仕途坎坷，有志难展。他在《天育骠图歌》中又借马兴叹："年多物化空形影，呜呼健步无由骋。如今岂无骐褭与骅骝，时无王良伯乐死即休。"此诗看似为马叫冤，实则为奇士的不遇时而鸣不平。特别是最后两句，对当时权奸当道、忠良受害的现实进行了强有力的抨击。至于他的《冬日洛城北谒玄元皇帝庙》更是一首讽喻题画诗。据《唐书·玄宗本纪》及《资治通鉴》卷二一六唐纪三十二载，天宝八年（749）六月，唐玄宗于洛阳城北建立玄元皇帝庙，同时尊高祖为神尧大圣皇帝，太宗为文武大圣皇帝，高宗为天皇大圣皇帝，中宗为孝和大圣皇帝，睿宗为玄真大圣皇帝。玄宗命宫廷画师吴道子前去作画，把高祖等五个新加封号的大圣皇帝都画在壁上，称为《五圣图》。自唐初以来，除京师外，各州县都兴建老子庙，劳民伤财，百姓怨声载道。这首诗似褒实贬，语含讥讽，是唐代题画诗史上最早的一首讽谏题画诗。仇兆鳌说："'谷神'二句，言神藏而迹隐。结含讽意。"（仇兆鳌《杜诗详注》卷二）钱谦益在《钱注杜诗》中评此诗说："末四句，总括一篇大旨。老子见周德之衰，则引身去之，今安肯非时而出耶？且言汉文恭俭醇厚，深得五千言之旨，故经传致垂拱之治。今之崇尚，则异是矣，亦申明'道德付今王'之意也。老子之学，归本于谷神不死，为天地根，假令长生驻世，亦当藏名养拙于无何有之乡，岂其凭人降形，炫耀光景，以博后人之崇奉乎！此诗虽极意讽谏，而铺张盛丽，语意浑然，所谓'言之无罪，闻之足戒'者也。"

　　题画文学，原是统治者用作政治教化的一种艺术形式，后来又逐渐变成文人雅士用来表达自己的闲情逸致，多无关宏旨，但是到了杜甫手里则多用来表现经国之大事。他把国家兴衰、民生疾苦都自然地融入题画诗中，使之具有极高的思想价值。他这种以题画诗干预社会的优良传统，对后世题画诗发展产生了深远影响。

第三节　杜甫题画诗风格与特点

　　杜甫题画诗的艺术风格，与他的普通诗歌有所不同，除了现实主义特点外，还具有鲜明的浪漫色彩。而体现这种风格的作品多是山水类题画诗，如《戏题王宰画山水图歌》：

> 十日画一水，五日画一石。
>
> 能事不受相促迫，王宰始肯留真迹。
>
> 壮哉昆仑方壶图，挂君高堂之素壁。
>
> 巴陵洞庭日本东，赤岸水与银河通，中有云气随飞龙。
>
> 舟人渔子入浦溆，山木尽亚洪涛风。
>
> 尤工远势古莫比，咫尺应须论万里。
>
> 焉得并州快剪刀，剪取吴松半江水。

　　此诗就画中之山水展开奇特的想象，亦真亦幻。其间云蒸霞蔚，莽莽苍苍，辽阔无际，极为壮观。王嗣奭在《杜臆》中说："此诗通篇设想，俱有戏意。而收语尤戏之甚，故云戏题。"诗人很少就画中山水作具体描写，昆仑、方壶、银河、仙山等，都是运用奇幻的想象和大胆的夸张手法，从画上山水大势设想而来，气象万千，气韵生动。因此，这首诗是杜诗不多见的浪漫之作。另一首《奉先刘少府新画山水障歌》也是这样的作品：

> 堂上不合生枫树，怪底江山起烟雾。
>
> 闻君扫却赤县图，乘兴遣画沧洲趣。
>
> 画师亦无数，好手不可遇。
>
> 对此融心神，知君重毫素。
>
> 岂但祁岳与郑虔，笔迹远过杨契丹。
>
> 得非玄圃裂，无乃潇湘翻。
>
> 悄然坐我天姥下，耳边已似闻清猿。
>
> 反思前夜风雨急，乃是蒲城鬼神入。

元气淋漓障犹湿，真宰上诉天应泣。

野亭春还杂花远，渔翁暝踏孤舟立。

沧浪水深青溟阔，欹岸侧岛秋毫末。

不见湘妃鼓瑟时，至今斑竹临江活。

刘侯天机精，爱画入骨髓。

自有两儿郎，挥洒亦莫比。

大儿聪明到，能添老树巅崖里。

小儿心孔开，貌得山僧及童子。

若耶溪，云门寺，

吾独胡为在泥滓，青鞋布袜从此始。

　　宋严羽在《沧浪诗话》中说："子美不能为太白之飘逸，太白不能为子美之沉郁。"这未免太绝对化。就此诗而言，就是一首颇似李白的奇丽、飘逸之作。

　　这首题画诗以反诘语气开头，为若疑若讶之词，起得陡峭而不离画景。宋杨诚斋说："诗有惊人句，如《山水障》云：'堂上不合生枫树，怪底江山起烟雾。'是也。"以下分五层写画抒怀："画师"以下六句，先以别幅陪衬本画，后泛言画好，此为第一层。中间一大段为三层：前八句笔法倒置，就本地闻见发出奇想，言画中山水如此神妙，非人之功，"乃是蒲城鬼神入"，天助其兴，此为虚拟；"野亭"以下六句，是用工笔描绘画中景物，此为实写，但实中有虚；接下八句，赞刘侯兼及其子，而"貌得山僧及童子"一句又为下文作铺垫。第五层是最后四句，诗人因观画而生隐居之思。

　　此诗地名迭出，水山复现；虚有玄圃、湘灵；实有竹树、花草。诗笔变幻，出没莫测，或虚或实，井然有序。王嗣奭说："画有六法，气韵生动第一，骨法用笔次之。杜以画法为诗法，通篇字字跳跃，天机盎然，此其气韵也。如'堂上不合生枫树'，突然而起，已而忽入蒲城风雨，已而忽入两儿挥洒，飞腾顿挫，不知所自来，此其骨法也。至末因貌得山僧，忽转到若耶、云门，青鞋布袜，阒然而止，总得画法经营之妙。而篇中最

得画家三昧，尤在'元气淋漓障犹湿'一语。试一想象，此画至今在目。诗中有画，信然。"（《杜诗详注》卷四）

这里有一个问题颇值得思考：杜甫的诗歌一向以强烈的现实性著称，为什么在题画诗中却表现出浓郁的浪漫色彩？这除了与诗人当时的际遇、心境有关外，还有另外三个因素：一是受绘画题材的影响，如他所题咏的王宰《山水图》，画的是"壮哉昆仑方壶图"，本身就极富虚无缥缈的境界。二是他题诗面对的是一幅静止的画面，而不是瞬息万变的大千世界。这样，诗人除了有限画面所提供的信息外，一切都要凭想象和联想来构思，这便可以超越时空的限制，以想象的彩笔来描绘五彩斑斓的世界。诗人也好似脱离了人间的烦恼而有飘飘欲仙之感。三是题画作品，往往是酬赠之作，事先并无拟定的主旨，心态较为轻松，特别是杜甫的题画诗常在诗题中加一"戏"字，所以撰写时很放得开，于是神来之笔便为诗歌涂了浪漫色彩。

杜甫山水类题画诗的浪漫色调，也与他的方外之思有一定关系，如作于公元764年的《观李固请司马弟山水图三首》，当时诗人正在严武幕中任职。诗中除了论画外，还从仙山引出对世事的感慨，流露出老庄思想。"范蠡舟偏小，王乔鹤不群。此生随万物，何路出尘氛。"杜甫羡慕这种超世"奇人"，并把"不愁思"的原因归结到"下蓬壶"，似乎只要能到蓬壶仙岛，什么人间的矛盾都可以迎刃而解了。但事实是无情的，杜甫一生历尽艰险，备尝辛酸，想下"蓬壶"只能是幻想而已。如果说杜甫在山水类题画诗中表现的是近于出世思想的浪漫情调不免消极的话，那么他在鸟兽类题画诗里抒发的则是积极的用世情志。其原因一是与当时诗人的思想相表里，写山水类题画诗时，其内心往往充满了矛盾；二是山水类绘画，意境清幽，常常会让人联想到闲适的林泉生活，而鸟兽类绘画，鹰的雄姿、马的矫健，既可以用来自比，又可以用来喻人，所以很便于抒发豪迈情志。

注重形貌描写，也是杜甫题画诗的一个特点。无论山水类题画诗，还是鸟兽类题画之作，都是如此。但是，杜甫题画诗的形貌描写，是以神写形，更看重风骨气韵。东晋画家顾恺之提出"以神写形"；南朝齐谢赫提出"气韵生动"；杜甫在审美情趣上进一步发展，在题画诗中善于表现风神气韵。张彦远说："夫象物必在于形似，形似须全其骨气。"（《历代名画记》卷一）杜甫的题画诗，常常提到"骨"字，在《天育骠图歌》中，以"天骨"一词，把千里马的气质刻画得超凡脱俗；在《画鹘行》中，以"秋骨"一词，令搏击长空的猛鹘跃然纸上；在《杨监又出画鹰十二扇》中，又以"真骨"一词，既写鹰强壮之骨骼，又写其内在之骨气。以风骨气韵评画，不仅表现出杜甫在艺术上的审美意趣，也是诗人人格精神上的一种审美追求。诗歌创作中所体现出的风骨，是与诗人内在的精神境界相联系的。一个人如果不具备内在的高尚品德修养，其诗歌也不可能达到风清骨峻的境界。杜甫"穷年忧黎元，叹息肠内热"，其崇高品质，是一般封建文人难以企及的。杜甫虽然一生历经坎坷，但爱国忠君的本质始终不渝，所以才能在题画诗中表现出一种特有的风神气韵美[1]。

　　杜甫诗歌的主要艺术风格是沉郁顿挫，这是诗人的特质和特殊的经历所形成的，其感情基调是悲愤。但其题画诗的风格却有所不同，由于题画诗的题材和诗人的心境不同，其风格是多样的。其中有些题画诗，将"悲愤"发展至"激愤"，进而形成豪宕雄浑的艺术风格。《丹青引赠曹将军霸》是杜甫最长的一首题画诗，也是最能代表其艺术风格的一首诗。其诗是：

> 将军魏武之子孙，于今为庶为清门。
> 英雄割据虽已矣，文采风流今尚存。
> 学书初学卫夫人，但恨无过王右军。
> 丹青不知老将至，富贵于我如浮云。
> 开元之中常引见，承恩数上南熏殿。
> 凌烟功臣少颜色，将军下笔开生面。
> 良相头上进贤冠，猛将腰间大羽箭。
> 褒公鄂公毛发动，英姿飒爽来酣战。
> 先帝御（一作天）马玉花骢，画工如山貌不同。
> 是日牵来赤墀下，迥立阊阖生长风。
> 诏谓将军拂绢素，意匠惨淡经营中。

斯须九重真龙出，一洗万古凡马空。

玉花却在御榻上，榻上庭前屹相向。

至尊含笑催赐金，圉人太仆皆惆怅。

弟子韩幹早入室，亦能画马穷殊相。

幹惟画肉不画骨，忍使骅骝气凋丧。

将军画善盖有神，必逢佳士亦写真。

即今漂泊干戈际，屡貌寻常行路人。

途穷反遭俗眼白，世上未有如公贫。

但看古来盛名下，终日坎壈缠其身。

  这首诗大约作于广德二年（764），诗人时在成都。此诗气势充盛，悲歌慷慨，诗人的不平之意溢于言表。把叹马、悯人、哀己三者有机地融为一体，浑然不见接榫处。诗人为了突出曹霸画马之神妙，处处加以陪衬：先是用书陪衬画，后用画人来陪衬画马，最后写画马又用韩幹作反衬。前后照应，用韵新奇。晚唐的顾云（？—894）也写过一首题韩幹画马的诗，即《苏君厅观韩幹画马障歌》，却不同意杜甫"幹惟画肉不画骨，忍使骅骝气凋丧"之说，指责"始知甫也真凡目"。其诗说："朱崖谪掾从亡殁，更有何人鉴奇物。当时若遇燕昭王，肯把千金买枯骨。"意在说明世无燕昭王，便无爱才之君，托物抒怀，寄意深远，也是一首题画佳作。不过，前人对杜甫这首诗一直给予极高评价。金圣叹说："波澜迭出，分外争奇，却一气混成，真乃匠心独运之笔。"（《杜诗解》卷三）翁方纲说："如此气势充盛之大篇，古今七言诗第一压卷之作。"（《王文简古诗平仄论》）申涵光也说："此章首尾振荡，句句作意，是古今题画第一手。"（《杜诗详注》卷十三）杜甫在这首诗中所表现的慷慨之情和充盛之气，在他的许多题画诗中都有体现，如《姜楚公画角鹰歌》也寄慨深沉，其郁勃不平之气上干云霄。《天育骠图歌》更是激愤不已，心中之块垒不吐不快，气势豪宕，情见乎词。

  杜甫的题画诗除气势充沛、痛快淋漓之外，也有寄意婉转之作，如《戏为韦偃双松图歌》：

天下几人画古松，毕宏已老韦偃少。

绝笔长风起纤末，满堂动色嗟神妙。

两株惨裂苔藓皮，屈铁交错回高枝。

白摧朽骨龙虎死，黑入太阴雷雨垂。

松根胡僧憩寂寞，庞眉皓首无住著。

偏袒右肩露双脚，叶里松子僧前落。

韦侯韦侯数相见，我有一匹好东绢，重之不减锦绣段。

已令拂拭光凌乱，请公放笔为直干。

这首诗的前四句总赞韦偃的画技。中八句，前四句写树景，但景中有情；后四句写人，以景相衬。末五句写得奇妙，诗人"请公放笔为直干"，似有深意。本来"韦之画松，以屈曲见奇，直便难工"，这里故令"为直干"，既非如仇兆鳌所说的仅为了"索韦画松"（《杜诗详注》卷九），也非只在于一"戏"字，而是希望韦偃能尽情地画出自己胸中的"直干"，即把自己该说的话通过无声的语言画出来。这显然是诗人有感于时世而发，也正是此诗主旨之所在。

从以上题画诗可以看出，杜甫的题画诗针砭现实，总是由画生感，推己及人，因而也带有浓厚的主观抒情色彩。而最能反映诗人襟怀、抱负和感慨的，当是他的一组题画马诗。良马，自古以来就常常用来比况贤才，所以杜甫在画马身上寄寓许许多多情思，如《韦讽录事宅观曹将军画马图歌》：

国初已来画鞍马，神妙独数江都王。

将军得名三十载，人间又见真乘黄。

曾貌先帝照夜白，龙池十日飞霹雳。

内府殷红玛瑙盘，婕妤传诏才人索。

碗赐将军拜舞归，轻纨细绮相追飞。

贵戚权门得笔迹，始觉屏障生光辉。

昔日太宗拳毛䯄，近时郭家狮子花。

今之新图有二马，复令识者久叹嗟。

此皆战骑一敌万，缟素漠漠开风沙。

其馀七匹亦殊绝，迥若寒空动烟雪。

霜蹄蹴踏长楸间，马官厮养森成列。

可怜九马争神骏，顾视清高气深稳。

借问苦心爱者谁，后有韦讽前支遁。

忆昔巡幸新丰宫，翠华拂天来向东。

腾骧磊落三万匹，皆为此图筋骨同。

自从献宝朝河宗，无复射蛟江水中。

君不见金粟堆前松柏里，龙媒去尽鸟呼风。

这首诗作于代宗广德二年（764），与他的题画名篇《丹青引赠曹将军霸》系同年作。诗人其时在成都，已是暮年。他亲眼看到了"开元全盛日"，又看到了安史之乱后的衰败，盛慨殊深，于是便借观画马寄寓自己的感伤之情。《杜臆》说："就马之盛衰，想国之盛衰，不胜其痛，而与画马相关在'筋骨同'一句。翠华向东，谓帝东游。河神朝献，谓帝西幸。江不射蛟，时已晏驾也。"（《杜诗详注》卷十三）诗中描写了京都养马的盛况，但"腾骧磊落三万匹"只不过是虚数，实际上在唐玄宗时期，长安养马多至43万匹。然而安史之乱后，由于经济遭到破坏，养马数量也从40多万匹降至8万匹。当时不但马少了，人口也锐减。天宝十三载（754），全国人口为5288万。至乾元三年（760），只剩下1699万，竟减少十之六七，所以此时已每况愈下。面对这一切，诗人在结尾处，只说一句"君不见金粟堆前松柏里，龙媒去尽鸟呼风"，便戛然而止。杜甫在题画诗中的这种抒情方法，也同他的其他诗歌一样寓主观于客观，即将自己的主观意识、思想感情融于客观的具体描写中，而不直接说出。杜甫这种将抒情寓于客观叙事描写之中的艺术手法，让事实本身去感染读者，会收到"情愈藏而哀愈深，不谴责而讽愈力"的效果。

中国题画诗借画咏怀由来已久。从屈原仰观壁画"以泄愁愤"起即已发端，及至六朝，将画境与主观情思相交融的题画之作渐多。但在题画诗中涉及经国大事的作品却不多。隋朝大义公主的《书屏风》，伤悼宗祀绝灭，情真意切。此诗虽有家国之思，但多是个人哀怨，并无深刻寄意。而杜甫的题画诗所展现的往往是崇高的经国济世之志和忧国忧民之情，其气概之超拔、襟怀之磊落，都足以感天地泣鬼神。他把题画诗由单纯抒写个人的忧喜上升到表现国家、人民的哀乐，这不仅是抒写角度的不同，而且是题画诗表现思想内容上的一个飞跃，对后世题画诗的健康发展具有深远意义。

第四节　杜甫对题画诗发展的贡献

杜甫的题画诗对唐代题画诗发展的贡献是多方面的，其题画诗不仅在数量上位列唐代题画诗之首，而且在思想和艺术上取得了极高成就。但是奠定杜甫在中国题画诗发展史上地位的还不止于此。清代沈德潜在《唐诗别裁集》中说，杜甫"题画诗开出异境，后人往往宗之"。施补华在《岘佣说诗》中也说："《奉先刘少府新画山水障歌》，起手用突兀之笔，中段用翻腾之笔，收处用逸宕之笔。突兀则气势壮，翻腾则波浪阔，逸宕则神韵远，诸法备矣！"这里一说杜甫的题画诗后人"宗之"，一说"诸法备矣"，可见评价之高。那么"诸法"究竟何指呢？一般地说，题画诗写作手法不外乎有三：一是述画，并赞美画家技艺之高妙；二是具体描绘画中之物态，或揭示画内所表现不出的感情与意境；三是借画发挥，抒发诗人的情志。这三种手法在杜甫的题画诗中都得到全面运用。具体而言，第一种手法分为两种：一种是直接赞画，杜甫和后人的题画诗多数属于这种；另一种是不言画而描写景物，通过逼真的景物，间接地赞美画家之技艺，如杜甫的《奉观严郑公厅事岷山沱江画图十韵得忘字》就是虚中有实的佳作。第二种手法在杜甫的题画诗中也很常见，如《观李固请司马弟山水图三首》等。第三种手法是题画诗中较为高明的手法，也是有寄意的题画诗经常采用的手法。杜甫在题画诗中对这一手法的运用已达到炉火纯青的地步。他的这类题画诗尤为后世所推崇，被奉为范式。其特点是，以画鹰、画马喻人，将自己的情志融入其中，二者浑不可分。如《通泉县署壁后薛少保画鹤》：

薛公十一鹤，皆写青田真。

画色久欲尽，苍然犹出尘。

低昂各有意，磊落如长人。

佳此志气远，岂惟粉墨新。

万里不以力，群游森会神。

威迟白凤态，非是仓鹒邻。

高堂未倾覆，常得慰嘉宾。

曝露墙壁外，终嗟风雨频。

赤霄有真骨，耻饮洿池津。

冥冥任所往，脱略谁能驯。

　　薛少保（649—713），名稷，唐代书画家。《历代名画记》载：稷"尤善花鸟人物杂画，画鹤知名。屏风六扇鹤样自稷始"。杜甫为此画题诗，不仅因为薛稷画鹤画得好，而且因为鹤的风姿与气质可以用来寄意。正如诗中所云："低昂各有意，磊落如长人。"诗人把鹤的高逸之性加以人格化，赋予鹤一种远大志向："佳此志气远"，"万里不以力"。同时又用"白凤""仓鹒"作为仙境与俗世、高洁与卑下的典型意象加以对比，一正一反，精神全出。仇兆鳌在《杜诗详注》中引朱（鹤龄）云："本咏画鹤，以真鹤结之，犹之咏画鹰而及真鹰，咏画鹘而及真鹘，咏画马而及真马也。公诗格往往如是。"这里所谓"诗格"，是指杜甫鸟兽类题画诗的一种通常表现手法。诗人说到"真鹤""真鹰""真鹘""真马"的目的，主要不在于赞画，而是通过写真鸟兽的特质来加以比拟，其宗旨是抒发自己的情怀。如果说这是杜甫题画诗的"常法"，那么，他还常常开出"异境"。所谓"异境"，当是指非常人之所想，语奇，景奇，意奇。王嗣奭在评价《姜楚公画角鹰歌》时说："形容佳画，止于夺真，而穷工极变，如'高堂见生鹘，飒爽动秋骨'奇矣，'却嗟真骨遂虚传'更奇。"（《杜诗详注》卷十一）又如金圣叹评价《画鹘行》云："'初惊'，一奇；'何得'，一奇；'乃知'，一奇。接连用三奇笔，都从'飒爽动秋骨'五字中跳脱而出也。"（《杜诗解》）至于由画而生发的议论，杜甫的题画诗也自然恰切。沈德潜在《说诗晬语》中说："其法全在不粘画上发论。"诗中之议论得之画而又发之画外，不拘于画面，而是从画上开出新意，更深一层抒发感叹。这是杜甫题画诗议论的一个特点。

杜甫的题画诗除了对题画诗创作本身的贡献外，还给后人留下了一笔可贵的关于绘画理论的遗产。诗人以诗笔来评画论艺，把诗情与画论有机地融合起来，自然而贴切地阐述了较为深奥的艺术理论。一是提出了绘画要有真实感，只有"真"才能美。论及这一点的诗句有："薛公十一鹤，皆写青田真"（《通泉县署屋壁后薛少保画鹤》），"故独写真传世人，见之座右久更新"（《天育骠图歌》），"此鹰写真在左绵，却嗟真骨遂虚传"（《姜楚公画角鹰歌》）等。从美学层次来看，虽然"真"不等于美，但美必须以"真"为基础。从这个意义上说，"真"是艺术的生命。五代荆浩在《笔法记》中提到"搜妙创真"。他阐释道："似者，得其形，遗其气；真者，气质俱盛。"因此，"真"有两层意义：一是生活的真实，要用艺术形象的"真"去表现；二是指对象的本质，即对象的精神状态。杜甫在题画诗中所涉及的"真"当包括这两层意义。关于"真"是美的前提的说法，17世纪古典主义文学理论家布瓦洛曾提出"只有真才美"的论述，而伟大诗人杜甫早在近一千年前就明白"美在真"这个道理。二是提出了构思在绘画创作中的重要作用。他在《戏题王宰画山水图歌》中说："十日画一水，五日画一石。能事不受相促迫，王宰始肯留真迹。"这一方面说明王宰创作态度认真，不肯轻易下笔；另一方面说明他在创作前先有一番总体构思，做到成竹在胸。又如在《丹青引赠曹将军霸》中说："诏谓将军拂绢素，意匠惨淡经营中。"也提出了作画要先聚精会神地构思的观点。三是提出了绘画重神韵、重骨力、尚瘦硬等审美观。如"将军画善盖有神，必逢佳士亦写真"（《丹青引赠曹将军霸》），"万里不以力，群游森会神"（《通泉县署屋壁后薛少保画鹤》），强调"神韵"对一幅画的关键作用；"矫矫龙性合变化，卓立天骨森开张"（《天育骠图歌》），"高堂见生鹘，飒爽动秋骨"（《画鹘行》），则对绘画创作的"骨力"提出了要求；等等。杜甫在题画诗中谈及的绘画理论，直接影响了后世绘画创作；而绘画艺术发展与繁荣，又间接地促进了题画诗发展。总之，杜甫在中国题画诗发展史上的贡献是卓越的。虽然他不是题画诗的首创者，但他不仅以大量的、多类别的题画诗创作实践丰富了我国题画诗的画廊，使之绚丽多彩，而且所提出的关于题画诗和绘画的理论，尤其长久地润泽后世诗人与画家。从这个意义上说，杜甫当是中国题画诗的开宗立派者。从此，中国题画诗作为一种特殊的艺术体式真正走向了成熟，从而也奠定了在中国艺术史和中国文学史上的地位。因此，杜甫被称为题画诗的"开此体者"（《说诗晬语》卷下）也是当之无愧的。

第五节　杜甫与李白题画诗之异同

在中国诗歌史上，李白志存高远，以诗写心，诗风飘逸浪漫；而杜甫面向现实，以诗为史，诗风沉郁顿挫。但在题画诗创作上，两人却更多地表现出异中之同。

李白在《方城张少公厅画狮猛赞》中说："森竦眉目，飒洒毛骨。锯牙衔霜，钩爪抱月。掣蹲胡以震怒，谓大厦之崚杌。"诗人分明是以"雄姿奋发"之"狮猛"来自况，抒发自己的壮志豪情。而杜甫在《画鹰》中通过赞颂"苍鹰画作殊"，也是"以真鹰气概期之，乘风思奋之心，嫉恶如仇之志，一齐揭出"（浦起龙《读杜心解》卷三）。由此可见两人之襟怀气度，同为超迈不凡。

在非题画诗中，杜甫关切现实，哀民生之多艰；在题画诗中虽然也有忧国忧民的慷慨激昂之作，但常常流露出出世思想。如在《题玄武禅师屋壁》中说："似得庐山路，真随惠远游。"虽是赞玄武禅师，但也似有己意。东晋时的惠远，组织"白莲花社"，主张"修西方之净业"，要使自己成为"出世行乐无牵挂"者。此时杜甫流寓梓州，兵荒马乱，民不聊生。他观看壁画后，不禁向往"莲社高风"，无非是向往超脱尘世而求清静生活。这既是一种无奈，也是一种幻想。他在《观李固请司马弟山水图三首》其二中说："方丈浑连水，天台总映云。人间长见画，老去恨空闻。范蠡舟偏小，王乔鹤不群。此生随万物，何处出尘氛。"作这三首诗时，杜甫53岁，正在严武幕中任职。诗中所题的山水图，当是《海上仙山图》，于是诗人才从仙山引出对世事的感慨，流露出老庄思想。相传王乔有仙术，可以乘鹤来去太空，经旬不食。杜甫很羡慕这样的人，把"不愁思"的原因归结到"下蓬壶"，认为到了仙岛蓬壶，什么烦恼都可以消除。在这一点上，他的求仙之路似乎与李白很相似。李白的题画诗中反映这种思想的更多：在《莹禅师房观山海图》中，他"杳与真心冥，遂谐静者玩"，显然醉心于道；在《同族弟金城尉叔卿烛照山水壁画歌》中，也明显地反映了道家思想。在李白的题画诗中，有时现实中的人也带上几分仙气。在《观博平王志安少府山水粉图》中，王志安本是一个县尉，但李白也把他看成"真人"。而在《当涂赵炎少府粉图山水歌》中，李白更是把赵炎看作"青云士""南昌仙"，而且把他幻化成"杳然如在丹青里"与"羽客"对坐的神仙了。

李白与杜甫虽然都有向往林泉和求仙之思，但是表现却有不同。一是李白对道教接触较早，少时所住的紫云山（在今四川江油），道风盛行，受其影响，他"十五游神仙，仙游未曾歇"（《感兴六首》其四）。道家思想在他的心中刻下深深的烙印。出蜀后，他常常醉心于求仙访道，向往"三山"仙境。天宝年间，他还没有真正成为道士，便说自己"清斋三千日，裂素写道经"。其间，受儒家的积极入世思想的影响，虽然他常怀"济苍生""安社稷"之大志，并思有所作为，但对仙、道的追求却贯穿其一生。而杜甫则不然，他的主导思想是儒家的"兼济天下"，因而"穷年忧黎元"，而老庄思想的流露是暂时的，多是自己的理想与现实产生矛盾时出现的，也仅是说说而已，并没有付诸行动。

严羽认为，"子美不能为太白之飘逸"（《沧浪诗话·诗评》）。但在题画诗中，杜甫却也有李白的几分飘逸。如《奉先刘少府新画山水障歌》，谢省评价说："此诗一篇之中，微则竹树花草，变则烟雾风雨，仙境则沧洲玄圃，州邑则赤县蒲城，山则天姥，水则潇湘，人则渔翁释子，物则猿猱舟船，妙则鬼神，怪则湘灵，无所不备。而纵横出没，几莫测其端倪。"（《杜诗详注》卷四）像这样将神话传说与画中景物相结合，既写实又虚拟，亦真亦幻的诗作，在《李太白集》中也属少见。但杜甫题画诗中所表现的飘逸与李白也有不同，往往是飘逸中透出沉着，豪宕中又有几分苍凉，其《丹青引赠曹将军霸》就是这样的作品。换言之，沉郁顿挫仍是杜甫题画诗的基调。

在表现手法上，一般地说，李白诗张扬，而杜甫诗内敛。但在题画诗上，李白诗却不如其他诗那样直吐为快，其主观意识往往通过叙述描写来体现，如他的《金乡薛少府厅画鹤赞》，诗意就较为隐约。李白写此诗时34岁，尚未应诏入京。他在金乡薛少府衙署看到这幅鹤图时说"高堂闲轩兮，虽听讼而不扰"，似有参政之意愿；但又说"图蓬山之奇禽，想瀛海之缥缈"，似乎又醉心于学道，向往蓬瀛之仙境。其心中似矛盾重重，难以言表。相反地，杜甫的诗歌虽然常常善于克制自己的情绪，不直接表露自己的观点，如《丽人行》《兵车行》等，但在题画诗中除少数诗篇外，往往直抒胸臆。有些诗虽然在诗中以叙述为主，但也不忘"卒章显其志"，如《杨监又出画鹰十二扇》最后的"为君除狡兔，会是翻鞲上"，《天育骠图歌》尾句的"如今岂无騕褭与骅骝，时无王良伯乐死即休"，《题壁画马歌》后二句"时危安得真致此，与人同生亦同死"等都是如此。出现这种情况的主要原因是，杜甫的题画诗负有赞画释画的任务，如不直接表明自己的情志，似乎不能达到题写的目的。而李白的题画诗一般很少涉及画的主人或画家，也很少赞画，而往往是借画寄意，所以便不像非题画诗那样写得淋漓酣畅。又兼李白的题画诗多是短篇，也容不得更好地抒展情怀。

在诗体的运用上，李白的题画诗全是古体，并且多为杂言，长短句错落，不拘一格。这是因为李白"盖才气豪迈，全以神运，自不屑束缚于格律对偶，与雕绘者争长"（赵翼《瓯北诗话》卷一）。而杜甫的题画诗虽然也是以古体居多，并有长篇歌行体，但也有五律和五排。这是因为杜甫诗歌众体兼备，特别是晚年"渐于诗律细"，对近体诗驾轻就熟，所以才运用自如。

注　释

〔1〕参见任辉：《论杜甫题画诗》，《锦州师范学院学报》（哲学社会科学版）2001年第1期。

第八章

中唐题画诗

　　中唐，唐王朝逐渐走下坡路，但诗歌却呈中兴之势，形成唐诗发展的第二座高峰。贞元、元和年间白居易、元稹等人所倡导的"新乐府"，使诗歌仍然沿着反映现实的道路继续发展。刘长卿、韦应物的山水诗，李益、卢纶的边塞诗，虽然都是盛唐诗风之余响，但也取得了新进展。标榜奇险诗风的韩愈、孟郊，努力探索新的创作途径，也取得了一定成就。刘禹锡、柳宗元、李贺等，由于仕途坎坷、怀才不遇，其诗在忧国伤时之外，常抒胸中之幽愤，带有明显的忧患意识。中唐的这些主要诗人，同时也是题画诗的主要作者。他们的题画诗反映的社会面更为广泛，揭露的社会弊病更为深刻。即使山水、田园类闲适的题画诗，也很少有盛唐田园派诗人笔下的山光水色和悠然自得的闲情，代之的多是荒村野岭的景象和悲天悯人的感叹。但这时期的题画诗人却较盛唐大为增加，计有30余人，是盛唐的两倍以上，其题画诗的数量也远非盛唐可比。不过，其艺术性却逊于盛唐。

　　绘画，在中唐比盛唐有进一步的发展。这时期的绘画，一是人物画由佛像逐渐转向世俗画，多表现现实中的人物；二是山水画，张璪继承王维的画法，不仅创造了"笔墨积微""不贵五彩"的水墨新法，而且提出"外师造化，中得心源"的画论，影响至远；三是花鸟画有较大发展，出现了许多知名花鸟画家，其中边鸾"最长于花鸟"，"下笔轻利，用色鲜明"，其门生陈庶所画的百卉也极为鲜明。此外，萧悦的墨竹，戴嵩、韩滉的画牛，也名重一时，引来许多诗人为之题诗。

第一节 "大历十才子"与刘长卿等题画诗人

创作倾向与诗风相近的"大历十才子",是中唐最有影响的创作群体。他们中的主要诗人都写过题画诗,其中也不乏佳作。

钱起(约720—约782),字仲文,吴兴(今浙江湖州)人。天宝时登进士第,官至考功郎中。与郎士元齐名,并称"钱郎"。《中兴间气集》称:"士林语曰:'前有沈宋,后有钱郎。'"他是"大历十才子"之冠。有《钱考功集》。《全唐诗》录其题画诗3首。《画鹤篇》是其代表作之一:

钱起

点素凝姿任画工,霜毛玉羽照帘栊。

借问飞鸣华表上,何如粉绩彩屏中。

文昌宫近芙蓉阙,兰室絪缊香且结。

炉气朝成缑岭云,银灯夜作华亭月。

日暖花明梁燕归,应惊片雪在仙闱。

主人顾盼千金重,谁肯裴回五里飞。

此诗自注"省中作"。"省",指尚书省。唐尚书省考功员外郎厅壁有薛稷的画鹤,可知此诗当作于作者任考功郎中时。诗中极言画鹤如真,并用多种典故以寄意。开头以丁令威化鹤归辽之典发问:"飞鸣华表"的仙鹤为何竟至"彩屏中",似有不解之意。而结尾便点明,原来是承主人之爱鹤,这便引出了诗的主旨。因此,似以主人之爱画鹤而喻皇帝之爱才,自己是恋君而不忍离去。此诗婉转见义,颇耐人寻味。他另一首题画诗《题礼上人壁画山水》也是题画佳作。其中"坐来炉气萦空散,共指晴云向岭归"两句,将眼前之炉烟与画中之晴云融为一体,似真景又似虚境,形象生动,格调清新。

"大历十才子"中另一位重要诗人卢纶（约742—约799），字允言，河中蒲（今山西永济西南）人。曾任集贤学士、秘书省校书郎。德宗时，官至检校户部郎中。《全唐诗》存其题画诗4首。这些题画诗缺少其边塞诗的豪壮特点，由于多是写山水云树或禅堂影像，所以风格转为淡泊。但其《题嘉祥殿南溪印禅师壁画影堂》较有特色，其诗是：

> 双屐参差锡杖斜，衲衣交膝对天花。
>
> 瞻容悟问修持劫，似指前溪无数沙。

这首诗对印禅师画像描绘得极为生动形象，既写出他的双屐、锡杖、衣饰与神态，又写出他的微妙的心理活动。佛经每以"恒河沙数"比喻无法计算的数量。诗人瞻仰其遗像，若有所思，好似他在悟问劫数如"恒河沙"之数。以形写神，虚实相间，将禅师之画像写得惟妙惟肖。

这时期的独孤及、郎士元等也有题画诗传世。其中独孤及（725—777）的《和李尚书画射虎图歌》，将猛虎喻为恶人，赞"壮士""除恶不顾私"的勇武精神，并抒发了自己的感慨。此诗为现存较早的一首题画虎诗，宋代王安石的《阴山画虎图》当受此诗影响。

唐代中期题画诗人人才辈出，其中皇甫冉（718—约770），字茂政，润州丹阳（今属江苏）人。天宝十五载（756）举进士第一，授无锡尉。罢任后曾隐居阳羡山中。后累迁右补阙。与其弟曾皆善诗，一说两人均为"大历十才子"。《全唐诗》存其题画诗5首。其《题画帐二首》，一为《山水》，一为《远帆》。前一首诗侧重写景，但景中有情。后一首诗重在抒情，也寄情于景，其诗是：

> 朝见巴江客，暮见巴江客。
>
> 云帆倘暂停，中路阳台夕。

此诗暗用民谣"朝发黄牛，暮宿黄牛；三朝三暮，黄牛如故"的表现手法，把画面空间与诗歌所表现的时间结合起来，又将画中之景与眼前所见之物联系起来，既写静态，又显动态，通俗生动，颇具民歌风味，当是开题画诗民歌化之先河。他的另一首《同韩给事观毕给事画松石》则是一

首长篇题画诗，其诗是：

> 海峤微茫那得到，楚关迢递心空忆。
>
> 夕郎善画岩间松，远意幽姿此何极。
>
> 千条万叶纷异状，虎伏螭盘争劲力。
>
> 扶疏半映晚天青，凝澹全和曙云黑。
>
> 烟笼月照安可道，雨湿风味未曾息。
>
> 能将积雪辨晴光，每与连峰作寒色。
>
> 龙楼不竞繁花吐，骑省偏宜遥夜直。
>
> 罗浮道士访移来，少室山僧旧应识。
>
> 披垣深沉昼无事，终日亭亭在人侧。
>
> 古槐衰柳宁足论，还对罘罳列行植。

"韩给事"，即韩滉（723—787），字太冲，京兆长安（今陕西西安）人。大历中任吏部郎中、给事中，迁尚书右丞。他是唐代著名画家。《唐朝名画录》说他"能图田家风俗，人物、水牛，曲尽其妙"。《历代名画记》评论他画"牛羊最佳"（《历代名画记》卷十）。现存画作有《文苑图》《五牛图》等。"毕给事"，即毕宏，"大历二年（767）为给事中，画松石于左省厅壁，好事者皆诗咏之"，"树石擅名于代。树木改步变古，自宏始也。"（《历代名画记》卷十）这首诗的主要特点是具体描绘了毕宏所画松石图中的各种景物，其中对"岩间松"的"远意幽姿"和"千条万叶"描绘得尤为细致，但也能融情于景，注意气氛的烘托。并且诗人从空忆迢递的"楚关"写到"古槐衰柳"，既赞美了毕宏画的无与伦比，又给人以深邃的时空感。此诗一是对于研究早已失传的毕宏树石画颇具参考价值；二是诗人与另一位著名画家同观一幅画，又记载毕宏画于厅壁的松石图，"好事者皆诗咏之"，这说明在中唐时诗画家群体咏画已渐成风气。

经历安史之乱的重要诗人刘长卿，也留下3首题画诗。

刘长卿（？—约789），字文房，宣城（今属安徽）人，一作河间（今属河北）人。天宝时登进士第，曾任长洲县尉、摄海盐县令，因事被贬为潘州南巴县尉。后任监察御史、知淮西鄂岳转运留后等职。又贬为睦州司马。至德宗建中二年（781）始擢为随州刺史。他"刚而犯上，两遭迁谪。皆自取之"（高仲武《中兴间气集》卷下）。有《刘随州诗集》。安史之乱发生时，刘长卿虽身在江南，没有亲历中原战乱，但目睹了这场战乱所带来的深重灾难。因此，在他的心灵深处留下了难以抹去的痛苦。前人评他的诗"凄婉清切"（李东阳《怀麓堂诗话》），同"大历十才子"的冷落寂寞情调相近。因此，他与钱起并称"钱刘"。他的3首题画诗虽然往往故作达观，但也流露出悲凄之情，如《会稽王处士草堂壁画衡霍诸山》：

刘长卿

> 粉壁衡霍近，群峰如可攀。
> 能令堂上客，见尽湖南山。
> 青翠数千仞，飞来方丈间。
> 归云无处灭，去鸟何时还。
> 胜事日相对，主人常独闲。
> 青阴满四壁，佳气生重关。
> 颇与宿心会，看看慰愁颜。

此诗大约作于诗人第一次被贬南巴行至饶州放还江浙之后。诗人宦海沉浮，不胜沧桑之感，面对画中山水，不免产生林泉之想。但此诗似乎还有禅意，据葛兆光研究，中唐以来诗人爱用的词语中的"云"字，总是与佛寺禅僧有关。而刘长卿的诗中写到"云"的有几十处之多，也具有禅的意蕴。诗中"归云无处灭，去鸟何时还"，不仅是绝妙警句，而且透出禅意玄机。"云无心以出岫"，自由飘荡，是自由心境的一种象征。而这也是禅门内外人所追求的闲适、自然、淡泊的生活情趣。因此，《明觉禅师语录》卷五《送清禅者》便说云以闲淡作性。中唐之初，著名的南阳慧忠国师与唐肃宗的对话："师曰：'陛下还见空中一片云么？'帝曰：'见。'师曰：'钉钉着？悬挂着？'"（《五灯会元》卷二）就是说，这"一片云"既非被钉子钉死的，也不是依凭某个支点而悬挂着的，而是自由适意，任情东西。

这才是人生真正的自由、轻松和解脱[1]。由此可知，刘长卿在诗中描写"云"，既表明他很向往毫无牵挂、自由自在的生活，也是为了向佛门寻求解脱。他的另一首题画诗《狱中见壁画佛》，是乾元元年（758）系狱时所作。诗中说："不谓衔冤处，而能窥大悲。独栖丛棘下，还见雨花时。地狭青莲小，城高白日迟。幸亲方便力，犹畏毒龙欺。"这也表明他在身陷囹圄时，只好祈求大慈大悲的菩萨的"方便力"能解救自己。从以上两首诗可以看出刘长卿在题画诗中表现的禅意，这也当是古代题画诗中较早表现禅意的作品，应引起重视。

第二节　诗画兼擅的顾况与刘商

唐代中期，诗人兼画家的题画诗人渐多，顾况是其中较有特点的一位。

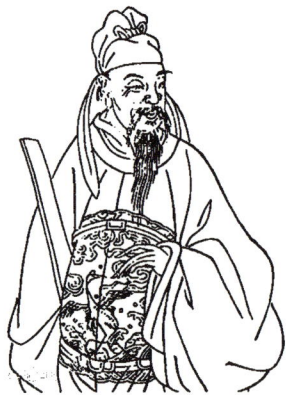

顾况（约730—806后），字逋翁，自号华阳山人。祖籍润州丹阳（今属江苏），后迁至苏州海盐（今属浙江）横山。至德二载（757）进士及第。大历六年（771）至九年（774）在永嘉任盐铁官。建中二年（781）或稍后至贞元三年（787），在润州刺史、浙江东西节度使韩滉幕府中做判官。贞元三年（787）闰五月后任校书郎，后迁著作佐郎。贞元五年（789）贬为江西饶州司户参军。贞元九年（793）秋，经滁州归

顾况

吴，隐居于茅山，受道箓。终不再入仕，病逝于山中。顾况是唐代中期的重要诗人，其诗与大历诗风淡泊寂寞的主流情调有着不同的风貌，显示出异于同辈的艺术个性。他的诗以古体为多，受江南民歌的影响，格调通俗明快，语言畅达。顾况还通音律，善丹青。绘画师从著名山水画家王洽（洽，一作默，又作墨）。受王洽影响，其作画风格怪奇，落笔有奇趣。僧皎然在《送顾处士歌》中说："吴门顾子予早闻，风貌真古谁似君。人中黄宪与颜子，物表孤高将片云。性背时人高且逸，平生好古无俦匹。醉书

在箧称绝伦，神画开厨怕飞出。"由此可知顾况精于书画。

《全唐诗》存其题画诗5首，均为歌行体诗歌。这种诗歌体裁，长短自如，形式自由，颇为适合他狂放不羁的绘画风格。他的题画诗特色极为鲜明，除语言平易外，还有想象奇特、夸张大胆的浪漫色彩。如《范山人画山水歌》：

> 山峥嵘，水泓澄。
> 漫漫汗汗一笔耕，一草一木栖神明。
> 忽如空中有物，物中有声。
> 复如远道望乡客，梦绕山川身不行。

此诗不仅语言通俗，而且句式灵活，参差有致，极富民歌特色。特别是"一草一木栖神明""忽如空中有物，物中有声"一段运用比喻和通感手法来描绘山水，化静态为动态，化视觉为听觉，将有声画与无声诗融为一体，创造出诗中有画、画中有诗的艺术效果。因此，宗白华就曾以此诗为例说明中国画的空间是音乐化的空间[2]。又如他的另一首题画诗《杜秀才画立走水牛歌》更是想象奇特、妙趣横生：

> 昆仑儿，骑白象，时时锁着师子项。
> 奚奴跨马不搭鞍，立走水牛惊汉官。
> 江村小儿好夸骋，脚踏牛头上牛领。
> 浅草平田擦过时，大虫著钝几落井。
> 杜生知我恋沧洲，画作一障张床头。
> 八十老婆拍手笑，妒他织女嫁牵牛。

这首诗是为杜秀才的画障而作，但全诗除一句"画作一障张床头"可看出是题画外，其余全是写由画面而联想的故事：先写"昆仑儿"如何骑白象，再写"奚奴"骑马不搭鞍，引出"立走水牛惊汉官"；然后才写"江村小儿"好夸骋，而使老虎"著钝几落井"，极尽夸张之能事；最后又写观者的反应："八十老婆拍手笑，妒他织女嫁牵牛。"在这首诗中，诗人的想象力极为丰富，先由画牛而及象、马，复由"立走水牛"而惊虎，最后又由画牛而联想到天上织女、牵牛的神话故事，地域之广、时间跨度之大，在古代题画诗中极为少见。其表现手法之独特，也令人叹为观止。如果说这首题画诗浪漫色彩还不够浓郁的话，那么他的《梁广画花歌》则更为神奇：

> 王母欲过刘彻家，飞琼夜入云辂车。
> 紫书分付与青鸟，却向人间求好花。
> 上元夫人最小女，头面端正能言语。
> 手把梁生画花看，凝睇掩笑心相许。
> 心相许，为白阿娘从嫁与。

此诗全不从画上着笔，而直接写神话故事，有人物、有情节，很像一首短的叙事诗。它的独特之处不仅在于神话故事本身，而且在于"上元夫人最小女"竟然看中"画花"之梁广，并决定以身相许。这既是赞梁广之画，更是以花拟人，将现实与神话联系起来，给人以无限的遐想。由此我们不难看出，题画诗到了顾况手里，已经突破了杜甫所开创的题画诗"范式"，由品人赞画扩展到写有一定情节的故事，而且手法奇特，极富变化，既有浪漫之笔，又有丰富情趣。

顾况题画诗的另一个特点是笔调调侃，诙谐而滑稽。《旧唐书·顾况传》说："（况）能为歌，诗性诙谐，虽王公之贵与之交者，必戏侮之，然以嘲诮能文，人多狎之。"顾况的这种诙谐性格在题画诗中也充分反映出来，如上述《梁广画花歌》就是以调侃的笔法对上元夫人及其小女儿开了个玩笑，说梁广画的花赢得了仙女的芳心，愿意下嫁给他，既有情趣，又有戏谑的味道。而《杜秀才画立走水牛歌》对"八十老婆"的调侃，更觉滑稽可笑：这位八十高龄的老太婆竟然嫉妒起织女嫁牛郎。顾况在题画诗中所表现的这种诙谐、戏谑风格，对后世题画诗产生了深远影响。明代的唐寅、清代的"扬州八怪"等，都继承并发扬了他放浪不羁的精神和戏谑、滑稽的表现手法。

刘商是唐代较早的著名画家兼诗人，字子夏，彭城（今江苏徐州）人。约生于开元中期，大历年间进士。曾任合肥（今属安徽）令，贞元中累官员外郎，迁检校礼部郎中。后弃官入扬州（今属江苏），又隐居于常州义兴（今江苏宜兴）。刘商工画，善山水树石。《历代名画记》说他"初师于张璪，后自造真为意"（《历代名画记》卷十）。武元衡在《刘商郎中集序》中说："（公）酷尚山水，著文之外，妙及丹青。好事君子，或持冰素，越淮湖，求一松一石、片云孤鹤，获者宝之，虽楚璧南金不之过也。"刘商也有诗名，称著于大历中。《全唐诗》存其诗二卷，除《胡笳十八拍》外，有诗96首，另有补遗1首。其中题画诗6首。除《酬道芬寄画松》外，全是自题画诗，且很可能都是题写在画卷上的，因为他所题诗的几幅画多是为了送人的，而为送人的画题诗，不太可能题于另幅；又兼其诗全是短小的七言绝句，所以善书的画家正可以借此一展其书艺，将书画一并赠人。自题画诗有助于诗情画意的深层融合，标志着中国题画诗的进一步成熟，其对宋元画家自画自题风气的形成具有重要的启示意义。

刘商现存的题画诗虽然不多，但几乎全是佳作，在思想上、艺术上都很有特点。他的题画诗不仅抒写了其清高的操守，而且反映了他济世的宏愿，如《画石》：

> 苍藓千年粉绘传，坚贞一片色犹全。
> 那知忽遇非常用，不把分铢补上天。

诗中说一块长满苍苔的石头虽历经千年，却依旧保持着坚贞的本色，如今"我"用"粉绘"画出它的一片全貌。很显然诗人是以画石自况。刘商"格性高迈"，时人评"刘郎中松树孤标"（《唐朝名画录》），所以常有落落寡合之叹。而画中的"坚贞"之石，却没有派上应有的用场："那知忽遇非常用，不把分铢补上天。"这里的"非常用"，当是指违背其所期待的济世之用。如今正当百废待兴之际，竟不能将其一分一毫用于补天之事，怎能不使诗人抱憾终身呢！其对大材小用的激愤之情溢于言表。此诗很好地继承了杜甫题画诗的艺术传统，先将石入画，复由画石而思真石，又假画石之口抒画家之心，不仅构思巧妙，而且物我既相似相合，又寄意遥深，洵为题画之精品。他的另一首《画树后呈濬师》，也是抒怀之作：

翔凤边风十月寒，苍山古木更摧残。

为君壁上画松柏，劲雪严霜君试看。

此诗先是渲染十月寒风摧古木，极言雪劲霜严，再写"为君壁上画松柏"，以凸显松柏之耐寒，借以抒发诗人毫无畏惧的坚贞情怀。值得注意的是，在刘商的题画诗中曾多次提到松柏遭摧折，如在《与湛上人院画松》中说岩下松"摧残半隐洞中云"，在《袁德师求画松》中说"柏偃松攲"，在《山翁持酒相访以画松酬之》中说"白社风霜惊暮年"，都是描写环境恶劣、松柏遭殃。这很可能是寓意当时人才受压抑，自己怀才不遇的处境。

刘商的题画诗因为是为自己的画而题，所以自有其特点。它与唐代诗人为别人画题诗的手法不同，无须先品人赞画，再发论抒感，而是径直破题，或言事，或抒情，痛快淋漓。这种手法为后世所借鉴，宋元以后的自题画诗人大多运用这种手法。因此，刘商可谓开创了一种新的自题画诗的范式。从这个意义上说，他与杜甫、白居易等开创题画体例的大家一样，在中国题画诗发展史上具有独特的地位。

第三节　开创题画诗新风的白居易

白居易是唐代中期的重要题画诗人。他在唐代题画诗史上的地位，仅次于李白、杜甫和王维。

白居易（772—846），字乐天，晚年居香山，自号香山居士，又因官太子少傅，后人称白太傅。原籍太原，后迁下邽（今陕西渭南北）。他出生于新郑（今属河南）。青少年时，家境贫困，长期流浪在外，对人民的疾苦有较深了解。贞元十六年（800）举进士。后任翰林学士、左拾遗等。因上表请严缉刺死宰相武元衡的凶手，得罪权贵，贬为江州司马，移忠州刺史。后被召为主客

白居易

郎，知制诰。又出任杭州刺史、苏州刺史等。以刑部尚书致仕。白居易是我国伟大的现实主义诗人，也是一位有独特贡献的诗歌理论家。他所倡导的新乐府及其理论主张在我国文学史上产生过深远影响。其诗以重大的政治问题为主要内容，从各方面揭露了封建社会的罪恶，反映了人民的苦难生活，并抒发了自己的爱国主义深情。但被贬后，他思想消沉，在创作上逐渐丧失了前期的战斗锋芒。他的诗风，深入浅出，以平易通俗见长。其所存诗近三千首，在唐代诗人中居第一位。白居易亦能画善书，其书虽不名世，但投笔皆契绳矩，时有佳趣。有《白氏长庆集》。《全唐诗》录其题画诗14首。白居易的诗歌向以写实著称，他的题画诗也有极强的现实感和干政意识，如《题海图屏风》：

> 海水无风时，波涛安悠悠。
> 鳞介无小大，遂性各沉浮。
> 突兀海底鳌，首冠三神丘。
> 钓网不能制，其来非一秋。
> 或者不量力，谓兹鳌可求。
> 赑屃牵不动，纶绝沉其钩。
> 一鳌既顿领，诸鳌齐掉头。
> 白涛与黑浪，呼吸绕咽喉。
> 喷风激飞廉，鼓波怒阳侯。
> 鲸鲵得其便，张口欲吞舟。
> 万里无活鳞，百川多倒流。
> 遂使江汉水，朝宗意亦休。
> 苍然屏风上，此画良有由。

这首诗一开始就径写大海，先写风平浪静的海面，作为后面写海上喷风鼓浪的一种反衬。中间一大段写鳌、鲸作怪和有"不量力"者与之搏斗的情景。最后的结句，诗人提出画家作如此描绘，必有因由。但原因究竟何在，诗人并未点出，而是留给读者自己去思考。我们可以联系当时的背景加以分析。此诗作于元和四年（809）。这一年，唐宪宗和宦官吐突承璀，想趁承德藩镇王士真刚死之机，用兵河北。一部分朝臣认为，这一行动冒险，倘出师不利，反会加深朝廷与藩镇的矛盾。白居易从维护朝廷的利益和关心人民疾苦出发，曾连上《罢兵表》。而宪宗一意孤行，竟把兵权交给吐突承璀，任其妄动。结果劳而无功，百姓死亡无数。这首题画诗是借画发挥，反对朝廷在条件不成熟的情况下轻率用兵，给人民造成了类似"万里无活鳞，百川多倒流"的灾难。诗中以"鳌"比作藩镇势力，以"鲸鲵"比作作乱的元凶，以"不量力"者暗比宪宗和吐突承璀等。

如果说这首题画诗讽喻现实还比较隐晦的话，那么他的《八骏图》则在小序中明确指出是"戒奇物，惩佚游也"。其诗是：

> 穆王八骏天马驹，后人爱之写为图。
>
> 背如龙兮颈如象，骨耸筋高脂肉壮。
>
> 日行万里疾如飞，穆王独乘何所之。
>
> 四荒八极踏欲遍，三十二蹄无歇时。
>
> 属车轴折趁不及，黄屋草生弃若遗。
>
> 瑶池西赴王母宴，七庙经年不亲荐。
>
> 璧台南与盛姬游，明堂不复朝诸侯。
>
> 《白云》《黄竹》歌声动，一人荒乐万人愁。
>
> 周从后稷至文武，积德累功世勤苦。
>
> 岂知才及四代孙，心轻王业如灰土。
>
> 由来尤物不在大，能荡君心则为害。
>
> 文帝却之不肯乘，千里马去汉道兴。
>
> 穆王得之不为戒，八骏驹来周室坏。
>
> 至今此物世称珍，不知房星之精下为怪。
>
> 八骏图，君莫爱。

这首题画诗是白居易的新乐府之一。其目的是"欲闻之者深诫也"。据《唐会要·忠谏》载，德宗李适、宪宗李纯，都爱打围射猎。而宪宗尤甚，"每岁冬，以鹰犬出近畿习狩，谓之外按使；领徒数百辈，恃恩恣横，郡邑惧扰，皆厚礼迎犒，恣其所便；止舍留邸，百姓畏之如寇盗。每留旬日，方更其所"。又据元稹《望云骓马歌并序》云："德宗皇帝以八马幸蜀，七马道毙，唯望云骓来往不顿。贞元中，老死天厩。臣稹作歌以记之。"元稹另有《八骏图》五言诗一篇。当时画师、诗人图写八骏，几成风气。因此，德宗幸蜀，有类于周穆王以八骏西巡。很显然，诗人是以周穆王佚游天下而使周室衰败一事，作为当朝的鉴戒。诗中说"一人荒乐万人愁""心轻王业如灰土"，很深刻地揭示了封建社会皇帝与广大人民利益的根本对立，具有很强的批判性。

在白居易的题画诗中，最多的是题写真类作品，共有6首。写真是唐代出现的新画种，为写真所题的诗，也是题画诗的一种新形式。它和汉魏时期的画像赞有质的不同：第一，画像赞的主旨是劝善惩恶；而题写真淡化了鉴戒作用，主要是为了自我抒情言志。第二，画像赞是画像的附庸，往往只是画像的文字说明；而题写真多是另有寄意。第三，在形式上，画赞以四言为主，缺少变化；而题写真形式多样，古体、近体兼备。第四，画像赞文字枯燥，味同嚼蜡；而题写真具有较高的艺术性。第五，某些佛像赞是为了阐释禅宗；而题写真的世俗和实用目的很强。白居易的题写真诗基本上体现了上述题写真诗的特点，真实地记录了他各个阶段的心路历程，不啻是诗人形象而生动的年谱。其中《自题写真》《题旧写真图》《感旧写真》《香山居士写真诗并序》4首，颇值得玩味。《自题写真》写得最早，从诗中"五年为侍臣"和诗前自注"时为翰林学士"看，此诗作于元和五年（810）。其诗是：

> 我貌不自识，李放写我真。
> 静观神与骨，合是山中人。
> 蒲柳质易朽，麋鹿心难驯。
> 何事赤墀上，五年为侍臣。
> 况多刚狷性，难与世同尘。
> 不惟非贵相，但恐生祸因。
> 宜当早罢去，收取云泉身。

白居易于元和二年（807）冬，从周至县尉任上被调回长安，经过考

试后，授官翰林学士。

当时，诗人虽为皇帝近臣，但并未志得意满，而是内心充满了矛盾。一方面由于他"有阙必规，有违必谏"，已为执政者所忌；另一方面，他写的"新乐府"等讽喻诗也使权贵们"扼腕""切齿"。这首诗中之所以一再表露引退之意，正是因为诗人看到政治环境日益险恶而自己难于厕身其间。因此，这首诗不仅为我们了解诗人的思想发展提供了直接材料，而且间接地反映了唐代中期朝廷内外的某些矛盾。《题旧写真图》作于元和十二年（817），诗人当时被贬为江州司马。其诗为：

> 我昔三十六，写貌在丹青。
> 我今四十六，衰悴卧江城。
> 岂止十年老，曾与众苦并。
> 一照旧图画，无复昔仪形。
> 形影默相顾，如弟对老兄。
> 况使他人见，能不昧平生。
> 羲和鞭日走，不为我少停。
> 形骸属日月，老去何足惊。
> 所恨凌烟阁，不得画功名。

诗人对着"旧图画"，感慨殊深。十年间他历经许多坎坷，一言难尽。他虽然劝慰自己"老去何足惊"，心情似乎渐趋平和，但又流露一点遗憾："所恨凌烟阁，不得画功名。"这就像他36岁时想归隐而未能归隐一样，内心深处仍充满了矛盾与憧憬。在20年后，他的心情似有变化。他的《感旧写真》说："李放写我真，写来二十载。莫问真何如，画亦销光彩。朱颜与玄鬓，日夜改复改。无嗟貌遽非，且喜身犹在。"这首诗作于大和三年（829），诗人已年近花甲，从诗中看似乎没有什么追求，但希望仍未泯灭。就在同一时期，白居易又遇到一位画家要为他画像，被他婉言谢绝了。他在《赠写真者》诗中写道："迢递麒麟阁，图功未有期。区区尺素上，焉用写真为。"白居易的最后一首题自己的写真诗《白香山居士写真诗并序》作于会昌二年（842）。其诗并序是：

元和五年，予为左拾遗、翰林学士，奉诏写真于集贤殿御书院，时年三十七。会昌二年，罢太子少傅，为白衣居士，又写真于香山寺藏经堂，时年七十一。前后相望，殆将三纪。观今照昔，慨然自叹者久之。形容非一，世事几变，因题六十字以写所怀。

> 昔作少学士，图形入集贤。
>
> 今为老居士，写貌寄香山。
>
> 鹤氅变玄发，鸡肤换朱颜。
>
> 前形与后貌，相去三十年。
>
> 勿叹韶华子，俄成皤叟仙。
>
> 请看东海水，亦变作桑田。

年过古稀之后，白居易的心情更为平静。作为一个信奉佛教的"老居士"，壮志已经消磨殆尽，所以对世间的一切都能看得开，觉得沧桑之变是很正常的，既没有功名未就的感叹，也没有行将老迈的感伤，可谓心如枯井，已不起波澜。

白居易的题写真诗形式多样，手法灵活，是诗人的形象而生动的年谱，真实地记录了他各个阶段的心路历程。这不仅是研究其生平的可靠佐证，而且为后世以记叙行踪为主的题写真诗的创作提供了有益的借鉴。

在白居易的题画诗中，还有一首并不直接反映现实的作品，即《画竹歌并引》：

> 协律郎萧悦善画竹，举时无伦，萧亦甚自秘重，有终岁求其一竿一枝而不得者。知予天与好事，忽写一十五竿，惠然见投。予厚其意，高其艺，无以答贶，作歌以报之，凡一百八十六字云。

> 植物之中竹难写，古今虽画无似者。
>
> 萧郎下笔独逼真，丹青以来唯一人。
>
> 人画竹身肥拥肿，萧画茎瘦节节竦。
>
> 人画竹梢死赢垂，萧画枝活叶叶动。
>
> 不根而生从意生，不笋而成由笔成。

野塘水边碕岸侧，森森两丛十五茎。

婵娟不失筠粉态，萧飒尽得风烟情。

举头忽看不似画，低耳静听疑有声。

西丛七茎劲而健，省向天竺寺前石上见。

东丛八茎疏且寒，忆曾湘妃庙里雨中看。

幽姿远思少人别，与君相顾空长叹。

萧郎萧郎老可惜，手颤眼昏头雪色。

自言便是绝笔时，从今此竹尤难得。

此诗约作于长庆二年至三年（822—823）。这是一首吟咏画竹之作。但这位以写实著称的诗人咏画竹的目的，还是在于咏人。诗人先泛咏后实写，先描绘后议论，由画及人，寄托感慨。画竹的"幽姿远思"，不仅是萧悦的写照，也是诗人之自况。一句"与君相顾空长叹"，既蕴含着诗人对画家晚境的同情，也深藏着自己的身世之叹。萧画今已失传，元代李衎曾得其《筼竹图》，但"绢素糜溃，笔踪惨淡"。因此，白氏对萧氏画竹的描绘，便成为我们研究萧悦画竹的可贵资料。

明代谢榛在《四溟诗话》中说："白乐天《画竹歌》云：'西丛七茎劲而健，省向天竺寺前石上见。东丛八茎疏且寒，忆曾湘妃庙里雨中看。'此作造语清润，读者襟抱洒然，能发万里之兴，所谓淘沙拣金，难得之句也。"这种将画竹直接与现实生活联系起来的表现手法，很显然是得到杜甫题画诗的真传，并加以创新，因此《唐宋诗醇》卷二十二评论说："波澜意度，直逼子美堂奥，与香山平日面貌不类，盖有意规仿子美题画诸作而为之者。"

白居易的题画诗也有好说理、议论的特点，但却不同于他的某些非题画诗直白讽喻现实的功利色彩，而代之以由事及理的饶有理趣的议论，如《题谢公东山障子》：

贤愚共在浮生内，贵贱同趋群动间。

多见忙时已衰病，少闻健日肯休闲。

鹰饥受绁从难退，鹤老乘轩亦不还。

唯有风流谢安石，拂衣携妓入东山。

在白居易的题画诗中，还有一首特别值得关注的是《画木莲花图寄元郎中》：

花房腻似红莲朵，艳色鲜如紫牡丹。

唯有诗人能解爱，丹青写出与君看。

此诗至少有三点值得引起重视：第一，证明白居易也能绘画，这不仅从诗题中可以看出，而且诗的最后一句"丹青写出与君看"分明是说诗人也写丹青，而这在其他书籍中从未记载过；第二，这首诗也是自题画诗，并且是中国题画诗发展史上较早的一首自题画诗；第三，这首诗很可能就题在画卷上，这是因为诗人将自作的诗、画一并送人，不太可能将诗题于另纸，相反地，将诗题于画卷上不仅会使画面增色，而且送人也更方便。倘若这种推断是可信的，其影响也同刘商的自题画诗一样是深远的。白居易在题画诗创作上的贡献还在于，他的讽喻类题画诗具有开创意义，宋元以后讽刺类题画诗的兴起与发展深受其影响；其题写真类题画诗，变以往的评画品人为用以叙事，也开出一种新的范式。

第四节　中唐其他题画诗人

皎然（约720—约795），字清昼，曰"昼上人"。湖州（今属浙江）人。本姓谢，自称为南朝宋谢灵运十世孙。他与著名书法家颜真卿、诗人韦应物等常以诗相酬唱，并与齐己、贯休合称唐代三大诗僧。有《皎然集》。《全唐诗》存其题画诗5首。其中《奉应颜尚书真卿观玄真子置酒张乐舞破阵画洞庭三山歌》值得重视。其诗是：

皎然

道流迹异人共惊，寄向画中观道情。

如何万象自心出，而心澹然无所营。

手援毫，足蹈节，披缣洒墨称丽绝。

石文乱点急管催，云态徐挥慢歌发。

乐纵酒酣狂更好，攒峰若雨纵横扫。

尺波澶漫意无涯，片岭峻嶒势将倒。

盼睐方知造境难，象忘神遇非笔端。

昨日幽奇湖上见，今朝舒卷手中看。

兴馀轻拂远天色，曾向峰东海边识。

秋空暮景飒飒容，翻疑是真画不得。

颜公素高山水意，常恨三山不可至。

赏君狂画忘远游，不出轩墀坐苍翠。

　　这首诗的突出特点是以诗描写音乐、舞蹈与绘画，既有诗的意境，又有乐的律动、舞的节奏，也彰显出画的光彩，再加上书法载体，可谓将诗、书、画、乐、舞融于一体。像这样同时涉及五种艺术的诗，不仅在中国题画诗史上绝无仅有，而且在整个中国诗歌史上也极为罕见，因此弥足珍贵。张志和，号玄真子。《历代名画记》载："张志和，字子同，会稽人。性高迈不拘检，自称烟波钓徒。""书迹狂逸，自为《渔歌》便画之，甚有逸思。……颜鲁公与之善。"（张彦远《历代名画记》卷十）"颜鲁公"，即颜真卿，曾任吏部尚书。又《唐朝名画录》载："张志和尝渔钓于洞庭湖，初颜鲁公典吴兴知其高节，以《渔歌》五首赠之。"皎然这首题画诗就是描写他与颜真卿、张志和的一次乐舞作画活动。诗中着重描写了张志和"手援毫，足蹈节"，边舞边画之狂态，也为历代题画诗中所少见。他的另几首题画诗涉及的画理，也颇具参考价值，如《咏皎上人座右画松》中的"写得长松意，千寻数尺中"，《周长史昉画毗沙门天王歌》中的"苟能下笔合神造，误点一点亦为道"等都是言简意赅的画论。特别是在《观裴秀才松石障歌》中所提出的"蹙成数片"，实际上是指中国山水画中的"皴法"。这说明早在中唐时期绘画的"皴法"已经受到了重视，这无疑为研究中国绘画发展史提供了可资参考的材料。

中唐的大诗人韩愈（768—824），字退之，河阳（今河南孟州南）人。自谓郡望昌黎，故世称韩昌黎。唐德宗贞元八年（792）进士。历任刑部侍郎、兵部侍郎、京兆尹，卒于吏部侍郎任上，故又有"韩吏部"之称。有《昌黎先生集》。韩愈有题画诗1首，为《桃源图》：

韩愈

> 神仙有无何渺茫，桃源之说诚荒唐。
> 流水盘回山百转，生绡数幅垂中堂。
> 武陵太守好事者，题封远寄南宫下。
> 南宫先生忻得之，波涛入笔驱文辞。
> 文工画妙各臻极，异境恍惚移于斯。
> 架岩凿谷开宫室，接屋连墙千万日。
> 嬴颠刘蹶了不闻，地坼天分非所恤。
> 种桃处处惟开花，川原近远蒸红霞。
> 初来犹自念乡邑，岁久此地还成家。
> 渔舟之子来何所，物色相猜更问语。
> 大蛇中断丧前王，群马南渡开新主。
> 听终辞绝共凄然，自说经今六百年。
> 当时万事皆眼见，不知几许犹流传。
> 争持酒食来相馈，礼数不同樽俎异。
> 月明伴宿玉堂空，骨冷魂清无梦寐。
> 夜半金鸡啁哳鸣，火轮飞出客心惊。
> 人间有累不可住，依然离别难为情。
> 船开棹进一回顾，万里苍苍烟水暮。
> 世俗宁知伪与真，至今传者武陵人。

自东晋陶渊明的《桃花源诗并记》问世后，接续咏桃花源的诗文不胜枚举，但在唐代以桃源为题材的题画诗却极为少见。因此，韩愈此诗当是现存资料中最早的一首咏桃源的题画诗。同时，它不仅立意与陶渊明诗有别，而且以古喻今，具有强烈的现实意义。韩诗约作于元和八年（813）末。中唐时期，皇帝大都迷信神仙，事佛求福，其中唐宪宗求佛之心尤切。他既征方士柳泌炼制仙药，又派人往凤翔迎取"佛骨"，劳民伤财。这首诗开头即说："神仙有无何渺茫，桃源之说诚荒唐。"显然是有针对性的。这与他后来所写的《论佛骨表》，当是出于同一目的。

刘禹锡（772—842），字梦得，洛阳（今属河南）人。本匈奴族后裔，北魏孝文帝时改汉姓（卞孝萱《刘禹锡年表》）。贞元九年（793）进士，又登博学宏词科。王叔文改革弊政，刘禹锡时为屯田员外郎，为革新之核心人物。革新失败后，与柳宗元等八人被贬边远州做司马，时称"八司马事件"。文宗朝，为主客、礼部郎中，兼集贤殿学士。不久，出为苏、汝、同三州刺史。开成元年（836），以太子宾客分司东都。武宗初，加检校礼部尚书衔。世称刘宾客、刘尚书。刘禹锡以诗文称著，"早与柳宗元为文章之友，称'刘柳'；晚与居易为诗友，号'刘白'"（《郡斋读书志》卷四上）。其诗虽然不脱大历以来诗风的主要特点，但更显雄浑苍老，意蕴深邃。有《刘梦得文集》。《全唐诗》存其题画诗5首。其题画诗也写自己怀才不遇、凄凉悲苦之情，如《燕尔馆破屏风所画至精人多叹赏题之》：

> 画时应遇空亡日，卖处难逢识别人。
>
> 唯有多情往来客，强将衫袖拂埃尘。

此诗说屏风上的画大约作画时逢凶辰，卖时又无人赏识，连遭不幸。当是以画自喻，抒写自己被贬谪的飘零身世和失落孤寂之情。于平叙中见不平，深沉而愤慨。较其另一首题画诗《答东阳于令寒碧图诗并序》更富意蕴。刘禹锡的题画诗和他的非题画诗一样，哲理亦佳，如《题欹器图》：

> 秦国功成思税驾，晋臣名遂叹危机。
>
> 无因上蔡牵黄犬，愿作丹徒一布衣。

欹器，是一种倾斜易覆之器。《荀子·宥坐》："孔子观于鲁桓公之庙，有欹器焉。……此盖为宥坐之器。""宥坐"，即右坐，是说将欹器置于座右以为警诫。前两句连用两个典故，意谓成功者当及时停驾，成名者应想到危机。《史记·李斯列传》载："李斯喟然而叹曰：'嗟呼！吾闻之荀卿曰："物禁太盛。"夫斯乃上蔡布衣，闾巷之黔首。上不知其驽下，遂擢至此。当今人臣之位，无居臣上者，可谓富贵极矣。物极则衰，吾未知所税驾也。'"又《晋书·诸葛长民传》载："及刘毅被诛，长民谓所亲曰：'昔年醢彭越，前年杀韩信，祸其至矣！'谋欲为乱。……长民犹豫未发，既而叹曰：'贫贱常思富贵，富贵必履危机。今日欲为丹徒布衣，岂可得也！'"诗中既有对自己际遇之感叹，又有醒世之警言，含蕴深邃，颇富哲理。

与刘禹锡并称"刘柳"的柳宗元（773—819），字子厚，河东解县（今山西运城西南）人。贞元九年（793）进士。王叔文用事，任礼部员外郎，参与革新。王叔文败，贬永州司马。元和十年（815），奉诏至京，复出为柳州刺史，世称"柳柳州"。有《柳河东集》。《全唐诗》存其题画诗2首。其《省试观庆云图诗》是一首试帖诗。此诗系歌功颂德之作，内容虽不足取，但形式严整，诗律谐协，属于五言排律。

柳宗元

元稹（779—831），字微之，洛阳（今属河南）人。世居京兆万年（今陕西西安）。其诗与白居易齐名，并称"元白"，风格也相近，合称"元白体"。著有《元氏长庆集》一百卷，仅存六十卷。《全唐诗》存其题画诗4首，其中《画松》一首，提出了关于绘画的见解。诗中说：

元稹

张璪画古松，往往得神骨。

翠帚扫春风，枯龙戛寒月。

流传画师辈，奇态尽埋没。

纤枝无萧洒，顽干空突兀。

乃悟埃尘心，难状烟霄质。

我去淅阳山，深山看真物。

此诗在赞美张璪画松的同时，较为深刻地阐述了画品与人品的关系。诗人认为，"埃尘心"是难以画出松树"神骨"的。倘若画得不好，还不如去"深山看真物"。

李贺（790—816），字长吉，福昌（今河南宜阳西）人，是中唐后期的杰出诗人。他的《追赋画江潭苑四首》体现了他诗风秾丽的一面。王琦等在《三家评注长吉歌诗》中注此诗说："四诗皆咏宫人早起游猎之景，盖因观画而赋其事如此。"但这组诗并非只单纯描绘游猎的壮丽场景，而是在浓墨重彩中蕴藏着哀婉。一句"泪痕沾寝帐"，不知透出嫔妃们多少愁苦。这也从一个侧面讥讽了封建帝王的骄奢淫逸生活。

中唐时期题画佳作也颇多，如王季友（生卒年不详）的《观于舍人壁画山水》：

野人宿在人家少，朝见此山谓山晓。

半壁仍栖岭上云，开帘欲放湖中鸟。

独坐长松是阿谁，再三招手起来迟。

于公大笑向予说，小弟丹青能尔为。

此诗构思奇巧，以真写画，故殷璠说"甚有新意"（《河岳英灵集》卷上）。又如韦应物（约737—791）的《咏徐正字画青蝇》："误点能成物，迷真许一时。笔端来已久，座上去何迟。顾白曾无变，听鸡不复疑。讵劳才子赏，为入国人诗。"以青蝇喻谗言小人始于《诗·小雅·青蝇》。画家将青蝇入画当无贬意，而诗人复将画入诗，则为有感而发。诗人时为洛阳丞，因惩办不法军士而被讼，后不得已弃官。因此，此诗当是借咏画青蝇而暗刺谗言小人。藏而不露，意在言外。

注 释

〔1〕以上参见葛兆光《禅意的云——唐诗中一个词语的分析》，载《文学遗产》1990年第3期。

〔2〕参见郑顺婷《论顾况的题画诗》，《井冈山学院学报》2006年第5期。

第九章

晚唐五代题画诗词

第一节　绘画与题画诗

晚唐随着国势衰微，诗歌也失去了往日的光彩；但这时期的绘画却有很大发展，其中道释之画尤为大兴。据《宣和画谱》载，晚唐道释画家有赵温父子、范琼、陈皓、彭坚、常粲、孙位、张南本、辛澄、张素卿、陈若愚、姚思元、王商、燕筠、支仲元、朱繇、李升、杜子瑰、张元、陆晃、贯休等人。由于道释画家辈出，道释画作也随之增多。山水画，从魏晋南北朝时开始兴起，经过唐代前期画家的不断努力，到了晚唐已有长足发展。特别是五代，"荆浩、关仝，是皆不独画造其妙，而人品甚高若不可及者"（《宣和画谱》卷十）。南唐的董源、巨然也是山水画名家，对后世影响很大。晚唐的花鸟画也进一步发展，著名花鸟画家黄筌之"双钩法"，有"前无古人，后无来者"之誉；而"没骨法"画家徐熙的画技更高一等，"盖筌（黄筌）之画则神而不妙。昌（赵昌）之画则妙而不神，兼二者一洗而空之其为熙（徐熙）欤？"（《宣和画谱》卷十七）不过两人各领风骚，黄筌之富贵与徐熙之野逸，开创了我国花鸟画的两大流派，为后世之典范。由于不同画科的绘画都得到发展，画品不断丰富，所以为不同画科绘画的题诗也随之增多。加之后蜀、南唐时期社会较为安定，经济较为发展，也为艺术创作提供了基础和条件。因此，晚唐的普通诗歌虽然不如盛唐、中唐时的发展，但题画诗却一枝独秀，仍呈发展态势。

这时期题画诗发展的一个重要标志是题画诗与作品都较中唐时有所增加。据统计，晚唐至五代约有题画诗人47人，较中唐增加17人；现存题画诗89首，较中唐增加11首[1]。另一个标志是题画诗创作进一步普及，不仅大诗人都写过题画诗，而且诗人与画家的关系更为密切。他们常常以诗画相酬赠，参与唱和者也增多，如御史中丞于兴宗，在大中时守绵州，曾作画兼诗寄给朝中诸友，和者有李朋、杨牢、李续、李汶儒、田章、薛蒙、李郢、于瓖、王严、刘暌（一作骏）、李渥、刘璐、卢栯（一作郁）等13人。他们的和诗，既谈到诗，也提及画，如李朋《奉酬绵州中丞以江山小图远垂赐及兼寄诗》中说"图写丹青内，分明烟霭间"，杨牢《奉酬于中丞登越王楼见寄之什》中说"丹青得山水，强健慰心胸"，卢栯《和于中丞登越王楼作》中说"图画越王楼，开缄慰别愁"，等等。这不仅说明晚唐文人在交际中往往诗、画并寄，以显情谊的贵重；而且反映了以题画诗相酬赠之风的兴盛。这也是晚唐题画诗进一步发展的原因之一。

许多名声欠著的诗人也有题画诗问世，如赵璜、裴谐、李洞等。其中李洞的五言排律《观水墨障子》不仅描写生动，而且颇有寄意：

> 若非神助笔，砚水恐藏龙。
>
> 研尽一寸墨，扫成千仞峰。
>
> 壁根堆乱石，床罅插枯松。
>
> 岳麓穿囚鼠，湘江绽为蛩。
>
> 挂衣岚气湿，梦枕浪头春。
>
> 只为少颜色，时人著意慵。

此诗虽然有的诗句较为僻涩，但赞画而不言画，以浪漫之笔直写绘画的客观效果，给人以身临山水实境之感，并寄托了自己的作品不为时人所重的感慨。这个时期的题画诗多讽喻现实，反映社会生活更为广泛、深刻。如杜荀鹤的两首题画诗《八骏图》《题花木障》均为刺世之作。如温庭筠的《龙尾驿妇人图》，不仅讽刺了当时皇帝沉溺于女色的荒淫生活，而且表现了诗人忧国伤时之情。又如吴融的《题画柏》，开头不说画柏，却对"月中桂"展开议论，说："桂生在青冥，万古烟雾隔。下荫玄兔窟，上映嫦娥魄。圆缺且不常，高低固难测。若非假羽翰，折攀何由得。"诗人通过古代月中折桂为登科之典，讽喻只有"假羽翰"，即借助当政者援手才能"折桂"的现实，反映了晚唐科举制度的黑暗。从反映现实看，除描写一般社会生活外，有一些题画诗还反映了社会最底层妓女的悲苦生活，如李涉的《寄荆娘写真》。但在封建社会，妇女的更多不幸是被另寻新欢的丈夫所遗弃，如薛媛的《写真寄夫》。

晚唐的题画诗随着表现社会生活的日益丰富，篇幅也逐渐拉长，其中有些题画诗达400字以上。除李商隐的《李肱所遗画松诗书两纸得四十韵》（实为四十一韵）外，徐光溥的《题黄居寀秋山图》共402字，而欧阳炯的《题景焕画应天寺壁天王歌》最长（共549字）。此外，这时期的近体题画诗也进一步增多，并出现了少量排律。

第二节　晚唐前期题画诗人

中唐、晚唐之际的女诗人薛涛（？—832），字洪度。原籍长安（今陕西西安），随父宦游寓蜀。貌美聪慧，通晓音律，8岁能诗。德宗贞元中韦皋镇蜀，召令侍酒赋诗，遂入乐籍。韦皋曾拟奏朝廷授薛涛以秘书省校书郎之衔，虽未获准，时人仍称之为女校书。《历朝名媛诗词》评其诗说："涛诗颇多才情，轶荡而时出闲婉，女中少有其比。然大都言情之作，娓娓动人。"但也有旨在讽喻者，杨慎称其诗"讽谕而不露，得诗人之妙"（《升庵诗话》卷一四）。《全唐诗》存其题画诗1首，其诗是《酬雍秀才贻巴峡图》：

薛涛

　　千叠云峰万顷湖，白波分去绕荆吴。

　　感君识我枕流意，重示瞿塘峡口图。

"枕流意"，即"枕石漱流"之意，典出曹操《秋胡行》："名山历观，遨游八极。枕石漱流饮泉。"后人遂以"枕石漱流"喻隐居山林。诗人说，赠画者知其有出世之想而赠《巴峡图》，可谓知音。据载，晚年薛涛居成都浣花溪，曾着女冠服。此诗虽为酬赠之作，但意境开阔，诗笔雄健，毫无女性的纤弱之风。

鲍溶（生卒年不详），字德源，是晚唐前期写题画诗较多的诗人，元和进士，与韩愈、李正封、孟郊友善。"初隐江南山中，避地。家苦贫，劲气不扰，羁旅四方，登临怀昔，皆古今绝唱。"（《唐才子传》卷四）《全唐诗》存其题画诗4首。其《萧史图歌》是：

> 霜绡数幅八月天，彩龙引凤堂堂然。
> 小载萧仙穆公女，随仙上归玉京去。
> 仙路迢遥烟几重，女衣清净云三素。
> 胡髯氄珊云髻光，翠蕤皎洁琼华凉。
> 露痕烟迹渍红貌，疑别秦宫初断肠。
> 此去每在西北上，紫霄洞客晓烟望。

此诗写神话中萧史与弄玉乘龙跨凤升天的故事，虽然重点描写了升天的过程，但在结尾处却流露出他们的思乡情结。这与以往写迷恋仙界题材的诗似有不同，立意颇具新意。他的另一首《杨真人箓中像》，也是写道人而不忘现实，幻想道教茅山派祖师茅盈能"救生人"。

李涉，生卒年不详，自号清谿子，洛阳（今属河南）人。早岁客居梁园。贞元中因兵乱与弟渤隐于庐山白鹿洞。元和六年（811），任太子通事舍人。后屡遭贬谪，仕途坎坷。其诗为严羽所"深取"（《沧浪诗话·诗评》）。辛文房称其"长篇叙事如行云流水，无可牵制"。《全唐诗》录其题画诗2首，均为佳制。尤以《寄荆娘写真》最为感人：

> 章华台南莎草齐，长河柳色连金堤。
> 青楼瞳眬曙光早，梨花满巷莺新啼。
> 章台玉颜年十六，小来能唱西梁曲。

教坊大使久知名，郢上词人歌不足。

少年才子心相许，夜夜高堂梦云雨。

五铢香帔结同心，三寸红笺替传语。

缘池并戏双鸳鸯，田田翠叶红莲香。

百年恩爱两相许，一夕不见生愁肠。

上清仙女征游伴，欲从湘灵住河汉。

只愁陵谷变人寰，空叹桑田归海岸。

愿分精魄定形影，永似银壶挂金井。

召得丹青绝世工，写真与身真相同。

忽然相对两不语，疑是妆成来镜中。

岂期人愿天不违，云辂却驻从山归。

画图封裹寄箱箧，洞房艳艳生光辉。

良人翻作东飞翼，却遣江头问消息。

经年不得一封书，翠幕云屏绕空壁。

结客有少年，名总身姓江。

征帆三千里，前月发豫章。

知我别时言，识我马上郎。

恨无羽翼飞，使我徒怨沧波长。

开箧取画图，寄我形影与客将。

如今憔悴不相似，恐君重见生悲伤。

苍梧九疑在何处，斑斑竹泪连潇湘。

“荆娘”，楚地女子之泛称，当是因流落风尘而隐去真名。此诗较为详细地写她与情人的相识、相恋与相别，一往情深，哀婉动人。有人说，在中国古代社会，由于封建礼教的重重阻隔，青年男女很难有单独见面的机会，婚恋极不自由，所以只有在青楼楚馆中的爱情才是真挚的。此言虽未免绝对，但也不无道理。因为在这种特殊的场合，男女都有某种选择权，并有相互了解的过程，因此一旦情投意合、私订终身，将铭记在心，甚至会坚贞不渝。这首诗之所以写得缠绵悱恻，感人肺腑，当是诗人或有亲身经历或悲悯于当时的真实故事。只有情动于中而行诸笔端，才能达到这样的艺术效果。

在古代题画诗中，以如此长的篇幅写男女情事，并如此生动感人，实不多见。他的另一首题画诗《谢王连州送海阳图》也笔力不凡。诗的最后两句说"惊起草堂寒气晚，海阳潮水到床头"，给人以置身于山水实境之感。

张祜（约785—约852），字承吉，贝州清河（今河北清河西）人，是晚唐题画诗大家，曾为令狐楚所赏识，自草表荐，以诗三百首献于朝，但为元稹所抑，寂寞而归，放浪于名山古寺之间，自云"颠狂遍九州"。杜牧赏其诗说："谁人得似张公子，千首诗轻万户侯。"其诗纯熟工整，流转自然，平易近人而不流于浅易庸俗。有《张承吉文集》。《全唐诗》存其题画诗11首。除4首是为僧人画像而题外，其余多是为山水、树石画而作。由于题材的因素和诗人的"平生沧海机"，所以其题画诗风格平易淡雅，清新自然，如《题山水障子》：

> 一见秋山色，方怜画手稀。
>
> 波涛连壁动，云物下檐飞。
>
> 岭树冬犹发，江帆暮不归。
>
> 端然是渔叟，相向日依依。

这首诗以画作真，描绘生动，抒发的是隐逸情趣，很像王维的田园诗，悠然而飘逸。但是，由于诗人仕途坎坷，所以心中不免有波澜起伏，而这也反映在他的题画诗中，如《观山海图二首》：

> 古色辨微茫，华夷在一堂。
>
> 云霞开藻井，天地出雕梁。
>
> 细草生毫末，轻风拂黛光。
>
> 夜山犹带景，秋树不凋霜。
>
> 隐竹才分翠，浓华欲堕香。
>
> 无风帆自起，度日鸟空翔。
>
> 舟势鲸吞久，楼形蜃吐长。
>
> 更看台上镜，造化落中央。
>
>
> 何人笔思狂，一壁尽沧浪。

日月明丹拱，烟云起画梁。

山岚开晓色，海气动秋光。

岛踞鳌睛大，沙行鳄齿长。

粉波明百越，黛点簇三湘。

讵作无图意，空迷造化乡。

诗人所观之山海图，不知何人所绘，当是将"华夷"绘于"一堂"的山水画，所以诗人描绘的景物既有海市蜃楼的幻景，又有热带"百越"的鲸、鳄，较为奇特，并且写得绘声绘色，令人叫绝。而风起水涌，波浪滔天，"舟势鲸吞久，楼形蜃吐长"，这瞬息万变的景象既让人想到人世沧桑，又令人想到诗人宦海沉浮的一生。特别惹人深思的是结尾处的"讵作无图意，空迷造化乡"，是言主人令狐楚有山海之志，还是诗人自己"空迷造化乡"，耐人寻味。

马戴，字虞臣，曲阳（今江苏东海西南）人。前半生屡试不第，长期滞留长安及关中一带。会昌四年（844）登进士第。大中初为太原幕府掌书记，以直言获罪，贬郎州龙阳尉。咸通末，终太学博士。与姚合、贾岛、殷尧藩、顾非熊为诗友。其诗壮丽，以五言为主。严羽、杨慎、王士禛等认为其成就在晚唐诸人之上。《全唐诗》存其题画诗1首，即《府试观开元皇帝东封图》：

俨若翠华举，登封图乍开。

冕旒明主立，冠剑侍臣陪。

迹类飞仙去，光同拜日来。

粉痕疑检玉，黛色讶生苔。

挂壁云将起，陵风仗若回。

何年复东幸，鲁叟望悠哉。

这首诗不仅是试帖诗中的佳品，也是一首堪称典范的题画诗。诗中描写处处照应题目：一写"翠华"、"冕旒"等及"迹类飞仙"，应"皇帝"；二写"登封"泰山，应"东封"；三写"鲁叟"盼"何年复东幸"，暗点"开元"。并且笔势飞动，用"举""立""去""来""起""回"等动词，使画中物态活起来，而篇末寄慨，颇有盛世不再之感。

李频（？—876），字德新，睦州寿昌（今浙江建德西南）人。少年好学，曾走千里从姚合学诗。姚称赏其诗，并以女妻之。宣宗大中八年（854）中进士，授校书郎。后因有政声，擢侍御史，累迁都官员外郎。僖宗乾符三年（876）卒于建州刺史任上。他工于诗，尤长近体。用心苦吟，善雕琢，自言"只将五字句，用破一生心"（《北梦琐言》卷七）。辛文房称其"体制多与刘随州相抗，骚严风谨，惨惨逼人"（《唐才子传》）。《全唐诗》存其题画诗2首。其《题钓台障子》说："君家尽是我家山，严子前台枕古湾。却把钓竿终不可，几时入海得鱼还。""钓台"，相传为东汉隐士严子陵垂钓处。从诗意看，诗人既有从严子陵归隐之心，又似有学姜太公"钓国"之嫌，可谓寄意深不可测。另一首《府试观兰亭图》为试帖诗，绘景生动，写人传神，也是五言排律之佳作。

晚唐前期，施肩吾、章孝标、赵璜、李群玉等也有题画诗存世，其中章孝标的《破山水屏风》和李群玉的《长沙元门寺张璪员外壁画》颇有寄意。试看《破山水屏风》：

> 时人嫌古画，倚壁不曾收。
> 雨滴胶山断，风吹绢海秋。
> 残云飞屋里，片水落床头。
> 尚胜凡花鸟，君能补缀休。

这首五言律诗，不仅对仗工严，而且景物描写也紧扣诗题，犹可见当日山水画之山光水态。特别是其寓意颇深：晚唐藩镇割据，山河残破，如古画之"山断""海秋"；诗人设想"君能补缀"，似有整顿河山之志。晚唐前期的诗人虽有不同派别，"但他们之间又有其共同特点，均立足于描写个人的生存境况，追求真切、深邃的抒情境界"[2]。因此，章孝标能借观画生感，抒发济世之胸怀，更显难能可贵。

第三节　"小李杜"题画诗

杜牧（803—853），字牧之，京兆万年（今陕西西安）人。大和二年（828）登进士第，复举贤良方正直言极谏科。历官监察御史、比部员外郎、考功郎中等。官终中书舍人。诗歌豪爽清丽，独树一帜。著有《樊川文集》。善行草，气格雄健，尝书《张好好诗》，现存故宫博物院。亦精绘事，宋时尚流传其画，为米芾所称颂。杜牧是晚唐不多见的诗、书、画俱佳的题画诗人，可惜

杜牧

《全唐诗》仅留存其1首题画诗，即《屏风绝句》，其诗是："屏风周昉画纤腰，岁久丹青色半销。斜倚玉窗鸾发女，拂尘犹自妒娇娆。"此诗虽无寄意，但也描绘生动，使画中美女神形俱现，堪称佳制。他还有两首为庙中塑像的题诗，从某种意义上说，也可算作为造形艺术而作的题画诗。这两首诗是《题木兰庙》和《题桃花夫人（即息夫人）庙》。

李商隐是晚唐最重要的诗人之一。他与杜牧并称"小李杜"，也有题画诗问世。

李商隐

李商隐（813—858），字义山，号玉谿生，又号樊南生。原籍怀州河内（今河南沁阳），祖父起迁居荥阳（今属河南郑州）。开成二年（837）进士；四年（839）应博学宏词试入选，官秘书省校书郎。后曾任弘农县尉、周至县尉、太学博士、盐铁推官等职。他久沉下僚，坎坷终生。李商隐的诗多用象征暗示手法，情思意境朦胧，诗风凄艳浑融，把诗歌的艺术表现力提到一个新的高度。有《李义山诗集》，存诗600余首。《全唐诗》仅存其题画诗1首，即《李肱所遗画松诗书两纸得四十韵》：

万草已凉露，开图披古松。

青山遍沧海，此树生何峰。

孤根邈无倚，直立撑鸿濛。

端如君子身，挺若壮士胸。

樛枝势夭矫，忽欲蟠挐空。

又如惊螭走，默与奔云逢。

孙枝擢细叶，旖旎狐裘茸。

邹颠蓐发软，丽姬眉黛浓。

视久眩目睛，倏忽变辉容。

竦削正稠直，婀娜旋敷峰。

又如洞房冷，翠被张穹笼。

亦若暨罗女，平旦妆颜容。

细疑袭气母，猛若争神功。

燕雀固寂寂，雾露常冲冲。

香兰愧伤暮，碧竹惭空中。

可集呈瑞凤，堪藏行雨龙。

淮山桂偃蹇，蜀郡桑重童。

枝条亮眇脆，灵气何由同。

昔闻咸阳帝，近说稽山侬。

或著仙人号，或以大夫封。

终南与清都，烟雨遥相通。

安知夜夜意，不起西南风。

美人昔清兴，重之犹月钟。

宝筥十八九，香缇千万重。

一旦鬼瞰室，稠叠张罻罿。

赤羽中要害，是非皆匆匆。

生如碧海月，死践霜郊蓬。

平生握中玩，散失随奴童。

我闻照妖镜，及与神剑锋。

寓身会有地，不为凡物蒙。

伊人秉兹图，顾眄择所从。

而我何为者，开颜捧灵踪。

报以漆鸣琴，悬之真珠栊。

是时方暑夏，座内若严冬。

忆昔谢四骑，学仙玉阳东。

千株尽若此，路入琼瑶宫。

口咏玄云歌，手把金芙蓉。

浓蔼深霓袖，色映琅玕中。

悲哉堕世网，去之若遗弓。

形魄天坛上，海日高瞳瞳。

终骑紫鸾归，持寄扶桑翁。

这首诗题为"四十韵"，实为四十一韵，共410字。它较杜甫的《丹青引赠曹将军霸》还多130字，是唐代较长的一首题画诗。

此诗是为李肱所赠的一幅画松图而题的诗。画的作者不详。李肱，陇西成纪（今甘肃秦安西北）人，是李唐宗室。开成二年（837）应进士第，主司以其《省试霓裳羽衣曲》最为迥出，乃以状元及第。李商隐与李肱本为同年，但诗题未称同年，此诗当作于未第时。又，诗中说"万草已凉露"。据此，诗当作于开成元年（836）秋。诗先是写画松之形状，极尽比拟、夸张、联想之能事，将画松的千姿百态描绘得淋漓尽致。接着写此画收藏者极为珍爱，"重之犹月钟"。再写遭遇变故，名画易主，李肱幸得此画转赠诗人。最后是诗人回忆自己少年时"学仙玉阳东"，当时遍山古松，皆如画中之松，于是决定再归玉阳，持此画赠与仙翁。

这首诗反映的思想较为复杂，诗中说画松"端如君子身，挺若壮士胸。樛枝势夭矫，忽欲蟠拏空"，是以松喻人，有顶天立地之气概。后又说"终南与清都，烟雨遥相通。安知夜夜意，不起西南风"。"清都"，神话中天帝所居之处。冯浩注："《史记》：'凉风居西南维……阊阖风居西方'……曹子建诗'愿为西南风，长逝入君怀'。郭璞《游仙诗》'阊阖西

南来，潜波涣鳞起。'似皆以'西南阊阖'寓近君之意。此句亦然。"画松向往天上宫阙，凭西南风寄意清都。这里既以松喻肱，又用以自况。诗人所说的"夜夜意"，虽然主要是指道家出世，但也不排除有近帝王、济苍生之宏愿。这正如他在《安定城楼》中所说："永忆江湖归白发，欲回天地入扁舟。""永忆江湖"，即怀淡泊名利之心；"欲回天地"，即抱建功立业之志。两者似相反，实乃相成。如果没有永忆江湖之志趣，便成为争名逐利的贪官巧宦，哪里还有欲回天地之壮志。当然，诗的最后还是说："终骑紫鸾归，持寄扶桑翁。"这是因为在李商隐的思想中儒释道的成分兼而有之。他有"匡国"用世之心，也有过"愿打钟扫地，为清凉山行者"之念头。从这一点看，作为"小李杜"中之"李"的李商隐似乎还真的继承了李白在题画诗中所流露的仙道思想。

这首题画诗在艺术上也有别致之处，它迥异于唐代题画诗的范式，而是将写画、抒怀、寄意有机地结合起来，发扬诗人作为咏物诗大家之所长，托物寓慨，充分地表现了诗人的人生体验和精神意绪。他不像一般题画诗人把自己的思想感情以可喻、可测的方式尽可能明晰地表现出来。在此诗中，诗人为了表现复杂甚至难以名状的情绪，借典故、隐喻等，把心灵中感悟化作恍惚迷离的诗的意象。这些意象虽然都有某种象征意义，但究竟象征什么，又难以猜测。由它们构成的诗，略去其中逻辑关系的明确表述，遂形成如雾里看花的朦胧诗境。它无疑开启了题画诗创作的新范式与新风格。这在中国题画诗发展史上具有重要的开创意义。但这首题画诗，也同李商隐某些朦胧多义的诗歌一样，既有含蓄蕴藉之美，又有隐晦难测之弊。这正如《蔡宽夫诗话》中所说："若其用事深僻，语工而意不及，自是其短。"

第四节　以近体诗题画的方干

方干是晚唐前期的重要题画诗人，《全唐诗》存其题画诗9首，均系为他人画所题之作。

方干（？—约888），字雄飞，新定（今浙江建德）人。幼有清才，为徐凝所重，授以格律。文宗大和中，谒金州刺史姚合。合见其唇缺貌陋，初甚卑之。及读其诗，大为叹赏。一举进士不第，遂隐于会稽，渔于镜湖。咸通末，王龟为浙东观察使，称赏其亢直，将荐之朝。后因龟卒，事不就，以布衣终身。卒后，门人私谥为"玄英先生"。广明、中和间，其诗名大著于江南。诗风接近贾岛、姚合，也以苦吟著称。《韵语阳秋》卷二云："方干诗清润小巧，盖未升曹、刘之堂。或者取之太过，余未晓也。王赞尝称之曰：'镂肌涤骨，水莹霞绚，嘉肴自将，不吮余隽，丽不芬葩，苦不癯棘。当其得志，倏与神会。'孙郃尝称之曰：'其秀也仙蕊于常花，其鸣也灵鼍于众响。'观其作……诚无愧于孙、王所赏。"这些评语虽未免有溢美之词，但也道出了方干诗的某些特点。其题画诗似与这些特点不同，诗人不过沿袭杜甫、白居易题画诗的惯用手法，由画而赞人，复说画如真物真景，分明于某处曾见等，并未有更多的创新；但文字也较清丽，描写也颇为生动，而没有一般诗歌的苦涩味道，如《水墨松石》：

> 三世精能举世无，笔端狼藉见功夫。
> 添来势逸阴崖黑，泼处痕轻灌木枯。
> 垂地寒云吞大漠，过江春雨入全吴。
> 兰堂坐久心弥惑，不道山川是画图。

这首诗全是赞画，并无其他寄意，但对画面的描写却颇见功夫。诗人以动写静，说画家笔落处，阴崖变黑，灌木变枯，寒云飘来吞没大漠，春雨下过淹没江南。置身画下，有如置身真山真水之中，使人"不道山川是画图"。此诗具有水墨画泼墨似水的大开大合的气势，也颇有几分豪气。但方干的题画诗多缺乏新意，并有雷同之处，如《项洙处士画水墨钓台》：

方干

画石画松无两般，犹嫌瀑布画声难。

虽云智惠生灵府，要且功夫在笔端。

泼处便连阴洞黑，添来先向朽枝干。

我家曾寄双台下，往往开图尽日看。

很显然，这首诗不仅与前一首诗篇式相同，而且词句也极相似。由此，其诗少创新可见一斑。但方干的题画诗全采用近体，却是一个很突出的特点。在他的8首题画诗中，有七律5首、七绝1首、五律2首。古来题画诗多非律绝，像方干这样全以近体题画极为少见。这大约与他工于律诗有关。孙郃《玄英先生传》载："广明、中和间为律诗，江之南未有及者。"不过，题画诗向为兴来之作，往往字句可长可短，诗体可古可今，而以古体为多，许多题画名篇也多为古体。近体诗受篇式、格律等限制，难免束缚创作构思，影响才情发挥。这也是方干题画诗缺少佳作的一个重要原因。但他的《陆山人画水》却是一首有寄意的作品：

毫末用功成一水，水源山脉固难寻。

逡巡便可见波浪，咫尺不能知浅深。

但有片云生海口，终无明月在潭心。

我来拟学磻溪叟，白首钓璜非陆沉。

这首诗前六句表面上看全是写画，但仔细分析，似有深意。此水有"波浪"，让人难知"浅深"，当是暗喻宦海浮沉，波澜横生。而"片云"遮"明月"，也似与李白"总为浮云能蔽日，长安不见使人愁"有相同之寄意。但最关键的还是最后两句，诗人决心要学吕尚垂钓于磻溪，希望能遇到像周文王那样的明主，而并不甘心于隐居生涯。我们联系方干的坎坷人生，分明可以看出他的内心还有大济苍生的宏志，只是因为不遇时才不得已而垂钓江湖。

他的题画诗有时描绘形象逼真，小巧灵动，如《方著作画竹》：

叠叶与高节，俱从毫末生。

流传千古誉，研炼十年情。

> 向月本无影，临风疑有声。
>
> 吾家钓台畔，似此两三茎。

此诗写画竹只一句"叠叶与高节"，余则写画家经过十年研炼而成就千古之誉。然后写画竹之逼真，其中"向月本无影，临风疑有声"尤为人所称诵。如果说其下联有人曾用过，那么上联则为诗人所独创，既形象又灵动，堪称佳句。

方干的题画诗以题咏水墨画为主。这些题咏水墨画的诗，对于研究晚唐水墨画具有很高的参考价值。他既说"险峭虽从笔下成，精能皆自意中生"（《观项信水墨》），强调水墨画的写意；又说"要且功夫在笔端"（《项洙处士画水墨钓台》），"笔端狼藉见功夫"（《水墨松石》），重视画家的笔墨功夫。此外，方干诗中所提到的画家，多为史籍所未记载，《历代画史汇传》是根据方诗论其画才得以传其名，因此他的题画诗对研究中国绘画史也有参考作用。

第五节 晚唐后期题画诗人

温庭筠（约801—866），原名岐，字飞卿，太原（今属山西）人。少负才华，但生性傲岸，好讥讽权贵，得罪宰相令狐绹，累举不第，仅任方城尉、隋县尉、国子监助教等微职，一生失意。温庭筠为晚唐词坛巨擘，也有诗名。其诗与李商隐齐名，号为"温李"。词与韦庄齐名，世称"温韦"。其诗风格秾艳、婉媚，善为近体，气韵清拔，格调高峻，写景诗则清新可喜。有《温庭筠诗集》。《全唐诗》存其题画诗6首。其《龙尾驿妇人图》说：

> 慢笑开元有幸臣，直教天子到蒙尘。
>
> 今来看画犹如此，何况亲逢绝世人。

这首诗与一般讽喻诗似有不同。它一不指责幸臣致使天子"蒙尘"，二不指斥帝王荒于淫乐，而是以开脱的口吻说绝代佳人着实可爱，"英雄无奈是多情"。这其实未尝不是诗人内心的真实表白。他的另一首《题李相公敕赐锦屏风》则感慨殊深：

> 丰沛曾为社稷臣，赐书名画墨犹新。
>
> 几人同保山河誓，犹自栖栖九陌尘。

据夏承焘《温飞卿系年》考证，此诗作于大中二年（848）。这一年宰相李德裕贬潮州司马，再贬崖州司户参军。此诗当是哀伤李德裕远贬之作。诗人通过对历史上"社稷臣"最终都沦为"九陌尘"的感叹，寄寓了自己对李德裕不幸遭遇的不平与愤慨。一说此诗为讥刺李德裕被贬而作[3]。

贯休（832—912），本姓姜，字德隐，婺州兰溪（今属浙江）人，五代前蜀僧。王建赐紫衣，号禅月大师。善书，谓之姜体。尤精草书，时人比诸怀素。善画道释，师阎立本，尝画罗汉十六帧，曲尽其态。又因曾作"一瓶一钵垂垂老，千水千山得得来"诗句，时称"得得和尚"。有《禅月集》。《全唐诗》存其题画诗6首。他的题画诗多写僧人、高士，虽然有林泉之致，但也不乏豪宕之风，如《观李翰林真二首》：

> 日角浮紫气，凛然尘外清。
>
> 虽称李太白，知是那星精。
>
> 御宴千钟饮，蕃书一笔成。
>
> 宜哉杜工部，不错道骑鲸。

> 谁氏子丹青，毫端曲有灵。
>
> 屹如山忽堕，爽似酒初醒。
>
> 天马难拢勒，仙房久闭扃。
>
> 若非如此辈，何以傲彤庭。

这两首诗虽然出自僧人之手，但却充分展示了李白作为诗仙的放浪不羁的个性。他"千钟"不醉，蕃书一挥而就，"屹如山忽堕"，"天马难拢勒"，其洒脱豪放之形象跃然纸上，给人以鲜活的立体感。而《题成都玉局观孙位画龙》更体现了贯休诗歌的飘逸豪宕风格：

我见苏州昆山佛殿中，金城柱上有二龙。

老僧相传道是僧繇手，寻常入海共龙斗。

又闻蜀国玉局观有孙遇迹，蟠屈身长八十尺。

游人争看不敢近，头觑寒泉万丈碧。

孙位，生卒年不详，初名位，改名遇，号会稽山人，是晚唐画家。据《宣和画谱》载，他作画"云龙出没，千状万态，势若飞动，非笔精墨妙，情高格逸，其能与于此耶？"这首诗较《观李翰林真二首》更有气势，诗人用极度夸张手法说此画龙"游人争看不敢近"，具有极大的恫吓力量，使人望而生畏。

罗隐（833—910），字昭谏，自号江东生。本名横，因十举进士不第，乃更名隐。杭州新城（今浙江杭州富阳区西南）人。咸通十一年（870），投湖南观察使于瑰，授衡阳县主簿，冬十月辞归。广明中，避黄巢，寓居池州。光启三年（887），东归投钱镠，官钱塘县令，拜秘书省著作郎。开平二年（908）授给事中，世称罗给事。其诗述事真切，浅易流畅，别开一种风气。据《唐才子传》载，罗隐"诗文多以讥刺为主，虽荒祠木偶，莫能免者"。他善书法，好作行书。有《罗昭谏集》。《全唐诗》存其题画诗3首，均为佳作。

罗隐的题画诗也具有讥讽的特点，如他的《八骏图》：

穆满当年物外程，电腰风脚一何轻。

如今纵有骅骝在，不得长鞭不肯行。

唐代写《八骏图》的题画诗很多，如杜荀鹤有《八骏图》："丹臒传真未得真，那知筋骨与精神。只今恃骏凭毛色，绿耳骅骝赚杀人。"这些诗似都继承了白居易新乐府《八骏图》讽喻现实的传统，具有深刻的针砭时弊的意义。罗隐的这首题画诗与杜荀鹤讽刺的角度似有不同，他的矛头表面上似乎是指向骏马，但实质上还是指向封建社会用人的高压政策。

如果说这首题画诗讽刺现实还较为婉转的话，那么他的《题磻溪垂钓图》则更为直接和尖锐：

吕望当年展庙谟，直钩钓国更谁如。

若教生在西湖上，也是须供使宅鱼。

在这首诗后，作者有注："钱氏有国，西湖渔者日纳鱼数斤，谓之使宅鱼，隐题此图，遂蠲其征。"这是说五代后梁吴越王钱镠统治时期，规定在西湖的渔民每天须缴纳一定数量的鲜鱼，即称为"使宅鱼"。此诗先是正面写姜太公在磻溪直钩钓国，然后笔锋一转说，如果姜太公今天生活在西湖上，也免不了要缴纳"使宅鱼"。笔调辛辣，耐人寻味。

讽喻题画诗，杜甫、白居易开其例，至晚唐渐多。罗隐的题画诗批判时政，尖锐有力，对后世讽喻题画诗发展产生了一定影响。

罗隐的题画诗并不全是讽喻之作，也有清新风格的代表作。他的《扇上画牡丹》，用笔细腻、熨帖而具新意，其诗是：

为爱红芳满砌阶，教人扇上画将来。

叶随彩笔参差长，花逐轻风次第开。

闲挂几曾停蛱蝶，频摇不怕落莓苔。

根生无地如仙桂，疑是姮娥月里栽。

在唐代众多题画诗中，这是很别致的一首。一是不仅写明画牡丹的缘由，而且写出画牡丹的过程——"叶随彩笔参差长，花逐轻风次第开"，这既合作画之程序，又合自然生长之形态。二是不仅写出静态牡丹画之独特艺术效果，而且写出动态时此画之优势——"闲挂几曾停蛱蝶，频摇不怕落莓苔"。三是有别开生面的联想——"疑是姮娥月里栽"，这便写出了"扇上牡丹"的逸神丰韵，可谓形神兼备。因此，它是唐代题画诗中不可多得的佳作。它的独特的艺术魅力，也对后代题画诗创作产生了积极的影响。

韦庄（约836—910），字端己，长安杜陵（今陕西西安东南）人。中和三年（883）赴京应试，在洛阳写成《秦妇吟》。时人号为"秦妇吟秀才"。唐昭宗乾宁元年（894）进士及第，授校书郎。光化三年（900）迁左补阙。后投奔西蜀王建。唐亡，与诸将拥王建称帝，官至吏部侍郎同平章事。韦庄工诗善词，与温庭筠同属"花间派"。著有《浣花集》。《全唐诗》存其题画诗2首，皆为名作。这两首诗均为《金陵图》所题，其一是：

> 谁谓伤心画不成，画人心逐世人情。
> 君看六幅南朝事，老木寒云满故城。

在韦庄之前有位诗人叫高蟾，曾写过一首《金陵晚望》诗。全诗是："曾伴浮云归晚翠，犹陪落日泛秋声。世间无限丹青手，一片伤心画不成。"诗中表现了对晚唐社会每况愈下的感伤。诗人显然读过此诗，但他并不同意高蟾的看法，认为画家也是有感情的，他会随着"世人情"而画出令人伤心的景物。当然，高蟾也并非认为"伤心"事不能入画，而是极言"伤心"之深重，难以画成。同时，读画也如读诗一样，无不带有读者的主观感情。同一幅画，观者的思想感情不同，体会也自然有异。韦庄的另一首《金陵图》诗，又作《台城》：

> 江雨霏霏江草齐，六朝如梦鸟空啼。
> 无情最是台城柳，依旧烟笼十里堤。

这首诗很别致，初看似乎并不咏画，而细看又无处不言画："江""草""雨""鸟""台城""柳""堤"，都是画中景物。并且，初看诗人似乎笔笔写景，而细看又无处不抒情。那纷纷的江雨，那萋萋的江草，那空啼之鸟，那江堤之柳，都饱含着诗人的伤感之情。这当是前一首《金陵图》之续篇，进一步说明"伤心"是可以画成的。这首诗将虚景（图）实写，融情于景，用笔经济，且十分耐读。

韦庄的这两首诗，在内容上间接地反映了唐末衰微的社会现实；在艺术上，它完全摆脱了唐代大部分题画诗只是赞画论人或由画生感的一般范式，而变为直接发论或进而不言画而直接写景抒情的新范式。它不仅标志着题画诗的进一步成熟，而且显示了题画诗的开拓与发展。从这个意义上说，韦庄的题画诗无疑具有一定的里程碑意义。

司空图（837—908），字表圣，河中（今山西永济西）人，晚唐诗人和诗论家。《全唐诗》存其题画诗1首，含蓄蕴藉，耐人寻味，其诗是《新岁对写真》：

得见明时下寿身，须甘岁酒更移巡。

生情暗结千重恨，寒势常欺一半春。

文武轻销丹灶火，市朝偏贵黑头人。

自伤衰飒慵开镜，拟与儿童别写真。

这首诗当是诗人晚年在年终岁尾的抒怀之作。诗人写自己对镜画像，得见"下寿身"后，心中不免涌起"千重恨"，感慨颇深，不能自已。想到"偏贵黑头人"的市朝，他既有老者之伤感，又有"儿童"之淳真。此诗由"明时"写到"衰飒"，其中的"韵外之致"真堪细细玩味。因此，与其说这是诗人自身境况的写照，不如说是晚唐世风日下社会面貌的曲折反映。这是一首含蕴较为丰厚的好诗，在整个题画诗发展史上也是不多见的佳作。

齐己（约860—约937），本姓胡，名得生，自号衡岳沙门。潭州益阳（今属湖南）人。7岁时到大沩山同庆寺牧牛，即能取竹枝画牛背为小诗。后剃度为僧。曾居长沙道林寺10年，后广为游历江东西及嵩华京洛，又居庐山东林寺多年。后梁龙德元年（921）于入蜀途中被荆南节度使高从诲挽留，遂居江陵龙兴寺。齐己多才艺，工书善诗，与郑谷、孙光宪等多有交游唱和。有《白莲集》十卷传世。《全唐诗》存其题画诗12首。他是晚唐重要的题画诗人。

齐己的题画诗主要是写自己闲适的禅寺生活和与朋友交往的情谊，如《病起见图画》：

病起见图画，云门兴似饶。

衲衣棕笠重，嵩岳华山遥。

命在斋犹赴，刀闲发尽凋。

秋光渐轻健，欲去倚江桥。

在齐己的交往中，除当时的著名诗人外，还有许多画家。他在题画诗中，既赞美友人高超的画技，又抒发了思念之情，如《谢兴公上人寄山水簇子》：

半幅古潇（一作屏）颜，看来心意闲。

何须寻鸟道，即此出人间。

嵫暮疑啼狖，松深认掩关。

知君远相惠，免我忆归山。

诗人的尘外生活，并不等于隔绝了人世。悲天悯人的情怀，使他仍然关心民生疾苦。他的《看金陵图》说：

六朝图画战争多，最是陈宫计数讹。

若爱苍生似歌舞，隋皇自合耻干戈。

这首诗就画图生感，自然贴切，言简意深，从六朝的陈后主至隋文帝杨坚，诗人只是轻轻点笔，就达到了深刻的讽喻目的。特别是针对唐末穷兵黩武的历代皇帝，更具现实意义。

齐己的题画诗总的艺术风格是清淡闲雅，但正像平静的小河有时也会泛起波澜一样，他的题画诗也有壮丽、豪宕的一面，如《观李琼处士画海涛》：

巨鳌转侧长鳅翻，狂涛颠浪高漫漫。

李琼夺得造化本，都卢缩在秋毫端。

一挥一画皆筋骨，浑漾崩腾大鲸桌。

叶扑仙槎摆欲沉，下头应是骊龙窟。

昔年曾要涉蓬瀛，唯闻撼动珊瑚声。

今来正叹陆沉久，见君此画思前程。

千寻万派功难测，海门山小涛头白。

令人错认钱塘城，罗刹石底奔雷霆。

这首诗可视为齐己题画诗另一种风格的代表作。诗人起笔实写海涛，气势豪宕，颇有先声夺人之势：惊涛骇浪，令人目眩。不禁让人想到《庄子》中任公子钓鱼时白波若山的壮阔场面，又让人联想到白居易题画诗《题海图屏风》对"白涛与黑浪"的描绘。客观景物，在诗人的笔下从来都是"人化的自然"。本已心如枯井水的齐己看到海涛图，不免想到"昔年曾要涉蓬瀛，唯闻撼动珊瑚声。今来正叹陆沉久，见君此画思前程"。

正是由于诗人心中涌起了波澜，他的题画诗才呈现出另一种风格。

吴融（？—903），字子华，越州山阴（今浙江绍兴）人。龙纪元年（889）进士，累官左补阙、翰林学士、户部侍郎，终为翰林学士承旨。善诗文，《唐才子传》评其诗"靡丽有余，而雅重不足"《唐才子传》卷九）。《全唐诗》存其题画诗2首，其中的《壁画折竹杂言》值得重视。其诗是：

> 枯缠藤，重欹雪。
>
> 渭曲逢，湘江别。
>
> 不是从来无本根，画工取势教摧折。

唐代的画竹之风由来已久。黄山谷说，吴道子画竹，"不加丹青，已极形似"。王维画有《雪竹图》。协律郎萧悦"工竹，一色，有雅趣"。到了晚唐文宗李昂曾就程修己在文思殿画竹障题诗："良工运精思，巧极似有神。临窗忽睹繁阴合，再盼真假殊未分。"这当是继唐玄宗之后唐代皇帝的第二首题画诗，又是为画竹而题，于是晚唐之后，画竹和为画竹题诗者日多。吴融的这首题画诗就是在这样的背景下产生的。它的可注意之处主要有二：一是画竹和题画的角度颇有不同。诗人就折竹展开议论，说"不是从来无本根，画工取势教摧折"，别开生面，似有寄意。二是诗取杂言，这是题画诗最便当的形式。题画诗就画题诗，倘若是题在画卷上，就要因空白处之大小而决定题诗的字数，所以杂言诗就是最灵活的形式。这对宋代出现大量杂言题画诗有一定影响。

薛媛，生卒年不详，濠梁（今安徽凤阳）人，南楚材之妻。多才艺，善诗文书画。《全唐诗》存其诗1首，即《写真寄夫》。其诗是：

> 欲下丹青笔，先拈宝镜寒。
>
> 已惊颜索寞，渐觉鬓凋残。
>
> 泪眼描将易，愁肠写出难。
>
> 恐君浑忘却，时展画图看。

此诗原注说："南楚材旅游陈，受颖牧之眷，欲以女妻之，楚材许诺。因托言有访道行，不复返旧。薛媛善画，妙属文，微知其意，对镜图形，为诗寄之。楚材大惭，遂归偕老，里人为语称之。语云：'当时妇弃夫，今日夫弃妇。若不遏丹青，空房应独守。'"这首诗写得委婉缠绵，柔情似水，极具感染力，加之画像的特殊作用，终于感动了丈夫，夫妻重归于好。这说明，诗与画的融合，既能以情感人，又能以像动人，取得了单一艺术品难以达到的感化功能。

郑谷（生卒年不详），字守愚，宜春（今属江西）人。唐僖宗光启三年（887）进士。官至都官郎中，故世称"郑都官"。其诗清婉晓畅，诗名颇高。又以《鹧鸪》诗得名，人称"郑鹧鸪"。《全唐诗》存其题画诗4首。以《西蜀净众寺松溪八韵兼寄小笔崔处士》较为著名：

> 松因溪得名，溪吹答松声。
>
> 缭绕能穿寺，幽奇不在城。
>
> 寒烟斋后散，春雨夜中平。
>
> 染岸苍苔古，翘沙白鸟明。
>
> 澄分僧影瘦，光彻客心情。
>
> 带梵侵云响，和钟击石鸣。
>
> 淡烹新茗爽，暖泛落花轻。
>
> 此景吟难尽，凭君画入京。

这首题画诗的特点在于全诗均化静为动，真正把无声画变成有声诗：首联写风吹溪动，松声作响，似为应答，既以动写静，又以物拟人，极为精妙；接着写烟散、雨飞、光照、钟击、石鸣、花落等全是动态。全诗围绕一"溪"字展开描写，不仅"松因溪得名"，"寒烟"也是因"溪"而生，春雨、浮云、烹茶等，也无不与"溪"有关，丝丝相扣，一气呵成。这是一首五言排律，属对较工稳，诗律较严密，起承转合无懈可击，洵为近体题画之佳作。他的另一首《予尝有雪景一绝为人所讽吟段赞善小笔精微忽为图画以诗谢之》是酬答友人赠画而作。其诗是：

> 赞善贤相后，家藏名画多。
>
> 留心于绘素，得意在烟波。

属兴同吟咏，成功更琢磨。

爱予风雪句，幽绝写渔蓑。

　　段赞善，生平不详，由"贤相后"句可知，当是元和、长庆间宰相段文昌之后人，赞善是其官名。据载："（郑）谷咏雪诗云：'乱飘僧舍茶烟湿，密洒歌楼酒力微。江上晚来堪画处，渔翁披得一蓑归。'有段赞善者善画，因采其诗意写之成图，曲尽潇洒之意，持以赠谷，谷为诗寄谢云。"（《唐诗纪事》卷七十）这首诗的价值在于：一是从诗中可以了解画家段赞善的些许绘事；二是可知郑谷咏雪诗在当时已为人广泛讽吟；三是说明这种因诗而作画复为画而题诗的诗画合璧的艺术形式在晚唐已开始流行。他的《温处士能画鹭鸶以四韵换之》也说明当时诗人、画家之间常有诗画相酬答之交往。以上几首诗从内容看，并无寄意，而他的《传经院壁画松》则颇可玩味：

　　　　危根瘦尽耸孤峰，珍重江僧好笔踪。

　　　　得向游人多处画，却胜涧底作真松。

　　此诗意在为涧底"真松"鸣不平。晋左思在《咏史诗八首》其二中说"郁郁涧底松，离离山上苗。以彼径寸茎，荫此百尺条。世胄蹑高位，英俊沉下僚。地势使之然，由来非一朝"，这是反映出身寒微的"英俊"被压抑的社会现象，而郑诗则是以反语抒发"沉下僚"者的不平之情。

　　徐寅（一作寅），字昭梦，莆田（今属福建）人。唐昭宗乾宁元年（894）进士，授秘书省正字。后归闽，闽王王审知辟为掌书记。晚年归隐延寿溪。工诗善赋，著作颇多。《全唐诗》存其题画诗2首。其《画松》是：

　　　　涧底阴森验笔精，笔闲开展觉神清。

　　　　曾当月照还无影，若许风吹合有声。

　　　　枝偃只应玄鹤识，根深且与茯苓生。

　　　　天台道士频来见，说似株株倚赤城。

　　这是一首对仗较为工稳的七言律诗。虽然其赞画的表现手法并无创新，但其中的颔联"曾当月照还无影，若许风吹合有声"却颇有新意。

此外，唐末农民起义领袖黄巢，据说写过一首《自题像》诗，流传颇广。其诗是："记得当年草上飞，铁衣著尽著僧衣。天津桥上无人识，独倚栏干看落晖。"但有人考证，此诗非黄巢所作，而是后人合并元稹的《智度师二首》诗的前后四句修改而成。有待确考。

晚唐后期，写过题画诗的还有韦遵、吕从庆、伍乔、詹敦仁、徐光溥等诗人。

第六节　五代题画诗词人

历史上的五代十国，自公元907年朱温建立后梁至979年北汉灭亡，时间比较短，加之当时北方战争频仍，文学创作几无成就。相对而言，南方各国之间虽然也有战争，但局势相对稳定。尤其是南唐、后蜀两国国势较强，经济、文化都有所发展，也取得了一定的文学成就。就题画诗创作而言，这时期的题画诗人除前面谈到的韦庄、齐己外，名诗人不多，佳作也寥寥。同时，有些题画诗人或生活于唐、五代之间，或生活于五代、宋之间，也很难界定他们的朝代归属。

蒋贻恭，唐末流落入蜀，性耿介，有逸才，每一吟咏，率多讽刺。后蜀孟昶时，为大井县令。《全唐诗》存其诗10首，其中有2首题画诗。其一是《题张道隐太山祠画龙》，写画龙之飞腾，喷浪倒海，颇有气势。诗的结尾说："静闭绿堂深夜后，晓来帘幕似闻腥。"龙之腥味扑鼻，可谓活灵活现。另一首《咏金刚》是为塑像而题，其诗是："扬眉斗目恶精神，捏合将来恰似真。刚被时流借拳势，不知身自是泥人。"此诗体现了其讽刺的特点，既挖苦"时流"，又不失谐谑。

荆浩，生卒年不详，字浩然，沁水（今属山西）人。避乱隐居于太行山洪谷中，自号洪谷子。工画，长于山水。今仅存其诗1首，即《画山水图答大愚》，其诗是：

恣意纵横扫，峰峦次第成。

笔尖寒树瘦，墨淡野云轻。

岩石喷泉窄，山根到水平。

禅房时一展，兼称苦空情。

大愚，五代时邺都（今河北临漳）青莲寺僧，与荆浩过从甚密，曾写诗向荆浩求画。其《乞荆浩画》是："六幅故牢健，知君恣笔踪。不求千涧水，止要两株松。树下留盘石，天边纵远峰。近岩幽湿处，惟藉墨烟浓。"这是一首五言律诗。荆浩此诗是步大愚原韵，和了一首五言律诗。从形式上看，两首诗都对仗较工稳，似无懈可击，但在内容上只是友人间的酬赠唱和，并无深意。不过，相比之下，荆浩这首题画诗既写出了诗人画山水的过程，又反映了大愚的僧人生活，有一定的认识价值。

欧阳炯（约896—971），益州华阳（今四川成都）人。少事前蜀王衍，为中书舍人。前蜀亡，补秦州从事。后蜀建国，任中书舍人。广政十二年（949）拜翰林学士。后历官礼部侍郎、吏部侍郎等。二十四年（961）拜门下侍郎兼户部尚书、平章事。后蜀亡，仕宋。《全唐诗》仅存其诗6首，其中有2首题画长诗。《贯休应梦罗汉画歌》，共52句，370字。《题景焕画应天寺壁天王歌》，共78句，549字，是唐代最长的一首题画诗。它比李商隐的《李肱所遗画松诗书两纸得四十韵》还多139字，如此长的题画诗在中国题画诗发展史上也极为罕见。试看此诗：

欧阳炯

锦城东北黄金地，故迹何人兴此寺。

白眉长老重名公，曾识会稽山处士。

寺门左壁图天王，威仪部从来何方。

鬼神怪异满壁走，当檐飒飒生秋光。

我闻天王分理四天下，水晶宫殿琉璃瓦。

綵仗时驱狮狖装，金鞭频策骐骥马。

毗沙大像何光辉，手擎巨塔凌云飞。

地神对出宝瓶子，天女倒披金缕衣。

唐朝说著名公画，周昉毫端善图写。

张僧繇是有神人，吴道子称无敌者。

奇哉妙手传孙公，能如此地留神踪。

斜窥小鬼怒双目，直倚越狼高半胸。

宝冠动总生威容，趋跄左右来倾恭。

臂横鹰爪尖纤利，腰缠虎皮斑剥红。

飘飘但恐入云中，步骤还疑归海东。

蟒蛇拖得浑身堕，精魅搰来双眼空。

当时此艺实难有，镇在宝坊称不朽。

东边画了空西边，留与后人教敌手。

后人见者皆心惊，尽为名公不敢争。

谁知未满三十载，或有异人来间生。

匡山处士名称朴，头骨高奇连五岳。

曾持象简累为官，又有蛇珠常在握。

昔年长老遇奇踪，今日门师识景公。

兴来便请泥高壁，乱抢笔头如疾风。

逡巡队仗何颠逸，散漫奇形皆涌出。

交加器械满虚空，两面或然如斗敌。

圣王怒色览东西，剑刃一挥皆整齐。

腕头狮子咬金甲，脚底夜叉击络鞮。

马头壮健多筋节，乌觜弯环如屈铁。

遍身蛇虺乱纵横，绕颔髑髅干子裂。

眉粗眼竖发如锥，怪异令人不可知。

科头巨卒欲生鬼，半面女郎安小儿。

况闻此寺初兴置，地脉沈沈当正气。

如何请得二山人，下笔咸成千古事。

君不见明皇天宝年，画龙致雨非偶然。

包含万象藏心里，变现百般生眼前。

后来画品列名贤，唯此二人堪比肩。

人间是物皆求得，此样欲于何处传。

尝忧壁底生云雾，揭起寺门天上去。

　　景焕，即景朴，五代后蜀画家，善画龙。"会稽山处士"，指唐末画家孙位。僖宗时入蜀，光启中，应天寺无智禅师请孙位在寺门东畔画《东方天王及部从》两堵。后蜀广政年，景焕在寺门西畔画《西方天王及部从》两堵（见《唐朝名画录》卷上）。又据罗元黼《蜀画史稿》载，欧阳炯此诗的题目应为《应天寺门左壁天王画歌》，诗中所写的也是孙位与景朴两位画家的天王画，所以题目中的"题景焕画"四字应删掉。这首长诗描绘的东西天王及其部从的形象极为生动，孙画"鬼神怪异满壁走"，景画"怪异令人不可知"，给观画者以强烈的震撼。诗人所表现的描绘才华，不仅令人赞叹其艺术表现力，而且对研究唐末至五代的释道绘画也具有重要的参考价值。

　　南唐时期，题画诗人较多，写出许多题画佳作。

　　江为，生卒年不详，五代南唐人。李璟时，举进士不第，仕途坎坷，后以谗被诛。其《观山水障子歌》描写生动，颇有气韵：

适来一观山水障，万里江山在其上。

远近犹如二月春，咫尺分成百船象。

一岩嵯峨入云际，七贤镇在青松里。

潭水澄泓不见波，孤帆混漾张风势。

钓鱼老翁无伴侣，孑然此地轻寒暑。

滩头坐久鬓丝垂，手把鱼竿不曾举。

树婀娜，山崔嵬，片云似去又不去，双鹤如飞又不飞。

良工巧匠多分布，笔头写出江山路。

垂柳风吹不动条，樵人负重难移步。

　　这首诗虽然着重写画中之山水，但并无一般山水类题画诗所抒发的隐逸之情，而是以工笔描绘山光物态与人物。其中写钓鱼老翁手把鱼竿"不曾举"，"片云似去又不去，双鹤如飞又不飞"，垂柳"不动条"，樵人"难移步"等，尤为气韵生动。诗人所用的虽然都是一般题画诗惯用的表现手法，但画中人物呼之欲出；景物如置眼前，颇有画家董源、巨然水墨淡彩之风采。

徐铉（917—992），字鼎臣，广陵（今江苏扬州）人。初仕南唐，后主时，历任礼部侍郎、尚书右丞、翰林学士、吏部尚书等职。后归宋，官至散骑常侍。徐铉能诗文，精于小学，尤工小篆。《全唐诗》仅存其题画诗2首，其《题画石山》是一首难得的题画佳作，其诗是：

> 彼美巉岩石，谁施黼藻功。
>
> 回岩明照地，绝壁烂临空。
>
> 锦段鲜须濯，罗屏展易穷。
>
> 不因秋藓绿，非假晚霞红。
>
> 羽客藏书洞，樵人取箭风。
>
> 灵踪理难问，仙路去何通。
>
> 返驾归尘里，留情向此中。
>
> 回瞻画图畔，遥羡面山翁。

这是一首为《石山图》所题的诗，画家是谁已不得而知，但从诗中的描绘看，当是一幅精妙的青绿山水图。诗人不仅写出了画中的景物形象，而且能表现其神韵，并通过想象中的神话故事把读者带入虚幻朦胧的境界，虚实相间，意蕴绵缈。同时，诗人又把观画的主观感受融入其间，使形象、神韵、情感浑然一体，相得益彰。诗人见此画而产生归隐山林之想，曲折地反映出这幅画所具有的艺术魅力。尤其是中间一段描绘画面色彩的鲜明和效果的美妙，更让人叫绝："锦段鲜须濯，罗屏展易穷。不因秋藓绿，非假晚霞红。"前两句诗都只拈出喻体而略去本体，但读者却可毫不费力地悟出诗意：即使是锦绣的绸缎要使之色彩鲜艳尚需经过洗濯，而这幅画面却始终保持艳丽而不褪色。绫罗做成的屏风虽好，其展幅却大受局限，而面前的这幅画却咫尺万里，有无尽的恢宏的气势。这两句诗以宾衬主，都突出了画面的鲜明与延伸。后两句诗赞美画的斑斓色彩既非因秋日的苔藓而生绿，也非凭借傍晚的彩霞而增辉。这种赞画的表现手法，虽然前人也运用过，但像徐铉这样花样翻新却不多见。因此，这首题画诗可以说在一定程度上反映了南唐题画诗的艺术水平。而另一首《送写真成处士入京》却说："传神踪迹本来高，泽畔形容愧彩毫。京邑功臣多伫望，凌烟阁上莫辞劳。"此诗通过劝画家为功臣画像，也表现了诗人的远大抱负。这与前一首诗中所流露的归隐意愿虽然看似矛盾，却是诗人所处不同境遇的不同心态的自然反映。

李煜

南唐后主李煜（937—978），字重光，初名从嘉，号钟隐，中主李璟第六子。建隆二年（961）立为太子，同年六月即南唐国主位。在位15年，后称臣于宋。太平兴国三年（978）七月，被宋太宗毒死。世称李后主。李煜多才多艺，工书画，知音律，能诗文，以词名世，与其父李璟词合编为《南唐二主词》。其中有其题画词2首，即《渔父二首》。这当是我国现存的最早的题画词，其词是：

浪花有意千重雪，桃李无言一队春。

一壶酒，一竿身，快活如侬有几人。

一棹春风一叶舟，一纶茧缕一轻钩。

花满渚，酒满瓯，万顷波中得自由。

据北宋刘道醇在《五代名画补遗》中记述，他曾在丞相张文懿家中亲见李煜以金索书题于卫贤《春江钓叟图》上的这两首《渔父词》。卫贤，仕南唐，为李后主时内供奉，以"界画"著称。《五代名画补遗》将他的画列为"屋木门"唯一"神品"，他也善画山水和人物。当时，李煜观卫贤的《春江钓叟图》，如遇知音，便采用画外人与画中"钓叟"对唱的方式，唱起了《渔父词》。词中着重渲染了洋溢在卫贤画中的自得而快活的气氛，并流露出倾慕隐逸生活的情趣。

这两首词形同对唱，在画面的展示上也采取了因视角不同而变换的两种方法，即由全景推至特写，复出特写拉向远景。这两种方法，既使画面有"浪花有意千重雪，桃李无言一队春"的全景，又有"一壶酒，一竿身"的钓叟个体形象；既有近景的"一棹""一轻钩"等，又有远景"万顷波中得自由"的"一叶舟"，舒展自如，变化有致，既合《渔父词》之谱式，又具有李煜词之特点。

词与绘画的结合，虽然早在中唐时期就已见端倪，但那还不算题画词。据载，张志和曾"自为《渔歌》，便画之，甚有逸思"(张彦远《历代名画记》卷十)。又辛文房《唐才子传》说："（张志和）善画山水，酒酣或击鼓吹笛，舐笔辄就，曲尽天真。自撰《渔歌》，便复画之，兴趣高远，人不能及。"(《唐才子传》卷八) 这是说先有《渔歌》词，而后作词意画。张志和的创作实践证明，词与画不仅可以相融通、结合，还有共同的旨趣。这便为后来题画词产生作了可贵的探索和铺垫。李煜便在这一基础上创作了两首完整的题画词。他的这两首题画词在中国题画诗发展史乃至整个文化发展史上都占有重要地位。它既标志着绘画从此进入了音乐领域，也标志着词由附属于音乐的"应歌"开始脱离音乐而成为一种新的独立的文学形式。同时，以词入画，也预示着词这种久久在歌楼酒肆中回荡的旋律逐步飘到诗人、画家的殿堂，其表现领域也必将进一步扩大。它已不限于灯红酒绿下的浅斟低唱，随着它的身影走向江山广漠，其声韵也变得粗犷。李煜的这两首渔家词虽然还谈不上豪宕，但它较晚唐五代某些词人专写女性题材，徘徊于花间月下，卿卿我我、委婉缠绵，无疑意态萧散，境界开阔。因此，五代时题画词的出现，不仅给唐五代题画诗坛增添了新的元素和色彩，而且为唐以后题画词发展提供了经验，具有宝贵的开启意义。

注　释

〔1〕参见孔寿山：《中国题画诗大观》，敦煌文艺出版社，1997，第136页。

〔2〕章培恒、骆玉明主编《中国文学史新著》中卷，复旦大学出版社、上海文艺出版总社，2007，第139页。

〔3〕详见傅璇琮：《李德裕年谱》，河北教育出版社，2001，第489-490页。

第四编　发展期

—— "玉堂卧对郭熙画，发兴已在青林间"

　　宋、辽、金和元代是中国题画诗由成熟走向发展的重要阶段。它既是唐五代题画诗成熟期的延续，也是明清题画诗鼎盛期的开始。而其中元代题画诗不仅具有宋代题画诗的某些特点，也是明代题画诗的先声，具有明显的过渡性质。如果细分一下，发展期的题画诗又可分为两个阶段：第一阶段为两宋时期，自公元960年至1279年，前后319年时间；第二阶段为辽、金、元时期，自公元916年至1368年，前后452年时间。其中辽、金两朝与两宋对峙，虽然在时间上有交叉，但社会环境和题画诗的特点却有不同。

　　宋代是中国历史上不多见的繁盛期之一，政治、经济、文化都得到了空前发展。宋代的题画诗继承了唐五代的传统，开拓创新，也呈现出大发展的态势。题画诗数量激增，品种繁多，大家辈出，才艺过人。他们以自己的优秀作品把中国题画诗艺术推向第一个高峰。它不仅给后世留下了数量可观的题画诗篇，而且开创了文人题画的蔚然之风，留下了极其宝贵的创作经验。

　　除了题画诗的数量空前增多，宋代题画诗发展的一个重要标志是涌现出一批诗、书、画兼擅的艺术大家，如文同、苏轼、黄庭坚、李唐、米氏父子、赵佶、郑思肖等。他们不仅书画艺术卓越，成为一代宗师，而且善于为画题诗，其题画作品也享有盛名。

　　题画诗创作群体的出现也是宋代题画诗发展的重要标志。在宋代以前，题画诗的创作都是诗人或画家的独自行为，即使大家共同题咏一画，也往往是偶一为之，并且没有形成较为紧密的创作群体。到宋代，情况发生了变化。这时期不仅出现了以苏轼为核心和以黄庭坚为核心的两个题画诗创作群体，而且出现了定期、不定期的诗画家的雅集，他们共同挥毫作画、提笔赋诗。

宋代题画诗发展的另一个标志是出现了题画诗的专著和选集。宋伯仁编绘的《梅花喜神谱》二卷，写梅花百图，因宋代方言以画像为喜神，故称。此书每页一图，依据梅花形状而命名，图左配以五言绝句一首。它是我国现存最早的诗画合璧著作，对后世有深远影响。南宋孙绍远编选的《声画集》共八卷，所录均唐宋人题画之作近800首，分古贤、故事、佛像、神仙、美人、山水、林木、花卉、畜兽、虫鱼等26门。取"诗是有声画，画是无声诗"之意，故称"声画集"。其中选宋人题画诗最多，计有528题755首。此书的价值主要有三：它是我国第一部题画诗总集，具有开创意义。其体例虽然稍杂，但对后世题画诗编选也有启示作用。此其一。书中许多题画诗多不见宋人总集、别集，颇为珍贵。此其二。也正因如此，它对于研究宋和宋以前的绘画、诗歌具有重要的参考价值。即使一些无名氏作品，难以考证，也提供了研究线索。此其三。

辽、金、元三代，是中国题画诗进一步发展时期。在400多年的时间里，契丹、女真、蒙古等少数民族统治中国的一部或全部。这期间虽然经济发展一度受到影响，但根深叶茂的中国传统文化不但没有灭绝，"中国的文化遗产反而因此变得更加丰富多彩"[1]。

从金末元初开始，中国进入了近世文学时期，其显著的标志是中国的人文主义从以群体为中心转向以个体为中心，某些文学作品开始集中地表达对个人意愿和权利的尊重。在经济上，这时期也有了长足的发展。但在以前的中国历史研究中，往往强调辽、金、元的统治在经济方面所起的消极作用。"其实，辽政权的建立不仅对我国东北一带的建设有其积极作用，其所统辖的华北地区，在中唐以后就主要是藩镇跋扈、割据之地，在这以前也是作为军事重镇的生产滞后地区，辽政权对这些地区的建设也有贡献。在历史上，北京等地的建设达到相当的规模，则是在辽、金、元时期完成的。"[2]元代的农业发展更为明显，余也非在《中国古代经济史》中指出："元代岁入粮大于唐、宋，元时天下岁入粮为2422余万石，比唐天下岁入粮1980余万石增多400余万石。"[3] 这并非像以前某些学者说的那样，元代农业遭到统治者的严重破坏。随着农业的发展，手工业和商业也逐渐繁荣。海外贸易的展开，也超过了前代。随着众多大城市的出现，市民阶层也较前代壮大，上层市民对社会的影响也远非前代可比，并日益渗入文化领域，如在江南文化界颇具声望的顾瑛、倪瓒等人都是上层市民。由于他们多是著名的诗画家，其绘画和题诗对题画诗的发展自然产生巨大的影响。

辽、金、元时期的题画诗，较两宋有许多不同的特点：其一，有多位文坛或画坛巨擘引领创作，如金代的元好问，元代前期的赵孟頫、中期的杨载、后期的杨维祯等；其二，题画诗逐渐为少数民族诗画家所接受，并喜欢创作，涌现出一批诗画俱佳的题画诗人，如萨都剌、马祖常、迺贤、丁鹤年等，他们或以画著称，或诗画兼擅，都留下许多优秀的题画诗作；其三，题画诗较多地反映了市民意识，酬赠类题画诗渐多，语言风格也趋向通俗化。

注 释

〔1〕伊佩霞：《剑桥插图中国史》，赵世瑜等译，山东画报出版社，2002，第120页。

〔2〕章培恒、骆玉明主编《中国文学史新著》中卷，复旦大学出版社、上海文艺出版总社，2007，第335页。

〔3〕余也非：《中国古代经济史》，重庆出版社，1991，第424页。

第十章

全面发展的宋代题画诗词

宋代是词的黄金时代，宋词是中国词史上的高峰。同样，宋诗在中国诗歌史上也占有极为重要的地位。其成就和价值、风格和流派，都极具美学、史学、哲学、文化学意义。对此，缪钺、钱锺书先生等都有过高度评价。在这种大背景下，作为宋代文学艺术的一种特殊形式的题画诗词也有长足的发展。她多姿多彩，芳香四溢，在宋代诗歌百花园中卓尔不群，自有其地位。

宋代题画诗和题画词空前发展，其数量之多，大大超过了前几代的总和。据不完全统计，六朝时期只有题画诗几十首，唐代的题画诗也不过近300首。而据《全宋诗》统计，宋代题画诗竟达5000余首；据《全宋词》统计，题画词虽不算多，也有160余首。

第一节　多种因素促进题画诗发展

第一，宋代是中国文化高度发展的时代。美国历史学家罗兹·墨菲（Rhoads Murphey）认为，宋代是"中国的黄金时代"，"是中国历史上最令人激动的时代"[1]。宋代是前所未见的发展、创新和文化繁盛时期。宋王朝"兴文教、抑武事"的国策，虽然产生重大负面影响，但是也极大地促进了文化的繁荣与发展，造就了一大批身兼官僚、学者、文学家三任的新型文化人。宋太祖赵匡胤由于以兵变起家，深知兵权之重要，所以对领兵的武将一直存有戒心而大批起用文人。宋代是中国历史上最尊重知识、最优待知识分子、最重视文教事业的朝代。北宋初年，便十分注重争取知识分子的支持，下大力气，用特殊举措来网罗人才。一方面改革科举制度，增加科举考试录取的人数。在唐代一次录取的进士只有三四十人，而宋朝一次录取往往达三四百人，使许多中小地主出身的人有更多的机会参与朝政，有时还以皇帝特恩的名义取士，所谓"名卿巨公，皆系此选"，让尽可能多的读书人进入仕途，成为朝政的骨干力量。另一方面，给予文官很高的政治待遇和丰厚的俸禄。其俸禄之厚、赏赐之多，往往超过武官，是历朝历代无法比拟的。这种笼络人才的机制促使社会上千家万户严责自己的子弟寒窗苦读，以求一第。在这样的社会文化环境中，知识分子队伍迅速壮大，从而一代博通经史、兼擅学问与创作的文学家群体崛起。宋代的各种文学和艺术，都得到了前所未有的发展。因此，题画诗词的勃兴与繁荣，当在情理之中。

第二，文人审美能力的提升，既增强了题画诗创作的自觉性，也提高了作品的质量。国学大师陈寅恪说："华夏民族之文化，历数千载之演进，造极于赵宋之世。"意思是，宋代是千百年来华夏文化的巅峰。同样，宋代也是中国审美的巅峰时代。丹尼尔说，宋代的审美，领先世界一千年。如果说盛唐表现出雄壮豪迈、气象万千、金戈铁马的强者之态，那么宋代则展现出闲适淡雅、宁静飘逸、绵软细腻的柔弱之姿，一直给人以"积贫积弱"的印象。

然而这并非历史的全部。事实上，赵宋国祚绵延三百余年，虽战乱不断，家国沉浮，但却是历史上经济最繁荣、科技最发达、文化最昌盛、艺术最高深、人民最富裕的朝代。

在深厚的物质财富和文化底蕴之上，无论诗词歌赋，还是字画瓷器，神韵形态都达到历史巅峰。在诗词里既有"杨柳岸，晓风残月"的清冷，也有"凤箫声动，玉壶光转"的热烈；既有"帘卷西风，人比黄花瘦"的婉约，也有"金戈铁马，气吞万里如虎"的豪宕。论其审美的品位，甚至千年之后也难望其项背。

在这样的背景下，文人们对审美的判断力，有了前所未有的提升。他们的审美嗅觉很敏感，不仅善于发现美，而且善于表现美。无论是诗人，还是书画家，大多能从一幅画中发现美的存在，然后以诗歌形式加以升华。诗画互补，相得益彰。这不仅体现在题画诗中，而且在题画词中尤为显现。宋代的题画词辞采斐然，韵律优美，达到了极高的审美境界。

第三，绘画艺术的大发展，为题画诗词的繁荣提供了前提和条件。宋代上自帝王将相，下至黎民百姓，都对绘画表现出浓厚的兴趣。宋真宗酷爱绘画，外巡时，其行在即有图轴四十余卷，似乎一日不可无此君，并说图画是"高尚之士怡性之物"（郭若虚《图画见闻志》）。仁宗擅长绘画，"天资颖悟，圣艺神奇，遇兴援毫，超逾庶品"（同上）。神宗好画，尤其偏嗜李成、郭熙之作。熙宁元年（1068）诏郭熙进京，把秘阁中汉唐以来的名画全部拿出令其鉴赏并详定品目。又凡宫廷中重要地方以及难度较大的画，都要郭熙去画，以至后来出现"一殿专皆熙作"（邓椿《画继》）的盛况。徽宗更是宋代最爱画的皇帝（后有专述）。高宗也"雅工书画，作人物山水竹石，自有天成之趣"（田汝成《西湖游览志馀》卷十七）。孝宗对马和之的画极为赏识，"每书毛诗三百篇，令和之写图"（庄肃《画继补遗》）。由于宋代皇帝多爱画、善画，所以为画题诗也较多。据《全宋诗》统计，宋徽宗等七代皇帝，现存题画诗56题64首。并且，宋代皇帝的爱画及其作为不仅带来绘画艺术的繁荣和题画诗创作的发展，也使社会上收藏、玩赏画作之风兴盛。首先是皇亲国戚、王公大臣中有许多人爱好、珍藏绘画。陶宗仪说："杨氏，宁宗皇后妹，时称杨妹子，书法类宁宗。马远画多其所题，往往诗意关涉情思，人或讥之。"（《书史会要》卷六）据考证，杨妹子即皇后杨氏[2]。王公大臣善画者更多，如燕恭肃王精于像物，嘉王爱状鱼藻笋芦，郓王善小笔花鸟，赵令穰善山水小轴，赵士雷长于山水，赵宗汉善芦雁，赵士衍善着色山水，赵伯驹优于山水花鸟翎毛，驸马王诜也"攘去膏粱，黜远声色，而从事于书画"（邓椿《画继》），等等。此外，由于宋朝武官多由文人充任，他们也爱画并从事绘画，除著名画家赵葵是军事家兼政治家外，武臣刘永年、吴元瑜、梁师闵、郭元方、李延之等不仅善画，也得诗人之风雅。据《图画见闻志》载，宋代"王公士大夫依仁游艺，臻乎极致者一十三人"，《画继》中列"侯王贵戚"13人、"轩冕才贤"17人、"缙绅"10人。如此多的王公士大夫等名列画史，实为前代所无。同时，武臣画家，以武者的资质介入绘画创作，也给这一领域注入新鲜成分，所以《宣和画谱》感叹，他们的创作"此画史所不能及也"，"能变世俗之气所谓院体者"。帝王权贵对绘画的爱好与提倡，不仅促进了绘画艺术的发展，也使画家的地位得到空前提高。邓椿说："本朝旧制，凡以艺进者，虽服绯紫，不得佩鱼；政、宣间，独许书画院出职人佩鱼，此异数也。"（《画继》卷十）由此可见其待遇之高。因此，在文人中习画成风，知名之多，是前几代不可比拟的。元末夏文彦的《图绘宝鉴》及其补遗、续补以及他人的增补等，共录著名画家唐代192人，五代110人，宋代853人。宋代著名画家几乎是唐及五代总和的3倍。除专业画家外，业余画者也比比皆是。僧道中，如巨然的山水，惠崇的芦雁，梦休的花竹，释仁的松木，仲仁的墨梅，玉涧的竹石，觉心的草虫，都妙绝一时。闺阁中也不乏其人，如李清照、朱淑真等也善书画。广大民众对绘画艺术的爱好，无疑是宋代绘画发展的重要原因。

　　宋代不仅画家数量众多，而且在艺术上达到了很高的造诣。康有为曾说："画至于五代，有唐之朴厚而新，开精深华妙之体。至宋人出而集其成。无体不备，无美不臻……鄙意以为中国之画，亦到宋而后变化至极，非六朝、唐所能及。"[3]宋初，山水画多全景式构图，崇山峻岭，林丰草盛，画家展示给人的是一种宽泛多义的意境。至北宋中期，主景已相对集中推近，次景则作为陪衬而推远，意蕴较为具体。至南宋马远、夏珪等，则常置景物于一角或半边，其余画面则淡化为邈远的江天或朦胧的云烟，景物缩小简约，主体性更强，显出一种浓郁的诗情。这更便于诗人词家在画面题诗或填词。特别是滥觞于唐代王维的文人画，至宋代已臻成熟。众多文人学士介入绘画，不仅把他们的学养、襟怀和艺术趣味融入绘画创作，使其作品在题材、内容、技法和境界等方面表现出独特的特征，也为其他诗人提供了题诗的雅兴与空间。

　　第四，民间爱好、玩赏、收藏绘画之风兴盛，是宋代绘画和题画诗词发展的重要社会基础。一种艺术形式只有统治者的爱好和提倡，而没有一般文士和民众的支持和热爱，也是难以发展和繁荣的，而宋人恰恰也对绘画特别钟爱。这很像唐代士子无不喜欢赋诗一样，使绘画有较为深厚的社会基础。王国维曾说："汉唐元明时人之于古器物，绝不能有宋人之兴味，故宋人于金石书画之学乃陵跨百代。"[4]他认为，宋人金石书画之学的兴盛空前绝后，堪称"有宋一代之学"。宋人的生活方式，不管用世与否，寄物以自遣在士人中颇为流行。文章学术、金石书画成为文人士大夫的精神寄托之所和心灵休憩之乡。而他们的文士、学者身份也使得他们有能力从容其中，并在其中释放劳累，安顿生命。因此，宋代文士多好收藏古今名画。郭若虚在《图画见闻志》中便记述了他一家三代收藏画作的情况。苏易简、苏耆、苏舜元、苏瀣一家四代都保存着丰厚的书画收藏。王文献家也是父子致力于搜访名迹，其家"书画繁富"。苏轼在《石氏画苑记》中说，石康伯"独好法书、名画、古器、异物，遇有所见，脱衣辍食求之，不问有无"，"其家书画数百轴"（《苏轼文集》）。又其《记刘景文诗》说，刘景文"慷慨奇士，博学能诗。……死之日，家无一钱，但有书三万轴，画数百幅耳"（同上）。此外，陆游在其老学庵中挂有他收藏的唐希雅的画鹊、易元吉的画猿等，沈括在《梦溪笔谈》中说其家有王摩诘的画。米芾更是家藏丰富，自认可与唐代书画收藏家张彦远媲美。其《画史》中详细记载了当时文人的藏画情况，除自家有顾恺之、戴逵、李成、董源的名画外，还记录刘有方有《女史箴图》、文彦博有《小辋川图》、苏轼有吴道子画佛、苏舜钦有毕宏的山水画、沈括有唐人壁画等。他们收藏名画的目的主要是把玩鉴赏。郭若虚"每宴坐虚庭，高悬素壁，终日幽对，愉愉然不知有天地之大，万物之繁，况乎惊宠辱于势利之场，料得丧于奔驰之域者哉"（《图画见闻志》）。米芾更是爱画如命，对于所藏名画无日不展卷临摹，夜藏于箧且置于枕边而眠；甚至在外出时，也往往携书画同往，在座船上大书一旗"米家书画船"。宋人喜好书画，不仅表现在玩赏本身，而且一面鉴赏一面研究。而玩赏与研究的兴味又与智力活动的创造性有机结合，于是玩赏与研究的结果便刺激了题画诗创作。这是因为题画诗词作为一种智力活动的产品，它的完成是以充分玩赏与精细研究为条件和前提的。

第五，书法，既是题画诗词的载体，也是题画艺术的重要组成部分。它的发展，直接促进了题画诗词创作的繁荣。宋代在书法界领导潮流的号称"苏、黄、米、蔡"四大家，其中的苏轼、黄庭坚、米芾三大家都热衷于题画诗创作，留下了大量题画诗。据载，宋代历朝最高统治者都偏爱书法。宋太宗"垂意翰墨，真草八法，草入三昧，行书无对，飞白入神"。真宗"善书，甚得晋人风度"（陶宗仪《书史会要》卷六）。仁宗"万机之暇，无所玩好，惟亲翰墨，而飞白尤为神妙"（欧阳修《归田录》卷上）。高宗也留意书法，他说："余自魏晋以来，至六朝笔法，无不临摹。""凡五十年间，非大利害相妨，未始一日舍笔墨。"（祝嘉《书学史》引《翰墨志》）以上所记，虽不免有溢美之词，但至少说明这些帝王是喜好书法的。而他们的附庸风雅，势必对书法艺术发展产生重要影响。宋代涌现出一大批著名书法家。据陶宗仪《书史会要》载，两宋善书者达383人。宋代书法注重帖学，在吸收前人书法艺术精华的基础上，有了长足的发展。太宗淳化三年（992）命王著摹刻《淳化阁帖》，后来又有《绛帖》《大观帖》等几十种，反映了社会对书帖的广泛需求与兴趣。宋代书法艺术在博采众长的基础上形成了自己的风格特征。

第六，宋代的科举考试，为题画诗词的发展提供了制度上的保证。宋代科举考试的内容，除了传统科目试帖诗外，又增加了书、画。这样就把题画诗词的三要素诗、书、画都纳入了必考科目。据《宋史·选举志》："书学生，习篆、隶、草三体。""考书之等，以方圆肥瘦适中，锋藏画劲，气清韵古，老而不俗为上。"画学生，"以《说文》《尔雅》《方言》《释名》教授"。"考画之等，以不仿前人而物之情态形色俱若自然，笔韵高简为工"。一个仕子，倘若诗、书、画兼通或兼工，无疑为他创作题画诗奠定了基础。因此，这种制度不仅对广大士人是一种强烈的吸引，对书画艺术在民间的普及与提高也有莫大的推动作用。

第七，诗、画理论的融通与互补，为题画诗词的发展提供了理论的支撑。从中国文化史的角度看，宋代诗词绘画互相渗透也许比过去历代更为明显。特别是"诗画一律"的理论比过去更为时尚与普及。苏轼在《欧阳少师令赋所蓄石屏》中说："古来画师非俗士，摹写物象略与诗人同。"他在《书鄢陵王主簿所画折枝二首》其一中又说："诗画本一律，天工与清新。"他深刻地认识到诗与画在艺术本质上是一致的，诗人与画家在创作构思和摹写物象等方面有其相同或相似的规律。他认为，王维的成功之处就在于"诗中有画""画中有诗"。苏轼的这一理论，不仅在宋代有代表性，在中国诗画史上也极具开创意义。由于他的倡导，这种理论得到了许多诗人、画家的认同。如孔武仲说："文者无形之画，画者有形之文，二者异迹而同趣。"（《清江三孔集》卷三）张舜民说："诗是无形画，画是有形诗。"（《画墁集》卷一）郭熙也说："'诗是无形画，画是有形诗'，哲人多谈此言，吾人所师。"（《林泉高致集》）"诗画一律"的理论意味着诗歌创作的经验和规律可以通于绘画；相反地，绘画之三昧，也可运用于诗歌。宋代艺术家这些精辟见解往往是在鉴赏绘画时提出来的。如苏轼在《书李伯时山庄图后》中提出"有道有艺"，"有道而不艺，则物虽形于心，不形于手"。在《书吴道子画后》中又说："出新意于法度之中，寄妙理于豪放之外。"这些理论由绘画而涉及诗歌，表现出宋代绘画艺术与诗歌艺术的一种共同趋向。这种理论不仅促进了宋代题画诗词的发展，而且对后代诗画理论建构与诗画繁荣产生了不可估量的影响。

第八，画借诗流传，诗因画增价，使题画诗词创作之风日盛。宋代文人已意识到绘画作品可凭借题画诗而流传，这也促进了题画诗的发展。据《宣和画谱》载，韦偃山水、松石与人物皆极精妙，唯以画马擅名，盖因杜甫尝有题偃画马歌曰："韦侯别我有所适，知我怜君画无敌。戏拈秃笔扫骅骝，欻见骐驎出东壁。一匹龁草一匹嘶，坐看千里当霜蹄。时危安得真致此，与人同生亦同死。"（《宣和画谱》卷十三）《宣和画谱》还认为，唐代萧悦的画竹之所以名噪一时，也是因为白居易写了《画竹歌并引》。同样，有些题画诗也因附丽于名画而增价。这是因为，在宋代许多题画诗是题于画上的，已成为绘画艺术构图的一部分，完整而不可分，诗情画意，相得益彰，所以绘画好，题诗也随之增值。如黄庭坚在苏轼画上题的《题子瞻枯木》，画好诗亦佳，诗与画并流传。因此，倪瓒在《赵荣禄马图》中说："画成题咏两奇绝，价比连城明月珠。"由于题画诗既可以提升绘画的艺术品位，又能增加自身的价值，所以无形中促进了题画诗创作的繁荣。

第九，宋代盛行的画家、诗人雅集，以题画诗唱和，也促进了题画诗繁荣与发展。特别是元祐时期，以苏轼为首的一批文人常常会聚京师，或馆阁酬唱，或试院题诗，产生了大批题画咏画之作。其中最有代表性的是

"西园雅集"。当时，苏轼、李公麟等16人集会在驸马王诜的西园，谈诗论画。李公麟等为此画了《西园雅集图》。米芾又为此图作记，即《西园雅集图记》，云："水石潺湲，风竹相吞。炉烟方袅，草木自馨。人间清旷之乐，不过于此。嗟乎，汹涌于名利之域而不知退者，岂易得此耶！"其中的前四句，就是绝好的题画诗。其他诗人、画家也多有题咏。众人以为此一盛会可与晋代王羲之"兰亭集会"相媲美。以文会友，既交流了感情，又切磋了技艺。于是便出现了观画即兴赋诗或受诗的启发而挥毫作画的雅事，实现了艺术创作的双向互动。因此，自然会促进题画诗创作的发展。此后，不仅宋代诗人乐为李公麟的绘画题诗，而且宋之后的历朝历代都不乏题咏《西园雅集图》之作。但"西园雅集"毕竟是短暂的集会，元祐文人平时的题画唱和活动更为频繁。元祐时期（1086—1094），新旧党争非常激烈，以苏轼为首的元祐文人集团在与联合起来的洛党和朔党的斗争中，受到空前沉重的政治压力，他们便在苦闷中寻求心灵解脱的田园生活，于是大量地为山水画题诗，以寄托自己的人格理想。因此，这时期的题画诗唱和是党争的一种产物，它在党争中承担着泄导人情、缓冲精神压力的作用。如元祐二年（1087），苏轼有《郭熙画秋山平远》，黄庭坚有《次韵子瞻题郭熙画秋山》。在苏、黄的诗中，晚秋的景致激起了诗人的归隐之趣，于是诗人借以抒发对人世纷争的厌倦和对萧疏境界的企慕之情。又如元祐三年（1088），苏轼有书王巩所藏王诜所画《烟江叠嶂图》，王诜有和诗；苏轼再和，王诜也再和。元祐六年（1091），苏辙作《题王诜都尉设色山卷后》，苏轼作《次韵子由书王晋卿画山水一首，而晋卿和二首》。苏辙诗说："还君横卷空长叹，问我何年便退休。欲借岩阿著茅屋，还当溪口泊渔舟。"苏轼诗说："看画题诗双鹤鬓，归田送老一羊裘。明年兼与士龙去，万顷苍波没两鸥。"在激烈的党争中，面对王诜的山水画，兄弟二人都抒发了江湖浩荡而身处危境的无限感慨。因此，题画诗唱和已成为元祐文人集团诗歌唱和中的重要组成部分，也是他们互相鼓舞、互相宽慰的一种最好形式。"对于元祐文人集团中的其他人来说，这一时期的题画诗创作也取得了很高的成就。究其原因，频繁的诗歌唱和是元祐文人题画诗创作取得伟大成就的重要契机，因而题画诗唱和也就成为元祐文人集团诗歌唱和中较为突出的一部分。"[5] 在宋代，不仅题画诗唱和之风颇盛，在题画词创作上也是如此。如周紫芝《浣溪沙·和陈相之题烟波图》、刘克庄《洞仙歌·癸亥生朝和居厚弟韵，题谪仙像》等，都是相互唱和的题画词。其中以温日观墨葡萄为内容的唱和题画词保存最为完整。据吴升《大观录》卷十五记载，温日观葡萄墨迹，题词凡三人，调《甘州》。玉田首倡，和者鄜州刘沆、汴沈钦。因此，诗家、画家的雅集和题画诗唱和，也是宋代题画词发展的原因之一。

第十，宋代农业、手工业的高度发展，为题画诗词的大发展奠定了经济基础。宋代初年，为了恢复和发展经济，采取了许多有助于农业生产的措施，废除了许多苛捐杂税，农业经济逐渐发展。秋收时，"稻穗登场谷满车，家家鸡犬更桑麻"(滕白《观稻》)。"经济发展的最明显的例证是在750年至1100年间，人口翻了一番。在742年，中国人口仍然只有5000万，与公元2世纪相同。在其后的3个世纪中，由于中部和南部水稻种植面积扩大，粮食供应稳步增长，人口相应增加。在1100年，人口达到一亿。"[6]随着农业经济的繁荣，工商业也空前发展，冶矿、军器、纺织、瓷器、印刷等都很发达。这就把无数中小商人和手工业者吸引到工商业繁荣的大城市中，于是形成了广大的市民阶层。为满足他们的需要，市井文学便得到了发展。宋代的繁荣景况，虽然因金人的大举入侵而受到打击，但靖康之变以后，偏安江南的南宋依然保持经济发展的势头。宋代的文化，包括题画诗词在内的文学艺术繁荣正是建立在这个基础之上的。

第二节　宋代题画诗词主要内容

宋朝经历了北宋、南宋两个时期，不仅国内阶级矛盾复杂，与外族的冲突也较唐代更为频繁、激烈。生活在这样社会环境中的文人，他们的经历自然会反映在他们的笔下。而对于那些具有政治敏感性和独特艺术眼光的诗人、画家来说，在他们的题画诗词中所反映的社会生活，也较唐代更为广泛、更为深刻。

一、揭露现实黑暗，抨击丑恶现象

宋代的题画诗词虽然直接揭露现实的作品不多，但是偶有涉及，也不失为深刻。而更多的往往是借题咏前代的故事画来抨击当代丑行。如程武的词《念奴娇·题马嵬图》写杨贵妃命丧马嵬，魂断千古。内含婉讽，发人深思。又如苏轼的《虢国夫人夜游图》最后说："人间俯仰成今古，吴公台下雷塘路。当时亦笑张丽华，不知门外韩擒虎。"颇具现实意义。此诗讽刺了杨氏姊妹骄奢淫逸的生活，指出这是唐玄宗宠幸的恶果，从一个侧面反映了安史之乱前夕的社会现实。因此，这首诗既揭露了唐玄宗后期荒淫误国的罪恶，又向北宋的最高统治者敲起警钟。郭祥正的《明皇十眉图》也是讽刺唐明皇荒淫误国的题画佳作。

此外，李唐的《题画》，朱熹的《墨梅》等，从画风入手批判现实，也是题画诗的佳品。特别是前者尤为深刻：

> 云里烟村雨里滩，看之如易作之难。
> 早知不入时人眼，多买胭脂画牡丹。

此诗的主旨在最后两句。李唐在战乱中南渡后，曾以卖画为生。但他的富于意境的山水画并不为人所赏识，当时的画坛崇尚浓艳的花鸟画。所以，这两句诗表现了他对南宋画风的不满。而画坛上崇尚艳丽的花鸟画和当时文坛上崇尚华美的艳情词作，又都与偏安江左的达官贵人的审美情趣是一致的。因此，这"时人"也当包括那些"不知亡国恨"而只知"一晌贪欢"的民族败类。我们联系李唐在同时期所作的《采薇图》《晋文公复国图》等充满爱国激情的画，来分析本诗所抒发的伤时忧国之情是不牵强的。

二、反映政治斗争，抒发爱国情怀

在宋代题画诗词中，反映官场政治斗争的作品并不多，但也有借画生发另有寄意的诗作。如黄庭坚的《题竹石牧牛并引》：

子瞻画丛竹怪石，伯时增前坡牧儿骑牛，甚有意态，戏咏。

野次小峥嵘，幽篁相倚绿。

阿童三尺棰，御此老觳觫。

石吾甚爱之，勿遣牛砺角。

牛砺角尚可，牛斗残我竹。

元祐三年（1088），诗人与苏轼、李公麟同在京师，苏、李曾多次作画。《竹石牧牛》是其中合作的一幅画，由黄庭坚题诗。此诗前四句写画，后四句由画生感。诗人紧紧抓住牛砺角和好斗的特性，写它与竹石的关系。从表面看，此诗似乎是为了表现作者爱竹石的心情，但从小引中"戏咏"两字看，诗中当寓有深意。我们联系熙宁年间围绕王安石变法新旧党争不止而误国一事判断，其很可能暗有所指。

黄庭坚的另一首题画诗《题李亮工戴嵩〈牛图〉》则是借牛代言，流露出诗人害怕卷入党争而不愿为官。诗中说："觳觫告主人，实已尽筋力。乞我一牧童，林间听横笛。"其弦外之音，不难听出。

在宋朝的政坛上，无论是北宋还是南宋，爱国主义一直是论争的焦点，忧国伤时始终是文学作品的常见主题。如北宋前期沈遘的《七言和王微之渔阳图》：

燕山自是汉家地，北望分明掌股间。

休作画图张屋壁，空令壮士老朱颜。

这里的"燕山"，是指北方的燕云十六州。自五代后晋的石敬瑭将其割让给契丹后迄未收复。宋王朝曾几次兴兵收复，均以失败告终。诗人对此《渔阳图》，感慨万千，无以言表。诗中的"休作""空令"之语，既有痛斥又有遗恨，表现了爱国志士不甘心国土沦丧的心声。

在宋代的爱国题画诗中，汪元量的《题王导像》感情最为沉痛，其诗是：

秦淮浪白蒋山青，西望神州草木腥。

江左夷吾甘半壁，只缘无泪洒新亭。

这首短诗既写出当年元兵南侵时残酷杀戮而留下的血腥，又借东晋王导泣新亭之典，感叹亡国之哀伤。诗人欲哭无泪，情词凄绝，极具震撼力量，千古之下读之，也催人泪下。

如果说爱国主义在北宋前期仅仅表现为忧患意识的话，那么这种感情在国将不国的南宋后期表现得更为强烈。

陆游以满腔爱国热忱为画题诗，或抒发壮志难酬的惆怅，或表达收复失地的决心，无不壮怀激烈，慷慨悲歌。如《观大散关图有感》《观长安城图》《龙眠画马》《游昭牛图》等，都是这样的诗篇。其中，《观长安城图》是陆游于淳熙元年（1174）秋天在蜀州所题。诗人看到长安城图后产生了无限感慨，因而道出了内心痛苦。虽然他献身国家的志向坚定，但是统治者偏安江左，致使其虚度年华。通篇充满了忧国忧民的爱国主义深情，并隐含着对南宋统治者的讽刺与谴责。

但是宋代大多数题画诗词抒发爱国情怀，往往是画外寄意，大都是间接的，如贺铸的《题梅花雪雀》、范成大的《嗅梅图》等。特别是南北宋之交的政治家李纲的《传画美人戏成》，寓意深刻：

> 美人颜色娇如花，鬓发光翳朝阳鸦。
> 玉钗斜插翠眉鬟，岂亦有恨来天涯。
> 画工善画无穷意，故把双眸剪秋水。
> 丹青幻出亦动人，况复嫣然能启齿。
> 年来居士心如灰，草户金锤击不开。
> 纵教天女来相试，虚烦云雨下阳台。

题诗中描写出如花似玉、仪态万方的美人形象。尽管再美，却打动不了居士的心。这正是作者当时心情的写照。李纲是抗战派领袖，他的爱国热情是十分感人的。当强敌压境，皇帝弃国而逃时，他曾组织军民奋勇守御；但金兵一退，反被加以罪名。他虽屡遭贬斥，但从未忘掉忧国忧民。这首诗从一个侧面反映了诗人一心忧念国事，不为儿女私情所动的精神境界。

三、描写田园生活，流露隐逸之情

在宋代题画诗词中，描写田园生活和山水风光的作品很多，占题画诗词的绝大部分。但真正反映农民或渔民生活的诗词并不多，其中陆游的《题庠阇黎二画》其二《雪景》可谓这类诗篇的代表作之一：

溪上堂前峰，巉巉千仞玉。

浑舍喜翁归，地炉煨芋熟。

这首诗尽管也写了溪水、山峰和美丽的雪景，但重点描写了农妇喜夫归来，全家围炉食芋的冬日生活。这在宋代题画诗中是很难得的。

不过，在这类题画诗中，大部分描写的是"自有人在"的山野风光。如苏轼的《郭熙画秋山平远》《王晋卿所藏著色山二首》等，既写出美好的湖光山色，又描绘了诗人的自我抒情形象。在宋代为数不多的题画词中，描写自然山水和花鸟竹石的作品，更是占了绝大多数。如张炎的《甘州·题戚五云云山图》：

过千岩万壑古蓬莱，招隐竟忘还。想乾坤清气，霏霏冉冉，却在阑干。洞户来时不锁，归水映花关。只可自怡悦，持寄应难。　　狂客如今何处，甚酒船去后，烟水空寒。正黄尘没马，林下一身闲。几消凝、此图谁画，细看来、元不是终南。无心好、休教出岫，只在深山。

这首题画词所描写的很可能是令人目不暇接的山阴道上的景物。作者以抒情的笔调，将画中的优美意境栩栩如生地展现在读者面前。这里千岩竞秀、万壑争流，使我们仿佛观赏了这幅已经失传的名画一样，既领略了自然山水，又受到了美的熏陶。

由于这类题画诗词所表现的山林之趣与隐逸之情相联系，所以有相当多的作品都或明或暗地流露出诗人的林泉之志。如欧阳修的《借观五老诗次韵为谢》便盛赞"五老""脱遗轩冕""笑傲丘园"，但诗人许国之心尚在。宋代以《睢阳五老图》为题吟咏者颇多，均为五律，并用同一韵，除欧阳修外，还有晏殊、文彦博、韩琦、富弼、范仲淹、司马光、范纯仁、苏轼、黄庭坚、邵雍、程颢、张载、张商英、胡瑗、苏颂等。虽非一时一地之作，所谓睢阳五老，指北宋杜衍、王涣、毕世长、冯平、朱贯等五位重臣，他们致仕后归隐睢阳，晏集赋诗，抒发自己的山林志趣。但他们追慕隐逸生活，大都只是一种雅兴，与唐代文人的"终南捷径"迥然有别。王安石的《惠崇画》说：

> 断取沧洲趣，移来六月天。
>
> 道人三昧力，变化只和铅。

此诗只是把隐士生涯作为一种趣事来称道，力行变法的王安石哪里能去过优哉游哉的闲适生活呢？而晁补之的《题段吉先小景三首》其二则直接道出了自己的志向。其诗是：

> 人生何事踏尘埃，闲处胸襟足自开。
>
> 不作终南养高价，小山幽桂好归来。

诗人的内心虽然也有矛盾，不免于人世之迷茫，深知"闲处"宜于胸襟开阔，但还是坚定地表示"不作终南"之举。当然，许多文人在官场失意或政坛斗争激烈时，借山水画来抒发隐逸之情的作品是相当多的，其感情也是真实的。

四、阐述绘画理论，评论画家画品

诗词本是抒情的艺术，并不长于言理，但在宋代题画诗词中也有相当一部分是言及画理的作品。

在宋代题画诗词中，阐述绘画理论的作品以苏轼为多。苏轼认为，画家创作时必须用心专一、成竹在胸。他在《书晁补之所藏与可画竹三首》其一中说：

> 与可画竹时，见竹不见人。
>
> 岂独不见人，嗒然遗其身。
>
> 其身与竹化，无穷出清新。

庄周世无有，谁知此凝神。

这首诗通过评论文与可画竹时胸中只有"成竹"，达到身心与绿竹融合为一，揭示了艺术创作的规律——对客观事物要在头脑中形成概念，抓住实质。客观存在与主观认识达到完美统一的境界，就会有一个运用自如的创作方法。这首诗也同时阐释了另一个艺术道理，即艺术家在创作时，只有忘我凝神方可摆脱世俗的功利束缚，才能进入澄静的心理状态，从而捕捉到事物的神韵，创作出好的作品。康德曾在《判断力批判》中说："一个审美判断，只要是掺杂了丝毫的利害计较，就会是很偏私的，而不是单纯的审美判断。人们必须对于对象的存在持冷漠的态度，才能在审美趣味中做裁判人。"[7]古今中外的艺术实践和经验，都证明了苏轼审美判断的正确性。

在宋代题画诗词所阐述的艺术理论中，还有关于形神关系的观点，尤为值得重视。欧阳修在《盘车图》中说："古画画意不画形。"梅尧臣在《传神悦躬上人》诗中也说："写形宁写心。"但关于这一问题阐述最多的还是苏轼。其《书鄢陵王主簿所画折枝二首》其一中说：

> 论画以形似，见与儿童邻。
>
> 赋诗必此诗，定非知诗人。
>
> 诗画本一律，天工与清新。

这几句诗由画而论及诗，提出了艺术创作的一个重要问题：不能只求形似，还必须讲求神似；不能仅仅执着于物象，还必须有深厚的意蕴。并且指出，处理好形似与神似的关系是诗、画创作中的共同问题。但是，苏轼的这些看法，在宋代诗人乃至后代诗人中却有不同的意见，如他的学生兼友人晁补之在《和苏翰林题李甲画雁二首》其一中就说："画写物外形，要物形不改。诗传画外意，贵有画中态。"以此为发端，宋元以后不少文学家对上述诗中提及的形神关系问题展开了旷日持久的争论。这里不一一介绍。众所周知，在我国文学领域讨论形神关系比哲学、绘画界的时间要晚。尽管东晋大画家顾恺之已正式提出"以形写神"、形神兼备的主张，但在六朝文论中，重形似的意见仍占上风。如在钟嵘的《诗品》中

"形似"多作为一种称誉之词。这种审美观一直延续到唐宋。但随着对艺术创作规律认识的加深，强调神似，强调传神，认为为了达到传神的境界可以突破描写对象"形似"的主张逐渐兴起。苏轼是宋代这种观点的代表人物之一；但苏轼并非一概否定"形似"的作用，这从他的《黄筌画雀》和《戴嵩画牛》中论及飞鸟、斗牛时强调细节真实的论述就可以得到证明。苏轼重神似的观点，是针对北宋社会"一时所尚专以形似"之风而发的；因此具有一定的积极意义。

在宋代题画诗词中由画而言及画家的作品也很多，如梅尧臣的《咏王右丞所画阮步兵醉图》便是论画家、评画品的佳作：

> 右丞笔通妙，阮籍思玄虚。
> 独画来东平，倒冠醉乘驴。
> 力顽不肯进，俯首耳前驱。
> 一人牵且顾，一士旁挟扶。
> 捉鞍举双足，闭目忘穷途。
> 想象得风度，纤悉古衣裾。
> 玉骨化为土，丹青终不渝。
> 而今几百岁，乃有胡公疏。
> 买石遂留刻，渍墨许传模。
> 白黑就仿佛，毫芒辨精粗。
> 千古畜深意，终朝悬座隅。
> 谁谓盈尺纸，不惭云雾图。

这首诗的价值在于它既赞扬王维的绝妙通神之笔，又具体描绘了画的细节。通过"倒冠醉乘驴""一人牵且顾""一士旁挟扶""捉鞍举双足""闭目忘穷途"等动作和情态，把阮籍为人旷达不羁、谈玄纵酒、故作狂放的醉态惟妙惟肖地刻画出来。这对于我们研究王维的绘画艺术，特别是对于了解这幅早已失传的名画，尤其有参考作用。高明的画家仅以此诗就能约略复制出此画。这也正是这首题画诗的价值所在。又如曾寅孙的题画词《减字木兰花·题温日观葡萄卷》也是一首很好的评画作品。温日观，字仲言，号知归子，俗姓温，初名玉山，系禅林画家。陈天民曾从其学习画葡萄的技法而"尽得其妙"。这首词对画卷上的葡萄作了生动而形象的描绘，并盛赞画家挥洒自如、惜墨如金、高简古朴的笔法。读者不仅可以从中领略到画中的神趣，而且可以想象出画家作画时的潇洒风度。《温日观葡萄卷》原藏于曾心传处，刘沧、张炎等人也有题词。这对于我们在比较中研究温日观的画，很有参考价值。

此外，在宋代题画诗词中也有反映社会其他生活的作品，如反映亲情、友情、禅林生活等，这里不一一论述。

第三节　宋代题画诗词特色

宋代的题画诗词在继承前代题画诗艺术的基础上求变生新，逐渐形成了自己的特征和风格，特别是与唐代相比，无论在思想上还是在艺术形式上，都有许多不同。

第一，多抒个人情怀，淡化政治色彩。

两宋时期，阶级矛盾复杂，民族冲突也频繁、激烈。这些情况虽然在题画诗中都有所反映，但总的来看，北宋的前期、中期许多诗人多抒个人情怀，政治教化色彩并不浓重。即使是吟咏刚烈的画马，也多是寄托诗人的理想人格而已，如苏轼的《戏书李伯时画御马好头赤》，以及苏辙、黄庭坚、张耒、晁补之等人的次韵诗，虽然写画马的角度不同，所渲染的精神气度有异，但大多是抒发个人的感慨和企盼情怀，很少涉及时政。这和当时的政治斗争激烈有很大关系。北宋新旧党争有别于其他朝代的一个突出特点是以"文字"排斥异党，兴文字狱。如熙丰党争中的"乌台诗案"对苏轼之贬谪；元祐时期炮制的"车盖亭诗案"，禁毁王安石的"荆公新学"。特别是元祐之后高太后主政至徽宗即位，在长达十余年的"绍述之政"中，全面焚毁包括诗文、史学、学术等多层面的"元祐学术"，出现了自秦始皇以来的又一次文化大劫难。在这次党争中，"新旧两党无论谁当政均以'文字'为手段迫害对方，导致这些文人逐步产生畏祸的凄惶心理，最终不约而同地寻找到同一个以自我生命为价值的归宿——寄情山水"[8]。于是吟咏山水画的诗歌也尽量规避或远离时政。从诗人的主观因素看，儒家一向主张颐养心性，孟子善养"浩然正气"，首张其论，而宋儒又极重其说。在"入则儒，出则道"思想的支配下，无论是高居庙堂之上还是身处江湖之远，为躲开政治旋涡，便作画题诗，游心寄兴，追求萧疏淡泊、闲适恬静的审美情趣，以达到心灵的慰藉。

从绘画的角度看，宋代宗教画和人物故事画逐渐衰退，而山水花鸟画进一步发展。米芾《画史》说："今人绝不画故事。"邓椿《画继》也说："近世画手少作故事人物，颇失古人规鉴之意。"佛道人物画当然也有，但技法沿袭唐代，没有多少创新，与山水花鸟画技法的长足进步形成鲜明对比。所以郭若虚说："或问近代至艺与古人何如？答曰：近代方古多不及，而过亦有之。若论佛道人物、士女牛马，则近不及古。若论山水林石、花竹禽鱼，则古不及近。"(郭若虚《图画见闻志》卷一) 宋初山水画家李成、关仝、范宽"智妙入神，才高出类，三家鼎峙，百代标程"。三家各有特征，李成之作"气象萧疏，烟林清旷"，关仝则"石体坚凝，杂木丰茂"，范宽则"峰峦浑厚，势状雄强"(郭若虚《图画见闻志》卷一)。另有巨然、许道宁、燕文贵等，都自成一家。后有郭熙"善山水寒林，宗李成法，得云烟出没、峰峦隐显之态，布置笔法，独步一时"(夏文彦《图绘宝鉴》卷三)。虽然李成的真迹已不传，但他在画坛上的地位与影响却毋庸置疑。约在神宗后，画坛对李成之评，已成为"寒林平远"之代表。北宋后半期，一些追求清旷荒远意境的画家，都跟李成有一定关系，如王诜"作小景亦墨作平远，皆李成法也"(米芾《画史》)。宋迪与其兄弟道也都"善画，山水寒林，情致娴雅，体像雍容"(郭若虚《图画见闻志》卷三)，亦属李成一派。又有米氏父子创"米家山水，名重后世"。南宋李唐、刘松年、马远、夏圭四大家，继承前人，各有创造，驰誉当时。花鸟画也极兴盛，徐熙的野逸、"黄家富贵"，笼罩了宋初的花鸟画坛。至熙宁中崔白、吴元瑜等出，在内容技法上力主革新。至徽宗时花鸟画更推向一个高峰，至南宋仍兴盛不衰。[9] 由于山水、花鸟画创作的繁荣，山水林石、花鸟鱼虫画大量出现，而人物故事画则少有人问津，所以诗人题诗填词时可选择的余地就较小，其表现的主题也不能不受到一定的限制。虽然有些诗人可以突破题材的限制，借画发挥，另有寄意，但终为少数。受此类题材画所限，即使是有些爱国的热血诗人，其作品也只能表现闲情逸致。但是在北宋的中后期和南宋晚期，随着阶级矛盾和民族矛盾的加剧，爱国诗人题画诗词中的忧患意识则成为基调。其中揭露现实黑暗、抨击丑恶现象、反映政治斗争、抒发爱国情怀的作品也有一定数量，并不失为含蓄而深刻。特别是宋末郑思肖的题画诗有时也金刚怒目，直斥当朝，泼辣而尖锐。

第二，重人文意识而轻自然景观。

胡晓明认为，宋诗的精神是"对象世界的人文化"[10]。就题画诗而言，也基本如此。唐代山水画大兴，加之山水田园派诗人喜以山水类绘画为题材作诗，所以唐代山水类题画诗空前增多。据统计，在唐代292首题画诗中，山水类题画诗占一半以上。唐代山水类题画诗不仅数量多，而且所咏对象也多是纯自然景观，很少从自然界走向人的主体。而宋代则不然。一是题画诗的内涵更着重人文精神，往往从自然世界走向人的世界，多描写琴棋书画、笔墨纸砚、金石古玩等人类的文化产品。如苏轼的题画诗就具有极为丰富的人文意象，特别是他的酬唱类题画诗，大部分是以士人的文化生活为主题的。二是即使以写自然山水为主的题画诗，也极富人文意蕴。如果说唐代习惯于描绘"山水如画"，那么到了宋人手里则变为"江山如画"。同为题山水画的诗歌，如果说唐代多以画为真，那么宋代则以真为画，如文彦博的《偶题看山楼新画山水》："尽日望西山，扶筇复倚栏。远观犹未足，更作画图看。"又如黄庭坚的《次韵子瞻题郭熙画秋山平远》，先写诗人走遍大江南北"饱看山"而未能尽兴，而最后却"发兴"于"郭熙画"，并且郭熙"画取江南好风日"，能"慰此将老镜中发"。因此，在诗人的笔下，郭熙所画的山水不仅变成了"人化的自然"，而且蕴含着对人的极大的慰藉力量。这一点也是和唐代有别的。在宋代由于党争激烈、内忧外患，宋人备感仕途艰辛，他们更多地是想通过欣赏、品题山水画，暂时从纷纷扰扰的尘世中解脱出来，享受一份愉悦，正所谓"雅怀重向丹青得，胜势兼随翰墨回"（王安石《次韵和吴仲庶池州斋山画图》）。米芾在《题巨然海野图》中，描绘了"江郊海野"和"林远烟疏"的景象，赞扬了"维摩老笔巨然夺",最后说:"黄尘蔽天归兴结,时向虚斋一开涤。"这是写诗人观赏巨然的《海野图》后,再对照现实世界的"黄尘蔽天",已无"归兴";而"时向虚斋"赏此图,却能荡涤心中烦闷,使人胸襟开朗。

第三,崇尚审美,赏心悦目。

表现闲适主题的宋代题画诗词主要崇尚自然美。在诗人的笔下,山水生辉,花鸟有情,无不给人以美感享受。过去,受庸俗社会学的影响,对古代文学艺术作品的评价,往往只看重其反映社会的广度与深度,以及对人民的态度,而忽视其审美价值。其实,一切文学艺术作品的最终目的,是赏心悦目,给人带来愉悦。即使一部文学作品揭露现实再深刻,对待人民的态度再好,但毫无审美价值可言,人们连看都不愿意看,又能产生什么价值呢?因此,从这个意义上看,宋代题画诗词怡情悦性的作用是不可低估的。试看题画诗人笔下的山光水态和花鸟鱼虫:

> 竹外桃花三两枝,春江水暖鸭先知。
> 蒌蒿满地芦芽短,正是河豚欲上时。

> 两两归鸿欲破群,依依还似北归人。
> 遥知朔漠多风雪,更待江南半月春。

这是苏轼的《惠崇〈春江晓景〉二首》。其中,第一首诗生动地描绘了江南早春之景,洋溢着浓厚的生活气息,给人以强烈的季节感,使人联想到严冬已过,大地回春,将给人间带来勃勃的生机。结尾处似有不尽之意尽在言外,耐人咀嚼。此诗堪称宋代题画诗的代表作。第二首诗写北方风雪漫天,寒气逼人,劝北归之鸿雁再留江南半月,有情有理,颇富趣味。两首诗写鱼、鸟与自然和谐共生,其乐融融,具有很高的审美价值。他的另一首题画诗《李思训画长江绝岛图》更享有盛名:

> 山苍苍,水茫茫,大孤小孤江中央。
> 崖崩路绝猿鸟去,惟有乔木攙天长。

客舟何处来？棹歌中流声抑扬。

沙平风软望不到，孤山久与船低昂。

峨峨两烟鬟，晓镜开新妆。

舟中贾客莫漫狂，小姑前年嫁彭郎。

李思训是唐代杰出画家，中国山水画北宗派的鼻祖。他开创了使用青绿构金等浓重颜色的画法。苏轼为他的画题诗，说明宋代诗人不仅愿为当代山水画题诗，而且喜为前代山水画题咏。此诗不仅艺术地再现了画中景物，而且赋予其活力。诗人用类似电影蒙太奇手法由远及近地将画面一一展现在读者的面前。结尾处运用"小姑""彭郎"的传说，将山水人格化，增添了全诗的情趣。江山多娇，令人神往。美妙的画面和美好的传说不仅给人以美的享受和情的感染，而且可以激发人们的爱国热情。

此外，范成大的《题画卷》，描绘秋江澄澈，枫柳摇曳，风起云涌，一派生机；楼钥的《题徐圣可知县所藏杨补之二画》其二描绘逼真的梅竹松三友等，都从不同的角度写出山水画的无限风光和梅竹画的千姿百态。

第四，重写意，轻写形，弃浓艳而尚淡雅。

宋代题画诗词的这一特点是与宋代绘画、书法艺术的审美情趣相联系的。夏文彦指出，苏轼作画，"枯木奇石，时出新意，木枝干虬屈无端，石皴老硬。大抵写意，不求形似"（《图绘宝鉴》卷三）。苏轼的画风与他所提倡的"士夫画"的理论是一致的，即讲求"象外之意，弦外之意"。米芾山水，也"信笔为之，多以烟云掩映树木，不取工细"。杨吉老画竹"挥洒奋迅，初不经意，森然已成"（《画继》卷四）。在这些画家笔下，形似已退居次要，物象已变得相当简约，所追求的是象外之神似，是一种意趣和风韵。这与宋人的书法特征也是一致的。梁巘《评书帖》说："晋尚韵，唐尚法，宋尚意。"康有为在《广艺舟双楫》中也说："有宋之世，苏、米大变唐风，专主意态。"特别是在行草书中这种"尚意"的倾向尤为明显，在书家飘逸自如的笔致中流露的是宋人潇洒不拘的风度。

受书趣画风的影响，宋代题画诗词也呈现"以意为主"的特点。由于宋代水墨山水画盛行，墨的浓淡、干湿成了状物写意的重要手段，并且水墨不仅施于山水，还扩大至花卉，所以画坛上山水墨色超过了青绿。苏轼在《墨花》诗序中说："世多以墨画山水竹石人物者，未有以画花者也。汴人尹白能之。"他描写尹白画的墨花："花心起墨晕，春色散毫端。缥缈形才具，扶疏态自完。"水墨超脱色相，显得深沉含蓄，具有洒脱野逸之趣，所以更宜于诗人在画上题诗填词来抒写淡远悠然的心境。如黄庭坚的《题子瞻〈墨竹〉》：

> 眼入毫端写竹真，枝掀叶举是精神。
> 因知幻物出无象，问取人间老斫轮。

这首诗对墨竹的形象并没有具体描写，只是突出它"枝掀叶举"的昂然向上"精神"，并从中感悟出大象"无象"的道理。这是宋代题画诗中强调神似的代表作。

张栻的《墨梅》二首，则以白描手法写墨梅，诗人舍具象而扬抽象，给人留下了广阔的想象空间。请看第一首：

> 眼明三伏见此画，便觉冰霜抵岁寒。
> 唤起生香来不断，故应不作墨花看。

诗人见画梅如真梅，从感觉和嗅觉两方面写出了梅花的耐寒和飘香两个特点，突出的也是其精神。当然，宋代题画诗词重写意轻写形的特点不只在题墨笔画中体现，在其他题彩色画中也大都如此。

由于宋代题画诗词具有重写意的特点，有些题画作品也往往重在寄意，借以抒发自己的闲情逸致，如白君端的《柳梢青·曹溪英墨梅》：

> 玉骨冰姿，天然清楚，雪里曾看。物外幽人，细窥天巧，收入毫端。　　一枝影落云笺。便似觉、清风夜寒。试向松窗，等闲一展，俗虑都捐。

但是诗人借以抒发飘逸悠闲情致的绘画主要并不是花鸟画，而是山水画，如司马光的《观僧室画山水》：

> 画精禅室冷，方暑久徘徊。

不尽林端雪，长青石上苔。

心闲对岩岫，目净失尘埃。

坐久清风至，疑从翠涧来。

很显然，诗人的悠闲之情来自画中景物。这既是赞美画艺的精湛，也是抒发诗人的主观感受。司马光一生政务缠身，但这里流露的却是一种悠然自得的情怀。陈与义的《题持约画轴》中所抒发的也是一种闲雅清逸的情趣：

日落川更阔，烟生山欲浮。

舟中有闲地，载我得同游。

在宋代题咏山水画的诗词中，诗人在表现一种似乎超然物外的飘逸情怀的同时，也常常流露出感时伤乱之情，如范成大的《题山水横看二首》其二：

霜入丹枫白苇林，横烟平远暮江深。

君看雁落帆飞处，知我秋风故国心。

我们说宋代题画诗词在描写物态时崇尚神似，并非不讲究形似。其实，宋代的许多题画诗词写景状物不仅形神兼备，而且追求形似的作品也不在少数。这除了受所题咏绘画的客观物态的制约外，也和诗人主观的审美情趣分不开，如在形神关系上强调形似的晁补之的题画诗则多以形似见长。

第五，诗画一体，珠联璧合。

从现存资料看，除一部分题画扇画屏的诗尚待确考外，宋代大部分题画诗都是题于另卷的。诗题在何处，表面上看是个形式问题，但实质上是艺术整体结合问题，它不啻于一次艺术的重大变革。苏轼在这次变革中，不仅为题画诗奠定了理论基础，也是身体力行的实践者。在苏轼的倡导下，诗人将诗词题于画幅上逐渐成为风气。这不仅与宋代题画诗词的发展有着密切关系，而且开创了诗书画合成一体的新时代，其影响之巨、意义之深是难以估量的。美国苏珊·布什女士称赞中国诗画一体的创举是一次

"艺术文学化"的变革，它既有助于确立绘画作为一门艺术的地位，也有助于增进画家的文学素养。这时期先后涌现出一大批诗、书、画三绝的艺术大家。举例如下：

文同"善画墨竹，作诗骚亦过人"（《石林诗话》卷中）。苏轼称他的诗、楚词、草书、画为"四绝"（苏轼《书文与可墨竹》）。

王诜"幼喜读书，长能属文"，"弈棋图画无不造妙，写烟江远壑、柳溪渔浦……到古人超轶处。又精于书，真行草隶，得钟鼎篆籀用笔意"（《宣和画谱》卷十二）。

李公麟"文章则有建安风格，书体则如晋宋间人，画则追顾、陆"（《宣和画谱》卷七），被许为"宋画中第一"。

米芾"为文奇险，不蹈袭前人轨辙，特妙于翰墨，沈著飞翥，得王献之笔意。画山水人物，自名一家"（《宋史·米芾传》）。

杨补之"诗笔清新，无一点俗气"（《洞天清禄·古画辨》），"梅竹松石水仙，笔法清淡闲野，为世一绝"（《图绘宝鉴》卷四）。

赵孟坚"工诗文，酷嗜法书……又善作梅竹"（《齐东野语》卷十九）。

这些艺术家既愿意将诗题于别人的画幅上，也喜欢为自作画题诗，除现藏于故宫博物院赵佶自题《芙蓉锦鸡图》诗外，还有晁补之的《自画山水留春堂大屏题其上》等。但有很多自题画诗，如果作者没有注明是很难断定是否自题的，如张炎的《浣溪纱》二首，就是因他自注"写墨水仙二纸寄曾心传，并题其上"，我们才知是自题画的词作。

第六，形式多而众体备。

宋以前的题画诗形式比较单一，多为诗歌，很少为词，只是到了五代才出现少量题画词。

而到了宋代，随着词的日益繁盛，为画填词也日成风气。所采用的词牌也呈多样化，既有小令，也有慢词。除常见的《浣溪纱》《临江仙》《虞美人》《水调歌头》《鹧鸪天》《念奴娇》《水龙吟》《好事近》《满江红》《西江月》等，还有不常见的《桃源忆故人》《一寸金》《泛兰舟》《南歌》《百字令》《杏花天》《思佳客》《蕙兰芳引》《梦芙蓉》《极相思》《醉落魄》《朝中措》《燕归梁》《晏清都》《夷则商国香慢》《太常引》等，不下几十种。

就题画诗而言，体裁更多，除古体、五七言近体外，还有许多六言题画诗，这是前代所未见的，如黄庭坚的《题郑防画夹五首》就都是六言绝句。特别是苏轼的《自题金山画像》，巧妙运用六言两字一顿的形式很好地把自己一生被贬的遭遇概括出来，言简意赅，耐人寻味，可以说是形式为内容服务的极好例证。此外，还有极不常见的六句七言古体题画诗，如黄庭坚的《书郭家絮屏上东坡所作竹》等。

以上是宋代题画诗词的主要特点。当然，宋代题画诗词的特点并不止于此。受宋诗总特征的影响，尚言理、好议论等特点，在宋代题画诗词中也有体现，不再以例说明之。

注　释

〔1〕罗兹·墨菲：《亚洲史》第七章，黄磷译，海南出版社、三环出版社，2004。

〔2〕参见陈传席：《中国山水画史》，天津人民出版社，2001。

〔3〕转引自柳诒徵：《中国文化史》，上海古籍出版社，2002，第651−652页。

〔4〕王国维：《王国维遗书》第五册，上海古籍书店，1983。

〔5〕薛颖：《元祐文人集团汴京题画诗唱和》，《阴山学刊》（社会科学版）2003年第16卷第4期。

〔6〕伊佩霞：《剑桥插图中国史》，赵世瑜等译，山东画报出版社，2005，第102页。

〔7〕转引自朱光潜：《西方美学史》下卷，人民文学出版社，1964，第13页。

〔8〕杨志翠：《宋代文人集团及其题画诗对山水画审美发展的影响》，《乐山师范学院学报》2005年第8期。

〔9〕参见傅璇琮、蒋寅主编《中国古代文学通论》宋代卷，辽宁人民出版社，2005，第431页。

〔10〕胡晓明：《中国诗学之精神》第五章第三节，江西人民出版社，1990。

第十一章

北宋前期题画诗

北宋的题画诗发展，大体可分为前后两个时期，其分期当以江西诗派形成前后为界。其前期为题画诗大家苏轼主盟诗坛，其后期为黄庭坚引领题画诗创作，所以宋代前期也可称为苏轼时代，后期也可称为黄庭坚时代。

第一节　北宋初期题画诗人

宋代初期的题画诗也如其他诗歌一样发展缓慢。这时期的绘画艺术虽然较晚唐五代有较大发展，涌现出一批绘画艺术家，也创作出许多颇具影响的作品，但却很少有人愿意为绘画题诗。据赵希鹄《洞天清禄集·古画辨》载，宋代文人士大夫一般都讲究书法，而认为绘画"为贱者之事"，只有少数人对它感兴趣，直接从事者更少。[1]因鄙夷绘画而不愿为其题诗，这也可能是宋初题画诗数量少的原因之一。但更主要的原因当是西昆体盛行时，那些台阁诗人往往热衷于描写宫廷宴饮生活，引经据典，以诗酬唱。他们无暇也无心去赏画题诗。因为许多以山水、园林为题材的绘画并不宜借以歌颂升平气象，所以《西昆酬唱集》中的诗人并未留下题画诗。此外，宋初文坛上弥漫的重道抑情之风也影响了偏重于抒情的题画诗创作。因此，宋初的诗坛、画界题画诗人寥若晨星。《宋诗纪事》录有著名诗人王禹偁的一首题画诗《仲咸借予海鱼图观罢有诗因和》，由此可知仲咸也创作过题画诗。此外，隐逸高士林逋也喜赏画题诗，他在《孤山寺端上人房写望》中说："阴沉画轴林寺间，零落棋枰莎上田。"可知此诗是写作画下棋生活。他还写下题画诗《闵师上人以鹭鸶二轴为寄》，既赞闵师上人之画，又抒写了自己的隐逸情趣。这也反映了宋初题画诗的一般特点。

宋代前期题画诗创作的发展是在仁宗朝。庆历年间（1041—1048），随着政坛革新的开展，欧阳修所倡导的诗文革新思潮也逐渐形成。这不仅推动了切于实用、足以自立的一代文学发展，也给绘画艺术、题画诗创作以积极影响。在绘画方面，文人画创作空前活跃，出现了许多杰出的文人画家。其中，山水画在北宋前期得到了长足发展。汤垕在《画鉴》中说："唐画山水，至宋始备。"其代表画家有董源、巨然、李成、范宽、郭熙等。花鸟画，继五代传统，也有较大进展，主要画家有黄居寀、赵昌、易元吉等。人物画，题材范围比过去更加广阔，除仕女、圣贤、僧道之外，画田家、渔户、山樵、行旅、婴戏及历史故事者也甚多。这也为题画诗创作提供了更多的表现领域。代表画家有高元亨、李公麟等。水墨梅、竹画，在宋代成为一种独立画科，标志着绘画不仅内容愈加丰富，题材也愈加专门化。代表画家文同、苏轼，不独以诗文称著，所画梅竹也为朝野所重。这些文人画家强调写意传神，善于抒写自己的主观情思。画作的意蕴极为丰厚，很便于诗人再借以抒情言志。这也是宋代前期题画创作日趋发展的重要原因之一。

北宋前期题画诗发展的另一个原因是宰府重臣的倡导和参与创作。据统计，自宋初至神宗朝的绝大多数宰相都创作过题画诗，如范仲淹（989—1052）有《桐庐方正父家藏唐翰林画白芍药予来领郡事因获一见感叹久之题二十八字》《书扇示门人》等，晏殊（991—1055）有《次韵谢借观五老图》。文彦博（1006—1097）创作的题画诗较多，共有8首，试看其中的《雪中枢密蔡谏议借示范宽雪景图》：

> 梁园深雪里，更看范宽山。
>
> 迥出关荆上，如游嵩少间。
>
> 云愁万木老，渔罢一蓑还。

　　　　　此景堪延客，拥炉倾小蛮。

　　此诗写雪中看雪景图，两相对照，别有一番情趣。诗中既泛赞范宽之画，仿佛使人置身于嵩山、少室山之间，又具体写画中万山愁云惨淡，渔父披蓑而还。面对画中之境、眼前之景，真堪延客小酌。这首诗既描绘了雪中之美景，又流露出诗人的喜悦之情，给人以美的感染。

　　欧阳修（1007—1072），字永叔，号醉翁、六一居士，吉州吉水（今属江西）人。官至礼部侍郎、枢密副使、参知政事。他博学多才，既是杰出的政治家，又是成就卓著的文学家。他以双重身份入主文坛，团结同道，奖掖后进。在当时著名的文学家中，尹洙、梅尧臣、苏舜钦是其密友，苏洵、王安石受到其引荐，而苏轼、苏辙、曾巩更是其识拔的后起之秀。他所倡导的诗文革新，既反对宋初的西昆体，又与柳开以来的复古派有很大不同，而是一种更具本朝特色的话语，即所谓新的"宋调"，以使北宋文学发展走上一条与朝廷思想统治相合拍的道路。他是著名散文家、诗人，也是词人。有《欧阳文忠公文集》。《全宋诗》存其题画诗6首。其中有两首画像赞，一为《堂中画像探题得杜子美》，一为《书王元之画像侧》，以前诗为好，其诗是：

　　　　　风雅久寂寞，吾思见其人。
　　　　　杜君诗之豪，来者孰比伦！
　　　　　生为一生穷，死也万世珍。
　　　　　言苟可垂后，士无羞贱贫。

　　伟大诗人杜甫在宋代受到了极高的推崇。作为诗文革新的倡导者，欧阳修对杜甫的钦慕当是由衷的，所以这首诗感情真挚，并无其散文中常见的套话。此诗既为杜甫诗歌的优良传统不能受继承而惋惜，又指出其继往开来的深远意义，言简意赅，颇有感染力。他的《洛阳牡丹图》是一首七言歌行体长诗，虽然其主要是描绘和评赏各种牡丹，对研究花卉具有一定参考价值，但其对世态的看法更有启迪作用，如"古称天下无正色，但恐世好随时移。鞓红鹤翎岂不美，敛色如避新来姬。何况远说苏与贺，有类异世夸嫱施。造化无情宜一概，偏此著意何其私！"诗的最后也流露出诗人感时伤老的嗟叹。因此，这不是一篇简单的牡丹花谱，而是一首充满感情而有寄意的题画诗。其《盘车图》，当是观当时国子监直讲杨之美所藏《盘车图》而作。其诗是：

> 浅山嶙嶙，乱石矗矗。
>
> 山石硗聱车碌碌，山势盘斜随涧谷。
>
> 侧辙倾辕如欲覆，出乎两崖之隘口，忽见百里之平陆。
>
> 坡长坂峻牛力疲，天寒日暮人心速。
>
> 杨生忍饥官太学，得钱买此才盈幅。
>
> 爱其树老石硬，山回路转。
>
> 高下曲直，横斜隐见。
>
> 妍媸向背各有态，远近分毫皆可辨。
>
> 自言昔有数家笔，画古传多名姓失。
>
> 后来见者知谓谁，乞诗梅老聊称述。
>
> 古画画意不画形，梅诗咏物无隐情。
>
> 忘形得意知者寡，不若见诗如见画。
>
> 乃知杨生真好奇，此画此诗兼有之。
>
> 乐能自足乃为富，岂必金玉名高赀。
>
> 朝看画，暮读诗，杨生得此可不饥。

这首诗为我们展示了一幅活的画面。一个个特写镜头更迭相映，有声有色，颇为生动，可与梅尧臣的《观杨之美盘车图》相媲美。梅诗是：

> 谷口长松叶老瘦，涧畔古树身枯高。
>
> 土山惨淡远复远，坡路曲折盘车劳。
>
> 二车回正辕接轸，继下三车来嶻嶻。
>
> 过桥已有一乘歇，解牛离轭童可哂。
>
> 黄衫乌巾驱举鞭，经险就易将及前。
>
> 毂轮傍侧辐可数，蹄角挽错卷箱联。
>
> 古丝昏晦三尺绢，画此当是展子虔。
>
> 坐中识别有公子，意思往往疑魏贤。

> 子虔与贤皆妙笔，观玩磨灭穷岁年。
>
> 涂丹抹青尚欺俗，旱龙雨日犹卖钱。
>
> 是亦可以秘，疑亦不可捐。
>
> 为君题卷尾，愿君世世传。

虽然诗题中署杨之美，但《盘车图》并非杨之美所画，所以梅诗中说"画此当是展子虔"，"意思往往疑魏贤"。展子虔是隋代著名画家，擅画车马。而魏（当为卫）贤是南唐画家，也长于画盘车、水磨。也正因为"后来见者"难以断定画者"谓谁"，所以才"乞诗梅老（即梅尧臣）聊称述"。但欧阳修此诗的价值并不在于考据，而在于其就画言理的意义，即"古画画意不画形，梅诗咏物无隐情。忘形得意知者寡，不若见诗如见画"。这里，既表明对古代绘画"画意不画形"的充分肯定，也表明诗人对绘画艺术的审美追求。同时，诗人还论述了题画诗的特殊功能，即"咏物无隐情"。它不仅能把画家的主观情思再现出来，而且能使画意升华，所以"不若见诗如见画"。

王安石（1021—1086），字介甫，号半山，抚州临川（今江西抚州）人。英宗治平四年（1067），以知制诰出知江宁府。神宗即位后，于熙宁二年（1069）由翰林学士提拔为参知政事，并两度拜相，全力推行"新法"。其间因"新法"屡遭朝野反对，又两度辞相。晚年退居金陵钟山。有《临川先生文集》。《全宋诗》存其题画诗17首。其

王安石

中两首为画虎的题诗颇有特色。他在《阴山画虎图》中说："低徊使我思古人，此地抟兵走戎羯。禽逃兽遁亦萧然，岂若封疆今晏眠？契丹弋猎汉耕作，飞将自老南山边，还能射虎随少年？"此诗以画寄意，向当朝提出警告，不可高枕无忧，应加强边防、重用良将。此诗极富现实意义。他的《杜甫画像》也是一首好诗：

> 吾观少陵诗，为与元气侔。
>
> 力能排天斡九地，壮颜毅色不可求。

浩荡八极中，生物岂不稠！

丑妍巨细千万殊，竟莫见以何雕锼！

惜哉命之穷，颠倒不见收。

青衫老更斥，饿走半九州。

瘦妻僵前子仆后，攘攘盗贼森戈矛。

吟哦当此时，不废朝廷忧。

尝愿天子圣，大臣各伊周。

宁令吾庐独破受冻死，不忍四海寒飕飕。

伤屯悼屈止一身，嗟时之人我所羞。

所以见公像，再拜涕泗流。

推公之心古亦少，愿起公死从之游。

这首诗具有明显的叙事性质，是诗人以文为诗的一篇代表作。它选取杜甫生平的典型事例加以评述，十分精当。但是诗人并不是平铺直叙，而是以浓郁的抒情之笔，既描绘又赞叹，把杜诗特有的惊天地泣鬼神的感人力量表现无遗。特别是对杜甫人格魅力的描写，尤为感人。但诗人也深为"推公之心古亦少"而感到遗憾。而结句"愿起公死从之游"更是把全诗推向高潮，让人回味和深思。

司马光（1019—1086），字君实，陕州夏县（今属山西）涑水乡人。他虽生于王安石前，但拜相却在其后，从政的时间也主要在北宋前期，所以他是这时期的最后一位宰相。司马光主要是一位政治家、史学家，但也有诗文存世。《全宋诗》录其题画诗10首。其《谢孙兴宗惠草虫扇》是一首长篇古诗，对"吴僧"所绘之草虫一一描绘，栩栩如生，与"真物""无不同"。但也取其神似，"意精神可通"，因而"恐其遂跃去，亟取藏箱中"。此诗虽无寄意，但因形象逼真而"得生意"，也具有审美功能。他的《睢阳五老图》和《次韵谢杜祁公借观五老图》虽然流露出林泉之思，但也表现出其壮心不已的情怀。试看其后一首诗：

脱遗轩冕就安闲，笑傲丘园纵倒冠。

白发忧民虽种种，丹心许国尚桓桓。

鸿冥得路高难慕，松老无风韵自寒。

闻说优游多唱和，新篇何惜画图看。

这首诗当是他因反对王安石新政而退居洛阳后所作。但诗人身虽"安闲"，而忧民许国之心不减。他既感叹"鸿冥得路高难慕"，又保持"松老""韵自寒"之高节。诗中的"白发忧民虽种种，丹心许国尚桓桓"一联是名对，广为传诵。

第二节　北宋题画诗创作群体的形成

北宋前期，由于题画诗坛领袖人物的出现，题画诗人群体逐渐形成。这既是题画诗发展的重要原因，也是北宋前期题画诗创作的一个特点。这个创作群体，以苏轼为核心，由他的亲朋、门徒及崇拜者组成，主要成员有10余人。苏轼既是一位著名诗人，也是一位著名画家。其艺术创作理论，门下许多人奉为圭臬；其题画诗创作实践也为他们做出了范式，并在一定程度上引领这个群体进行创作。然而他们的创作旨趣却不尽相同，有的甚至另辟蹊径。但是，他们无不争相从苏轼的创作中汲取营养，并不同程度地影响着他们的题画诗创作。这个群体并没有固定的组织形式，也没有固定的活动时间，他们彼此之间除了以亲朋之情和师生之谊维系着以外，主要是通过诗画创作的互动加以联系。

其方式，一是同为一幅画题诗，彼此唱和。如大画家李公麟以王维诗《渭城曲》为题画了一幅《阳关图》，并题了一首诗，即《小诗并画卷奉送汾叟同年机宜奉议赴熙河幕府》。于是苏轼、苏辙、黄庭坚、张芸叟、谢幼槃等便纷纷为此画题诗并与李公麟的自题诗唱和。

二是画家共绘一幅画，众诗人为画题诗。如苏轼与李公麟共同为柳仲远绘松石图，苏轼先画苍石，李公麟后画长松。此图取杜甫"松根胡僧憩寂寞，庞眉皓首无住著；偏袒右肩露双脚，叶里松子僧前落"诗意而作，名《憩寂图》。此图一出，时人多为题咏。苏轼自题诗说："东坡虽是湖州派，竹石风流各一时。前世画师今姓李，不妨还作辋川诗。"苏辙的题诗为《子瞻与李公麟宣德共画翠石古木老僧谓之憩寂图题其后》，诗中说："东坡自作苍苍石，留取长松待伯时；只有两人嫌未足，更收前世杜陵诗。"黄庭坚也题诗两首，即《次韵子瞻子由题憩寂图二首》。

三是诗、书、画交流的大型集会。这个创作群体呈动态发展，参加的人数不断增多。其中一次大型活动，当是前文已述的"西园雅集"。元祐二年（1087，一说在元祐三年），一朝巨公名人风云际会于驸马王诜家大庭园中，饮酒、赋诗、作画、弹琴，相得甚欢。王诜请善画人物的李公麟把自己和友人苏轼、苏辙、黄庭坚、秦观、李公麟、米芾、蔡肇、李之仪、郑靖老、张耒、王钦臣、刘泾、晁补之以及僧圆通、道士陈太虚等画在一起。主友16人，加上侍姬、书童，共22人。画中人物或写诗，或作画，或题石，或拨阮，或看书，或说经，极宴游之乐。米芾为此图作记。但也有人质疑，认为那是虚构的记事图，其根据是这些参加雅集者并没有在一起活动，而是李公麟巧妙地设计了这么一幅构图。但是，绘画也是现实生活的反映，即使这次大规模的聚会没有发生，类似的文人雅集也当不止一次举办过。因此其基本事实当不容否定。

文人雅集，自古就有。早在西汉，梁孝王就常聚集文士在兔园饮酒作赋，枚乘曾写过《梁王兔园赋》。曹操为魏王时，许多文士聚集在曹氏父子门下，为此曹植有《公宴》诗传世。西晋元康六年（296）的金谷诗会，石崇留下了《金谷诗序》。晋穆帝永和九年（353）三月三日，王羲之宦游山阴，与孙绰、支遁、谢安等41人在会稽山阴的兰亭集会，微醉的王羲之以鼠须笔在蚕茧纸上写下了脍炙人口的佳作《兰亭集序》。到了唐代，作文赋诗更是文人聚会的惯例。但是在这样的集会中总是诗文书法唱主角，罕见画家参与。五代至两宋期间，由于越来越多的画家加入，文人聚会便逐渐由过去的诗文雅集过渡到诗、书、画家集会。在历代著录中能查阅的较早的雅集作品是五代南唐的《赏雪图》。保大五年（947）元月大雪，李璟召集群臣登楼摆宴、赋诗。董源、高冲古、周文矩、朱澄、徐崇嗣等合作画纪实性的赏雪图。但可惜今已失传，也不见有题诗传世。以上这些雅集，虽然都不无特点和意义，但是和北宋元祐年间的西园雅集相比，则不免逊色。这次蔚为壮观的集会，不仅创作了纪实性绘画，而且留下了题咏此画的诗文。米芾所写的《西园雅集图记》既是一篇跋文，也是一首题画诗。这是一次真正意义上的诗、书、画三者相合相融的盛会。它不仅在宋代广为传诵，而且历朝历代都有诗画家为《西园雅集图》题诗或复为雅集作画，成为千古佳话。因此，西园雅集既是中国艺术史上的壮举，也是在中国题画诗发展史上值得大书特书的重要事件。

第三节　苏轼创作群体中的题画诗人

在以苏轼为核心的创作群体中，最初的题画诗人主要是被称为苏门"四学士"的黄庭坚、张耒、晁补之、秦观，以及加上陈师道和李廌的"苏门六君子"。其中，黄庭坚的成就最为突出，后来与苏轼齐名，两人并称"苏黄"。最终发展至自己开宗立派，成为另一个创作群体的盟主。

秦观（1049—1100），字少游，又字太虚，号淮海居士，高邮（今属江苏）人。元丰八年（1085）举进士，元祐间任秘书省正字，兼国史院编修官。早年以诗文俱佳获苏轼、王安石赏识。但在绍圣初新旧党交锋中被视为旧党而一再遭贬，直到元符三年（1100）哲宗死后方得召还，不幸病逝于途中。秦观性格柔弱，感情细腻，其诗"以韵胜"，被称为"女郎诗"（元好问《论诗绝句三十首》）。他的词尝试将诗转换成真正适合词的形态的作品，感情浓烈，词调悲苦，开周邦彦词风之先河。他的题画诗词也具有上述特点。有《淮海集》。《全宋诗》录其题画诗7首，《全宋词》录其题画词2首。试看其《拟题织锦图》：

> 悲风鸣叶秋宵冷，寒丝萦手泪残妆。
>
> 微烛窥人愁断肠，机翻云锦妙成章。

这首诗写织女之愁苦，以"悲风""寒丝""微烛"渲染惨淡气氛，并以"成章"之"云锦"反衬泪流满面的"断肠"之心，诗情压抑，哀婉动人，但终落于纤巧，风格较为柔弱。不过，他的题画诗也有气势"腾越"

之作,如《题骥裹图》:

> 双瞳夹镜权协月,尾鬣萧森泽于发。
>
> 鞍衔不施缰复脱,旁无驭者气腾越。
>
> 地如砥平丘陇灭,天寒日暮抱饥渴。
>
> 骧首号鸣思一发,超轶绝尘入恍惚。
>
> 东门金铸久销歇,曹霸丹青亦云没。
>
> 赖有龙眠戏挥笔,眼前时见千里骨。
>
> 玉台阊阖相因依,嗟尔龙媒空自奇。
>
> 鸾旗日行三十里,焉用逐风追电为!

这首诗一反秦观诗的惯有风格,写得颇为豪宕。此骏马"骥裹"双瞳如镜,尾鬣萧森,"鞍衔不施缰复脱,旁无驭者气腾越",似有气吞千里之势。但诗的最后仍以哀伤、感叹作结。诗人写此良马的目的无非是盼其能驰骋疆场,为国效命,然而现实却是"鸾旗日行三十里,焉用逐风追电为"之"龙媒",所以只能"空自奇"而已。诗人的怀才不遇之情自在言外。他的另一首题画诗《观易元吉獐猿图歌》,主要是赞美画家的高超画艺,但诗中提出的"画意忘形形更奇"的观点道出了宋代诗画家共同重视神似的审美追求,值得重视。

晁补之(1053—1110),字无咎,号归来子,济州巨野(今属山东)人。17岁时随父端友宰杭州之新城,著《钱塘七述》,受到苏轼称赏。举进士,试开封及礼部别院,皆第一。官至吏部员外郎、礼部郎中兼国史编修等职。后因修《神宗实录》失实而降官,又因"党籍"被贬。他工诗文,"善山水,而特工于摹写。每一图成,必自题诗其上,不读其诗,不知其为临笔也"(王毓贤《绘事备考》卷五下)。晁补之也擅书,但其字后世已不可见。宋岳珂说:"建中靖国太史礼部郎中晁公补之,字无咎,金山诗帖真迹一卷。予在润十年,紫金之游屡矣,览唐人之遗迹,以及于本朝,云涛月波,豪思杰语,慨然在目。"(《宝真斋法书赞》卷十八)胡应麟在《诗薮》中也说:"晁补之在六君子中独不以诗名,而诗特工,词亦可喜。又世绝不名其书,今褚《枯树赋》有其跋,字尽雄放,信名下士也。"(《杂编》卷五)因此，晁补之是一位诗、书、画俱佳的艺术大家。有《鸡肋集》传世。《全宋诗》《鸡肋集》存其题画诗16题28首。《全宋词》存其题画词1首。

晁补之论诗主张"味淡而隽永"，与苏轼的"外枯而中膏，似淡而实美"的观点一致。他的题画诗也体现了这一特点，如《题四弟以道横轴画》：

> 黄叶满青山，枯蒲静寒水。
>
> 凫雁下坡塍，牛羊散墟里。
>
> 担获暮来归，儿迎妇窥篱。
>
> 虎头无骨相，田野有余思。

这首诗当是为晁以道《黄叶村图》而题。以道，是诗人的从弟，工诗，善画山水。此诗的意境很像王绩的《野望》和王维的《渭川田家》，都是围绕一个"归"字以白描手法写景，勾勒出一幅怡然自乐的田家晚归图。其中"儿迎妇窥篱"尤为生动。全诗清新自然，诗意盎然。他的《题宗室大年画扇四首》也是这种风格的作品，其最后一首诗说："王孙蕴奇意，绕素淡云烟。借与王摩诘，含毫思邈然。"赵大年的画"淡云烟"，与王维的画相似，晁补之的诗亦如此。其《题苏轼〈塔山对雨图〉二首》其二也是清新之作：

> 竹枝（一作杖）草履步苍苔，山上孤亭四牖开。
>
> 烟雨蒙蒙溪又急，小篷时转碧滩来。

这是写苏门师生于浙江新城八景之一的塔山相聚，雨中赏景。据说苏轼曾和晁端友、晁补之父子在此饮酒。酒至半酣，苏轼泼墨作画，晁补之挥毫赋诗，两人珠联璧合，自有一番情趣。此诗描绘生动，语言流畅，叙事与写景浑然一体，将"有形诗"化为"无形画"，笔法高妙。

晁补之题画诗的价值主要体现在其对诗画理论的评述上。一是重视诗画家的内在修养。他在自题其画的三首诗和一首题画词中，都阐述了这一观点。在《自画山水留春堂大屏题其上》中说："胸中正可吞云梦，盏里何妨对圣贤。有意清秋入衡霍，为君无尽写江天。"这是说一个画家只有自己的心境朗然清阔，即"胸中自可吞云梦"，才能够"为君无尽写江天"。在《满庭芳·用东坡韵题自画莲社图》中说:"社中客,禅心古井无波。我似渊明逃社,怡颜盼、百尺庭柯。牛闲放,溪童任懒,吾已废鞭蓑。"《莲社图》当作于大观四年(1110),这时他深慕陶潜为人,居室各处都以《归去来兮辞》文意取名,并写此词。词中所强调的也是要心如"古井"不起波澜,以提升自己的境界。二是强调"得意"。他在《酬李唐臣赠山水短轴》中说:"得意可无山水助,他日李侯人益慕。"他对李唐臣的画非常推崇,在《试院求李唐臣画》诗中说从李唐臣的画中仿佛看到"忽然陂水变阴雾,便有松林吹晚风"。这幅山水短轴也给人"经营初似云烟合,挥洒忽如风雨来"的感受。晁补之认为,李唐臣的画能够如此"传神"是因为得意,并举出张旭"观公孙大娘舞剑而草书长进"(见其《题白莲社图后》,《鸡肋集》卷三十三)的例子,说明李唐臣也因为"得意",忘了实体山水之形,才能得山水之"神"。晁补之虽然重视"得意""传神",但也不否定形似,他在《和苏翰林题李甲画雁二首》其一中说:"画写物外形,要物形不改。"在这首诗中,他既说明了诗与画的互补关系,又主张绘画"神"应重于"形"。三是认为诗画家在创作前要胸有"成竹"。苏轼在《书晁补之所藏与可画竹三首》其一中说:"与可画竹时,见竹不见人。岂独不见人,嗒然遗其身。"晁补之承继苏轼的观点,在《赠文潜甥杨克一学文与可画竹求诗》中进一步说:"与可画竹时,胸中有成竹。经营似春雨,滋长地中绿。"在诗中他以百步穿杨和轮扁斫轮的故事为例,强调"神会久已熟"是其中的奥秘。

其弟晁说之(1059—1129),字以道,自号景迂生。他既是诗人,也是画家。元丰五年(1082)进士,苏轼曾以著述科荐。终官徽猷阁待制。有《景迂生集》。《全宋诗》存其题画诗26首。其《题明王打球图》是:

> 宫殿千门白昼开,三郎沉醉打球回。
> 九龄已老韩休死,明日应无谏疏来。

此诗是诗人有感而题。据史载,当时徽宗赵佶信任善蹴鞠的高俅而荒弛军政,最终导致靖康之难。而诗人也曾力谏钦宗不可割让三镇与金,遭降职。所以诗中说"九龄已老韩休死",显然是借唐代之典故,刺现实之弊端。此诗用事贴切，不动声色。讥讽之意，自在言外。

张耒（1054—1114），字文潜，号柯山，楚州淮阴（今江苏淮安淮阴区）人。为"苏门四学士"之一。因元祐党籍一再被贬，仕途坎坷。"在'苏门'里，他的作品最富于关怀人民的内容，风格也最不做作妆饰，很平易舒坦。"[2] 有《柯山集》。《全宋诗》存其题画诗18首。

他创作了许多题画马诗，如《读苏子瞻韩幹马图诗》《再和马图》《萧朝散惠石本韩幹马图马亡后足》《题韩幹马图》等，其中后诗是其代表作：

> 头如翔鸾月颊光，背如安舆兔臆方。
>
> 心知不载田舍郎，犹带开元天子红袍香。
>
> 韩幹写时国无事，绿树阴低春昼长。
>
> 两髯执辔俨在旁，如瞻驰道黄屋张。
>
> 北风扬尘燕贼狂，厩中万马归范阳。
>
> 天子乘骡蜀山路，满川首蓿为谁芳？

这首诗咏画马以寄意，是关心现实之作。北宋前期，燕云十六州尚未收复，诗中说"北风扬尘燕贼狂"，当是朝廷之所患。特别是结尾两句，更有诗人无限之感慨。此诗语言通俗流畅，风格质朴自然，但形象生动，意在言外。因此赵令畤在《侯鲭录》中评此诗说："元祐中，馆职诸公赋韩幹马诗，独文潜最高胜。"

李廌（1059—1109），字方叔，华州（今陕西渭南）人，"苏门六君子"之一。有《济南集》。《全宋诗》存其题画诗8首。其中《谢公定所宝蕃客入朝图贞观中阎立本所作，笔墨奇古，许赠赵德麟而未予，廌作此诗取以送德麟》，描写贞观年间国势强盛，四海宾服，颇显盛唐之气象："贞观文皇力驯制，诸蕃君长充王官。玉门不关障无候，驿道入参天可汗。蛮夷邸中诸国使，旃裘椎髻游长安。"在北宋积贫积弱之时，诗人要"藁街县首"虽不切实际，但也表达了其誓除边患之壮志。此外，此诗对研究阎立本"笔墨奇古"之绘画也具有一定参考价值。

除"四学士""六君子"等门人之外，与苏轼关系最密切的题画诗人是他的弟弟苏辙。苏辙（1039—1112），字子由，号颍滨遗老。嘉祐进士，举制科。哲宗朝，代轼为翰林学士，累拜尚书右丞。其诗文深受苏轼影响，风格相近。有《栾城集》。《全宋诗》存其题画诗37首。其《书郭熙横卷》写得开阖自如，颇有声色：

> 凤阁鸾台十二屏，屏上郭熙题姓名。
>
> 崩崖断壑人不到，枯松野葛相敧倾。
>
> 黄散给舍多肉食，食罢起爱飞泉清。
>
> 皆言古人不复见，不知北门待诏白发垂冠缨！
>
> 袖中短轴才半幅，惨淡百里山川横。
>
> 岩头古寺拥云木，沙尾渔舟浮晚晴。
>
> 遥山可见不知处，落霞断雁俱微明。
>
> 十年江海兴不浅，满帆风雨通宵行。
>
> 投篙枥杙便止宿，买鱼沽酒相逢迎。
>
> 归来朝中亦何有，包裹观阙围重城。
>
> 日高困睡心有适，梦中时作东南征。
>
> 眼前欲拟要真物，拂拭束绢付与汾阳生。

这首诗生动地再现了郭熙画卷中的各种景物：长松巨木，回溪断崖，岩岫巉绝，峰峦秀起，云烟变灭，晻霭之间，千姿万状，使人有目不暇接之感。此诗另一个特点是具有叙事性，随着场景的次第展开，画中人的行踪也随之起止，因而层次清晰，结构严密。他的《秦虢夫人走马图二绝》于不经意中见讥讽，也耐人寻味。其第二首诗是：

> 朱缰玉勒鞚飞龙，笑语喧哗步骤同。
>
> 驰入九重人不见，金钿翠羽落泥中。

此诗似褒实贬，意在言外。其刺世虽不如其兄苏轼的《虢国夫人夜游图》深刻，但婉而能讽，也自有其特点。此外，他的另一首《题李十八黄龙寺画壁》中的"枯槎尚倚春风力，苍竹从来自岁寒"也是可称诵的名联。

在这个题画诗创作群体中，文同是另一位与苏轼有亲属关系的重要题画诗人。在中国题画诗发展史上，如果说王维是最早的著名诗人兼画家，那么文同则是最早的著名画家兼诗人。

文同（1018—1079），字与可，自号笑笑先生，梓州永泰（今四川盐亭东）人。皇祐元年（1049）进士。官至太常博士、集贤校理。元丰初，出守湖州，行至宛丘驿，忽然留住，沐浴冠带，正坐而逝。他是苏轼的表兄，过从甚密。其绘画成就最高，善画竹及山水。其诗质朴而硬朗，多有画意。钱锺书评价说："他在诗中描摹天然风景，常跟绘画联系起来，为中国的写景文学添了一种手法。"又说："文同的这种手法，跟当时画家向杜甫、王维等人的诗句里去找绘画题材和布局的试探，都表示诗和画这两门艺术在北宋前期更密切地结合起来了。"[3] 文同也是书法家，苏轼称他有四绝："诗一、楚词二、草书三、画四。"（《书文与可墨竹并序》）有《丹渊集》。《全宋诗》等诗文集存其题画诗20余首。其中较长的一首代表作是《谢友人寄画》，对一幅不知作者的绘画进行了极为细致的描绘："中有两骆驼，气韵颇不俗。大驼载半靬，正面颈愈曲。小驼方就乳，蹲身脚微踿。一马立其后，才露头与足。三犬乃子母，共卧衔胾肉。老胡抱朱旗，状貌何狠愎。端然立高岸，势若不可触。定是虏中酋，华衻盖鲜服。不知何所来，随从无一仆。"诗中对人物的描写尤为传神，特别是通过外貌对其心理的揭示，堪称精妙。

罗丹说："艺术就是感情。"（《罗丹艺术论》）在文同的题画诗中蕴藏着浓郁的情愫，或同情，或讽喻，都有很强的感染力量，如他的《邓隐老木寒牛》：

> 苍崖棱层草芊绵，巨木半死生枯烟。
> 羸牛日晚已嗺草，稚子天寒犹打钱。

诗中描写画面一边是草丛生，一边是木半死。在这样衰飒的背景下，一头"羸牛"在寒风中嚼草。虽然诗人没有旁白，但读罢怜悯之心便油然而生。又如《崔白败荷折苇寒鹭》：

文同

231

疏苇雨中老，乱荷霜外凋。

多情惟白鸟，常此伴萧条。

此诗先是反衬，写疏苇已老，乱荷亦凋，但多情之白鹭却任凭地老天荒，伴此萧条之景。其劝诫之意不言而喻。但文同的题画诗绝无说教之嫌，相反地常饶有情趣，如在《孙怀悦纸本乱石》中赞美"孙老"扫"乱石"时说："谁信万钧重，卷之不盈把！"在《乞画雁寄泾州毋使君》中最后说"回中有客能传雁，异日从公乞一群"，意谓传话使君，今日乞画，异日有客返回中原，请从公处乞赐一群飞雁，都极富情趣。文同的题画诗不仅山水类如此，而且有时寓有政治讽咏意味的题画诗也说得轻松而有趣，如《毛老斗牛图》：

牛牛尔何争，于此辄斗怒。

长鞭闹儿童，大炬走翁姬。

苍猱八九子，骇立各四顾。

何时解角归，茅舍江村暮。

这首诗生动地描绘出斗牛场面：怒斗的牛是画面的中心，为了渲染紧张的气氛，还勾勒出儿童的形象，他举着长鞭似在制止，又似在助阵。看斗牛的大人们则吓得奔跑。八九头小猪惊慌得四顾不敢乱走。这里耐人寻味的是最后两句，诗人发问：牛啊，天晚了，你们什么时候停止相斗，解角而归呢？由此我们想到了黄庭坚的《题竹石牧牛并引》中所寓有的深意，似乎也是暗喻熙宁年间围绕王安石变法新旧党争不止而误国一事。但诗人的问话顺情顺理，毫不生硬，并且饶有风趣。

他的《春山图》写冈原草木青秀，溪水潺潺，云蒸霞蔚。风格恬淡，清新自然。而《秋山图》则秋气逼人：

孤峰露苍骨，疏木耸坚干。

高堂挂虚壁，爽气来不断。

诗中突出描写了"孤峰"耸立，疏木挺拔。它同李白的《独坐敬亭山》和柳宗元的《江雪》有异曲同工之妙。即诗中"皆有人在"，所要表现的也是一种超尘拔俗的精神境界。

文同对题画诗创作的另一个贡献是其墨竹画为许多诗人提供了题咏的题材，如苏轼、黄庭坚、晁补之等诗人都喜为文同的墨竹题诗，留下许多题画佳作。此后的元、明、清各朝直至近现代都有诗人或画家为文与可的墨竹题诗，可见其墨竹对题画诗创作影响之深远。但很可惜，在现存资料中，却未见一首题画诗是他为自己的墨竹而作。

大画家米芾，也属于以苏轼为核心的创作群体中的一员。在宋代如果说苏轼是主要以文学成就享誉中外的题画名家，那么米芾则是以书画成就名扬后世的题画诗人。

米芾（1051—1107），字元章，号海岳外史、襄阳漫士、鹿门居士，祖籍太原（今属山西），后迁襄阳（今属湖北），世称米襄阳。工诗文，擅书画，精鉴赏，喜收藏。所画山水源出董源，天真发露，时出新意，有"米氏云山""米家山"之称。其书与蔡襄、苏轼、黄庭坚合称"宋四家"。官至礼部员外郎、太常博士，徽宗时召为书画学博士。著有《书史》《画史》等，有《宝晋英光集》传世。《全宋诗》《宋诗纪事》存其题画诗10余首。其中的佳作是《题巨然海野图》：

米芾

> 江郊海野坡陁阔，林远烟疏淡天末。
> 枰分蓁町暮潮发，星列渔乡夜梁活。
> 关荆大图矜秀拔，取巧施工不真绝。
> 意全万象无不括，维摩老笔巨然夺。
> 桥防忽觉来人物，接篱肯更图牛羯。
> 渊渟浪浟开龙阅，汩入瀄翻下鲸哾。
> 楠盘疑是少陵宅，芦深恐有詹何客。
> 黄尘蔽天归兴浩，时向虚斋一开涤。

这首七言古诗描绘的是巨然画中的海野景况。前四句将"无声画"化为"有声诗":这里野坡开阔,林远烟轻,画境极为广远。忽而暮潮涌起,星罗棋布的渔乡也活跃起来。接下四句是赞画,说巨然此图如出自五代著名画家关仝、荆浩之手,又似超过王维之"老笔"。最后八句又写画景,其中"渊渟浪洑开龙阅,汩入瀯翻下鲸吷"两句写得尤惊心动魄。结句言此画的审美功效,意谓从"黄尘蔽天"中之来客,入室见此图即能荡涤心胸。作为一位画家,能用文字把别人的绘画描绘得如此生动形象,已属难能可贵。更令人叹服的是作者不仅长于绘景,而且善于抒情;既写出了赏画的观感,又抒发了心灵的感受,融情于景、情景交融。

其子米友仁,字元晖,也是著名画家。画史上向有"大米""小米"或"二米"之称。他也善诗文,有题画诗传世,其《题董源夏山图》《题自画横披与翟伯寿》等都清新可读。但米氏父子在题画诗方面的贡献,主要不在其诗,而在他们的绘画为当代和后世诗人、画家提供了大量题材。

第四节　受苏轼影响的其他题画诗人

此外,李之仪、张舜民、贺铸等,也都直接或间接地受到苏轼的影响。

李之仪(约1035—1117),字端叔,号姑溪居士,沧州无棣(今属山东)人。神宗熙宁六年(1073)进士。苏轼为定州知州时,李之仪曾为幕僚。后以元祐党籍,屡遭贬谪。其词以小令见长,《卜算子》(我住长江头)广为流传。有《姑溪居士文集》。《全宋诗》存其题画诗118首,多为僧人、名士写真赞。其为禅师写真赞,虽意在说禅,但也诙谐有趣,如《灵源禅师真赞》:"滔滔汩汩,莫知其出。汪汪洋洋,随圆随方。故八万四千偈不离于当处,而五千四十八卷皆作戏于逢场。山谷老人所以强名之而无愧,姑溪居士又从而雪上加霜。咄,只这便是灵源叟,何须更上焰黓堂。"他的山水、禽鸟类题画诗,描绘生动,多有寄意,如《题王子重出李成所画山水》《观子重钟隐鸡鹰图就借传本画乃文康旧物》《壁间所挂山水图》等。试看《观子重钟隐鸡鹰图就借传本画乃文康旧物》:

千年老木根半拔，叉牙枯枝斗金铁。

苍鹰见鸡岂复舍，伺隙必拿将雷掣。

鸡知不免怖且死，铜嘴窥鹰反噪聒。

阴风惨惨天为改，杀气凭陵欲翻海。

画工已证三昧因，造化精神智能采。

江南山水多异人，遁迹往往随风尘。

等闲应现非一化，流落终为绝世珍。

王公盛德天下归，想见乾兴天圣时。

进贤退佞乃所嗜，不使异趣侵毫厘。

喻公为鹰固不可，排击奸邪力尤果。

开图凛凛毛发惊，滞蔚顿摅如破锁。

公孙胜致有余风，十年净上常相同。

拟借传摹应见从，意欲因画时见公。

　　这首诗以鹰与鸡的搏斗，隐喻朝廷正义与邪恶势力的较量。这场争斗非常惨烈，"阴风惨惨天为改，杀气凭陵欲翻海"，很可能是指元祐年间激烈的新旧党争。诗人在这场斗争中屡遭排摈，一生偃蹇，所以诗中"排击奸邪力尤果"一句，既吐出久郁心中之愤懑，又抨击了权奸当道之弊政。此诗写画及人，寓意深刻，是李之仪题画诗的代表作。

　　张舜民，生卒年不详，字芸叟，号浮休居士，又号矴斋，邠州（今陕西彬州）人。宋英宗治平二年（1065）进士，为襄乐令，后除监察御史，徽宗朝为吏部侍郎，以龙图阁待制知定州。后坐元祐党贬商州。他是陈师道姐夫，和苏轼友好。作诗师法白居易。喜绘画，《画继》说他平生嗜画，题评精确。"虽南迁羁旅中，每所经从，必搜访题识。东南士大夫家所藏名品，悉载录中。亦能自作山水。"有《画墁集》。其题画诗的代表作为《京兆安汾叟赴辟临洮幕府南舒李君自画阳关图并诗以送行浮休居士为继其后》。这首长篇七言古诗，是为和李公麟的《小诗并画卷奉送汾叟同年机宜奉议赴熙河幕府》而作。李诗是一首七言绝句，只28个字；而此诗却写得洋洋洒洒，有336字。此诗较为详细地描绘了画中人物与风景：

溪边一叟静垂纶，桥畔俄逢两负薪。

掔臂苍鹰随猎犬，耸耳驱驴扶只轮。

长安陌上多豪侠，正值春风二三月。

分明朝雨浥轻尘，客舍青青柳色新。

主人举杯苦劝客，道是西征无故人。

殷勤一曲歌者阕，歌者背泪沾罗巾。

酒阑童仆各辞亲，结束韬縢意气振。

稚子牵衣老人哭，道上行客皆酸辛。

唯有溪边钓鱼叟，寂寞投竿如不闻。

这段诗自成起止，首尾照应。前言溪边一叟垂纶，后言钓者不为伤别所动。进而引出画家之"深意"："为道世间离别人，若个不因名与利。""歌舞教成头已白，功名未立老相催。西山东国不我与，造父王良安在哉？已卜买田箕岭下，更看筑室颍河隈。凭君传语王摩诘，画个陶潜归去来。"这显然与李公麟诗中所说的"渭城柳色休相恼，西出阳关有故人"的壮行宗旨不同，而是借画抒发了自己宦海浮沉之感慨，颇有归隐田园之意愿。

张舜民也常自画自题，他在《邓正字宅见刘明复所画麓山秋景》中说："我有故山常自写，免教魂梦落天涯。"又在《自题画扇》中说："眼昏笔战谁能画，无奈霜纨似月圆。"由于他既是诗人又是画家，所以深谙诗人与画家之关系以及诗画不同之特点。他在《题赵大年奉议小景》中说："自古词人是画师。"又说："诗是无形画，画是有形诗。"（《画墁集》卷一）

贺铸（1052—1125），字方回，号庆湖遗老，祖籍山阴（今浙江绍兴），生于卫州（今河南卫辉）。他长相奇丑，身高七尺，面黑如铁，眉目耸拔，人称"贺鬼头"。他以词名于世，其词也如苏轼一样"满心而发，肆口而成"（张耒《东山词序》），多写英雄豪杰的悲壮情怀，激情爆发，怒火中烧，具有强烈的震撼力和崇高感。有《东山词》《庆湖遗老集》。《全宋诗》《宋诗纪事》存其题画诗9首。其题画诗的风格也如其词，抒发人生感慨和悲壮激越情怀，如《客有携寇莱公真挂于驿舍傍题云今作阎罗王慨然有作》：

凛凛英风万世孤，忽瞻容貌涕洟俱。

遗谋不愧生张说，异事犹烦鬼董狐。

黑白已分归节义，丹青长在慑奸谀。

不烦摇扇苍蝇去，一片寒冰挂座隅。

　　这首七言律诗是赞颂真宗朝莱国公寇准的，他生为直言敢谏的贤相，死为刚正不阿的阎罗王，正气凛然，英风万世。此诗正如贺方回在《王直方诗话》中所评："比兴深者通物理，用事工者如己出。格见于成篇，浑然不可镌；气出于言外，浩然不可屈。"另一首《内翰出龙眠居士写真图》也写得极有声色。

注　释

〔1〕参见陈高华编《宋辽金画家史料》，文物出版社，1984，第4页。

〔2〕〔3〕钱锺书：《宋诗纪事补正》卷二十六、二十四，辽宁人民出版社、辽海出版社，2003。

第十二章

一代题画艺术之翘楚苏轼

在宋代乃至整个中国古代，苏轼都是题画诗史上一颗极为耀眼的明星。他的开创之功和启后之力空前巨大而影响极为深远。特别是以他为首，由其亲朋、门徒及崇拜者所形成的题画诗创作群体及其流派，在中国题画诗史上永远熠熠生辉。因此，当以饱蘸金墨的大笔大书而特书。

第一节　苏轼及其对题画诗发展的贡献

苏轼（1037—1101），字子瞻，号东坡居士。眉州眉山（今属四川）人。他是北宋著名的文学家、书画家，"唐宋八大家"之一。与父苏洵、弟苏辙并有文名，后人称为"三苏"。宋仁宗嘉祐二年（1057）进士。入仕不久，因与主张新法的王安石政见不合，自请外任，于杭州、密州（今山东诸城）、徐州（今属江苏）、湖州（今属浙江）做地方官达8年之久。神宗元丰二年（1079），御

苏轼

史台以其诗"谤讪朝廷"之罪，将他逮捕入狱，即所谓"乌台诗案"。后贬为黄州（今湖北黄冈）团练副使。哲宗朝，旧党司马光执政，苏轼被召还朝，升迁为中书舍人、翰林学士等职；但他对新法"参用所长"的态度与司马光等人尽废新法的做法又发生了矛盾，于是再遭排挤，出任杭州、

颍州（今安徽阜阳）、扬州等地知州。旋又被召回京，任兵部尚书兼侍读等职。哲宗亲政，新党人物章惇等掌权，苏轼被远谪惠州（今广东惠阳）、儋州。后遇赦北还，病逝于常州。苏轼的文学创作代表北宋时期的最高成就，是继欧阳修之后的文坛领袖。他的散文形式多样，各体俱精，如万斛泉源，滔滔汩汩，气势纵横。其诗歌清新豪健，亦可作为宋诗的代表。词开豪放一派，与辛弃疾并称"苏辛"，对当时与后世影响深远。书法、绘画等方面也有很高造诣。有《苏东坡集》《东坡乐府》。

苏轼是一位极有才华和远大政治抱负的学者。《宋史》列传称他"器识之闳伟，议论之卓荦，文章之雄隽，政事之精明，四者皆能以特立之志为之主，而以迈往之气辅之。故意之所向，言足以达其有猷，行足以遂其有为；至于祸福之来，节义足以固其有守，皆志与气所为也"。前"四者"，是称许其政治、文学才能之高，后所谓"志"与"气"则赞其抱负、人品之高。然而"事修而谤兴，德高而毁来"，他的一生饱经忧患，历尽坎坷。不止几起几落，而是"大起大落"，始终在政治风浪的旋涡和新旧党争的夹缝中过日子。这样的生活遭遇，使他形成了"多思""深思"的性格特点，其思想复杂而丰富。在苏轼的一生中，穷与通、进与退、悲与欢，交替迭现。在他的思想中，消沉与萧散、伤感与旷达、儒家的"进取"与释道的"看穿""无为"是矛盾而统一的。可以说，苏轼是中国古代社会"士大夫文人"的典型代表。凡是封建士大夫所具有的各种生活面貌、各种精神状态，几乎都能从他的身上或多或少、或明或暗地看到。而所有这些在他的各类文学和艺术作品中都有所反映和表现。融诗歌、绘画、书法于一体的题画诗，更能充分展现苏轼的人格和艺术魅力。

苏轼在中国题画诗发展史上的贡献是多方面的。清代画论家方薰在《山静居画论》中说："款题图画，始自苏米。"《式古堂画考》认为，直接题写画

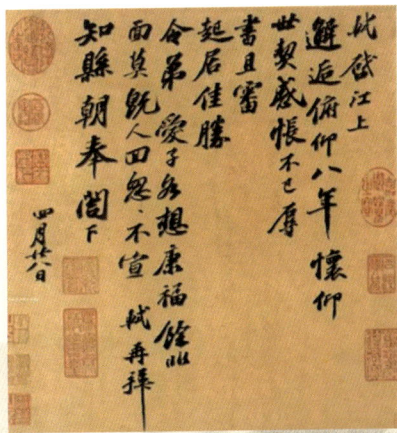

苏轼书法作品

面之诗，自苏轼题文同《竹枝图》始。这些说法虽然并不准确，但也说明苏轼在中国艺术史上的地位颇为重要。苏轼既是著名的书画家，也是著名的文学家。苏轼的书法，博取古之众长，擅长行、楷。他的书风绵里藏针，笔形丰腴酣畅。当时北宋后期出现了四位有名的书法家——苏轼、黄庭坚、米芾、蔡襄，他们打破了晋代二王，以及唐颜、柳书法的严整之风，建立了展现个性、纵恣疏放的书风，统领南宋书坛并影响后来的各朝各代。而苏轼被黄庭坚认为是，本朝善书，自当推第一。黄庭坚书法，长于行、草，做书以险为胜，奇崛不平，恣肆纵横，风韵洒脱。蔡襄，擅长各体，尤擅草书，书风多变。米芾则是更具有个性的书法家，他的草书具有二王之韵致，笔态纵横不羁，雄毅高迈。

苏轼擅画墨竹，师文同（即文与可），而比文同更加简劲，且具掀舞之势。米芾说他"作墨竹，从地一直起至顶。余问：'何不逐节分？'曰：'竹生时，何尝逐节生？'"亦善作枯木怪石。米芾又云："作枯木枝干，虬曲无端；石皴硬，亦怪怪奇奇无端，如其胸中盘郁也。"均可见其作画很有奇想远寄。其论书画均有卓见，影响更为深远。如重视神似，认为"论画以形似，见与儿童邻"，主张画外有情，画要有寄托，反对形似，反对程式束缚，提倡"诗画本一律，天工与清新"，并明确提出"士人画"的概念等，高度评价"诗中有画，画中有诗"的艺术造诣，为其后"文人画"的发展奠定了理论基础。存世书迹有《黄州寒食诗》《赤壁赋》《答谢民师论文》《祭黄几道文》《前赤壁赋》等。存世画迹有《枯木怪石图》

《枯木怪石图》

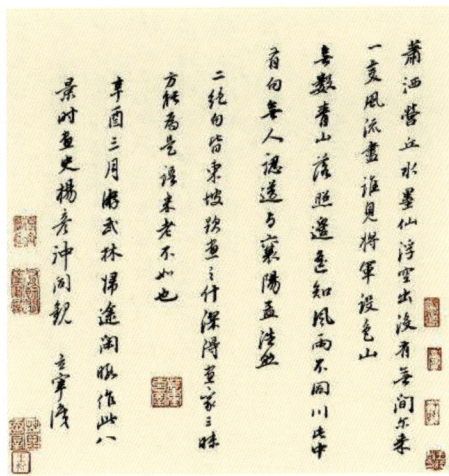

董其昌仿李公麟《山庄图》

《竹石图》，又近年发现的《潇湘竹石图卷》也当是他的作品。

　　苏轼在才俊辈出的宋代，在诗、文、词、书、画等方面均取得了登峰造极的成就，是中国历史上少有的文学和艺术天才。

　　苏轼以一个文学家的独特眼光审视绘画艺术，以自己的创作实践将绘画文学化，创作了大量题画诗。据《全宋诗》《全宋词》《声画集》《御定历代题画诗类》等有关资料统计，苏轼有题画诗词104题159首。据《全宋词》和《东坡乐府》等资料统计，苏轼现存题画词仅2首。他是自题画诗产生至宋代，题写题画诗最多的一位诗人，特别是他有多首题画之作是目前发现的较早的画内题诗，如《题李公麟山庄图二首》《书王定国所藏〈烟江叠嶂图〉》等。

　　世传李公麟《山庄图》现藏于故宫博物院。此图为董其昌仿作，收于其《仿古山水图册》中。图上有苏轼的题诗两首。《烟江叠嶂图》现藏于上海博物馆，卷后有苏轼十四韵长诗的墨迹，还有王晋卿和诗的墨迹。随后，苏轼又和，王晋卿再和。前后四诗共五十六韵，并间以序跋。据《绪论》所述，虽然我们不能断定苏轼是中国题画诗史上将诗题于画内的首创者，但是从大量资料看，苏轼在开启融诗、书、画于一体的新时代中的突出贡献，是毋庸置疑的。尤其是他以一个文学家的独特眼光审视绘画艺术，以自己的创作实践将绘画文学化，着实功不可没。

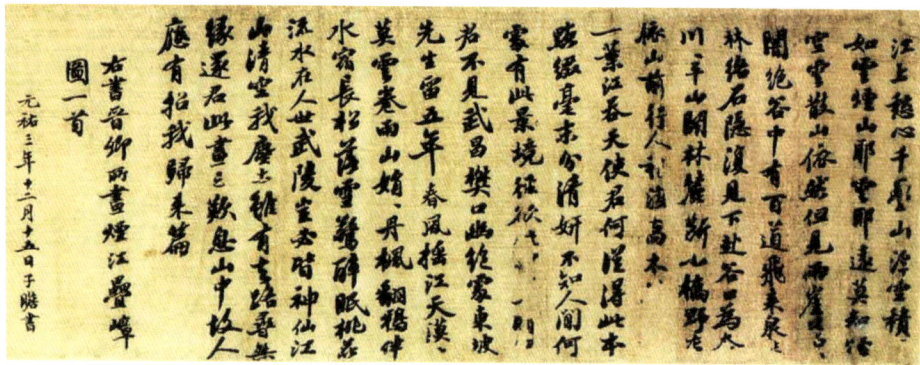

《书王定国所藏〈烟江叠嶂图〉》

下面我们看苏轼《书王定国所藏〈烟江叠嶂图〉》：

江上愁心千叠山，浮空积翠如云烟。
山耶云耶远莫知，烟空云散山依然。
但见两崖苍苍暗绝谷，中有百道飞来泉。
萦林络石隐复见，下赴谷口为奔川。
川平山开林麓断，小桥野店依山前。
行人稍度乔木外，渔舟一叶江吞天。
使君何从得此本，点缀毫末分清妍。
不知人间何处有此境，径欲往买二顷田。
君不见武昌樊口幽绝处，东坡先生留五年。
春风摇江天漠漠，暮云卷雨山娟娟。
丹枫翻鸦伴水宿，长松落雪惊昼（一作醉）眠。
桃花流水在人世，武陵岂必皆神仙？
江山清空我尘土，虽有去路寻无缘。
还君此画三叹息，山中故人应有招我归来篇。

《烟江叠嶂图》

这首诗作于元祐三年（1088）十二月二十五日。这一年是苏轼被召回京的第三年。哲宗朝，旧党复起，苏轼又得到高太后的器重，仕途通达，连续升迁，心情当是快慰的。但他对当时一些朝臣"尽废熙宁之法"又颇为不满，而是强调新法"不可尽废"，当"参用所长"。这样不免引来新、旧党人的两方攻击。苏轼厌于党争，心情又很郁闷，于是自请外放，并向往"清空"的山林生活。这首题画诗便很好地反映了他的这种矛盾心情，体现在艺术风格上也是多元化的。诗的开头虽然先点出"愁心"二字，但从所描绘的景物看，"春风摇江天漠漠，暮云卷雨山娟娟"，这显然是使人愉悦的美景。这里的行人、渔舟也悠然而怡然，诗的情调是闲雅的。但是这毕竟是豪放词人笔下的题画诗，在优游之中又透出豪宕之气，那"千叠山"，那"飞来泉"，那谷口之"奔川"，那"吞天"之江水，景色雄奇，气象万千。这首题画诗的艺术特点，在很大程度上体现了其题画诗的总体艺术风格。

第二节　苏轼题画诗特点

苏轼以画笔为诗笔，求变生新，从内容到形式，都具有一些新的特点。

一、刺时，既委婉又尖锐

苏轼有些题画诗是反映现实的，但一般并不直接，手法较为含蓄。如《申王画马图》，表面上是写"诸王爱名马"，以及良马奔跑之神速，但在结尾处却轻轻一转说："五家锦绣遍山谷，百里骁珥遗纤埃。青骡蜀栈两超忽，高准浓蛾散荆棘。回首追风趁日飞，五陵佳气春萧瑟。"其中既有对权贵们劳民伤财、骄奢淫逸的讽刺，又有对执政者的警告。其针砭现实、体恤民瘼之意自在言外。苏轼的这种艺术手法是和他的审美追求相一致的，无论绘画作诗他都主张要表现象外之意。他在《书林次中所得李伯时归去来阳关二图后二首》其一中说："龙眠独识殷勤处，画出阳关意外声。"在其二中又说："为君翻作《归来引》，不学阳关空断肠。"诗中的"意外声"，即象外之意，也就是讽刺那些轻离别的"名利客"。但苏轼的题画诗并非都这样含蓄蕴藉，也有锋芒毕现的诗篇，如《陈季常所蓄朱陈村嫁娶图二首》：

> 何年顾陆丹青手，画作朱陈嫁娶图。
> 闻道一村唯两姓，不将门户买崔卢。
>
> 我是朱陈旧使君，劝农曾入杏花村。
> 而今风物那堪画，县吏催租夜打门。

这是为陈季常所藏的一幅古画所题的诗。诗人从赞画入手，以古今对比的手法拓出新意。过去的朱陈村，民风淳朴。村中朱、陈二姓互通婚姻，不攀高门。百姓自耕自作，生活安适。而今却是官吏半夜敲门，催逼赋税。其悲惨之状，不堪入画。此诗不仅揭露了官府对农民的残酷盘剥，而且表达了对苦难中农民的深切同情。这篇"有声诗"较之"无声画"更为尖锐、深刻，具有惊心动魄的震撼力量。

二、写物，既状形又传神

一般认为，苏轼是反对绘画只讲形似的，但是他反对的是外表形似，而不反对本质上的形似。绘画是形象艺术，形象是客观存在。既然是客观存在，就必须合乎构成形象之理，即所谓"常理"。因此，苏轼的许多题画诗在写景状物方面颇讲"常理"，描绘极为逼真，如《韩幹马十四匹（一作十五匹）》：

> 二马并驱攒八蹄，二马宛颈鬃尾齐；
> 一马任前双举后，一马却避长鸣嘶。
> 老髯奚官骑且顾，前身作马通马语。
> 后有八匹饮且行，微流赴吻若有声。
> 前者既济出林鹤，后者欲涉鹤俯啄。
> 最后一匹马中龙，不嘶不动尾摇风。
> 韩生画马真是马，苏子作诗如见画。

世无伯乐亦无韩，此诗此画谁当看？

诗人用总分相兼、"横云断山"法，以寥寥数笔就描绘出十五匹马的神态、动作及背景，生动形象，跃然纸上。韩干此画今已失传，但读此诗，真"如见画"。其实，这种"似"是本质上的"似"。所谓"若有声""尾摇风"，也是"神似"前提下的"形似"。

苏轼在题画诗中摹写景物的形似、逼真，也是出于感情的率真。他在《郭祥正家醉画竹石壁上，郭作诗为谢且遗二古铜剑》一诗中说："空肠得酒芒角出，肝肺槎牙生竹石。森然欲作不可回，吐向君家雪色壁。平生好诗仍好画，书墙涴壁长遭骂。"这是诗人醉酒后而作画复题诗，全是率性而为，一派天真。由此可见，只有率真之情，才能率性而作；也只有出于真情，才会写出真物，而"真物"也正是传神之物。因此，在苏轼的笔下，形似与神似是统一的。但是，对前代画家的评述中，他更看重能以笔墨传神的画家。他在《王维吴道子画》中，便比较了王维与吴道子，说："吴生虽妙绝，犹以画工论。摩诘得之于象外，有如仙翮谢笼樊。吾观二子皆神俊，又于维也敛衽无间言。"尽管诗人认为"二子皆神俊"，但是相比之下，他还是更钦慕形神兼备的艺术大师王维。

三、言理，既思辨又抒情

在题画诗中言理是苏轼题画诗的一个突出特点。但是他的言理，一不是泛泛而谈，二不是抽象而论，而总是紧扣画境，将言理与抒情有机地结合起来，既贴切又形象，充满了情趣。其方式主要有三种：

一是寓理于景物之中。苏轼主张艺术创作要"师造化""师自然"。他在《书李世南所画秋景二首》其二中说："人间斤斧日创夷，谁见龙蛇百尺姿。不是溪山曾独往，何人解作挂猿枝？"诗人不是单纯地说理，而是将抽象之理寓于景物描写之中。这样不仅形象、生动，而且具有很强的说服力。又如他在说明艺术创作要善于概括，以少总多的理论时，也不是抽象地讲道理，而是将其巧妙地寓于景物之中。他在《书鄢陵王主簿所画折枝二首》其一中说："边鸾雀写生，赵昌花传神。何如此两幅，

疏淡含精匀。谁言一点红，解寄无边春。"诗中既赞扬著名画家、唐代的边鸾和宋代的赵昌是画笔传神的典范，又慨叹如今重神略形、能寓多于少的艺术家太少。

二是寓理于比喻之中。苏轼的题画诗在阐释画理时，常常以形象的比喻加以说明。其《赵昌寒菊》说：

> 轻肌弱骨散幽葩，真是青裙两髻丫。
>
> 便有佳名配黄菊，应缘霜后苦无花。

赵昌擅画花果而多作折枝，其画得到"写生逼真，时未有其比"的美誉。诗中"轻肌弱骨散幽葩，真是青裙两髻丫"一联既写出菊花干弱而枝强、叶疏而花多的特点，又比喻出赵昌画菊飘逸潇洒的韵致，以及其特有的天真情趣。最后两句将想象之境与说理之言相衔接，贴切而自然。

三是寓理于抒情之中。徐熙是五代杰出的花鸟画家。宋代郭若虚对其评价极高，他在《图画见闻志》中说："徐暨二黄之踪，前不藉师资，后无复继踵，借使……边鸾、陈庶之伦再生，亦将何以措手其间哉？"徐熙所创造的"落墨花"画法，达到了"学穷造化，意出古今"的地步。徐熙的这种画法，即被后世所盛称的"水墨淡彩"的"徐体"。对于徐熙这种神奇画法，用文字加以描述确非易事，但是苏轼在《徐熙杏花》这首题画诗中，寓画理于抒情，仅用四句诗便形象、生动地表述出来，既令人惊叹其容量之大，又让人感受到其感慨之深。其诗是：

> 江左风流王谢家，尽携书画到天涯。
>
> 却因梅雨丹青暗，洗出徐熙落墨花。

《徐熙杏花》是苏轼朋友王进叔的藏画之一。此次他外放"天涯"任职，于孤寂中幸有这些"书画"相慰藉；而此时的"梅雨"、天暗，不独是写天气，也衬托了他的心情。并且恰恰因为天"暗"，便成为欣赏徐熙绘画的最好契机。《图画见闻志》曾引徐铉的话称徐熙以"落墨为格，杂彩副之，迹与色不相隐映也"。而苏轼的诗谓，梅雨天气看徐熙的画卷，处于辅助地位的"杂彩"便显得暗淡了，但处于主体地位的墨迹却能清晰地显现出来，越见其神妙。由此可见，颇为深奥的徐熙的"落墨法"，苏轼仅用两句诗既抒情又言理，便形象、准确地表达出来了。

苏轼以题画诗阐释画理，并非每首只采用单一方法，而往往是将绘景、抒情、比喻很好地融入一首诗中。如《高邮陈直躬处士画雁二首》：

> 野雁见人时，未起意先改。
> 君从何处看，得此无人态？
> 无乃槁木形，人禽两自在。
> 北风振枯苇，微雪落璀璀。
> 惨澹云水昏，晶荧沙砾碎。
> 弋人怅何慕，一举渺江海。
>
> 众禽事纷争，野雁独闲洁。
> 徐行意自得，俯仰若有节。
> 我衰寄江湖，老伴杂鹅鸭。
> 作书问陈子，晓景画苕霅。
> 依依聚圆沙，稍稍动斜月。
> 先鸣独鼓翅，吹乱芦花雪。

这首诗初看似乎只是赞美陈直躬的画技，并绘景生情，但实际上也是在阐释一种画理，即画家必须深入生活、体验生活；在作画时只有达到忘我，做到如"槁木形"，才能画出真实的物态。他以画雁为例，说只有忘记自己的存在，与雁共处，了解雁的高远之志，才能画出雁的"无人态"。这里既有绘景，又有比喻，并且寄寓了诗人对大雁的仰慕之情，甘愿与大雁为伍，而慨叹自己"寄江湖""老伴杂鹅鸭"的境遇。

第三节　苏轼题画诗艺术风格

　　钱锺书先生在评价苏轼时说:"他一向被推为宋代最伟大的文人,在散文、诗、词各方面都有极高的成就。他批评吴道子的画,曾经说过:'出新意于法度之中,寄妙理于豪放之外。'从分散在他著作里的诗文评看来,这两句话也许可以现成地应用在他自己身上,概括他在诗歌里的理论和实践。"[1]我们不妨也用这两句话来评价苏轼题画诗词的艺术风格。所谓豪放,就是:"自由是以规律性认识为基础,在艺术规律的容许之下,创造力有充分的自由的活动,这正是苏轼所一再声明的,作文该像'行云流水'或'泉源涌地'那样的自在活泼,可是同时很谨严的'行于所当行,止于所不可不止'。李白以后,古代大约没有人赶得上苏轼这种'豪放'。"[2]但豪放是苏轼诗词的主要特征之一,并不能概括他的多姿多彩的艺术风格,特别是其题画诗词。苏轼学习前代诗歌,融会贯通,发扬光大。从《诗经》到杜甫的现实主义,从屈原到李白的浪漫主义,以及韩愈以文为诗的艺术手法,他都兼收并蓄。其风格变化多端,既豪放雄健,又高逸萧散;既清新洒脱,又富丽华赡;既奇崛变幻,又平淡自然;既庄重谨严,又诙谐多趣。虽前人对苏轼称颂备至,但每一种评论都难以概括其全部。他的诗词众体兼备,诸法皆擅,"别开生面,成一代之大观"(赵翼《瓯北诗话》卷五)。

　　纵观苏轼的全部题画诗词,虽然有豪放之作和奇幻之歌,但更多的是体现苏轼艺术风格的另一面,即萧散淡远、恬静悠闲,这很可能受陶渊明、柳宗元的影响,特别是晚年这种影响更深。如他的《题卢鸿一学士堂图》:

> 昔为太室游,卢岩在东麓。
>
> 直上登封坛,一夜茧生足。
>
> 径归不复往,峦壑空在目。
>
> 安知有十志,舒卷不盈幅。

> 一处一卢生，裘褐荫乔木。
> 方为世外人，行止何烦录。
> 百年入篋笥，犬马同一束。
> 嗟予缚世累，归未有茅屋。
> 江干百亩田，清泉映修竹。
> 尚欲逃世名，岂须上图轴。

　　这首诗写的山林景物，可谓山空不见人。从"江干百亩田，清泉映修竹"，可以想见"卢生"的生活是闲适的，而诗的风格也是恬淡的；但苏轼更多的题画诗并非单纯写自然景物，而是往往在写景中抒发自己的情怀。这情怀或表现为清高，或表现为孤傲。其艺术风格是峻洁而高逸的，如《书王定国所藏王晋卿画著色山二首》：

> 白发四老人，何曾在商颜。
> 烦君纸上影，照我胸中山。
> 山中亦何有，木老土石顽。
> 正赖天日光，涧谷纷斓斑。
> 我心空无物，斯文何足关。
> 君看古井水，万象自往还。
>
> 君归岭北初逢雪，我亦江南五见春。
> 寄语风流王武子，三人俱是识山人。

　　这两首诗的诗风好似晚年的韩愈，意境又像柳宗元的《渔翁》。难怪苏轼自己称许说："诗以奇趣为宗，反常合道为趣，熟味此诗有奇趣。"（《全唐诗话续编》卷上引惠洪《冷斋夜话》）虽然苏轼这两首题画诗主要不是表现"奇趣"的，但其所表现的清幽意境和清峻风格倒是与柳宗元十分接近。当然，苏轼的题画诗也有表现情趣的，如前文提到的《李思训画长江绝岛图》，但那是诙谐而风趣的。

　　总之，苏轼的题画诗也同他的普通诗歌一样，艺术特征是多样的，风格是极富变化的。这恰如他的《〈虔州八境图〉八首并引》中所说的"虔州"一样，因观者不同、时间角度不同，其景色也有别。其《引》说：

> 《南康八境图》者，太守孔君（孔宗翰）之所作也。君既作石城，即其城上楼观台榭之所见而作是图也。东望七闽，南望五岭，览群山之参差，俯章贡之奔流，云烟出没，草木蕃丽，邑屋相望，鸡犬之声相闻，观此图也，可以茫然而思，粲然而笑，慨然而叹矣。苏子曰：此南康之一境也，何从而八乎！所自观之者异也。且子不见夫日乎，其旦如盘，其中如珠，其夕如破璧，此岂三日也哉。苟知夫境之为八也，则凡寒暑、朝夕、雨旸、晦冥之异，坐作、行立、哀乐、喜怒之变，接于吾目而感于吾心者，有不可胜数者矣，岂特八乎！如知夫八之出乎一也，则夫四海之外，诙诡谲怪，《禹贡》之所书，邹衍之所谈，相如之所赋，虽至千万未有不一者也。后之君子，必将有感于斯焉。乃作诗八章，题之图上。

其诗是：

> 坐看奔湍绕石楼，使君高会百无忧。
> 三犀窃鄙秦太守，八咏聊同沈隐侯。
>
> 涛头寂寞打城还，章贡台前暮霭寒。
> 倦客登临无限思，孤云落日是长安。
>
> 白鹊楼前翠作堆，萦云岭路若为开。
> 故人应在千山外，不寄梅花远信来。
>
> 朱楼深处日微明，皂盖归时酒半醒。
> 薄暮渔樵人去尽，碧溪青嶂绕螺亭。
>
> 使君那暇日参禅，一望丛林一怅然。
> 成佛莫教灵运后，着鞭从使祖生先。

却从尘外望尘中，无限楼台烟雨濛。

山水照人迷向背，只寻孤塔认西东。

烟云缥缈郁孤台，积翠浮空雨半开。

想见之罘观海市，绛宫明灭是蓬莱。

回峰乱嶂郁参差，云外高人世得知。

谁向空山弄明月，山中木客解吟诗。

诗中所写的虔州景色变化用来比喻苏轼题画诗的风格变化，是很恰当的。苏轼题画诗的内涵极为深厚，其艺术特征也千变万化，所以我们对苏轼题画诗的艺术风格也当作如是观。

不过，尽管苏轼题画诗萧散淡远，但毕竟是出于豪放词人的笔下，因此仍带有几分豪气，无论是人物类题画诗，还是山水类画题咏之作都是如此。如他的《王维吴道子画》写"道子实雄放，浩如海波翻。当其下手风雨快，笔所未到气已吞"；又如《书丹元子所示李太白真》说："天人几何同一沤，谪仙非谪乃其游。麾斥八极隘九州，化作两鸟鸣相酬。一鸣一止三千秋，开元有道为少留。"这些诗句都不同凡响。即使描写隐逸诗人陶渊明的题画诗也并不一味恬淡，其《题李伯时渊明东篱图》说："靖节固昭旷，归来侣蓬蒿。新霜著疏柳，大风起江涛。东篱理黄菊，意不在芳醪。白衣挈壶至，径醉还游遨。悠悠见南山，意与秋气高。"苏轼笔下的陶渊明，虽然飘逸，但不失为高蹈超拔。至于山水类题画诗，更能显示苏轼的豪迈胸襟，而最能体现"东坡本色"的当是他的《书王定国所藏〈烟江叠嶂图〉》。如前文所述，这首题画诗的艺术特点，在很大程度上体现了其题画诗的总体艺术风格。

注 释

〔1〕〔2〕钱锺书选注《宋诗选注》，人民文学出版社，1982，第71页。

第十二章

极富才情与思辨的题画诗人黄庭坚

如果说在宋代题画诗坛有两座高峰，那么一座是苏轼，另一座就是他的门生黄庭坚；如果以天上的星宿作比，苏轼和黄庭坚就是中国题画诗发展史上的"双子星座"；如果说苏轼的题画诗是以不羁的才情见长的话，那么黄庭坚的题画之作则以才能与思辨、形态与精神著称。黄庭坚以多彩而理性之笔，为题画诗涂上新的亮色，从而成为宋代题画诗坛上特点独具的艺术大家。

第一节　多才多艺的题画大家

黄庭坚（1045—1105），字鲁直，号山谷道人，晚号涪翁。洪州分宁（今江西修水）人。他出生于书香世家，曾祖曾办过两个书馆，父亲和两个舅舅都长于诗文，"黄氏诸子多以文学知名"（周季凤《山谷先生别传》）。黄庭坚一直寄居外家，舅父李常将他教养成人，对他影响甚深。他自幼聪颖异常，据说5岁时已能背诵五经。他读书五行俱下，读几遍即能成诵。15岁时，他跟随舅父李常到淮南游学，结识一些文人学士，学问大有长进。嘉祐六年（1061），黄庭坚在杨家认识了诗人孙觉。孙觉非常赏识黄庭坚，后来便把自己的女儿兰溪嫁给他。从此，黄庭坚又得到了孙觉的教诲。宋英宗治平三年（1066），黄庭坚第

黄庭坚

二次参加省试，当主考官李询读到黄庭坚卷中"渭水空藏月，傅岩深锁烟"两句时，不禁拍手叫好，说"此人不独此诗冠场，他日当有诗名满天下"。于是他中了第一名。第二年春，黄庭坚到汴京（今河南开封）参加礼部考试，中了第三甲进士，被任命为汝州叶县（今河南叶县）县尉，从此踏上仕途，开始了坎坷之路。元丰元年（1078），黄庭坚以两首古风投赠给时任徐州太守的苏轼。此前苏轼已在孙觉席上读过黄庭坚的诗文，曾大为赞赏："此人如精金美玉，不即人而人即之，将逃名而不可得，何以我称扬为！"（《答黄鲁直书》）这次得到黄庭坚投书后，便次韵和了两首诗作为回赠。从此，宋代文坛上两位领袖人物便如唐代的杜甫与李白一样结下了生死不渝的友谊。黄庭坚一直将苏轼视为师长，对他推崇备至。熙宁五年（1072），黄庭坚被任命为国子监教授。当时著名诗人谢景初读了黄庭坚的诗大为赞赏，说："吾得婿如是足矣。"后来，谢景初便成了黄庭坚的第二任岳父。此后，他历任太和县（今属江西）知县、德州德平镇（今山东临邑县内）监镇官等。宋哲宗即位不久，黄庭坚被召为秘书郎，开始了六年的馆阁生活。后哲宗起用新党，打击一切属于旧党的人。苏轼、黄庭坚等相继遭到流放出京。黄庭坚又因编写《神宗实录》中的一条内容，以"诬毁先帝"的罪名，被贬为涪州别驾。绍圣二年（1095）正月，黄庭坚前往贬所。六至七月间，他在彭蠡湖口偶遇苏轼。此时苏轼也正在赴贬所路上。故交相见，感慨不已。这竟成为两位艺术大师的最后一面。元符三年（1100）正月，哲宗病逝，徽宗继位，向太后听政。太后起用旧党，黄庭坚虽然得以复官，但他认为局势未稳而上表请辞。经几次改派后，于崇宁元年（1102）六月九日到达太平州（今安徽当涂县），接受了知州职务。不料只过九天，形势又大变，新党卷土重来，他再次遭贬，得了个"管勾洪州玉隆观"的虚职。蔡京等人对政敌的迫害愈演愈烈。崇宁二年（1103）四下诏销三苏、秦观、黄庭坚的文集。黄庭坚又因所作的《江陵府承天禅院塔记》一文中有"天下财力屈竭"等语，被告"幸灾谤国"，受到"除名，羁管宜州"的严厉惩处。他先把全家老小安置在永州，然后只身前往宜州，历经千辛万苦，于崇宁三年（1104）五至六月间到达宜州贬所。但迎接他的不仅是满目荒凉，还有太守的白眼。太守说他是罪人，

不许住城里。他被迫搬至城边的破败戍楼栖身。黄庭坚病忧交困，第二年九月三十日，一代文坛巨星在愁云惨雾中陨落，时年61岁。令人痛惜的是，此时元祐党人已得到朝廷大赦，黄庭坚本可迁回永州，可是当这一纸内徙的赦文传到宜州时，他已永远闭上了双眼。

黄庭坚平生淡泊名利，自幼受舅父李常"内行冰清玉洁，视金珠如粪土"高尚情操的影响，在他的人格中种下了鄙弃功名、超脱世俗的精神根苗。相传他在7岁时写下一首《牧童》诗："骑牛远远过前村，吹笛风斜隔陇闻。多少长安名利客，机关用尽不如君。"又据《山谷年谱》载，黄庭坚第一次参加省试后，相传他中了省元，住在一起的考生都为他设酒祝贺。后来发现是弄错了，于是座间人纷纷散去，有的竟哭泣起来。而黄庭坚仍若无其事地饮酒，饮罢又与大家一起去看榜，脸上毫无沮丧神色。这种沉着的性格贯穿了诗人的一生。后来在仕途上，他面对命运的逆转，一直表现出冷静与镇定。特别是在中年以后，他对人生与政治渐有较为透彻的理解。因此，他第一次无端被贬谪，并不惊恐。释惠洪《跋山谷字二首》其二说："山谷初谪，人以死吊，笑曰：'四海皆昆弟，凡有日月星宿处，无不可寄此一梦者！'"黄庭坚这种宠辱不惊的个性，不仅决定了他一生的命运，而且影响了他的艺术创作。他在题画诗中所表现的气定神闲便是他人生态度的写照。

黄庭坚是北宋著名的诗人，也是一位学人型作家。他出自苏门，但学苏而不囿于苏，能求变生新、开宗立派。北宋后期，以黄庭坚为宗主的江西诗派是苏轼之后声势最大、流行最久、影响最深远，也最能代表宋诗风貌的诗派。吕本中在《江西诗社宗派图》中说："自李杜之出，后莫能及。韩、柳、孟郊、张籍诸人，自出机杼，别成一家。元和之末，无足论者，衰至唐末极矣。……歌诗至于豫章（黄庭坚）始大，出而力振之，后学者同作并和，尽发千古之秘，亡余蕴矣。"（赵彦卫《云麓漫抄》）黄庭坚毕生致力于诗歌创作，并总结出一套有关诗歌创作的理论。最著名的是"点铁成金"说和"夺胎换骨"法。他在《答洪驹父书》中说："老杜作诗，退之作文，无一字无来处；盖后人读书少，故谓韩、杜自作此语耳。古之能为文章者，真能陶冶万物，虽取古人之陈言入于翰墨，如灵丹一粒，点铁成金也。"此说虽曾被斥"以蹈袭为事",但不可一概否定。从中国文学发展历程看,黄庭坚对诗歌理论的不懈探索和在创作实践上的不断努力,都为诗歌发展作出了有益的贡献。

黄庭坚不仅是一位诗人,也是一位深谙绘画艺术的鉴赏家。对于绘画艺术,黄庭坚家传有自,其母李夫人就是一位著名画家。南宋王十朋在《游楞伽》诗中曾写道:"藏书阁在已无书,山色依然满旧居。留得夫人三墨竹,金钟声里尚扶疏。"自注谓:"钟楼有李夫人墨竹,公择女兄,山谷母也。"从王十朋对李夫人所画墨竹的称赞,可知其在绘画艺术上的造诣。此外,黄庭坚的两位姨母——崇德和文城君,也能诗善画。崇德君以画松竹木石闻名,米芾在《画史》中说,崇德"能临松竹木石画,见本即为之,难卒辨"。邓椿《画继》、夏文彦《图绘宝鉴》、汤漱玉《玉台画史》中也有与她相关的记载。黄庭坚很欣赏他这位姨母的画竹,曾写《姨母李夫人墨竹二首》《题李夫人偃竹》《观崇德君墨竹歌》等题画诗。耳濡目染下,黄庭坚一生爱画、藏画、品画,对绘画的鉴赏水平极高。邓椿在《画继》中说:"本朝文忠欧公、三苏父子、两晁兄弟、山谷……或评品精高,或挥染超拔,然则画者,岂独艺之云乎?"又说:"予尝取唐宋两朝名臣文集,凡图画纪咏,考究无遗,故于群公略能察其鉴别,独山谷最为精严。"(《画继》卷九)

黄庭坚也是一位著名的书法家。据《宋史》列传载,他"善行草书,楷法亦自成一家"。在书法艺术上,黄庭坚与苏轼、米芾、蔡襄一起被后人誉为"宋四家"。当时著名画家文同、米芾、李公麟等画作,之所以都以经他题诗为荣,除了仰慕其人品、诗品外,也更看重其书品。

黄庭坚才艺超人,诗书兼善,一生嗜画、评画,所作的题画诗数量极多。据统计,《声画集》收其题画诗87首,《御定历代题画诗类》收其题画诗174首。《全宋诗》收其题画诗近200首。他是宋代现存题画诗最多的一位诗人。不仅诗的数量多,质量也多属上乘,应引起足够重视。

第二节　黄庭坚题画诗主要内容

就内容而言，黄庭坚的题画诗大体分三方面：一是借画抒怀，或言官场争斗，或抒高情雅致，或发不遇时之感，或述田园山林之志；二是就画绘景，模山范水；三是就画言理，阐述画理诗法。

黄庭坚在仕途上屡屡失意，备尝贬谪之苦。他虽有旷达襟怀，但因情系国运，便不免常常为国事担忧而对无耻政客痛加指斥。他的《蚁蝶图》（又作《题画屏六言》）即深有寓意。其诗是：

> 蝴蝶双飞得意，偶然毕命网罗。
>
> 群蚁争收坠翼，策勋归去南柯。

这首题诗表面是说，蝴蝶不幸毙命罗网，而群蚁以为得计，争抢残骸以邀功，但最终不过是南柯一梦；实际上却是影射官场的势利之争。因此，无怪乎此诗一出，令其政敌恼怒。据王士禛说："此图传于京师，蔡京见之大怒，将其以怨望重其贬。会山谷死，乃免。"（《居易录》卷三十四）他在鄙夷势利小人的同时，对高洁之士则大加赞颂，其《题伯时画严子陵钓滩》说：

> 平生久要刘文叔，不肯为渠作三公。
>
> 能令汉家重九鼎，桐江波上一丝风。

严光早年曾与东汉光武帝刘秀一起游学，交情颇厚。刘秀称帝后派人四处寻访，拟征召到京，委以谏议大夫。但严光却隐于富春江，坚辞不受。此诗直发议论，认为汉朝政权稳固的原因，就在于汉代士人多似严光一样有高风亮节，不肯趋炎附势、争宠邀赏。很显然，诗人弦外有音。北宋末年，党争激烈。黄庭坚被卷在党争的旋涡里上下浮沉，但他不屑与佞臣同流合污。他痛感本朝士人节操日下而举出高士严子陵，以汉喻宋，于表象之外另含寓意。但是，黄庭坚更多的题画诗则是抒发自己的怀才不遇之感，如《题李亮功家周昉画〈美人琴阮图〉》：

> 周昉富贵女，衣饰新旧兼。
>
> 髻重发根急，薄妆无意添。
>
> 琴阮相与娱，听弦不观手。
>
> 敷腴竹马郎，跨马要折柳。

这首写美人抚琴的题诗也是另有寓意的。这位"富贵女"衣饰新旧相兼，淡扫蛾眉，漫不经心地弹琴，似聊慰寂寥。而最后以无忧无虑的小儿郎柳下嬉戏作反衬，更流露出仕女的哀伤与惆怅。在封建社会，仕女之失宠与士之不遇时有相同之意义。因此，诗人要抒发的感情自在言外。如果说这首诗是间接抒发自己的情志的话，那么他的《题宗室大年小景》则较为直接：

> 水色烟光上下寒，忘机鸥鸟恣飞还。
>
> 年来频作江湖梦，对此身疑在故山。
>
> 轻鸥白鹭定吾友，翠柏幽篁是可人。
>
> 海角逢春知几度，卧游到处总伤神。

此诗作于元祐三年（1088），诗人时任著作佐郎。这是一个闲散的官职，位卑言轻，很难有所作为。特别是在党争激烈的当朝，他更感无所适从。当他看到赵大年的小景画时，不免产生归隐之情。画图上山光水色，烟雾绕林，时有水鸟飞过，好一派宜人景色。此时诗人仿佛已置身于江湖之上，心情当是愉悦的。然而忽然笔锋一转，却说"卧游到处总伤神"。这是因为他一旦回到现实中来，面对党争依旧，党同伐异，排斥人才而自己空有抱负，无由施展，于是黯然神伤。诗人的这种感情在许多题画诗中都时时流露。这既是时代使然，也是他特殊的遭际使然。

黄庭坚的题画诗有相当多的部分是就画绘景，有时对画中之境作出恰当的描述与概括，有时将自己经历过的景物写进去，对画境加以补充。但无论是哪种情况，诗人都描绘得栩栩如生，给人以身临其境之感。如《题晁以道雪雁图》：

飞雪洒芦如银箭，前雁惊飞后回盻。

凭谁说与谢玄晖，莫道澄江静如练。

此诗先写画面景物，化静为动，芦苇荡中雪飞雁舞。后又展开联想，通过否定谢朓"澄江静如练"诗意，使绘画既有画意又有诗情。又如《题郑防画夹五首》其四"折苇枯荷共晚，红榴苦竹同时。睡鸭不知飘雪，寒雀四顾风枝"，更是将画面景物写足又写活：夜晚，折断的芦苇、枯干的荷叶，与鲜红的石榴、挺立的苦竹形成对照。此刻，沉睡之鸭憨态可掬，而寒雀却在风枝上颤抖。诗人似在刻意摹写，用有声诗描绘出画面上静止的物态，给人活灵活现之感。当然，黄庭坚的这类题画诗并不止于物态的刻板摹写，有时也借以寄情，如《题王居士所藏王友画桃杏花二首》：

凌云一笑见桃花，三十年来始到家。

从此春风春雨后，乱随流水到天涯。

凌云见桃万事无，我见杏花心亦如。

从此华山图籍上，更添潘阆倒骑驴。

这两首诗一写桃花一写杏花，以应王友所画桃杏花。据《传灯录》载，"福州灵云志勤禅师，……初在沩山，因见桃花悟道，有偈曰：'三十年来寻剑客，几逢落叶又抽枝。自从一见桃花后，直至如今更不疑。'"前一首写凌云见桃花而悟禅，后一首写自己见杏花也有凌云见桃之悟。这是诗人见画中之景而生情，借他人之感而寄意。

黄庭坚说："见我好吟爱画胜他人，直谓子美当前身。"由于黄庭坚对中国绘画理论研究有很高的造诣，所以常常在题画诗中加以表述。因此，就画言理，也是黄庭坚题画诗的重要内容之一。其主要有两方面：一是进一步阐释了诗画同源而同理。一般来说，诗是语言的艺术，而绘画是空间艺术，二者并不相同，但是二者也有相通之处。黄庭坚继承了苏轼的关于诗与画是"无形画"与"不语诗"的观点，曾称赞李公麟能以"淡墨写出无声诗"（《次韵子瞻子由题憩寂图二首》其一），又说："断肠声里无形影，画出无声亦断肠。"（《题阳关图二首》其一）他认为，李公麟的画本质上也是"无声诗"。

二是在诗中谈及绘画理论。首先，他对画家气度学识提出了很高的要求。他说，王维的绘画之所以超凡，是因为他"物外常独往，人间无所求。袖手南山雨，辋川桑柘秋。胸中有佳处，泾渭看同流"（《摩诘画》）。他说，苏轼的绘画也同样得益于其胸襟学识："东坡老人翰林公，醉时吐出胸中墨。"（《题子瞻画竹石》）其次，他对画家心、手关系也有精当的论述。他认为，画家作画时应对客观事物在头脑中形成概念，掌握物体的特征，一旦动手才能心手相应。他在《次前韵谢与迪惠所作竹五幅》诗中说："吾宗墨修竹，心手不自知。天公造化炉，揽取如拾遗。风雪烟雾雨，荣悴各一时。此物抱晚节，君又润色之。抽萌或发石，悬箨有阽危。林梢一片雨，造次以笔追。猛吹万籁作，微凉大音稀。霜兔束毫健，松烟泛砚肥。盘桓未落笔，落笔必中宜。今代捧心学，取笑如东施。或可遗巾帼，选耎如辛毗。生枝不应节，乱叶无所归。"诗人先以自己为例，说画竹时"心手不自知"，然后说只有取自"造化"，并经过"盘桓"，才能得心应手，"落笔必中宜"。相反地，东施效颦，舍本逐末，就"生枝不应节，乱叶无所归"。这与苏轼的"成竹在胸"说是完全一致的。最后，黄庭坚还十分看重"天机"的作用。他说："旁观未必穷神妙，乃是天机贯胸臆。"（《观刘永年团练画角鹰》）"李侯天机深，指点目所及。"（《次韵章禹直开元寺观画壁兼简李德素》）"许生再拜谢不能，乃是天机非笔力。"（《答王道济寺丞观许道宁山水图》）所谓"天机"，并非玄妙不可知，而是指艺术家的艺术修养达到一定高度时，其创作欲望一旦与外物契合，就会有神来之笔，似有天助。因此，"天机"既是画家经过平时历练而产生的偶发灵感，又是外物的感发与刺激。从心、手关系来说，也是心手相应所达到的极致。黄庭坚之所以强调"天机"的作用，不仅是他自己创作实践的体会，也是总结许许多多艺术家的经验，所以颇具参考价值。

第三节　黄庭坚题画诗艺术特点

　　黄庭坚题画诗的艺术特点，总的来看与其诗歌主张是一致的，即注重创作技巧，求新好奇。清黄爵滋在《读〈山谷诗集〉》中评其《咏伯时虎脊天马图》中说，"'笔端'十字出奇，少陵之外"，道出了其题画诗用字创奇之妙。但是，黄庭坚的题画诗因所题绘画题材的不同和其创作时心境的变化，艺术风格也是多样的，仅用"出奇"两字是难以概括的。

一、既气韵雄奇，又恬淡清雅

黄庭坚在《题摹燕郭尚父图》中说："凡书画当观韵。"因此，他的题画诗也是观画取韵，以写神之笔点出画中之气韵。他的《题伯时画顿尘马》说："竹头抢地风不举，文书堆案睡自语。忽看高马顿风尘，亦思归家洗袍袴。"诗中并没有对画中马作具体的形态描写，而是通过自己观画的感受，令人想见画中马腾飞绝尘的神采，给人以气韵雄奇之感。又如《次韵子瞻和子由观韩幹马因论伯时画天马》：

> 于阗花骢龙八尺，看云不受络头丝。
> 西河骢作葡萄锦，双瞳夹镜耳卓锥。
> 长楸落日试天步，知有四极无由驰。
> 电行山立气深稳，可耐珠鞯白玉羁？
> 李侯一顾叹绝足，领略古法生新奇。
> 一日真龙入图画，在坰群雄望风雌。
> 曹霸弟子沙苑丞，喜作肥马人笑之。
> 李侯论幹独不尔，妙画骨相遗毛皮。
> 翰林评书乃如此，贱肥贵瘦渠未知。
> 况我平生赏神骏，僧中云是道林师。

此诗极尽夸张之能事，既刻意出奇，又绘声绘色、浑然天成，充分体现了作者"夺胎换骨，点铁成金"之功力。开头四句先写两匹马神武英俊。一匹马着重写形貌，另一匹马着重写神态。接下四句写两匹马的气势，天马奔驰如电，端立如山，即使是珍珠缀成的鞍鞯、白玉镶嵌的络头，又怎肯被拘束呢？再下四句写李公麟识良马，在画法上不仅承古人之传统，而且有自己的创新，使两匹画马神骏无敌。相比之下，郊野的雄马望风而变成柔弱的雌马了。最后八句转入议论，并表明自己的看法。全诗用一连串的比喻夸张，使高贵不凡的天马形象跃然纸上。

黄庭坚的题画马诗往往笔力雄健，气韵高迈；而题咏山水画之作则笔闲意淡，风格清新，如《题大年小景二首》通过反复歌咏"忘机鸥鸟""轻鸥白鹭""翠柏幽篁"等江湖之梦的象征物，表达了自己高洁旷远的情怀。诗人洒然自适，诗风恬淡清新。然而，这毕竟是追求"瘦硬"的黄庭坚笔下的山水诗，因而又于旷达中含感慨，于平淡中见奇崛。

二、既"曲折致意"，又直抒胸怀

黄庭坚作诗主张"每作一篇，先立大意，长篇须曲折三致意乃可成章"（《王直方诗话》）。因此，他的题画诗也具有"命意曲折"的特点，如《次韵子瞻题郭熙画秋山》：

> 黄州逐客未赐环，江南江北饱看山。
> 玉堂卧对郭熙画，发兴已在青林间。
> 郭熙官画但荒远，短纸曲折开秋晚。
> 江村烟外雨脚明，归雁行边余叠嶂。
> 坐思黄柑洞庭霜，恨身不如雁随阳。
> 熙今头白有眼力，尚能弄笔映窗光。
> 画取江南好风日，慰此将老镜中发。
> 但熙肯画宽作程，十日五日一水石。

这首诗先从苏轼看画写起，接着对画面进行描绘，又因由画引出自己的思乡之情而委婉地向画家索画，起伏回转，一波三折。此诗围绕苏轼、郭熙反复着笔，既有苏轼对"山"的回忆，又有他对郭画的审美鉴赏；既有作者对郭熙的倾慕，又流露出自己的山林之志。特别是开头四句先写"饱看山"，后写苏轼观画，一反传统题画诗顺流直下的写法，变渐进式为跳跃式，逆势起笔，使人不知其所来[1]。此法可谓得到杜甫题画诗的真传。但是黄庭坚的题画诗并非一味避直就曲，也有许多直抒胸臆的诗篇，如《题华光画山水》《题小景扇》《姨母李夫人墨竹二首》等，或写自己的山林之趣，或表达对画家的赞美之情，都痛快淋漓，毫无婉转。

三、既有情趣，又有理趣

黄庭坚的题画诗无论是写人还是状物，无不笔端有情。有的情中见趣，有的谐谑成趣，如《题郑防画夹五首》之一：

> 惠崇烟雨归雁，坐我潇湘洞庭。
>
> 欲唤扁舟归去，故人言是丹青。

这是诗人为画中的景物所陶醉，似真似幻，以为自己真的置身于江南水乡。他正想呼唤船家载自己归家，却被旁边的友人唤醒，这才明白原来是一幅图画。作者无一句赞词，却通过这种忘形于画中与失态于画外的表现手法，既赞美了画家的高超技艺，又极富情趣。而他的《题李亮功戴嵩牛图》，则另具诙谐之趣：

《戴嵩牛图》

> 韩生画肥马，立仗有辉光。
>
> 戴老作瘦牛，平生千顷荒。
>
> 觳觫告主人：实已尽筋力。
>
> 乞我一牧童，林间听横笛。

韩生，指唐代著名的善画肥马的画家韩幹。戴嵩与他是同时代画家，却专画瘦牛。诗人将肥马与瘦牛作对比：一个膘肥体壮，立于仗中，十分荣耀；而另一个却体瘦力竭，觳觫不堪。诗人代牛立言："乞我一牧童，林间听横笛。"在戏谑中既有对养尊处优伶人的辛辣讽刺，又有自己倦于仕途的感情的自然流露。画牛栩栩如生，文字间充满谐趣。

黄庭坚的题画诗虽然多有情趣，但更以理趣见长。一是关于画理的审美之趣。黄庭坚的题画诗中常有对"远"的形象描绘，如在《答王道济寺丞观许道宁山水图》中说："数尺江山万里遥，满堂风物冷萧萧。"在《题惠崇画扇》中说："惠崇笔下开江面，万里晴波向落晖。"等等。"远"，是评定山水画优劣的标准。早在南北朝时期，姚最在评价梁萧贲时就说："尝画团扇上为山川，咫尺之内，而瞻万里之遥；方寸之中，乃辨千寻之峻。"到了宋代，郭熙又提出"山有三远"之说："自山下而仰山颠谓之高远，自山前而窥山后谓之深远，自近山而望远山谓之平远。"黄庭坚正是在继承前人的基础上，将"远"的概念融入题画诗的山光水态之中，使之既有客观空间上的"远"，又有主观意念上的"远"。远得有理，远得有味。试看他的《题郭熙〈山水扇〉》：

> 郭熙虽老眼犹明，便面江山取意成。
> 一段风烟且千里，解和明月逐人行。

这首诗是对郭熙"三远"说的既具象又理性的描写。它不仅阐述郭熙以"意"作画的特点，而且从空间和意念两方面来释"远"。"一段"，是画上的客观距离；而"且千里"，则是主观感觉上的距离。特别是这"远"又伴着"明月"和"人"一起远行。这渐行渐远的意象，既是画家创作的超绝，又是诗人鉴赏的超越。又如他的《题王晋卿平远溪山幅》，更是直接谈及"平远"理趣的一首题画诗。其诗是："风流子晋罢吹笙，小笔溪山刮眼明。相倚鸳鸯得偎映，一川风雨断人行。"诗中借用王子晋得道成仙的传说，把王晋卿的画境写得明丽优美，如同仙境，引人飘然远蹈。而"平远"画用笔浅淡，其艺术效果旷远、平和，既不给人精神带来任何压力，又把人引向缥缈的境地。它所表现出来的文人那种超尘拔俗、清旷舒逸之趣，正符合山林之士的审美追求。

二是关于禅理之趣。黄庭坚生活于北宋禅宗兴盛时期，自幼就受到禅宗思想的影响。他不仅在禅宗中寻求栖心之处，而且喜欢在题画诗中渗入

禅理，表现理趣。除了前面提到的《蚁蝶图》以禅宗的方式表现世事之无常，言简意深，充满禅理之趣外，其《戏题小雀捕飞虫画扇》也耐人寻味："小虫心在一啄间，得失与世同轻重。丹青妙处不可传，轮扁斫轮如此用。"他由画上小鸟捕虫时的专注神态联想到人世间利欲熏心、患得患失之本相，把老庄思想与禅理相融，既有情趣，又有理趣。黄庭坚的题画诗往往以禅宗思想为先见，然后在画作中寻求心目中的物象，加以点染和升华，于是在花鸟鱼虫身上便涂上了庄禅色彩。因此，黄庭坚题画诗所表现的情趣与理趣并不是截然分开的，而常常是情趣与理趣兼具。

四、既奇险生新，又通俗晓畅

黄庭坚的诗词讲求句法，精于炼字，提倡造拗句，押险韵。有的题画诗也带有这样的特点，如《题竹石牧牛》虽然是寓意深刻的好诗，但在句式和格律上都不合常规："御此老觳觫"五字全用仄声，而"石吾甚爱之"和"牛砺角尚可"的句式也拗变，前一句上一下四，后一句上三下二。此外，按律诗要求，上一联的第二句（即对句）与下一联的第一句（即出句）的二、四字的平仄也不尽相同，单看极不和谐，给人以生涩之感。但是，总体来看，黄庭坚题画诗的语言还是通俗晓畅的。黄庭坚的诗歌风格前后期有很大不同。前期，他往往醉心于优美的自然景观，许多小诗写得自然流畅，如代表作《溪上吟》《清江引》等。但中年以后，随着涉世日深，诗风也逐渐变化。他开始对诗歌进行新的探索，喜欢追求反常规的艺术形式而缺乏发自内心的激情。但是，由于黄庭坚的题画诗多是为山水、花鸟鱼虫等自然景物画而题，所以其语言风格前后期的变化并不大，如题写于中年以后的《睡鸭》：

> 山鸡照影空自爱，孤鸾对镜不作双。
>
> 天下真成长会合，两凫相倚睡秋江。

此诗作于元祐二年（1087），诗人时年42岁。这首诗不仅风格清新，笔法流畅，而且语言也极通俗，毫无其他诗歌险僻之语。又如写于病逝前一年的《题花光为曾公卷作水边梅》：

　　梅蕊触人意，冒寒开雪花。

　　遥怜水风晚，片片点汀沙。

　　"花光"，即华光。王恽《玉堂嘉话》载："蜀僧超然，字仲仁，居衡阳花光山，避靖康乱，居江南之柯山。"华光，平生酷爱梅花，因此墨晕作梅花如影，始创"墨梅"。曾公卷，即曾巩之侄曾纡，字公卷。此诗描绘画中水边之梅，萧散幽逸之态可掬，不仅极富神韵，而且语言明白如话，清新可读。

五、既长于议论，又笔端生情

　　宋代的诗歌往往以文入诗，喜作议论。黄庭坚的题画诗也有这样的特点。这当与他喜欢在题画诗中言理有关，如《题子瞻枯木》：

　　折冲儒墨阵堂堂，书入颜杨鸿雁行。

　　胸中元自有丘壑，故作老木蟠风霜。

　　这首题画诗虽然只有四句，却是用来全面评价大艺术家苏轼的。先是说其儒学在学术界有堂堂之阵，他的书法又与唐代的颜真卿、五代的杨凝式并行。接着说他学识渊博、书法高妙源于其胸中之"丘壑"。最后归于绘画，能创作出气格高逸的风霜"老木"。全诗以议论出，又以论断结，可谓以议论为诗。又如其《题子瞻墨竹》也是评价苏轼绘画的。诗中虽有叙述，但也是以议论为主。不过，黄庭坚题画诗虽然多有议论，但并不枯燥、空泛，而常常是将议论与抒情有机地结合起来，带情韵而发。如《和子瞻戏书伯时画好头赤》，借骏马在空谷暗喻人才被埋没，虽然也是以议论为诗，但议论中却含有叹惋之深情。这正如黄爵滋在《读〈山谷诗集〉》中对其《题石恪画机织图》所评："有至情至理至味，不可草草读过。"

注　释

〔1〕参见袁锋、夏永华、王兴君：《黄庭坚题画诗风貌初探》，《内江师范学院学报》2006年第21卷第A2期。

第十四章

成败集于一身的皇帝艺术家赵佶

赵佶（1082—1135），即宋徽宗，神宗第十一子。年号为建中靖国，历崇宁、大观、政和、重和、宣和，在位25年。宣和七年（1125），内禅皇太子，被尊为教主道君太上皇帝。在位期间不理朝政，昏庸无能，以致亡国被俘，绍兴五年（1135）卒于五国城。

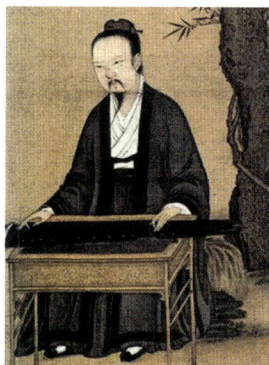

赵佶

第一节　赵佶书画艺术

赵佶虽然在政治上无所作为，但在艺术上颇有建树，特别是对绘画、书法等的创作与发展贡献尤大。赵佶书法在学薛曜、褚遂良的基础上，创造出独树一帜的"瘦金体"，瘦挺爽利，侧锋如兰竹，与其所画工笔重彩相映成趣。

瘦金书，意谓美其书为金，取富贵义，也以挺劲自诩。赵佶传世的书法作品很多，楷、行、草各种书法作品皆流于后世，且笔势挺劲飘逸，富有鲜明个性。其中笔法犀利、铁画银钩、飘逸劲特的《秾芳依翠萼诗帖》为大字楷书，是宋徽宗瘦金书的杰作。

宋徽宗的书法存在着柔媚轻浮的缺点，这也许是时代和他本人的艺术修养所致，但他首创的瘦金体的独特的艺术个性，为后人所竞相仿效。他开创了一大流派的书体，对后世有较大影响。

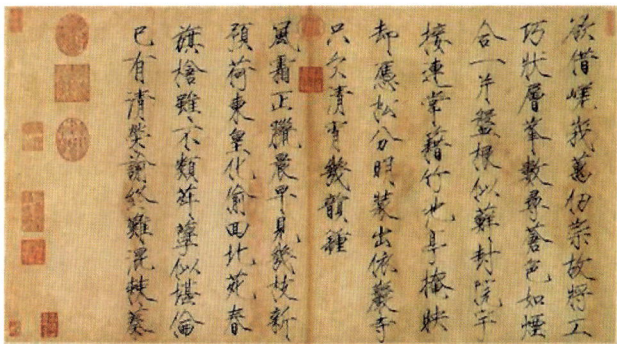

赵佶的书法作品

赵佶是北宋末期竭力提倡写生花鸟的画家，对于人物、山水也无所不能。他的绘画风格基本有二：一是精工富丽的传统。他所临张萱的《捣练图》和《虢国夫人游春图》，以及他的《瑞鹤图》《芙蓉锦鸡图》《听琴图》等作品，用笔精细，富有艳丽的情调。这种风格对当时画院画家的影响很深。二是用水墨渲染的技法。不甚注意色彩，崇尚清淡的笔墨情趣，这是继承了徐熙、易元吉和崔白等人的绘画传统画法。这种风格的代表作品，有《柳鸭芦雁图》和纯用水墨表现的《斗鹦鹉图》。汤垕在《画鉴》里评论赵佶的画"作墨花、墨石，间有入神品者"。这种画格直接影响了和他接近的人，一部分是亲王宗室，另一部分是内侍太监。其时宗室太监善画的特别多，而且画风与画院大不相同。虽然这些人身处富贵，但北宋一百多年以来，国势日衰，没落感情就不知不觉地反映到他们的思想意识

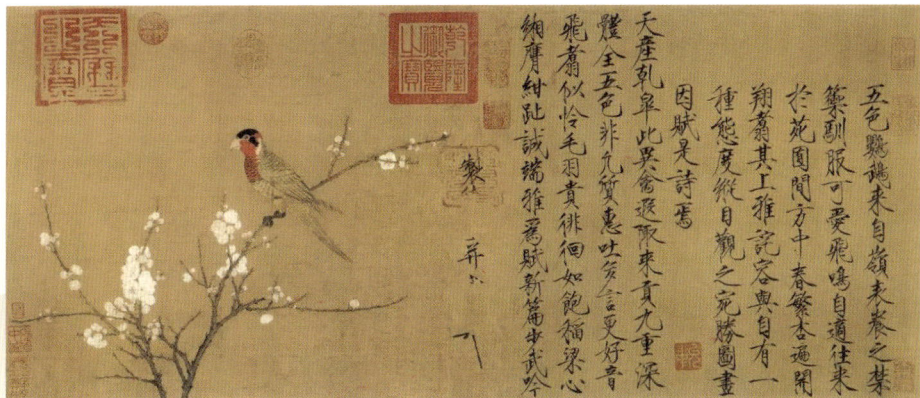

《五色鹦鹉图》

267

中。统治者、贵族在走向没落的时候，一部分人穷奢极欲，一部分人就附庸风雅，吟诗作画，以潇洒自命，这就是形成这种艺术风格的原因。赵佶的绘画作品在艺术上都达到了较高的水平，成就最大的是他的花鸟画作品。他创造性地运用"生漆点睛，隐然豆许，高出纸素，几欲活动，众史莫能也"（邓椿《画继》卷一）。其现存的《腊梅山禽》和《杏花鹦鹉》是两幅很生动的传神佳品，用笔精练准确，描绘出了腊梅、萱草和杏花的形象，塑造了五色鹦鹉和白头翁的美丽形态，充分表现出了鸟语花香的境界。《芙蓉锦鸡图》这幅名作，着意描写了花枝和禽鸟的动态，芙蓉被锦鸡压得很低，锦鸡双目注意着翻飞的蝴蝶。由于三种形象的联系，产生了更加生动的艺术效果。《池塘晚秋图》成功地把直立的荷叶处理在横幅构图中，疏落的布局能传达出深秋的气氛。赵佶的画风，再配以挺秀的"瘦金体"题款，更能增辉于画的意境。从上述作品中，都可以看出他那"妙体众形"的深厚功力和高超的艺术修养。

赵佶的绘画作品，根据历来的著录，并不太多，尤以山水为最少。据说，赵佶的画上，即使有他的真押、真印，往往仍是画院作品，赵佶不过加押加印而已，所以有不少作品，虽见赵佶的款书，未必是他的手笔，只能称作"御题画"。他对当时不同的画风能兼收并蓄，所以他的作品有时迥然不同，邓椿评其"兼备六法"。赵佶的画传世不多，又很分散，有的原作还不易见到，确需认真地加以深入研究、辨识。

第二节　赵佶题画诗

虽然赵佶一生创作的诗歌有300多首，但在《全宋诗》《宋诗纪事》中只存其题画诗21首。赵佶的题画诗多取材于花鸟画和人物画。这些诗长于描绘，往往以画笔入诗，刻画细腻。如《题古村图》："深村竹树不知春，远水残霞接断津。野客衣冠浑懒散，相逢疑是避秦人。"又如《题团扇仕女图》：

浓黛消香澹两蛾，花阴试步学凌波。

专房自得倾城色，不怕凉风到扇罗。

　　这首诗对画中仕女描绘细致，形象生动。诗人化用班婕妤所作《团扇诗》之典，似有告诫之意。"专房自得倾城色"一句，似有好景不长的忧患意识，读来让人顿生感慨。

　　赵佶的题画诗"比物以德"，首开画上题诗之先例。比德，是儒家的一种美学思想。儒家哲学早在先秦时期便有以自然万物象征人的内心世界的比德传统。古人对松、竹、梅、菊、兰、石、霜、雪、虹、霓等的赏玩不仅有美学意义，也有道德比况。这些物态进入诗词书画后常含有一种若隐若现的精神寄托。试看赵佶的《题芙蓉锦鸡图》：

秋劲拒霜盛，峨冠锦羽鸡。

已知全五德，安逸胜凫鹥。

　　"锦鸡"（即雉）有文、武、勇、仁、信之五德，儒家认为是"圣王"出世之象

《芙蓉锦鸡图》

征。而凫鹥是一种水鸟，随潮往来，又称信凫。《诗经·大雅》中有《凫鹥》篇，诗人是借以喻国家太平、社稷永保。他描绘锦鸡，又在歌颂儒家的五德，其用意深刻。图中的锦鸡，富贵适意，神采飞扬。诗中说"锦鸡"胜"凫鹥"，是"比物以德"的观念与人世德行完美结合的示范。对锦鸡崇高品行的认可，不妨说是自我比喻。这显然有美化自己之意。另一首《腊梅山禽图》也是题画诗的比德佳作：

山禽矜逸态，梅粉弄轻柔。

已有丹青约，千秋指白头。

《腊梅山禽图》

诗中的"山禽"，即"白头翁"。前两句写画中的鸟与梅，后两句以"白头翁"推想开去，寄以新意。这是檃栝阮籍《咏怀》中"丹青著明誓，永世不相忘"之诗意，"丹青"是绘画常用颜色，其不易泯灭。这里的"丹青约"用以喻友情或爱情之坚贞。此诗没有腊梅抗御严寒的一般比德意义，而是语义双关，以白头鸟暗指白头老翁，涵蕴深巧，意味悠长。此外，《题修竹士女图》《题芭蕉士女图》《题涤砚士女图》等，虽然风格纤弱，不脱"宫体诗"之痕迹，但描写士女思春细腻而委婉，也自有其特点。另一首《赵昌江梅山茶》则与上述题士女图诗不同，诗人评赵昌重在其写意传神，颇有几分豪气，其诗是：

赵昌下笔摘韶光，一轴黄金满斛量。

借我圭田三百亩，真须买取作花王。

众所周知，北宋画家赵昌以写生逼真见长，人评"生意"不足；而赵佶则说他下笔能"摘韶光"，无疑是着眼其以形写神的功力，可谓独具只眼。但是，在赵佶的所有题画诗中，感人的倒是他被俘后《题王右丞〈山居图〉》的名句"危楼日暮人千里，欹枕秋风雁一声"。这一联诗不仅对仗工严，意蕴深厚，而且透出了几多沧桑之感。

周积寅在其《中国画论辑要》中说："唐代及其以前的题画诗，并未题在画上。宋代，由于文人画行动的掀起，题画诗有了进一步的起色。文同、苏轼、米芾、米友仁等，作了大量的题画诗，但多数可能题在画前或跋在画后。有画迹可考的，在画上题诗的，当推宋徽宗赵佶第一人。"[1] 虽然周氏这一论断不尽准确，但是赵佶对中国题画诗的贡献在于他的几幅画卷上保留了现存较早、较多的诗与画载于同一平面的题画诗，如《芙蓉锦鸡图》《腊梅山禽图》等。因此，赵佶的书有题诗的画卷便弥足珍贵。不仅如此，他还在画上用自己独特的瘦金体书写，并钤印，融诗书画印于一体。这既与前人王摩诘、苏东坡有相通之处，又是一种发展和创新。

第三节　赵佶在中国艺术史上的地位与影响

赵佶对中国艺术之贡献，主要表现在以下几方面：

一、对宋代画院的重视和建设

虽然早在宋初就已设翰林画院，授予画家官职，待遇较为优厚，但到了徽宗朝，院中画师的地位更为提高。邓椿在《画继》中说："政、宣间，独许书画院出职人佩鱼，此异数也。"（《画继》卷十）崇宁三年（1104），又因奖励书画，设投试简拔法，命建官养徒，以米元章为书画两学博士；开始以绘画并入科举考试制度与学校教学制度之内，实行教育之新例。《画继》又说，徽宗"始建五岳观，大集天下名手，应诏者数百人，咸使图之，多不称旨。自此之后，益兴画学，教育众工，如进士科，下题取士；复立博士，考其艺能，……是时子房笔墨，妙出一时，咸谓得人"。特别值得注意的是其考试题目，多为古诗名句，如"野水无人渡，孤舟尽日横""乱山藏古寺""竹锁桥边卖酒家""嫩绿枝头红一点，动人春色不须多""踏花归去马蹄香"等。这不仅为以诗入画、画写诗意提供了制度上的保证，而且由于画家参与之多，所涉题材之广泛，也使诗画之融合达到了新境界。这无疑对题画诗发展产生深远影响。

二、培养与影响了一大批书画人才

赵佶不仅自己喜爱书画艺术，还积极推进宋代的美术教育。为此专门开设了一所翰林图画院。这等同于世界上最早的高等美术学院。宋徽宗则

《千里江山图》

亲自当起了教授兼"博士生导师"，亲自编教材，亲自授课。为了发掘有天赋的美术人才，他还开了"美术高考"，亲自出题，亲自批卷，吸纳优秀人才重点培养。其中少年天才王希孟就出自他的门下。王希孟本是徽宗年间文书库的一名小吏，可能就是在某一次考试中得到徽宗的赏识，于是被收为"弟子"，悉心调教。

天资聪颖的王希孟画技从此一日千里。18岁这年，他为徽宗呈上一幅旷世之作《千里江山图》。

从此，这幅《千里江山图》便成了王希孟一生的绝唱。献画后不久他便销声匿迹，杳然无踪。关于王希孟的下落，民间流传着三种说法，一种比一

《千里江山图》

种离奇。第一种说法是王希孟因作《千里江山图》气血耗尽，积劳成疾，两三年后便溘然长逝。第二种说法是徽宗年间大宋国势衰颓，哪来的锦绣河山？其实早已民不聊生。耿直的王希孟屡次谏言徽宗都不被采纳，于是又画了一幅《千里饿殍图》呈于徽宗，导致龙颜大怒，下令赐死王希孟，王时年20岁。第三种说法是最浪漫的，王希孟被赐死后，请求徽宗让他最后再看一眼《千里江山图》。徽宗答应后，他独自一人走进画室。可是当人们打开门时，王希孟已不见踪影。后世传说，他钻入了画卷之中，从此遨游于画中的锦绣河山，与《千里江山图》一起流芳百世，与日月争辉。

赵佶另一位弟子是大名鼎鼎的张择端。对于张择端的身世，史书上没有任何记载，千百年来一直是个难解之谜。有关《清明上河图》及其作者的资料仅有71个字，这些信息就是现存于故宫博物院的《清明上河图》"石渠宝笈三编本"后面第一个题跋者、金代人张著的跋文。跋文全文如下："翰林张择端，字正道，东武人也。幼读书，游学于京师，后习绘事。本工其界画，尤嗜于舟车、市桥郭径，别成家数也。按向氏《评论图画记》云：《西湖争标图》、《清明上河图》选入神品，藏者宜宝之。"

金人张著用行楷在《清明上河图》后面写下这71个字的跋文，距北宋灭亡仅58年。张著的题跋是关于张择端身世最早的记载，也是世上唯一的记载（可称为孤证）。后世有关《清明上河图》及其作者的依据皆源于这71个字。张著的题跋确实是最有价值的史料，也是对张择端身世最权威的记载。

《清明上河图》以水墨加上淡色，作于绢上，高24.8厘米，长5米又28.7厘米，画中分成三大主题，共814人、13辆车、29艘大小货船、8顶轿、83头牲畜、上百家店铺，反映的是150万人口大城市的面貌。此图给人如临其境、如闻其声的感受，栩栩如生之状，令人叹为观止。据说，张择端创作此画数易其稿。初稿完成后，因无缘一睹宫中繁华建筑而愁眉不展。后经大相国寺老和尚慧光引荐认识一位神秘的赵姓富商，由他领着张择端"混进"皇宫。当晚，张择端将一腔热情赋予丹青，一连五天五夜，足不出户，终于绘制出了千古佳作。这幅巨画问世后立即轰动京师，连皇帝也亲临寺院看画。张择端至此才知，助他进皇宫的赵姓富商竟是当时的天子宋徽宗。他三跪九叩谢恩之后，把画献给了宋徽宗，宋徽宗提笔书写"清明上河图"五个大字。后来，张择端进入翰林图画院，成为一名宫廷画师，专门绘画和教授学生。

三、广泛收藏名画

宣和年间，御府所藏益多，因而敕撰《宣和画谱》。其叙文说："乃集

《清明上河图》（局部）

中秘所藏者，魏晋以来名画，凡二百三十一人，计六千三百九十六轴。"后金兵南下，虽多有散佚，但贵族私家之收藏也比五代为盛。这些名画既为中国艺术宝库提供了珍品，也为宋代及后世书画家、诗人题咏提供了题材，促进了题画诗创作的发展。

四、对诗歌（含题画诗）的发展起到了巨大的推动作用

虽然赵佶的诗歌不能称上乘，但是他对宋代诗歌发展的推动作用却不可低估。据《石林避暑录话》载："政和间，大臣有不能为诗者，因建言，诗为元祐学术，不可行。……何丞相伯通适领修敕令，因为科云：'诸士庶传习诗赋者，杖一百。'是岁冬初雪，太上皇意喜。吴门下居厚首作诗三篇以献，谓之口号。上和赐之。自是，圣作时出，讫不能禁。诗遂盛行于宣和之末。"赵佶不仅倡导作诗，而且常举办"文会"，聚文士作诗唱和，他的《题文会图》说："儒林华国古今同，吟咏飞毫醒醉中。多士

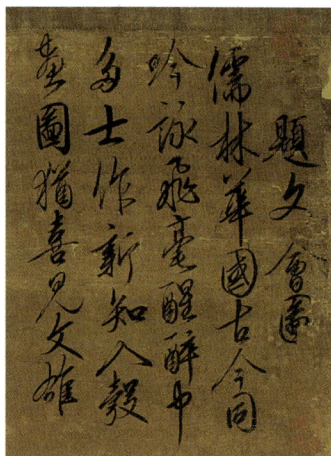

《题文会图》

作新知入彀，画图犹喜见文雄。"《石渠随笔》卷八称：宋徽宗文会图轴，绢本设色，画临池竹树坐饮者九人，树下立谈者二人，侍者九人。有徽宗押及题《文会图》。像这样的雅集，虽然在北宋前期即已出现，但那时参加的官员最大的不过是驸马王诜，而此时的"文会"首领是当朝最高统治者，其影响则大不同。特别是皇帝亲自作画并题诗，近臣们必定纷纷唱和。因此他们创作题画诗的数量当是可观的。这种由皇帝倡导的集体题画诗创作活动，对题画诗发展的推动作用无疑是巨大而深远的。仅就这一点来说，其在中国题画诗发展史上的影响也是无人可比的。因此，不管对赵佶在政治上的功过怎样评说，他在中国题画诗发展史上的重要地位是应该得到公认的。

五、对其后人的泽惠与影响

赵佶的子孙赵构、赵昚、赵惇、赵扩等也喜题画诗创作，并有作品存世。

赵构（1107—1187），徽宗第九子，庙号高宗。靖康二年（1127），即帝位。他拒绝抗金主张，建行都于临安（今浙江杭州）。在位36年。有

《翰墨志》等。《全宋诗》存其题画诗29首。其《题红木犀花扇赐从臣》二首是：

> 月宫移就日宫栽，引得轻红入面来。
> 好向烟霄承雨露，丹心一点为君开。

> 秋入幽丛桂影团，香深粟粟照林丹。
> 应随王母瑶池宴，染得朝霞下广寒。

陈郁《话腴》载："明之象山，士子史本有木犀，忽变红色异香，因接本献阙下，高庙雅爱之，画为扇面，仍制诗以赐从臣。……自是四方争传其本，岁接数百，史氏由此昌焉。"其中的第二首，先写桂影与香气，虚中有实；再写其颜色，既扣诗题，又与"林丹"相应。其中"染得朝霞下广寒"一句尤为奇妙，夸张而贴切。又据《吴礼部诗话》载，赵构还以"桂花"为题，用大字草书题于复古殿，可知是其得意之作。

其养子赵昚（1127—1194），字元永，庙号孝宗。《全宋诗》存其题画诗13首，以《题刁光胤画册十首》较好。

光宗赵惇，孝宗第三子。有《御制集》。《全宋诗》存其题画诗4首。其《题杨补之红梅图》："去年枝上见红芳，约略红葩傅浅妆。今日亭中足颜色，可能无意谢东皇。"此诗因人写花，以花喻人，颇有情致。

赵佶的艺术修养和造诣不仅影响了其子孙，而且这些人作为皇帝对后世的影响更是难以估量。

注　释

〔1〕周积寅编著《中国画论辑要》，江苏美术出版社，2005，第55页。

第十五章

北宋后期至南宋前期题画诗

自宋徽宗即位至南宋宁宗执政前期这一百余年的时间里，题画诗创作进入了一个新时期。这时期虽然政治日趋腐败，国势衰微，但是书画艺术和题画诗创作却有较大的发展。其中徽宗赵佶是这一时期既有代表性又具标志性的人物，他"所事者，独笔砚丹青"（蔡絛《铁围山丛谈》）。如果说宋代前期是历代宰相亲自创作并倡导题画诗，那么北宋后期从赵佶开始直至南宋前期，许多皇帝都重视绘画和题画诗创作，所以极大地促进了题画诗的发展。

第一节　江西诗派题画诗人

北宋后期至南宋前期，题画诗创作队伍的突出特点是具有更为明显的群体性，如著名的江西诗派。这个诗派中的有些诗人虽然来自前期以苏轼为核心的创作群体，并有极为亲密的师生关系，但是其旨趣和创作道路已有所不同。宋徽宗初年，吕本中作《江西诗社宗派图》（以下简称《宗派图》），把黄庭坚、陈师道为首的诗歌流派取名为"江西诗派"。"江西"即宋代的江南西路，黄庭坚及诗派中的谢逸等11人是江西人。《宗派图·序》尊黄庭坚为诗派之祖，下列陈师道、潘大临等25人。《宗派图》本是吕本中少时戏作，名单的取舍序次都很随意，但所指出江西诗派的存在是符合事实的，并且其中大多数成员都受到黄庭坚直接或间接的指点。他们的诗歌创作也或深或浅地受到黄诗的影响，其题材取向和风格倾向上也比较接近，因此它确为一个声同气应的诗歌流派。由于受黄庭坚的深远影响，南宋的曾幾、赵蕃、韩淲等人也被看作诗派中人。到了宋末，方回因为诗派中成员多数学习杜甫，就把杜甫称为江西诗派之祖，而把黄庭坚、陈师道、陈与义三人称为诗派之宗，提出"一祖三宗"之说（参见方回《瀛奎律髓》卷二十六）。这个诗派的主要特点是以杜甫为诗家宗旨，对流行已久的诗歌"宋调"加以修正，强调诗的艺术特征，并尝试写一种句法奇异、境象有陌生感的诗。陈师道继承了黄庭坚的诗风，提倡"拙朴"，于是北宋诗坛逐渐都笼罩在黄、陈的影响之下。但江西诗派的诗也因其成员性格各异、生活道路不同而形成各自不同的特点。不过，他们之中许多人的共同爱好是绘画和创作题画诗。

江西诗派"三宗"之一的陈师道（1053—1102），字履常，一字无己，号后山居士，彭城（今江苏徐州）人。家境贫寒，性格狷介。他视苏轼为师长，也是苏轼门下的重要诗人。但他作诗闭门苦吟，与苏轼的挥洒自如迥然不同，实际是以重视推敲炼字的黄庭坚为师。他说："一见黄豫章，尽焚其稿而学焉。"（《答秦观书》）其诗主要写个人的生活经历和人生感慨，真挚诚恳，感人至深。其得意之作《绝句》"书当快意读易尽，客有可人期不来；世事相违每如此，好怀百岁几回开"广为传诵。有《后山集》。《全宋诗》存其题画诗9首。其代表作是《题明发高轩过图》：

> 滕王蛱蝶江都马，一纸千金不当价。
> 异材天纵非力能，画工不是甘为下。
> 今代风流数大年，含毫落笔开山川。
> 忽忘朽老压尘底，却怪兔鸿堕目前。
> 迩来八二复秀出，万里山河才咫尺。
> 眼边安得有突兀，复似天地初开辟。
> 明窗写出高轩过，便逐愈湿闻吟哦。
> 晚知书画真有益，却悔岁月来无多。
> 官禁修严断过访，时于僻寺逢税鞅。
> 秀润如行琮璧间，清明似引星辰上。

忧悲愉怏百不平，河擘太华东南倾。

平生秀句寰区满，掇拾馀弃成丹青。

平湖远岭开精神，斗觉文字生清新。

未许二豪今角立，要知旁有卫夫人。

此诗一作《赋宗室士暕高轩过图》（文字稍有出入）。"宗室士暕"，字明发，曾为李贺诗《高轩过》作图。唐代诗人李贺，七岁能辞章，名动京城。韩愈、皇甫湜览其作，"奇之而未信，曰：'若是古人，吾曹或不知；是今人，岂有不识之理！'遂相过其家，使赋诗。贺总角荷衣而出，欣然承命，旁若无人，援笔题曰'高轩过'。二公大惊，以所乘马命联镳而还，亲为束发。"（辛文房《唐才子传》卷五）《宋诗纪事》载："《王直方诗话》：无己谓余曰：'近宗子节使使余作一诗。皆挂名其间，得百千以为女子嫁资，可乎？'余曰：'诗未成，则钱不可缓，诗已成，则钱不可来。'数日无己卒，士暕赠以百缣"（《宋诗纪事》卷三十三）。可知这当是诗人的绝笔之作。这首诗赞画兼赞人，赞人而不流于空泛。语奇句秀，气势豪宕。首尾相应，极有次第。四句一转韵，意随韵生，深得杜甫七言题画古诗之笔法。另一首《晁无咎画山水扇》，用杜甫《奉先刘少府新画山水障歌》《戏题王宰画山水图歌》诗句或诗意评价晁补之的绘画，也写得畅达而有气势，并无其普通诗歌常见的刻意求新的缺点。

陈与义（1090—1139），也是江西诗派的"三宗"之一。他字去非，号简斋，洛阳（今属河南）人。历官中书舍人、翰林学士、知制诰，参知政事。陈与义是南北宋之交最杰出的诗人，其诗雄阔慷慨，颇有杜甫沉郁之风。《鹤林玉露》认为，"自陈、黄之后，诗人无逾陈简斋。其诗由简古而发秾纤。遭值靖康之乱，崎岖流落，感时恨别，颇有一饭不忘君之意"（《宋诗纪事》卷三十八）。他也是书画家，宋周必大在《平园集》中说："陈公与义，字画清简，类其诗文。"有《简斋集》。《全宋诗》存其题画诗29首。

陈与义的题画诗也如其画，清简而有韵味，如《题牧牛图》：

千里烟草绿，连山雨新足。

老牛抱朝饥，向山影觳觫。

> 犊儿狂走先过浦，却立长鸣待其母。
>
> 母子为人实仓廪，汝饱不惭人愧汝。
>
> 牧童生来日日娱，只忧身大当把锄。
>
> 日斜睡足牛背上，不信人间有黄舆。

　　这首诗当是自画自题。诗人将画意升华，以牛喻人，含蕴颇深。此诗先写画中景物：绿草如茵，山雨新足；饥饿的老牛，影子投在山上也在抖动。牛犊儿为饥所驱，狂走先过浦，但又回首长鸣，等待其母。描绘具体而形象。接下来发出议论："母子为人实仓廪，汝饱不惭人愧汝。"这是全篇之警策，与柳宗元《牛赋》中所说的"人不惭愧，利满天下"语义基本相同。诗人之不平与愤懑尽在言外。尤其耐人寻味的是诗的最后两句："日斜睡足牛背上，不信人间有黄舆。"语出《列子·杨朱篇》："野人之所安，野人之所美，谓天下无过者，……自曝于日，不知天下之有广厦隩室。"诗人之意更耐人寻味。在古代社会，"黄舆"为帝王所乘，是代步的最好器具，然而牧童却以"睡牛背"为最大快乐，高下尊卑，何其悬殊！特别是"不信"二字读来尤令人心酸。此诗曲尽其意，清新自然，是题画诗的上乘之作。《和张矩臣水墨梅五绝》也是其代表作：

> 巧画无盐丑不除，此花风韵更清姝。
>
> 从教变白能为黑，桃李依然是仆奴。

> 病见昏花已数年，只应梅蕊固依然。
>
> 谁教也作陈玄面，眼乱初逢未敢怜。

> 粲粲江南万玉妃，别来几度见春归。
>
> 相逢京洛浑依旧，唯恨缁尘染素衣。

> 含章檐下春风面，造化功成秋兔毫。
>
> 意足不求颜色似，前身相马九方皋。

自读西湖处士诗，年年临水看幽姿。

晴窗画出横斜影，绝胜前村夜雪时。

曾达臣《独醒杂志》载："花光仁老（僧仲仁）作墨梅，简斋题五绝句。徽庙（赵佶）见而善之，召对擢用。于是画亦因诗而重。"张矩臣，又作规臣，是诗人的表兄。此诗是为和张矩臣的题《水墨梅》诗而作，但张诗已不见著录。这五首绝句写得各有特点，而赵佶最称赏的却是第四首，即"皋字韵一首"（参见胡仔《沼溪渔隐丛话》前集卷五三）。这首诗强调绘画要得"造化"之功，追求意韵，遗貌取神，而不在其"颜色似"。这是古代绘画的重要审美原则。因此清代画家恽寿平说："此真知画者也。"（《瓯香馆集》卷十二）这也是宋徽宗欣赏此诗的原因所在。但就诗而言，它并非上乘，倒是其第三首写江南之梅，颇有品位。此诗化用陆机《为顾彦先赠妇二首》其一中"京洛多风尘，素衣化为缁"句意，说墨梅是被京洛缁尘所染，以梅喻人，含蓄蕴藉。因此，受到洪迈、朱熹等人的称赏。另一首《题许道宁画》再现画境，妙笔生辉，其中"众木俱含晚，孤云遂不还"，既写画面时间的永驻性，又写风云的流动性，赞画而不留痕迹。

江西诗派的另一位重要诗人潘大临，字邠老。据《后村诗话》载，东坡、文潜先后谪黄州，皆与邠老游。其诗自云师老杜，然有空意而无实力。但黄庭坚曾称赞他说："天下异才也。"（《潘子真诗话》）其播传人口的诗句是"满城风雨近重阳"，谢逸曾以此句为首句"广为三绝"。有《柯山集》。《全宋诗》存其题画诗13首。其中的《吴熙老所藏风雨图》是代表作：

我游匡山夏将杪，赤日青天万山绕。

忽然风雨动地来，震气乘雷离电迸。

一川烟霭失东西，万里乾坤错昏晓。

香炉高峰危欲堕，石门细路人心劁。

江翻那闻得计鱼，木拔岂有安巢鸟。

须臾云过雨脚收，依旧晴晖着丛筱。

群山历历在眼前，恰似凭高日方晓。

谁将此景入画图，数幅生绡盘礴了。

吴丞此画绝代无，张公此诗古来少。

读诗观画兴未穷，北窗风凉退自公。

使君意消三伏中，未可鞭箠催青铜。

自注：熙老在罗田催科，不用鞭箠而办。

这首诗前一部分写景状物极有生气，颇近苏轼之诗风，但结尾处却流于空泛，给人以"有空意"而"无实力"之感。而他的《题张圣言画四时景物》却写景如画，清新可读，如其中的第一首："我到淮南几见春，一身蓑笠蔽烟雨。桃花林里有人家，疑是柯山最深处。"另有《题陈德秀画四季枕屏图五首》，风格与此诗相似，也写田园风光。

江西诗派中的谢逸与从弟谢薖，以诗文媲美，时称"二谢"，都有题画诗问世。其中谢薖的题画诗较多，《全宋诗》存其19首。其《陶渊明写真图》是一首长篇七言古体诗，诗中较为细致地描绘出陶渊明"环堵萧条仅容膝"的窘境和躬耕自适的生活情趣，既为其"庙廊之姿老蓬莱"感到惋惜，又盛赞其山林之高致。语言自然流畅，风格流丽清新。其《题于逢辰画》中"石带苍苔瘦，风凋折苇稀"一联写画中之景，具有时令性，给人以动态感。

韩驹，字子苍，蜀仙井监（今四川仁寿）人。政和中，召试赐进士出身，累除中书舍人兼权直学士院。高宗即位后，任江州知州。他早年学苏轼，曾蒙苏辙赏识说："恍然重见储光羲。"他虽列入江西诗派，但晚年对苏黄都不满意，说："学古人尚恐不至古人，况学今人哉！"[1]"其诗有磨淬剪截之功，终身改窜不已"（参见《后村诗话》）。有《陵阳集》。《全宋诗》存其题画诗29首。试看其为人称道的《题李伯时画太乙真人图》（录自钱锺书《宋诗纪事补正》）：

太乙真人莲叶舟，脱巾露发寒飕飕。

轻风为帆浪为楫，卧看玉宇浮中流。

中流荡漾翠绡舞，稳如龙骧万斛举。

不是峰头十丈花，世间那得叶如许。

龙眠画手老入神，尺素幻出真天人。

恍然坐我水仙府，苍烟万顷波粼粼。

玉堂学士今刘向，禁直岩岧九天上。

不须对此融心神，会植青藜夜相访。

这首为李公麟《太乙真人图》所题之诗，盛赞龙眠妙笔"尺素幻出真天人"，人物活灵活现，跃然纸上。据胡仔说："李伯时画太乙真人卧一大莲叶中，手执书卷仰读，萧萧有物外思。子苍有诗题其上云云。语意绝妙，真能咏尽此画也。"（《苕溪渔隐丛话》卷五三）又《郡斋读书志》载："王黼尝命子苍咏其家藏《太乙真人图》诗，盛传一时。"据说，他因此诗而赐进士出身。"偶祐陵（徽宗赵佶）忽问迁谪中有何人材，（贾）祥即出子苍诗文以进，首篇'太乙真人'之句，上览奇之，即批出赐进士及第，除秘书省正字。不数年，遂掌外制。"[2] 由此可见此诗影响之大。再看其《题湖南清绝图》：

故人来从天柱峰，手提石廪与祝融。

两山坡陀几百里，安得置之行李中。

下有潇湘水清泻，平沙侧岸摇青枫。

渔舟已入浦溆宿，客帆日暮犹争风。

我方骑马大梁下，怪此物象不与常时同。

故人谓我乃绢素，粉墨妙手烦良工。

都将湖南万古愁，与我顷刻开心胸。

诗成画往默惆怅，老眼复厌京尘红。

这首题画诗不同于一般题画诗细致、生动地描绘画中景物，而是说画家将相距"几百里"的大山"石廪"与"祝融"一并置于自己的囊中，从"天柱峰"而来给自己送来一幅《湖南清绝图》。诗人将实景融入虚境，不动声色地赞画，手法高妙。另一首《题李伯时画背面仕女》说"若教转盼一回首，三十六宫无粉光"，化用白居易《长恨歌》中"回眸一笑百媚生，六宫粉黛无颜色"诗意，化静为动，引人想象，也有情趣。

李彭也是江西诗派的题画诗大家，字商老。《后村诗话》说："李商老，公择尚书家子弟也。东坡、山谷、文潜诸公皆与往还。颇博览强记，然诗体拘狭少变化。"而《江西诗派图录》却说，"商老诗文富赡宏博，非后生容易可到"。有《日涉园集》。《全宋诗》存其题画诗27首。先看其《题访戴图》：

> 闲庭秋草积，满砌苍苔深。
> 忽向冰纨上，聊窥访戴心。
> 雪月俱皎皎，风林互森森。
> 纵观停舻处，犹闻击汰音。
> 终年剡溪曲，何尝返山阴。
> 徒言兴已尽，真妄谁能寻？
> 浮生图画耳，慷慨为长吟。

《访戴图》所画的是晋王羲之之子王徽之（字子猷）夜访名士戴逵（字安道）的故事。诗人为这幅画题诗似乎要"聊窥访戴心"，但结论却是"真妄谁能寻"，于是只能发出"浮生图画耳"的感叹。古人说"浮生若梦"，而将浮生比作图画，似别有意蕴，是说人的一生如画家作画，由自己主宰，还是感叹如画之虚空？颇引人思索。另一首《唐明皇夜游图》是长篇七言古体诗。它与徐俯的五言律诗《明皇夜游图》出于同一机杼，都是借古喻今，以唐明皇荒淫误国鉴戒宋徽宗赵佶，颇有现实感。他的《徐叔明校书篆笔奇古复作丹青为予作汉江暮霭扇材极妙力求鄙句作此以赠》，是一首既题画又赞书的诗，说"怜君俱入妙，简远复清旷"。这是较为少见的书画双咏的题画诗。

在江西诗派诗人中，饶节、释祖可、徐俯、洪炎等也创作过题画诗。其中徐俯留存的题画诗较多，有14首。徐俯，字师川，自号东湖居士，洪州分宁（今江西修水）人。累官端明殿学士，签书枢密院事，权参知政事。他是黄庭坚的外甥，诗也受其影响。《豫章诗话》载："师川七岁能诗。山谷尝曰：'洪龟父携师川《上蓝庄诗》来，词气甚壮，笔力绝不类年少书生。'"（《宋诗纪事》卷三十三）晚年他想摆脱江西诗派的风格，不堆砌雕琢而力求平易自然。有《东湖集》。试看其《成生山水画歌》：

> 画水不画湿，画山不画坚。
>
> 盈尺之纸数寸管，便有江湖万里天。
>
> 成生貌古心亦古，造化为工笔端取。
>
> 玄冬起雷夏造冰，翻手为云覆为雨。
>
> 岭外荒山与野水，自昔不闻传画史。
>
> 只画潇湘与洞庭，于今却在兵戈里。
>
> 翠峰碧嶂郁然来，病眼愁心次第开。
>
> 人家浦溆扁舟渡，何日真能到一回。

这首诗除了赞画和言画理外，还透露出南宋初年战乱不已的消息："只画潇湘与洞庭，于今却在兵戈里。"诗人关心国运，忧心忡忡，只是看了这幅画，感到"翠峰碧嶂郁然来"，才"病眼愁心次第开"。此诗不用典，不雕饰，平易通俗，当是其晚年之作。其《次韵可师题于逢辰画山水》，是一首五言律诗，对仗较为工严，为其讲求雕琢的代表作。诗中"故山黄叶下，梦境白鸥前"一联，融情于景，别具韵味。此外，他的几首六言题画诗也各有特点，如《次可师韵》：

> 五湖出画师手，一叶浮渔父家。
>
> 风里芙蓉野色，雨中鸿雁汀沙。

这首诗虽然简短，但意蕴丰厚。先写"画师手"与画中人，画师出于五湖，既扣题又言于逢辰以山水名世；"一叶浮渔父家"，既暗写人，又将画立体化，极为生动。后写画中之景，但写景而不滞于画，也给人以动感。此诗既讲对仗，又句式灵活，前两句用二四式，后两句又变回六言诗常用的二二二式，可谓不拘常格。

江西诗派一直延续到南宋，吕本中、曾几、赵蕃、韩淲等也被看作此诗派中人。他们都有题画诗传世。

吕本中（1084—1145），江西诗派后期最重要的诗论家。初名大中，字居仁，世称东莱先生，寿州（今安徽凤台）人。早年作诗专以黄庭坚为典范，生新刻峭，旨趣幽深，但也力求创造自己的风格。进入南宋以后，其诗风转为轻快圆美，不像一般江西诗派的艰涩。并在理论上提出了"活法"之说："学诗当识活法。所谓活法者，规矩备具而能出于规矩之外，变化不测而亦不背于规矩也。"（刘克庄《后村先生大全集》卷九五）这意味着江西诗派的内部有了新变。有《东莱先生诗集》《紫微诗话》等。《全宋诗》存其题画诗22首。

诗人身处乱世，当金兵围攻汴京时，他正在城中，最早用诗歌记录了这场事变，描写了奋勇抗金的将士，如《守城士》《兵乱寓小巷中作》等。其题画诗也如这些诗歌一样，直接或间接地写出了爱国士大夫的共同心声，如《题孙子绍所藏摩诘渡水罗汉》：

> 问渠褰裳欲何往，仿佛徙倚沧波上。
> 至人入水固不濡，何以有此恐怖状？
> 我知摩诘意未真，欲以笔端调世人。
> 此水此渡俱非实，摩诘亦未尝下笔。
> 孙郎宝藏今几年，往来周旋兵火间。
> 世人险阻更百难，彼渡水者安如山。
> 请君但作如此观，莫更思惟寻笔端。

此诗借画言怀，颇有寓意。诗中说："至人入水固不濡，何以有此恐怖状？"联想到靖康之乱，统治者纷纷南逃，"仓皇北顾"之历史背景，当不无所指。尤为发人深思的是诗人又说："我知摩诘意未真，欲以笔端调世人"，其言外之意更不言而喻。此诗运笔巧妙，微言大义，若隐若现，意味深长。另一首《次韵钱逊叔清江图后二首》其二也是如此：

> 作清江三两曲，胜大厦千万间。
> 若保此中安坐，不必中原遽还。

这首诗表面上看，似乎是在赞画，说倘能在如此清幽的画境中"安坐"，胜过广厦千万间。但实际上是弦外有音，意在嘲讽南宋小朝廷偏安江左，不思收复中原。其锋芒直指最高统治者，可谓尖锐而切中要害。其

《画马图》也有讽喻意味，诗人说"边尘净尽今百年"也似乎是反话正说，实际上南宋的边庭硝烟从未消散，而"万马"却无用武之地。这也是指斥南宋之偏安，致使"万马夜起争悲鸣"。

曾幾（1084—1166），字吉甫，号茶山居士，赣州（今属江西）人。他极力推崇黄庭坚，又曾向吕本中请教诗法。其诗清新活泼，开杨万里之先声。有《茶山集》。《全宋诗》存其题画诗8首。其代表作是《题访戴图》：

> 小艇相从本不期，刻中雪月并明时。
>
> 不因兴尽回船去，那得山阴一段奇！

此诗又题作《书徐明叔访戴图》，可知是为山水画家徐明叔的画而题。它与李彭的《题访戴图》有所不同：李诗要"窥访戴心"，对"兴尽"之说表示怀疑；而此诗是赞王子猷的"兴尽而返"，不问其"真妄"。追求轻松快意，这正是曾幾诗的突出特点。因此，元代韦居安在评此诗时说："朱子仪亦有诗云：'四山摇玉夜光浮，一舸玻璃凝不流。若使过门先见了，千年风致一时休。'子仪实祖茶山之意。"（《梅硐诗话》卷上）

赵蕃（1143—1229），字昌父，号章泉，原籍郑州（今属河南），南渡后侨居信州玉山（今属江西）。早岁从刘清之学。后刘清之任衡州知州，求为监安仁赡军酒库，至衡州刘清之罢官，遂从之归。后奉祠居家33年，年五十犹问学于朱熹。理宗绍定二年（1229），以直秘阁致仕。其诗宗黄庭坚，与韩淲（号涧泉）有"二泉先生"之称。有《章泉集》。《全宋诗》存其题画诗42首。其中关于陶渊明绘画的题诗颇多，其《题三径图》说：

> 忆在宜春日，曾看三径图。
>
> 腥膻尚京洛，羁旅久江湖。
>
> 岂曰有安宅，绝然忘故都。
>
> 人琴怅俱已，松菊孰充娱。

诗人通过回忆往昔所见之《三径图》来写时下自己的漂泊生活。当时北方领土沦丧已久，京洛"腥膻"。诗人思念故都，忧心不已，虽有画中"松菊"也不能娱目，反映了诗人的爱国情怀。诗人对当政者不满，曾屡次不赴任，有志难展，也有山林之思。其《叔文见过且携赵祖文〈归来图〉来为赋四十字》说："蝉噪天边柳，鸠鸣雨外桑。江东千里远，湖北比年荒。画展归来赋，辞吟老至将。终焉莫陶写，醉帽晚风长。"此诗不仅抒发了诗人的怀归之情，而且间接地反映了当时农村连年灾荒的情景。另一首《题江贯道江行晚日图》则流露出自己之所以"归思忽无边"，是因为"岁月惊飞鸟，功名忆堕鸢"，反映了官场的险恶。

韩淲（1159—1224），字仲止，号涧泉，祖籍开封（今属河南），南渡后隶籍上饶（今属江西）。早年以父（元吉）荫入仕，为平江府属官，后做过朝官。淲清廉狷介，与同时知名诗人赵蕃等多有交游。有《涧泉集》。《全宋诗》存其题画诗50余首。其中有忧国伤时之作，如《一犁春雨图次赵正字韵题之二首》其一：

> 莫问今人与古人，汉家红腐本陈陈。
> 年来饥馑因师旅，何计归田了此身？

这首诗借《春雨图》生感，真实地反映了南宋末年因连年战争而田园荒芜、民不聊生的现实。诗人抒发了归田无计的感慨。南渡之后，山河破碎，诗人忧心如焚。他在《南唐画有宣和题》诗中说："今日江南谈旧话，遗黎无泪湿青红。"又在《宣和画猿二首》其一中说："今日江南无塞北，不禁毫素尚淋漓。"这些诗都表达了他深深的爱国情怀。

第二节　爱国诗人陆游题画诗

"中兴四大诗人"陆游、杨万里、范成大、尤袤，虽然不属于江西诗派，但其早期都不同程度地受到江西诗派的影响。不过，随着时间的推移，其诗歌的思想内容、艺术风格却发生了很大变化，这和他们所处的时代背景有很大关系。南宋，是阶级矛盾和民族矛盾错综复杂又十分激烈的朝代。初期，金统治者继续挥兵南下，进一步威胁国家的存亡和南方人民的安全。广大人民从反抗民族压迫、维护国家统一的爱国主义精神出发，坚决要求抗金。知识分子中的有识之士，也发出了强烈的爱国呼声。而以宋高宗、秦桧为首的投降派却只希望通过对女真贵族的求和来换取东南半壁江山的偷安，因而长期的新、旧党争为和、战之争所代替，爱国主义成为时代的最强音。随着时势的变化，诗歌的主题，特别是题画诗词的主题已不再以闲适、悦性为基调，而是代之以忧患、愤懑和抗争。由于烽火连天、山河破碎，动荡的局势已不再具有苏轼、黄庭坚等诗人当年创作的环境，所以题画诗词的艺术风貌也发生了全新的变化。

陆游（1125—1210），字务观，号放翁，越州山阴（今浙江绍兴）人。他出身于一个有文化传统的官宦家庭，父亲陆宰是越州一个具有爱国思想的士大夫。他生当北宋覆亡之际，少年时受到良好的文化教育和家庭亲友间爱国思想的熏陶。宋高宗绍兴二十三年（1153），试礼部，取为第一，因名居秦桧之孙秦埙之前，竟被以"喜论恢复"的罪名黜免。孝宗时，赐进士出身。历任镇江、隆兴、夔州通判，入四川宣抚使王炎幕府任干办公事，投身军旅生活。后调成都范成大幕府任参议官，不久东归，提举福建及江南西路常平茶盐公事，权任严州知州。光宗时，任朝议大夫、礼部郎中。旋被劾去职，归老故乡。陆游是南宋伟大的爱国诗人，也是一位多产作家，曾自谓"六十年间万首诗"。他的诗歌反映南宋前期社会的各个方面，有"诗史"之誉。其中最光辉的则是那些表现爱国激情、具有积极浪漫主义精神的作品。他早年受过江西诗派的影响，中年以后与之分径，自成一家。其诗风格多样，或雄浑沉郁，或清新自然，而以豪迈雄放为主。诗体兼备，七言古诗、律诗尤为擅长。其文短隽可爱，前人推为南宋宗匠。其词抒写爱国情思之作，"激昂感慨者，稼轩不能过"（《后村诗话续集》）。有《渭南文集》《剑南诗稿》《放翁词》。

据《全宋诗》统计，陆游有题画诗75首；据《全宋词》统计，有题画词1首。其题画诗词的思想内容和艺术风格，基本与其他诗歌相同。《唐宋诗醇》卷四十二说："其感激悲愤，忠君爱国之诚，一寓于诗，酒酣耳

陆游

热，跌宕淋漓。至于渔舟樵径，茶碗炉熏，或雨或晴，一草一木，莫不著为咏歌，以寄其意。"这里也基本上概括了陆游题画诗词的主题及其特点。忧国忧民思想，在陆游的题画诗词中有多方面的反映。

第一方面是通过观看地图等绘画直写现实，表达爱国情怀，这在古代题画诗中是很少见的，如《观大散关图有感》：

> 上马击狂胡，下马草军书。
> 二十抱此志，五十犹癯儒。
> 大散陈仓间，山川郁盘纡。
> 劲气钟义士，可与共壮图。
> 坡陀咸阳城，秦汉之故都。
> 王气浮夕霭，宫室生春芜。
> 安得从王师，汛扫迎皇舆？
> 黄河与函谷，四海通舟车。
> 士马发燕赵，布帛来青徐。
> 先当营七庙，次第画九衢。
> 偏师缚可汗，倾都观受俘。
> 上寿大安宫，复如贞观初。
> 丈夫毕此愿，死与蝼蚁殊。
> 志大浩无期，醉胆空满躯。

大散关，位于今陕西宝鸡西南，当时为宋金交界之地。这首诗写于乾道九年（1173），是诗人看到大散关作战地图有感而作。诗中先写自己从少年到老年的战斗经历。接着写大散关壮丽的山川和雄伟的故都宫殿。再写故都被占，令人愤慨，因而产生强烈的收城复国愿望，并想象收复长安，抓住敌人首领，让长安城的人都能享受到胜利的欢乐，还设想调集全国的物力、财力修复京都，使之再现唐初贞观盛世的繁荣景象。诗人认为，只有作出这样的事业，人的一生才不至于同蝼蚁一样。然而这一切只能是空想。这首诗淋漓尽致地表达了一位爱国志士强烈的爱国热忱和因理想不能实现而产生的愤懑之情。另有《题阳关图》所表现的主题也与此诗相似。诗的结句感叹"山河未复胡尘暗，一寸孤愁只自知"，尤令人动容。他的《观长安城图》也出于同一机杼：

> 许国虽坚鬓已斑，山南经岁望南山。
> 横戈上马嗟心在，穿堑环城笑虏孱。
> 日暮风烟传陇上，秋高刁斗落云间。
> 三秦父老应惆怅，不见王师出散关。

这首诗是淳熙元年（1174）秋天，诗人在四川蜀州时所题。诗人看到长安城图后引起无限感慨，因而道出了内心的痛苦。虽然他献身祖国的志向坚定，但是统治者偏安江左致使其年华虚度。通篇充满了忧国忧民的爱国主义思想，隐含着对南宋统治者的讽刺与谴责。它与其《关山月》诗有异曲同工之妙。

宁宗庆元六年（1200），已经76岁高龄的诗人听说主战派韩侂胄被提升为直华文阁，并赐紫金鱼带，以为恢复中原有望，于是怀着兴奋的心情写下了《观运粮图》。诗人看到南宋画家李唐的《雪天运粮图》，想到韩侂胄的北伐之举，内心无比激动：

> 王师北伐如宣王，风驰电击复土疆。
> 中军歌舞入洛阳，前军已渡河流黄。
> 马声萧萧阵堂堂，直跨井陉登太行。
> 壶浆箪食满道傍，刍粟岂复烦车箱。
> 不须绝漠追败亡，亦勿分兵取河湟。
> 但令中夏歌时康，千年万年无馈粮！

诗人以欢快的笔调描绘出一幅进军图。他时而似乎到了前线，看到了军马驰骋疆场和民众劳军的场面；时而又好像运筹帷幄的军师，指令将士既不可乘胜"追败亡"，又不要分兵"取河湟"。其神采飞扬之状跃于纸上，其欢乐之情溢于言表。此诗的韵律也为感情表达服务，全诗所有出句都不转韵，一韵到底，酣畅淋漓地表达了诗人的快意与激情。这在七言古诗中较为少见。

陆游题画诗的第二方面内容是通过为牛、马类绘画题诗，感事忧国，渴望南北统一，并由牛马而及人事，表达了发展生产，使人民安居乐业的美好愿望。如《游昭牛图》，就是通过对牛的深厚感情及良好祝愿，表达了诗人的美好寄托。又如《龙眠画马》：

> 国家一从失西陲，年年买马西南夷。
> 瘴乡所产非权奇，边头岁入几番皮。
> 崔嵬瘦骨带火印，离立欲不禁风吹。
> 圉人太仆空列位，龙媒汗血来何时？
> 李公太平官京师，立仗惯见渥洼姿。
> 断缣岁久墨色暗，逸气尚若不可羁。
> 赏奇好古自一癖，感事忧国空余悲。
> 呜呼，安得毛骨若此三千匹，衔枚夜度桑乾碛！

这首诗于1174年秋天，题在北宋名画《龙眠画马》上。名为题画，实乃借题抒怀。画中马的逸气触动了诗人对南宋国势日衰的感慨和杀敌报国的雄心。

第三方面是通过对先贤画像的题诗以抒发自己的情志，如《秋风亭拜寇莱公遗像二首》其二：

> 豪杰何心后世名，材高遇事即峥嵘。
> 巴东诗句澶州策，信手拈来尽可惊。

这首诗对寇準予以高度评价，从文学才华写到治国御侮的韬略。寇準是北宋初年的政治家，他之所以能成就大业，是和"明主"的支持分不开的。诗人由此生感，想到自己也有为国为民收复失地的决心，但由于当政者一味苟且偷安，只好望洋兴叹。

另一首《题少陵画像》表达的感情更为复杂、深沉：

> 长安落叶纷可扫，九陌北风吹马倒。
> 杜公四十不成名，袖里空余三赋草。
> 车声马声喧客枕，三百青铜市楼饮。

杯残炙冷正悲辛，仗内斗鸡催赐锦。

此诗明写杜甫的不遇时，暗写自己的怀才不遇。诗人最后说："杯残炙冷正悲辛，仗内斗鸡催赐锦"，虽然揭露的是唐王朝，但影射的却是南宋王朝偏安江左，不思北定中原，沉湎于淫乐，而轻慢主战志士。其现实感尤为鲜明。

陆游的题画诗除抒写"忠君爱国之诚"外，则是于"一草一木"中寄情，如《题画薄荷扇二首》其一：

薄荷花开蝶翅翻，风枝露叶弄秋妍。

自怜不及狸奴黠，烂醉篱边不用钱。

这首诗是为扇面上的薄荷花而题，似信笔写来，毫不着意，但最后的两句感叹却发人深思："我却不如小猫聪明，它在篱边烂醉，不用花一分钱！"这显然是借薄荷之口，抒发自己的感慨，其中既有他对自己贫困生活的哀怜，又有政治上失意的苦闷，内涵相当丰厚。弦外之音是：猫儿乖巧，得宠于主子，可以无牵无挂睡大觉；而自己忧国忧民，却只能过清苦生活。诗人的智慧之笔，轻松诙谐，没有横眉怒目、剑拔弩张，便把自己郁积心中的愤慨淋漓尽致地表现出来，洵为大家手笔。

陆游题画诗的突出特点是热情奔放、慷慨激昂，既有李白之飘逸豪放，又有杜甫之沉郁悲凉。这在其爱国忧时的诗篇中体现得尤为明显。但在题咏山水田园、草木鱼虫类绘画诗中却不乏恬淡清奇的一面，这正如明末袁宗道所评"模写事情俱透脱，品题花鸟亦清奇"（《偶得放翁集，快读数日志喜，因效其语》）。如《题柴言山水四首》其一：

阴阴山木合，幽处著柴荆。

喧中有静意，水车终日鸣。

此诗写画中之山景，密树环合，幽处有柴门，水车终日转。诗人化静为动，又以动写静。这里的山光水色好似王维笔下的山居图，诗风恬淡而清新。而其中的第四首，则峭拔清奇："草亭临峭绝，霜嶂起嶙峋。危磴倘可上，老夫思卜邻。"

第三节　中兴时期其他题画诗人

范成大（1126—1193），字致能，号石湖居士，吴郡（今江苏苏州）人。早年家境贫寒，曾为衣食而奔走。绍兴二十四年（1154）进士。孝宗乾道中，奉命使金，抗争不屈，全节而归，为朝野所称道。此后他由中书舍人累官至四川制置使，参知政事，在南宋诗人中最为显达。晚年因病退隐石湖。其诗反映社会生活面较广，以善写田园诗著称。有《石湖居士诗

范成大

集》《石湖词》等。据《全宋诗》等诗文集统计，有其题画诗45首。同是爱国诗人，陆游的题画诗词多为忧国忧民之作，而范成大却与陆游不同，在题画诗中则较少涉及国事，其为山水田园、花鸟鱼虫类绘画的题诗，多写明川丽园、山光水色、花鸟生辉、草虫宜人，其风格"清新妩媚""奔逸隽伟"（杨万里《石湖诗序》）。如《李次山自画两图，其一泛舟湖山之下，小女奴坐船头吹笛，其一跨驴渡小桥入深谷，各题一绝》：

船头月午坐忘归，不管风鬟露满衣。
横玉三声湖起浪，前山应有鹊惊飞。

黄尘车马梦初阑，杳杳骑驴紫翠间。
饱识千峰真面目，当年挂笏漫看山。

这两首题诗都堪称好诗。前一首将画面景物写活，诗人似乎看到笛声起而湖浪涌，惊飞前山之睡鹊。以意写境，妙想联翩，使人回味无穷。后一首写领略山水美之真谛——只有结束黄尘飞扬、车马奔忙的官场生活，才能自由自在地识得千峰之真面目。但这道理不是说出来的，而是自己骑驴"紫翠间"的切身感受，因而既深刻，又让人感到亲切。范成大像这样

使笔如画的题画诗很多，其《题画卷》也写得极为形象生动，说看到"叠嶂云容变"，便感到"中宵雨意生"，给人以"山雨欲来风满楼"之感。

当然，范成大的题画诗并非一味描写晴天丽日，也时有风霜雨雪，以凸现其个性，如《题秋鹭图》：

> 昨夜新霜冷钓矶，绿荷消瘦碧芦肥。
>
> 一江秋色无人问，尽属风标两雪衣。

此诗先写衬景：凄冷的钓矶，消瘦的绿荷，新霜满地，芦苇苍碧。然而"一江秋色无人问"，人们把目光落在如同身披"雪衣"的鹭鸶身上，显示出它的韧性与耐力，诗人刚毅形象也呼之欲出。此诗将视觉形象与触觉形象合为一体，风格峭拔，似不同于为一般山水画所题诗之温婉。

范成大为官四方，并奉命使金，他的题画诗也有纪游之作，如《画工李友直为余作〈冰天〉〈桂海〉二图，……〈桂海〉画游佛子岩道中也，戏题》：

> 许国无功浪著鞭，天教饱识汉山川。
>
> 酒边蛮舞花低帽，梦里胡笳雪没鞯。
>
> 收拾桑榆身老矣，追随萍梗意茫然。
>
> 明朝重上归田奏，更放岷江万里船。

这首诗写于孝宗淳熙元年（1174），当时诗人从静江广西经略安抚使，改知成都府，任四川制置使。画工李友直为他画了《冰天》《桂海》两幅画。范成大观画之后唤起对往事的回忆，于是题诗抒怀。诗中说"许国无功浪著鞭，天教饱识汉山川"，实际是谦词，他为南宋特使，去金国改变接纳诏书礼仪和索取河南"陵寝"之事，节义凛然，不辱使命，当是有功之臣。至于感叹"身老矣"，要解甲归田，不过是一时之思绪，并未付诸行动。诗人虽因浪迹天涯而心生倦意，不免有"身多疾病思田里"之叹，但报国之心并未改变，仍身居要职，参知政事。又如《题山水横看二首》：

> 烟山漠漠水漫漫，老柳知秋渡口寒。
>
> 尽是西溪肠断处，凭君将与故人看。

霜入丹枫白苇林，横烟平远暮江深。

君看雁落帆飞处，知我秋风故国心。

这是两首为横幅山水画所题的诗。画中的景物勾起了诗人痛苦的回忆，于是有感而成诗。诗中的"西溪"，当在浙江杭州飞来峰西北，据说宋室南渡时车驾由此入余杭（今属杭州）。所以诗人见景生情，不免感伤。而"雁落帆飞处"指沦陷的北方，诗人的"故国心"也很想随着秋风飞雁飘到那里。其念念不忘北方半壁江山之情，感人至深。

杨万里（1127—1206），字廷秀，号诚斋，吉水（今属江西）人。绍兴二十四年（1154）进士，历任零陵丞、太常博士、江东转运副使、宝谟阁直学士等职。他为官不畏权势，直言敢谏，曾屡次上疏指责朝政，忤权相韩侂胄，罢官居家15年，最终忧愤而死。他早年学诗也是从江西诗派入手，后来改而学习王安石，逐渐摆脱前人樊篱而自成一家。在南宋四大诗人中，他和陆游的

杨万里

声名最大，"俨然等于唐诗里的李白和杜甫"[3]。不过，宋代以后杨万里的影响则渐渐小于陆游和范成大。但"在当时，杨万里却是诗歌转变的主要枢纽，创辟了一种新鲜活泼的写法"[4]，即严羽在《沧浪诗话》中所称的"诚斋体"。杨万里现存题画诗64首，是南宋诗人创作题画诗较多的一位。其题画诗除少数直接反映现实的作品，如已提到的《题曹仲本出示谯国公迎请太后图》外，较多的则是为山水、花鸟、走兽类画的题诗。这类诗风格恬淡清新，正体现了"诚斋体"的特征，如《跋尤延之山水两轴二首》其一：

水际芦青荷叶黄，霜前木落蓼花香。

渔舟去尽天将夕，雪色飞来鹭一行。

不知是画好，还是由于诗人善于描绘，所题之画面景色极为优美。这里虽已是深秋，白露为霜，木叶摇落，但芦青花香，雪鹭高翔，视野开阔，意境高远。特别是色彩的搭配，鲜艳夺目：芦青、叶黄、蓼红、鹭白。可以想见，在蓝天的映衬下，舟荡、鹭飞，不仅显得色彩斑斓，而且

增加了画面的动感，使景色更加宜人。又如《观太平寺画水长句》：

> 太平古寺劫灰余，夕阳惟照一塔孤。
>
> 得得来看还不乐，竹茎荒处破殿虚。
>
> 偶逢老僧听僧话，道是壁间留古画。
>
> 徐生绝笔今百年，祖师相传妙天下。
>
> 壁如雪色一丈许，徐生画水才盈堵。
>
> 横看侧看只么是，分明是画不是水。
>
> 中有清济一线波，横贯万里浊浪之黄河。
>
> 雷奔电卷尽渠猛，独清元自不随他。
>
> 波痕尽处忽掀怒，搅动一河秋水（一作色）暮。
>
> 分明是水不是画，老眼向来元自误。
>
> 佛庐化作金柁楼，银山雪堆风打头。
>
> 是身飘然在中流，夺得太一莲叶舟。
>
> 僧言此画难再觅，官归江西却相忆。
>
> 并州剪刀剪不得，鹅溪匹绢官莫惜，貌取秋涛悬坐侧。

《梁溪漫志》称："吾州太平寺，郡人徐友画清济贯河，一笔纤绕，长数十丈不断。却立而观，涛澜汹涌，目为之眩。仰首近之，凛然若飞流之溅于面也。杨诚斋为太守，为赋长句。"（《宋诗纪事》卷五十一）这首诗平易晓畅，好似"笔端有口"，如"只么是"便是脱口而出，足以代表其语言风格。但此诗还有另一面，即"扫千军，倒三峡，穿天心，透月胁之语"（《周益公〈诚斋集〉题跋》）。

尤袤（1127—1194），字延之，无锡（今属江苏）人，绍兴十八年（1148）进士。绍熙中，官焕章阁待制，谥文简。工书画，诗风近于范成大。但诗多散佚，现存诗仅50余首，其中题画诗只有《题米元晖潇湘图二首》。其一是：

> 万里江天杳霭，一村烟树微茫。
>
> 只欠孤篷听雨，恍如身在潇湘。

这是不多见的六言绝句。作者以画家之笔，运用跳荡的句式将画面景物立体、有动感地展现在读者面前，如同亲身游历真山真水，置身于"江天杳霭"的潇湘之上，感受到大自然的朦胧美。

第四节　南宋前期其他题画诗人

南宋前期，战乱的烽烟渐渐散去。虽然文人们在一些题画诗中不忘北方失地，不时流露出感伤之情，但也出现了大量吟咏山水之作。

程俱（1078—1144），字致道，衢州开化（今属浙江）人。以外祖邓润甫荫入仕。宣和二年（1120），赐上舍上第，官至中书舍人。秦桧当政，诏除集英殿修撰、徽猷阁待制，皆不赴。有《北山小集》。《全宋诗》存其题画诗36首。从其题画诗看，诗人也能绘画，他在《戏题画卷二首》其二诗中说："胸中云梦本无穷，合是人间老画工。"他的《题蒋永仲蜀道图》用极度夸张的手法写蜀道之险峻，并以夜乌之悲鸣、喷薄之瀑布渲染气氛，给人以恍如身临其境之感。其诗是：

> 梓州别驾真雏凤，赏古探奇坐饥冻。
> 要窥琼构蔚蓝天，直上潼江历秦宋。
> 每逢佳处静盘礴，流出胸中九云梦。
> 乾坤块圠本无迹，我独毫端发神用。
> 戏驱万变寄陶写，轩豁端倪巧抟控。
> 苍筠擢秀饱冰雪，古干撑空中梁栋。
> 奇礨那得在山谷，回首何年委坚重。
> 轮囷偃盖屈金铁，天矫惊虬起岩洞。
> 春江莽苍迷东西，汉南老柳参差垂。
> 烟中远近见木末，明星已没城乌啼。
> 平生险怪三峡水，古木茏苁阴风吹。
> 石间雷電般九地，出入喷薄无穷时。

我身跱足半天下，偃蹇故是山林姿。

南行瀍霍北嵩洛，应接不暇空狂痴。

作诗写意如捕景，况有三绝穷天机。

清晨对此怳自失，眼中太白横峨眉。

请君十袭秘缇革，恐复仙去归无期。

诗人气势豪宕，其题画马、画虎诗也写得极有生气，如《题叶翰林阅骏图》，不仅写出"帝闲食粟几千驷（一作斗），盛气勃郁驰天街"之气概，而且抒发了诗人良马难觅之感慨。另一首《虎图》说"於菟一啸谷风生，举头为城须为戟"，比喻新颖，夸张大胆，形象而生动。

主张学习黄庭坚的王庭珪也写过20余首题画诗。王庭珪，字民瞻，政和八年（1118）进士，属于主战派。"绍兴中，胡铨上疏乞斩桧，谪新州，庭珪独以诗送行，坐讪谤流夜郎。"（《宋诗纪事》卷三十九）在其《题宣和御画》中，他睹徽宗赵佶的《双鹊图》而思人，不胜沧桑之感，"痛哭天涯观画图"，表达了深深的爱国之情。

这时期的喻汝砺虽然在《全宋诗》中仅存题画诗3首，但其中的《题周昉美人拜月图》却值得一读。其诗是：

东风元是无消息，独卷珠帘望春色。

风惊红叶堕珊珊，梦断行云泣残月。

挹挹（一作悒悒）柔情不自持，此心端被月先知。

窥窗入户如相伴，应是娇娥惯别离。

唐代流行拜月的风俗，著名画家周昉画有《拜月图》，"大历十才子"之一的李端写有《拜新月》诗。此诗则是将《拜月图》转而成诗，既有画境又有诗情。李端的诗是："开帘见新月，便即下阶拜。细语人不闻，北风吹裙带。"此诗倒很像是配合《拜月图》而作。但喻汝砺的诗却全不写拜月，而是写诗人见拜月而生感。两首诗的不同是：一是写少女的动作与细语，一是写少妇望月而不拜。一是侧重客观描写，似不涉及人物内心活动，只是通过飘动之罗带可以窥出少女春心之荡漾；一是写少妇因梦断而泣，感情较为外露。一是写月之无语，任人去拜；一是写月之有情，愿伴无眠之少妇。两首诗之不同，恰恰说明题画诗的特殊功能，即它有对绘画解说和升华的作用。

周紫芝（1082—?），字少隐，号竹坡居士，宣城（今属安徽）人，绍兴中登第。有《太仓稊米集》《竹坡诗话》。《全宋诗》存其题画诗55首。在其题画中有两首题写"胡人"画的诗颇有特点，即《元忠作胡人下程图》和《蛮夷》。试看前一首诗：

> 单于猎罢卧锦红，解鞍休骑荒碛中。
> 苍驹骊骆六十匹，隐谷映坡分尾鬃。
> 九驼五牛羊颇倍，沙草晚牧生寒风。
> 贵贱大小只五百，执作意态皆不同。
> 二鹰在臂二鹰架，骏犬当对能争功。
> 毡庐鼎列帐幕拥，鼓角未吹惊塞鸿。
> 上山高高置烽燧，毛囊贮获闲刀弓。
> 水泉在侧挹其上，长河杳杳流无穷。
> 素纨六幅笔何巧，胡环尽妙谁能通？
> 今日都城有别识，别识共许刘元忠。

这首诗主要是赞画，诗人较为细致地描绘了画中的人物与景物，并具体地列举了数字，如"六十匹""五百""二鹰""六幅"等。这不仅有助于我们了解当时少数民族的游牧生活状况，而且对于研究画家刘元忠的绘画特点和艺术风格也颇具参考价值。此外，他的《黄文若携秦别驾侍儿像见过戏题二绝》其一说"明眸正似溪光样，自古无人画得成"，比喻形象而生动，既写出了"侍儿"媚眼流波之神态，又道出了画家之无奈，也是题画之佳作。

周必大（1126—1204），字子充，一字洪道（一作弘道），自号平园老叟。原籍管城（今河南郑州），建炎二年（1128）祖诜通判庐陵（今江西吉安），迁家于此。绍兴二十一年（1151）进士。除参知政事，拜少保，进益国公，以少傅致仕。有《平园集》。《全宋诗》存其题画诗68首，其中

62首为写真、画像赞，并且多为自赞。这当是古代题画诗人中题写真诗最多的一位。这些自题写真诗记下了他的经历与感怀，也同白居易的题写真诗一样堪称诗人的年谱，对于了解、研究其人颇有参考价值；但他的题写真诗并非平板地写实，而是充满了调笑与情趣，如《一甲子前与济源李綦仪之游从赣上，今其婿谢幼学传示衰容为题四句》："早同短李客南康，晚识渠家玉润郎。自笑头颅并目睫，依然如鼠复如獐。"又如《陆务观之友杜敬叔写予真戏题四句他日持似（一作示）务观一笑》："西百官中识放翁，四年上下日相从。如今鹤伴山鸡舞，羞对云间陆士龙。"周必大一生虽然官职显赫，但晚年被韩侂胄指为伪学罪首，内心苦闷，常有尘外之想。他在《德回上人写予真求赞》（"丁巳，时年七十二"）中说："非律非禅自在身，免丁不纳没公凭。明知未是庞居士，且可题为破戒僧。"又在《觉报长老道谌写予兄弟真求赞次七兄韵》（"己未三月"）中说："身凡心圣古卢能，未着袈裟已是僧。"不过，诗人并未消沉，在感叹"豪气虽存谁复识"（《赣州丰乐长老惠宣写予真戏赞时年七十三》）之余，仍然说："休夸岁岁花相似，莫叹年年貌不同。闲伴长松与龟鹤，免将开落问东风。"（《游元龄登仕写予真求赞》）但是，在周必大的题画作品中最值得注意的是他的两首三言题画诗，其一是《刘氏兄弟写予真求赞时年七十》：

> 骨相屯，气宇尘。
>
> 浊不盈，臞不清。
>
> 视汝形，肖汝身。
>
> 无古心，无时名。
>
> 乃久生，真幸民！

这首自嘲诗不仅诙谐风趣，而且言简义深，开古代题画诗之新体。当代启功的三言自撰《墓志铭》当受此影响。

大理学家朱熹（1130—1200），字元晦，一字仲晦，号晦庵，婺源（今属江西）人。他也是南宋前期的题画大家。《全宋诗》存其题画诗43首，《宋诗纪事》存其题画诗1首。其题画诗的突出特点是充满了理趣，如《墨梅》：

梦里清江醉墨香，蕊寒枝瘦凛冰霜。

如今白黑浑休问，且作人间时世装。

韩侂胄在得势之时，曾视程朱理学为"伪学"而加以排斥。诗人以墨梅自喻，不畏严霜，不趋炎附势，以保持其高节。最后两句寓意深刻，颇含哲理。诗人将反话正说，既揭示了是非颠倒之世道，又表明内心之不平与愤懑。但其山水类题画诗则笔调闲雅，风格恬淡清新，如《题米元晖画》《江月图》《枕屏秋景》等。朱熹还写了许多画像赞，也有特点，其中以四言为主，也有杂言，甚至出现了散文化诗，如《吕伯恭画像赞》：

以一身而备四气之和，以一心而涵千古之秘。

推其有足以尊主而庇民，出其余足以范俗而垂世。

然而状貌不逾于中人，衣冠不诡于流俗。

迎之而不见其来，随之而莫睹其躅。

矧是丹青，孰形心曲？

惟尝见之者，于此而复见之焉。

则不但遗编之可续而已也。

这是一首赞颂大学者、儒学家吕祖谦的诗。作者与吕祖谦曾共同编《近思录》，后因争论《毛诗》而不合，但他对吕祖谦的评价很高。此赞从形式上看很像散文，不仅句式长短不齐，而且使用了散文常见的许多虚词，如于、之、焉、而、已、也等，但因其基本押韵，并有多联对仗，所以《宋诗纪事》仍将其算作诗。此诗的意义在于，说明题画诗从宋代开始便出现了散文化的趋势，这当是我国题画诗发展史上出现最早的一首散文体题画诗，对于后世特别是近代题画诗发展有一定借鉴作用。但由于宋以后题画诗逐渐多题于画上，而这种形式的题画诗太长又不整齐，画面难以容纳或影响美观，所以题画诗人多不喜采用。

楼钥（1137—1213），字大防，号攻媿主人，鄞县（今浙江宁波鄞州区）人。南宋文学家、诗人。虽然其文学成就不高，但他是较为知名的题画诗人，创作的题画诗较多。其原因主要有二：一是楼钥工书，尤善写大字，高宗时，太学成，奉敕书匾，由此名声大震；二是官居高位，光宗时擢为起居郎兼中书舍人，宁宗时参知政事，于是攀附者日多，既有当代画家求其为自己画品题，也有收藏者祈为古画题跋以求增价。《全宋诗》存其题画诗46首，其中不乏佳作，如《题〈孟东野听琴图〉因次其韵》：

> 谁欤住前溪，夜深以琴鸣。
>
> 天高颢气肃，月斜映疏星。
>
> 橡林助萧瑟，泉声激琮琤。
>
> 弹者人定佳，能使东野听。
>
> 束带不立朝，遥夜甘空庭。
>
> 龙眠发妙思，神交穷杳冥。
>
> 不见弹琴人，画出琴外声。
>
> 郊寒凛如对，作诗太瘦生。
>
> 恨不从之游，抚卷空含情。

《孟东野听琴图》是北宋著名画家李公麟所作。孟东野即唐代著名诗人孟郊，他曾写一首《听琴》诗。诗中说："闻弹正弄声，不敢枕上听。回烛整头簪，漱泉立中庭。"由于听琴领悟颇深，于是又写道："学道三十年，未免忧死生。闻弹一夜中，会尽天地情。"楼钥此诗便是依孟郊诗的原韵而题。画家为弹琴者绘图并不难，难的是不能表现其声音，但高明的画家却可以通过技法或衬景"画出琴外声"，即通过视觉形象带给人听觉感受。而诗人又可以凭借画面景物和想象中的琴声，感悟到画家深邃的思想。这正是这首题画诗的难能可贵之处。当然，孟郊的原诗也为楼钥题画提供了某些依据。但是，楼钥的诗绝不是为孟诗作注脚，而是另有寄意。他既同情孟郊一生的坎坷际遇，又抒发了自己不能"从之游"的遗憾与惆怅。全诗层次清晰，意脉贯通，显示出诗人高超的艺术功力。

楼钥的大量题画诗是为山水、花卉类绘画而题。这类题画诗的风格或恬淡清丽，或雄奇壮观，都给人以美的享受。其《海潮图》是后者的代表作：

> 钱塘佳月照青霄，壮观仍看半夜潮。

> 每恨形容无健笔，谁知收拾在生绡。
>
> 荡摇直恐三山没，咫尺真成万里遥。
>
> 金阙峇峣天尺五，海王自合日来朝。

此诗是为某位画家的《海潮图》而题。虽然我们看不到此画，但通过诗人的描绘，仍能领略到画家的高超技艺。诗人观画之后感叹自己"形容无健笔"，而画家"收拾在生绡"，极言绘画之神妙，但他把海潮涌起时"三山"为之沉没，令咫尺有万里之遥的气势写得淋漓尽致，又何尝不是诗笔雄健呢！

此外，这时期的释居简也创作了大量题画诗。释居简（1164—1246），字敬叟，号北磵，潼川（今四川三台）人。俗姓龙。嘉熙中，敕住净慈光孝寺。后居杭州飞来峰北磵十年。有《北磵文集》《北磵诗集》等。张诚子序称："读其文，与宗密未知伯仲；诵其诗，合参廖、觉范为一人，不能当也。"《全宋诗》存其题画诗120余首，是两宋僧人中创作题画诗最多的一位。

释居简生活于南宋后期。他虽然置身世外，但仍然关心国家命运，对于沦丧的北方国土并没有忘怀。他在《书壁图》中说：

> 雨涩苍涯墨色鲜，长安犹自犬羊膻。
>
> 试临旧刻思天宝，末上先题十四年。

诗人要在"旧刻"上题写天宝"十四年"，是要记住安史之乱爆发的年代。就是在这一年，安禄山在范阳起兵，最后攻陷了长安，造成唐代历史上旷日持久的动乱，给人民带来了深重的灾难。诗中"长安犹自犬羊膻"的"犹自"二字，是说苦难的历史今天又在重演，以游猎为生的金统治者仍在侵占北方领土，人民惨遭蹂躏。诗人的怜悯之意和忧国之心，自在言外。释居简的爱国情志在其他题画诗中也有表现，其《渊明画像》说："司马家儿历数穷，可能特地振孤踪。永怀东土清风远，不把元嘉纪岁终。"在《少陵画像》中赞叹杜甫"悠然忧国心，天地相终始"。诗人对农家之苦也深表同情。他在《老融放耕图皇甫都护雁图二绝》其一中说："诛求莫挠鸡豚社，春雨春寒苦最先。"

　　由于诗人常常悲天悯人，所以对给人民造成灾难的统治者便加以抨击，"忽观此图使我伤，使我痛愤嗟三郎。"（《张萱作〈妃子夜游图〉……景献仲兄得之》）在《赵紫芝得羌村图拉余与赵山中同赋》中说："生灵果何罪，此祸竟谁与！"有时气愤已极，他竟"不信人间有泾渭"（《崔中书家藏阎立本醉道士图》）。其激荡不平之心，使其题画诗往往呈现出豪壮气概，如《云天瑞所藏李唐风雨图》：

　　　　炮车卷东南，白昼沙石昏。

　　　　悠然隘西北，顷刻潭湫翻。

　　　　晴窗展李画，暧瑗迷江村。

　　　　乃知笔有神，巧别造物根。

　　　　信意泼浓墨，了不见墨痕。

　　　　但见平林黯黯木欲折，辊底怒浪掀天浑。

　　　　平地十步九蹉跌，奈此倚岸舟如盆。

　　　　得非折天柱，恐是颠昆仑。

　　　　不然於菟骷髅下，巨浸潜蛟勇斗涛山崩。

　　　　空江冥冥不知晓，更无一个闲鸥鸟。

　　　　断岸微茫水亭小，三两重茅都卷了。

　　　　漓洒云阴阴，翻然如惜金。

　　　　西子宜浅妆，浓抹尤清深。

　　　　於戏此妙不可寻，百金一笔不足临，掩卷袖手空沉吟。

　　此外，其《醒庵王大卿松柏屏障歌》《谢随庵赵牧之墨竹》等也都是豪放之作。但是，释居简的题画诗也有清新淡雅之作，如《题北山雨余南屏春晓两手卷》《南屏春晓图》等。不过，他的题画诗很少有单纯描绘清丽景致的作品，诗中往往多有议论，如《墨藕花》其一："红铺不是芬陁利，绿卷无非菡萏秋。以色媚人宁坏色，不随荣谢镜中羞。"

　　从释居简的题画诗看，他既是一位杰出的诗人，也是一位画家，但画史并无记载。其《题手轴十六罗汉送洪兄归剑州》说："钝根捏怪辱先宗，写影图形在此中。今日卷舒都在我，看渠何处现神通。"这显然是一首自题画诗。另有《墨梅》《墨竹》《墨荔枝》《淡墨水仙栀子》《题水仙梨花菊蒲萄栀子》等也都是自题画之作。由此可知，他善画罗汉、花卉等。

注　释

〔1〕〔2〕钱锺书《宋诗纪事补正》卷一、三十三，辽宁人民出版社、辽海出版社，2003。

〔3〕参见《玉照新志》，转引自傅璇琮编著《黄庭坚和江西诗派卷》下册，中华书局，1978，第611页。

〔4〕钱锺书选注《宋诗选注》，人民文学出版社，1982，第176页。

第十六章

南宋后期题画诗

宋宁宗开禧二年（1206），北伐失败后，宋室再次与金签订了屈辱和约，宋金之间暂时处于相对稳定的对峙时期。但朝政黑暗，文恬武嬉，国势日渐屡弱。诗坛上，往昔的慷慨悲歌逐渐减弱，而吟风弄月、投谒应酬之作则日渐流行。但到了宋理宗端平元年（1234）蒙古灭金以后，南宋又面临蒙古汗国的不断威胁，于是要求抗敌御侮的呼声日高。到了宋末，爱国主义的主题又成为诗坛的主流。这时期的题画诗发展也基本如此。

第一节 "永嘉四灵"与江湖派题画诗人

在南宋后期的前阶段，由"永嘉四灵"和江湖诗派主盟诗坛。"永嘉四灵"，是指永嘉（今浙江温州）地区的四位诗人，即：徐照（字灵晖）、徐玑（号灵渊）、赵师秀（号灵秀）、翁卷（字灵舒）。由于这四人都出于叶适门下，各人的字号中都带有一"灵"字，所以叶适称他们为"四灵"。他们诗学贾岛、姚合，多描写清邃幽静的景物和孤寂淡泊的隐逸生活，艺术上注重炼字炼句，精雕细琢。在"永嘉四灵"中，徐照、徐玑、赵师秀都有题画诗存世，但数量极少。其中赵师秀的《谢耕道犁春图》是一首五言律诗，虽对仗工稳，但内容无非是表达对农耕生活的乐趣，并无深刻寓意。

江湖诗派，是一些没能入仕而流转江湖的诗人。他们成员众多，人品流杂。只有刘克庄和戴复古较能自出机杼，成就较为突出。

戴复古（1167—?），字式之，号石屏，台州黄岩（今属浙江）人。他一生未仕，长期以诗游公卿间。擅长写一种浅显、口语化的诗作。其描写个人浪迹江湖的作品，抒发人生之感慨，颇有可读之处。他是南宋江湖诗派中年辈较长的有影响诗人，创作富有个人特色。有《石屏诗集》。《全宋诗》存其题画诗18首。

戴复古

他的题画诗虽然以山水田园题材为多，不免流连光景，但也有许多反映现实的作品，如《题曾无疑飞龙饮秣图》：

> 云巢示我良马图，一骑饮水一骑刍。
>
> 竹批双耳目摇电，毛色纯一骨相殊。
>
> 何人貌此真权奇，笔端疑有渥洼池。
>
> 驽骀当用骅骝老，赢得画图人看好。
>
> 盆中饮，槽中秣，无用霜蹄空立铁。
>
> 何如渴饮长城濠上波，饥则饱吃天山禾。
>
> 振首长鸣载猛士，龙荒踏碎犬羊窠！

这首诗立意极为鲜明，通过赞曾无疑的画马，寄托了诗人兴兵北伐之壮志。"飞龙"原是唐代之马厩名，这里代指良马。"犬羊"，当是对金人之蔑称。诗人希望画中之马能变成真马，让猛士乘之直捣北漠，踏破敌人巢穴。诗人慷慨激昂，似有叱咤风云之豪气，但此诗语言浅显，于"清健"中不免"轻俗"（参见方回《瀛奎律髓》卷二十六批语）。他的另两首题画诗《毗陵太平寺画水呈王君保使君》《毗陵天庆观画龙自题姑苏羽士李怀仁醉笔诗呈王君保寺丞使君》也是关心现实之作。试看后一首诗：

> 姑苏道士天酒星，醉笔写出双龙形。
>
> 墨迹纵横夺造化，蜿蜒满壁令人惊。
>
> 一龙翻身出云表，口吞八极沧溟小。

手弄宝珠珠欲飞，握入掌中拳五爪。

一龙排山山为开，头角与石争崔嵬。

波涛怒起接云气，不向九霄行雨来。

万物焦枯天作旱，两雄（一作龙）壁隐宁非懒！

真龙不用只画图，猛拍阑干寄三叹。

这是诗人为姑苏道士李怀仁的画龙而题的诗。诗中赞美画家巧夺造化，画龙"口吞八极"，排山倒海，使观者惊骇不已。但诗人题画的目的主要在于借画寄意。画龙虽然如真，"波涛怒起接云气"，却"不向九霄行雨来"，而现实还是"万物焦枯"，急盼雨露滋润。这正如诗人在另一首题画诗中所说的"天下苍生待霖雨"（《毗陵太平寺画水呈王君保使君》）。但诗人似乎还有深意："真龙不用只画图，猛拍阑干寄三叹。""真龙"，在封建社会常指皇帝，即所谓"真龙天子"。这里说"真龙不用"，似意有所指。诗人为此"猛拍阑干"而"三叹"，可见其内心多么不平与激愤！生于动荡之末世，民不聊生，企盼"真龙"出世能救民于水火。诗人所言，可谓代表了人民之心声。

在戴复古的题画诗中更为感人的是《题亡室真像》：

求名求利两茫茫，千里归来赋悼亡。

梦井诗成增怅恨，鼓盆歌罢转凄凉。

情钟我辈那容忍，乳臭诸儿最可伤。

拂拭丹青呼不醒，世间谁有返魂香！

这首诗写得情真意切，催人泪下。诗人千里奔波，求名求利，本为养家育子，然而归来之后，妻子已撒手人寰，其悲痛与怅惘之情可知。所以诗的开头两句，便为全诗涂上了浓重的感伤色彩。接着写"诗成""歌罢"不仅不能驱散愁云，反而倍觉"凄凉"。而更为"可伤"的是妻子抛下"乳臭诸儿"无人照料。最后，诗人"拂拭丹青"呼而不醒，把悲哀写到极致。此诗真可与西晋潘岳的《悼亡诗》、唐代元稹的《遣悲怀》相媲美。当然，诗人的悲痛之深也和他的不遇时相联系，倘若求名得名、求利得利，飞黄腾达，也当不至于此。此诗通俗晓畅，语言风格也与《遣悲怀》相似，但这也正如蘅塘退士所评"勿以浅近忽之"（蘅塘退士注疏《唐诗三百首》卷五）。此外，他的《画山》诗说："几簇云烟几段山，画成烟雨渺茫间。扁舟三两溪桥上，一路更无人往还。"从诗意看，这很可能是诗人自画山而后题的诗。当然也有可能是一首题咏真山的诗，但那当说"欲画"而不会说"画成"。如果这种推测成立，那么戴复古当是一位能绘画的诗人。而这一点却不见史书著录。

刘克庄（1187—1269），字潜夫，号后村居士，莆田（今属福建）人。他在江湖诗派中官位最高，成就也最大，被视为领袖人物。其诗多感时之作。风格平易明快。有《后村先生大全集》。《全宋诗》存其题画诗52首，虽然为数不算少，但在他全集4500余首诗中，所占比例却极小。其较为有代表性的作品是七言古诗《明皇按乐图》：

> 莺啼花开春昼迟，掖庭无事方遨嬉。
> 广平策免曲江去，十郎谈笑居台司。
> 屏间无逸不复睹，教鸡能斗马能舞。
> 戏呼宁哥吹玉笛，催唤花奴打羯鼓。
> 南衙群臣朝见疏，老伶巨珰前后趋。
> 阿瞒半醉倚玉座，袖有曲谱无谏书。
> 金盆皇孙真龙种，浴罢六宫竞围拥。
> 惜哉傍有锦绷儿，蹴破咸秦跳河陇。
> 古来治乱本无常，东封未了西幸忙。
> 辇边贵人亦何罪，祸胎似在偃月堂。
> 今人不识前朝事，但见断缣装束异。
> 岂知当日乱离人，说着开元总垂泪。

这首写唐玄宗兴衰史的题画诗，目的在于为当朝者做鉴戒，其讽喻之意十分明显。当年唐玄宗不读周公告诫成王勿贪求逸乐的《尚书·无逸》（即"屏间无逸不复睹"），而沉湎于声色犬马，结果导致"东封未了西幸忙"。这个罪责不在"辇边贵人"，而"祸胎似在偃月堂"。"偃月堂"，是口蜜腹剑的奸相李林甫的居处。然而"今人不识前朝事，但见断缣装束异"。其实，杨贵妃等并非历史的罪人，任李林甫胡作非为的恰恰是最高统治者自己。唐代如此，宋代也无二致。其矛头所指不言自明。这便是此诗的意义所在，所以不失为深刻。他的《跋宣和殿画鹘》也表达出深深的爱国情结：

> 莫看宣和鹘，孤臣泪滴绡。
>
> 笔精毫发到，地禁羽毛娇。
>
> 虫网丹青剥，胡沙卤簿遥。
>
> 不知上林雁，偷信报前朝。

据《梅磵诗话》卷中载，"东南之俗，以养鹁鸽为乐，而杭尤甚。绍兴中，有赋诗者曰：'铁勒金绒似锦铺，暮收朝发费工夫。争如养取南来雁，沙漠能传二帝书。'时徽、钦二帝蒙尘朔漠故也。后村《跋宣和殿画鹘》云云。"（《宋诗纪事》卷六十六）诗人见画思人，黯然泪下，颇为感人。

他的山水类题画诗多能体现其淡远的艺术风格，如《题江贯道山水十绝》，或描绘"一棹微茫里，孤亭紫翠间"的朦胧意境，或摹写"茆山千万叠，不得见天全"的高峻险景，都清阔高远。

姜夔（约1155—1209），字尧章，号白石道人，饶州鄱阳（今属江西）人。他身经四朝，一生清贫自守。早年，诗学江西诗派，后又受晚唐诗的影响，成为江湖诗派中的大家。他以词名世，诗文和音乐、书法也无不精善。从其题画诗看，他还懂画或能画。因此，他是继苏轼之后又一位难得的艺术全才。有《白石道人诗集》《白石道人歌曲》等。《全宋诗》存其题画诗6首。试看其《嘉泰壬戌上元日，访全老于净林广福院，观沈传师碑、隆茂宗画赠诗二首》其二：

> 沈碑含秀润，隆画出神奇。
>
> 道人那得此，老子乃耽之。

这首诗与其他题画诗的不同之处是书、画并赞，要言不烦，恰中肯綮。对于唐代著名书法家沈传师的书法，米芾评价是"骨法清虚"，诗人说"含秀润"；而隆茂宗（释梵隆）的画，则"出神奇"，都极为精当，并且说出了自己为之所迷的赞赏之情。另一首《自题画像》关于画像为谁，曾有争议。有人考证，画主为范成大[1]。倘非如此，画像者当为诗人自己，否则何言"自题"。又，他的题画诗《雁图》《赤松图》等，都未言画者名，也有自题画之可能。

方岳（1199—1262），字巨山，号秋崖，祁门（今属安徽）人，也是江湖诗派中的佼佼者，其诗堪比刘克庄。名联"不如意事常八九，可与语人无二三"便出自他手。有《秋崖先生小稿》。《全宋诗》存其题画诗10首。他的题画诗多用白描手法，平易畅达，质朴无华，如《记画》："闲云古木山藏寺，野渡孤舟水落矶。秋色无人空暗淡，竹门未掩待僧归。"此诗写秋山古木、闲云孤舟，表现了诗人的林泉情趣。这也是江湖派诗人常写的题材。但诗人也有反映现实的作品，如长篇七言古诗《用郑少傅韵题赵参政梅卷》。从此诗诗意看，梅卷所画当是"瘴月蛮烟"，所以诗中说"单于吹叶远关塞，张我大汉之天声"。很显然，诗人是借画梅寓意："所怀浩荡同元工，宁比八九吞云梦"，"军书夜下飞如射，彼蠢者胡犹梗化"。联系当时金兵之入侵，诗人所表达的当是抗敌报国之情志。此诗慷慨激昂，似与江湖诗派的一贯风格有所不同。

江湖诗派的许棐、陈允平、叶绍翁等都创作过题画诗。其中叶绍翁的《猫图》和《赞洞宾像》是三言题画诗，很别致。试看后一首诗："撚吟髭，剑在前。心中月，天上圆。"此诗用极简短的文字，既描绘出吕洞宾的仙风道骨，又表现了其书剑生涯，十分精当。

第二节　南宋末年题画诗人

从宋理宗端平二年（1235）开始，蒙古军队连年南侵。到帝昺祥兴二年（1279），南宋最后一个据点厓山被元军攻克。这四十多年，是民族危亡的严峻时期。然而也正是在这易代之际，宋代诗歌却发出最后一道彩虹。这时期的诗人有两种：一种是奋起抗敌、以身殉国的英雄，如文天祥；一种隐居守节，不仕元朝，如龚开、谢翱、谢枋得、林景熙、郑思肖等。但是，无论他们采取哪种反抗方式，都以崇高的民族大义书写了可歌可泣的乐章，并且都有感人的题画诗问世。

文天祥

文天祥（1236—1283），初名云孙，字天祥，后以字为名，改字履善，中举后又字宋瑞，号文山，吉州庐陵（今江西吉安）人。理宗宝祐四年（1256）进士，官至右丞相兼枢密使。曾率诸路军马与元兵周旋于汀州、漳州一带，后军溃被俘，在路上，绝食八日不死。拘燕三年，终不屈，从容就义。其诗可分前后两期，早期较为平庸，诗风近于江湖派；后期苦难的历程使他的创作升华，"志益愤而气益壮，诗不琢而日工"[2]。有《文山先生全集》。《全宋诗》存其题画诗9首。其最为感人之作是《题苏武忠节图三首》：

忽报忠图纪岁华，东风吹泪落天涯。

苏卿更有归时国，老相兼无去后家。

烈士丧元心不易，达人知命事何嗟。

生平爱览忠臣传，不为吾身亦陷车。

独伴羝羊海上游，相逢血泪向天流。

忠贞已向生前定，老节须从死后休。

不死未论生可喜，虽生何恨死堪忧。

甘心卖国人何处，曾识苏公义胆不？

漠漠愁云海戍迷，十年何事望京师。

李陵罪在偷生日，苏武功成未死时。

铁石心存无镜变，君臣义重与天期。

纵饶夜久胡尘黑，百炼丹心涅不缁。

这是诗人以右丞相、枢密使赴元军中议和，被拘后押至镇江，趁夜逃入真州时所作。据诗前序文说："苗守（再成）遂见，语国事移时，感慨流涕……苗守袖出李龙眠画《汉苏武忠节图》求余咏题。抚卷凄凉，浩气愤发，使人慷慨激烈，有去国思君之念矣。"这三首以血和泪写成的律诗盛赞苏武的忠肝义胆，痛斥李陵的卖国偷生，表达了自己至死不渝的爱国情操。壮怀激烈，大义凛然，读罢令人扼腕慨叹。它光昭日月，名垂千古，是古代爱国题画诗中不可多得的篇章，与其《过零丁洋》同为不朽之作。

龚开（1222—约1304），字圣予，号翠岩，淮阴（今属江苏）人。他是宋末为数不多的画家兼题画诗人。曾任两淮制置使，宋亡后，潜居深隐。汤垕《画鉴》载："近世龚圣予先生，名开，淮阴人。身长八尺。硕大美髯。读书为文，能成一家法。画马专师曹霸，得神骏之意，但用笔颇粗，此为不足耳。画人物亦师曹、韩。画山水师米元晖。梅菊花卉杂师古作。卷后必题诗或赞跋，皆新奇。"有《龟城叟集》。《全宋诗》存其题

龚开

画诗48首。其自题画马之诗往往慷慨陈词，披肝沥胆，气势雄浑，有苏轼、陆游之风，如《仆为虚谷先生作玉豹马先生有诗见酬极笔势之驰骋乃以此诗报谢》：

> 南山有雄豹，隐雾成变化。
>
> 奇姿惊世人，毛物亦增价。
>
> 天上房星泡瑞光，孕成白马而黑章。
>
> 为谁容易来中国，风雪天山道路长。
>
> 头为王，欲得方。
>
> 目为相，欲得明。
>
> 脊为将军欲得强，腹为城郭欲得张。
>
> 绝怜此马皆具足，十万肋中包肾肠。
>
> 嗟予老去有马癖，岂但障泥知爱惜。
>
> 千金市骏已无人，秃笔松煤聊自得。
>
> 君侯昔如汗血驹，名场万马曾先驱。

山林钟鼎今何有，岁晚江湖托著书。

白云未信仙乡远，黄发鬖鬖健有余。

饮酒百川犹一吸，吟诗何嫌万夫敌！

我持此马将安归，投之君侯如献璧。

君侯作诗凛驰骛，八荒满盈动雷雨。

定知此马知此意，独欠老奚通马语。

曹将军，杜工部，各有一心存万古。

其传非画亦非诗，要在我辈之襟期，君侯君侯知不知？

此诗由画马而及人，写"君侯"，实有自况之意。人老雄心在，仍有驰骋疆场报国之志；但"千金市骏已无人"，世无伯乐，也不免有感时伤老之叹。另一首《瘦马图》也有此意。诗中说：

一从云雾降天关，空尽先朝十二闲。

今日有谁怜瘦骨，夕阳沙岸影如山。

汤垕《画鉴》评价道："此诗脍炙人口，真有盛唐风致。"

在龚开的题画诗中最可赞叹的是其《宋江三十六赞》。其序说："宋江事，见于街谈巷语，不足采著，虽有高如李嵩辈传写，士大夫亦不见黜。

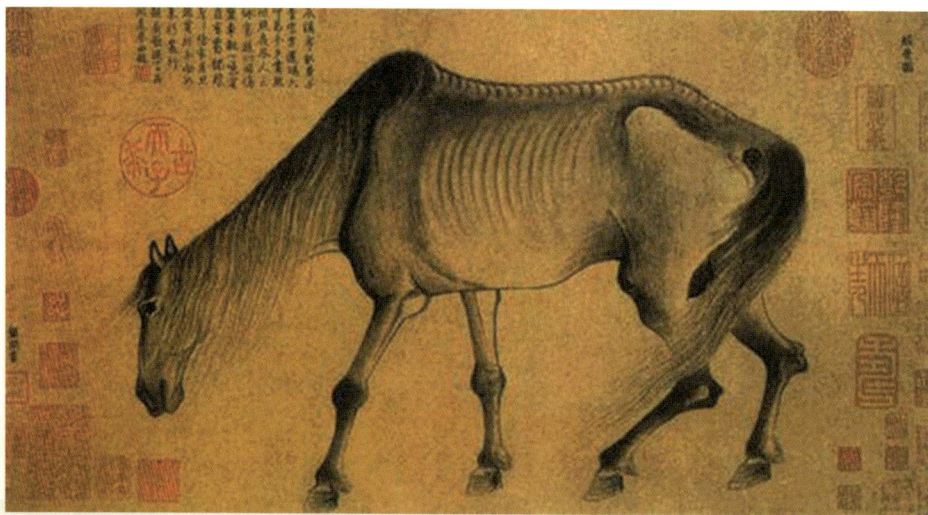

龚开《骏骨图》

余年少时，壮其人，欲存之画赞……此诗人忠厚之心也。"赞词中又说："古人用智，义国安民。"诗人生当四海动乱、有敌入侵之际，他赞颂宋江等三十六义士，很显然是在呼唤各方忠勇者起而抗敌，以安社稷。此赞的意义还在于，在"古称柳盗跖为盗贼"的社会，诗人高歌赞美宋江等人，不仅是对农民起义英雄的充分肯定，也是对封建传统观念的大胆颠覆。

谢翱（1249—1295），字皋羽，自号晞发子，福安（今属福建）人。有《晞发集》。《全宋诗》存其题画诗7首。其中许多诗抒发了爱国情怀，如《五日观潇湘图》《赠写照唐子良》等。试看后一首诗：

> 吴中众史今代画，不独画人兼画马。
> 唐生家住金华云，对予独肯画古人。
> 夕阳西下东流水，纷纷古人呼不起。
> 东都留守吴中豪，王府勋僚旧俊髦。
> 当时气薄阴山日，勾陈苍苍太白高。
> 百年水竭海尘上，谁见凌烟拂蛛罔（古同网）。
> 霜髯磔磔开清新，仿佛犹带黄河冰。
> 忽疑稍会怒色止，或可从傍窥谏纸。
> 唐生见我泪如洗，颇忆古人今不死。
> 俟我气定神始闲，命笔更起唐衣冠。

从诗意看，这首诗当作于宋亡之后，诗人似有深哀巨痛。据史载，文天祥以右丞相兼枢密使开府南剑州，谢翱曾率兵往从，署谘议参军。文天祥殉国后，谢翱曾于严陵钓台哭祭之，并作《西台恸哭记》。从他一生敬仰文天祥看，诗人所说的"古人"当指其人。因宋亡后，文天祥已作古。诗中说"夕阳西下东流水，纷纷古人呼不起"，就是感叹随着文天祥的就义，宋室也已灭亡，而复宋大业也如东流之水一去不复返。因此诗人悲痛已极，泪下如洗。此诗多用隐语，欲说还休，反映了在当时严密文禁下诗人难以言表的爱国深情。

林景熙（1242—1310），字德阳（一作旸），号霁山，温州平阳（今属浙江）人。宋亡后不仕。他所存的题画诗虽然仅有4首，但其中的《题陆秀夫负帝蹈海图》堪称佳作：

> 紫宸黄阁共楼船，海气昏昏日月偏。
>
> 平地已无行在所，丹心犹数中兴年。
>
> 生藏鱼腹不见水，死抱龙髯直上天。
>
> 板荡纯臣有如此，流芳千古更无前。

第三节 "泪泉和墨写离骚"的郑思肖

郑思肖是南宋最后一位题画诗人，也是一位风格独特的著名画家。他在中国绘画史上和中国题画诗发展史上都占有极其重要的地位。

郑思肖（1241—1318），福州连江（今属福建）人。原名不详，宋亡后改名思肖，字所南，一字忆翁，自称三外野人，又号一是居士。其书斋名为"本穴世界"，以"本"字之"十"置"穴"中，即为"大宋"。早年以太学生应博学鸿词试，授官和靖书院山长。曾在朝廷临危时呈抗元计策，未被采纳。宋亡后，隐居吴下，坐必南向，誓不与北人交往。岁时伏腊，必向南野哭。工画梅兰，不妄与

郑思肖

人。他说："求则不得，不求或与。""嘉定某官胁以他事，求画兰。曰：'手可断，兰不可得也。'"对仕元官宦尤为痛恨。夏文彦《图绘宝鉴》卷五著录了郑思肖的一卷画兰，其上题曰："纯是君子，绝无小人。"他画兰疏花简叶，根不着土。人问之，他答道："土为番人夺，忍着耶！"所画兰花"天真烂漫，超出物表"，其墨兰画法在中国绘画史上可谓独创。这种极易抒发文人情怀的画艺被清代"扬州八怪"之一的郑板桥继承下来，在表现画家个性方面达到了极致。著有《心史》（尚无定论）、《所南诗集》等。今存四件传为郑思肖的《墨兰图》卷。墨竹真本已无一存世，偶见有署款"所南"的系赝品。

郑思肖一生创作的题画诗很多，《全宋诗》存其题画诗129首。其题画诗内容主要是抒发浓烈的爱国思想和高逸情怀。他生逢易代之际，元兵入侵，激起他强烈的国恨家仇；同时，他的忠君爱国思想还深受父亲郑震的影响。郑震给予郑思肖的教诲，最重要的是臣子对国家的忠心。郑震认为，两京不能收复，全是宰相郑清之误国所致。郑震还跑到宰相府去抗议郑清之无能，郑思肖一家因此被关进天牢，直至两年以后郑清之罢相才获得释放。郑震这种以国家安危为重，置个人生死于度外的壮举，深深地感动了年少的郑思肖。成年之后，郑思肖曾多次在文章中赞许父亲"意气飞动不协于时""独冠巍巾异于众""使其生至今日，绝不忍陷于贼阱，必一死尽臣子报国之节"。在郑思肖的心目中，郑震无疑是一位刚正不阿、对国家忠贞不贰的长者。父亲的忠义之气对他的爱国主义思想形成有重要影响。这在他的题画诗中有充分的表现，如著名的题画之作《题画菊》：

> 花开不并百花丛，独立疏篱趣未穷。
> 宁可枝头抱香死，何曾吹落北风中！

这首咏画菊诗，实为咏怀之作。诗人以高洁的菊花自比，以"北风"暗喻从北方南下入主中原的元代统治者，喻体与本体极为相似，很好地抒发了自己誓死不事元的爱国情操："宁可枝头抱香死，何曾吹落北风中！"菊花枯萎于枝头，本是自然现象，而诗人由此念感菊花之坚贞，并与自己心心相通。朱淑真在《黄花》中说："土花能白又能红，晚节由能爱此工。宁可抱香枝上老，不随黄叶舞秋风。"郑思肖将"宁可枝头抱香老"改为"宁可枝头抱香死"，更显示其为爱国不惜肝脑涂地的坚强意志。而将"不随黄叶舞秋风"改为"何曾吹落北风中"，以反诘语式出之，不仅看出其处境之艰险，而且显示其誓死守节之志不可动摇。这较之朱淑真在诗中单纯抒发清高之操品更具感人力量。

郑思肖的题画诗，除题画菊外，还有少量表现气节的题画竹诗，如《自题墨竹》："万顷琅玕压碧云，清风幽兴渺无垠。当时首肯说不得，不得相知有此君。"但是，最能表现郑思肖爱国情怀的却是题墨兰诗。元代倪云林曾在一幅郑思肖《墨兰图》上题诗云："秋风兰蕙化为茅，南国凄凉气已消。只有所南心不改，泪泉和墨写离骚。"这首诗当是郑思肖画兰并题诗的最好阐释。"爱国"两个字，不是一般的墨水写得出来的，而是用血水、泪水书写的；但是很可惜，郑思肖用泪水和墨写成的画兰传世很少，所存题墨兰诗也不多。其中有一首《题〈墨兰图〉》说："一国之香，一国之殇。怀彼怀王，于楚有光。"深深的故国之情，令人感佩。传为郑思肖所作的另一幅《墨兰图》，画面有两株兰相对，中抱一花，全用焦墨画出，笔法老健，刚利如剑，表现出一种不屈不挠的精神。其题诗为：

《墨兰图》

向来俯首问羲皇，汝是何人到此乡？

未有画前开鼻孔，满天浮动古馨香。

作此诗时宋亡已有26年，诗人也已是65岁的老人了，但他的民族自尊心却老而弥坚。"羲皇"，本是上古中原部落领袖伏羲氏，这里当是指一向被作者崇敬的古雅墨兰。诗人把墨兰拟人化了，于是发问：你是什么人？你难道不知道国土已沦丧？为什么要来到没有存身之地的"此乡"？诗人的亡国之痛，情真意切，和泪抒写。接着，诗人又写自己对兰的品格的感受：要放开鼻孔，闻到满天的浓郁古雅芳香。这充分表现了作者香心不泯、风节不变的高尚品格。这里的"古"与开头的"羲皇"呼应。古，即故，谐音双关，为点题之笔。不言国土沦丧，不言怀念故国，而意在其中。含而不露，语近情远，这正是郑思肖题墨兰诗的高明之处。

在郑思肖的题画诗中，最多的是为人物故实类绘画而作，共有100余首，如《巢父洗耳图》《许由弃瓢图》《吕望垂钓图》《夷齐西山图》《荣启期三乐图》《屈原餐菊图》《青门种瓜图》《四皓图》《苏武牧羊假寐图》《严子陵垂钓图》《陶渊明对菊图》《桃源图》等。在这些题画诗中，他一方面追慕前贤，决心避世；另一方面，因心中的亡国之痛而难以平静，不免时时流露不平与激愤。纵观郑思肖的全部题画诗，无论所写的是哪种题材，几乎都是一曲曲思想深沉而热烈的爱国诗歌。

如果说以上这些题画诗是通过咏物寄志的方式表现爱国之情的话，那么他的《大宋地理图歌》则是直接表达自己的情志。诗中说：

> 我朝圣人仁如天，历年三百犹一日。
> 形气俱和礼乐修，谁料平地生荆棘。
> 风轮舞破须弥山，黑雹乱下千钧石。
> 铜蟒万舌咀梵云，玉帝下走南斗泣。
> 中有一宝坏不得，放光动地神莫测。
> 云是劫劫王中王，敕令一下罔不伏。
> 燕南垂，赵北际，忽必烈正巢其地。
> 一声霹雳吹云飞，真火长生世永世。
> 山山深，水水清，纵横十方变化身。
> 恒河沙数天坏壳，独我志气常如新。

由于诗人爱国情深，他把宋朝的一切都写得极为美好，盛赞"形气俱和礼乐修"，但忽必烈的入侵，却使这里"平地生荆棘"。诗人坚信"中有一宝坏不得"，未来必将"山山深，水水清"，大宋王朝"世永世"。

郑思肖题画诗的艺术风格富于变化，时而清幽淡雅，时而峭拔狂放；时而含蓄深婉，时而直白天真。他这种艺术风格的形成，既有时代的原因，又有其艺术修养的因素；同时也是他几近变态的个性心理所致。这正如他赋诗所说："独笑或独哭，从人唤作颠。"对于郑思肖的这种特殊心理状态，我们应作具体分析。法国著名文学家雨果有两句名诗："人们不能没有面包而生活，人们也不能没有祖国而生活。"郑思肖在亡国之后终日

忧愤，寝食难安，精神几近崩溃。在这种情况下，他做出一些有失常态的举动，不应简单地看作疯癫。这实际上是他爱国思想极为浓烈的一种特殊表现。

注　释

〔1〕参见于北山：《范成大年谱》，上海古籍出版社，1987，第401页。
〔2〕吴之振编《文山诗钞·序》，载《宋诗钞》卷一百一，中华书局，1986，第2872页。

第十七章
宋代题画词

宋代题画词远不如宋代普通词那样繁荣昌盛，特别是北宋前期的题画词才刚刚起步，词人和作品都不够多。据统计，《全宋词》收录题画词人60余位；收录题画词160余首，多为南宋词人所作。

第一节　题画词界定与分类

题画词同题画诗一样，也有狭义与广义之分。这里所指的是广义的题画词，既包括题写于画幅上的词作，也包含那些不直接书写于画面上的咏画、赞画之作。这是因为，就其所抒发的情感和艺术特点而言，词作书写于何处，并无实质的区别。此外，与题画相关的唱和词虽然大多是针对题画词而言，与绘画关系不大，但因为也是缘画而作，所以这类唱和词也应算作题画词。

关于题画词产生的具体时间，尚无准确论述。据仅有的资料看，当产生于唐五代。唐人段成式《酉阳杂俎》前集卷十四载："元和初，有一士人失姓字，因醉卧厅中。及醒，见古屏上妇人等悉于床前踏歌，歌曰：'长安女儿踏春阳，无处春阳不断肠。舞袖弓腰浑忘却，蛾眉空带九秋霜。'其中双鬟者问曰：'如何是弓腰？'歌者笑曰'汝不见我作弓腰乎？'乃反首，髻及地，腰势如规焉。士人惊惧，因叱之，忽然上屏，亦无其他。"1986年上海古籍出版社出版的《全唐五代词》收录了《踏歌》词，并引《删补唐诗选脉笺释会通评林》卷五七：作"春阳曲"，注曰"粹选作踏歌"，调下并有题"画屏美人"。由此可知，此词调为《踏歌》（又作《阳春曲》），题目为《画屏美人》。《西阳杂俎》所载虽有神话色彩，但也可算作现存最早的一首咏画屏美人的题画词。其产生的年代大约与曲子词的产生同步。

根据题画词所题绘画的题材，宋代题画词主要可分为四类：花鸟、人物、山水和渔樵。其中花鸟类题画词最多，这与宋代花鸟画的发展有密切关系，特别是梅花画在绘画中占有很大的比例，所以题画词写梅花画的特别多，这反映了宋代士大夫对梅花的钟爱。程杰指出："梅格与咏梅，成了士人越来越常见的话题。相应地，'梅画'作为画科走向独立，释仲仁首开墨梅画法，'墨梅'题咏开始成了诗词的重要题材。"[1]这是因为，梅花除了其特有的风姿能使人赏心悦目外，还具有多重比德意义。墨梅，芳华脱尽，寓素于玄，常用来表现宋代文人崇尚淡泊的意趣，如周纯在《满庭霜·墨梅》中所说："脂泽休施，铅华不御，自然林下真风。"画梅，往往具有多种意蕴，这也是词人借以咏怀的主要原因，如胡惠斋的《百字令·几上凝尘戏画梅一枝》：

> 小斋幽僻，久无人到此，满地狼藉。几案尘生多少感，把玉指亲传踪迹。画出南枝，正开侧面，花蕊俱端的。可怜风韵，故人难寄消息。   非共雪月交光，这般造化，岂费东君力。只欠清香来扑鼻，亦有天然标格。不上寒窗，不随流水，应不钿宫额。不愁三弄，只愁罗袖轻拂。

这是一首自题画词。在灰尘上画梅花并为之题词，这在古今题画诗词中当是绝无仅有之作。此词写画梅"不上寒窗，不随流水，应不钿宫额"之"天然标格"。一方面赞其不媚俗、不攀附的品质；另一方面，暗引寄梅之典（陆凯《赠范晔诗》），写相思之情。作者胡惠斋为尚书黄子由之妻。此词当写于丈夫为官外任期间，一句"故人难寄消息"，流露出词人的怀人之情；"只愁罗袖轻拂"，反映词人淡淡的哀愁。

梅花，词人有时也用作自己人格的比况，如扬无咎的四首《柳梢青》，是自题《四梅花卷》之作。其自跋说："范端伯要余画梅四枝……仍各赋词一首。……端伯奕世勋臣之家，了无膏粱气味，而胸次洒落，笔端敏捷，观其好尚如许，不问可知其人也。"又据《四库全书总目·逃禅词》载，扬无咎在秦桧当道时耻于依附，屡征不起，所画墨梅为历代所珍重。因此这四首题墨梅词无疑是词人冰清玉洁人格的写照。

由于宋代人物画也很发达，题材较为广泛，仕女、圣贤、僧道画甚多，所以为这类绘画的题词也很多。尤其是题写历史人物画的更多，如刘克庄的《洞仙歌·癸亥生朝和居厚弟韵，题谪仙像》、张炎的《南乡子·杜陵醉归手卷》《临江仙·太白挂巾手卷》等。在宋代题写当代人物的题画词中，也有描写生活于社会底层的演员形象的，如张炎的《蝶恋花·题末色褚仲良写真》，便为我们留下了一幅可贵的剪影：

> 济楚衣裳眉目秀。活脱梨园，子弟家声旧。诨砌随机开笑口。筵前戏谏从来有。　　戛玉敲金裁锦绣。引得传情，恼得娇娥瘦。离合悲欢成正偶。明珠一颗盘中走。

这是词人为杂剧"末色"演员褚仲良的画像而题的词。褚仲良系梨园世家，科班出身，眉清目秀，唱念俱佳，且能随机应变，表演生动传神，颇受观众喜欢。这幅写真画像，活灵活现地描绘出他的精湛演技和迷人风采。而此词则用形象的语言将逼真的画像展开在读者面前。演员以形象和声音赢得观众，而画家以线条和色彩赢得读者。词是语言的艺术，从直观看，它既不能让人见形，也不能让人闻声；但是从另一个角度看，高超的语言艺术大师却可以用生动的文字绘状拟音，可以让我们如见其人、如闻其声。很显然，张炎这首题人物画像的词做到了。词人不仅从正面写褚仲良扮相之俊美，衣饰之"锦绣"，而且通过侧面女观众之神情来烘托其艺术效果。尤其对其嗓音的描写，更令人激赏。既用"戛玉敲金"来形容，又用明珠走玉盘来比拟，可谓惟妙惟肖。这与他精通音律是分不开的。

山水类题画词较之人物题画词，因题材所致，其意境更浑融而广远。山水画虽然主要是描绘山光水态的，意在表现自然美，但在不同词人的眼里却有不同的感受：如俞紫芝的《临江仙·题清溪图》，表现的是林泉高致；刘过的《行香子·山水扇面》，着重描写山林物态，极力渲染静谧的气氛，所表现的也是隐逸情趣。这与当时元军铁骑踏过中原时尘土飞扬的现实显然格格不入（当然，他还有表现爱国思想的许多豪放词）。而同时期陆游写的《桃源忆故人·题华山图》所抒发的则是另一种感慨，其词是：

> 中原当日三川震。关辅回头煨烬。泪尽两河征镇。日望中兴运。　秋风霜满青青鬓。老却新丰英俊。云外华山千仞。依旧无人问。

此词与一般山水类题画词单纯吟咏山水截然不同，面对中原国土沦丧、关辅"煨烬"的现实，词人"泪尽两河"。对于半壁河山，词人既有无奈，又心有不甘，表现了一位爱国志士报国无门、空怀壮志的慨叹。

渔樵类题画词在宋代题画词中不多，有些也是由人物画联想而成，如张元幹的《渔家傲·题玄真子图》：

> 钓笠披云青嶂绕。橛头细雨春江渺。白鸟飞来风满棹。收纶了。渔童拍手樵青笑。　明月太虚同一照。浮家泛宅忘昏晓。醉眼冷看城市闹。烟波老。谁能惹得闲烦恼。

这首词是写唐代词人张志和的。张志和，自号玄真子，晚年隐于江湖，又自称烟波钓徒，以五首《渔父》称名于世。词中写春江雨细、白鸟飞翔、渔童拍手、樵子欢笑，一派悠然自得的闲适画面。词人置身于江湖中，似乎忘记了昏晓，忘记了烦恼。张元幹本是一位慷慨悲歌的爱国词人，但在现实的矛盾斗争中屡遭贬谪，心中不免苦闷。此词便反映了他对渔樵生活的向往之情。但是他仍不能忘记现实，一句"醉眼冷看城市闹"，既揭示了当时政坛的纷争与黑暗，又抒发了自己不屑与秦桧之流同朝共事的高洁情怀。从风格上看，此词以萧散冲淡代替了往昔的慷慨悲凉。

第二节　宋代题画词发展概况

虽然宋代题画词取得了令人瞩目的成就，但两宋题画词的发展是不平衡的，多为南宋题画词人及其所创作的作品。北宋最早的题画词人是俞紫芝，词作是《临江仙·题清溪图》。其后便是以苏轼为首的元祐文人集团的题画词创作，但题画词数量很少，苏轼仅有题画词2首，释仲殊、秦观也各有2首，晁补之、陈师道等各有1首。其中，俞紫芝的《临江仙·题清溪图》因为出现得最早，有人便认为它是中国最早的一首题画词，因而较有影响，但实际上题画词早在唐五代即已产生。苏轼的《定风波》是"集古句作墨竹词"，又因是词坛大家之作，颇受关注。其词是：

> 雨洗娟娟嫩叶光。风吹细细绿筠香。秀色乱侵书帙晚。帘卷。清阴微过酒尊凉。　　人画竹身肥拥肿。何用。先生落笔胜萧郎。记得小轩岑寂夜。廊下。月和疏影上东墙。

《苏轼年谱》载："七月六日，饮王齐愈家，醉后画墨竹，赋定风波。"[2]集古句词，即一首词全用前人诗句而成，有时也因需要增减几个字。宋人的集句词当以王安石的《菩萨蛮》出现最早，而集古句的题画词，苏轼这首《定风波》当为第一首。此词称自己笔下的嫩竹秀色给畅饮增添了情趣，因而自许"笔胜萧郎"。这是说词人的画竹，以情入画，追求神似，而不同于唐代著名画家萧悦的画竹"独逼真"。此后，晁补之的《满庭芳·用东坡韵题自画莲社图》，是为自己的《莲社图》而题，其词是：

> 归去来兮，名山何处，梦中庐阜嵯峨。二林深处，幽士往来多。自画远公莲社，教儿诵、李白长歌。如重到，丹崖翠户，琼草秀金坡。　　生绡，双幅上，诸贤中屦，文彩天梭。社中客，禅心古井无波。我似渊明逃社，怡颜盼、百尺庭柯。牛闲放，溪童任懒，吾已废鞭蓑。

此词无非是表达对当年莲社诸贤的敬仰之意，抒发自己的隐逸之情，并无深意，但贵在自画自题。如果说苏轼的"集古句"的《定风波》并非完全独创的话，那么晁补之的这首《满庭芳》便是中国题画词史上真正意义上现存最早的一首自题画词。与苏轼过从甚密的词人兼画家释仲殊的

《惜双双·墨梅》，以幽默之笔写墨梅与梨花争奇斗艳，也饶有情趣。但总的看，北宋中期的题画词表现手法比较单一，佳作不多。但是，到了北宋末年、南渡之际，由于金兵入侵，形势剧变，题画词创作也发生了深刻变化，出现了一批爱国题画词人及其作品。北宋末年主战派领袖、官至尚书右丞的李纲（1083—1140）创作的《水调歌头·李太白画像》，就是这时期题画词的代表作。其词是：

> 太白乃吾祖，逸气薄青云。开元有道，聊复乘兴一来宾。天子呼来方醉，洒面清泉微醒，馀吐拭龙巾。词翰不加点，歌阕满宫春。
>
> 笔风雨，心锦绣，极清新。大儿中令，神契兼有坐忘人。不识将军高贵，醉里指污吾足，乃敢尚衣嗔。千载已仙去，图像耸风神。

此词极赞李白放浪不羁、蔑视权贵的人格和"笔风雨""极清新"之诗风，并称"太白乃吾祖"，表现了词人追慕先贤之豪情。此词当是南渡之际豪放词之先声。稍后的张元幹（1091—约1170）则创作出气势磅礴的豪放词，试看其《念奴娇·题徐明叔海月吟笛图》：

> 秋风万里，湛银潢清影，冰轮寒色。八月灵槎乘兴去，织女机边为客。山拥鸡林，江澄鸭绿，四顾沧溟窄。醉来横吹，数声悲愤谁测。 飘荡贝阙珠宫，群龙惊睡起，冯夷波激。云气苍茫吟啸处，鼍吼鲸奔天黑。回首当时，蓬莱方丈，好个归消息。而今图画，谩教千古传得。

这首词寄情于景，情景交融。上片以"四顾沧溟窄"，暗写国土沦丧，心中悲愤；下片以"飘荡贝阙珠宫，群龙惊睡起，冯夷波激"，喻帝王宫阙为金兵所侵扰，风云突变，渲染出阴森恐怖之气氛。全词慷慨悲壮，极富时代感。但是面对激荡的现实，权奸当道，报国无门，词人不免心生林泉之志。

同是主战派的朱敦儒（1081—1159）也有少量谈及绘画的词作，如《菩萨蛮》：

乡关散尽当年客。春风寂寞花无色。长日掩重门。江山眼外昏。　　画图高挂壁。嵩少参差碧。想见卧云人。松黄落洞门。

此词当作于晚年，词人罢职后，辗转流离，思想已趋于消沉，而安于林下生活。

爱国词人张孝祥（1132—1170），也有题画词问世，即《浣溪沙》两首。其一是：

妙手何人为写真。只难传处是精神。一枝占断洛城春。　　暮雨不堪巫峡梦，西风莫障庾公尘。扁舟湖海要诗人。

另一首是《浣溪沙·赋微之提刑绣扇》：

只说闽山锦绣帏。忽从团扇得生枝。绉红衫子映丰肌。　　春线应怜壶漏永，夜针频见烛花摧。尘飞一骑忆来时。

这两首词词调婉约，已全然没有了其豪放词那种"忠愤气填膺"（《六州歌头》）的气概。这说明，即使在风云变幻之际，一向慷慨激昂的词人也会有闲适之作。

南宋时期，是题画词创作最为活跃的时期。无论是题画词人数，还是题画词的首数，都是两宋最多的。前期除上述词人外，还有题画大家辛弃疾以及洪惠、向子諲、李弥逊等。中后期的题画词人更多，除题画大家张炎外，高观国、刘克庄、吴文英、陈人杰、刘辰翁、周密、王沂孙、蒋捷等都有题画词存世。

高观国，生卒年不详，字宾王，号竹屋，山阴（今浙江绍兴）人。与史达祖交谊颇深，常相唱和。张炎将他与姜夔、吴文英、史达祖并称。《古今词话》称其词"工而入逸，婉而多风"。有《竹屋痴语》。《全宋词》存其题画词5首，均为婉约之作。《昭君怨·题〈春波独载图〉》是其代表作之一：

一棹莫愁烟艇。飞破玉壶清影。水溅粉绡寒。渺云鬟。　　不肯凌波微步。却载春愁归去。风澹楚魂惊。隔瑶京。

《春波独载图》画的是一位年轻女子在月夜独自泛舟湖上，是乘兴游湖，还是遣闷荡舟，给人留下了想象的余地。词人通过景物描绘与衬托，使人物鲜活起来。我们不仅似乎看到了她的"云鬟"，而且仿佛看到了她的满面"春愁"。此词语言清丽，意境幽渺，形象生动，不仅完美地体现了画家的创作意图，而且寄寓了词人的思想感情。他的另一首词《思佳客·题太真出浴图》，也写得耐人寻味：

> 写出梨花雨后晴。凝脂洗尽见天真。春从翠髻堆边见，娇自红绡脱处生。　　天宝梦，马嵬尘。断魂无复到华清。恰如伫立东风里，犹听霓裳羯鼓声。

作此图的画家显然是受到白居易《长恨歌》的启示，将诗中杨玉环的美好形象用线条色彩重现于纸上。《长恨歌》云："春寒赐浴华清池，温泉水滑洗凝脂。侍儿扶起娇无力，始是新承恩泽时。"又云："风吹仙袂飘飘举，犹似霓裳羽衣舞。玉容寂寞泪阑干，梨花一枝春带雨。"这些当是画家构图的依据。而词人复将画中人物用如画之笔再现于读者面前。这不是简单的重复，而是艺术再创造。上片用笔很妙，把杨贵妃比作雨后的梨花，既应其刚刚"出浴"之情态，又暗伏后面的"泪阑干"，可谓一举两得。而"春从翠髻堆边见，娇自红绡脱处生"两句也是生花之笔，一写杨贵妃春情荡漾，一写遍体生娇，均含蓄婉转。换头两句叙述天宝之乱，杨贵妃被赐死于马嵬的悲剧，流露出词人的叹惋之情。词的最后又回到画面上：出浴的杨贵妃伫立于东风中，好像正在侧耳倾听。"犹听霓裳羯鼓声"一句，又回到了现实，她仿佛不是画纸上的杨贵妃，而是一位有听觉的活生生的佳丽，给人以强烈的立体感。这正是词人善于描绘人物形象的结果。其《洞仙歌·题真》是为一幅女子画像而题：

> 轻痕浅晕。偷染春风面。恰似西施影儿现。拟新妆、临槛一段天真，闲态度，长恁香娇玉软。　　从今怀袖里，不暂相离，似笑如颦任舒卷。顾芳容不老，只似如今，娇不语、无奈情深意远。便雨隔云疏暂分携，也时展丹青，见伊一见。

此词写画女"似笑如颦"之情态，颇为生动，语言平白如话，好像元散曲。

吴文英（约1212—约1272），字君特，号梦窗，晚号觉翁，四明（今浙江宁波）人。其生平事迹多不可考，仅知他在宋理宗绍定五年（1232）曾一度为苏州仓台幕僚，还做过贾似道、赵与芮、吴潜、史宅之等达官贵人的门客。他在苏、杭、绍兴等地流连最久，晚年颇不得意。吴文英是南宋风雅词派重要词人。知音律，能自度曲。词作今存近四百首，内容较窄，多应酬之作。论词偏重形式，讲求协律、醇雅、委曲、柔婉。张炎说他的词"如七宝楼台，眩人眼目，碎拆下来，不成片段"（《词源》）。戈载《七家词选》则说他的词"以绵丽为尚，运意深远。用笔幽邃，炼字炼句，迥不犹人。貌观之雕缋满眼，而实有灵气行乎其间"。有《梦窗词》。《全宋词》存其题画词11首，是宋代词人中写题画词较多的一位。他的题画词的特点，与普通词略同，只不过意境更为幽深，言语间流露出缕缕感伤，是亡国之痛，是思人之苦，尽在言外。如《蕙兰芳引·赋藏一家吴郡王画兰》：

> 空翠染云，楚山迥、故人南北。秀骨冷盈盈，清洗九秋涧绿。奉车旧畹，料未许、千金轻使。浅笑还不语，蔓草罗裙一幅。　　素女情多，阿真娇重，唤起空谷。弄野色烟姿，宜扫怨娥澹墨。光风入户，媚香倾国。湘佩寒、幽梦小窗春足。

此词虽属题画兰之作，但全词无一"兰"字。词人把兰完全人格化了。她虽然出自"空谷"，"野色烟姿"，但"媚香倾国"，价逾千金。这既有自我之写照，又似比托"故人"或故国。特别耐人寻味的是，词中突出了"冷""清""寒""怨"，在曲折委婉中寄寓着自己不遇时之慨和亡国之痛。这首词同吴文英的其他词一样，将实景化为虚幻，文字跳跃性很大，也有为人所不易理解处。

周密（1232—约1298），字公谨，号草窗、蘋洲、四水潜夫、弁阳啸翁，祖籍济南，吴兴（今浙江湖州）人。历官奉礼郎、义乌令等。宋亡后，寓居杭州。善书画，书学欧、柳，画善梅兰竹石，词工于诗，与王沂孙、张炎齐名，又与吴文英并称"二窗"。陈廷焯说："周公谨词刻意学清真，句法、字法居然合拍。"（《白雨斋词话》）有《草窗词》《蘋洲渔笛谱》等。《全宋词》存其题画词10首。他的前期题画词多为山水类绘画而题，往往吟咏山水，赋写闲愁，如《清平乐·杜陵春游图》《清平乐·三白图》等。虽然有时也写哀怨，但"人与杏花俱醉"，并无深意。宋亡后，周密词中的闲情雅趣便被凄苦的情思代替，词风也有所变化，如《夷则商国香慢·赋子固凌波图》：

> 玉润金明。记曲屏小几，剪叶移根。经年汜人重见，瘦影娉婷。雨带风襟零乱，步云冷、鹅管吹春。相逢旧京洛，素靥尘缁，仙掌霜凝。　　国香流落恨，正冰铺翠薄，谁念遗簪。水天空远，应念矾弟梅兄。渺渺鱼波望极，五十弦、愁满湘云。凄凉耿无语，梦入东风，雪尽江清。

子固，宋宗室画家赵孟坚，擅画水仙、梅、兰。其《凌波图》，即《水仙图》。此词由画中的凌波仙子展开联想与想象，时而以花喻人，时而以人作花，其以实化虚复以虚化实的表现手法酷似吴文英。上片先写水仙之外貌，后用"汜人""洛神"之典将花喻为丽人。既赞水仙之高雅，又喻美人之素洁。下片水仙、梅花（"矾弟梅兄"）双咏，以"国香"喻被掳北去之嫔妃，她们虽远隔山水而不忘故国之情。全词情思凄凉幽怨，意境空润迷蒙，蕴含着词人无尽的亡国哀愁。这与他早年的清空词风有了很大不同。

刘辰翁（1232—1297），字会孟，号须溪，吉州庐陵（今江西吉安）人。廷试对策时，因得罪贾似道而被置于丙等，以亲老请为濂溪书院山长。后出任临安府教授。宋亡不仕。其词反映亡国之恨，悲苦动人。词彩绚烂，风格遒劲，继承了辛弃疾之遗风。有《须溪集》。《全宋词》存其题画词8首。多写美人、禽鸟，风格转为婉约，如《如梦令·题四美人画》：

> 比似寻芳娇困。不是弓弯拍衮。无物倚春慵，三寸袜痕新紧。羞褪。羞褪。忽忽心情未稳。

> 寂历柳风斜倚。错莫梦云难记。花影为谁重，一握鲛人丝泪。何

事。何事。历历脸潮羞起。

　　睡眼青阴欲午。当户小风轻暑。倦近碧阑干，斜影却扶人去。无绪。无绪。落落一襟轻举。

　　落叶西风满地。独宿琼楼丹桂。孤影抱蟾寒，寄与月明千里。休寄。休寄。粟粟蕊珠心碎。

　　四首词后均有注，第一首为"褪履"，写美人脱履时之羞状；第二首为"托腮"，写其内心之活动；第三首为"欠伸"，写其困倦之态；第四首为"折桂"，写其折与不折"丹桂"之矛盾。这四首词通过环境气氛揭示美人的情感世界及微妙的心理变化。笔调轻灵，婉丽多姿，体现了刘辰翁艺术风格的另一面。另一首《点绛唇·题画》以鸟喻人，写的虽然是常见的相思题材，但曲尽其意，也自有一番情韵。

　　此外，王沂孙的《一萼红·丙午春赤城山中题花光卷》，观画生感。以隐喻手法写"故国吴天树老，雨过风残"，其"身世之感，君国之恨，一一可见"（陈廷焯《白雨斋词话》），也具有艺术感染力。

第三节　辛弃疾与张炎

　　在南宋题画词人中有两位著名词人：一位是以豪放词著称的辛弃疾；一位是以婉约词见长的张炎。他们所创作的优秀题画词篇，不仅推动了宋代题画词创作，而且对后世题画词发展产生了深远影响。

　　辛弃疾（1140—1207），字幼安，号稼轩，历城（今山东济南）人。青少年时曾参加耿京的抗金义军，任掌书记。绍兴三十二年（1162）奉表南归，授右承务郎。北返，会张安国杀耿京降金，辛弃疾率50人直入金营，缚张安国以归宋。改

辛弃疾

授江阴签判，时年 23 岁。乾道元年（1165）献《美芹十论》；四年（1168），通判建康府；六年（1170），孝宗召对延和殿，迁司农寺主簿；八年（1172），出知滁州。淳熙二年（1175），提点江西刑狱，加秘阁修撰；六年（1179），任湖南转运副使，潭州知州，兼湖南安抚；八年（1181），任隆兴府知府，兼江西安抚使。后为谏官王蔺弹劾落职，闲居带湖、瓢泉达二十年之久。嘉泰三年（1203）始被起用为绍兴知府兼浙东安抚使，后任镇江府知府，不久免职。此后虽有征用，均辞不就。开禧三年（1207）九月十日卒。德祐初（1275），以谢枋得请，赠少师，谥忠敏。辛弃疾性豪爽，尚气节，为南宋伟大爱国词人。他于民族危亡之际力主抗金，反对苟且偷安，但不为朝廷所用，投闲置散，一腔悲愤俱发之于词。其词深刻反映了当时的民族矛盾，揭露了南宋统治者偷安苟活的可耻行径，表达了词人建功立业的渴望和政治失意的幽愤，始终贯注着强烈的爱国主义精神。辛词继承了苏轼词的传统，风格以豪放为主，但其底色则是悲壮苍凉，且不拘一格。有时熔铸经史百家；有时又出以口语、白描，清新脱俗；有时慷慨纵横，睥睨当世；有时又轻音软语，秾丽妩媚。在题材、内容、意境、手法等方面均有所突破和拓展，在词史中占有重要位置。有《稼轩词》。

《全宋词》存其题画词6首。这些题画词因题材所限，已无非题画词作那"气吞万里如虎"的气概了，代之以似水之柔情，如《西江月·题可卿影像》：

　　　　人道偏宜歌舞，天教只入丹青。喧天画鼓要他听。把著花枝不应。　　何处娇魂瘦影，向来软语柔情。有时醉里唤卿卿。却被傍人笑问。

可卿，是词人的侍女。词人与画中人感情深厚。词以情起笔，面对画像，画鼓不听，把花不应，一种遗憾之情油然而生。词人以画作真，化虚为实，虚实相生，把自己的思念之情表现得淋漓尽致。又如《念奴娇·赠妓善作墨梅》：

　　江南尽处，堕玉京仙子，绝尘英秀。彩笔风流，偏解写、姑射冰姿清瘦。笑杀春工，细窥天巧，妙绝应难有。丹青图画，一时都愧凡陋。　　还似篱落孤山，嫩寒清晓，只欠香沾袖。淡伫轻盈，谁付与、弄粉调朱纤手。疑是花神，竭来人世，占得佳名久。松篁佳韵，倩君添做三友。

　　这首词上片先写女画家之容貌，再赞其"彩笔风流"。下片正面描绘墨梅之形象，并以花喻人，疑花神降临人世，独占佳名。而词的煞尾请女画家再添青松、翠竹"佳韵"，颇耐人寻味。将绰约之梅、挺拔之松、劲节之竹合为一幅画，不仅提出了更高的审美理想，也为此词增添了几分豪气。如果说以上两首词主要代表的是辛词的婉约风格，那么其《贺新郎》则更显词人的萧散、豪迈气概：

　　严和之好古博雅，以严本庄姓，取蒙庄、子陵四事：曰濮上、曰濠梁、曰齐泽、曰严濑，为四图，属予赋曰。予谓蜀君平之高，扬子云所谓虽隋和何以加诸者，班孟坚独取子云所称述为王贡诸传序引，不敢以其姓名列诸传，尊之也。故予谓和之当并图君平像，置之四图之间。庶几严氏之高节者备焉。作《乳燕飞》词使歌之。

　　濮上看垂钓。更风流、羊裘泽畔，精神孤矫。楚汉黄金公卿印，比著渔竿谁小。但过眼、才堪一笑。惠子焉知濠梁乐，望桐江、千丈高台好。烟雨外，几鱼鸟。　　古来如许高人少。细平章、两翁似与，巢由同调。已被尧知方洗耳，毕竟尘污人了。要名字、人间如扫。我爱蜀庄沉冥者，解门前、不使征书到。君为我，画三老。

　　这首题画词本是写古代三位高士隐逸生活的，这样的题材很容易写成风格恬淡之作。但庄子亦庄亦谐，自有豪宕不拘之质；而严子陵浪迹江湖，"侣鱼虾而友麋鹿"，也豪气未除；又加上西汉蜀之严君平，高蹈不仕，萧散飘逸。所以词人以此"三老"为题，就是要通过感叹"古来如许高人少"来寄寓自己的"精神孤矫"。在写法上，举重若轻，对"楚汉黄金公卿印"，只付之"一笑"。因此，字里行间无不透出词人的放浪不羁的豪放之气。

张炎是宋代创作题画词最多的一位词人，在《全宋词》存题画词32首，共使用了20个词牌。无论是题画词的首数，还是使用过的词牌数，都是宋代题画词人中最多的一位。

张炎（1248—1314），字叔夏，号玉田，晚号乐笑翁，临安（今浙江杭州）人。中兴名将张俊后裔，曾祖张镃，祖张濡，父张枢，皆为精通音律之词家。早年过着富裕优游的贵公子生活。宋亡后，家产丧失，落魄纵游。至元二十七年（1290）北游元都，失意南归。晚年流落江浙一带，郁郁而终。其词远法姜夔，史称"姜张"；近师杨缵，追求骚雅清远之致，严守音律，字句工巧。刘熙载说："张玉田词，清远蕴藉，凄怆缠绵，大段瓣香白石，亦未尝不转益多师。"（《艺概·词曲概》）有《山中白云词》，又名《玉田词》。另有词学理论著作《词源》。

张炎

张炎是南宋题画词人中不多见的既精通音律，又擅长绘画的词人，所以颇具特点。其最突出的特点是，以画家之笔填词，极具形象性：写景，摹形拟状，给人以身临其境之感；写人，绘声绘色，栩栩如生。其词风，也随着词人的生活遭际和描写的内容不同而变化，由前期的"雅词"变为后期的怨词，由清空疏朗变为凄婉苍凉，如《南乡子·杜陵醉归手卷》：

晴野事春游。老去寻诗苦未休。一似浣花溪上路，清幽。烟草纤纤水自流。　　何处偶迟留。犹未忘情是酒筹。童子策驴人已醉，知不。醉里眉攒万国愁。

《杜陵醉归手卷》画的是唐代诗人杜甫春游醉归图。画中的背景当是成都草堂附近的浣花溪畔。诗人一边行吟，一边欣赏溪旁的清幽风光。词人由画面人物神情展开联想，从杜甫的醉颜上似乎看到他那深深的忧国忧民之情。由此，我们自然会想到杜诗《遭田父泥饮美严中丞》。诗中说："步屦随春风，村村自花柳。田翁逼社日，邀我尝春酒。……前日放营农，辛苦救衰朽。"画家在创作这幅手卷时，很可能参考了这首诗。而词人张炎又是饱学之士，既知杜甫其人，又熟读杜甫之诗，所以能由画而想到其诗，复由其诗而想到其伟大的胸襟，可谓形神毕现，深得此画之真谛。此词虽然也透出词人亡国后的感伤，但意境仍不失为清幽。又如《湘月》：

> 行行且止，把乾坤收入，篷窗深里。星散白鸥三四点，数笔横塘秋意。岸嘴冲波，篱根受叶，野径通村市。疏风迎面，湿衣原是空翠。　　堪叹敲雪门荒，争棋墅冷，苦竹鸣山鬼。纵使如今犹有晋，无复清游如此。落日沙黄，远天云淡，弄影芦花外。几时归去，剪取一半烟水。

词前小序说："余载书往来山阴道中，每以事夺，不能尽兴。戊子冬晚，与徐平野、王中仙曳舟溪上。天空水寒，古意潇飒。中仙有词雅丽，平野作《晋雪图》，亦清逸可观。余述此调，盖白石《念奴娇》鬲指声也。"由此可知，此词为《晋雪图》而题。上片写景，但景中有情。词的主旨在下片，引多处典故以见意。"敲雪门荒"，指晋人王子猷雪夜访戴安道事。《世说新语·任诞》载："王子猷居山阴，夜大雪，眠觉，开室命酌酒，四望皎然。因起彷徨，咏左思《招隐》诗，忽忆戴安道。时戴在剡（今浙江嵊州），即便夜乘小船就之。经宿方至，造门不前而返。人问其故，王曰：'吾本乘兴而行，兴尽而返，何必见戴。'""争棋墅冷"，指谢安与其侄谢玄弈棋争胜的典故。如今这里"门荒""墅冷"，苦竹鸣声，山鬼啼叫，阴森可怖。"纵使如今犹有晋，无复清游如此。"字里行间流露出词人对动乱时世的感慨。此词可谓既有其前期词之清空，又有其后期词之苍凉。又如《清平乐·题处梅家藏所南翁画兰》："黑云飞起。夜月啼湘鬼。魂返灵根无二纸。千古不随流水。　　香心淡染清华。似花还似非花。要与闲梅相处，孤山山下人家。""处梅"，即陆处梅，宋末人，与张炎常有酬唱。此词是为陆处梅所藏郑思肖的《画兰》而题。由于郑思肖是一位悲壮的爱国诗画家，所以其画自然也充满了忧国伤时之情。词人与画家同调，看到这幅画也有悲凉之感，所以词中用"黑云""夜月""啼湘鬼""魂返"等词语烘托凄迷的气氛，反映出宋亡后遗民知识分子的精神状态。另一首《浪淘沙·题陈汝朝百鹭画卷》也反映了这种情感：

> 玉立水云乡。尔我相忘。披离寒羽庇风霜。不趁白鸥游海上，静看鱼忙。　应笑我凄凉。客路何长。犹将孤影侣斜阳。花底鹇行无认处，却对秋塘。

陈汝朝的《百鹭画卷》未见著录，当已失传。画未必"凄凉"，而是词人借画寄怀，抒发自己的孤寂之感。"我"见百鹭鹇行有序，呼朋结伴，而自己形单影只，离群失散，不胜伤感。张炎因《解连环·孤雁》描写一只失群孤雁借以表达自己遭逢国亡家破、亲友离散之悲感而享有盛名，人称"张孤雁"。此词当也作于宋亡之后，词中既有自己客游之凄惶，也有亡国之哀痛。全篇托物寄意，堪与《解连环·孤雁》相媲美。

作为画家，张炎有许多题画词当是为自己的画作而题。因此，他也是宋代自题画最多的一位词人。不过，他的很多自题画词并未标明。注明的主要有：《浣溪沙·写墨水仙二纸寄曾心传，并题其上》《浪淘沙·余画墨水仙并题其上》《浪淘沙·作墨水仙寄张伯雨》《临江仙》等。其中后一首系晚年所作，词前有小序：

> 甲寅秋，寓吴，作墨水仙为处梅吟边清玩。时余年六十有七，看花雾中，不过戏纵笔墨，观者出门一笑可也。

> 剪剪春冰出万窍，和春带出芳丛。谁分弱水洗尘红。低回金巨罗，约略玉玲珑。　昨夜洞庭云一片，朗吟飞过天风。戏将瑶草散虚空。灵根何处觅，只在此山中。

此词作于元仁宗延祐元年（1314）。此时，元已统治中国三十余年，社会已逐渐安定。词人晚年虽仍处于贫困之中，但心情却很开朗。这首词便反映了其达观的襟怀。词中所写景物充满了生机：万窍冰融，春回大地，芳丛一片，月光玲珑。词人夜望洞庭，展开艺术想象，自己好似乘风驾云将"绿草"撒向虚空，其"灵根"落于陆处梅家。构思新颖，立意奇巧。词人"运用多种艺术手段，形象描绘绘画艺术无法表现的意象，使画上的水仙形象和词里的水仙形象互为映照，相互补充，相得益彰，词画得以融彻地结合，创造出玉洁冰清、清高孤贞的水仙艺术形象，使之成为美的化身，具有极大的艺术魅力"[3]。

第四节　宋代题画词特点及其与题画诗之异同

题画词与题画诗从本质上说并无区别，正像在中国诗歌史上先有诗后有词一样，题画词也是在题画诗的影响下产生的。因此，可以说两者本是同根生。最能说明这一点的是苏轼的题画词《定风波·题墨竹图》，它本身就是集许多前人诗句，特别是题画诗句而成。这可以说是真正意义上的"以诗入词"。当然，题画词从产生那天起，体制就与题画诗不同。题画词是以长短句形式出现的，并且有词谱，具有音乐性。但是题画诗也有杂言的，而最早的词牌《竹枝词》，就是七言绝句，并且能唱能舞。刘禹锡在《竹枝词·序》中说："岁正月，余来建平。里中儿联歌《竹枝》，吹短笛击鼓以赴节，歌者扬袂睢舞，以曲多为贤。……故余亦作《竹枝》九篇。"不过，题画诗中的杂言，出现的频率极小，其常式还是整齐的五、七言近体诗；而题画词中的通篇整齐句式，只是在词产生的初期出现，而其常式还是有谱式的长短句。但是，题画词在发展的过程中，也逐渐形成了自己的特点，其中有些特点正是它与题画诗的区别所在。

在宋代，有所谓"诗庄词媚"之说。对于题画诗与题画词来说，也基本如此。与题画诗相比较，宋代的题画词写女性题材较多，即使是以豪放词著称的苏轼也不例外，如《雨中花慢》，就是为一幅女子画像而题。词中说："丹青口画，无言无笑，看了漫结愁肠。襟袖上，犹存残黛，渐减馀香。一自醉中忘了，奈何酒后思量。算应负你，枕前珠泪，万点千行。"可谓缠绵悱恻，婉媚之至。又如秦观仅存的两首题画词，都是写女性题材，其中《南乡子·题崔徽写真图》是为唐代画家丘夏所绘崔徽像而题。元稹《崔徽歌·序》云："崔徽，河中府娼也。裴敬中以兴元幕使蒲州，与徽相从累月。敬中便还，崔以不得从为恨，因而成疾。有丘夏善写人形，徽托写真，寄敬中曰：'崔徽一旦不及画中人，且为郎死。'"（《全唐诗》卷四二三）崔徽后终于发狂而死。这首词既赞扬了画家之"妙手"，又再创造出一位秀美凄楚的女子形象，低回婉转，富有情趣，真是"任是无情也动人"。此外，向子谭的《浣溪沙》，辛弃疾的《西江月·题可卿影像》，高观国的《思佳客·题太真出浴图》《洞仙歌·题真》，刘辰翁的《如梦令·题四美人画》，蒋捷的《贺新郎·题后院画像》等，都是写女性题材。此外，在宋代题画词中写花卉题材的也很多，其中写梅、兰、竹的尤多。这些写花卉题材的词作，大多将花比作美女，实际上也是写女性，如张炎的《浪淘沙·余画墨水仙并题其上》将水仙喻为淡扫蛾眉的女子，继而比作凌水之仙女，着力表现水仙超凡脱俗的艺术美。宋代题画词将花喻人，以美女写花的作品很多，如释仲殊的《惜双双·墨梅》，吴文英的《浣溪沙·题李中斋舟中梅屏》，张炎的《浪淘沙·作墨水仙寄张伯雨》等。但是，与此类女性、花卉等软性题材相反，在宋代题画词中题写画马、画鹰等刚性题材的作品很少，而在题画诗中题咏这类题材的作品却很多。这大约也是"诗庄词媚"的一种体现吧。由此也引出宋代题画词的另一个特点，即具有浓郁的抒情性。

蔡伯世在评价秦观词时说："子瞻辞胜乎情，耆卿情胜乎辞，辞情相称者，惟少游而已。"（《词苑萃编》卷四引）但就宋代题画词而言，基本上都是"情胜乎辞"。不仅写女性题材的作品是这样，即使写家国之大事者也是如此。前者如吴文英的《梦芙蓉·赵昌芙蓉图，梅津所藏》：

> 西风摇步绮。记长堤骤过，紫骝十里。断桥南岸，人在晚霞外。锦温花共醉。当时曾共秋被。自别霓裳，应红销翠冷，霜枕正慵起。
>
> 惨淡西湖柳底。摇荡秋魂，夜月归环佩。画图重展，惊认旧梳洗。去来双翡翠。难传眼恨眉意。梦断琼娘，仙云深路杳，城影蘸流水。

此词当是睹画怀人之作，杨铁夫《梦窗词笺释》说："此为见《芙蓉图》忆姬之作。"据载，吴文英寓居杭州时，一次乘马郊游偶遇一歌妓，相互传递书信后互生爱慕之情。他们曾同宿春江，共同生活过一段时间。

词人由画面芙蓉切入，运用以画作真手法将画芙蓉当作真芙蓉描写，又由芙蓉联想到杭州歌妓。然后由画面宕开，回首往事：紫骝马驰过十里长堤，杭妓在晚霞中伫立等候，爱心同结，共醉花下。然而别后花残梦断，离情悠悠。今日重展《芙蓉图》，从花的形象，"惊认旧梳洗"，却难传眼中恨眉中意，只能梦中相见而梦醒后云路深远，难以到达，留下无限惆怅。而歇拍处"城影蘸流水"一句，以景结情，尤有不尽之韵味。这座往昔曾让词人流连忘返的杭城"城影"倒映流水中，带走了许许多多美好的回忆，其"几多愁"又"恰似一江春水向东流"。因此，这是一首极富抒情的题画词。再看写家国大事的题画词，如张元幹的《念奴娇》：

> 寒绡素壁，露华浓、群玉峰峦如洗。明镜池开秋水净，冷浸一天空翠。荷芰波生，菰蒲风动，惊起鱼龙戏。山河影里，十分光照人世。　　谁似老子痴顽，胡床欹坐，自引壶觞醉。醉里悲歌歌未彻，屋角乌飞星坠。对影三人，停杯一问，谁解骑鲸意。玉京何处，翠楼空锁十二。

这首词上片写景，并就画面景物展开联想，但"山河影里"仍不忘人间世界。下片抒怀，说"自引壶觞醉"，"醉里悲歌歌未彻"。词人之所以要沉醉，是因为他对故国的"相思除是，向醉里、暂忘却"。这正是不言思而思愈切。如果说此处的主旨还不够鲜明的话，那么最后一问"玉京何处，翠楼空锁十二"，便把词人的爱国深情充分表达出来。这也是一首以抒情为主的题画词。

由于宋代题画词往往以抒情为主，所以在词中很少有评画言理的内容，只有林自然的《酹江月·金丹合潮候图》谈到道教的五行说；而宋代的题画诗则不是这样，如欧阳修、苏轼、黄庭坚等的某些题画诗既谈绘画之理，又谈哲理之趣。这种情况到了明清时期便有所改变，题画词中也出现了阐释画理之作。

在艺术表现手法上，题画词与题画诗也基本相似或相近。有的先从画面景物入手，以画作真，以赞美之情作结；有的先叙画之来历，再写画中景物以寄慨；有的将画面景物与作者的情思紧密相连，既叙事又抒情；还有的写画中人物之丰神，以抒怀念之情；等等。千变万化，多种多样。但是题画词既以抒情为主，其表现方法也有别于题画诗，即常常随着词人感情的变化，时而言画中物，时而写真实景，时而叙他人，时而表己意，极具跳荡性，有时很像意识流的表现手法。前面谈到的吴文英《梦芙蓉·赵昌芙蓉图，梅津所藏》就是运用这种表现手法。词人由画上芙蓉展开联想，先以画作真，再以花喻人，时而回首往事，时而由眼前景生情，随着其思人之情愫，将真芙蓉、画芙蓉、杭妓三组意象交互描写，形成花中有人、人中有花的意象反复迭现的词境，产生巨大的艺术感染力。这种表现手法也为其他题画词所常用，如周密的《夷则商国香慢·赋子固凌波图》，张炎的《浪淘沙·题陈汝朝百鹭画卷》等，都是运用这种表现手法。但有些词人在运用这种手法时，常穿插许多典故或化用前人诗句，加之词意跳跃性很大，往往不易理解。因此，况周颐在谈到题画词写作时强调人与画要"融成一片"。他说："凡题咏之作，遣词当有分寸。譬如题某女士所画牡丹，某女士系守贞不字者，词中说牡丹之句，必须案切女士身份，不可稍涉轻佻。后段说到女士，亦宜映合牡丹，即画即人，融成一片。如此作来，不但并不见难，而且必有佳句。从佟色揣称中出。它题并挪用不得。"（《蕙风词话》卷五）

在其他艺术表现手法上，题画词与题画诗也有不同。词善于铺陈，对景物和环境往往一一铺写，场面较大；对人物的情态描写较为细致，对心理刻画入微。"诗疏词密"的特点，在题画词中体现得尤为明显。

宋代是题画词的开创时期，无论是作题画词人数，还是题画词作品数，都与宋词的黄金时代极不相称，所以题画词的艺术表现手法，也有待随着题画词的发展而不断完善与成熟。但是，题画词是一种新的艺术形式，如果孤立地看题画词，它只不过是对绘画的品赏，但从文化的视角来看，则又是一种全新艺术景观。因为在题画的时候，同时也将画象意蕴中的文化信息融入词中。如果将宋代题画词中所涉及的绘画作品整理出来，无疑是一部宋代词人对绘画的接受史，从中我们可以探索宋人的审美观、文化观以及情感取向。"因此，宋代题画词实际上是词和画两种艺术的碰撞、融合和叠压，是一种完美的结合。我们不仅要将宋代题画词视为一种文学现象，而且更应以学术的眼光视其为一种有着丰厚底蕴的文化现象。"[4]

宋代题画词作为一种文化艺术现象，对后世的影响是巨大而深远的。它好像中国题画词发展的序幕，又好似开台的锣鼓，只要序幕拉开，锣鼓敲起，色彩缤纷的题画词就呈现在艺术舞台上。然而由于种种因素的制约，正像词的数量永远少于诗一样，在宋以后的各朝中，题画词数量虽有所增多，但与题画诗相比仍为少数。

注　释

〔1〕程杰：《宋代咏梅文学研究》，安徽文艺出版社，2002，第30页。

〔2〕孔凡礼：《苏轼年谱》，中华书局，1998，第573页。

〔3〕吴企明、史创新编著《题画词与词意画》，云南人民出版社，2007，第63页。

〔4〕苗贵松：《宋代题画词简论》，《常州师范专科学校学报》2004年第2期。

第十八章

辽金时期题画诗

第一节　辽代社会背景与题画诗人

辽国，916年由契丹族领袖耶律阿保机创建，国号"契丹"，947年改国号为"辽"（983—1066年间曾重称"契丹"），1125年为金所灭。其地域"东至海，西至阿尔泰山，南至白沟，北至外兴安岭"（张博泉编《东北地方史稿》第230页）。建国后，由于中原战乱，汉族人民及许多知识分子来到辽国避难，使契丹进一步强大起来。特别是926年灭掉渤海国，便掌握了对东北的统治权。后来因帮助后晋石敬瑭打败了后唐军队，石敬瑭割让了燕云十六州，辽又占领了长城以南大片领土，为以后的对宋作战取得了主动权。

在当时的北方，辽的实力虽然比较强大，但文学成就不高。辽代留存下来的作品也很少。《辽史·文学传》中仅列文学家7人，而且多有事而无文。又加上辽国恰与整个五代、北宋相始终，又与金国相衔接，所以专属于辽国的诗人更少。但是相比较而言，也产生了一些较好的题画诗。其原因一是受汉文化的影响。从建国初期，就呈现出接受先进的汉文化并努力使原有的契丹文化与汉文化合流的趋势。随着汉人的大量迁入，尤其是得到燕云十六州之后，契丹人与中原文化的接触更加直接和频繁。汉民族的诗歌、绘画、舞蹈等文学艺术不断进入辽国。于是契丹人开始学习汉文化，并逐渐使本民族文学艺术与汉民族文学艺术相互融合，促进了辽代诗歌的发展。二是最高统治者大力提倡学习汉文化。契丹族的领袖人物耶律阿保机在建国之后的第三年，便领悟到汉文化对于治国的重要性，并要祭祀一位在汉人中最有影响的人来巩固自己的政权。经过朝廷会议的讨论，他接受太子耶律倍的建议，决定修建孔子庙。耶律倍本人也喜爱汉文化，他写过汉诗，虽然水平不高，但表现出契丹贵族自觉学习汉文化、努力掌握汉语言文学能力的倾向。特别是辽圣宗耶律隆绪是一位颇喜诗文的皇帝。他"幼喜书翰，十岁能诗。既长，精射法，晓音律，好绘画"（《辽史·圣宗本纪》卷十）。他的这些爱好和才华无疑对辽代的诗歌、绘画艺术发展产生影响。辽代出现了耶律倍（李赞华）、胡瑰等画家和一批诗人。但是由于典籍散佚，留存下来的诗歌已寥寥无几。其中题画诗数量更少。据《全辽金诗》[1]统计，"全辽诗"部分收录诗人84家，诗作连残篇在内共143首，其中题画诗28首。此外，《全唐诗》还收录五代诗人和凝仕辽时所作题画诗2首。

和凝（898—955），字成绩，郓州须昌（今山东东平）人。他生于唐，仕于五代，被辽国俘虏后曾得到重用。其题画诗《题鹰猎兔画》和《洋川》，当为仕辽时所作。前一首是：

> 虽是丹青物，沉吟亦可伤。
> 君夸鹰眼疾，我悯兔心忙。
> 岂动骚人兴，惟增猎客狂。
> 鲛绡百余尺，争及制衣裳？

观画者的心情不同，其感受自然也不一样。诗人既不夸"鹰眼疾"，也不赞画家的技艺高，而是怜悯被猎之兔。这并非只是同情弱者，而是蕴藏诗人的隐衷。他被辽国所俘，好似兔之被猎，因此，不能不产生同病相怜之心。于是进而斥此图白白浪费"鲛绡"，不如"制衣裳"实用，由此可知诗人爱憎之分明。

僧人郎思孝，居觉华岛海云寺。觉华岛即今辽宁省兴城市东南近海之菊花岛。郎思孝有《海山文集》传世，现存诗3首。其中一首是题画诗，即《天安节题松鹤图》：

千载鹤栖万岁松，霜翎一点碧枝中。

四时有变此无变，愿与吾皇圣寿同。

此前，辽兴宗曾写诗给郎思孝，郎思孝也曾写诗唱和。这首诗是他专为祝贺兴宗的生日而作。"天安节"与中原的"万寿节"同义，即皇帝的生日。此诗并无新意，只是为了祝寿。但从他与兴宗的交往中，既可看出契丹文化受汉文化影响之深，又可看出辽统治者对佛教及僧人的重视与尊崇。

无名氏的《墨鸦》是一首颇有寓意的题画诗。其诗是：

要识涂鸦意，栖迟未得归。

星稀月明夜，皆欲向南飞。

《全五代诗》引《五代诗话》云："有使辽者见燕中传舍壁画墨鸦甚工，旁题此诗。"此诗因题于"燕中传舍"，可算作辽诗，但题诗之人并不一定是辽代诗人。从诗意看，很可能是滞于辽地的南方诗人。这首五言题画绝句，虽句句言画，但诗人由画生感，意在言外。它化用曹操"月明星稀，乌鹊南飞"名句而另有寄意，很好地表达了自己的故国之思。

此外，辽代尚有释智化的《玉石观音像唱和诗唱诗二首》和郑若愚等人的24首唱和诗。从现存资料看，作题画诗者皆为汉人，并且多为南来之诗人，只有居辽东觉华岛海云寺汉僧人郎思孝的题画诗，才算北人所作。因此，终辽一代，题画诗这种艺术形式尚未为契丹等少数民族所掌握。这种情况到了金代则开始改变。

第二节　金代社会背景与题画诗人

金朝，1115年由女真族完颜部领袖阿骨打创建。女真族最初生存繁衍的地点，大致在长白山和黑龙江流域一带。战国时期被称为"肃慎"。契丹贵族建立辽政权后，女真族处于辽的统治之下。当时有熟女真、生女真之分。散处在今辽宁辽阳一带的女真部族受辽国的直接统辖，被称为曷苏馆，属于熟女真。生活在松花江下游至黑龙江合流入海地带的女真，旧属黑水靺鞨部，为生女真。在宋政和五年（1115）建立的金国，即肇源于此。金国不断发展壮大，十年后灭辽，并在宋靖康元年（1126）灭掉北宋，基本上统一了黄河以北的广大地区。直至宋理宗端平元年（1234）在蒙古和南宋联合进攻下灭亡。

金建国后采取一系列措施，迅速地由奴隶制向封建制过渡，生产力不断发展，国力不断强大。随着经济的发展，文化上也有显著进步。其文学成就更远远超过了辽代。特别是金世宗以后，汉文化已占绝对统治地位，女真贵族已基本上汉化，具备较高的文学水平。世宗之子完颜允恭、孙完颜璟都有很高的汉学水平，并都有诗词传世。这一时期出现了文学繁荣局面，汉族作家与女真族作家并存，相互唱和。经过近一个世纪的学习和建设，金廷内外出现了一批有较高水平的文学家。他们留下众多文学作品。其作品既有中原文学的影响，又有自己的艺术风格。在题画诗创作方面，也较辽有较大进步，诗人、画家辈出，作品也较为繁富。据阎凤梧、康金声主编的《全辽金诗》统计，金代共有题画诗470题575首。

在金代的前期，题画诗人多是由辽、宋入金的文士和画家，其中以吴激、施宜生等较为著名。

吴激（？—1142），字彦高，号东山。建州（今福建建瓯）人。宋宰相吴栻之子，大画家米芾之婿。宋钦宗靖康末年奉命使金，因知名而被留，任翰林待制。金皇统二年（1142）出任深州（今河北深县）知州，到官三日卒。他工诗文，书画俊逸，深得米芾笔意。著有《东山集》。《全辽金诗》录其题画诗3首。其题画名作是《题宗之家初序潇湘图》：

> 江南春水碧于酒，客子往来船是家。
> 忽见画图疑是梦，而今鞍马老风沙。

这首诗是吴激观《潇湘图》而作。此幅《潇湘图》系何人所绘，不得而知。今故宫博物院所藏的《潇湘图》为五代画家董源的作品。吴激的岳父米芾曾亲见其画，并给予极高的评价："峰峦出没，云雾显晦，不装巧趣，皆得天真。"此诗很可能为这幅《潇湘图》而题。从诗的内容看，当

作于入金之后。诗人久居北国，乍见江南之景，不免心生眷恋之情。这首绝句仅仅28个字，纸短情长，既抒发了思乡怀旧、企盼南归的心情，又感叹世事沧桑，自身沦落。一句"忽见画图疑是梦"，不知道出了多少无奈与心酸。此诗从图画到梦境，复由梦境到现实，亦虚亦幻，有情有景，蕴含丰富，感慨深沉，实为题画佳品。

由宋仕金的题画诗人，内心颇多矛盾与痛苦，因此在诗中常常流露出故国之思。施宜生（？—1163），本名逵，字必达，后改名宜生，字明望，自号三住老人，浦城（今属福建）人。宋政和四年（1114）登进士第。后仕金，为翰林学士。工诗文，有集传世。《全辽金诗》存其题画诗2首。其中《题平沙落雁》是："江南江北八九月，葭芦伐尽洲渚阔。欲下未下风悠扬，影落寒潭三两行。天涯是处有菇米，如何偏爱来潇湘？"此诗通过写大雁偏爱潇湘景色之美，抒发了自己的故国之思。

在金代前期的题画诗人中，完颜亮是值得一提的一位。完颜亮（1122—1161），字元功，本名迪古乃，辽王宗幹第二子。天眷三年（1140），以宗室子为奉国上将军。历任平章政事、右丞相、都元帅、太保、领三省事，封岐王。皇统九年（1149）十月，以心腹为内应，夜入寝殿，袭弑熙宗，自立为帝。他实际上是金朝的第四位君主。在他率兵南征时，留守大臣拥世宗即位，亮后为部下所杀。死后被贬为海陵郡王，再贬为海陵庶人。对于完颜亮的历史作用与人品，历史上贬多褒少。他既是一位雄心勃勃的政治改革家，又是一个凶残的封建暴君。不过，对于他在文学艺术方面的贡献，也应给予充分的肯定。他的母亲大氏是渤海国皇室后裔，具有很高的汉文化修养。他自幼就受到汉文化的熏陶。又从名儒张用直、韩昉等学习汉文经典，吟咏诗词。完颜亮又聪明好学，所以从小就打下了较为深厚的文学功底，为其后的诗词创作奠定了基础。他工诗词，擅绘画，又演武习兵，成为一位文武全才的人物。在少数民族的题画诗人中，他当是中国历史上最早的一位能诗会画的一代雄主。据《全辽金诗》统计，他只存诗5首，其中有一首题画诗，即《题西湖图》，其诗是：

万里车书尽会同，江南岂有别疆封！

屯兵百万西湖上，立马吴山第一峰。

完颜亮即位不久，便开始准备进攻南宋、西夏和高丽，以统一天下。他先派一位画师随翰林学士施宜生出使南宋，观览描绘南宋都城临安（今浙江杭州）的自然人文景观。回朝时带回一幅《西湖图》。这首题诗就是完颜亮观此图所作。诗中以秦始皇当年"车同轨""书同文"的丰功伟绩自勉，表达了强国君主要统一天下的雄心壮志。他居上临下，大有气吞山河之气概。这首七言绝句诗律严密，用典贴切，即景生情，寓意高远。它出自一位少数民族题画诗人，实属难能可贵。因此，尤当引起重视。

金代中期，题画诗较为发展，出现了一批较为知名的题画诗人。其中有些人既是诗人，又是著名画家。

蔡珪（？—1174），字正甫，著名诗人蔡松年之子，真定（今河北正定）人。天德三年（1151）中进士后，不赴调，求未见书读之。后任澄州军事判官、三河主簿。召为翰林修撰、同知制诰，改户部员外郎，兼太常丞，迁潍州刺史致仕。他以文著名，博通经史，善画墨竹。著述文集等共一百余卷。《全辽金诗》存其题画诗10首，其中《太白捉月图》说："寒江觅得钓鱼船，月影江心月在天。世上不能容此老，画图常看水中仙。"这是借为李白鸣不平，抒发自己的不遇时之感。

王寂（1128—1194），字元老，蓟州玉田（今属河北）人。天德三年（1151）进士，与蔡珪同年。曾任太原祁县令、真定少尹兼河北西路兵马副都总管、通州刺史、中都副留守等，官终中都路转运使。善诗文，前人评其诗"有夐夐独造之风，……文字体格亦足与溇南、滏水相为抗"。有《拙轩集》已残。《全辽金诗》存其题画诗39首。他的题画诗虽然较多，但关涉家国大事的内容却较少，多属个人感叹人生、赞叹贤士气节之作。他在《咏张宫师二疏东归图》中虽然也赞赏二疏的功成身退，但诗人真正敬佩的却是千古隐士陶渊明："寥寥阅魏晋，得一陶靖节。平生腰骨硬，肯向督邮折？"在《宗州帅守厅事东偏有燕寝之所，壁画四皓，戏以一诗嘲之》中说："偃蹇商山四秃翁，龙飞蛇断笑谈中。出为羽翼成何事，输与留

侯万世功。"这也是通过嘲笑四皓不能守节来肯定真正的隐士。他这种景仰
高士的情结在《题宝严寺溥公所存墨竹四幅·题古节》中体现得更为明显：

> 尊者老不枯，魁然挺高节。
> 求心已无心，断臂犹立雪。

王寂这种对高士的景仰之情，虽然是出于对贤士尊崇的道德情结，但
其中也含有自己感时不遇、有志难展的感慨。他生逢金代中期，社会已经
安定，士人中对金政权排斥的倾向已经消除。在这种情况下，官宦们的仕欲
之心渐趋强烈，因此，感时不遇便成为诗歌的常见主题。于是诗人便开始抒
发隐逸之情志。王寂的题画诗也是如此。试看他的《跋杨德懋雪谷早行图》：

> 冰冻云凝万木干，乱山重叠雪漫漫。
> 人藏龟手借余暖，马缩猬毛凌苦寒。
> 儿辈岂其专尚利，此翁无奈未休官。
> 人生寄耳遽如许，底处息肩聊解鞍？

如果说前几首只是泛赞古代高士隐者的话，那么这首诗则直接吐露了诗
人的心曲。当他在画中看到在雪谷中奔波的行人时，不免为这位"专尚利"
"未休官"者而感叹，于是想到了自己"底处息肩聊解鞍"。他的这种心愿在
《题高敬之所藏云溪独钓图》《题张运使梦景图》等许多题画诗中都有所表
现。为此，他也曾为壮志未遂的志士而鸣不平。他的《跋韦偃病马图》说：

> 开元天宝谁能画，韩子规摹出曹霸。
> 惜乎画肉不画骨，坐使骅骝减声价。
> 晚生韦偃非画工，少也得名能古松。
> 试拈秃笔扫束绢，便觉天厩无真龙。
> 胡不写明皇照夜白，弄骄顾影嘶长陌。
> 又不写太宗拳毛䯄，百战万里轻风沙。
> 如何写此神俊物，剥落玄黄只皮骨。
> 却思落日蹴长楸，风入四蹄追健鹘。
> 呜呼往事今茫然，矫首有意谁其传。

主恩未报忍伏枥，志士扼腕悲残年。

安得老聱通马语，刍秣医治平所苦。

行当起废一长鸣，要洗凡庸空万古。

此诗显然受杜甫《天育骠骑歌》和《丹青引赠曹将军霸》两首题画诗的影响，所表现的主题思想也近似。它与后者不同的是，《丹青引赠曹将军霸》是为曹霸晚年的不幸际遇鸣不平，而此诗则是借"病马"为志士"悲残年"。杜甫也有一首为韦偃的画马而题的诗，即《题壁上韦偃画马歌》，所抒发的是"时危安得真致此？与人同生亦同死"，其思想境界更高。但从报"主恩"的角度看，两首诗的诗意基本相同。

刘迎（？—1180），字无党，号无诤居士。东莱（今山东莱州）人，也是金代中期写题画诗较多的一位诗人。《全辽金诗》存其题画诗13首。从他的《秋郊》诗看，刘迎很可能通绘事。诗中说："秋水四五尺，暮山三两峰。浮云白毫相，落日紫金容。蓑笠前村笛，楼台古寺钟。殷勤小平远，图画记渠侬。"由此可知，诗人在秋季郊游后，以绘画记游，并题诗于画上。正因为诗人懂画，所以在其现存的77首诗中，题画诗就达13首之多。他的题画诗以写景见长，其中《梁忠信平远山水》《楚山清晓图》《郭熙秋山平远用东坡韵》等，或绘山貌或写江景，都形象逼真，意象壮美。他的另一首《张萱戏婴图》由张萱画中美童娇娘回想起自己三十年前幼时在门前被人逗戏的情景，构思巧妙，颇具情趣。

金代中期最著名的题画诗人是王庭筠。他在金代题画诗史上的地位，仅次于元好问。而在绘画方面，他成就卓著，是金代最著名的画家。

王庭筠（1156—1202），字子端，熊岳（今属辽宁营口）人。其父王遵古，正隆五年（1160）进士，官至中大夫翰林直学士。他"文行兼备，潜心伊洛之学，言论皆可纪述"（元好问《王黄华墓碑》）。金章宗对他很尊重，称之为"朕之友人"。但王遵古并未得显职，只能为王庭筠的学习提供优越的环境。王庭筠自幼聪

王庭筠

明，7岁时开始学诗，11岁时已能创作完整的诗篇。大定十六年（1176）中进士第甲科，为承事郎，后调任恩州军事判官，有政声。再调馆陶主簿，任满后感慨仕路多险，单车离去。卜居隆虑（今河南林州），隐居黄华山下。自号黄华山人，又号黄华老子。明昌元年（1190）三月，金章宗拟起用王庭筠，但因御史台进言相阻，王未被任职。同年十二月，金章宗再次谈到朝廷缺乏人才，大臣完颜守贞推荐王庭筠。一年后，他被召为应奉翰林文字，与秘书郎张汝方共同整理品题宫中保存的著名书画作品，共编550卷。他又将士大夫家藏的前贤墨迹、古法帖等书法名作摹刻，集为《雪溪堂帖》十卷。这段生活经历，对他的书画艺术和题画诗创作都大有裨益。明昌五年（1194），王庭筠提升为翰林修撰。承安元年（1196），他因参与罢宰相事件被捕入狱，后受到"削一官，杖六十，解职"的惩处。四年（1199）再起用为应奉翰林文字，并得到章宗青睐。泰和元年（1201）复为翰林修撰，随章宗到秋山打猎，应制赋诗30余首，章宗大加赞赏。但不久即病倒，一年后病逝于家中。王庭筠是金代著名的艺术家、诗人。书法师其舅米芾，画师任询，善山水古木竹石。有《岁寒三友图》等传世。他工诗文，高出时辈。晚年诗律深严，七言长篇尤工险韵。有《藁辨》十卷，文集四十卷。很可惜，他的诗文大多散佚。《全辽金诗》存其诗不足50首，连被章宗赞赏的30余首应制诗也仅存一句。至于其题画诗，标明的仅有3首。作为画家兼诗人，他的许多诗当是题在画卷上的，因未注明，难以确认。他的《张礼部溪山真乐图》是一篇题画佳作。其诗是：

> 悠悠春天云，想见平时闲。
> 朝游溪桥畔，暮宿山堂间。
> 澹然不知愁，亦复忘所欢。
> 出山初无心，既出还思山。
> 人间待霖雨，欲归良独难。
> 山堂怅何许，萧萧松桂寒。

这首为《溪山真乐图》而题的诗，既不写溪也不咏山，而以画中的云起兴，表达了诗人淡泊自适、不慕荣利的生活理想。全诗紧紧抓住云的性状展开描写："出山初无心，既出还思山。人间待霖雨，欲归良独难。"诗人咏物寄志，既表明自己无意在名利场中角逐的心情，又表达了愿为百姓谋福祉的出仕目的。王庭筠的一生实践了他这种把百姓利益放在自己利益之上的思想。他在任恩州军事判官时临事有谋，获"临政即有能官之誉"。当时郡民谋为不轨，事发后被捕千余人，而主犯邹四却逃匿在外。王庭筠设计捕获邹四，经审理甄别，只判12人，挽救了无数人性命，确如"霖雨"滋润了众多蒙冤者的心田。

王庭筠对题画诗发展的贡献，还体现在绘画艺术方面。由于他是金代著名的画家，一方面他的绘画经验润泽、影响了一代画家，而绘画艺术的发展又为题画诗创作提供了丰富的题材；另一方面，许多诗人、画家都乐于为他的绘画题诗，不仅金代如此，金以后的历代诗人也留下题咏王庭筠绘画的诗作。

金代中期另一位重要题画诗人是党怀英。党怀英（1134—1211），字世杰，号竹溪。祖籍冯翊（今陕西大荔），随宦家于奉符（今山东泰安）。少时曾与辛弃疾同师亳州刘瞻。大定十年（1170）进士。曾任莒州军事判官、国史院编修、翰林学士、泰定军节度使，官至翰林学士承旨。明昌间，党怀英主盟文坛，善属文，工篆籀，当时称为第一，学者宗之。《全辽金诗》录其题画诗10首。值得留意的是他的三首关于诗与画的题画诗。《渔村诗话图》说："江村清境皆画本，画里更传诗语工。渔父自醒还自醉，不知身在画图中。"此诗当是作者自画自题之作，可谓画中有诗，诗中有画。更值得玩味的是诗中所透出的讽喻之意，即"清境"只是画中所有，现实中并不存在。而"自醒还自醉"的渔父也只能"生活"在图画之中。《题春云出谷图》是评论绘画的，其诗是：

> 春云乍出山有无，春云已去春山孤。
> 山光空濛不可写，正要云气相萦纡。
> 山吞云吐变明晦，半与岩谷生朝晴。
> 轻林萧萧暗溪树，馀影漠漠开樵居。
> 舟人舣棹并沙尾，坐看缥缈摇空虚。

巧分天趣出画外，韵远不与丹青俱。

今人重古不知画，但爱屋漏烟煤污。

惜哉东坡不及见此本，诗中独有叠嶂烟江图。

这首诗用了较多笔墨写云，既写云的出没对山形的影响，又写云气对画家描绘山光的作用。这与其说是为了赞美此图，不如说是为了针砭时画之通病，即"今人重古不知画，但爱屋漏烟煤污"。此外，诗中所谓"巧分天趣出画外，韵远不与丹青俱"，更是道出了这幅画的神妙之处。这也是今画所不及之点。党怀英的另一首题画诗也很别致，即《楚清之画乐天"小娃撑小艇，偷采白莲回。不解藏踪迹，浮萍一道开"诗，因题其后》：

乐天归卧湖山边，闲买池塘娱暮年。

小蛮已老樊素去，心地玲珑如白莲。

室中谁遣散花天，故点禅衣香破禅。

鸳鸯为报窃花处，题诗要戏小婵娟。

红妆秋水照明蠲，清之粉本清且妍。

道人无心被花恼，对画作诗真适然。

君不见元亮投名莲社里，不妨更赋《闲情篇》。

此诗为闲适之作，似无深意。其新颖之处在于画家为白乐天诗意所感而作画，而诗人复为诗意图题诗，诗情画意，自有情趣。

金代后期，题画诗坛仍呈发展态势，除元好问外，赵秉文也是一位重要的题画诗人。

赵秉文

赵秉文（1159—1232），字周臣，号闲闲老人，磁州滏阳（今河北磁县）人。大定二十五年（1185）进士。兴定中任礼部尚书兼侍读、同修国史、知集贤院事。哀宗即位后，再为礼部，改翰林学士、修国史。他为人心性慈祥，生活简朴。官高禄厚，自奉如寒士，未尝以大名自居。著述甚丰，主盟诗坛。有《滏水集》前后三十卷，今存二十卷本。《全辽金诗》存其诗689首，其中题画诗63

首，几乎占其全部诗作的十分之一。他作诗主张师法古人，强调风格多样
化。其诗作也不拘一格，或清远冲和，有蕴藉之致；或气势奔放，有雄奇
高朗之境。

赵秉文生活于金朝末年，由于国势衰微，他的题画诗也有深深的忧患
意识。他的《燕子图三首》是反映这方面内容的代表作：

> 一别天涯十见春，重来白发一番新。
> 心知话尽春愁处，相对依依如故人。
>
> 祝尔区区万里身，锦书回寄莫辞频。
> 而今塞北看双翼，多少中原失意人！
>
> 交亲消息两何如，满眼兵戈不得书。
> 为问南来新燕子，衔泥曾复到吾庐。

赵秉文写作此诗时，金朝虽已风雨飘摇，但都城尚未南迁。诗人在塞北看
到图中"南来新燕子"，感慨万千，一连写下这三首题画诗。诗人面对
"如故人"的"燕子"，既有"同是天涯沦落人"之惆怅，又有对久违的故
园依依思念之深情。特别是在"满眼兵戈"的动荡岁月，诗人更是忧时伤
乱，愁肠百结。这三首诗全不论画品人，而是借画发挥。诗人的一切思绪
从"燕子"缘起，通过对人、燕的描写而寄意，把自己的百感交集之情很
好地表达出来，可谓题画之佳品。

赵秉文虽然少年得志，平步青云，但仕途并不顺畅。承安元年
（1196），他因上书罢免权臣胥持国案而入狱，身心受到摧残。在胥持国死
后，虽然此案在事实上得到平反，但此事对他的打击很大，特别是在心理
上的影响如影随形，伴其一生。因此，在他的题画诗中常常表现出一种清
高的节操，并流露出对林泉生活的向往。其《管幼安濯足图》说：

> 道丧何人识重轻，白头不作魏公卿。
> 沧浪濯足知君意，浊水那能浼我清。

此诗虽意在赞美管宁终老不仕曹魏之气节，但也借以表现诗人之清

白。赵秉文之所以在诗中反复申明自己之操守，当是针对现实之浑浊而来。这正如他在《平湖戏鸭图》中所说："平湖飞下蹙双纹，翻动江南水底云。尽日自来还自去，尘埃满眼不如君。"也正因为现实"尘埃满眼"，所以他才向往隐逸生活。他在《武元直画乔君章莲峰小隐图》中说："拂衣归去来，莲峰入心碧。"在《杨秘监秋江捕鱼图》中也说："笑把纶竿渺沧海，浩歌直欲脍长鲸。"此外，在《庞才卿画春山归隐图》《东篱采菊图》等诗中，也都流露出归隐田园的心愿。但是现实的家园并非如他想象中那样美好，他的《坡阳归隐图》说：

> 年过六秩尚蹉跎，奈何坡阳归隐何？
>
> 不是不归归未得，家山虽好虎狼多。

如果说前几首诗在抒发隐逸之情中流露出对现实的不满只是间接的话，那么这首诗则是一针见血地直斥家山"虎狼多"。此时诗人已"年过六秩"，金王朝在蒙古兵的进逼下已不得不南渡，他的家乡也已沦陷。这里所说的"虎狼"当主要是蒙古统治者，当然也包含地方的贪官污吏。此诗揭露现实之尖锐、深刻，在金代题画诗中是少见的。

在赵秉文的题画诗中，还有许多作品通过赞画马、画师，或感叹世无良才，或为人才被埋没而鸣不平，从而抒发了自己怀才不遇的惆怅，如《题杨秘监画马》：

> 杨侯诗人寓于画，后身韩幹前身霸。
>
> 骅骝万匹落人间，一纸千金不当价。
>
> 曾貌先帝麝香骢，纸上飞出天池龙。
>
> 至今画史比良乐，一洗万古凡马空。
>
> 时手画皮叹奇迹，二百年来无此笔。
>
> 艰难常恨少神驹，掩图独抱龙媒泣。

诗人面对时局之"艰难"，感慨殊深。他多么希望有救主之良马出现啊！然而"神驹"难再，人才难得，无人挽救国家之危亡，诗人只好"掩图"而泣，其内心之痛苦是何等深重啊！

　　赵秉文题画诗的艺术风格也是多样的。同是山水类题画诗，有的风格清新淡雅，有的冷峻峭拔，有的雄奇壮美，还有的气势豪放。如《题刘德温画湖山丰夏横幅四绝》描绘的湖光山色："风来山脚水沦涟，林影参差舞镜天"，"远处微茫近处浓，岸容林意两溶溶"。层林尽染，夏山如醉，景色宜人，意境清幽。诗风近似王右丞。但另一类山水画的题诗却如寒风吹过的林木，呈现一种肃杀之气，如《人日游西山寺观谢章壁画山水》：

　　　　萧寺荒堂三五间，谢章满壁画江山。

　　　　天涯霜雪少春意，一日携酒开心颜。

　　　　饥禽穿窗啄官粟，岁久刓墙樵指秃。

　　　　山僧送客不关门，寒云夜夜飞来宿。

　　同是题咏山水画的诗作，他的《东轩老人河山形胜图》则呈现出另一种艺术风格：

　　　　太虚匠流峙，造化谁胚胎。

　　　　洪荒万万古，至今余劫灰。

　　　　黄河发昆仑，匣怒不敢乖。

　　　　初经龙门天下险，势如万顷纳一杯。

　　　　桃花浪激不得上，凡鱼几曝鳞与腮。

　　　　下趋神脽如地底，终古不到轩辕台。

　　　　蒲津沉沉卧虹影，铁牛驾浪输黄能。

　　　　千里一曲复一曲，倾山倒岳不复迴。

　　　　巨灵运东肘，首华为崩摧。

　　　　茅津济师想胜概，搔首北望令心哀。

　　　　万派赴集津，鼓声如会垓。

　　　　神斧忽中断，镵凿何年开。

　　　　崖倾路断飞鸟绝，轻舟一箭浮天来。

　　　　篙师绝叫未及瞬，回望已失云涛堆。

　　　　但见两崖苍苍半天外，二门斗落如惊雷。

擘窠大字谁所铭，高山百尺磨苍崖。

庙前刘公一片石，龟龙剥落生莓苔。

东轩先生生长三晋地，回视韩魏空浮埃。

想象旧游处，落笔如山颓。

胸中元自有河山，写出胜概何壮哉。

余波到诸郎，直气凌斗魁。

况复文章妙天下，睥睨晁张羶苏梅。

竹帛如山不经国，安用江鲍称诗才。

刘夫子，我有一杯酒，浇汝胸崔嵬。

呜呼圣道久榛塞，孟氏辟路诛蒿莱。

诸儒辛苦补罅漏，未见巨手如排淮。

后生索涂方擿埴，虽有耳目如婴孩。

祝君颓波作砥柱，驱入圣海无津涯。

刘夫子，深藏十袭作龟鉴，先君此图吁可怀。

这首题画诗所描绘的山川景物极为奇绝："万派赴集津，鼓声如会垓。神斧忽中断，镌凿何年开。崖倾路断飞鸟绝，轻舟一箭浮天来。篙师绝叫未及瞬，回望已失云涛堆。但见两崖苍苍半天外，二门斗落如惊雷。"诗人的想象极为丰富。笔下的断崖险谷令人目眩；惊涛骇浪，声震如雷。此景此情，真让人想到《蜀道难》中李白那石破天惊之笔。如果说此诗充满了豪壮之气，那么他的《题巨然泉岩老柏图》则是于清越中透出雄健之概："雪岩森危有老柏，几度寒泉漱秋月。气凌层空白日寒，根贯断崖苍石裂。奔腾逝水送流光，剥落古苔封老节。明堂未作栋梁材，潦倒风霜半无叶。何人胸次富泉石，巨然袖中董元笔。崖倾岸绝无人见，夜半移舟真有力。贤侯笔力今曹植，气象参天二千尺。为回笔力挽万牛，顿觉烟岚少颜色。"

赵秉文的题画诗成就很高，在某些方面甚至超越了前代题画诗人。其特点主要有三：一是一般很少就画论画，而是以画为媒介，寓意高远；二是表达方式较为含蓄，往往寄情于景、情景交融，而不同于元好问的"卒章"见意；三是在艺术上达到较高水平，无论长篇还是短制，都独具特点。

在金代后期的题画诗人中，庞铸是诗画兼工的一位。他所存的题画诗虽然只有7首，但都颇有特点。

庞铸，生卒年不详，字才卿，号默翁，大兴（今属北京）人，一说辽东人。明昌五年（1194）进士。曾任京兆转运使，有政声。南渡后为翰林待制，迁户部侍郎，后因事贬东平（今辽阳）。其诗清便可喜，赋甚得楚辞句法。元好问评庞铸说："风流文采，为时辈所推。字画亦有蕴藉。"（《中州集·庞铸小传》）元好问在为庞铸的一幅山水画所题的诗中，对他的绘画和文章也极为推崇："门阑喜色到崔卢，文赋声名逼两都。重为溪山感畴昔，风流还有此翁无？"（《庞都运山水》）庞铸没有专集传世，只在《中州集》中存诗20首。

《雪谷晓装图》是一首古体诗，写得颇有风趣。其诗是：

> 溪流咽咽山昏昏，前山后山同一云。
> 天公谈笑玉雪喷，散为花蕊白纷纷。
> 诗翁瘦马之何许，忍冻吟诗太清古。
> 老奴寒缩私自语，作奴莫比诗奴苦。
> 木僵石老鸟不飞，山路益深诗益奇。
> 老奴忍笑怜翁痴，不知嗜好乃尔为。
> 杨侯胸中富丘壑，醉里笔端驱雪落。
> 因何不把此诗翁，画向草堂深处着。

这是为金代著名画家杨邦基的一幅雪谷图所题的诗。杨邦基，号息轩。官至秘书监、礼部尚书。善画人物，可比李公麟。兼善画马，可比韩幹、曹霸。尤善山水，师法李成。元好问也曾为《雪谷图》题诗两首，诗名是《杨秘监雪谷早行图》。诗中说："息轩画笔老龙眠，雪谷冰桥自一天。六月高楼汗如雨，岂知方外有诗仙。"另一首是《息轩杨秘监雪行图》。从诗意看，后一首诗中的"仆僮"和"书生"，似与庞铸诗相吻合。与元诗相比，庞诗很长，并且着笔的角度也不尽相同；但值得玩味的是两首诗的结句似相近。庞诗说:"因何不把此诗翁,画向草堂深处着。"元诗说:"长安多少貂裘客,偏画书生著雪中。"不过,仔细分析,其用意却不同。元诗的用意在于为"衣单怨仆僮"的"书生"鸣不平,而庞诗极力渲染诗翁之清苦,意在说明"山路益深诗益奇"。倘若将诗翁"画向草堂深处",那里温暖如春,就作不出好诗来。这也正所谓"诗穷而后工"。

庞铸的《田器之燕子图》更具情趣。其诗前有小序:

> 器之自叙云:明昌丙辰,予从军塞外合卤里山。野舍荒凉,难以状言。春末有双燕亦巢此屋,土人不之识,屡欲捕之。予曲为全护。此燕昼出夜归,予必开户待之。忽一日,飞止坐隅,都无惊畏,巧语移时不去。予始悟明日秋社,此鸟当归,殆留别语也。因作一诗赠之云:"几年塞外历崎危,谁谓乌衣亦此飞。朝向芦陂知有为,暮投茅舍重相依。君怜我处频迎语,我忆君时不掩扉。明日西风悲鼓角,君应先去我何归。"此诗以细字写之,为蜡丸系之燕足上。明年四月,予受代归。又八年泰和甲子,任潞州观察判官。四月十二日,偶坐廨舍之含翠堂。忽双燕至。一飞檐户间,一上砚屏。予谛视之,系足蜡丸故在。乃知此鸟盖往年赠诗者也。因请同年庞君才卿画为图,求诸公赋诗。(原注:器之姓田,名琢,云朔人。明昌五年进士,仕至山东路宣抚使。慷慨有志节。闲闲公所谓田侯落落奇男子也)

田君才略燕云客,少年累有安边策。
悔从笔砚取功名,直要横驰沙漠北。
塞垣春雪白皑皑,东风未放玄阴开。
乌衣之国定何许,一双燕子能飞来。
三年驿舍安西道,眼底莺花无梦到。
忽见低飞入短檐,此身似向邯郸觉。
君居海东我中原,相逢乃在穹庐前。
天涯流落俱为客,感时念远空潸然。
长安何限高高阁,昼夜风闲开翠幕。
底事猜嫌不往依,甘从此地风沙恶。

土人嗜肉无仁心，一生弋猎夸从禽。

有巢幸稳勿浪出，汝身未必轻千金。

朝来暮去益狎昵，物我相忘情意一。

但怪重裘积渐添，元是西风催社日。

须知音巧惟鹠鸱，忽来坐隅如告辞。

我方留寓未归得，为君忍赋伤心诗。

诗成自述聊为戏，系足封之亦无意。

燕已归飞我未归，刁斗声中忽惊岁。

旄头夜落妖氛收，嫖姚献凯归神州。

玉关早喜班超入，北海不闻苏武留。

君才经世宁终枉，幕府须贤来上党。

别后归期两及瓜，人间秋燕十来往。

沉沉官舍红芳稀，葛衣燕居淡忘机。

忽闻巧语入檐户，大似相识来相依。

一飞檐外窥庭树，一上屏山惊不去。

解足分明得帛书，真是当年留别句。

天生万物禽最微，固耶偶耶吾不知。

古道益远交情醨，朝思暮怨云迁移。

当时握手悲别离，一旦富贵弃如遗。

闻予燕歌应自疑，慎无示之嗔我讥。

　　田琢，字器之。蔚州定安（今河北蔚县）人，明昌五年（1194）进士，与庞铸为同年。明昌七年（1196）从事塞外。他的《赠燕诗》便是写其从事的一段轶事。庞铸为此诗所画的诗意图今已不存，但其题画诗宛在。这是一首长诗，共30韵，420字。全诗一方面感叹人、燕"天涯流落俱为客"，"物我相忘情意一"；另一方面主要是抒发"古道益远交情醨，朝思暮怨云迁移。当时握手悲别离，一旦富贵弃如遗"的人间冷漠无情的感慨。诗人以小燕尚多情报恩反衬人间的富贵忘本，寓意明确而深沉。此事是否属实，有待确考。但从小序看，动物之有灵性，也有可能。又因田器之与庞铸为同窗，时间、地点与事件的经过交代得又如此明确，当为可信。

庞铸所画的《燕子图》除了他的这首自题诗外，还有十余人也在图上题诗。其诗主要有杨之美："危巢客舍久相依，常记西风社日归。海国传心千驿隔，塞垣回首十年非。新诗尚在人空老，旧梦无凭鸟自飞。寄语齐谐休志怪，沙鸥相款解忘机。"张巨济："沙塞相逢命已轻，翠堂重见眼增明。小诗系足初无意，巧语迎人独有情。阴德自招黄雀报，机心能致白鸥盟。社前秋后风光好，须贺他年大厦成。"王大用："相别相寻积岁年，人心不及鸟心坚。填偿恩义三生债，分付平安七字篇。王谢乌兜疑诞说，绍兰红线定虚传。何如此段人亲见，旧话从今不值钱。"此外，还有李之纯、李钦叔、赵秉文等人的题诗。由于这些人都是显宦名流，所以他们的题诗不仅为画增色，而且使这一奇闻流布甚广，成为中国题画诗史上一件盛事。

庞铸的《墨竹三首》也是好诗。其中的《秋风骤雨》说："弥川急雨暗秋空，无限琅玕淡墨中。剑甲拟拟军十万，欲将貔虎战斜风。"这首诗以十万披甲战士在斜风急雨中勇猛搏斗作比，刻画了风竹、雨竹的动态和气势，想象奇特，极为形象生动。诗人既赞画竹，又抒写了自己不屈不挠的崇高气节。

完颜璹（1172—1232），初名寿孙，字仲实，又字子瑜，自号樗轩老人。金世宗之孙，越王长子，是金代值得重视的少数民族题画诗人。他博学有俊才，善为诗词，工真草书，喜藏法书名画。《全辽金诗》中存其题画诗6首。从题画诗可以看出他十分仰慕王维、李白、杜甫、王诜、苏轼、黄庭坚等诗人、画家，具有较高的汉文化艺术修养，如《自题写真》："枯木寒灰久亦神，因缘来现胙公身。只缘酷爱东坡老，人道前身赵德麟。"

他的题画诗通俗质朴，不善雕饰，但他也能写格律工严的近体诗，如《题〈潘阆夜归图〉》：

> 不是诗人灞水墙，又非野老曲江边。
>
> 风姿便认王摩诘，蕴藉还疑李谪仙。

驴背倒骑莲岳下，牛腰稳跨竹林前。

掀髯对月馀高兴，明日佳篇几处传。

这首诗好在对仗上。颔联以人名相对，但不直呼其名；颈联则变为以人物的行为与游处地相对，既指古人，又借以自况。这样工巧的对仗，不仅说明其对近体诗的格律运用自如，而且可以看出诗人对中国古代文化名人也很熟谙。

王若虚（1174—1243），字从之，号慵夫、滹南遗老，藁城（今河北石家庄藁城区）人。为文不事雕琢。诗学白居易，贵议论，下字如家常语。有《慵夫集》《滹南遗老集》。《全辽金诗》存其题画诗8首。其代表作是《题渊明归去来图五首》。这组诗与一般咏陶渊明题画诗不同之处在于质疑多于赞叹，如其中的第一首："靖节迷途尚尔赊，苦将觉悟向人夸。此心若识真归处，岂必田园始是家？"他认为，陶渊明虽然归隐田园，但仍然"颇为行休惜此生"，并且"于世未忘情"。此诗语言通俗晓畅，也可以看出王若虚以口语入诗的风格。

金末诗坛的另一位风云人物李纯甫（1177—1223），字之纯，弘州襄阴（今河北阳原）人。他虽然只留存题画诗4首，但其中的《赤壁风月笛图》却是题画佳篇：

钲鼓掀天旗脚红，老狐胆落武昌东。

书生那得麾白羽，谁识潭潭盖世雄。

裕陵果用轼为将，黄河倒卷湔西戎。

却教载酒月明中，船尾呜呜一笛风。

九原唤起周公瑾，笑煞儋州秃鬓翁。

这首诗构思奇特，用语诙谐。诗的主旨是议论苏轼的军事才能，却从"钲鼓掀天"那如火如荼的赤壁之战写起，将曹操战败称为"老狐胆落武昌东"，形容苏轼的军事才能为"黄河倒卷湔西戎"，但又调侃苏轼为"儋州秃鬓翁"，真是匪夷所思。这是一首中国题画诗史上罕见的险怪之诗。他似乎得了以奇崛著称的韩愈的真传。

金代末年的题画诗人较多，麻九畴、杨宏道、李献甫、田锡、段成己等都有较多或较好的题画诗传世，在金代题画诗史上也有一席之地。

注　释

〔1〕阎凤梧、康金声主编《全辽金诗》，山西古籍出版社，1999。

第十九章

一代少数民族题画宗师元好问

元好问生活于金末元初，相当于南宋后期，正处于一个诗歌嬗变的时代。他全面总结并继承了我国自《诗经》以来风雅正体的优良传统，以"诗中疏凿手"自诩，力图分辨清浑正邪，走出一条诗歌发展的新道路。元好问以自己丰富的诗歌创作实绩和卓越的诗歌理论不容置疑地证明，他不仅是有金一代的第一诗人，而且是元明以后只有龚自珍等个别作家可与之比肩的开宗立派的大家。

在题画诗创作方面，元好问也毫不逊色。他当是唐代王维、杜甫，宋代苏轼、黄庭坚之后最杰出的题画诗人。他既有大量、丰富多彩的题画作品问世，又在绘画理论、题画艺术研究上作出可贵的探索和卓越的贡献，堪称中国题画诗发展史上继往开来的一代题画宗师。如果从少数民族的角度看，元好问更是中国题画诗史上无与伦比的最重要的诗人。

元好问（1190—1257），字裕之，号遗山，秀容（今山西忻州）人。祖系出自北魏拓跋氏。他自幼受父亲元德明的熏染，7岁能诗，称为神童。早年拜著名学者郝天挺为师，致力于诗学。兴定五年（1221）进士及第。正大元年（1224），中博学鸿词科。先后任国史院编修官，镇平、内乡、南阳三县县令等职。正大八年（1231），任左司都事，转左司员外郎，入翰林知制诰。次年蒙古兵围攻南京（今河南开封），金哀宗逃离。金王朝灭亡后，元好问不愿出仕新朝，被蒙古兵羁押于聊城，后回到家乡从事著述。元好问亲身经

元好问

历了金国灭亡的时代巨变，写下了许多感人至深的诗篇。其诗常以残酷剥削下的农民痛苦和元金战争所造成的惨状为主题，生动地展示了易代之际的历史画卷。他熟练地掌握了各种诗体形式，尤以七律的成就最为突出。清赵翼说："唐以来律诗之可歌可泣者，少陵十数联外，绝无嗣响。遗山则往往有之。"（《瓯北诗话》卷八）元好问诗歌的艺术风格，因体式不同，也呈多样化。七律功力深厚，苍凉沉郁；七古意象雄伟，气势磅礴；五言诗则浑融含蓄，韵味隽永。著有《元遗山集》《遗山乐府》等。

元好问是金代最著名的题画诗人。《全辽金诗》收录其题画诗190题202首。《全金元词》存其题画词3首。他是唐宋以来现存题画诗最多的一位诗人。

第一节　元好问题画诗主要内容

在中国题画诗史上，许多题画诗因绘画的题材所限，往往吟咏山水，抒发闲情逸致。关涉社会生活，特别是关涉家国大事的诗并不多，而元好问则不然。他的题画诗涉及的社会面极为广泛。大至经国之大事、战争之硝烟，小至渔夫织女之生计；上自达官显贵、贪官污吏，下至黎民百姓、僧侣道士，无不在他的题画诗中反映出来。总之，即使是一幅小小的扇头画，在他的笔下也能即小见大，生发出家国之思和愤世嫉俗之慨。归纳起来，元好问的题画诗大致有以下四方面内容。

一、忧国伤时，抒发爱国情怀

元好问生活在金朝末年，亲身经历了金国灭亡的巨变，特别是当战火燃烧到家乡时，他的悲伤之情已达极致。其《家山归梦图三首》其二、其三说：

系舟南北暮云平，落日滹河一线明。

万里秋风吹布袖，清晖亭上倚新晴。

游骑北来尘满城，月明空照汉家营。

卷中正有家山在，一片伤心画不成！

　　诗人此时身在南京而魂飞故里。系舟山是他早年读书之地，那里留下了他许许多多的美好回忆，如今蒙古骑兵的铁蹄正踏破故乡的土地。山河易主，物是人非，诗人观画生感，伤心欲绝。"一片伤心画不成"一句并非指责画家无能，而是说他心中的深哀巨痛难以画表。前文提到，唐代的高蟾在《金陵晚望》诗中曾说："世间无限丹青手，一片伤心画不成。"而韦庄在《金陵图》中则说："谁谓伤心画不成。"无论诗人怎样说，无非都是为了表达自己感情的需要，并非意在否定或肯定绘画艺术的作用。

　　元好问的乡国之思历久弥深，在他的题画诗中处处都有流露。他常常以梦境作今昔对比，抒发亡国之痛。试看下面几首诗：

绿净红香梦已空，草黄沙白思无穷。

波间野鸭浑无赖，长著诗人惨澹中。

牧笛无声画意工，水村烟景绿杨风。

题诗忆得樗轩老，更觉升平是梦中。

（《祖唐臣所藏樗轩画册二首》）

郑虔三绝旧知名，付与时人分重轻。

辽海东南天一柱，胸中谁比玉峥嵘。

万里承平一梦间，风流人物与江山。

眼明今日题诗处，却见明昌玉笋班。

（《王子端内翰山水同屏山赋二诗》）

万古文章有至公，百年奎壁照河东。

衣冠忽见明昌笔，更觉升平是梦中。

景星丹凤一千年，合著丹青与世传。

谁画风流王李郝，大河南望泪如川。

（《题李庭训所藏雅集图二首》）

这几首诗的共同之处是都有一个"梦"字，甚至个别带"梦"的诗句也相同。梦是人们的心头所想，俗云"日有所思，夜有所梦"。而诗人的梦，主要是梦忆。眼见大好河山惨遭蹂躏，生灵涂炭，不能不让人想到往昔的承平岁月。《祖唐臣所藏樗轩画册二首》是回忆著名画家、诗人完颜璹的。完颜璹，工诗文，善书画，被元好问称为"百年以来，宗室中第一流人也"。他生活于太平盛世，可以悠闲地吟诗作画。然而，如今诗人看到他的两幅绘画《败荷野鸭》和《风柳牧牛》时，当年的"绿净红香"已变成"草黄沙白"，心中不禁感慨万端。在这里他不仅是对完颜璹个人的怀念，也是对故国的追思。《王子端内翰山水同屏山赋二首》是为辽东才子王庭筠的绘画所题的诗。王庭筠是金代著名的诗人和书画艺术家。元好问与他颇多交往，友情至厚，在《元遗山集》中还有《王学士熊岳图》等题画诗。此诗当是诗人在王庭筠辞世后所作。诗人通过观王庭筠的绘画，回忆起明昌年间的"风流人物与江山"，再看如今社会，恍如隔世，其故国之思油然而生。《题李庭训所藏雅集图二首》也是回忆"明昌笔"的。明昌年代是金朝的兴旺时期，那时文化繁荣，诗人、画家经常雅集欢会，留下许许多多文人雅事。如今诗人看到当年文人雅集的图画以及他们的笔迹，不由得感慨万千，睹物思人，泪如泉涌。在这些题画诗中，诗人往往不是直接抒发情怀，而是通过回忆与联想，反复渲染"升平是梦中"的主题，使爱国之情像一条红线贯穿始终。

二、关心民瘼，揭露社会黑暗

爱国与忧民从来是联系在一起的，正像国与家是不可分割的整体一样。在中国历史上凡是爱国的诗人，总是关心民生疾苦，忧民之所忧。在元好问的题画诗中，前期是批判金末的社会黑暗和吏治腐败，对人民苦难表示深切的同情。他的《跋紫微刘尊师所画山水横披四首》其三说：

> 瓦盆浊酒忆同倾，乡社丰年有笑声。
>
> 世外华胥谁复梦，且从图画看升平。

这也是一首回忆往事之作，但是如今"乡社丰年"不再，"世外华胥"只能在梦中。而现实是怎样呢？在他的另一首《题刘紫薇尧民野醉图》诗中所揭示的则是令人痛心的惨状："不见只今汾水上，田翁鞭背出租钱！"现实与画中所描绘的上古时代君民同乐的太平世界适成鲜明的对比。诗人对贫苦农民的同情也自在言外。

在元好问后期的题画诗中，则是表现战乱中流离失所的难民，同时也是对"马蹄踏遍黄尘路"蒙古统治者的控诉。他在《息轩杨秘监雪行图》中说：

> 长路单衣怨仆僮，无人说向息轩翁。
> 长安多少貂裘客，偏画书生著雪中！

这首诗将在旅途中奔波的书生与长安身裹貂裘的达官贵人对比，表现了衣单身寒者的苦楚。在战乱中书生尚且如此，那些平民百姓更是处于水深火热之中。元好问身经战乱，沦落于下层民众之间，对民生疾苦深有体验，所以他的感受也很有代表性。他在《商正叔陇山行役图二首》其二中说："梦中陈迹画中诗，前日行人鬓已丝。我亦寒亭往来客，因君还寄出关词。"由于诗人流落四方，辛苦备尝，他不由羡慕起别人的天伦之乐：

> 船入西江万有空，漉篱活计百钱功。
> 阿灵了却无生话，想得萧然似卷中。
>
> 抱犊山高记洛川，寸肠西去似绳牵。
> 而今却羡庞家好，儿女生来只眼前。

（《吴子英家灵照图二首》）

在这两首诗后，诗人有小注："时女严在卢氏，约归宁未至。"由此可知，此时诗人飘然一身，辗转跋涉，骨肉分离，其辛酸之情溢于言表。在元好问的题画诗中，不仅写出了自身的不幸遭际，也有对贫苦织妇的慨叹。他在《倦绣图》中说：

> 香玉春来困不胜，啼莺唤梦几时应。
> 可怜憔悴田家女，促织声中对晓灯。

一边是春困，啼莺也唤不醒；一边是彻夜织绣，直至天明。如此劳累，田家女怎能不憔悴呢！这小小的《倦绣图》仅仅是农家劳苦生活的一个缩影，它让人联想到农村凋敝后农民的悲惨遭遇。

三、壮志难酬，时有归隐之思

在元好问的题画诗中，抒发隐逸之情的作品占有相当多的篇幅。这也是中国古代题画诗的普遍现象。不过，元好问的题画诗所表现的往往是愤世嫉俗后的一种精神寄托或者是古代士大夫的一种情趣。他最后并没有走上林泉之路，既未入道，也未成佛，还是现实中的一位抗争者。由于他不满于现实社会的黑暗，自己有志不获骋，便向往宁静、一尘不染的世外生活。他在《李道人嵩阳归隐图》中说：

> 嵩阳古仙村，佳处我所知。
> 长林连玉华，细路入清微。
> 连延百余家，柴门水之湄。
> 桑麻蔽朝日，鸡犬通垣篱。
> 愧我出山来，京尘满山衣。
> 春风四十日，梦与孤云飞。
> 可笑李山人，嗜好世所稀。
> 逢人觅诗句，不恤怒与讥。
> 道人本无事，何苦尘中为？
> 京师不易居，我痴君更痴。
> 山中酒应熟，几日是归期？

在这首诗中，他先是描绘了一个清静、和平、美好的"古仙村"。诗人也曾在这样的环境中生活过，但为了实现自己的理想，他来到京师。然而现实并不是他理想的世界，尔虞我诈，充满危机，他于是不免心生悔意。基于这种思想，他很不理解李山人的"嗜好"。因此，诗的最后说"山中酒应熟，几日是归期"，既是对李山人的劝勉之词，也有夫子自道之意。由于现实社会的矛盾斗争不断变化，元好问的归隐思想也时隐时现，有时表现得十分强烈。他在《题解飞卿山水卷》中说：

> 平生鱼鸟最相亲，梦寐烟霞卜四邻。
> 美杀济南山水好，几时真作卷中人？

这首诗揭示了诗人"性本爱丘山"的平生志趣，"烟霞"居处是他梦寐以求的愿望。因此，诗中用"羡杀"两字极言自己对"山水"的向往之情，而"几时"更是道出了诗人急不可待的心情。有时，诗人似乎看破红尘，甚至说："醉乡初不限东西，桀日汤年一理齐。门外山禽唤沽酒，胡芦今后大家提。"（《戏题醉仙人图》）但实际上，诗人并非不问是非曲直，也不会混淆桀汤，这当看作极度矛盾时的激愤之语。终其一生，儒家的积极入世思想一直在他头脑中占据主导地位。

四、热爱自然，描绘山川美景

在元好问的题画诗中，单纯描绘自然风光的作品极少，大多数题画诗描绘自然景物的目的，往往都是寄意抒情，但也有一些以模山范水为主的诗篇，如《郑先觉幽禽照水扇头》：

> 临水华枝淡淡春，水光华影两无尘。
> 风光一枕西园梦，惆怅幽禽是故人。

这是写一幅幽禽游水图，水光潋滟，花鸟相宜，春风拂面，万里无尘。但是像这样描绘春光丽日的作品在元好问的题画诗中并不多见，代之的往往是秋风荒寒、乱山峭石。如《双峰竞秀图为参政杨侍郎赋》：

> 江烟霏霏云拂石，山木萧萧山鬼泣。
> 江岸人家失南北，两峰突兀何许来，元气淋漓洗秋碧。
> 画家晴景费经营，共爱移山入杳冥。
> 安得北风吹雨去，倚天长剑看峥嵘。

这首诗描写的景物与前一首诗迥别。这里烟云迷茫，乱石穿空，山木萧萧，似有山鬼哭泣，一派肃杀景象。这显然是诗人的感情所致：不是画家"共爱移山入杳冥"，而是诗人感叹"江岸人家失南北"，而盼望"北风吹雨去"。诗人在国破家亡后的深哀巨痛，使他的题画诗中的一切景物都蒙上浓浓的"伤心碧"。又如《张彦远江行八咏图》中说："楚山平浸楚江流，放眼江山得意秋。一寸霜毫九云梦，合教轰醉岳阳楼。"诗中的"秋"字，是他题咏山水画的常见字眼。秋风萧瑟、秋霜肃杀，是他忧国忧民心曲的一种反映。

元好问的题画诗描写山川景物绘声绘色，拟形摹状，给人以身临其境之感，如他的《题张左丞家范宽秋山横幅》：

> 层崖冈长阴，细径缘绝巘。
> 梯云栏干峻，廓廓清眺展。
> 斜阳半天赤，飞鸟大江远。
> 清霜张秋气，草树生意剪。
> 风雷斫坚敌，旗旆纷仆偃。
> 峥嵘峰峦出，莽苍林薄晚。
> 盘盘范家笔，老怀寄高蹇。
> 经营入惨淡，得处乃萧散。
> 嵩丘动归兴，突兀青在眼。
> 何时卧云身，团茅遂疏懒。

这首题画诗较其他题画诗有所不同。它不是简单地、白描式地写景物，而是以工笔具体描绘层崖、细径、清霜、草树、旗旆等，而这些景物都紧扣"秋山"之画题，风霜高洁，草木莽苍，给人一种雄浑之美。这既是诗人向往林泉生活的自然流露，也是他热爱祖国山河的一种表现。

第二节　元好问对绘画理论的贡献

在元好问的题画诗中，几乎所有作品都涉及绘画和画家，所不同的只是所用笔墨之多少。

　　元好问对画家和绘画的评价，不是一般地夸赞画面如何逼真、传神，而是着重指出其独特的艺术风格。他对著名宋代画家范宽的评论就是如此。在《范宽秦川图》中说：

　　　　秦川之图范宽笔，来从米家书画船。

　　　　变化开阖天机全，浓淡覆露清而妍。

　　　　云兴霞蔚几千里，著我如在峨眉巅。

　　　　西山盘盘天与连，九点尽得齐州烟。

　　　　浮云未清白日晚，矫首四顾心茫然。

　　　　全秦天地一大物，雷雨颎洞龙头轩。

　　　　因山分势合水力，眼底廓廓无齐燕。

　　　　我知宽也不办此，渠宁有笔如修椽。

　　　　紫髯落落西溪君，长剑倚天冠切云，望之见之不可亲。

　　诗人通过对《秦川图》的描绘，不仅生动地再现了画中的山水，而且指出其绘画的特点：山高林密，细路起伏，云蒸霞蔚，气象万千。这也正合乎郭若虚对范宽绘画的评价："峰峦浑厚，势状雄强。"（《图画见闻志》卷一）他在《李道人嵩阳归隐图》中又说："北山范宽笔，老硬无妍姿。南山小平远，淡若韦郎诗。"在这里诗人强调了范宽"写山真骨"，突出其"硬"的特点。这正如米芾分析其山水画时所说："山顶好作密林，自此趋枯老；水际作突兀大石，自此趋劲硬。"

　　元好问对画家及其作品的评价，往往不是就画论画或一般地由画及人，而是把画家、作品放在中国绘画的历史长卷中作纵横比较，指出其特有的历史地位。他对辽东才子王庭筠的评价，既有对其山水画的高度称誉，指出其"长松手种欲摩天，海岳楼空落照边。古来说有辽东鹤，仙语星星谁为传。五百年间异人出，却将锦绣裹山川"（《王学士熊岳图》），同时又对其画竹超凡笔法放在中国画竹史上加以比较分析。他在《王黄华墨竹》中说：

古来画竹尊右丞，东坡敛袂不敢评。
开元石本出摹写，燕市骏骨留空名。
亦有文湖州，画意不画形。
一为坡所赏，四海知有筼筜亭。
深衣幅巾老明经，老死不敢言纵横。
岂知辽江一派最后出，运斤成风刃发硎。
雪溪仙人诗骨清，画笔尚余诗典刑。
月中看竹写秋影，清镜平明白发生。
娟娟略似萱草咏，落落不减丛台行。
千枝万叶何许来，但见醉帖字攲倾。
君不见忠恕大篆草书法，赵生怒虎噀墨成。
至人技进不名技，游戏亦复通真灵。
百年文章公主盟，屏山见之跽且擎。
声光旧塞天壤破，议论今著儿曹轻。
有物于此鸣不平，悲耶啸耶谁汝令。
只恐破窗风雨夜，怒随雷电上青冥。

诗人深谙中国画竹史。他在论述画竹大家王维、苏轼、文同之后，笔锋一转说："岂知辽江一派最后出，运斤成风刃发硎。"这是说，王庭筠后来居上，其画竹"娟娟略似萱草咏，落落不减丛台行"。更为可贵的是，他不是单纯评画，而是将绘画与其诗文联系起来评论，既指出王画成就卓越，又指出其"百年文章公主盟"，并将诗、画合论："雪溪仙人诗骨清，画笔尚余诗典刑。"元好问不仅对画家、诗人王庭筠诗画合论，而且在他的大部分题画诗中均持这种观点。他善于将诗画两种艺术形式融为一体加以评述。他在《许道宁寒溪古木图》中说："翟卿论画凡马空，能知画与诗同宗，解衣盘礴非众工。遗山笔头有关仝，意匠已在风云中，留待他日不匆匆。"在《雪谷早行图二章》中又说："诗翁自有无声句，画里凭君细觅看。""画到天机古亦难，遗山诗境更高寒。"很显然，元好问继承了苏轼关于"诗画本一律"的学说，所不同的是他更强调诗的功能。他不仅认为诗笔如画笔，即"遗山笔头有关全"；而且认为作诗更从容，它可以用语言"描绘出一串活动在时间里的发展"，而不同于绘画只是"一刹那间"的艺术。这也和德国美学家莱辛在《拉奥孔》中对诗、画的论述是一致的。同时，元好问还更看重诗的意境的表现力，即"遗山诗境更高寒"。也正因为如此，他才认为"一片伤心画不成"。

元好问题画诗的价值，还表现在为许多早已散佚的20余名家绘画所题之诗，对研究其人其画都有极重要的参考作用。

第三节　元好问题画诗艺术特点

元好问的题画诗不仅以数量取胜，而且在艺术上达到了很高境界。试看他的代表作《南湖先生雪景乘骡图》：

> 大河茫茫白连空，寒云迢迢度南鸿。
>
> 汴梁高楼管弦里，成皋行人西北风。
>
> 北风吹雪来，飘瞥卷孤蓬。
>
> 异色变惨澹，元气开洪濛。
>
> 襄阳潮阳诗境在，掇拾物色真难工。
>
> 青骡谁此游，望见知是南湖翁。
>
> 南湖翁，少日肮脏今龙钟，犹能吐气万丈如长虹。
>
> 闭门兀坐意不惬，要看银海翻鱼龙。
>
> 宝华世界琼瑶宫，江山随翁入清雄。
>
> 诗成仰天一大笑，飞花落絮春濛濛。
>
> 郁郁梁宋郊，翁家出强宗。
>
> 许与必豪右，收入等侯封。
>
> 翁年十八九，弄笔学彫虫。
>
> 叠取两解魁，隐隐何隆隆。
>
> 一旦拂衣去，学剑事猿公。

正隆适南征，匹马走从戎。

墨丸磨盾鼻，意与江流东。

紫微出东方，淮海亦来同。

都将书与剑，田间就春农。

仕宦不作邱曼容，醉乡自爱王无功。

爰居从渠致钟鼓，野鹤岂合栖樊笼。

南湖烟景多，鱼鸟亦从容。

亦有两小船，纶竿插船篷。

高亭出秀樾，窗户连青红。

清飙随睡舆，暝色赴吟筇。

门前车马来，日酿日不供。

但苦佳客少，焉知清兴终。

看翁弃瓢诗，调戏鸱夷老子如儿童。

雄吞已觉云梦小，寒缩宁作书生穷。

当年我得奉谈笑，昼夜肯放清尊空。

东家西家不相从，南海北海不相逢。

风流耆旧今谁似，惆怅相看是画中。

这首诗起笔即不凡，大有气吞山河之势。在大河茫茫、异色惨淡的广阔背景下，一位骑骡的龙钟老翁"犹能吐气万丈如长虹"。他"诗成仰天一大笑，飞花落絮春濛濛"。元好问这样描写南湖先生这位"奇男子"，似乎有借以自况之意，南湖先生之博大胸襟也正是诗人之气概。此诗骨力苍劲，气势雄浑，足以代表元好问题画诗的艺术风格。这首诗不仅以气势取胜，而且以细致的描绘见长。对画中从容的鱼鸟、插有纶竿的小船、湖边的高亭、门前的车马都一一摹写，如置目前。并且，诗人善于融情于景，在字里行间抒发了深深的怀旧之情。

他的另一首七言古诗《赤壁图》也充分体现了气势磅礴、意象雄伟的艺术风格。其诗是：

马蹄一蹴荆门空，鼓声怒与江流东。

曹瞒老去不解事，误认孙郎作阿琮。

孙郎矫矫人中龙，顾盼叱咤生云风。

疾雷破山出大火，旗帜北卷天为红。

至今图画见赤壁，仿佛烧房留余踪。

令人长忆眉山公，载酒夜俯冯夷宫。

事殊兴极忧思集，天淡云闲今古同。

得意江山在眼中，凡今谁是出群雄。

可怜当日周公瑾，憔悴黄州一秃翁。

这首诗以赞叹的笔调描写了赤壁之战的英雄"孙郎"。他顾盼生辉，叱咤风云，"疾雷破山出大火，旗帜北卷天为红"，战斗的场面极为壮观。诗人写历史是要借以抒怀，他企盼能有孙权这样的英雄出现，来统率三军抵御北来的蒙古兵。为此，诗人壮怀激烈，慷慨悲歌，使此诗充满了悲壮气氛。

元好问题画诗的艺术风格是多样性的，除气势豪宕、雄浑壮阔之作外，许多为山水画所题之诗则构思奇特，描绘生动，如《秋江晓发图》："百转羊肠挽不前，旃车辘辘共流年。画图羡杀扁舟好，万里清江万里天。"又如《风雨停舟图》："老木高风作意狂，青山和雨入微茫。画图唤起扁舟梦，一夜江声撼客床。"不过，元好问的山水类题画诗却很少见宋元一般同类题画诗清新恬淡的风格，即使偶有清新之作，仍不失壮阔之气韵。此上两首诗即是其中两例。

元好问题画诗的一个显著特点是把个人经历和感受融于画境之中，充满了身世之感。在此之前，杜甫等题画诗也有类似的特点，但却不像元好问这样几乎篇篇如此，并且通常的模式都是"卒章显其志"。特别是长篇更是这样，如《李道人嵩阳归隐图》最后的"山中酒应熟，几日是归期"等语，都表现了诗人的归隐之思。

元好问题画诗的另一个特点是诗与画的结合不独表现在意境上，而且体现在诗句上。在他的许多题画诗中，在品画之余，都谈到了诗。这是此前题画诗很少见的，如"总为诗翁发兴新，直教画笔亦通神"（《山村风雨扇

头》）；"褐衣相媚不胜情，只许乾晖画得成。却被诗人笑寒乞，一枝风雪可怜生"（《题邢公达寒梅冻雀图》）；"梦中陈迹画中诗，前日行人鬓已丝"（《商正叔陇山行役图二首》其二）；"黄山图子翰林诗，千里东州有所思"（《侯相公所藏〈云溪图〉……因为之赋》）；"意外荒寒下笔亲，经营惨澹似诗人"（《竹溪梦游图》）；等等。

　　元好问的题画诗也有一些不足之处：一是有些诗句常在不同诗中出现，尤其是带有"梦"字的句子；二是有些诗议论嫌多，且缺少新意；三是有些题画诗系应酬之作，既无诗味，也缺乏思想价值。但瑕不掩瑜，作为一代题画宗师，他对后世题画诗创作与发展产生了广泛而深刻的影响，其后的赵孟頫、徐渭、郑燮等都在某些方面继承、发展了元好问所开拓的诗画融合、借画抒情的优良传统。

第二十章

元代题画诗概述

题画诗到了元代，出现了空前发展的局面。但是一些古代文学研究工作者，过去对元代的题画诗往往不屑一顾，在论述元代文学时，甚至把题画诗创作的蜂起作为一股逆流加以排斥。其实，对于一种文艺形式的兴盛和它在文学史上的地位，应作具体分析，给予恰当的评价，而不应作简单的肯定或否定。

第一节　元代题画诗之勃兴

元代题画诗的数量极大。仅据《御定历代题画诗类》统计，明有题画诗3752首，而元代竟达到3798首。从以上两朝题画诗数量对比中，虽然我们已可以看出元代题画诗之多了，但是还不足以看出其数量多得如何不寻常。我们再看另外两个情况：据《古今图书集成·文学名家列传》统计，元有文学名家394人（另据《四库全书总目提要》所录《御定四朝诗》统计，元有诗作者为1197人，其与"文学名家"有别），而明有文学名家1836人，明代文学名家是元代的近5倍，但是明代的题画诗却少于元代。此其一。元朝从1279年元世祖统一中国起，到1368年被农民起义军推翻止，只有短短90年时间，而明朝却有270多年的历史。明朝的统治时间是元朝的3倍。然而，在这漫长的历史时期里，《御定历代题画诗类》所收录明代题画诗的数量却少于元代。此其二。我们了解了这两个情况，就不难看出，元代题画诗之多多么惊人！

元代题画诗数量激增，有其复杂的社会原因和文学、艺术发展的自身规律。

第一，残酷的民族压迫，造成大批知识分子"矢志不仕"，使他们有闲情、有时间从事题画诗创作。

元帝国的建立，结束了自唐朝末年以来南北长期对峙的局面，并且扩展了疆域，"北逾阴山，西极流沙，东尽辽左，南越海表"（《元史》卷五十八《地理志一》）。这便加强了祖国内地和边疆地区的联系，促进了各民族的文化交流。但是，随着蒙古铁骑踏入中原，也为人民带来了灾难。众所周知，元统治者入主中原后，施行了镇压政策。在残酷的民族压迫和阶级压迫下，知识分子队伍迅速分化。一少部分人走上仕途，"援笔为官"；而大部分人不愿屈节，处于被奴役地位，或清贫自守，或遁迹山林。元有文学名家近400人，但因不满元朝血腥统治，"高蹈不仕"或先仕后隐者有一半以上。此外，还有一些人虽"生元仕元，然其心若不自得"（《古今图书集成·文学名家列传》）。

那些身处高位的汉族文人，往往"身在曹营心在汉"，饱食终日，不理朝政，常常用诗来怡情遣兴。但是显赫的地位和优裕的生活，又限制了他们的视野，使他们不可能了解人民的疾苦、反映现实生活，于是他们身边的花草树木、琴棋书画，便成为吟咏的题材。另一方面，上层文人多居闲职，有充裕的时间参加社交活动。他们为了应酬赠答，也写了许多无聊的题画诗。

许多地位低下但尚可温饱的诗人，由于不甘屈辱，内心郁闷，而欣赏那种"无酒可供千日醉，有钱难买一生闲"（马臻《秋日闲咏》）的生活。他们或寄情山水，或"游戏墨兰竹石"，因而文坛上出现了大量的山水诗和题画诗。但是，也有不少诗人、画家把对元朝统治者的满腔仇恨诉诸笔端，借"画"发挥，写了很多意虽曲而心却直的题画诗。以上是造成元代题画诗数量激增的社会原因。

第二，宋元时期绘画艺术发展，为题画诗写作提供了大量题材。

　　五代宋初，是山水画历史发展中一个重要的转折时期。从技法方面看，出现了一系列新的创造：不仅出现了各种形态的"皴法"，而且"点"的画法正式创生了，特别是一些画家已开始具有自己独特的艺术风格[1]。由于绘画艺术的发展，宋代画坛上涌现出一大批画家。唐代只有画家369人，而宋代有画家831人，增加一倍以上。这些画家留下的大量作品，为元代诗人创作题画诗提供了丰富的题材。在元代题画诗中有相当多的一部分就是为宋代的名画而题的。比如，仅米元晖的一幅山水画，就有十多位元代诗人为之题过诗。但这仅是宋代绘画艺术发展促使元代题画诗增多的一个间接原因。更重要的是，宋代绘画艺术的发展，直接影响了元代的绘画艺术。元代的绘画正是在继承宋代绘画传统的基础上，才有新的突破，出现许多新的流派。元代的画家人数虽然没有宋代多（据《佩文斋书画谱》记载，有420余人），但元朝统治时间不足百年，与两宋三百多年历史比较，其画家人数也不算少。

　　在元代绘画艺术中，特别值得注意的是文人画。文人作画，从文字记载看，最先出现于汉代。东汉时写过《二京赋》的张衡，就善绘画。此外，蔡邕也曾以书画著称。但就其气质而言，他们的作品还不能算作"文人画"。南北朝时期，文人以画名世者渐多，特别是东晋的顾恺之和南齐的谢赫，他们的绘画体现了比较明显的文人画的特征。到了唐代，随着艺术大师王维的出现，文人画进入了成熟阶段。而到了元代，文人画则大兴。胡应麟在《诗薮》中说："宋以前诗文书画，人各自名，即有兼长，不过一二。胜国则文士鲜不能诗，诗流靡不工书，且时旁及绘事，亦前代所无也。"胡氏这段话虽然不免失之片面，但他所指出的元代文人多善书画却是对的。除了被称为诗、书、画"三绝"的赵孟頫之外，还有倪瓒、吴仲圭、黄公望、王蒙等文人画四大家。继其盛者，有方方壶、徐贲、马文璧、曹知白、谢葵丘、柯九思等。此外，元代还出现一大批以诗文名世兼善绘画者，比较著名的有吴可孙、张雯、戴表元、高克恭、周之翰、郭畀、郑彝、崔彦辉等。这种盛况是前所未有的。这些能诗善画的文人，一方面在作画之后，常常自己在上面题诗；另一方面，他们所作的画富有意境，很便于其他诗人为之题诗。于是"画难画之景，以诗凑成；吟难吟之

诗，以画补足"（曹庭栋《宋百家诗存》卷三十七）。诗与画的结合，从来没有像元代这样紧密。

第三，书法艺术的发展及书法家与诗人、画家的密切合作，促进了题画诗的兴盛。

元代书法艺术的发展，一方面与唐宋时期书法艺术有承继关系，另一方面也与当时的社会条件有关。由于元朝的黑暗统治，广大知识分子政治上无出路，他们或"赋闲"，或退隐，终日无所事事，便演字习画，于是出现许多著名的书法家。《诗薮》说："鲜于、赵、邓，诗为书掩；虞、杨、范、揭，书掩于诗。他如姚公茂父子、胡长孺、周景远、程文海、元复初、卢处道、袁伯长、欧阳原功、张仲举、傅与砺、陈众仲、王继学、薛宗海、黄晋卿、柳道传、柯敬仲、危大朴、贯云石、萨天锡、贡泰文、杜原功、倪元镇、余廷心、泰兼善，皆以书知名。"（胡应麟《诗薮》外编卷六）清代的钱杜在《松壶画忆》中也说："元人工书。"而书与题画诗有极密切的关系，因为题画诗大都是写在画上的，并且往往以一种装饰品出现，使诗、书、画三者交相辉映，成为一幅完整的艺术品。由于元人善书，所以也盛行在画上题字。有的学者说："画上题字，是从宋朝苏东坡、米元章开始的。宋代以前的画，多不加款题，也间有款题的，或只在树石的隙间，题上画家的姓名或盖方小印。到了元代，画家都在画上题起字来，或题首诗，或诗后志跋，并记年月为某人所画，如黄子久、赵雪松、王叔明、倪仲圭等，都是如此。"[2] 其实，在画上题字并非始于宋，早在宋以前就有[3]。但是，指出此种风气盛于元却是对的。正因为善书的诗人、画家乐于在画上题字，所以他们写了许多题画诗，比如善书的虞集，一个人就写了题画诗140多首。

此外，书法家与诗人、画家的频繁交往与密切合作，也促进了题画诗发展。由于元代文人多闲，所以他们常常聚在一起吟诗作画。据《浙江通志》记载，张天雨"工书善诗歌，文益奇古，与吴兴赵孟頫、浦城杨载、蜀郡虞集、豫章揭傒斯、清江范梈、金华黄潜交甚善"（《古今图书集成·文学名家列传》）。在他们的交往中，往往把题诗赠画作为彼此联络感情的一种手段。因此，他们之间互相赠答的题画诗颇多。这类题画诗在元代题画诗中也为数不少。

第四，题画诗本身所独具的特点，很适于处在高压下的元代诗人抒情言志。

"在元朝的残暴、落后的统治下，言论、出版、学术研究，都受到严厉的管制和禁止，形成中国学术思想的黑暗时期。"[4] 但是，元代诗人并没有屈服，他们还是要选择适当形式抒发自己的情怀的。沈德潜在评价陶渊明时说："际易代之时，欲言难言，时时寄托。"（《古诗源》卷八）于是元代诗人便选中了题画诗这种便于寄寓难言之隐的形式。题画诗既要咏画，又要写人（包括诗人、画家等），其描写对象的非一致性，往往形成表现思想的复杂性。所以，许多题画诗不仅具有表现手法上的含蓄性，而且具有理解上的伸缩性。它既可以把诗人的感情较好地表达出来，而又不至于锋芒毕露，遭致杀身之祸。

题画诗的好处，有时只可意会而不便言传。据不完全统计，元代题咏兰梅竹的题画诗在800首以上，约占元代题画诗的四分之一。为什么这类题画诗如此之多呢？这一方面固然与元代描绘这些花木的绘画多有关；另一方面，主要是诗人为了托物咏志。画家用"泪泉和墨"画成的"君子兰"（倪瓒《题郑所南兰》）以及"冰雪林中著此身，不同桃李混芳尘"（王冕《白梅》）的白梅，"叶间尚有湘妃泪，滴作江南夜雨声"（宋无《题郑所南推篷竹卷》）的苦竹，之所以为许多诗人所咏叹，不正是他们民族意识的一种微妙表现吗？

正因为题画诗有这样一些好处，所以无论是处于彷徨中的画家，还是正在抗争中的诗人，往往都愿意用它来寄寓自己的情志。

第五，元代画家每作画喜欢自题其画或请友人题咏，使题画诗的数量激增。

在元代以前，画家自题画者并不普遍。据统计，苏轼题画诗102题157首，可看出自题诗的仅有4题5首。在《声画集》中属于自题画诗的，也仅有李公麟1首，晁补之3首，王当4首，释善权、李仲膺、刘延世各1首。但入元以后，风气渐改，画家每喜自题其画。翁方纲在《石洲诗话》中说："元人自柯敬仲、王元章、倪元镇、黄子久、吴仲圭，每用小诗自题其画。"（《石洲诗话》卷五）王士禛也说："倪云林每作画，必题一诗，多率意漫兴。"又说："虞伯生尤专工于此，学古录中歌行佳者，皆题画之作也。"（《带经堂诗话》卷二二、二三）画家钱选"善画人物山水，花木翎毛师赵昌，青绿山水师赵千里，尤善作折枝。其得意者，自赋诗题之"（夏文彦《图绘宝鉴》卷五）。吴镇"善画山水竹石，每题诗其上"（吴镇《梅道人遗墨》）。但金元时期在盛行自题画诗的同时，也流行他题诗，如高克恭画《夜山图》，除自题外，还有仇远、虞集、赵孟頫等28位诗人题诗。画家作画，请别人题诗，也有借以荣耀自己之意，这是因为好友的题诗往往赞颂主人之美德。李日华曾谓"元倪、黄诸君，片纸出则铁崖、伯雨辈攒而题之，亦是一时打哄习气"（《紫桃轩又缀》卷二）。这时期，由于绘画自题与他题已逐渐形成潮流，所以便形成了无画不题诗的风习。因此，题画诗创作数量增多便是顺理成章的事。

第六，元代掀起的书画收藏与鉴赏热，也促进了题画诗的发展。

元代是中国历史上第一个以少数民族为最高统治者的国家，在从游牧文化向农耕文化过渡中，他们逐渐开始热爱并推崇汉文化的精华——书画艺术。金灭北宋之际，入汴京悉获宣和内府名画法书和未及南迁的北宋书画艺人。金皇室对绘画的爱好使金代的书画收藏日富一日。至章宗明昌时期（1190—1196），达到全盛。正如张耆诗中所言"明昌正似宣和前"。及元灭金，这些书画典籍入元朝内府，但其中由于接受与保存不够完好，多有损失。在元太宗八年（1236），即灭金两年后，方在山西设立经籍所，掌管这些典籍书画。至元四年（1267），元世祖将经籍所迁至大都，改宏文院。至元九年（1272）采用前代旧制，设秘书监，将秘书监由官职改为官署，掌管"历代图籍并阴阳禁书"。其长官为监卿，秩正三品。属官为太监、少监、监丞。其监臣由大臣推荐。焦友直为秘书监的开创者。至元十三年（1276），元兵进逼南宋首都临安（今浙江杭州）时，吸取了前次的教训，接受了秘书监焦友直的进谏"应收经籍图书、书画等物，不教失落"，对南宋的内府收藏采取了非常妥善的收缴方法：封府库、收图书。在兵乱中，南宋所藏完好地悉归元朝，复入秘书监。当时元代内府书画收藏主要以宋、金之藏品为基础，购纳各地书画而成。其数量当不在少数。

如《秘书监志》言："本监所藏俱系金、宋流传，及四方购纳，古书名画，不为少矣。"

元文宗图帖睦尔是元代最重视书画艺术的一位皇帝。他虽然在政治上并无建树，但对元代文化艺术发展作出了贡献。他精通汉语诗文，能画，能书，是元代帝王中唯一众艺兼备者。这为奎章阁筹建奠定了兴趣基础。早在泰定二年（1325）尚未登基之时，身为怀王的文宗居于建康，便与游于建康的墨竹画家柯九思相识，遂成至交。文宗往来于文士之间，游戏于翰墨之中，汉文化艺术的熏陶与汉文士的影响使他于天历二年（1329）设立了奎章阁学士院，收藏古今图书典籍、法书名画。时任翰林直学士虞集是奎章阁筹建的主要策划者。他上书文宗陈述建立奎章阁的必要性与其目的。虞集在《奏开奎章阁疏》中说："肇开书阁。将释万机而就佚，游六艺以无为。此独断于睿思，而昭代之盛典也。……咏歌雅颂，极襄赞之形容：探赜图书，玩盈虚之来往。冀心神之融会，成德性之纯熙。"即读古书、游六艺，以涵养德行，澡雪情操。文宗的昭谕，更明确了奎章阁的责任在于明鉴得失以治国："置学士员，以祖宗明训、古昔治乱得失，陈说于前，使朕乐于听闻。"但实际上，奎章阁对于文宗来说几近游戏翰墨、玩赏古物的场所，并未起到"治乱得失"的政治作用。而奎章阁的特殊地位与书画鉴赏的日常活动，却促进了题画文学的发展。其中虞集、柯九思等便在书画鉴赏中创作了大量题画诗。后来的文宣阁和端本堂，虽然精简了机构，简化了职能，但在书画鉴藏中也发挥了重要作用。

元朝除了宫廷内府收藏之外，皇宫内鲁国大长公主祥哥剌吉的私人收藏，在元代书画界也颇具影响，是我国历史上第一位女收藏家。她是文宗的岳母，雅好汉文化。她以皇帝赐予的嫁妆金、宋内府书画为基础，多方搜寻当代名人书画，形成了颇具规模的书画收藏。泰定元年（1324），袁桷曾奉勅为其所藏书画题诗、赞所题书画共有41件，其中名画35件，书法6件。但这未必都是公主所有的书画藏品。其藏品均钤有专门的朱文印"皇姊图书"或"皇姊珍玩"，还有题跋文字。她指定的题跋文臣主要是冯子振、赵岩。冯氏的书迹仅赖于大长公主的藏品得以保

留下来。有些藏品甚至可以冯氏的题跋取代公主的印章。同时，大长公主以其很强的感召力和领导才能于至治三年（1323）三月组织书画文人的聚会。酒阑之余，公主展示其所藏图画若干卷，命文士各依书文所能，在画卷题跋留识。又如大德二年（1298）二月二十三日，在鲜于枢杭州的寓所，举行过一次以书画鉴赏为主要内容的聚会。当时参加的有赵孟頫、邓文原、鲜于枢、周密、马琬、王芝、乔篑成、郭天锡、廉希贡等。这些人不仅是书画家或书画鉴赏家，而且多是当时具有名望的书画收藏家。他们均为周密《云烟过眼录》中记录的书画作品的收藏者。周密自己也是一位书画鉴赏家和收藏家，他的《云烟过眼录》《思陵书画记》就是书画鉴赏与著录的著作。《云烟过眼录》中记载的收藏家赵与懃藏画近200件。

综上所述，元代题画诗的勃兴，有其多方面的复杂原因。我们既要看到人为的因素，也要看到艺术本身发展的客观规律。因此，它是在特殊历史条件下出现的一种特殊文艺现象，而不应当作元代文学发展中的一股逆流。

第二节　元代题画诗内容与特点

上面我们论述了元代题画诗发展的原因。与这些原因相联系，元代的题画诗有以下几个特点。

第一，反映隐居生活的作品多。元代题画诗的这一特点，主要是社会原因决定的。在《御定历代题画诗类》中，"渔樵""羽猎""鳞介"类的题画诗，有将近一半是元代诗人写的。这说明，他们是过着或向往着这种"侣渔虾而友麋鹿"的生活的。此外，在"故实""行旅""闲适""山水""花卉"等类中，也有大量反映田园生活的诗篇。如反映陶潜生活的题画诗，宋有7首，金有10首，元有40首，明有18首。又如为"四皓"（商山四隐士）画题的诗，金有1首，元有21首，明有11首。这种情况虽然不足以说明宋、金两朝是"圣代无隐者，英灵尽来归"，但是完全可以看出元代社会是黑暗的。甚至在许多描写明丽景物的题画诗中，也常常流露出诗人退隐江湖的感慨。如张翥的《冯秀才伯学以丹青小景山水求题》：

> 沙禽毛羽新，来往采桑津。
> 野水碧于草，桃花红照人。
>
> 徘徊远山暮，窈窕江南春。
> 芳思不可极，悠然怀钓纶。

像这样的诗篇，在元代题画诗中占有相当大的比重。

第二，反映民族意识的作品多。元代反映民族气节的题画诗主要有三方面：

一是反映宋代皇帝生活的，如王恽的三首《宋太祖蹴鞠图》、吴澄的《题太祖太宗蹴鞠图》、柳贯的《题宋徽宗献寿桃图》等。

二是对历史上有民族气节或复国人物咏叹的，如郑元祐的《题苏武牧羊图》：

> 飞鸿历历度天山，何处孤云是汉关？
> 不滴望思台上血，君王犹及见生还！

又如王恽《跋苏武持节图三首》其三：

> 两行衰泪血沾襟，一节酬恩北海深。
> 卫律有知惭即死，更来游说此何心！

这两首小诗，通过描写苏武思念"汉关"和怒斥劝降的卫律，表现了诗人不满元统治者而追念赵氏王朝的心情。

三是借山水、花鸟画来咏怀的，如倪瓒的《题郑所南兰》。倪瓒同郑所南一样，也是一位很有民族气节的诗人。诗中"只有所南心不改"一句，既表现了郑所南的高尚节操，也是诗人借以自况。所以这首诗不仅是郑所南和倪瓒一生不仕、足不踏权贵之门的生活态度的真实写照，也曲折地反映了在元统治者的残酷统治下，一切有志之士惨遭蹂躏的现实，鲜明地表现了诗人的民族意识。这是一篇不可多得的题咏佳作。

元代后期的杰出诗人王冕善画没骨梅花，他题画的梅花诗一卷也很有名。在这些诗中，他借"墨梅"直抒胸臆，表现了诗人不肯与元统治者同流合污的高尚品格。这样的题画诗，在元代题画诗中还有不少。

这里需要探讨的一个问题是，对元代反映民族气节的题画诗究竟应当怎样评价？元代，特别是宋末元初的许多诗人，在他们目睹祖国大好河山惨遭元兵蹂躏之后而产生的故国之思，实际上是一种爱国主义思想的表现。并且，某些题画诗中所抒发的遁世之情，也应看作在特定历史条件下的一种可贵的民族意识。因此，对这一类题画诗，不仅不能一概加以否定，而且诗中所表现的炽烈的爱国感情，即使在今天也有着积极意义。

第三，反映恬淡的情趣和自然美的作品多。这一类篇章大都是为"天文""地理""山水""名胜""古迹""行旅""羽猎""树石""兰竹""禽""兽""鳞介""花鸟合景""草虫"等画所题的诗。这类题画诗共有2200首以上，约占元代题画诗的三分之二。

在这部分题画诗中，我们虽然既听不到元兵的"车马喧"，也看不见遗民的"行人泪"，但是在诗人笔下，山水含态，花鸟有情，使我们享受到一种"欲辨已忘言"的自然美。如卞思义的《溪山春雨图》：

> 野人结屋临溪上，溪上白云生叠嶂。
> 城中车马自纷纭，朝听樵歌暮渔唱。
> 云林暧霴春日低，小桥流水行人稀。
> 桃花落尽春何处，风雨满山啼竹鸡。

又如杨维祯的《雨后云林图》：

> 浮云载山山欲行，桥头雨余春水生。
> 便须借榻云林馆，卧听仙家鸡犬声。

这两幅山居图，有异曲同工之妙：这里有"桥"，有"水"，有

"云"，有"林"。诗人把一首"静默的诗"（画）巧妙地化为一幅会"说话的画"（诗）[5]。我们似乎听到了潺潺流水和潇潇雨声。那雾遮霭障的山峦，那云起霞飞的美景，给人一种恬淡清新之感。

又如黄潜的《题观海图》：

> 昔年解缆岑江上，初日团团水底红。
> 鼍吼忽摇千尺浪，鹢飞仍挟半帆风。
>
> 遥看岛屿如星散，只谓神仙有路通。
> 及此栖身万人海，旧游却在画图中。

与前两首诗相反，这首诗描绘的是另一种景象：朝阳似火，映红大江；鼍吼鹢飞，排浪挟风。这是一种壮观美。

在元代描写自然景物的题画诗中，大多数篇章都把诗情与画意完美地结合起来，使两者相得益彰。如岑安卿的《题晴川图》：

> 清溪粼粼生浅花，晓日倒射摇金沙。
> 翩然双鹭下危石，玉雪照影无纤瑕。
> 溪边小景入图画，青烟绿树渔翁家。
> 渔翁归来歌未终，鹭鸶忽起芦花风。
> 回眸遥望不可极，但见白玉飞青空。
> 昔年夜宿潇湘浦，彻晓不眠听急雨。
> 解衣曳杖立沙头，何似今朝得容与？
> 长安马寒泥没腹，雪满朝衣冻肩缩。
> 试令援笔题此图，长篇应赋《归来》曲。

这篇作品情景交融，既是一幅"无形画"，又是一首"有形诗"。那流走青空的白云，那倒射金沙的晓日，看似写景，实则借景抒情。诗人把现实中长安的"雪满""马寒"，与图中的绚丽景色加以对比，很自然地引起了"长篇应赋《归来》曲"的感叹！

元代还有一种题画诗，在绘景抒情之中又含有哲理意味，如钱选的

《题浮玉山居图》：

> 瞻彼南山岑，白云何翩翩。
>
> 下有幽栖人，啸歌乐徂年。
>
> 丛石映清泚，嘉木淡芳妍。
>
> 日月无终极，陵谷从变迁。
>
> 神襟轶寥廓，兴寄挥五弦。
>
> 尘影一以绝，招隐奚足言？

这首题画诗虽然远不如宋代某些哲理诗那样深刻，但是贵在把哲理寓于景物的描写之中，使诗情、画意与哲理较自然地融合起来，在给人美感之余，又引人深思，使诗味隽永。

第四，元代题画诗虽然常有曲笔，但某些反映现实的诗篇也不失尖锐而深刻。试看张羽的《题牧牛图》：

> 去年苦旱蹄敲块，今年水多深没鼻。
>
> 尔牛觳觫耕得田，水旱无情力皆废。
>
> 画中见此东皋春，牧儿超摇犊子驯，
>
> 手持鸲鹆坐牛背，风柳烟芜愁杀人。
>
> 儿长犊壮须尽力，岂惜辛勤供稼穑！
>
> 纵然喘死死即休，不愿征求到筋骨。

在这首诗中，诗人用《牧牛图》中春风拂煦、风景宜人的画面与现实中水旱无情、田园荒芜的景象相对比的写法，揭示了自然灾害和残酷剥削给农民带来的苦难。特别是诗的最后两句，诗代牛言，对元代统治者敲骨吸髓的剥削进行了极为深刻的揭露。它不啻杜甫笔下"无食无儿一妇人"那"已诉征求贫到骨"的哀叹！又如袁桷的《硕鼠图》：

> 七尺长身愧负多，清时空食几囷禾？
>
> 营营苍鼠才分寸，不奈诗人总谴诃！

《硕鼠图》是《诗经·魏风》中《硕鼠》的诗意图。诗与图都是讽刺

"硕鼠"即剥削者的。而这首题画诗却抛开其比喻义，就真硕鼠展开议论，说某些"七尺长身"者空食仓粟，远比"苍鼠"更可谴责。表面上看，诗人似乎对"苍鼠"采取同情态度，但实际上此诗不仅与《硕鼠》诗、《硕鼠图》同一机杼，而且感情更为激愤，批判更为深刻，其矛头直指统治者。

又如顾舜举的《墨菜》：

> 朱门尽日多珍味，贫士穷年只菜羹。
> 请语当朝食肉者，由来此色在苍生。

此诗言简意深，揭示了封建社会贫富悬殊、阶级对立的现象。它虽然是化用杜甫的名句"朱门酒肉臭，路有冻死骨"诗意，但仍不失为深刻。诗中的"尽日"、"穷年"和"由来此色在苍生"更是道出了这种极不合理的社会现象的长期性。特别是"请语当朝食肉者"一句，其锋芒所指不避现实，尤为难能可贵。

还有，萨都剌的《题画马图》，鲜明地表达了对战争的厌恶和对和平生活的向往；王冕的《盘车图》，强烈地斥责了统治者对江南人民的掠夺；卢琦的《渔樵共话图》也在一定程度上反映了渔樵"两堪怜"的"生涯"；等等。

第五，在元代题画诗中，一些反映妇女、婚姻生活的作品，笔触入微，角度新颖。

在古诗中，闺怨似乎是常见的主题，但这时期的题画诗却是画外寄意，笔端有情，刻画细腻，别有新意。如王恽的《楼居春望图》：

> 翠敛双蛾底事愁，不缘春去落花稠。
> 归鞍未得朝天信，望断东风燕子楼。

此诗不是写一般的思妇伤春，而是指出"未得朝天信"而使征夫不归，这便把怨情与当朝的穷兵黩武联系起来，而不是无病呻吟。并且诗中还写出了思妇之贞洁。"燕子楼"系用典，白居易《燕子楼三首·序》云："徐州故张尚书有爱妓曰盼盼。……尚书既没，归葬东洛，而彭城有张氏旧第，第中有小楼名燕子，盼盼念旧爱而不嫁，居是楼十余年。"还有一些题画诗写幽居深宫女子的苦情，也很感人。吴镇的《周文矩十美图》说：

> 有女联翩巧样妆，能将歌舞动君王。
> 谁言金屋风光好，雨滴苍筠漏更长。

此诗以乐写哀，倍增哀伤。美女装扮入时，联翩起舞，似乎很欢乐；但舞罢归来，长夜难眠，心中有不尽的苦闷。安熙的《钱雪溪宫人图》则是写有夫之妇身入深宫后与丈夫音讯渺茫，只能望云思念，其诗是：

> 露冷月华白，悠悠方寸心。
> 夫君渺何许，怅望碧云深。

此诗不仅委婉地抒写了宫人之哀伤，而且揭示了帝王的荒淫与残暴。较之前一首诗更为深刻。

在封建社会，对妇女的最大摧残莫过于束缚其身心的礼教，张昱的《题鹦鹉仕女图》说：

> 美人应自惜年华，庭院沉沉锁暮霞。
> 只有旧时鹦鹉见，春衫曾是石榴花。

诗人把仕女比作被锁在链条上的鹦鹉，只能供人们玩赏，毫无人身自由。深深的庭院锁住的不是"暮霞"，而是妇女的青春年华。因此，自由的夫妻生活分外值得珍惜。朱德润的《雪竹双雉图》便以"双雉"作比，写了这方面的内容：

> 雪压林梢竹倒垂，石边双雉欲惊飞。
> 天寒野静寻余粟，犹胜樊笼刺锦衣！

在雪压竹林的严寒中，雉鸟虽然无处觅食，但有双栖双飞的自由，而较之被锁于外罩刺绣锦衣的樊笼中要胜过多少倍！这既是对自由的歌颂，也是对戕害自由的樊笼的控诉。

在元代翎羽类题画诗中，有许多作品是赞美鸳鸯、双雁、白头鸟的。这表达了诗人对夫妻和美生活的向往，如贡性之的《题画白头双鸟》：

> 笑杀锦鸳鸯，浮沉浴大江。
> 不如枝上鸟，头白也成双。

此诗并非意在贬斥成双成对的鸳鸯，而是为了赞叹白头鸟白头偕老的品格，以斥世上夫妻中道反目。人们的传统意识是赞美终身相守的鸳鸯，而反对始乱终弃的。因此，虞集的《双鸳图》说："戢翼石梁阴，秋风日夜深。使君莫行野，江水荡人心。"此诗显然是借"双鸳"来劝诫人们见秋江之鸳鸯不要心荡神迷。

应该说，画图表现男女情事本身就很有局限，而题画诗虽可加以生发，但可表现的空间也不大。在这种情况下，元代的题画诗能多方面地表现妇女、婚姻的主题，当受到称许。

元代题画诗的价值还表现在，对研究元代书法、绘画艺术的发展，也有参考作用。好的题画诗，"千载见题如见图"。特别是对某些今已失传的名贵画卷，为它所题的诗则是研究这幅画的重要资料。

毋庸讳言，在元代题画诗中也有相当数量毫无价值的作品。尤其是某些酬赠、应诏之作，不仅无聊，而且有消极作用。除此之外，元代有些题画诗内容贫乏，缺少寓意；辞藻雅丽，诗味不多。这些弱点的产生，除了社会原因和诗人的主观因素外，也与绘画艺术有很密切的关系。元代绘画所取的题材非常狭窄。当时许多画家为了表现一种"清淡闲雅"的情趣，选材除了梅兰竹菊、云烟山景之类外，其他景物在他们笔下是少见的。受此影响，题画诗所题咏的内容不外乎山水、花草、枯木竹石等。

总之，元代题画诗虽然有许多无病呻吟或表现闲情逸致的作品，但是也确有一些在文学史、美学史上闪光的诗篇。

注　释

〔1〕参见徐书城：《线与点的交响诗——漫谈传统山水画的美学性格》，《美学》1980年1期。

〔2〕沈叔羊：《谈中国画》，人民美术出版社，1980，第45页。

〔3〕参见拙作《杜甫不是题画诗的首创者——兼论题画诗的产生与发展》，《辽宁大学学报》（哲学社会科学版）1982年2期。

〔4〕吕振羽：《简明中国通史》下，人民出版社，1959，第685页。

〔5〕西塞罗：《修辞学》第四卷28章，罗勃本，第326页，转引自钱锺书：《旧文四篇》，上海古籍出版社，1979，第6页。

第二十一章

元代初期题画诗

第一节　元代初期题画名家

　　元代初年的诗人大多经受过长期的战争蹂躏和遭受过种族歧视，内心充满了抑郁与不平。他们在痛苦中常常题画或咏物以抒怀，曲折地表达自己的思念故国之情，间接地揭露统治者的残暴和人民的苦难。在这些题画诗人中，刘因、王恽、鲜于枢、邓文原、吴澄等便是其中的杰出代表。

　　刘因（1249—1293），字梦吉，号静修，雄州容城（今属河北）人。他是元初著名的题画诗人。元世祖至元十九年（1282）被征召入朝，不久即借口母老多病，辞官还家。至元二十八年（1291）又被召为集贤学士，他坚辞不就，隐逸山林，授徒以终。刘因是元代著名理学家，但文学成就最为突出，诗、文、词都为时人所推重。刘因也能画。

　　刘因作诗主张要有师承。他推崇韩愈，也倾慕元好问。其诗风极似元好问，七言古诗气势磅礴，雄奇峭丽。某些诗有韩愈诗之余韵。他的题画诗也崇尚雄浑刚健、沉郁悲壮的风格，绝少恬淡清新之作。有《丁亥集》《静修续集》《静修遗诗》等，存题画诗80余首。

　　刘因是元人，但他终不肯仕元。在他的身上，烙印着双重国籍，即宋与金，而不是元。他始终把自己看作宋金遗民。自己的祖辈、父辈皆土生土长在这块土地上。其祖父刘秉善于贞祐年间曾随金室南迁。金亡之际，其父刘述举家北归，拒辞征辟，潜心性理之学，是一位忠于金室的遗老。这对刘因影响很深。他在《书画像自警》中言："所以承先世之统者，如是其孤。"先世之统即其父忠于金室的气节。无疑金朝是他的第一故国，但他的根在宋朝，他的家族又是由宋入金的遗民。因此，在刘因的题画诗中，怀念故国是重要的主题之一。他先后为宋代皇帝图画题诗5首，其中有《宋理宗书宫扇并序》《宋理宗南楼风月横披二首》《宋徽宗赐周准人马图》《宋高宗题李唐秋江图》等。为金太子绘画题诗4首。在这些题诗中都表达了深深的故国之思和丧国之痛。试看《宋理宗书宫扇并序》：

> 杭州宫扇二，好事者得之燕市。一画雪夜泛舟，一画二色菊。理宗题其背，有"兴尽为期"及"晚节寒香"之句。诸公赋诗，予亦同作。

> 天津月明啼杜鹃，梁园春色凝寒烟。
> 伤心莫说靖康前，吴山又到繁华年。
> 繁华几时春已换，千秋万古合欢扇。
> 铜雀香销见墨痕，秋去秋来几恩怨。
> 一声白雁更西风，冠盖散为烟雾空。
> 百钱袜锦天留在，祸胎要鉴骊山宫。
> 当时梦里金银阙，百子楼前无六月。
> 琼枝秀发后庭春，珠帘晴卷天门雪。
> 棹歌一曲白云秋，不觉金人泪暗流。
> 乾坤几度青城月，扇影无情也解愁。
> 五云回首燕山北，燕山雪花大如席。
> 雪花漫漫冰峨峨，大风起兮奈尔何？

此诗写诗人见宋理宗两幅扇画生感，历数历史上兴衰之事，从靖康之耻上溯到汉唐废替，无论是"天津月明啼杜鹃"还是"金人泪暗流"，无不透出亡国之哀伤。但刘因并不仅仅停留在对这种悲伤的感叹中，而是以冷静的眼光看待宋朝衰亡的原因。作者将遗有理宗墨迹的宫扇与历史的变迁交汇，一首诗中几次空间互换，时间互转，物情交错，宫扇、理宗题字、扇面画以及发现宫扇的地点——燕市——等的出现，使诗歌所表达的思恋、怨愤和伤痛之情层层跌宕，惹人深思。

刘因这种怀念故国的感情，也常常借金朝太子的画作加以抒发。他在《金太子允恭唐人马》中说："英灵无汗石马复，悲鸣真似泣金仙。"在《金太子允恭墨竹》中又说："手泽明昌秘阁收，当年缇袭为谁留。露盘流尽金人泪，应恨翔鸾不解愁。"一说"悲鸣真似泣金仙"，一说"露盘流尽金人泪"，这同李贺当年"寄其悲于金铜仙人"一样，所抒发的也是一种交织着亡国之痛和身世之感的凝重感情。

刘因在政治上与元统治者采取不合作的态度，并不等于他对政治不关注。相反地，在他的题画诗中，我们可以强烈地感受到他对社会和人民的关心。他在《里社图二首》其二中说："乱后疲民气未苏，荒烟破屋半榛芜。平生心事羲皇上，回首相看是画图。"这首诗既表达了对现实的不满和对战乱中人民的同情，又表达了他美好的生活理想。

刘因在题画诗中，也常常抒发隐逸之情，但他与历史上一般隐逸诗人有所不同。他既不是因仕途坎坷而向往超脱尘世的生活，也不是为了追求高雅的林泉情趣；而是在阅尽沧桑、感叹兴亡之后自我政治态度的表白，其中既有哀伤又有愤懑，既有批判又有抗争。试看其《明河秋夕图》：

> 明河淡淡纵复横，行云悠悠度疏星。
> 凤媒不来乌夜惊，琼枝玉佩迟所托，画中隐隐闻机声。
> 秋来秋去今犹古，此恨不随天宇青。
> 昆仑西头风浪平，办我一舟莲叶轻。
> 浩歌中流击明月，九原唤起严君平，人间此水何时清？

虽然这首诗的结尾处要"唤起严君平""浩歌中流击明月"，诗中的"恨"表面也指传说中的牛郎、织女不得团聚，但实际上诗人所"恨"远不止于此。一句"人间此水何时清"，既道出了他对现实的不满，又道出了他心中的企盼。他的《采石图》也有寄意：

> 何年凿江倚青壁，乞与中原作南北。
> 天公老眼如看画，万里才堪论咫尺。
> 峨眉亭中愁欲滴，曾见江南几亡国。
> 百年回首又戈船，可怜辛苦矶头石。
> 江头老父说当年，夜卷长风晓无迹。
> 古人衮衮去不返，江水悠悠来无极。
> 只今莫道昔人非，未必山川似旧时。
> 龙蟠虎踞有时歇，月白风清无尽期。
> 古人看画论兵机，我今看画诗自奇。
> 平生曾有金陵梦，似记扁舟月下归。

采石矶在今安徽当涂县西北，牛渚山北突入江中之矶，为长江最狭之处，历代为兵家必争之地。诗人看了《采石图》之后，抚今追昔，感慨万千，便写下了这首题画诗。诗人说："古人看画论兵机，我今看画诗自奇。"那么此诗"奇"在何处呢？一是在浓郁的抒情中言古，又在似论非论中言理，其中充满了理学家特有的思辨与睿智；二是古今交错，既以今观古，又不是一般地以古非今，而是以反诘语出之："未必山川似旧时"，在不经意中抒发故国之思；三是将诗画合论，生发出独到的诗、画见解，给人以耳目一新之感。

刘因题画诗的另一主题是反映他"静以修身"的避世隐居生活。他由衷倾慕"千古隐逸之宗"陶渊明。他在《采菊图》诗中取陶渊明《饮酒》诗意，再现画家的本意。诗歌在与现实尘世的对比中诠释画家和自己的思想："天门折翼不再举，袖手四海横流前。"刘因是站在宋元战事纷争、社会混乱的背景下欣赏《采菊图》的，且格外地强调了这一点，因此才有了"庙堂衮衮宋元勋，争信东篱有晋臣"的感叹。在时世变迁中，他看到的不是赫赫功劳，而是"南山果识悠然处"的欣慰自得，是"羲皇天"的万古长存。在《戏题李渤联德高蹈图四首》中，诗人表达了高蹈山林、自由洒脱的心情。同时认识到，追求自由清闲是人的天性，属"伦理"的范畴："伦理天生有自然，莫言家累损清闲。""诸生课罢弄烟霞，纺绩乘闲为煮茶。"将闲情寓于生活之中，充满了生活的情调和现实的意味，因此他没有回避闲情与贫困这一不可避免的矛盾，但在诗中他是以乐观豁达的态度对待这一矛盾的。

刘因题画诗的艺术风格同他的其他诗基本一样，多豪迈不羁之气。他善于用壮观开阔之景表现悲壮刚健之情，如万里江流、千里龙沙、吞天的秋江、横流的四海、怒号的江声、如雷的朔风等。在表现个人情感时，总是以故国衰亡和历史变迁为情感背景。这种艺术特点不仅在题画马题材诗中体现明显，而且在许多为山水、隐逸画题诗中也表现俱足，如《宋高宗题李唐秋江图》："秋江吞天云拍水，涛借西风挟不起。断云分雨入江村，回首龙沙几千里。澹庵老笔摇江声，仿佛阿唐惨淡情。千秋万古青山恨，不见归舟一叶横。"并且他的这种豪宕的艺术风格又往往与恬淡清新的特点交混在一起，有着内在联系，即使以隐逸为题材的题画诗也是这样的。请看《归去来图》：

> 渊明豪气昔未除，翱翔八表凌天衢。
>
> 归来荒径手自锄，草中恐生刘寄奴。
>
> 中年欲与夷皓俱，晚节乐地归唐虞。
>
> 平生磊磊一物无，停云怀人早所图。
>
> 有酒今与庞通沽，眼中之人不可呼，哀歌抚卷声呜呜！

陶渊明的人格和艺术风格，原本就有多重性，清龚自珍说："陶潜酷似卧龙豪，千古浔阳松菊高。莫信诗人竟平淡，二分《梁甫》一分《骚》。"（《定庵文集补》）鲁迅也曾指出："除论客所佩服的'悠然见南山'之外，也还有'精卫衔微木，将以填沧海。刑天舞干戚，猛志固常在'之类的'金刚怒目'式。"（《且介亭杂文二集·"题未定"草（六至九）》）刘因所看重的，正是后者。因此，这首题画诗也写得豪气"未除"，萧散不羁，既写出陶渊明的另一面，也体现了刘因的这种特殊艺术风格。

王恽（1227—1304），字仲谋，号秋涧，卫州汲县（今河南卫辉）人。官至翰林院学士，知判诰。一生仕宦，刚直不阿，是元代著名谏臣。早年

王恽

曾师事元好问，其诗笔力坚深，文辞典丽。善书，与东鲁王博文、渤海王旭齐名。是元代书史上重要人物。据王恽《书画目录》自序，王恽与秘书监监事张易为旧友。秘书监是元代至元九年（1272）设立的掌管历代图籍与阴阳禁书的行政机构。王恽调官京都后，得秘书监监臣张易职务之便，入秘书监"与左山商台符叩阁披阅者竟日"，"怡然有所得，冲然释所愿，精爽洞达，滞思为一摅"。每有赏画，多作题跋，并且身为元代中央文化机构之显官，题跋酬赠之需颇多。其在《跋自书训俭文后》自言："乐为笔之初，不计其工拙。"但此书写的训俭文是用来"置诸座右"的，其地位之重当能窥见王恽书法之功力。所题绘画作品有山水景物、花鸟兽虫、鞍马人物画等，众科皆备。时代跨越唐宋金元等，古今皆及。这当是他所作题画诗数量之大的重要原因之一。

王恽有诗文集《秋涧先生大全文集》共100卷，存题画诗400余首，是元代题画诗最多的题画诗人之一。

王恽也是由金入元的汉族诗人。其家乡卫州曾是金朝的领地，1234年蒙古灭金后，彻底沦为元朝管辖。时年，王恽尚年少。他虽然亲身经历国破家亡的社会变迁，但由于他所信奉的"道"与刘因不同，他是以治国平天下为自己秉承之"道"的，所以一生入仕。这与刘因所遵循的遁迹山林为己"道"截然不同。因此，他的题画诗很少流露亡国之痛。如《韩幹画照夜白图四首》其二说：

缨绂骍衣一色红，玉华光照苑门空。
昭陵六骏秋风里，辛苦文皇百战功。

诗中写的是唐马的光鲜和气势以及赞美唐文宗的百战功。《韩幹画照夜白图四首》其四也只是为了以古鉴今，其诗是：

政捐金鉴九龄归，声色糊涂醉不知。
天意种深天宝祸，故生尤物配妖姬。

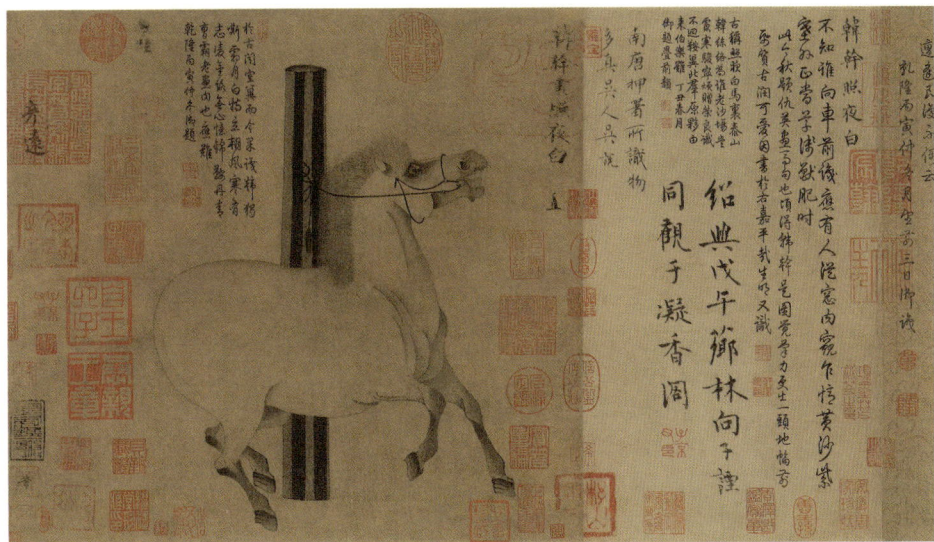

《韩幹画照夜白图》

唐代宰相张九龄曾著《千秋金鉴录》，述前世兴废之源；但不被采纳，后罢相而归。这是因为唐玄宗李隆基沉湎于声色而荒废朝政，最后遭致天宝之乱。但诗人又将此归罪于宝马、妖姬，也陷入"女人是祸水"之说。

在王恽的题画诗中即使偶有故国之思的诗作，也极为理性，如《题烟江叠嶂图二首》：

> 楚水吴山万里秋，风帆吹饱北来舟。
> 应怜满眼新亭客，空对江山双泪流。
>
> 江上晴岚万叠山，几缘亡国带愁颜，
> 而今一统无南北，满意风烟送往还。

诗人似乎站在局外来看待和感受"新亭对泣"的遗民悲伤，这样的悲伤不免大为减色。他又以江山之"晴岚"象征元朝统一南北之功，这便否定了江山的"愁颜"。

王恽的题画诗多为花鸟、山水画而题。这些诗虽然不关涉时政，但其美学价值也不可忽视。如《题香山寺画卷》：

送客当年过玉泉，醉中游赏得奇观。

一泓湛碧浮僧钵，几叶秋黄打石阑。

山色空濛金界湿，松声清泛海波寒。

吟鞭回首都门道，斜日归时翠满鞍。

这首诗描绘了香山寺真实、鲜活的自然景观，将色彩、声音等叠加于感观，给人以身临其境之感，使这幅画卷不仅具有立体感，而且充满了生命的活力。再看他的《题钱舜举画梨花》：

披西千树闹春华，莫把芳容带雨夸。

看取一枝横绝处，洗妆还是汉宫娃。

此诗是写春雨后的梨花。虽然"莫把芳容带雨夸"一句似从白居易的名句"梨花一枝春带雨"中化出，但却突出了梨花美丽、洁净、朴素的特点，并使人感受到美景带来的愉悦。这不由让人想到了赵孟頫的《题钱舜举着色梨花》。同是以花喻人，王诗重在写实，意在表现梨花雨中之美丽；而赵诗似梦如幻，花人不分，都具有较高的审美价值。

王恽这类题画诗大多以写景见长，风格清丽，如《题张梦卿双清图》："淡妆疏影两依依，点缀横斜画总宜。恰是孤山篱落畔，小溪如练月如眉。"但也有寄意之作，如《李夫人画兰歌》中说：

淡轩托物明孤洁，五十年来抱霜节。

固知色相皆空寂，妙得于心聊自适。

仿像湘娥倚暮花，黄陵庙前江水碧。

生平佩服真赏音，升闻紫庭非素心。

唤起谪仙摇醉笔，为翻新曲泻瑶琴。

王恽为官刚正清廉，在监察御史任上，曾"论列百五十余章，权贵侧目。出为平阳路判官"[1]。后召至京师，仍上书极陈时政。因此，诗中所说的"孤洁"和"五十年来抱霜节"，当是自表心迹。

鲜于枢（1246—1302），字伯机，祖籍渔阳（今天津蓟州区），生于汴梁（今河南开封）。至元间，以材选为浙东宣慰司经历，改江浙行省都事。意气雄豪，奇崛不凡。至元二十四年（1287）遭贬。后于西湖虎林筑室，曰"困学之斋"，自号"困学民"，又号"直寄老人"。闭门谢客，研读以终。大德六年（1302）起用任太常寺典簿，未到任而卒。鲜于枢能诗善书，精于书画、名物的鉴定。鲜于枢还曾作画。《铃山堂书画记》存其《诗画》目。有《困学斋集》传世。《元诗选》二集鲜于枢小传云："每晨出则载笔椟，与其长廷争是非。一语不合，辄飘飘然欲置章绶去，渔猎山泽间而后为快。轩骑所过，父老环聚指目曰：'此我鲜于公也。'及日晏归，焚香弄翰，取数十百年古鼎彝器，陈诸阶除，搜抉断文废款，若明日急有所须而为之者。宾至则相对吟讽林竹之间，或命觞径醉，醉极作放歌怪字，亦足自悦，见者以为世外奇崛不凡人也。"[2] 就其书学而言，最初是由金、元北方书家而来，后入晋唐之书。小楷法钟繇，草书师怀素。因此，他的书法多雄健恣肆之风，纵横挥洒之势，极具个性。被时人称为："带河朔伟气，每酒酣骜放，吟诗作字，奇态横生。"鲜于枢擅楷书与行草。尤以草书成就最高，最富个性。善书大字，愈大愈见其雄豪奇放之气；但小字受其雄豪强横书风的影响，骨力有过而韵致不足，气势有余而神态不足。

　　鲜于枢的题画诗多为山水画而题，基本主题也是表现林泉之志和隐逸之情。其艺术风格却与一般山水诗的恬淡幽远不同，而是恰如其人其书，奇崛雄放，不拘一格。如其长篇题画诗《范宽雪山图》：

> 前山积雪深，隐约形体具。
> 后山雪不到，槎牙头角露。
> 远近复有千万山，一一倚空含太素。
> 悬崖断溜风满壑，野店闭门风倒树。
> 店前二客欲安往，一尚稍前一回步。
> 仲冬胡为开此图，寒气满堂风景暮。
> 荆关以后世有人，几人能写山水真。
> 李郭惜墨固自好，晻霭但若浮空云。

岂如宽也老笔夺造化，苍颜万仞手可扪，匡庐彭蠡雁荡穷海垠。

江南山水固潇洒，敢与嵩高泰华争雄尊。

宽也生长嵩华间，下视庸史如埃尘。

乱离何处得此本，张侯好事轻千缗。

我家汴水湄，境与嵩华邻。

平生亦有山水癖，爱而不见今十春。

他日思归不可遏，杖藜载酒来敲门。

这首诗是为范宽《雪景寒林图》（简称《雪山图》，现藏于天津博物馆）而题。范宽长期居住于终南、太华山的林麓间，摹画千岩万壑，尤以写雪景著称。诗人较为细致地描绘了雪中山景和"店前二客"，并以荆浩、关仝、李成、郭熙等著名山水画家作陪衬，与江南山水作比较，突出其北方山水画派之特点，即笔夺造化、风骨雄奇。

鲜于枢的题画诗在品评绘画上也有独道的见解，这对于我们研究古代名家绘画有重要的参考价值。他在《题董北苑山水》中说：

后来仅见僧巨然，笔墨虽工意难似。

想当解衣盘礴初，意匠妙与造化俱。

诗人将董源与巨然作了比较，认为巨然之"画意"难敌董源。董源山水"阴崖绝壑雷雨黑，苍藤老木蛟龙怒。岸石荦确溪涧阔，知有人家入无路。一重一掩深复深，危桥古屋依云林"，巨然画则"万顷烟波两棹横"（《僧巨然画》）。完全不同的两种意境。前者有奇伟峥嵘的高远之势，后者则有烟岚轻漫的平远之韵。尽管董源、巨然在后世被相提并论是因其画风的一致，即如沈括《图画歌》云："江南董源僧巨然，淡墨轻岚为一体。"但两人的画风仍有所不同。如《宣和画谱》卷十一言董源："下笔雄伟，有崭绝峥嵘之势，重峦绝壁，使人观而壮之。"董源山水确有雄浑的一面，其水墨山水大多"峰峦出没，云雾显晦"（米芾《画史》）。巨然则画学董源。夏文彦《图绘宝鉴》谓："得董源正传者，巨然为最也。"与董源江南水墨山石树木的轻淡秀润相比，巨然对山石岚气清润、林木清润秀拔的渲染更见成熟与完美。其取景多峰峦叠嶂，尽山中之自然景趣，而少人物的点缀，较之董源山水更显清幽寂寥，与其"万倾烟波两棹横"的布景意图一样，皆意在更大程度上的绝去尘世。这正是后人从其图画中读出的文人意味，更适合于标清绝俗的理想境界。又《宣和画谱》评巨然画："于峰峦岭窦之外，下至林麓之间，犹作卵石、松柏、疏筠、蔓草之类，相与映发，而幽溪细路，屈曲萦带，竹篱茅舍断桥危栈，真若山间景趣也。"对山林景物的关注可谓细致入微，虽不失为一种自然山林之趣，但较之董源着意于"绝涧危径，幽壑荒迥"的描写，则显得过于烦琐。尽管巨然善于运用大山峻岭作为图画的主体构架，但对山中小景的过于关注势必影响画面整体的气度，有局促柔媚之嫌。就鲜于枢所谓巨然"笔墨虽工意难似"而言，如果与董源山水相比较的正是他见到的巨然的"万倾烟波"图，那么鲜于枢的审美理想便已清晰可见。即使不是这幅"万倾烟波"图，从以上分析也可看出董、巨画中确实存在着些微气度上的差别。因此，不难理解，在题范宽、董源、高克恭的图画时，鲜于枢都采用了抑彼扬此的方法，就其绘画技巧进行了着意的赞赏。而在题巨然画时，只是就图画的主题进行了阐发。鲜于枢的这种审美追求与当时书画界的状况及理想模式多有不合之处；但仍不失为一种个性体现，这也是他的题画诗的可贵之处。

邓文原（1258—1328），字善之（一字匪石），绵州（今四川绵阳）人。宋末，应浙西转运司试，中魁选。入元，官至集贤直学士，兼国子祭酒。政绩卓著，为官清廉，为一代廉吏。其文精深典雅，其诗简古而丽逸。邓文原擅行、草书。与赵孟頫、鲜于枢齐名，号称"元初三大书法家"。有《素履斋稿》，存题画诗74首。

邓文原

在邓文原的题画诗中，有相当多的是对时光流逝的感叹，时间意识很强。在他的《梁贡父学士江行阻风图》《松雪墨梅》《题李思训寒江晚山图》《王晋卿蜀道寒云图》等诗中，既有对流光岁月的惆怅，也有对生命短暂而时间永恒的感受和认识。这种认知的结果，一种选择是遗世行乐，如在《题高尚书夜山图》中说："回思图画时，岁月倏已往。山川更晦明，阴阳递消长。人生何独劳，局促老穹壤。"而在《题丁氏松涧图》中说："苍松手植经几年，灵虬夭矫今参天。"时间流逝，使他不胜感慨，面对"人间金碗事堪疑"（《赵孟坚水墨双钩水仙长卷》），"世间万物有时易"（《唐子华云松仙馆图》）的沧桑变化，便是远离尘世、独守清幽。这是他的第二种选择。他在《王维高本辋川图》中说：

> 辋口风烟春日迟，浅沙深渚带东蓄。
>
> 红杏花开翔白鹤，绿杨丝袅逗黄鹂。
>
> 山云寂寂入寒竹，野露瀼瀼裛嫩葵。
>
> 谁似右丞清绝处，千秋一士更何疑。

这种王维式的田园生活，既可享受人间的清乐，又可满足自己的隐逸志趣。

邓文原虽然不是画家，但对绘画有很高的鉴赏力，并在题画诗中常常谈及绘画创作的方法和标准。他在《题丁氏松涧图》中说："清池斗绝涵倒景，神运直自疏凿先。"强调艺术创作要出于自然，而不要刻意雕饰。在《文湖州竹二首》其二中说："此老墨君三昧，云山发兴清奇。"强调水墨云山，要做到"发兴清奇"。在《题高房山墨竹图》中说："人才有我难忘物，画到无心恰见工。"强调凝神忘我，才可领悟绘画的最高境界。在《王摩诘春溪捕鱼图》中说："若人笔端斡元气，万顷烟涛归咫尺。"强调笔势和"元气"，开石涛"一画论"之先声，等等。

邓文原的题画诗风格疏朗飘逸，有唐诗之遗音。这既与他的题画诗多为花鸟、山水画而题有关，也和他为人淳正、心无芥蒂有密切关系。邓文原的题画诗均为他题，可谓全是"为人作嫁"，并且数量颇多，约占其全部诗作的65%。从这个角度来说，他当是一位专业题画诗人。他所品题画的画家上至东晋的顾恺之，下至与他同时期的赵孟頫，所涉及的画家40余人。这对于研究自东晋以来的历代著名画家和画品具有重要的参考价值。从形式上看，邓文原的题画诗喜用七言，并且多为七言律诗和绝句，代表作如《题子昂马图》：

奔腾骏骨云路长，萧洒神鬃风露凉。

沙场春牧草肥雨，野嶶秋嘶枫陨霜。

三关战士黄金甲，五陵侠客红丝缰。

朝羁暮络只肠断，华山烟树遥苍苍。

这首题画马的诗虽然格律严谨，对仗工稳，但并无寄意。不过，诗人不滞于画面，而是着重写马的形象，并以人衬马，也较为生动。

吴澄（1249—1333），字幼清，晚称伯清，尝居草屋，故又被称为"草庐先生"。抚州崇仁（今属江西）人。历任国子监丞、翰林学士、经筵讲官等。是元代杰出的理学家、经学家、教育家。擅诗文。有《吴文正公全集》。

吴澄所作题画诗不多，但也占其诗歌的近四分之一。并且所题绘画涵盖人物、鞍马、山水、花鸟等众多画种。其题画诗的特点是：简洁而极富含蓄，工巧而不失于雕饰。既有理学家的深思，又具有诗人的情致。如《题渔舟风雨图》：

吴澄

蓑笠寒飕飕，一篙背拳曲。

有人方醉眠，酒醒失茅屋。

这首诗用极为简洁的笔法描绘了寒风摧毁茅屋的画面，既有飕飕的风声，又有撑篙人曲臂弓腰的姿态，而有人酒醒失屋，更令人生叹。在短短四句诗中，从写风起之凛冽，到风后之破坏力，都给人留下深刻印象，然而不着"风雨"二字，既有概括力，又富感染力。

他的另一首《题倒骑驴观梅图》则是运笔工巧的代表作：

玉妃一笑本无猜，拗性驴儿去不回。

见面可怜交臂失，留情聊复转身来。

月凝绝艳骎骎远，风送清香款款陪。

雪里吟翁吟弗就，过时却与恼痴呆。

诗中生动地描绘了三个形象：绝艳的梅花、痴情的老翁、倔强的驴儿。三者情态各异，极具个性。玉妃一笑、驴儿离去、老翁转身，三个动作形成了顺承式的因果关系，串联成了一个极富幽默色彩的故事，其中固执的驴儿是核心，它使得梅花含笑的妩媚带上了戏谑的情调，更具有了人格化的性格。同时，它又自然地使得骑在背上的主人对梅花玉妃的情感染上了"痴呆"的色彩。这里的植物梅花、动物驴儿不仅是被作以人格化的装饰，而且他们和老翁的性格具有了喜剧化的趣味。如此，一幅平面的图画活跃了起来。三个动词在诗中虽有着顺承的关系，表现出了时间的顺序性，但"笑"和"转身"却各自具有动作的瞬间性和强烈的动作感，具有画面的凝固性，可以为画笔所捕捉。至于驴儿的"去不回"，则在前后两个动作所暗示的方位中也具有了明确的动作意味。诗歌后四句则重点着墨于画面的主角：痴情的老翁。驴儿越走越远，美丽的梅花渐渐地模糊，但老翁却自我安慰地假想梅花玉妃的清香一直陪伴在自己身边。这又是怎样的痴情？这使读者的视线从调侃幽默的氛围中走了出来，不免感动于老翁的痴情。但老翁在恋慕梅花玉妃时吟诗不成，事后却为曾经的痴迷自我嘲讽和气恼，诗歌这样的结尾却又使人回到了先前的风趣中，不觉捧腹大笑。在《倒骑驴观梅图》中，诗人引发出了一个情感一波三折、情节生动喜人的故事，确实可以看出诗人的"巧思"[3]。

但在吴澄的题画诗中像这样含蓄蕴藉的诗并不多，而大部分题画诗只是客观地描绘画中风景或人物，缺少寄意。他往往将题画诗的创作原则定格为对画中图景和画家感受的再现，很少抒发个人的主观情感。

第二节　元代初期其他题画诗人

许衡（1209—1281），字仲平，号鲁斋，河内（今河南沁阳）人。得程朱理学书，日相讲习，慨然以斯道为己任。不愿为官，曾多次请辞。直至元世祖至元七年（1270），拜中书左丞，但内心一直充满矛盾。有《鲁斋集》，存题画诗3首。他的题画诗较为真实地反映了这种心情，如

《风雨图》：

> 南山已见雾昏昏，便合潜身不出门。
> 直到半途风雨横，仓皇何处觅前村！

这首诗以比兴手法，剖析自己的情怀，颇有兴味。诗人以南山雾昏喻世道之纷乱，以欲"出门"的犹豫，喻士子的入世与出世的矛盾心理，并设想一旦"出门"遇风雨则悔之晚矣。这是诗人为官前进退两难心理的反映，也是元初多数宋金遗老矛盾心理的生动写照。这也正如他在《学题武郎中桃溪归隐图二首》其二中所说的"又爱功名又爱山"。

仇远（1247—1326），字仁近（一字仁父），号近村，又号山村民，后被称为山村先生。钱塘（今浙江杭州）人。宋咸淳中，诗歌与白珽齐名于吴下，并称"仇白"。入元，被强迫起任溧阳州学教授，又转任杭州知事。后罢归，居家钱塘。仇远为元代文学家、书法家。也工于绘画。有《金渊集》，另有清项梦昶编辑的《山村遗集》。

方凤在《仇仁近诗序》中说："仇远作诗，近体学唐人，古体效法《文选》。"仇远的题画诗多为山水竹花等画而题，格调温婉，诗意含蓄。他生于乱世，诗中不时流露出对国家兴亡、人事变迁之感慨。如《题高房山写山村图卷并序》：

> 大德初元九月十九日，清河张渊甫贰车会高彦敬御史于泉月精舍，酒半，为余作《山村图》，顷刻而成，元气淋漓，天真烂漫，脱去画工笔墨畦町。余方栖迟尘土，无山可耕，展玩此图，为之怅然而已。

> 我家仇山阳，昔有数椽屋。
> 误落尘市间，读书学干禄。
> 井枯灶烟绝，况复问松菊。
> 如此五十年，一出不可复。
> 高侯丘壑胸，知我志幽独。
> 为写隐居图，寒溪入空谷。
> 苍石压危构，白云养乔木。

向来仇池梦，历历在我目。

何哉草堂资，政尔饭不足。

视吾吾尚存，吾居有时卜。

此诗为元代著名画家高克恭的《山村图卷》而题。他与高克恭志趣相投，正所谓"高侯丘壑胸，知我志幽独"。诗中既写了诗人走出家门"五十年"的经历，也抒发了人世沧桑之感慨。"苍石压危构，白云养乔木"两句，寓情志于景物描写之中，诗人的处境和幽居之意尽在言外，颇耐人寻味。而"何哉草堂资，政尔饭不足"两句，既是对现状的不满，也是对往昔生活的怀念。如果说这首诗的故国之思尚不明显的话，那么在《题赵松雪迷禽竹石图》中所说的"百年花鸟春风梦，不是钱塘是汴梁"，则是对大宋王朝的眷恋和追思。

郝经（1223—1275），字伯常，泽州陵川（今属山西）人，有才气，元好问曾从学。元用兵荆鄂，他上书言"宋未可取，不如修德布泽，相时而动"。后元宪宗晏驾，值宋贾似道请和，忽必烈自鄂州引兵还，即位。以郝经为翰林侍读学士，佩金虎符，充国信使入宋通好。而贾似道贪鄂围之解为己功，恐郝经泄其情而将郝拘于真州十余年。元人高其节，以比苏子卿。有《陵川集》，存题画诗4首，都是长篇。其题画诗有一个突出的特点：他身为元臣，却不以国籍、民族论是非。其《唐十臣像歌》，对唐代的贤相、良将、名士、达人等一概称许。在《闲闲画像》中说："泰山北斗斯文权，道有师法学有渊。中华命脉屹不偏，楚妃正色绝纤妍。"这种以"中华命脉"为根的观念，在古代少数民族当权的社会，实为难能可贵。为此他反对不义之战，呼吁"要得猛士建太平，坐令四海皆澄清"（《赵邈龊伏虎图行》）。

戴表元（1244—1310），字帅初，一字曾伯，奉化（今浙江宁波）人。宋咸淳中，登进士乙科，曾任建康、临安教授。后兵乱不仕。元成宗大德八年（1304），除徐州教授，再调婺州，以疾辞。他以文章名重一时，其诗多伤时悯乱、悲忧感愤之词。其题画诗清新而有韵致，气势流畅而跌宕。也间事绘画。有《剡源戴先生文集》，存题画诗近40首。其代表作是

《题李伯时画五马图》：

> 呜呼良马不世出，令人但寻李侯笔。
>
> 五龙忽堕白云乡，海角孤臣看自失。
>
> 太平天子开明堂，前驱麒麟后鸾凤。
>
> 当时此马来万里，想见顾盼生风霜。
>
> 龙眠老仙亦如此，挥毫谈笑群公里。
>
> 官闲禄饱少尘埃，雾阁云窗天上起。
>
> 风流转眼馀山河，人间荆棘何其多。
>
> 临风卷图三太息，此马今存知奈何！

这首诗从"良马"不出世着笔，写到即使"此马今存"，也徒唤奈何，蕴藏着诗人的无限感慨。当年太平盛世，"此马来万里"，"顾盼生风霜"，那时画家也"官闲禄饱"；然而如今山河空在，物是人非，"荆棘何其多"。诗人的故国之思不言而喻。另一首《苏李图》说：

> 塞北中郎雪满头，陇西壮士泪沾裘。
>
> 人生百岁能多少，直至如今说未休。

此诗通过中郎将苏武守节至白头与李陵屈辱投降而悔愧泪下的对比，暗斥变节仕元之文人。是非功过，千载之下，人们评说不休。他还有一些山水类题画诗，如《题东玉帅府所藏潇湘图》等，反映了诗人的隐逸情怀。

袁桷（1266—1327），字伯长，鄞县（今浙江宁波）人，官至翰林待制，集贤直学士，同修国史。他也是元代中期的重要题画诗人。袁桷工书，其快利沉顿似柳公权，因此以画求其题诗者颇多。其题画诗扬清激浊，不失深刻与尖锐，如前文提到的《硕鼠图》。又如《苏武牧羊抱雏图》写苏武含辛茹苦牧羊，见月思乡，恍如梦归，赞叹其爱国深情。

袁桷的题画诗在艺术上似与赵孟頫不同，许多诗意象雄奇，气势磅礴，如《李士弘枯木风竹图》：

狂蛟舞空苍髯挐，双铁蒙顶云交加。

亭亭霜标不受侮，惨淡天籁扶槎牙。

西山古渊人莫测，一柱承天万牛力。

会须截玉化陂龙，拂拭苔光遗剑迹。

枯木本是沉寂的，虽有风竹相伴，也不免缺少生气，然而在诗人笔下，枯木却变成具有"万牛力"的承天柱，"狂蛟舞空苍髯挐，双铁蒙顶云交加"；"风竹"也咬定"西山"，"亭亭霜标不受侮，惨淡天籁扶槎牙"。这般景物足可显见诗人的不凡胸襟和气魄。其《秋江钓月图歌》也极有气势："南山舞空趋翔鸾，北山人立如啼猿。长流东来贯其腹，谓是浙水屈曲万丈之上源。"原图本是描绘山高月小、投竿垂钓的清幽去处，但作者却一反画境，写得壮观雄奇，并联想到《庄子》中任公子钓鱼那白波若山的惊涛骇浪，颇为动人心魄。他的另一首《子昂逸马图》则写得飘逸，有一种超尘拔俗之气韵。总之，袁桷的题画诗与赵孟頫的题画诗在艺术风格上确有不同。

陈深，宋遗民。字子微，别号清泉，平江（今属江苏）人。宋亡后，闭门读书，能书，荐举不出。居所名"宁极斋"。著有诗集《宁极斋稿》，存题画诗7首。其中既有吟咏隐逸之情的诗篇，如《题扇上画》《题画》等；也有为良马鸣不平的题画之作，如《书骏马图》《题唐圉人调马图》等。但他的《内人臂白鹦鹉图》，却为题画诗中之少见。诗中说：

玉环最爱雪衣娘，当时曾得龙颜媚。

璿房雕槛春日长，绣绷娇儿在傍戏。

君王怜汝解语言，怀恩不说宫中秘。

临风鸷鸟何轩轩，叹惜纯良遭猛厉！

茗翁写出当时事，侧立红衫内人臂。

据郑处诲《明皇杂录》(《太平御览》卷九二四) 载，唐开元中，岭南献白鹦鹉，通晓言词，宫中呼为雪衣女。后为鹰所搏而死，葬于苑中，立为冢。此诗不仅刺唐明皇、杨玉环玩物丧志，而且为写"当时事"，竟不惜以人体为画幅，足见其残忍。

程钜夫，名文海，以字行。官至翰林学士承旨。曾诏为参知政事，固辞。居有白雪楼，世称雪楼先生。有《雪楼集》，存题画诗11首。他的题画诗除了反映元初士子的归隐心志外，也有表现渔父生活情趣的作品，如《渔翁图》：

> 渔翁牵纾渔妇纺，膝上儿看掉车响。
> 溪南溪北趁冬晴，水急船多欠新网。
> 祝儿休啼手正忙，网成得鱼如汝长。

这首诗以素描的方法勾勒出一幅渔家生活画卷：水面上船多而缺少新网，为了养家糊口，大人正忙于织网，小儿在看着纺车。但小儿看着听着，他忽然哭起来。渔妇忙安慰说，待网织成给你捕一条像你一样长的大鱼。形象生动，语言通俗，代表了其诗歌平易畅达的风格。此外，他的《上赐潘司农龙眠拂菻妇女图》是描写东罗马帝国妇女生活的诗篇，为古代题画诗中极为少见的题材，颇为新奇。

黄庚，字星甫，天台（今属浙江）人。生于宋末，早年习举子业。后以游幕和教馆为生。其诗风致清远，时有佳作。有《月屋漫稿》。存题画诗3首。试看其《题漂母饭信图》：

> 国士无双未肯臣，汉皇眼力欠精神。
> 筑坛直待追亡后，不及溪边一妇人。

此诗以古喻今，寄寓感慨。"食肉者鄙"，统治者大都目光短浅，不识人才，岂止"汉皇眼力欠精神"？诗人赞美溪边漂母，实讽喻元代最高统治者的昏庸无能。如果说当年萧何追回韩信后刘邦尚有筑坛拜将之举，那么今日统治者又将怎样对待人才？是杀戮，还是禁锢？给我们留下了思考和回味。他的另一首《题东山玩月图》，写东晋政治家谢安隐居东山之陈迹，追溯往事，感而发论，全诗长达350字。诗中既有色彩斑斓的天光水色，"斜阳红尽暮云碧，一片天光涵水色。海涛拥出烂银盘，千里婵娟共今夕"，反映了诗人的闲适之情；又有排山倒海的惊涛骇浪，"老龙翻海云气寒，长鲸卷雪浪花碎。茫茫万顷沧浪中，屹立孤峰锁苍翠"，抒发了诗

人的豪放之气。陶醉在这样的场景中，他不禁感叹人生之短暂："满眼往事转头空，千年人物俱尘土，人生光景若湍流，霜痕易点双鬓秋。"于是决心弃名利而行安乐，"胸中勿着尘俗事，眉间休锁名利愁。"这种思想虽然不免消极，但真实地反映了宋末元初遗民故老的心声。

注　释

〔1〕顾嗣立编《元诗选》初集上，中华书局，1987，第444页。

〔2〕顾嗣立编《元诗选》二集上，中华书局，1987，第201页。

〔3〕以上参见王韶华：《元代题画诗研究》，中国传媒大学出版社，2010，第52页。

第二十二章

艺术天空比翼齐飞的鸾凤：赵孟頫与管道升

在元代中期诗坛上，"始倡元音"者是赵孟頫。他不仅是延祐诗坛上首领风骚的人物，而且是著名的书法家、画家，在书画史上堪称一流的巨匠。由于他兼善诗、书、画，所以也是有元一代最重要的题画诗人之一。其妻管道升，诗书画俱佳，不仅是他生活上的好伴侣，也是其艺术创作上的绝配。夫妻在艺术的天空比翼齐飞，创造了中国艺术史和中国题画史上发展的奇迹。

第一节　赵孟頫艺术人生

赵孟頫（1254—1322），字子昂，号松雪道人、欧波、水晶宫道人。湖州（今属浙江）人。他是宋皇族宗室后裔，先祖为秦王赵德芳。其父与訔曾官为尚书、户部侍郎兼知临安府，家富书画收藏。赵孟頫11岁丧父，深得其母教诲，刻厉攻读。未冠，试中国子监，任真州司户参军。宋亡后，居家治学，明经修行，声名闻达于朝廷。值元朝当政者为加强统治、笼络汉族人才，遍寻宋朝遗逸。至元二十四年（1287），经程钜夫推荐，得到世祖忽必烈赏识，授兵部侍郎，迁集贤直学士，后出同知济南

赵孟頫

总管府，历江浙等地儒学提举。延祐三年（1316）迁翰林学士承旨。三年后辞官归去。再三年，即至治二年（1322）卒。追封魏国公，谥文敏。

赵孟頫入仕三十载，荣际元五朝。这除了他性格持重，在朝堂谨言慎行外，他的学识、品貌无不为元帝所赏识，尤以仁宗眷顾甚隆。如仁宗所言，人不及赵孟頫者有数事："帝王苗裔，一也；状貌昳丽，二也；博学多闻知，三也；操履纯正，四也；文词高古，五也；书画绝伦，六也；旁通佛老之旨，造诣玄微，七也。"[1]事实正是，赵孟頫英姿卓然，才华绝代。书法称雄元代，绘画为元代早期最杰出的代表。

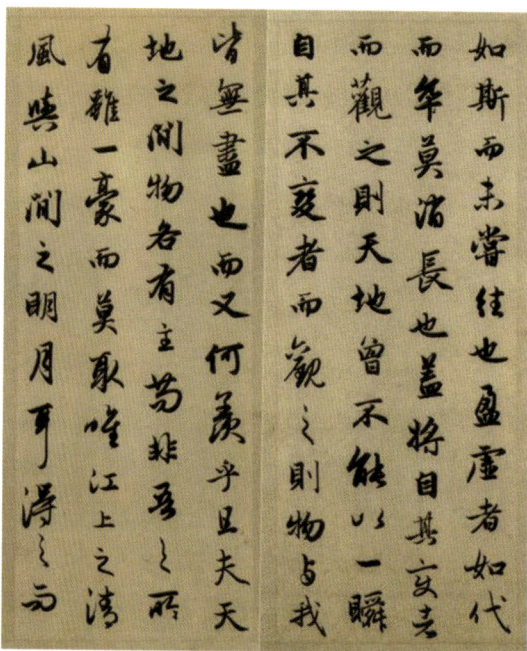

赵孟頫行书

赵孟頫书名最高，为元代书坛领袖。其书法影响了有元一代，形成了赵派书家群体，并波及明朝书坛。其书法初学赵构、智永，得二王之妙，又兼习钟繇、褚遂良、米芾、黄山谷等多家书字，晚年用功于李邕，深得李邕之法。其书兼具古人书法之形、神，被认为是"唐以后集书法之大成者"[2]。赵孟頫书法以楷书和行草对后世影响最大。所谓"赵体"，指楷书而言，位于"欧、颜、柳、赵"四大楷书家之列，其中小楷被认为是"子昂诸书第一"。其小楷笔力柔媚，大楷笔势峭拔，参李北海笔意。章草得《与山巨源绝交书》《急就章》等之高古气势。发明元朱文，即以篆写入印章，钤于书画，风靡元明。

赵孟頫的书法无论楷书还是行草，都有明显的综合之美。因此，高古与洒丽同在，秀媚与清逸共融。赵孟頫书法影响深远，不仅元朝著名的书法家如虞集、柯九思、揭傒斯、康里巎巎、张雨等皆入其门下学书，邓文原、鲜于枢也多受其影响，而且"四方贵游及方外士，远而天竺、日本诸外国，咸知宝藏公翰墨为贵"[3]，其影响远播海外。

赵孟頫的绘画"有唐人之致，去其纤；有北宋之雄，去其犷"（董其昌《容台集》）。他是元代早期南方绘画的代表人物，与北方画家代表高克恭并称"南赵北高"，共同开启并确立了元代画风，使中国绘画在元代一改南宋盛行的院画风气，迅速向文人画方向靠拢并得到了很好的发展。赵孟頫用笔甚勤，尝自云："幼好画马，每得片纸，必画而后弃去。"[4]对南宋前名家名作皆临摹学习。因此，绘画题材广泛，山水、人马、花鸟、竹石，尽有濡染，无所不精。其中尤以山水画成就最高，山水画代表作如设色《鹊华秋色图》，源出董、巨山水图式，山峦浑厚，洲渚萧疏，笔墨萧散简率。水墨《重江叠嶂图》则笔出李成、郭熙，又融董源《潇湘图》之清旷萧疏，将南北画派之风格融为一体，使笔墨从图画景物图式的服从地位中解放出来，赋予其独立的写意功能。

赵孟頫的鞍马画多有题诗，其中《饮马图》《浴马图》《逸马图》等后人题诗尤多。赵孟頫在绘画上有两个著名主张：一是提倡"古意"；二是"书画本来同"的书意化主张。但他既以"古意"为重，又尚简率，书法之理论亦同。曾言："作画贵有古意，若无古意，虽工无益。今人但知用笔纤细，傅色浓艳，便自为能手。殊不知古意既亏百病横生，岂可观也。吾所作画似乎简率，然识者知其近古，故以为佳。"[5]其"古意"针对的是

《饮马图》

近世南宋院画形成的流俗，如山水之奇峭险拔，笔墨刻削粗劲，呈现明显的躁动不安之心神。花鸟则用笔纤细，傅色浓艳。泼墨减笔，"粗墨无古法"。提倡温和雅润的"古意"之作，意在反对南宋院体画。

赵孟𫖯是元代著名诗人。倡"古意"也是他诗歌创作之宗旨。其诗上承六朝诗人之清丽高古，又融之以唐代诗人之圆融流畅，形成了自己独特的风格。"史称其清邃奇逸，读之使人有飘飘出尘之想。戴帅初谓其古诗沉涵鲍谢，自馀诸作，犹傲睨高适、李翱间。仁宗与侍臣论文学之士，以子昂比唐李太白、宋苏子瞻云。"（顾嗣立《元诗选》初集卷十八）以上所评，虽不免过誉，但也足以说明其在元代诗史上的显赫地位。有《松雪斋文集》。

第二节　赵孟𫖯题画诗主要内容

赵孟𫖯也是元代重要题画诗人。据统计，在其《松雪斋文集》中有题画诗近90首，几占其全部诗歌的五分之一。这些诗既有诗画一体的，也有诗画分离的；既有自题的，也有他题的；既有近体的，也有古体的：可谓种类众多，各体兼备。

赵孟𫖯题画诗的一个重要主题是借题画马而寄意。赵孟𫖯少年有奇才，颇有抱负。仕元后虽官居高位，但时有壮志难酬之叹。其《燕脂骏图歌》就是借画马以抒怀：

> 骐骥腰褭世常有，伯乐不生淹栈豆。
>
> 歘见此图神自王，权奇磊落龙为友。
>
> 隅目晶荧生紫光，锦毛错落蒙清霜。
>
> 霜蹄蹙踏寒玉响，雾鬣振动秋风凉。
>
> 朝浴扶桑腾浩荡，暮秣昆仑超象罔。
>
> 雄姿似隘六合小，盛气欲笮浮云上。
>
> 嗅尘一喷惊肉飞，奋迅不受人间靮。
>
> 岂唯万马羞欲死，直与八骏争先驰。

只今相者多举肥，叹息此图谁复知！

君不见王处冲，半生隐德真成痴。

　　此诗通过"骐骥腰袅"因为没有伯乐的发现而埋没在"栈豆"中，抒发了现实人生中有才难展、埋没人才的慨叹。接着，诗人忽然笔锋一转，写当看见这幅画时，精神为之一振，引出了后面对胭脂骏外在特征的描写。以"龙为友"说明此马具有非凡的气质。当斜眼而视时，看出此马目光炯炯有神，不时地发出紫色的光芒，突出了它充满无限活力以及昂扬不屈的精神，锦毛如蒙霜呈现出此马非比寻常的外貌。接着，诗人用踩踏玉石来比喻马蹄奔跑时的声响，以奔跑时鬣毛振动令人觉有凉意来比喻此马的飞腾雄姿。再以朝浴扶桑、暮秣昆仑来描写它的速度飞快。接下来几句，不仅描写了此马高大的体态，而且描写其不落常俗，豪气冲天，打个喷嚏就能够使人心惊肉跳，奔跑起来不受人世间马嚼子的束缚和牵制。表达了诗人对此马气势非凡的高度赞扬。然而如今的相马者，以"肥"取马，诗人"叹息此图谁复知！"特别是赞此马"奋迅不受人间轨"一句似大有深意。虽然当时元代皇帝对他不薄，但他也不免有受人羁绊之感。同时，他以宋宗室仕元，又常常受到节操意识的自谴。因此，他的内心时有痛苦和矛盾。又如他的《戏题出洗马》：

啮膝曼驾谁能御？驽骞纷纷何足顾。

清丝络首锦障泥，鞭箠空劳怨长路。

明窗戏写乘黄姿，洗刷归来气如怒。

不须对此苦叹嗟，男儿自昔多徒步。

　　这首诗虽作嬉戏之语，实为严肃之词。诗人说"不须对此苦叹嗟"，实有无限感慨自在其中。

　　元代盛行山水画。赵孟頫山水题材的绘画也最多。在他的山水画题诗中，表现最多的是隐逸之思和林泉之趣，如他的名篇《题归去来图》：

生世各有时，出处非偶然。

渊明赋《归来》，佳处未易言。

后人多慕之，效颦惑蚩妍。

终然不能去，俯仰尘埃间。

斯人真有道，名与日月悬。

青松卓然操，黄华霜中鲜。

弃官亦易耳，忍穷北窗眠。

抚卷常三叹，世久无此贤！

诗人认为，陶渊明归隐田园有其具体的社会环境，是符合他本人实际的一种选择，后人不宜东施效颦。诗中既有似为自己仕元而开脱的一面，又对自己"俯仰尘埃间"表现出一种无奈；既表达了对陶渊明的钦慕之情，也流露出自己的归隐之思。如果说在这首诗中其林泉之志尚不够明显的话，那么他的《题范蠡五湖杜陵浣花二首》其一则更为急切：

功名自古是危机，谁似先生早拂衣。

好向五湖寻一舸，霜黄木叶雁初飞。

在《题商德符学士桃源春晓图》中也说："何处有山如此图，移家欲向山中住。"

但是纵观赵孟𫖯的一生，还是一直处于出处的矛盾之中，他并没有很快归隐山林。直到忽必烈死后，他感到"世事多变"，又感到汉族官员受到排挤，退隐思想才不断加剧，最后于仁宗延祐六年（1319）辞官南归。

这与他同时代的题画梅诗人王冕心静如水，"清无尘"，以及明代题画诗人董其昌的"一派安静"都是不同的。从这个角度说，赵孟𫖯山水类题画诗所表现的只能是"冲淡"之美而不是"恬淡"之美。

在赵孟𫖯的题画诗中，表现农村耕织生活的诗尤应引起重视。他的《题耕织图二十四首奉懿旨撰》，虽有粉饰太平之嫌，但也较为细致，深入地反映了民生疾苦。

《耕织图》是南宋绍兴年间画家楼璹所作。作品得到了历代帝王的推崇和嘉许。楼璹的《耕织图》也是一卷诗画相配的文学艺术作品，共有《耕织图诗》45幅，包括耕图21幅、织图24幅。有人将他的题画诗与南宋诗人范成大的田园诗相提并论。还有人评价他的题画诗更像以农业为主题的农学著作，并将它与《天工开物》《农政全书》相媲美，称为一部有韵的农书。《耕织图》并诗，是楼璹在潜县任县令时绘制，为此他跑遍了十二乡周边田舍，与当地有经验技术的农夫、蚕妇研讨种田、植桑、织帛等经验技术得失。这些题画诗虽然观察细致入微，操作程序具体，但多属于技术层面，而缺乏艺术感染力。

关于赵孟頫这组《题耕织图二十四首奉懿旨撰》的写作缘起，他在《农桑图序奉敕撰》中有明确的说明："延祐五年（1318）四月二十七日，上御嘉禧殿，集贤大学士臣邦宁、大司徒臣源进呈《农桑图》。"《农桑图》，即《耕织图》。进呈元仁宗的《耕织图》，不仅有杨叔谦的图画，还有赵孟頫的24首题画诗。元仁宗看了《耕织图》并诗大为赞赏，并令赵孟頫写了此序。

这24首题画诗中，"耕"诗12首，"织"诗12首，较为真实、生动地反映了农民的耕织劳作生活，先看《耕·六月》：

> 当昼耘水田，农夫亦良苦。
>
> 赤日背欲裂，白汗洒如雨。
>
> 匍匐行水中，泥淖及腰膂。
>
> 新苗抽利剑，割肤何痛楚。
>
> 夫耘妇当馌，奔走及亭午。
>
> 无时暂休息，不得避炎暑。
>
> 谁怜万民食，粒粒非易取。
>
> 愿陈知稼穑，《无逸》传自古。

这首诗是写水田农夫的艰辛劳作：赤日蒸背，挥汗如雨，泥水齐腰，苗刺割肤。像这样写得如此具体而细致的田家诗，不要说在古代题画诗中，即使在其他诗歌中也不多见，真可与唐代李绅的《悯农》诗相媲美。

诗人在这里不仅陈述了耕种庄稼的艰难，而且在结尾处还借用《尚书·无逸》来劝告人们千万不能迷恋安闲舒适。颇有白居易《新乐府》卒章显其志之笔法。特别是《耕·八月》以后几首诗，写得更为深刻。这些诗描写一年到头农夫不得温饱的悲苦生活。尽管在这组诗中有"优游茅檐下，庶可以卒岁"，"纵饮穷日夕，为乐殊未央"等歌功颂德的诗句，但是也有如下描写："惨淡岁云暮，风雪入破屋。老农气力衰，伛偻腰背曲。索绹民事急，昼夜互相续"，人们却难以"乐事日熙熙"。在这组诗的结尾处又说："农家极劳苦，岁岂恒稔熟！能知稼穑艰，天下自蒙福。"这是说，如果上层统治者能了解到农民的疾苦，那就是百姓的福分了。赵孟頫作为高层统治者中的一员，居然在"奉懿旨"诗中敢于把农民的苦难反映给宫廷，实属不易。

在中国古代题画诗中反映农耕题材的作品并不算少，但反映农村妇女养蚕、续纺生活的诗作却较少。从这个角度说，赵孟頫的12首蚕纺诗更为可贵。这组诗从一月封蚕室写起，直至十二月"埋桑""浴蚕种"，较为细致地反映了蚕妇一年的养蚕、纺织生活。如《织·七月》：

> 七月暑尚炽，长日弄机杼。
>
> 头蓬不暇梳，挥手汗如雨。
>
> 嘤嘤时鸟鸣，灼灼红榴吐。
>
> 何心娱耳目，往来忘伛偻。
>
> 织为机中素，老幼要纫补。
>
> 青灯照夜梭，蟋蟀窗外语。
>
> 辛勤亦何有，身体衣几缕。
>
> 嫁为田家妇，终岁服劳苦。

这首诗描写炎炎七月蚕妇的纺织劳苦：她们蓬头垢面，挥汗如雨，直到深夜也不得休息。这不仅是"田家妇"的辛苦，也反映了广大农村妇女的不幸。

十二首"织"诗，以蚕织生活为主，其中也有一首诗是反映沤麻织布的——《织·八月》：

> 池水何洋洋，沤麻水中央。
>
> 数日庶可取，引过两手长。

> 织绢能几时，织布已复忙。
>
> 依依小儿女，岁晚叹无裳。
>
> 布襦不掩胫，念之热中肠。
>
> 朝绩满一篮，暮缉满一筐。
>
> 行看机中布，计日渐可量。
>
> 我衣苟已成，不忧天早霜。

这是更为罕见的一首题画诗。它不仅题材罕见，而且反映现实的深度也是古代题画诗中不多见的。诗中说："依依小儿女，岁晚叹无裳。布襦不掩胫，念之热中肠。"而在《织·九月》诗中又说："通都富豪家，华屋贮娉婷。被服杂罗绮，五月相间明。"两相对照，便在客观上反映了严重的阶级对立现象。

赵孟頫还有一些题画诗阐释自己的绘画理论，也颇有见地。如《题苍林叠岫图》：

> 桑苎未成鸿渐隐，丹青聊作虎头痴。
>
> 久知图画非儿戏，到处云山是我师。

这首题画诗不写画面景物，而是专谈自己的艺术观点。首句自谓一生仕途通达，不像唐代陆羽闭门读书，隐居于桑苎之间。次句说愿做一个像晋代顾恺之那样的"痴绝"画家。这两句都是铺垫，最后两句才道出师"云山"的艺术观点。师法自然的绘画理论源于中国传统文化。老子说："人法地，地法天，天法道，道法自然。"这里的"道"是指艺术精神，即艺术精神来自自然。这也是对唐代张璪"外师造化，中得心源"（见《历代名画记》）主张的继承和发展。"到处云山是我师"一句，一是将所师对象具体化；二是强调了所师对象的无所不在，似更有实际意义。赵孟頫这种艺术观点影响深远，直至刘海粟"黄山是吾师"的石刻，都是这一理论的一脉相承。

赵孟頫还在题画诗中提出了另一主张："书画本来同。"他在《秀石图疏林》中说：

石如飞白木如籀，写竹还应（一作于）八法通。

若也有人能会此，须（一作方）知书画本来同。

　　《秀石疏林图》现藏于台北"故宫博物院"。画面中央耸立一巨石，两旁松木、幽兰、荆棘分布，石及枯树干全用飞白绘出，再用峭利的撇捺法画上竹叶。章法简练，笔法苍劲洒脱，墨色沉厚清润，是将书法笔法融入绘画的典型之作，也是竹石画表现技法上的一种新尝试。而画尾的题诗是为了阐释他的以书入画的理论。"石如飞白"，是说用墨水比较干的"飞白"笔法，快刺画过后留下的线条。这种笔法在草书中常会出现。赵孟頫是用这种"飞白"法来表现石的硬度和质感。"木如籀"中的"籀"是指篆书，其特点是"圆"，其中也含有很强的力度。"写竹还应八法通"中的"八法"，通常是指书法中"永"字的八种笔画。诗人是用"点""横"

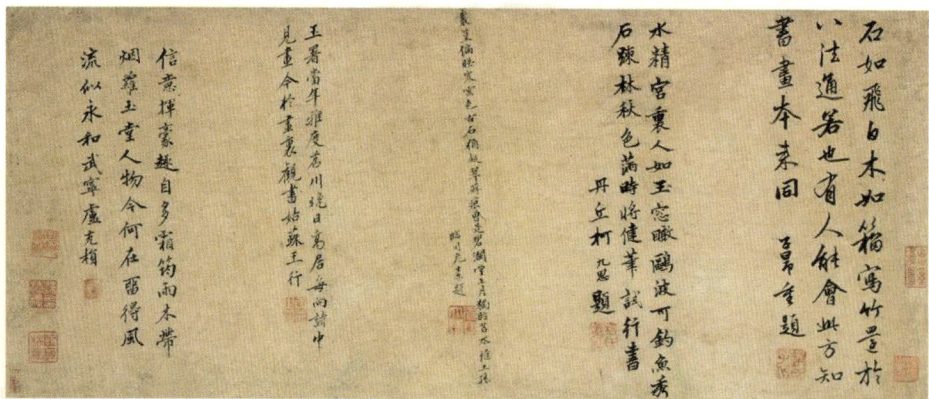

《秀石疏林图》

424

"撇""捺""钩"等方法来写竹的，以表现竹子往四面生长的竹叶。这便是画竹不叫"画"而叫"写"的原因所在。有了这两句的说明和铺垫，才点出"书画本来同"的要旨。这是赵孟頫"书画同源"在其绘画实践中的具体体现，也是元代文人画最有代表性的作品之一。这是因为，赵孟頫这种以书入画的"写"的笔法更便于画家快速抒写个人的情感，因而成为后来文人画的一种很重要的"写意"方式。如果说唐代王维的"援诗入画"开启了文人画的先声，那么元代赵孟頫"书画本来同"的艺术观点连同其"画贵有古意""云山是我师"等理论，便进一步完善了文人画的组成要素。明代王世贞说："文人画起自东坡，至松雪敞开大门。"这句话基本上道出了赵孟頫在中国绘画史上的地位。他的这些艺术主张不仅影响了我国后世的绘画创作，而且东南亚地区以汉字为主的国家的绘画也多有借鉴。元代的米芾，明代的沈周、文徵明、董其昌，清代的石涛、八大山人、郑板桥、金农，以及近现代的吴昌硕、齐白石、黄宾虹等，他们之所以在绘画艺术上取得卓越成就，都与其在书法方面的深厚造诣有直接关系。当然，"书画同体"并非始于赵孟頫，早在唐代张彦远在《历代名画记·叙画之源流》中就曾说："史皇苍颉状焉。……因俪鸟龟之迹，遂定书字之形。造化不能藏其秘，故天雨粟；灵怪不能遁其形，故鬼夜哭。是时也，书画同体而未分，象制肇创而犹略。"但这里主要是说在文字产生的初期，"书画异名而同体"，与赵孟頫所言绘画与书法的关系"书画本来同"并不完全相同，因此，赵孟頫的"书画本来同"理论对后世画家创作的影响远在张彦远的"书画同体"说之上。

第三节　赵孟頫题画诗艺术手法

赵孟頫在元代题画诗史上的贡献，不仅在于它所反映的思想内容，更在于其在艺术上的独特成就。赵孟頫的题画诗以清美自然见长，诗人以画境入诗境，使诗具有绘画美。如《题杨司农宅刘伯熙画山水图》：

移得山川胜，坐来烟雾空。

窗中列远岫，堂上见青枫。

岩树参差绿，林花掩冉红。

鸟飞天路迥，人去野桥通。

村晚留迟日，楼高纳快风。

琴尊会仙侣，几杖从儿童。

疑听孙登啸，将无顾恺同。

微茫看不足，潇洒兴难穷。

碧瓦开莲宇，丹楼耸竹宫。

乱泉鸣石上，孤屿出江中。

藉甚丹青誉，益知书画功。

烦渠添钓艇，著我一渔翁。

　　这是诗人以画家的眼光观画，复以诗人的感情写诗，既使诗中的景物历历在目，给人以身临其境之感，又使画面洋溢着浓郁的诗情。看了这样的题画诗，不由让人想到六朝时大小谢的明丽的山水诗。

　　宋代著名画家和绘画理论家郭熙曾说："山有三远，自山下而仰山巅，谓之高远；自山前而窥山后，谓之深远；自近山而望远山，谓之平远。高远之色清明；深远之色重晦；平远之色，有明有晦。高远之势突兀，深远之意重叠，平远之意冲融；而缥缥缈缈，其人物之在三远也，高远者明了，深远者细碎，平远者冲淡。"[6]宋代韩拙在《山水纯全集》中又增一说："郭氏谓山有三远，愚又论三远者：有近岸广水，旷阔遥山者，谓之'阔远'；有烟雾溟漠，野水隔而仿佛不见者，谓之'迷远'；景物至绝，而微茫缥缈者，谓之'幽远'。"后人合称"六远"。这"六远"之说，不仅为绘画理论，也为我们山水类题画诗提供了审美依据和参考。赵孟頫的自然山水画题诗对山水画卷进行了二度审美，为我们增加了审美情趣。上述《题杨司农宅刘伯熙画山水图》化静为动，化无声为有声，为我们开拓了广阔的审美境界：既描绘了冲淡之美，又表现了"岩树参差绿，林花掩冉红"的色彩斑斓之美；既写出了"烟雾"的"迷远"之美，又表现了"鸟飞天路迥，人去野桥通"的"阔远"之美。

诗人以诗笔写画的手法多种多样，并且充满了情趣。请看他的《题萱草蛱蝶图》：

> 丛竹无端绿，幽花特地妍。
>
> 飞来双蛱蝶，相对意悠然。

这当是作者为《萱草蛱蝶图》的自题诗。诗人发挥了诗的特长，在描绘画面景物时不是去复写画面，而是以情写物、借物抒情。他落笔生情，用"无端""特地"四字巧妙地移情于草木，把读者带入了一个物我交融的境界。萱草古称忘忧草，本可使人忘忧。如今绿竹和萱草又为人而绿、为人而妍，怎能不令人心悦气爽呢！此诗前两句是抒情，后两句是写趣。"意悠然"三字把双蝶款款飞舞、悠然自在、相嬉相悦之趣写得淋漓尽致。如果说这首诗写画境以实写见长的话，那么他的《题舜举折枝桃》则是以虚写著称：

> 醉里春归寻不得，眼明忽见折枝花。
>
> 向来飞盖西园夜，万烛高烧照烂霞。

这首诗不是直接赞美绘画的逼真，而是借对绘画产生的错觉加以反衬：诗人在"春归寻不得"时，忽然眼前一亮，竟看到一枝浓郁艳美的桃花在怒放。并且以往这个季节的夜晚，西园的桃花已经纷落，而如今却有无数燃烧的蜡烛正照着灿烂如霞的桃花。此诗全篇皆为虚设，这种以虚构的心理活动反衬视觉形象的手法虽然是题画诗常用的表现方法，但诗人巧设"醉里"看花，却写得入情入理，令人可信。

寄情致于画物之中，亦物亦情，画境与诗意相融，也是赵孟頫题画诗另一艺术特点。前文已述，赵孟頫在题画马诗中写马即写人，既抒发了自己的豪情和意气，又表达了世无伯乐的隐忧和不平。如《题李伯时元祐内厩五马图黄太史书其齿毛》：

> 五马何翩翩，潇洒秋风前。
>
> 君王不好武，刍粟饱丰年。

朝入阊阖门，暮秣十二闲。

雄姿耀朝日，灭没走飞烟。

顾盼增意气，群龙戏芝田。

骏骨不得杇，托兹书画传。

夸哉昭陵石，岁久当颓然。

诗人也善于借助画中的环境写人。他在《题西溪图赠鲜于伯机》中云："西溪先生奇崛士，正可著之岩石里。数间茅屋破不修，中有神光发奇字。"赵孟頫道出了人物画传神写照的一个技巧，即以环境写神。如顾恺之置谢鲲于岩石中一样。图画中破而不修的茅屋以及山间岩石都是为了传达主人公的奇崛性格与超逸神态。在这些题画诗中，诗人用自己的真情实感解读一幅幅已经定型了的图画，挖掘画面中可能存在的表现因素，与自己的感受相契合，赋予画中景物立体的生命感动，使画面弥漫着生命的气息、激荡着鲜活的情感。

赵孟頫的题画诗大多构思巧妙，别具一格。他的《黄清夫秋江钓月图》是借画中人物的内心独白手法，赞叹秋江钓月的清新、幽静，抒发了诗人向往纯洁、恬淡生活的心情。其诗是：

尘土染人衣袂，烟波着我船窗。

为问行歌都市，何如钓月秋江。

这种表现形式有如电影中的画外音，既表现了作者的思想感情，又绝非"特别地说出"，而是以鲜明的对比，让读者一目了然：一边是风清月白，秋江独钓；一边是"行歌都市"，烟尘扰人。诗人之取舍，不言而喻。这是一首很少见的六言绝句，每两字一顿，用字洗练，读来明快，很好地体现了他的流丽自然的艺术风格。赵孟頫另一个艺术手法是化虚为实，虚实相间。如《题钱舜举着色梨花》：

东风吹日花冥冥，繁枝压雪凌风尘。

素罗衣裳照青春，眼中若有梨园人。

攀条弄芳畏日夕，只今纸上空颜色。

颜色好，愁转多，与君沽酒花前歌。

赵孟頫在钱选（字舜举）《八花图卷》卷末题记中说："舜举作著色花，妙处正在生意浮动耳。"而赵孟頫的题诗运笔流动自如，为我们展现了自然界的真实梨花美景：在东风的吹动下，花瓣飞舞，忽明忽暗，姿态妩媚。也许是被这梨花秀景所深深陶醉，诗人情不自禁地进入了幻觉世界："素罗衣裳照青春，眼中若有梨园人。攀条弄芳畏日夕，只今纸上空颜色。"诗人聚精会神地看着那雪白的梨花，感觉那纯净的白色似乎并不是梨花，而是一件洁白而柔美的纱裙。一位青春美少女在白色纱裙的映衬下，显得更加楚楚动人、美丽无比。这位佳人，在梨园之中攀枝折花，俏丽的身影使人一见倾心，甚至担心傍晚的到来，害怕夜幕遮住这美好的场景。接下来诗人笔锋陡转，从幻境回到着色梨花图画面上，眼前不再有美的幻觉，于是叹息"只今纸上空颜色"。尽管画很传神，很逼真，令人心驰神往，但画始终还是画，不可能使人的幻觉长久存在。诗人紧接着连续发出"颜色好，愁转多，与君沽酒花前歌"的感慨。还是忘掉这些不切实际的忧愁和惆怅吧，让我们买美酒在花前尽情畅饮，放声高歌吧！在这首诗中，诗人其实是看到画面中实实在在的着色梨花的形象后，产生虚幻的联想，以此来赞美着色梨花的神韵。此诗构思十分巧妙，将虚构的心理活动和现实的着色梨花图和谐地结合起来，虚实互见[7]。

赵孟頫题画诗，还借鉴了绘画中注重光、色配合的技法。如他的《题所画竹赠鹤皋》，便是通过光的明暗对比来突出景象的变幻莫测，使人耳目一新。

赵孟頫的语言风格，不事雕琢，以清新自然为主。如他的代表作《牧牛图》：

杨柳青青柳絮飞，陂塘草绿水生肥。

一（一作十）犁耕罢朝来雨，却背斜阳自在归。

诗人用清新自然的语言描摹了自然美景以及牧牛的乐趣，使整幅画卷充满了一种人与自然和谐同乐的风情美。读罢全诗，好像有一股清凉的风迎面吹来，令人心旷神怡。又如其《题高克恭〈墨竹坡石图〉》明白如话，自然流畅，清新之风扑面而来。

但是赵孟頫作为可比李白、苏轼的大诗人，其语言风格也是多样而富于变化的。元代诗人宋无曾题其诗卷说："文在玉堂多焕烂，泪经铜狄一滂沱。"这说明赵孟頫题画诗语言还有色彩斑斓的一面。

语言是心灵的表征。赵孟頫仕元后在内心深处是极不平静的，这不能不在语言上有所反映，如他的《题李仲宾野竹图并序》：

> 吾友李仲宾为此君写真，冥搜极讨，盖欲尽得竹之情状。二百年来，以画竹称者，皆未必能用意精深如仲宾也。此野竹图，尤诡怪奇崛，穷竹之变，枝叶繁而不乱，可谓毫发无遗恨矣。然观其所题语，则若悲此竹之托根不得其地，故有屈抑盘襞之叹。夫羲尊青黄，木之灾也。拥肿拳曲，乃不夭于斧斤。由是观之，安知其非福耶？因赋小诗以寄意云。

> 偃蹇高人意，萧疏旷士风。
> 无心上霄汉，混迹向蒿蓬。

诗人笔下之"野竹"，分明是自身之写照：高人偃蹇，感时不遇，既不能腾达，只得混迹于蓬蒿。因此序中说此竹"诡怪奇崛，穷竹之变""托根不得其地"，既是画家之"悲"，也有诗人之叹。当赵孟頫看到这些弯曲的野竹时，却感觉正因为如此，它们才能有"不夭于斧斤"的幸运，从它们奇特的形状中解读出了全新的意义。图画中野竹偃蹇、萧疏的情态和蒿蓬的处境代表了画外高人的品格和心态，画面中平面静态的野竹，瞬间以与世无争、不求名利的人格化的立体形象鲜活生动地展现出来。其语言风格也萧疏而奇崛。

第四节　赵孟頫艺术成就取得的原因

赵孟頫艺术成就的取得，除了家庭影响和个人天赋外，还有来自社会的诸多因素。

第一，皇族宗室文化传统的传承。

宋代许多皇帝对书画和诗歌都有较为浓厚的兴趣，并有一定造诣。宋太宗赵匡义酷爱书法，他"善草、隶、行、八分、篆、飞白六体，皆极其妙，而草书尤奇绝"[8]。宋真宗赵恒也很爱画重画，他说图画是"高尚之士怡性之物"[9]。宋仁宗赵祯比较擅长绘画和书法，"天资颖悟，圣艺神奇，遇兴援毫，超逾庶品"[10]，他"万机之暇，无所玩好，惟亲翰墨，而飞白尤为神妙"[11]。宋神宗赵顼对画也有特别的嗜好，以至太后曾经为他"尽购李成画，贴成屏风，以上所好，至辄玩之"[12]。宋高宗赵构"书法复出唐、宋帝王上。而于万机之暇，时作小笔山水，专写烟岚昏雨难状之景，非群庶所可企及也"[13]。他"雅工书画，作人物山水竹石，自有天成之趣"[14]。在书法上，他追求以王羲之为代表的六朝古法，颇有造诣，"锐意学书，多历年所故，其书楷法清逸，行草浑成，无不臻妙"[15]。宋孝宗赵眘也很爱画，特别对马和之的画非常欣赏和喜爱，以至"每书毛诗三百篇，令和之图写"[16]。

在宋代诸多皇帝中，宋徽宗赵佶无疑是最爱诗书画的一位。宋代蔡絛在《铁围山丛谈》中评价说："国朝诸王弟多嗜富贵，独祐陵（指徽宗）在藩时嗜玩早不凡，所事者独笔砚、丹青、图史、射御而已。"[17]赵佶即位后更是广搜天下历代的法书名画，以充内府之藏，以至"秘府之藏，充牣填溢，百倍先朝"[18]。但是赵佶对艺术绝非只停留在爱好上，而是一位诗书画兼擅的艺术天才，在中国艺术史上有着极高的地位（详见本书第四编第十五章第一节）。

除上面这些皇帝之外，"据《宋史》《图画见闻志》《宣和画谱》《画继》《图绘宝鉴》等典籍记载，宋宗室中以擅长绘画而知名的皇子皇孙尚有赵元俨、赵惟城、赵宗汉、赵宗闵、赵頵、赵仲佺、赵仲僩、赵叔益、赵令穰、赵令松、赵令庇、赵令畯、赵孝颖、赵士遵、赵士腆、赵士雷、赵士表、赵士衍、赵士安、赵子厚、赵楷、赵伯驹、赵伯骕、赵师罟、赵师宰、赵与愿、赵与勤、赵孟奎、赵孟坚、赵孟淳等等。"[19]

上述这些皇家宗室艺术家的出现，是中国历史上任何一个朝代都不曾有过的，这种现象充分表明了赵宋皇族有着不俗的艺术资质和深厚的书画传统。赵孟頫出生在这样一个充满文化气息和艺术情调的家族，无论在艺术创作上受到的熏陶和启迪，还是在心理上受到的影响都是不言而喻的。

第二，转益多师，广结师友。

与赵孟頫过往较密的书画家和诗人主要有李衎、邓文原、周密、高克恭、钱选、康里巎巎、鲜于枢等。其中邓文原善书，运笔古雅韵致、秀丽清劲，与赵孟頫、鲜于枢并称元初三大书法家。自从赵孟頫与邓文原认识后，赵孟頫称他是自己的"畏友"，由于两人对书法的发展有共同的审美取向，注重结字的体态，主张书画同法，因此，两人经常在杭州共同鉴赏名帖，切磋书艺。周密博学多才，既工于诗词书画，又精于鉴赏书画，著述颇丰，有野史、笔记、诗集和词集，并有绘画史论著《云烟过眼录》。至元二十四年（1287），赵孟頫曾特地拜访了寓居杭州的周密，两人书画同赏，谈笑甚欢，从此结下了深厚友谊。画家高克恭的画竹风格对赵孟頫画风的形成也有影响，两人曾合作绘画。因此，元代画坛曾有"南赵北高"之说。钱选，也为吴兴人，一生不仕，以书画自娱，为"吴兴八俊"之首。赵孟頫和钱选当年交往很密切，经常在一起切磋艺术，赵孟頫曾向钱选请教画法，问他什么是士气，钱选认真地回答说："隶体耳。画史能辨之即可，无翼而飞，不尔便落邪道，愈工愈远。然又有关捩，要得无求于世，不以赞毁挠怀。"[①]这实际上是反对南宋末年流行的挥洒行笔过分浅薄和轻率，赵孟頫深受其影响。细细品味钱选的画，他的山石不用皴，仅勾轮廓；笔法不忌生拙，力求质朴，把青经设色和淡墨渍染相结合。这些特点时时在赵孟頫的画作中留有痕迹，比如赵孟頫的名画《鹊华秋色图》和钱选设色山水有着很多共同的特征。赵孟頫和钱选为忘年交，赵多次题诗钱选之画，如《题舜举摹伯时二马图》《题钱舜举着色梨花》《题舜举折枝桃》《题舜举小隐图》等。可以说，以钱选、赵孟頫为代表的画家为文人画确定了发展的方向，他们把李郭、董巨的南北两派与青绿山水融会在一起，在复古中求创新。赵孟頫在与友人的交往中，除个别切磋艺术外，还常常众人雅集。画家鲜于枢豪爽好客，其寓所经常胜友如云。赵孟頫《跋思想帖》载："大德二年（1298）二月二十三日，霍肃清臣、周密公谨、郭天锡右之、张伯淳师道、廉希贡端甫、马昫德昌、乔篑成仲山、杨肯堂子构、李衎仲宾、王芝子庆、赵孟頫子昂、邓文原善之集鲜于伯机池上，右之出右军《思想帖》真迹，有龙跳天门、虎卧凤阁之势，观者无不咨嗟叹赏神物之难遇也。"[20]据陆友《研北杂志》记载，鲜于伯机霜鹤堂落成之日，会者凡十有二人，即：杨子构肯堂、赵明叔文昌、郭右之天锡、燕公南国材、高彦敬克恭、李仲宾衎、赵子昂孟頫、赵子俊孟籲、张伯淳师道、石民瞻岩、吴和之文贵、萨天锡都刺。同年，赵孟頫等12人又一次相聚在鲜于枢的霜鹤堂里品评书画、研讨技艺。

此外，与赵孟頫有直接交往的艺术家还有：书画鉴藏家张宴，酷爱字画文物的鉴藏好友田衍，工绘画的仇远，以富藏知名的王芝，对元代篆刻和篆书影响大的吾衍，善书法的郭天锡和牟应龙，书画家柯九思，诗书画俱佳的张雨，工界画的王振鹏，善楷书行草的揭傒斯，画家黄公望，画家朱德润，画家陈琳，画家唐棣，回族书画家萨都刺，维吾尔族书法家廉希贡和画家商琦等。

这些艺术家常常在一起切磋书画，共赏妙迹。这大大开阔了赵孟頫的眼界，自然也促进了他的题画诗创作。

第三，社会对书画艺术的需求。

元明之际，江浙一带是当时三大文化中心之一，对诗书画"三绝合一"艺术品的需求有广泛的市场，当时一些名画家的作品非常畅销。于是便出现了大量作伪的专业户。相对绘画而言，书法更难模仿。画上题诗也就成为防伪之妙策，且画上题诗还能树立名家品牌，使画增值。这样便带动了书画艺术鉴定和收藏。赵孟頫既是著名的书画家，又是极具权威性的书画鉴赏家。他常常陪同皇帝欣赏书画，见识了很多元朝内府书画，精鉴之功非常深厚，有所谓"鉴定古器物、名书画，望而知之，百不失一"[21]，以至被指定题签秘书监里签贴的书画。赵孟頫的书画艺术成就也得力于其入世的政治机遇。而他的艺术才能与他在文化机构中的身份地位也为他题画诗创作提供了难得的素材。

宋元时期，书画鉴定和收藏之风兴盛，是书画艺术和题画诗发展的重要社会基础，也为赵孟頫的艺术创作提供了难得的机遇。这时期的书画收藏和鉴定，既有皇廷内府收藏，也包括私人收藏，而且元初民间的私人书画鉴藏十分活跃，在南方以杭州为中心，形成了文人鉴藏书画的集会之地。杭州还设有专门的裱画室，《式古堂书画汇考》著录的《欧阳率更子奇帖》卷后有郭氏跋：'乙酉获于广陵，甲午三月命工重装于钱塘，金城郭天锡右之审定真迹秘玩。'"

从中可以看出宋元之际书画鉴藏风尚的日益形成。这说明，此时的民间私人鉴藏与宫廷相比十分兴盛。在宫廷鉴藏和民间私人鉴藏的共同作用下，宋元之际的书画鉴藏活动可以说空前盛行。在如此社会需求和艺术氛围下，有着著名艺术家和达官显宦双重身份的赵孟頫，身价倍增。向其求题字或题画者不可胜数。

戴表元在《松雪斋文集·序》中说："未弱冠时，出语已惊其里中儒先，稍长大，而四方万里重购以求其文。车马所至，填门倾郭，得片纸只字，人人心惬意满而去。"顾嗣立在《元诗选·赵承旨孟頫》中也说："子昂以书法称雄一世，画入神品，四方万里重购其诗文者，所至车马填咽。"又陶宗仪说："尤善书……或得其片文遗帖，亦夸以为荣。"因此，这当是赵孟頫在诗书画领域取得非凡艺术成就的社会原因。

第五节　管道升艺术贡献

管道升

赵孟頫在文化艺术上所取得的成就，也有其夫人管氏的一份功劳。管氏道升（1262—1319），字仲姬（一字瑶姬），出生于吴兴（今属浙江湖州），一说德清县茅山（今属干山乡）。天生才资过人，聪明慧敏，性情开朗，仪雅多姿，"翰墨词章，不学而能"，生而知之的极高天赋，加上长期而全面的学习，使她在童年和少年时期打下了坚实的文学基础。她是元代著名书法家、画家、诗人。据《元诗选》载，她"生有才略，聪明过人，辞章翰墨，不学而能。父仲甚奇之，必欲得佳婿。与赵孟頫同里闬，识其必贵，因以妻之。至元间，随孟頫至京师。至大四年（1311），封吴兴郡夫人。延祐四年（1317），加封魏国夫人。……六年（1319）疾作，得旨还家，行至临清，薨于舟中，年五十八"（《元诗选》癸集下）。

管道升以书名世，其书法成就与东晋女书法家卫铄"卫夫人"比肩，并称中国历史上"书坛两夫人"。其书牍行楷，风格与赵孟頫相似。曾手书《璇玑图诗》，五色相间，笔法工绝。

手书《金刚经》等数十卷，遍赠名山名僧。"仁宗尝命仲姬书千文，敕玉工磨玉轴，送秘书监装池收藏。因又命孟頫书六体为六卷，子雍亦书一卷，曰：'令后世知我朝有善书妇人，且一家皆能书，亦奇事也。'"

管道升的绘画，以墨竹见长，兼工山水、佛像。其笔下之竹，劲挺有骨兼具秀美之姿。墨竹师承画竹大师文同，为文人画风，并始创晴竹新篁。"尝画墨竹及设色竹图以进，仁宗大喜，赐内府上尊酒。"亦性喜兰梅，下笔精妙。存世作品有《水竹图》等卷，现藏故宫博物院；《竹石图》一帧，藏台北"故宫博物院"。

赵孟頫曾说："夫人不学诗而

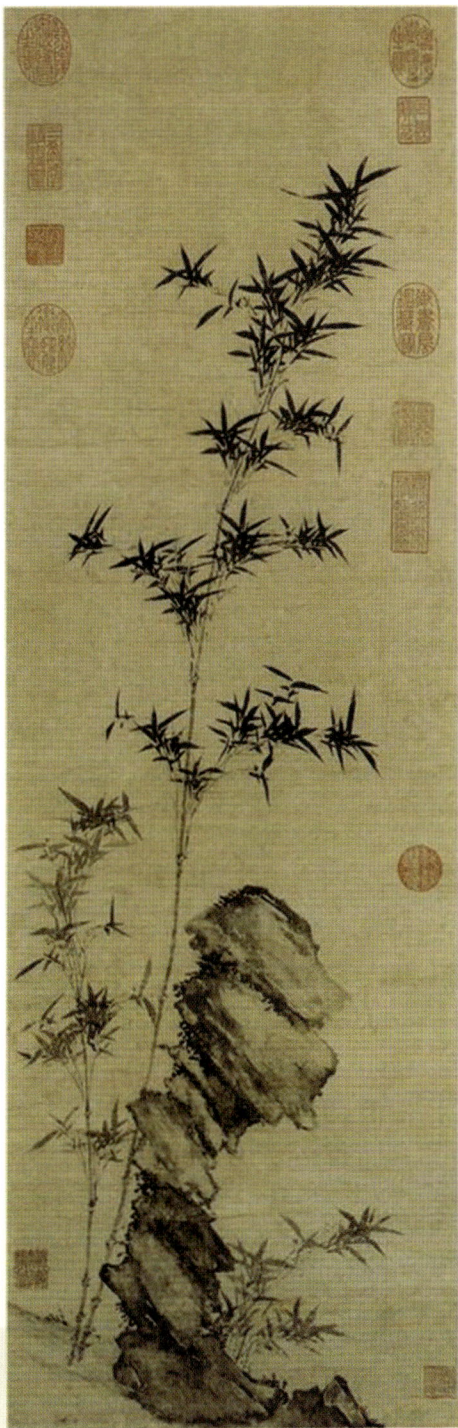

管道升《竹石图》

能诗，不学画而能画，得于天者然也。"（以上所引均见《元诗选》癸集下）但管道升留下的诗文并不多，《元诗选》存诗词6首，其中两首诗均为题画之作。另有《四库全书》中《题墨竹》一首。据《庚子销夏记》卷二载："管夫人画竹风格胜子昂，此帧凡三竿，极其苍秀。自题一诗：'春晴今日又逢晴，闲与儿曹竹下行。春意近来浓几许，森森稚子石边生。'字法似子昂，有友人见而爱之携去。"这首题画竹诗以竹喻人，自然而贴切，寄托了诗人对"儿曹"的殷切希望。另一首《奉中宫命题所画梅》是：

> 雪后琼枝嫩，霜中玉蕊寒。
> 前村留不得，移入月宫看。

这是一首五言绝句。首联对仗工严而不留痕迹，为下联作铺垫。最后两句点明此梅非民间所有，当为天宫之物，以应"中宫命题"四字。管道升的题画诗多以白描手法写物状人，质朴无华而极富感情。这一特点为古代以文雅见长的题画诗所少见。

管道升一生在艺术上的贡献除自己在书法、绘画、诗词等方面的成就外，还在相夫教子方面发挥了独特作用。管道升是一位典型的贤妻良母，赵孟頫在《魏国夫人管氏墓志铭》中赞她"处家事，内外整然，岁时奉祖先祭祀，非有疾必齐明盛服。躬致其严。夫族有失身于人者，必赎出之。遇人有不足，必周给之无所吝，至于待宾客，应世事，无不中礼合度"。

管道升与丈夫赵孟頫虽然相互倾慕，相亲相爱，但也不无隔膜或龃龉。赵孟頫赴京不久，"力请外补"，以免"为人所忌"，先后调任济南、江浙等地。江南是繁华的风流之地，仲姬留在大都，见丈夫出任江浙一去两年有余，凭着女人的敏感心理，预感到有不祥的兆头，所以她画竹一幅寄给外出的郎君，《题画竹》诗云：

> 夫君去日竹新栽，竹子成林夫未来。
> 容貌一衰难再好，不如花落又花开。

管氏的怀疑并非没有缘由。清代徐釚《词苑丛谈》卷十一载："子昂尝欲置妾，以小词调管夫人云：'我为学士，你做夫人。岂不闻陶学士有桃叶桃根，苏学士有朝云暮云？我便多娶几个吴姬越女无过分。你年纪已过四旬，只管占住玉堂春。'夫人答云：'你侬我侬忒煞情，多情多处热似火。把一块泥，捻一个你，塑一个我。将咱两个一齐打破，用水调和。再捻一个你，再塑一个我。我泥中有你，你泥中有我。我与你生同一个衾，死同一个椁。'子昂得词大笑而止。"《御选历代词馀》卷一百十九也有相似记载。此段佳话不免有文人穿凿附会之成分，但也较真实地反映了赵氏与管氏夫妻间相知相容的亲密关系以及他们对家庭的责任与担当。据说，当赵孟頫看到她这首词后，深深被打动，从此再没有提过纳妾之事。

管氏所说的"你泥中有我""我泥中有你"，一方面体现在思想志趣上，另一方面也体现在艺术追求上。管道升身为命妇，享受着荣华富贵，但她同岳飞一样认为"三十功名尘与土"，同赵孟頫一样向往"归去来兮"。她在一首《渔父词》中写道："人生贵极是王侯，浮名浮利不自由。争得似，一扁舟，弄月吟风归去休。"另有一首《渔父词》同样写道："南望吴兴路四千，几时回去霅溪边？名与利，付之天，笑把渔竿上画船。"这反映了她向往闲逸、自由的清淡生活，淡漠凡俗尘世的功名利禄。

在艺术上，她和赵孟頫互相学习、互相促进、珠联璧合、相得益彰：既各自独立，各有千秋，又在共同合作中形成了相似或相近的艺术风格。

管道升在艺术上的另一贡献是教育子孙后代，传承书香画艺。她循循善诱，言传身教，使"赵氏一门"流芳百世，三代人出了七个大画家。赵雍、赵麟、赵彦君，名冠一时。其外孙王蒙，自幼受其影响，耳濡目染，为后来成为著名的诗画家奠定了基础。

注　释

〔1〕《松雪斋文集》附杨载《大元故翰林学士承旨、荣禄大夫、知制诰兼修国史赵公行状》。

〔2〕何良俊：《四友斋丛说》卷二七。

〔3〕欧阳玄：《圭斋文集》卷九《魏国赵文敏公神道碑》。

〔4〕《宋文宪公全集》卷三《题赵子昂〈马图〉后》。

〔5〕自跋画卷，见张丑：《清河书画舫》卷十下。

〔6〕郭熙：《林泉高致》，山东画报出版社，2010。

〔7〕参见刘瑞娟：《赵孟頫题画诗研究》，硕士学位论文，西南大学，2013。

〔8〕江少虞：《宋朝事实类苑》卷三。

〔9〕郭若虚：《图画见闻志》，转引自于安澜编《画史丛书》，上海人民美术出版社，1963，第83页。

〔10〕同上书，第33页。

〔11〕欧阳修：《归田录》卷一。

〔12〕米芾：《画史》，转引自《丛书集成初编》，中华书局，1985，第23页。

〔13〕〔16〕庄肃：《画继补遗》，《画继　画继补遗》，人民美术出版社，1963，第4页。

〔14〕田汝成：《西湖游览志余》卷十七，浙江人民出版社，1980，第280页。

〔15〕张丑：《清河书画舫》卷一〇上《高宗》，《四库全书》本。

〔17〕冯惠民、沈锡麟点校，蔡絛撰《铁围山丛谈》，中华书局，1983，第5-6页。

〔18〕邓椿：《画继》，转引自于安澜编《画史丛书》，上海人民美术出版社，1963，第1页。

〔19〕陈云琴：《松雪斋主——赵孟頫传》，浙江人民出版社，2006，第11页。

〔20〕卞永誉：《式古堂书画汇考》卷六。

〔21〕欧阳玄：《魏国赵文敏公神道碑》，载《圭斋文集》卷九，四部丛刊本。

第二十二章

元代中期题画诗

　　元代中期，即元世祖统治后期至成宗、武宗、仁宗统治时期。经过十几年的磨合，民族矛盾有所缓和，社会渐趋稳定，士大夫中的离心倾向也渐至淡化。由于经济的发展，文化艺术的相对昌盛，元代诗歌创作也出现了高峰。大德延祐间，题画诗由袁桷、赵孟頫完成了南北诗风的融汇。元代的重要诗人大都集中于这个时期。题画诗也得到了空前发展，不仅"元诗四大家"虞集、杨载、范梈、揭傒斯创作了许多题画诗，而且其他诗人、画家也有大量题画诗问世。题画诗的风格或清俊豪健，或蕴藉雅正，毫无纤弱之习，开启了新境界。

第一节　"元诗四大家"题画诗

　　元诗鼎盛时期最有代表性的诗人是"四大家"，即虞集、杨载、范梈、揭傒斯四人。他们都是馆阁文臣，其所崇尚的"雅正"诗风体现了当时流行的文学观念，因而备受时人称誉。四人的诗歌创作，在题材上大致相同，艺术风格也比较相近。明胡应麟评这时期的诗风说："皆雄浑流丽，步骤中程，然格调音响，人人如一，大概多模往局，少创新规。视宋人藻绘有余，古淡不足。"（《诗薮》外编卷六）这也道出了"四大家"诗的艺术共性。不过，具体而言，"四大家"同中有异，还各有其艺术个性。虞集对四大家的诗曾有过精妙而形象的比喻。他说："先生尝谓仲弘（杨载）诗如百战健儿，德机（范梈）诗如唐临晋帖，曼硕（揭傒斯）诗如美

439

女簪花，人或问曰：'公诗如何？'先生曰：'虞集乃汉廷老吏也。'盖先生未免自负，然公论皆以为然。"[1] 这些比喻虽然未必允当，但也道出了其各自特点。四大家在题画诗创作上，情况虽然也大致如此，但艺术风格却呈现出多样化。

虞集

虞集（1272—1348），字伯生，号道园，又号邵庵，祖籍仁寿（今属四川），迁崇仁（今属江西）。他是宋丞相虞允文的五世孙。大德初年，任国子助教博士，累迁秘书少监、翰林直学士兼国子祭酒。

虞集工书法，精鉴赏。《书史会要》称其书法"真、行、草、篆皆有法度，古隶为当代第一"。他是继赵孟𫖯之后元代书法众体兼备的又一书法家。虞集诗文负有盛名，"一时宗庙朝廷之典册，公卿大夫之碑版咸出其手，粹然成一家之言"[2]。

虞集是元代著名的题画诗人。《道园学古录》收录其题画诗200余首。在《虞学士集》中有题画诗105首，几占集中诗歌的三分之一，是"四大家"中现存题画诗最多的诗人。虞集题画之作如此之多，除了诗书才名与精鉴之功外，与他的经历和任职的环境有着密切的关系。虞集在仁宗朝时曾任秘书少监。秘书监是至元九年（1272）设置的掌管内府书画的专门机构。虞集得以有机会看到大量的书画作品。该机构设有辨验书画直长一职，是个地位低微的官职，专职从事书画鉴定。虞集虽然职位远远高于辨验书画直长，但因爱好书画，也经常

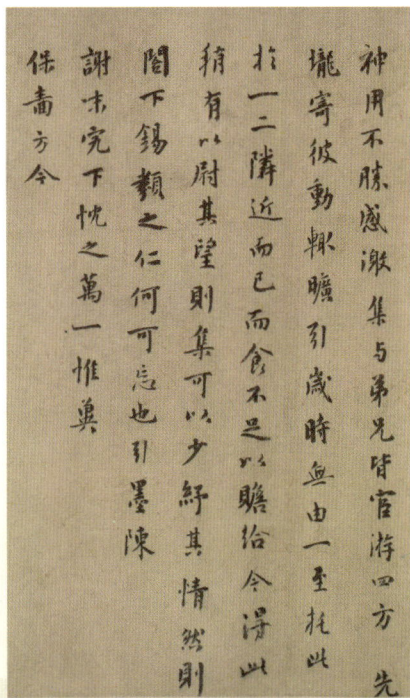

虞集楷书

参与书画鉴定。文宗朝，虞集又入奎章阁，任侍书学士，为从二品官员，其地位仅次于任正二品的大学士赵世延。他与鉴书博士柯九思共同讨论书法名画之事，鉴赏各种书画作品，是奎章阁书画鉴赏的主要人员。经奎章阁鉴定的书画上，除了钤有"天历之宝"和"奎章阁宝"两方朱文大印外，还多有柯九思和虞集等人的题跋。可见，奎章阁的职务给了他大量鉴赏书画的机会，也给他为书画题跋提供了条件。

虞集的题画诗反映的社会生活虽然不够深刻，但较为广泛：既有自身的经历，也有文人朝士的燕集；既有前朝达官仕女的盛事，也有当代平民的生活。其中写农民和渔民的《题村田乐图》《题渔村图》等虽不免美化现实，但也在一定程度上反映了元代中期社会稳定、经济发展，下层人民较为安乐的现状。同样，他为宋代的《宣和墨竹寒雀》和《徽宗画梨花青禽图》题诗，也没有元代初年诗人深深的故国之思，代之的却是一种淡淡的兴亡"远哀"。但在他的题画诗中，最主要的内容是浓重的思乡之情。虞集祖籍蜀地仁寿，在今四川境内。宋亡以后，幼年的虞集随其父迁居临川崇仁（在今江西境内）。元大德初年又进京供职，直到师帝即位，元统元年，方回归故里。因此他对故乡的眷念常常诉诸笔端。《题简生画涧松》是为简生的涧松画而题的诗。诗歌由这幅画的作者简生是蜀人而引起诗人自己的思乡之情。诗人怀念故乡的山水，因而简生所画的山涧长松在诗人的眼里犹如在故乡峨眉山谷之中；而充满山谷的"悲风"，正是诗人心中怀念家乡的悲伤。由于诗人思乡心切，有时所题并非涉及蜀地的绘画，他也能幻化出蜀山蜀水，以慰自己的思乡之情。当然，虞集对故乡的思念也渗透着对大宋王朝的怀念，但仅仅是淡淡的哀愁。

虞集是书法名家，又精于书画鉴赏，所以他在题画诗中常常提出对绘画和绘画与书法关系的独到见解。其中对画家用笔用墨方法的阐释尤其值得关注和重视。一是"篆籀"对绘画的作用。虞集在《子昂墨竹》中写道："子昂画竹不欲工，腕指所至生秋风。古来篆籀法已绝，止有木叶雕蚕虫。"《为达兼善御史题墨竹》写江南御史达兼善"知君深识篆籀文，故作寒泉溜崖石"。两首诗题写的都是竹子图，提到的画竹方法都是篆籀法。所谓篆籀，是汉字的一种字体，又称大篆。唐代书法家孙过庭在《书谱》中说："篆尚婉而通。"刘熙载《艺概·书概》第七则就此论阐发："此须婉而愈劲，通而愈节，乃可。不然，恐涉于描字也。"刘熙载《艺概·书概》第八则中以"龙腾凤翥"比喻篆籀。可见，与隶书委曲求稳的书体特点不同的是，篆籀追求的是刚劲有力的筋骨、雄浑飞扬的笔势。而篆籀被引入绘画领域，成为绘画的一种方法，实际上正是绘画创作对篆籀书体这一用笔特点以及由此形成的笔形的借鉴。虞集以篆籀法用于竹子的画法，看中的正是篆籀书体的劲节骨气和委婉形态。二是墨法对绘画的作用。清人包世臣认为，"画法字法，本于笔，成于墨。"而墨，书家则认为尤其重要："墨法尤书艺一大关键已。""尝见有得笔法而不得墨者矣，未有得墨法而不由于用笔者也。"但元代书画同体说强调的是绘画对书法中用笔方法的借鉴。诸如"笔实则墨沉，笔飘则墨浮""墨浓则笔滞，燥则笔枯"等，墨法与笔法的紧密关系使得画家在学习书法用笔的时候自然而然地领会着用墨的技巧。

在虞集的题画诗中对画家用墨的方法颇为关注。主要的墨法为破墨。《题柯敬仲画》写柯敬仲"萧条破墨作清润，残质刊落精英留"。《江贯道江山平远图》写江贯道"春雷叠嶂初破墨"。破墨，指在未干的墨上，恰当地再加上一层墨，把前层的墨破开，使墨色呈现出浓淡不同的层次感，丰富墨色，以求墨彩生动。虞集深明破墨的用意，在诗句中不仅点出了画家采用的这一墨法，而且描写出了这一墨法的效果，即柯敬仲竹子的清润、江贯道笔下的叠嶂。

虞集的题画诗在艺术上颇有特点，其律诗精于格律，稳健深沉；歌行体诗也谨严而雄浑。他的代表作是《金人出塞图》：

> 海风吹沙如卷涛，高为陀碛深为壕。
>
> 筑垒其上严周遭，名王专居气振豪。
>
> 肉食湩饮田为遨，八月草白风飕飕，
>
> 马食草实轻骨毛，加弦试弓复置櫜。
>
> 今日不乐心慅慅，什什伍伍呼其曹。

银黄兔鹘明绣袍，鸥鸪小管随鸣鞘。

背孤向虚出北皋，海东之鸷王不骄。

锦鞲金镞红绒绦，按习久蓄思一超。

是时晶清天翳绝，驾鹅东来云帖帖。

去地万仞天一瞥，离娄属望目力竭。

微如闻音鸷一掣，束身直上不回折。

遂使孤飞一片雪，顷刻平芜洒毛血。

争夸得隽顿足悦，挂兔县狼何足说。

旌旗先归向城阙，落日悲风起萧屑。

烟尘满城鼓微咽，大酋要王具甘歠。

王亦欣然沃焦热，阏支出迎骑小骢，琵琶两姬红颧频。

歌舞迭进醉烛灭，穹庐斜转氍毹月。

这首诗是写女真"大酋要王"的大规模狩猎活动。"是时晶清天翳绝，驾鹅东来云帖帖。去地万仞天一瞥，离娄属望目力竭。微如闻音鸷一掣，束身直上不回折。遂使孤飞一片雪，顷刻平芜洒毛血。"这壮阔的场面，这豪宕的气势，让人想到唐代边塞诗的格调。这是一首难得的七言歌行体名篇。虞集还写了许多山水类题画诗。这类诗清新淡雅，呈现出另一种风致：

客来山雨鸣涧，客去山翁醉眠。

花外晴云霭霭，竹边秋月娟娟。

这是为《聂空山画扇》的题诗，山雨空濛，晴云悠悠，又让人想到了王维的田园诗风格。但他的另一些山水类题画却写得雄奇壮阔，如《江贯道江山平远图》《张道士蜀山图》等。

此外，虞集的四言长诗《竹林七贤图》，在题画诗中是不多见的。四言诗在《诗经》之后，除汉之曹操、晋之陶潜外，罕有继者。至于题画诗，除汉唐画赞外，更是少有人涉笔。而虞集的这首四言题画诗寓情于景，写事纪人，无疑要比缺少诗味的画赞生动得多。

杨载（1271—1323），字仲弘，浦城（今属福建）人，后徙杭州。以布衣被召为翰林国史院编修官。延祐二年（1315），登进士第，官至宁国路总管府推官。至治三年（1323）卒，时年53岁。其诗文尝得赵孟頫之推重，杨载因此名动京师。凡所撰述，人多传咏之。他是延祐时期著名诗人和诗论家，也是重要的题画诗人。有《诗法家数》《翰林杨仲弘诗集》等。存题画诗近70首。

杨载

杨载的题画诗多抒发身世之悲凉，时有愤愤不平之音。这当与他40岁之前怀才不遇的经历有很大关系。如他的《惠崇古木寒鸦》：

> 江上秋云薄，寒鸦散乱飞。
>
> 未明常竞噪，向晚复争归。
>
> 似怯霜威重，仍嫌树影稀。
>
> 老僧修止观，写物固精微。

诗人将画家笔下的枯木寒鸦，化为有寄意的生动形象。诗中写寒鸦一天的生活，又像人一生的经历：少年时渴盼走进社会的竞技场建功立业；而到老年则盼望离开这个竞技场，回归自然。这也是寒鸦片刻的心理活动，又多么像人生的担忧与企盼。诗人将瞬间的画面演延为一个完整的时间流程，又将可视的画面雕刻出一个可感可动的形象。象与意在这首题画诗中完美地结合了起来。

由于感叹人世的悲苦，便孕育出另一个主题——思归。《题赵千里山水扇面歌》，描写的是赵千里四幅扇面连成的山林图。诗人以大量的笔墨再现了扇面上流光飞动、烟岚弥漫的景色和琴酒为乐的生活。"对此便欲山林居"，由此引发了对出处行藏的思考与看法，尘世的毫芒利益能将人淹没，于是便想到了归隐田园。

杨载的题画诗因体裁不同，艺术风格也有所不同。如他的七言歌行体《题王起宗画松岩图》：

云起重岩郁凌乱，长松落落树直干。

若人于此结茅屋，爽气飘然拂霄汉。

舣舟之子何逍遥，从者伛偻携一瓢。

山中无日不闲暇，跋涉相顾凌风飙。

始知王宰用意高，使人观图鄙吝消。

世间未必有此景，涂抹变幻凭秋毫。

丹青游戏固足乐，收绝视听搜冥寞。

向来为政殊不恶，乃尔胸中有丘壑。

这首诗真有"百战健儿"之态，诗语健劲，极富变幻腾挪，使人读之如入群山万壑之中。最后两句是全诗的点睛之笔。诗人借《松岩图》赞扬画家"向来为政殊不恶，乃尔胸中有丘壑"。其他如《题山石猿鸟图》《题华岳江城图》等歌行体题画诗也写得有声有色，波澜起伏，是不可多得之作。

杨载的题画诗近体较多，多为五七言绝句。这些诗虽不如歌行体写得雄奇壮阔、虎虎有生气，但也意味隽永、音调谐婉，具有"雅正"之特点。

范梈（1272—1330），字亨父（一字德机），人称文白先生，清江（今江西樟树西）人。少孤贫，善诗文。吴澄推荐其为左卫教授。其后迁翰林院编修官，改闽海道知事。有政绩，后以疾归。他也是元中期著名诗人和诗论家。其诗好为古体，风格清健淳朴。《德机集》录其题画诗10首，其他诗集还录几首，是"四大家"中存题画诗最少的一位诗人。他的《捣练图》最后说"君不见古来边庭士，雪压关河征战多，拆尽衣裳泪如水"，也间接地反映了现实。另一首《题秋山图》更耐人深思：

范梈

我爱秋景好，自缘秋气清。

江空石露骨，木落风无声。

偶向画中见，犹如云外行。

只疑豺与虎，无地得纵横。

这首诗不仅写景生动，清丽宜人，其中的"江空石露骨，木落风无声"是名句，而且"只疑豺与虎，无地得纵横"一联也颇有寄意，诗人似对现实生活中的"豺与虎"不无忧虑。

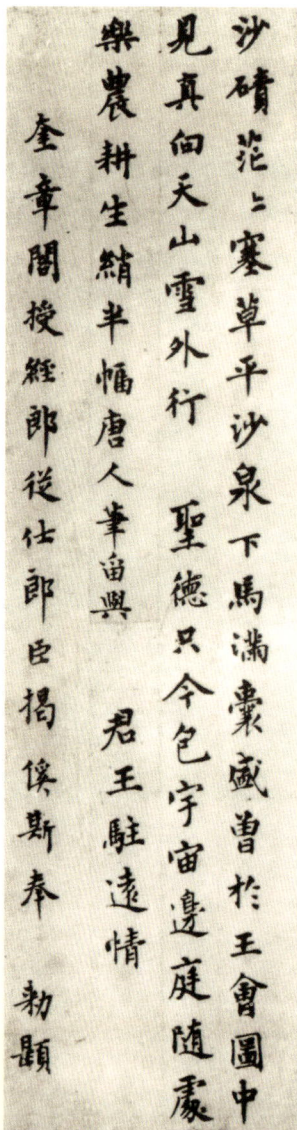

揭傒斯书法

范梈的题画诗中也有涉及归隐的主题。其《题黄隐君秋江钓月图》说：

旧识先生隐者流，偶因图画想沧洲。

断云满路碧窗晚，明月何年青嶂秋。

世故风尘双短屐，生涯天地一扁舟。

何由白石空矶畔，招得人间万户侯。

此诗与其他隐逸诗有所不同：诗人偶因画图才生"沧洲"趣，画中的景物也似乎在无声地招隐。但结尾处却忽一转笔说，这里风景虽然好，却招不来"人间万户侯"。这无疑是对那些假隐士的辛辣讽刺。

揭傒斯（1274—1344），字曼硕，龙兴富州（今江西丰城）人。少有文名。官至翰林侍讲学士，总修辽金宋三史。"曼硕在诸贤中，叙事严整，语简而当。一时朝廷典册，及元勋茂德当得铭辞者，必以命焉。殊方绝域，共慕其名。得其文者，莫不以为荣。善楷法，尤工行草。诗长于古乐府选体，而律诗长句伟然有唐人风。"（《元诗选》初集卷三十）揭傒斯是可与虞集、柯九思齐名的奎章阁代表书家。在京师，受知于赵孟頫，其书法亦受赵孟頫的影响。欧阳玄称其"楷法精健闲雅，行书尤工"。明项元汴评其传世书迹《揭文安公草书杂诗卷》"词格清丽，笔法婉媚，似得晋、唐人逸韵"。揭傒斯亦能画。《辛丑销夏记》卷四载揭氏山水图册页，款云："元统二年九月揭傒斯画并题。"虞集曾以"三日新妇"，如"美女簪花"来形容揭诗风貌，但他的诗风格多样，既有清婉流丽之特点，又有质朴无华之风格；既有幽深之境界，又有峭拔之高致。其题画诗的艺术风格也大致如此。

揭傒斯在奎章阁书画鉴赏的经历，使他创作了不少题画诗。揭傒斯题画诗共60首左右，总量少于虞集、杨载，但约占其存诗的四分之一。

在对现实的态度上，他较延祐诗坛上其他诗人能直面民生饥苦，诗歌有较强的现实感；但在题画诗中却表现得很委婉，其《画鹰》说："文梁五色绦，秋高意气豪。怒张两目直霄汉，岂与短翮翔蓬蒿？妖狐昼作猛虎嗥，驺虞并与神麟逃。嗟尔饱食心空劳！"诗中既抒发了自己壮志难酬的感慨，又揭示了当时"妖狐"当道、"驺虞"与"神麟"退避的现实，其不平与愤懑自在言外。另一首四言诗揭露现实更为深刻：

> 种瓜中园，予亦勤止。
>
> 瓜长而实，汝则残止。
>
> 虽则残止，予敢汝仇。
>
> 天实汝生，予将何仇。
>
> 汝食之甘，既肆既闲。
>
> 实之食矣，无伤予根，
>
> 根存而微，惟予之穷。
>
> 根盛而实，惟乃之功。

这首《题鼮鼠食瓜图》是对《诗经·硕鼠》的进一步生发，更有深意。诗人格外强调了鼮鼠吃瓜不伤根的现象。以此讽刺的不仅仅是不劳而获，还有窃果后的邀功自赏。《题芦雁四首》其四云：

> 寒就江南暖，饥就江南饱。
>
> 莫道江南恶，须道江南好。

这是一首比较著名的歌谣体五言诗，历来被认为"大有寄托"。据

《至正直记》载，它讽刺"色目北人来江南者，贫可富，无可有，而犹毁辱南方不绝"，"然南方亦视北人加轻一等。"此诗较为深刻地揭示了当时的民族、阶级矛盾，是元代中期罕见的一首讽刺之作。但揭傒斯更多的题画诗往往是把自己胸中的块垒通过峭拔或深邃的意境表现出来。

桃花源，在古代诗人的笔下都是清幽避世的出处，而揭傒斯的《题桃源图》却是另一番景色：

> 桃源非一处，龙虎画难同。
> 内外关逾铁，高低石作丛。
> 黄幡青剑北，紫盖白云东。
> 蟾影当霄迥，蛾眉抱月弓。
> 千重藏曲折，四面削虚空。
> 地户吟风黑，天池浴日红。
> 雪霜翻溅瀑，雷雨泻崩洪。
> 暗识猿啼远，晴闻鸟语工。
> 危龛三井秘，绝涧九桥通。
> 江合仙岩怒，山连鬼谷雄。
> 刘王开辟后，秦晋有无中。
> 时见看桃侣，频逢采药翁。
> 丹台寒漠漠，琳宇气熊熊。
> 济胜非无具，缘源恐莫穷。
> 烟霞俄变灭，草树杳茏葱。
> 四序何劳志，群愚倘击蒙。
> 谁言武陵近，十里上清宫。

他的《题邢先辈西壁山水图》《题陈所翁双龙图》所呈现的也是孤峭而深邃的艺术风格。当然，揭傒斯的题画诗也不乏质朴清新之作，试看他的《题王山仲所藏潇湘八景图卷走笔作录四》：

> 朝送山僧去，莫唤山僧归。
> 相唤复相送，山露湿人衣。（《烟寺晚钟》）

> 颢气自澄穆，碧波还荡漾。
>
> 应有凌风人，吹笛君山上。(《洞庭秋月》)

> 天寒关塞远，水落洲渚阔。
>
> 已逐夕阳低，还向黄芦没。(《平沙落雁》)

> 孤舟三日住，不见有人家。
>
> 昏昏竹篱处，却恐是梅花。(《江天暮雪》)

这四首诗平白如话，诗人以白描手法勾勒出潇湘八景中的四景，清新宜人，风格恬淡，与前几首五七言古诗的风格迥别。像这样清新婉丽之作还有《题风烟雪月四梅图》《题信上人春兰秋蕙四首》《题四梅图》等。揭傒斯还有一首《画鸭》诗也享有盛名，其诗是：

《画鸭》

> 春草细还生，春雏养渐成。
>
> 茸茸毛色起，应解自呼名。

诗中展现的画面极为生动：细嫩的春草正在生长，蕴藏着蓬勃生机；春天的鸭雏正在渐渐长大，具有顽强的生命力。它"嘎嘎"地叫着，好似在呼唤自己的名字。虽然画面上的鸭是无声的，但诗人从形态上想象出它的叫声。从无声到有声，又从有声到有情，笔调幽默风趣，形象呼之欲出，给人以美感享受。

第二节　元中期其他题画诗人

袁桷（1266—1327），字伯长，鄞县（今浙江宁波）人，官至翰林待制、集贤直学士，同修国史。泰定初年（1324），辞官家居，结亭读书终老。其书法精美，有《呈承旨大参相公尺牍》等传世。

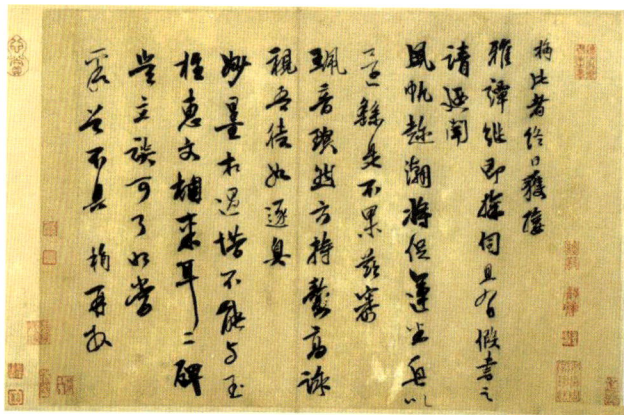

袁桷书法

　　袁桷曾奉元代皇姊大长公主之命，为其所藏书画题诗、赞、文。这些题诗收于《清容居士集》卷四十五。卷首有"皇姑鲁国大长公主图画奉教题"字样，卷尾有《鲁国大长公主图画记》。袁桷奉命题记，得以遍赏这些名画法书。其中画35幅，得题画诗29首。又因其书法精美，求其题画者也颇多。

　　《清容居士集》中收有袁桷图画题、跋、书、记23篇，题画赋《乐水图赋》《墨竹赋》《隐居图赋》等，题画骚辞《岳麓图辞》《雪江图辞》等，题画诗160多首。

　　袁桷的题画诗激浊扬清，有时不失为深刻，如《鞭马图》：

> 生驹万里意，所向知无前。
> 圉人忌其德，未试先加鞭。
> 要令俯首驯，使我尝相怜。
> 伯乐死已久，此道不复传。
> 驾车困泥途，伏枥老岁年。
> 所用非所养，谁能别蚩妍？
> 画师逐时美，谓尔诚当然。
> 披图重叹嗟，我意何由宣。

此诗写一匹千里马一生不遇伯乐、遭受嫉妒虐待的故事，但读来几乎就是一个活生生的人的遭遇。诗人是借《鞭马图》这幅画，以宣"我意"，即对"所用非所养，谁能别蚩妍"这种社会现象的揭露与谴责。又如《试马图》："二骏翩翩势并驱。转头槽枥总庸奴。秋风万里云容与，不用青丝强萦拘。"则描写的是被庸奴青丝约束的骏马，表达了对人生羁绊的无奈和对自由的向往。

袁桷的题画诗在艺术上似与同时期的赵孟頫不同，许多诗意象雄奇，气势磅礴，如《李士弘枯木风竹图》：

> 狂蛟舞空苍髯拏，双铁蒙顶云交加。
>
> 亭亭霜标不受侮，惨淡天籁扶槎牙。
>
> 西山古渊人莫测，一柱承天万牛力。
>
> 会须截玉化陂龙，拂拭苔光遗剑迹。

枯木本是沉寂的，虽有风竹相伴，也不免缺少生气，然而在诗人笔下，枯木却变成具有"万牛力"的承天柱，"狂蛟舞空苍髯拏，双铁蒙顶云交加"；"风竹"也咬定"西山"，"亭亭霜标不受侮，惨淡天籁扶槎牙"。这般景物足可显见诗人的不凡胸襟和气魄。其《秋江钓月图歌》也极有气势：

> 南山舞空趋翔鸾，北山人立如啼猿。
>
> 长流东来贯其腹，谓是浙水屈曲万丈之上源。
>
> 大鱼奔腾鳍鬣焦，小鱼委靡随江潮。
>
> 中有白玉蟾，落落五采凝不消。
>
> 人言此蟾在天主阴魂，沦没何为水中宅。
>
> 籊籊千尺纶，蟾永不受吞。
>
> 广寒高居凌紫清，日逐乌御不得停。
>
> 爱此江水碧，倒空浴影潜金精。
>
> 感君缠绵如有素，瞬息还须上天去。
>
> 君不闻任公子，东海投竿非小智。

又不闻严先生，羊裘古濑成高古。

君家慈母占毕逋，百尺楼观端可居。

黄金之钩不复理，明月年年在秋水。

原图本是描绘山高月小、投竿垂钓的清幽去处，但作者却一反画境，写得壮观雄奇，并联想到《庄子》中任公子钓鱼那白波若山的惊涛骇浪，颇为动人心魄。

他的另一首《子昂逸马图》则写得飘逸，有一种超尘拔俗之气韵。总之，袁桷的题画诗与赵孟頫的题画诗在艺术风格上确有不同。

袁桷的题画诗善于对绘画进行再创造，以无数自然景观和人文物象作为意象来抒写自己的主观情志，并且往往用极度夸张的手法加以表现，如飘飞之天香、沉光之星斗、天池之飞马、天街之残草、插天之山峰、有万里志之骏马、承天之巨竹等。

诗人在创造意象时，往往是借助丰富的想象来实现的。这一点与赵孟頫的题画诗有所不同。赵孟頫的《秋江酌月图》虽然也有想象，但仍需读者的想象才能呈现。而袁桷的《秋江钓月图歌》却是诗人自己展开想象：江边的南山上翔鸾舞空，北山上人立如猿，长江滚滚横灌其间，它正是蜿蜒逶迤万丈浙水的源头。江中大鱼"奔腾鳍鬣焦"，小鱼"委靡随江潮"。而月亮则是江中的"白玉蟾"。它五彩落落，在天上主阴魂，在水中筑宅居。月中的广寒宫、载日的三足乌、东海投竿、羊裘古濑、百尺楼、黄金钩等意象纷纷来到了诗人的笔下。孤清静谧的秋江钓月图变成了一幅热闹非凡的翻江闹月图。画中的一切景物都动起来了。显然，诗人是在有意对眼前的图画进行想象中的加工扩充。如他诗中所言："感君缠绵如有素，瞬息还须上天去。君不闻任公子，东海投竿非小智。又不闻严先生，羊裘古濑成高名。"诗歌因此表现出了冲云入霄的气势。

此外，袁桷题花卉、山水类绘画的诗作则呈现出明丽清雅的风格，如《墨梅图二首》《梅溪图》《题巨然枫林雅集图》等。

黄溍（1277—1357），是元代中期为数不多的诗人兼画家和重要的题画诗人。字晋卿，婺州义乌（今浙江义乌）人，世称金华先生。延祐二年（1315）登进士第。累擢侍讲学士，知制诰。追封江夏郡公，谥文献。以诗文称于时，与虞集、揭傒斯、柳贯并称"儒林四杰"。他雅善真草书，危素曾说："吾平生学书，所让者黄晋卿一人耳！"也善画。至正七年（1347）曾作《梅花书屋图》，笔法近王蒙。有《黄文献集》等存世。《日损斋稿》录题画诗15首。

黄溍

黄溍有几首追忆前朝的题画诗颇耐人寻味，其《宣和画木石》说：

> 石边古木尚青枝，地老天荒石不知。
> 故国小臣谁在者？苍梧落照不成悲。

宣和，本是宋徽宗赵佶的年号（1119—1125），因赵佶每于自己的画后押字用"天水""宣和""政和"等小玺，所以这里的"宣和"是赵佶的代称。这幅《宣和画木石》当为赵佶所作。这首题画诗寄情于景，以"地老天荒"而"古木尚青枝"来寄寓"小臣"的故国之思。他的另一首《题金德原所藏元晖小景》也说：

> 床头书画正纵横，忽值今朝醉眼醒。
> 起向米家船上看，云山元是旧时青。

这里又提一"青"字，是怀念米家父子，还是思念前朝？再看他的《题金明宴游图》：

> 危楼缥缈碧波中，曲槛方棂面面通。
> 云气傍花如欲雨，柳丝垂地不惊风。
> 千年华表人非是，九奏钧天乐未终。
> 更有残山并剩水，烦君回首六桥东。

金明，当指金明池，在宋京都开封西郑门西北。宋徽宗曾于池周围建殿，有宝津楼、宴殿等。金兵入汴，这些建筑毁于兵火。诗人见《金明宴游图》不禁想到前朝盛事，而今只有残山剩水，心中怅然，其怀念宋徽宗王朝之情更为明显。

黄溍生活于元中期，一般来说对前朝当不会有感情纠葛，不过应联系其特殊的生活经历作具体分析。据载，其"弱冠西游钱塘，得见遗老巨工宿学，益闻近世文献之详。还从隐者方韶父游，为歌诗相唱和"（《元诗选·丁集黄侍讲溍》），于是"绝无仕进意"，后虽官至高位，却"累章乞休"。由此可知，其思想当深受"遗老"和"隐者"影响，所以诗中常写故国之情和归隐之思是很自然的。受这种思想的影响，黄溍题画诗的风格，既有狂放不羁的一面，又有清新恬淡的一面。下面看他的《题醉歌图》：

> 翰林主人天上来，布帆不为鲈鱼开。
> 江湖渺渺天一色，朝光暮霭相徘徊。
> 昔贤心赏余胜处，但有水竹无亭台。
> 碑材久已没荆棘，屐齿不复留莓苔。
> 后来视今犹视昔，今我不乐何为哉。
> 大官马湩远莫致，邻翁绿蚁浮新醅。
> 欣然一饮便终夕，鼻端气息如云雷。
> 是间别有一天地，不知何处为蓬莱？
> 回观方内海一粟，醯鸡尘瓮何喧豗。
> 黄冠秘监太狂态，骑鲸供奉非仙才。
> 挥毫《政要》真学士，锋车流水行相催。
> 瑶池曲宴多雨露，归欤酌彼黄金罍。

诗人纵情高歌，似乎要放浪形骸，目空四野："回观方内海一粟，醯鸡尘瓮何喧豗。黄冠秘监太狂态，骑鲸供奉非仙才。"但他的许多题画绝句，却是格律整饬，冲和清淡，如《水仙图》《海月图》等。

柳贯（1270—1342），字道传，浦江（今属浙江）人，也是这一时期重要的题画诗人。官至翰林待制兼国史院编修。有《待制集》。

他的题画诗多为长篇，受江西诗派的影响，其诗简洁古硬，造语奇峭。其代表作《奉皇姑鲁国长公主教题所藏巨然江山行舟图》《商学士画云壑招提歌》《僧传古踊雾出波龙图歌》《松雪老人临王晋卿烟江叠嶂图歌》《题瀛州仙会图》等都体现了这种风格。试看较短的一首《为蒋英仲作颜辉画青山夜行图歌》：

> 前山湿雾方濡濡，后山蒸云如鬼驱。
>
> 松蹊行尽迫曛黑，璧月正挂寒蟾蜍。
>
> 问翁苍茫何所途，投馆莫有林间庐。
>
> 枯梢尚鸣风势急，隈岸欲渡溪流粗。
>
> 沃州天姥虽峭绝，无此原壑深盘纡。
>
> 固应丰城牛斗墟，龙剑夜出乘飞符。
>
> 神人仗气挟以俱，虎豹旁蹲雄牙须。
>
> 世间何物珊瑚株，不可亵玩矧可诬。
>
> 青峰之巅野水砠，独往似是仙者徒。
>
> 心融意定不少假，收揽奇怪一笔模。
>
> 蒋君闲朝携过予，墨色照几晴光铺，
>
> 老颜未老为此图，柳子歌罢三呜呼。
>
> 南州双璧范与虞，君当请赋倾明珠。

这首诗着重描写图中之奇景：山高月小，谷深流急，虎豹出没，阴森可怖。诗人真是“收揽奇怪一笔模”，读罢让人叹为观止。这种追求新奇、险僻的风格，很明显有学习江西诗派的痕迹。柳贯的长篇题画诗与虞集的歌行体题画诗的风格有近似之处，所不同的是柳诗在描绘画境的同时，都有对画家画品的评论，如《松雪老人临王晋卿烟江叠嶂图歌》就用较多笔墨来评画和论画，并时有新见。

欧阳玄（1273—1358），字原功，号圭斋，祖籍庐陵（今江西吉安），迁居潭州浏阳（今属湖南），与欧阳修同宗。曾以乡贡首荐登进士第。官至翰林学士承旨。其诗多为题画、赠答之作。《圭斋集》有近三分之一诗为题画之作。其《题捕鱼图》意境壮阔，生气贯注。其诗是：

太湖三万六千顷，灵槎倒压青天影。

大鱼吹浪高如山，小鱼卷鬣为龙盘。

群鱼联腴伐桴鼓，势同三军战强虏。

长纲大罟三百尺，拦截中流若环堵。

吴王宫中宴未阑，银丝斫脍飞龙鸾。

太官八珍奉公子，猩猩頳唇鲤鱼尾。

洞庭木落天南秋，黄芦满天飞白鸥。

江头吹笛唤渔舟，与君大醉岳阳楼。

　　这是欧阳玄诗集中最长的一首题画诗，其余的多为七言绝句，如《墨竹》《墨荔枝》《山闲山水手卷》等，风格清新，流转轻快，似近晚唐诗风。

注　释

〔1〕〔2〕顾嗣立编《元诗选》初集二十五《虞学士集》，中华书局，1987。

第二十四章

诗书画兼擅的艺术明星柯九思

柯九思（1290—1343），字敬仲，号丹丘生、五云阁吏等，台州仙居（今属浙江）人。初以父荫补华亭尉，不就。曾任翰林国史检阅、江浙儒学提督等。元文宗即位后，置奎章阁，特授柯九思为奎章阁鉴书博士。凡内府收藏之书画都由他鉴定。文宗去世后，他束装南归，退居吴下，流寓于松江（今属上海）胭脂桥。

柯九思

第一节　柯九思艺术造诣

"自许才名今独步"，作为文学侍从之臣，柯九思仕途失意，但在文学艺术领域却是多才多艺、卓有成就的艺术家。他好诗翰、识金石，可谓集诗人、词家于一身。但柯九思最擅长的还是书和画，素有诗、书、画三绝之称。

柯九思是元代中后期诗坛上的一颗明珠。他聪颖绝伦，被视为神童。柯九思的诗歌活动贯穿整个元代：上承元初名家、前朝皇族后裔赵孟頫；中接"元诗四大家"，并与"四大家"之首虞集相交莫逆；下启元末杨维桢、倪瓒等人，是元诗坛最为独特的一部分。而元代诗歌又继承了唐、宋诗歌的诸多特色，同时为后世明清诗歌繁荣发展奠定了坚实的基础，元诗在诗歌史上起着承上启下的重要作用。柯九思前期诗歌的主体风格率性奔放，气势磅礴；晚期诗歌因他境遇波折，同时受雅集文人的相互影响，风格转为清雅自然、冲淡闲适。诗歌艺术方面，柯九思所作诗歌诸体咸备，意象雅致，典故精妙，同时柯九思的诗歌创作对唐代、两宋和元初诗人的继承有着明显的痕迹。柯九思作为元代"宗唐复古"诗风的推动和促进者，对元末诗坛以及后世具有积极影响。

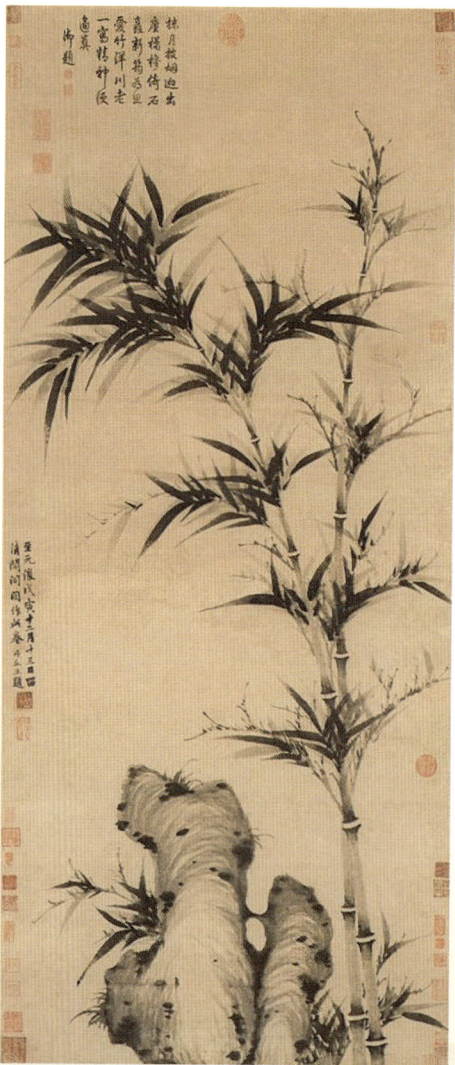

《清閟阁墨竹图》

柯九思绘画成就最高，影响极大。他的绘画以"神似"著称，并受赵孟頫的影响，主张以书入画，曾自云："写干用篆法，枝用草书法，写叶用八分，或用鲁公撇（一作撇）笔法，木石用折钗股、屋漏痕之遗意。"善写墨竹，也长于画山水、人物、花卉；槎芽竹石，师苏东坡。画大树枝干，皆以一笔涂抹，不见有痕迹，形神俱备。其苍松翠柏，林木烟梢，古气磅礴，别有淡逸之趣。所画山水，苍秀浑厚，丘壑不凡；花鸟石草，淡墨传香，饶有奇趣。他尤善画墨竹，发展了墨竹画鼻祖文同的画法，别开生面地将中国古代书法融于画法之中。柯九思笔下的墨竹"各具姿态，曲尽生意"：新竹拔地而起，枝茂叶盛，欣欣向荣；老竹稍稍倚斜，枝叶扶疏，劲节健骨；幼竹奋发向上，稚叶初长，充满朝气。正如元朝国子祭酒刘铉所赞叹的，"晴雨风雪，横出悬垂；荣枯稚老，各极其妙"。此外，明朝刘伯温、清朝乾隆皇帝对柯九思的墨竹都有题咏之作。艺术是永恒的。柯九思的画见于后代著录者颇少，但因其名声大，伪作不少。

如今尚存比较可靠的精品是保存在故宫博物院的《清閟阁墨竹图》和上海博物馆的《双竹图》。

他的书法于欧阳询笔法之外融入魏晋人之韵，结体严整。字体早期秀逸，晚年沉郁。雄伟中具质朴之骨力，厚重中见挺拔之秀气，具有独行的艺术魅力，深受赵孟頫推崇。正如清人王文治所说："丹邱书体仿效率更父子，力求劲拔，乃一望而知为元人书，时代为也。"他的书法作品传世绝少，行楷是其所长。他的存世书迹有《老人星赋》《读诛蚊赋诗》等。

柯九思不仅是一位书画家，也是元代最负盛名的鉴藏家。他一生好文物，富收藏，精鉴赏。曾得晋人《黄庭内景经》真迹，因题其室曰"玉文堂"。据文献记载，柯九思收藏的书画文物范围很广，上至晋人名帖，下至元人字画，以及三代金石鼎彝等，琳琅满目。他与博雅之士游历、临摹、观赏名画法帖，从魏晋"二王"到隋唐五代、宋元历朝大家字画，各种流派几无不有。而且皆细心研究，每见佳作均反复揣摩，用于艺术创作，得心应手。他有意把自己与米芾相比，惨淡经营，30岁时"庋藏书画以米家画舫相比"。他收藏《曹娥碑》，朝野惊叹，虞集赞曰："敬仲家无

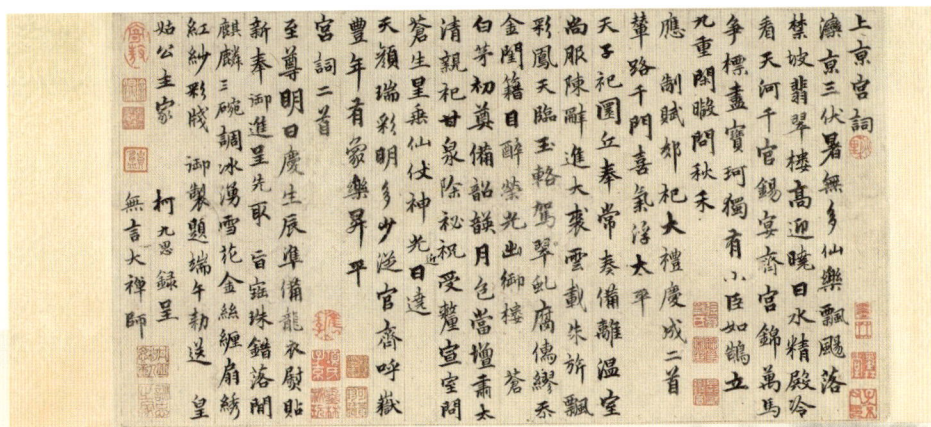

柯九思书法作品

此书，何以鉴天下之书耶？"他出入朝野，饱览饫看公私收藏，逐渐树立起较高的威望，许多文人都邀请他鉴定自己的藏品。同许多大鉴藏家一样，柯九思的收藏用印颇多，主要有"柯九思""柯氏敬仲""丹丘柯九思章""敬仲书印""柯氏真赏""柯氏秘笈""训忠之家"等朱文印，"柯氏私印""丹丘生"等白文印，"玉堂柯九思私印"葫芦朱文印。凡钤有柯氏真印的书画作品，一般多为真迹，且相当一部分为精品。

著有《竹谱》一书和《丹丘生集》辑本。

第二节　柯九思题画诗

《丹丘生稿》存题画诗143首，占集中诗歌的一半以上。他也是元代现存题画诗最多的诗人之一。

柯九思的题画诗虽然所题绘画题材较为广泛，但关涉时政的作品却很少，较能看出其情志的题画诗是《题周文矩画太真攀鞍图》：

> 春风别院奏笙歌，妃子攀鞍转晓波。
>
> 不信开元太平日，香魂沦落马嵬坡。

诗人看到五代南唐著名画家周文矩的《太真攀鞍图》后，联想到杨玉环后来的不幸遭遇，于是发出感慨。在"开元太平"时期发生"香魂沦落"的悲剧，似乎不合逻辑，但事实又是不可否定的。诗人以强烈的对比，暗示出太平日并不太平的寓意。因此，他在吊古伤情中，也隐含着对自己所处时代的一种感慨。

柯九思的其他题画诗很少有上述诗这样鲜明的感情色彩，往往都是平心静气地描写山光水态、竹韵松节、鸟语花香，着重表现充满生机的自然美和高雅的隐逸情趣。这样的诗作很多，如《题匡庐山人所藏云松图于玉山书舍》《题赵松雪春山图》《题李遵道画扇》《题王孤云界画山水图》《题渔父图》等。其中《题赵令穰秋村暮霭图四首》不仅描写景物绘声绘色，而且诗歌形式也别具特点。其诗是：

远岫千重青似染，平林一望锦成堆。
回塘渔艇不归去，溪上数家门半开。

溪上数家门半开，村翁傍晚却归来。
霜林掩映芙蓉色，秋水微茫鸿雁哀。

秋水微茫鸿雁哀，短桥曲渚锦林开。
疏林欲下斜阳色，一抹青山入望来。

一抹青山入望来，满林秋色总诗材。
宣和当日珍天府，未许骚人费品裁。

　　赵令穰，北宋画家，字大年。宋宗室，官至崇信军节度观察留后，追封荣国公。他精山水竹石芦雁。因这幅《秋村暮霭图》已失传，不知这四首诗是否题于画卷上。这四首诗，每首诗所写景物虽不相同，但又相互联系，形成了完整的诗组。其联系的方式，是上首诗的尾句与下首诗的首句相同，好似顶真续麻的修辞格，给人以回环往复之感。这在中国题画诗史上是极为罕见的题画诗组，值得重视。柯九思为赵令穰另一幅《群鹅图》所题的诗也是佳作：

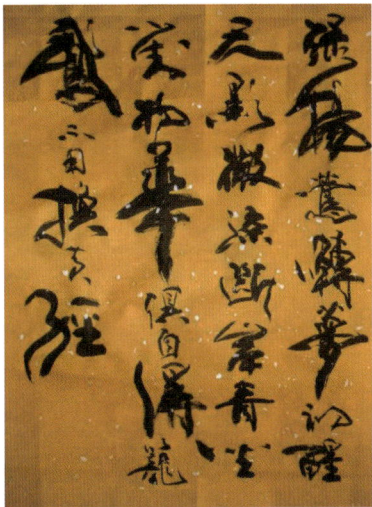

《题赵令穰群鹅图》

　　绿杨莺啭梦初醒，天影微凉断岸青。
　　坐对物华俱自得，笼鹅不用换黄经。

　　据《石渠宝笈》载，清故宫曾有一卷《群鹅图》，惜已散佚。这样，这首《题赵令穰群鹅图》就弥足珍贵了。此诗虽然直接描写图画的文字不多，但通过"天影微凉断岸青"的画境，似乎让我们看到了一群白鹅嬉戏于青山下的碧波之中；又从"坐对物华俱自得"诗句中，让我们感受到画中鹅悠然自得的情态。诗的最后借用山阴道士用群鹅向王羲之换《黄庭经》的典故，点出诗之主旨，表明诗人的爱鹅之情。这首咏画鹅诗虽无一语赞赏画中形象，也无一语称颂画家造诣，但从时令、环境以及人禽的情态描写中，自然使人联想到群鹅戏水的生动画面，并且诗人坐对"物华"，也把自己融入画中，人禽"俱自得"。我们虽未看到画面，但被诗人的爱鹅之情和山水春光感染，也可以领略到一种清新恬淡的自然之美。

柯九思题画诗的艺术风格，以清雅为主，但也偶有奇壮之作，如《商寿岩山水图》：

老子胸吞几云梦，剩水残山藏妙用。

酒酣时把墨濡头，收拾乾坤作清供。

粉黛不写儿女颜，秃兔扫尽江南山。

孤峰拔地起千尺，凛凛秀色撑虚寒。

飞泉一道跃灵窟，古树千株舞烟骨。

小桥流水隔红尘，中有幽人卧茅屋。

众奇百谲鸟可名，笔力到处俱天成。

王维久死唤莫起，此画一出疑更生。

世人饮食鲜知味，淡里工夫属三昧。

屠门大嚼空垂涎，口不能言心自醉。

蹇驴驮我春暮时，观山仰面哦新诗。

垂杨修竹夹古道，忽有桃杏横纤枝。

浴沂风软摇轻袂，两（一作雨）过屏山滴烟翠。

数家篱落近横塘，牛背夕阳明远霁。

悠然对景心无穷，冥搜直欲收奇功。

贪爱眼前闲世界，不知身落画图中。

这首诗的艺术风格几乎可以判作两种：自开头至"古树千株舞烟骨"，气吞云梦，意境雄奇；而后半部则"小桥流水"，意境清幽。这种情况的形成，除了与绘画的题材有关外，主要还是当时诗人的心境所致。诗人作为一个汉族文人，一度曾受到元文宗的重用，但也不免被人忌恨。文宗死后，他便被排挤而罢官。因此，他心中的不平与愤懑便时起时伏。这表现在作品上自然会引起风格的变化。不过，柯九思心潮的起伏是暂时的，最后还是要归于恬淡自适的，所以他仍然"贪爱眼前闲世界"。

第三节　柯九思对绘画研究的贡献

柯九思题画诗的另一个重要价值，是对古代失传的名画提供了可贵的文字参考。他是元代学士院的鉴书博士，"凡内府所藏法书名画，咸命鉴定。赐牙章，得通禁署"（《元诗选》三集卷五）。由于柯九思的特殊身份，他有条件看到别人无法看到的名帖名画，而他又善书画、通画理，所以在观赏之余常有品题，于是留下了大量对名画的题诗，其所涉及的画家和名画之多，在后世几乎无人可及。最早的有东晋顾恺之的《瑶岛仙庐图》，南朝宋代陆探微的《员峤仙遊图》。后有唐代著名画家阎立本的《秋岭归云图》，王维的《辋川图》，李昭道的《春江图》，郑虔的《秋峦横霭图》，张萱的《横笛士女》，韩幹的《双马图》《马图》，周昉的《荔枝宫女图》，以及五代黄筌的《蜀江秋净图》《梅花山茶野禽图》《红蕉十二红》，荆浩的《秋山仙侣图》《楚山秋晚图》，关仝的《秋山凝翠图》，周文矩的《太真攀鞍图》《熨帛士女》，董源的山水画（其题画诗为《题董北苑画》）等。涉及宋代的画家更多，上自宋徽宗赵佶和宗室赵令穰、赵伯驹、赵伯骕以及朝廷重臣，下至普通民众，凡宋代知名画家的绘画他几乎都有品题，如李成、郭忠恕、赵昌、范宽、文同、王诜、李公麟、米芾、米友仁等，其中对有的人还不止一次品题。至于对当代画家作品的品题也很多，不一一枚举。柯九思题画诗的可贵之处，不仅在于借画咏怀，而且善于细致地描绘画境、品评画技。我们看他的《顾恺之瑶岛仙庐图》：

> 虎头有三绝，丹青尤擅长。
> 崇峰腾碧霭，断岸跨朱梁。
> 萝结藏真馆，花明屏息房。

广成参道诀，黄石悟心方。

琼树依岩末，青芝立涧傍。

山童持玉简，羽客佩琳琅。

应见游麋鹿，翱翔起凤凰。

丹梯萦百折，仙路夐非常。

泉落众山雪，虹飞千锦张。

设施神秀发，点缀韵清扬。

金石归天府，璠玙岂雁行。

应知还聚散，今再属珍藏。

夙觌仍非偶，悠然入化乡。

作为"六朝三杰"之一的顾恺之，其绘画在当时即备受推崇，谢安说他的绘画艺术为"苍生以来，未之有也"（《晋书·顾恺之传》）。可惜其画今已不传。现在只有《女史箴图》《洛神赋图》《斫琴图》《列女仁智图》的摹本。因此，这首题诗为我们研究顾恺之的绘画提供了重要资料。诗中既指出顾恺之的才能、画绝、痴绝，而以"丹青尤擅长"，并具体描绘了画中的人物与景致；又重点评价了其绘画艺术的特点，即"设施神秀发，点缀韵清扬"。这里所说的"神"与"韵"，正体现了顾恺之所主张的"以形写神"的要求。作为画家的柯九思既深谙画理，又精通画技，所以他对顾恺之的评价可谓深中肯綮。柯九思对宋代画家文同的评价也独具只眼，他在《题文与可画竹》中说：

湖州放笔夺造化，此事世人那得知。

戛然何处见生气，仿佛空庭月落时。

宋代著名画家文同，字与可。元丰初出知湖州，未到任而卒，人称文湖州。他的绘画以画竹著称，画竹主张"胸有成竹"，即"画竹必先得成竹在胸"，《宣和画谱》评价说："与可工于墨竹之画，非天资颖异而胸中有渭川千亩、气压十万丈夫，何以至于此哉！"柯九思早年即已饱览文同真迹，所以深得文同画竹之法。这首《题文与可画竹》便可看作其深悟湖州派真谛的一个标志。诗人认为，文同画竹，笔参造化，取势神奇，而此中之奥妙世人难以体悟。诗中的"生气"（即元气），它与天地共生，与万物为一。柯九思所谓"生气"，是指隐现于画面上的墨竹之气韵。苏轼在《书晁补之所藏与可画竹三首》诗中说，"庄周世无有"，有谁还能领会"凝神"画竹的文同呢？柯九思也说，"此事世人那得知"。这是说，世间的人如果不能"其身与竹化"，是不能理解文同的"其身与画化"的。此诗的最后两句"蹙然何处见生气，仿佛空庭月落时"，是化用苏轼《文与可画筼筜谷偃竹记》中答文同的诗句："世间亦有千寻竹，月落庭空影许长。"意谓"蹙然"见到文同画竹的"生气"，就如同"空庭月落时"的真竹一样，其气韵隐约可见。柯九思仅用四句诗28个字就把文同画竹之神奇及其奥秘揭示出来，并且将抽象的议论与形象的描绘结合起来，丝毫不给人以说教之感。我们不能不叹服其深得文同画竹之三昧和极为高超的鉴赏力。

第二十五章

贡氏家族题画诗

元代贡氏家族文人辈出，其中在题画创作上以贡奎、贡师泰、族孙贡性之最为有名。其中贡奎、贡师泰父子名声尤显。杨廉夫在贡师泰《玩斋集》序中言："本朝古文，殊逊前代，而诗则过之。郝、元初变，未拔于宋；范、杨再变，未几于唐。至延祐、泰定之际。虞、揭、马、宋诸公者作，然后极其所挚，下顾大历与元祐，上逾六朝而薄风雅，吁！亦盛矣。继马、宋而起者，世惟称陈、李、二张。而宛陵贡公，则又驰骋虞、揭、马、宋诸公之间，未知孰轩而孰轻也。盖仲章雍容馆阁，翱翔于延祐诸公之间；而泰甫当师旅倥偬，独擅文名于元统、至元之后。有元之文，其季弥盛，于宛陵父子间见之矣。"

第一节　贡奎题画诗

贡奎（1269—1329），字仲章，少以文学名，延为池州路齐山书院山长。擢应奉翰林文字，兼国史编修，入翰林待制。泰定中，拜集贤直学士。"仲章为文，闳放俊傀，不狃卑近。大德中，朝廷方议行郊祀礼，诸大臣以仲章识鉴清远，引置礼属，多所讨论。其在词林，与元复初、袁伯长、邓善之、马伯庸、王继学、虞伯生辈相唱和，皆一时豪俊声名之士。"[1]

贡奎

贡奎著有诗文集多部，凡120卷，明弘治间由其曾孙、吏部郎元礼汇编为《云林诗集》，刊刻行世。

贡奎的题画诗以山水景物画为主。在这类题画诗中多表达自己的隐逸之情。其代表作为《题陈氏所藏著色山水图》：

> 独卧晓慵起，梦中万千山。
> 推窗烟云满，一笑咫尺间。
> 袅袅美人妆，金碧粲笄鬟。
> 素波净如镜，绿蘋点溪湾。
> 美哉笔墨工，貌此意度闲。
> 孤禽立圆沙，渔舟远来还。
> 我方厌阛市，坐对忘朝餐。
> 安得林下扉，深居长掩关。

这首诗先是展示图画的主体风貌，然后借景抒情。诗人为眼前美景所陶醉而"厌阛市"，进而表达了对山林生活的向往，但"安得林下扉，深居长掩关"两句又似乎暗含着几分无奈。诗人在另一首《高侯画桑落洲望庐山》中则直接抒发了自己难以逃脱"微官"之系的无奈之情："自怜失脚行万里，微官羁系何由逃。焚香沽酒静相对，长日令人愁恨消。"

贡奎的《题虞少监小像》也很有诗味：

> 岩壑高堂上，烟霞眼底清。
> 向来曾寄迹，老去未忘情。
> 茅屋苍林掩，藤崖白道萦。
> 远峰云际直，孤嶂水边横。
> 宿雨分浓淡，斜阳闪晦明。
> 折梅惊雪坠，倚竹待风生。
> 岭断炊烟补，沙回鳖岸倾。
> 杂花浮野意，飞瀑送溪声。
> 妇饁忻鸠唤，儿耕感犊鸣。
> 揽衣随处坐，曳杖有时行。

拄笏曾招爽，投簪每惧盈。

他年著书乐，应不愧虞卿。

这是为一幅虞集画像所题的诗，但诗人全不在画像上着笔，而是工笔描绘虞集周遭的环境。这里有岩谷烟霞，水横云飞，梅折惊雪，倚竹风生，杂花浮动，飞瀑有声。在景物描绘中显然也寄寓着诗人的隐逸之情。其中"拄笏曾招爽，投簪每惧盈"两句，既写出虞集的为官而有闲情雅兴，也有自己欲挂冠归田之意。此诗以写景见长，意境清幽。格律严谨，对仗工整，是一首较好的五言排律。

第二节　贡性之题画诗

贡奎的族孙贡性之，生卒年不详，字友初，元末曾除簿尉，后补闽理官。入明辞荐不仕，隐于山阴（今浙江绍兴），更名"悦"。躬耕自给以终其身。因世家宣城之南湖，号"南湖先生"。

贡性之诗歌在当时很受青睐。明代文学家李东阳认为，其诗"清丽可传"。明代田汝成称其"诗才清丽，但纤浓乏骨"。著有诗集《南湖集》。

贡性之题画诗的主题较为单一，主要集中于表现世外逸情与高洁情怀。其代表作为《题画》：

城中车马多如云，林下相逢无一人。

城中甲第十万户，林下草堂空四邻。

胡为奔走上城市，归来两袖飞黄尘。

高堂素壁忽见画，使我顿觉清心神。

何时此地一相就，坐席甘与渔樵分。

借君清涧濯双足，借君松枝悬角巾。

更须长揖谢轩冕，相期岁晚终吾身。

这首诗通过尘世与世外的对比，表达了自己心里和环境都要清净的愿望。"胡为奔走上城市，归来两袖飞黄尘。高堂素壁忽见画，使我顿觉清心神。"这便是他心灵的最好写照。

贡性之热爱梅花，为梅花图题诗很多，特别是乐于为王冕的画梅题诗。《元诗选》二集南湖集中载贡钦序云，凡得王冕之画者认为，"无贡南湖诗则不贵重"[2]。故索诗者甚众。诗集中又以题梅花诗为多。在这些题画梅诗中无论是实写还是虚拟都表现了诗人归隐田园之情致和高洁之节操。

在贡奎与贡性之祖孙两人的题画诗中，虽然都有表现隐逸的主题，但他们对归隐却有不同的态度和感受。贡奎的归隐往往只是一种愿望或梦想；而贡性之却是现实的行为，他入明后"躬耕自给以终其身"。贡奎的归隐多是一种无奈的选择，因为他还不想放弃"微官"；而贡性之却是心灵的热切追求，并且终身不悔。在贡奎的题画诗中，归隐并不是一个轻松的话题，常常有一丝忧郁；而对贡性之来说，却是一种快乐和享受，所以在他的题画中似乎可以看到人物笑容和听到人物笑声。

第三节　贡师泰题画诗

贡师泰（1298—1362），字泰甫，号玩斋，宣城（今属安徽）人，贡奎之子。以国子生中乡试，荐翰林文字。累官至监察御使、吏部侍郎等。至正中期，起义军兵起江淮，贡师泰奉命赴浙西征粮，寻拜礼部尚书，后改户部尚书。其间曾受命参知政事。至正二十二年（1362），卒于应召秘书卿途中。贡师泰长于政事，具有很高的政治才能。出任绍兴路推官时有政声。史称"吏治行为，诸郡第一"。著有《玩斋集》《玩斋拾遗》。

贡师泰的题画诗所涉及的绘画比贡奎、贡性之都要多，所表现的主题也与贡奎、贡性之有别。他既在朝廷官居要职，又有在地方奉命征粮的经历，并且在任户部尚书期间，也负责过以闽盐换粮的事务。因此，贡师泰亲眼目睹了元代下层百姓的艰苦生活。他的政治地位与他的所见所闻共同铸就了他强烈的现实意识与历史责任感，成就了他题画诗中的现实主题。如他的《为郭宗道祭酒题韩滉移居图》：

田夫生长田间住，辛苦移家向何处？

老牛带犊驴引驹，妇姑骑过前村去。

牵衣裹儿囊在肩，瓠壶瓦缶悬蒲鞯。

一童髫髫随左右，两髻伛偻相后先。

新来茅屋徒四壁，东邻西邻不相识。

种田未了主家租，又恐官司著差役。

唐朝宰相韩晋公，念尔流离多困穷。

当时落笔岂无意，正欲廊庙知民风。

愿得转徙安居室，周公亦曾作《无逸》。

　　此诗描写田夫一家老小迁居的苦难经历。图画的作者是唐朝宰相，也是著名的画家和书法家韩滉。《移居图》是他作为朝廷的重臣对百姓流离穷困生活的关注。正所谓"落笔岂无意"。贡师泰顺应着他认为的画家之意，继续阐释与申发。诗歌中详细地描述了迁居的辛苦、新居的穷困、赋役田租紧相催的惶恐不安。此诗的不足之处是：要改变农夫的穷困，诗人仍是寄希望于朝廷。这是诗人的局限，也是历史的局限。

　　由于贡师泰的题画诗蕴含着强烈的现实意识，所以即使是题山水类绘画的诗作，也很少流露隐居之思。如《题山水图》《题江阴丘文中山水图》等，前者也只是在结尾说："茫茫耕钓去不已，武陵竟隔桃花春。"相反地，仍是关心"老翁曳杖行伛偻，一童负樵一童斧"。这一点是和贡奎、贡性之迥然不同的。

注 释

〔1〕顾嗣立编《元诗选》初集上《贡集贤奎》，中华书局，1987，第722页。

〔2〕顾嗣立编《元诗选》二集下，中华书局，1987，第120页。

第二十六章

元代后期题画诗

　　元代后期，民族矛盾和阶级矛盾日益尖锐，反元暴动此起彼伏。从泰定帝之后，元朝统治便迅速走向衰落。动荡不安的社会环境影响了诗坛的风气，以"雅正"观念一统诗坛的格局逐渐被打破，较之前期和中期，元代的诗歌发生了很大变化，作品的写实倾向大为增强，诗人的题材选择和风格追求也有新的趋向。

第一节　"元季四大家"题画诗

　　"元季四大家"，即黄公望、吴镇、倪瓒、王蒙。他们既是元末著名画家，也是重要的题画诗人。以"元季四大家"为代表的山水画确立了元代绘画的风格。一变前代画工画的规矩与文人画的粗率，而为极形似之后的简逸文人画。当然四家风格各异，但皆表现出了与两宋山水不同的风貌、图式和笔墨，并成为后世文人画的理想典范。故董其昌"南北宗论"中以"黄、吴、王、倪"为四家之称成为定论，又王世贞《艺苑卮言》言中国山水画发展有"五变"，其中黄、吴、王、倪为一变，其意义在于使文人山水画得以正式确立。元四家皆诗书画兼善，尤以画名为重。他们多在画上题诗，以画寄兴寓情。吴镇与倪瓒较之王蒙、黄公望更乐于在画上题诗。其题画诗多清逸绝俗，被后世认定为元代题画诗的整体特点。

黄公望

黄公望（1269—1354），本姓陆，名坚，常熟（今属江苏）人，后出继永嘉（今浙江温州）黄氏为义子。父年九十，始得之。曰："黄公望子久矣。"遂改姓名。字子久，号一峰、大痴道人、大痴哥等。曾充任浙西廉访徐琰书吏，后因"经理田粮"事获罪（见《录鬼簿·黄子久传》）。又在京师时，与权豪不合。有人借张闾夺田事牵累于他，遭受监禁。自此以后不问政事，放浪于江湖间，以诗酒自娱。曾往来于杭州、松江等地卖卜。平

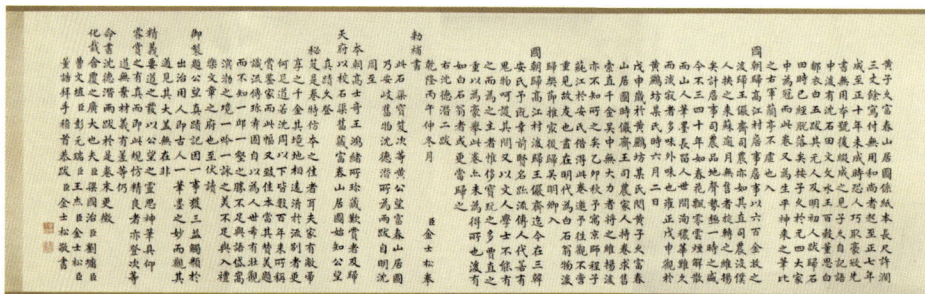

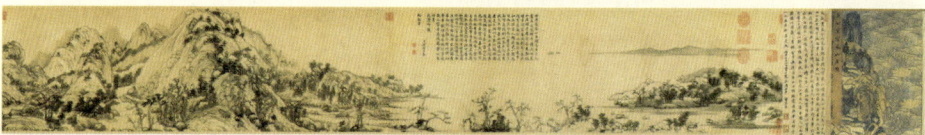

《富春山居图》

生作画最精山水，师法董源、巨然。作水墨画喜用草籀之法，苍茫简远而气势雄秀，有"峰峦浑厚，草木华滋"之评。设色以浅绛居多。他的绘画作品流传至今不少，有《富春山居图》《雨岩仙观图》《天池石壁图》《陡壑密林图》《快雪时晴图》《秋山幽寂图》等。著有《大痴道人集》，存诗63首，几乎全是题画诗。

黄公望的题画诗多写山水、隐逸之情，几不涉政事。他的《王叔明为陈惟允天香书屋图》说："华堂敞山麓，高栋傍岩起。悠然坐清朝，南山落窗几。以兹谢尘嚣，心逸忘事理。古桂日浮香，长松时向媚。弹琴送飞鸿，拄笏来爽气。宁知采菊时，已解哦松意。"此诗写山野生活悠然闲适，"以兹谢尘嚣，心逸忘事理"，深得陶靖节之隐居志趣。但平静的生活，并不等于他的心底不起波澜，他在《李咸熙秋岚凝翠图》中说："我昔荆溪问清隐，溪上分明如此景。别来时或狂梦思，忽见此图心为醒。"人生在世，自身的欲望和外界的诱惑不可能不使他心生狂想。倘若身处闹市，就会将狂想变为行动；相反地，在"而无车马喧"的清幽环境中，则会逐渐变得冷静，于是"世上闲愁生不识，江草江花俱有适"（黄公望《王摩诘春溪捕鱼图》）。

闲适的生活，恬淡的心境，闲适的绘画，造就了黄公望题画诗明丽清新的风格。其《王晋卿万壑秋云图》说：

> 雨霁云仍碧，天高气且清。
> 霜枫红欲尽，涧瀑落长鸣。
> 岫岭苍茫景，江湖浩荡情。
> 应知卧云者，奚尚避秦名。

这首诗虽然写得如王晋卿的画山岭苍茫，江湖浩荡，但仍是水碧风清、枫红欲燃，一派世外景色。黄公望的题画佳作颇多，如《秋山林木图》：

> 谁家亭子傍西湾，高树扶疏出石间。
> 落叶尽随溪雨去，只留秋色满空山。

这当是一首自题画诗。诗人画罢，意犹未尽，又以诗抒情。此诗也如其画笔意简远逸迈：高树繁茂纷披，落叶随溪雨流去，秋色苍茫，无穷无尽，意境极为辽阔。而最能代表黄公望题画诗风格的是他的《题李成所画十册并序》，其序说："李咸熙画，清远高旷，一洗丹青蹊径，千古一人也。今见善夫先生所藏十册，不觉心怡神爽，正如离尘堨而入蓬壶矣。赏玩之余，并赋十诗。"

其诗是：

夏山烟雨

雨气熏熏远近峰，长林如沐晚烟浓。

飞流遥落疏钟断，石径何来驻短筇。

山人观瀑

匡山过雨泻飞流，遥望香炉翠霭浮。

试诵谪仙清俊句，浩然天地与神游。

江干帆影

高阁崔嵬瞰碧江，布帆归去鸟双双。

无边树色千峰秀，一片晴光落短窗。

蜀山旅思

忆昔蚕丛开蜀国，崔嵬剑阁入寒云。

荒郊寂寂猿啼若，多少归人不忍闻。

秋山楼阁

杰阁逶迤秋色老，霜林掩映暮峰横。

居人自有闲中伴，坐对飞流意不惊。

翠岩流鋈

石磴连云暮霭霏，翠微深杳玉泉飞。

溪回寂静尘踪少，憔许山人共采薇。

山市霜枫

市散谁闻野鸟声，短桥何处旅人行。

莫嫌寂历空山道，隔岸丹枫刺眼明。

雪溪仙馆

大树小树俄变玉，千峰万峰忽失青。
高人深掩茅屋卧，不羡围炉醉复醒。

仙客临流

驰驱十载长安道，立马溪边暂息机。
坐久竟忘归路晚，半空飞沫湿绨衣。

秋溪清咏

万壑千岩拥翠螺，人家处处掩松萝。
溪头静坐者谁子，赋就新诗拟《伐柯》。

这十首诗虽然所题之画不同，但浑然一体，为我们创造了一个脱尘超俗的世界。尽管这个世界与现实十分遥远，但这是文人山水画和诗人永恒的精神追求。在今天看来，这种避世的态度无疑是消极的，但他没有被名缰利锁束缚，更没有与社会丑恶同流合污，而是以一种超然物外的境界达到精神上的自我解脱：他站在石径上，拄着短杖，看眼前的瀑布，听远处飘来的钟声；掩柴门卧草屋，却不羡豪门奢侈安逸；立马溪头，让清风拂去心头的俗尘；吟诵李白清逸的诗篇，与天地共融……这是神游的世界，也是诗意的天堂。此诗既揭示了黄公望的人生态度，也显示了他追求人与自然相契合的审美境界。艺术风格很像陶渊明，但也有一些区别，所不同的是，黄诗在恬淡中有飘逸，并多了一层游仙诗的浪漫色彩。

黄公望的题画诗长于近体，除四五首为歌行体外，其余全是五七言绝句和律诗，并且对仗也较为工稳。黄公望题画诗的另一个特点是诗前多有小序。这些小序不仅能帮助我们了解题诗的缘起，而且对所题画家及其绘画作精当评介，这对于研究中国绘画史极具参考价值。如《顾恺之秋江晴嶂图并序》：

顾长康天才驰誉，在当时为谢安石知名。其寓意于画，离尘绝俗，开百代绘事之宗。至于痴，亦由资禀之高，好奇耽僻，不欲与世同，故人有三绝之称。此卷墨法入神，传采入妙，莫得知其所以始，而亦莫得知其所终。变幻百出，诚可谓圣于画矣。岂学知勉行者所得仿佛其一二哉！一日，太仆出示，惊赏不已。然亦不敢久羁，敬书于后以复。

> 三绝如君少，斯图更擅长。
> 设施无斧凿，点染自微茫。
> 山碧林光净，江清秋气凉。
> 怜余瞻对久，疑入白云乡。

此诗并序既对顾恺之有总论，对其"痴"有科学阐释，又对此卷画的墨法、传采等作出高度评价。这对于研究顾恺之和中国绘画史都有重要的参考价值。其他如《方方壶松岩萧寺图并序》《荆洪谷楚山秋晚图并序》《题关全层峦秋霭图并序》《赵令穰秋村暮霭图并序》等同样是研究中国古代绘画的重要资料。

吴镇

吴镇（1280—1354），字仲圭，号梅花道人、梅沙弥。嘉兴思贤乡（今属浙江嘉善）人。为人性癖高傲，一生不仕，清贫自守。工诗文，善书画。书学杨凝式，画出关、荆、董、巨。每画山水竹石，辄题诗其上，时号为三绝。其画初不被人看重。据董其昌在《容台集》中记载，"吴仲圭本与盛子昭比门而居，四方以金帛求子昭画者甚众，而仲圭之门阒然，妻子顾笑之。仲圭曰：'二十年后不复尔。'果如其言。盛虽工，实有笔墨蹊径，若非仲圭之苍苍莽莽有林下风气，所谓气韵非耶？"他的水墨山水，虽师法巨然，但善用长披麻皴，兼用斧劈皴，笔力遒劲，墨气淋漓，写出山川林木郁茂之景，一变巨然"淡墨轻岚"的风格。吴镇画山水竹木最大的特点是惯用浓墨湿笔。他画山不用皴擦创带湿点苔法，"兴来用笔不用皴，奇峰玉立莲花朵"。而其他三家，虽黄之清秀、倪之简逸、王之繁缛，风格不尽相同，但以干笔皴擦，笔意相类。如庄申先生所言，吴镇"水墨并用，实为北宋嫡传。及子久、云林、叔明一以干笔求功，已于北宋传统另辟蹊径，特立元季空灵之面目，非董巨孝子也"。因此，吴镇之画水墨淋漓，山川浑厚苍茫，易造奇险突兀之象，与倪瓒的空灵之境有明显区别。如传世画作《清江春晓图》《溪山高隐图》《双桧平远图》等，参李成与董巨之笔意，融南北画法于一图，吴镇画中最具成就与代表性的是渔隐图。

吴镇的书法亦与其他三家不同，三家善楷书、行书，而吴镇则多草书。《书史会要》云其草学"辩光"。属怀素狂草一脉，其狂草在元代可谓无出其右者。书体浓墨与枯笔相间，小字中点缀以大字，笔势节奏明快。

《双桧平远图》

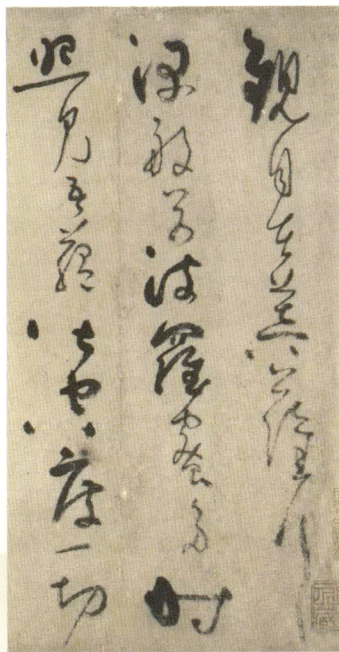

草书《心经卷》（局部）

如草书《心经卷》（藏于台北"故宫博物院"）被认为可与张旭、怀素的书法相媲美。

吴镇的诗以淡雅清新称著，有盛唐山水田园派之遗韵。清初宋荦在《论画绝句》中称吴镇的一首题画竹诗说："偶吟一片江南雨，清绝襄阳孟浩然。"但也有苍凉沉郁之作。有《梅花庵稿》，存诗144首，其中题画诗有100余首。

吴镇钟情画《渔父图》，《全金元词》录其《临荆浩〈渔父图〉十六首》，全是题画词，又称《渔父辞》。又据《辛丑销夏记》录《渔父》四幅并题，也有题画词。

《渔父辞》多选广阔的水景和夕阳月夜中的景色作为渔夫形象描写的背景。这样的背

《渔父图》

景既为"自由"之意的抒写创造了实体的自由空间，如"碧波千顷晚风生，舟泊湖边一叶横"，"看白鸟，下平川，点破潇湘万里烟"，"绿杨湾里夕阳微，万里晴波浸落晖"，"目断烟波青有无，霜凋枫叶锦模糊"等，又使"自由"之意的抒写带上了"自然"的本性，并传达着一种美感、自由下对自然的欣赏与感悟，如"一曲渔歌山月边"，"扁舟荡漾夕阳红"，"残霞返照四山明"，"红叶村西夕影余，黄芦滩畔月痕初"，"极浦遥看两岸斜，碧波微影弄晴霞"等。"夕影""夕阳"本身是美丽的代称，又素有回归的意蕴。吴镇往往将这两种意象内涵融汇于一体。因此，夕阳便意味着回归自然、在回归中享受美丽的自然。

这种在夕阳中对自然的亲近、向自然的回归，到月下，真正实现了与自然的完全融合。如"收却丝纶歇却船，江头明月正团圆。酒瓶侧，岸花悬，枕着蓑衣和月眠"。因此，尽管吴镇有多首《渔父辞》，文字有出入，写法也不尽相同，但总体上存在着一种倾向，即在夕阳意象牵引下向自然的回归。所以《渔父辞》整体上意境开阔疏旷，无半点尘世气息。

吴镇虽然性情孤傲，但品格高尚，绝不与流俗同调。他在题画诗中常常借画咏怀，抒写自己的情志，如《题山水》：

> 古藤阴阴抱寒玉，时向晴窗伴吾独。
>
> 青青不改四时容，绝胜凌霄倚凡木。

这首名为"题山水"的诗，实际上是咏画竹。它赞美竹子不分寒暑，四季常青；而远胜那"倚凡木"的紫葳科藤本植物——"凌霄"。此诗当受到白居易《有木凌霄》的影响，白诗说："一旦树摧倒，独立暂飘飖。疾风从东起，吹折不终朝。朝为拂云花，暮为委地樵。寄言立身者，勿学柔弱苗。"我们从吴镇诗中"时向晴窗伴吾独"一句看，诗人显然以"寒玉"自比，抒写自己要挺然做人，而不攀附权贵的高尚情怀。他还有《画竹十二首》从不同角度盛赞竹子，或说"寂寂空山深，不改四时叶"，或说"抱节元无心，凌云如有意"；或说"落落不对俗，涓涓长自清"，或说"碧筱挺奇节，空霏散冷露"，都是用以比况"君子志"。竹的形象，也就是诗人的化身。总之，他题画竹诗的最大特点是展示其脱尽尘俗的清爽和幽静。

作为一位以画名世的诗人，他的题画诗也达到了较高艺术造诣。

> 叶叶如闻风有声，尽消尘俗思全清。
>
> 夜深梦绕湘江曲，二十五弦秋月明。

这是他的一首《画竹》诗。我国传统的画竹一般是不置背景衬物的，而此诗想象出秋夜、晴空、朗月、清辉，并"以境衬托"，虽无具体描绘竹之影像，却处处显现出竹之身影。"叶叶如闻风有声"，"竹声""风声"浑不可分，辨不清是"风吹竹叶鸣"，还是"竹叶起风声"。而此君"数竿清有余"，可以"消尽尘俗"。这便达到了诗人以物喻人的目的。最后，诗人还用梦境，以"湘灵鼓瑟"的典故，将诗意升华。钱起的《归雁》诗说："潇湘何事等闲回？水碧沙明两岸苔。二十五弦弹夜月，不胜清怨却飞来。"这里的"二十五弦秋月明"当是从"二十五弦弹夜月"中化出，所不同的是，吴诗是以无声衬有声，风清月白，使"竹声"伴着"二十五弦"诉说的"清怨"更加幽远、绵长。他的另一首《题松泉图》，也是题画佳作：

长松兮亭亭，流泉兮泠泠。

漱白石兮散晴雪，舞天风兮吟秋声。

景幽佳兮足静赏，中有人兮眉长青。

松兮泉兮何所拟，砚池阴阴兮清彻底。

挂高堂兮素壁间，夜半风雷兮忽飞起。

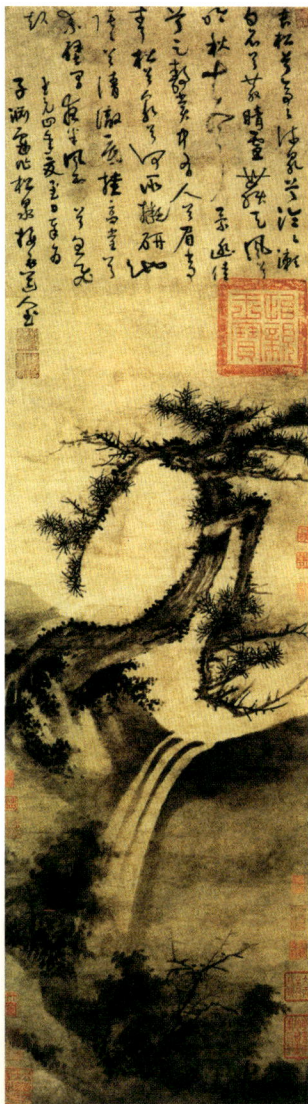

《题松泉图》

这是一首骚体诗，在题画诗中颇不多见。它以特有的节奏一气呵成，自然流畅，清新飘逸。《松泉图》，作于至元四年（1338）。该图题识中说"奉为子渊戏作松泉"。画面以松泉为主体，孤松斜出，枝干奇崛。三股清泉涌于松下，飞流成瀑。画作体现了画家善用湿墨、浑然天成的艺术风格。题诗是画的有机组成部分，并延展了画境，既活化了画中的松泉，又想象出诗人静赏佳景的形象，以及作画后怡然自得的神情。诗与画相得益彰，形成了完美的有声有色的艺术品。

吴镇淡薄功名，与世无争，心情闲适，诗歌自然恬淡萧散，大有陶渊明之境界与风韵，如《题画三首》：

我爱晚风清，顺适随所赏。

曩古竹林仙，忽忽竟长往。

荒除杂废墟，几度蓬蒿长。

可人日相亲，言笑容抵掌。

靳余一席宽，何用居求广。

荷锄艺术蔬，刮地芟草莽。

举步山水长，引引支离杖。

行役忘尔汝，啸答岩谷响。

淡然入无何，朝来山气爽。

我爱晚风清，漪漪动庭竹。

惨澹暮云多，萧森分野绿。

闲窗暝色佳，静赏欢易足。

人生遽如许，万事徒碌碌。

有尽壮士金，馀缪匹夫玉。

轩车韫斧钺，梁肉隐耻辱。

嫋嫋五株柳，采采三径菊。

宁尽生前欢，毋贻死后哭。

高歌晚风前，洗盏斟醽醁。

我爱晚风清，新篁动清节。

袅袅空洞手，抱此岁寒叶。

相对两忘言，只可自怡悦。

惜我鄙客才，幽闲养其拙。

野服支扶筇，时来苔上屩。

夕阳欲下山，林间已新月。

　　这三首诗都以"我爱晚风清"开头，均写田园山野生活，是相互联系的一组诗。我们阅读此诗，都会为诗人愉悦的情绪所感染。他热爱田间劳作，"荷锄艺术蔬，刮地芟草莽"；热爱晚间美景，"闲窗暝色佳，静赏欢易足"；更热爱山野中的人，"可人日相亲，言笑容抵掌"。他似乎是一位天生的乐天派，但他并不是盲目地追求欢乐，而是经过哲理性的思考，他认为与其"死后哭"，不如"生前欢"，何况元末兵起，社会动乱，"轩车韫斧钺，梁肉隐耻辱"！所以他羡慕陶渊明的隐逸生活。由于这首诗的基调始终是欢快的，所以诗的风格也是清新爽朗的。但吴镇题画诗的艺术风格也有多样化的特点，试看他的《李昭道秋山无尽图》："奇峰倒映青冥立，绝壑高悬白雾开。万里无云见秋末，千林有雨向春回。"此诗与诗人的山水类题画不同，在"奇峰"与"绝壑"中展现出壮观与奇丽，意境极为开阔。又如他的《松石图》：

砚池漠漠墨吐汁，苍髯呼风山鬼泣。

涛声破梦铁骨冷，露影溥空翠毛湿。

徂徕百亩老云烟，湖山九里甘萧瑟。

何当置此明窗下，长对诗人弄寒碧。

此诗采用八句七言古诗，即"短古"的形式写成。诗人并不是从"松"落笔，而是从"水墨"入手。首句状砚池墨汁浓稠，为次句写墨松张本。纸上的墨松形态逼真、苍松"呼风"，神气尽显，足以惊风雨、泣鬼神。三、四句写画松之具象，枝干色如铁、坚如骨，松涛阵阵，破人好梦，露满晴空，松叶湿润。五、六句是用典，"徂徕"是用山之典，"九里"是用松之典，以应诗题中之"松石"。"徂徕"，亦作"徂来"，出自《诗·鲁颂·閟宫》："徂来来松，新甫之柏。是断是度，是寻是尺。"后因以"徂徕"指生长栋梁之材的大山。"九里"，据史载，唐刺史袁仁敬守杭时，于行春桥至灵隐、三天竺间植松，左右各三行，凡九里，苍翠夹道，人称九里松。以上两句是赞扬石上之松甘老云烟之风神。这种风神也正是诗人甘老隐逸的人格自我写照。最后两句以诗人的愿望作结：何时能将此画松放置我的窗下，让它在寒凉的碧空中摇曳枝叶，摆弄秀姿，使我受到其精神的感召，得到艺术的享受。

这首诗与诗人的一贯风格似有不同，山风骤起鬼神泣，狂涛巨浪令人惊，其风格近于奇崛险怪，但诗的最后又归于云烟漠漠、一派萧瑟。因此，吴镇题画诗的艺术风格，既不同于陶渊明偶尔展现的"金刚怒目"式，也不同于贯云石的气势磅礴、风云变色，而是淡雅中有雄阔、清新中有奇崛，但以恬淡为主调。

倪瓒（1306或1301—1374），初名珽，字元镇，号云林，异名别号甚多，尝自谓懒瓒，也曰倪迂。无锡（今属江苏）人。家巨富，有"清閟阁"以藏图书。元末社会动荡，便卖去田庐，往来于太湖、泖湖一带。他性情狷介，蔑视权贵，一生不仕，流连僧寺。

倪瓒是元末著名画家，被后人推为元代画家之首。董其昌评四家说，黄、王、吴三家皆有"纵横习气，独云林古淡天真，米痴后一人而已"（《画禅室随笔》卷二），将倪瓒绘画抬升到了很高的地位，并引起后世对倪瓒画推崇备至。后世推崇倪瓒的不仅仅是其绘画作品，其以逸笔写胸中逸气的绘画创作主张也被视为文人画创作的圭臬。他工画山水，早年师董源，后法荆、关，好写江渚遥岑、小山竹树等平远景色。晚年兼喜画竹，自谓"聊以写胸中逸气"。其繁中寓简、似嫩实苍的绘画风格和"折带皴"的画法，促进文人水墨山水画的新发展。但他不肯轻意为豪门作画，为此几遭杀害。

倪瓒画目见于各种书画资料记载的共700多幅（其中多有重复或伪作），是元代画家中最多的一位。倪瓒工画山水，传世作品有《水竹居图》，为设色画，湿笔润墨，景物繁茂，坡石浑厚，有董源、巨然的痕迹，为其早期作品，其中渗透着浓烈的激情。早年作品还有《秋林野兴图》。传世的晚年作品有《渔庄秋霁图》《春山图》《容膝斋图》《江岸望山图》等，多为水墨画。用枯笔渴墨，清水淡墨构造而成的是萧瑟荒寒疏旷的图画意境。淡泊超逸的情怀隐约于其间。倪瓒的墨竹作品，传世的有《古木幽篁图》《竹枝图》《梧竹秀石图》等。其墨竹多瘦长清劲，被视为麻、芦。不苟求于形似，笔法疏朗，有清雅孤高之感。郑文祐在《元镇画》中形容"倪郎作画如研冰，浊以净之而独清。溪寒沙瘦既无滓，石剥树皴能有情"，亦可见倪瓒画风与其性情相同。倪瓒不画人物，盖有绝去尘俗之意。

倪瓒的书风与画风一样，高逸简淡，是元代后期隐士书法的一种代表（杨维祯为另一种书法的代表）。故董其

《渔庄秋霁图》

昌云：“画家四忌，曰：甜、邪、俗、赖，倪从画悟书，因得清洒。”其书初学褚遂良，得其骨；后学晋人，得其意。书风由遒劲转而为清润。其书法主要见于题画、诗稿等，尤善小行楷书。其用笔苍润劲爽，由隶书中来，又得晋人风致。

倪瓒也是元代后期著名诗人。其诗名在书名之上，次于画名。诗歌以陶渊明为宗，认为陶诗得性情之正。陈继儒评其诗云：“画如董巨，诗如陶韦王孟，不带一点纵横习气。”⑨其诗清新恬淡，“论者谓如白云流天，残雪在地。杨铁崖曰：‘元镇诗才力似腐，而风致特为近古，吴匏庵曰：‘倪高士诗能脱去元人之秾丽，而得陶柳恬淡之情。’”（《元诗选·辛集·倪瓒清闵阁稿》）

倪瓒著有《清閟阁全集》，存题画诗多达数百首。另香港庄申辑《清閟阁集补遗》诗近100首，其中绝大部分为题画诗。倪瓒题画诗作之富，居元代画家之首。

倪瓒的题画竹诗很多，多为赠人之作。这些诗虽然写作手法和角度不同，但共同的特点是都有寄意，有的借以赞美所赠人的节操，有的寄托自己的幽人情怀，如他的《题画竹十一首》中的三首：

> 琅玕节下起秋风，寒叶萧萧烟雨中，
> 赠子仙坛翠鸾帔，杏林春扫落花红。

> 斑斑石上藓纹新，阴落先生乌角巾。
> 貌得两枝初雨后，可怜清兴属幽人。

> 为写新梢十丈长，空庭落月影苍苍。
> 王君胸次冰霜洁，剪烛谈诗夜未央。

他在这些诗中喜欢为竹子的存在营造一种景象丰富、生动的环境，而不是仅仅抒写竹子的形貌神态，较之吴镇诗歌更具意境之美，更像一幅幅小景图画。事实也是，倪瓒画竹好作枯木竹石、竹石杂花等合景画。这些景致共同创造的是萧瑟幽静的背景，在诗人下笔的过程中，竹子所蕴含的道德精神似乎被淡化、被消解。他将竹子的精神融化于他所营造的背景中，用整个背景衬托竹子的精神形象。这种精神形象已从单一的竹子的"节"、竹子的"清"等具体而纯粹的传统形象中走了出来，与它周围的苔石、烟雨等共同塑造、展现的是一个浑然一体的幽居情怀。

倪瓒的山水类题画诗也洁净清朗，透出逸气。请看《自题设色山水赠孟肤徵君》：

> 秋潮夜落空江渚，晚树离离含宿雨。
> 伊轧中流间橹声，卧听渔人隔烟语。

这首诗也如他的设色山水画：秋潮落尽，江渚空阔。这是画景。然而与画不同的是，它似乎让人听到了中流的橹声和烟雾中渔人的话语，使之有色有声；但声音又衬出夜静，江碧水清，犹显雅逸。又如他的《题画赠九成》：

> 故人郏掾史，邀我宿溪船。
> 把酒风雨至，论诗烟渚前。
> 晨兴就清盥，思逸爱春天。
> 复遇武陵守，共寻花满川。

此诗后作者有注："至正十二年三月八日，冒风雨过九成荆溪舟中，刘德方郎官方舟烟渚，留宿谈诗。明日快晴，移舟绿水岸下，相与啸咏。仰睇南山，遥瞻飞云，夹岸桃柳相厕，如散绮霞。掇芳芹而荐洁，泻山瓢而乐志。九成出片纸，命画眼前景物，纸恶笔凡，固欲骋其逸思，大乏骐骥康庄也。"由此可知，这是诗人在一幅野外写生画上的题诗，诗中所写的既是画景，也是大自然中的实景，并且诗之不足，又以文补之。诗中虽有化用陶渊明、孟浩然诗句之痕迹，但却是真实景物之再现，并不给人以因袭之感。而更重要的是，显示出陶、孟山水田园诗之风貌。

倪瓒的题画诗并非一味优哉游哉，他内心对社会现实的不满，在题画诗中也常常流露出来，其表现或为愤恨，或为不满，或为郁闷，或为孤独。在《画竹赠申彦学》中说："写出无声断肠句，鹧鸪啼处竹苍苍。"在《和华以愚韵兼题所画春山高士图》中说："欲和华山高隐曲，羁愁悽断不成歌。"在《题竹》中说："王孙莫道归来好，芳草天涯恨未休。"他的复杂心情在《为霫原道题竹木图》中也表现出来，其诗是：

> 疏篁古木都成老，石涧莓苔亦有花。
> 排闷不须千日酒，聊将小笔画龙蛇。

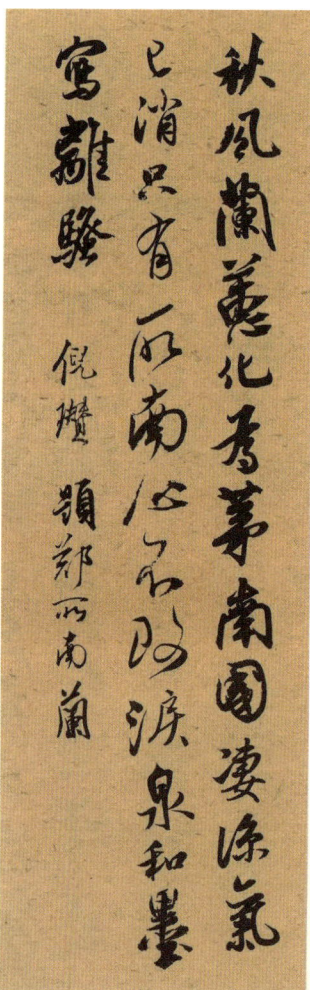

这首诗以"疏篁古木"变老，暗示光阴流逝、人生易老；而在"石涧莓苔"中挣扎生出的小花，又表现出一种顽强的生命力。这里有伤感，又有抗争。然而诗中的一个"闷"字却流露出诗人心中的抑郁。

随着倪瓒题画诗所表现的思想内容的不同，其艺术风格也有很大变化，请看他的《题郑所南兰》：

> 秋风兰蕙化为茅，南国凄凉气已消。
> 只有所南心不改，泪泉和墨写《离骚》。

郑所南，即宋末的郑思肖。"所南"，意以"南"为"所"。他的《题墨兰》说："凄凉如怨望，今日有遗民。"其心一直"忠宋报国"，至死不改。这首诗以"兰蕙化为茅"暗讽宋亡后，朝廷命臣纷纷变节仕元，昔日大国已一片荒凉。诗中说"只有所南心不改"，既是赞颂郑思肖的爱国之志，也有夫子自道之意。倪瓒隐逸终生，并非没有济世之宏愿，而是和郑所南一样也有强烈的民族意识。因此，"泪泉和墨写《离骚》"者又何止

倪瓒《题墨兰》

郑所南一人呢！这首诗一改倪瓒的恬淡的风格，颇似陶渊明的《咏三良》《咏荆轲》，也有"金刚怒目"之豪气。

倪瓒的题画诗还有对前代和当代画家、画品的评论，也很有参考价值。他在《为方崖画山就题》中说："摩诘画山时，见山不见画。松雪自缠络，飞鸟亦闲暇。"这是强调绘画要以自然为师。这与王维所说的作画要"肇自然之性，成造化之功"的观点是一致的。他的《题王叔明岩居高士图》是为元代著名画家王蒙的画所题的诗，但所涉及的画家却不止一人。其诗是：

> 临池学书王右军，澄怀观道宗少文。
> 王侯笔力能扛鼎，五百年来无此君。

倪瓒对王蒙的画极为推崇。诗中提到的王右军，即东晋著名书法家王羲之，他受东汉张芝的影响，"临池学书，池水尽墨"。宗少文，即南朝宋代著名画家宗炳，他自称"澄怀观道，卧以游之"。这是赞美王蒙学书似王羲之一样肯下苦功，学画如宗炳一样以自然界山水为师。他不仅继承了前人的成就，而且可与之媲美。在元代，中国绘画在"书画同源"理论的影响下，把书法的用笔引入到绘画中来，特别讲求笔墨的功夫，因此倪瓒高度赞扬王蒙"笔力能扛鼎"的非凡技艺。这里强调的画家"笔力"，正是指书法运笔功力。这也是当时绘画美学的一个重要准则。前文已述，赵孟頫曾说："石如飞白木如籀，写竹还应八法通。若也有人能会此，须知书画本来同。"（《枯木竹石图卷》）"飞白"，是书法中一种笔画中间丝丝露白的用笔方法或书体，相传为后汉蔡邕所创，后来逐渐用于绘画。宋末元初著名书画家钱选在回答赵孟頫问什么是绘画的"士气"时，也概括为"隶体耳"。王蒙的绘画以繁见长，善于用笔。他自己说："老来渐觉笔头迂，写画如同写篆书。"倪瓒作为王蒙的朋友，又是极有影响的画家，他对王蒙书画的评价，在中国美术史上已成为历来评论王蒙的重要依据，极具权威性。此诗中极力强调"笔力"这一点，不仅使我们看出元代文人画的共同艺术追求，而且为我们研究、欣赏元代绘画提供了理论根据。

王蒙

王蒙（约1308或1301—1385），字叔明，号香光居士，湖州（今属浙江）人。

元末弃官，隐居杭州黄鹤山（今浙江临平），自号黄鹤山樵，直到晚年才下山出仕，明初任山东泰安知州，后因"胡惟庸案"死于狱中。

王蒙擅长山水画，得外祖赵孟頫法，又参酌唐宋诸家，变古创新，善用解索皴和渴墨苔点表现林峦郁茂苍茫之气象，自成一家。也善诗文，工书法。有《草堂雅集》。其题画诗代表作是《陈惟允荆溪图》：

> 太湖西畔树离离，故国溪山入梦思。
> 辽鹤未归人世换，岁时谁祭斩蛟祠？

"荆溪"，水名，上承永阳江，下注太湖，在江苏宜兴南，以近溪南山而得名。所以诗的前两句一应太湖，一应溪山，紧扣诗题，既写画境，又借以抒怀。接着引用《续搜神记》中"辽鹤"飞天典，言自己未归去而山河有异，抒写故国之情。后又由"荆溪"引出《吕氏春秋》中一典："荆有佽飞者，得宝剑，还涉江，有两蛟夹绕其船，佽飞拔剑赴江，刺蛟杀之。荆王闻之，仕以执珪。"诗中说"岁时谁祭斩蛟祠"，既表达了诗人对为民除害英雄的怀念，又感叹物是人非，如今已无佽飞这样的英雄了。因此，这首诗也婉转地揭露了元代社会的黑暗。此绝句寄托颇深，意

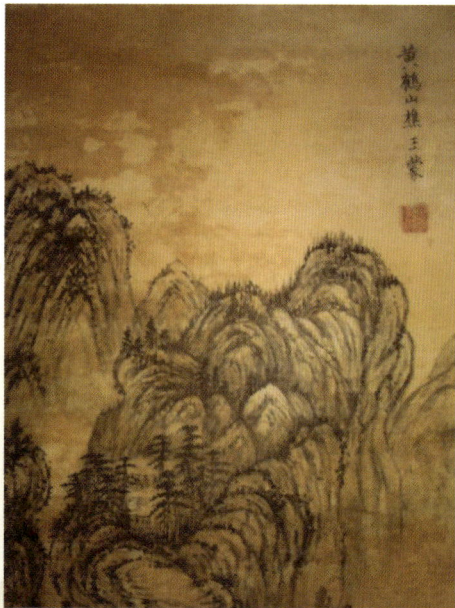

王蒙画

蕴丰厚，用典极为恰当。其题画诗《破窗风雨图》也是一首好诗，其诗是：

> 纸窗风破雨泠泠，十载山中对短檠。
>
> 老矣江湖归未遂，画间如听读书声。

其诗前小序说，刘性初自称其住处为"破窗风雨"，大家为他作诗，积成一卷，于是"我"便画了此画，并题诗于上。[1]董其昌评这幅画说："王叔明画卷有《听雨楼》与此卷绝类，但此图更清润，有赵吴兴法。"（《式古堂书画汇考》卷五一）赵吴兴，即王蒙外祖父赵孟頫，此画得其风韵。

此诗前两句写画面实境，称颂刘性初的苦读精神。后两句宕开一笔，由眼前景推想开去。想象刘性初"老矣"时，因在外游宦而不得归，当他苦读画卷，看到自己在山中苦读之情状，身畔似乎响起琅琅读书声。绘画是无声艺术，无法表现声响，更难以表现长时间的跨度，而王蒙这首诗，却能补救绘画艺术的这两个缺憾。诗人跨越了时空的限制，写出刘性初十年苦读的生涯，更运用"通感"艺术手法，写出破窗边的风雨声和刘性初的苦读声，并进一步设想他老年观画时的心态，充分发挥了题画诗申补画意不足的功能。《破窗风雨图》画风清润，题诗也诗思清朗，画境与诗境互相融通，诗境通过画境衬托，使绘画美和诗意美在这首诗里得到完美的统一。此外，诗中说"老矣江湖归未遂"，也流露出自己晚年仕宦之感叹。

第二节　元代后期其他题画诗人

张翥（1287—1368），字仲举，号蜕庵，原籍晋宁襄陵（今山西襄汾西北），后徙杭州。少负才不羁，后闭门读书，昼夜不辍。先后受业于李存、仇远，遂以诗文传名。久居扬州，慕名延师者甚众。至正元年（1341），五十多岁时方以隐逸荐，入京为国子助教，不久便退居淮东。至正三年（1343），召翰林国史院编修官，修纂辽金宋三史。累迁太常博

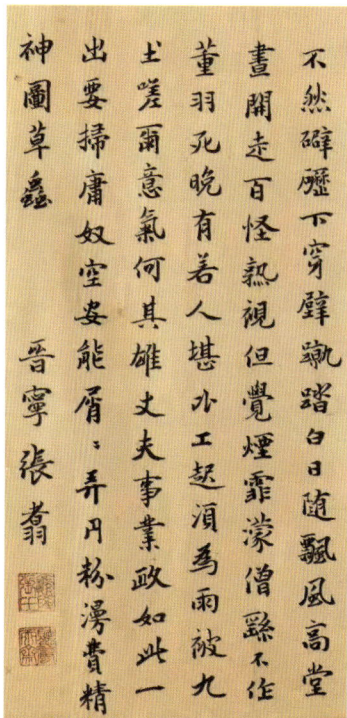

张翥行楷书法

士、国子祭酒、集贤学士等。以翰林学士承旨致仕。

张翥是元代后期较有影响的诗人，被认为是元代继刘因、"元诗四大家"之后集古人《诗经》风雅传统之大成者。他长于诗，近体、长短句尤工。他主张作诗既要学习前人，又要有自己的"风度"，"然亦师承作者，以博乎见闻，游历四方，以熟乎世故。必使事物情景，融液混圆，乃为窥诗家室堂。盖有变若极而无穷，神若离而相贯，意到语尽而有遗音。则夫抑扬起伏、缓急浓淡，力于刻画点缀，而一种风度自然，虽使古人复生，亦止乎是而已矣。"(《午溪集序》)释来复对张翥诗歌风格的评价是如"春空游云，舒敛无迹，此其冲淡也。昆仑雪霁、河流沃天，此其浑涵也。灏气横秋，华峰玉立，此其清峭也。平沙广漠，万马骤驰，此其俊迈也。风日和煦，百卉竞妍，此其流丽也。写情赋景，兼得其妙，读之使人兴起，诚为一代诗家（一作豪）矣"(《蜕庵集序》)。

有《蜕庵集》，存题画诗30首。

张翥历经元王朝盛衰之后，感触良多。他的题画诗一是直斥现实，二是间接地把矛头指向最高统治者。这便是对现实的忧虑与对历史的关注。他反映现实的代表诗作是《题牧牛图》。前文已述，这是一首对社会灾难的忧心之作。从"去年苦旱蹄敲块，今年水多深没鼻。尔牛觳觫耕得田，水旱无情力皆废。……儿长犊壮须尽力，岂惜辛勤供稼穑。纵然喘死死即休，不愿征求到筋骨"这些诗句中我们可以深切地感受诗人的现实忧患意识和社会责任意识。除了天灾造成的社会灾难外，张翥很清楚地认识到上层统治者是社会灾难的真正制造者。

如《周昉按乐图》，通过写唐明皇与陈后主沉溺于女乐而误国，发出

"由来嗜音必亡国"的感叹。诗中说：

美人按乐春昼长，绿鬟翠袖双鸣珰。

玉箫高吹银管笛，二十三弦啼凤凰。

后来知是调筝手，窈窕傍听曾误否？

《梁州》遍彻《六么》翻，此曲惟应天上有。

行云不动暮雨生，流莺瞥目飞鸿惊。

宫驰羽疾争新声，花月六宫无限情。

君不见《后庭》《玉树》梨园谱，日日君王醉歌舞。

一朝鼙鼓动地来，禄儿危似韩擒虎。

丹青纵复王何益，由来嗜音必亡国。

田家机杼人不知，好写《豳风》劝蚕织。

这显然是以古鉴今，矛头直指元代统治者。又如《题长孙皇后谏猎图》采用了对比的方法，画面中长孙皇后劝谏皇帝，皇帝听谏罢猎，图画外却是"天宝神孙隳大业，锦绣五家争蹀躞。可怜风雪骊山宫，正与真妃同射猎"。诗人在历史人物的故事图画中读出的是唐王朝由盛而衰的缘由。这不仅仅是对图画背景的观照，也是对元朝社会历史的观照。

张翥题画诗的艺术风格雄浑壮阔，气势豪宕，如《题华山图》：

华岳连天向西起，瀔洞秦川三百里。

巨灵高掌削芙蓉，影落黄河一丝水。

云台雾谷巢神仙，羽衣金节时周旋。

大笑失脚白蠃背，归来石上长鼾眠。

千载悠悠寄玄赏，耳孙风骨犹萧爽。

远从丹丘渡沧海，追挹神踪欲长往。

何人想象图真形，叠崖阴洞高林青。

上摩金天之帝京，下揽玉女之明星。

峰耶麓耶两莫极，虎豹叫绝烟霏冥。

仙家楼观超然住，遥认微茫是征路。

丹梯铁锁不可攀，直唤茅龙上天去。

这首七言古诗由《华山图》展开联想与想象，将连天之华岳写得神奇而壮丽。诗人虽有道家超然之思，但格调高亢，意境阔远。此外，《金宣孝太子墨竹》《题陈所翁九龙戏珠图》等，也有同样的风格。

张翥的题画诗也兼有清新明快或苍凉凄婉的风格。试看他的《宋徽宗画栀禽》：

龙沙魂断梦华空，遗墨凄凉扇面中。

三十六宫恩怨尽，更无花鸟诉秋风。

此诗是悼念宋徽宗之作。人生有情，花鸟无语，情意深致，哀婉动人。而《冯秀才伯学以丹青小景山水求题》《题唐子华画王师鲁尚书石田山房》等描写山水风光的诗，则是风格清新自然，充满了优游闲淡的生活意味。

此外，张翥还有些题画诗涉及宋、金、元三朝图画的收藏、题款、印章等，对研究有关画家和绘画、书法等很有参考价值。

朱德润（1294—1365），字泽民。九世祖贯，为睢阳（今河南商丘南）五老之一。好诗文，善书札，尤工画山水、人物。其诗、书、画先后得到仁宗和英宗的赏识。先后任国史院编修官、镇东行省儒学提举。

有《存复斋集》，存题画诗近30首。其题画诗多为自题，但有些题画诗未作文字说明，难以确认。他的题画诗虽有歌功颂德之作，如《题张参政所藏骢马滚尘图》等，但也有关涉时政的题诗，如《题李唐村社醉归图》：

村南村北赛田祖，夹岸绿杨闻社鼓。

醉翁晚跨牸牛归，老妇倚门儿引路。

信知击壤自尧民，季世龚黄不如古。

披图昨日过水南，县吏科徭日旁午。

　　南宋画家李唐的《村社醉归图》本是描写丰年的逸乐之画。诗人则是借画另寄感怀。诗中虽然也写了老翁醉归，但仅仅是为了点题和铺垫，其主旨却是揭露元朝末年租税沉重、徭役不休的社会现实。一句"季世龚黄不如古"，不仅揭示了"县吏"的普遍腐败，而且说明即使有好官也不能与古代的良吏龚遂、黄霸相比了。可谓鞭辟入里，十分深刻。再看其《题张参政所藏太真上马图》：

> 开元朝野时清明，姚宋庙谋多辅成。
> 紫宸前殿焚锦绣，花萼楼高延弟兄。
> 那知暇豫生淫乐，慢舞霓裳羽衣薄。
> 龙蠡流祸入宫墙，野鹿衔花污帘箔。
> 春晴并辔曲江行，回顾阿环娇态生。
> 绣衣珠跣如花旋，秦虢椒房恩宠新。
> 宫中异出锦绷儿，兵满渔阳人未知。
> 一朝犯顺入宫阙，咸阳烟尘迷日月。
> 翠华杂沓惊尘蒙，剑阁西回渭水中。
> 王臣下微同列国，从此藩镇争豪雄。
> 人生富贵真迷途，倾城褒姒无时无。
> 漫道玄宗不知政，试问当年无逸图。
> 宫中异出锦绷儿，兵满渔阳人未知。
> 一朝犯顺入宫阙，咸阳烟尘迷日月。
> 翠华杂沓惊尘蒙，剑阁西回渭水中。
> 王臣下微同列国，从此藩镇争豪雄。
> 人生富贵真迷途，倾城褒姒无时无。
> 漫道玄宗不知政，试问当年无逸图。

　　此诗写唐玄宗由"淫乐"而误国，也具有较深的警醒作用。

　　陶宗仪（1316—1403后）是元末明初的文学家，字九成，号南村，黄岩（今属浙江台州）人。著有《南村辍耕录》，其诗风调清健，也善书。其《题画墨梅》写梅以书法入画，别具一格。其诗是：

明月孤山处士家，湖光寒浸玉横斜。

似将篆籀纵横笔，铁线圈成个个花。

"篆"和"籀"本是古代书法的字体，线条圆劲瘦挺。诗人用来形容圆而挺的梅花，颇为巧妙。

元代末期，出现一批诗画兼擅的题画诗人，除上面提到的柯九思、倪瓒、王蒙、王冕、杨维祯外，张渥、戴良、顾瑛等也创作了许多自题或他题画诗。

张渥，生卒年不详，字叔厚，号贞期生，祖籍淮南（今安徽合肥），后居杭州，一说为杭州人。博学多艺，屡试不中，便致力于诗画。画以白描人物著称，被称为北宋画家李公麟之后一人而已。传世画作有《九歌图》。题画诗的代表作是长诗《题昭君出塞图》。诗中除了对塞外风物的描写颇具特点外，对昭君外貌与内心的描写也细致入微，如"汉宫佳人颜色娇，蛾眉憔悴发无膏。手挥琵琶响檀槽，声声呜咽写郁陶。穹庐不暖乡梦劳，边月长照非良宵"。特别是其中"掖廷旧好恩不交，在胡虽恨宠可要"两句，写昭君不幸中尚可"邀宠"的自我慰藉，好似无奈的苦笑，入情入理。

戴良（1317—1383），字叔能，号九灵山人，浦江建溪（今浙江诸暨马剑镇）人。元亡后，变姓名隐居四明山。工诗，风骨高秀，多磊落抑塞之音。有《九灵山房集》。其《题打球图》是题写胡人马上打球的风俗诗：

戴良

群胡击球世未见，人马盘盘若风旋。

场中一点走如飞，三人跃马争先驰。

两人翻身惊且叹，前视后视回回转。

平沙蹙踏黄入天，肯使苍鹰飞向前。

身忘激射但狂走，未知球落谁人手。

君不见秦失其鹿人共逐，刘项雌雄几翻覆！

此诗不仅描写了"世未见"的胡人打球的生动场面，而且从中感悟出世间政权更替之纷争，可谓有感而发，即小见大。

注　释

〔1〕参见洪丕谟选注《历代题画诗选注》，上海书画出版社，第55页。

第二十七章

元代诗坛独树一帜的诗人

　　杨维祯所创造的"铁崖体"是这一时期诗风的显著标志。顾嗣立评价杨维祯在元诗史上的地位时说："元诗之兴，始自遗山。中统、至元而后，时际承平，尽洗宋金余习，则松雪为之倡。延祐、天历间，文章鼎盛，希踪大家，则虞、杨、范、揭为之最。至正改元，人才辈出，标新领异，则廉夫为之雄，而元诗之变极矣！"（《元诗选·辛集·铁崖先生杨维祯》）《四库全书总目·铁崖古乐府条》中说："元之季年，……维祯以横绝一世之才，乘其弊而力矫之，根柢于青莲、昌谷，纵横排奡，自辟町畦，其高者或突过古人，其下者亦多坠入魔趣。故文采照映一时，而弹射者亦复四起。"[1] 于是，杨维祯的诗歌便被称为"铁崖体""铁体"，在元代诗坛独树一帜。他诗学李贺，名重当代，奇崛诡怪的风格成为与他真性情相适应的诗歌形式，被认为"隐然有旷世金石声，人之望而畏者，又时出龙鬼蛇神以玄荡一世之耳目，斯亦奇矣"[2]。这也正是"铁崖体"的特点。杨维祯也被看作"一代诗宗"。

第一节　杨维祯生平

　　杨维祯（1296—1370），祯一作桢，字廉夫，号铁崖、东维子等，别号铁笛道人。山阴（今浙江绍兴）人。在枫桥镇东南的铁崖山下，有一清澈可鉴的方塘，名叫泉塘。元贞二年（1296），元代被誉为"文章巨公"的杨维祯，就出生在这里的山村。

　　杨家兄弟4人，杨维桢排行第三。从8岁开始，杨维桢师从同邑宿儒陈稼轩。他自幼颖悟聪慧，能日记书数千言，为文"辄有精魄"。乡里诸老生常谓其势"咄咄逼人"，前途不可限量。弱冠之年，其父杨宏不为儿子完婚，却卖掉了家中仅有的一匹马，供其去四明、浙南游学，以增广见识。杨维桢一路节俭，用所省资费购买了当时极为难得的《黄氏日钞》等。其父赞许地说："这些书的收获，不是比一匹马更有价值吗!"

杨维桢

　　不久，伯父杨实辞官回家。为了进一步培养后代，杨实聘请了名儒陈敢为师。从此杨维桢与堂兄维易、维翰在陈敢的教诲下，刻苦诵读子史经传。滴漏计时，满分为度；冷水沃面，寒暑不辍。第二年，乡里举荐杨维桢参加乡试，但未获杨父准许。其实，对儿子寄予厚望的杨宏，此时正有一个更奇特的计划酝酿于胸。村南的铁崖山，石骨高耸，其色如铁，杨宏于是建楼于崖上，四周植梅百株，并把家中的数万卷藏书搬入楼中，然后抽去楼梯，令儿子吃住在内，由辘轳传食。杨维桢于此闭户攻读，写诗作文，五年不曾下楼。由此，杨维桢常以"铁崖"自号，又自称"梅花道人"。

　　30岁那年，杨维桢就开始精心备考。为了应试，他自拟不少赋题，并撰写文论100多篇。翌年参加乡试，果然一举得中。根据元朝规定，乡试第二年即为殿试。泰定四年（1327）三月十二日，京城大都崇庆门传胪赐进士，杨维桢荣登进士第。消息传来，杨家欣喜异常。这一年，杨维桢32岁。很快，杨维桢被朝廷授予承事郎，任天台县尹，为正七品职。1328年秋，33岁的杨维桢赴任之前，父兄师友无不谆谆告诫、勉励他忠于职守，谦行慎为。杨维桢也决心不负众望，报效朝廷；但日后官场的复杂与黑暗，远不是杨维桢这样的一介书生所能想象得到的。

　　天台县地处浙江东部，地约百里，山瘠民穷，社会情况十分复杂。那些为非作歹的黠吏，人称"八雕"，平时横行乡里，无恶不作。初出茅庐的杨维桢，一到天台便查实罪行，依法严惩。不料惩治了少数，得罪了一帮，他们或明或暗，四处活动，恶意中伤。结果，秉公处事的杨维祯任职仅两年多即被罢官。15年后，阅历既丰、身经坎坷的他仍对此耿耿于怀："承命以来不敢少负于学。而性颇狷直，甘与恶人仇。不幸上官不右余直。" 疾恶如仇，而上官不察，是以免职。免官以后，杨维祯先是在泉塘老家闲居，后搬到离家不远的大桐山中，一边读书，一边教授弟子。四年后，杨维祯被改任钱清盐场司令，为从七品，因而心中颇为郁结。

至元五年（1339）七月，杨维祯父去世，于是他辞掉盐场职务，按习俗为父守制。不久，母亲去世。依照常例，在丁忧期满后，本应续任或另行任官，但杨维祯没有想到的是，这一搁置竟长达10年，既不复官，又无新的委任。

父母相继去世，补官又遥遥无期。从45岁开始的10年，是杨维祯一生中最无奈、最活跃、最丰富，也是最复杂的时期。

在这10年间，杨维祯以从教授徒为主要工作。这既是谋生的需要，也是济世的无奈选择。他先后在绍兴、杭州、吴兴、姑苏和松江等地授徒。聘其任教的不少为豪门巨富，因而在此期间，杨维祯的生活优裕且空闲、自由，这为他读书写作提供了很好的条件。他一生中的大部分诗文都是在这十年间完成的。

素有天堂之称的苏杭，明山秀水，吸引了大量的文人墨客。杨维祯在教学之余，时常偕同诗朋文友游山玩水，纵情自然，赋诗作画，宴饮唱和，并不时地举办一些大型的文化活动。1350年在嘉兴和松江举办的两场文会盛极一时，每场与会者竟达700人之多。文士们携文赴会，参加评选，而文会的主评都是声名赫赫的杨维祯。这些活动，既奠定了杨维祯文坛盟主的地位，又留下了不少脍炙人口的诗文。

1350年，杨维祯在免官整整10年后，被重新任命为杭州四务提举。离开昆山赴任前，他写下了"俯仰三十年，同袍几人在。明当理行舟，天远征鸿背"这样满含着伤感之情的诗句。

尽管四务提举是个位低事杂的小官，但杨维祯上任后，"日夜爬梳不暇，骑驴谒大府，尘土满衣襟"，十分尽心尽职。两年后，又改任杭州税课副提举，因公务繁忙而少有诗作。不久，杨维祯因匿名投书揭露上司而自感无法继续在杭州任职，遂转官去建德，任建德路总管府推官，管理刑讯和监狱。在此职位上，他"悉心狱情……务使无冤民"。仅两年，朱元璋部将胡大海攻取建德，杨维祯仓皇逃入富春山中。这年末，被授奉训大夫，升任江西等处儒学提举；但因战乱而交通阻塞，未能就任。第二年二月，返回杭州；十月，休官去松江从教。1368年，朱元璋登基称帝，建立明朝。翌年十二月，杨维祯应召赴金陵，参与修礼乐书。然而仅百余日，杨维祯肺疾发作，被急送松江。弥留之际，忽自起捉笔，撰《归全堂记》，书毕溘然而逝，终年75岁。

第二节　杨维祯诗书画

杨维祯一生著述甚丰，留存于世的有诗1000多首、文460多篇。他不仅以诗文名世，而且擅书画，懂音律，是继唐王维、宋苏轼之后，中国文化史上罕见的艺术全才。

杨维祯的诗中最富特色的是古乐府诗，既婉丽动人，又雄迈自然，极为历代文人所推崇，被称为"一代诗宗"。他否定格律诗，认为"诗至律，诗家之一厄也"。其目的是摆脱律诗中音律的束缚，借古体诗的自由格式最大限度地表现诗人的真性情。而诗鬼李贺奇崛诡怪的风格成为与他

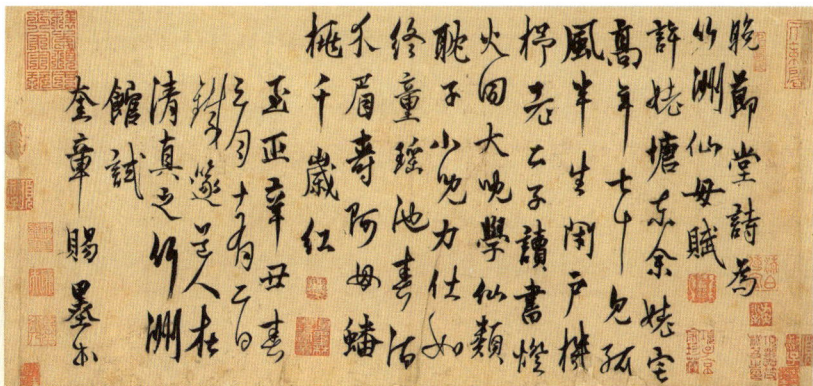

杨维祯书法

真性情相适应的艺术追求。因此，他诗学李贺，名重当代，被认为"隐然有旷世金石声，人之望而畏者，又时出龙鬼蛇神以眩荡一世之耳目，斯亦奇矣"。这也正是"铁崖体"之特点。杨维祯之文，体裁多样，包括序、记、志、碑、铭、书和论等多类。他下笔洋洋洒洒，气势磅礴，曾有"日月之丽天，江河之行地"的赞誉。明初诗文大家宋濂称其为"文章巨公"，"云雷成文而寒芒横逸，夺人目睛"。

作为诗文大家，杨维祯始终为文人墨客的追逐目标。在他的周围，聚集着众多高士名家，其中包括宋濂、李孝光、赵孟頫、倪瓒、黄公望、吴镇、王蒙和高明等。这些历史上泰斗级的人物，都是他关系密切的文友。他们不仅宴饮游乐、山水唱和，而且作画题诗、互赠序跋，在历史上留下了文人相亲的佳话。

杨维祯是元代后期著名的书法家，正如他诗歌"龙鬼蛇神"的诡谲，他的书法亦与元代书法温婉秀丽的主流风格殊为两路。杨维祯擅长行草，曾远师汉晋张芝，近承鲜于枢与康里子山的书风，笔画刚健遒劲，结构刻意扭曲，章法有意错杂，但却呈现为一种矫碟横发、峻拔险劲的奇崛之美，论者以为如"大将班师，三军奏凯，破斧缺斨，倒载而归"[3]，则是"上接宋意，下开明态，与明代的书风一脉相承"[4]。即使是工整的楷书，也"不同于元人的一般楷书，此书不以姿态法度取胜，而是寓奇崛于工整之中，与他的行草书，虽工、放异态，内在的性格却是完全一致的。其特点是由欧阳通而上追晋人碑版笔意，瘦硬古拙，棱角分明"。《周上卿墓志铭》是唯一传世的楷书作品。杨维祯的诗歌与书法皆表现出了明显的反主流、反正统的特点。

杨维祯绘画作品存有《岁寒图轴》《铁笛图轴》《写生轴》《五福图轴》等4幅，但这几幅画被今天的书画研究者鉴定为明人的伪作。

著有《铁崖古乐府》《铁崖复古诗》《铁崖集》《铁龙诗集》《铁笛诗》《草玄阁后集》《东维子集》等。以上各诗集存题画诗48首。

第三节 杨维桢题画诗

杨维桢生于易代之际，其题画诗常抒兴亡废替之感，如《题开元王孙挟弹图》说：

> 开元少年意气雄，任侠不数陈孟公。
> 文犀束带鹄被小，骄马飒踏如飞龙。
> 侧身仰望目瞿瞿，为有流莺在高树。
> 两骑联翩未敢前，看送金丸落飞羽。
> 白头乌啄延秋门，渔阳尘起天地昏。
> 珊瑚宝玦散原野，空令野客哀王孙。
> 平原公子五色笔，俗史庸工俱辟易。
> 写成图画鉴兴衰，未必奢淫不亡国。

开元年间，是唐之盛世。此时的王孙公子任侠使气。其骄马"如飞龙"，见有流莺在树，即以金丸射落。意气豪雄，似不可一世。然而曾几何时，"渔阳鼙鼓动地来"，"珊瑚宝玦散原野"。画家以画图鉴兴衰，诗人也以题诗"哀王孙"。杨维桢为以唐代故实绘画题的诗较多，还有《唐玄宗按乐图》《明皇按乐图》《题杨妃春睡图》等。在这些诗中，或写盛时之繁华，或抒衰败之离情，无不带有浓重的感伤色彩。此外，在其他题画诗中诗人也常常寄寓兴亡之感，如《古观潮图》最后说："崖山楼船归不归，七岁呱呱啼轵道。"诗人并注释："此咏赵宋观潮事。"崖山（即厓山），在广东新会县南大海中，形势险要。宋绍兴中置崖山寨，是扼守南海的门户，宋末为抗元的最后据点。宋祥兴二年（1279）宋军战败，陆秀夫负帝昺于此投海。此诗由宋代帝王观潮联想到帝昺沉海，其兴亡之情自在其中。他还在《题钱选画长江万里图》中评骘六朝人物，感叹"新亭风景岂有异，长江不洗诸公羞"，并自叹身世："铁崖散人万里鸥，拙迹今似林中鸠。不如大贾舶，江山足胜游。腰缠足跨扬州鹤，楼船不用蓬莱丘。

平生此志苦未酬，眼明万里移沧洲。呜呼！楚水尾，吴淞头，山河一发瞻神州，孰使我户不出兮囚山囚？"这里提到了诗人的"志"，表面上看，他好似羡慕"足胜游"的"大贾"，但实际上还是钟情"沧洲趣"。那么又是谁使他成为不出户的"山囚"？诗中虽然没有明说，但也可隐约看出他对现实的不满。既然他不满于现实，为什么当明王朝征召他，他又不肯出仕呢？这便是古代知识分子的所谓气节，即忠臣不仕二朝。也正是因为杨维桢有这种清高的节操，所以他在《题苏武牧羊图》中赞颂苏武坚贞不屈的民族气节，针砭李陵的屈膝变节；在《题陶渊明漉酒图》中称赞陶渊明："家贫不食檀公肉，肯食刘家天子禄？"

杨维桢所创的"铁崖体"，表现在题画诗上也标新立异，呈现出一种瘦硬的"铁"风，即纵横出奇、惊世骇俗。先看诗人的自身形象，其《自题铁笛道人像》说：

> 道人炼铁如炼雪，丹铁火花飞列缺。
> 神焦鬼烂愁镆铘，精魂夜语吴钩血。
> 居然跃冶作龙吟，三尺笛成如竹截。
> 道人天声闯天窍，娲皇上天补天裂。
> 淮南张淮人中杰，爱画道人吹怒铁。
> 道人与笛同死生，直上方壶观日月。

在这首诗中，诗人塑造出一位奇特的形象：他炼铁时，火花四溅如闪电，"神焦鬼烂"，"精魂夜语"，时作"龙吟"，时吹"怒铁"。据杨维桢《跋君山吹笛图》，铁笛乃大痴道人黄公望所制，而且是支"小铁笛"。大痴道人曾出小铁笛令杨维桢吹洞庭曲，道人自歌。杨维桢称"铁笛道人"当是就吹铁笛而言，史料记载中吹铁笛时物我两忘的情态确实恰到好处地表现了杨维桢的"神仙"气质。但也许吹铁笛的逍遥不足以展现杨维桢心中的"神仙"形象。所以在为自己肖像题写的这首诗中，他选择了炼铁造笛来诠释"铁笛道人"。这本身已不同寻常，从感觉上，将高逸的享受演绎成了力量的释放，将笛声悠扬的旋律改变为铁器铿锵的敲击声。在诗歌的具体创作中，更出人意料地刻画了道士炼铁的轻松容易和被炼之铁的残酷命运。昔日的名剑镆铘、吴钩在道士的炉中已属奇异之想，杨维桢还要让他们"神焦鬼烂""精魂夜语"。炼成的笛子当然也不会是"小铁笛"，而是如竹截的三尺长笛。由此笛发出的声音不仅堵塞天窍，还要震裂苍天，劳得女娲补天。这是杨维桢的自画像，诗歌语言与境象呈现着诗人聚集于心中的喷涌而出的力量，一种极具穿透力、覆盖力的力量。这种力量中透射着诗人戏谑狂狷的心态和光怪陆离的眼光。杨维桢正是用这样的心态、这样的眼光观照图画。他的许多题画诗都具有造语恣肆、造象怪异、造境奇崛豪迈的特点，表现出了诗人十足的气势和以丑为美的审美观念。可以看出，他不仅仅在学李贺之怪，也在学韩愈之丑与力。以石破天惊之笔，勾画出雄奇险怪的艺术风格。这既是他狷介孤高的个性使然，也是他学习唐代诗人韩愈、李贺艺术手法的结果。

再看他的《题履元陈君万松图》：

> 紫芝道人天思精，南来新画青松障。
> 东家画水西家山，积弃陈缣忽如忘。
> 突然槎牙生肺肝，元气淋漓迫神王。
> 巫呼圆瓦倒墨汁，尽写髯官立成仗。
> 群争十丈百丈身，气敌千人万人将。
> 交柯玉锁混鳞甲，屈铁金绳殊骨相。
> 石斗雷霆白日倾，雨走蚴龙青天上。
> 前身要是僧择仁，五百蜿蜒见情状。
> 天台老林亦画松，三株五株成冗长。
> 我家东越大松冈，五鬣苍苍郁相望。
> 门前两个赤婆娑，上有玄禽语相向。
> 雕龙梓客朝取材，伏虎将军夜偷饷。
> 安得射洪好绢百尺强，令泫阴森移叠嶂。
> 鼓以轩辕之瑟五十弦，共写江声入悲壮。

在这首诗后，诗人有小注说："右写似子昭异才，子昭工画仕女花木，予惧其情过粉黛，则气乏风云，故书此诗以遗之。子昭读此诗后，得无激作于公孙大娘之剑乎？"以上所注，无疑是夫子自道，不仅正确地评价了画家其人，而且说出了这首诗的风格特点：如风云突变，"声入悲壮"，真有公孙大娘舞剑器之激昂。但是，杨维祯的题画短章，风格却与此不同，呈现的是蓝天白云，一派悠悠情致。试看他的《题柯敬仲竹木》：

> 洞庭秋尽水增波，光动珊瑚碧树柯。
> 夜半仙人骑紫凤，满天清影月明多。

此诗写洞庭波光，一碧千顷，月明星稀，清影满天，较之《题履元陈君万松图》中那"石斗雷霆白日倾，雨走蜿龙青天上"的描写，真是另一个世界。又如《雨后云林图》，更是绝妙的人间仙境。倪瓒曾画有一幅《雨后空林图》，现藏台北"故宫博物院"。杨维祯所题很可能就是此图。这首诗写得很妙，诗人紧紧抓住了雨后山馆的特点，表现了它独具的审美特征。雨后，云飘山际，峰出云端，故有"浮云载山"之感，把静的画面写得神采飞动。白云飘飘，青山绕碧，其清淡之致，颇近王维的山水田园诗。不过，由于杨维祯主流诗风的影响，他的山水类题画诗，常于淡雅之中透出一种豪气，如《题孟珍玉涧画岳阳小景》：

> 岳阳楼上望君山，山色苍凉十二鬟。
> 剑气拂云连翠黛，珮声挑月过沧湾。
> 洞庭水落渔船上，云梦秋深猎客还。
> 最忆老仙吹铁笛，驭风时复往来间。

这首本是写岳阳小景的诗，诗人却联想到豫章剑气冲天之旧典，于是"老仙"便吹着铁笛驭风往还，似乎已飘飘欲仙了，使此诗平添了浪漫色彩。

杨维祯还有一些风格清婉明丽的题画诗，如《题捻花仕女图》：

> 写罢桃花扇底诗，木香手捻小枝枝。
> 灵犀一点春心密，不许墙东野蝶知。

此诗不写仕女的姿容，只以花木作衬托，但最后两句却通过其"春心"不许"蝶知"一细节，既揭示了她的心理活动，又仿佛让我们看到了她的羞态。婉转生姿，诗风清丽。另一首《题杨妃春睡图》情态毕现，描写浮艳，虽为香奁之作，但也清朗明丽。这与铁崖体的豪宕磅礴之风迥异，是杨维桢风格的另一面。

注　释

〔1〕见《东维子文集》卷七。

〔2〕张雨：《铁崖先生古乐府序》，见《铁崖先生古乐府》卷首。

〔3〕《题杨铁崖遗墨》，见吴宽《家藏记》卷四十九。

〔4〕参见徐建融：《元代书画藻鉴与艺术市场》，上海书店出版社，1999，第111页。

第二十八章

"不要人夸好颜色，只留清气满乾坤"

——题画梅诗人王冕

王冕

王冕（1287—1359），字元章，号老村，又号竹堂、煮石山农、梅花屋主等。诸暨（今属浙江）人。幼年家贫，曾替人放牛。勤苦自学，却屡试不第，便浪迹江湖。后有人推荐他做官，均辞不受。贫苦的出身和流浪江湖的艰辛生活，使他对广大人民所受的苦难比一般知识分子有更深的体会，对黑暗的现实也有更清楚的认识。晚年，他避居会稽（今浙江绍兴）九里山，以种粟养鱼卖画为生，还植梅千枝，建梅花屋。其《梅花屋》诗说："荒苔丛篆路萦回，绕涧新栽百树梅。花落不随流水去，鹤归常带白云来。买山自得居山趣，处世浑无济世材。昨夜月明天似洗，啸歌行上读书台。"此诗颇能表其志。诗后又说："今年老异于上年，须发皆白，脚病行不得，不会奔趋，不能谄佞，不会诡诈，不能干禄仕。终日忍饥过，画梅作诗，读书写字，遣兴而已。自偈曰：既无知己，何必多言，呵呵！"

王冕书法作品

第一节 王冕的气节

王冕素有"愿秉忠义心，致君尚唐虞；欲使天下民，还淳洗嚣虚"的高远之志[1]。又据《王冕传》载，他"操觚赋诗，千百不休，皆鹏骞海怒，读者毛发为耸"。又遇"天大雪，赤足上潜岳峰，四顾大呼曰：'遍天地间皆白玉合成，使人心胆澄澈，便欲仙去。'及入城，戴大帽如簁，穿曳地袍，翩翩行，两袂轩翥，哗笑溢市中"[2]。其狂放性情可见一斑。王冕虽身在江湖，但夜览书卷不止，遍术数，知至法，以待时而用。

王冕是元代后期著名的画家。他以画墨梅名世，师承扬无咎，但多有创新，首创"以胭脂作没骨体"(顾瑛《草堂雅集》卷十三)。又一改宋人画梅疏枝淡蕊的图象模式，创画梅"万蕊千花"的繁花画法。因此，其梅花去萧寒孤清之容，而富生机勃勃之感。正所谓"风神绰约，珠胎隐现"(清朱方蔼《画梅题记》)。又以书法入画，如丁鹤年所言："永和笔阵在山阴，家法惟君悟最深；寓得梅花兼二妙，右军风致广平心。"[3]其绘画的书法意味浓厚，笔法遒劲简率。传世作品《墨梅图》有多本，真伪相杂。真迹《墨梅图》存于上海博物馆。

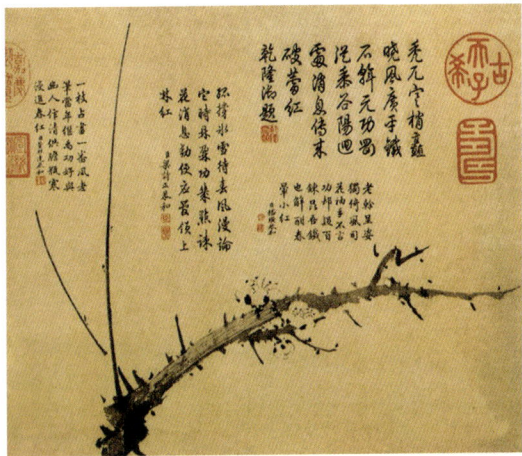

《梅花图》

王冕诗歌中题画诗是最主要的组成部分。夏文彦言其善画墨梅，自成一家，"凡画成，必题诗其上"。王冕题画诗不仅题画梅花，山水、鞍马、禽鸟、杂花等也多有所及。其题画诗在一定程度上，印证了上述前人的评价，既"抒性灵，感时纪事，以陶写其磊落抑塞之气"，又"不为元时习尚所囿"[4]。他题画的《梅花诗》一卷很著名。张辰作《王冕传》载："君善写梅花竹石，士大夫皆争走馆下，缣素山积。君援笔立挥，千花万蕊，成于俄顷。"因此，王冕是中国题画诗史上不多见的以题画梅诗名世的诗人和画家。有《竹斋集》，其中三分之一以上为题画诗。

第二节　王冕题画诗主要内容

王冕的题画诗受绘画题材的影响，反映的生活虽不如其他诗广泛，但直面现实，也较为深刻，其主要内容有三方面。

一、表达民族意识，反映人民苦难

王冕虽然生活于元代末期，一般人的民族意识多已淡薄，但作为一位有气节的诗人，王冕仍未忘怀。他的《应教题梅》说：

> 刺刺北风吹倒人，乾坤无处不沙尘。
> 胡儿冻死长城下，谁信江南别有春？

这首题画梅诗当是深有寓意的，首两句似暗指北方民族入侵，致使沙尘四起，暗无天日；后两句则明写"胡儿"必败，南方将春回大地，万物复苏。因此，此诗具有较为明显的民族意识。其《宣和殿画水仙鸲鹆图》，则通过今昔对比也表现了诗人怀念故国的深情。他的《白梅》（又作《梅花六首》其四）诗说："和靖门前雪作堆，多年积得满身苔。疏花个个团冰雪，羌笛吹他不下来。"《元诗选·二集·王冕竹斋集》载："或以为刺时，欲执之。"此诗虽不是实指所讽刺的对象，但一句"羌笛吹他不下来"，也足可看出诗人守志之节操。王冕的少数题画诗也揭露了元朝统治者对人民的残酷剥削，如《盘车图》便强烈地指斥了统治者对江南人民的掠夺。元代中期，反映现实的优良传统一度中断。因此，王冕的干预社会的题画诗尤为难能可贵。王冕用题画诗表现现实，常常采用由画内向画外或由画外向画内切换的手法，如《村田乐祭社图》便是由画中的田家之乐，想到迥然不同的社会现状："孰知异世多官府，村乐荒凉无此举。大家役役如征戍,小家戚戚驱儿女。白日康庄猰貐多,黔黎尽作逃亡户。"
而《饭牛图》则是由画外转入画内:"君不见百里奚饭牛而牛肥,胸中经
纬无人知;又不见老宁戚时不时分长叹息?偶而君臣称际会,伯道相高
非盛德。何如牧儿原野间?埋名隐姓闲盘桓。"

二、蔑视功名利禄,歌唱隐逸生活

王冕在举进士不第后,遂绝意仕进。曾北游燕都,泰不华荐以馆职,
他说:"不满十年,此中狐兔游矣,何以禄为?"似乎看破红尘,但内心仍
不平静。试看他的《题墨梅图》:

> 朔风吹寒冰作垒,梅花枝上春如海。
> 清香散作天下春,草木无名藉光彩。
> 长林大谷月色新,枝南枝北清无尘。
> 广平心事谁与论,徒以铁石磨乾坤。
> 岁晚燕山云渺渺,居庸古北无人到。
> 白草黄沙羊马群,琼楼玉殿烟花绕。
> 凡桃俗李争芬芳,只有老梅心自常。
> 贞姿灿灿眩冰玉,正色凛凛欺风霜。
> 转身西泠隔烟雾,欲问逋仙杳无所。
> 夜深湖上酒船归,长啸一声双鹤舞。

这首诗热情地歌颂了朔风中的寒梅,它"贞姿灿灿眩冰玉,正色凛凛
欺风霜",面对争芬斗艳的"凡桃俗李",它似乎心静如水。诗人以"老
梅"自况,其磊落的胸襟,"清无尘"。但接着说:"广平心事谁与论,徒
以铁石磨乾坤。"又透露出心中之不平。如果说此诗的寓意较为含蓄的
话,那么另一首《墨梅》则直抒胸臆:

> 吾家洗砚池头树,个个花开淡墨痕。
> 不要人夸好颜色,只留清气满乾坤。

这是一首广为流传的题画诗。《墨梅图》以重墨绘枝干,以淡墨染花

王冕《墨梅图》

蕾。枝干长而挺秀，花或初绽，或含苞，清风徐来，似有香气充盈其间。题诗将画境加以提升："我不要人们夸我的好颜色，唯一的愿望是让自己的一身正气流溢天地之间。"这是生命的呼喊，这是美好节操的申诉！诗人在冰清玉洁的墨梅身上寄寓了他不与统治者同流合污的高尚品格。

由于王冕一生不仕，一直过着隐居生活，所以他的题画诗中有很多是歌颂林泉、田园生活的。他在《秋山图》中赞美严子陵说："子陵先生钓鱼处，荒台直起青云端。先生不受汉廷官，自与山水相盘桓。至今高节敦廉顽，清风凛凛谁能攀。"看了画图，"触景感动客邸愁，便欲卜筑山之幽"。在《题画梅二首》其一中又说："老夫潇洒归岩阿，自锄白雪裁梅花。兴酣拍手长啸歌，不问世上官如麻。"王冕认为，隐居山林的关键在于鄙弃功名利禄，而不是为了走"终南捷径"；倘能将名利置之度外，也不必去苦寻世外桃源。他在《雪麓渔舟图》中说："玄真子，陶朱翁，避世逃名俱已矣，后来空自谈高风。我视功名等尘垢，何似忘言付杯酒。武陵岂必皆神仙，桃花流水人间有。"

三、感叹世无知音，抒发怀才不遇

王冕落第后，"即焚所为文，读古兵法，著高檐帽，衣绿蓑衣，蹑长齿屐，击木剑，或骑牛行市中，乡里小儿皆讪笑，冕弗顾也。"（《元诗选》二集卷十八《王冕竹斋集》）他特立独行，不免落落寡合，在他的题画诗中每有感叹："我生爱竹太僻酷，十载狂歌问淇澳。归来不得翠琅玕，听雨冷眠溪上绿。而今已断那时想，见景何曾动心目？便欲为君真致之，相对空窗慰幽独。"他在《题夏迪双松图》中更直接地道出了自己的情怀："有琴有琴不须弹，而今世上知音少。"诗人的心是不平静的，即使到了晚年，面对"世情杂杂"，仍感慨万千。请看他的《题画梅二首》其二：

> 君不见汉家功臣上麒麟，气貌岂是寻常人。
> 又不见唐家诸将图凌烟，长剑大羽联貂蝉。
> 龙章终匪尘俗状，虎头乃是封侯相。
> 我生山野无能为，学剑学书空放荡。
> 老来晦迹岩穴居，梦寐未形安可模。
> 昨日冷飙动髭须，挂杖下山闻鹧鸪。
> 乌巾半岸衣露肘，忘机忽落丹青手。
> 器识可同莘野夫，孤高差似磻溪叟。
> 山翁野老争道真，松篁节操梅精神。
> 吟风笑月意自在，只欠麋豕来相亲。
> 江北江南竞传写，祝君叹其才尽下。
> 我来对面不识我，何者是真何者假。
> 祝君放笔一大笑，不须揽镜亦自小。
> 相携且买数斗酒，坐对青山恣倾倒。
> 明朝酒醒呼鹤归，白云满地芝草肥。
> 玉箫吹来雨霏霏，琪花乱飐春风衣。
> 祝君许我老更奇，我老自觉头垂丝。
> 时与不时何以为，时与不时何以为，赠君白雪梅花枝。

在这首诗中，诗人流露出的感情较为复杂，他一方面钦慕汉唐建功立业的功臣，并认为"龙章终匪尘俗状，虎头乃是封侯相"；另一方面，又

"晦迹岩穴居","相携且买数斗酒,坐对青山恣倾倒。明朝酒醒呼鹤归,白云满地芝草肥"。不过,他对自己"学剑学书空放荡"的生活,似乎又于心不甘,诗的最后说,"时与不时何以为,时与不时何以为,赠君白雪梅花枝",重复"时与"句是为了强调,其感时不遇之情已表现得淋漓尽致。

王冕出身贫苦,却胸怀大志。他早年读兵书,习剑术,当是想有朝一日效命疆场。然而生不逢时,只能徒唤奈何。他在《五马图》中借马兴叹:

> 太仆济济唐衣冠,五马不著黄金鞍。
>
> 饮流系树各有适,未许便作驽骀看。
>
> 鬃鬣萧萧绿云茸,喷沫长鸣山岳动。
>
> 世无伯乐肉眼痴,那识渥洼千里种。
>
> 官家去年搜骏良,有马尽拘归监坊。
>
> 遂令天下气凋丧,驴骡驼骀争腾骧。
>
> 只今康衢无马迹,得见画图差可识。
>
> 画图画图奈尔何,抚几为之三叹息。

这首诗辛辣地嘲讽官家"肉眼痴",不辨良驽,"有马尽拘归监坊","遂令天下气凋丧,驴骡驼骀争腾骧"。诗人为"千里种"鸣不平,也是在抒发自己心中之愤懑。

第三节 王冕题画诗艺术风格

王冕的题画诗在艺术上呈现两种风格:一种质朴自然,似王维;另一种刚健奔放,似李白。试看他的《题曹云西山水》:"旭日耀苍巘,翠岚生嫩寒。幽人诗梦醒,清响得松湍。"这样的山水诗与王维的田园诗风格很接近,代表了王冕一部分题画诗的艺术风格。但是由于生活的年代不同,其经历也迥别,王冕花卉、山水类题画诗的质朴风格与王维也不尽相同,再看他的《水仙图》：

> 寒风萧萧月入户，渺渺云飞水仙府。
>
> 仙人一去不知所，池馆荒凉似无主。
>
> 江城岁晚路途阻，邂逅相看颜色古。
>
> 环珮无声翠裳舞，欲语不语情凄楚。
>
> 十二楼前问鹦鹉，沧海桑田眛尘土。
>
> 王孙不归望湘浦，芳草连天愁夜雨。

水仙是花中之仙子，她有许多美丽的神话传说。《内观日疏》载，有一位姚姓老妇人，在一个寒冬的夜晚，梦见天上的观星落地，化作水仙一丛，花美而香，她便把水仙吃下了。醒来时生下一女孩，美丽聪慧，长大后能文能诗。于是水仙花又名为"姚女花"。又因观星即天柱下的女史星，水仙还有一个别名叫"女史花"。此外，曹植的《洛神赋》所描绘的洛神宓妃形象与水仙姿态极相似，所以大多咏水仙诗又常常将其喻为洛浦女神。但是，这样一个美好水仙形象在王冕的笔下，却写得凄楚哀伤，荒馆夜雨，愁云满天。这当与诗人贫苦悲凉的身世相关合。因此，此诗在清淡中有丝丝苦涩，在萧散中又有些许冷峻。

一般地说，上述艺术风格多体现在王冕的短题画诗中，而一些七古长篇题画诗，则豪宕奔放。先看他的《题赵千里夜潮图》：

> 去年夜渡西陵关，待渡兀立江上滩。
>
> 滩头潮来倒雪屋，海面月出行金盘。
>
> 冰花著人如撒霰，过耳斜风快如箭。
>
> 叫霜鸿雁零乱飞，正是今年画中见。
>
> 寒烟漠漠天冥冥，展玩陡觉心神清。
>
> 便欲吹箫骑大鲸，去看海上三山青。

诗人把画中所见景物与自己的经历结合起来描写，既给人以身临其境之感，又增强了真实感。西陵关渡，夜潮澎湃，雁叫霜天，斜风如箭，场面极为壮阔。诗人见此景顿生豪情，要像李白一样做"海上骑鲸客"，乘风破浪去看海上仙山。再看《关河雪霁图为金陵王与道题》：

> 飞沙幂人风堕帻，老夫倦作关河客。
>
> 归来松下结草庐，卧听寒流雪山白。
>
> 悠悠如此四十年，世情脱略忘间关。
>
> 今晨见画忽自省，平地咫尺行山川。
>
> 鸟道连云出天险，玉树琼林光闪闪。
>
> 阴崖绝壑望欲迷，冰花历落风凄惨。
>
> 枯槎侧倒银河开，三巴春色随人来。
>
> 渔翁舟子相笑语，不觉已过洪涛堆。
>
> 溪回浦溆石齿齿，溪上人家成草市。
>
> 长林大谷猿鸟稀，小步寒驴如冻蚁。
>
> 西望太白日色寒，青天削出蛾眉山。
>
> 人生适意随所寓，底须历涉穷跻攀。
>
> 明朝揽镜成白首，春色又归江上柳。
>
> 何如高堂挂此图，浩歌且醉金陵酒。

这首诗下笔突兀，惊人耳目：飞沙幂天，风堕头帻。然后笔锋一转说："老夫倦作关河客"。接下来以虚作实，"平地咫尺行山川"，不仅生动地写出阴崖绝壑的畏途、风雪凄迷的鸟道，而且十分自然地写出地点的转移、季节的变化——由雪花飘舞的高山，写到春色满天的三巴。既写渔翁舟子的笑语，也写猿鸟的啼鸣。情景交融，声色相宜。"玉树琼林"，令人神往；"青天削出"的峨眉山，望而胆寒。意境奇崛，诗风古峭。这种风格的形成，除了与其作为画家的独特艺术涵养密不可分外，也与其经历、情感有一定关系。此诗通过对画中奇险景物的描写，不仅表现了作者倦于羁旅生涯，不愿攀附权贵的思想，也曲折地反映了他对现实社会的不满情绪。

注 释

〔1〕王冕《自感》。

〔2〕宋濂《王冕传》。

〔3〕丁鹤年《题会稽王冕翁画梅》。

〔4〕朱彰《竹斋诗集·序》。

国家出版基金项目
NATIONAL PUBLICATION FOUNDATION

配图新著

中國題畫詩發展史

国家『十三五』重点图书出版规划项目

中卷

ZHONGGUO TIHUASHI FAZHANSHI

PEITU XINZHU

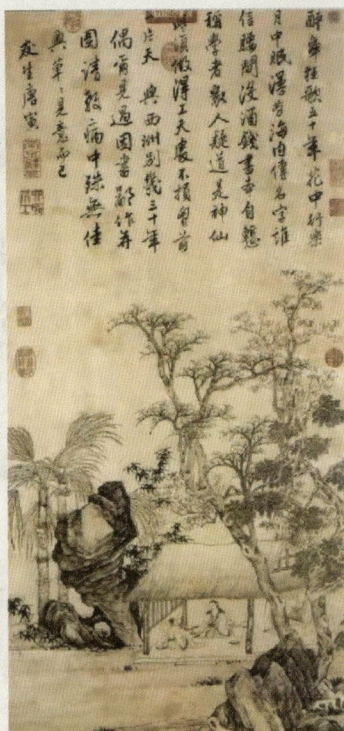

劉繼才 著

東北大學出版社

目录
CONTENTS

第六编 延展期

— "江头千树春欲暗，竹外一枝斜更好" —

第二十九章

少数民族题画诗人

　　经过几十年的民族融合，出身于少数民族的诗人深受汉文化的浸润熏陶。他们用汉文写作已得心应手，并且对汉民族的文学、绘画和书法艺术也有较深的领悟，其中有的人还精通此道。因此，少数民族文化是元代文化的一个重要组成部分。

　　诗歌是汉文化对元代少数民族熏染最深的一种艺术。清人顾嗣立在《元诗选》初集卷三十四《萨经历都剌》中云："有元之兴，西北子弟，尽为横经。涵养既深，异才并出。云石海涯、马伯庸以绮丽清新之派振起于前，而天锡继之，清而不佻，丽而不缛，真能于袁、赵、虞、杨之外，别开生面者也。于是雅正卿、达兼善、廼易之，余廷心诸人，各逞才华，标奇竞秀，亦可谓极一时之盛者钦！"《元诗选》除了初集、二集、三集中有诗歌集的少数民族诗人外，癸集中收录的少数民族诗人就达六十多位。据王叔磐等整理的《元代少数民族诗选》《古代蒙古族汉文诗选》等著作统计，少数民族诗人达三百位之多，主要集中在元代。西域色目人的汉文学创作是其中成就最高、数量最多的。元代西域人中有汉诗流传的，就有"乃蛮、畏吾、克烈、回回、康里嶙嶙、拂林、也里可温、答失蛮、葛逻禄、唐兀、撒里、雍古、西夏、于阗、龟兹、大食、阿儿浑、钦察、塔塔儿等二十种左右，一百余人。而且这一百余位西域诗人当中的很大一部分不能确指具体族属，而只统称为西域人——其中包括了许多其他色目古部族。元代西域人能诗者曾见于记载，但作品已不存的，是这个数字的两倍以上。在当时已能够、并曾经用汉语写作又被历史的长河所淹没的，那就更多了"[1]。

第一节　马祖常题画诗

马祖常（1279—1338），字伯庸，是一位著名的少数民族题画诗人。世为蒙古雍古部，高祖锡里吉思在金末为凤翔兵马判官，后代因以马为姓。延祐初，乡试会试第一，廷试第二。授应奉翰林文字，累迁至礼部尚书。以枢密副使致仕。马祖常自幼禀赋即高，又知书嗜读。他尝云："人学诗文固贵有师授，至于高古奇妙，要必有得于天。"[2] 他自己则是两者兼备，又刻厉勤学。"至顺天子亲见郊庙，裸献礼文，多公裁定。"[3] 诗文追唐音汉体，是延祐、天历年间文坛的重要人物。

马祖常亦善画，袁桷有《次韵伯庸画松十韵》诗。

著有《石田先生文集》，存题画诗80余首。他的题画诗有三言、四言、五言、六言、七言、杂言。除了古体、近体、歌行体外，还有两首骚体、两首赞。可谓众体兼备，这对于少数民族题画诗人实属不易。

马祖常的诗歌"简而有法，丽而有章"，"接武隋唐，上追汉魏"，既摆脱了宋代苏黄与"永嘉四灵"的阴影，又杜绝了元代文坛的尖新工巧，做到了"新奇而不凿"。这也是他题画诗的基本特点。其诗歌创作的理想就是古意古韵古音。他说自己"未尝有所授而为之，记所尝师者，往往为近世人语言，吾故自知吾之所为者，非繇有所授而然也"[4]。他一方面是在强调诗歌创作所依赖的天赋非常重要，另一方面实际上是对"近世人语言"的轻视与摒弃。

马祖常虽为朝廷重臣，但也体恤民间疾苦。他的《山水图》说："石壁云生树，涛江雨暗船。居人属仙籍，长负免丁钱。"另一首《李后主图》写李煜"宫中长昼谏囊稀，媚妩吴娃双进酒"，则是讥讽其逸乐误国，也有一定现实意义。在艺术上，他的题画诗清新而雄健，有盛唐之

马祖常

风。其代表作是《赵中丞折枝图四首》《题惠崇画》等。后首诗是：

> 龙门千尺梧桐树，多在石崖悬绝处。
>
> 上有古巢生凤凰，凤凰台高山水长。
>
> 吴蚕八茧白云丝，画史落笔光陆离。
>
> 江天万里莫射雁，春草年年出湖岸。

如果说前首诗的风格主要是清新明丽，那么这首诗则是意境壮阔、风格雄浑。

骚体，是历代题画诗人很少用的一种诗体。马祖常的两首骚体诗《九成宫图》《华清宫图》尤值得关注：

> 泉溅溅而响谷，风瑟瑟以动林。
>
> 夹两山以为趾，络下堑与上岑。
>
> 宫纤丽以媚女，观骞蠢以凌尘。
>
> 矢池鱼而泳泳，饲圉麟而驯驯。
>
> 帝奈何兮不乐？将弭节乎江律。
>
> 帝出车以鸣鸾，俨六龙之骧首。
>
> 循长陆而东骛，谓泉源之在右。
>
> 穹阊阖之天门，封百二而为垣。
>
> 明狝羯而不丑，嗟神尧之文孙。

这两首诗虽然都是写唐王朝皇帝、后妃的享乐生活，但却被诗人披上了气宇轩昂的外装，在一定程度上反映了盛唐气象。从风格上看，前一首类屈骚之藻丽，而后一首则类屈骚之典重。因此马祖常诗文崇古而近古的追求与特点表现得十分清楚。

马祖常的题画诗用近体较多，其中绝句占大多数，但也喜用排律，而且对仗工稳，如《姚左司墨竹为贾仲章尚书赋十韵》：

> 江渚春生雨，山楹夜宿云。
>
> 篠鳞穿石锦，节粉带书芸。

玄玉昆刀削，素丝并剪分。

鱼竿方问野，凤管已招君。

莫作宣房楗，还歌华泽文。

露零忻鹤警，星度恐萤焚。

影似风棍见，声如雪幌闻。

裁冠终有制，作屋更无氛。

移植惊燕叟，盘根识楚妘。

中郎挥墨汁，宗伯侑炉熏。

　　这是一首五言排律，一气呵成，首联与尾联本不需要对仗的两联，也自然成对，实属难能，但并不可贵，因为这首属应酬之作并无新意。其他还有《伯长内翰与继学内翰联句赋画松诗，清壮伟丽，备体诸家，祖常实不能及后尘也，仍作诗美之焉》《求赵伯显画家山图用唐李中韵》等都是工稳的五言排律。题画诗多为即兴之作，诗人往往以短章抒情寄意，用排律颇为罕见。此外，马祖常的题画诗多不署画家名，如《画古木》《画海棠图》《题四皓图》《山水图》《画鹰》《题猿图》《骏马图》等，又从《光山县尹孔凝道作县有声乡人为图》的题目看，或恐是自题画诗。

　　此外，他在题画诗中对绘画所用的绢、墨粉等的运用技法也提出了有见地的看法，具有一定的参考价值。

第二节　贯云石题画诗

贯云石

　　贯云石（1286—1324），字浮岑，原名小云石海涯，号酸斋。因父名贯只哥，即以贯为姓，维吾尔族著名散曲作家、诗人。他的一生颇富传奇色彩。年13岁时，即膂力过人，或运槊成风，或以强弓射兽，无不令人称奇。后折节读书。初袭父官为两淮万户府达鲁花赤，镇永州。忽一日，解下所绾黄金虎符，让弟弟忽都海涯佩带。1308

年后，贯云石来到大都，进入武宗皇帝之弟爱育黎拔力八达的幕府。其间，他结识了当时的许多社会名流，如姚燧、王结、李孟等，并师从姚燧。而在京城世家外祖父廉希闵的宅邸"廉园"，他又结识了当朝许多有名的文人，如卢挚、赵孟頫、袁桷、张养浩、许有壬、程钜夫等。其诗文散曲创作与日俱新，成为引人注目的文坛新秀。仁宗即位后，拜翰林侍读学士、中奉大夫、知制诰，同修国史。他性情达观，"视死生若昼夜，绝不入念虑"。临终前作《辞世诗》说："洞花幽草结良缘，被我瞒他四十年。今日不留生死相，海天秋月一般圆。"（洞花、幽草是其二妾名）贯云石辞官后，曾在临安市中立碑额——"货卖第一人间快活丸"。有人来买，他便展开双手，大笑而视。买者领会其意也大笑而去。至大元年（1308）到延祐元年（1314），他参与了元人第一部当代散曲集《阳春白雪》的结集，并为其总集作序。贯云石精通音律、器乐，是元代曲坛的有名人物。贯云石亦擅长诗文，初擢翰林学士时，其诗文就曾结集，并由程钜夫作序，称道"盖功名富贵有不足易其乐者"。又称其"五七言诗，长短句，情景沦至"[5]。欧阳玄《贯公神道碑》言其诗"冲淡简远"。

　　贯云石是元代少数民族中著名书法家。欧阳玄《贯公神道碑》中说："书法稍取法古人，而变化自成一家。""移疾辞归江南。十余年间，历览胜概，著述满家。所至，缙绅之士，逢掖之子，方外奇人，从之若云。得其词翰，片言尺牍，如获琳璧。"陶宗仪《书史会要》卷七评贯云石，"豪爽有风概，富文学，工翰墨。其名章俊语流于毫端者，怪怪奇奇若不凝滞于物。即其书而知其胸中之所养矣。"其流传于世的书法作品有：《芦花被》诗卷、陶渊明《归去来兮》、《筚篥乐》诗卷、《题李成寒鸦图》诗等。贯云石的书法以草书为胜。元人张昱评其书"满纸龙蛇字"。清人严元照《呈梁学士丈》云："鸾飘凤泊酸斋字，不见经年态倍新。"其书风雄崛，与元代盛行的赵体殊为两路。

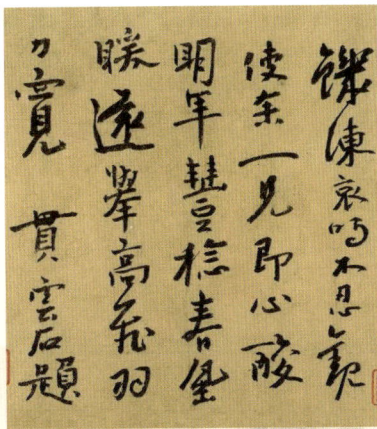

题李成寒鸦图

贯云石亦似有绘画才能。明人汪珂玉《珊瑚网》卷四十四《名画题跋二十》记载："崇祯四年（1631）九月十六日，徽友黄规仁携册共唐拓《临江帖》来，赏菊夜话，因留册逾日饱观。"其"册"中有贯云石《松图》。但汪珂玉又在其后注明"未确"二字。近代美国汉学家福开森将其收入《历代著录画目》中。

贯云石诗文集今已不存，仅见佚诗40首。其中题画诗近半，有《题陈北山扇五首》《画龙歌》《题仇仁近〈山村图〉四首》《题华光墨梅二首》《题李成寒鸦图》《题赵子固四香图卷》《龙广寒像赞》《袁安卧雪图》等。今有《酸斋集》。

贯云石题画诗的代表作是《画龙歌》，其诗是：

> 老墨糊天霹雳死，手擘明珠换眸子。
> 一潜渊泽久不跃，泥活风须色深紫。
> 虬髯老子家燕城，怒吹九龙无余灯。
> 手提百尺阴山冰，连云涂作苍龙形。
> 槎牙爪角随风生，逆鳞射月干戈声。
> 人间仰视玩且听，参辰散落天人惊。
> 潇湘浮黛蛾眉轻，太行不让蓬莱青。
> 烈风倒雪银河倾，珊瑚盏阔堪不平。
> 吸来喷出东风迎，春色万国生龙庭。
> 七年旱绝尧生灵，九年涝涨舜不耕。
> 尔来化作为霖福，为吾大元山海足。

此诗题写的是一位道士因祈雨而画的龙。元至大、皇庆间，京城遭遇连年大旱，百姓食不果腹，生活十分艰难。民间流行着一种解决旱情的办法，即画龙祈雨。这首诗以道士画龙为诗之主体，很自然地将道士虬髯怒颜、提山涂云的仙风道骨与苍龙翻江倒雪的神力结合起来，道士的形象描述奇崛生动，与贯云石草书给人的感觉一脉相承。其生动不仅在于道士的绘画状态，而且在于道士自身外在的神态。如此对绘画主体两方面的刻意观照，在元代甚至前代题画诗中也并不多见。而画家的性情与绘画时的状态方为题画诗人们的普遍观照。所以诗歌的魅力自然由两个过程组成：一个是画家的笔下如何生成苍龙；另一个是画中的苍龙如何生成瑞雪甘霖。这两种生成的写法有所不同，前者着笔于生成的过程，对画家给予了足够的重视，道士特有的形象表现得十分到位。诗人并没有正面描写龙的形象，而是在对以上两个生成过程不同层面的用心安排中隐约见出正在吞风吐雪的苍龙神威。这样的安排不但没有减弱诗歌的整体气势，相反却留下了许多想象的空间，从而可以更充分地表现诗人创作的目的，即对现实人民生活的关注。

这首诗写"虬髯老子"画龙的情景，从运笔到成形，极为壮观、奇特。待画龙一出，星辰散落，山河变色，烈风扬雪，银沙倒倾，真是石破天惊。其遒劲之笔，也如其过人之力，令人叫绝。读者从中不仅感受到天骥脱羁的豪迈与奔放，而且感受到贯云石不拘常规的艺术创作才性。其磅礴的气势、奇崛的想象和急促的节奏、不拘一格的结构安排在贯云石的题画诗中可谓独树一帜。

贯云石的题画诗除了豪放的风格外，还有清丽的一面，如《题仇仁远〈山村图〉》四首：

> 巾角先生昼掩门，野泉如玉注陶盆。
> 东风似惜君家意，总是梨花月下村。
>
> 苍藤垂雾日无痕，旋种青泥养紫芹。
> 昨夜新吟留客和，隔窗吹作小山云。
>
> 松丝欺屋照衰颜，风动高寒月半弯。
> 清新逼人无远近，有云应便属吾山。
>
> 玉树琼台未必仙，疏棂消洒透茶烟。
> 溪童煮雨宴高客，山鸟一声春满川。

《山村图》系高克恭为仇远所画。而这四首诗则是为仇远而题。因此诗描写的主要对象是画家仇远。第一首是组诗中最能隐约见出山村主人幽隐之情的诗，它可以说是对仇远先生精神气质的总体观照。诗歌由全景构成，如玉野泉注陶盆的声音是那么自然、清脆，山村月下总梨花的景色又是那么清澈、皎洁。这样的视觉和听觉，总陪伴着白昼也虚掩着门的隐者，由此创造出的意境正是欧阳玄评价贯云石诗歌时所谓"冲淡简远"。第二首和第四首描写的是具体山村生活中的仇远先生。第三首诗则与第一首相呼应，但与第一首的冲淡不同的是，它呈现的是一种清新疏旷的意境。总之，四首诗歌通过不同的意境创造展现了仇远先生山村的全部生活，完整地刻画了仇远先生的精神气质。像这样风格清幽的题画诗还有《题陈北山扇五首》等。

第三节　廼贤题画诗

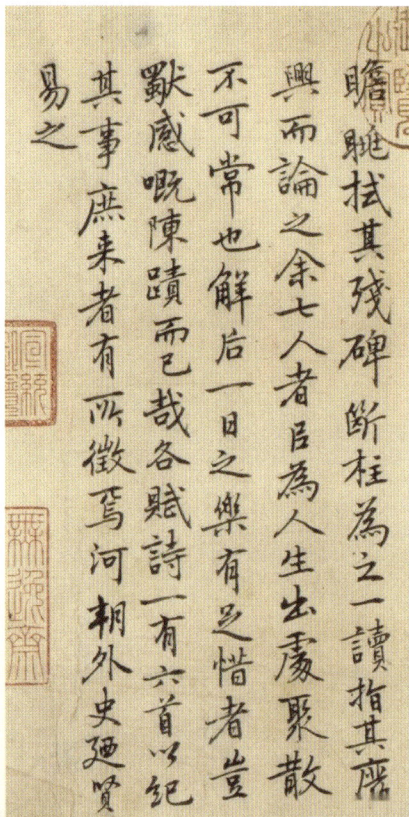

廼贤书法

　　突厥人廼贤也是元末较有影响的题画诗人。廼贤（1309—1368），一作纳新，字易之，别号河朔外史。突厥葛逻禄氏。世居金山（阿尔泰山）之西。蒙军西征东还时，其父随军迁入内地，定居于浙东鄞县（今浙江宁波），廼贤便出生于此。但廼贤自称"南阳人士"，大约曾寓居南阳。廼贤在至正六年（1346）前开始远游，先游大都、蜀地，又"挈行李出浙渡淮，溯大河而济，历齐、鲁、陈、蔡、晋、魏、燕、赵之墟，吊古山川、城郭、丘陵、宫室、王霸人物、衣冠、文献、陈迹、故事暨近代金、宋战争疆场更变者，或得于图经地志，或闻诸故老旧家，流风遗俗一皆考订"（刘仁本《羽庭集》卷一《河朔访古记·序》）。后再入大都，在京城度过了孤独贫困的六年。至正十二年（1352），离京归乡，潜心诗文。后曾被辟为东湖书院山长。至正二十三年（1363），被征京师，任国史院编修，直到二十八年（1368）卒。

廼贤曾就学于浙东名儒高岳、郑觉民门下。远游期间耳目见闻、身心体验给予他诗歌创作丰富的营养。即如李好文所谓"不喜禄仕，惟以诗文自娱，其来京师特广其闻见以助其诗也"。

廼贤善诗文，也善书法。欧阳元功在《金台集·序》中谓其诗"清新俊逸，而有温润缜栗之容"。贡师泰序中称其诗"清润纤华，……五言类谢朓、柳恽、江淹，七言类张籍、王建、刘禹锡。而乐府尤流丽可喜，有谢康乐、鲍明远之遗风"。著有《金台集》《海云清啸集》。今存《金台集》。有题画诗15首。

廼贤的题画诗以写景见长，绘声绘色，物象明丽，给人以身临其境之感。试看《月湖竹枝词四首题四明俞及之竹屿卷》：

> 丝丝杨柳染鹅黄，桃花乱开临水傍。
> 隔岸谁家好楼阁，燕子一双飞过墙。
>
> 五月荷花红满湖，团团荷叶绿云扶。
> 女郎把钓水边立，折得柳条穿白鱼。
>
> 水仙庙前秋水清，芙蓉洲上新雨晴。
> 画船撑著莫近岸，一夜唱歌看月明。
>
> 梅花一树大桥边，白发老翁来系船。
> 明朝捕鱼愁雪落，半夜推篷起看天。

这四首诗都着笔于对画面的全景描写，清新自然，活泼明快。画面以竹屿为中心，每一景中皆有水有岸，每一景中都有人的身影，如楼阁、女郎、画船、老翁等。但四景却有着各自完全不同的景色。不同的花木表现季节的存在，不同的生命形象体现人对四季的不同感受：一双燕子象征着春天的生机；女郎似乎与火热的夏天有着内在的相似；秋天恰如月夜的歌声，寂寥而空旷；白发老翁愁落雪，正是冬天生命衰竭的写照。竹屿图卷无从看到，我们无法断定这样的安排是否完全是画家的意愿，但至少在诗人的笔下，这些花木与生命形象的存在共同构成了一幅完整无缺的四季图。郭熙在《林泉高致·山水训》中谈道，画山水要"身即山川而取之，则山水之意度见矣"。春夏秋冬之山川有不同的意度，不仅表现为山川本身的不同，而且在于云气、烟岚之意度的四季分明。在这组诗中，可以清晰地看到画家对于四季竹屿景物的分别把握，读出诗人对于四季竹屿意度的不同感受。并且可以看到诗歌不是简单的对景描摹，而是以诗人自己对画图的感受为核心安排景物。而诗人的感受对图画来说似乎是较为客观而真实的。至少在诗歌中，我们不能明确地读出其对四季感受之外的极具个性化的情感和旨意。从组诗的感受流程来看，仿佛在暗示着生命本身的兴衰，但在白发老翁愁落雪的苍凉中，大桥边的一树梅花似乎又为衰竭的生命注入了苍劲不屈的生命动力。因此，读这组诗总给人以自然平实却又含蓄不尽的感觉。这组题画诗既能关注画面景物的美的特征，又能在其中发现景物给予读者的美的感受和情的感染，具有较高的审美价值。《题罗小川青山白云图为四明倪仲权赋》是廼贤律体题画诗的代表作：

> 山上晴云似白衣，溪头竹树绿阴围。
> 野桥日落行人倦，茅屋春深燕子飞。
> 漉酒屡招邻舍饮，放歌还趁钓船归。
> 客窗看画空愁绝，便欲移家入翠微。

此诗好似一幅淡墨山水画，山上白云缭绕，溪头绿树成阴，日落人倦，春深燕飞，好一派宁静的山野风光。其闲适之情从字里行间透出，使人怡然忘归。

他的另一首题画短诗《梨花白头翁图为四明应成立题》也写得清雅可人：

> 淡月溶溶隔画楼，一枝香雪近帘钩。
> 山禽似怨春归早，独立花间自白头。

这四句诗紧扣画境，既应梨花，又写"山禽"，鸟代人言，别有情趣。诗人赋予白头翁这种山禽鲜活的人格形象，这来自白头翁头白的自然特征。可以想见，画家在月色溶溶、梨花绽放的美景中，选择一只白头翁独立于月下花间。如此图画景物的意度是什么？白头翁的意度又是什么？画中山禽的意度就是幽怨、愁苦。从诗歌中，感受最深的正是白头翁头自白的生命体验。而"怨春"二字的出现似乎彰明诗人之意，但它紧紧地附着于白头翁独立花间的图画形象，实际上已为白头翁具有的生命活力所淹没、所融化。这首诗很容易使人猜想到，也许画面中的白头翁的姿势与神态透露出的正是幽怨悲凉。但花鸟无意，诗人有情。或者说，它更符合画家的意旨，而不是诗人的意旨。那么诗人在诗歌中所占有的情感空间会有多大？与白头翁怨春而白头的画家之意怎样契合于一首诗歌中？这为读者留下了很大的思考与感受的空间。这也正是这首诗歌的魅力所在。

第四节　丁鹤年题画诗

丁鹤年（1335—1424），字永庚，号友鹤山人，回族。其曾祖阿老丁是西域巨商，曾在经济上给予忽必烈西征很大的支持，并入伍立功，得以入朝为官。其父为武昌县达鲁花赤。丁鹤年即出生于武昌。至正十一年（1351），刘福通领导的红巾军起义爆发，起义军攻入武昌。16岁的丁鹤年开始了流亡生活。经常在江苏、浙东一带辗转逃匿，以教书、卖药糊口。明初，丁鹤年在定海海岛上造屋而居，名为"海巢"。晚年的丁鹤年在一番山川游历

丁鹤年

之后，来到杭州，在其曾祖墓旁结庐而居，卒年89岁。"鹤年家世仕元，诸兄之登进士第者三人，遭时兵乱，不忘故国。"（《元诗选》初集卷六十三《丁孝子鹤年》）他自幼热爱汉族文化，尊崇儒家之礼，精通《诗》《书》《礼》等儒家经书，在武昌小负才名。入明后，屡征不起。乌斯道称其"性狷介"，

戴良言其"清节峻行"。

丁鹤年一生在诗歌领域躬耕不辍。戴良在《鹤年吟稿序》中说，丁鹤年"泊然无意于仕进。凡幽忧愤闷、悲哀愉悦之情，一于诗焉发之。观其古体歌行诸作，要皆雄浑清丽可喜，而注意之深，用工之苦，尤在于七言律。但一篇之作，一语之出，皆所以寓夫忧国爱君之心，悯乱思治之意，读之使人感愤激烈，不知涕泗之横流也。盖其音节格调绝类杜子美，而措辞命意则又兼得我朝诸阁老之所长。故其入人之深，感人之妙，有非他诗人之所可及"。他对绘画、书法也深有研究，有书法作品传世。

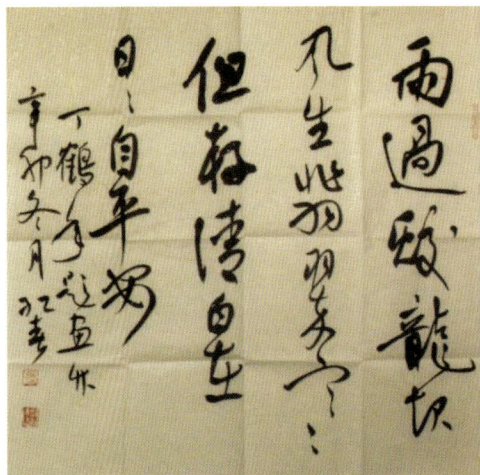

丁鹤年书法

丁鹤年自辑诗名《海巢集》。《琳琅秘室丛书》与《四明丛书》录丁鹤年诗集，共四卷：海巢集、哀思集、方外集、续集。《艺海珠尘丛书》中收录丁鹤年诗集，共三卷。现存题画诗50余首。山水、竹木、花鸟画等皆有题咏。特别是在其题画诗中还出现了一个新的题画素材——蔬菜画。这些蔬菜画及其题诗对后来善画蔬菜并题诗的齐白石当有借鉴作用。

丁鹤年由于世代仕元，所以在他的题画诗中常有故国之思和常抒怀旧之情。这种感情，在元末明初表现尤甚。他在《题万岁山玩月图》中说：

金银楼观蔚嵯峨，琪树风凉秋渐多。

徙倚危阑倍惆怅，月中犹见旧山河。

《酉阳杂俎》说："佛氏谓月中所有，乃大地山河影。"南宋末年，词人王沂孙也曾在《眉妩·新月》中说"看云外山河，还老尽桂花影"，以寄托对故国的哀思。丁鹤年的"倍惆怅"，显然是对元朝沦亡的无限伤感。

丁鹤年一生浪迹大江南北，对他的出生地武昌怀有深深的故园之情，他在《长江万里图二首》中说：

> 长江千万里，何处是侬乡。
>
> 忽见晴川树，依稀认汉阳。
>
> 长啸还江国，迟回别海乡。
>
> 春潮如有意，相送过浔阳。

诗下小注说："将归武昌自赋。"此诗当是他在外漂泊数十载后重归故园之作。诗中虽不言"近乡情更怯"，但其深切的思乡之情溢于言表。不过，丁鹤年最享有盛名的题画诗，还是他的《题天柱山图》（一作戴叔伦作）：

> 拔翠五云中，擎天不计功。
>
> 谁能凌绝顶，看取日升东。

这是丁鹤年的早年作品，诗中充满了壮志豪情。此诗通过对天柱山的描写，借景抒情，歌颂了一种不计功名、奋发向上的崇高精神，言简意深，既隽永又富于哲理，是题画诗之佳作。

丁鹤年题画诗的艺术风格，常因所写题材和所用体裁不同而有所不同。同是为《长江万里图》所题的诗，律诗《长江万里图》描写的是长江高耸入云的两岸和波涛澎湃的江面之景："右逾越巂左蓬壶，万里提封入壮图。断石云屯山拥蜀，惊涛雪立海吞吴。蟠桃有实来青鸟，若木无枝驻赤乌。秦汉经营人尽去，独留形胜在寰区。"诗人赋予这幅图画的不仅是笔墨的浓重，更重要的是雄浑的意境和磅礴的气势，展现的是万里长江的壮美。而《长江万里图二首》是绝句，这两首诗淡化了对长江景物的描写，只是寄情于"春潮"抒发思乡之情。风格清丽，与七言律诗《长江万里图》大不相同。

第五节　元代其他少数民族题画诗人

余阙（1303—1358），字廷心，一字天心，又称青阳先生。余阙非姓余名阙，而是西夏语中一个人名的音译。唐兀氏，世居河西武威（今甘肃境内）。余阙早年从著名理学家吴澄的弟子张恒游学。30岁前读书并躬耕于庐州东南的青阳山。元统元年（1333），余阙以第二名登进士第。历仕监察御使、礼部员外郎和翰林待制。至正十二年（1352），出任都元帅副使，守安庆。至正十八年

余阙

（1358），安庆城被起义军攻陷，余阙自刎而亡。其家人、将士皆从其而死，数以千计。时年56岁。谥忠宣。其刚正忠节为后世所传颂。余阙有诗文名。《元诗选》称其"为文有气魄，能达其所欲言。诗体尚江左，高视鲍、谢，徐、庾以下不论"。戴良在《鹤年吟稿序》中称余阙的诗歌"与阴铿、何逊齐驱而并驾"。余阙善篆隶，《元诗选》言其篆隶"古雅可传"。《书史会要》称其"字体淳古，精致可传"。明人李日华在《紫桃轩又缀》中评其书法，"余忠宣小字，似不经意，而丰处有褚遂良，潦倒处有杨景度、林藻，岂漫不留意于墨池者所能符合邪。"其传世书法作品有《苏轼乐地帖》题跋，藏于上海博物馆；纸本《致太朴内翰先生尺牍》，藏于台北"故宫博物院"。门人郭奎辑其遗文为《青阳集》。今存。

余阙的题画诗注重对画面的描绘，主观抒情性不强，如《山亭会琴图》：

> 连山环绝壑，云木乱纷披。
>
> 中有抱琴者，有如荣启期。
>
> 萧然久不去，问子欲何为？

这首诗所抒写的隐逸之情，与其说是诗人的主观愿望，不如说是对画面的客观描写。诗人只是说"抱琴者"有如隐者"荣启期"，并以"欲何

为"的问话作结,给人以遐想或深思。另一首《题合鲁易之四明山水图》是:

> 窗中望苍翠,春木起晨霏。
>
> 孤嶂才盈尺,长松未合围。
>
> 萧萧此仙客,日日候岩扉。
>
> 念尔空延伫,王孙且未归。

此诗与上一首诗所表达的主题相似,诗中只是描写了画中的客观环境。虽然这环境是宜于隐居的去处,但也缺少诗人的主观情志。所以隐逸的主题,在诗人的笔下只是就画面景物展开的一种联想而已。

在余阙的题画诗中有代表性的作品是《题红梅翠竹图》:

> 竹叶梅花一色春,盈盈翠袖掩丹唇。
>
> 休言画史无情思,却胜宫中剪彩人。

"红梅翠竹"是中华民族的吉祥物。红梅报春,竹报平安,是中国古代诗歌中常见主题。但这首题画诗却别开生面,将绿竹比作美女的翠袖,将红梅比作她的丹唇。于是在我们面前便呈现一幅美人图。画面的景物简洁而色彩鲜艳,含蓄蕴藉而别有风致。后两句说画师并非无"情思",而是寄情于"红梅翠竹",才使她如栩栩如生的美女,远远胜过无生气的"剪彩人"。

泰不华(1304—1352),字兼善,伯牙吾台氏,当为哈萨克族人,或为奚人。初名达普化,文宗为赐今名。世居白野山,号白野,人称白野先生。后其父塔不台任台州录事判官,遂移居台州。好书善记,有文名。江浙乡试首荐,赐右榜进士第一,授集贤修撰,累迁监察御史。顺帝初,参与修宋、辽、金三史,擢礼部尚书。至正八年(1348)方国珍起兵江浙,至正十一年(1351)泰不华出任浙东道宣慰使都元帅,后改台州路达鲁花赤。方国珍袭击澄江,泰不华"九战"而死,时年49岁。

有《顾北集》,录其诗仅24首,其中题画诗4首。

泰不华工书法,尤善篆书。《元史》本传称其篆隶"温润遒劲,盛称于时"。其传世作品有《陋室铭》《题睢阳五老图》等。

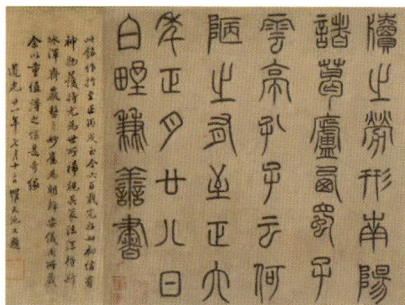
陋室铭

泰不华有诗名，《元诗选》泰不华小传说："论诗至元季诸臣，以兼善为首，廷心次之。"此论虽不免过誉，但泰不华在元代少数民族文学艺术殿堂里，确有较为重要的地位。其题画诗以蕴藉雅致见长，清丽明净，一如其为人之清节，试看其《题柯敬仲竹二首》：

> 堤柳拂烟疏翠叶，池莲过雨落红衣。
> 娟娟唯有窗前竹，长是清阴伴夕晖。
>
> 梁王宅里参差见，山简池边烂熳栽。
> 记得九霄秋月上，满庭清影覆苍苔。

这两首诗或说竹之"清阴"或说"清影"，都意在突出一"清"字。与此诗的题旨相类似的还有《题梅竹双清图》。其诗是：

> 冰魂无梦到瑶阶，翠袖云鬟并玉钗。
> 青鸟暮衔红绶带，夜深重认合欢鞋。

《元诗选》初集下《顾北集》后有言："达兼善为台州守，有所廉察。因夜宿村家，闻邻妇有姊姒夜绩者，姊曰：'夜寒如此，我有瓶酒在床下，汝可分其清者：留以奉姑，下浊者吾与尔饮之。姒如其言，起而注清者于他器。且曰：'此达元帅也，吾等不得尝矣。'姊曰：'到底清邪。'遂笑而罢。兼善闻之，未曙即去。其清节为时所称若此。"由此可见，以上题画竹梅诗之所以称赞竹梅的清韵，正是诗人人格之写照，并且形象贴切而不留痕迹。

此外，元代后期还有回族诗哲马鲁丁，字师鲁，生卒年不详。曾任浙江教授。有题画诗一首，即《题钱玉潭竹林七贤图并序》：

> 吴兴钱舜举作《七贤图》，轻毫淡墨，不假丹青之饰，似有取于晋代衣冠雅素之美，想其仪形，摹其乐趣。观嵇康之友六人，或歌或饮，

或书或琴，仰天席地，优游自得。吁，曲肱饮水，浴沂舞雩，岂外是哉！

叔夜致憎因傲物，嗣宗白眼视人间。

虽逃于酒终扬己，争似刘伶善闭关。

此诗选取画中嵇康（字叔夜）、阮籍（字宗嗣）、刘伶三个人物，再现了他们的典型性格特征，言简意赅，又富有意蕴。最为可贵的，是诗中的审美见解。一是认为"轻毫淡墨"可以再现雅素之美；二是他关于形神兼备的审美追求，即"想其仪形，摹其乐趣"。

注　释

〔1〕杨镰：《元西域诗人群体研究》，新疆人民出版社，1998，第175页。

〔2〕〔3〕〔4〕陈旅：《石田先生文集序》，《石田先生文集》，中州古籍出版社，1991，第4-5页。

〔5〕《跋酸斋诗文》，《雪楼集》卷二十五。

第二十章
"要令四海无战争，千古万古歌太平"

——萨都剌题画诗

萨都剌

萨都剌（1272—1355），也作萨都拉，字天锡，号直斋。先世为西域回族，一说为蒙古族。其祖父萨拉布哈因世功镇守云、代，遂定居雁门（今山西代县）。中、青年时代，家境贫寒，曾到吴、楚等地经商谋生。泰定四年（1327）中进士，授镇江录事司达鲁花赤（掌印正官，有实权）。官至御史。后因弹劾权贵被贬为淮西江北道廉访司经历，不久致仕。

第一节　萨都剌诗书画

萨都剌是元代少数民族诗人中成就最高的诗人。林人中说："先生之诗，才藻艳发，词气高浑，信笔所如，自成雅调。"[①]胡应麟也认为他的不少诗"句法宏整，在大历、元和间殊不多得也。"[②]萨都剌以写宫词、乐府诗著称，长于写情。其诗深受晚唐温庭筠、李商隐诗风的影响，但在秾艳细腻中也渗入自然生动的清新气息。其艺术风格是多样而富于变化的，游牧民族的生活习性和少数民族固有的豪放性格自然也体现在他的创作中，所以有些诗作也不失雄奇豪宕。萨都剌也善于作词，尤善写怀古类题材，其《满江红·陵怀古》《念奴娇·登石头城》二词曾传诵。此外，其描写山水景物和地方风情的诗词也较为出色。萨都剌具有较高的汉文化修养,不仅工诗词,而且善书画。其画现藏于台北"故宫博物院"有《严陵钓台图》《梅雀》二幅,极为珍贵。

其《严陵钓台图》构图疏密配置得当,右侧以茂密见长,突出了南方树深林密、空气润泽之感;左侧广阔空白,以一鱼艇点缀,起到了画龙点睛的效果。由于他对自然景物有着深厚的感情,对自然观察精细入微,因此在表现技法上多姿多彩,作品面目较多,并达到种种高妙的意境,画中自然风光洋溢着生命力量。这种传统的山水画多表现士大夫、文人对大自然的热爱,把山画得可居可游,亦表达了士大夫阶层寄情山林,把自然风光化作自己心境的理想。此画作于1339年,为他的晚年之作。画家用笔较干而带飞白,疏松的线条勾勒出山林的轮廓,又以极少的皴笔代为渲渲,干净利落地表现了简远逸迈的意

《严陵钓台图》

境。这正是从王维的水墨渲染到董、巨"披麻"、"解索"风格的延续和创造。同时也是一位书法家以书入画的文人画情趣的表现,可以明显地看出赵孟頫、黄公望画风的影响。因此,萨都剌不仅继承了中国传统画的技法,而且加以开拓和创新。萨都剌也善书法,尤善楷书。

著有《雁门集》。存题画诗约40首。所题画有人物故事、

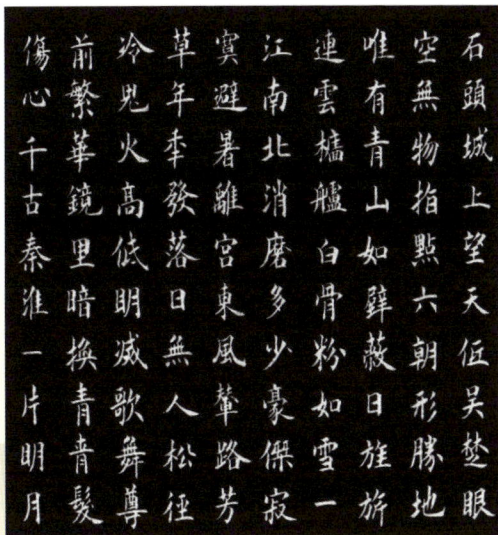

萨都剌书法作品

535

岁寒三友、山水景物、鞍马杂画等。

第二节　萨都剌题画诗主要内容

　　萨都剌的题画诗关注现实，绝少无病呻吟的应酬之作。他关心民间疾苦，痛斥丑恶现实；反对战争，企盼世间太平。

　　自古写桃花源的诗都是尽写山间美景，一派和谐。而萨天锡在《桃源行题赵仲穆画》中一开头就写秦始皇大兴土木，造成人民的流离失所："长城远筑阿房起，黔首驱除若蝼蚁。"在《织女图》中他痛心疾首地说："催租县吏夜打门，荆钗布裙夫短裤。"萨天锡在题画诗中除直接揭露贪官污吏外，还用间接的方式加以鞭挞，试看他的《终南进士行和李五峰题马麟画钟馗图》：

　　　　老日无光霹雳死，玉殿咻咻叫阴鬼。
　　　　赤脚行天踏龙尾，偷得红莲出秋水。
　　　　终南进士发指冠，绿袍束带乌靴宽。
　　　　赤口淋漓吞鬼肝，铜声剥剥秋风酸。
　　　　大鬼跳梁小鬼哭，猪龙饥嚼黄金屋。
　　　　至今怒气犹未消，髯戟参差努双目。

　　这是诗人借钟馗打鬼的传说来抨击人间的丑恶现象。钟馗见"阴鬼"为非作歹，"发指冠"，也反映了诗人疾恶如仇的个性。"至今怒气犹未消"，说明现实仍然黑暗，诗人将抗争不已。

　　萨都剌的题画诗不仅揭露了现实的黑暗，也表示出对和平生活的渴望与向往，他的《题画马图》说：

　　　　汉水扬波洗龙骨，房星堕地天马出。
　　　　四蹄蹀躞若流星，两耳尖修如削竹。
　　　　天闲十二连青云，生长出入黄金门。

鼓鬣振尾恣偃仰，食粟何以酬主恩。

岂堪碌碌同凡马，长鸣喷沫奚官怕。

入为君王驾鼓车，出为将军静边野。

将军与尔同死生，要令四海无战争，千古万古歌太平！

这首诗与他在《过居庸关》中所说的"上天胡不呼六丁，驱之海外消甲兵。男耕女织天下平，千古万古无战争"一样，都表现了诗人的反战思想。它与杜甫的《洗兵马》也出于同一机杼。

向往隐逸生活、吟咏田园之乐，是元代题画诗的基本主题之一。因此萨都刺的题画诗也有抒写归隐情趣之作，如《马翰林寒江钓雪图》说："人间富贵草头露，桐江何处觅羊裘。还君此画三叹息，如此江山归未得。洗鱼煮酒卷孤篷，江上云山好晴色。"《题刘涣中司空山隐居图》说："童子抱琴随白鹤，邻翁看竹借篮舆。门前秋叶从风扫，屋后春田带雨锄。自叹天涯倦游客，十年未有一廛居。"但他的归隐不同于汉人的归隐。这是对尘世的厌弃。萨都刺深得朝廷的恩惠，并不存在与朝廷的对抗。这也使得他的题画诗多了几分豪爽，少了几分幽怨。

萨天锡还用题画诗来记自己的行踪，但并不是简单的写实，而是写景抒情，给人历历在目之感。请看他的《喜寿里客厅雪山壁图》：

一年在京口，雪片冬深大如手。

独骑瘦马入谁家，四面云山如户牖。

大江东去流无声，金焦二山如水晶。

瓜洲江口人不渡，时有蓑笠渔舟横。

一年在建业，腊月梅花满城雪。

五更冻合石头城，霜风鼓寒冰柱裂。

秦淮酒楼高十层，钟山对面如银屏。

鹭洲不见二水白，天外失却三山青。

一年在镇阳，燕山积雪飞太行。

滹沱冰合断人迹，井陉路失迷羊肠。

长空万里绝飞鸟，卷地朔风吹马倒。

狐裘公子猎城南，茅店酒旗摇树杪。

今年入闽关，马蹄出没千万山。

瘴烟朝暮气霭霭，石泉日夜声潺潺。

雪花半落不到地，但见晴空涌流翠。

海头鼓角动边城，木末楼台出僧寺。

何人蹇驴踏软沙，出门无处不梅花。

江潮入市海船集，水暖游鱼不用叉。

良工画出雪色壁，过眼令人忆南北。

玉京银阙五云端，待漏何年凤池侧。

诗人见《雪山壁图》不由"忆南北"，写了亲身到过的京口、建业、镇阳、闽关四地，雪景不同，自己的感受也自然不同，但诗人融情于景，寄情于言外。只是在诗的最后道出了企盼回朝待漏的心愿。

第三节　萨都剌题画诗艺术风格

清顾嗣立在评价萨都剌艺术风格时说："其豪放若天风海涛，鱼龙出没。险劲如泰、华、云间，苍翠孤耸。其刚健清丽，则如淮阴出师，百战不折，而洛神凌波，春花霁月之婵娟也。"（《元诗选·戊集·萨都剌小传》）这段话也基本概括出萨都剌题画诗的多种艺术风格。《题陈所翁墨龙》是其豪放题画诗的代表作之一：

画龙天下称所翁，秃笔光照骊珠宫。

长廊白日走云气，大厦六月生寒风。

兴来一饮酒一石，手提玄兔追霹雳。

涨天烟雾晴不收，头角峥嵘出墙壁。

全形具体得者稀，今日海边亲见之。

满堂火焰动鳞甲，倒挟海水空中飞。

凌风直上九天去，天下苍生望甘雨。

太平天子居九重,黍稷穰穰千万古。

这首诗是题一幅泼墨画,墨舞龙飞,酣畅淋漓,既描画出画中之形象,又反映出诗人不凡之气度,真如"淮阴出师,百战不折"。

萨都剌有的题画诗融刚健与婉丽于一体,别具特点,如《吴真人京馆画壁》:

砚池花落丹水香,步虚白日声琅琅。

江南道士爱潇洒,新粉素壁如秋霜。

王郎酒酣衫袖湿,醉眼朦胧电光急。

玄龙云重雨脚斜,白兔秋高月中泣。

倦游借榻日观东,恍忽夜梦三湘中。

鹧鸪声断江路远,青林雨暗春濛濛。

萨都剌的清新淡雅之作,多为题画短诗,如《画》:"树色浓堪掬,痴岚扑雨秋。道人岩下住,屋角挂奔流。"又如《题画》:"绿树阴藏野寺,白云影落溪船。遮却青山一半,只疑僧舍茶烟。"这两首诗写绿树青翠欲滴,浓阴密布,青山白云,雾雨流泉,又是一幅幅绝妙的山水画。而最能代表萨都剌"婉而丽,切而畅"艺术风格的作品是长篇题画诗《题寿监司所藏美人织锦图》(一作《织女图》)。其诗是:

兰闺织锦秦川女,大姬哑哑弄机杼。

小姬织倦何所思,帘幕无人燕双语。

成都花发江水春,门前马嘶车辚辚。

鬓鬟两珥看欲堕,蛾眉八字画不伸。

良人一去无消息,冰蚕吐丝成五色。

柔肠九曲细于丝,万缕春愁正如织。

绮窗睡起闻早莺,西楼月落金盘倾。

暖霞拂地海棠晓,香雪泼户梨花晴。

日长深院机声动,梭影穿花飞小凤。

水心惊起鸳鸯飞,花底不成胡蝶梦。

纤纤玉指柔且和，香钩小袜裁春罗。

满怀心事付流水，荡日云锦生层波。

佳人自古多命薄，风里杨花随处落。

岂知丑妇嫁田家，生则同衾死同椁。

君不闻，长安市上花满枝，东家胡蝶西家飞。

笼中鹦鹉唤新主，门外侍儿更故衣。

又不闻，田家妇，日扫春蚕宵织布。

催租县吏夜打门，荆钗布裙夫短裤。

我题此画三嗟吁，百年丑好皆虚无。

排云便欲叫阊阖，为我献上《豳风图》。

这首诗先从画面着笔，写画中人物的形貌、神态、思绪、劳作等，多角度多层次地展示了秦川女的生活和内心世界，然后闯发议论，抒写对社会不平的无限感慨。这首诗以浓墨重彩描写主人公织女，既写她娇弱的身姿，又写她的"满怀心事"，其中"良人一去无消息，冰蚕吐丝成五色。柔肠九曲细于丝，万缕春愁正如织"四句点出了此诗的思想主题。春愁如织，深长不断，无限忧思，随着云锦的翻动，荡起层层波澜。以上所写，与唐代张若虚《春江花月夜》为同调。所不同的是，后者于清丽中透出哀婉，而此诗则于哀伤中不失清丽。但诗到此并未结束，诗人掩卷沉思，浮想联翩，由佳人而丑妇，由社会而人生，进一步深化了主题。诗人将《织女图》比作《豳风图》，是以诗情升华了画意，是从对劳动妇女的同情转向对社会不平的不满。但这种不满无处发泄，只好诉诸苍天了——"排云便欲叫阊阖，为我献上《豳风图》"。此诗于感慨中蕴含着愤懑，诗意跌宕起伏，大有沉郁顿挫之致。

萨都剌还有些题画诗对画面描写得很细致，连人物发式、衣饰都加以说明，几可再现画境，如《题四时宫人图四首》其二：

金猊吐烟清昼长，美人坐倚白玉床。

蓝衫一女鬌垂耳，手持方扇立坐傍。

一女最小不会妆，高眉短发耀漆光。

> 玉纤绿笋握金剪,柳下轻挽宫人裳。
>
> 金盘玉瓮左右列,红桃碧藕冰雪凉。
>
> 冰壶之旁立一女,背后随以双白羊。
>
> 手拱金瓶泻水忙,酒翅洒雪惊鸳鸯。
>
> 鸳鸯得水自双浴,美人抱膝空断肠。

这简直就是一幅有声画,像这样将画中人物的情态、妆扮以及手中持物都一一描绘的题画诗在古代题画诗中较为少见。这对于研究已失传的原画很有参考价值。特别是他的《明皇击梧图》更应引起重视,其诗是:

> 华清池头凉思动,绿桐击去朝阳凤。
>
> 阿环起学飞燕轻,笑嗔三郎作供奉。
>
> 羯腔打彻《西凉州》,锦茵蹴踏双鸳钩。
>
> 彩鸾吟细朱樱破,一叶忽飘天下秋。
>
> 愁声换出铎铃语,三十六宫散秋雨。
>
> 曲江宫晓清露寒,零乱瑶阶逐风舞。

余辉在《形神兼备——中国人物画》中说,唐代的仕女画风在元代后期已散灭殆尽。因此这首为描绘杨玉环的工笔仕女图所题的诗便弥足珍贵。《明皇击梧图》当是《宣和画谱》所记之画作,这说明唐代工笔仕女画在元代尚能见到真迹;同时,我们还可从仅存的描写《明皇击梧图》的题画诗中研究唐代工笔仕女画的某些特点。

第二十一章

金元时期题画词曲

金元时期的题画词在两宋题画词的基础上进一步发展，渐趋繁荣。据唐圭璋编《全金元词》统计，金有题画词人4位，创作题画词10首；元有题画词人53位，创作题画词130余首。而有长达三百余年历史的两宋，题画词人也仅有60余位，词作也不过160余首。相比之下，仅有不足百年历史的元朝有如此多的题画词人及其作品，不能不说元代题画词较宋代已有长足发展。

第一节　金元题画词发展概况

金代，各种传统的诗词都不够发达，而题画文学尤其薄弱。在《全金元词》中收录金代词作3572首，仅有题画词10首；而收录元代词作3721首，却有题画词130余首。相比之下，更显金代题画词数量之少。其中元好问所存题画词最多，有4首，其《虞美人·题苏小小图》是：

> 桐阴别院宜清昼，入坐春山秀。美人图子阿谁留？都是宣和名笔、内家收。　　莺莺燕燕分飞后，粉澹梨花瘦。只除苏小不风流，倒插一枝萱草、凤钗头。

这首词通过写"宣和名笔"《苏小小图》之流落民间，以宋喻金，流露出深深的故国之情，并盼分飞的莺莺燕燕早日团圆。他的另一首题画词《点绛唇》也是为风尘女子画像而作，其词是：

红袖凭栏，画图曾见崔徽半。吹箫谁伴？白地肝肠断。　　未了尘缘，可道欢缘短。云山乱，武陵溪岸。几误莺声唤。"

词中所写的也是唐代河中府名娼崔徽与兴元节度使府幕僚裴敬中相知相恋的故事。词人所见之画，也当与宋代词人秦观《南乡子·题崔徽写真图》中所说的《写真图》为同一幅画。秦词中说"只露墙头一半身"，元词中也说"画图曾见崔徽半"。两首词都对崔徽的不幸遭遇寄予深切的同情，具有异曲同工之妙。

蔡松年（1107—1159），字伯坚，真定（今河北正定）人。官至右丞相，封卫国公。晚年号萧闲老人。工诗词，常抒写仕金的内心痛苦。乐府以雄浑见长，与吴激齐名，号称吴蔡体。有《萧闲公集》。《全金元词》存题画词3首。其代表作为《水龙吟》：

太行之麓清辉，地和气秀名天下。共山沐涧，济源盘谷，端如倒蔗。风物宜人，绿橙霜晓，紫兰清夏。望青帘尽是，长腰玉粒，君莫问、香醪价。　　我已山前问舍。种溪梅、千株缟夜。风琴月笛，松窗竹径，须君命驾。佳世还丹，坐禅方丈，草堂莲社。拣云泉，巧与余心会处，托龙眠画。

词前小序说："双清道人田唐卿，清真简秀，有林壑癖，与余作苍烟寂寞之友。而友人杨德茂，博学冲素，游心绘事，暇日商略新意，广远公莲社图，作卧披短轴。感念退休之意，作越调《水龙吟》以报之。"此词虽然借《莲社图》抒写林泉之志，但却写得壮阔深远，极有豪情。在词人笔下，山水生辉，土沃地和，涧泉无数，清莹若冰玉。"烟霏空翠，吞吐飞射，阴晴朝暮，变态百出"，万千气象，目不暇接。另一首《点绛唇·同浩然赏崔白梅竹图》，写梅竹之风韵，也富有个性特色。

此外，马钰有题画词2首，王寂有题画词1首。

元代的题画词较金代有更大的发展，在艺术上也取得一定成就。元初的题画词人有些是南宋之遗民，他们多受姜夔、张炎的影响，其词风或幽冷劲峭，或清空雅正。这时期写过题画词的词人有白朴、王恽、魏初、卢挚、姚燧、刘敏中等。王恽仅存的一首题画词《感皇恩》是为《平江捕鱼

图》而题，词中说："六朝兴废，都付渔郎烟艇。莼鲈香正美、秋风冷。"此词虽不无点缀升平之意，但也抒发了兴废之感。

魏初（1231—1292），字太初，号青崖，弘州顺圣（今河北阳原）人。官至南台御史中丞。有《青崖集》。其《木兰花慢·题墨梅》是悼念友人之作，感情深切，词风哀婉。

卢挚（约1242—约1315），字处道，号疏斋。涿郡（今河北涿县）人。其《六州歌头·题万里江山图》，辞采壮丽，气势雄浑，则与元初许多题画词不同。其词是：

> 诗成雪岭，画里见岷峨。浮锦水，历滟滪，灭坡陀，汇江沱。唤醒高唐残梦，动奇思，闻巴唱，观楚舞，邀宋玉，访巫娥。拟赋《招魂》《九辩》，空目断、云树烟萝。渺湘灵不见，木落洞庭波。抚卷长哦。重摩挲。　问南楼月，痴老子，兴不浅，意如何。千载后，多少恨，付渔蓑。醉时歌。日暮天门远，愁欲滴，两青蛾。曾一舸，奇绝处，半经过。万古金焦伟观，骑鳌背，尽意婆娑。更乘槎，欲就织女，看飞梭。直到银河。

这首词顺着画中长江的流向写起，经三峡、洞庭、武昌、天门山，直至金、焦山入海，然后又上写天河，其间描述神话传说和历史故事，将画中景物与词人的奇丽想象交错呈现，历史与现实、古人与今人巧妙地融合在一起，营造出一片梦幻般的境界。其深厚的文化意蕴，在古代题画诗词中极为少见。特别是作者感情充沛，意气风发，其豪宕之势，颇有辛弃疾之遗风。

刘敏中（1243—1318），字端甫，济南章丘（今属山东）人。终官翰林学士承旨。有《中庵集》。《全金元词》存题画词二首，其《沁园春·题户部郎完颜正甫舒啸图，仍用卢疏斋韵》：

> 华屋高轩，富贵之心，人皆有之。甚伯伦荷锸，惟知酹酒，浩然踏雪，只解吟诗。一见令人，利名都忘，更有高情元紫芝。还知否，盖道分彼此，事有参差。　看君绿发雄姿。况千载风云正遇时。便登高舒啸，如今太早，扬眉吐气，过此还迟。愧我衰残，终然无补，久

矣寒灰枯树枝。云山梦，被画图唤起，情见乎词。

此词以议论起，以抒情结，写得扬眉吐气，情见乎词，与卢挚的《六州歌头·题万里江山图》同调。姚燧有两首题画词《木兰花》《定风波》都是为花卉画而题，或写"冷蕊疏枝"，或写"层云连叶"，风格淡雅清丽。

元代中期以后，题画词人渐多，其作品也具有一定艺术水平。这时期的赵孟頫、冯子振、滕宾、陆文圭、虞集、王结、张埜、陆行直、张雨、张可久、吴镇、张翥、许有壬、王国器、沈禧、宋褧等，都有题画词存世。

赵孟頫虽是元代诗画大家，但仅有一首题画词《水龙吟·题箫史图》：

> 倚天百尺高台，雕檐画栋撑云表。夜静无尘，秋魂万里，月明如扫。谁凭栏干，玉箫声起，乘鸾人到。信情缘有自，何须更说，姮娥空老。　我将醉眼摩挲，是谁人丹青图巧。为惜秦姬，堪怜箫史，写成烦恼。万古风流，传芳至此，交人倾倒。问双星有会，一年一度，那知清晓。

这首词虽然所写的是箫史与弄玉升天仙去的神话故事，题材并不新颖，但却写得境界阔远，意态空明，深得张炎雅词之神韵。

冯子振（1257—约1348），字海粟，攸州（今湖南攸县）人。自号怪怪道人，又号瀛洲客。曾官集贤待制。《全金元词》存题画词10首，是这时期写题画词较多的一位词人。其《鹦鹉曲·拔宅冲升图》颇能反映其思想：

> 淮南仙客蓬莱住，发漆黑变雪鬐父。八公山九转丹成，洗尽腥风咸雨。　想云霄犬吠鸡鸣，拔宅向青霄去。劝长安热客回头，镜影到流年老处。

《拔宅冲升图》是画道家因修道成而全家升天成仙事（参见《太平广记》十四引《十二真君传》）。词人为此图题词，正是其看破红尘，"劝长安热客回头"的道家思想反映。而其中"洗尽腥风咸雨"一句，当是他对人间因战乱杀戮而造成"腥风咸雨"的厌弃，是对现实不满的一种反映。

许有壬（1287—1364），字可用，汤阴（今属河南）人。延祐二年（1315）进士，累拜集贤大学士、太子谕德。有《至正集》。《全金元词》存题画词3首。其《玉漏迟·题李伯瞻一香图次张梦臣韵》是：

> 雪晴天似水。风清月白，萧然三子。天巧难名，镂玉锼冰无此。却是同心异种，解敛聚、山林高致。谁不喜。花中隐德，人间真味。
>
> 邂逅粲者相逢，似琼佩霓旌，九霄飞坠。移入铜瓶，付与野人凭几。满意接香嚼蕊，有浊酒、微吟相继。休唤起。明日此觥重洗。

这首写"花中隐德，人间真味"的词，冰清玉洁，意调爽朗，也得张炎之真传。

这时期，还有一组同题《碧梧苍石图》词也值得关注。

陆行直，字辅之，又字季道，号壶天，吴江（今属江苏）人，以翰林典籍致仕。其《清平乐·重题碧梧苍石图》序说，世交张炎早年曾为他写一首《清平乐》："候虫凄断。人语西风岸。月落沙平流水漫。惊见芦花来雁。可怜瘦损兰成。 多情因为卿卿。只有一枝梧叶，不知多少秋声。"但"余不能记忆，于至治元年仲夏二十四日，戏作碧梧苍石，与冶仙西窗夜坐，因语及此。转瞬二十一载，今卿卿、叔夏皆成故人，恍然如隔世事，遂书于卷首，以记一时之感慨云。"其词是：

> 楚天云断。人隔潇湘岸。往事悠悠江水漫。怕听楼前新雁。 深闺旧梦还成。梦中独记怜卿。依均相思碎语，夜凉桐叶声声。

序中之"叔夏"，即张炎，"冶仙"，名陆留，"卿卿"，为陆行直家伎，以才色见称。由此可知这是一首怀人之作，重点是其爱姬卿卿。此词既写词人白日悠悠思念之情，又写梦境"独记怜卿"；既直表心迹，又寄情于景，情真意切，感人至深。此后，友人陆留、王铉、元卿、叶衡、卫德嘉、施可道、曹方父、卫德辰、赵由俊、陆承孙、徐再思、竹月道人、郝贞、刘则梅等14人也感于此事，各写一首次韵《清平乐·题碧梧苍石图》。他们或说"寄情只为思卿"，或言"主人以墨为卿"，或怨"因何辜负芳卿"，或写"风流谁复如卿"。虽各具特点，但都不如此词哀婉动人。

元代后期至元亡，是元代题画词的尾声。这时期，虽然名词人不多，但也不乏佳作。面对战乱和危机四伏的朝政，许多词人、画家或向往山林，或遁世隐居。他们往往以题画词抒写林泉之趣。但也有一些词人伤时忧国，也有感伤词问世。这时期的题画词作者有苏大年、谢应芳、倪瓒、梁寅、萨都剌、邵亨贞、柯九思、马需庵、凌云翰、韩奕、善住等10余人。

写大量题画诗的倪瓒也有一首题画词存世，即《定风波·题画梅》：

> 欹帽垂鞭送客回。小桥流水一枝梅。醉后红绡都不记，□剩，幽香却解逐人来。　松畔扶闲频置酒。携手。与君看到十分开。少壮相从今雪鬓。因甚。流年清兴两相催。

倪瓒在题后记中说："庚寅腊月，同天台陶九成访云栖子于玉山草堂，是微雪着红梅上。云栖子见示管夫人《雪梅》，与今日情景适合，因题一调《定风波》云。"可知此词是为元代著名画家管夫人的《雪梅》画而题。梅花的孤高清逸的品性，一向具有比德意义。而元代文人特殊的社会地位和历史境遇使他们更乐于以梅花来抒怀言志。这首词将画境与实景相结合，既表现了词人的林泉高致，又流露出"流年清兴两相催"之感慨。

苏大年（1296—1364），字昌龄，号西坡，真定（今河北正定）人。曾官至翰林编修。有《西磵老樵集》。其《踏莎行·题巫峡云涛图用王国器韵》是元代末年不多见的感伤题画词，其词是：

> 烟外斜阳，云中远岫。翠眉轻补胭脂漏。回波都是断肠声，断肠更听哀猿吼。　暮雨凝愁，朝云殢酒。余怀远寄澹江口。世间木石本无情，如何也似离人瘦？

这首词当作于晚年。词人寄情于景，忧从中来，一种易代之际的感时伤乱之情借写离愁表现出来。是对国家危亡的忧虑，还是抒发个人宦海沉浮的烦恼，颇耐人寻味。

邵亨贞（1309—1401），字复孺，号清溪，云间（今上海松江）人。曾任训导松江府学。工诗词，是元末词坛的领袖人物。有《野处集》。《全金元词》存题画词6首，是这时期写题画词较多的一位词人。其中有三首是为女性画像而题，其余3首也涉女性情思，其艺术风格属婉约轻灵，如《浣溪沙·折花士女图》：

> 折得幽花见似人。沉吟无语不胜春。采香径里袜生尘。　　浓绿正迷湘北渚，软红不入宋东邻。一春幽恨几回新。

这首词写折花仕女并未作具体形象描绘，而是着重写其动作，并用了许多比喻，或以"幽花"作比，或以古代美女作比，便使之跃然纸上。同时，还以"沉吟无语"，揭示其心中之"幽恨"，为画像增添了生命活力。另一首《菩萨蛮·苏小小像》也写得哀婉动人。其词是："钱唐回首春狼籍。湖山依旧横金碧。何处是儿家？粉墙杨柳斜。　　佳期难暗卜。檀板传心曲。随意带宜男。就中应未堪。"《西厢记》的故事在元代曾广泛流传，其中崔莺莺的画像也常为诗画家所题咏。邵亨贞的《减字木兰花·崔女郎像》，对崔莺莺的形象虽未作具体描绘，只是以"红妆倾国"代之，但词人一方面对《西厢记》故事的流传提出疑问，另一方面又对崔莺莺的际遇寄予同情与感慨。此外，邵亨贞的《摸鱼子·题王德琏山居图》和《贺新郎·题王德琏水村卷》也是题画佳作。特别是前一首词，指点江山，睥睨古今高隐，于萧散清空中透出厚重的历史感，也有几分豪放词之韵味。

凌云翰，字彦翀，钱塘（今浙江杭州）人。他虽然只有一首《满江红·咏梨花鸟图》题画词存世，但却写得很有声色：

> 谁写琼英，空惊讶、年华虚度。依约似、清明池馆，粉容遮路。蝴蝶又来丛里闹，鹁鸪还占枝头语。向东阑、惆怅几回看，愁如许。
>
> 疑有月，光摇树。疑是雪，香生处。自洗妆人去，凄凉非故。白发宫娃歌吹远，青旗酒舍诗吟古。记黄昏、灯暗掩重门，听春雨。

这是一首极具代表性的元代花鸟类题画佳作。它在写景中寓感慨，意蕴丰厚。其中"疑有月，光摇树。疑是雪，香生处"几句，以画作真，构词新颖，而不落俗套。

倪瓒、邵亨贞、凌云翰、韩奕等题画词人，在西风残照中，以其清空疏朗、萧散雄浑等不同艺术风格结束了近百年的元代题画词创作，不仅基本上反映了元代后期题画词的概貌，而且也为后代题画词的发展作出了自己的贡献。

第二节　元代有影响的几位题画词人

在元代，现存题画词10首以上（含10首）的词人共有5位，即冯子振、吴镇、张翥、王国器、沈禧。他们的题画词不仅数量最多，而且最具特色和影响力，可以说基本代表了有元一代题画词的成就。

吴镇这位以画传世的诗画家现存题画词25首，是元代创作题画词最多的一位词人。其题画词可分三类：一是宣道劝善；二是山水景物；三是渔樵生活。

先看第一类题画词，如《沁园春·题画骷髅》：

> 漏泄元阳，爹娘搬贩，至今未休。百种乡音，千般妆扮，一生人我，几许机谋。有限光阴，无穷活计，急急忙忙作马牛。何时了，觉来枕上，试听更筹。　古今多少风流。想蝇利蜗名几到头。看昨日他非，今朝我是，三回拜相，两度封侯。采菊篱边，种瓜圃内，都只到邙山土一丘。惺惺汉，皮囊扯破，便是骷髅。

这首词内容较为奇特，因而在文学史上有人定为伪作，其理由主要是它过于怪异，不像吴镇所作，并且没听说过有骷髅画。其实此前骷髅画早已存在，以金代道士画家王喆（嘉）为例，就有自题画骷髅诗三首，即《自题画骷髅》和《画骷髅警马钰二首》。而吴镇也入道，尝自署梅道人，师从毗陵柳天骥学道，得孔明、康节之秘，精易理奇门之数，所以他画骷髅并题词宣讲道义是很自然的，并非不可理解。他所宣示的是一个极普通，也极易领会的道理——人生短暂，世事无常，功名利禄不过是过眼云烟，到头来只是骷髅一具。其词旨不过是劝人修道行善而已。语言浅近，简明易懂。它与马致远在套数散曲中所说的"百岁光阴如梦蝶……不争镜里添白雪，上床与鞋履相别……利名竭，是非绝。红尘不向门前惹，绿树偏宜屋角遮，青山正补墙头缺"是出于同一机杼。这是元代特殊历史背景下文人避世思想的一种常态反映。它虽然有消极因素，但也不无劝世作用。

第二类题画词是写"嘉禾八景"，共8首。这8首《酒泉子》词虽然都写山光水色，但各有特点。如第四首《春波烟雨》侧重写水："一掌春波，蠢蠢蓌帆闹如市，昔年烟雨最高楼。几度暮云收。　　三贤古迹通歧路，窣堵玲珑插濠罟。荷花袅袅间菰蒲。依约小西湖。"第七首《胥山松涛》则侧重写山："百亩胥峰，道是子胥磨剑处，嶙峋白石几番童。时有兔狐踪。　　山前万个长松树，下有高人琴剑墓。周回苍桧四时青。红日战涛声。"由于这两首题画词也是应实景而作，所以既写"烟雨""松涛"之美景，又都与当时名胜古迹相联系，具有较深的文化意蕴。

第三类写渔樵生活的题画词是《渔父·临荆浩渔父图十六首》。这些词都是佳作，词人的笔下，水阔山长，白云无际，轻舟徐来，碧波无影。词中的"老翁"或有几分豪气，"欲将短棹拨长空"，"一叶随风万里身"；或沉醉于美景，"掉月穿云任性情"，"只钓鲈鱼不钓名"。每一首词都是人、景俱在的风景画，虽然都是简笔勾勒，但都色彩鲜明，具有画意诗情。

张翥是元代题画诗词的重要作家。曾从南宋末年著名词人仇远学习诗词，得雅词之真传。《全金元词》存题画词10首，其中花卉类5首、山水类2首、仕女类2首、器物类1首。

其花卉类题画词，以《疏影·王元章墨梅图》为代表：

> 山阴赋客。怪几番睡起，窗影生白。缥缈仙姝，飞下瑶台，淡伫东风颜色。微霜恰护朦胧月，更漠漠、暝烟低隔。恨翠禽、啼处惊残，一夜梦云无迹。　　惟有龙煤解染，数枝入画里，如印溪碧。老树枯苔，玉晕冰圈，满幅寒香狼藉。墨池雪岭春长好，悄不管、小楼横笛。怕有人、误认真花，欲点晓来妆额。

这首赞画梅词起笔很别致，先写画家在几番梦醒后，见"窗影生白"，梅花好似仙女飘然而至。此刻，微霜护月，暝烟低隔，一派朦胧。于是提笔将"数枝入画"，满幅寒香。词人见画梅如真，不禁担心，怕有人误点妆额。全词人花相融，似梦似幻，笔法灵动，格调清空，是元代继承张炎雅词艺术风格不可多得的佳品。另一首《满江红·钱舜举桃花折枝》，将桃花与唐代诗人刘禹锡的际遇联系起来，抒发沧桑之感和隐逸之情，也富有感染力。

山水类题画词以《行香子·山水便面》为佳，其词是：

> 佛寺云边，茅舍山前。树阴中、酒旆低悬。峰峦空翠，溪水清涟。只欠梅花，欠沙鸟，欠渔船。　　无限风烟，景趣天然。最宜他、隐者盘旋。何人村墅，若个林泉。恰似敧湖，似枋口，似斜川。

这首词主要写村墅景物，这里虽然"只欠梅花，欠沙鸟，欠渔船"，但景趣天成，无限风烟，最宜"隐者盘旋"。词人还将自然风景与人文景观联系起来，其中"敧湖""枋口""斜川"，历代文人墨客都留下足迹和题咏佳什。这便提升了此词的文化内涵和审美境界。

他的两首仕女类题画词，一首缺字，完整的一首是《清平乐·盛子昭花下欠伸美人图》：

> 阶前昼永，绕石芭蕉影。半軃云鬟慵不整，寂寞朝酲乍醒。
> 湘裙翠被风流，背人无限娇羞。玉腕一双跳脱，欠伸浑是春愁。

这首词的某些描写，虽然近于柳永的艳情词，却能抓住细节把一名青春女子慵懒形象活脱脱地表现出来。词人以外貌和动作写内心，很好地揭示了其"春愁"。这是一首元代较为少见的婉约题画词的代表作。

写器物的《石州慢·题玉笙手卷》以拟声绘状见长，把画中玉制之笙写得活灵活现："丛霄旧样亲传，琢就玉烟凝白。悠扬彩凤恰从云杪飞来，数声又趁鸳鸯歇。"词人除了用比拟手法外，还用"零落碧桃花，点春风如雪"加以烘托。玉笙声音之美妙，可谓"清绝"。

王国器，字德琏，吴兴（今属浙江湖州）人，为著名诗画家赵孟頫婿。《全金元词》存词13首，均为题画词。他的题画词描绘景物，清明如画；描写人物手法细腻，形象生动。如《菩萨蛮·题黄子久溪山雨意图》：

青山不趁江流去，数点翠收林际雨。渔屋远模糊，烟村半有无。　　大痴飞醉墨，秋与天争碧。净洗绮罗尘，一巢栖乱云。

这首词是为"元季四大家"之一的黄公望《溪山雨意图》而题。此词不仅写出大痴山水画峰峦浑厚、云树苍苍之特点，而且紧扣图中之"雨意"，意象朦胧，"烟村半有无"，给人留下了遐想的余地。其《菩萨蛮·题倪徵君惠麓图》也是题山水画的佳作：

秋声吹碎江南树，正是潇湘肠断处。一片古今愁，荒埼水乱流。　　披图惊岁月，旧梦何堪说。追忆谩多情，人间无此清。

这首词与前词的风格有所不同。前词写山清水碧，清新明丽；此词则写荒埼野岭，秋水乱流。词人以感伤的词语渲染一种萧瑟的气氛，并抒发了深深的今昔之感和惆怅之情。其另一首《西江月·题洞天清晓图》的风格与此首又有不同："金涧飞来晴雨，莲峰倒插丹霄。蕊仙楼阁隐岩峣，几树碧桃开了。　　醉后岂知天地，月寒莫辨琼瑶。一声鹤叫万山高，画出洞天清晓。"此词写峰高入霄，晴涧飞雨，碧桃盛开，万山鹤鸣。意境极为壮阔，透出几分豪气。

沈禧，字廷锡，吴兴（今属浙江湖州）人。有《竹窗词》。《全金元词》存题画词15首。其词多写隐逸之情和渔樵之乐，如《风入松·咏画景》："竹冠藜杖葛裁襟。华发半盈簪。尘缘一点无萦绊，闲边趣、不管浮沉。姓字不闻入耳，梦魂长绕山林。　　相随惟有一床琴。得趣最幽深。溪桥野径忘危险，任迢遥、为觅知音。一曲高山流水，利名都不关心。"其较有特点的一首题画词是《满庭芳·为施克明题雪拥蓝关图》：

雪拥蓝关，云横秦岭，马头道路迷茫。几回翘首，何处是家乡。欲革当时弊政，摅忠荩、罄沥肝肠。谁知道，一封奏入，万里贬潮阳。　　伤心牢落处，形孤影只，地远天长。幸道逢孙姓，有意相将。早悟花间（一作闲）诗意，免教□、至此仓皇。频分付，瘴江落日，吾骨好收藏。

《雪拥蓝关图》是根据韩愈《左迁至蓝关示侄孙湘》所画的诗意图，而此词又将画化为词。但从词意看，又隐括了韩愈诗意。像这样由诗而画，复由画而词的题画作品因少见而显新颖。它与韩诗的不同之处在于，不仅将原诗加以扩展，特别是对其遭贬后"伤心牢落处，形孤影只，地远天长"的描写较为具体；而且对韩愈的不幸遭遇寄予同情，对权奸当道、忠良被斥表示愤慨。他的《风入松·题驿亭图》也有新意：

> 使轺今夜宿邮亭。邂逅见娉婷。琵琶斜抱生娇媚，悄无人、独倚帏屏。弦内暗传心事，灯前略叙幽情。　　丽词一曲按新声。调格总高清。宴前明日人传唱，难遮掩、耳目聪明。一宿风光固好，百年名节俱倾。

这首词的妙处在于词人就画图展开的丰富想象以及对"娉婷"女的声色描绘，但结束处却不落俗套，而是为"名节"突然一转，真所谓"始则荡以思虑，而终归闲正"(陶渊明《闲情赋序》)。

第三节　元代题画散曲及其与题画词之比较

由于现存的元散曲数量本来就少，加之题画散曲的自身原因，现存题画散曲就更少了。据统计，隋树森所编《全元散曲》所录题画散曲，只有小令29首，套数2套。并且，其中的佳作也不多。

这些题画散曲从题材上分，大致可分为五类，即故实、山水、花竹、鞍马、仕女。其中写历史故实的题画散曲最多，共有16首。这类作品往往以古喻今，有一定社会意义。如王恽的《乐府合欢曲》9首，是"观任南麓所画《华清宫图》而作"。其第1首总写李隆基荒淫误国之悲剧，其曲是：

> 驿尘红，荔枝风，吹断繁华一梦空。玉辇不来宫殿闭，青山依旧

御墙中。

此曲以极为简练的笔法写出唐代历史上的重大事件天宝之乱的前因后果，由"一骑红尘妃子笑"到"江头宫殿锁千门"，虽不置一词，但其讽喻之意自在言外。其最后一首，余音袅袅，尤耐人寻味：

> 信音沉，泪沾襟，秋雨铃声阁道深。人到愁来无会处，不关情处也伤心"。

在这短短二十几个字的小令中，有情有景，情景交融，于哀伤中透出警世之意，体现了元散曲的突出特点。写天宝遗事的题画散曲，还有张可久的《〔双调〕折桂令·太真病齿图》、汤式的《〔越调〕柳营曲·薛琼琼弹筝图》等，也各有特点。

写这类题材的曹德的《〔不知宫调〕三棒鼓声频·题渊明醉归图》当属代表作：

> 先生醉也，童子扶著。有诗便写，无酒重赊，山声野调欲唱些，俗事休说。问青天借得松间月，陪伴今夜。长安此时春梦热，多少豪杰。明朝镜中头似雪，乌帽难遮。星般大县儿难弃舍，晚入庐山社。比及眉未攒，腰曾折。迟了也去官陶靖节。

这首曲较为典型地反映了元代文人的避世情怀。作者赞陶渊明率真自适而不问俗事，并与长安功名热客相对比，更彰显其亮节。但接着笔锋一转，又嫌他辞官太迟，已为五斗米而折腰。这在古代的赞陶诗中颇为少见。由此可以看出元人归隐之心是何等急切。这也从一个侧面反映了当时社会政治之黑暗和知识分子不与统治者合作之心态。据史载，曹德为官时，伯颜擅权，许多人无辜被杀。而他"作《清江引》二曲以讽之，大书揭于五门之上。伯颜怒，令左右暗察得实，肖形缉捕。明善（曹德字）出避吴中一僧舍，居数年。伯颜事败，方再入京"[1]。因此，这首曲也是作者的抒怀之作。此曲只开头两句从画面着笔，余则叙事和评说。文字通俗、洒脱，既诙谐风趣，又不失深刻。

赵善庆和张可久各有一首题《昭君出塞图》曲。赵曲为《〔双调〕沉醉东风·昭君出塞图》，其曲是：

毡帐冷柔情挽挽，黑河秋塞草斑斑。丹青误写情，环佩难归汉。抱琵琶怨杀和番。比似丹青旧玉颜，又越添愁眉泪眼。

张曲为《〔越调〕寨儿令·题昭君出塞图》，其曲是：

辞凤阁，盼滦河，别离此情将奈何！羽盖峨峨，虎皮驮驮，雁远暮云阔。建旌旗五百沙陀，送琵琶三两宫娥。翠车前白橐驼，雕笼内锦鹦哥。他，强似马嵬坡。

这两首曲相比较，虽各有短长，但相对而言，张曲更好些。这首曲不是像赵曲那样，认为"丹青误写情"而单纯写"怨"；而是将昭君之"和番"与唐代安史之乱时马嵬坡下杨玉环被赐死相对比，说她的命运似乎更好些。这是一种辛辣的嘲讽，实际上这"雕笼"内的"锦鹦哥"所受的长久煎熬更为痛苦。曲中表达了作者对这名弱女子的深深同情。

在元代题画散曲中，山水类题画作品较多，共有8首。其中仅存的两套套数题画散曲，都是为山水画而题。试看汤式的《〔双调〕风入松·题马氏吴山景卷》：

十年踪迹走尘霾，踏破几青鞋。自怜未了看山债，先赢得两鬓斑白。登山屐时时旋整，买山钱日日牢揣。

〔么篇〕吴山佳丽压江淮。形胜小蓬莱。堆蓝耸翠天然态。才落眼便上心怀。但得仪容淡冶。何妨骨格岩厓。

〔沉醉东风〕朝云过蛾眉展开，暮云闲螺髻偏歪。玲珑碧玉簪，缥缈青罗带，抵多少翠袖金钗！馋眼的夫差若见来，将馆娃移居左侧。

〔离亭宴煞尾〕李营丘曾写风流格。苏东坡也捏疏狂怪。韶光荡来。探春人车傍柳边行，贩茶客船从湖上叙。偷香汉马向花前蓦。笙歌步步随，罗绮丛丛隘。三般儿异哉。胭脂岭高若舍身台。玛瑙坡宽如人鲊瓮，珍珠池险似迷魂海。休言金谷园，漫说铜驼陌。知音的自裁。待消身外十分愁，来看山头四时色。

这套散曲并不直接写画，而是从自己的游兴写起，"十年踪迹走尘霾，踏破几青鞋"。然后总写吴山之形胜。但其最精彩处则在于对景物的描绘，如"朝云过蛾眉展开，暮云闲螺髻偏歪。玲珑碧玉簪，缥缈青罗带，抵多少翠袖金钗。"这种以美女的眉、髻及其头饰等比喻山水云池的方法，极为形象生动，竟致"馋眼的夫差若见来，将馆娃移居左侧"。又如对山中"岭""坡""池"的描写，所用比喻也贴切而形象："胭脂岭高若舍身台。玛瑙坡宽如人鲊瓮，珍珠池险似迷魂海。"此曲的结尾归于吴山四时之美景，可"消身外十分愁"，所追求的是精神的愉悦。汤式，字舜民，号菊庄，元末落魄于江湖。明成祖时，遇之甚厚。所作乐府套数、小令极多，有《笔花集》。其散曲语多工巧，江湖盛传之。此套散曲除具有元散曲所特有的调笑情趣外，也具有元代中后期散曲精致化的特点，修辞手法多样，语言较为华丽。他的另一套题画散曲《〔南吕〕一枝花·云山图为储公子赋》，也是写山水题材。此曲虽然意在写"寸草春晖"，但通过描写山川景物，所抒发的却是感叹"日月居诸"，春光易逝，应及时行乐，与"青山共居，白云共锄"，做云山之主人。在元散曲中，这种感叹人生短暂，追求自由、享乐的思想，极为普遍。它已不再像前代某些文学作品那样，仅看作生活的余兴，间或有所流露，而是写得笔墨酣畅，理直气壮，当作生命的渴求，以作为人生价值的实现。享乐是生活中必不可少的一部分，不必回避，正如马克思、恩格斯所指出："关于享乐的合理性等等的唯物主义学说，同共产主义和社会主义之间有着必然的联系。"[2] 因而汤式在这套散曲中所抒发的情感，也不无积极意义。

在山水类题画散曲中，乔吉的《〔双调〕沉醉东风·题扇头隐括古诗》，很像苏轼的集古句词，在题画散曲中较为罕见。其曲是：

> 万树枯林冻折，千山高鸟飞绝。兔径迷，人踪灭。载梨云小舟一叶，蓑笠渔翁耐冷的别。独钓寒江暮雪。

这显然是隐括唐代柳宗元《江雪》的诗意，所不同的是意境更为阔大，江天更为凄寒。

此外，邵亨贞的《〔越调〕凭阑人·题曹云西翁赠妓小画》，以景寄情，言简意深，对沦落风尘的女子寄予同情，也是山水类题画散曲的佳作。

花竹类题画散曲有5首，其中题桃花、梨花、墨梅各1首，题画竹2首。乔吉的《〔越调〕小桃红·孙氏壁间画竹》较有特色：

> 月分云影过邻东，半壁秋声动。露粟枝柔怯栖凤。玉玲珑，不堪岁暮关情重。空谷乍寒，美人无梦，翠袖倚西风。

这首小令并无一般散曲的世俗特点，写得清新高雅。结尾处虽然化用杜甫《佳人》诗意，但用来衬竹也有新意。

另外两类题材的题画散曲，一为乔吉的《〔双调〕水仙子·和化成甫番马扇头》，一为汤式的《〔双调〕寿阳曲·梅女吹箫图》，其中后曲写得含蓄蕴藉，有一定特色。

元代题画散曲与题画词相比较，虽然有所不同，但正如题画词与题画诗一样，都是诗歌的一种，并无实质区别。从相同或相近方面看，它们都缘画而作，并都具有音乐性，可以唱。在形式上，有的散曲谱式与词谱是完全一样的，如冯子振的10首题画《鹦鹉曲》，在唐圭璋所编的《全金元词》中也收录。但是，在这种“同”之中，不同之处也显而易见。细加比较，冯子振这10首题画词（曲），从内容到形式，都比散曲更高雅。这，就是题画词与题画散曲的区别所在。据元杨湜《古今词话》中“词话”类卷下载：“邵清溪（邵亨贞号）之《凭阑人》（即《题曹云西翁赠妓小画》），不便与词并传者也。”曲牌《凭阑人》也作词牌看待，如倪瓒的《凭阑人》即被《词综》《历代诗余》收入。而邵亨贞的《凭阑人》虽然也被《词综》《历代诗余》收入，但杨湜认为其韵味不够高雅，不应作词传世，而作为散曲，则率真自然，不失为一首较好的曲子，所以他把它列入曲而不列入词。此其一。

其二，正因为元词的格调高雅清空，所以多写文人的高情远致；而散曲则表现世俗生活。词与曲虽然都产于民间，但词这种文学形式经过唐、宋两代文人的广泛运用，已案头化，渐至高雅；而散曲起源于金元间流行的“俗谣俚语”，虽经过文人的加工与提高，仍不脱民间的浓厚气息，所以往往不登大雅之堂。因此，其社会交际功能较小，文人中很少以题画散曲唱和酬赠，而远不如题画词那样多。这也是元代题画散曲比题画词少的原因之一。据《全元散曲》统计，元有小令3853首，套数457套，其中只有题画散曲31首（套）；而《全金元词》中收元词3721首，其中却有题画词100余首。两相对比，可知元题画散曲所占比例之小。此外，元散曲多写世俗情态，如劝世、警世、写情等，但与之相对应的绘画却不发达，元代"风俗画、历史画及肖像画，进展不大，虽有颜辉、张渥、王绎等比较杰出的画家，但他们的影响并不显著"[3]。因而这类绘画作品也少，文人便缺少题咏的题材。相反，山水画在元代最风行，这类画作也较多。但是元代散曲作家抒写山水情结，往往不愿意借助于画，有许多散曲本身就是"有声画"，如鲜于必仁的《〔中吕〕普天乐·潇湘八景》就可与著名画家宋迪的《潇湘八景图》媲美，堪称"诗中有画"。至于马致远的小令《〔越调〕天净沙·秋思》（枯藤老树昏鸦）使笔如画，更可与萨都刺的长篇题画词《酹江月·题清溪白云图》同辉。

其三，从文字和情调上看，题画词的辞藻或奇丽或平实，都力避俗语；而题画散曲却力求语言通俗，并夹杂民间俚语。但这也并非绝对，有的题画词受散曲影响，也间有俗语，因为它们毕竟出现于同一时代。在情调上，题画散曲往往有调侃，诙谐有趣；而题画词则少有诙谐之笔，当然有些"戏题"作品例外。

注 释

〔1〕隋树森编《全元散曲》，中华书局，1964，第1077页。

〔2〕马克思、恩格斯：《神圣家庭》，载马克思、恩格斯：《马克思恩格斯全集》第2卷，人民出版社，1957，第166页。

〔3〕王伯敏：《中国绘画史》，上海人民美术出版社，1982，第383页。

第五编　繁盛期

—— "等闲识得东风面，万紫千红总是春"

明清时期，基于社会经济、政治的原因和文化艺术发展的自身规律，题画诗创作日趋繁荣，达到鼎盛阶段。

1368年，由朱元璋建立的明王朝，是中华帝国的新辉煌。明王朝初期进行了七次海上远征，所到之处包括东南亚、印度、波斯湾，甚至远抵非洲东海岸，实行亲善外交，大扬国威。航队用中国货物进行贸易，带回了远方的珍玩异物。文学、哲学和艺术也兴旺起来，得到了前所未有的发展。1644年迁都北京的清王朝，虽然在初期战乱不已，但新王朝不仅真心争取汉人的支持，而且自觉并有针对性地以明朝遗产为基础。明朝统治时期资本主义萌芽的许多发展趋势，几乎无间断地延续下来。"在汉人的广泛合作下，清王朝建立了良好的行政、秩序和安宁，使帝国达到了空前繁盛。"①

在这样的历史背景下，具有优秀文化传统的中国题画诗得到了突飞猛进的发展。这一时期的题画诗不仅内容丰富、种类齐全、体式完备，而且在艺术审美方面达到登峰造极，成为中国题画诗发展史上最光辉灿烂的一页。

第一，清代题画诗高度发展的标志，除了题画诗的数量激增外（由于《全清诗》尚未编毕，具体数量难以统计），一个重要的标志是画家、诗人流派繁多，而绘画、诗歌的流派又同时是题画诗创作的主要群体。画派，如"娄东""虞山""新安""金陵""江西""镇江""扬州八怪"等；诗派，如"性灵""肌理""格调""宋诗派"等。其中，清代影响最大的绘画流派"扬州八怪"，在诗画融合上最为典型。它既是画派，也是题画诗创作的最大流派。

第二，题画诗所反映的社会生活更加丰富、广泛。这一时期的题画诗除了同历朝历代一样反映官场争斗、民间百态外，还反映了资本主义萌芽时期所特有的复杂的社会生活和不同阶层人士的心理状态，所揭示的社会矛盾更加深刻，针砭时弊的锋芒更加尖锐。

第三，题画诗的个性色彩更加鲜明。绘画和诗歌都是直抒作者胸臆的艺术品，对外界社会的变化十分敏感。而清代又是中国封建社会中人性得到张扬的较好时期。这是因为，不断兴起的资本主义思想开始冲破封建社会的层层壁垒，得到一定的解放。所以表现在绘画中的"怪"与表现在诗歌中的"性灵"都是这种思想的艺术反映。因此，具有绘画、诗歌等综合特点的题画诗自然也极富个性色彩。

第四，诗、书、画三者的融合，达到了前所未有的密切。这既体现在三者的审美追求上趋于一致，也体现在许多题画诗人身上。这一时期，诗人学画、画家习诗已蔚然成风。至于书，更是每名知识分子必擅之技。所以许多题画诗人都是诗、书、画"三绝"，其中"扬州八怪"最为突出。

第五，题画诗的体裁更加多样化，可谓众体皆备。除常见的古体、近体诗外，还有许多词和散曲，甚至有少量的民歌民谣。其中，散曲除原有的曲牌外，还有许多自度曲。形式多种，不一而足。

第二十二章

明代社会概况与题画诗繁荣

明代文学以多样的形式，多视角、多侧面地反映了现实，产生了大量的思想性与艺术性相结合的作品，形成我国文学史上一个新的高峰。但文学发展到明代，传统的诗文开始衰微，代之而起的小说、戏剧等通俗文学则成为文坛的重心。不过，作为具有综合特点的题画诗词，因受绘画、书法艺术的影响，却有很大发展，取得了令人瞩目的成就。

第一节　社会概况与文人风习

鉴于元朝被推翻的教训，明朝初年，太祖朱元璋为了巩固其统治，实施了一些对人民让步的政策，鼓励垦荒、减轻赋税、抑制豪强，使经济逐渐恢复与发展。社会经济在经历了一个较长时期的休养生息之后，到弘治、正德年间，出现了相当繁荣的局面。但在农业生产进一步发展的同时，农村的土地兼并也非常剧烈。广大农民失去土地之后，被迫流亡。因此，流民问题成了明代中叶最严重的社会问题。但大量流民涌入城市，也为城市工商业发展提供了大量的劳动力。到了嘉靖、万历年间，手工业、商业发展更加迅速。这时，不仅纺织、采矿、冶铸等行业有更大发展，而且以前不甚发达的造纸、印刷、制糖、轧棉等行业也开始勃兴。早在南宋时期就出现的雇佣劳动力现象，这时大量出现。在苏州，当时靠出卖劳动力为生的织工、染工就有1万余人。《万历实录》中记载："吴民生齿最烦，恒产绝少，家杼轴而户纂组，机户出资，机工出力，相依为命久

矣。"很显然，其中机工与机户的关系，就是雇佣劳动者与资本占有者的关系，资本主义已经开始萌芽。有明一代，冶铁、造船工业规模相当可观。郑和下西洋所用舰船之大、航程之远，不仅说明造船技术之先进，而且充分显示了明朝国力之强大。不过，经济的发展并没有给人民带来多少好处；相反的，在封建统治阶级的巧取豪夺之下，农民的生活更加贫困。这些情况在小说、戏剧中都有较为深刻的反映。同样，在题画诗词中也有直接或间接的影射与揭露。

明王朝是在夺取元末农民大起义的果实基础上建立起来的。这次农民起义规模之巨大、斗争之激烈及时间之长久，都是历史上所罕见的。它深深地影响了明代的政治。朱元璋为了巩固皇权统治，废除了有一千多年历史的丞相制度和有七百余年历史的中书、门下、尚书三省制度，集军政大权于一身。这是自秦汉以来封建专制主义中央集权的恶性发展。为了树立皇权的绝对权威，又大肆杀戮功臣。洪武十三年，兴胡党大狱，加左丞相胡惟庸以私通日本、蒙古罪，将其凌迟处死。"所连及坐诛者三万余人"，此案延续达十年之久。洪武二十六年又兴蓝党大狱，指大将军蓝玉谋反，也将其凌迟处死。"列侯以下坐党夷灭者不可胜数"[1]。据统计，和朱元璋一起起家的24位同乡功臣，除早死者之外，只有一位中风后不停流口水的汤和算是逃脱其荼毒，其余无一善终。有的还死得极为悲惨。到了永乐、宣德年间，又削弱诸王权力，建立内阁制度，进一步巩固并加强了中央皇权统治。

明朝在文化思想上也实行严酷的控制，对知识分子采取了笼络和高压两种手段。朱元璋一方面亲自筹划，开设文华堂招揽人才，笼络一大批知识分子；另一方面又采取高压政策，杀戮一批不驯服的文人士子，如文人姚润、王谟因被征不来，被斩首抄家。从洪武十七年到二十九年的前后十三年中，又大兴文字狱，常以莫须有之罪斩杀文人[2]。

据吴晗统计，"处州教授苏伯衡以表笺论死；太常卿张羽坐事投江死；河南布政使徐贲下狱死；苏州经历孙蒉曾为蓝玉题画，泰安州知州王蒙尝谒胡惟庸，在胡家看画，王行曾做过蓝玉家馆客，都以党案被杀；郭奎曾参朱文正军事，文正被杀，奎也论死；王彝坐魏观案死；同修《元史》的山东副使张孟兼、博野知县傅恕、福建金事谢肃都坐事死；曾在何真幕府的赵介，死在被逮途中；曾在张士诚处做客，打算投奔扩廓帖木儿的戴良，畏罪自杀。不死的，如曾修《元史》的张宣，谪徙濠州；杨基罚做苦工；乌斯道谪役定远；顾德辉父子在张士诚亡后，并徙濠梁，都算是十分侥幸的了。"[3] 同时，对于不合作的知识分子，朱元璋便进行残酷打击。他杀气腾腾地说："率土之滨，莫非王臣。寰中士夫不为君用，是自外其教者，诛其身而没其家，不为之过。"高启就是这种政策的牺牲品，因为不愿和新王朝合作，他被朱元璋找了一个借口给腰斩了。当他悲叹"杯酒朝欢，矛刃夕加"的颤巍巍的日子，当他空望着过上一种"所以贤达人，高飞不下避网罝"的生活，当他看到"城头飞，城下宿"的"空城雀"自由自在生活的场面，便发出"不须羡彼珍禽羽，翩翩高集珠树林；一朝身陷虞罗里，回首空城不如尔"的感叹。他那一份对自由的渴望、对未来生活的恐惧，便活脱脱地画出了明初知识分子的生存状态[4]。

　　明代中后期的情况也大致如此。在这种封建淫威下，知识分子为免于惨祸，唯唯诺诺，谨小慎微，一时成为风气。其间，虽不乏脊梁挺得很直的文人，如反抗成祖的方孝孺、反抗刘瑾的李梦阳、反抗严嵩的杨继盛、反抗魏忠贤的杨涟和左光斗等，但终为少数。此外，以唐寅为代表的"吴中四才子"，他们自食其力、不献媚于权贵的精神也难能可贵。唐寅"闲来写就青山卖，不使人间造孽钱"的自勉自励，正体现了知识分子渴望在经济独立的基础上，取得思想自由的努力奋斗精神。晚明的知识分子，有不少人过着诗酒风流的生活，张岱甚至津津乐道于自己的"美婢""娈童"。但"狎妓""蓄童"的社会风气是一个复杂的问题，恐怕是经济发展的副产品。

第二节　明代题画诗繁盛的原因

　　明代题画诗高度发展，仅从数量看，就十分可观。但因《全明诗》出版的册数不多，尚难以做出准确统计。不过，从《御定历代题画诗类》

看，其共收录唐以后题画诗8962首，其中明代3752首，即占总数的40%以上。而其实际数量却远不止于此。仅据杨士奇、刘嵩、李东阳、吴宽、刘基、王世贞、高启等24人的文集统计，其中的题画诗就达4000余首，所以整个明代题画诗之多，不难想象。

第一，题画诗的发展，与绘画、书法艺术的关系极为密切。在中国绘画史上，明代画风迭变、画派繁多，是近古绘画发展的重要时期。"明初太祖，雅好绘事，颇知奖重，因承宋制，复设画院"[5]。当时画家的待遇虽然不如两宋时优厚，但较元代已有很大进步。及至宣德、成化、弘治年间，画院渐至兴盛。宣宗朱瞻基、代宗朱祁钰、宪宗朱见深、孝宗朱祐樘等都能画。朱见深以画人物见长，朱瞻基擅画山水、花鸟、人物以至草虫，可与"宣和"争胜。由于最高统治者重视和提倡，因此推动了绘画艺术的发展，画家辈出，"朱明以能画名者，不下1300人左右。除沈周、董其昌之浑雄壮拔之作者外，如戴进之水墨苍劲，仇英之精致浓丽诸派，均为继承南宋画院之体格而稍变作风者。其余多系运笔细润，裁构淳秀，取唐、宋、元诸家格法，集为一体，又各分派别，而成有明一代之风趣，即所谓明清近体者是也"[6]。在绘画的门类、题材方面，传统的人物画、山水画、花鸟画十分盛行，文人墨戏画的梅、兰、竹及杂画等也相当发达。在流派方面，涌现出许多以地域为中心、或以风格相区别的绘画派系。在师承方面，主要有师承南宋院体风格的宫廷绘画和浙派，以及发扬文人画传统的吴门派、松江派和苏松派等派系。在画法方面，水墨山水和写意花鸟勃兴，成就显著，人物画也出现了变形人物、墨骨敷彩肖像等独特的新面貌。随着工商业的发展，明代的民间绘画，尤其是版画，也呈现繁兴局面。此外，在绘画的编辑方面，都穆之《寓意编》，朱存理之《珊瑚木难》，文嘉之《钤山堂书画记》《严氏书画记》，王世贞之《尔雅楼所藏名画》，王世懋之《澹圃画品》，何俊良之《书画铭心录》，詹景凤之《东图玄览》，张丑之《清和书画舫》，董其昌之《容台集》《画禅室随笔》，陈继儒之《秘笈》，郁逢庆之《书画题跋记》《继书画跋记》，汪砢玉之《珊瑚网》等，不仅收录了许多名贵书画，丰富了中国绘画、书法史，而且其中的题记和题诗，更是直接促进了题画诗创作。

　　书法艺术素与绘画艺术有不解之缘，所以许多书法家往往是著名画家，也是创作题画诗较多的诗人。明代的书法艺术是在继承宋、元以素帖学为主的基础上，不断创新，逐渐形成了自己的艺术风格。明朝历代帝王虽不如宋朝皇帝那样大都精于书法，但也都爱好书法，特别是明永乐年间成祖朱棣大力复兴文化，招募许多擅长书法者，并授予中书舍人的官职，进一步推动了民间的习书之风，使书法艺术不断发展。

　　特别值得注意的是，明代诗、书、画三者的关系更为紧密，不仅讲究"诗中有画"，"画中有诗"，而且提出"书中有画，画中有书"（《式古堂书画汇考》所引蒋乾《虹桥论画》）的主张，并且对题款作出了规范要求："画上题款，各有定位，非可冒昧，盖补画之空处也。如左有高山，右边空虚，款即在右。右边亦然，不可侵画位。字行须有法，字体勿苟简。"（孙衍栻《画诀·款识》）

　　第二，经济的发达、市场的需要是明代题画诗发展的重要基础。

　　明代经济的发达与题画诗的兴盛，不是简单意义上的经济基础与上层建筑之间的关系，而是商人与诗人、商品与作品复杂的互动关系。

　　明朝使中华帝国走向新的辉煌，它是当时世界上所有面积相当地区中生产力最高的国家。"国内贸易和面积与很多欧洲国家相当的各省之间的省际贸易量，比国际贸易更大，足以供世界上最大的市场"[7]。由于国外对中国丝绸和瓷器具有旺盛的需要，对外贸易也日益繁荣。"其结果是，白银流入，加速了中国经济货币化，而且造成了广泛的社会和文化影响，其中有些影响有助于解释17世纪的社会秩序"[8]。

　　经济的发展促进了商业的繁荣。明人十分重视商业在社会经济中的地位，士人的崇商思想也很突出。陆楫在《兼葭堂杂著摘抄》中说："苏杭之境，为天下南北之要冲，四方辐辏，百货毕集，使其民赖以市易为生，非其俗之奢故也。噫！是有见于市易之利，而不知所以市易者，正起于奢，使其相率而为俭，则逐末者归农矣。宁复以市易相高耶？……然则吴越之易为生者，其大要在俗奢，市易之利，特因而济之耳，固不专恃乎此也。"（《丛书集成新编》八八）在这种崇商热潮推动下，从商人数激增，商业日趋繁荣，加之崇奢观念的引导，明人的消费生活也弥漫奢靡之风。从衣食住行到婚丧嫁娶，无不走向玩俗奢丽。在文化娱乐方面，也呈现出绚丽的丰采，不仅说唱、杂技、歌舞、卜算等百艺逞能，诗画艺术也适应商业的需求而身价倍增，并具有浓厚的功利色彩。这无形中也刺激了诗画艺术的发展。

明人对诗画艺术的需求主要表现在三方面。

一是出于玩赏。这又分为两种情况：其一是文人雅士出于爱好，如王复元"每独行阅肆，遇奇物佳玩与缣素之迹，即潜购之，值空乏，褫衣典质不惜也"（姜绍书《无声诗史》二，卷六）。魏诚甫"独购书数千卷及古法书名画，苟欲得之，辄费不赀"（《魏诚甫行状》）。另有董其昌、张丑等也最爱诗画艺术，并多方收藏之。其二是达官显宦用来附庸风雅。沈德符在《万历野获编》中说："赏识摩挲，滥觞于江南好事缙绅，波靡于新安耳食诸大估，曰千、曰百，动辄倾囊相酬，其赝不可复辨。"（《万历野获编》卷二六《时玩》）但是"好事缙绅"对诗画的雅好也助长了书画作伪的恶风。不过也有一批诗画中介者出于对文化艺术的赞助。这除了有朝廷支持，也有民间儒商资助。有些儒商在取得丰厚利润之后，便企图通过对文艺活动的赞助来提高其地位与声誉。这便促进了诗画活动的普及与社会文化水平的提升。

二是商人牟利与文人谋生之需要。商人以诗文书画牟利的方式主要有两种：一种是倒卖。江南的富商多收购名画，适时倒卖，从中牟取更高的利润，使传统的作者与读者之间单纯的交易行为转变为中介者居中取利的交易方式，于是绘画作品价格便不断攀升。据孙𬭁之《书画跋跋续》载，隆庆三年（1569），昆山顾氏以千金之价售《摩诘弈棋图》，朱忠僖欲以三百金买之，以供案上清玩，并以为此画卖二百金已多矣。讨价还价之下，顾氏执意不卖，宁可滞留于京城，以待更好的顾主（《书画跋跋续》卷三《摹古画》）。另一种是通过大量印制书画册牟取暴利。随着明人文艺消费观念的更新，购买书画作品也成风气。书卷画册一经出版上市，往往"无问贫富好丑，垂涎购之"（陈继儒《史记钞》序）。于是，有些书商便投资书画出版行业而获利致富，家产竟有累至巨万者。与此同时，有些文人也出于生计的需要，不得不卖文鬻画。这在客观上也有助于诗画作品流通与文艺消费者享用。唐寅晚年生活贫困，即卖画为生。他有一巨本，"录记所作，簿面题二字曰：'市利'。"（李翊《戒斋老人漫笔》卷一《文人润笔》）韩锡曾作《为王有巢卖文卖画文》，文中说："王有巢，奇士也。眼中不见世上有人，故所如不合，至不能自糊其口。其友人曾弗人、韩晋之私为谋之……韩子曰：'以世间较之，一字皆直千金，为救饥，故减价。'曾子曰：'以王子文较之，一幅不直一钱，为救饥，故增价。'"（韩锡《韩子·丁卯集》，转引自《晚明小品与明季文人生活》）

三是出于交际酬赠所需。在明代，以书画艺术品赠人是交际中的常事，寿诞丧葬求取诗文书画之风气尤盛。达官贵人的寿诞盛会，必有祝寿之诗文，"多至数十首，张之壁间。而来会者饮酒而已。亦少睇其壁间之文，故文不必其佳，凡横目二足之徒皆为可也。"（归有光《归有光全集》卷一三《陆思轩寿序》）即使"屠沽小儿，身衣饱暖，殁时必有一篇墓志"（叶德辉《书林清话》卷七《明时刻书工价之廉》）。社会之所需，必使诗文书画艺术创作日趋活跃。

第三，哲学思潮的变化、人的个性的张扬是题画诗发展的重要原因。

文学艺术的发展总是与人性的觉醒、发展同步的。如果说魏晋南北朝时期人的个性意识觉醒是文学自觉时代开始的动因，那么明代由哲学思潮转变而引发的人性主体回归是文学艺术复苏的主要前提。

在明代前期，朱熹的儒家学说被官方和许多学者视为正统。但明代中叶以后，王阳明开始对程朱理学发起了挑战。他独标"良知"二字，以为"致吾心良知之'天理'于事事物物，则事事物物皆得其理矣"（徐爱等记《王阳明传习录及大学问》卷中《答顾东桥书》）。王阳明认为，道德的普通原则存在于每个人的心里，人们与生俱来的良知再现可以认知道德原则。真正的认知不是抽象地赋予理智的过程，而是与经验不可分的。这便指出了一条回复自我主体的道德体验之路。因此，张灏认为，王阳明之说是将成德的潜能完全置于内化超越的基础之上[9]，而强调"心"的"主体性"和"能动性"。于是王氏心学为晚明文人开辟了广阔的生活场景。王阳明的弟子王艮主张，人的社会地位并不限制道德的自我完善。另一个鼓吹破除偶像的何心隐则宣称，商人的社会地位应该高于农民。稍晚的李贽着力于感情、情欲的哲学基础和本我进行反思，追求"绝假纯真"的"童心"。

在文学上，李梦阳等人所倡导的复古思潮，虽然不无流弊，但其在复古的口号下所包含的对真情和真人的追求也具有积极意义。而后来袁宏道所说的"性之所安，殆不可强；率性而行，是为真人"（《袁中郎全集》二卷十六《识张幼于箴铭后》），更是主张各任其性。这种追求人格独立、率性而行的思想，无疑对诗画家的创作提供了个性抒展的自由空间。这是明代题画诗发展的哲学基础。因此，李泽厚认为，晚明倾向惊、俗、艳、怪等审美趣味，是表明文艺欣赏和创作不再完全依附或从属于儒家传统所强调的人伦教化，而在争取自身的独立性（参见《华夏美学》）。在绘画创作上，自然也显示出心学体系的影响，追求感性生命上的挥洒自如，而不是对自然或古人作品的如实模拟仿制，使笔墨自身获得完全独立的价值。因此，没有王阳明的心学，也就不会产生董其昌的画学。而经由董其昌所建立的文人画谱系中，便可强烈地感受到文人画作为主体化自由的一种自觉行为。在题画诗的创作上，同样受到王阳明心学的强烈影响：一方面追求主体自由安适的"乐"境，喜欢幽静的林泉生活；另一方面呈现出市俗化的特点，恣意追求感官享受，这在唐寅的生活和艺术创作中表现得尤为突出。

第四，题画诗人的队伍进一步扩大，也是题画诗发展的重要保证。

明代题画诗作者主要由三部分人组成：一是缙绅士大夫；二是文人；三是僧人。自晋唐以来，缙绅士大夫一直是题画诗创作的主体。这除了因为他们具有较高的艺术修养外，还和他们的社会地位有密切的关系。但入明以后，他们逐渐退居为次要角色。文人又可分为两种：一是传统意义的文人，他们很多从科举道路上游离出来，专心致力于诗画创作，并且往往诗书画兼擅。这正如胡应麟所说："宋以前，诗、文、书、画人各自名，即有兼长，不过一二。胜国则文士鲜不能诗，诗流靡不工书，且旁及绘画，亦前代所无也。"（《诗薮·外编》卷六）又据彭蕴璨的《历代画史汇传》统计，明代诗画兼擅者计490余人，占画界人数的四分之一强。二是新文人，即布衣处士出身的诗画家。谢肇淛说："自晋唐及宋元，善书画者往往出于缙绅士大夫，而山林隐逸之踪百不得一，此其故有不可晓者。岂技艺亦附青云以显耶？抑名誉或因富贵而彰耶？抑或贫贱隐约，寡交罕援，老死牖下，虽有绝世之技，而人不及知耶？然则富贵不如贫贱，徒虚语耳。盖至国朝而布衣处士以书画显名者不绝，盖由富贵者薄文翰为不急之务，溺情仕进，不復留心，故令山林之士得擅其美，是亦可以观世变化。噫！"（《五杂俎》卷三）因此，明代新文人的出现，正是"世变"的一种结果。清赵翼之《二十四史杂记·明代文人不必皆翰林》中即举出"王绂、沈度、沈粲、刘溥，文徵明、蔡羽、王宠、陈淳、周天球，钱谷、谢榛、卢枏、徐渭、沈明臣、余寅、王穉登、俞允文、王叔承、沈周、陈继儒、娄坚、程嘉燧，或诸生，或布衣山人，各以诗文书画，表见于时，并传及后世"（《二十四史杂记》卷三四）。由于大量的布衣之士逐渐成为诗画界的主角，所以自然促进了题画诗创作。

僧人，是题画诗创作的特殊群体，在明代因禅风的转变而逐渐扩大。徐沁在《明画录》中说："自唐以来，画学与禅宗并盛"（《明画录》卷二《山水》）。但早期禅宗不立文字，深以文字为障。至明禅风渐变。宋濂曾谓四明永乐用明诃公达禅旨踰十余年而不懈，一日却忽然慨叹："世谛文字，无非第一义，吾可以不求之乎？"（《宋学士文集》上卷八《用明禅宗文集序》）晚明的紫柏禅师说："凡学佛人，不通文字般若，即不得观照般若。"（《五灯全书全集》卷一）可见明代已不以文字障为戒，禅家宗旨已发生变化。于是明代禅师多喜敷陈文字，甚至认为僧不作诗，则其为僧不清雅。钟惺曾说："金陵吴越间，衲子多称诗者，今遂以为风。大要谓僧不诗，则其僧为不清。"（《钟伯敬合集》下，《序善权和尚诗》）黄仲昭也说："（玉）上人亦学参诗禅，讲论时时见心曲。"（《未轩文集》卷九）明代僧人不仅喜作参禅诗，而且爱为绘画题诗。画家刘松年所画的《三生图》，其后题咏者二十人，"皆近代名僧"（吴宽《家藏集》卷五三《题刘松年〈三生图〉》）。因此，在明代题画诗人中，僧人也占有相当数量。

第五，明代题画诗艺术价值的提升，促进了题画诗创作的繁荣。

明代社会普遍重视题画诗的价值。这一方面固然因为题有名人题诗的绘画，在作为商品的交换中增值；但另一方面，题画诗也因附丽于名画上而增辉，并得以流传于世。据记载，谢宾举每次画毕，其兄子象即题诗其上，这也是因为"我诗借君画，资我诗并传"（姜绍书《无声诗史》卷六）。陶望龄在《名公赠答》中说："吾兄（幼美）宝斯画，令我韵其尾。画亡有余恨，题诗为昭洒。当时讶诗意，颇与画趣同。去画不可见，见我诗篇中。兼亦宝我诗，二宝相雌雄。一潜一在匣，每有精光通。新篇为召呼，果与旧物逢。一笑获其耦，画反诗无功。诗长更踈缺，画短穷纤浓。乃知有声类，不及无声工。"（唐寅《唐伯虎先生全集》一，外编卷五）此外，在明代的人际交往中，题画诗的功能日益增强，也提升了题画诗的社会价值。因此，随着题画诗价值的提升和功能的扩大，题画诗的创作更加繁盛。

第六，园林文化的勃兴与文人雅集、游赏的增多，有力地推动了题画诗的创作。

中国文人的雅集之习由来已久。自最早记载的曹丕等人的南皮之会后，著名雅集还有金谷、兰亭之会等。到了明代，随着经济的繁荣，文人刻意追求文化享受，大造园林别业，更为文人雅集提供了最佳场所。特别是明代中叶以后，文人造园之风日盛。"士大夫之家居者，率为楼台、园囿、池沼，以相娱乐。近水则为河亭游舫，畜歌妓，弄丝竹，花晨月夕，酣宴不绝，风流吟啸，仿佛晋人。其有或朴鲁而不为放达者，则群起而非，笑之曰伧迹其风调，盖亦不减于竹林也。"（郑廉《豫变纪略·自序》，见《丛书集成续编》二七九）明万历年间，松江"士宦富民竞为兴作，朱门华屋，峻宇雕墙"（范濂《云间据目抄》卷五《记土木》）。潘仲庵所建之"豫园"，更是"延袤一顷有奇，内有乐寿堂，深邃广爽，不异于豪门勋贵。堂以前，为千人坐。又其前，为巨津。巨津之中，多怪石奇峰，若越山连续不断"（范濂《云间据目抄》卷五《记土木》）。明嘉靖之后，即太仓一地计有田氏园、弇州园、澹园等数十园。据《苏州府志》所载，明苏州园林共有271处。

杨荣在《西庄图诗序》中说："夫山水之秀，非有庭馆台榭以资宴游登眺之乐，则不能以周览其胜概。居室之华，非有文人秀士以处乎其间，则不能以铺张其盛美。"（《文敏卷》卷一四）因此，随着园林建设的兴起，文人雅士在园林的欢会也蔚然成风。每次雅集，多缀席含毫，以写一时之胜。如刘珏"累石为山，号小洞庭，仿卢鸿一草堂图，厘为十景，图系以诗"（钱谦益《列朝诗集小传》乙集《刘金事珏》）。罗彦功筑"豸角山房"，"尝命善画者为图，以写其山房之胜，而征士大夫为之歌咏焉。"（金幼孜《金文靖集》卷四《豸角山房诗》)李日华在《题陈白阳薜荔园卷》中说："薜荔园既徐氏胜处，白阳画亦爽爽有神力，题咏诸公如献吉、仲默、华玉、君采皆一时辞家之选，而命笔则隆池与寿承、休承兄弟杂为之，皆为可宝也。"（《恬致堂集》卷三七）方良永在《跋万云书庄卷》中说："万云书庄者，余族甥学召甫读书处也。其友余同年陈君伯献写其景，郑君汝华序其意，足称二绝矣。学召復遍求诸士大夫能言者，诗以益之，装潢成卷。"（《方简肃文集》卷七）这样，每次在园林雅集之后，便产生大量的绘画作品和题画诗篇。如释宗泐的《题五龙山房图》，程本立的《题君山别业画卷》，胡应麟的《题甘露园图》，王绂的《题中条旧业图》，蓝仁的《题伯颖云林茅屋图》等，都从不同的角度描绘了园林画面的宁静清幽、安适怡人的气氛，表现了园林主人独处或欢聚时玩赏品味，对景观主题的构思、景物的取舍多有寓意。题画诗中所题咏的松、菊、竹、梅等自然之物，也各具独特的品格，以标显园林的主体情致[10]。

在园林雅集的基础上，文人结社也兴于大江南北，而尤以江南一带为盛。徐有贞在《题徐氏遂幽轩卷》中说："吴下诗人多结社。"（沈颢《画尘》卷五）如邵宝"春来拟作吟诗社"，蒋瑶"与尚书刘麟、顾应祥辈结文酒社"，王佐"与黉结诗社"。程敏政在《送杨维立侍读莅任南京》中说："江左诗盟添社友。"又据丁绍轼的《池阳会庄纪序》中的记载，丁绍轼察觉其郡池阳彬彬多士"独近日（天启年间）文会寥寥，环城之内，未见连翩结社，乐群讲艺者"。故与诸公会资买一庄于鸢乡近处，名曰"会社"，使贫士争相赴会（《丁文远集》卷七）。因此，清代朱彝尊说："诗流结社，自宋、元以来有之。迨明万历间，白门再会，称极盛矣。"（《明诗综》卷七六）如碧山吟社、小瀛洲十老社、北郭十友社、闽中十才子社、东庄十反社等均名闻一时。与此同时，画社也纷纷设立。《二续金陵琐事》中记载："少岗王文耀善画，乃利家之出色者。且好事，多收宋之名笔。因结一画社于秦淮，邀而入社者皆名流。"（《二读金陵琐事》卷上《画社》）此外，也有同结诗画社，《金陵诗征》中记载："（胥）宇，六合人。崇祯己卯（1639）恩贡。宇文自勉，字成甫，监生。携家渡江，宅枕钟阜，襟后湖，树其园曰五柳居，颜其楼曰照阁。与诸名流缔诗画之社。"（《金陵诗征》卷二九）

综上所述，明代大兴园林之风，推动了文人的雅集欢会；而文人的频繁集会又助长了园林别业的兴建之风。同时，随着文人雅集的增多，诗社画社也如雨后春笋般建立，从而也促进了题画诗创作日趋繁荣。

第七，明代印刷业的繁荣加速了诗画艺术发展。

随着经济的发展，明代的印刷业也出现了前所未有的繁荣。为了满足市场对绘画印刷品的需要，出现了三色、四色和五色木刻印刷新技术；活字印刷也有进一步的改进，研制了铜铝合金，使活字更清晰更耐用，因而可以印刷更多册数，更多地重复使用。彩印的出现，也为图书的插图提供了条件。由于插图可以吸引读者对图书的兴趣，因而插图类图书印刷进一步加速。刻书家为了使自己的图书更具竞争力，往往高价聘请艺术家画插图。到了17世纪，已出现有彩色插图的图书。这一方面促进了绘画艺术的创作，另一方面也刺激了人们的文化消费，于是商贾投巨资于出版行业，书店也日益增多。明嘉靖时《建阳县志》记载，建阳崇化里"比屋皆鬻书籍，天下客商贩者如织"（《建阳县志》卷三《封域志》）。建阳书坊总计有60多家。苏州、湖州、徽州、杭州、北京等也是书坊刻书的集中地。值得注意的是，明代不仅书画图书大量印制，而且出现了题画诗集和诗画合璧的著作。胡正言的《十竹斋画谱》全书用分色分版的"饾版"套印而成。书中一图一文，以诗配画。除自画外，还邀请米万钟、文震亨、吴彬等书画家参与创作，诗画创作或题写者达150多人。此后，胡正言又精心制作了《十竹斋笺谱》，画页289幅均以"拱花"方式化旧为新，以纸压在版面上，使花纹一一凸现于纸上 [11]。明万历十四年（1586），新安汪氏刊印的《诗余画谱》是我国最早一部词与画合璧的专著 [12]。它是从《草堂诗余》中选出历代名家词百首作画的。由于绘者颇能领会词中意境，这些画大都画得很好。一词一画，相映成趣，当时就很受欢迎。此书出版后，《唐诗五言画谱》《唐诗六言画谱》《唐诗七言画谱》也相继问世。此外，编集、印制古人题画诗、题画记等题画文学之风也颇为盛行。如朱存理辑录书画之题咏与题跋，刊行《珊瑚木难》八卷，另有伪托赵琦美之名的《铁网珊瑚》一六卷、张丑的《清河书画舫》一二卷等行世。明人的题画诗跋有：文徵明的《文待诏题跋》，李日华的《竹懒墨君题语》《竹懒画滕》《竹懒续画滕》，李流芳的《西湖卧游图题跋》等。这些题画作品的问世，不仅推动了当时的题画诗创作，而且在理论上也为后世题画诗发展作出了可贵的贡献。

第三节 明代题画诗主要内容与特点

明代题画诗反映达官生活和文人情趣的内容占有较大比重。由于明朝的高压统治和大兴文字狱，知识分子的言行受到很大限制，所以他们常常借助于题画诗这种特殊的形式来抒发自己的情志。如高启的《题扇上竹枝》："寒梢虽数叶，高节傲霜风。宁肯随团扇，秋来怨箧中。"此诗以竹喻人，抒写隐衷，颇耐人寻味。高启素有傲骨，仕途坎坷，诗中说具有"高节"的画竹不会随扇子在秋凉后被收入箧中而生怨，显然表达了诗人处逆境而不改其节的情操。又如明朝开国重臣刘基的《题墨竹》中说："折取寄情人，感此岁寒节"，也是以竹有节来抒发自己的情志。明代像这样的题画诗有很多，不一而足。

与反映文人高尚气节相联系，明代有大量题画诗是表现隐逸情趣的，如：王彝的《秋林高士图》，吴宽的《梅老秋江独钓图》，陈道复的《画梅》，王宠的《题文徵明仿李唐〈沧浪濯足图〉》，陆治的《仿大痴山水》等。这主要是他们仕途不得志情感的一种自然流露，即便喜欢那种"道人自足元无垢，自爱空山日月长"的生活，也并非真的要去过那种与世隔绝的渔樵生活。就这一点而言，它与前代同类题材的题画诗没有什么区别。这正如李日华在《画扇》诗中所说的那样："山水随处碧，山云尽日蒸。扁舟自消受，不是学严陵。"不过，明代有些题画诗人并不温文尔雅，一味吟咏山水，他们也敢于面向现实，嬉笑怒骂，这一点与元代题画诗有很大不同。如周用的《画菜》：

五侯击歌钟，下箸千金空。

野人藜苋肠，东厨厌春菘。

这首诗写鸣钟鼎食人家的享乐生活。他们"下箸千金",生活极为奢靡,而下层百姓却只能以野菜充饥。诗中的后两句与杜甫的"朱门酒肉臭,路有冻死骨"一样,深刻地揭露了贫富两重天的境况。又如王世贞的《题蟹》:

> 喽喋红蓼根,双螯利于手。
>
> 横行能几何(一作时),终当堕人口!

这首诗就画蟹生意,只轻轻一点,就把诗人郁结于胸中的愤懑吐露出来:"横行能几何,终当堕人口!"此诗不仅活画出螃蟹横行霸道之状,而且道出了世间一切恣意妄为的恶人的必然下场。一针见血,淋漓痛快!

明代题画诗较之宋元题画诗,题材更为广泛,所反映的社会生活问题也更多。其主要原因是明代作为表现艺术的诗文日渐衰微,而绘画艺术却有长足的发展。画作多,所涉及的题材也广,而画家和诗人又乐于为之题诗。因此,明代的题画诗从宫廷到边塞、从俗世到净土、从士子到黎民、从妇女到儿童,几乎所有的社会现象和自然现象都有所涉猎。如高启的《题宋徽宗画眉百合图》明责宋王,实为讽喻当今天下是否"还有图中此样春"!

在明代题画诗中,除了有大量表现知识分子情操的作品外,还有相当数量诗作反映下层人民的生活,其中有农夫、渔父、织女等。如沈周的《题桃源图》:

> 啼饥儿女正连村,况有催租吏打门。
>
> 一夜老夫眠不得,起来寻纸画桃源。

这首诗对农村现实的揭露深刻而含蓄。这里的儿女啼饥号寒,并不止一处,而是村连村,饿殍遍野。同时祸不单行,官府诛求不已,酷吏正在打门催租。对此,诗人辗转反侧,夜不能眠。一句"起来寻纸画桃源",既对农夫寄予深切的同情,又表达了诗人对和平美好生活的向往。但是,"秋熟靡王税"的桃花源本来就是虚无缥缈的,又何况是画中的"桃源"呢!诗人绵里藏针,激愤之情自在言外。陶安的《捕鱼图二首》则反映了渔民的辛酸生活。其中一首诗说：

> 蓑笠衰翁冻欲僵，溪风吹透稚儿裳。
>
> 几多辛苦求鲜食，何似安居煮菜尝。

在明代题画诗中，还有一些是反映桑女思妇生活的，如文徵明的《采桑图》、钱宰的《月下裁衣图》等。在妇女题材的题画诗中，有的不仅写出了她们的生活状况，而且反映出在封建束缚下的精神苦闷。如高启的《美人图》：

> 秋千庭院闭青春，背立谁曾见得真？
>
> 莫道不言思忆事，欲言还说与何人！

这首诗描写的是背立美人图，其情态全凭读者想象。这是一个封建社会深居简出的典型女性形象，她有满腹心事无人可诉。其无可奈何之状，跃然纸上。

在明代题画诗中，反映佛老思想和生活的作品也有不少，如徐渭的《枯木石竹》、王世贞的《题马远山月弹琴图》等。

还有个别题画诗反映了生态意识，如高启的《题李迪画犬》：

> 护儿偏吠客，花下卧晴莎。
>
> 莫出东原猎，春来兔乳多。

李迪，是宋代著名画家，精于画犬。诗人借画犬展开联想，告诫犬儿春天不要出猎，因为草原母兔正在哺育幼兔。出于怜悯之心的诗人似乎也有保护生态的潜意识。

总之，明代题画诗虽然不如小说、戏剧反映社会重大题材，但所涉及的社会面也较为广泛。

社会经济的发达，时代风尚的变化，哲学思潮的变革，以及文人心理与价值取向的新变，使明代题画诗呈现出许多有别于前代的特征。

一、注重感性生命，追求安乐自适

追求安乐自适，是明代各类题画诗的常见主题，特别是山水园林类题画诗的表现尤为明显。如蓝仁的《题伯颖云林茅屋图》其一、二、三：

> 将军今为庶，茅屋住云林。
> 白帽长年著，黄精积雪寻。
> 已闻瓜地近，更说鹿门深。
> 猿鹤频来往，真知避世心。
>
> 中林避世士，茅屋一闲云。
> 雨笠寻芝术，晴窗究典坟。
> 竹深羊仲至，瓜熟邵平分。
> 也有幽栖处，长随鹿豕群。
>
> 避人深卜隐，食力自为园。
> 卖药从过市，催租不到门。
> 厨烟蒸术起，社酒漉醅浑。
> 风雨相期夜，诗成更细论。

这组诗通过多处引典，既写园主饮酒的物质享受，又写读书论文的精神追求，但却很少描绘园林景观；而是重点烘托画面宁静清幽、安适怡人的气氛，以表现园主的玩赏品味。又如袁华的《玉山草堂为沈南叔赋》也是表现"隐者"自得其乐与酬酢应对的欢愉。

追求安适享乐，正是关注感性生命的表现。张宁的《赤壁图》说：

> 江空露白残烟收，水光月影摇清秋。
> 风流宾主东南美，一舸夜泛鸿濛洲。
> 酒酣欲叩冯夷宅，俯仰江山小今昔。
> 兴阑孤鹤过蓬窗，不觉东方又生白。

诗中描写苏轼在风清月白的江上诗酒生活，也是着眼于其自适的感性生命体验。

明代文人爱冶游、观赏，所以看云、观风、听雨、赏月、玩水等游赏类题画诗颇多。在这些题画诗中，除表现寻幽访胜的快感外，也能自得于感性生命中，如刘嵩的《题观泉图》：

> 野客爱清溪，翛然净心迹。
> 仰聆松上风，俯见潭底石。
> 云林兴无远，鱼鸟欢自适。
> 坐待山月高，鸣琴送遥夕。

这首题画诗表现"清溪"的"净心"作用，不仅"野客"赏心悦目，而且连"鱼鸟"也颇得自适之欢。又如胡奎的《题扬州玩月图》、高启的《随月图》等，既写月的感性多情，又写人的玩赏自适，都表现了诗人重在享乐的主体感性生命。

二、既表现世俗情调，又向往神仙世界

题画诗创作，本属于高雅的艺术行为，但在明代特殊的崇商背景下，在坚持文人阶层的审美标准的同时，就不能不兼顾市民阶层的审美倾向，这便使明代题画诗既呈现出一种世俗化的特点，又表现了文人的高情别致。

从经济上看，明代经济的繁荣，促使商业都会与市民阶层同时兴起，市民文化也随之蓬勃发展，于是，在题画诗创作中，便呈现出浓厚的世俗色彩。其主题虽然仍有元人某些超凡的冷寞，但已逐渐走向红尘滚滚的市民生活。

从哲学上看，明代以王阳明为代表的哲学家反对程朱理学，主张在有关心、性、情、理等概念中向个人心灵世界转化，而出现了对自由主体的追求与物欲合理的肯定。王龙溪说："若谓愚夫愚妇不足以语圣，几于自诬且自弃矣。"因而主张，"见在良知与圣人未尝同。所不同者，能致与不能致耳。"（王畿《龙溪先生全集》卷四至卷六）于是，在良知良能的基础上，不仅圣

凡平等，而且君臣、父子、男女关系也是平等的。因此，在题画诗创作中，不仅高人雅士的情怀可以任其性，而且市民主体自我意识也得到张扬。

再从明代文人自身看，其形态也与前代发生了很大变化。唐宋以来，文人多指在朝为官的书生，并以诗词才学为身份标识；但南宋末期以后，文人便从少数的书生官僚阶层向广大布衣阶层转化，其情趣也自然有别于前代，逐渐趋向市民化。

由于以上种种因素，便使明代题画诗出现了许多既矛盾又统一的特点。其具体表现也因题画诗的题材不同而有所区别。

在山水田园类题画诗中，多表现行乐主题。文人所追求的既有物质的享乐，也有感观的审美愉悦。如顾璘《汪中丞乃子子睿秀才持西湖图索赋长句》说：

> 同人昔泛西湖水，锦缆牵船镜光里。
> 云雾难穷夹岸山，楼台乱拥前朝寺。
> 吹箫夜登保傲楼，青林明月影倒浮。
> 远窥天竺西方景，近指蓬莱东海游。
> 当庭挥翰疾如雨，簿书不得妨歌舞。
> 风流苏白疑可招，意气雷陈暗相许。
> 鸾鹄分飞西复东，尊酒放歌难再同。

这首长句既写"尊酒放歌"的欢娱生活，和西湖水色月光的精神享受；又写引"风流苏白"为同调而"鸾鹄分飞"的惆怅。同时，"远窥天竺"，"近指蓬莱"，好似又有对神仙世界的向往。

如果说此诗作者的"仙隐"意愿尚不够明显，那么周廷用的《题柯行人沈石田卧游西湖卷》则更为直接："西湖地与蓬瀛通，南屏直接沧溟东。丹崖素壁构郁律，珠宫宝刹森玲珑。孤山路入栖霞岛，九星松迥碧树风。天生鹫岭标奇工，尽传绝域飞来峰。星虹石镜渺何所，玄圃沧洲在眼中。"诗人从西湖美景中看到了人间仙境，置身于西湖山水，仿佛游乐于蓬莱、玄圃，这便把现实与理想结合起来，将行乐的主题加以升华，增加了浪漫色彩。因此，隐逸求仙的主题与题画诗人间世俗的特点并不矛盾。至于文化古迹类题画诗，也多是着眼于奢华享乐的主题，如刘基的《题金谷园图》：

> 君不见石家名园拟黄屋，蜀锦作围金作谷。
>
> 暖香烘日浮紫霄，冰纨火布鲛人绡。
>
> 燕钗十二歌白苧，珊瑚玲珑绿珠舞。
>
> 月榭吹笙引凤凰，雾幄传觞语鹦鹉。
>
> 爨下蜡光宵未歇，楼上佳人碎琼雪。
>
> 空将遗恨寄丹青，留作千年后车辙。

此诗极尽描绘之能事，铺写当年石崇之奢华。结尾处虽然有吊古伤怀之感慨，但流露出的却是对人生享乐的艳羡。此外，在四时景物类、渔樵耕牧类、画像写真类题画诗中，也程度不同地表达了诗人的自适情怀，其中某些题庶民画像诗还带有一定的商业性质，世俗化倾向尤为明显。特别值得注意的是，明代仙佛类题画诗也常具有功利的世俗特点，如唐之淳的《题十六罗汉画卷》：

> 十六应真谁为写，无往菴主隆茂宗。
>
> 茂宗亲入龙眠室，意匠仿佛将无同。
>
> 结跏趺坐侍天女，偏袒右肩降神龙。
>
> 手叉布衲云石静，背倚蒲团秋树空。
>
> 或圆其颅狞若怒，或帽其首皤而翁。
>
> 或持经卷面新竹，或捻长须修古容。
>
> 或陪语笑荫嘉木，或袖麈尾邻枯筇。
>
> 或憩荦确枕苍虎，草木衣袂皆天风。
>
> 或老无力挟以幼，牙齿脱落双鬈童。
>
> 一翁羽扇治茗饮，二士徐行相与从。
>
> 就中笔法各臻极，体态一一清而丰。
>
> 非仙非神亦非鬼，特以戏幻施神通。
>
> 我去天台不千里，赤城烟霞魂梦中。
>
> 胡麻饭熟木瓜烂，桃花流水春溶溶。

每思石桥若天上，有脚未踏心忡忡。

今日何日展图画，钟山秋雨鸣梧桐。

欣然矫首望瀛海，应真有灵当我逢。

这首诗所描绘的十六应真像，"非仙非神亦非鬼"，诗人显然赋予罗汉仙、佛与人兼而有之的性格，并把现实生活与神仙世界巧妙地连接起来，表达了"应真有灵当我逢"的愿望。明代的题罗汉、观音的画像诗，多着眼于其慈悲心怀，在信仰中夹杂着功利目的，如李昌祺的《题祖来上人罗汉图》，祈望罗汉"兴怜悯"，以"慈悲为棹"；郑真的《题观音图》写庶民"焚香日日对慈颜"，也是祈求观音菩萨能救人于苦难。至于某些题钟馗画像的诗作，更是希望其降临杀鬼保平安。刘溥的《钟馗杀鬼图》中说："空山无人夜色寒，鬼群乱啸西风酸。绿袍进士倚长剑，席帽飚影乌靴宽。灯笼无光照斜水，怒裂鬼头燃鬼髓。大鬼跳踉小鬼嚎，满地鹡鸰飞不起。如今城市鬼出游，青天白日声啾啾。安得此公起复作，杀鬼千万吾亦乐！"此诗显然是针对现实中"大鬼""小鬼"在"青天白日"为非作歹而发。诗人代表了苦难中的市民对正义的呼唤，具有现实意义。花鸟类题画诗也有世俗化倾向，朱诚泳的《一路功名到白头画为娄克让宪使题》说：

露冷银塘灏气浮，羽毛如雪照清秋。

功名一路身须到，肯向江湖浪白头。

此诗将画意引申开来，以"白头翁"隐喻功名到白头，以表祝福之意。兰桂之花本是高洁的象征，但在明代题画诗人的笔下，也化为功名利禄之物，韩雍的《题简庵王先生折桂图》中说："琼林深处春如海，一枝还折状元红。"因桂花含有折桂之隐喻，于是，它便成为明人心目中的吉祥之物。

三、重视文化传统，宣扬文化回归

明代在弘治、正德年间掀起的复古风潮，虽然矛头指向明初的台阁体及其根源宋儒，但其主要目的还是为了学习唐代及其以前的文学传统，以振兴当时的文学。而在绘画界，恢复传统艺术的倾向尤为明显。明代是作为汉族再复兴的王朝，统治者大力提倡复古，固然是为恢复汉族在国家政权中的主体地位，但画家跳过元代而直接继承两宋李唐、马远、夏珪等院体正统风格，却是为赓续遭到破坏的传统文化。沈周说："此心何慕慕先贤，不与时流作世缘。"（《石田诗选》卷七《尚古》）直至晚明，董其昌也十分强调复古，并在学习古人的基础上，建立起自己的皴法、墨笔等绘画体系，但他所走的是一条模仿与创新之路。徐建融认为，"董其昌对传统图式的梳理排比、分类归档，目的正是要建构艺术家自觉的'心理定向'，以便进入到超越传统的'就绪状态'，驾驭千变万化的表象世界的无限丰富性。"[13]由于题画诗往往都是依画而作，而明代的题画诗又有许多是为两宋及其以前的绘画而作，所以也具有鲜明的复古回归色彩。据统计，《御定历代题画诗类》共收录明人题画马诗96首，其中多数为唐宋人画马图而题，有些虽然非唐宋人画马，但诗中也多处提及唐宋画马名家而极少提及金元人画马。特别耐人寻味的是，在题唐马图诗中，往往都赞叹开元盛世，其对皇皇帝国的向往之情溢于言表。但明代题唐宋名画的诗作，更多的则是对唐宋画家的高尚人格和高超绘画艺术的褒扬与传承，如文徵明的《题赵子固墨兰》：

> 高风无复赵彝斋，楚畹湘江烂漫开。
> 千古江南芳草怨，王孙一去不归来。

赵子固即宋代著名画家赵孟坚，号彝斋居士，宋太祖十一世孙。文徵明在此诗小序中说："彝斋为宋王孙，高风雅致，当时推重，比之米南宫。其画兰亦一时绝艺云。"这首诗不仅盛赞赵孟坚的高风逸韵，而且称赞其画兰颇得"楚畹"之遗风。写此诗时，诗人已是84岁高龄，由此可知其对赵子固之推崇可谓终其一生。此外，明诗人之所以多为赵孟頫的画马题诗，也是因为把他看作宋宗室而非当作元代画家。李东阳的《子昂画马卷》，从画法上辨赵画之真伪，盛赞赵孟頫"书画皆通神"，也当是着眼于宋朝宗室"真天人"。又如吴宽的《题郭熙画山水》：

无声诗与有声画，河阳兼之夺造化。

临窗展阅有余情，老眼模糊忘高下。

郭熙是北宋著名的山水画家和画论家，因他是河阳（今河南温县）人，故世称郭河阳。其所画山水千态万状，极富变化，得"独步一时"之誉。他还总结了前人和自己的艺术实践，由其子郭思整理撰写了《林泉高致》。其《画意》篇说："更如前人言：'诗是无形画，画是有形诗。'哲人多谈此言，吾人所师。"吴宽此诗既钦羡郭熙能画出精美的画图，又能总结出高深的画论，两者兼具"夺造化"之妙。诗中说，他看画激动不已，恍如置身于画之山水之中，老眼模糊，简直高下莫辨了。

明代的题画竹诗虽然多取于元代画竹大家的笔下之竹，但仍不忘其源头宋代的苏轼、文同。方孝孺的《题东坡画竹》，周用的《文与可竹二首》，董其昌的《广陵舟次题房侍御画竹》等，都盛赞他们画竹之神妙，特别是对以文同为代表的湖州派墨竹更是推崇备至。

四、意境清幽朦胧，风格平淡天真

明代题画诗的这一特点与明代绘画艺术有直接关系。明代无论是山水画还是花鸟画，抑或人物画，无不注重笔墨渲染，追求意态朦胧，如浙派画家戴进的《仿燕文贵山水图》就有一定的代表性。画家画山石皴染兼施、淡墨烘晕、边皴边染的艺术表现手法，使画面呈现出一派烟霭弥漫之态，恰到好处地表现了江南润泽清幽的自然风光。此图布局平稳、用笔圆浑，淡墨的巧妙运用使图中韵致舒雅。前景用浓墨圆点点画树丛，并以此衬出茅屋数椽，与右侧溪水小桥、点缀人物相互照应，形成画面的视觉中心。房舍里有高士远眺，小桥上有士人觅句，书童侍后，一派悠然闲适的士大夫生活情趣。图中峰峦，近坡皆用没骨法，而视觉中心部分的房舍、树木则以中锋线条画成，从而形成强烈的艺术对比。画面由近而远，层次分明，极富空间感，展现出一种清幽高远的境界。诗人面对这样的山水画面，也往往追求朦胧的意态美，如李流芳的《题与宋比玉合作山水》：

> 君画苍苍带雨松，我图冉冉出云峰。
>
> 他时相忆还开看，云树平添几万重。

　　这是一首题于作者与友人宋比玉合作的一幅山水画上的诗。宋比玉画的是苍苍带雨的松，诗人画的是云中山峰。前者物态含烟，后者云遮雾绕，所表现的便是朦胧之美。而诗与画的不同之处是以文字描写增加了动感，由"带雨松"，我们似乎听到了潇潇雨声；从"冉冉"二字，我们似乎看到高山从云层中渐渐升起的样子，当然，这是云动给我们造成的错觉。尤为令人叫绝的是，诗人还把这种朦胧的意境所开拓的空间扩大了：将来我们天各一方、彼此思念时再打开画卷看，我们的距离就好似画上的山水，会因为烟雨迷茫和云树遮挡而显得更为遥远了。这既表现了山水类题画诗所特有的意态美，又点明了景物含烟给人增添了无限的想象力。

　　唐寅的许多题画诗更是如此，如《题画九首》其一：

> 秋老芙蓉一夜霜，月光潋滟荡湖光。
>
> 渔翁稳作船头睡，梦入鲛宫自渺茫。

　　这首写秋景的诗具有洒脱无尘的审美意象。芙蓉霜天，夜色朦胧，是写静；月光潋滟，湖水荡漾，是以动衬静。而渔翁稳睡，梦入鲛宫，一片渺茫，似梦似幻，写出了不可名状的缥缈意境。明代像这样的题画诗有很多，在《御定历代题画诗类》内所收录的688首山水类题画诗中，绝大多数都有或虚无缥缈或淡远清幽的意境，如陆治的《山水扇面》：

> 云电屯未解，郁律满江湖。
>
> 路自潮平断，山从入雨无。
>
> 荒檐唱鸡绝，空谷啸猿孤。
>
> 门外行迹绝，清溪长绿芜。

　　这首诗着重描写山村的云雾氤氲的景象。这里湖平路断，山在有无中。在荒野屋檐下没有鸡鸣犬吠，偶尔传来的几声猿啸使空谷更加幽静。诗人不仅写出了画的内涵，而且创造出充满雨意山村的静谧美和朦胧美，其迷蒙的意境给人以无限的遐想。陶安的《秋山曙色图》说："树含晓色护林峦，重露如岚滴翠寒。猿鸟尽逢山叟惯，未尝惊怪竹皮冠。"此诗也极写山村之清幽、安适，乃至猿鸟见人不惊。又如王行的《画二首》其一说："高馆疏帘晚乍开，读书声里故人来。山中本自无尘土，催得家童扫绿苔。"屋前生绿苔，已说明人迹罕至，而山中又"无尘土"，但还催童去扫，可见环境何等洁净清幽。

清幽朦胧的意境也决定了明代题画诗的艺术风格。试看董其昌的《秋兴八景画册》其二：

> 溪云过雨添山翠，花片粘沙作水香。
>
> 有客停桡钓春渚，满船清露湿衣裳。

溪云初收，山色苍翠。花片粘沙飘入河中，其香沁人心脾。在这极为宁静的地方，一位隐士停下小舟，一边享受清新的大自然美景，一边专心垂钓。他忘记了一切，以至迷蒙的雾气打湿了他的衣裳也浑然不觉。这位忘情的高士，当是诗人的写照。《明史》中说董其昌"性和易，通禅理，萧闲吐纳"，此诗如其人，表达出一种自在的超然心情。他在文学主张上，与"独抒性灵，不拘格套"的三袁（宗道、中道、宏道）同调，在画旨上标举"古雅秀润，平淡天真"。这首诗也如其画，写得格调清新、语言平易，如行云流水，既具有一种清俊疏朗之美，又具有缥缈含糊之妙，呈现出简淡的艺术风格。他在《惮悦》中说："古德有初时山是山，水是水；向后山不是山，水不是水；又向后，山仍是山，水仍是水……等次第，皆从《列子》，心念利害，口谈是非，其次三年心不敢念利害，口不谈是非；又次三年，心复念利害，口复谈是非，不知我之为利害是非，不知利害是非之非我，同一关捩，乃学人实历悟境，不待东京永平时佛法入中国。有此葛藤也，读庄、列书者，皆当具此眼目。"（《容台别集》卷三）董其昌互参庄、列、禅，并将之视为一种超脱人生，与大自然化合的人生哲学。而在这首诗中，便体现出一种超然物外的清幽审美境界，因而形成了平淡天真的艺术风格。

再看王绂的《茅斋煮茶图》：

小结茅斋四五椽，萧萧竹树带秋烟。

呼童扫取空阶叶，好向山厨煮二泉。

这是画家的自题画诗。王绂少年得志，大约在15岁时即为博士弟子员，后因事谪戍太原十余载。被释后，隐居九龙山，寄情山水，画技大长。这首诗描绘了山村秋景。竹树环绕，烟雾迷蒙；呼童扫叶，山泉煮茶。生活清贫而安适，心情恬淡而悠然。诗人烹茶自品，吟诗作画，把功名利禄置之度外。洒脱的胸襟为诗歌增添了一层淡泊之美。人品决定诗品。王绂品格高尚。据说，他曾在月夜听邻舍传来悠扬的笛声，兴致大发，乘兴画一幅竹石图，携画拜访这位知音。岂料邻人是一位富商，见画十分高兴，回赠以绒绮，并请再为画一幅。王绂见商人俗不可耐，拒绝了礼物，又将画索回撕毁。这首题画诗所形成的平淡清新的风格恰恰来自其旷达、磊落的襟怀。因此，诗人超脱的人格是诗歌平淡天真风格的根源。董其昌说："昔刘邵人物志，以平淡为君德。撰造之家，有潜行众妙之中，独立万物之表者，淡是也。世之作者，极其才情之变，可以无所不能。而大雅平淡，关乎神明。非名心薄而世味浅者，终莫能近焉，谈何容易？出师二表，表里伊训。归去来辞，羽翼国风。此皆无门无径，质任自然，是之谓淡。"（《容台文集》卷一）陈继儒也说："凡诗文家，客气、市气、纵横气、草野气、锦衣玉食气，皆锄治抖擞，不令微细流注于胸次，而发现于毫端……渐老渐熟，渐熟渐离，渐离渐近于平淡自然，而浮华刊落矣，姿态横生矣，堂堂大人相独露矣。"（《容台集叙》）以上都说明诗人只有"质任自然"，"浮华刊落"，作出诗来才能呈现清淡之美。但是并非所有心志淡泊的人，都能写出清新淡远的好诗，而诗人的艺术修养也十分重要。为此，明代诗画家都很注重提高自己的文艺修养。许多文人放弃科举之路，把从事诗画创作作为自己终身追求的事业。如曹长庚"视青衿之于身，如桎梏之于手足也。傲然曰：'士子重一艺'，姑嗫不已。不能退，不能遂，如触藩之羊苦且滋甚。吾何恋恋一蓝袍而不获安意肆志为？于时年未四十，即决意弃去不顾而独纵情曲蘖、鸟鸣、花艳、日落、云飞及人世可笑、可悲、可喜、可愕之事，一发之于诗。"（毕自严《石隐园藏稿》卷二）画家项圣谟也说："余髫年便喜弄柔翰。先君子责以制举之业，日无暇刻，夜必篝灯着意摹写。昆虫草木、翎毛花竹，无物无备，必至肖形而止。……迄今二十余年，孳孳笔墨，未尝离之。"（项圣谟《〈松涛散仙图散卷〉题识》）由此可知明代诗画家是多么重视诗画的价值，并如何为之倾注一生的心血。

当然，明代题画诗的艺术风格，并非只有平淡天真一种，正如诗人的个性千差万别一样，其诗歌的风格也是多种多样的。即使是同一诗人，也会因时期有别、心境不同，其风格也有变化。特别是明代中后期，由于时代风云变幻，文人往往厌常喜新，标奇立异，因而许多题画诗也呈现出不同的艺术风格，或豪情逸气，或峭拔险怪，或浮华艳丽，或放浪不羁，多彩多姿。尤其是明代末期，在追求独立人格的热潮中，形成了僻、怪、狂、放、豪、侠等不同类型的文人性格，所以其题画诗风格也自然各有不同。

五、在诗歌体裁上多用近体，以五七言律绝为主

这其中的原因是多方面的，主要是近体诗除排律外，都较短小，很适合题于画中的有限空间。又兼明代的许多题画诗是在文人雅集时所作，时间短促，容不得写长篇诗作。当然，这也和近体诗经过唐、宋、元诸朝文人的打磨，已更加成熟，很便于诗人抒情达意不无关系。特别是在以题画诗相酬赠中，近体诗的声律、对仗也可显示诗人之功力。因此，在《御定历代题画诗类》中所收录的明代题画诗中，绝大多数为五七言律绝。又据郑文惠在《诗情画意》书中统计，李东阳《怀麓堂集》题画诗逾260首，其中律绝约180首；倪岳《青溪漫稿》题画诗60多首，律绝约50首；孙承恩《文简集》题画诗80余首，律绝约70首；文徵明《甫田集》题画诗约80首，律绝约70首；庄昶《定山集》题画诗约150首，律绝约120首；朱朴《西村诗集》题画诗约50首，则全是五七言律绝。

但是明代的近体题画诗也并非没有鸿篇巨制，特别是书于另纸的题画诗，有许多是二十韵以上的五七言排律。如胡应麟的《题松茂兰馨图二十韵》：

霁日明松桧，光风毓蕙兰。

一孤悬海上，双凫堕云端。

殿宇金茎矗，庭阶玉树团。

丹膏凝琥珀，翠蕚绽琅玕。

五粒垂山径，孤根翳石坛。

沅湘思楚客，泰岱觅秦官。

劲节回春意，幽芳袭岁寒。

亭亭标院落，冉冉拂栏杆。

突兀朝霞映，纷披夕露溥。

当风旗猎猎，杂雨珮珊珊。

鸑鷟文犹贵，熊罴梦未阑。

燕台新骥足，渭渚旧渔竿。

象纬中天谪，波涛弱水残。

含饴呈极乐，设醴助清欢。

火枣频餐易，冰桃乍得难。

后堂罗管籥，中路集衣冠。

北极催纶诰，南冥兆羽翰。

青云传上国，紫气接长安。

奕叶清芬播，茏葱瑞霭蟠。

云礽八千祀，绛阙下还丹。

　　这是一首祝寿的五言排律。诗人以松之耐寒、兰之芳馥比况主人。诗中写景状物极尽铺陈之能事，既有吉祥的祝福，又有夸张的赞美。此诗诗律较严整，对仗工稳，按排律要求，首联、尾联本不需要对仗，但诗人对近体诗的格律驾轻就熟，首联也自然成对。诗人借此以炫耀自己的才艺。李晔的七言排律《题蜀山图五十四韵》更长，多达108句，共756个字。这在中国题画诗史上也是极为罕见的。至于五七言的歌行体题画长诗也占有一定数量，如林鸿的《罗汉观日图》，刘基的《题枯木图》，吴与弼的《观濂洛关闽诸君子遗像》，何乔新的《题苏李泣别图》，黄仲昭的《题赤

壁图二首》，李东阳的《赤壁图歌》，张以宁的《题杨子文罗汉渡海图》，唐子淳的《题十六罗汉画卷》等，都在100字以上。

注　释

〔1〕罗兹·墨菲：《亚洲史》，海南出版社、三环出版社，2004，第292页。

〔2〕游国恩等主编《中国文学史》（四），人民文学出版社，1964，第4页。

〔3〕吴晗：《朱元璋传》，苏双碧校订，百花文艺出版社，2000，第294–295页。

〔4〕葛春蕃：《明代知识分子与士风》，《书屋》2004年第2期。

〔5〕〔6〕潘天寿：《中国绘画史》，团结出版社，2006，第186页。

〔7〕罗兹·墨菲：《亚洲史》，海南出版社、三环出版社，2004，第292页。

〔8〕伊佩霞：《剑桥插图中国史》，山东画报出版社，2005，第140页。

〔9〕张灏：《超越意识与幽暗意识——儒家内圣外王思想之再认识反省》上，《历史月刊》1989年第13期。

〔10〕郑文惠：《诗情画意》第四章，（台湾）《沧海丛刊》1995。

〔11〕华人德：《明代中后期雕版印刷的成就》，《苏州大学学报》1988年第3期。

〔12〕王达弗：《画谱》，《光明日报》1963年3月30日。

〔13〕徐建融：《论董其昌的超越》，《朵云》1990年第1期。

第二十二章

明代前期题画诗

第一节　诗歌创作与书画艺术发展

明初的安定社会局面，并没有给诗歌创作带来新的发展和繁荣。相反的，为适应统治阶级的需要，文坛上出现了许多点缀升平和歌功颂德的作品。成就较大的是一些经历元末社会大动乱的诗人。其中以刘基、高启最为著名。明胡应麟在《诗薮》中说："国初，吴诗派昉高季迪，越诗派昉刘伯温，闽诗派昉林子羽，岭南诗派昉于孙蕡仲衍，江右诗派昉于刘崧子高。五家才力，咸足雄据一方，先驱当代，第格不甚高，体不甚大耳。"（《诗薮》续编卷一）永乐至天顺年间，台阁体称雄诗坛。其代表人物是"三杨"，即杨士奇、杨荣、杨溥。他们都是台阁重臣，在政治上志得意满，多"歌德"之作。此时，也有别开生面、自成体格者，如解缙、于谦等颇为著名。

明代前期，画坛盛行宫廷绘画和浙派绘画，形成了以继承南宋院体画风为主的时代风尚。明代的宫廷画虽然远没有宋代院画那样发展，但也取得了一定的成就。浙派以戴进和吴伟为代表，活跃于宣德至正德年间。因创始人戴进为浙江人，故有浙派之称。又因戴、吴二人都进过宫廷，故画风也与宫廷院画有密切的关系。宫廷绘画以山水画、花鸟画为盛，人物画取材较为狭窄，以描写帝后的肖像和行乐生活、皇室的文治武功等为主。因此，这类题画诗的内容也不外于此。浙派画家在题材上有新的开拓，画风也有所变化。主要特点是，于古朴中有创新，于苍劲中见沉郁。其山水画皴染兼施、淡墨烘晕、边皴边染的艺术表现手法，使画面呈现一派烟雾弥漫之态，很宜于诗人词家为之题诗填词。明代前期，江南地区还有一批继承元代水墨画传统的文人画家，如徐贲、王绂、刘珏、杜琼、姚绶等，其作品也有一定影响。其画重写意轻写形，颇能引起诗人的想象与联想，也很乐于为其题诗。

明初的书法，以"三宋"（宋克、宋璲、宋广）和"二沈"（沈度、沈粲）的名声最显。在"三宋"中，尤以宋克最为有名。姜立纲是继沈度之后著名的台阁体书法家之一。这时期既不受台阁体的束缚，又能自出新意的书法家有解缙、陈献章等人，他们同时也是题画诗人。

第二节　被腰斩的题画诗人高启

在元明之际，高启是最杰出的诗人之一，陈璋在《高太史大全集序》中称高启诗流传数百年"冠于明，胜于元"；《四库全书提要》中谓"天才高逸，实居明一代诗人之上"。明代初年，虽然诗、书、画都受到台阁诗体、书体和宫廷院画的影响，成就不高，但作为特殊的艺术形式的题画诗却不乏佳作。

高启

高启（1336—1374），字季迪，号青丘子，长洲（今江苏苏州）人。16岁即有诗名。高启出身富家，童年时父母双亡，生性警敏，读书过目成诵，久而不忘，尤精历史，嗜好诗歌。与张羽、徐贲、宋克等人常在一起切磋诗文，号称"北郭十友"；与宋濂、刘基并称为明初诗文三大家；同时，与杨基、张羽、徐贲被誉为"吴中四杰"，当时论者把他们比作"初唐四杰"。他也是明初十才子之一。

元朝末年，天下大乱，张士诚据吴称王；淮南行省参知政事饶介守吴中，延为上宾，招为幕僚。但他厌恶官场，23岁那年借故离开，携家归依岳父周仲达，隐居于吴淞江畔的青丘，故自号青丘子。明洪武元年（1368），高启应召入朝，授翰林院编修，以其才学受朱元璋赏识，复命教授诸王，纂修《元史》。

高启为人孤高耿介，思想以儒家为本，兼受释、道影响。洪武三年（1370）秋，朱元璋拟委任他为户部右侍郎，他固辞不受，被赐金放还；但朱元璋怀疑他作诗讽刺自己，对他产生忌恨。高启返青丘后，以教书治田自给。苏州知府魏观修复府治旧基，高启为此撰写了《上梁文》；因府治旧基原为张士诚宫址，有人诬告魏观有反心，魏被诛；高启也受株连，被处以腰斩而亡。

高启著作中，诗歌数量较多，初编有五集，2000余首；后自编为《缶鸣集》，存937首。景泰元年（1450），徐庸搜集遗篇，编为《高太史大全集》十八卷，今通行《四部丛刊》中，《高太史大全集》即据此影印。高启的词编为《扣舷集》，文编为《凫藻集》，另刊于世；《凤台集序》保存在《珊瑚木难》中，是现存唯一评论高启在金陵的诗歌论文。其诗高华俊逸，接近盛唐诗风，但因仿效较多，故缺乏独特风格。而王世贞却评价较高，他在《艺苑卮言》中说："弘博凌厉，殆骎骎正始。一时宿将选锋，莫敢横阵。快若迅鹘飞飚，良骥蹑景。丽若太阳朝霞，秋水芙蕖，词家射雕手也。"[1]他的许多

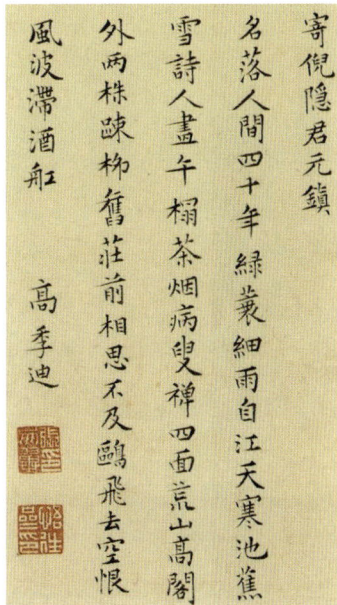

高启书法作品

题画诗都有感而发，无论是长篇还是短制，或抒发沧桑之感，或寓讽谕之意，都非无病呻吟。高启工诗擅书，似亦能画，尤善写题画诗。

《尧山堂外纪》中记载，饶介之仕伪吴，雅喜文学，闻高季迪才名，召之至再，强而后往，因命《题倪云林竹木图》，实试之也，且以"木绿曲"为韵。季迪随口答曰："主人原非段干木，一瓢倒泻潇湘绿。逾垣为

惜酒在樽，饮余自鼓无弦曲。"饶大惊异，因劝之仕，季迪笑而不答，乃去之，隐青丘，时年才16岁。又，饶介之求诸彦作《醉樵歌》，以张仲简第一，季迪次之，赠仲简黄金十两，季迪白金三斤。

高季迪年18岁时未娶，妇翁周仲建有疾，季迪往唁之。周出《芦雁图》命题，季迪走笔赋曰："西风吹折荻花枝，好鸟飞来羽翩垂。沙阔水寒鱼不见，满身风露立多时。"仲建笑曰："是子求室也。"即择吉以女妻焉。

为画题诗颇能考验作者的艺术修养和文学才识，尤其是限韵的题诗更属不易。仅从以上两首题画诗，便不难看出高启的非凡才能。高启一生所写题画诗较多，也很有特色，其中的《宫女图》是代表作之一：

> 女奴扶醉踏苍苔，明月西园侍宴回。
>
> 小犬隔花空吠影，夜深宫禁有谁来？

这首诗含而不露，只写女奴扶醉，而不说醉酒之人，结尾处又说宫禁森严，小犬空吠，并无外人来，所以其指自明。因此，《尧山堂外纪》中说此诗是讽刺明太祖之淫佚。清代钱谦益在《列朝诗集》所录此诗下注中也有此说。又据《明史·高启传》中的记载："启尝赋诗，有所讽刺，帝嗛之未发。……观（苏州知府魏观）以改修府治获谴。帝见启所作《上梁文》，因发怒，腰斩于市。"从诗意看，"扶醉"者，当指皇帝无疑。高启身为侍臣，常伴驾左右，居然将此类敏感问题写入诗并传诵开来，怎能不使猜忌心很重的明太祖耿耿于怀呢？所以他后来被杀，这起码是潜因之一。此后，清代金坛对此曾提出异议，虽然不无一定道理，但总觉根据不足。他的另一首《画犬》的矛头也指向封建帝王：

> 独儿初长尾茸茸，行响金铃细草中。
>
> 莫向瑶阶吠人影，羊车半夜出深宫。

清代著名史学家、诗人赵翼在《瓯北诗话》中指出，《画犬》暗示皇帝荒淫，是诗祸之由。它与《宫女图》《晋宫》等诗旨趣相同。诗中的"羊车"用晋武帝典，是解诗之关键。《资治通鉴》中曰："帝既平吴，颇事游宴，怠于政事，掖庭殆将万人。常乘羊车，恣其所之，至便宴寝。宫人竞以竹叶插户，盐汁洒地，以引帝车。"另有高启的《晋宫》诗也可见端倪："尽日南风永巷开，羊车去后玉阶苔。谁知天上无尘地，亦有城南小吏来。"（《高青丘集》卷十七）"南风"是贾后的小字。《晋书·惠贾皇后传》载，洛南有盗尉部小吏，端丽美容止，忽有华丽的衣服，众咸疑其窃盗。"小吏云：'先行逢一老妪，说家有疾病，师卜云宜得城南少年厌之，欲暂相烦，必有重报。'于是随去，上车下帷，内簏箱中，行可十余里，过六七门限，开簏箱，忽见楼阙好屋。问是何处，云是天上，即以香汤见浴，好衣美食见人。见一妇人，年可三十五六，短形青黑色，眉后有疵。见留数夕，共寝欢宴。临出赠此众物，听者闻其形状，知是贾后，惭笑而去。"《画犬》一诗所嘲讽的帝王荒淫与后宫之龌龊，无论明初宫廷是否出现这种事，这样亵渎皇家威严的诗句，都会令朱元璋读后生怒[2]。因此，《画犬》也当是高启罹难的原因之一。

他的《题宋徽庙画眉百合图》寓情于景，讽喻更为深刻：

> 百合无残六合尘，汴宫啼鸟怨无人。
> 不知风雪龙沙地，还有图中此样春？

这首诗首句连用两个"合"字，一指画中之"百合"，一指"六合"之天下，颇为巧妙。宋徽宗赵佶因酷爱绘事不理朝政，而致国土沦丧，自己也被俘至"风雪龙沙地"，真可谓一画竟关涉天下之危亡！诗的讽喻现实之意，也不言自明。

高启的几首长篇古体题画诗也有很强的现实针对性，如《明皇秉烛夜游图》：

> 花萼楼头日初堕，紫衣催上宫门锁。
> 大家今夕燕西园，高爇银盘百枝火。
> 海棠欲睡不得成，红妆照见殊分明。
> 满庭紫焰作春雾，不知有月空中行。
> 新谱《霓裳》试初按，内使频呼烧烛换。
> 知更宫女报铜签，歌舞休催夜方半。

共言醉饮终此宵，明日且免群臣朝。

只忧风露渐欲冷，妃子衣薄愁成娇。

琵琶羯鼓相追逐，白日君心欢不足。

此时何暇化光明，去照逃亡小家屋！

姑苏台上长夜歌，江都宫里飞萤多。

一般行乐未知极，烽火忽至将如何？

可怜蜀道归来客，南内凄凉头尽白；

孤灯不照返魂人，梧桐夜雨秋萧瑟。

此诗分为两部分：第一部分直接铺写唐玄宗李隆基昼夜沉湎于酒色，不理朝政的淫乱生活。第二部分引用吴王夫差和隋炀帝荒淫误国之史实，说明唐玄宗李隆基的悲剧是重蹈覆辙的必然结果。全诗借画发挥，语含讽刺。诗中说："琵琶羯鼓相追逐，白日君心欢不足。此时何暇化光明，去照逃亡小家屋。"前两句直接写唐玄宗嫌白日欢娱不足，夜以继之。后两句化用唐代诗人聂夷中《田家诗》"我愿君王心，化作光明烛；不照绮罗筵，只照逃亡屋"句意，与题中"秉烛"相应，巧而寓讽，指出帝王之骄奢淫逸，造成生灵涂炭，百姓流离失所，终成千古之罪人，可谓深刻而尖锐。另一首七言古诗《题李德新中宗射鹿图》是此诗的姊妹篇，其讽戒之意更为深婉：

赭袍玉带虬髯怒，人如真龙马如虎。

英风犹似天可汗，肯信昏孱困韦武？

上林草绿闻呦呦，飞鞚霹雳梢长楸。

画旗围合晚犹猎，后庭双陆谁行筹？

追游不记房陵辱，五王谪来势犹独。

空夸大羽发无虚，不射妖狐射生鹿。

画图令人生感嗟，天宝回首飘胡沙。

神孙早解习祖艺，不遣衔出宫中花。

这首诗也是以唐喻明，从唐中宗李显一直写到其孙李隆基，波澜起伏，跌宕生姿。开头似褒实贬，写中宗射鹿英武非凡，谁肯相信他竟受制于妻子韦后与武三思呢？接下来暗写趁中宗"晚犹猎"，韦后与武三思暧昧之事。再写中宗贪图安逸，忘记房陵幽禁之辱，而身单势孤。最后感叹玄宗不解早"习祖艺"，而导致安史之乱。"神孙"，帝王之孙，此指唐玄宗。"宫中花"，金檀引《花史》注："唐玄宗时，野鹿衔去牡丹，后有安禄山之祸。"诗中虽然多涉史实，但并不乏味，而是或暗示，或用典，或寄情于景，或借事寓慨，都有韵外之致。

高启另一首为人物画像而题的《东坡小像赞》，以文为诗，也很别致：

> 或置诸銮坡玉堂，或放之朱厓黄冈。
>
> 众皆谓先生之憾，余则谓先生之常。
>
> 先生盖进不淫退不伤，凌厉万古麾斥八荒，而大肆其文章者也。

诗人以极简短的文字概括了苏轼一生跌宕起伏的人生经历，情理相融，评说精当，真如王元美评其诗所说："如射雕儿，伉健急利，往往命中。"（《明诗综》卷八）

其山水类题画诗的艺术风格却与此不同，或遒劲雄放，或淡远清绮，风格多样，变化出新，既有杜甫之沉郁顿挫，又有李白、苏轼之浪漫萧散。因此，朱彝尊说："季迪之才，始于兼，故其体备。"（《高青丘集》附录）上文所引的《明皇秉烛夜游图》对恣意淫乐、不问民生的皇帝放笔鞭挞，肆意讥讽，沉着痛快。诗风冷隽凌厉。又如《题张校理画》：

> 寒色初凝野，秋声忽在林。
>
> 遥山不能见，只为晚烟深。

张校理，即张羽，字来仪。他身处乱世，其画造境多幽奇。高启另一首《题张来仪赠张伯醇》诗云："风起涧声乱，景寒云气深。"这首绝句所咏的是野林寒烟图，烟雾深沉，寒色凝重，透出萧凉之意，风格幽峭。但他的《美人扑蝶图》却是另一种风格：

> 花枝扬扬蝶宛宛，风多力薄飞难远。

美人一见空伤情，舞衣春来绣不成。

乍过帘前寻不见，却入深丛避莺燕。

一双扑得和花落，金粉香痕满罗扇。

笑看独向园中归，东家西家休乱飞。

　　这首诗很别致，美人有伤情，有欢笑，一切由蝶起，由蝶落，既有情节，又有情趣。风格秾丽，婉而多姿，代表了其在雄迈、沉郁、怪诞、奇崛之外的另一种诗风。其山水类题画诗的艺术风格却有不同，如《刘松年画》：

樵青刺篙胜摇桨，船头分流水声响。

青山渺渺波漾漾，白鸥飞过时一两。

载书百卷酒十壶，日斜出游女儿湖。

邻舟买得巨口鲈，醉拍铜斗歌呜呜，此乐除却江南无。

　　此诗写江南山水，清幽恬淡。但同是写山水画，其《题滕用衡所藏山水图》却意境壮阔，充满豪宕之气。又《题黄大痴天池石壁图》也写得惊心动魄，具有极大的震撼力。其诗是：

黄大痴，滑稽玩世人不知。

疑似阿母旁，再谪偷桃儿。

平生好饮复好画，醉后洒墨秋淋漓。

尝为弟子李少翁，貌得华山绝顶之天池。

乃知别有缩地术，坐移胜景来书帷。

身骑黄鹄去来远，缟素飘落流尘缁。

颍川公子欣得之，手持示我请赋诗。

我闻此中可度难，玉枕秘记传自青牛师。

池生碧莲花，千叶光陆离。

服食可腾化，游空驾云螭。

奈何灵迹久闭藏，荒竹满野啼猩狸。

寻真羽客不肯一相顾，却借释子营茅茨。

我昔来游早春时，雪残众壑销寒姿。

磴滑不敢骑马上，青鞋自策桃笻枝。

上有烟萝披拂之翠壁，下有沙石荡漾之清漪。

晴天倒影落明镜，正似玉女晓沐高鬟垂。

饮猿忽下藤裛裛，浴鹤乍立风渐渐。

匡庐有地我未到，未省与此谁当奇。

扫石坐其涯，沿洄引流卮。

醉来自照影，俯笑知为谁？

落梅扑香满接䍦，暮出东涧钟鸣迟。

归来城郭中，复受尘土欺。

十年胜赏难再得，恍若清梦一断无由追。

朝来观此图，恻怆使我悲。

当时同游已少在，我今未老形先疲。

人生扰扰嗟何为，不达但为高人嗤。

汉南已老司马树，岘首已仆羊公碑。

惟应学道悟真诀，不与陵谷同迁移。

仙岩洞府孰最好，东有地肺西峨嵋。

高崖铁锁不可攀援以径上，仰望白云楼观空峨巍。

此山易上何乃遗，便与猿鹤秋相欺。

欲借太乙舟，夜卧浩荡随风吹。

洞箫呼起千古月，照我白发凉丝丝。

倾玉醪，荐瑶芝，招君来游慎勿辞。

无为漫对图画，日夕遥相思。

　　这些描写既惊险无比，又壮美秀丽；既寄情于景，又直抒胸臆；既富浪漫色彩，又有写实之笔，无不给人以身临其境之感。此诗不仅在高启的所有诗歌中属上乘之作，而且在中国题画诗发展史上也是难得的诗篇。

第三节　开国元勋刘基题画诗

刘基（1311—1375），字伯温，浙江青田九都南田山之武阳村（今浙江文成县南田镇岳梅乡武阳村）人。刘基天资聪慧，由父亲启蒙识字。阅读速度极快，据说七行俱下。12岁时考中秀才，乡间父老皆称其为"神童"。泰定元年（1324），14岁的刘基入郡庠读书。泰定四年（1327），刘基17岁，他离开府学，师从处州名士郑复初学程朱理学，接受儒家通经致用的教育。郑复初在一次

刘基

拜访中对刘基的父亲赞扬说："您的祖先积德深厚，庇荫了后代子孙。这个孩子如此出众，将来一定能光大你家的门楣。"元统元年（1333），23岁的刘基赴元朝京城大都（今北京）参加会试，一举考中进士。元末，兵荒马乱，战火连连，在家闲居三年。至元二年（1336），才被元朝政府授为江西高安县丞，协助县令处理政务。他勤于职守，执法严明，很快就做出了政绩。刘基刚正不阿，至正三年（1343），朝廷征召他出任江浙儒副提举，兼任行省考试官。后来因检举监察御史，得不到朝中大臣的支持，还给他许多责难，他只好上书辞职。至正八年（1348），刘基结束了在丹徒约两年的半隐居生活，来到杭州居住，他的夫人为他生下长子，即刘琏。至正十二年（1352）七月，徐寿辉攻陷杭州，在攻陷杭州之前，刘基便带着家人回到故乡。回到故乡不久，朝廷来了一封公文。朝廷起用他为江浙省元帅府都事，主要任务是帮助当地政府平定浙东一带的盗贼，特别以方国珍为对象。元左丞帖里帖木儿欲招安方国珍，刘基认为方氏兄弟为首犯，不诛无以惩后。方国珍重赂官府，终被招安，并授予官职，反而谴责刘基擅威福。刘基一怒之下辞官还里，以表对元朝腐败昏聩之不满。

至正二十年（1360），被朱元璋请至应天（今南京），委任他为谋臣，

刘基针对当时形势，向朱元璋提出避免两线作战、应各个击破的建言，被采纳。辅佐朱元璋集中兵力先后灭陈友谅、张士诚等势力。刘基并建议朱元璋一方面脱离"小明王"韩林儿自立势力，另一方面以"大明"为国号来招揽天下义师的民心。元至正二十七年（1367），朱元璋即皇帝位，庙号太祖，定都应天，国号大明。明王朝正式建立，授刘基为御史中丞兼太史令。朱元璋因事要责罚丞相李善长，刘基劝说道："他虽有过失，但功劳很大，威望颇高，能调和诸将。"太祖说："他三番两次想要加害于你，你还设身处地为他着想？我想改任你为丞相。"刘基叩首说道："这怎么行呢？更换丞相如同更换梁柱，必须用粗壮结实的大木，如用细木，房屋就会立即倒塌。"后来，李善长辞官归居，太祖想任命杨宪为丞相，杨宪平日待刘基很好，可刘基仍极力反对，说："杨宪具备当丞相的才能，却没有做丞相的气量。为相之人，须保持像水一样平静的心情，将义理作为权衡事情的标准，而不能掺杂自己的主观意见，杨宪就做不到。"太祖又问汪广洋如何，刘基回答："他的气量比杨宪更狭窄。"太祖接着问胡惟庸是否合适，刘基又回答道："丞相好比驾车的马，我担心他会将马车弄翻。"太祖于是说道："我的丞相，确实只有先生你最合适了。"刘基谢绝说："我太疾恶如仇了，又不耐烦处理繁杂事务，如果勉强承担这一重任，恐怕要辜负皇上委托。天下何患无才，只要皇上留心物色就是了。这几个人确实不适合担任丞相之职。"后来，杨宪、汪广洋、胡惟庸都因事获罪。

洪武八年（1375）正月下旬，刘基感染了风寒，朱元璋知道后，派胡惟庸带了御医去探望。御医开了药方，他照单抓药回来煎服用，觉得肚子里好像有一些不平整的石块挤压在一起，让他十分痛苦。二月中，刘基抱病觐见朱元璋，婉转地向他禀告胡惟庸带着御医来探病，以及服食御医所开的药之后更加不适的情形。朱元璋听后，只是轻描淡写地说了一些要他宽心养病的安慰话，这使刘基相当的心寒。三月下旬，已经无法自由活动的刘基，由刘琏陪伴，在朱元璋特遣人员的护送下，自京师动身返乡。回家后，拒绝亲人和乡里为他找来的一切药石，只是尽可能地维持正常的饮食。几天之后，刘基自知来日无多，找来两个儿子交代后事。交代完后事，又让长子刘琏从书房拿来一本天文书，对他说："我死后你要立刻将这本书呈给皇上，一点都不能耽误；从此以后不要让我们刘家的子孙学习这门学问。"又对次子刘璟说："为政的要领在宽柔与刚猛循环相济。如今朝廷最必须做的，是在位者尽量修养道德，法律则应该尽量简要。平日在位者若能以身作则，以道德感化群众，效果一定比刑罚要好，影响也比较深远，一旦部属或百姓犯错，也较能以仁厚的胸怀为对方设身处地地着想，所裁定的刑罚也必定能够达到公平服人和警惕人改过自新的目的；而法律若能尽量简要，让人民容易懂也容易遵守，便可以避免人民动辄得咎无所适从，又可以建立政府的公信力和仁德的优良形象。如此一来，上天便会更加佑我朝永命万年。"他又继续说道："本来我想写一篇详细的遗表，向皇上贡献我最后的心意与所学，但胡惟庸还在，写了也是枉然。不过，等胡惟庸败了，皇上必定会想起我，会向你们询问我临终的遗言，那时你们再将我这番话向皇上密奏吧！"刘基于四月十六日卒于故里，享年65岁。明正德八年（1513），朝廷追赠他为太师，谥号文成。

刘基是元明鼎革之际一位举足轻重的诗文大家，其诗文理论力主讽喻之说，提倡理气并重，重视时代风格。杨守陈在《重锓诚意伯文集序》中说："汉以降，佐命元勋多崛起草莽甲兵间，谙文墨者殊鲜，子房之策不见辞章，玄龄之文仅办符檄，未见树开国之勋业而兼传世之文章如公者，公可谓千古之人豪矣。"沈德潜在《明诗别裁》中说："元代诗都尚辞华，文成独标高格，时欲追韩杜，故超然独胜，允为一代之冠。"《明史》中说："所为文章，气昌而奇，与宋濂并为一代之宗。"他与宋濂、高启并称"明初诗文三大家"。

刘基工书法，从其题画诗看，亦能画。

刘基以诗议政，体现了作者强烈的参政意识和批判精神，其所议论的范围包括元季

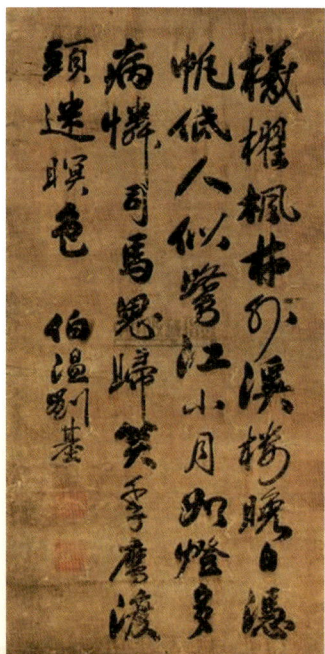

刘基书法作品

至正年间吏治、军政等种种社会弊端。从诗歌的渊源角度考察，以诗议政，客观上承续宋人"以议论为诗"之传统，主观上则因其固有的经世致用的文学观念使然。诗作情、理兼具，既有社会认识价值，又有艺术审美价值。刘基将词作为抒情言志的重要工具，题材广泛，内容丰厚，艺术上长于兴寄、铺叙，且善于用典。描景状物秀丽入神，造语精工典雅，词风以婉丽为主。刘基的寓言文学不仅内容博大精深，而且阐明了他的政治、经济、军事、哲学、伦理、道德等观点，还表现了他的审美观和价值观。

有《诚意伯文集》二十卷传世，收有赋、骚、诗、词1600余首，各种文体文230多篇。

刘基写了很多关注现实的题画诗。一些诗歌揭露元代暴政，反映了人民的苦难生活和反抗情绪，风格古朴雄浑。《题群龙图》是其题画诗的代表作之一：

> 世间万类皆可睹，茫昧独有鬼与龙。
> 此图画龙二十四，状貌诡谲各不同。
> 得非物产有异种，或曰神变无常踪。
> 一龙掉尾欲上木，足爪犹在窴沄中。
> 一龙出穴饮涧底，头上飞瀑泻白虹。
> 前有一龙已在云，顾视厥子扬双瞳。
> 浪波鱼鳞沓馀磇，日车块圠天无风。
> 中庭两龙忽相逢，须眉蒎髯如老翁。
> 便欲角抵争雌雄，西望积石接崆峒。
> 白龙擘石窥流潨，河伯远遁虚其宫。
> 屈蟠睡者何龙锺，老物用亢时当终。
> 峡外六龙狞以凶，矜牙舞爪起战攻。
> 咬鳞嚼甲含剑锋，陷胸折尾波血红，
> 之死弗悟人谁恫！一龙引吭将欲从，
> 回环睢盱未敢通。最后一龙藏于坾，
> 睥睨胜败非愚种，无乃有意收全功？

云中弄珠劳尔躬，不如卧沙之从容。

龙子学飞力未充，母在下视心憧憧。

何物一角额准隆，歘然出洞若蛇虫？

有龙接之自尨犺，恐是巩穴王鲔公，

皮骨始蜕形犹蒙。两龙归来倦不翀，

痴龙攀石身已癃。蝘蚪偓寒欻腾冲，

蜿蟺攫跃鬐发茸，吽呀奔拿曲如弓，

百态并作何纷庬，是耶非耶孰能穷？

画师昔有僧繇工，能令真龙下虚空。

安得伶伦截竹筒？吹之呼龙出石碕，使我一见豁（一作开）昏懵。

　　这首诗，借咏《群龙图》暗寓讽刺。作者身经元末社会的剧变，是有感而发。诗中逼真地写出群龙的形态，并指出群龙只是相互格斗，但真龙却少见。暗寓元末社会豪士虽多，但真正拯救人民于水深火热之中的英雄却少见。这不仅是作者的思想认识，而且代表了人民的愿望。元朝一百年来残酷的统治和元末的混战，社会经济崩溃，民生凋敝，人民渴望社会安定，盼望有一个真正的英雄出来扭转乾坤。明代后期的王弘海也有一首《群龙图》，多是描写龙之形态，虽然也有为苍生乞雨之盼，但较刘诗却逊色。如果说刘基的《群龙图》是借喻以讽今，那么他的《题富好礼所畜村乐图》却是直接反映现实农村凋敝之力作：

我昔住在南山头，连山下带清溪幽。

山巅出泉宜种稻，绕屋尽是良田畴。

家家种田耻商贩，有足懒踏县与州。

西风八月淋潦尽，稻穗栉比无蝗蝥。

黄鸡长大白鸭重，瓦瓮琥珀香新篘。

芋魁如拳栗壳赤，献罢地主还相酬。

东邻西舍迭宾主，老幼合坐意绸缪。

山花野叶插巾帽，竹箸漆碗兼《甖瓿》。

酒酣大笑杂语谑，跪拜交错礼数稠。

或起顿足舞侏儒，或坐拍手歌瓯篓。

倾盆倒榼混醢酱，烂熳沾渍方未休。

儿童跳跃坐喧噪，执遁逐走同俘囚。

出门不记舍前路，颠倒扶掖迷去留。

朝阳照屋且熟睡，官府亦简少所求。

宁知宴安含酖毒，未耜一变成戈矛。

高门大宅化灰烬，蓬蒿瓦砾塞道周。

春燕营巢在林木，深山露宿随猿猴。

三年避乱客异县，侧身天地如浮沤。

亲朋阻隔童仆散，疏食水饮不自谋。

有时惝恍梦闾里，惊觉五内攒百忧。

君家画图称绝妙，鉴别曾遇柯丹丘。

想应临拓出秘府，笔意精到世罕俦。

村歌社舞自真率，何用广乐张公侯。

太平气象忽在眼，令我感怆涕泪流。

近者乡人来报喜，今岁高下俱有秋。

豺狼食饱卧窟穴，军师已运招安筹。

人情自古共怀土，况乃霜雨凄松楸。

神龟且被豫且困，予所弗念天我尤。

积薪厝火非远计，谁能献纳陈嘉猷。

长江波浪接淮泗，白日惨澹腾蛟虬。

天下农夫总供给，陇亩不得安锄耰。

市中食物贵百倍，一豕之价过于牛。

鱼盐菜果悉买米，官币束阁若赘瘤。

朝餐仅了愁夕膳，谁复有酒浇其喉。

循环天运往必复，邪气暂至不远瘳。

此生此景须再睹，引领怅望心悠悠。

这首诗先是回忆故乡之农耕岁月，那时，"家家种田耻商贩，有足懒踏县与州。"然而战乱一来,"耒耜一变成戈矛。"自己也只好避乱于异县。"有时惝恍梦间里,惊觉五内攒百忧。"诗人面对绝妙之画图,抚今追昔,感慨万千。"太平气象忽在眼,令我感怆涕泪流。"如今"市中食物贵百倍,一豕之价过于牛","朝餐仅了愁夕膳,谁复有酒浇其喉。"此诗较为全面、细致地反映了农村凋敝、民不聊生的现实。其揭露之全面、深刻,在古代题画诗中较为少见。刘基之所以有如此见识,是因为对民间疾苦的深切了解。他在任江西高安县丞时,勤于职守,深入乡间体察民情,发现高安县一些豪绅地主勾结贪官污吏,无法无天,骗人钱财,夺人妻女,杀人害命,无恶不作。刘基倾听百姓的哭诉后,义愤填膺,决心为民除害。经过明察暗访,掌握了真凭实据后,对几个劣迹昭著的豪强恶霸坚决予以严惩,并对县衙内贪赃枉法的官吏也进行了整治。他的另一首题画诗《题老翁骑牛图》,也极富现实意义:

> 白日上悠悠,竹梢雾已收。
> 晴天不易得,及时当放牛。
> 邻家放牛多儿童,我家无儿只老翁。
> 寒衣在机织未就,原上烈烈多高风。
> 勿言衰老筋力薄,有牛可放殊不恶。
> 但愿天公不相恼,牛背闲眠饥亦好。

深秋的一个晴天,一位体力薄弱的老翁,抓紧时间牧牛。虽然冒寒忍饥,但在他看来却是件乐事。我们从"牛背闲眠饥亦好"一句可以看出农民的处境是多么可怜。题诗不仅写出画意,而且反映了现实,即现实生活中的农民辛苦劳碌,又处于饥寒交迫之中。诗中寄托了诗人希望人民安居乐业的思想。

刘基的题画诗既雄浑又婉约,具有较高的艺术性,被前人称诵的《太公钓渭图》即其一例:

> 璇室群酣夜,璜溪独钓时。
> 浮云看富贵,流水淡须眉。
> 偶应非熊兆,尊为帝者师。

轩裳如固有，千载起人思。

这首诗明写姜太公，实为借以自喻，所以朱彝尊在《静志居诗话》中说："'偶应飞熊兆，尊为帝者师'，则公自道也。"其巧妙之处在于，处处写姜，又似处处写己，二者几浑不可分。并且诗风朗健。浓德潜评价说："通首格高，隐然有王佐气象。"（《明诗别裁集》）

王世贞在《艺苑卮言》中说："明兴，立赤帜者二家而已。才情之美，无过季迪；声容之壮，次及伯温。"（《明诗综》卷二）因此，刘基的题画诗也往往声容豪壮，多雄奇之美，如《别峰和尚方丈题唐子华山阴图》《徐资生华山图歌》《为戴起之题猿鸟图》等。试看《别峰和尚方丈题唐子华山阴图》：

连山走坡陀，大谷入晻暧。

屋藏深树中，路出巨石背。

烟雨时有无，涧壑互显晦。

轻盈曳飞绡，缥缈沃浮黛。

雄梁矫修鼍，骈壁驳文玳。

峥嵘紫霞高，屈曲白水汇。

阴森神鬼宅，奋迅龙马队。

风云气象宽，日月光炯碎。

借问此何乡，或有捐余佩。

答云越山阴，信美无与对。

自从永和来，燕游推胜概。

佳人去不还，盛集嗟未再。

唐令实好奇，掇拾归画绘。

上人远公徒，我亦渊明辈。

会晤属时艰，观览增慷慨。

故园没灌莽，举足蛇豕碍。

放歌自太息，激烈惊厚载。

山势峥嵘，烟云空蒙。"阴森神鬼宅，奋迅龙马队。风云气象宽，日月光炯碎。"这里不仅有山川之雄奇，也有自身之感喟，其中"会晤属时艰，观览增慷慨。故园没灌莽，举足蛇豕碍"等诗句，又透出诗人内心的忧伤与对现实的愤懑，使诗歌豪宕而沉郁。但刘基的题画诗受题材所限，往往景色清丽，风格淡雅，如《题山水图》：

> 江上何所有，高低千万峰。
>
> 结庐覆以茅，取足聊自容。
>
> 绿树既蓊郁，清溪亦溶溶。
>
> 地僻无车马，猿鸟得相从。
>
> 日落沙际明，寒烟澹疏松。
>
> 苍茫云霞外，隐见青芙蓉。
>
> 悠然一舸还，好景时独逢。
>
> 归来山月出，古刹鸣昏钟。

这种恬淡的诗风，与他的非题画诗似有不同，特别是其题画词尤为突出，如《阮郎归·题画扇》《鹧鸪天·题梅花图》等。这里既有"白蘋风起""小浪冲舟"之轻悠，又有梅花"玉骨冰肌""衣飘碧落"之高洁，仿佛让人置身于琼楼玉宇，清风徐来，花香扑鼻，倍觉神清气爽。

第四节 "吴中四杰"中另三位题画诗人

张羽（1323—1385），字来仪，号静居，浔阳（今江西九江）人。元末，授安定书院山长。明初征起，擢太常司丞兼翰林院同掌文渊阁事。因事逃往岭南，后被诏抵京，知不免而自投龙江死。他工诗善画。其诗俊逸雄放，有质有情。山水画师法米芾父子，笔力苍秀。亦擅书法。

有《静居集》。

张羽

张羽所作题画诗较多，仅《明诗综》所选的23首诗中，就有12首题画之作，并且多是长篇古体诗。其中的《春山瑞霭图》《李遵道墨竹歌》《题李唐袁安卧雪歌》《画山水行》《米元晖云山图》《钱舜举溪岸图》等为代表作。其风格淡雅清逸，有王维之风致，如《春山瑞霭图》：

> 莺啼山雨歇，前川绿正繁。
>
> 人家在深树，鸡犬昼无喧。
>
> 澹澹流水意，依依田父言。
>
> 谩（同漫）鼓木兰楫，往溯桃花源。
>
> 即此堪结庐，可以傲华轩。

这里莺啼雨歇，绿树繁阴，鸡犬无声，流水潺潺，好一派优美而宁静的景象。另一首《夏雨新霁图》也是自题画之作，与此诗有异曲同工之妙，其诗是："看图忆得住山阿，茅屋深深隐薜萝。风雨过来啼鸟静，白云更比绿阴（一作云）多。"

他的《题李唐画袁安卧雪图》是有感于弊政而发，风格也与前诗不同：

> 袁生抱高节，处顺以安时。
>
> 杜门不出仕，自与尘世辞。
>
> 岁暮多严风，积雪盈路岐。
>
> 拥炉独高卧，中心还自怡。
>
> 县令何所闻，下车叩茅茨。
>
> 问君胡不出，答云恒苦饥。
>
> 慎守固穷志，相干岂其宜。
>
> 此事没已久，缅焉独驰思。
>
> 披图三叹息，高风如在兹。
>
> 嗟彼后之人，汲汲徇其私。

"袁安卧雪"，事见《后汉书·袁安传》。袁安未遇时，一日洛阳大雪，人多出乞食，他独卧不起。后洛阳令得知，荐为孝廉。为官后，刚

正不阿，弹劾权贵，平反冤案，受到拥戴。李唐的画和诗人题诗，都意在劝人励志守节。联系当时世风浇薄，"汲汲徇其私"的现实，诗人当有所指。

杨基（1326—1378），字孟载，号眉庵，其祖籍嘉州（今四川乐山），生长于吴县（今江苏苏州）。明初为江西行省幕官，坐罪落职，居句曲山中。后任山西按察副使，晋按察使，因受谤夺职。其诗自然清雅，时出纤巧。有《眉庵集》。这位诗人兼画家也擅写题画诗，其自题画诗《长江万里图》是：

杨基

> 我家岷山更西住，正见岷江发源处。
>
> 三巴春霁雪初消，百折千回向东去。
>
> 江水东流万里长，人今漂泊尚他乡。
>
> 烟波草急（一作色）时牵恨，风雨猿声欲断肠。

此诗从自己的原籍"岷山西"处写起，沿江而下，图中所展示的景物无不引起诗人的思乡之情，与苏轼的名作《游金山寺》有相似之情结。另一首自题画诗《渔樵问话图》，形式活泼，寄慨深沉：

> 君收纶，我停斧，且向溪头话今古。
>
> 屈宋文章爨下薪，韩彭事业庖中俎。
>
> 世上功名贱如土，何须了了文兼武。
>
> 君贯鱼，我负刍，有酒可换不需（一作可）沽。
>
> 青山满眼同一醉，勿论区区荣与枯。

诗人以"屈宋文章"和"韩彭事业"展开议论，似乎世上一切功名都"贱如土"，不如贯鱼负薪，以酒换醉。这当是诗人的激愤之言。杨基少负诗名，但仕途不顺，在山西按察使任上，因受谤而被撤职，后死于役所。此诗从一个侧面反映了世道黑暗，人才受压抑的现实。此外，他在题画诗中发表的一些绘画理论，如重"传神"，轻"凡俗"等，也值得重视。

徐贲（1335—1393），字幼文，祖籍四川，后迁平江（今江苏苏州）城北，故号北郭生。擅画山水，师法董源、巨然，也长于墨竹。

其诗辞采绚丽，风韵凄朗。

有《北郭集》。

徐贲题画诗多为五七言律绝，颇有寄意，如《野亭读书图》：

徐贲

徐贲画并诗

书声流水共泠泠，落木寒山路隔汀。
不是秋来易伤感，夕阳风景似新亭。

这首诗当作于元末易代之际，诗人面对画中流水落木、寒山远汀，不禁伤感。然后化用王导与客泣新亭之典（参见《晋书·王导传》），而不留痕迹，抒发了在乱世中的忧国忧民之情。另一首《石帆山图》，构思巧妙。其诗是：

石壁如飞帆，天风吹不去。
千古障层空，隐隐拂天柱。
远映江上舟，高出林中树。
相望值春暮，怀归谩延伫。

诗人将石帆山入画，说画中之石帆如飞，化静为动；然后又说“天风吹不去”，复归于静态。接着写“拂天柱”，于是，在石帆的飞动中引出诗人的怀归之情。“高出林中树”，又化静为动。

第五节　明代前期其他题画诗人

　　明代前期的题画诗人除"吴中四杰"外，还有很多。其中有许多也是著名的书画家或书画鉴赏家，颇通画理，留下一些题画佳作。

　　张以宁（1301—1370），字志道，号翠屏山人，古田（今属福建）人。元泰定四年（1327）进士。入明，官至翰林侍讲学士。

　　其诗沉郁雄健。有《翠屏集》。《全明诗》存其题画诗近百首，也是明初题画诗大家。其佳作《题米元晖山水》说：

> 高堂晓起山水入，古色惨淡神灵集。
> 望中冥冥云气深，只恐春衣坐来湿。
>
> 江风吹雨百花飞，早晚持竿吾得归。
> 身在江南图画里，令人却忆米元晖。

　　此诗生动地再现了米家云山之景，云深雾湿，雨落花飞，以画作真，耐人玩赏。他的《题日本僧云山千里图》，是中日民间友好往来的见证，弥足珍贵。其诗是：

> 天东日出天西入，万里虬鳞散原隰。
> 日东之僧渡海来，袖里江山云气湿。
> 愿乘云气朝帝乡，大千世界观毫芒。
> 却骑黄鹤过三岛，别后扶桑枝叶老。

　　中日两国人民的友谊源远流长。自隋以来，日本曾多次向中国派遣友好使者，并有学问僧随行。这些学问僧在中国留驻的时间少则数年，多则达二三十年。他们为促进中日文化交流作出了贡献。诗中的云山僧便是其中的一位。此诗将画境化为真景，热情地歌颂了云山僧为促进中日两国的友谊和文化交流，不畏千辛万苦的精神。

　　钱宰（1302—1397），字子予，一字伯钧，浙江会稽（今浙江绍兴）人。元至正间进士，以亲老不仕。明初以明经征修礼乐书，授国子助教。善为诗，朱彝尊评其诗"波澜老成，诸体悉称"（《静志居诗话》）。有《临安集》。他的题画诗多抒隐逸之情，诗风清新自然，如《题画六首》其二："沙草青青近石矶，矶头疏木转斜晖。孤舟钓叟垂竿坐，远岫云飞带雨归。"但也有感时寄意之作，如《题赵仲庸画马》：

> 沙堤草黄落日暮，惨淡悲风起毫素。
> 乃知画马妙入神，毛鬣如生奋雄武。
> 飘飘俊骨真龙媒，笔势所至风云随。
> 分明陷敌新奏捷，猛气未敛神犹驰。
> 将军出塞马如龙，将军入关马如虎。
> 将军归来万户侯，莫忘战马死生与尔同辛苦！

　　这首诗用一半篇幅赞画马如真，待蓄势已足，转而想象此马似刚从战地凯旋，"猛气未敛神犹驰"。它曾出塞入关，如龙似虎，这是以马喻人，借以寄意。最后点题：将军封侯，莫忘战马之功。联系明初朱元璋猜忌老臣，曾杀戮开国功臣的历史背景，此诗之寓意不言自明。

　　大书法家危素（1303—1372），字太朴，金溪（今属江西）人。其题画诗关注现实，具有兴废之感，如他在《吕尊师画三茅观梅藤为图号曰二老走笔赋之》中说："战争揖让等黄土，展卷血泪何涟涟。"又在《为道初上人题赵雪松饮马图》中说："谁挽天河洗兵甲，但骑款段还家乡。"都表达了诗人对元末连年战乱给人民造成灾难的痛心与对和平生活的企盼。

　　詹同，初名书。洪武初，太祖召为博士，赐名同。其诗文与宋濂、王伟、高启、杨基齐名。从其《自题沧江钓鱼图》看，也能绘画，但不见史籍记载。其题画诗风骨雄健，有盛唐之风，如《出猎图》。又有《题李白醉饮图》也有豪宕之气：

> 百川鲸吸散清狂，岂但文章万丈长（一作光）！
> 最是有功唐社稷，眼中先识郭汾阳。

诗人以浪漫之笔法写李白，不仅写出李白的豪放与萧散以及其文章的巨大影响，而且更看重其过人的识人之眼力。据载，"初，白游并州，见郭子仪，奇之，曾救其死罪；至是，郭子仪请官以赎，诏长流夜郎。"（辛文房《唐才子传》二卷）此事据詹锳考证，虽"属伪托"（参见其《李白诗文系年》），但诗人无非是借以说明，后来封为汾阳王的郭子仪之所以能平"安史"，安社稷，也有当初李白识人之功。

顾瑛（1310—1369），一名阿瑛，字仲瑛，自号金粟道人，昆山（今属江苏）人。他是元末明初的诗人兼画家。少时轻财好客，30岁后折节读书，工诗文。《四库总目提要》评其诗说："清丽芊绵，出入于温岐（即温飞卿）、李贺间，也复自饶高韵。"在朱元璋攻克苏州后，其诗风为之一变，转而悲哀或激愤。其题画诗也如此，如《自题小像》：

> 儒衣僧帽道人鞋，天下青山骨可埋。
>
> 若说向时豪杰处（一作兴），五陵鞍马洛阳街。

诗人面对着自己的"小像"，不胜今昔盛衰之感，似有无数心事欲说还休。其中"天下青山骨可埋"一句，隐含着决不屈服的无畏精神，是诗人的绝唱。另有《赵仲穆画看云图》说：

> 青山与浮云，终日淡相守。
>
> 山为云窟宅，云为山户牖。
>
> 无心成白衣，有意变苍狗。
>
> 人情亦如云，寄语看云叟。

此诗当是诗人家财散尽、削发为僧后所作，也抒发了人世沧桑、世态炎凉之感。他的后期题画诗一改前期的"清丽芊绵"，转为苍凉悲壮，有一股郁勃之气。

袁凯，明初著名诗人，字景文，松江华亭（今属上海）人。其诗宗法杜甫。少时因赋《白燕》诗而得名，人称"袁白燕"。他的题画诗也多有身世之感，往往悲凉凄切，如《题苏李泣别图》：

上林木落雁南飞，万里萧条使节归。

犹有交情两行泪，西风吹上汉臣衣。

王世贞评价说："颇见风雅。"李时远说："镕词铸意，妙绝无比。"沈德潜说："词谨意严，李陵之罪自见，'汉臣'二字，《春秋》之笔。"（《明诗别裁集》卷二）

宋濂（1310—1381），字景濂，号潜溪。祖籍金华潜溪（今浙江义乌），后迁居金华浦江（今属浙江）。累官至学士承旨、知制诰，被誉为开国文臣之首。他以文名世，其诗也严整妥切。有《宋文宪公全集》。其题画长诗《题花门将军游宴图》《李太白观瀑布图》等，颇能体现其严整而活泼的诗风。试看其前诗：

花门将军七尺长，广颡穹鼻卷发苍。

身骑叱拨紫电光，射猎娑陵古塞傍。

一箭正中双白狼，勇气百倍世莫当。

胡天七月夜雨霜，寒沙莽莽障日黄。

先零匈奴古黠羌，控弦鸣镝时跳踉。

将军怒甚烈火扬，宝刀双环新出房。

麾却何翅驱牛羊，平居不怯北风凉。

白毡为幄界翠行，铜龙压脊双角张。

采绳亘空若虹翔，将军中坐据胡床。

炽炭炙肉沄流浆，革囊挏酒葡萄香。

驼蹄斜割劝客尝，赵女如花二八强。

皮帽新裁系锦缨，低把琵琶弹凤凰。

半酣出视驼马场，五花作队满涧冈，但道欢乐殊未央！

此诗虽然是为《游宴图》而题，但却重点描写了守边将军的勇武气概。全诗气势豪迈，笔力雄健，是明初诗坛少见的佳作。

莫士安（生卒年不详），名俶，以字行，更字维恭，归安（今属浙江湖州）人。他留下一篇长诗《洪武丁丑春题王叔明湖山清晓图》：

青山屏列水涯畔，白云缭绕山腰半。

分明晓色澄素秋，颠倒湖光接银汉。

江霞灭尽海暾生，巴雪消多沥冰泮。

岌嶪巅崖高莫梯，回合源泉净堪盥。

天远匡庐秋杳冥，雨足沅湘春瀚漫。

浓于蓝汁可染衣，赭若童颠未加冠。

盘谷缭通百折深，缑岭危撑半空断。

涧桥荫合踏新凉，渚阁香凝坐平旦。

短屐扶藜野兴浓，轻舠聚网波纹散。

南湾农邻犹闭关，西崦人家未炊爨。

僧寺楼台松满林，渔屋轩窗柳遮岸。

陶令秫田谁为耕，邵侯瓜地亲将灌。

种桃莫问武陵津，采芝偶得商於伴。

书封雁帛感苏卿，鲙斫鲈丝美张翰。

濯缨欲待沧浪清，挽衣空歌白石烂。

树树岩花岚雾重，叶叶汀蒲水风乱。

蛱蝶暖依芳草飞，鹧鸪晴入丛篁唤。

荇藻翻容避钓鱼，杉楠不借寻巢鹳。

壁帙芸枯粉蠹生，岫幌藤穿苍鼠窜。

翠堕梧桐借剪圭，羃结丝芦爱垂幔。

米家尚存书画船，吴绫不减锦绣段。

人来西北淹壮游，地拥东南隔奇观。

标灵显秀环故居，泛影浮晖在吟案。

谁能高深故不竞，我为登临每无惮。

当时对景直仿佛，绕次围阑旧凝玩。

丹青物色眼停瞬，铁石心肠颜为汗。

踪迹顿忘今昔非，记忆方惊岁年换。

半生自笑不归去，两足其如有羁绊。

泉石膏肓百虑增，尘土心胸一朝浣。

湖山如此慰相思，天地茫然寄长叹。

这首诗先是写景，既有"岌嶪巅崖"之险峻，又"颠倒湖光"之清景，诗中有画。诗人的"天地茫然"之叹，当是百感交集，既有为友人王蒙的不幸辞世而哀伤，也有为自己的半生"不归去"而生悔。据陶宗仪《哭王黄鹤》一诗所记，王蒙于"乙丑九月初十日卒于秋官狱"，实为与胡惟庸有牵连的冤案。所以诗人睹画思人，当有幽愤在心。此诗共60句420字，是明初少见的一首长篇题画诗。通篇押韵，多用对仗，但因平仄不合律，并非排律。不过，如此长篇能一韵到底，其功力颇为深厚。因此缪天自云："长篇用韵深稳，非作家不能。"（朱彝尊《明诗综》卷十二）

王绂（1362—1416），绂一作芾，字孟端（后以字行），号友石、鳌叟。无锡（今属江苏）人。明永乐初，以善画被荐，供事文渊阁，官中书舍人。工画山水，尤擅墨竹，称"国朝第一"。

有《友石山房集》。

王绂创作了许多自题画诗，"每酒酣，对宾客着黄冠服，意气傲然，伸纸攘袂，挥笔潇洒，奇怪跌宕，不可名状。画已，徐吟五字诗，萧然有风人之致"（《无声诗史》卷一）。如《题枯木竹石寄李公石》：

> 叠画溪边水拍堤，绕堤高树倚云齐。
> 君家正在树深处，满地绿阴山鹧啼。

这首诗当是诗人隐于九龙山时所作。在描绘自然景物中，表达了诗人的隐逸情趣。文字晓畅，诗风恬淡自然。但诗人并非一味优哉游哉，

王绂画作

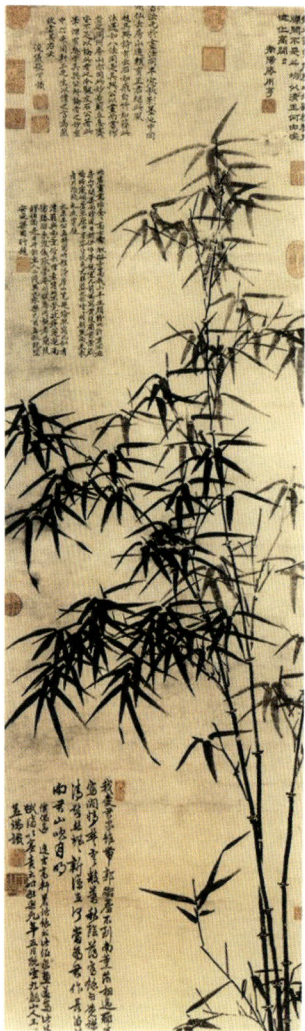

墨竹图

聊以足岁，也有济苍生之壮志，他在《墨竹》中说：

> 一官千里去江南，写赠箐篁竹半竿。
> 指日化龙挟飞雨，散将春意满湘沅。

明初，诗画兼擅的题画诗人还有高棅、冷谦、夏昶、方孝孺等。其中以编辑《唐诗品汇》著称于世的高棅，其《题边文进桃花双禽图》和方孝孺的《题画》，写景生动，融情于景，较有特色。

明永乐至成化年间，以"台阁体"称于时的"三杨"（杨士奇、杨荣、杨溥），诗文内容贫乏，诗风典雅平正。但他们的题画诗却别开生面，并无"肤廓冗长，千篇一律"（《四库全书总目提要》）的通病。如杨士奇的《题费同知松树障子》，杨荣的《题冯敏山水图》《题王侍讲山水》《野桥春霁图》《一片秋意》等，或写"直气森森"之古松，或绘高耸入云之峭壁，或状如洗之秋山，或摹雨霁之春桥，都意境开阔、清丽可人。但是，"台阁"之风的影响，在其他题画诗人却有体现，如萧镃的《题九鹭图》，就是点缀升平之作。

在明代前期，不为"台阁体"所囿的于谦（1398—1457），字廷益，钱塘（今浙江杭州）人。一生为官清正，不畏强暴，深受人民爱戴。但最终却被诬陷致死。他的《题壁间画》就抒发了其复杂的情怀：

> 看山如看画，听水如听琴。
> 水流碧溪转，山高白云深。

于谦

俯仰天地间，万物本无心。

松风飒然来，为我涤烦襟。

另一首《渊明像》，通过赞陶渊明的高风亮节，表达了自己的仰慕之情。以上两首诗都写得通俗晓畅，风格清新，与"台阁体"的平正典雅迥然不同。

朱瞻基（1399—1435），即明宣宗，自号长春真人。工绘事，山水、人物、花鸟、鱼虫等俱佳。有《明宣宗行乐图》《猿戏图》等。

《御定历代题画诗类》载其题画诗8首。其代表作为《潇湘八景画》，试看其中的《洞庭秋月》：

《猿戏图》

洞庭秋水清澈底，岳阳城头月初起。

巴山落影半湖阴，金波倒浸芙蓉翠。

须臾素景当瑶空，寒光下烛冯夷宫。

云梦微茫冰鉴里，沅湘浩荡玉壶中。

霜华初飞风浪息，万籁无声夜方寂。

仿佛湘灵汗漫游，虹桥直跨天南北。

但见鸥汀与鹭洲，折苇寒沙带浅流。

缟衣纶巾湘中老，高歌取醉岳阳楼。

回看月下西山去，湖水悠悠自东注。

洞庭咫尺西南陬，赤岸银河万里秋。

这当是一首自题画诗。诗中既不赞画，也不写画境，而是直接描绘"洞庭秋水"和"岳阳城头月"，紧扣诗题。但结尾处"洞庭咫尺""万里秋"的描写，又似写画。此诗的特点是，绘景生动，联想丰富，时而"云梦""沅湘"，时而"赤岸银河"，行踪不定，如羽化而登仙。作为皇帝，

617

能写出这样的题画诗，也属不易。

注 释

〔1〕丁福保编《历代诗话续编》中，中华书局，1983，第949页。

〔2〕李圣华：《高启诗选》，中华书局，2006，第318页。

第二十四章

明代中期题画诗

第一节　诗歌创作与书画艺术发展

明代中期，复古派诗人是文坛的重心。正统初年以后，台阁体诗歌逐渐衰微，于是旨在扭转台阁体诗风的茶陵派便应运而生。茶陵派的领袖是李东阳。他身居高位，又喜奖掖后进，所以门生众多。知名者有邵宝、石珤、罗玘等。还有其挚友吴宽、程敏政等，都是题画诗的著名诗人。这一时期，复古派诗人主要是弘治、正德年间以李梦阳、何景明为首的前七子和嘉靖、隆庆年间以李攀龙、王世贞为首的后七子。其间，不盲从前七子的唐寅和文徵明，在"吴中四才子"中成就最高。正德、嘉靖年间，王守仁、杨慎等能卓然自立而直抒胸臆，在诗坛也有一定影响。

明代中期，随着工商业的发展，作为纺织业中心城市的苏州逐渐成为江南的大都市。这里人文荟萃，名家辈出。其中，以沈周、文徵明、唐寅、仇英最负盛名，史称"吴门四杰"。他们开创的画派被称为吴门派或吴派。它与浙派是明代二百多年间最有影响的两大画派。吴派画家在继承了崇尚笔墨意趣和"士气""逸格"的元人传统基础上加以发展，创造了独特的风格。

沈周和文徵明是吴门派的主要代表。他们两人都淡于仕进，属于诗、书、画"三绝"的当地名士。他们都主要继承宋元文人画传统，兼能几种画科，但主要以山水画见长，作品多描写江南风景和文人生活，抒写宁静幽雅的情怀，注重笔情墨趣，讲究诗书画的有机结合。两人渊源、画趣相近，但也各有擅长和特点。沈周的山水以粗笔的水墨和浅绛画法为主，于恬静平和中具有苍润雄浑气概，花卉木石亦以水墨写意画法见长，其作品主要是以气势胜。文徵明以细笔山水居多，善用青绿重色，风格缜密秀雅，多抒写意趣，兰竹也潇洒清润。唐寅和仇英有别于沈周、文徵明，代表了吴门派中另外的类型。唐寅由文人变为以卖画为生的职业画家。仇英为职业画家，在创作上则受文人画的影响，技法全面、功力精湛，题材和趣味较适应城市民众的要求。他们两人同师周臣，画法渊源于李唐、刘松年，又兼受沈周、文徵明和北宋、元人的影响，描绘物象精细真实，也重视意境创造和笔墨蕴藉，具有雅俗共赏的艺术效果。唐寅的山水画多为水墨，有两种路数：一是以李唐、刘松年为宗，风格雄峻刚健；二是细笔画，风格圆润雅秀。人物画则时工时写，工笔重彩仕女承唐宋传统，细劲秀丽；水墨淡彩人物学周臣，简劲放逸。仇英从临摹前人名迹处得益，精谨清雅，擅长着色，以青绿山水和工笔人物著称。

"吴门四杰"在当时画坛产生了巨大影响，从学者甚众。其中追随沈周、文徵明者尤多。

明代中期，书法艺术也得到长足的发展。当时吴城出现了一大批雄视一时的书法家，有所谓"天下书法归吾吴"之说。

到了成化、弘治年间，台阁书法已渐渐走向穷途末路，变得僵硬刻板，毫无生命力；书法家也认识到台阁体的危害，开始师法晋唐，以畅情适意、抒发个人情感为目的的书风重新抬头，并逐渐成为明中后期的主流。这一时期的书法又可以分两个阶段：成化、弘治年间，台阁体渐次为消弭、过渡、转变阶段，以李东阳、沈周、吴宽为代表；正德、嘉靖年间，以吴门书法体代表明代中期书法的又一昌盛时期，以祝允明、文徵明、王宠等人为代表。

随着诗歌创作的活跃和书画艺术的发展，明代中期的题画诗创作也日趋繁荣，出现了在中国题画诗发展史上占有重要地位的题画诗人，如沈周、文徵明、徐渭、唐寅等题画大家。

第二节　文氏家族题画诗人

梁启超曾说："欲治一家之学，必先审之人身世之所经历。"[1] 而在一个尊重家世的中国传统社会里，祖先的行为成就和人格表现，往往对后世子孙志趣的启发和培养产生既深且远的影响。因此，对于文氏家族，特别是先世行状的了解，既有助于明其思想渊源，也有助于对文氏家族题画诗研究。

文氏先世姓姬，为西伯姬昌之后，相关记载可上溯到汉代以兴办学校著名的成都太守文翁。五代后唐同光年间，文氏在祖先文时的带领下，迁居江西庐陵，是为文氏庐陵一支。传十一世至宋咸淳年间，宣教郎文宝，官衡州教授，子孙因家衡山，是为文氏衡山一支。宋宣教郎文宝与庐陵一支的宋丞相文天祥实为同支所出，文宝的七世祖文原和文天祥的八世祖文乡是亲兄弟[2]。《文氏族谱》载："吾宗与信国公俱出桂阳令彦纯公之后，瞭若指掌矣。"[3] 对于这一点，文氏是引以为豪的，文天祥的气节与爱国精神对文氏后人颇有激励作用。文宝的五世孙俊卿在元代官镇远大将军，湖广管军都元帅，佩金虎符，镇守武昌。入明后，被授衡州卫千户。俊卿生六子：定开、定英、定聪、定源、定清、定伟。洪武年间，一起以武臣子弟入侍明太祖为散骑舍人。由此可知文氏自徙苏州前，世代曾以武胄相承，从定居苏州后，才弃武从文，逐渐发展为吴中著名的书香世家。文徵明说："至曾大父存心府君讳惠，始业儒，教授里中。"[4] 这也说明，文氏至文惠徙苏州后，始读书业儒，改换门庭。有明一代，从文惠开始，才文脉不断，百余年间，文氏家族涌现出许多杰出人物。

文惠（1399—1468），字孟仁，号存心老人。其为人品格高逸，好义忘利，虽然从事酒店经营以养家，但不忘诗礼传家，以至清贫一生。文惠生有二子二女。二子即洪、济。至此，文氏以诗书礼仪为本的家族才开始逐渐形成。这个家族以文徵明为代表，上有其祖父文洪、其父文林，都是诗人；下有其子文彭、文嘉，以及侄文伯仁等，都是诗画家，并有题画诗传世。

文洪（约1461年前后在世），字功大，号希素。成化元年（1465）举人，官涞水教谕。其诗饶有恬淡之致。从其题画诗题目看，似亦能画。有《涞水集》《括囊诗稿》。现存《题画》《画景》《倦绣图》《雪画》《题画》（六言）等多首。试看其《画景》：

> 尺素山千顷，云多路更深。
>
> 人行巢鹤磴，寺接挂猿林。
>
> 雨过朝添涧，霞生晚护岑。
>
> 江南旧风景，时得画中寻。

这首写景诗清新淡雅，深得王维山水诗之韵味，其遣词用字较为精妙。另一首《倦绣图》也深有意蕴："簇得芙蓉两朵金，倚床无语又沉吟。玉奴都不知人事，抵死相催下几针？"只寥寥数笔，便揭示出倦绣女的无限心事，颇耐人寻味。

有了这样一位擅诗能画的祖父，对子孙的艺术熏陶自不待言。

文林（1445—1499），字宗儒。成化八年（1472）进士。历知永嘉、博平二县，迁南京太仆寺丞。告归后，复起知温州府。其发妻祁氏，字守端，善画，以孝贤名。生有二子一女。其次子即文徵明。文徵明的绘画天赋当来自其母祁氏。文林一生以儒家"立功""立德""立言"三不朽为行为准则。胸怀天下，抱负远大，政绩斐然，治学严谨，为时人之表率。文林在文坛上也有重要地位和影响。他为诗文自成体系，"明畅不蹈袭"。有《琅琊漫抄》《文温州诗》。他现存题画诗不多，其中的长诗《张宪副山水障子》一组6首，较有功力：

> 山高出云在平地，千村万落连春水。
>
> 乾坤氤氲元气湿，江湖满地流淰淰。
>
> 模糊杂树绿满眼，毫末间花红半垒。
>
> 忽见芳洲草添间，微露楼台烟雨里。
>
> 山家茅屋昼不关，背暄高阁深崖间。
>
> 山人对坐奕不语，客载小舟何时还。

斜桥引出瀼西路，欹岸直抵泾南渡。

开图恍入洞庭游，又似天台灵隐去。

耳边汩汩闻溪声，堂上真凝结岚雾。

蓬莱阆苑想在此，青鞋布袜宜相顾。

试问神仙结游伴，却我冠裳尘土满。

几时置我图画中，还似神仙更萧散。

这是一组完整的题画诗，每首诗既有相对的独立性，又与上下诗一脉相承。第一首是总起，写观《山水障子》的总印象。接着先写远景"模糊杂树"等，烟雨迷茫；再写近景"山家茅屋"，"山人对弈"。第四首从画面展开想象，忽而"瀼西路"，忽而"泾南渡"，忽而"洞庭游"，忽而"灵隐去"。第五首又回到画障，画景逼真，似听到汩汩溪声，又似看到"凝结岚雾"。最后点出欲归隐山林之主旨。这首诗从构思和所用词语似乎都借鉴了杜甫的题画诗《奉先刘少府新画山水障子歌》，这说明诗人不仅喜交画家，颇通画理，而且对前代的题画诗也有所涉猎。事实也正是如此。

文林一生喜交游。李东阳《明故涞水县儒学教谕文先生墓表》中载，文氏家族从文林父亲文洪起，就崇儒好客，从游者甚众。文林受家庭影响，一生都爱与儒士交游唱和，谈诗论道。致仕后，纵与友人远隔千里，仍书简不断。据有关文集、书简等统计，与文林交游唱和有名字可考者有：李东阳、吴宽、沈周、谢铎、杨一清、程敏政、王鏊、林俊、杜琼、杨循吉、庄昶、张泰、李应祯、潘辰、刘英、陈璚、史鉴、朱存理、韩襄、陆容、杜堇、黄谦、陈琼、吴德徵、徐源、司马垔、周庚、李旻、秦良翰、袁德纯、张宪、金相士、傅希说、沈良臣、邢长洲、李瑞卿、赵宽、吴愈、徐溥、孙霖、凌远、李杰、萧奎、陈以性、奚昊、周轸、黄燦、马绍荣、姜立纲、柳楷、吴绍宗、曹凤、刘钰、祝灏、刘竑、唐寅、都穆、徐祯卿、钱同爱等。其中，过往甚密者主要有吴宽（1435—1504），字原博，号匏庵，长洲延陵人。成化八年（1472）会试、廷试皆第一，官至礼部尚书。善诗文，言辞雅淳，文翰清妙，成化、弘治年间以文章德行负天下重望三十余年。著有《家藏集》。沈周（1427—1509），是文林一生中最为亲密的朋友之一。沈周的品格和才艺不仅影响了文林，也影响了其子文徵明，弘治八年（1495），文林曾命徵明从沈周学画，而文徵明后来之所以能成为"吴门四杰"之一，沈周的培养功不可没。李应祯（1431—1493），初名甡，以字行，晚更字贞伯，又因敬仰范仲庵，自号范庵，也是长洲人。官至太仆寺少卿。工书法，善楷、行、草、隶诸体，被推为明朝第一。他与文林同任南京太仆寺时，文徵明随侍在侧，文林亦命他从李应祯学书。李应祯尽心竭力，倾囊相授，由此也奠定了文徵明吴门书派的领袖地位。杨循吉（1456—1544），字君谦，号南峰。他是文林的密友，也是文林的表妹婿。此人工诗文，多善墨戏丹青，有画作和题画诗存世。王鏊（1450—1524），字济之，号守溪。博学有识鉴，善诗文，兼工书法，也有少量题画。李东阳（1443—1513），是朝廷重臣。《明史·李东阳》称其"为文典雅流丽，朝中大著多出其手，工篆隶书碑版，篇翰流播四裔……学士大夫出其门者，悉灿然有所成就。自明兴以来，宰臣以文章领袖缙绅者，杨士奇后东阳而已"[5]。这位茶陵派的鼻祖与文林有着十分密切的关系，两人之交往达数十年之久。如果说沈周是当时画坛的重镇，那么李东阳是文坛的巨擘，兼吏部尚书。因此，他不仅影响了文林，也对其后代有直接或间接的影响。

　　文林这些政坛密友、文友、诗友、书画友，对文氏家族的推誉、照拂及潜移默化的影响，不是一代人，而是数代人。这对文氏这个集诗书画人才大家族的形成，有至关重要的作用。并且，其在中国艺术史上，也应大书一笔，占有辉煌的一页。

文彭（1498—1573），字寿承，号三桥，别号渔阳子、国子先生。文徵明长子。以明经廷试第一，授秀才训导。后为国子监博士。工书画，尤精篆刻，能诗。有《博士诗集》。存题画诗有《芭蕉士女》《题折枝桃花》《题画兰》《题袁尚之合欢秋葵》等。试看《题袁尚之合欢秋葵》：

文彭

　　两两金英秋露消，双双翠蒂扣阶娇。

　　分明合德同飞燕，并沐新恩出远条。

　　此诗先写"两两金英"，以应"合欢"之意；再由"双双"联想到汉室孪生姊妹花赵合德与赵飞燕。她们并沐皇帝的雨露新恩，想象丰富，比喻贴切。另一首《题画花》也为佳作，其诗是："光风薄丛兰，奕叶有余香。莫以一枝少，九畹亦同芳。"以"一叶"谐字"奕叶"，转指代代、累世之意。又谓一枝不少，九畹同芳。典出《楚辞·离骚》，既寓己之芳洁，又寄托世代芳名传世。

　　文嘉（1501—1583），字休承，号文水，文徵明次子，为吴门派代表画家。先后为乌程训导、和州学正。工书，小楷清，亦善行书。擅石刻，为有明一代之冠。其画得法于文徵明，善山水，笔法清脆，颇近倪瓒，着色有清淡之致。间仿王蒙皴染，颇秀润，兼作花卉。明代王世贞曾评："其书不能如兄，而画得待诏一体。"存世作品有《山水花卉图册》《垂虹亭图》《寒林钟馗图》《江南春色图》《设色山水图》《溪山行旅图》等。

　　文嘉亦能诗，有《和州诗》。其《明日歌》曾广为流传："明日复明日，明日何其多。我生待明日，万事成蹉跎。世人若被明日累，春去秋来老将至。朝看水东流，暮看日西坠。百年明日能几何？请君听我明日歌。"也有题画诗存世，其中《缥缈峰》一诗颇有气势，意境亦佳：

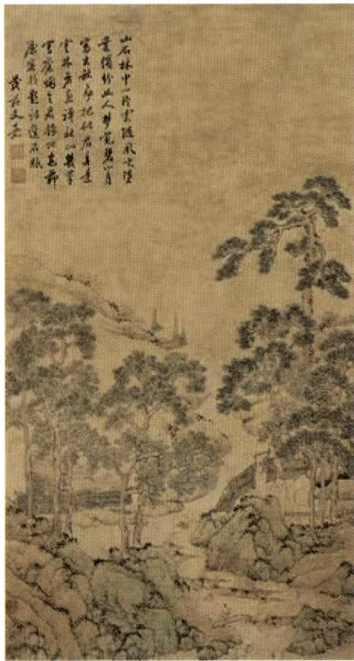

《江南春色图》

　　缥缈峰高几千丈，太湖隔绝欲登难。

　　风烟每向诗中得，秀色今从画里看。

　　石洞幽玄林屋杳，岩岚层叠莫鳌寒。

　　杖藜何日扪萝上，万顷平临纵大观。

　　缥缈峰是位于苏州西山岛西部的西山主峰，为太湖七十二峰之首，海拔336米，被称作太湖第一峰。因经常被云雾笼罩，犹如传说中的缥缈仙境而得名。莫釐，即莫釐峰，因隋朝将军莫釐隐居且葬此而得名，它是苏州东山第一高峰，与西山缥缈峰隔湖相峙。诗人借一幅山水画卷以想象挥就此篇，山高雾罩，岩岚云叠，石洞幽玄，藤萝碍路，真有身临其境之感。

　　文伯仁（1502—1575），字德承，号五峰、摄山长、五峰樵客等，衡山人，原籍长州（今苏州）。性暴躁，好使气骂座。少年时曾与叔徵明相讼，一度系狱。工画山水，效王蒙，学"三赵"（令穰、伯驹、孟頫）。笔力清劲，岩峦郁茂，布景奇兀，时以巧思发之，名在文徵明之下。也擅书法。存世画作有《万山飞雪图》《都门柳色图》《秋山游览图》《溪山仙馆图》《天目山图》《山水图》《松风高士图》《雪景山水图》等。

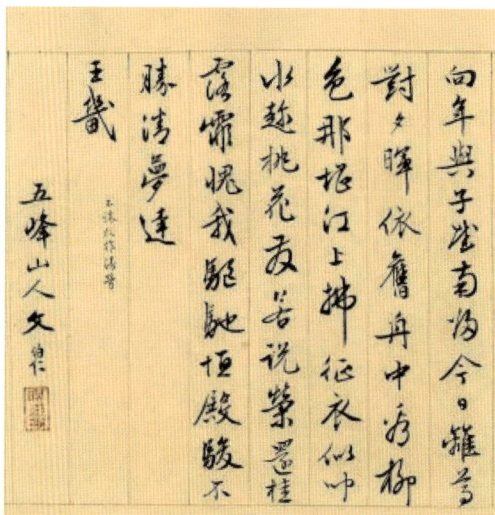

文伯仁

文伯仁书法

文伯仁《溪山仙馆图》

　　文伯仁是文徵明子侄中较有成就的书画家兼诗人，有题画诗存世。他于明嘉靖四十一年（1562）为送别顾元祥母赴大名府其兄处，曾画一幅《都门柳色图》。

顾元祥、康从理、金鸾、金大舆、金应祥等都为此图题诗，文伯仁也在画上题一首和诗，其诗是：

柳色青青风日晴，都门此日板舆行。
烟中远听莺声细，望里遥看燕翼轻。
漫道池塘成句好，即知萱草向春荣。
计当欢聚团圆后，还向夷门吊信陵。

这首七言律诗，除首联从画面着笔外，其余均为想象之词，既有途中景色之展望，也有对到达大名府后母子团聚之料想。诗中的"池塘成句"和"萱草向春"之典，一含兄弟见面吟诗之乐，一写母子相聚欢喜之情，都切事切人，含而不露。

在文徵明孙辈、曾孙辈和玄孙辈中，还有许多书画家，其中也不乏题画诗人。

文肇祉（1519—1587），字基圣，号鹰峰，长洲人。文彭长子。十试有司不售，就选上林苑录事。诗文草隶，仿佛其父。有《文录事诗集》，并辑有《文氏五家集》。

文元发（1529—1605），号湘南。文徵明之孙，文彭之子。善诗词，以书画诗文著称于世。有《兰雪斋诗集》。

文元善（1554—1589），字子长，号虎丘，衡山人，原籍长洲。文徵明孙，文嘉之子。书画逼真其父，擅画龙，也作山水木石，殊多逸致。传世作品有《墨龙图》等。

文震孟（1574—1636），初名从鼎，字文起，号湘南，别号湛持。文徵明曾孙，文彭孙，文元发长子。博通经史，而科举不顺，十次会试不利，但是成功的渴望使他不放弃，或许受到其曾祖父文徵明九次和祖父文彭十次科考经历的激励，他终于在46岁那年登上了状元

《都门柳色图》

文震孟

627

的宝座。后官至礼部左侍郎兼东阁大学士。著述颇丰。其书画有家风。有《文文起诗》等。

文震亨

文震亨（1585—1645），字启美，是文徵明曾孙，文彭孙，文元发次子，文震孟之弟。为中书舍人，给事武英殿。长于诗文绘画，善园林设计。书画咸有家风，山水韵格兼胜。著有《长物志》《香草诗选》等。

此外，文从简是文元善之子，文嘉孙，也是著名画家。有多幅绘画传世。文俶（1559—1634），文从简之女，著名画家。精于花草虫蝶画创作，长于写生。作品笔墨细秀，风格娟丽，深得时人赏识。其女赵昭，亦能画花卉，工写生，能传其家学。

初步统计，从文洪算起，至文徵明玄孙止，文氏家族诗画家至少有十余人。如果延至清代，当不下数十人。这当是中国艺术史上最大的一个艺术家族，也是中国题画诗发展史上人数最多、艺术成就突出的题画诗人辈出的家族。

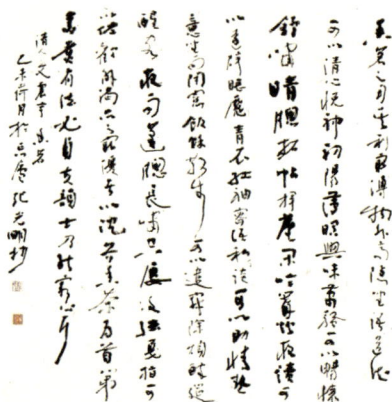
文震亨《香茗》草书

第三节　祝允明题画诗

祝允明

祝允明（1460—1527），字希哲，长洲（今江苏苏州）人。因长相奇特，自嘲丑陋，右手有枝生手指而自号枝山，又因曾任南京京兆应天府通判而世称"祝京兆"。祝允明先天聪颖，陆粲说："先生少颖敏，五岁作径尺书，读书一目数行下。九岁能诗，有奇语。"（《祝京兆允明墓志铭》）他天赋极高，后天又得到祖父祝颢、外祖父徐有贞的悉心培养教育，本可平步青云，然而科举仕途却颇为坎坷。19岁中秀才，五次参加乡试才于明弘治五年（1492）中举，后七次参加会试均不第。于是，他绝了科举之念，以举人选官，在正德九年（1514），授广东兴宁县知县，后转任应天府通判，不久称病还乡。

祝允明擅诗文，尤工书法，名动海内。他与唐寅、文徵明、徐祯卿并称"吴中四才子"。又与文徵明、王宠同为明中期书家之代表。楷书早年精谨，师法赵孟頫、褚遂良，并从欧、虞而直追"二王"。草书师法李邕、黄庭坚、米芾，功力深厚，晚年尤重变化，风骨烂漫。北京大学教授、引碑入草开创者的李志敏评价："祝枝山的狂草，骨力弱于旭、素，但在宋人影响下，又自成一格。"其代表作有《太湖诗卷》《箜篌引》《赤壁赋》等。所书《六体书诗赋卷》《草书杜甫诗卷》《古诗十九首》《草书唐人诗卷》《草书诗翰卷》等皆为传世墨宝。

祝允明古文功底深厚，思想深邃，学识广博，并富有哲学家气质，在明中期吴中文人群体中有着特殊的地位，但在题画诗领域，其影响却远逊于沈周、唐寅等名家。其原因主要有二：一是他以书法名世，而不善绘画。从其某些题画诗的题目看，他似能画，但尚不能称画家。二是他的题画诗数量不多，特色也不甚突出。

祝允明在文坛上，以古文辞擅名，其诗歌在明代诗坛也有一定地位。他一生著述颇丰，不过在吴中文人中，祝允明和唐寅一样，对于自己的文集都不甚留意。两人平生创作不少，但许多都随手散佚。他们的作品得以流传，多是由于后人的搜集。据《苏州府志·艺文志》《明史·艺文志》《千顷堂书目》《静志居诗话》《列朝诗集小传》《续文献通考·经籍考》《国史·经籍志》等载，祝氏一生著述三十余种，其诗文集有《祝氏集略》三十卷、《怀星堂集》三十卷、《祝氏小集》七卷、《枝山文集》十卷等；杂著类著作有《蚕衣》一卷、《读书笔记》一卷、《浮物》一卷、《祝

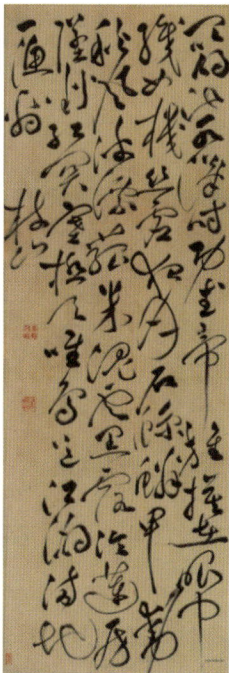

祝允明书法作品

子罪知录》十卷等；野史小说类著作有《野记》一卷、《志怪录》一卷、《语怪》一卷等；另有与他人合作的《正德姑苏志》六十卷、《正德兴宁志》五卷等。代表祝允明诗文创作主要成就的著作是《祝氏集略》。目前较为完善的诗文集是由上海古籍出版社于2016年出版的《祝允明集》。

据《祝允明集》统计，祝允明共有题画诗词150余首，其中题画词仅5首。他的题画作品虽然数量不算多，但所题画之画家却不算少。上自唐、宋、元各代，下至当朝画家，有数十人之多。这些题画作品对于研究画家的思想和创作风格、特点很有参考价值，尤其值得重视的是《王右丞山水真迹歌》和《跋王右丞画真迹》。这里说的"真迹"，虽然可能是仿真之作，但由于其对画作景物描绘细致，对于研究王维绘画也不无参考作用。唐代诗人张祜虽然有《题王右丞山水障二首》，其所见之画当为"真迹"，但因其主要是夸赞其画，并无对画中景物的具体描写，所以其学术价值不大。

祝允明题画诗的题材多为山水、花卉、禽兽、鞍马、瓜蔬、故实等，虽然反映社会生活面不够广，但也有少量关心民瘼之作。如《杂题画景》其二十一：

> 破屋依依寂寞滨，千山头白树存身。
>
> 洛阳县令曾知否？中有饿吟僵卧人。

这首诗写的是风雪中的破屋寒舍，虽然这里的"饿吟僵卧人"并非一般贫寒者，但读书人尚且如此，更可想象底层劳动者之艰辛！

祝允明这位科举屡屡受挫的诗人，心中多有不平，在《任月山九马图歌》中便唱出了他的心声：

> 古人颂马自鲁駉，杜诗尤胜伯乐经。
>
> 近代画马称曹韩，后来独数李龙眠。
>
> 世无神手有神马，眼底谁能分造化。
>
> 邹阳示我轴有况，惊绝纵横电光起。
>
> 定观始识任都水，马后金声出吴李。

房星九点光殷殷，天文地类相斓斒。

龙媒无种世亦产，何必置牝宛代间。

于今不乏十二闲，如此久堕文书寰。

前年御戎急刍骑，何不引此踏贺兰。

呜呼！九骏安得归龙班，一匹可以当三千。

吾言亦能道塞渊，尔尚伏枥吾何言？

这首诗主要分为三段：第一段追述往昔颂马和画马者；第二段赞美画家任月山画马之高妙；第三段点出题诗之主旨，即“吾言亦能道塞渊，尔尚伏枥吾何言”。“塞渊”，典出《诗·鄘风·定之方中》：“匪直也人，秉心塞渊，骙牝三千。”这里的塞渊是笃厚诚实、见识深远意。此诗更为可贵之处是联系现实，指出“前年御戎急刍骑，何不引此踏贺兰”。诗人由骏马想到俊杰，由御人想到御敌，然而良才却被弃置不用。其家国之情怀昭然可见。

祝允明的诗文创作，一向以艰深古奥见称。但其诗歌却与散文不同，既有汉魏之风骨，也有盛唐之气象；既“志深而笔长”，又豪壮而峭拔；既委婉而多姿，又语浅而情深。不拘一格，富于变化。试看《戴文进〈松崖〉》：

阴崖万古县，横出千岁松。

中有落涧遥，怒跃数白龙。

长年不闻声，发卷耳欲聋。

远楚夕莽苍，町疃迥照红。

此域万物静，尚有坐二翁。

何必非夷齐，破衣萧萧风。

此诗气度恢宏，跌宕起伏，大有李白之诗风。另一首《唐寅画山水歌》也与此诗同调：

杜陵一匹好东绢，韦郎上植松两干。

唐寅今如曹不兴，有客乞染淞江绫。

前山如笑后如怒，疏林如风密如雾。

黯黯浑疑隔千里，蜿蜒忽辨缘溪路。

黑云沍苍梧，丹霞标赤城。

壮哉画工力，九州通尺屏。

两崖远立翚两角，一道空江浸寥廓。

吴绫本自淞水剪，谁把淄渑辨清浊。

茅斋傍江绝低小，羡尔高居长自好。

今年吴地几鱼鳖，看画转觉心热恼。

黄金壶中一斗汁，我欲濡豪（同毫）映手湿。

莫教童子误攘翻，忽使痴龙携雨出。

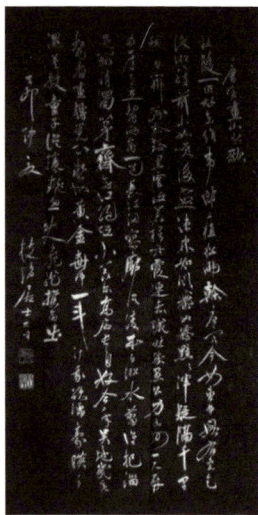

《唐寅画山水歌》

这首诗绘声绘色，将唐寅的山水画生动、形象地展现在读者眼前，真有身临其境之感。但让人感到"壮哉"的，不仅是画家之"功力"，也有诗人的如画之笔力。其中尤令人称绝的是"前山如笑后如怒，疏林如风密如雾"两句，不仅写出了山之感情，也间接呈现出山之状态："笑"，是形容山之平缓；而"怒"，意味着山之突兀。说树林之如风如雾，不仅写出了林之静态，也写出林之动态。民间流传有"唐伯虎的画，祝枝山的字"之说。从此诗看，祝允明不仅字好，诗也甚佳。

他的《杂题画景》三十三首，因景而题诗，风格各有不同，其十、其十二意境开阔，气势豪迈：

烂银盘圆一千里，白玉髓喷三万重。

老蛟背驮龙女泣，百斛宝珠抛海东。

暗崖悬立玉龙飞，怒蹴层冰万马齐。

半夜哀音和空谷，愁翻木客唤猿啼。

前一首诗写圆月及月光，后一首诗写飞瀑及其巨响，但都不直写，而是以奇特想象和比拟状之。可谓构思奇诡、手法高妙，很有唐代诗人李贺虚荒诞幻之特点。

祝允明也有一些清丽、婉转的小诗，很耐人寻味，如《徵明画草》：

> 光风轻泛绿迢迢，气暖烟和未尽消。
> 想得美人帘底坐，月华斜漾翠裙腰。

草，色泽单一，亦无花香，本已难写，更何况画中之草。但诗人不仅写出光风泛绿之广远，气暖烟和之氤氲，而且想象帘底美人月光"斜漾翠裙腰"之状态。同是一片绿，由近及远，复由远至近，绿而发光，静而能动，真是神来之笔。另一首《与唐秀才观湖女采莲图》也写得有声有色："春阳荡游女，联桨下南湖。绿圆遮下体，生红承艳肤。群歌忽然发，惊散水中鱼。"这首诗妙在将湖女与莲并写，圆叶遮女之"下体"，红花接女之"艳肤"，亦人亦花，浑然一色。此诗颇有汉魏乐府民歌之风味。

在祝允明仅有的几首题画词中，《忆王孙·春睡美人图》是写闺思的，较有意蕴：

> 梨花蒸透锦堂云，堆下巫山一段春。化作辽西身外身，忆王孙，枝上流莺休要闻。

梨花，既可点缀春色，又能渲染离愁。而由梨花"蒸透"之云，不仅带着春意，也饱含春情。由它堆下的云，自然便成了风情万种的"一段春"。而诗人的第三种想象更出人意表，这云又化作身外身，飘到自古征战地的"辽西"。由此我们便想到了金昌绪的《春怨》："打起黄莺儿，莫教枝上啼。啼时惊妾梦，不得到辽西。"此词似化用诗意而不留痕迹，并开出新意境，可谓意蕴丰厚。

第四节 "前七子""后七子"中题画诗人

15世纪末以后，明代文坛经历了一次新的变化，文学复古思潮日趋活跃，以李梦阳、李攀龙等人为代表的"前七子""后七子"是这一变化中的重要诗人。其中也有许多题画诗人。

李梦阳（1473—1530），字天赐，又字献吉，号空同子，庆阳（今属甘肃）人。官至户部主事，转员外郎。他是"前七子"的领袖人物，其"文必秦汉，诗必盛唐"的主张，虽然有刻意拟古之弊端，但也欲借助复古手段达到变革之目的，并大胆地对传统的文学观念与创作提出怀疑，具有一定的挑战性。所谓"真诗在民间"之说，反映了其文学观念由雅向俗转变的特征，颇富现实意义。李梦阳的诗以七言见长，沈德潜评价："七言古雄浑悲壮，纵横变化；七言近体开合动荡，不拘故方……故当雄视一代，邈焉寡俦。"[6]（《明诗别裁集》）有《空同集》。其题画诗也多为长篇七言古诗，如《林良画两角鹰歌》：

> 百余年来画禽鸟，后有吕纪前边昭。
> 二子工似不工意，吮笔决眦分毫毛。
> 林良写鸟只用墨，开缣半扫风云黑。
> 水禽陆禽各臻妙，挂出满堂皆动色。
> 空山古林江怒涛，两鹰突出霜崖高。
> 整骨刷羽意势动，四壁六月生秋飔。
> 一鹰下视睛不转，已知两眼无秋毫。
> 一鹰掉颈复欲下，渐觉飒飒开风毛。
> 匹练虽惨澹，杀气不可灭。
> 戴角森森爪拳铁，迥如愁胡眦欲裂。
> 朔云吹沙秋草黄，安得臂尔骑驹骦？
> 草间妖鸟尽击死，万里晴空洒毛血。
> 我闻宋徽宗，亦善貌此鹰；
> 后来失天子，饿死五国城。
> 乃知图写小人艺，工意工似皆虚名。
> 校猎驰骋亦末事，外作禽荒古有经。
> 今皇恭默罢游燕，讲经日御文华殿。

南海西湖驰道荒，猎师虞长俱贫贱。

吕纪白首金炉边，日暮还家无酒钱。

从来上智不贵物，淫巧岂敢陈王前。

良乎，良乎！宁使尔画不直钱，无令后世好画兼好畋！

这首诗虽然赞美明代宫廷画家林良画鹰之绝妙，"整骨刷羽意势动，四壁六月生秋飔"，但结论却是林画并不足为贵，并且诗中还将绘画说成"小人艺"。这从一个侧面反映出明代院体画家地位低下的现实。不过，此诗由画鹰而联想到"校猎"荒废朝政，也不无讽喻意义。在艺术上，写画鹰"掉颈复欲下，渐觉飒飒开风毛"，极为传神，并且诗风豪宕，体现了其七言古诗的"雄浑悲壮"的一贯风格。

"前七子"的另一位代表人物何景明（1483—1521），字仲默，号大复山人。信阳（今属河南）人。历任中书舍人、吏部员外郎等。其诗秀朗俊逸，在文坛上的地位仅次于李梦阳，"天下语诗文，必并称何李"（《明史·何景明传》）。有《大复集》。其题画诗也多为长篇七言古诗，如《画马行》：

画马如画龙，纵横变化当无穷。

吾观月山子，落笔窥神工；

曾向天闲貌十万，十万意态无一同。

此马传来几百年，古绢犹开沙漠风。

树里河流新过雨，簇簇草芽寒刺水。

围人双牵临水边，草色离离乱云绮。

令人疑到渥洼旁，波底风雷斗龙子。

细看不是白鼻骢，恐是当朝狮子花。

紫燕纤离各惆怅，其余驽劣何足夸。

忆昔爱马不惜千金货，君王勤政楼头坐。

奚奴黄衫双绣靴，厩中骑出楼前过。

红帕初笼汗血香，玉鞭轻拂桃花破。

吁嗟玩物竟何益，遗迹徒使丹青播。

只今烽火西北来，沙场未闻千里才。

千里才，固有时，回头为问御者谁？

君不见古人养马如养士，一饱能酬千里志。

今人养马如养豚，厩下常摧蒺藜刺。

古之良马何代无，可笑今人空按图。

这首诗是为元代画家月山道人（即任仁发）的画马图而题。何景明曾任陕西提学副使，后因上书礼部尚书许进指控宦官刘瑾专权而被免官。此诗由画马转入真马，又由养马转入养士用人，最后感叹："古之良马何代无，可笑今人空按图。"诗人借画抒怀，表达了对当时黑暗的用人制度的不满。这首诗在艺术上也达到了较高的造诣，郑平子曾说："仲默画马二篇（另一篇为《子昂画马歌》），比之杜少陵雄伟少逊，而逸宕有余。"朱彝尊也说："仲默画马诸篇，源出少陵，匪徒貌似，神亦似之。"（《明诗综》何景明诗评）

在"前七子"中，与李梦阳、何景明并称"四杰"的徐祯卿、边贡也有题画诗问世。徐祯卿（1479—1511），字昌穀，太仓（今属江苏）人。十余岁即能写作诗文，又与祝允明、唐寅、文徵明齐名，合称"吴中四才子"。李梦阳评其诗说："昌穀诸诗，温雅以发情，微婉以讽事，爽畅以达其气，比兴以测其义，苍古以蓄其词，拟义以一其格，悲鸣以泄其不平，参伍以错其变。即有蹊径，厥俪鲜已。"（《明诗综》卷三十一）有《迪功集》等。其山水类题画诗常有佳作，如《从吴学士侁奎观模米襄阳山水图并学士题识》：

昔上黄鹤楼，西望襄阳堤。

襄阳草树淡于染，清猿落日令人迷。

归来复见襄阳画，银海珠源恍余派。

楚山沉沉烟雾高，淋漓七泽翻波涛。

渔舟贾舶入点缀，竹林枫树悬江皋。

白云缥缈苍梧遥，旖如湘君垂素旌。

我欲乘云向空举，拄杖呼云云不起。

山中萝薜不可亲，怅望伊人隔秋水。

延陵学士襄阳侪，对此踟蹰搔白头。

碧山心期竟已矣，回首岁月成荒邱。

犹有篇章未磨灭，教人空忆旧风流。

这首诗写楚山沉沉、银海涛翻，颇为壮观。它和另一首题画诗《观伯虎寄赠马溶洞庭山图因求作庐山障子》一样，爽畅而有气势。宋辕文说："何、李刻意少陵，迪功独宗太白。"（《明诗综》卷三十一）从这两首诗看，徐祯卿确有李白飘逸之风。

边贡（1476—1532），字廷实，历城（今山东济南）人。其诗朴实，平淡和粹。有《华泉集》。其《题画二首》颇有盛唐山水田园派诗风：

鸟啼青石冈，日照红泥坂。

杳杳云外钟，山僧独归晚。

近浦寒潮落，平沙返照红。

不嫌归路晚，家在板桥东。

这两首诗极富诗情画意。诗人以动写静，声音与色彩交融，青石与返照相映。独归的山僧仿佛从遥远的钟声中走来，晚霞在他的身上闪耀。不直接写僧，而其形象却很鲜明。

"后七子"的代表人物李攀龙（1514—1570）和王世贞（1526—1590），都有题画诗问世。李攀龙，字于鳞，历城（今山东济南）人。其诗《题徐子与门生汪惟一竹丘图》在艺术上颇见功力。这首七言排律格律严谨，对仗工巧，似无懈可击，但失之用典太多。他的《赋得金谷园障子》与王世贞的《石季伦金谷园图》同是写西晋巨富石崇的侈靡生活，但不同于王诗之深沉而有寄意。王世贞，字元美，太仓（今属江苏）人。穆敬甫云："元美才识雄俊，气韵沉郁，足称大家。"（《明诗综》卷四十六）清代钱谦益说："元美之才，实高于于鳞。其神明意气，皆足以绝世。"[①]王世贞题画诗的代表作是《汾阳王单骑见番（一作虏）图歌为郭都督作》，其诗是：

中兴八叶唐成王，手挈太阿归权珰。

是时吐蕃大披猖，河陇业已褫冠裳。

回纥角之蕃益张，横毡浴铁霾大荒。

其气似欲吞秦凉，令公七尺万众当。

亲捧红日腾扶桑，九花神虬超欲骧。

翱翱贝带（一作叶）青丝缰，令公眼底无豺狼。

兔胄微见须鬓苍，大酋咋指小酋僵。

两都香火当复长，乞公片语还毡乡。

举觞酹天天为黄，马毛猬缩喑不扬。

万刃立卷三秋霜，先声一夜摧西羌。

穹庐倒卓赞普亡，俘儿解辫血洗疮。

朔方以北仍称唐，归来钟鼓登明堂。

二十四考黄金方，临淮愧死军容忙。

田家老奴踤道傍，何来枢密开同光。

后人往往夸身强，将军少年铁裲裆。

连钱插羽梨花枪，用如电掣星流芒。

巴蜑賨叟黄头郎，爱养死力同肝肠。

一苇坐扫千余皇，为侯此图侯莫忘。

白茅虎竹出御床，还侯太尉邑汾阳。

据《新唐书·郭子仪传》载，唐代名将郭子仪在回纥进陇时，曾单骑免胄劝令其退兵。北宋画家李公麟曾据此故事画《免胄图》。但这幅《汾阳王单骑见番图》不知何人所作。此诗既写郭子仪之体貌，又扬其气势，真是顶天立地、八面威风。诗中说："一苇坐扫千余皇，为侯此图侯莫忘"，似有寄托。诗人面对明代中叶外患频仍的现实，当有讽喻之意。

第五节　明代中期其他题画诗人

陈宪章（1427? —1500），字公甫，号石斋，又号白沙子，新会（今属广东）人。工书善画。家贫无钱买笔，以椎茅为笔，称之为茅龙。其行草书独创一格。能诗，多道学语言，人称为道学诗人之宗。有《白沙集》。其题画诗多为自题，颇富理趣，如《题山水小画寄姜知县》：

> 泉声山色正邦心，谁寄渔蓑渭水浔。
> 解点无中含有意，世间除是画工深。

这首诗巧妙地代用姜太公在渭滨钓鱼之典，以姜知县暗喻姜太公。其中的"无中含有意"，既指姜太公钓鱼，直钩无饵；又借指画家以无作有的笔法。作者的轻轻点染，不仅阐明了高深的画法，而且极富哲理。

吴宽（1435—1504），字原博，号匏庵，人称匏庵先生。工诗文，擅书法，有《家藏集》。其题画诗充满诗情画意，风格清丽，如《题启南过吴江旧图》：

> 吴淞江腹太湖头，雌霓连蜷卧碧流。
> 我昨经行觉犹胜，满船明月下沧州。

另一首六言诗《题画》也与此诗有异曲同工之妙，其诗是：

> 水长鹅肫荡口，花飞莺脰湖边。
> 吴歌唱彻归去，日暮青山满船。

这首六言绝句很别致，前两句写水流花飞，既赋画境以生机，又自然成对，贴切而工稳。后两句以日暮青山衬人，歌起船归，饶有情趣。

程敏政，生卒年不详，字克勤，休宁（今属安徽黄山）人。10岁以神童荐，成化二年（1466）进士，官至礼部右侍郎。有《篁墩集》。其创作题画诗较多，但佳作较少。其代表作《题虎图》似有寄意：

> 一啸风生百草枯，阴霾消处见于菟。
> 眼中颇觉妖狐静，不道相看是画图。

此诗以夸张手法写虎威，以画作真，其一啸风云变色，百草凋枯。诗中的"妖狐静"语带双关，含意深长：明指妖狐被猛虎食尽，暗喻人间一切为非作歹之徒销声匿迹。这是诗人之希冀，然而，"不道"二字又令人遗憾，表达了诗人的无奈之情。他的另一首小诗《题小景杂画》其三也写

得清新自然：

> 绿树萧然荫草亭，酒船安近蓼花汀。
>
> 分明一夜溪头雨，洗出春山数点青。

诗的最后两句写得很妙，既赞画中之青山如真，又似写眼前之实景，虚实相融，浑不可分。

吴伟（1459—1508），字士英，又字次翁，号鲁夫，江夏（今湖北武昌）人。工画人物，也擅山水，是明代中叶创新画家，学者颇众，人称"江夏派"。后为宫廷作画，任仁智殿待诏。明孝宗时授以锦衣卫百户，赐"画状元"印。其自题画诗《骑驴图》颇有情趣：

> 白头一老子，骑驴去饮水。
>
> 岸上蹄踏踏，水边嘴对嘴。

据说此诗是诗人幼时所作，一派天真，好似儿歌。最后两句自然对仗，十分有趣。清赵翼在《瓯北诗话》中，将其列为"诗人佳句"。

茶陵派诗人李东阳（1447—1516），字宾之，号西涯，茶陵（今属湖南）人。明朝内阁首辅。他也善写题画诗。似通画理，其论画之作颇有创见，如《柯敬仲墨竹》：

> 莫将画竹论难易，刚道繁难简更难。
>
> 君看萧萧只数叶，满堂风雨不胜寒。

这是评价元代画家柯九思墨竹的题画诗。柯九思画竹以简作繁，浓淡相宜。诗人抓住这一特点，不仅赞美其画竹的艺术效果，可使满堂生风；而且说明了"繁难简更难"的道理。这对于清代的画竹，特别是郑燮产生了一定的影响。他的《王孟端竹长卷》也有新意：

> 九龙山翁兴豪放，手持蜿蜒青竹杖。
>
> 酒酣怒掷江中流，化作一龙长数丈。
>
> 一龙跃起一龙随，倏忽群龙骇奔浪。
>
> 穿沙触石连云雾，头角森森各相向。

其间小者称箨龙，鳞甲蜕尽风神同。

人道此翁善剧戏，造化乃在指掌中。

君不见，九龙山翁去何许，九龙山上多风雨。

素壁空堂杖影寒，夜半无人作龙语。

在古代题画竹的诗中，将画竹比喻龙并不少见，但此诗妙在将画家王绂（号九龙山人）这条"龙"与比作画竹之龙融为一体，写画竹，也暗喻画家，画家与画竹浑不可分。诗人咏画竹，也是怀念画家，手法颇为高妙。

陈淳（1483—1544），字道复，以字行，改字复甫，号白阳山人，长洲（今江苏苏州）人。曾从文徵明学书画，擅写意花卉，后人把他与徐渭并称"青藤""白阳"。也画山水，笔迹放纵，不落蹊径，其对后世水墨写意画影响甚大。他画毕后常自题诗，故所作题画诗较多。其诗文字平易，风格清新，颇似白居易，如《雨窗即景图轴》：

山敛云舒水自流，板桥斜搁岸东头。

茅堂幽僻人嚣远，一片闲情对野鸥。

另一首《牡丹》说：

洛下（一作阳）花开日，妆成富贵春；

独怜凋落易，为尔贮丰神。

这也是自题诗。诗人为了长久地保存牡丹之"丰神"，画之不足又题诗，既赞其"富贵"，又称其装点春光。诗短而有韵味，颇堪赏玩。

大学者杨慎（1488—1559），字用修，号升庵，新都（今属四川）人。学识广博，著述颇丰。胡应麟曾评价说："用修才情学问，在弘、正后，嘉、隆前，挺然崛起，无复依傍，自是一时之杰。"（《诗薮》续编卷一）有《升庵集》。其《征人早行图》工丽天成，是题画诗

《牡丹》

中的佳品：

> 杜鹃花下杜鹃啼，乌臼树头乌臼栖。
> 不待鸣鸡度关去，梦中征马尚闻嘶。

《虎丘小景图》

这位大学问家出手不凡，此诗既有才情，又富诗韵。前两句不仅自然成对，而且情与景谐：杜鹃鸣叫，闻之凄恻；乌臼夜啼，催人早行，都表达了惜别之情。"鸣鸡度关"，化用"关法鸡鸣而出客"（参见《史记·孟尝君传》）之典，此言不待鸡鸣而出关，暗扣诗题"早行"。"梦中征马"更是化用前人诗意而不留痕迹。唐刘驾《早行》诗中说："马上续残梦，马嘶时复惊"。诗人巧妙地将此二句化为一句"梦中征马尚闻嘶"，既写梦未醒而早行，又赞画如真，似闻马嘶，不仅再一次关合诗意，而且留下了不尽之余味。杨升庵擅长七绝，由此可见一斑。

钱穀与其子允治，是明代中期重要的题画诗人。钱穀，字叔宝，吴县（今江苏苏州）人。他擅画山水，也能画人物、兰竹。王世贞赞其画，每得其画，必加品题。其自题画诗《题虎丘小景图三首》是：

> 碧山高处结清游，孤阁虚明景最幽。
> 秋色横空彩霞乱，岚光含暝雨声稠。
> 青林掩映高低树，白水微茫远近洲。
> 一段胜情吟不就，暮钟催客上归舟。
>
> 细雨霏霏浥暵尘，空林落木景凄清。
> 登高聊适烟霞兴，把酒都忘离乱情。

绝壑泉枯销剑气，四山人静少游行。

萧然禅榻忘归去，况对汤林竺道生。

上巳风光属近丘，追陪高盖结春游。

暖风淡荡摇歌扇，新水澄鲜泛彩舟。

舞燕蹙花停复举，游丝胃树堕还留。

佳辰胜赏怀良友，独抚雕阑抱隐忧。

此诗在描写"佳辰胜赏"中，也怀有"离乱情"，"抱隐忧"，似有身世之感。

钱榖子名府，字允治，以字行。他"勤于汲古，诗篇特胜乃翁"（朱彝尊《静志居诗话》）。其《题寒林钟馗图》有感而发，针砭现实，颇为泼辣：

千林木落岁欲更，雪深云黑啼鼯鼪。

耗鬼争出嗷人食，南山老翁知姓名。

袖中三尺秋水清，摄衣潜向林中行。

一时妖孽屏迹尽，喘息不敢低出声。

只今如何复纵横，盘踞津要如坚城。

那得老翁剸双精，磔裂血肉藏瓶罂。

坐使天路平如衡，郊原林木连理生。

麒麟凤皇兆太平，春台熙熙日月明。

明代中叶，奸宦刘瑾当道，"盘踞津要如坚城"，一时贪官污吏横行，如群魔乱舞。因而诗人企盼"南山老翁"（钟馗称终南山进士）能再世，除妖降怪，使"春台熙熙日月明"。他的另一首小诗《题李士达三驼图》也借画寄怀，讽喻现实：

张驼提盒去探亲，李驼遇见问缘因；

赵驼拍手呵呵笑，世上原来无直人！

李士达《三驼图》

画家李士达以漫画式的夸张笔法，描绘了三个驼背老者相互嬉笑的场景。诗人由"驼"而生感，道出了"世上原来无直人"，可谓一针见血，揭露了明代社会一片黑暗、毫无公平正义可言的现实。

画家陆治（1496—1577），字叔平，号包山子，吴县（今江苏苏州）人。善画花鸟，也工山水。有《竹林长夏图》《青绿山水图》《云峰林谷图》等传世。其题画诗多为山水、花鸟画而题，表现诗人的闲适之情，风格恬淡清新，如《云峰林谷图》：

> 屏间雪练空中落，天外云峰阙处明。
> 时听朗吟林谷应，苍崖疑有卧游人。

《云峰林谷图》

《云峰林谷图》现藏于上海博物馆。图中一红衣高士正襟危坐于山中，凝神远望，头上白云萦绕，身旁清泉流淌。但诗人并不重复画境，而是化静为动，将无声化为有声，把画面变成有声有色的风景，给人以身临其境之感。另一首《虎丘塔影图轴》也是写景状物的好诗："金阊环列嶂，抱郭一丘斜。泉落香潭雪，花明绣壁霞。剑光浮宝殿，塔影净金沙。万劫生光怪，盘空拥翠华。"这首五言律诗，将虎丘的代表性景物以对仗的形式显现在读者面前，生动形象，使人恍若游于其间，可以看出画家不仅画画得好，近体诗的功力也颇深。

申时行，字汝默，吴县（今江苏苏州）人。官至少师、吏部尚书、中极殿大学士。这位朝廷重臣居安思危，写下了一首颇具见识的题画诗《题清秋出塞图》：

生不识医无间，梦不到狼居胥。

瞥然示我出塞图，令我目眩心神徂。

忆昔筹边赞庙谟，桓桓司马杰丈夫。

帝授节钺临玄菟，高凭熊轼佩虎符。

榆关九月沙草枯，霜鹰下击秋原芜。

烟荒云惨天模糊。惟兹辽左僻海隅。

频年侵扰无宁都，射雕跃马弯强弧。

司马申令陈师徒：指挥铁如意，玩弄金仆姑。

扬旌督战亲援枹，万卒超距争先驱。

奔狼突豕皆就俘，凯歌入奏天颜愉。

司马让功歉若无，但云将士多勤劬。

何以劳行役？请蠲幕府租。

何以恤饥疲？请发司农储。

人人挟纩齐欢呼：自从司马归江湖，辽人茹苦若堇荼。

荷戈不解甲，挽粟仍飞刍。

羽檄征材官，络绎在道途。

震邻之恐非剥肤，骚动根本何为乎？

安得再起司马登戎枢，坐纡长策销隐虞，国威震叠边人苏！

诗人呼吁"再起司马"，掌管兵权，以除患安民。其爱国恤民之心，难能可贵。沈德潜评此诗说："安边之策，全在得人与转输，二者失而边事坏矣。篇内具有识力。"（《明诗别裁集》卷七）

周鹤，生卒年不详，字鸣野，山阴（今浙江绍兴）人。世袭百户。有《海樵集》。其《题画赠姜明府》是为山水画而题：

暮云春树路千重，雪后看山到处同。

夜永灯寒无过客，月明江色满楼中。

此诗写早春暮雪之景，天寒江阔，意境广远，其浑厚爽朗之风似盛唐之王昌龄。

居节，字士贞，号商谷，吴县（今江苏苏州）人。曾从文徵明学画。其家原隶属织造局，织监孙隆闻其名，召而不往，孙怒而拘捕，因而家破无以为炊。晚年居虎丘南村，他吟诗自乐，终至饿死。有《牧豕集》。其题画诗浑然天成，清新可读，如《村居图》：

> 茅檐日暖燕交飞，云过墙阴湿翠微。
>
> 中酒经旬掩关卧，苍苔浑欲上人衣。

他的另一首《重题自画小景赠戴子文去画时四十年矣》也是好诗，清钱谦益曾称其"甚佳"（《列朝诗集小传》丁集中）。

明代中后期诗画兼擅的周用、王谷祥、周天球等也都创作了一些较好的题画诗，如周用的《丹桂图》、周天球的《吴楚一望图轴》等。

注　释

〔1〕转引自余重耀编著《阳明先生弟子录序》，上海中华书局，1961，第1页。

〔2〕周道振：《行书大师——文徵明》，北京体育学院出版社，1993，第1页。

〔3〕文含：《庐陵世系表·序》，《文氏族谱续集》。

〔4〕文徵明：《亡兄双湖府君墓志铭》，周道振辑校《文徵明集》，上海古籍出版社，1987，第710页。

〔5〕张廷玉等撰《明史·李东明》卷一八一《列传》，中华书局，1974，第4820页。

〔6〕《列朝诗集小传》，上海古籍出版社，1983，第436页。

第二十五章

"吴门画派"之首沈周

沈周（1427—1509），字启南，号石田、白石翁、玉田生、有竹居主人，明代绘画大师，吴门画派创始人，明四家之一，长洲（今江苏苏州）人。

沈家世代隐居吴门，居苏州相城。沈周故里和沈周墓在今相城区阳澄湖镇。沈周的曾祖父是王蒙的好友；父亲沈恒吉，又是杜琼的学生。书画乃家学渊源。父亲、伯父都以诗文书画闻名乡里。沈周一生家居读书，吟诗作画，优游林泉，追求精神上的自由，蔑视恶浊的政治现实，一生未应科举，始

沈周

终从事书画创作。沈周出生于诗书之家，自幼接受的是中国传统文化。他学识渊博，富于收藏。交游甚广，极受众望，平时平和近人，要书求画者"屦满户外"，"贩夫牧竖"向他求画，他从不拒绝。有曹太守其人，新屋落成欲图其楹庑，搜罗画家，沈周亦在其中，隶往摄之，沈周曰："毋惊老母，旦夕往画不敢后。"客人颇不平曰："太守不知先生，何贱先生于此？谒贵游可勿往。"沈周曰："往，役义也，岂有贱哉？谒而求免，乃贱耳。"沈周的绘画作品气韵生动，文徵明因此称他为飘然世外的"神仙中人"。

第一节　沈周书画艺术

沈周在元明以来文人画领域有承前启后的作用。他的诗、书、画俱

佳，绘画造诣尤深，兼工山水、花鸟，也能画人物，以山水和花鸟成就突出。

在绘画方法上，沈周早年承受家学，后来博取众长，出入于宋元各家，主要继承董源、巨然以及元四家黄公望、王蒙、吴镇的水墨浅绛体系。又参以南宋李、刘、马、夏劲健的笔墨，融会贯通，刚柔并用，形成粗笔水墨的新风格，自成一家。沈周中年成为画坛领袖，技法严谨秀丽，用笔沉着稳练，内藏筋骨。晚年性情开朗，笔墨粗简豪放，气势雄浑。纵观沈周之绘画，技法全面，功力浑厚，在师宋元之法的基础上有自己的创造，进一步发展了文人水墨山水、花鸟画的表现技法。所作山水画，有的是描写高山大川，表现传统山水画的三远之景。而大多数作品则是描写南方山水及园林景物，表现了当时文人生活的幽闲意趣。沈周的绘画为传统山水画作出了两大贡献：其一，融南入北，弘扬了文人画传统。他的粗笔山水，用笔融进了浙派的力感和硬度，并将南宋的苍茫浑厚与北宋的壮丽清润融为一体，其抒发的情感也由清寂冷逸而变为宏阔平和。其二，将诗书画进一步结合起来。沈周的书风"遒劲奇崛"与他的山水画的苍劲浑厚十分相似、协调，又将其书法的运腕、运笔之法运用到绘画之中。

沈周书法作品

沈周也是明代著名书法家。明代中期书法以苏州地区的吴门书派为代表，吴门书派中最著名的书法家有祝允明、文徵明、陈淳、王宠，四人合称"吴门四家"。沈周却是吴门书派中具有先导性的重要书家。

"书中有画"，是沈周书法最大的特色。其书法早年受"台阁体"影响，中年后开始力图摆脱其束缚，泛学钟（繇）、王（羲之）、二沈（度、粲）和米芾、蔡襄诸家。晚年则专学黄庭坚，深得黄庭坚笔法之精髓。

其行书、草书、楷书都自成一家，大文豪苏轼将其书法形容为"树梢挂蛇"。黄庭坚与"草圣"张旭、怀素并称为"草书三大家"。由于沈周从小就有书法天赋，以至于他将黄庭坚的书法精髓学习得淋漓尽致，相比较黄庭坚，沈周的书法更为平易、瘦健，有人称"沈周黄"，俨然达到乱真的境界，只是沈周书法线条锋利，结构跌宕开阖，中宫收紧而四维开张，所谓"大撇大捺"，遒劲奇崛。沈周的大字行草书风对后来诸体皆能的文徵明等有着直接的影响。

沈周也是著名诗人。文徵明云："先生诗，但不经意写出，意象俱新，可称妙绝。"何元朗说："石田诗有绝佳者，但为画所掩，世不之称。"（《明诗综》卷二十六）

第二节　沈周题画诗主要内容

沈周的题画诗虽然多为山水、花鸟画而题，但反映的社会生活却较为广泛，特别是某些为历史人物、名胜古迹画而作的诗，更具有深刻的历史意义和现实意义。其《隋宫图》便是这类题材的代表作：

> 谁云玉树无人续，马上还闻《夜游曲》。
> 君王不自固苞桑，却道雍州能破木。
> 杨花千里扑离宫，富贵浓酣似梦中。
> 百队蛾眉皆斗月，千林彩树不惊风。
> 悲欢只在循环里，莫道征辽偶然耳。
> 鹿车载怨重于山，人心未惬辽东死。
> 一声桃李天下知，皇后自将神器移。
> 漳南未顾鼠窃计，太原已及龙飞时。
> 如何只醉扬州酒，酒杯在前兵在后。
> 白练天教泄勇冤，醉骨沉沉当速朽。
> 孤坟寂寞向雷塘，秋萤星散已无光。
> 惟馀二十四桥月，独照游魂归洛阳。

这首诗由《隋宫图》生感，斥隋炀帝杨广荒淫误国，致身死国亡。其重点不仅在于说明"悲欢只在循环里"的客观规律，而且旨在以古鉴今："谁云玉树无人续，马上还闻《夜游曲》。""玉树"，指南朝之君陈后主陈叔宝所作的《玉树后庭花》，为亡国之音。《夜游曲》，为明代前期袁宗所作的诗名。诗中说"百花飘香柳垂影，千金一刻谁能沽"，因而"劝尔痛饮毋蹰躇，醉后笑语从卢胡"，也是劝人及时行乐的靡靡之音。这说明自陈及隋，直至当朝，都有"酒杯在前兵在后"的历史教训。如果说此诗是告诫"逸豫可以亡身"，那么他的《桃源图》则是说帝王的暴政同样也可以"身死人手，为天下笑"。诗中说："君不见姬周宽仁天下归，又不见嬴秦猛德天下离。秦人避秦秦不知，人既移家秦亦移。"我们知道，沈周终身不仕，一直归隐田园，但他并非两耳不闻窗外事，而是关注现实，一直怀有家国情怀。这一点尤为可贵。此外，他对历史人物画像的评骘中，也表达了他的政治取向和态度，他在《屈原像》中赞美屈原"忠贞那得消磨尽，兰芷千年只自芳"。他的《拜岳武穆像》对民族英雄岳飞更是由衷钦佩：

> 松岭离离草露多，碧山高庙独嵯峨。
> 天如未丧无三字，国自甘亡有一和。
> 宛宛丹青尚生气，潸潸哭泣付悲歌。
> 伍胥不合钱塘没，又见前朝起后波。

此诗写得回肠荡气，感人至深。倘无爱国深情，倘无忠肝义胆，断不会写出如此诗篇。

沈周题画题材之广泛，还体现在一些为妇女和爱情诗篇上，如《烈妇杀虎图》：

> 谁谓绕指柔，能化百炼钢？
> 谁谓妇女柔，杀虎如刲羊？
> 有女如鼠恐其虎，况能杀虎非不祥。
> 脱夫之命岂例此，当熊之勇同肝肠。
> 寻常针线倦紫凤，卒与虎力争其强。
> 虎时顾得不顾失，妇心顾存不顾亡。

> 手中有刀爱作刀，以义淬之无敢当。
>
> 天寒月黑星有光，虎血涂地葭苍苍。
>
> 人生有行无枣阳。

这首诗一反古代对妇女轻视的习惯看法，热情歌颂烈妇的义勇行为，颇为少见。另一首小诗《采菱图》不仅赞美了采菱女的劳动，而且歌唱了她们的爱情："湖州秋水玉泠泠，湖州女儿出采菱。梭船荡桨红泼刺，阿姊唱歌阿妹应。隔溪冶郎过，点鞭杀勒霜蹄挫。"

沈周一生喜游历。他不仅遍览家乡的风景名胜，而且远游杭州、南京、台州、无锡、宜兴等地。他在陶醉于自然风光和人文景观的同时，还把这些景致融于画中，并形诸诗笔，写下了大量的题画诗，如《雪景山水》：

> 眼中飞雪作奇观，江山一夜皆玉换。
>
> 前冈坡陀带复岭，小约凌兢连断岸。
>
> 水边疏柳似华发，忽有微风与飘散。
>
> 绀宫几簇林影分，白鸥一个江光乱。
>
> 老渔蓑笠只自苦，冰拂冻须茎欲断。
>
> 江空天远迥幽踪，只有一竿聊作伴。
>
> 此时此景此谁领，亦笑此渔从我玩。
>
> 图成一啸寒战腕，万里江山在吾案。

诗人既从大处着笔，奇景纷呈，意境开阔；又从细微处落墨，孤鸥之江光，老渔之冻须，都历历在目。这些似乎平常的景物带给诗人的不是一般视觉感受，而是心灵的愉悦和审美的享受。这正如宋代郭熙所说："君子之所以爱夫山水者，其旨安在？丘园，养素所常处也；泉石，啸傲所常乐也；……此人情所常愿而不得见也。然林泉之志，烟霞之侣，梦寐在焉，耳目断绝，今得妙手郁然出之。不下堂筵，坐穷泉壑，猿声鸟啼依约在耳，山光水色晃漾夺目。此岂不快人意，实获我心哉！此世之所以贵夫画山之本意也。"[1]

在沈周的题画诗中，也有对自我形象的描写，如《自题小像》：

七十四年，我未识我。

丹青一面，是否莫果。

傍观曰真，我随可可。

以真生假，唐临橘颗。

以假即真，物化虫蠃。

真假杂揉，奚较琐琐。

但感白发，长者半坠。

颧卢魇层，颐瘦摺弽。

呜呼老矣，岁月既伙。

茂松清泉，行歌笑坐。

逍遥天地，一拙自荷。

　　此诗把一个74岁老者的形象和心理生动地描绘出来，亦真亦假，连自己也似乎不认识自己，只知道岁月流逝，现已是白发苍苍、瘦骨嶙峋，和以往精神俊朗的形貌差别很大；但这首诗的作者并没有悲观情绪流露，而是超然人生，在自嘲中给人一种愉悦淡然之感。

　　中国的自题画像诗，据说最早见于杜甫的《画像题诗》[2]，其诗是"迎旦东风骑蹇驴，旋呵冻手暖髯须。洛阳无限丹青手，还有功夫画我无？"其后，白居易以及宋以后的画家、诗人也多有这类诗。值得重视的是沈周的这首《自题小像》的手法和风格，对清代乃至近现代都有一定影响，如袁枚的《戏题小像寄罗两峰》和近代吴昌硕的《酸寒尉诗》等，都有所借鉴。

　　沈周创作了大量的花鸟画，据统计，有70多种，因而也留下了许多为花鸟画而题的诗。如《题凤图》：

真凤眼未见，丹青徒假威。

千年希世出，九仞自天飞。

堂上忽屏帏，人间空是非。

良工忽轻易，五色慎毛衣。

　　此诗虽然未描绘画凤的具体形象，但却通过写凤凰向往高飞与自由，远离尘嚣，表达了诗人超尘拔俗的高尚情操。

沈周的题画诗也往往写日常生活和家畜、家禽类动物，如《旷野骑驴图》诗。

《旷野骑驴图》

此图为美国纳而逊–艾金斯美术馆收藏的六幅《沈文合璧册》中的第五幅，描绘的是苏州城外的田野景色。画幅以树木、村舍为主，远山遥岑为衬。溪中有木桥、钓舟，路上有骑驴人、侍童等。全图笔墨简约，构图空阔，描绘出典型的江南水乡的自然美。

其左上方的题画诗是：

> 碧树沉沉绿未齐，钓舟闲倚雪川西。
>
> 行人岸上空回首，各自车轮与马蹄。

这里碧树沉沉，郁郁苍苍，绿色因树木高低不同而参差不齐，溪中渔翁悠闲地倚舟垂钓。然而，行人回首一望，却是另一番车马忙碌的景象。画面只有骑驴人，而无车马，诗补画外意，延展画境，表现了沈画特有的清旷美。又如《雏鸡图》：

> 茸茸毛色半含黄，何独啾啾去母傍？
>
> 白日千年万年事，待渠催晓日应长。

《雏鸡图》是沈周《卧游图》册页十七开之一，现藏于北京故宫博物

《雏鸡图》

院。画幅中只有一只雏鸡，别无他物。雏鸡纯用水墨晕染勾点而成。但诗笔将黑色转换为黄色，既使毛色逼真，又增加了画鸡雏毛的质感。它啾啾鸣叫，独自离母鸡而去，似乎要不再依母鸡而独立了，但诗人马上转笔，说白日黑夜的转移，亘古不变，是千年万年永恒的自然规律。雏鸡还小，等到能报晓，日子还很长。此诗不仅描绘出雏鸡栩栩如生的形象，而且传出其稚嫩鸣叫的画外音，将无声画变成有声诗。特别可贵的是，诗人将其人性化，寄托着盼望小生命健康成长的美好愿望。

沈周一生隐居，所以直接或间接反映隐逸生活的题画诗占有很大篇幅。在这些诗中，更多地是表现自己悠然自得之心态和对山林热爱之情怀。如《秋林策杖图扇》：

> 绕路寻诗句意新，凉风吹叶趁闲人。
> 一般来往溪桥步，但涉忙缘便有尘。

这首诗先从画中人着笔，说他在凉风吹叶的清秋时节，绕路寻清新之诗句，然后由画中人的悠闲，推想到那些整日忙碌者如果来往于溪桥上会扬起许多尘土。诗人用反衬手法，衬托出蕴含于画中的悠闲情趣。文徵明的一首和诗曾高度评价此画此诗，说："画笔诗篇两斗新，胸中丘壑景中人。就中会得无尘意，屐齿何如自染尘。"此诗不仅赞美了其师因胸中有丘壑才使诗画有新意，从而揭示了诗

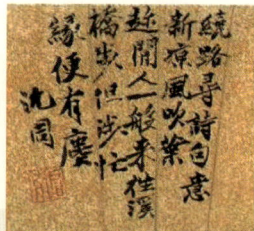

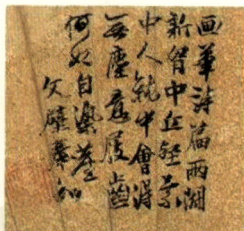

《秋林策杖图扇》

画家的修养决定艺术高下的美学理念；而且反映出沈周远离尘俗的清静心态。沈周反映隐逸情趣的题诗，也不是一般地去描写山林生活的如何美好，而是强调心"隐"而不是身隐，其《桐花乐志图轴》诗说：

> 钓竿不是功名具，入手都将万事轻。
>
> 若使予闲心不及，五湖风月负虚名。

此诗紧扣画旨，先正说后转写，强调说假如自己休闲垂钓而内心达不到"万事轻"的境界，那么将辜负五湖之风月，徒有隐身林泉之浮名。但是在沈周的题画诗中表现的并非只是清静无为的独善其身，也有对世事的关注，前文提到的其《题桃源图》便较为鲜明地反映了明代中期农村民生凋敝的现实。

第三节　沈周题画诗艺术特点

沈周题画诗的艺术特点正如《四库全书提要》所称："挥洒淋漓，但自写天趣，如云容水态，不可限以方圆。"他的《无声之诗》十二首，恰好体现其多变的艺术风格。《无声之诗》图册，是沈周的中年之画，取法于宋人之笔，异常精工，自有韵致。其诗也与画相配，自然洒脱。第一首诗起笔不凡，先声夺人：

> 驱云喷雾，倏哉神工。
>
> 负山缩地，怪哉愚公。
>
> 尨尨灻灻，开此华嵩。
>
> 淋淋漓漓，元气攸通。
>
> 回视吾笔，眇在握中。

此诗既赞造化之神奇，又称自己之画艺妙得天机，笔力古劲，气势雄浑。第二首则转为平静，好似高山上跌下的瀑布流向平坦的原野，"细水桃花一树低"。而第三首波澜又起："山叠叠兮云浮浮，石嶙峋兮草木殒。秋

泛扁舟兮奚往，采芳芷兮长洲。洲何长兮不可以即，聊短歌兮薄言我忧。"
诗人的感情虽然有起伏，但这首骚体诗韵却将读者带入一个清幽、飘逸的神
仙世界，诗风古朴而清新。第四、五、六首写他乡遇故人，又回到了"人
间"，写居舍、环境，主人好客。这里"门前照溪影，墙后交竹枝。屋瓦多
破碎，落叶相蔽亏。贫贱容（客）不弃，堂中罗屡綦。有酒愿客醉，此外无
所知。"其意境酷似陶渊明笔下的田园景象。第十首诗则侧重写诗人自身形
象："流水无停迹，静者临其傍。跳珠石触起，霏花衣沁凉。静听人希声，
再嗽空膏粱。淡然与心契，岂复嗟望洋。"这是写诗人的心与境达到了真正
的和谐。最后的诗意结尾，留下了袅袅余音，给人"篇终接混茫"之感。

但是，沈周的题画诗并非都"挥洒淋漓"，更多的却是用笔简洁，融
情于景，风格恬淡。如《有竹居小横幅》：

> 小桥溪路有新泥，半日无人到水西。
>
> 残酒欲醒茶未熟，一帘春雨竹鸡啼。

此诗既似写画中之境，又似写自然之景，路有"新泥"而"无人"，
是实写静。而春雨潇潇，竹鸡正啼，则是以动写静。这清幽的环境，反映
出诗人平和、闲适的心态。

沈周人物类题画诗也写得情意绵绵，婉转多姿，如《折花仕女》诗：

> 去年人别花正开，今日花开人未回。
>
> 紫恨红愁千万种，春风吹入手中来。

这是一首惜别诗，写出了深深的怀人之情。先写见花思旧，从回忆中
追叙往事：那是去年鲜花盛开的时节，少女和情人在这花丛中执手话别。
此去经年，今日虽然仍是花开烂漫，但却成了"紫恨红愁"。少女只身伫
立花间，情人未归，手中的花给谁呢？"馨香盈怀袖，路远莫致之"。春风
不语，吹入手中。怀人之情，悠悠不已。

沈周的题画诗更多地是表现自己悠然自得的心态和对山林生活的热爱
之情。但其表现方式似与其他题画诗人不同。他很少直抒胸怀，而往往是
通过画境或自然景观描写，来衬托自己的心态和寄意。如《题山水轴》：

秋来好在溪楼上，笔墨（一作砚）劳劳意自闲。

老眼看书全似雾，模糊只写雨中山。

这首诗是写诗人喜欢在秋高气爽的季节在溪楼上描绘雨中山景，但山景如何并未具体摹写，而是着重写了挥毫前的精神状态和两眼的昏花。他神清意闲，先把自然之气尽纳胸中，然后以气使墨，在画卷上开拓出深邃的艺术境界。其中"模糊"二字，虚写眼前之景，实写画中之物，不仅表现了雨中迷蒙的山中景象，而且体现出诗人的审美追求，于是自然之景与画中之境契合，笔墨之趣与审美体验相融。因此，这也是一首很有代表性的阐发画学理念的题画诗。它至少有两个很重要的理念：一是画家只有"意自闲"，淡泊名利，才能表现出闲适之景致，很好地揭示了意闲与境闲的辩证关系。二是表述了自己绘画与米元晖的渊源关系。沈周说"老眼看书全似雾"，并非仅仅因为老眼昏花而常写"雨中山"，而是真切地写出自己与米家父子的关系，所以文徵明评论说："凭君莫作元晖看，自写吴门雨中山。"（《题吴嗣业藏石田先生画》）又如《题竹岩新霁图》：

醉墨淋漓兴未阑，满堂烟霭坐来寒。

道人不托梅花胜，仙骨全偷董巨丹。

这是诗人为杨学士临摹吴镇的一幅《竹岩新霁图》所题的诗。沈周晚年悉心学吴镇，对其笔意领会颇深，并付诸实践，因而说吴镇不啻夫子自道。诗中先称画家好像酣醉一般，沉浸在笔情墨趣之中，笔随心转，应物象形，云烟雾霭，飘流满堂，使人感到丝丝寒意。然后道出画家所达到这种艺术境界的奥妙。"董巨丹"，意谓宋代山水画家董源与巨然的艺术精神如仙丹妙药，而吴镇的绘画之所以能达到佳境，不仅由于师造化，而且更在于借鉴了"董巨"的"淡墨轻岚为一体"的创作模式。这又一次阐明了心境与画境、笔墨与造化之间互补、互融的关系。

即使写人物的题画诗，诗人也很少直接发论，而往往采用象征和衬托的手法，如《庐山高图》虽然是沈周特为老师陈宽七十岁大寿而作，但却不是直接写人，而是用大段笔墨写庐山：

庐山高，高乎哉！

郁然二百五十里之盘踞，岌乎二千三百丈之崆岚。

谓即敷浅原，培楼何敢争其雄！

西来天堑濯其足，云霞旦夕吞吐乎其胸。

回崖沓嶂鬼手擘，涧道千丈开鸿蒙。

瀑流淙淙泻不极，雷霆殷地闻者耳欲聋。

时有落叶于其间，直下彭蠡流霜红。

金膏水碧不可觅，石林幽黑号绿熊。

其阳诸峰五老人，或疑纬星之精坠自空。

陈夫子，今仲弓，世家庐之下，有元厥祖迁江东。

尚知庐灵有默契，不远千里钟于公。

公亦西望怀故都，便欲往依五老巢云松。

昔闻紫阳祀六老，不妨添公相与成七翁。

我常游公门，仰公弥高庐。

不崇丘园肥遁七十，著作白发如秋蓬。

文能合坟诗合雅，自得乐地于其中。

荣名利禄云过眼，上不作书自荐，下不公相通。

公乎！浩荡在物表，黄鹄高举凌天风。

据说，诗人从未到过庐山，而是凭借丰富的想象力创作了这幅国画精品并题长诗。沈周的山水画以北方画风特有的遒劲、浑厚之气，来表现南方山水秀美、凄迷之韵，既使南北画风有机结合，又各尽其妙。这一绘画风格的形成，不仅在于他"师古能化，自出机杼"，还与其人品、阅历及修养有密切关系。

沈周作品的风格发展变化，大体分为两个阶段。早期以"细笔"为主，晚期则呈现出粗笔放逸的风格。而《庐山高图》可以说是两种艺术风格兼具的代表作。画中山石林木，笔法全仿王蒙，加之本身之动力，更觉浑朴雄健。山石融合了王蒙的解索皴与董源、巨然的披麻皴法，先以淡墨层层皴染，再施与浓墨逐层醒破。笔法稳健细谨，用墨浓淡相间，实中有虚。而画悬泉百丈直下，涧水轻柔，山光水色更为精彩。如此壮观之景并非单纯为写山，而是另有寓意。画家是用庐山的崇高和超凡来比喻与象征其恩师的学问及道德。以庐山上著名五老峰的博大、雄奇来比况老师的伟岸胸襟和自己的无比崇敬。正所谓"高山仰止，景行行止"。苏轼曾说："诗不能尽，溢而为书，变而为画。"同样，画之不尽，也以诗相助。这首题画诗的内容和情感，紧扣绘画的主题和意境，诗画合璧，相互呼应，浑然一体。因此，它较之单一绘画和文字的直接诠释，更具艺术感染力。此诗苍劲挺拔，气势豪壮，与沈周以恬淡为主的风格似迥然有别。如果说《庐山高图》在沈周的绘画生涯中具有由"细"变"粗"的里程碑意义，那么这首题画诗则代表了沈周题画创作的一座高峰。

《庐山高图》

但前人对沈周诗歌的评价也有不同的意见。王世贞说："沈启南如老圃老农，非无实际，但多俚词。"[3]《明书·艺术传·沈周》中说："喜为诗，其源出白苏。兼情事，杂雅俗，当所意到，訾跌不得休。"[4]不过，沈周的题画诗却较少用俚词，文辞较为文雅。况且如果用得好，俚词并非不好，关键是否有真情实感。《续吴先贤赞·沈周传》的评价较为公允："间为诗，亦如与儿女语耕稼织纴事，虽俚甚，而颇近于人情。"[5]因此，沈周能以日常之语写真实之情，也是很可贵的。

注 释

〔1〕郭熙：《林泉高致》，中华书局，2010。
〔2〕莫砺锋：《绘声绘色的题画诗——读黄庭坚〈老杜浣花溪图引〉》，《文史知识》2019年第7期。
〔3〕罗仲鼎校注《艺苑卮言校注》，齐鲁书社，1992。
〔4〕转引自陈正宏：《沈周年谱》，复旦大学出版社，1993。
〔5〕刘凤：《续吴先贤赞》，中华书局，1985。

第二十六章

才华横溢泪水溢，风流无多苦难多

——"江南第一风流才子"唐寅

唐寅，这位广为流传的传奇人物，几百年来，人们或赞其卓绝才华，或传其风流韵事，不一而足。那么，他究竟是怎样一个人呢？

唐寅是明代著名画家，也是明代最著名的题画诗人。中国题画诗向有借画抒情、品画刺时的传统。从唐宋开始，便有人以题画诗嘲讽时弊，经元代许多画家、诗人的继承与发扬，到了唐寅手里，又得到淋漓尽致的发挥。他以题画诗广泛地干预时政，几乎无论何事、何情，他都可以用题画诗来表现和抒发，把这种特殊的艺术形式运用到了极致，成为中国题画诗发展史上很少能有人与之比肩的讽喻题画诗人。

第一节　唐寅生平

唐寅（1470—1523），因生于寅年寅月寅时，便取名"寅"。又因寅为虎，字伯虎，后改字子畏，号六如居士。吴县（今江苏苏州）人。他少年得志，16岁时就以苏州府第一的成绩入庠读书。但是在26岁前后，他却连遭家门不幸：父母、妻子、妹妹先后去世。极度的忧愁使他几至颓唐，宿妓狂饮，昏昏沉沉。后在朋友的帮助下

唐寅

振作起来。28岁时又高中乡试第一。正在他幻想连中三元，踌躇满志，前途一片光明时，却迎来了意想不到的黑暗。有人说，人生的一切改变都在于遇见。在进京的途中，唐寅遇见了同是赶考的举子徐经。两人谈得投机，相见恨晚，一路上饮酒赋诗，好不快活。到京后，徐经为能高中，买通了主考官程敏政。试后，程敏政看到两份极好的考卷，便顺口说这是唐寅和徐经的。经人告发，程敏政遭弹劾，唐寅也同被株连入狱。后被罢黜，贬为浙藩小吏。在这一意外打击下，他意愤心灰，拂袖而去。他含恨归乡又饱尝了势利小人的白眼和亲人的冷遇。妻子徐氏出身于官宦之家，功名利禄思想极为浓厚。她见唐寅升官无望，生计艰难，便弃家而去。这使唐寅陷入更深的痛苦之中。他在给其好友文徵明的信中，写出了回家时的境遇与心情：

> 兹所经由，惨毒万状。眉目改观，愧色满面。衣焦不可伸，履缺不可纳。童奴据案，夫妻反目。旧有狞狗，当门而噬。反视室中，甌瓯破缺。衣履之外，靡有长物。西风鸣枯，萧然羁客。嗟嗟咄咄，计无所出。

自此，他生活益发狂逸，终日"放情诗酒，寄意名花"（杨静庵《唐寅年谱》），过着一种愁来赏花、兴来作画的放浪生活。然而，这位有抱负的画家和诗人不会长期安于这种令人窒息的岁月，不久，他离家远游，用两年时间游历浙、闽、湘、赣诸省的名山大川。但是，奇山异水并不能慰藉他受伤的心田，归家后，仍然郁郁寡欢。此后，大病一场，久治不愈。正德二年（1507），为了排遣心中的苦闷，他和友人张灵在苏州城内桃花坞起造桃花庵。从此，他又与好友祝允明、文徵明等在此相聚唱和，寄情诗画，过着"白眼西风里，黄花小径边；啸声多伴侣，何惜一陶然"的优游生活。正德九年（1514），久有篡位之心的宁王朱宸濠，为了招揽人才，以重金征聘唐寅、文徵明等吴中才子。本想一展雄心壮志的唐寅，便在弟弟唐申的劝说下赴南昌应聘。但不久，唐寅便察觉朱宸濠心怀异志、行为不轨，便佯作癫狂，裸衣纵酒，被朱宸濠视为"狂生"而遣回苏州。五年后，朱宸濠果然起兵反叛。唐寅幸免杀身之祸。当时正是明代中叶，统治阶级日益腐败，苛捐杂税逐年增加，灾荒连年不断，农民纷纷破产。皇帝朱厚照荒淫暴虐，宦官刘瑾飞扬跋扈，贪官污吏巧取豪夺，江南饿殍遍野，阶级矛盾空前尖锐。这黑暗的现实，引起唐寅的深深忧虑。他仍然希望通过科举道路走上仕途，以施展自己的抱负。他在《夜读》诗中说："人言死后还三跳，我要生前作一场。名不显时心不朽，再挑灯火看文章。"然而，理想与现实的矛盾，使他日渐心灰意冷，感到前途渺茫，不免常常陷入及时行乐的消极情绪之中。但他乐观旷达，坚持自己的操守，直至生命的尽头。他在《绝笔》诗中说："生在阳间有散场，死归地府也何妨！阳间地府俱相似，只当漂流在异乡。"他把生死置之度外，固然很超脱，但也有虚度年华的悔恨和辛酸。嘉靖二年（1523）十二月二日，这位风流才子病逝于苏州，年仅53岁。

唐寅深入研究两宋和元代著名画家与绘画艺术，博采众长，出以己意。特别是他在老师周臣（字舜卿，号东村）的启发下，较多地接受了李唐的笔法，并加以融会贯通，形成了自己的艺术风格。

他的造景，或雄伟险峻，或平远清幽，都能小中见大、粗中见细。他常以细长挺秀的笔线来画山，这是将"斧劈"化面为线的变法。有时将"披麻""乱柴"结合起来，使画中的皴擦别具细劲流动之趣。其烘染墨彩，也能随物象的阴阳虚实而起巧妙的变化，达到明洁滋润，给人以强烈的实感。他是明代四大画家中的佼佼者，其画对清及近代有广泛影响。

唐寅是多才多艺的艺术家，在诗、词、曲、赋等文体创作上也卓有成就。他也是著名的书法家，取法于赵孟頫，更受李北海的影响，笔画俊逸挺秀、婉转流畅。他不仅喜为别人画题诗，而且尤喜为自己的画题诗，几乎每画一幅画都要题诗。他的题画诗以七言绝句为

《庐山观瀑图》

主，在《唐六如居士全集》中，七绝题画诗占绝对多数。据1985年中国书店版《唐伯虎全集》统计，共有题画诗190余首。

第二节　唐寅题画诗内容

唐寅的题画诗敢于直面现实，嬉笑怒骂，皆成文章，深刻而尖锐。他的《题画八首》其三说："百尺松杉贴地青，布衣衲衲发星星。空山寂寞人声绝，狼虎中间读道经。"诗中不仅塑造了在人烟绝迹、虎狼出没的荒山中坚持读道经的诗人自我形象，而且以"狼虎"比喻邪恶势力，暗示权奸当道的黑暗现实。他的《题栈道图》实写栈道，虚拟世途，寓意更为深刻：

> 栈道连云势欲倾，征人其奈旅魂惊？
> 莫言此地崎岖甚，世上风波更不平！

这里写的哪里只是《栈道图》，分明也是明代中期的社会图。明代政权看似高大连天的"栈道"，实则"势欲倾"，因而往来其上的征人不能不"旅魂惊"，而更有甚者是世路崎岖，风波迭起，险象环生。生活在这样社会的人情何以堪！诗中巧妙地抒发了诗人无限感慨和满腔激愤。更为可贵的是唐寅在题画诗中还揭示了严酷的阶级对立现象，《题渔父》说：

> 朱门公子馔鲜鳞，争诧金盘一尺银。
> 谁信深溪狼虎里，满身风雨是渔人？

诗人透过有限的画面，把目光投向公子王孙的餐桌，提出一个尖锐的社会问题：此时此刻有谁能够想到在如狼似虎的惊涛骇浪里，"满身风雨"的渔人正为生存而舍命挣扎呢？这实际上揭示了封建统治的秘密——"朱门"之享乐是建立在渔家的艰险之上的。诗人不动声色地把矛头刺向不劳而获的"朱门公子"，而对顶风冒雨的渔父寄予深切的同情。唐寅的题画诗常常借画发挥，针砭时弊。如《秋风纨扇图》：

秋来纨扇合收藏，何事佳人重感伤？

请把世情详细看，大都谁不逐炎凉！

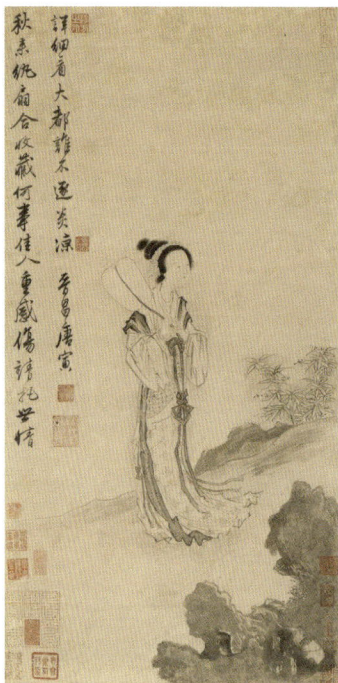

《秋风纨扇图》

天凉而收扇，本是生活中的常事。描写"秋扇见捐"的题材，在文学作品中，也屡见不鲜。但是这首题画诗别开生面，赋予这一题材深刻的社会含义。诗人似乎以一个局外人的身份，始而对"佳人"的感伤不解，提出疑问；继而请她详看"世情"，加以宽慰。平平写来而不动声色。但是仔细分析，不仅从中可以看出作者做人的正直品格，而且可以看出他对这种趋炎附势的社会风气是深恶痛绝的。

面对虎狼当道、风波险恶的社会，诗人并非徒唤奈何，他要挺身而出，拔刀铲除。请看他的《题子胥庙》：

> 白马曾骑踏海潮，由来吴地说前朝。
>
> 眼前多少不平事，愿与将军借宝刀。

这是为伍子胥塑像题的诗，也是题画诗的一种。春秋时吴国大夫伍员一生殚精竭虑，辅佐吴王夫差，屡建奇功；后因劝夫差拒绝越国求和而被赐死。诗中借伍子胥死后怨气化江涛、白马踏海潮的传说，赞美了他一腔忠愤和勇武形象。尤为可贵的是，诗人面对"眼前多少不平事"，要借将军的宝刀除之，其叱咤风云的气概令人感佩。在这首诗中，读者看到的不再是沉湎于花酒的文弱书生，而是一位拔刀而起、怒目而视的伟丈夫。他的《题五王夜燕图》，巧妙地概括了唐代五王沉溺声色的故事，也是借古喻今，针砭现实。所以袁宏道评价说："的是笔头有舌。"[1]

唐寅虽然放浪不羁，但并未沉沦。他恃才傲物而又洁身自好。他常常通过画菊、咏菊来抒写自己的情志，其《题自画墨菊》说：

白衣人换太元衣，浴罢山阴洗研池。

铁骨不教秋色淡，满身香汗立东篱。

此诗以拟人化手法写菊花"铁骨"和"满身香汗"，既是赞美菊花的风貌，也是诗人高尚品格的自我写照。他不肯向恶势力低头的精神，在《抱琴归去图》中表现得更为充分：

抱琴归去碧山空，一路松声两鬓风。

神识独游天地外，低眉宁肯谒王公？

此诗先写诗人抱琴归隐碧山，走起路来两鬓生风，归隐心切；然后就画抒怀，表现了他厌恶世俗、蔑视权贵的生活态度。但是，在虎狼当道的现实，他有志不获骋，只能蛰伏栖身。他在《清溪松荫图》中说：

长松百尺荫清溪，倒影波间势转低。

恰似春雷未惊蛰，髯龙头角暂蟠泥。

这首诗用暗喻的手法在长松倒影、髯龙蟠泥的艺术形象中融进了自己的思想感情，既表达了自己怀才不遇、屈居下僚的不幸遭遇；又预示着一旦春雷响起，必将翻江倒海的未来。诗调深沉而感情激奋。如果说诗人的雄心壮志在此诗中还不免朦胧，那么他的《题画鸡》《画鸡》则表现得更为突出和鲜明：

《清溪松荫图》

血染冠头锦作翎，昂昂气象羽毛新。

大明门外朝天客，立马先听第一声。

头上红冠不用裁，满身雪白走将来。

平生不敢轻言语，一叫千门万户开。

这两首诗都是赞美雄鸡的，通过写雄鸡的形象和神态，表现其"不鸣则已，一鸣惊人"的气概，从中透露出诗人不甘寂寞、雄心勃勃的高远志向。

唐寅还在题画诗中揭示了压抑人才的封建制度。他的《题自画红拂妓卷》说：

> 杨家红拂识英雄，着帽宵奔李卫公。
> 莫道英雄今没有，谁人看在眼睛中！

《李端端落籍图》

这首诗通过写传说中隋朝越国公杨素的侍女红拂慧眼"识英雄"与李靖私奔，助其建功立业的故事来抒发感慨：一个普通的侍女尚能识得一代英豪，而今纵有人才，也无人"看在眼睛中"。诗人借古讽今，对压抑人才的封建制度发出沉痛的控诉，似有满腔悲愤尽在不言中。从另一角度看，此诗也赞美了红拂的慧眼识才和敢于自主命运的无畏精神。这是唐寅为下层妇女所写的一首赞歌。而《李端端落籍图》更是为风尘女子鸣不平：

> 善和坊里李端端，
> 信是能行白牡丹。
> 谁信扬州金满市，
> 胭脂价到属穷酸！

这幅画是据传说中唐人故事而作。《李端端落籍图》现藏于南京博物院，是一幅兼工带写的画。画主当为唐代诗人崔涯（一说张祜）。范摅《云溪友议》载："崔涯者，吴楚之狂生也，与张祜齐名。每题一诗于倡肆，无不诵之于衢路。誉之，则车马继来；毁之，则杯盘失错。"（《云溪友议》卷中）娼妓无不畏其嘲谑。

《全唐诗》卷八六六有崔涯《嘲李端端》诗："黄昏不语不知行，鼻似烟囱耳似铛。独把象牙梳插鬓，昆仑山上月初明。"其二："觅得黄骝被绣鞍，善和坊里取端端。扬州近日浑成差，一朵能行白牡丹。"诗末注："端端得前诗，忧之。候涯使院饮归，道旁再拜曰：'端端祇候六郎，伏望哀之！'乃重赠此饰之。"前诗中"烟囱""铛""昆仑山"皆喻黑，而后诗又将李端端比作"白牡丹"，故《云溪友议》又说："或戏之曰：'李家娘子，才出墨池，便登雪岭。何期一日，黑白不均？'"但是，唐寅画中李端端的形象与神态则与上述相反，突出了李端端的不卑不亢。这当是她看了崔涯的后一首诗之后，便手持白牡丹找他评理的场面。她落落大方，面无惧色。尤为可贵的是诗人的议论："谁信扬州金满市，胭脂价到属穷酸！"意谓，虽然扬州城黄金满市，但是以卖身谋生的女子也有自己人格身价，决不穷酸、低贱！诗人以反诘语出之，痛快淋漓，其为风尘女子鸣不平的自我形象跃然纸上。

　　唐寅在题画诗中同情、声援下层弱女子，并非出于偶然。他在科场蒙冤后，寄意花月，结交了一些有情有意的青楼女子，对她们的非人生活颇为了解。他的续弦夫人沈九娘就是一位官妓。婚后，九娘对唐寅体贴入微，被唐寅称为"红粉知己"；但因积劳成疾，九娘不幸早逝。这为唐寅带来了巨大悲痛。他写了十首催人泪下的《绮疏遗恨》。由于他对风尘女子的勤劳、善良有切身的感受，所以他在题画诗中对她们的同情都发自肺腑，感人至深。

　　在唐寅的题画诗中，还描写了自己衣食无着的贫困生活，也从一个侧面真实地反映了当时知识分子所处的窘境。他的《骑驴归思图》中说：

> 乞求无得束书归，依旧骑驴向翠微。
> 满面风霜尘土气，山妻相对有牛衣。

　　据考证，这首诗当作于诗人30岁进京会试受累而归之时。归途中露宿风餐，已尘土满面。回到家中也是四壁皆空，只能与贫妻相依为命了。"牛衣"，即牛被，为牛遮体御寒所用。《汉书·王章传》中记载了王章家贫，患病时"卧牛衣中，与妻诀，涕泣"。以后便以"牛衣对泣"喻夫妻共守穷困。由此可知唐寅生活之惨状。此外，"乞求无得"也可理解为外出求借无获或以书画换钱未果，那更可见其经济之拮据。而最能反映唐寅生活窘境的是他的《风雨浃旬，厨烟不继，涤砚吮笔，萧条若僧；因题绝句八首，奉寄孙思和》。试看其一、其四、其五、其六。

> 十朝风雨苦昏迷，八口妻孥并告饥。
> 信是老天真戏我，无人来买扇头诗。
>
> 白板长扉红槿篱，比邻鹅鸭对妻儿。
> 天然兴趣难摹写，三日无烟不觉饥。
>
> 领解皇都第一名，猖披归卧旧茅衡。
> 立锥莫笑无余地，万里江山笔下生。
>
> 青衫白发老痴顽，笔砚生涯苦食艰。
> 湖上水田人不要，谁来买我画中山？

这是一组寄给友人的绝句，当是缘画而作。唐寅晚年生活十分贫困。他49岁时，苏州发生水灾，田园无获，民不聊生。他赖以为生的卖画生涯也难以维持。这几首诗集中反映了他当时穷困潦倒的生活。并由己及人，揭示了广大农村的悲惨现实。他用画笔写诗，展示一幅幅风雨漫天，妻儿啼饥号寒，而诗人却苦中作乐、居陋室挥毫泼墨等画面，凄楚动人。

第三节　唐寅题画诗艺术风格

唐寅是旷世奇才，以画名世，但他的诗词在艺术上也达到很高境地，特别是题画诗尤为著名，寓情于景，命意不俗，想象奇特，感情奔放，形成了独特的艺术风格，在他的全部诗歌创作中占有重要地位。他的题画诗或雄浑豪放，笔势奔腾；或清新明丽，自然流畅；或任意挥洒，自写胸次；或工笔描绘，色彩斑斓；或平易浅近，通俗明快；或不畏流俗，独辟蹊径。总之，他的艺术风格常常随着写作时的感情不同、题材有别而不断变化生新。

　　善于概括,即小见大,是唐寅题画诗的重要手法。唐寅的一生经历纷繁,思想变化也颇为复杂,然而,他用一首七言律诗就概括无遗。请看他的《西洲话旧图》:

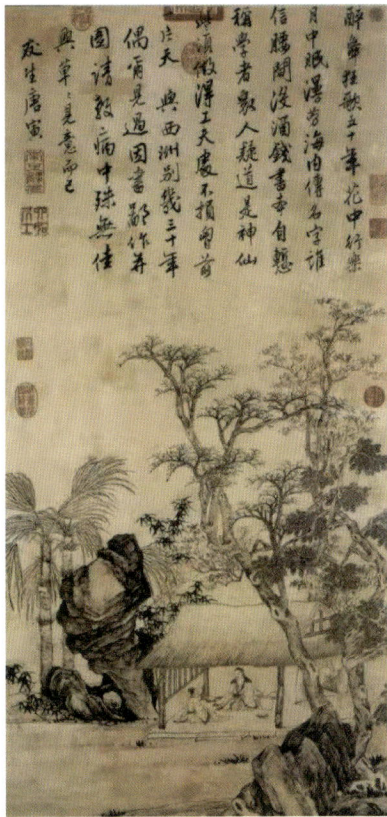

《西洲话旧图》

　　醉舞狂歌五十年,花中行乐月中眠。
　　漫劳海内传名字,谁论腰间没酒钱?
　　书本自惭称学者,众人疑道是神仙。
　　些须做得工夫处,不损胸前一片天。

　　这首诗又作《言怀》,文字与此诗略有不同。诗后小注云:"与西洲(作者朋友,正念和尚)别几三十年,偶尔见过,因书鄙作并图请教。病中殊无佳兴,草草见意而已。"这是诗人晚年的作品。此诗不啻一幅自画像——饮酒作诗,流连花月,写尽大好河山。这几乎是唐寅的全部生活内容,也是他一生的情之所钟。他从不回避自己的纵情诗酒和花月之欢,这不是他的失态,而是他科场失意后的一种逆反行为。虽然如此,但他还有书画诗文海内流传、流芳后世。"些须做得工夫处,不损胸前一片天"——我有一点见得工夫的地方,就是没有愧负苍天,没有毁没我一腔热爱自然、遍写美好山川的情怀。这才是他真正的精神寄托。因此,这首只有56个字的感怀诗,评述了他一生的品行、遭际和志向。我们不能不叹服他的高度的艺术概括力。再看《题败荷鹡鸰图》:

　　飞唤行摇类急难,野田寒露欲成团。
　　莫言四海皆兄弟,骨肉而今冷眼看!

　　这是一首自题画诗,画面的景物很简单,只有败荷、鹡鸰和野田寒露，但是诗人通过这些景物所要寄寓的思想却极为深厚。"脊令"，即鹡鸰鸟。其飞行时喜鸣叫，如唤同类；行走时尾羽上下颤动，状如摇摆，故曰"飞则鸣，行则摇"。《诗·小雅·常棣》中说："脊令在原，兄弟急难。"意谓脊令失群时，常飞鸣唤其同类，如兄弟间急难相求。后来便以"脊令"比喻兄弟。诗人正是抓住"脊令"特有的含义，略加点染，便形象地揭露了当时人心浇薄、尔虞我诈的冷酷状况。这种即小见大的手法，由物及人，比喻贴切。虽然着墨不多，但寓意却极为深刻。

唐寅山水类题画诗虽然多是即兴之作，但也不乏清丽可诵的佳作。如《题溪山叠翠卷》：

> 春林通一径，野色此中分。
> 鹤迹松阴见，泉声竹里闻。
> 草青经宿雨，山紫带斜曛。
> 采药知何处，柴门掩白云。

这首诗颇能代表其山水类题画诗的艺术特点：绘景明丽，诗中有画；情景交融，声色相渲。这是写溪山的景色，一条清幽的小路，把溪山分成两幅色彩不同的画面：一面是松阴下的点点鹤迹，一面是传来泉声的竹林。夜来一场春雨，使草木青翠欲滴；傍晚余晖返照，山峦更加明丽。"鹤迹"见于眼前，"泉声"闻于远处，远近交错，动静相生。经"宿雨"而草青，披"斜曛"而山紫，色调分明。这是诗与画的结合，声与色的交融。而最后点出画中之人："采药知何处，柴门掩白云。"这虽然是化用贾岛"松下问童子，言师采药去；只在此山中，云深不知处"(《寻隐者不遇》)诗意，但语简义深，给人以无限想象的空间。诗人是画家，对色彩极为敏感，这在他的题画诗中体现得很鲜明，如《题周东村画》：

> 鲤鱼风急系轻舟，两岸寒山宿雨收。
> 一抹斜阳归雁尽，白蘋红蓼野塘秋。

唐寅使笔如画，从色调和光线的变化来勾画自然景物，创造出色彩鲜明的意境美。一抹斜阳送走高天飞雁，霞光闪闪；"白蘋红蓼"，点缀秋天

的野塘，一白一红，冷暖相间。这不仅增强了
画面的色彩美，而且准确地描绘出黄昏时节的
深秋景象。

唐寅的题画诗往往将对画面的品赏与自己
的生活体验结合起来，观察细致，描写入微，
给人强烈真实感，如《雨竹小鸟图》：

> 竹中小雨细于麻，静听围炉弄火丫。
> 春社乍过蚕趯叶，夜潮初落蟹爬沙。

《雨竹小鸟图》

这幅画现藏于刘海粟美术馆。画幅的构图
极为简约，用浓墨画出竹竿一枝自左向右上方
斜插，细枝披拂于周围，枝头有疏密不等的竹
叶。仅一枝向上，其他各枝均向右下倒垂，竹
叶下沉，表现细雨中的竹枝、竹叶积水很重。
断梢的竹枝上站立一只小鸟，腹部羽毛呈蓬松
状。另一只小鸟倒挂在细枝上，形态生动。画
幅有大片空白，让读者去想象那细雨空蒙的境
界。而这首题画诗却撇开画面的景物去写画上看不到的"雨"，比喻迭
出，让人如闻其声。先写"雨"之形状，说它"细于麻"。也正因为其细
小，所以须"静听"才能听到。"围炉"言节候为乍暖还寒的早春。接着
便以两个比喻重点描写细雨的声音：春社刚过，春蚕正长，食叶很快，食
叶时会发出轻微的声音，细雨便像"蚕趯叶"；夜潮初落，蟹开始在沙上
爬行，细雨又像"蟹爬沙"。这比喻既贴切又形象，如果不是有亲身经历
和感受是很难写出来的。题诗与绘画相配，有色有声，相得益彰。

含蕴深厚，不露形迹，是唐寅题画诗的另一特点。《题桑》，也作《桑
图》，便是含而不露的佳作：

> 桑出罗兮柘出绫，绫罗妆束出娉婷。
> 娉婷红粉歌金缕，歌与桃花柳絮听。

671

此诗表面上只是说用桑柘养蚕，再用蚕丝织成绫罗去妆饰歌女。让她们在桃柳树下唱起《金缕曲》。而细细品味，却不难发现诗人另有寓意：由于桑柘献出了自己的叶子养蚕，才会织成五颜六色的绫罗去装扮美丽的歌女。然而能听到歌女那美妙清歌的却是没有付出任何代价的桃柳树，而付出自己生命的桑柘却早被人遗忘了！这含蓄、轻松的笔墨下却深藏着压在心头怀才不遇的愤慨和不平。早在100余年前，解缙也写过一首《桑》，其诗是："一年两度伐枝柯，万木丛中苦最多。为国为民皆是汝，却教桃李听笙歌。"这两首诗的主题相同，构思也相近，但其艺术效果却不同：一是直抒胸臆，较为直白；一是观点隐蔽，手法含蓄，更耐人寻味[2]。恩格斯在给哈克纳斯的一封信中曾说："作者的观点愈隐蔽，对艺术作品来说就愈好。"因此，唐寅这首观点隐蔽的题画诗不仅委婉地唱出了自己的辛酸和感慨，而且增强了艺术感染力。

在唐寅的题画诗中有相当多的作品并非字斟句酌，往往是率尔成章，不拘格律，不避俚语，但也清新可读，感情真挚。如《题画二十四首》其一：

> 春驴仙客到诗家，为赏临溪好杏花。
>
> 山佃驮柴出换酒，邻翁陪坐自捞虾。

此诗语言浅近，形象鲜明。诗人为我们活画出一幅生动的山村小景。如果说临溪赏花，是文人墨客的雅好，那么"自捞虾"则纯属山野人的行为。可见，诗人不仅在语言上与村民同化，而且在行动上也与他们一样了。这首诗好像一支山歌，散发着泥土的芳香。又如《题山水》：

> 满地松阴六月凉，采芹归去担头香。
>
> 相逢夕照谁家子，倚树喃喃话正长。

此诗也以平易的语言描绘出一幅恬淡、悠闲的田园暮归图：松阴满地，凉爽清新，采芹人挑着散发芹香的担子归来。此时夕阳西下，霞光斜照，他碰到有人正倚树喃喃低语，说个没完。这里没有超然世外的飘逸，有的是亲切、入世的情趣。在唐寅的一生中虽然有要尽脱尘俗的幻想，但却从未泯灭对现实生活的关心和兴趣。因此，在唐寅题画诗中运用民间的通俗语言，乃是他心性使然，是他对田园生活的追求和热爱山野"邻翁"的一种表现。

唐寅的题画诗感情率真，语言质朴，但并非一览无余、毫无蕴藉。有些诗作也含蓄、深沉，耐人寻味。如《孟蜀宫妓图》：

> 莲花冠子道人衣，日侍君王宴紫微。
> 花柳不知人已去，年年斗绿与争绯。

此图现藏于故宫博物院。画幅无背景，只有宫女四人，各含妍媚。全图线条精秀细致，设色艳丽。女子头部额、鼻、下巴均留有白色。这种"三白"烘染法取法于宋人。此画的构图，也仿宋代佚名《四美图》。它是唐寅仕女图中之精品，足以体现其人物、仕女画的主要艺术风格。单从画面看，此图并无深意，但读罢此诗，则令人感叹不已。这是画图难以达到的艺术效果。此诗是写五代时后蜀之故实。后蜀国君孟昶常令宫女身着道士衣，头戴莲花冠，天天侍候他宴饮寻欢，这是何等闲逸风雅的趣

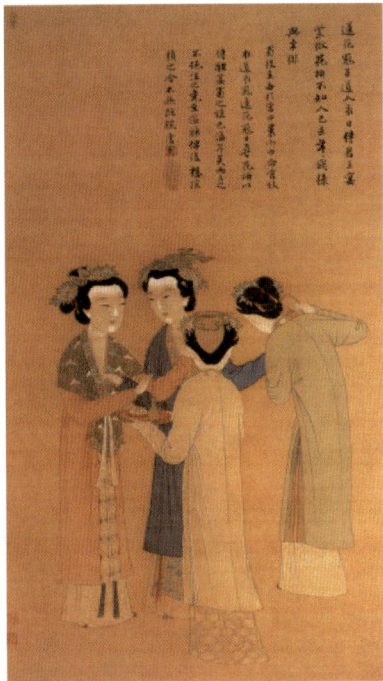

《孟蜀宫妓图》

事！然而，表面上的歌舞升平正暗藏着江山倾覆的危机，于是诗人笔锋一转说："花柳不知人已去，年年斗绿与争绯。"笔调似乎很轻松，却道出了无限的感伤。花柳年年，斗绿争绯，而人已远逝，正所谓风景不殊人世有异。诗人将自然界的永恒与人生的短暂构成鲜明的对照，既寄寓了兴亡之感，又辛辣地嘲讽了孟昶的荒淫腐朽。说史而不流于议论，褒贬而不动声色，这正是含蓄的容量与力量。

总之，唐寅的题画诗在艺术上达到了很高的造诣。他写诗看似漫不经心，出语也似乎不加修饰，但他的许多即兴之作却本色天成，自有其感人

的力量。毋庸讳言，他的有些题画诗思想消沉，宣扬"学仙学佛"，为他的创作蒙上一层暗淡的色彩。也使其作品的风格不够严肃，甚至流于粗俗、戏谑。但是，无论是早年快意时的题诗，还是后期失意时的低吟，都没有丧失他作为狂放不羁的风流才子的本色。本色，既是他人格的标志，也是他艺术特色的体现。

注　释

〔1〕《唐伯虎全集》，中国书店，1985，第10页。

〔2〕参见宋戈《唐伯虎诗选》，辽宁大学出版社，1987，第149页。

第二十七章

"四绝"全才文徵明

人生的道路有千万条。他走的是一条充满荆棘和开满鲜花的路。这位老人在90岁时写下生命中的最后一首诗《己未元旦》。诗中说："劳生九十漫随缘，老病支离幸自全。百岁几人登耄耋，一身五世见曾玄。只将去日占来日，谁谓增年是减年！"他虽已老迈，但壮心不已，对未来似仍存希望。然而纵观他的前半生，几乎步步坎坷。他从26岁开始乡试，直至53岁，先后参加了9次，但每次都铩羽而归。

人若精彩，天自安排。不幸的际遇却成就了他的艺术大业。后来，他终于成为一位书、画、诗、文"四绝"的大艺术家。此人就是明代的文徵明。

文徵明（1470—1559），初名壁（一作璧），字徵明，后更字徵仲，号停云，别号衡山居士，人称文衡山。长洲（今江苏苏州）人。他幼时并不聪明，字也写得不好，但学习很刻苦，终于大器晚成。《明史》载，他"学文于吴宽，学书于李应祯，学画于沈周"。文徵明是"吴门画派"创始人之一，与唐寅、祝枝山、徐祯卿并称"吴门四杰"；与沈周、唐寅、仇英合称"明四家"。他54岁时以岁贡生诣吏部试，授翰林院待诏，世称文待诏。有《甫田集》。

文徵明

第一节　文徵明书画艺术

《春深高树图》

文徵明擅长山水画，亦工花卉、人物。早年画风细谨，中年较粗放，晚年渐趋醇正，而得清润自然之致。其画风有粗细之分，粗者以水墨为之，细者往往以青绿为之。明万历以后被赞扬的是"粗文"。其传世作《春深高树图》《真赏斋图》是细文之作，纸本设色，描绘修竹丛生，古桧高梧掩映着草堂书屋，用笔细谨沉稳，设色典雅。以八十岁的高龄竟能画出如此细致的作品，这在中国画史上实为少见。《山雨图》《古木寒泉图》等则是粗笔之作。也有兼工带写的，如《临溪幽赏图》《绿阴长夏》等。总之，文徵明的作品，无论粗细，均以苍秀婉逸见长。他的画颇受时人珍重，晚年声望更高。求购其书画者踏破门槛。传说他"海宇钦慕，缣素山积"。但他有"三不肯应"，即决不卖字画给藩王贵族、宦官与外国人。连严嵩这样的权贵，他也不破例。而一般百姓却很容易得到他的书画。对于穷书生，他甘愿奉送，不收分文。

文徵明在书法史上以兼善诸体闻名，尤擅长行书和小楷。王世贞在《艺苑卮言》上评论说："待诏（文徵明）以小楷名海内，其所沾沾者隶耳，独篆

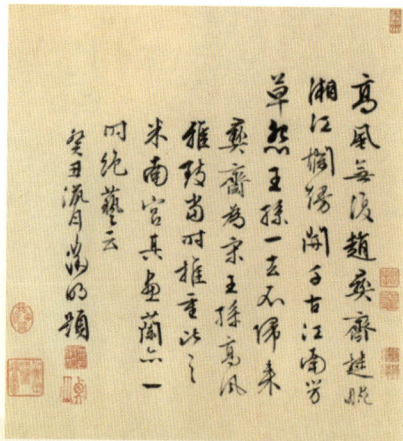

文徵明书法作品

不轻为人下，然亦自入能品。所书《千字文》四体，楷法绝精工，有《黄庭》《遗教》笔意，行体苍润，可称玉版《圣教》，隶亦妙得《受禅》三昧，篆书斤斤阳冰门风，而楷有小法，可宝也。"

文徵明书法温润秀劲，稳重老成，法度谨严而意态生动。虽无雄浑的气势，却具晋唐书法的风致。他的书风较少具有火气，在尽兴的书写中，往往流露出温文的儒雅之气。也许仕途坎坷的遭际消磨了他的英年锐气，而大器晚成却使他的风格日趋稳健。文徵明是继沈周之后的吴门画派领袖，门人、弟子众多，形成当时吴门地区最大的绘画流派。

文徵明也是著名诗人和文学家。他的诗文创作自 30 岁左右崭露头角，享誉文坛达 60 年之久。由于他长寿，加之一生勤劳，现存诗词达 1400 余首。文徵明的诗歌宗白居易、苏轼，抒写个人胸臆，吐词清丽明快，逸韵悠远，大多流露出悠游江南

文徵明楷书《辞金记》

的闲适情感，歌风吟月，潇洒倜傥。但也有一些作品，洋溢着慷慨豪情。他善于把诗文书画融为一体，相映成趣，使"文人画"的书卷之气更为浓郁。

第二节 文徵明题画诗

文徵明也创作了不少题画诗。据近人辑校的《文徵明集》统计，有题画诗 441 首，为明代题画诗之冠。他对题画诗这种艺术形式挥洒自如，达到了炉火纯青的地步。胡缵宗在《赠待诏徵仲》诗中对他的诗画艺术作出了高度评价："高逸诗中画，清新画中诗。"但他的诗也有不足，顾玄言评其诗

说："待诏诗从实境中出，特调稍纤弱耳。"（《明诗综》卷三十八）文徵明与唐寅同为沈周的学生。在沈周谢世后，他俩成为吴中诗画艺术家群体的领袖人物，对我国的诗画艺术特别是题画诗发展作出了重大贡献，产生过深远的影响。

文徵明虽然仕途坎壈，但从未忘家国之情。他在科举屡次失意时，也想到了贫困的蚕民，如《采桑图》：

> 茜裙青袂谁家女？结伴墙东采桑去。
>
> 采桑日暮怕归迟，室中箔寒蚕苦饥。
>
> 只愁墙下桑叶稀，不知墙头花乱飞。
>
> 一春辛苦只自知，百年能着几罗衣？

这首诗以问语出之，含蓄而不失深刻地揭示了"剥削者不劳而获，劳动者无衣无食"的社会现实，表达了诗人对蚕民的深切同情和对统治阶级的愤懑。采桑女日暮而不归，言久劳而不得息；写"箔寒蚕苦饥"，暗衬桑女更饥。结尾两句"一春辛苦只自知，百年能着几罗衣？"尤耐人寻味。它与唐代杜荀鹤《蚕妇》中的"年年道我蚕辛苦，底事浑身着苎麻"和宋代张俞《蚕妇》中的"遍身罗绮者，不是养蚕人"当是出于同一机杼。所不同的是，杜诗、张诗都以第一人称写，直言不讳，讽刺尖锐；而文诗以第三人称写，客观冷静，委婉而含蓄，留下了思考的余地。

文徵明退隐后，也以史为鉴，借以讽喻现实，如《题虢国夫人夜游图》：

> 紫尘拂（一作指）辔春融融，参差飞鞚骄如龙。
>
> 锦韉绣带簇妖丽，绛纱玳烛围香风。
>
> 春风交花光属路，后骑雍容前却顾。
>
> 中间一骑来逡巡，秀眉玉颊真天人。
>
> 翠微垂鬟极称身，仿佛当年虢与秦。
>
> 佳人绝代真难得，安得君王不为惑？
>
> 岂知尤物祸之阶，不独倾城竟倾国。
>
> 一时丧乱已足怜，后世方夸好颜色。

晴窗展卷漫多情，百年青史自分明。

莫言画史都无意，尺素还堪鉴兴废。

这首诗隐括了杜甫《丽人行》的诗意，既描绘了画中的人与景，又抒发了自己的感怀："岂知尤物祸之阶，不独倾城竟倾国。"此言虽有为"君王"开脱之嫌，但也寄寓了"鉴废兴"之意。由此可知，文徵明的感情并不冷漠。他是非鲜明，对历史上爱国者也由衷钦慕，如《题郑所南先生画兰》：

江南落日草离离，卉物宁知故国移？

却有幽人在空谷，居然不受北风吹。

此诗通过对空谷幽兰的赞许，歌颂了南宋爱国诗人郑所南的深沉的爱国情怀。但是，作为隐逸诗人，文徵明更多的题画诗却是对田园生活和山野情趣的向往与热爱，如《题霜柯竹石图》：

书几熏炉静养神，林深竹暗不通尘。

斋居见说无车马，时有敲门问药人。

这是诗人的自题画诗。"霜柯"，又作"双柯"。画幅有两株杂树，经霜而枝叶枯稀。树旁画有太湖积石，石背有翠竹数枝，与木石相映成趣。全图意境清幽。绘画反映了画家宁静平和的心态。题诗也由画着笔，但并没有具体描绘画中景物，而是拓展画境，写书斋生活，暗示自己与尘世不通往来，因而也无车马之喧闹。而"时有敲门问药人"一句，又凸显了画家关心民生疾苦的思想感情。这首诗不仅抒发了诗人闲适的心情，反映自己不慕荣利的高尚情操，而且透

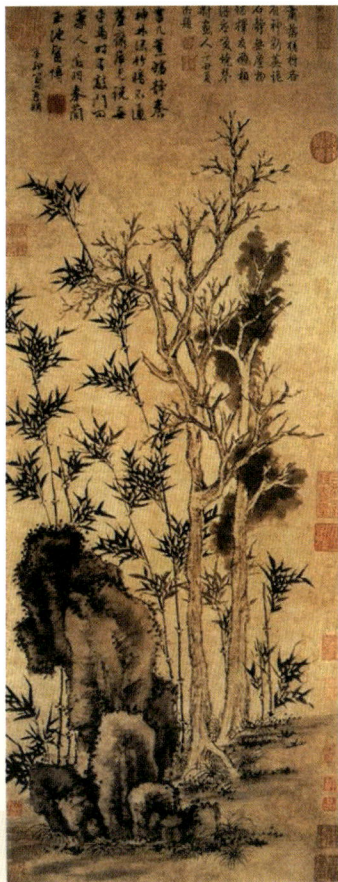

《霜柯竹石图》

出这位热心肠的诗人对民瘼的体恤。在艺术构思上，既紧扣"霜柯竹石"的画题，又题外生情、抒发新意，可谓得题画诗之真谛。

王世贞在《文先生传》中说："先生好为诗，傅情而发，娟秀妍雅，出入柳柳州、白香山、苏端明诸公。"此评也适合文徵明的题画诗。试看他的《题玉兰图》：

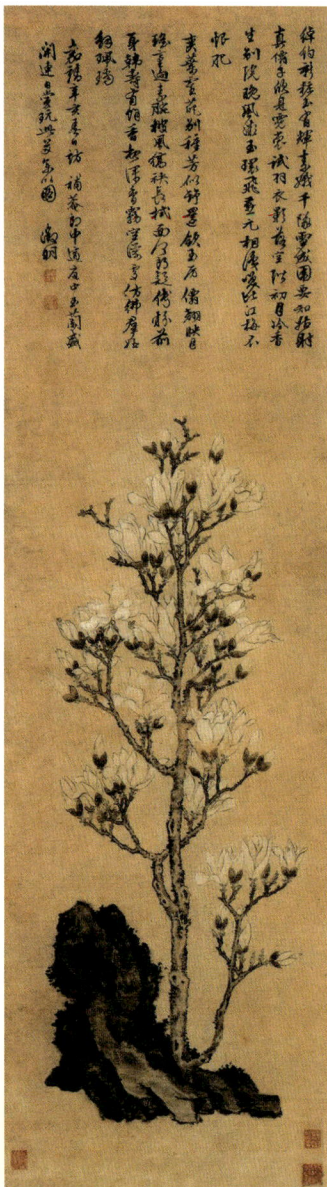

《玉兰图》

> 绰约新妆玉有辉，素娥千队雪成围，
> 我知姑射真仙子，天遣霓裳试羽衣。
> 影落空阶初月冷，香生别院晚风微。
> 玉环飞燕元相敌，笑比江梅不恨肥。

这是题于画家所画《玉兰图》上的一首七言律诗。原诗为两首，此为其一。诗人用浓墨重彩既写玉兰花的色美、姿美，又写其虚影与实香：在初月冷意中，花影落地如"真仙子"之影落空阶；在晚风轻拂下，香气远播，别院也嗅得芬芳。此诗情致悠然，造语清雅，如溪水出山，清澈透明，充分体现了其"娟秀妍雅"的艺术风格。他的《拙政园诗画册》题诗31首，是其题画诗的代表作，既反映了他的思想与情操，又全面体现了其题画诗的艺术特点。《拙政园诗画册》并记作于嘉靖十二年（1533），诗人时年64岁。拙政园，原系唐代诗人陆龟蒙的住宅，元代为大宏寺，明正德年间御史王献臣在此遗址营建宅园，借晋代潘岳《闲居赋》中"灌园鬻蔬，以供朝夕之膳……是亦拙者之为政也"之意，取"拙政"二字为园名。《拙政园诗画册》绢本三十一景，对页系小记并诗一首。文徵明之所以对此园感兴趣，也正是由于这里"旷若郊墅",远离尘世之境。因此,这些景点或"流水断桥春草色,槿篱茅屋午鸡声",或"春光烂漫千机锦,淑气熏蒸百和(一作合)香",或"朱栏光炯摇碧落,杰阁参差隐层雾",或"春深高柳翠烟迷,风约柔条拂水齐",无不赏心悦目、引人遐思。于是,诗人时而"绝怜人境无车马,信有山林在市城",时而"枕中已悟功名幻,壶里谁知日月长";时而"满地江湖聊寄兴,百年鱼鸟已忘情",时而"高情已在繁华外,静看游蜂上下狂"。在这组诗中,他面对优美的景观,着重抒发了"载欣载遨,以永逍遥"的隐士情怀。在艺术上,这组诗清淡而蕴藉,富丽而雅润,其超然世外的清新婉约处可与王维和裴迪唱和的辋川组诗媲美。

因此,文徵明题画诗的价值,主要体现在审美功能上。这里有回塘流水漱玉、松风送凉、水禽飞舞、秋光耀目。在清幽中有一种恬淡之美,如《题画二首》:

> 密叶参差漏夕阳,溅溅寒玉漱回塘。
>
> 玄言消尽人间事,一壑松风满鬓凉。
>
> 寂寞平皋带浅滩,幽人时共夕阳还。
>
> 水禽飞去疏烟灭,目送秋光入断山。

此诗写秋景而不衰飒,有疏烟而更朦胧。流水有声,鸟飞无迹,密叶中漏出的夕阳,充满了生机。这里有千岩排空、古松连冈、瀑流千丈、细路入云,于雄奇中有壮观美。又如《题画二首》其二:

> 千岩拔地排青苍,古松稷稷连重冈。
>
> 冈回岭复得奇绝,瀑流千丈垂银潢。
>
> 盘盘细路入云长,两崖对起悬飞梁。
>
> 云重路僻不知处,应有仙家在深坞。
>
> 夕阳变灭晚山寒,无限风烟属倚栏。

诗人视野开阔,境界高远,既写出壮观而险峻之美,也反映了诗人豪宕之胸襟。诗人也善写水乡渔村的隐逸之美,如《题画八首》其三:"蠹蠹青山带白云,石梁鸡犬数家村。江空不遣渔郎到,落尽桃花自掩门。"

又如另一首《题画》："绿树敷阴翠荇香，方舟十里下回塘。白鸥飞去青山暮，落日唱歌烟水长。"在诗人的笔下，白云缥缈，桃花掩门，虽然寂静，但并不沉寂。鸡犬有声，以动衬静，呈现出另一种静谧之美。

文徵明之所以能够欣赏到各种景物美，除了有丰富的艺术积累和鉴赏能力外，还和他的心态有极密切的关系。文徵明自嘉靖五年（1526）自请致仕出京后，直至病逝，有30余年生活在田园山水间，不仅环境清幽，心态也更为平静。这时，他对外物的感受更不受尘俗之干扰，因而也就更接近真实，更能领略到物态之美。有人说，一个人生活在美景之中，往往感受不到美，而美往往在远方。这虽然不无道理，但一个人能不能感受到美的存在，更重要的却在于自己的心态。由于文徵明回到苏州后优游林壑，心态澄明，所以才能看山山青、看水水绿。此外，虽然他在思想上是一位真诚的儒者，但并不完全排斥道、玄、禅学。相反，在明代中期儒释道"三教合流"的历史潮流中，禅悟与心学在某些方面是相通的。文徵明早年拜师沈周，而沈周是以虔诚之心来修禅的，所以他受佛禅的影响也很深，特别是到了晚年，他的好禅之心表现得更为明显。他的题画诗中就有禅宗所推崇的"空山无人，水流花开"的审美境界。文徵明受到王阳明心学的影响，重视主体人格的确立，加之他仕途坎坷、心中痛苦，这又与玄学相通；作为一名山水画家，文徵明爱好观赏山林之美，以求得精神上的寄托，这自然也与玄学相通。同时，文徵明把自己的斋号取名"悟言室"，既有禅学的"禅悟"，也暗合道家之"顿悟"。

由于文徵明在特殊的历史背景下，融"儒释道"于一身，便形成了特殊的哲学思想结构，又加上他兼擅诗、书、画、文"四绝"，决定了他独特的心态和独具的审美视角，所以在他的题画诗中便呈现出色彩斑斓的审美景观。

第三节　文徵明诗书画艺术特点与贡献

王世贞曾评价文徵明说："吴中人于诗述徐祯卿，书述祝允明，画则唐寅伯虎，彼自以专技精诣哉，则皆文先生友也。而皆因前死，故不能当文先生。人不可以无年，信乎！文先生尽兼之也。"（《文先生传》）此言对徐、祝、唐三人的评价虽然未必准确，但他们因过早辞世，不如文徵明长寿，文徵明因而得以长期致力于诗书画，成就更高，却是正确的。这从集诗、书、画于一体的《拙政园诗画册》中也可以充分看出。

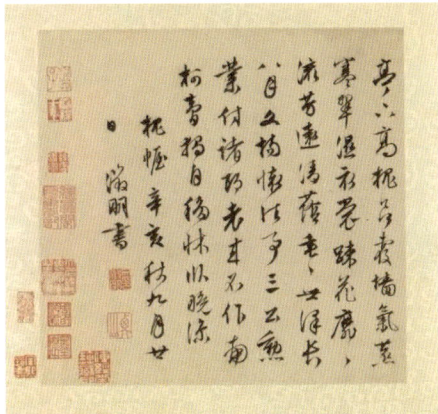

《拙政园诗画册》

文徵明诗书画艺术的突出特点，也是主要贡献，大致有三：

一、既能使诗意与画境相融，又能题外生意，使诗情画意达到完美统一

如何处理好诗与画的关系，一向是题画诗写作的关键问题。如果单纯以诗说画，题画诗也就失去了审美价值；反之，诗意与画境毫无关联，题画诗又失去了依托。文徵明则很好地处理了两者的关系。试看其《题曲港归舟图》：

> 雨绝树如沐，云空山影浮。
>
> 草分波动处，曲港有归舟。

《曲港归舟图》现藏于故宫博物院。画幅上部为远山，山坳间一道泉水，直泻深壑。山石以淡墨勾皴，密密点苔，浓郁苍润。山体下部墨色渐淡，与中部云雾相接。下部画坡石、溪流、尘树，茅屋掩映于丛树中，墨

《曲港归舟图》

色近浓远淡。树后溪边，有一扁舟，缓行于曲港中。此画极富诗意，而其题诗又深化了画境。前两句写春雨刚过，树木如沐，苍翠欲滴。此刻云未散去，风吹云走，好像山影浮动。这便把静态的画变成动态的诗。后两句又扣画题，写水草分开，由波动而知有扁舟回港，这是化用王维"莲动下渔舟"（《山居秋暝》）的句意。文徵明很善于从前人的佳句中受到艺术启发，将其绘入画中，使自己的绘画深寓诗意。而题诗又将这种意蕴阐发出来，成为富有画意的诗。由诗而画，又由画而诗，诗画意蕴反复融合、渗透，达到了水乳交融的境界。但文徵明的题画诗也常常借题发挥，生出新意，如《题画乌》：

城头霜落月离离，匝树群乌欲定时。
会有人占丈人屋，微风莫自袅空枝。

此诗先描写画幅上的乌鸦及所处的环境，似紧扣画境，但接下的两句便题外生意，对将会被夺去巢穴的乌鸦寄予同情，这似乎又是以乌喻人，表达了诗人对将失去家园的穷苦人的关切。更值得注意的是，这幅画乌，也当是画家由前人诗句的感发而作画，然后又以题诗阐发之。这是因为诗人在这首短诗中先后化用了张继的"月落乌啼霜满天"（《枫桥夜泊》）、曹操的"乌鹊南飞，绕树三匝"（《短歌行》）、杜甫的"丈人屋上乌，人好乌亦好"（《奉赠射洪李四丈》）的名句。这从另一方面也说明，要画好富有意蕴的文人画，没有高深的诗词修养是不行的。这也是文徵明诗画达到完美契合的文学原因。

二、题诗与画幅不仅在位置上相和谐，在艺术手法上也相一致

文徵明的题画诗字数多寡和所占的面积、位置都经过精心设计。一般的山水画，他大多题以五绝或七绝，往往题于画幅的右上方或左上方，和画面形成完美的一体，如《溪桥策杖图》，就在画的左上方题写了一首七言绝句：

> 短策轻衫烂漫游，暮春时节水西头。
>
> 日长深树青帏合，雨过遥山碧玉浮。

此图现藏于故宫博物院，是文徵明水墨山水画中"粗文"的代表作品。画幅中心画一位策杖立于溪桥的老者。身后有杂树数株，耸立于岩石之上。树干粗壮，枝繁叶茂。远处的山坡，一山淡墨染成，一山略施皴擦，富有变化。而左上方的题诗，位于山的斜坡，与画幅景物、人物融为一体，极为和谐。他的另一首《题水亭诗意图》更是独具匠心。此图现藏于南京博物院。画家采用大块留白的虚实相生手法，描绘雨后江南的烟云景象，近处为坡岸、树丛，而溪流从远处蜿曲流来。岸边草亭一座，面溪而立。画幅上部，于云雾之上露出峻岭之半身，飞泉下泻，云霭飘浮其间，使景物似有若无。左上方题五言绝句一首，其诗是：

《溪桥策杖图》

密树含烟暝，远山过雨青。

诗家无限意，都属水边亭。

唐代的题画大师杜甫曾运用"以画法为诗法"的手法写作题画诗。文徵明继承并发扬了这种传统，将诗法与画法相一致，也以虚实相生之法，来为自己绘画题诗。此诗前两句用实笔，写密树含烟。远山雨青，基本上概括了画面上的景物。而后两句则用虚笔拓展画意，说生在水亭中，可以看到周边的景物，具有无限的诗意。全诗也同绘画一样，虚实相生，既写出画上之景，又表现出画外之意。

三、题画诗的书法与画笔搭配得当，相融成趣

文徵明的书法众体兼备，皆为极品。其题画的字体常随图意而变化，与画境相和谐。一般地说，其粗笔画往往用行草，而细笔画则用楷隶。现藏于故宫博物院的《山水图扇》，是一幅细笔山水画。此图景物侧重于右幅，高山撑满画面，泉瀑于岩石间倾注，密树丛竹掩映数间茅庐。堂中有人正凭几读书。画幅左侧，有远山、湖泊，近处为洲渚，水天相连、清幽深远。全图布局疏密得当，意境苍秀。画幅左侧用隶书工整地书写一首七言绝句：

《山水图扇》

溪外青山坐下庐，松岩竹坞胜仙居。

幽人不逐寻春侣，静倚南窗读道书。

署款是"时年八十五，徵明"，可知是画家晚年的作品。他已年迈体衰，喜爱静养身心。因此，心闲，画也静，而工稳的隶书也恰恰反映出他的沉静心态。他的《秋花图》现藏于故宫博物院，是一幅水墨写意山水图。正中画湖石，画家率意勾勒，不加皴染、点苔，时露飞白笔意，正符合赵孟𫖯的"飞白写石"的审美标准。湖石前后布菊花、兰花、鸡冠、秋葵等花卉。画幅右上方，画家自题五绝一首："秋霜丽朝阳，群卉日以萎。云胡老圃中，杂英各呈美。"此诗用行书而题，其飞动的浓墨，与多姿的秋花和如墨点般之花瓣极为相似，所以字与花错落有致，几不可分，构成了完美的艺术整体。又如《兰竹图》与题诗更是书融于画，画亦似书。现藏于台北"故宫博物院"的《兰竹图》构图极简约，兰草一丛，细竹一竿，均自左侧下部向上、向右伸展。画家以淡墨画兰，浓墨写竹，兰叶细长相交，若行草；竹枝细劲，竹叶若书八分。画幅右上方自题七绝一首：

风裾月珮紫霞绅，秀质亭亭似玉人。

要使春风常在目，自和残墨与传神。

其字飞扬潇洒，似行若草，与兰、竹之叶浑然一体，极相吻合。

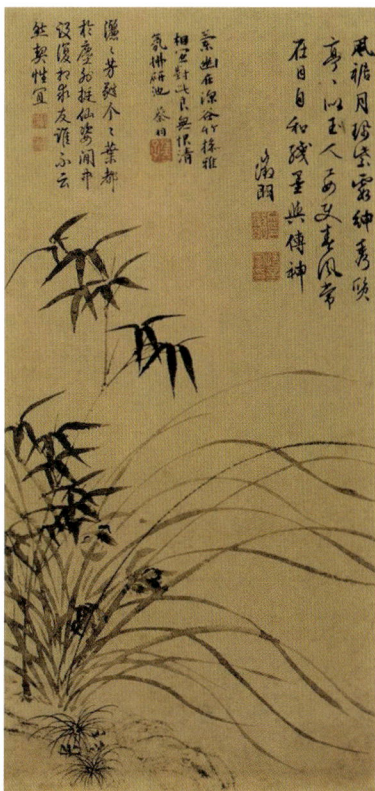

《兰竹图》

第二十八章

题画奇才徐文长

徐渭（1521—1593），字文长，号天池山人、青藤道士，浙江山阴（今浙江绍兴）人。他知兵好奇计，壮年曾入浙闽总督胡宗宪幕，为书记，参加过东南沿海的抗倭斗争。徐渭一生潦倒，八次乡试未中，遂无意功名。后又因朋党之争而无辜受牵连，九次自杀未遂。一度精神失常，致误杀妻子而被捕，度过七年的监狱生活。晚年贫病交加，所藏图书变卖殆尽，常至断炊。梵高曾说："伟大人物的历史就是悲剧，他们活着的时候会遇到很多阻力，

徐渭

而往往在他们的成就得到公认时候，他们已不在人间。"徐渭就是一位这样的伟大人物。徐渭一生最有意义的是文学艺术创作。他尚今、尚俗、尚奇警，反对封建礼教，是晚明思想解放的先驱。其画与陈淳并称"青藤""白阳"，以水墨大写意作花卉，奔放淋漓，追求个性解放。所画"无法中有法"，"乱而不乱"。他"不求形似求生韵"，虽狂涂乱抹而意趣横生。尤喜作墨葡萄、牡丹，借物抒情，为清代名家石涛、八大山人、郑燮等所效法。徐渭对自己的书法颇为自负，他说："吾书第一，诗次之，文次之，画又次之。"对于他的说法，后人虽以为不当，但他对书法的确下过苦功。上自魏晋，下至唐宋金元，都有涉及。特别是深受张旭、怀素、黄庭坚、米芾等书家的影响。晚明公安派首领袁宏道评论徐渭说："不论书法而论神法，诚八法之散圣，字林之侠客也。"在他的作品中，诗、书、画、印已完美地融为一

体。其书法特点是寓妩媚于朴拙，寄霸悍于沉雄。笔画圆润遒劲，结体跌宕变化，章法纵横潇洒。徐渭的画，其用笔，点画似草书飞动，布局潇洒纵恣，也如其书之章法。这说明其绘画确实得力于书之功力。他曾说："迨草书盛行乃始有写意画。"清代郑燮见到他的作品，赞叹不已。曾以"五十金易天池石榴一枝"，还刻了一方"青藤门下走狗"的印，作为自己书画的闲章。近代齐白石在提到徐渭时，竟说自己"恨不生三百年前"为"青藤磨墨理纸"。这些都足以说明徐渭书画对后世影响之深远。

徐渭不仅是明清大写意画派的开山大师，而且是一位兼擅多方面艺术的奇才。人称文长"病奇于人，人奇于诗，诗奇于字，字奇于文，文奇于画"。他还是明代杂剧创作中影响最大的剧作家之一。其代表作《四声猿》敢于突破传统思想的束缚，怒斥权贵的凶残暴虐，嘲讽宗教禁欲主义，颂扬妇女的文才武略，堪称"天地间一种奇绝文字"（王骥德《曲律》卷四）。

徐渭也是诗文奇才，尤其在题画诗创作上力革陈规，出奇制胜，借画寄意，挥洒自如，取得了独树一帜的成就。他喜欢在画上自题诗，用以增强绘画的思想性和艺术性，使诗情画意浑然一体。他的题画诗既有唐寅之泼辣，又有自己深厚文学修养之沉稳；既有沈周之意趣，又有自己独特之情调。堪称明代题画诗史上题画之奇才。

第一节　徐渭题画诗思想内容

徐渭在不幸的经历中，对世俗人情有较为清醒的认识。他性格倔强，疾恶如仇，在题画诗中对权贵充满憎恨和轻蔑，对腐朽的封建社会进行猛烈抨击。在《画蟹》中说："稻熟江村蟹正肥，双螯如戟挺青泥。若教纸上翻身看，应见团团董卓脐。"这是一首绝妙的讽刺诗。诗人一是突出写"螯"，"双螯如戟"，挺于青泥，表现了蟹横行霸道的姿态和不可一世的狂妄；一是突出写"脐"，"团团董卓脐"为雌蟹，意在表明其色厉内荏，粗暴而虚弱，下场可耻。两相对照，足见其寓意之深刻、嘲讽之辛辣！而另一首《题黄甲图》更耐人寻味：

兀然有物气豪粗，莫问年来珠有无。

养就孤标人不识，时来黄甲独传胪。

这首诗的讽刺锋芒更为尖锐。诗中说，"兀然"螃蟹虽然其貌骄横、其气粗豪，但却胸无点墨。然而就是这样一个"人不识"的孤标，却博得"独传胪"。据《明史·选举制》：乡试第一为解元，会试第一为会元，二三甲第一为传胪。但世多以二甲一名为传胪。很显然，此诗是以物喻人，激烈地抨击科举制度。因螃蟹有甲，外刚内柔，所以暗喻金玉其外、败絮其中之辈竟能荣登进士甲科。诗人写得似乎心平气和，但心中的愤懑却自在言外。诗人才华横溢，却屡试不中，其心中之不平不言而喻。因此，这首诗好似表层只有涟漪的流水，下面却翻腾着巨澜。我们反复诵读，似乎可以听到诗人在震怒之余的咬牙切齿声。

徐渭思想解放，不拘常格，敢言人之不敢言。他的题画诗或直斥邪佞，或借画寓意，无不具有现实性和深刻性。《风鸢图》诗是其讽喻诗的代表作。这组诗共有25首，据徐渭另一幅风鸢图上跋文得知，前7首为元代画家王冕所作，系徐渭抄录。另有一说，认为他共有37首《风鸢图诗》。这

徐渭
《黄甲图》

里只对其中几首略作评述。《风鸢图》的题跋中写道："郭忠恕先为富人子作风鸢图，偿平生酒肉之饷，富人子以其漫己，谢绝之。意其图必立遭毁裂，为蝴蝶化去久矣。予慕而拟作之。"在别幅风鸢图题跋中又说："张打油叫街语，亦取其意而已矣。"由此可知，他是仰慕郭忠恕蔑视权贵的为人，也以放风鸢为题，借题发挥，痛砭时弊，抒发感慨。郭忠恕是五代宋初著名画家，疏放不羁，常纵酒肆谈。后周时官至国子监学博士，因议论朝政被贬。他厌恶豪富，有一经营官酒的富商慕郭忠恕的画，数次相求，于是郭忠恕便为他画一风鸢图。画卷一头为一小孩儿手拿线车放风筝，另一头是飘在空中的风筝，中间几丈长的纸上画的竟是一条长线。"意其图必立遭毁裂"。徐渭正是出于赞赏其寓意和构思，才"拟作之"。其第十七首诗中说："娇养娇生娇性情，鹞儿高别两三层。春郊十里饧糖尽，买奉他家小主人。"此诗对富商依财仗势行为及其"小主人"的娇奢进行了辛辣的讽刺。他在另一首诗前说："海上相传，一儿将食饧，寄线于腰，忽大风拔鸢向海，儿竟坠死。收其骸，饧犹在掌中。"接下的第三首诗中说："风微欲上不可上，风紧求低不可低。渡海一凭侬自渡，可怜带杀弄饧儿。"联系严嵩当权时期，其翻手为云、覆手为雨的专横跋扈和徐渭在黑暗现实中的不幸遭遇，徐渭似把他所依附的胡宗宪比作被恶势力的大风刮走的风筝，而他则是那被风筝带走坠死的孩童。在第六首诗中说："高高山上鹞儿飞，山下都是刺棠梨。只顾鹞飞不顾脚，踏着棠梨才得知。"这是他回首往事，省悟到自己当年在政治上好像天真无邪的儿童，"只顾鹞飞不顾脚"，不知"山下都是刺棠梨"，直到踏上被刺扎，才知世情的险恶。诗中表达了他强烈的愤懑之情。面对压抑人才的黑暗制度，徐渭并不屈服。其第八首诗中说："纸鸢一块去飘绵，不及三朝飑木鸢。更有大风君信不，能翻磨扇上高山。"其第九首诗中说："我经南海飓风年，屋瓦飞空搅蝶眠。试取纸鸢当此际，可能背去负青天。"在这些诗中，诗人好似要借大风之力吹散久郁胸中之烦闷，又似要借飓风吹翻压抑人性的旧世界，勃然之气上指云霄，具有极大的震撼力量。

徐渭早年胸怀大志，但一生坎坷，所以在他的题画诗中，常常抒发怀才不遇的感慨，如《题〈葡萄图〉》：

半生落魄已成翁，独立书斋啸晚风。

笔底明珠无处卖，闲抛闲掷野藤中。

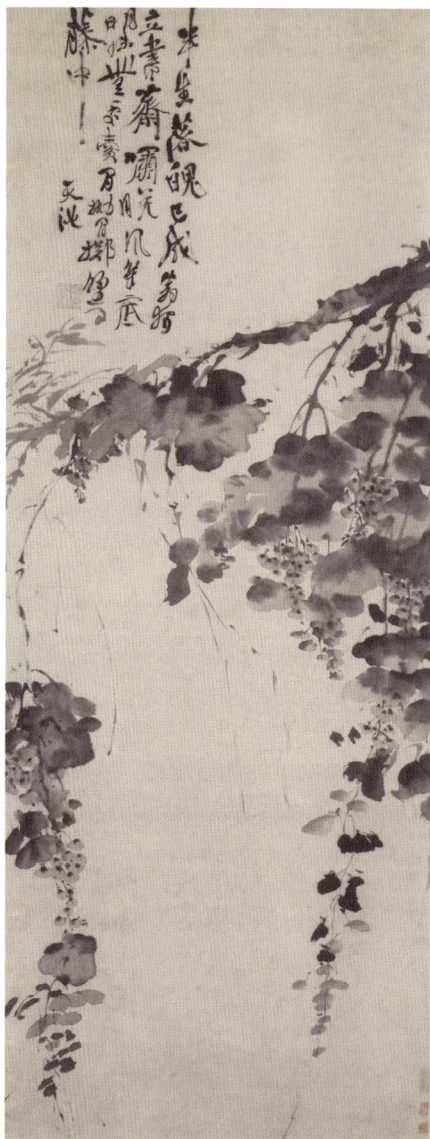

《葡萄图》是徐渭水墨大写意花卉的代表作品之一。画面上，藤条错落，枝叶纷披，果实晶莹。笔墨酣畅，有飞舞之势，显示出一种为他所独有的随意挥洒、豁达奔放的气度。然而他恢宏的胸襟却和他的处境适成鲜明对照，"半生落魄"，渐成老翁，只能独立书斋，仰天长啸。画家笔下的晶莹欲滴的墨葡萄，好似他超人才华凝结而成，有谁来赏识呢！万般无计，只好把它们抛掷在野藤之中。诗人的满腔愤懑尽在不言中。另一首《王元章倒枝画梅》更有深意，其诗是：

皓态孤芳压俗姿，

不堪复写拂云枝。

从来万事嫌高格，

莫怪梅花着地垂。

徐渭 《葡萄图》

徐渭与元末诗人王冕有着相同的不幸际遇，所以诗中明说王冕，实则暗喻自己。一句"从来万事嫌高格"，道出了封建社会历朝历代压抑、嫉妒"高格"人才的普遍现象。如果了解了这种世俗的风尚，就不难理解王元章为何要画"倒枝"梅花了。这反语，实际上是诗人的愤极之语。这种反话正说，恰恰表现了作者心中的积愤是多么深重！这正如一个人在欲哭无泪时，不得不冷笑一样，更具有感人的力量。

封建制度虽然压制人才，但并不能束缚徐渭的思想和抱负。他的《题画竹》说：

> 嫩篁捎空碧，高枝梗太清。
>
> 总看奔逸势，犹带早雷惊。

此诗起笔即豪气冲天，表现了诗人的凌云之志。诗中夸张地写小竹生机勃勃，其势奔逸，如在惊雷中迅猛生长，直指碧空，其气势不可阻挡。对嫩竹长势的描写，表达了诗人想干一番轰轰烈烈大事的雄心和抱负。因此，这"嫩篁"无疑是诗人的自我写照。然而，现实社会却容不得"嫩篁"自由成长。其《竹石图》诗说：

> 纸畔濡毫不敢浓，窗前欲肖碧玲珑。
>
> 两竿梢上无多叶，何自风波满太空！

这也是一首以画竹自况的题画诗。前两句蓄势，后两句转入正题，说两竿竹梢并无多少叶子，何以会招致满天风波呢！这当是诗人有感而发，现实世道容不得正人君子，自己的一举一动常常会招惹无端的是非。作者将自己的人生体验融入艺术形象之中，只要轻轻点染，就能抒发出深深的感慨。他在《水墨竹枝》中也说："细叶莫生风，风波世上满。"更说明世上风波迭起，已弥漫人间。诗人表面上告诫"细叶"不要推波助澜，实际上是对世俗风波的一种谴责。

《竹石图》

徐渭还有一些题画诗是对自己贫寒生活的描写，特别是到了晚年，他衣食不济，只得靠卖字画甚至卖图书度日，《画菊二首》说：

《菊竹图》

身世浑如泊海舟，关门累月不梳头。
东篱蝴蝶闲来往，看写黄花过一秋。

经旬不食似蚕眠，更有何心问岁年。
忽报街头糕五色，西风重九菊花天。

　　这是作者的晚年之作。重阳节，本是菊花盛开的季节，但在这两首诗中，诗人却没有一点赏花的闲情逸致，倒是以愁苦之笔叙述自己贫困、飘泊的生活与孤寂、悲凉的心情。"关门累月不梳头"一句，不仅让读者看到了他苍老、憔悴的面容，而且似乎听到了他轻轻的嗟叹声。既写出了他年老体衰、心力交瘁，又反映了他闭门谢客的孤寂心境。仅此一句，就活画出一个饱经风霜、满面愁容的老者形象。"经旬不食似蚕眠"则用直笔明写自己的艰难处境，一个饥饿难熬的人哪还有心情去关心时令的变化呢！诗人由写人到状物，无不饱含感情。那漫天的西风，那满地的黄花，都衬托出诗人凄凉、孤苦的心境。

第二节　徐渭题画诗艺术特点与表现方法

　　徐渭题画诗的艺术特点，同他的大写意绘画一样，随心所欲，不拘一格，由感情所驱使，时而豪气冲天，时而冷峻雄浑，时而清新如雨后之蓝天白云，时而沉郁如风前之阴云密布。公安派的袁中郎评论其诗说："文长既不得志于有司，遂乃放浪曲蘖，恣情山水……其所见山崩海立，沙起雷行，雨鸣树偃，幽谷大都，人物鱼鸟，一切可惊可愕之状，一一达之于诗。其胸中又有勃然不可磨灭之气，英雄失路、托足无门之悲，故其为诗，如嗔如笑，如水鸣峡，如种出土，如寡妇之夜哭，羁人之寒起。"（袁宏道《徐文长传》）他的题画诗，因题材所限，虽然不如普通诗歌风格多样化，但不拘成法，气势奔放，当是其基调。《雨竹》《雪竹》是写不同季节、不同天气中的竹，但都写得极有生气。《雨竹》诗是：

> 天街夜雨翻盆注，江河涨满山头树。
> 谁家园内有奇事，蛟龙湿重飞难去。

夜雨倾盆，江河暴满，而园中的劲竹如蛟龙因雨大"湿重"而不得飞腾。这虽然也是以竹喻人，抒写自己在险恶环境的重压下难以奋起，但其豪宕之气，却似从纸面飞来，自有冲击力量。《雪竹》是写严寒之竹，此时冰封雪飘，大地已是一片沉寂。但在诗人笔下，青蛇（竹）被压损而不屈，诗人"起烘冰兔扫双梢"，要让它与"没人腰"之厚雪比高低，这既是竹的性格，也是诗人的气魄。徐渭的有些题画诗看似委婉，并无锋芒，但内含不平之气，如《五月莲花图》：

《五月莲花图》

> 五月莲花塞浦头，长竿尺柄插中流。
> 纵令遮得西施面，遮得歌声渡叶不？

这首诗先写五月荷花盛开，塞满水浦头，长长的荷茎像一支长柄直插中流。花姿挺拔，暗寓赞意。接着，诗人又把荷花比西子，将荷叶比妒贤嫉能之辈，然后忽发奇想，向荷叶责问：你纵能遮住西子的美丽面容，还能遮住她的歌声飞过荷叶而飘向四方吗？诗人绵里藏针，在描绘娇美的花卉中，也透出几分逼人的豪气。当然，在徐渭的题画诗中也不乏清雅恬淡之作，当他寄情于美好的山水之中时，便暂时忘却了世间的烦恼，以他的热爱自然之心，去歌唱秀丽的山川，描绘娱人的花鸟鱼虫。这样的诗篇风格也归于清新自然。

徐渭的题画诗在艺术表现手法上也多种多样，除常见的拟人、象征、寄托等，最突出的是辛辣的讽刺。这与唐寅的题画作品有相同之处，但其不同点也较为明显。这就是徐渭的题画诗更具含蓄性和深刻性。试看他的《水墨牡丹》：

> 墨染娇姿浅淡匀，画中亦足赏青春。
> 长安醉客靴为祟，去踏沉香亭上尘。

这首诗通过咏墨牡丹，抒发了对封建统治阶级蔑视和不与其合作的态度，但用笔却极为曲折。诗中的"长安醉客"是指唐代诗人李白。杜甫的《饮中八仙歌》中说："李白斗酒诗百篇，长安市上酒家眠。天子呼来不上船，自称臣是酒中仙。"唐代有赏牡丹之风气，开元年间尤盛。等到牡丹盛开时，唐玄宗曾召翰林学士李白作《清平调》三章以进，其中有"名花倾国两相欢，长得君王带笑看。解释春风无限恨，沉香亭北倚阑干"之句。诗中不直接讽刺李白到沉香亭去奉承旨意作词，用"靴为祟"三字指责是靴子作怪，而非李白的本意。用典幽默，用笔深曲，既达到了讽喻目的，又不留痕迹，可谓手法高妙。这同唐寅题画诗的直接戏谑似有不同。

徐渭题画诗的艺术特征，不仅体现在其题画诗本身，还体现在诗、书、画三者有机相融的艺术实践上。关于诗画一体的理论，宋人作了多方面的论述，经过金元时期的发展，到了明代更有创新。而对于书与画的融合与同体，徐渭有独特的贡献。他不仅认为书与画同理，而且通过其具有特质的书法将诗与画融为一体，成为完美的艺术形式。

其一，诗、书、画的风格相似。我国的文人画发展到明代，出现了新的突破，在创作思想上，摆脱了政教的束缚，走上了超然物外、寄情山水的道路。文人画以尚意为主，强调主观心意的重要性，使绘画从重在表现客观向表现主观心灵转变。同时，明代的大写意画的勃兴，当还与明中叶以后王阳明、李贽的哲学思想有关。徐渭正是在哲学上深受王阳明心学的影响，在艺术观上主张以本色为宗，在绘画上以表现心灵为重，强调"不求形似求生韵"。他的大写意画风，是从研究总结前人的理论和创作成果中来的，加上他深厚的文学修养，一生不得志的惨痛际遇又形成了他狂傲不驯的性格。因此他创立的大写意画风具有不同流俗的格调。他那豪放、沉雄带有霸悍的大写意画，痛快淋漓，更能激动人心。而他的草书也与其画风完全一致。笔墨恣肆，尽情宣泄内心情感，满纸狼藉，不计工拙，所有的才情、苦闷都郁结在扭来扭去的笔画之中。其题画诗也与书、画的风格一样，豪迈而放逸。

其二，从形体上看，徐渭的书与画也十分相近。他的字龙飞凤舞，就是大写意的画；他又以草书入画，似草书飞动，布局潇洒纵恣，也如其书之章法。因此，他的字也是画，画也是字，浑不可分。这正如张岱所评："青藤之书，书中有画；青藤之画，画中有书。"

其三，突出了题画诗的位置，诗（书）与画配合得当，融为一体，非一般地将诗题于空白处，而是融于画之中，几乎分不清哪是画哪是书（诗）。将诗、书、画融为一体，不仅要求诗佳、书佳、画佳，而且其位置之安放，意境之营造，也须精心构思，才能臻于妙境。对于这些，徐渭无疑都做到了，如《蕉石

《蕉石图》

图》就是一幅充分发挥其大写意花卉画美学特征的作品。画幅左侧画湖石
一块，以饱含水墨的侧锋纵横写出，以笔托抹，笔墨粗狂，浑厚苍润。石
上芭蕉，叶子破败，将要枯烂。石后隐现梅竹，用笔谨细，与逸气豪放之
芭蕉形成鲜明对比，起到衬托作用。此系继承王维画雪中芭蕉之传统。画
幅右上方，自题一诗：

> 冬烂芭蕉春一芽，隔墙似笑老梅花。
>
> 世间好事谁兼得，吃厌鱼儿又拣虾。

此诗字体挥洒自如，楷中见草，完全融合于渴笔所写的枯芭蕉之中，
几乎分不清哪是枯叶、哪是题诗。又如《杂花图·画梅》，将诗题于画幅
中间，十分显眼，梅花布于两侧，似作陪衬。其屈曲之字体与圈点之墨梅
更是浑然一体，几不可分。这不仅是书风与画风、诗风的一致，书与画形
体相似，而且布局也十分谐调。

徐渭所开创的诗、书、画完美融合的艺术特征，对后世的影响巨大而
深远。清代的朱耷、扬州八怪，以及近代的吴昌硕、齐白石等，无不从他
的身上学到了才艺。

第三节　徐渭题画诗中的绘画理论

徐渭在题画诗中对画理、画技的诗意阐述，见解独到、观点鲜明，其
贡献也不可忽视。徐渭是明清大写意画派的开山大师。他的绘画艺术是我
国文人画发展到明代的一个新突破。因此他的绘画理论和技巧，对于我们
研究古代的绘画艺术，继承其传统，无疑有着重要意义。他的许多题画
诗，就是为阐述其艺术观而作，所以研读其题画诗当是探讨其绘画理论的
最好途径。

首先，他在题画诗中诠释了大写意画的创造精神。其《题画梅》
诗说：

从来不见梅花谱，信手拈来自有神。

不信试看千万树，东风吹着便成春。

徐渭的《杂花图》卷，现藏于南京博物院。全卷分为十段，作牡丹、石榴、荷花等13种四季花卉瓜果，纵横涂抹，洋洋洒洒，为大写意画的代表作之一。这首诗是其题画组诗中的一首，也可看作他大写意绘画的诗意解说。"从来不见梅花谱"，并非说他没有见过"梅花谱"，而是说从来就不去看"梅花谱"。这表明他对因袭古人、囿于成法的"复古派"的激切反对，也道出了其大写意画的美学核心是革新与创造精神。因此他特别强调情感与自然景物的交融，即依意而写，以情挥毫，只要意到，便"信手拈来"，使形象栩栩如生。此诗不仅阐释了徐渭大写意绘画的创新原则，而且作者坚信其艺术理想必将化为美好的艺术成果，即"不信试看千万树，东风吹着便成春"。

其次，阐述自己不同流俗的创作思想。他在《水墨兰花》中说：

绿水唯应漾白蘋，胭脂只合点朱唇。

自从画得湘兰后，更不闲题与俗人。

徐渭说，按常理，在绿色的湖水中应画白蘋荡漾其上，美人的朱唇也只能用胭脂来点才合适。然而，他偏要与这"常理"相悖，决意离经叛道，不讲色彩搭配，只用水墨来写意花卉。他的大写意绘画，尽管"和者盖寡"，但他也决不改变自己的审美观，更不会把自己的作品随便题给一般世俗之人，让他们去糟蹋自己的绘画作品。这首诗以欲擒故纵的手法，既阐明了诗人特有的艺术操守，又表现了自己孤傲的个性。他在《题萱草》中说："莫把丹青等闲看，无声诗里诵千秋"，强调绘画乃是抒发思想感情的工具，阐明了绘画的创作思想和根本目的。

最后，"不求形似求生韵"，以"神似"为创作的最高标准。他在《画〈百花卷〉与史甥题曰漱老谑墨》中说：

葫芦依样不胜揩，能如造化绝安排。

不求形似求生韵，根拨皆吾五指栽。

胡为乎，区区枝剪而叶裁。

君莫猜，墨色淋漓雨泼开。

诗人反对依葫芦画瓢，"不求形似"，而主张用自己的"五指"，即用心去作画。他在《画竹》诗中说："万物贵取影，写竹更宜然。稔阴不通鸟，碧浪自翻天。戛戛俱鸣石，迷迷别有烟。直须文与可，把笔取神传。"这里所说的"影"，实际是指脱形之"神"。这也正是宋代画竹大师文同所追求的得神忘形的最高境界。他在《水墨牡丹》中又说：

五十八年贫贱身，何曾妄念洛阳春？

不然岂少胭脂在，富贵花将墨写神。

在世人眼中，牡丹之美在于它绚丽的色彩和绰约的丰姿，而徐渭正像在生活中不追求富贵荣华一样，在画中也不用胭脂去画牡丹的雍容华贵，而是挥毫泼墨。因而他笔下的牡丹，墨汁淋漓、烟云满纸，表现了与世人不同的审美情趣。诗的最后一句"富贵花将墨写神"是倒装句式，即"将墨写富贵花神"，再次强调了传神写照之"神"。

在徐渭的题画诗中还有许多是为别人的画所题的诗，这对于研究其他画家和画作也很有参考价值。如他的《刘雪湖梅花大幅》，是一首品画长诗。刘雪湖，名世儒，字继相，号雪湖，山阴（今浙江绍兴）人，是徐渭的同乡好友，交往甚密。他是著名画家，尤以画梅称著。这首诗不仅高度地赞誉了雪湖画梅的精湛画艺，而且追述了其绘画艺术的渊源，指出他宗法王冕，与之互有短长。"圈花"，虽稍逊王冕，但画梅花枝条，却比王冕技高一等。褒贬得当，不失评画之公允。

第二十九章

明代后期题画诗

第一节　诗歌创作与书画艺术发展

　　明代晚期，诗坛吹进一缕新风。先是徐渭的"尚奇说"和李贽的"童心说"；后是文学解放的两股思潮：一是走向开放的"公安派"，二是有所收敛的"竟陵派"。以"三袁"（袁宗道、袁宏道、袁中道）为代表的"公安派"主张，"独抒性灵，不拘格套"。以钟惺、谭元春为代表的"竟陵派"在崇尚性灵的同时，又提倡"引古人之精神，以接后人之心目"，"求古人真诗"，抒写"幽情单绪"（钟惺、谭元春《诗归·序》）。

　　晚明是明王朝崩溃与遗民活动时期。诗歌的主要成就表现在复社、幾社的几位诗人身上。其中著名的诗人有陈子龙、夏完淳、瞿式耜、张煌言等。他们的诗充满了爱国主义激情和浩然正气，集中地反映了易代期间群体情感，标志着明代诗坛的最后一座高峰。

　　在明代后期的画坛上，徐渭进一步完善了花鸟画的大写意画法。陈洪绶、崔子忠、丁云鹏等开创了变形人物画法。以董其昌为代表的画家在文人山水画方面另辟蹊径，形成了许多支派。这一时期是明代文人山水画最为发达的时期。但此时画坛摹古风日盛，出现了"家家子久，人人大痴"的现象。明代后期，人物画也较为发展。曾鲸为其中富于创新精神的代表画家。他的肖像画重墨骨，即在用淡线勾出轮廓五官和以淡墨渲染出明暗凹凸后，再以色彩烘染数十层，必穷匠心而后止。这种画法较富立体感，可能已受到当时新传入的西洋画法的一定影响。学者甚众，遂形成波臣派，其影响直至清代。

特别值得一提的是，随着商品经济的发达和资本主义萌芽的出现，明代的民间绘画比较活跃，尤其是木刻版画有较大发展。创作者主要是民间画工，但也有一些文人士大夫画家参与活动，如从事木刻的陈洪绶等人，曾为适应版画的需要而创作了不少画稿。

民间创作的卷轴画，主要内容有风俗画、历史故事画、神像画、水陆画及肖像画等，许多不知名的民间画工所绘制的肖像画被流传下来。由于民间绘画题材广泛，多涉世俗风情，这便为题画诗词拓展创作领域，反映社会生活提供了前提条件。

明后期，随着农业、手工业的进一步发展，中国的市民阶层逐渐扩大。长久以来的正统意识、价值观念——从孔孟之道到朱程理学都受到猛烈冲击，新的美学观、价值观正在兴起。涌现了一大批思想家，如李贽、袁宏道等，他们认为艺术在于抒发个人情性。这种求异的美学思潮与仍在继续发展的封建正统美学，相互斗争、相互影响，促使书法艺术呈现丰富多彩的格局。这一时期涌现了一批书画大师，如董其昌、张瑞图、黄道周、倪元璐等。此外，陈洪绶虽然不以书法名世，但也取得了一定的成就。总之，这时期的书法家大都取法高远，极富创新精神，使明末的书法达到了个性化的高峰，成为清代书法艺术繁荣的先导。

第二节　董其昌与李日华题画诗

董其昌

董其昌与李日华都是明代后期的重要题画诗人。由于他俩既有许多共同点，又有不同之处，所以一并加以论述。

著名书画家董其昌（1555—1636），字玄宰，号思白、香光居士，华亭（今上海松江）人。明万历十七年（1589）进士，官至礼部尚书，后加太子太保致仕。专善山水画，讲究笔墨情韵，画风清朗明秀。也精于书法，以疏秀为主。其绘画和书法对晚明以后的画坛、书界有较大影响。他一生创作了较多题画诗，其中不少是自题画诗。

他长于画山水，所以为山水类绘画题诗也较多。这类题画诗写景绘状，形象生动，意态优美，风格清新自然，如《红树秋色图》：

> 山居幽赏入秋多，处处丹枫映黛螺。
>
> 欲写江南好风景，雪川一派出维摩。

这首诗不仅写出山居"丹枫映黛螺"的好风景，而且表现了王维清朗的画风。这既是元初画家雪川翁钱选所追慕的画格，也是诗人一生的学习楷模。又如《题画赠张平仲水部》：

> 十月江南野色分，渔庄荻浦见沙痕。
>
> 若为剪取吴淞水，著我微茫笠泽云。

诗人以画家之笔描绘出江南景色分明的原野。这里芦白江碧，水落沙出，一派秋光。诗人设想，倘能剪取淞江之水再为笠泽湖涂上一层薄云，迷茫灵动，那该多美啊！对家乡之景展开联想，不留痕迹，贴切而自然。然而，现实并非一切都美好，往往荆棘丛生，并不以人的意志为转移。他在《题画》诗中说：

> 雪柏霜松不记年，从教千尺郁参天。
>
> 迩来灌莽丰茸甚，画史难回造化权！

这首诗先是写傲霜雪之参天松柏，诗人似借以自况，但接着笔锋一转，又说近来"灌莽丰茸甚"，画家也难以改变这种状况。言外之意，似感叹小人当道，贤良不得任用的黑暗现实。诗人在无奈之余，一方面坚持自己的高洁操守，另一方面难免有归隐之思。其《兰》二首就表达了这种思想：

> 绿叶青葱傍石栽，孤根不与众花开。
>
> 酒阑展卷山窗下，习习香从纸上来。

无边蕙草袅春烟，谷雨山中叫杜鹃。

多少朱门贵公子，何人消受静中缘。

第一首诗通过写兰花傍石而生，"不与众花开"，赞美其特立独行的孤高品格，并用以自况。第二首诗通过写啼叫"不如归去"的杜鹃，既表达了自己也有"归去"之心，又说明只有隐居山中，脱去世间的喧嚣，才能真正领略"静"的滋味和兰花之高洁。两首诗托物寄情，含蓄蕴藉。

李日华（1565—1635），字君实，号九疑，嘉兴（今属浙江）人。明万历二十年（1592）进士，官至太仆寺少卿。他"恬淡自持，居官日浅，优游田里，以法书名画自娱"（《明诗综》卷五十七）。工诗文，善书画，精鉴赏，长于山水、墨竹，时与董其昌齐名。其诗"非《选》非唐，别裁风格"，"微尚纤艳"（《明诗综》卷五十七）。有《恬致堂集》。一生所作题画诗甚多，多为山水、花卉竹石而题。

李日华

他的题画诗很少反映社会现实生活，而是在模山范水或在描绘梅兰竹石中抒发自己闲适的情怀和向往隐逸的志趣，如《题海湛画卷》：

溪渔罢钓归，残雪蓑上落。

暝色踏扁舟，翩然似孤鹤。

这首诗是通过题画来写自己闲适的垂钓生涯。诗人在残雪扁舟中，虽然不免孤寂，但以鹤比况，也表达了自己的高雅情志。他在《题画米山》中说："山鸟忽来啼不歇，声声似劝我移家"，则直接表达了他的归隐意愿。李日华虽然常怀林泉之志，但也时有怀才不遇之感，他在《垂兰》诗中说：

从风不惜(一作猎）香，俯溪自怜影。

空山狼藉春，半属野樵领。

诗人以兰花喻美人，她随风送香，毫不吝惜，然而却无人赏爱，空自在山中被雨打风吹去，大半只供打柴人欣赏领受。诗人于孤芳自赏中，流露怀才不遇之情。他的题画诗也有写友谊的，如《吕绳宇兄，余髫年交也，为图便面以见意》：

> 年少同学时，里社酾杯酒。
>
> 游鞭共骋目，处处迷杨柳。
>
> 廿载走风尘，物态惊回首。
>
> 素心既不移，水石盟依旧。
>
> 砚池征绘事，仍落搏沙手。

诗人通过对往昔同学交游的回忆，表达了世态多变而自己素心不改的情谊，抒发了对友人的深深怀念之情。

李日华的题画诗也有言画理的，如他在《题扇头米山》中说：

> 沙水弄夕晖，人家在烟翠。
>
> 每于江渚行，悟得米三昧。

诗中说，只有自己身临山水烟翠之中，才能领悟米氏那水墨淋漓、云树掩映的"云山"。这是师法造化的一种艺术说法，既形象，又道出了米氏画法之精义。又如他在《题画扇三首》其二中说："要知昔日云林意，落照苍茫数点沤（通鸥）"，也是强调要在大自然中领略倪瓒那林汀远渚、意境萧疏之画风。

李日华的题画诗具有较高的艺术性和审美价值，其特点主要有三。

一是描绘画中物态与生活实景相融，绘声绘色，栩栩如生，如《题画芦花渔笛》：

> 白石丹枫落照边，千峰云霭一江烟。
>
> 渔郎短笛无腔调，吹起芦花雪满船。

此诗既写画中景物，又写江南水乡深秋晚照中的秀丽景色，并将无声化为有声，仿佛让读者听到了渔郎那无腔调的笛声。诗人准确地抓住了在夕阳中不断变化的奇妙景物，勾画出色彩斑斓而又和谐优美的画面，使人

如睹其景、如闻其声、如临其境。另有《雨竹》《题宋比玉合作山水》等也都是这样的佳作。

二是采用拟人手法，给画中动植物以生命的灵动，如《仿刘潇湘竹石》："石瘦泥腴一径苔，溪亭雨歇净无埃。钓竿入手波光动，无数蜻蜓自往来。"又如《仿子久小笔》：

> 不是春山淡欲无，江空沙落眼模糊。
>
> 鹁鸠强要司晴雨，不管人眠着意呼。

在这里，无论是给人增添情趣的"自往来"的蜻蜓，还是为"司晴雨"而"不管人眠"的鹁鸠，都以自己的方式表达对人的爱意。这正如著名美学家周来祥所说："他们的表达更直白、真诚、深刻，很多故事，很多细节，都在潜移默化地影响着我们的心灵。"[1] 其写花卉类题画诗也是如此，如《画扇与高日斯》：

> 春江花飞恼人目，落花飞来掩茅屋。
>
> 沙洲有意款寂寞，一夜为我生浓绿。

这首诗虽然是说"花飞恼人目"，但花亦有情，它飞来掩屋，为人遮阴；而沙洲似乎更善解人意，为慰藉诗人之孤寂，而为"我生浓绿"。在诗人的笔下，动植物无不有灵动的生命，"达到了人与自然的心心相印，彼此珍重"[2]。

三是曲折婉转，富有情趣，如《画兰》：

> 懊恨幽兰强主张，开花不与我商量。
>
> 鼻端触着成消受，着意寻香又不香。

这首诗也赋予幽兰以生命，先是怨恨画"幽兰"不该自作主张地开花；接着笔锋一转，化怨为喜，用鼻子去嗅其馨香；最后又一转，说"寻香"而不香，再生怨意。诗中用"硬转弯"的手法，曲折见意，亦虚亦实，既形象生动，又饶有情趣。此外，《兰竹》《雨竹》等也极有情致。

董其昌与李日华同为题画诗人，他们有许多相同与不同之处。他们都是著名的画家和书法家，都善画山水，都以黄公望、倪瓒等为师，时人认为两人可比肩；绘画理论，两人都有建树，董其昌著有《容台集》《容台别集》《画禅室随笔》等，提出了画坛"南北宗"说，推崇南宗为文人画之正脉，对后世产生极大影响；而李日华的绘画理论著作也甚丰，著有《味水轩日记》《紫桃轩杂缀》《竹懒画滕》等，也不乏高论。但是，无论就画作而言，还是就画论而论，董其昌的成就和影响都大于李日华。然而在题画诗创作上，李日华却高于董其昌。李诗更富特点，更有艺术性。

第三节　明代后期其他题画诗人

明代后期，随着几位具有革新思想的画家和叛逆精神的思想家出现，题画诗创作也较为活跃。以《西游记》名世的吴承恩（约1500—约1582）所写题画诗虽然不多，但他的《二郎搜山图歌》却是题画佳作：

> 《二郎搜山卷》，吾乡乄史吴公家物，失去五十年。今其裔孙醴泉子，复于参知李公家得之。青毡再还，宝剑重合，真奇事也。为之作歌。

> 李在唯闻画山水，不谓兼能貌神鬼。
> 笔端变幻真骇人，意志如生状奇诡。
> 少年都美清源公，指挥部从扬灵风。
> 星飞电掣各奉命，搜罗要使山林空。
> 名鹰搏拿犬腾啮，大剑长刀莹霜雪。
> 猴老难延欲断魂，狐娘（一作狼）空洒娇啼血。
> 江翻海搅走六丁，纷纷水怪无留纵。
> 青锋一下断狂虺，金锁交缠擒毒龙。
> 神兵猎妖犹猎兽，探穴捣巢无逸寇。

平生气焰安在哉？牙爪虽存敢驰骤！

我闻古圣开鸿濛（一作蒙），命官绝地天之通。

轩辕铸镜禹铸鼎，四方民物俱昭融。

后来群魔出孔窍，白昼搏人繁聚啸。

终南进士老钟馗，空向宫闱啖虚耗。

民灾翻出衣冠中，不为猿鹤为沙虫。

坐观宋室用五鬼，不见虞廷诛四凶。

野夫有怀多感激，抚事临风三叹息。

胸中磨损斩邪刀，欲起平之恨无力！

救月有矢救日弓，世间岂谓无英雄？

谁能为我致麟凤，长令万年保合清宁功！

　　明成化至隆庆年间，政治日渐败坏。皇帝昏庸无道，如武宗四出巡游，荒淫无耻；世宗迷信道教，长年不理朝政。宦官及宰相把持政权，钩心斗角。正德（武宗年号）朝，宦官刘瑾专政，声势赫赫。嘉靖（世宗年号）朝，严嵩和严世蕃父子专政二十多年，以严酷的手段排除异己，东厂、西厂及锦衣卫的特务到处横行。诗中写图中所画妖魔，实则是指刘瑾、严嵩之流。诗人幻想二郎再世，指挥他的部下搜山除魔，从而抒发了自己对时政世态的不满和对幸福生活的向往。在明代的题画诗中，像这样借画发挥，影射现实的作品是不多见的，所以尤为可贵。此外，有人认为此诗可作为吴承恩是《西游记》作者的内证之一。胡适在《西游记考证》中曾指出："这一篇《二郎搜山图歌》很可以表示《西游记》的作者的胸襟和著书的态度了。"

　　以著名传奇《牡丹亭》闻于世的戏剧家汤显祖（1550—1616）也有题画诗存世，其《暮江图》写江南秋江暮色。风起雾散，林木苍翠，暮江碧透，帆舟争流。江村灯火初上，空中归雁纷飞。诗人采用白描手法，巧妙地表现了黄昏时景色的变化，使画面清晰可见。其诗是：

风起烟霏林翠开，暮帆秋色半江回。

疏灯独照归鸿急，长似潇湘夜雨来。

陈继儒（1558—1639），字仲醇，号眉公，又号麋公，华亭（今上海松江）人。家居小昆山，屡征不仕，自称隐士，有"山中宰相"之名。他游走于官宦之间，周旋应酬，时人颇有讥讽之词。工诗文，善书画。其画长于山水，也善写水墨梅花，间或衬以竹石。推崇文人画，与董其昌齐名，同倡"南北宗"论。有《陈眉公全集》等。他的题画诗也多反映隐居生活的情趣，如《题秋江渔艇》：

> 怕将名姓落人间，买断秋江芦荻湾。
>
> 几度招寻寻不得，钓船虽小即深山。

他不归"深山"，而以小船在春江湾垂钓。这似有"羡鱼情"，但他又不愿被"招寻"，又似"待价而沽"。这说明诗人的内心并不平静。这种矛盾心理在《冯文仲画》中也有反映：

> 云宜看遍水宜听，除却图中苦未宁。
>
> 好使京尘昏梦觉，且教长对隔窗屏。

诗人看云听水，但他并没有"水流心不竞"，却感到"苦未宁"。从有财力置田买江看，当不是愁衣食无着，是仕人常有的不遇时的嗟叹而已。他在另一首题画诗《王楚玉画兰》中说："年来空谷半霜风，留得遗香散草丛。只恐樵人混兰艾，红颜收在束薪中。"诗人担心打柴人粗心把兰花和艾草一股脑儿砍掉，将"红颜"（喻兰花）捆扎在束薪之中，只落得命绝幽谷的下场。诗中抒写了自己怀才不遇和对社会险恶的悲叹与无奈，正透露其怀才不遇可能受到的不幸遭遇。

李流芳，字长蘅，嘉定（今属上海）人。耿介不阿，其时奸宦魏忠贤作生祠，拒而不拜。他说："拜，一时事；不拜，千古事。"画学元代吴镇，善山水。书学苏轼。诗学杜甫、白居易。诗、书、画俱佳。有《檀园集》《西湖卧游图题跋》等。前文提到的《题与宋比玉合作山水》就是其题画诗的代表作。此诗把两人的友情通过合作一幅画而凝固下来，但写景又化静为动：长松带雨，高峰出云，为下面借景抒情作铺垫。诗人想象再看此画时，云树已相隔几万重了。其友谊之深和彼此思念之情自在言外。

手法颇为高妙。

冯琦，字用韫，临朐（今属山东）人。他有一首《题阏氏画像》，刚健清新，颇有边塞诗风：

> 红妆一队阴山下，乱点酡酥醉朔野；
> 塞外争传娘子军，边头不牧乌孙马。

此诗令人想到《魏书·李安世传》所载的《李波小妹歌》反映的豪侠尚武精神。

画家赵左（一作佐），字文度。画学董源、黄公望、倪瓒，是松江派主要画家之一。其题画诗《秋景山水轴》说：

《秋景山水轴》

> 落叶无声秋影空，碧云吹堕半岩风。
> 吟诗梦入红林路，展卷身疑在梦中。

此诗构思新巧，别开生面，写得如梦如幻、耐人寻味，是题画小诗中的佳作。

袁宏道（1568—1610），字中郎，是"公安派""三袁"之一。他的《兰亭修禊图二首》寄思深远，是题画诗中的佳品，其诗是：

分别层溪与远峦，天章寺里雨中看。
会稽内史风流甚，赖得中朝有谢安。

石拓谁知定武讹，锭纹犹识旧宣和。
凭君莫话冬青树，添得青山泪许多。

前一首诗是说"会稽内史"王羲之之所以能在兰亭"修禊"，行风流雅事，是因为有朝廷重臣谢安以安天下。诗人当是感叹国无良臣、国运危殆。后一首诗是就所谓王羲之的定武石刻拓本展开议论，从兰亭石刻收藏于宣和而联想到宋亡及赵佶被俘等史事，不禁泪下。明代中叶，权奸魏忠贤当道，国事日非。诗人思谢安，感往事，其忧国忧民之心可见。

彭孙贻，字仲谋，一字羿仁，号茗斋。王士禛说："公博闻才辩，五试咸冠军，以是名噪一时。"（《茗斋集》附《彭孙贻传》）曾以明经首拔于两浙。明亡后杜门奉母。有《茗斋诗文集》等，存题画诗40余首。其代表作是《陈章侯画水浒叶子歌》：

张吴顾陆之写真，三子圣矣吴入神。
吴后千年有陈子，更开生面尤绝伦。
观其下手万象变，神鬼触案窥尖新。
离奇衣纹古面貌，衣摺古硬堆虬鳞。
丹青所状必英物，愈拙愈秀无前人。
雄心壮（一作怪）胆破空出，思令盗跖张麒麟。
东京横行草间客，三十六彪须倒碟。
宣和佚事谱豺虎，稗官暗舌摇唇戟。
章侯笔缚牡虎髯，白墨蟠屈行蛇蚺。
方颐（一作熙）猛士性火烈，锐头鹘突花巾尖。
捉刀顾盼意胸胸，自云义剑无妄奸。
夜阑灯火炯萧瑟，含毫细思垂高帘。
即今寇盗锋相歃，烟雾中原乱兔鼍。

张曹左革花刺袍，安有斯人不弄刀。

梁山狂儿握弓笑，眉发槎丫山鬼肖。

邦人斗虎杭厨特，猪奴叶子今莫妙。

细看绣梓情性深，写尽张角黄巢心。

真龙智勇猛兽服，云台画有曾平林。

这是为明末著名画家陈洪绶（字章侯）所画水浒叶子的题诗。诗中热情歌颂水浒义士除暴安良，"义剑无妄歼"的英雄行为。尤为可贵的是，"即今寇盗锋相戢，烟雾中原乱枭鸭"的描写分明指清兵铁蹄践踏中原给人民造成的深重灾难，具有鲜明的反清思想。并且，"细看绣梓情性深，写尽张角黄巢心"两句不仅是赞美敢于反抗暴政的张角、黄巢个人，而且是对历代敢于与封建统治者分庭抗礼的一切英雄豪杰的颂歌。此外，他在《唐伯虎题宋祖蹴鞠图》中说："悠悠宣和圣，花鸟埋幽冢。"对清兵入关后珍贵文物毁于战火不胜感慨，也表达了诗人的爱国深情。

陈洪绶（1597—1652），字章侯，号老莲，甲申后自号老迟，又称弗迟、悔迟等，诸暨（今属浙江）人。早年乡试不第，崇祯时召为舍人。善山水，尤工人物。间作花鸟、草虫，无不精妙。与崔子忠齐名，人称"南陈北崔"。钱塘秀才冯砚祥曾写诗称赞说："吴兴公子工花草，待制丹青步绝尘。三百年来陈待诏，调铅杀粉继前人。"清兵下浙东，大将军固山额真以刀逼他作画，他不从。后被诱作画，不署名。有《宝纶堂集》。他所作的题画诗虽然不多，却有一篇闪光之作，即《题西湖垂柳图》：

外六桥头杨柳尽，里六桥头树亦稀。

真实湖山今始见，老迟行过更依依。

这是诗人在明亡后重过西湖时，有感于六桥杨柳的变化而在自画的《西湖垂柳图》上所题的诗。古人在易代之际，往往因风景不殊、山河有异而兴叹。陈洪绶则为山河破碎、风景亦殊而生感。其感情似比前人更深一层。此诗不仅表达了诗人对清统治者踩躏祖国河山的痛惜之意，而且深深地抒发了自己对西湖美景的热爱之情。

　　晚明的林垐和陈瑚是忠于明室的画家和诗人。明亡后，他们退居乡里，终身不仕。其题画诗也表达了亡国之痛和故国之思。林垐的《为鄢德都画竹》中说："所南之兰无土，耻斋之竹无根；想见百千年后，荧荧纸上血痕。""耻斋"，是林垐之号。他画竹无根，表示亡国后已失根土，以明国破家亡之耻。诗中说的"荧荧纸上血痕"和倪瓒在《题郑所南兰》中所说的"只有所南心不改，泪泉和墨写离骚"有异曲同工之妙。陈瑚的《李映碧廷尉遗地图》也是一首震撼人心的爱国诗篇：

> 图画山川感慨多，边陲风景近如何？
> 入关无复萧丞相，聚米空思马伏波。
> 两戒一江横似线，九州五岳小如螺。
> 错疑留守魂归夜，风雨声声唤渡河！

　　这首诗不用曲笔，直击现实，这在古代题画诗中实为少见。明末史学家李清（字映碧）曾任廷尉。他画了一张地图送给诗人，以助抗清之用。所以此诗开门见山，直点"边陲"。诗人由破碎之山河而想到为国效忠的汉代萧何与马援（曾任伏波将军）。然而，明朝恰恰缺少这样的文臣武将。接着写图上之河山"横似线"，"小如螺"，挡不住敌人铁骑之驰骋。"两戒"，唐代僧人一行"以为天下山河之象，存乎两戒"（《新唐书·天文志》）。北戒以限戎狄，也称"胡门"；南戒以限蛮夷，也称"越门"。如今"胡门"已破，国土沦陷。当此危难之际，诗人"错疑"抗金名将宗泽月夜魂归，大呼"渡河"！据《宋史·宗泽传》所载，宗泽于靖康二年（1127）任东京（今开封）留守，招集义军，屡败金兵。上书二十四次请高宗还都，收复失地，都为投降派所阻。后忧愤成疾，背上生痈，临死前还连呼"渡河"。这里，诗人既盼能力挽狂澜的名将再世，又借以自况，时刻想着抗清复明之大业。其自我形象呼之欲出，感人肺腑，催人泪下。

　　明末清初的爱国诗人顾炎武（1613—1682），高呼着"天下兴亡，匹夫有责"的口号，曾参加过昆山、嘉定一带的抗清起义。他的一首题画诗，颇能反映其心志。此诗为《孝陵图有序》。这是一首自题画诗。诗中说："钟山白草枯，冬月蒸宿雾。十里无立楢，冈阜但回互。宝城独青青，日色上霜露。殿门达明楼，周遭尚完固。其外有穹碑，巍然当御路。文自成祖为，千年系明祚。"孝陵，位于南京紫金山南麓，是明太祖朱元璋与其皇后的合葬陵寝。周实《丹无尽庵诗话》载："顾亭林先生数谒孝陵，绘有《孝陵图》，并题五古一章，载集中。嗣阅粤之张药房《逃虚阁集》，知先生《孝陵图》久失。"幸好题诗尚存，我们从此诗中不仅可以了解孝陵的各种设施和周遭景物，而且可以感受到诗人顾炎武那浓烈的爱国深情。

注　释

〔1〕段志国：《在画中感受生命》，《中国教育报》2009年8月4日第4版。
〔2〕周来祥语，同上。

第四十章
清代书画发展与题画诗繁盛

　　清朝，是中国封建社会的最后一个王朝。由于多种复杂的政治、经济等原因的促成，清代的各种文艺，无论是文学类的诗词、小说、戏剧，还是艺术类的绘画、书法、音乐等，都得到了不同程度的发展。其中，相当多的领域出现了空前繁荣的局面，尤其是题画诗词创作达到了辉煌的顶峰。

第一节　政治特点与文人生存状态

　　文学艺术与政治一向有着不解之缘。要研究文学艺术，首先要研究政治。清代的政治有其特殊性，概括地说主要有以下五个特点：一是由少数民族建立的朝代，民族压迫终其一朝，而且非常残酷，较之元代统治者有过之而无不及。在其征服汉人的过程中，极为残暴。经过了20余年的杀戮与焚掠，才平定了大江南北的汉族人民的反抗，并消灭几个仓促建立的南明政权。当时的"扬州十日""嘉定三屠"便是清统治者不寻常的"业绩"。特别令人难以容忍的是，统治者不仅进行人身屠灭，而且进行精神摧残和人格污辱。这主要体现在剃发易服上。汉族的发式和服装，是中国古代汉族人尊严的标志。《孝经》中开篇就讲："身体发肤，受之父母，不敢毁伤，孝之始也。"当时《剃发令》一下，"留头不留发，留发不留头"。百姓心中的愤怒与痛苦可以想象。清统治者之所以要改变汉族人的发式、衣冠，是要借以摧毁汉族人民的自尊与自信，使人们从内心深处体味到亡国的巨痛。如果说杀戮是制服汉人身体，那么剃发易服则是征服汉人的精神，以制造奴性、驯服顺民。于是，征服者与被征服者之间便形成了极其尖锐的矛盾。这些矛盾在题画诗词中都有或明或暗的反映。二是政权高度集中，专制日甚。清统治者继承并进一步加强了明代的中央集权政治制度，规定由内阁到六部等中央机构均设复职，满、汉平分。但实际上，中央大权并不在内阁，雍正以前在满洲贵族组成的议政王大臣会议，雍正以后在满员充任军机大臣的军机处。而一切重要问题，最后都由皇帝裁决，形成了极端专制的封建统治。政治上的专权带来的是文化上的专制。因此，也程度不同地阻碍了文学发展与繁荣。三是宗法制度与自然经济逐渐解体，大量游民活跃于社会底层，与主流社会对抗，这种对抗几乎也与清王朝相始终。这个非主流社会也有自己的文艺形式，而且政治性更强。它既影响了艺术，也影响了文学，综合了文学与艺术特点的题画诗词当然也受到其影响。四是清末内忧外患不断，日渐紧迫，而统治者腐败依旧，不肯改革图新。在政治高压下，维新派、革新派被迫流亡海外。五是随着政治迫害的加深，文化压制也日益严重。清代统治者常常用政治手段干预文艺创作。民族压迫问题本来是文士最为关心的政治问题，但却不许文人士大夫在文学作品中涉及。倘越雷池，便会遭到杀戮。清代严禁文人结社，并大兴文字狱，以压制思想上的反抗。清初文人结社很盛，由于经历了明朝覆灭的重大变动，文人多在诗文中寄托他们怀念故国之情。杨凤苞说："明社既屋，士之憔悴失职，高蹈而能文者，相率结为诗社，以抒写其旧国旧君之感。大江以南，无地无之。"（《秋室集》卷一）所以，自清顺治九年（1652）以后，便不断有禁止文人结社的明令。清雍正三年（1725）更定例究查。文字狱也比历代增多而残酷，"持续时间之长，文网之密，案件之多，打击面之广，罗织罪名之阴毒，手段之狠，都是超越前代的"[1]。清康熙二年（1663）的"明史案"，除庄廷铖先死，"焚其骨"外，"所杀七十余人"（《亭林文集·书潘吴二子事》），受株连的近200人。此外，如沈天甫之狱、戴名世《南山集》之狱，雍正时汪景祺之狱，吕留良、曾静之狱，等等，残酷的镇压对当时的文人心理造成极大的负面影响。

清初严酷的社会环境给知识分子的震慑是极为强烈的，特别是这种翻天覆地的变局，仿佛把他们打入了地狱。诗人方文的《涂山集》姚康的序说："予自经变以来，举头向天，不复知日月所在。乃读尔止诗，老眼顿明。盖今之尔止，昔之汨罗、杜陵也。非三君子，此三代遂成黑暗地狱也。"[2] 因此，一些知识分子面对险恶的政治环境，往往敢怒而不敢言。加之入关之初，清朝统治者对汉族文人以"拉"为主，有功名的，只要臣服，就有官做。待国内形势基本安定以后，又开博学鸿词科，从全国各地征得学者文士143人，名流才士网罗殆尽。并且连坚持遗民立场、称病不肯参与考试的傅山，也被抬到北京。这种拉拢政策对于清初尖锐的满汉对立有所化解。因此，有一部分士人选择了沉默。明乎此，就不难理解为什么在清初相当长一段时间内题画诗词很少有谴责的声音。然而，在汉族文人士大夫看来，明清易代并不是一般意义上的改朝换代，这不仅是"亡国"，而且是"亡种""亡天下"。因为随着满洲铁骑而来的还有剃发易服和某些价值观念的改变，而这种改变是通过血与火的暴力实现的，这便激起了广大汉族知识分子的仇恨。此时，尽管有严厉的镇压，环境十分严酷，但他们仍以文学创作进行反抗。这种情况以清初最为激烈。那些敢于挑战清政治权力的作品，好似黑夜中的明灯，给人们带来希望与鼓舞。这些作者大致可分为三类：一是抗清志士在武装斗争失败后，以笔继续战斗，如黄宗羲、王夫之、归庄、屈大均等；二是明遗民，他们虽然没有参与反抗活动，但却采取不与清统治者合作的态度，这类人有很多，著名者有彭孙贻、阎古古、万寿祺、傅山、方文等；三是虽然投降了清统治者，参加了科举考试，有了功名，但他们对故国之情、对民族压迫的不满时时在作品中流露，其中较著名的有钱谦益、吴伟业、朱彝尊等。这些作者的作品的共同特点是，都揭露和鞭挞了清统治者的残暴和给人民带来的深重灾难，讴歌了人民前仆后继的武装抗暴斗争，抒发了自己的愤懑和痛苦。

第二节　高度发展的书画艺术

绘画，是题画诗词创作的依据和前提。它的发展与否直接影响了题画诗词创作的兴衰。因此，要探讨清代题画诗词，首先要了解清代的画坛状况。

从总体来看，清代的绘画呈发展趋势。清廷虽然没有设立画院，但由于受到最高统治者的重视，宫廷的绘画活动却比明代更为频繁。《清史稿·唐岱传》记载："清制，画史供御者，无官秩，设如意馆于启祥宫之南。凡绘工、文史，及雕琢玉器、装潢帖轴皆在焉。初类工匠，后渐用士流，由大臣引荐，或献画称旨召入，与词臣供奉体制不同。"可知清代宫廷对于绘画也设有机构，不过简单而已。清朝的帝王，如世祖福临、圣祖玄烨、高宗弘历等，不但喜欢绘画，而且自己能动笔作画。因此，清代前期宫廷里绘画活动的盛况不逊明代。但宫廷画家往往整年忙于图绘皇帝功绩或皇帝、皇后的肖像，如《康熙南巡图》《雍正平准战图》《平定伊犁受降图》等。宣宗旻宁也喜欢画，命画工画了不少他的像，如《宣宗秋澄揽辔图》《宣宗盔甲乘马图》等。

《康熙南巡图》（局部）

清代绘画，以山水、花鸟较为发达。这与文人的山林隐逸思想有关。这种思想，在当时既包含爱国、爱好山川的感情，也包含着对人生消极的看法。

花鸟、梅兰竹菊画，不乏杰出人才。双勾、没骨、勾花点叶，或重彩，或水墨，既承古法，又有所革新。王武、恽格、蒋廷锡、邹一桂、华嵒等各有所长，其中以恽派花卉影响较大。

清代人物画不及山水画、花鸟画盛行，不过肖像画却有较大的进展。禹之鼎称誉于康熙时，可谓画尽当世名人小像；又有黄安平，曾与八大山人交往，画《个山小像》，颇见功力。雍正、乾隆年间，徐璋、罗聘、丁皋、丁以诚等所画肖像都极一时之重；嘉庆、道光年间，则有费丹旭称名手。对于写真方法，还有专门论著。凡此等等，都足以说明肖像画盛行。此外，高其佩作指头画，别具一格，独步画坛。

18—19世纪，所谓"泰西之学"曾不断传入我国。还有一些西洋传教士，如郎世宁、艾启蒙、王致诚等画家带来了"与中华绝异"的画法。当时我国虽然处于封建保守状态中，但有一些画家吸收了外来画法，做出了革新的尝试。

清代的民间绘画，既承明代之风，又有新的进展。特别是年画的兴盛为历史上之空前。清代画工，如元、明一样，凡是技艺高，在地方上出了名的，往往被宫廷征召，成为宫廷匠作（个别被选入如意馆，成为宫廷的"画画人"）。民间画工，大江南北各地都有，他们既活动于城镇，也活动于山乡水村。如同明代那样，画工既有专职的，也有兼职的。至晚清，凡画工，大都是兼职的。因为这样做，他们的经济收入比较灵活。在社会上，画工的地位是低下的，平日被作为"短衣"相看。自成体系的民间绘画在创作、活动上，与文人画截然分开。民间绘画，尽管受文人画家所轻视，然而在民间仍然受到群众的极大欢迎。无论是北方还是南方，应市应节，都少不了民间绘画。民间绘画的范围是相当广宽的，正所谓"行多、品足"。"行"即行当，就清末浙江"上三府"的画工行当而言，有四句流行的话可以说明："寺庙与学舍，粉壁神仙轴。船花酒坛口，龙灯鸡蛋壳。"虽然不能概括当时各地画工的行当，但多少反映了画工的绘画，其品种是非常多样的。大的如画寺庙之壁，小的如画鸡蛋之壳，不仅画一般的作品，还要画那些具有工艺装饰性的作品。当行业发达时，他们还有分工，如画像的称"丹青师"，画船的称"船花师"，画建筑图案的称"彩画

师"，甚至有"蛋花师"。

但从总体看，清代的绘画还是以文人画为主，这一传统自元代确立以来，基本占据着画坛的主导地位，入清后又得到进一步的发展。文人画的作者为士大夫文人，故又称"士夫画"。其审美观是借形传神，强调抒发画家的主观意趣。手法上以水墨画为主，有浓厚的文学性，书法趣味突出。清代的绘画基本上有两种流派：一种是崇尚复古；另一种是力主创新。前期复古派居画坛主流，代表画家是江南的"四王"，即王时敏、王鉴、王翚和王原祁。"四王"专作山水画，承继的是五代董源、元四家及明末董其昌以来的南宗画传统。王鉴在《染香庐画跋》中称："画之有董（源）、巨（然），如书之有钟（繇）、王（羲之），舍此则为外道。惟元季大家，正脉相传，近代自文（徵明）、沈（周）、思翁（董其昌）之后，几作《广陵散》矣。"这一派画家对传统持极端崇拜的态度，各人均有大量的摹古之作。王时敏尤尚元代黄公望，手摹心追，全在大痴（黄公望号），艺术上达到了很高的造诣。黄公望及王蒙、吴镇、倪瓒诸家身处元代末世，长期受到压抑，故借画艺宣泄心中郁闷之气，所谓"非寓康乐林泉之意，即带渊明怀晋之思"[3]，风格"荒率苍莽"。王时敏由明入清，身为明遗民，与黄公望实有心灵之相通，故艺术上能登堂入室，直造精微。这是古典主义画家所以能在清代大放光彩的重要原因，也是清代诗人乐于为他们的画题诗的原因之一。

对于清代画坛的反传统画派，清初有弘仁、髡残、原济和朱耷，号称"四僧"；乾隆、嘉庆年间则有"扬州八怪"，声势之大，足与复古派相抗衡。该派反对宗尚古人，主张自写性情。石涛（原济）云："今问南北二宗，我宗耶？宗我耶？一时捧腹曰：我自用我法。"[4]"我之为我，自有我在。古之须眉，不能生我面目；古之肺腑，不能安入我之腹肠。我自发我之肺腑，揭我之须眉。"[5] 他们的作品不拘一格，墨气酣畅，写意倾向浓重。扬州画派以郑燮、金农的影响最大。郑燮为人真率坦诚，尤厌恶假道学，声称："吾壮年好骂人，所骂者都属推廓不开之假斯文。"在创作上，郑燮一反复古派的自视清高，多写民间所爱之兰、竹。扬州画派亦画山水，但更多的是花卉果蔬，平民化色彩突出，在某种程度上代表了市民的审美趣味。

　　作为题画诗词书写媒介的书法，也是文人必习的一门笔墨技艺。它的普及程度和发展水平较绘画艺术更高。清代的书法大致可分为前后两期。前期以帖学派为主，后期则碑学派占上风，但二者实际上皆崇尚古雅美。清代的帖学初期主要宗尚董其昌。董氏以晋、唐为法，追求意趣情境，尝云："撰述之家，有潜行众妙之中，独立万物之表者，澹是也。"[6] "晋宋人书，但以风流胜，不为无法，而妙处不在法。至唐人始专以法为蹊径，而尽态极妍矣。"[7] 董氏的书法线条清瘦，墨色灵润，潇洒超逸，文人气息浓厚，受到康熙帝的喜爱，故风行一时。乾隆年间，书界转而宗尚赵孟頫。赵体温润闲雅，结体严谨，较董体更为稳健和婉，受到乾隆帝的珍重。由于帖学盛行，法帖编刻成风，康熙时诏刻《懋勤殿法帖》，雍正中再刻《御史法帖》，乾隆年间又刻《三希堂法帖》，民间书坊的刊印更不计其数。帖学派的代表书家有姜宸英、张照、刘墉、王文治、梁同书和翁方纲等人。姜宸英亦是著名文学家，博通子史百家，与朱彝尊、严绳孙并称"江南三布衣"。姜宸英的文学创作与书法皆崇尚古人，尤好以学问贯注之。梁同书评其书云："妙在以自己性情合古人神理，初视之若不经意，而愈看愈不厌，亦胸中书卷浸淫酝酿所至。"[8] 与前代董其昌相比，清代的帖学派明显增加了书卷气，学问功底深厚，同时也减少了灵秀之气，转向含蓄深沉、温婉淳厚，这显然是受时代文化风气影响的结果。

　　与帖学派同时，另有一支背离传统的流派，以傅山、王铎、朱耷、石涛等人为代表，书体以行书、草书为主。傅山乃是明遗民，好奇任侠，以气节振动一世，诗、书、画、医皆绝人。他早年跟随书界潮流，学习董、赵之体，后发现："是如学正人君子者，每觉觚棱难近，降与匪人游，不觉其日亲者。"于是提

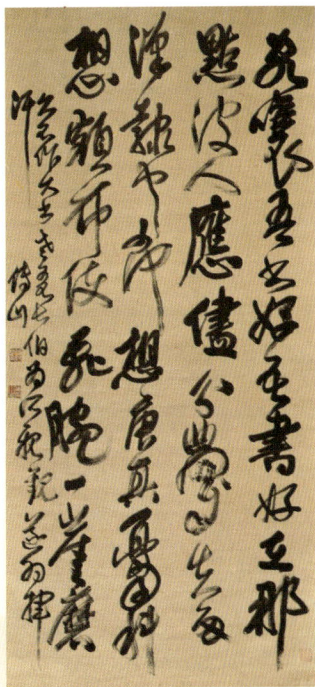

傅山书法作品

出："宁拙毋巧，宁丑毋媚；宁支离，毋轻滑；宁真率，毋安排。"[9] 自开一路，与正统派分道扬镳。傅山作书"无意无法"，率意任性，拙怪而不失流畅，苍劲而内含婀娜，与其诗作实有异曲同工之妙。此外，王铎、朱耷等人的狂草亦以奇险怪伟、恣肆狂放见称，在正统派外别立一宗。

乾隆以后，书法界的碑学派大兴。最早在理论上倡导碑学的是阮元，他著有《南北书派论》《北碑南帖论》。其后，又有包世臣的《艺舟双楫》，康有为的《广艺舟双楫》等。碑学派的兴起，实际上是艺术界复古之风进一步深化的结果。复古派受到经学中汉学的影响，不以晋、唐为满足，又为了矫帖学后期的萎靡纤弱，遂转向粗犷刚劲的碑体，碑学于是取代了帖学。先是唐碑，后是魏碑，再后是汉碑、秦刻石，乃至周铭文、商甲骨，书法界的复古之风在嘉庆、道光以降达到登峰造极，同时也把那种古拙浑朴、丰厚雄劲的书法之美挥发到一种新的境界。

碑学派的代表，中期有邓石如、伊秉绶、钱坫、桂馥、孙星衍、包世臣、陈鸿寿，后期有何绍基、赵之谦等人。实际上，乾隆时期的郑燮和金农最早转向碑刻体，书法界有"郑燮、金农发其机"之说[10]。郑燮"字学汉魏"，隶草相杂，自创一格，号"六分半"书（隶书又称八分）；又以画法入书，肥瘦高矮相间，如乱石铺街，实不属正宗复古派。金农则在追慕汉魏石刻的基础上，创出一种"漆书"，横肥直细，字体倾斜，颇有汉简气韵。他在曲阜观览孔庙汉碑时，曾作一诗云："会稽内史负俗姿，字学荒疏笑骋驰。耻向书家作奴婢，华山片石是吾师。"[11] 将王羲之书法称为"俗姿"，表现出对流行的帖学派的鄙视。金农的书体以汉魏碑刻为法，又能自我创造，与郑燮属同一类书家。

清代书法艺术繁盛，直接推动了题画诗词创作。书法与题画诗词的关系极为密切。无论是诗人还是画家，倘能写得一手好字，是很乐于在自己或友人的画卷上题诗填词的。这不仅能借以抒发自己的情怀，而且可以一显其书法身手。

第三节　清代题画诗词繁盛的因素

清代题画诗的繁荣发展是多种原因促成的，主要有以下几点。

第一，清代诗词创作的发展是清代题画诗词繁荣的直接原因。

清代诗歌虽然在总体上不能与唐宋相媲美，但却远远胜过元明，并且在某些方面、某些领域所取得的成就并不比唐宋逊色。因此可以说，清代诗歌是中国诗歌史上的第三座高峰。先说清诗的数量。据近年《全清诗》筹编过程中初步推算，有作品传世的诗人在 10 万人以上 [12]。作品的数量，仅乾隆皇帝一人就达 4.3 万余首，几乎与传世的全部唐代诗歌相当。假如《全清诗》编纂完成，估计其规模将以千册计。因此，整个清代诗歌的数量，无疑比先前历代诗歌的总和还要多出许多倍。这当然也包括相当多的题画诗的数量。

再看质量。清代诗歌博大精深，内容繁富。它全面地反映了清代的社会生活，其广度与深度以及所抒写的思想感情的丰富与复杂，是历史上任何一个时代诗歌都无法企及的。特别值得注意的是，其中所高扬的爱国主义精神和反封建的民主精神更是前所未有的。清代诗歌在艺术上也取得了很高的成就，但它的特点却很难用简单的几句话来概括。它既有继承前贤、博采众长的一面，又有绝去依傍、独立创新的一面。总的来看，是因人而异、千姿百态。以流派论，其数量之多，也远远超过唐代和宋代；如从创作倾向来说，主要有"神韵"派、"格调"派、"肌理"派、"性灵"派等；如联系地域而言，则主要有云间派、西泠派、虞山派、娄东派、浙派、桐城派，而浙派中还可以分出狭义的"浙派"和秀水派；等等。其数量之多，同样远远超过了唐代和宋代 [13]。此外，从地理分布的角度来看，清代诗歌的重要作家和流派几乎遍及全国各地。这里面最集中的当然是江、浙两省，其次为山东、广东、安徽、北京以及湖南、湖北、江西、福建等；即便是边远地区，如山西有傅山、吴雯，四川有李调元、张问陶，云南有释读彻，加上内地因故而去的各种流寓诗人，也同样是名家济济、

派别时兴。至于那些不大为人注意的作家，特别是少数民族作家和妇女作家的大批出现，就更非其他任何一个朝代所能及。所有这些作家和流派、集团和群体，在诗歌创作上各显神通、百花争艳，共同为清代诗歌的繁荣昌盛作出了巨大的贡献。

清代词的创作也取得了很高的成就。其一，较之宋词，虽然在艺术上稍有逊色，但其境界更为开阔。从明清易代时天翻地覆的大变化，直至清王朝被撼动以至被推翻，一切重大的政治社会事件无不在清代词人笔下有着丰富而生动的表现。尤其是嘉庆、道光以降，外侮频仍，鸦片战争的烽火和八国联军的刀枪都深深震撼了词人的心灵，使他们的词作流露出前所未有的感怆。可以说，只有到了清代，才彻底破除了"诗庄词媚"之类的旧说，几乎无事不可以入词，从而使词成为一种在描写对象上几乎不受任何限制的完整意义上的抒情诗体。其二，清代著名的词家（如朱彝尊、张惠言、谭献等）多为学人，其以治经之法治词，不仅对词集的流播校辑贡献甚大，而且冲击以至于打破了"词为小道"的传统观念。于诗人之词、词人之词外，更增入学人之词一派，从而拓宽了词之疆域。其三，清代词派纷呈，迥异前代。自明末陈子龙创立云间词派，流风所及，主宰顺治一朝。康熙年间，阳羡、浙西二派高标并举，陈维崧、朱彝尊领袖词坛，使得"嘉庆以前，为二家牢笼者十居八九"（谭献《箧中词》二），而浙派影响尤大。延及嘉道间，张惠言兄弟《词选》出，创立常州词派，经过周济、谭献为之揄扬，每变愈上，不仅在清代中后期占统治地位，降及近现代词坛，亦每见其流风余韵。流派纷呈，是文学创作走向成熟的标志之一。其四，清代词人之众、作品之多，亦达到空前的程度。据已出诸总集统计，唐五代计有词人170余人，词作2500余首；宋代计有词人1430余人，词作2.086万余首；金代计有词人70余人，词作3570余首；元代计有词人210余人，词作3720余首；明代计有词人1390余人，词作约2万首。而清代仅顺治、康熙年间词人即达2105人，词作5.34万余首（据《全清词》"顺康卷"统计）。因此，清代词人当在1万以上，词作当在25万首以上。这个数字很可能超过先前历代词人、词作的总和。当然，数量并不等于质量，但数量必然体现出一定的质量。其五，清词往往对前人已经开创的境界加以深化，即在模拟中求发展，不仅追求风格多样化，更进一步追求多种风格的熔铸，从而创造了更广泛深微的艺术境界[14]。

第二，各种艺术的相继发展，促进了题画诗词的繁荣。

题画诗词既然是一种带有综合性质的艺术，那么它的繁荣必然有赖于其他艺术的发展。而清代正是各种艺术竞相发展的时代。除了上面提到的书画艺术发展达到高峰外，其他艺术（如戏剧、小说、散文、音乐、舞蹈等）也有长足的发展。其中，工艺最值得称道，特别是瓷器工艺。这正如李泽厚在《美的历程》中所言："它与唐瓷的华贵的异国风、宋瓷的一色纯净，迥然不同。"其主要特色是复古。这一特色与同时期的诗词、书画极其相似。清代景德镇的瓷器能遍仿历代名品，荟萃精华，以包罗万象为自己的风貌。

康熙、雍正、乾隆年间瓷器生产最盛，同时仿古也达到了高潮。彩瓷本是明代的优长，分为单彩和多彩两种，至康熙、雍正、乾隆年间，二者均出现了复兴。在单彩方面，明代的天蓝、洒蓝、冬青、豆青、龙泉青、月白、甜白、娇黄、酱黄、瓜皮绿、松石绿、祭红、珊瑚红、茄皮紫等彩釉均奇迹般地复现于清代；康熙年间流行一时的郎窑红即仿自明宣德的宝石红，豇豆红也仿自宣德（俗称"美人醉"）。多彩瓷本也属明代的特色，有"大明五彩"的美称。清代对之亦仿制得惟妙惟肖，诸如斗彩、素三彩等。由于发明了釉上蓝彩与黑彩，使原本的斗彩显得更加绚丽。

清代瓷器不仅在釉色方面仿古，而且器形和图案也尽力仿效古制。诸如宋代汝窑的三足洗、悬胆瓶、石榴尊，官窑的葫芦瓶、扁壶、文房用具，钧窑的圆式洗、小花尊，哥窑的贯耳瓶、抱月瓶等，制作得跟古器毫无二致，连细枝末节也酷似而逼真，让人难以分辨。在图案方面，传统的缠枝莲、牡丹、松竹梅、云鹤、龙凤纹，以及寿字等大量地为清瓷所采用，审美趣味上也是雅俗兼收，"其内容有反映文人雅士心情、风尚的'岁寒三友'，《秋声赋》图、羲之换鹅、米芾拜石等等，也有为民间喜闻乐见的小说、戏曲的故事内容，如《西厢记》《三国演义》、岳飞、'风尘三侠'等等"[15]。入清后，用古人诗词作装饰也明显增多，这是雅文学与工艺结合的例证。在书法上，康熙以前多以楷书，乾隆后以篆隶为主，诗书结合成为雅瓷的一种特色。戏曲、小说入瓷在元代时即有，入清后又有明显增加，所谓"刀、马、人"图案，实际上都是戏曲、小说题材，而尤以三国故事为最。山水、花鸟画的入瓷则将传统的绘画艺术融入制瓷技术中，珐琅彩和粉彩多以花卉禽鸟为主，青花则因多制有大型器皿，故常见山水图案，境界近似"四王"绘制的水墨山水画。

清代的瓷器制作不但集古代制瓷之大成，同时也兼融多种艺术，使之成为审美文化一大代表。最典型的当推"古月轩"。"古月轩"为专供宫廷内使用的瓷种，乾隆瓷以"古月轩"声价为最巨。当时由景德镇制胎入京，命如意馆供奉画师绘画，于宫中开炉烘花。"古月轩"瓷器不但由宫廷画师绘制图案、由书法家题诗，且盖有胭脂红的印章，诗、书、画、印合为一体，典雅华贵，无以复加。清代有些题画诗就是专为瓷器上的图案而题的。

属工艺范畴的园林文化的兴盛，对于题画诗词发展也有着直接或间接的作用。中国的建筑就主体风格而言可分为两大类型：一为宫殿式建筑；二为园林式建筑。北京的故宫可以说是明清时期宫殿建筑的集大成者，它是理性、秩序和权势的象征，集壮观、雄伟、华丽于一体，代表了儒家的价值观和审美观。园林建筑则与之相对，尚自然、尚朴素、尚自由，表现了与山水自然相亲相近的审美倾向，在一定程度上代表了道家的价值观和审美观。从诗与画的关系讲，如果说儒家提倡诗教，而佛家、道家倡导绘画，那么宫殿建筑好像是凝固的诗，而园林艺术则好似灵动的画。因此，宫殿与园林的搭配，便是诗与画的配合。但是，园林建筑在仿真的同时，也在追求深厚的诗化氛围。最早是自然山水给诗人以感动，然后是山水诗和山水画的兴盛，再往后便是诗中景、画中景复现于园林。园林建筑其实正是诗歌与绘画的物质再现，是人工与自然的和谐统一。

中国的园林建筑具有悠久的历史，两晋南北朝时期大量兴造的私人别墅实际上就是园林式建筑，它们与当时的隐逸风气相关。随着都市规模的扩大、人居环境与大自然距离的拉开，建造园林的热情不断高涨。从审美心理上说，这是一种补偿性行为。江南地区有着优越的自然条件，加上日益发达的社会经济，所以园林建筑在那里蔚成风气。明清时期为园林建筑的高潮阶段，尤以清代为最。康熙、乾隆时达到顶点，江宁（今南京）、扬州、常州、无锡、苏州、杭州等地几乎成为园林式的都市，仅苏州一地便建有园林150余座。李斗的《扬州画舫录》还描述了当时扬州的园林构造规模，"自荷浦薰风至水云胜概为桥东，自长堤春柳至莲性寺为桥西，而汇于莲花桥。又自白塔晴云至锦泉花屿为岗东，自春台祝寿至尺五楼为岗西，而会于蜀岗三峰。"（《自序》）"增假山而作陇，家家住青翠城闉；开止水以为渠，处处是烟波楼阁。"（李斗的《扬州画舫录》中谢溶生序，道光十九年刊本）这样的人居环境，不仅培养了文人高雅的审美情趣，而且极易引发诗人、画家的诗情画意。

清代的园林建造还有一个突出的特点，就是题名楹联的存在。楹联肇始于五代时期的桃符，宋代开始用之于楹柱，到了清代已无处不见，"海内承学之士，翕然向风，楹联之制，遂日臻美富"[16]。楹联的作用在于对园林景物的诗情画意加以点醒，同时作为古雅情趣的一种点缀。《红楼梦》第十七回中贾政指出："偌大景致，若干亭榭，无字标题，任是花柳山水，也断不能生色。"这是典型的清人的审美观。清代杰出的题名，有江宁（今南京）随园的"蔚蓝天""小香雪海"，苏州狮子林的"含辉峰""玉鉴池""小飞虹"，杭州皋园的"梧月楼""小沧浪""墨琴堂"，扬州江园的"杏花春雨""银塘春晓"，仪征朴园的"寻诗径""识秋亭"等。楹联中的佳对尤多，如"柳占三春色，荷香四座风""雨过净猗竹，夏前香想莲""明月夜舟渔父唱，隔廉微雨杏花香""数片石从青嶂得，一条泉自白云来"（皆见李斗的《扬州画舫录》，道光十九年刊本），以及"灯影幢幢，凄断暗风吹雨夜；荻花瑟瑟，魂销明月绕船时""小子听之，濯足濯缨皆自取；先生醉矣，一丘一壑自陶然"[17]等。这些题词实际上就是诗，也可以看作一种特殊的为雕塑而题的诗。

第三，前数代留存的大量绘画作品及有关理论著作，为诗人、画家题咏提供了素材和借鉴。

中国的绘画艺术有悠久的发展历史。早在石器时代的原始社会，从出土陶器的造型、彩绘和寺庙壁画的彩片上，就呈现出那个历史时期的文化光彩。特别是从战国、秦、汉而至清代，在这2300多年的历史中，画家辈出，仅《历代画史汇传》所录，计有画家7500余人，加之其他书所载及见于画迹者，当在万人以上。他们创造了无数优秀的美术作品。虽然其中大部分画卷已经毁坏和散佚，但到了清代，仍然保存下来数量相当可观的作品。特别是从民间到官府，都很重视收集和保存名画，涌现出一批收藏家，著名的有梁清标、孙承泽、耿昭忠、嘉祚、安岐、卞永誉、高士奇、年羹尧、毕沅、毕泷等。清代后期，又有孙星衍、梁章钜、韩泰华、吴荣光、陶梁、孔广陶、葛金烺、陆心源、邵松年等。他们的编著如《庚子销夏记》《式古堂书画汇考》《墨缘汇观》《江村销夏录》《平津馆藏书画记》《玉雨堂书画记》《辛丑销夏录》《穰梨馆过眼录》《古缘萃录》等，都记录并考证了他们收藏或所见的名迹。这对于后世的鉴赏家及画史研究者都有一定的参考价值。

清宫秘府，至乾隆、嘉庆时，已有了大量藏品。乾隆时，弘历命令一批鉴定专家把秘府所有的书画编入《石渠宝笈》，同时又别编《秘殿珠林》，此后又编《石渠宝笈》《秘殿珠林》为"续编""三编"，并于书画上一一加钤皇室的各种收藏印。这些珍贵的书画，有唐、五代、宋、元、明的名家卷轴、集册，还有不少历代佚名的名作。唐宋名家的作品有李昭道的《青山行旅图》，巨然的《秋山问道图》，李成的《寒林图》，范宽的《溪山行旅图》，黄居寀的《山鹧棘雀图》，李公麟的《免胄图》，郭熙的《早春图》，马远的《华灯侍宴图》，陈居中的《苏李别意图》，牟益的《捣衣图卷》等，不胜枚举。这既是中国古代灿烂文化创造的一部分，又是历代流传下来的极品。当这批数以千计的作品聚集在深宫之时，保存条件是完备的，可谓"尽人力之所及，避天时之不利，防有患为未善"，不要说"虫蚀"，就连"一尘"也不入。这批书画无疑是历史上于宋代以后皇家最大的一次集中。

历代名画被收藏于深宫后，虽然一般文人雅士再难以见其芳容，但在收集过程中，也有很多诗画家得以鉴赏，有的还题诗留念。但很可惜，清代保存的很多名画都毁于兵灾。1860年，英法联军侵入北京，圆明园中保存的书画和古文物皆由英法军人囊括而去。如顾恺之的《女史箴图》，就是在这时被劫夺而运至伦敦的。1900年，八国联军侵入北京，清皇宫的书画损失就更加惨重了。及至宣统三年（1911）清王朝垮台前，清宫1200余幅书画被溥仪盗运出宫。这些作品后来或流散民间或被盗卖境外，所存已无几。

清代还重视整理前代有关书画古籍，《四库全书》中共收集从南齐谢赫的《古画品录》到清蒋骥的《传神秘要》，艺术书画之属73部，共1066卷。特别是其中的《佩文斋书画谱》丛辑100卷，搜罗引用明以前书画论、书画家传、书画题跋、考证等书1840余种，成为后代书画家及研究者的重要参考用书。

此外，陈邦彦编纂的《御定历代题画诗类》，汇抄历代题画诗，止于明代，分30门类，计8900余首。这部书更为题画诗创作者提供了直接而广泛的借鉴。此后，李浚之编著的《清画家诗史》内收2000余画家之题画诗，为有清一代题画诗之大观，也有益于题画诗创作的发展。

第四，画家学诗书、诗人习书画蔚成风气。

文人画发展到清代，诗、书、画进一步融合，画家在学画时，往往同时习诗。如"扬州八怪"之一的黄慎，初学画时，其母便告之说："吾闻此事，非薰诗书，有士大夫气韵，则成画工耳。"[18] 著名诗人吴伟业少时曾从董其昌学画，画学渊源与"四王"一致，曾作《画中九友歌》以纪之。因此，其"山水得董、黄法，清疏韶秀，风神自足可贵也。"[19] 至于诗人学书的例子更是比比皆是，如晚清著名诗人何绍基是碑学书法的集大成者。他上自周秦两汉古籀篆，下至六朝南北碑版，无所不习，坚持四十年不间断，兼通篆、隶、楷、行四体。尤为杰出者，能以篆、隶之法入楷、行，使早已成定势的楷书、行书显现出一种新的面目。何绍基诗风奇崛纵横，拙中见巧，与其书法内蕴恰相贯通。古典派作家融会传统、转益多师的特色在何氏身上有突出的表现。由于何绍基既是著名诗人，又是卓有成就的书家，所以他写的题画诗不仅多为佳作，而且成为不可多得的墨宝。

由于画家学诗书、诗人学书画蔚为风气，所以诗人与书画家交往日益密切，并且有许多人已成为好友。这不仅加强了他们之间技艺的切磋，而且乐于彼此题画或作画。如果说诗与画是一对孪生姊妹，那么诗人与画家则是这对孪生姊妹的夫婿。倘若孪生姊妹夫婿间的关系密切了，必然既能推动书画艺术的发展，也能促进题画诗词创作的繁荣。

第五，诗画理论进一步融合，为题画诗词发展奠定了理论基础。

在清代，由于涌现了大批兼擅诗、书、画"三绝"的艺术家，所以进一步促进了诗画理论的融合。以派学论，娄东派即是很好的一例。

王时敏为娄东人，其画派又称"娄东派"。清初诗坛亦有娄东派，领袖是吴伟业。吴伟业与王时敏为同乡，交往颇密。吴伟业亦工画，并受到王时敏的影响。吴伟业编有《娄东十子诗选》，娄东诗派由此建立。在十位诗人中，王揆、王撰、王抃和王摅为王时敏的儿子，其中王揆是"四王"之一王原祁的父亲，王撰则传承了其父的家法，"子撰传其大痴法，亦古秀"。该派与"四王"的关系非同一般。娄东诗派的特点是复古，主要崇尚唐诗，走的也是吴伟业的路子："娄东诗人虽各自成家，大约宗仰梅村祭酒。"[20] 由此可见，画界之娄东派与诗界之娄东派原有着密切的关系，它们都属于复古派。清代审美文化的主流是复古，即以古雅为美，通过二者的关系可以看得比较清楚。

"四王"以山水写性情的创作思想不仅在娄东画家中得到响应，实际上也与当时诗坛的神韵派相呼应。神韵派亦是一支复古派，其领袖是山东新城的王士禛。王士禛与王揆为同年进士，以山水诗见长，其司理扬州期间所作，多"江山摇落"之悲。王揆尝专程访王士禛于扬州，两人赋诗唱和，志趣甚为相投。王渔洋在诗界首倡"神韵说"，主张借形传神、清远兼备，其美学精神多承之于画界。王渔洋自称："余尝观荆浩论山水，而悟诗家三昧，曰远人无目，远水无波，远山无皴。又王楙《野客丛书》：太史公如郭忠恕画，天外数峰，略有笔墨，意在笔墨之外也。"[21] 此外，王渔洋的神韵说理论还直接得到过"四王"之一王原祁的启发。据王渔洋记载，原祁在京时曾携画过访作者，"因极论画理"，阐述南宗画派的美学主张，云："见以为古澹闲远，而中实沉著痛快，此非流俗所能知也。"王渔洋闻后，大加激赏，曰："子之论，论画也，而通于诗矣。"[22] 此后，这也成为神韵说的理论基石之一。清代艺术界以道家思想、玄学精神为基础的流派中，此两家实为代表。

以个人论，郑燮可为代表。他作画反对复古，力主创新，其诗词也自写性灵。他说："诗则自写性情，不拘一格，有何古人，何况今人？""英雄何必读书史，直摅血性为文章。"[23] 其创作态度、理念跟同时代的性灵派作家袁枚恰相符合。袁枚主张："凡诗之传者都是性灵，不关堆垛。""诗人者，不失其赤子之心者也。"[24] 他尤其反感大谈道学之人，称"孔郑门前不掉头，程朱席上懒勾留"[25]。袁枚一贯对复古派作家不以为然，但对郑燮却十分欣赏，在所撰《随园诗话》中屡加称赞。郑燮也引袁枚为知己，曾作诗赠之云："女称绝色邻夸艳，君有奇才我不贫。"（《赠袁枚》）因此，当今不少文学史著作甚至将郑燮归入性灵诗学一派。画界与诗界这两支势力证明了清代审美文化中反正统倾向的存在，它们与强大的复古潮流形成了对立的态势。这也是清代题画诗词不拘一格健康发展的重要原因。

第六，大兴题款之风，是清代题画诗词发展的重要因素。

中国画的题款由来已久，唐张彦远的《历代名画记》中"叙自古跋尾押署"一节，提到"自晋、宋至周、隋收藏图书"，"备列当时鉴识艺人押署"。张彦远的祖父曾刻有"河东张氏"印钤于书画上。这种署名跋尾和钤印，当是后来书画收藏、鉴赏题跋用印之滥觞。及至宋代，绘画题款渐渐多起来，除画家自己钤印外，还有自题诗或别人的题作。如赵孟坚的《墨兰图》，就有其款书一绝："六月衡湘暑气蒸，幽香一喷冰人清。曾将移入浙西种，一岁才华一两茎。"又如莹玉涧的画，元吴师道就说"玉涧诗多画上题"。

宋代的绘画虽然有了款书、题诗、题跋并加印，但毕竟不多。元代文人画盛行，随之绘画题款也较为普遍。赵孟

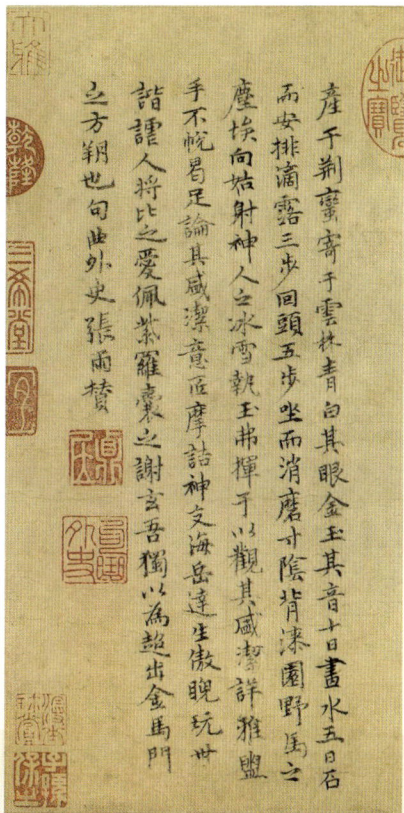

张雨《题倪瓒像》

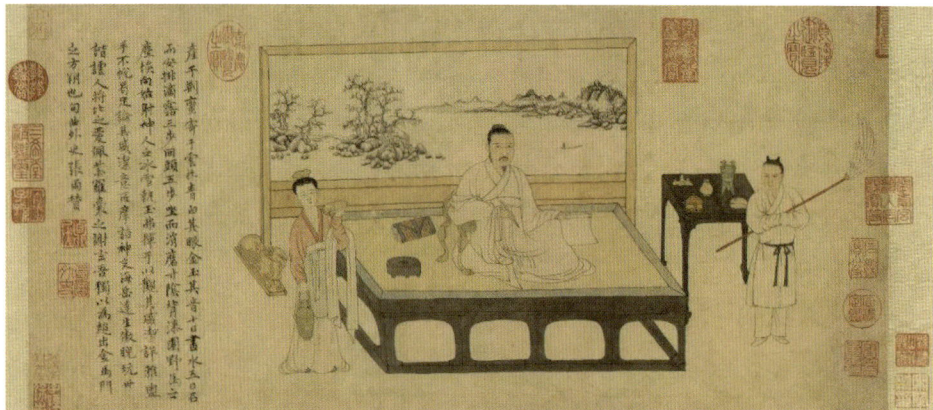

张雨《倪瓒像》

颓父子及元四家的画都有款书，所钤的印章除名章外，还出现了书画闲章。特别引人注目的是，有些肖像画还出现了画幅上的题像赞，如《题倪瓒像》卷就有张雨为之题赞："产于荆蛮，寄于云林。青白其眼，金玉其音。十日画水五日石，而安排滴露。三步回头五步坐，而消磨寸阴。背漆园野马之尘埃，向姑射神人之冰雪。执玉弗挥，于以观其盛洁详雅。盥手不悦，蹇足论其盛洁。意匠摩诘，神交海岳。达生傲睨，玩世谐谑。人将比之爱佩紫罗囊之谢玄，吾独以为超出金马门之方朔也。句曲外史张雨赞。"

　　像这样题在画上的长赞，在元以前极为少见。明清时期的绘画题款更为兴盛，款书的形式也日趋多样化，除了署单款、署双款、夹画款外，更值得注意的是署诗款和多题款。明清的文人画题诗的有很多，有题绝句的，有题律诗的，也有题长古的，如沈周《芭蕉图》，自题诗道："惯见闲亭碧玉丛，春风吹过即秋风。老夫都把荣枯事，却寄潇潇数叶中。"又如石涛画《竹菊图》、王原祁画《穉岭春云图》、李方膺画《渔鱼图》等，都由作者题诗其上。奚冈画《晚晴图》，山水间没有画人，他便题诗曰："隔岸游人何处去，数声鸡吠夕阳残。"观者读此画时，似见游人徜徉于傍晚的山水间，正所谓"题诗之妙，在于使画尽而意无尽"。这既是文人画的要求，也是当时之风气。多题款，是指在一幅画上，作者一题再题，或诗或文，任意发挥；或者还有他人的题诗、跋语。

清代为画题诗之风尤盛。一幅好画，倘无题诗，当引为憾事。潘莲巢的画时得王文治的题诗，其诗与潘画相得益彰，人称"潘画王题"，世尤珍爱之。到了晚清，很多诗人、画家更是诗书画印兼擅，于是无画不题诗已成风气。这无疑是清代题画诗词大发展的重要原因。

第七，清代经济的发展也为题画诗词创作的繁荣提供了物质保障。

康熙时期统一中国后，建立了强大的封建帝国，并采取了一系列恢复农村经济的措施，以求缓和阶级矛盾，安定社会秩序。人民在经历了明末残酷的剥削、巨大的战乱以后，有了安定喘息的机会。整个社会经过了几十年的休养生息，也逐渐恢复繁荣，为清王朝积累了巨大的财富。特别是乾隆时期，清代的经济发展达到了顶点，但阶级矛盾也日趋激化。伴随着农业生产的发展和适应贵族、大地主、大商人享乐生活的需要，城市工商业也活跃起来，呈现出一片繁荣的景象。当时窑业、印刷业、制盐业、纺织业、矿业等的规模和水平已相当可观。景德镇的窑业工人就将近20万。广州有一个制茶工场，男女童工达500人，还开始部分地使用机器。在这个过程中，东南沿海一带一度被摧残了的资本主义萌芽也开始发展起来，但由于当时社会经济发展的不平衡，资本主义的萌芽在很多地区却表现得不够明显，而且由于受到封建势力的阻碍，它的成长过程是很缓慢曲折的。所以那时封建地主阶级和农民之间的矛盾仍是社会的主要矛盾。封建地主阶级的扩大兼并，使土地高度集中，不只皇室、贵族、官僚都聚集了巨额的财富，大商号、当铺、票号、银号、盐庄、一般土豪富商也聚集了惊人的财富。清代的经济发展，虽然一直与民族矛盾、阶级斗争伴行，并且经济越发展，阶级矛盾与斗争越激烈，但是不断发展的经济毕竟为清王朝积累了巨大的财富，使作为上层建筑的文艺有了赖以生存和发展的基础。同时，社会的诸多矛盾也为诗人、作家的创作提供了题材。

第四节　清代题画诗思想与艺术特征

从思想内容上看，清代题画诗的特征主要有三：一是深深的故国之思与强烈的反清情绪；二是抒发抑郁之情与向往林泉之志；三是揭露现实黑暗与反抗帝国主义侵略。这三方面思想内容大致在前期、中期、晚期的表现各有侧重。一般来说，明末清初易代时，民族矛盾突出，题画诗往往表现出对故国的哀思和对清统治者的不满。而中期以后，随着阶级矛盾与民族矛盾的缓和，知识分子的反抗情绪已不再激烈。但是清统治者却大兴文字狱，文网密布，文人转而消极反抗，或退隐江湖，或削发为僧，于是，在题画诗中，反映林泉生活的作品开始增多。当然，这种情绪并非始于中期，从清初直到清末，隐逸的主题一直贯穿于题画诗中，只不过中期以后更明显一些罢了。后期至晚清，帝国主义侵略的魔爪开始伸向中国，于是反帝的主题在题画诗中也有一定的表现。

清初，战争硝烟笼罩下的文坛虽然不免一度沉寂，但反抗的声音仍此起彼伏，有时甚至极为激烈。这一时期的文人无论是投笔从戎者，还是屈于压力而降清者，抑或介于二者之间，既不直接抗清也不失节仕清者，都因亲历改朝换代的历史巨变、目睹山河破碎的现实而内心充满深深的痛苦。因此在他们的诗歌中都无一例外地抒发了对国家兴亡的无限感慨和对清统治者的无比仇恨。如项圣谟作于顺治三年（1646）的《题〈秋山红树图〉》：

> 前年未了伤春客，去岁悲秋哭未休。
> 血泪染成林叶醉，至今难写一腔愁。

这首诗通过抒写自己自"前年""去岁""至今"三年来清统治者入主中原的情怀和描绘斑斑点点如血如泪的树叶，强烈地表达出诗人对清统治者的不满和对故国的怀念。这种感情不仅血性男儿有，即使沦落风尘的女子也毫不减弱，如柳如是的《题墨梅》：

> 色也凄凉影也孤，墨痕浅晕一枝枯。
> 千秋知己何人在，还赚师雄入梦无。

诗人以枯梅自比，根干无依，色凄影孤，写出自己的凄苦心境。那"墨痕浅晕"如热泪所濡染，蕴含着深哀巨痛。但是抗清斗争还在继续，诗人仍满怀希望："千秋知己何人在，还赚师雄入梦无。"在抗清复明的俊杰中，诗人有许多志同道合的知己，除已为国捐躯的英烈外，还有黄宗羲在秘密奔走，特别是她素所敬重的英雄张煌言、曾典钗为其集资，并冒死去犒师。诗人以梅自喻，化用《龙城录》中赵师雄过罗浮于梅树下梦与美人共饮醉卧的神话传说，以诘问还能否把师雄这类梅花知己邀入梦中的方式来表明心迹：她时刻都在祝祷魂牵梦绕的抗清"知己"能够统领义军雄师凯旋。这种在民族危亡关头表现出来的崇高民族气节，出自这位曾长期被轻薄者所蔑视的女子身上，越发显得珍贵。

但是面对残暴的清统治者，大多数诗人并不敢直接抗争，他们往往用曲折的方式表达自己的哀伤和愤懑。

在清代题画诗中，表现内心苦闷、向往林泉生活的作品所占比例较大，并且从清初至清末，这类作品始终较多。清初，有许多文人退隐山林，浪迹江湖，以布衣终老，如查士标、方文等；有的是明朝宗室或遗老遗少不满清朝统治而削发为僧，仅顺治元年（1644），著名诗人和画家为僧的就有方以智、释普荷、弘仁等多人；为道的有万寿祺、张风等。他们都有亡国之痛，在文网高张下，不能直面现实，只好以曲折象征的手法，通过题画寄情，表达自己的隐逸之志，如方文的《题范眉生〈烟艇图〉》：

> 无复威仪似汉官，不如裸体学垂竿。
> 小舟斜倚绿杨树，远岫正当红蓼滩。
> 兴至且沽村酒醉，醒来还把道书看。
> 凭他世上风波恶，一枕月明魂梦安。

从表面看，诗人"裸体学垂竿"，"兴至且沽村酒醉，醒来还把道书看"，不要功名而甘心过着与世无争的隐居生活，但面对着"世上风波恶"，诗人的"魂梦"怎能"安"呢？实际上他的内心深处一直波澜起伏，正如他在《题〈烟波独钓图〉》中所说："一自两京沦没后，斯人漂泊在江湖。临流高咏有时有，触景暗伤无处无。世难且从公望隐，运回应笑子陵愚。衣冠倘见刘司隶，岂肯甘心老钓徒？"诗人的这种情绪实质上是当时清政府对汉族知识分子实行高压政策的反映，也是一部分汉族知识分子不满清朝统治的一种无可奈何的反抗方式。又如查士标的《题笪江上〈云壑寻真图〉》二首其一：

> 非关性癖爱山行，云壑悠悠不世情。
>
> 泽畔何人独憔悴，离骚读（一作续）罢只吞声。

查士标生活的年代主要是康熙年间。当时文网密布，文字狱次数之多、株连之广、处罚之残酷，超过以往的任何朝代。仅《明史》一案，"名士伏法者二百二十一人"。在这种背景下，许多知识分子或选择沉默，或寄情山水，态度不免消沉。查士标这首题画诗，从"爱山行""云壑悠悠不世情"等句看，似乎是在描写隐居生活的乐趣，但从"泽畔何人独憔悴，离骚读罢只吞声"看，诗人心中的悲伤和愤懑也是明显的。以上是题画诗的第一种类型，即在政治高压下，不得不退隐山林，以诗寄托高雅情趣，而以不与统治者合作的方式进行反抗。清代题画诗表现林泉之志的另一种类型则是，文人仕清后，政治上不得意或仕途坎坷而生隐逸之情。这类题画诗在清代中后期较多，如过春山的《题〈石湖烟雨图〉》：

> 林风吹雨川光暝，远岸鸬鹚点秋影。
>
> 小楼人宿水声中，一枕溪云孤梦冷。
>
> 我本沧洲旧散仙，蘋花零落五洲船。
>
> 如何对此不归去，七十二峰空暮烟。

这首诗先是描绘画面的雨中石湖，然后回忆自己原先临水而居、放荡不羁的生活，于是发出"如何对此不归去"的感慨。诗人即景生情，融入自己的身世和心绪，从而衬托出怀才不遇的苦闷。

如果说过春山的《题〈石湖烟雨图〉》仅仅是抒发不遇时的淡淡哀愁，那么禹之鼎的《题〈卜居图〉》表达的则是厌倦宫廷的侍御生涯，急不可待地要归隐田园：

> 长安车马足风尘，梦想烟波到四旬。
>
> 何日柴门如画里，碧荷翠居护闲身！

禹之鼎是清代著名画家。康熙年间任鸿胪寺序班，入值畅春园，供奉内廷。他善画山水，世称"时莫能两"，尤工肖像人物，"朝贵名流多属其绘图像，世每传之"，被誉为"当代第一"。但由于其官微职卑，不但得不到应有的尊重，反而时遭轻蔑和污辱。一次，应某贵戚急召，他又不善骑马，疾迫奔促，进府拜谒，不遑起身喘息，主人便传令为之画像。他只得匍匐运笔。实在不堪其辱，便下决心辞归乡里。但由于穷困，"束装乏资"，一时又欲归不得，遂作《卜居图》，画出心中向往之归宿，并题写了这首诗。诗人把心愿绘于画卷，把希望寄托于来日。画面的居所分外诱人：依山傍水，荷香四溢，柴门虚掩，闲适寂静。这"柴门"虽然不如京师"朱门"之显赫，但总比"摧眉折腰事权贵"的九品卑职超脱。诗人在诗画中所表达的这种追求，反映了京城某些知识分子既居官又欲隐的矛盾心态，引起了许多诗画家的共鸣。此后，王鸿绪、梁士祯、梁清标、曹三才、高士奇、张英、陈廷标、赵执信、徐文元等110位名家为其题跋，极一时之盛。二十年后，禹之鼎已辞世，曹三才在"丙申（1716）新秋苦雨"时节依然有感："还忆卜居图画里，凄迷风雨洒江湄"，足见影响之深远。

这类题画诗的第三种情况是，那些朝廷重臣、志得意满者，在饭后茶余也爱吟咏田园生活。这或许为了调整心态，或许为了附庸风雅，自有其情趣。如曹寅的《禹尚基〈卜居图〉索题》：

> 鲈鱼莼菜江乡近，枫叶芦花水国遥。
> 风景最宜虚结想，画图时得笑相招。
> 三分茅屋愁霪雨，七尺渔竿待晚潮。
> 恰与王孙较长短，荷衣箬笠见丰标。

曹寅是清廷显宦，其祖父为满洲贵族包衣，隶属正白旗，后随清兵入关，得到宫廷宠幸。其母为康熙帝乳母，寅自幼入宫伴读，深得康熙帝信任，官至通政使、江宁织造、巡视两淮盐漕监察御史，先后达二十余年。康熙帝六次南巡，四次由曹寅接驾，显赫一时。他写此诗时在康熙朝，正是飞黄腾达之日，但也不免羡慕闲适的田园生活。诗人通过"鲈鱼莼菜"

"枫叶芦花""荷衣箬笠"等句，描绘出一幅江上渔钓生活的图画，同时也流露出归隐之情。

张廷玉也是朝廷重臣，康熙三十九年（1700）进士，历官文渊阁，户部、吏部尚书等职，保和殿大学士。他的《题〈渔乐图〉》也附庸风雅，赞赏了隐逸之高致：

> 秋江渺渺无津涯，江边渔父船为家。
> 往返何知路远近，一帆明月依芦花。
> 清晨举网西风里，网得长鱼满船喜。
> 儿能炊火妇烹鲜，邻叟还赊新酝美。
> 陆鲁望，张志和，朝朝诗思在烟波。
> 吾曹不解工吟咏，醉唱羲皇《网罟歌》。

此诗先写渔民长年生活在漫无边际的江上，以"船为家"，及渔父"网得长鱼满船"、小儿烧火、媳妇烹鲜、"邻叟"送酒的欢乐气氛和景象；最后写了"陆鲁望""张志和""羲皇"等高人隐士，使一幅描绘渔家生活的《渔乐图》成了高士退隐江湖的赞歌。

中国文人的林泉之志由来已久，无论他们是在朝还是在野，隐，则"身在江湖，心存魏阙"；出，则"身居庙堂，心存山林"，往往一直处于矛盾与痛苦之中。易中天指出，中国的读书人有三个梦想："帝师梦，名臣梦，隐士梦。帝师做不成，做名臣；名臣做不成，做隐士；要是连隐士也做不成，就只好去写隐逸诗了。"[26] 因此，在中国封建社会，无论哪类文人，在他们的一生中都不免产生过一次或多次归隐之愿望，于是隐逸诗在中国诗歌史中所占比重之大就不足为奇了。这种隐逸之情，或表现为感伤惆怅，或表现为心向往之，或表现为思念故里，或表现为怀念远人，或表现为无可奈何，或表现为无病呻吟，不一而足。尤其是在清代社会，其感情更为复杂。这当视为清代表现隐逸之情的第四类题画诗。这类题画诗的多数往往只是为了追求一种清高雅趣，并无更多的寄意，如沈德潜的《题〈石湖烟雨图〉》、高鹗的《题〈桃源图〉》等。但黄景仁的《〈放鹤图〉黎二樵为周肃斋明府作属题》的感情却较为复杂：

二樵笔如铁裹绵，爱画独柳秋滩边。

枝枝叶叶带风色，坐令山水生清妍。

一琴一鹤一童子，使君宦况清如此。

呼童放鹤拿舟行，淡淡斜阳天拍水。

其人与画皆千秋，令我悄然思旧游。

梅花夜舫孤山寺，芳草春江鄂渚楼。

此诗所吟咏的是宋代高士林逋隐居于西湖孤山植梅放鹤的传统题材，但诗人既赞颂了画家的高超技艺，又表达了对"旧游"的思念之情，同时也流露了隐逸之志趣。又如晚清沈曾植的《题唐子畏〈雪景〉》：

虚室夜生白，千岩静天光。

嵯峨沈寥极，视听咸茫茫。

逸士卧敝庐，枯禅老是乡。

宁知天地闭，肝膈森清凉。

爱此万法俱，了无一丘当。

所怀竟云何，非圣焉知狂！

此诗作于光绪十六年（1890）十二月，为赠丹徒丁之钧（《雪景图》为丁所藏）之作。《恪守庐日记》中载：此是"拟东坡《题王晋卿著色山水》诗。超超玄著，固非常人胸臆所有"。诗中通过描写空旷的意境，表达自己空虚清净的心境。而这种感情又非常人所能理解，所以诗的最后说："所怀竟云何，非圣焉知狂！"

清代第五类表现隐逸主题的题画诗则是一种审美追求，而淡化了隐逸的思想意义（这当在另一节论题画诗的审美特征中专门论述）。

尽管清代表现林泉情致的题画诗多种多样，却很少有唐代那种表现以退为进、走"终南捷径"的隐逸诗。这当是清代特殊社会环境和文人特殊的价值取向而形成的特殊文化现象。

最后谈一谈清代揭露现实黑暗的题画诗。清代揭露现实黑暗的题画诗，无论是在前期，还是在中后期，都不少。在前期，揭露清统治者残暴统治的作品较多，但多数题画诗都是通过景物描写来间接反映现实的，如

项圣谟的《题〈且听寒响图〉》，叶燮的《题〈溪山烟雨图〉》等。不过，也有少量较为直接地揭露现实的作品，如孙枝蔚的《题〈方尔止处士采药图〉》：

> 壮士谁教入涧阿，画图看罢泪滂沱。
> 黑头不是商山伴，远志宁如小草多。
> 乱世救贫无计策，诗家采药有吟哦。
> 不知谁问韩康买，村市萧条可奈何！

这首诗表面上是写处士采药，但实际上却有深远寄意。诗人说："黑头不是商山伴，远志宁如小草多"，分明道出这里讲的不是隐士闲适的采药生活，而是富有"远志"（以草药"远志"喻人之志）的"乱世救贫"之举。作者不仅描写了萧条的"村市"，而且抒发了"泪滂沱"的深深感伤之情。清代反映现实较为深刻的题画诗是蒋士铨的《题卖牛图歌为两峰作》（下文有论述）。

清代中期，特别是乾隆时期，文网密布，文字狱案件比康熙、雍正时期合计增加4倍以上。这在题画诗中也有所反映，如边寿民的《自题〈孤雁低飞图〉》：

> 孤飞随意向天涯，却傍江湖觅浅沙。
> 恐有渔舟邻近岸，几回不敢宿芦花。

此诗描写的是孤雁低飞、盘旋在湖边苇塘上空而不敢落下歇宿的情景，并指出"恐有渔舟邻近岸"。这画外之音，分明寓意人间时事。在文网高张的乾隆时期，这不能不让人想到文字案繁多、罪名苛细、故意罗织成狱的严酷现实。

以上是从思想内容上谈清代题画诗的特征，下面再从艺术上谈其特点。

清代题画诗最突出的艺术特点是多表现一种孤寒清冷的意境。无论是山水田园画的题诗，还是花鸟鱼虫画的题作，抑或人物故实的题咏作品，大都如此。如钱谦益的《题沈朗倩〈石崖秋柳小景〉》：

刻露巉岩石骨愁，两株风柳曳残秋。

分明一片荒凉景，今日钟山古石头。

这首诗主要是写"巉岩""风柳"两种极具衰飒的景物。巉岩，山峰尖峭险峻。《文选·宋玉〈高唐赋〉》中说："登巉岩而下望兮。"李善注："巉岩，石势，不生草木。"风柳，是指在秋风中摇曳之柳。深秋之柳本已凋落，又加之寒风吹拂，所以其残状可知。因此，这"分明一片荒凉景"，便托出一种孤寒的意境。我们联系清初最高统治者的高压政策、知识分子压抑的心态，便不难理解题画诗中表现孤寒意境的原因。当然，钱谦益的这首诗绝不仅仅为了表现一种凄凉的意境。此诗作于清初顺治年间，正是南明刚刚灭亡、清初立之际。所以诗人通过对凋残景物描写，抒发了国破家亡之感。

这种表现孤寒意境的题画诗，在清代中后期也有很多。感时不遇或怀才不遇，是封建社会文学作品中常见的主题，而表现这种主题的惯用手法是通过诗词中的意境。如李鱓的《题〈秋柳鸣禽图〉》：

太湖石畔垂杨柳，一片萧疏弄晚风。

小鸟莫嫌秋事冷，燕支点上雁来红。

《秋柳鸣禽图》作于乾隆十六年（1751）秋。图上绘一块太湖石，石后是一棵瘦柳，枝稀叶疏，孤鸟高登树梢，显得身单势孤。题诗与画意完全相符，诗中虽然有"燕支"一点亮色，但是从"萧疏""晚风""秋事冷"的描写中，可以分明地感到丝丝寒意。这意境不仅抒写了诗人感时不遇的忧伤，而且是诗人晚年贫困孤苦境遇的写照。又如

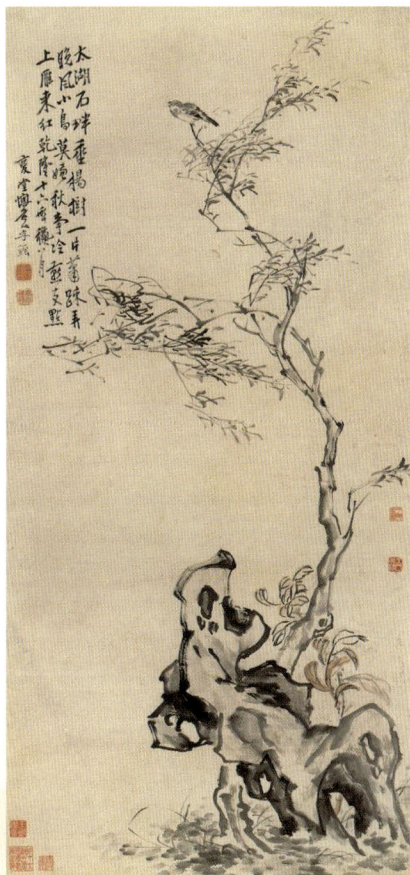

《题〈秋柳鸣禽图〉》

741

王士禛的《叶欣画》：

> 偶来独立碧溪头，石涧茅亭白日幽。
>
> 风雨欲来山欲暝，万松阴里飒寒流。

这是诗人为别人的画所题的诗。叶欣的山水画，喜作凄清荒寒的景致，境界孤峭，格局高古。此画虽然是写初夏景色，却给人以苍凉之感。而诗人王渔洋见画生情，与其心有戚戚焉，于是便写下这首意境幽寒的题诗，这也是诗人怀才不遇、孤独寂寞情感的自然流露。

以上是诗境与画意相契合的题画诗。当然，也有一些题画诗作是借画发挥、脱离画境而另有寄意的作品，如叶燮的《题〈溪山烟雨图〉》：

> 渐飒溪风带壑吹，诸天昏黑欲何之。
>
> 百端别有茫茫集，消受多生暮雨时。
>
> 四山合处不分明，赢得铮铮树梢声。
>
> 怪底深深帘不卷，潇湘一幅怕伤情。

《溪山烟雨图》是清代画家毛锡年于康熙二十九年（1690）所作，墨迹今藏故宫博物院。这是一幅山水画，群山环绕，烟雨茫茫，画境本是阔远的，但诗人以心观画，却另有感怀。叶燮是清代著名诗论家，其诗古朴苍凉、风格独特。晚年居吴江横山，购小园曰"独立苍茫处"，人称横山先生。曾任宝应县令，以忤巡抚而落职，胸中颇多不平。因此，他的这首题画诗，以"溪风""昏黑""茫茫""暮雨""不分明"等词语所表现的迷蒙、凄凉的意境，也是其心境的自然流露。

与表现孤寒意境这一特点相联系的是，清代题画诗在审美情趣上，往往追求一种幽深的隐逸美。

隐逸作为一种生存状态，是中国古代社会极为普遍的现象。中国贵族阶层最低等级的士，春秋以后开始向文职转化，其主要任务是为当权者出谋划策，所以又叫谋士。如果出入朝堂，就是绅士。如果闲居乡野，就是隐士。如果到处行走，就是游士。游士，往往是在野者为寻求政治出路而奔走，所以当视为介于绅士与隐士之间的半隐者。无论哪朝哪代，走上仕途的士都是少数，所以隐士或怀有隐逸之志者都是大多数。由于这类文士人数众多，加之既有闲暇时间又有闲情逸致，所以他们的共同审美情趣，便形成了中国古代社会所特有的隐逸审美观。而清代社会，因隐逸之风极盛，表现山水田园的绘画极多，所以，在描写这类画的题画诗中，表现隐逸情趣的也非常多。除前文提到的四类题画诗都有不同程度的表现外，还有一种无其他寄意，只是为了表现田园风光、山林美景，追求隐逸之美的题画诗，如孙原湘的《〈蕉窗听雨图〉吕生乞题》：

> 滴尽残窗碎雨声，破人秋梦到天明。
>
> 不知一夜诗情好，转上潇潇叶上生。

这首诗以动写静，动静结合，碎雨潇潇，"秋梦到天明"，似乎并不静；但万籁俱寂，唯闻雨声，夜又是沉寂的。又从"诗情好""破人秋梦"等句看，诗人是因吟诗不眠才听到雨打芭蕉声，而非雨声惊梦。此诗诗中有画，画中有诗。庭前的雨中芭蕉，窗内的诗人赏雨吟诗，画意诗情，情景交融，浓浓的闲适情构成了特有的静态美。又如钱杜的《松坞幽居图》：

> 乱蝉渡水日当午，深竹连山客正眠。
>
> 静掩茅斋谁剥啄，松花一寸落门前。

这首题画诗写隐逸美与前一首诗有异曲同工之妙。前一首诗写雨声扰人眠不得；此诗写"乱蝉渡水""客正眠"，其手法都是以动衬静。所不同的是，前者是诗人因吟诗不眠，后者则是蝉鸣却睡正酣。特别是此"客"心远地偏，门可罗雀，庭前松花竟有一寸之厚，有人敲门也不醒。由此可知其隐逸已年深日久，心静如止水。而诗人所追求的隐逸美也如陈年之酒更为浓烈。

"清代也是诞育流派最多的时代"[27]。在题画诗方面更是如此。这是因为，它除了受诗歌流派的影响外，还与绘画流派有更为直接的关系。而清代的题画诗与绘画的关系较前代又更为密切。如果说唐宋时期题画诗大家和创作群体的主要成员大多是著名文学家，那么明清以后，特别是清代，题画诗创作群体的成员则几乎都是以绘画名世的诗人，并且往往诗书画兼

擅。因此，清代题画诗创作群体基本上是与绘画的流派重合的。无论是清代前期还是后期，甚至近代，都是如此，如"清初四高僧""扬州八怪"等。所以，清代绘画流派空前增多，也是清代题画诗流派繁多的重要原因。从诗歌本身看，清代也有许多由诗歌流派而产生的具有共性的题画诗创作群体，如以抒写"性灵"为崇尚的袁枚及其追随者。他们题画诗的特点也是性灵派诗歌的艺术旨趣。

然而，尽管清代题画诗流派较多，但从其声势和影响来看，最大的题画诗流派主要有两个：一个是以"扬州八怪"画家为主的"怪放派"；另一个是以倡导"性灵说"的诗人袁枚为领袖及其追随者的"性灵派"。他们不仅引领了整个清代的题画诗创作，而且对近代题画诗发展也产生了深远的影响。

注　释

〔1〕胡寄光：《中国文祸史》，上海人民出版社。1993，第117页。

〔2〕方文：《涂山集》，上海古籍出版社，1979。

〔3〕潘天寿：《中国绘画史》，上海人民美术出版社，1983，第163页。

〔4〕释道济：《画谱》，上海人民美术出版社，1960。

〔5〕石涛：《苦瓜和尚画语录》，苏州振新书社，1920。

〔6〕董其昌：《容台文集》，《四库全书存目丛书》本，齐鲁书社，1997。

〔7〕董其昌：《画禅室随笔》，《四库全书》第八六七册，台北商务印书馆，1983。

〔8〕梁同书：《频罗庵题跋》，丛书集成续编本，新文丰出版公司，1989。

〔9〕傅山：《傅山先生霜红龛集·作字示儿孙》，文物出版社，1992。

〔10〕丁文隽：《书法精论》，中国书店，1986，第69页。

〔11〕金农：《扬州八怪诗文集·鲁中杂诗》，江苏美术出版社，1996。

〔12〕朱则杰：《论〈全清诗〉的体例与规模》，载《古籍研究》1994年第1期。

〔13〕刘世南：《清诗流派史》，文津出版社，1995。

〔14〕傅璇琮、蒋寅总主编，蒋寅主编《中国古代文学通论》清代卷，辽宁人民出版社，2016。

〔15〕冯志铭：《中国陶瓷》，上海古籍出版社，2001，第553页。

〔16〕徐珂：《清稗类钞·文学类》，书目文献出版社，1983，第146页。

〔17〕金安清：《水窗春呓》卷下，中华书局，1984。

〔18〕徐珂:《清稗类钞·艺术类》,书目文献出版社,1983,第248页

〔19〕张庚:《国朝画征录》卷上,明文书店,1984。

〔20〕沈德潜:《清诗别裁集》卷一四,上海古籍出版社,1984。

〔21〕王士禛:《香祖笔记》卷六,上海古籍出版社,1982。

〔22〕王士禛:《带经堂诗话》卷三,人民文学出版社,1982。

〔23〕郑燮:《郑板桥全集·偶然作》,齐鲁书社,1985。

〔24〕袁枚:《随园诗话》卷三,江苏古籍出版社,2000。

〔25〕袁枚:《袁枚全集·遣兴》,江苏古籍出版社,1993。

〔26〕易中天:《帝国的惆怅》,文汇出版社,2005,第241页。

〔27〕张仲谋:《清代文化与浙东派诗》,东方出版社,1997,第1页。

第四十一章

清代前期题画诗

清代前期，虽然政治动荡，但绘画艺术却有较大发展。宫廷所使用的画人，初类工匠，后渐用士流。"士流"画家都有较高的待遇。被任命为如意馆总裁的王原祁，官衔是"翰林院侍讲学士今转翰林院侍读学士"。馆内设内廷供奉，其人数不断增多。至乾隆时，与宫廷有关的画家已达百人以上。这时的绘画活动无论是宫廷还是民间都日益频繁，其盛况不减明代。一时名家辈出，画派林立。

这一时期在以诗文名世的题画诗人中，钱谦益、吴伟业、朱彝尊、王士禛等较为著名，其作品具有鲜明的艺术特色。而画家出身的主要有"清四王"（王时敏、王鉴、王翚、王原祁）、"清四僧"（弘仁、髡残、朱耷、石涛），其中石涛最为著名。

第一节 "江左三大家"

清初，钱谦益、吴伟业、龚鼎孳并称"江左三大家"。他们虽然都以诗词名世，但都善于鉴赏绘画，其中吴伟业与龚鼎孳也能作画。他们的一些题画诗具有较为深刻的思想内容和较高的艺术水平。

钱谦益（1582—1664），字受之，号牧斋，晚号蒙叟、东涧老人、虞山宗伯等，常熟（今属江苏）人。明万历进士，官至礼部侍郎。南明福王时，召授礼部

钱谦益

尚书。清兵南下，他率先迎降，遂至北京，以礼部侍郎管秘书院事。但为清帝所轻，其诗文被禁毁。不久，归还乡里，以著述自娱。晚年，对自己降清深表悔恨，曾参与郑成功、瞿式耜的反清复明活动。其诗学杜甫，兼采唐宋名家之长，提倡"情真"，反对模拟。明亡后的诗篇，往往寄寓沧桑身世之感，也有怀念故国、抵斥清廷之作。他主持东南诗坛，被视为文苑之宗师。有《初学集》《有学集》《投笔集》等。其题画诗多抒今昔之感，充满亡国之痛，诗调沉郁苍凉，如《为豫章刘远公题〈扁舟江上图〉》：

> 扁舟惯听浪淘声，昨见危沙今日平。
> 惟有江豚吹白浪，夜来还抱石头城。

这首诗作于清初，正是南明灭亡、清朝初定之际，诗人看到明朝遗少刘远公的《扁舟江上图》，百感顿生，以"危沙"、"白浪"、一叶"扁舟"和"石头城"等，构成孤寒寂寥的意境，其亡国之痛尽在言外。诗中提到的"石头城"，代指南京。而南京，明朝曾于洪武元年（1368）八月建都于此，永乐年间虽然迁都北京，但正统年间仍建为南京。因此，诗人显然以"石头城"作为故都加以怀念，以抒写深深的故国之情。但钱谦益题画诗的代表作当数两首长诗《题宋徽宗杏花村图》《为友沂题杨龙友画册》。先看《题宋徽宗杏花村图》：

> 宜春小苑春风香，宣和秘殿春昼长。
> 帝所神霄换新诰，江南花石催头纲。
> 至尊盘礴自游艺，宛是前身画师制。
> 岁时婚嫁杏花村，桑麻鸡犬桃源世。
> 杏花村中花冥冥，纥干山雀群飞鸣。
> 巾车挈篚去何所，无乃负担趋青城。
> 君不见杏花寒食钱塘路，鬼磷灯榮风雨暮。
> 麦饭何人浇一盂，孤臣哭断冬青树。

此诗虽然有赞赏宋徽宗赵佶绘画技艺的诗句，但全诗却斥责其因酷爱书画及奇花异石，荒于朝政而导致身虏国亡的悲惨下场。联系明神宗朱翊钧迷信道教、荒淫误国、国势日衰的史实，诗人也是对明王朝怒其不争，并痛惜其覆亡，因而抒发了对故国的哀思。此诗凄楚苍凉、哀婉动人，是诗人的名作，被选入《清诗别裁集》。再看《为友沂题杨龙友画册》：

> 杨生倜傥权奇者，万里骁腾渥洼马。
> 双耳朝批贵筑云，四蹄夕刷令支野。
> 空坑师溃缙云山，流星飞兔不可还。
> 即看汗血归天上，肯余翰墨污人间。
> 人间翰墨已星散，十幅流传六丁叹。
> 披图涧岫几重掩，过眼烟岚尚凌乱。
> 杨生作画师巨然，隐囊纱帽如列仙。
> 大儿聪明添树石，侍女窈窕皱云烟。
> 忆昔龙蛇起平陆，奋身拼施乌鸢肉。
> 已无丹磷并黄土，况乃牙签与玉轴。
> 赵郎藏弃缃帙新，摩挲看画如写真。
> 每于剩粉残缣里，想见刳肝化碧人。
> 赵郎赵郎快收取，长将石压并手抚。
> 莫令匣近亲身剑，夜半相将化风雨。

此诗作于顺治十一年（1654）。"友沂"，姓赵，名而忭，字沂，官中书舍人。"杨龙友"，名文骢，字龙友，南明弘光朝官兵备副使。隆武帝立，拜兵部右侍郎兼右佥都御史，提督军务，在浙江衢州抗击清兵，后败退浦城，为清兵追获，不降而被杀。杨龙友擅画山水，为"画中九友"之一。在这首诗中，诗人通过对杨龙友所画神马骁勇飞腾的描绘，歌颂了杨龙友抗清救国而为国捐躯的英雄事迹。写画马即写画马人，"即看汗血归天上，肯余翰墨污人间"，归天之"汗血"马，即殉国之画家。诗中将赵沂、杨龙友、诗人三者的关系处理得恰到好处：写赵沂精心收藏杨画，而使"缃帙新"，是贵画家之节义；杨龙友画神马，是抒展自己之胸襟；而诗人写画马，也是赞画马者的抗清之壮举，因此主题十分鲜明。《鲁孔孙画竹歌》也是一首长篇题画佳作。此诗赞元代画家鲁得之画竹高超之技艺和"皎松雪"之为人，墨酣笔畅，恣肆奔放，较唐代白居易之《画竹歌》更为顿挫有致。

吴伟业（1609—1671），字骏公，号梅村，别署鹿樵生、灌隐主人、大云居士等，太仓（今属江苏）人。早年师事张溥，后成为复社领袖。明崇祯四年（1631）进士，官至南京国子监司业。因上书触怒明思宗，几至入狱，从此绝意仕进。清兵南下，居家不仕。顺治十年（1653），被迫征为国子监祭酒。不久，以母丧南归，偃息不出。曾遭世人讥贬，深感愧疚。工诗词，早期作品风华绮丽。明亡后，多激越之音，诗风转为苍凉。长于七律，尤擅七言歌行，誉满当世。袁枚说：

吴伟业

"公集以此体为第一。"（《吴梅村全集》卷二附"评"）他是在继承元稹、白居易诗歌的基础上，自成一种具有艺术个性的"梅村体"，或称"太仓体"。也善画工书，其画学元人山水，而运以己意，笔墨清疏秀雅。与董其昌、李流芳、杨文骢、程嘉燧、张学曾、卞文瑜、邵弥、王时敏、王鉴友善，曾作《画中九友歌》以纪之。书法学赵孟頫，也颇见功力。但其书画为诗名所掩，不为世知。有《梅村家藏稿》等。现存题画诗50余首。其题画诗虽然不如非题画诗《永和宫词》《圆圆曲》等广为流传，但也有许多佳作。其中最具代表性的诗篇是《画兰曲》：

> 画兰女子年十五，生小琵琶怨春雨。
> 记得妆成一见时，手拨帘帷便尔汝。
> 蜀纸当窗写畹兰，口脂香动入毫端。
> 腕轻染黛添芽易，钏重舒衫放叶难。
> 似能不能得花意，花亦如人吐犹未。
> 珍惜沉吟取格时，看人只道侬家媚。
> 横披侧出影重重，取次腰肢向背同。

昨日一枝芳砌上，折来双鬟镜台中。

玉指才停弄弦索，漫拢轻调似花弱。

殷勤弹到别离声，雨雨风风听花落。

花落亭皋白露溥，旧根易土护新寒。

可怜明月河边种，移入东风碧玉栏。

闻道罗帏怨离索，麝煤鹅绢间尝作。

又云憔悴非昔时，笔床翡翠多零落。

今年挂楫洞庭舟，柳暗桑浓畚绮楼。

度曲佳人遮钿扇，知书侍女下琼钩。

主人邀我图山色，宣索传来画兰笔。

轻移牙尺见匀笺，侧偃银毫怜呕墨。

席上回眸惜雁筝，醉中适口认鱼羹。

茶香黯淡知吾性，车马雍容是故情。

常时对面忧吾瘦，浅立斜窥讶依旧。

好将独语过黄昏，谁堪幽梦牵罗袖。

归来开箧简啼痕，肠断生绡点染真。

何似杜陵春禊饮，乐游原上采兰人。

　　吴伟业的这首诗是为卞玉京的《画兰》而题。在他的写美女的诗中，写卞玉京的诗最多，如《听女道士卞玉京弹琴歌》《琴河感旧》《过锦树林玉京道士墓》等。这些诗也是最感人和最具特点的。卞玉京，名赛赛，秦淮人，著名歌妓，"知书，工小楷，能画兰，能琴。年十八，侨虎丘之山塘。所居湘帘棐几，严净无纤尘。双眸泓然，日与良墨佳纸相映彻。见客初不甚酬对，少焉谐谑间作，一座倾靡。与之久者，时见有怨恨色。问之，辄乱以他语。其警慧虽文士莫及也。"（《过锦树林玉京道人墓》附《传》）她与吴伟业一见钟情，欲以身相许，但因吴伟业或许存在实际困难（当时如要娶名妓，应具有雄厚财力，而吴伟业"衰门贫约"，不具备这种条件）而未能如愿。不过两人仍情深爱重，长久相思相爱。这首诗虽为画兰而题，但实际上是以画兰为线索，写诗人与卞女从初识到相爱相思的全过程。从卞女"一见"便以"尔汝"相呼，到"殷勤弹到别离声，雨雨风风听花落"，哀婉动人，情意绵绵。在情态描写上，尤得女子画兰之妙。其中"似能不能得花意，花亦如人吐犹未"句，人与画神光相合相离，更为妙绝。此诗虽不如其《琴河感旧》四首那样凄风怨雨，回环往复，哀艳迷离，悲惨欲绝，但也是题画诗写情爱之佳作。

吴伟业的另一首长篇歌行体《画中九友歌》，一一评述董其昌等画中九友，突出人的性格特点及画风，极富变化。沈德潜评价说："用《饮中八仙歌》格，而绝异其面目，所以可贵。"(《清诗别裁集》卷一) 孙铱也说："与《饮中八仙歌》对看，肯一字让少陵出色否。"[1] 此诗于华丽之中透出苍凉之音，当是诗人后期作品。诗人还有一些为花卉类画所题诗，如题画《芍药》《石榴》《茉莉》《芙蓉》等，极尽描绘花之形态，笔意工巧，色艳味香，栩栩如生。这类诗以形式美取胜，为绘画增添了观赏之美感。

"江左三大家"的另一家龚鼎孳（1616—1673），字孝升，号芝麓，合肥（今属安徽）人。崇祯七年（1634）进士，先后任蕲水知县、兵部给事中。为人狂放，以敢于言事而下狱。李自成军攻破北京前不久获释。曾在李自成的大顺政权中任直指使。后降清，官至刑部尚书。工诗文，其诗多写身世之感，也写民生疾苦。能画，间作山水。有《定山堂集》。其题画诗的代表作是《题许有介〈群鸦话寒图〉》：

龚鼎孳

> 栎老新诗传乐府，许家秃笔点清霜。
> 高枝何限吞声鸟，偏汝啾啾话夕阳。

"栎老"，指周亮工，号栎下先生。他曾被人诬陷入狱。与其友善的画家许有介也受牵累而被逮入京。"许家"句即指许有介所画之图。诗中说当周亮工被陷之时，身处高位者都忍气吞声而不敢为周辩白，却有群鸦在"夕阳"下"啾啾"不休，似为他鸣不平。诗人一向秉公直言，在顺治朝中他看到江南凋敝之状，曾上书要求减免民生负担，而遭到排挤。因此，这首诗

也有诗人自己的身世之感。另一首《题绛雪吴君画册》也是题画佳品：

> 卖珠补屋意高闲，万叠烟霞拥玉颜。
>
> 想象乱峰晴雪里，自临眉黛写青山。

"吴君"，即清代女诗人、画家吴宗爱，字绛雪，永康（今属浙江）人。工花卉，兼善着色山水，娴诗词，也擅书。耿精忠叛于闽中，伪总兵徐尚朝寇浙东，至永康，言以绛雪献者免。邑人谋献绛雪以解难，绛雪投崖而死，此诗即赞其高节。沈德潜评此诗说："其人品高洁可知，林下之风，不止闺房之秀。"（《清诗别裁集》卷一）

第二节 "崛起之豪" 项圣谟题画诗

项圣谟（1597—1658），字逸，后字孔彰，号易庵，别号甚多，有子璋、古胥山樵人、兔鸣叟、莲塘居士、存存居士、烟波钓徒、不夜楼中士、醉疯人、烟雨楼边钓鳌客等，浙江嘉兴人。祖父项元汴，为明末著名书画收藏家和画家。伯父项德新也善画。项圣谟自幼精研古代书画名作，曾由秀才举荐为国子监太学生，但不求仕进，沉心于书画，山水、人物、花鸟无一不精。早学文徵明，后追宋人用笔之严谨，兼取元人韵致。画面布局大开大合，笔法简洁秀逸，极富书卷气息，品格高雅，境界明净。董其昌评他的画"与宋人血战"（力追宋代画风），"又兼元人气韵"。李日华称赞他的画风"英思神悟，超然独得"，是"崛起之豪"。他的《九十九变相图》《长江万里图》等巨作，都得到后世赞誉。

项圣谟亦精书法，善赋诗。其书法端庄严谨，峻拔出脱。晚年家贫，但志存高洁，不交权贵，卖画自给。其代表作为世所称的还有《松斋读易图》《放鹤洲图》《剪越江秋图》《且听寒响图》《闽游图》《蒲蝶图》等。

项圣谟

在项圣谟的绘画作品中，我们了解到当时的国家命运和人民遭受的苦难。明末清初之际，大多数文人画家，抱着以书画自娱、怡情养性的观点。他们的绘画作品很少反映社会生活，却竭力倡导"笔墨神韵"为第一，把绘画创作和欣赏活动看成纯粹的个人娱乐，提出"以画为乐""寄乐于画"的主张。在这种思想指导下，他们认为绘画只有表现出"虚和萧散""超轶绝尘""不食人间烟火"，才是最高境界。这一理论观点的系统化、具体化，不但影响到当时的绘画创作，而且影响了整个清代。它把绘画创作引导到脱离人们社会生活的道路，使绘画作品的内容越来越空虚，毫无生气。在这样的时代背景下来看待项圣谟的画，就不能以文人画一般而论了。因此，项圣谟的许多诗并画不仅在艺术思想上走着自己的道路，不受时尚的影响，而且敢于去接触社会现实，揭露社会矛盾，充满着浓烈的"人间烟火味"，这应当受到特别重视。

著有《朗云堂集》《清河草堂集》《历代画家姓氏考》《墨君题语》等。

项圣谟生活的时代正值明万历中期至清顺治初年，经历了明清朝代更迭和社会的山呼海啸般剧烈动荡变化。这对他的思想和创作都带来了深刻的影响。

项圣谟善写题画诗，其诗也多为题画之作。文辞警策凝重，格调悲壮慨然。并且往往诗画相辅相成，主题十分鲜明，后人评论他诗画作品构成完整境界，认为媲美于"画中有诗，诗中有画"的王维。所不同的是，他的诗画直接关乎现实。人民的苦难和后来的国破家亡，在他的诗画中都有较为全面的反映。崇祯五年（1632），江浙一带发生了严重的旱灾。据《明史》"五行志"记载，这一年"杭、嘉、湖三府，自八月至十月，七旬不雨"，"淮、扬诸府饥，流殍载道"。可见灾害的严重性。这一年的六月，项圣谟创作的一幅《六月鸣风竹图》，便反映了这一历史事实和当时人民的生活状况，并在画上题诗道：

> 六月鸣怪风，发发几昼夜。
>
> 松梧不绝声，何曾似长夏？
>
> 三年苕始华，旱魃复为虐。

无力御狂风，新蕊多吹落。

暾日何炎炎，大风何冽冽。

石背幽草黄，北窗青竹折。

碧天飞绛云，虹影见还灭。

怒目射虹光，渴欲饮虹血。

虫虫积气隆，赫赫余威赤。

青苗叶半黄，饷妇颜全黑。

云汉夜昭回，彗星照庭户。

酣歌冰帐人，谁知田畯苦。

日暵土云崩，田中耘者死。

万姓皆惶惶，官府诚祷祀。

《六月鸣风竹图》

从这组诗中可以看出诗人对苦难中人民的深切关心和同情，对人世间不平等现象的极大愤慨，并对官府拿不出半点办法来救灾予以抨击。为此，他居然敢于"怒目射虹光，渴欲饮虹血"。"虹霓者，阴阳之精"，在这首诗里是作为自然灾害的象征。他射之以怒目，而欲饮其"血"，表现出不信神不信邪的气概。

项圣谟以画并诗反映现实，尖锐而深刻。这在古代题画诗人中是不多见的。如他在崇祯十一年（1638）冬创作了一套《杂花册》，其中第二幅画一个官吏坐看两只公鸡斗架，并题诗：

此老杰然坐大堤，凝眸袖手气成霓。

至今虏事无奇策，那使闲情看斗鸡。

这里所抨击的"此老"，当不是一般的官

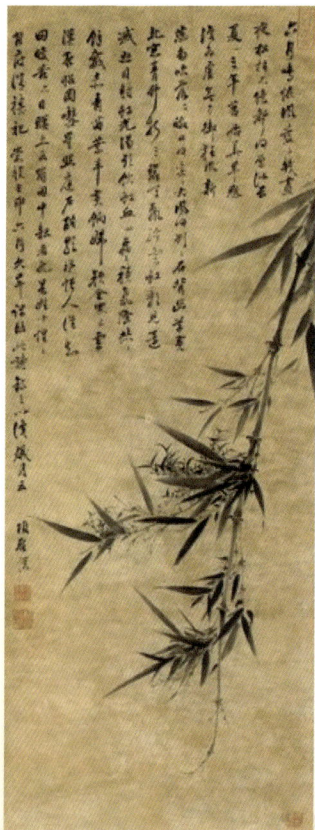

吏，而应是朝廷中的决策人物。当时任兵部尚书的是杨嗣昌，当清兵侵入墙子岭时，杨嗣昌极力主张和议，并诫诸将不要轻战，致使前线连吃败仗，丢掉了许多城池。杨嗣昌之所以主张对清和议，是想把主要精力集中在镇压农民革命上。如果从这一历史事实来理解项圣谟的诗意，那么他的主张则是要把主要力量用来抗击外族的侵略，而不是对内的斗争，包括统治集团的内部纷争和对人民的镇压。崇祯十四年（1641），清兵再度大规模地进攻，明朝的边防重镇锦州失陷了，蓟辽总督洪承畴被活捉，投降做了汉奸。明政权同时受到农民革命和清兵的两方面威胁。项圣谟在这一年创作的《山水花鸟册》中，又把三年前所作《斗鸡图》重画了一遍，去掉了观看斗鸡的官吏，画中的题诗内容亦有所变化。他的题诗是：

> 边廷未罢兵，山鸡亦好斗。
>
> 鼓气以司晨，岂顾北门守。
>
> 山家自有太平年，只合栖迟乐缶䇲。
>
> 厨下岂容鸡斗惯，屋头可使雀时穿？

诗中所说的"山鸡"当是指农民革命军。在他看来，应当终止这种斗争，来共同对付清兵的侵略。因而"山鸡"应当安分守己，在缶䇲寻得快乐，这是他思想的局限一面。但是他也认为，在屋檐底下，也不允许燕雀去筑巢穿飞。他运用屈原的诗句"燕雀乌鹊巢于堂"的典故，显然指的是在朝的奸佞之臣。当民族矛盾与阶级矛盾都同时激烈时，他把民族矛盾（在当时是国家之间矛盾）看得更加重要，主张缓和阶级矛盾，共同挽救民族的危亡。他还在此册中第五幅画的螃蟹上题诗说："胡尘未扫，鱼肠鸣匣。公子无肠，亦具坚甲"，可见他多么忧虑民族的命运。项圣谟还有一幅《雪影渔人图》，其题诗是：

> 漫漫雪影耀江光，一棹渔人十指僵。
>
> 欲泊林皋何处隐？肯随风浪酒为乡。

此诗作于崇祯十四年（1641）夏，三年后明朝覆亡。诗人借怜渔人无

《雪影渔人图》

处安身，似隐喻时局风雨飘摇，既有无力回天之无奈，又有对难以逆转国运之殷忧。崇祯十七年（1644），李自成领导的农民革命军于阴历三月十九日攻进北京，崇祯皇帝朱由检见大势已去，自缢于煤山（今景山）。这个消息很快便传到了江南。当项圣谟听到这个消息时，他非常悲痛。尽管他早就料到这一天会到来，同时对朝中的政治没有什么好感，对明政权也失去了信心，但毕竟他的祖辈是在明王朝发迹的，加之他所接受的是封建文化的教养，所以对于当朝总是忠心耿耿的。为了表示他对明王朝的忠诚，他创作了一幅具有纪念碑意义的《依朱图》，又名《朱色自画像》，画自己抱膝而坐，背倚靠着一株大树。肖像部分全用墨笔白描钩出，不用色彩，而大树及远处的山峦则全用"丹臒"（红色颜料）着色。他借用"朱"色的"朱"与"朱明王朝"的"朱"谐音，表示自己永远是明王朝的人。在落款当中，还特别写上自己是"江南在野臣"，并题有两首七言律诗：

其一

剩水残山色尚朱，天昏地黑影微躯。
赤心焰起涂丹膜，渴笔言轻愧画图。
人物寥寥谁可貌？谷云杳杳亦如愚。
翻然自笑三招隐，孰信狂夫早与俱。

其二

一貌清癯色自鬶，全凭赭粉映须眉。
因惭人面多容饰，别染烟姿岂好奇。
久为伤时神渐减，未经哭帝气先垂。
啼痕虽拭忧如在，日望升平想欲痴。

《依朱图》

诗中所说的"三招隐"，即他所创作的三卷山水诗画《招隐图》。其第三卷《招隐图》就是在这一年正月创作的。"翻然自笑三招隐，孰信狂夫早与俱"，说明他早就有这个思想准备。这里有一点值得我们加以重视和研究，即在这一组诗画中，尽管项圣谟一再表示出他对明王朝的忠诚，但对农民革命以暴力推翻明政权却未加任何评论。在这以前他的所有评及时政的诗文中间，也未有言及被当时统治者称为的"流寇""闯贼"等。他虽然不赞成农民革命，认为应当从民族的危亡出发，共同抗击北方清兵的侵入。但他也不谩骂农民暴动；相反，对农民在遭受自然灾害当中的痛苦生活寄予同情，而对官吏的腐败和富豪的奢侈却给予抨击。他之所以早料到明王朝总会有灭亡的一天，不只是看到了老百姓纷纷起来造反，同时也看到了朝政的黑暗所必然要引起自身的坍塌。他在诗中呼喊"时既昏昏，下民无告"，也是对明王朝绝望心情的表露①。

清顺治二年（1645），清兵残酷地摧毁扬州之后，于五月十五日进入南京，对江南人民的反清斗争进行了血腥的大屠杀和劫掠。阴历的闰六月，清兵攻破了嘉兴府城。项圣谟的堂兄弟、前明蓟辽守备项嘉谟不愿降清，带着两子和一妾跳天心湖自杀。项圣谟的家里遭到抢劫，他祖父遗传给他们兄弟的古代法书名画以及其他古物，有的为战火所毁，有的为清兵所掠，其中清兵千夫长汪六水抢劫得最多。这时，项圣谟则仅仅背负其老母亲并携妻子逃难到嘉善县。面对国破家亡，项圣谟满腔悲愤的心情难以抑制，更增加了他对故国的怀念。他时常借助诗画，把他满腔的悲愤倾泻出来。清顺治三年（1646），他画了一幅《秋山红树图》，画面上大树林立成丛，树叶红黄黑白相间，斑斑点点，如泪如血。他题诗写道："前年未了伤春客，去岁悲秋哭未休。血泪染成林叶醉，至今难写一腔愁。"

项圣谟喜欢画老树和高大乔木，尤喜画松，故明时有"项松之名满东南"之誉。"项松"之名不仅因他松树画得好，也由于其有较深的寓义。如《大树风号图》中的大树，很像一个饱经沧桑、遭受摧折而不甘屈服的老人，又似乎象征濒临危亡而犹屹立不倒的明王朝。如果说画意尚不明确，那么再看画上的题诗：

《大树风号图》

风号大树中天立，日薄西山四海孤。
短策且随时旦莫，不堪回首望菰蒲。

这首诗将人与树、心境与物境既相互映衬，又相互呼应，烘托出一幅凄清而壮阔的画面：一棵大树，顶天立地。此时日薄西山，菰蒲凋残，西风怒号，四海孤独。画中人拄杖独行，虽往事不堪回首，但他无所畏惧，他和"大树"一样，形象高大，坚不可摧。此诗大约写于明末，诗人面对时局的骤变虽有感伤，但仍坚守节操，誓不仕清。人树相融，浑然一体，既给人以鼓舞和力量，又吐露出孤寂与惆怅。因其意蕴丰厚，鲁迅先生曾书以赠人。

生存于易代之际，诗人的这种凄惶之情在《明项孔彰枯木竹石图轴》

中也有流露：

> 春风摇动细香绿，古木深含宿雨青。
>
> 一句子规啼未了，半山红日不堪听。

这首诗虽然色彩明丽、春风宜人，但一声子规啼鸣，又让诗人陷入悲苦之中，其故国之思自在言外。但项圣谟也有纯写花艳景明的题画诗，如《花卉图册四首》其一、其二：

牡丹花

> 露艳香如涌，春明花转浓。
>
> 琼台月下客，不识几相逢。

海棠花

> 未雨胭脂先欲滴，受风粉腻不曾痴。
>
> 最怜腰细如争舞，翻尽绿罗人起迟。

这两首诗都将花喻人，前一首先写花艳香浓，后点出花如美人，让我们不禁想起李白形容杨玉环的名句："若非群玉山头见，会向瑶台月下逢"，似仙似人，浑不可分。后一首诗则通篇以人拟花：美人浓妆，胭脂欲滴，细腰争舞，微风吹拂，绿叶翻飞，真如"风吹仙袂飘飘举"。诗人不是写花，分明为我们活画出两个时而婷婷玉立、时而飘飘起舞的人间仙女。

总之，项圣谟的诗书画俱佳，素有"三绝"之称。其题画诗思想内容丰富，风格多姿多彩，在明末清初的画坛诗界都享有盛名。

第三节 "四王"与"清六家"

清初"四王"声势很大，影响画坛近两个世纪。他们门生多，交际广。"四王"山水又分为娄东与虞山两派。其影响所及，又产生了"小四王"与"后四王"。这一派画家创作的题画诗也颇多，是清初题画诗创作

的一个较大群体，但其成就并不高，其题画诗也如其山水画，多吟咏山水，抒发隐逸之情，其中以王翚的题画诗较有特色。

王时敏（1592—1680），字逊之，号烟客、西庐老人等。太仓（今属江苏）人。入清不仕，唯工诗书画。清初，他和王鉴被推为画坛领袖。后人把他和王鉴、王翚、王原祁合称"四王"。其诗也有功力，但为画名所掩。有《西庐诗草》《西庐诗余》等。其题画诗《赠虞山王石谷》较为有名，其诗是：

> 江南风景属琴川，画手推君诣独玄。
> 奇思每参摩诘句，清标真得一峰传。
> 胸中丘壑看吾辈，笔底烟云羡少年。
> 何日秋霖共乘兴，呪毫闲泛尚湖船。

这首诗意在赞美王石谷，既赞其画也赞其诗，都恰到好处而非过誉之言，表现了老一辈画家爱惜人才的可贵品质。全诗对仗较工稳，格律较严密，可见其近体诗功底之深厚。他的自题画小诗《竹》也有特点，其诗是：

> 墨汁淋漓尚未干，谁挥醉笔作琅玕？
> 秋风无限江南思，影落潇湘暮雨寒。

此诗后两句不仅写景清丽，而且流露出故国之思。

王鉴（1598—1677），字玄照，自称染香庵主，太仓（今属江苏）人。明诗人王世贞之孙。工画山水，与王时敏相埒，共被推为画坛领袖。有《染香庵集》《染香庵画跋》等。其题画诗《追和笪江上侍御题石谷毗陵秋兴图》二首，虽然是赞美王翚的画风与情操的，但诗中说"闲与沙鸥订盟处，莫教笑我不追随"，也表现了自己不慕荣华的志趣。

王鉴

王翚（1632—1717），字石谷，号耕烟山人，又称乌目山人。因画《南巡图》称旨，圣祖玄烨赐书"山水清晖"四字，所以又称清晖老人。

王翚一生，生活优裕。晚年上京主绘《南巡图》后，声誉更高。但他钟情于艺术，无意做官。他自京师南归后，写诗道："丹青不知老将至，富贵于我如浮云。"清代山水画的"虞山派"，即由王翚导其先。当时，画坛也有南北二宗，他能冶为一炉，以南宗笔墨写北宗丘壑，其特点是古朴清丽。由于他无仕进之心、淡泊名利，所以其题画诗往往只是表现悠然自得的清高情趣，并无遥深的寄托，如他的《题〈溪上青山图〉》：

> 雨过飞泉下碧湍，长松落翠草堂寒。
>
> 何人解识高人意，溪上青山独自看。

此诗融情于景，感以知音难遇，大有李白"相看两不厌，只有敬亭山"的脱尘超俗。同样，他的另一首《王石谷仿痴翁山水立轴》也有此情致：

> 云多不计山深浅，地僻绝无人往来。
>
> 莫访披图便成句，柴门曾对翠峰开。

但王翚的题画诗并非一味清高自赏，其诗中清丽的景物、清幽的意蕴、清新的笔调，颇耐人寻味，如《壬子十月毗陵舟中题画同恽南田杨子鹤别江上先生》：

> 枫叶红时杏叶黄，江南秋色满河梁。
>
> 临岐更写垂杨柳，欲借长丝系太阳。

此诗作于康熙十一年（1672）十月，写的是几位画友在舟中作画题诗，叙谈友情，并为他们的好友笪江上送别的情景。诗中景物红黄相间，色彩斑斓，一派江南壮丽的秋景。所写人物虽有离别之意，但并无感伤之情，是一首情景交融的好诗。

王原祁（1642—1715），字茂京，号麓台，又号石师道人。时敏之孙。官至户部侍郎。擅画山水，家传有自。《画微录》中评其画说："熟不甜，生不湿，淡而厚，实而清，画卷之气盎然纸墨外。"他工诗能文，时称"艺林三绝"。有《罨画集》《雨窗漫笔》等。其题画诗也如其画，"淡而厚"，如《摹富春大岭》中说："横冈侧面出烟鬟，小树周遮云往还。尺幅峦容写荒率，晓来剪取富春山。"

清初"四王"与吴历、恽南田又称"清六家"，或称"四王吴恽"。吴历曾学画于王时敏、王鉴，擅画山水，颇得王时敏正传。恽南田与王翚过往密切，也受其影响。但他们在传统画中都有创新。其题画诗也与"四王"不同，颇具特点，当在"四王"之上。

吴历（1632—1718），字渔山，号桃溪居士，又号墨井道人，常熟（今属江苏）人。少年博学，曾学诗于钱谦益。初近佛教，后改信天主教，教名西满。其画多用干笔焦墨，邃密郁苍，略带西画技法。画山用"阳面皴"，为诸家所无，熔古今中西画法于一炉，可谓创新。有《墨井诗抄》《墨井画跋》等。其题画诗多为山水画而题，常用白描手法，绘景清丽，诗风淡雅，如《题画三首》其二："垂杨桥畔隔秋山，钓艇人归落日湾。一带芦花风急起，满蓑如雪独披还。"又如《题晚峰秋霁图》：

《枫江群雁图》

水折去茫茫，溪回树色黄。
晚峰云散下，秋涧叶纷扬。
松径迷樵舍，风滩走钓航。
远山千叠处，好似恋斜阳。

这首五言律诗把雨后秋山写得有声有色，仿佛使人置身落叶纷纷的樵舍、钓船之间，似有秋气袭人之感。特别是结尾两句尤为生动：随着"斜阳"的余晖渐渐暗淡，"远山"也隐于其中，好像相依相恋，浑不可分，不仅化静为动，而且让人联想到"无限好"之夕阳，给人以美感。另一首《自题枫江群雁图》也是佳作，其诗是："枫江水冷群归早，梦熟芦花秋末梢。一雁不眠来弄月，波光浮动天将晓"。《枫江群雁图》是画家的代表作之一，现藏于南京博物院。题诗不仅描绘了深秋晨曦的画景，而且以雁拟人，颇有情趣。一雁向月而飞，好似"弄月"，它既惊动了"梦熟"之群雁，又使"波光"也为之"浮动"。此景此情，如在目前。

恽南田（1633—1690），初名格，字寿平，后以字行，改字正叔，号南田、云溪外史、东园客、草衣生等。武进（今江苏常州）人。少年时，曾参加过抗清运动。十五岁时因事坐狱，后因画得到两江总督陈锦夫妇喜爱，收为义子。但他不羡富贵，不久离去寻父归家。入清后不应举，以卖画为生。诗、书、画俱佳，时称"三绝"。初擅山水，后学花卉、禽虫，别开生面，自成一格。海内宗之，有"常州派"之称。有《瓯香馆集》《南田诗钞》等。

恽南田

恽寿平八岁能诗，尤擅题画诗，喜自题画或为他人题画，创作了大量优美的题画诗。由于题材主要是山水、花卉，所以其诗以观察细致、摹写生动见长，诗风清丽而婉转，逼真而超逸，如《风莲戏鱼图》：

> 蘋风将散绿，香气欲成雾。
>
> 美人采红莲，曾过南塘路。

这首诗写美人采莲，但并未具体写美人形象，而是着重写其衬景：蘋风吹来，驱散江绿；红绿相融，色彩鲜艳；香气袭人，几成云雾。这样的自然背景，自然烘托出采莲人之美貌。读过此诗，也如清风吹过，清爽宜人。又如《橅刘寀〈落花戏鱼图〉》更为精彩：

> 风微不动蘋，红雨洒花津。
>
> 跳波鱼出藻，搅碎一池春。

《落花游鱼图》（恽诗误将"游"写作"戏"）是北宋画家刘寀的代表作之一，绢本设色，意境优美：纷落的花瓣飘落水中，引得群鱼追逐、嬉戏，形态生动，其乐融融。"橅"，同"摹"，是临摹的意思。恽寿平此诗是题在他临摹刘寀的《落花游鱼图》上的。诗中描写了春日池塘的清丽景色，微风拂拂，蘋草依依，春花如同江雨一般洒落池畔、水中。游于蘋藻间的鱼群，见落花而纷纷来嬉戏，于是池塘的宁静被打破，一池春水也被搅碎。这"搅碎"二字用得既贴切又生动。它看似搅的是池水，而实则搅动的是整个春天，红雨落花，鱼跳出藻，真是"摇曳春无限"。而另一首《题唐解元小景》更是充满了生机：

> 雪后轻桡入翠微，花溪寒气上春衣。
>
> 过桥南岸寻春去，踏遍梅花带月归。

这是一首旋律轻快的迎春曲。诗人融情于景，使全诗处处散发着春天的气息。那料峭的"寒气"，那遍地的"梅花"，既宣告冬天的结束，又呼唤着春天的到来。

在恽寿平的题画诗中，也有直接反映社会生活的作品，如《春乐图》《画芋》等。还有的诗作流露出故国之思，如《题江帆图送彦吉之长安二首》：

> 长剑何能恋故园，手搴芳草赋销魂。
>
> 谁言剪水吴刀涩，却袖江云入蓟门。
>
> 眼底浮云故国迷，又从天外听莺啼。
>
> 晓来转恨江风急，丝柳蒲帆尽向西。

此诗以"江帆图"为题，通过送友人，既抒发了离愁别恨，又流露出对故国缅怀之情。其中的"眼底浮云故国迷，又从天外听莺啼"两句，以乐景写哀，倍增其哀，尤令人潸然泪下。但是，较之清初其他民族意识强烈的诗人，恽寿平的心态毕竟平和得多。这是因为康熙后期，战乱初平，封建统治秩序相对稳定，农业生产得到了恢复和发展，人民的生活也相对提高和安定。所以人们对清统治者的反抗也相对减弱了。生活在这一时期的恽寿平，他的题画诗便多吟咏山水田园，风格恬淡清新。但也有揭露现实较为深刻的作品，如《题猫图》：

偃草雄风势壮哉，怒猊腾掷下苍苔。

于今社鼠应难捕，闲觑花阴蛱蝶来。

这首诗以物喻人，嘲讽那些横行霸道的贪官污吏，气势汹汹，却不敢去碰有权有势的皇亲国戚、豪门贵族，而只能去欺凌弱小的百姓。"社鼠"，出自《晏子春秋·向上之九》："夫社，束木而涂之，鼠因往托焉。熏之，则恐烧其木；灌之，则恐败其涂。此鼠所以不可得杀者，也社故也。夫国亦有社鼠，人主左右是也。"因此，此诗的讽意自明。但诗人写得很婉转，说"社鼠"难捕，似为"猫"开脱；而欲捕"蛱蝶"，也似乎只是"闲觑"而已，并无捕意，但这与其"偃草""腾掷"之"雄风"又适成鲜明对照。这首诗表面上不动声色，并无剑拔弩张之势，但讽刺的锋芒却极为犀利。

第四节 "清初四高僧"

在清初，画家出身的题画诗人中有成就者，当数"清初四高僧"。他们是弘仁、髡残、朱耷和石涛，其中以石涛最为著名。"清初四高僧"是画坛的革新派，强调个性解放，要求"陶咏乎我"，提出"借古开今"，反对陈陈相因。由于他们都是僧人，又有共同的操守和信仰，所以其画境与诗境也有共同的艺术追求，幽淡、古雅，都颇得王维之"禅意"。但每个人的画风与诗风又不尽相同。

弘仁（1610—1664），本姓江，名韬，字六奇，歙县（今属安徽）人。明末诸生。明亡后，削发为僧，名弘仁，字渐江，一号无智，人称梅花古衲。擅画山水，初学宋人，晚法倪瓒，笔墨瘦劲简洁，风格冷峭。与同里查士标、汪之瑞、孙逸合称"海阳四大家"，又称"新安派"。兼能诗文，有《画偈》一卷。其题画诗与画风相近，意境孤寒，如《题画二首》其一：

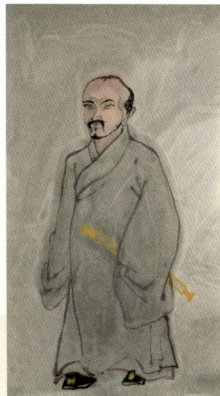

弘仁

画禅诗癖足优游，老树孤亭正晚秋。

吟到夕阳归鸟尽，一溪寒月照渔舟。

诗人通过对画面景物的描写衬托自己的心境，运用"老树""孤亭""晚秋""夕阳""寒月"等词语，描绘出一幅意境冷峭的画面。这是他晚年与古佛青灯相伴生活的真实反映，其中的"老树""孤亭"也是诗人茕茕孑立自我形象的写照。但诗人仍不忘故国，其反清思想时有流露，如《题画》：

衣缁倏忽十余年，方外交游子独坚（一作贤）。

为爱门前五株柳，风神犹是义熙前。

《苍山结茅图》

诗人学东晋陶渊明在晋亡后仍沿用晋安帝的年号，以表自己决不臣服清廷的心志，是其故国之思的一种体现。

髡残（1612—1692），俗姓刘，字石溪，号白秃、石道人、残道者等，武陵（今湖南常德）人。擅画山水，专以干笔皴擦，墨气沉着。黄宾虹称其特点是"坠石枯藤，锥沙漏痕，能以书家之妙，通于画法"[2]。他与程青溪并称"二溪"，与石涛合称"二石"。有《浮查集》。其题画诗多写隐逸生活，意境清幽，诗风淡远，如《题苍山结茅图》：

卓荦伊人兴无数，结茅当在苍山路。

山色依然襟带间，山客已入云囊住。

天台仙鼎白云封，仙骨如君定可以。

寒猿夜啸清溪曲，白鹤时依槛外柱。

另一首《题烟波泛艇图》也是佳作：

烟波常泛艇，石洞挂云瓢。

不识此间意，何人咏采樵？

　　这首诗虽然很短，但所引用的两个典故却意味深长。据《太平御览》七六二《琴操》载："许由无杯器，常以手捧水，人以一瓢遗之。由操饮毕，以瓢挂树，风吹树瓢动，历历有声。由以为烦扰，遂取损之。"后人以"挂瓢"示隐者之清高。采樵一典出自《孟子·公孙丑下》："孟仲子对曰：'昔者有王命，有采薪之忧，不能造朝。'"因此，这里的"挂瓢"和"采樵"均有甘于过贫苦生活而决不仕清的心意。诗人早年曾参加抗清活动，在抗清斗争处于最低潮时，仍不屈不挠。此诗便是他心志的曲折反映。因此，他的题画诗除了具有"清初四高僧"所共有的苦寒意境外，还有一种超拔的气势，如《题山高水长图》：

《山高水长图》

> 耸峻矗天表，浩瀚周地轴。
>
> 溪云起淡淡，松风吹谡谡。
>
> 乐志于其间，徜徉岂受缚。
>
> 两双青草鞋，几间黄茅屋。
>
> 笑看树重重，爱兹峰六六。
>
> 山高共水长，鹤舞与猿伏。
>
> 可以立脚根，方此对衡麓。

　　《山高水长图》画的是黄山天都峰，画家以夸张之笔写其顶天立地，瀑布直泻千尺，云飞松舞，山岚缥缈的画境，表现出一种雄奇伟岸的气概，显示了诗人狂放不羁的个性。

朱耷

朱耷（1626—1705），本名统鍫，明宁献王朱权后裔，封藩南昌，遂为江西南昌人。祖父和父亲都是书画家。明亡后，削发为僧，后做道士。号八大山人、雪个、个山、个山驴、人屋、良月、道朗等。擅画水墨花卉禽鸟，也写山水，其水墨技法对后来的写意画影响很大，为"清初四高僧"之首。一生对明朝覆没之痛，隐之于心。据《南昌县志》《隆科宝记》等载："尝持《八大人觉经》因以为号"。但张庚说，"八大"二字与"山人"二字紧联起来，即"类哭之、笑之"，作为他那隐痛之寄意。由于他对现实感到悲愤而又无处发泄，便佯作狂态，曾于门上贴哑字，人家与他谈话也不开口。传说他从未为清朝权贵画过一花一草，而贫民求画，无不应允。他的作品往往用象征手法来表达寓意，如画鱼、鸭等，常作"白眼向人"状。他画的鸟，有些显得很倔强。即使落墨不多，却表现出鸟儿振羽，使人不可一触，触之即飞的感觉。这无疑是画家自己性格的写照，即所谓"愤慨悲歌，忧愤于世，一一寄意于笔墨"。

八大山人也是著名的题画诗人，书法也精妙，所以他的画，有的画得不多，以诗补之。有了题画诗，画意即更为充足。其题画诗虽含义较隐晦，但都寄寓着亡国之痛，如他的《题山水册页》：

> 墨点无多泪点多，山河仍是旧山河。
> 横流乱石丫杈树，留得文林细揣摩。

山河依旧，人世有异。一句"墨点无多泪点多"，可知诗人心中的巨痛之深。作为画家，他既用画笔把眼泪涂在"乱石丫杈树"，又用题诗来抒写自己的难言之隐。但他在诗的最后提醒读者"细揣摩"，便透出其亡国之痛和故国之思。他的《孔雀图轴》的用意更为曲折：

> 孔雀名花雨竹屏，竹梢强半墨生成。
> 如何了得论三耳，恰是逢春坐二更。

《孔雀图轴》作于康熙二十九年（1690），画家时年六十五岁。画面上一层石壁，石壁后面下垂着竹叶与牡丹花；下面是一块上大下小的危石，石上蹲着两只孔雀，孔雀的花翎尾毛是三根。这首题画诗是以质朴无华的墨竹作反衬，暗讽花团锦簇的"孔雀"主子。清代的高级官员，帽子后面拖着用孔雀尾巴做的"花翎"。它标志着官员的等级。花翎从一翎、二翎到三翎。三根花翎，表示是最高级别的官员。而这幅画上的孔雀尾巴恰恰是三根花翎，其用意不言自明。"三耳"，出自《孔丛子·公孙龙》："公孙龙又与子高泛论于平原君所，辨理至于臧三耳，公孙龙言臧之三耳甚辨析。"臧，即奴才。"臧三耳"，是说奴才要对主子奉承拍马，唯命是听，多长一只耳朵，特别灵敏。诗的最后是影射当时的贵族大臣在天还没亮的二更时辰就急于去等候上朝，其丑恶嘴脸令人作呕。这首题画诗并画

朱耷《孔雀图轴》

用较隐蔽的手法既讽刺了那些巴结主子的奴才，又暗示了清王朝的危局，把诗人在清统治下的难言之隐和一腔孤愤发泄出来，颇耐人寻味。如果说这首题画诗含义较为隐晦，那么他的《题〈山水图〉》的用意则较为明显：

> 郭家皴法云头小，董老麻皮树上多。
> 想见时人解图画，一峰还写宋山河。

此诗前二句是写宋代画家郭熙和五代画家董源的绘画特点，似无寄意，其真正用意在最后一句"一峰还写宋山河"上，诗人怀念故国之情不言而喻。

朱耷题画诗的特点主要有三：一是诗画紧密配合，画为诗张本，诗写画中意，如他的《题〈古梅图〉三首》其二：

得本还时未也非，曾无地瘦与天肥。
梅花画里思思肖，和尚如何如采薇。

《古梅图》作于康熙二十一年（1682），画的是一株饱经风霜摧残的古梅，树根全露。其寓意当是国土已失。梅树顶向两边屈曲伸展成丁字，在被压抑得伸不直头颈的枝丫上却迸

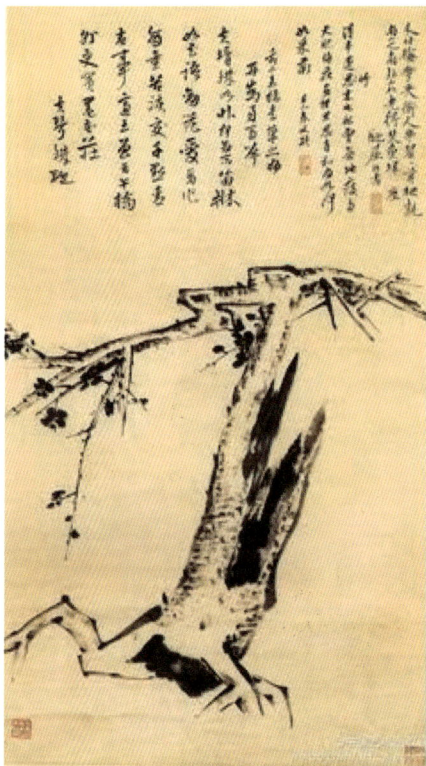

《古梅图》

绽出花朵。这形象自然让人联想在民族压迫下抗争的画家自身。而题诗不仅进一步抒写了画意，而且引出爱国诗人郑思肖，强烈地表达了自己的亡国之痛。"思肖"，南宋诗人、画家。其画兰不着根土，以寄托国土沦丧之感。很显然，诗中的"和尚"采薇而"思思肖"，既表达了自己高洁之情操，又抒发了深深的故国之情。

二是他的题画诗无论是什么题材，都充满了幽愤和对故国的怀念。如他的《题〈飞鸟图〉》：

翩翩一双鸟，折留采薪木。
衔木向南飞，辛勤构巢窠。
岂知巢未暖，两鸟自竞啄。
巢覆卵亦倾，悲鸣向谁屋？

　　此诗通过两只小鸟因各怀心腹事，不能团结一致，最后导致"巢覆卵亦倾"的悲惨结局，表达了诗人对南明朝政权将要分崩离析的担忧和依恋故国的拳拳之忧。

　　三是朱耷的题画诗所采用的表现手法不免曲折，甚而隐晦。邵长蘅在《八大山人传》中说："予见山人题画及他题跋，皆古雅，间杂以幽涩语，不可尽解。"张庚在《国朝画征录》中也说："八大山人有仙才，隐于书画。题跋多奇致，不甚解。"不过，朱耷的大部分题画诗并未失之晦涩，只要我们联系他的思想和人生经历，便不难理解其隐衷。

第五节　朱彝尊与王士禛

　　在清代前期的题画诗人中，朱彝尊、王士禛也是佼佼者，特别是王士禛尤为著名。

　　朱彝尊（1629—1709），字锡鬯，号竹垞，晚号小长芦钓鱼师，秀水（今浙江嘉兴）人。康熙十八年（1679），举博学鸿词科，授翰林院检讨，入直南书房。后归里，专事著作。以词著称，所开创的浙派与以陈维崧为代表的阳羡派并称雄于词坛。其诗也称于时，与王士禛南北齐名。有《曝书亭集》《日下旧闻》等。朱彝尊是清代前期的著名题画诗人，其代表作是《蓝秀才见示刘松年风雪运粮图》。诗中说：

　　大车槛槛四黄犊，疾驰下坂寻修涂。
　　嗟尔农人岁已暮，妇子不得相欢愉。
　　披图恍见南渡日，北征甲士连戈殳。
　　当年诸将犹四出，转粟未乏军中需。
　　同仇大义动畎亩，输将岂畏胥吏呼。

朱彝尊

始知绘事非漫与，堪与无逸豳风俱。

古来工执艺事谏，斯人画院良所无。

呜呼！斯人画院良所无。

不见宋之君臣定和议，笙歌晨夕游西湖！

这首诗由南宋画家刘松年的《风雪运粮图》引发感慨，既感叹南宋王朝以"和议"偏安江左，歌舞升平，导致灭亡之悲剧；又对现实农人"妇子不得相欢愉"寄予同情。但此诗的宗旨还是一再说的"斯人画院良所无"。其实，诗人所感叹的又何止是"画院"无人呢！此诗以古喻今，不仅阐述了"同仇大义"之画旨，而且由此引发更为深广的社会意义。这也正是这首诗即小见大的特点所在。朱彝尊还有一首九言题画诗，即《九言题田员外雯秋泛图》，也值得重视。其诗是：

田郎与我相识今十年，新诗日下万舌争流传。

黄尘扑面三伏火云热，每诵子作令我心爽然。

开轩示我秋泛图五丈，鸭头画出宛似吴中船。

大通桥北官舍最湫隘，箕筥斗斛囊橐群喧阗。

他人对此束缚不得去，田郎掉头一笑浮轻涟。

疏花蒙笼两岸渡头发，蹇驴蹩躠百丈风中牵。

五里十里长亭短亭出，千丝万丝杨枝柳枝眠。

当其快意何啻天上坐，酒杯入手兴至吟犹颠。

庆丰闸口自有此渠水，未知经过谁子曾洄沿。

仓曹题柱名姓不可数，似子飞扬跌宕真无前。

长安酒人一时赋长句，我亦对客点笔银光笺。

篷窗寂寞不妨添画我，从子日日高咏秋水篇。

这首诗从内容看并无新意，但其形式却极为罕见。古代虽有"九言起于高贵乡公"（参见严羽《沧浪诗话·诗体》）之说，但以九言诗题画却绝无仅有。因此，颇为珍贵。

王士禛（1634—1711），本名士禛，以避世宗讳后改士正，一作士祯，字子真，一字贻上，号阮亭，自号渔洋山人。山东新城（今山东桓台）人。顺治十五年（1658）进士，曾任户部郎中、翰林院侍读、刑部尚书等职，卒谥文简。博学好古，能鉴别书画、鼎彝之属，精金石篆刻，善文工词。作诗推崇盛唐，力主神韵。诗与朱彝尊齐名，并称"朱王"，是清初诗坛盟主。著作甚丰，有《带经堂集》《池北偶谈》等。

王士禛

王士禛是一代诗宗。他的题画诗既有诗之神韵，又有画之意境，主题含蓄朦胧，语言华美圆润，风格清远冲淡，是清代题画诗中的佳品，极富认识价值和审美价值。

王士禛一生大半处于清政权渐趋巩固的时代。他是明朝遗民，常怀故国之思，但碍于政治压力，又不能明言，所以在诗文中表现国家兴亡这个主题时，往往隐约吞吐、若有若无。而题画诗这种艺术形式，不仅具有表现手法的含蓄性，而且具有理解上的伸缩性。它既可以把诗人的感情委婉地表现出来，又不至于锋芒毕露，遭到不虞之祸。因此，王士禛表现这方面主题的题画诗既符合当时人们想表达又不能太激烈的心理，同时也能够为清朝统治者所接受。这在客观上也顺应了清初社会由乱世走向"盛世"的时代趋势。如《和牧翁题沈朗倩〈石崖秋柳小景〉》：

> 宫柳烟含六代愁，丝丝畏见冶城秋。
> 无情画里逢摇落，一夜西风满石头。

这首诗作于顺治十八年（1661），当时作者客居金陵（今南京），住在友人丁继之家中。在丁家水阁，他看到钱谦益（牧翁）题在沈朗倩所画《石崖秋柳小景》上的一首绝句《题叶朗倩〈石崖秋柳小景〉》，于是根据诗情画意写下这首和诗。此诗虽题沈画，但主要是和钱诗。钱谦益将《石崖秋柳小景》赋予鲜明的社会政治内容，而王也借诗、画发挥，就"六朝"生感，通过写烟含六代之愁的"宫柳"在西风中之摇落，抒发了深深的兴亡之感，其故国之思也蕴含其中。又如《题赵承旨〈画羊〉》：

773

三百群中见两头，依然秃笔扫骅骝。

竭来清远吴兴地，忽忆苍茫敕勒秋。

南渡铜驼犹恋洛，西归玉马已朝周。

牧羝落尽苏卿节，五字河梁万古愁。

此诗是题元代著名画家赵孟頫《画羊》之作。诗中在赞扬赵画之后，连引数典，以表隐衷。"南渡铜驼犹恋洛"，据《晋书·石虎载记》说，后赵太祖石虎建都邺，把洛阳两只铜驼迁至邺地。"犹恋洛"，实为人之恋旧。这便曲折地表现了诗人的故国之情。"西归玉马已朝周"，据《论语撰考谶》载："殷惑妲己，玉马走。玉马，喻贤臣也。"唐陈子昂有诗云："昔日殷王子，玉马已朝周。"这里意在表示对赵孟頫无奈仕元的同情与惋惜。诗的最后两句通过苏武与李陵对比，既赞颂了苏武的高尚民族节操，也对李陵的投降表示惋惜；同时，这"万古愁"，又何止李陵、赵孟頫！诗人王士禛也当在其中。全诗感慨时代变易，追述史实得失，评价历史人物，隐约地抒发了自己缅怀故国的情思。此诗气势豪宕，笔力苍劲，似与其所标举的"神韵说"有所不同。因此沈德潜评价："三、四已见命意矣，复以铜驼、玉马一联作衬，词则凌空，意则锋刃。"（《清诗别裁集》卷四）王士禛的题画诗所表现的亡国之痛有时也是很明显的，如《题胡玉昆〈宋梅图〉为程翼苍》：

风雨崖山事杳然，故宫疏影自年年。

何人寄恨丹青里，留伴冬青哭杜鹃。

此诗作于康熙六年（1667），当时诗人在礼部供职。他与翰林程翼苍等结文社。《香祖笔记》中载："金陵胡宗仁字彭举，以画名。其子玉昆字元润亦工画，尝写杭州宋宫古梅。"这首诗有较为强烈的追怀前朝的色彩。"崖山事"，指南宋末年张世杰拥帝昺扼守于崖山。祥兴二年，元将张弘范统兵袭于此，世杰抵抗失败，陆秀夫负帝昺投南海而死。诗中说，风雨沧桑，南宋亡国事已渺茫，但南宋故宫里遗留下的梅花，却年年月月疏影长在。这显然有追怀前朝之意。最后两句"何人寄恨丹青里，留伴冬青哭杜鹃"，感情更为深沉。陶宗仪的《南村辍耕录》中载，唐珏字玉潜，会稽山阴人。有总江南浮屠者杨琏真珈师徒于萧山发赵氏诸陵，唐珏邀里中少年收遗骨共瘗之。又于宋常朝殿前掘冬青一株，植于土堆上。作诗云："只有春风知此意，年年杜宇哭冬青。"王诗意谓画家作《宋梅图》乃为寄托亡国之恨。这里以反诘语出之，感情更为强烈。但此诗表面上看，又不失委婉，用典自然而贴切、高雅而有神韵，充分地体现了诗人所倡导的"神韵说"。此外，体现"神韵说"的题画诗还有《唐寅纨扇图》。其诗是：

> 婕妤辞辇后，无复承恩宴。
> 绿草萋广庭，流尘掩华殿。
> 幽怀寄捣素，密意题纨扇。
> 凄凉柘馆闭，缱绻昭阳燕。
> 运往恩潜移，常虞委霜霰。
> 太息木门谣，含情望飞燕。

王士禛当年曾受到康熙皇帝赏识，官至刑部尚书，因事被革职后，"运往恩潜移"，不免有"委霜霰"之叹。诗人巧妙地借物寄意，抒发自己的身世之感，含蓄深蕴，似有不尽之幽怨在言外。王士禛像这样曲尽其意的作品还有《萧尺木楚辞图画歌》。清初画家萧云从，字尺木，以绘《离骚图》著称，并借以抒怀。诗人也通过为《楚辞图画》题诗来表达故国之思。

王士禛的题画诗所反映的社会生活较为广泛，从重大政治事件至民众生活都有涉及，如《题戴嵩〈牛图〉》：

> 一川莎草烟蒙蒙，晓来雨过开牛宫。
> 三尺短箠两觳觫，午荫掉尾嬉凉风。
> 一头摩角一头龁，寝讹有态何其工。
> 江干笛材老烟竹，横吹仿佛穿林丛。
> 绢素惨淡神理在，是耶非耶传戴嵩。

田家风物宛在眼，但有耕作无兵戎。

我行峨下逾万里，青衣江上平羌东。

翠藤红树乱烟云，风景略与图中同。

一从羽书急填海，瓯越秦楚交传烽。

益都迢遥隔天末，旧游有梦寻巴賨。

旄牛徼外阻王会，万蹄骄马高缠鬃。

千村万落长荆棘，何时金甲销春农。

童牛不牯可三叹，卷图风雨来长松。

郑方坤的《带经堂诗抄小传》中载，王士禛"于书无所不窥，生济南文献之邦，官江左清华之地，而使节所经，遍历秦、晋、洛、蜀、楚、粤、吴、越之乡。所至与其韵士雅人相接，辨其物产，考其风土，搜剔其残碑断简，融液荟萃，而一发于诗。故其为诗笼盖百氏，囊括千古"。这既说明了王士禛的诗与其经历之关系，又道出了他诗作内容之丰富。这首诗写于康熙十四年（1675）。在此之前，即康熙十二年（1673），清朝历史上发生了一件大事，即长达八年之久的"三藩之乱"。沈德潜说，这首题画诗就是写"以画牛引起太平时田家风物，至吴（三桂）、耿（精忠）、尚（之信）三逆叛，而此景不复见矣"。所以诗中感慨殊深。此诗先写画面：新雨初歇，烟雾蒙蒙。天色将晓，牛儿出栏。莎草青青，凉风习习，牛儿悠闲地摆尾歇息，一头摩角，一头吃草。牧人横笛吹奏，悠扬的笛声仿佛穿过丛林，回荡于耳畔。至此，诗人不禁赞叹"绢素惨淡神理在"，接下写诗人由画面触发的对现实联想："田家风物宛在眼，但有耕作无兵戎。"然而，今日的青衣江上却战火纷飞。自"三藩之乱"起，江南大片地区毁于兵灾，太平景象已不复存在。这里烽火连年，哀鸿遍野，田园荒芜，民不聊生。面对眼前尚未结束的"三藩之乱"，作者痛心疾首，不由长叹："何时金甲销春农！"

这首题画诗将画面景物、广阔的社会背景、重大的历史事件与诗人的游踪、慨叹巧妙地融于诗中，具有较高的概括力。特别是诗人以诗笔写画、以画笔写诗，诗画相融，动静结合，贯通古今，寄托理想，不仅给人以极高的艺术享受，而且从它巨大的容量中，获得丰富的历史和生活的知识，具有一定的认识价值。

第六节　高其佩

在中国古代题画诗人中，高其佩是一位特殊的诗人，一是因为他是以指头画名世的画家，二是因为他的题画诗多是为自己的指头画而题。

高其佩（1660—1734），字韦之，号且园、书且道人、南村、古狂等，辽宁铁岭人。以荫官至刑部侍郎。擅画花鸟、走兽、人物、山水，其简练苍劲处似明代吴伟，墨法得力于吴镇。尤以指头作画称著，仿者甚众，为清代“指头画派”创始人。有《指头画说》《且园诗抄》。其所作题画诗较多，但因散佚，仅存50余首。高其佩喜画钟馗，所画作品颇多。乾隆年间，其裔孙专事访求，得二百来幅。因而其为钟馗画所题之诗也很多，其代表作是《题钟馗变相图册》12首，试看其中5首：

高其佩

其三　钟馗骑鬼图

饥时餐(一作啖)鬼腹便便，剩者骑将遍九天；
好语街头穷进士，不须愁乏雇驴钱。

其四　钟馗镜中图

蹙额人间耗孽堆，应添白发下连腮；
愿存法相留秦镜，省得魍魉露胆来。

其五　钟馗登坛图

怒来毛发直冲冠，宝剑能令六月寒；
极大东风眼不转，未知何处觉登坛。

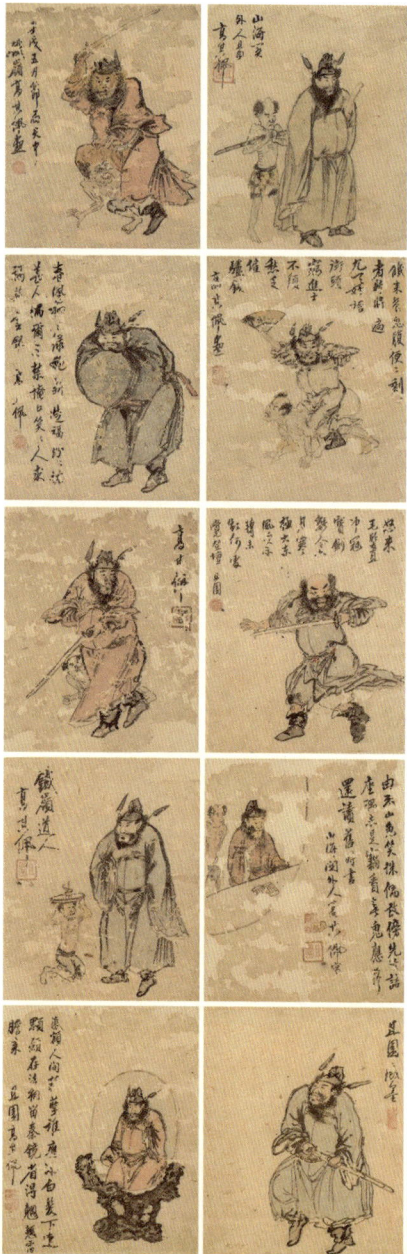

《钟馗变相图册》(部分)

其七 钟馗降魔图

迷漫烟雾迫身来，喜杀狐狸跳九垓；
手腮定睛轻一啸，电光飞处亦飞灰。

其十 钟馗掩口图

春风拂拂绿袍新，造福纷纷佑善人；
偶尔不禁掩口笑，笑人求福蓺金银。

《钟馗骑鬼图》，画家以新的视角，画一幅大腹便便的钟馗骑鬼图，然后以诗将画意升华。魔力无限的钟馗竟然无钱雇驴而骑鬼，似乎油滑可笑，但它不仅道出了这位"终南山进士"的穷苦，而且意在征服鬼魅，使其不能再为非作歹。

《钟馗镜中图》，是最为精彩的一首，从钟馗外在形貌到心理刻画，都极为传神。他为人间的"耗孽"而蹙额，竟至白发连腮；他决心高悬秦镜，铲除一切妖魔鬼怪，"省得魑魅露胆来"，其肝胆可见。其五、其七，都是写钟馗施其法力除鬼的威武形象，那"怒来毛发直冲冠，宝剑能令六月寒"，"手腮定睛轻一啸，电光飞处亦飞灰"，是何等雄奇、豪壮！其十是写钟馗性格中的儒雅、幽默的一面。当看到人们对着他求福时，不禁掩口而笑，嘲讽世人之愚昧。总之，诗人这组题画诗不仅畅达自如地阐明了画中之意，而且丰满和升华了钟馗的性格、形象。

高其佩虽然出身于世宦家庭，但由于早孤，寄人篱下，境况自与一般纨袴子弟不同。在其《雁行图》诗中曾透露出自己的辛酸："两立不齐朋友路，一行叫破弟兄关。"后来，受儒家和道家思想的影响，便形成了既正直善良、廉洁清高，又愤世嫉俗、嫉恶如仇的品格，因而在他的题画诗中，既有对强暴、丑恶势力的鞭挞，也有对善良、贫苦人民的同情，表现出鲜明的爱憎感情。如《饱虎图》：

> 白额生风恶，斑文坐地肥。
>
> 而今无力畏，不及债家威！

诗人以简练之笔勾勒出饱虎的形象，反衬出"债家"的贪婪、凶残胜猛虎，对为富不仁者给予辛辣的讽刺和对负债人的深切同情。另一首《夕照腥风图》也是讽喻现实之作：

> 山坡松林推远去，岗为夕照必分开。
>
> 此中气势原雄大，惹动腥风画里来。

画家把"夕照"与"腥风"绘入一图似不可思议，但经题诗一点，便可寻出端倪：暗淡的"夕照"无端将"岗"分开，随之"腥风"也扑面而来。这实际上是对清代初年连年的战乱所造成的人民流离失所、遍地腥风苦雨现实的揭露。其《自题好鸟弄春图》也是有感而发：

> 好鸟到枝头，弄春炫华羽。
>
> 柳花犹未飞，桃红落如雨。
>
> 年来巨卿曹，遗疏踵抄纸。
>
> 好语枝头鸟，人事尚如此。

此诗是以"炫华羽"的"好鸟"喻"巨卿曹"，为邀功而频繁上奏疏。其劝诫之意不言自明。

高其佩作为指头画开宗立派的艺术大师，无论是在中国绘画史还是在中国题画诗发展史上，都占有特殊的重要地位。他学指头画绝不同于一般官宦仅仅作为附庸风雅的一种公余消遣，而是视绘画为生命，孜孜以求，勤学苦练，以至于"甲残呒血"。其裔孙高秉在《指头画说》中记载："恪

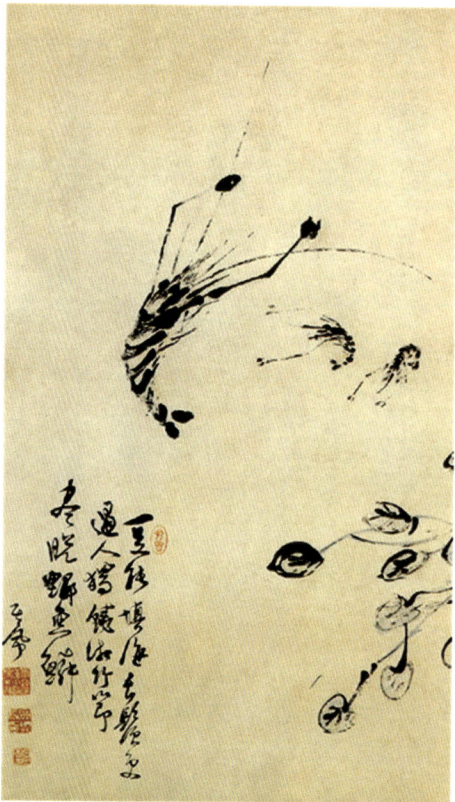

高其佩《自题虾戏图》

勤公八龄学画，遇稿则橅，积十余年，盈二簏。""年七秩，犹悬镜临摹古人。"同时，他主张"师造化"，善于观察生活，务求其真，有时甚至不避艰险。据高凤翰在《题且园老人画虎说》记载："扈从塞上日，往往独行，入山侦看虎势，以资画理，数与虎遇而不为厄，岂山君好事，不知先生为奇人，欲倩之写照传神，流传人间耶？"在清代绘画史上，高其佩既善于学习传统，对朱耷等前辈画家推崇备至；又力主创新，自立门户。受到清初启蒙民主主义者黄宗羲、顾炎武等人思想学说的影响，他思想较为开放，这从受到他直接指点和影响的"扬州八怪"等画家的思想倾向中可以找到佐证。如"笔意躁动"有"霸悍之气"的李鱓就曾师从其门下，"扬州画派"的其他画家（如黄慎、郑燮、高凤翰等）也都受到其直接或间接的影响。因此，高其佩既是清代承上启下的画家，也是清代画家中思想解放、艺术创新的先驱。高其佩为画名所掩，虽然不以诗名世，但其题画诗也自有鲜明特色。其山水类题画诗善于将画中之境与旅途所见之景结合起来，使作品内容丰富多彩、意境深邃开阔。诗人往往以比喻、夸张的手法和跌宕起伏的旋律，生动地描绘了奇丽的景象，表现了其对美好山河的热爱和对隐逸生活的向往之情。其鳞虫类题画诗也状物逼真，惟妙惟肖，如《自题虾戏图》：

> 一足能填海，长须更过人。
> 独饶湘竹节，尽脱鲫鱼鳞。

此诗虽写小虾，但却气势不凡。它同那些题画钟馗诗一样，大气磅礴，力能扛鼎，体现其雄健的艺术风格。

高其佩题画诗的语言既质朴、畅达，又出语新颖而不落俗套，特别是在遣词造句上颇见功力，如《自题飞燕图》：

> 绿树飞黄鸟，青天走白云。
> 作图开北牖，摇扇敌南薰。

诗人运用飞、走、开、敌四个动词，把绿树、黄鸟、青天、白云、北牖、扇等景物巧妙地联结起来，构成四幅色彩鲜明的图画，使光、色、态三者有机地融合在一起，极其准确、形象地描绘出一种生机盎然的动态。又如《题画赠僧》中说：“携客扣禅关，曳杖溪上行。老鹳作寒语，野水回春声……万翠暗浮几，激射斜阳明。”诗中的动词、形容词用得恰到好处，把山野春日几个具有特征的景物组接在一起，很像电影镜头的叠加复现。由此可以看出诗人观察细致、选景准确，有着深厚的生活基础[3]。

第七节　清代前期其他题画诗人

萧云从（1596—1673），字尺木，号无闷道人、于湖渔人、梅主人等，晚号中山老人，芜湖（今属安徽）人。入清不仕，擅画山水，也工人物。体备各家之长，风格疏秀，人称“姑熟派”。其代表画作有《太白楼壁画》《太平山水图》《离骚图》等。他还帮助过芜湖锻工汤天池创造了铁画，也颇有影响。他也善诗，功底深厚。有《梅花草堂遗稿》，惜已散佚。其题画诗多为自题，以画笔写诗，既有诗情画意，又有深婉寄托，如《秋山霜霁图》：

> 一林霜叶可怜红，半入虚中半画中。
> 冷艳足为秋点染，从来多事是秋风。

秋叶染霜，万山红遍。这"可怜红"从画中扩展至空中，红了半边天，给人以"接混茫"之感，使画境立体化，极为生动。最后两句可与赵翼《野步》诗中"最是秋风管闲事，红他枫叶白人头"相媲美，但萧诗更觉含蓄，也更耐人寻味。另一首《题画雪》，诗人在诗后的题跋中说："庚寅除夕，染此雪图，感时题咏，颇大称意趣。"诗中联想苏武在北海冰雪中牧羊，守节不屈，借以表明自己决不降清之气节。

著名书画鉴赏家周亮工（1612—1672），字元亮，一字减斋，别号甚多，有陶庵、栎园、适园等，祥符（今河南开封）人。清初历任福建布政使、户部侍郎等。精鉴赏，家有赖古堂，藏印篆书画极富。工诗文，擅分隶，间作山水。有《赖古堂集》《因树屋书影》等。他的题画诗颇有江南情结，不知是对南明政权的怀念，还是另有寄意。如《邗上重晤黄济叔见其近画漫题十绝》其一："驴骨霜寒客路艰，年前此日见君还。归来不索荆关画，得看江南别后山。"又如《题群鸦寒话图》：

> 一天酸语冷菲菲，霜雪情多也霏威。
>
> 枯木渐看枝叶好，春风独爱向南飞。

《群鸦寒话图》为清初画家许友所作。许友，前文已谈及，善画枯木竹石，是诗人友人。周亮工因事被诬，许友曾受累而被逮入京。诗人为其画题诗，既表彼此之交谊，又抒自己内心难言之酸楚，诗调颇为苍凉。

查士标（1615—1698），字二瞻，号梅壑，又号懒老。新安（今属安徽黄山）人。入清弃科举，专事绘画，以山水见长。他与弘仁、孙逸、汪之瑞为新安派四大家。其画富有山林野逸之情趣。题画诗也清淡爽朗，如《日暮江天》：

> 沙明柳岸示归鸦，日暮江天见晚霞。
>
> 不是生涯老垂钓，年来安稳正浮家。

这幅画写江天辽廓，空旷萧疏，但远山近树、小舟似浮，也尽收眼底。诗人围绕画境展开描写，并将清远的意境引入人的心境，让垂钓者也心如止水，悠然自得，诗情与画意相融，很好地表现了隐者恬淡而超逸的情怀。另一首《仿云林雨山图》也是自题画诗。写雨后山景，以简淡的笔墨再现了倪云林山水画之风貌。诗笔画法都酷似倪云林。

田雯（1635—1704），字紫纶，号山姜，又号蒙斋，德州（今属山东）人。其诗新警，颇富才气。有《古欢堂集》。其《登采石矶太白楼观萧尺木画壁歌》与王士禛的同题诗有异曲同工之妙：

> 太白楼上秋风寒，采石矶下波连山。
> 长康不作僧繇死，何人攫弄秋毫端。
> 力挽万牛啸两虎，袒衣跣屐青冥间。
> 四壁四山拔地起，直从十指生烟峦。
> 峨眉匡庐两对峙，西华东岱同跻攀。
> 巨灵夸娥日月走，坤位乾窦神鬼盘。
> 屋角雷雨势飞动，墙根涧壑声潺湲。
> 牛渚白沙如蚁蛭，天光破碎沧溟宽。
> 蓝陈萧恽称大手，前追董巨凌荆关。
> 尺木老人更奇绝，身驾大海骑虬鸾。
> 秋来放眼忘远涉，凭陵万里开心颜。
> 寺径蒙蒙松杉雨，芦花漠漠鼋鼍滩。
> 顾盼无人相娱赏，高呼太白骑鲸还！

这首诗大有李白浪漫之诗风，起笔不凡，如波涛涌起；中间一段写"巨灵夸娥"，也极有气势；结尾"高呼太白骑鲸还"，既想象奇特，又紧扣诗题，"倍觉有力"。因此沈德潜评此诗说："可匹渔洋作。"（《清诗别裁集》卷六）

吴雯（1644—1704），字天章，原籍辽阳（今属辽宁），后迁蒲州（今属山西）。工诗，王士禛推为"仙才"。有《莲洋诗抄》，存题画诗200余首。其特点是淡雅清远、意蕴深婉，颇得王士禛"神韵说"之真谛，所以也受到其称赏，如《题云林秋山图》：

经营惨淡意如何，渺渺秋山远远波。

岂但秾华谢桃李，空林黄叶亦无多。

倪云林的画本来就意境幽深，以萧疏见长，而经诗人一品题，则变为衰飒而"惨淡"。这既是诗人的心理感受，也是他对现实社会的艺术观照。而这一点也恰恰契合王士禛的心境，所以他说："方是题云林画诗，予吟讽此作二十年矣。"又说："'岂但秾华谢桃李，空林黄叶亦无多。'寻常眼前语，正自百思不到。"（《莲洋集》附录卷六）另一首《题汪玉轮太史看剑图》也被王士禛评为"奇作，集中古诗第一"（《莲洋集》附录卷六）。

查慎行（1650—1722），初名嗣琏，字夏重，后因受国丧期间演《长生殿》案牵连，改名慎行，号他山，海宁（今属浙江）人。诗学苏、陆，尤致力于苏轼，得宋人之长，是浙派承前启后的大家。其诗受到朱彝尊奖誉，声名远播。诗坛曾有"北王（士禛），南查（慎行）"之说。有《敬业堂诗集》，存题画诗367首，是清代题画诗较多的诗人之一。他的题画诗或入深出浅，诙谐有趣；或擅长白描，气韵调畅。但也有意境壮阔、笔墨雄放之作。如《戏题曹希文写生葡萄册》：

东郭盐，咸阳冶。

朝入羊，暮骑马。

生不愿封万户侯，亦不愿领西凉州。

但愿葡萄垂乳比桑葚，日日饱噉只学林间鸠。

若使一官值五斗，家家争酿葡萄酒。

枝头无，纸上有，谁能截取老僧手！

这首诗的风格近似苏轼的《闻林夫当徒灵隐寺寓居，戏作灵隐前一首》诗，颇有风趣。其特点也在一"戏"字。诗人不赞"老僧"之画，而是从其爱吃葡萄着笔。他既不愿封侯，也不愿"领西凉州"，而只愿像林间鸠吃桑葚一样饱尝葡萄。最后又调笑说："枝头无，纸上有，谁能截取老僧手。"正因为他酷爱葡萄，所以其笔下才会出现"真"葡萄。赞画之意，不言自明。他的《题西斋图二首，图为王石谷作》则是赞苏轼的《西斋》诗和王石谷的《西斋图》，诗风又似陆游，笔力雄健，对仗工稳，体现了查慎行艺术风格的另一面。另一首《题朱子蓉六丈所藏张穆画马，用黄山谷韵》，三句一节，句句押韵，用韵平仄相间，颇为别致。

爱新觉罗·玄烨（1654—1722），即康熙皇帝。在位61年，开创了"康乾盛世"，为中国历史上成功的帝王之一。他尊儒右文，组织编辑、出版了《康熙字典》《古今图书集成》《全唐诗》《佩文韵府》《御定历代题画诗类》等大型图书，对中华文化的传承与发展，作出了重要贡献。玄烨能诗文，善书法，亦懂绘画。现存诗歌有1000余首，其中有许多题画诗。他为画家焦秉贞所绘的《耕织图》而题的诗有46首，每幅图一首。这些诗反映了他重视农耕绩纺的思想，如《织图》：

玄烨

　　从来蚕绩女功多，当念勤劳惜绮罗。
　　织妇丝丝经手作，夜寒犹自未停梭。

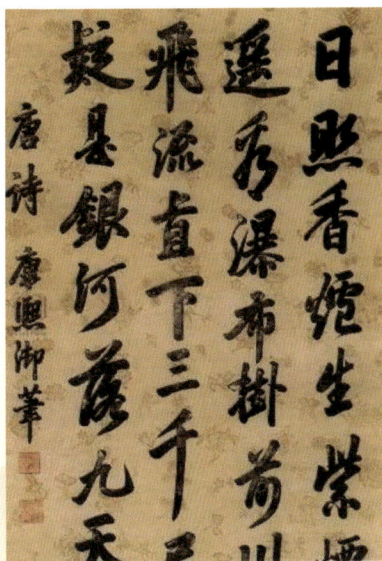

玄烨书法作品

此诗虽然不算上乘之作，但作为封建社会最高统治者，能体念民间织妇的辛劳，珍惜身上"绮罗"来之不易，也属难能可贵。

赵执信（1662—1744），字伸符，号秋谷，晚号饴山老人，益都（今山东淄博）人。十八岁中进士，可谓少年得志，但十年后却因事被革职。性喜谐谑，因得狂名。有《饴山诗集》。其题画诗多关注现实，常借以抒发愤懑，如《题搜山图卷》：

深山穷壑妖所都，帝遣丁甲行天诛。

飞廉屏翳丰隆俱，鬼狞神怒争前驱。

戈矛霜耀森旌旐，彼主者谁提鹿卢。

金甲错落须眉粗，前伏贴息为於菟。

何不乘之趋亦趋，却跨两鬼如愁胡。

杂遝万众飘风徂，蚁视蛇虺鼠熊貙。

刳胸碎首不须史，立使幽险成夷途。

窈窕岩洞中纤徐，猿猱狐狸相与娱。

炫服丽质人无殊，新妆盈盈施粉朱。

徂公醉倒笑语扶，峨冠堕地犹狂呼。

大罚降矣何其愚，死且不悔可叹吁。

巨蟒修鳞千丈躯，举头倏忽排云衢。

掉尾（一作头）已断将焉逋，黑螭拳缩甘就拘。

潜飞无计空牙须，俯视水澨羞虾鱼。

禹鼎象物良非诬，烈山焚林劳朕虞。

未抵神力工扫除，阊阖巍巍临太虚。

清问下逮知民愈，山川永奠人安居。

麒麟凤凰岂竟无，问君胡然为此图？

　　此诗与明代吴承恩的《二郎搜山图歌》有异曲同工之妙。诗人也以象征手法，寓意当时大大小小为非作歹的贪官污吏像"妖怪"一样应被搜尽除绝，并对象征最高统治者的"麒麟""凤凰"进行了冷峻的嘲讽。另一首《题顾黄公景星先生不上船图》说："黄公诗骨高嶙峋，史官如雨不著身。雄才狂醉空自信，余事青莲恐笑人。丹青阑作青莲貌，或是前身那可料。人生讵得总荣华，我辈故应长潦倒。江东酒浓秋色暮，太息黄公曾饮处。不见圣朝爱士过唐明，诗人千里随船行。"顾黄公，名景星，明末贡生。马士英使人密召，却之。康熙十八年（1679）举博学鸿儒科，以病不试。杜门息影，不与统治者合作。他钦慕李白那种"天子呼来不上船"的傲岸性格，便乞画工为自己画了这幅《不上船图》，以表心迹。

诗人为此图题诗，既赞扬了顾黄公的才华和高尚品德，又抒发了自己对清朝统治者压抑人才的愤懑与不平。他的《题家弟稼民所画花草便面》写因看到家弟寄来扇面上所绘家乡花草，勾起乡思，大有归心似箭之意。立意新颖，格调清新。

注 释

〔1〕《吴梅村全集》，上海古籍出版社，1990，第290页。

〔2〕转引自王伯敏：《中国绘画史》，上海美术出版社，1982，第558页。

〔3〕李德：《高其佩的题画诗》，载《社会科学辑刊》1986年第5期。

第四十二章

苦瓜和尚的苦乐人生与艺术成就

石涛是历史上吃苦瓜最有名的人物，故自号为"苦瓜和尚"。他餐餐不离苦瓜，甚至把苦瓜供奉在案头朝拜。他对苦瓜的感情，与他的际遇、心境有密不可分的关系。人生常常是苦的，修炼也常常是苦的。但世间许多有非凡成就的人并不怕困苦。他们往往以自己的毅力和智慧化苦为乐，让自己的人生变得更从容、更成功、更伟大。苦瓜和尚无疑就是其中一位。

石涛（1641—约1718），俗姓朱，名若极，广西全州（今属桂林）人。明宗室靖江王朱守谦的后裔。其父朱亨嘉于南明隆武时，在广西自称"监国"，后被唐王出兵俘杀。时值石涛年幼，逃亡后出家为僧，法名原济，又作元济，号石涛、清湘老人、苦瓜和尚、大涤子、瞎尊者、零丁老人等。早年居无定所，云游四方；中年往来于扬州、南京一带。曾两次受康熙帝接见。此后，他以半百之年开始了一段"北漂"生活，结交了不少上层权贵，"欲向皇家问赏心"。后"问赏"之路不顺，怏怏而归。

石涛

石涛是清代著名画家。在十几岁时，就显露出较强的绘画天赋，曾与当时画家颇多交游，与王原祁合作兰石，晚年与八大山人有书信往来，后定居扬州卖画而终。工画兰竹花鸟及人物，尤善山水，深得元人意趣，所作山水景象郁勃新奇，笔墨酣畅淋漓。人物画宗法陈老莲，但拓为大写

《搜尽奇峰图卷》（部分）

意，气势豪放，浑厚苍茫，自成风格。王原祁称，"大江以南，当推石涛为第一。"对扬州画派和近代中国画影响很大。论画主张"搜尽奇峰打草稿"，"笔墨当随时代"，"法自我立"等。石涛一生饱尝颠沛流离之苦。他画中那种奇险兼秀润的独特风格，笔墨中包含一种淡淡的苦涩味，颇有与苦瓜极为相似的韵致。兼工书法，也是书法大家。

　　著有《苦瓜和尚画语录》及后人所辑《大涤子题画诗跋》《石涛诗文集》等。代表画作有《搜尽奇峰图卷》、《黄山八胜图》册、《淮扬洁秋图》等。

第一节　石涛题画诗

　　石涛是清代著名的题画诗人，他的每一幅画先后都有题诗，题画诗数量很多，质量也堪称上乘。民国年间曾有一位艺术家说，石涛是杜甫以后第一人。研究石涛的专家朱良志说："我虽不敢附和此论，但也不敢隐匿他的诗给我带来的满足，他的杜鹃式的故国呼唤，他的凄迷恻悱的清湘精神，穿过百年清冷历史，撞击着我的心灵。"[1] 其实，石涛的题画诗并不很像杜甫，而倒像伟大的浪漫主义诗人屈原、李白。这正如朱良志所指出："石涛的画与诗，完全可以当作《离骚》来读。"[2] 石涛的题画诗充满了不可实现的叹惋，明知不可为而奋力回旋。他有一种难以释怀的故国之情，透出缠绵凄冷的楚韵。他的《题〈梅竹图〉》便委婉地表达了自己的家国情思：

古花如见古遗民，谁遣花枝照古人。

阅尽六朝惟隐逸，支离残腊倍精神。

天青地白容疏放，水涌山空任屈伸。

拟欲将诗寄（一作对）明月，尽驱怀抱入清新。

《梅竹图》

石涛常以竹梅自喻，曾画《梅竹图》多幅，仅故宫博物院就藏有康熙十六年（1677）所作《梅竹图》、康熙四十五年（1706）所作《梅竹图》等三幅。此诗以冷香幽韵的寒梅和清影摇曳的孤竹自况，表达了一个"遗民"见"古花"而生情的哀怨与迷离和将心寄明月的放旷高蹈的楚辞情调。又如他的《自题种松图小像卷》：

双幢垂冷涧，黄檗古遗踪。

火劫千间厦，烟荒四壁峰。

夜深曾入定，岁久或闻钟。

且自偕兄隐，栖栖学种松。

这幅《种松图小像卷》现藏于台北"故宫博物院"，这是石涛极为珍视的一件作品，因它记载了石涛一段重要的经历。此图康熙十三年（1674）年冬天作于宣城，其上石涛题有此诗。款云："时甲寅冬日清湘石涛题于昭亭宝幢下。"古宣城名昭亭，所谓宝幢下，即宣城

《种松图小像卷》

之双塔寺。屈大均作有《石公种松歌》诗：

> 石公好写黄山松，松于石公如胶漆。
> 松为石笋拂天来，石作松柯横水出。
> 泾西新得一山寺，移松远自黄山至。
> 髶猿一个似人长，荷锄种植如师意。
> 师本全州清净禅，湘山湘水别多年。
> 全州古松三百里，直接桂林不见天。
> 湘水北流与潇合，重华此地曾流连。
> 零陵之松更奇绝，师今可忆蛟龙颜（一作颠）。
> 我如女萝无断绝，处处与松相缠绵。
> 九疑松子日盈手，欲种未有白云田。
> 乞师为写潇湘川，我松置在二妃前。
> 我居漓南忆湘北，重瞳孤坟竹婵娟。
> 湘中之人喜师在，何不归扫苍梧烟。

从屈大均的诗中，我们可以对石涛所作《种松图》中的背景有更具体的了解。此图虽然作于宣城之双塔寺，但所画的却不是眼前之景，而是他与兄喝涛隐居泾县大安寺的情景，其中有猿猴当路，松临泉水，正是屈大均诗中所谓"髶猿一个似人长""石作松柯横水出"。石涛倚石而坐，面带微笑，炯炯有神的双目和翘起的嘴角，真实地再现了他三十余岁时的风貌。此时他虽然生活清苦，但心情还是愉悦的。不过从"火劫千间厦，烟荒四壁峰"看，他对自己所经受过的战乱仍难以忘怀，在满目荒烟中，抒发的是国家兴亡的感慨。此诗以景起，中间委婉曲折，末尾以情作景，"栖栖学种松"，反映了他淡泊世事的人生态度。

石涛虽然身处世外，但并非不关心民生冷暖，这种情怀一直到晚年不变，如《题秋潮图》：

> 八月一日秋复潮，涤堂抚掌心非摇。
> 连天波浪卷炎去，又得细流冷菭漂。

岚势不结山不椒，人家苔径非萧萧。

前翻水迫好沉飘，人民徒叹水中宵。

此时心逸逸清邀，心与物态听转韶。

此时自笑非鹪鹩，此世自类非王乔。

诸君略住看侧笔，千垒万块已此消。

天非鸾凤地非枭，水非澎湃秋非天。

野夫非事图潮意，何必移云趁水窑！

此诗作于1705年，诗人时在扬州。他的画图、题诗如实地记下了"秋潮"给人民造成的灾难。另一首长诗《题淮扬洁秋图》进一步表达了诗人的家国情怀。此诗不仅写了洪水涌起时的感受，而且围绕扬州的历史，写了隋朝统治者荒淫误国给百姓带来的灾难："隋荒自绝不思量，米珠薪桂天遑遑。征辽日日甲兵起，可怜社稷无人理。"诗人的感情极为激愤，似有千言万语不吐不快："隋家歌管谁家阅，咫尺风流看饮血。荡心一丧天地轻，怎知天下无刀兵？纵教千年万载死，不如一顾一倾城！倾城不见迷楼无，西院十六隋毒屠。"像这样关心国运民瘼的话语出自一位尘外人，实属难能可贵。但再看他早年在康熙第二次召见后所作的《海晏河清图》及其题诗，又似有判若两人之感，其诗是："东巡万国动欢声，歌舞齐将玉辇迎。方喜祥风高岱岳，更看佳气拥芜城。尧仁总向衢歌见，禹会遥从玉帛呈。一片箫韶真献瑞，凤台重见凤凰鸣。"这就是真实的石涛。他既有过低眉顺目，也有过傲然抗首。这似乎矛盾，但也合乎他的实际，除了他的佛门因缘外，也和他与清王朝没有直接仇恨有关；因为其父朱亨嘉并非为清廷所杀，而是死于南明隆武帝之手。另一方面，晚年他生活在社会最底层，贫病交加，几至"绝粒""忍饥"。因此，才能由己及人，想到国家之存亡、民生之哀艰。

石涛的题画诗虽然倾心于楚风，充满了对故国眷恋的感伤之情，但也有疏朗、欢快的一面，他的《树下聚石执佛小像》就是反映这种感情的代表作：

快活多，快活多，眼空暗却摩醯大。

岂止笑倒帝王前，乌豆神风摩（一作蓦）直过。

要行行，要住住，千钧弩发不求兔。

须是翔麟与凤儿，方可许伊堪进步。

据史载，石涛于康熙十九年（1680）闰八月后，从宣城移居南京长干寺一枝阁。康熙三十年（1691）秋他50岁时，朋友为他画了这幅《树下聚石执佛小像》。这期间，石涛颇为得意，所以开头两句就道出了他的心情。"眼空瞎却摩醯大"一句，出语不凡，气势豪壮。"摩醯大"，指能洞察三千大千世界的大自在天王摩醯湿伐罗。此句意谓，自己不为愚暗所蒙、眼空无物，连洞察世界的大自在天王都不在眼下，岂止两次接驾笑倒在帝王前！因此眼空无物，什么事也只如过眼云烟。整首诗写得如天马行空，洒脱飘逸，读其诗如见其人，石涛那豪放磊落、笑傲君王的形象跃然纸上。莱辛说："诗人还要把他想在我们心中唤起的意象写得就像活的一样，使我们在这些意象迅速涌现之中，相信自己仿佛亲眼看见这些意象所代表的事物。"（《拉奥孔》）这首题画诗就达到了这样的艺术效果。

从总体看，石涛的诗风虽然像李白，但也不可否认石涛学习杜甫，深受杜甫忠君爱国思想的影响，诗风也有沉郁苍凉的一面。他在诗中说："把卷望江楼，高呼曰子美。"石涛对杜甫的题画诗也爱不释手，其《人马图》上有跋云："时丁巳新秋客水西书院，偶读少陵《天育骠骑歌》，师松雪笔意为之，任是清湘一家法，石涛济道人。"由此可知，有人称"石涛是杜甫以后第一人"并非没有一定缘由。

石涛《人马图》

第二节　　石涛在绘画理论上的贡献

石涛题画诗还有一个贡献是其中阐述的艺术理论。他论述的画理并不枯燥，往往与自己的创作经验结合起来谈，既深入浅出，又饶有兴味，如他的《题春江图》：

> 书画非小道，世人形似耳。
>
> 出笔混沌开，入拙聪明死。
>
> 理尽法无尽，法尽理生矣。
>
> 理法本无传，古人不得已。
>
> 吾写此纸时，心入春江水。
>
> 江花随我开，江月随我起。
>
> 把卷坐江楼，高呼曰子美。
>
> 一笑水云低，开图幻神髓。

这首题画诗借鉴苏轼以诗言理的表现方法，将理趣与意趣结合起来，将深奥的绘画道理说得轻松、活泼，不粘不滞，洵为上乘之作。诗的前半部分叙述了石涛的艺术观念。一开头就指出，书画并非"小道"，世人仅以"形似"论画，乃欺人之谈。"出笔混沌开，入拙聪明死"，是说画笔运用得好，就会混沌顿开，创造出气象万千的画面；相反地，用笔一堕入拙劣的技巧中，就不能在画面上脱去尘浊之气，更不能在墨彩中焕发出事物的精神。"混沌"，本指天地未开辟前，元气浑然一体的状态。石涛在《画语录·纲缊章第七》中说："笔与墨会，是为纲缊；纲缊不分，是为混沌。辟混沌者，舍一画而谁耶？"也是讲绘画的创造力。接下的三、四句是讲"理"与"法"之关系："理"是绘画的原则，"法"是绘画的法度。绘画创作既是一种有规律的经验性的活动，又是一种不受刻板公式和机械程序约束的自由而合乎目的的艺术创作，从而揭示了绘画创作中所具有的规律与自由相统一的根本特征。但绘画的原则与法度并不是一成不变的，

"理"与"法"是一种辩证关系，绘画的法度存在于一切绘画创作的实践中，所谓"理法"，只不过是后人强加给古人的。诗的后半部融理于景，景理交融，既谈出了自己的创作经验，又印证了上述创作原则。当石涛画春江水时，他的心也随着春江一起搏动：洁白的浪花，在他的笔下开放；奔腾的江月，在他的笔下升起。因此，画家虽然画的是江水，但抒写的却是心中情、画中理。这正如他所说："山川使予代山川而言也。山川脱胎于予也，予脱胎于山川也。搜尽奇峰打草稿也，山川与予神遇而迹化也，所以终归于大涤也。"（《石涛画语录·山川章第八》）《春江图》是画家的得意之作，落笔后，他把卷坐江楼，高呼"子美"，似乎让杜甫也来分享他创作的快乐。低下头来，笑看江下，竟不知何处为水云、何处为图画，耀眼变幻的"神髓"当是杜甫论画时所说的"元气淋漓""真宰上诉"的最高

《狂壑晴岚图》

艺术造境吧。此诗不仅对研究石涛的绘画思想具有很高的参考价值，而且对后世的艺术创作和美学研究也极具借鉴意义。

石涛阐释画论的另一首题画诗是《题狂壑晴岚图》。其诗是：

> 掷笔大笑双目空，遮天狂壑晴岚中。
>
> 苍松交干势已逼，一伸一曲当前冲。
>
> 非烟非墨杂逶走，吾取吾法夫何穷！
>
> 骨清气爽去复来，何必拘拘论好丑。
>
> 不道古人法在肘，古人之法在无偶。
>
> 以心合心万类齐，以意释意意应剖。
>
> 千峰万峰如一笔，纵横以意堪成律。
>
> 浑雄痴老任悠悠，云林飞白称高逸。
>
> 不明三绝虎头痴，逸妙精微（一作能）胶入漆。
>
> 天生技术谁值掌？当年李杜风人上。
>
> 王杨卢骆三唐开，郊寒岛瘦探新赏。
>
> 无心诗画有心仿，万里羁人空谷响。

这是一首论画的难得好诗。它运笔流畅，气势磅礴，极为形象地阐释了自己无法而法的重要思想，不仅涉及古代画论中的神逸妙能四格说、画尚古意说、美丑分别论等诸多命题，而且对诗歌创作也提出了创新论。概括地说，就是"无心诗画有心仿，万里羁人空谷响"。其中"千峰万峰如一笔，纵横以意堪成律"两句极为重要，它简要地概括了石涛关于绘画的"一画论"。"一画论"是石涛绘画理论的核心论点，对这一论点的解释众说纷纭。其中周汝昌的解释较为确当。他引用《老子》的"一生二，二生三，三生万物"说，认为"一画"不只是"一条横线"的意思，也是"最原始最完整的线"的意思，是"最大法也"。他认为，与世界文化相比，西方喜散，分析事物、定立法则愈细愈好，见散而不知归。如此发展下去，有毁灭艺术之虞。而石法"立法"，有朴念之心，不忘"太古无法"之时"太朴不散"本真浑朴之气。他还说："以一法贯众法者，慎法立而朴远，愈散愈纷，愈形而下而忘乎源本，则俗法魔道盛而夺大朴真法矣。"我们再验之以石涛的绘画实践和其理论著作《苦瓜和尚画语录》,可知周氏之解释当为允当。石涛的另一首长篇题画诗《题松泉石图卷》虽然是写作画过程的,但其笔情纵恣、淋漓酣畅的作画风格,也当是他的"一画论"的最好诠释。此外,朱良志对"一画论"也有新的体会。他认为,从石涛的画学观点看,"一画"是无分别、无对待的,是"不二之法"。这是"一画论"的最重要特点。它不是一套可以操作的绘画创作的具体法度,那是一般的法则,是绝对、不二之法[3]。

石涛对于绘画理论的贡献,除了理论著作和题画诗词、序跋外,还有《课锄赋》《题双清图》《题吴南高像》《题牛图》《题兰竹芝石图卷》等5篇题画赋,也谈到了作画和画学,对研究他的绘画及其理论也有参考价值。

第三节 石涛与其他题画诗人之比较

石涛的遭际和艺术创作与宋代的郑思肖、元代的赵孟頫都颇有相似之处:他们都生活于易代之际,都存在人生的再选择;他们都有相同或相似的人生际遇;在诗书画创作上都有相当高的造诣,并且都创作了较多的题画诗。但他们的不同之处也较为明显。

郑思肖在宋亡之后,抗元的态度十分坚决,他不仅自己不仕元,一生隐居,而且对仕元的官员极为痛恨和鄙视。他写的题画诗几乎篇篇都或直接或间接地流露出家国之恨。

赵孟頫入元后,虽然内心充满了仕与隐的矛盾,但最后还是在程钜夫的推荐下,得到忽必烈的赏识,官至翰林学士承旨。从他的题画诗看,虽然也有感时不遇或愤愤不平之心,但也不无歌功颂德之作。

以上两位诗人对易代的统治者之所以态度不同,也自有其原因。郑思肖亲身经历了宋末的战乱,亲睹了元兵入侵的杀掠,因而激起了强烈的国仇家恨。同时他还深受父亲郑震爱国思想熏陶和影响。而赵孟頫虽然是宋皇族后裔,但先祖赵德芳隔代较远,自己也未尝战乱之苦,因而对元统治

者并无切肤之痛。这便决定了他对元统治者的态度较为温和或不卑不亢。与郑、赵相比，石涛的思想则较为复杂。

石涛的早期经历，与郑思肖有相似之处，他也经历了战争的浩劫。石涛出生于明王朝大厦崩塌之前。这时候他才三四岁，被称为朱若极。明清两朝交替时，明朝内部势力割据，石涛的父亲靖江王独霸广西，却被独霸福建的唐王出兵击败。广西被占，靖江王全府除朱若极以外的所有人都被关押至福建，囚禁至死。幼小的朱若极被王府内官背着逃出了王府，没有被抓获。内官为了让朱若极远离战火、躲避杀戮，就让他削发为僧，取法名原济。由于年纪小，战乱给他的印象并不深，加之后来康熙的两次召见，使他的思想和生活轨迹都发生了变化。作家孙犁在《甲戌理书记》中曾指出："此僧北游京师，交结权贵，为彼等服务，得其誉扬资助，虽僧亦俗也。乃知事在抗争之时，泾渭分明，大谈名节。迨局面已成，恩仇两忘，随遇而安，亦人生不得已也。"

孙犁这里所提及的石涛"北游京师"，是石涛一生中一段重要的经历，最能见得他的性格和心底。美国学者乔迅所著的《石涛——清初中国的绘画与现代性》在钩沉这段历史的时候，写到这样几个细节：石涛此次"北游京师"，到底都结交了哪些权贵。石涛之所以选择1690年"北游京师"是有原因的。因为前一年，即1689年，康熙大帝第二次南巡，他在扬州迎驾时，康熙帝居然在人群中一眼认出他，并叫出他的名字，这让他感激涕零，也让他从和尚到弄臣之跨越的欲望蓬勃燃起。而且，这一年，他已经48岁，正处于中年向老年迈进的节点，时不我待。

乔迅在《石涛——清初中国的绘画与现代性》中说，石涛此次"北游京师"，主要结交的官员，有吏部右侍郎王封溁、礼部侍郎王泽泓、户部尚书王骘、满族贵胄清太祖曾孙博尔都、平定"三藩之乱"功臣岳乐之子岳端。

石涛希望由这些人能通天让他觐见康熙大帝。他回报给这些人的是他最好的画作。这些人为他提供衣食住行的赞助，并为他仙人指路，其中博尔都指点他投康熙帝之喜好，画好墨竹，由皇室高阶画家王原祁和王翚补石和兰，以此进献康熙帝，希望得到皇帝的垂青。在不得仕进、失望之后，石涛正欲离开北京的时候，恰逢康熙帝召见和石涛一样有名的禅僧雪庄（以画黄山闻名）进京。但雪庄进京后，并未出现在御前，只是派了另一僧人替代他出席。

石涛离开北京到天津大悲院的途中，巧遇从大悲院出来的僧人具辉，正要进京见皇帝。石涛立刻打开行囊，拿出自己的试卷——其中有准备献给康熙而未果的诗，当场挥笔抄录了当年恭迎康熙时写下的诗行，其中有："圣聪忽睹呼名字，草野重瞻万岁前""去此罕逢仁圣主，近前一步是天颜"，极尽逢迎之态。[4] 这不仅在郑思肖的诗中绝对找不到，就是在身为元朝重臣的赵孟頫的笔下也很难看到。

关于这次"北漂"，石涛曾不无感慨地说："诸方乞食苦瓜僧，戒行全无趋小乘。五十孤行成独往，一身禅病冷于冰。"石涛意识到，在京城就如同乞食者一般，不禁心寒。于是石涛决定买舟南归。1692年，石涛在山东和江苏交界处遇到强风翻了船，画卷、诗稿、图书荡然无存，好在保住了性命。

三年的期待落空，又经历了这么一场生死浩劫，石涛的内心发生了巨大的变化。到了南方后，他甚至蓄发还俗，以卖画为生，当起了职业画家。至此，石涛虽还俗，反而让人觉得真的清净了。放下了对功名利禄的追求，也不再期待"皇家问赏"。顿悟的石涛写下一诗："五十年来大梦春，野心一片白云间。今生老秃原非我，前世襄阳却是身。大涤草堂聊尔尔，苦瓜和尚泪津津。"既有浅浅的怀才不遇之感，亦有对自己这段"北漂歧途"的悔悟。

一位曾叱咤风云的艺术家，一位才华横溢的旷世奇才，为能舒长翼冲云霄，不得不"摧眉折腰事权贵"，但最终一无所获，徒劳而使自己蒙羞。至此，他似乎更清醒了，内心也更平静了，于是诗风也发生了变化。

纵观石涛、郑思肖、赵孟頫三人的书画创作和题画诗的艺术风格，也是同中有异。他们三人虽然都是书画名家，但郑思肖以气节称于世，画名为节名所掩，且以擅墨兰称于时。赵孟頫则书名高于画名，是我国书法史上著名书法家。他长于各种书体，《元史》称他"篆、籀、分、隶、真、行、草书无不冠绝古今，遂以书名天下"。郑思肖原与赵孟頫交往较多，但赵孟頫降元并任官后，郑便与之绝交，看重的是气节。而石涛则是诗书画全才，在中国艺术史上占有重要地位。他既是绘画实践的探索者、革新者，又是艺术哲学家、艺术理论家。特别是在题画诗的艺术风格上，更有独特之处。

由于石涛的思想以禅宗为主，并对道教也有深入的研究，同时又以儒家入世的态度观察世事，所以便形成了多元的思想体系，这也决定了他艺术风格的多样性和独特性。他的题画诗的风格也正是如此，既有"大江东去"的汹涌澎湃，也有小溪流水的潺潺隽永；既有一往无前的气势，也有吞吐呜咽的哀叹。试看《江南八景图册·登岳阳楼》：

> 万里洞庭水，苍茫失晓昏。
> 片帆遥日脚，堆浪洗山根。
> 白羽纵横去，苍梧涕泪存。
> 军声正摇荡，极目欲销魂。

这首诗曾题于石涛的多种画册之中。李虬峰在《大涤子传》中说，石涛早年"既而从武昌道荆门，过洞庭，经长沙，至衡阳而返"。可知此诗当作于他早年漂泊岁月中。又《八大山人石涛合册》有一开为石涛画，上题有此诗。款云："此诗是吾少时离国家之感，过洞庭，阻岳阳之作。今日随笔写此，从旧书中得之，无端添得一重愁也。"此诗颇能代表石涛题画诗的两种不同风格：一方面笔力遒劲，意气豪宕，反映了他的壮志和对未来的期许；另一方面意境苍茫，风格沉郁，既反映了他内心的迷茫，又表达了深深的家国之恨。

但是由于石涛的心性使然，他的题画诗还有奇诡之特点。

石涛的题画诗从表现内心世界看，是狂；从外在的艺术特征看，是奇。当然，这"狂"与"奇"是浑不可分的。他的《题〈秋林人醉图〉》就体现了这一特点：

> 常年闭户却寻常，出郭郊原忽恁狂。
> 细路不逢多揖客，野田息背选诗郎。

也非契阔因同调，如此欢娱一解裳。

大笑宝城今日我，满天红树醉文章。

　　长年闭门而居，一旦出郭郊游，秋醉人亦醉。在这醉意中，仿佛天地都在醉舞。奇幻狂放，恣肆高蹈，这是石涛的独特艺术风格。"禅的精神培育了它，庄的精神成就了它，而君从清湘来，最具清湘情，楚魂则是其性灵之基。"[5]

　　到了晚年，石涛的诗风有了很大变化。他更多地写山水风光和隐逸情趣，风格转为恬淡清新。不过，他的故国之心并没有变，即使在描写清幽的山水之中，也流露出些许哀愁，如《平湖放棹图》中说："一棹平湖春水深，白沙天际起微岑。疏林萧草迷寒色，望里频生故国心。"其诗风在清淡中又有几分苍凉。

　　晚年最能反映石涛心境、画境和诗境的诗画是《对牛弹琴图》及其两首和诗。试看其一《和曹子清盐史对牛弹琴诗》：

《秋林人醉图》

古人一事真豪爽，未对琴牛先绝赏。

七弦未变共者谁，能使玄牛听鼓掌。

一弦一弄非丝竹，柳枝竹枝欸乃曲。

阳春白雪世所稀，旧牯新犊羞称俗。

耸背藏头似不通，微招角招非正宫。

有声欲说心中事，到底不爨此焦桐。

牛声一呼真妙解，牛角岂无书卷在？

世言不可污牛口，琴声如何动牛慨。

801

此时一扫不复弹，玄牛大笑有谁尔。

牛也不屑学人语，默默无闻大涤子。

《对牛弹琴图》

《对牛弹琴图》是石涛晚年的重要画作，也是其代表作之一。画家以浓墨绘一高士、一古琴、一玄牛。画中高士，神情静穆，手挥五弦，目视前方。玄牛静卧，侧耳倾听。其题诗补充画意，有弦外之音。"对牛弹琴"一词本是讥笑说话人不看对象。但此图此诗反其意而用之，反映出作者落落寡合、难遇知音，而只能寄托于"牛声一呼真妙解"，揭示了其孤独落寞的心境。但此图并诗的意义似远不止于此，中国哲学的高妙之处在于"言外之意""象外之象"。对牛弹琴，一个极普通的贬义成语，石涛却能点化为神奇，创造出属于自己的艺术语言，它似乎对世间的许多是非定论都有颠覆性的看法。因此，《对牛弹琴图》并诗具有典型的文人情怀，在读来令人会心一笑的同时，也感受到诗画家的大智慧与大批判。

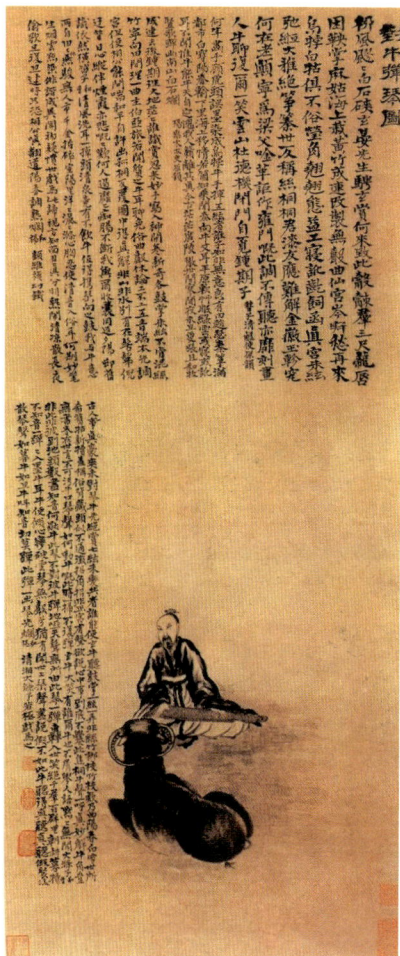

从此图此诗看，石涛晚年时不平之心仍在鼓动，他的洁身自好之心仍在坚持。《题画松梅》便是他一生操守的写照："江村磊落相知少，老干苍虬雪未消。玉萼将开春乍晓，一生风韵见清标。"这"松"与"梅"，不仅象征了诗人坚贞不屈、高洁清淳的品格，而且在一定程度上代表了他坚挺遒劲而清新高雅的艺术风格。

就题画诗的风格而言，赵孟頫也学李白，其某些作品也颇有李白之风；但是由于他仕途平顺、生活优裕，没有石涛那漂泊之苦和"绝粒"

之困，所以气势不豪、出语不惊。至于恬淡之风，两人虽有相似之处，但由于赵孟頫在庙堂而言江湖，总有隔靴搔痒之感，远没有身在林泉的石涛那样心静而风清。至于郑思肖，他的题画诗感情激愤，"泪泉和墨写离骚"，豪气逼人，风格峭拔。虽然他的题画诗也有狂的一面，正如他所说"独笑或独哭，众人唤作颠"，似乎与石涛的"狂""奇"有些相似，但形成的原因却不同。郑思肖在宋亡之后，终日忧愤，寝食难安，精神几近崩溃，所以他的"狂"与"颠"是国破家亡后的一种极度反映，是性情的变异。这与石涛的个性狂放是不同的，而形诸笔下诗歌的风格也是有别的。

注　释

〔1〕朱良志：《石涛研究》，北京大学出版社，2005，第1页。

〔2〕同上书，第509页。

〔3〕朱良志：《石涛研究》（第2版），北京大学出版社，2017，第8页。

〔4〕萧复兴：《石涛的可悲》，《今晚报》2019年6月8日。

〔5〕朱良志：《石涛研究》，北京大学出版社，2005，第522页。

第四十二章

清鼎盛期题画诗

自乾隆至嘉庆，是清代发展繁荣期。这近百年时间，史称"乾嘉"盛世。这一时期，各种文学艺术形式都得到长足发展，题画诗也进入了中国题画诗发展史上的高峰期。清代两个最大的题画诗流派——"怪放派"和"性灵派"，即产生于这一时期。随着绘画和诗歌的高度发展，无论是画家还是诗人，都创作了许多题画佳作，把题画诗艺术推向前所未有的巅峰，是中国题画诗发展史上最光辉灿烂的一页。

第一节 题画诗的怪放派

"扬州八怪"是中国文人画发展史上一个独具风格的重要流派。《瓯钵罗室书画过目考》中载，"八怪"是指金农、黄慎、郑燮、高翔、李鱓、李方膺、汪士慎、罗聘八人。后说法不尽相同，又将华嵒、高凤翰、陈撰、闵贞、李葂、边寿民以至杨法等也列入"八怪"之中。由于他们活动的地域主要是扬州，所以又称为"扬州画派"。又因为这一画派的画家都擅写题画诗，所以同时也是题画诗的重要流派。这是因为，他们不仅有共同的性格特点，而且在艺术风格上也有相同或相近之处。

第一，他们大多出身于贫苦家庭或受到压抑而经历过坎坷不平的境遇，因而性格比较怪异，不同流俗，我行我素。"怪"与"狂"，从历史上看，往往是敢于批判现实的人独立人格的一种特殊表现形式。从传说中春秋高士接舆的佯狂，到魏晋时嵇康的非汤武、阮籍的哭穷途，都无不因"世与我而相违"，以一种特殊的方式张扬其个性，以示反抗。在画坛上，米芾的癫、黄公望的痴、倪瓒的狂，也都是不肯随人俯仰、个性独立的表现。因而他们才能在艺术上独辟蹊径，独步画坛。因此，"扬州八怪"的"怪"不仅为绘画开创了新风，也为中国题画诗创立了新派。

　　第二，这一画派虽然没有固定的组织关系，但是却有较为密切的聚会或往来。如卢见曾官两淮都转盐运时，在他主持的"虹桥修禊"诗文聚会中，郑燮、李葂、高凤翰、张宗苍等经常是座中客，与之唱和，并作书画相赠。富商马曰琯、马曰璐兄弟回扬州，以诗自娱。所与游者，皆当地名家。高翔、金农、罗聘等经常参加他们的诗会活动。在汪希文的勺园里，郑燮、李鱓是常客。在张士科、陆钟辉的让圃里举行的"韩江雅集"，高翔、方士庶是集中人。据李斗《扬州画舫录》不完全记载，从清初至乾隆末，扬州本地的和从外地来扬州的知名画家，就有一百几十人之多。他们往往都是各种诗画雅集的常客。此外，画家、诗人之间的个人交往也较为频繁，如汪士慎与金农友善，并常在一起品评书画；黄慎与李鱓、郑燮等经常往来；高凤翰与金农、郑燮、李方膺等相交甚密；边寿民与华嵒、郑燮等常有交往等。他们经常在一起切磋技艺、彼此借鉴，这也是他们诗风画风相近的重要原因。

　　第三，这一画派中人，大多数都诗书画兼擅，还有一些人也工篆刻。其中金农创造的"漆书"、高翔创造的"八分"、郑燮创造的"六分半"书体，在中国书法史上都占有重要地位。他们因善书，也善作自题画诗。这是以前题画诗创作群体中从未有过的现象。

　　第四，这些画家多数都是专业题画诗人，因而也是中国题画诗史上最早出现的职业题画诗创作群体。这是由于他们因生活贫困多以卖画为生，而诗又书于画上，所以一并成为商品。当然，题画诗同画一起成为交换的商品，并非始于清代，但是作为一个专以卖画（含题画诗）为生的较大创作群体，当以此为先。

　　第五，由于他们的画风相似或相近，所以其题画诗也有共同的特点，即从思想内容到艺术风格都怪异与狂放，所以也可谓之"怪放派"。当然，正像一切艺术流派都派中有派一样，在这个创作群体中，因为他们各自的经历不同、性格各异，也形成了自己的艺术特征，这也正是他们赖以存在的重要因素。如同是长于画梅的汪士慎、金农与李方膺，其画风、诗风就不尽相同。

汪士慎（1686—1759），字近人，号巢林、甘泉山人、溪东外史等，安徽休宁人，迁居扬州。一生清贫，嗜茶爱梅，以卖画为生。工画花卉，偶作人物，尤善画梅，笔墨清淡秀雅，有"铁骨冰心"之称，与李方膺的"铁干铜皮"适成鲜明对比。工篆刻和八分书，与高翔、丁敬齐名。晚年双目失明，仍自强不息，以意运腕，挥写狂草及画梅，"工妙胜于未瞽时"。也善诗，有《巢林诗集》。他的题画梅诗也如其画，赞梅花芳洁之冰心，如《写梅赠友人》：

汪士慎

> 日暮归来腊已残，风霜历过尚艰难。
> 梅花朵朵出冰雪，何事我心常岁寒？

此诗以腊月之严寒喻时世之艰难，写出诗人所处之困境。但是正像斗冰傲雪的梅花一样，诗人也不畏艰难险阻，坚持自己坚贞之节操。另一组《才有梅花便风雨挂轴》也表现了诗人同样的操守：

> 水边林下孰幽探，春气蒙蒙湿似岚。
> 才有梅花便风雨，枉教好梦隔江南。
>
> 冷云侵户懒为吟，几日清斋晓睡深。
> 才有梅花便风雨，老来何处得春心。
>
> 二三游侣兴迟迟，屐齿无声别竹篱。
> 才有梅花便风雨，长怀野店酒香时。
>
> 横窗孤干瘦于人，几度挥毫为写真。
> 才有梅花便风雨，梦中懵懂不知春。

《才有梅花便风雨挂轴》作于乾隆六年（1741）仲春雨中，诗人时年56岁。画面上，一枝老梅曲折地从右下角向左上伸出，几条新拔出的折枝上盛开几团梅花，挺拔向上，一派生机，似有不惧风雨摧残而顽强与之搏斗之势。表现了诗人在贫困与一目"偏盲"情况下，"盲目何关老，忧贫不碍狂"的倔强性格。这一点与"扬州八怪"的其他画家是一样的，所不同的是他的题画梅诗并不剑拔弩张，而是侧重表现梅花的"孤干"与"春心"。这也正如其《梅花》诗所说的"素女芳心香碎碎"。他的《题蚕豆花香图》，题材别致，形象新颖：

> 蚕豆花开映女桑，方茎碧叶吐芬芳。
>
> 田间野粉无人爱，不逐东风杂众香。

画家以无人爱的"田间野粉"蚕豆花作画，并为之题诗，其寓意颇深。蚕豆花绝无奇花异草之美艳，但其芬芳独自，不随波逐流、与人争媚。这天然质朴、雅逸脱俗的形象，正是诗人的化身。此诗柔中有刚，其"不逐东风杂众香"的精神追求，表现了诗人不媚俗的崇高气节。此外，其《题空谷幽兰图》也是以花喻人，说"兰草堪同隐者心，自荣自萎白云深"，笔简意明，比喻贴切，饱含着诗人的深情，也是题画佳作。

李鱓（1686—1762，一作1756），字宗扬，号复堂、懊道人、墨磨人，江苏兴化人。康熙五十年（1711）中举人。他一生"两革科名一贬官"，曾以画充任内廷供奉，不久即被排挤出宫。后出任山东滕县知县，"为政清简，士民怀之"，又因触犯权贵，于乾隆五年（1740）罢官归里，曾流落扬州，以卖画为生。他早年从魏凌苍学画山水，后师从蒋廷锡画花卉，又转师高其佩，进而崇尚写意，破格脱俗，自辟蹊径。其画笔劲健，纵横驰骋，不拘绳墨。其书法古朴，有颜（真卿）柳（公权）之筋骨。

李鱓

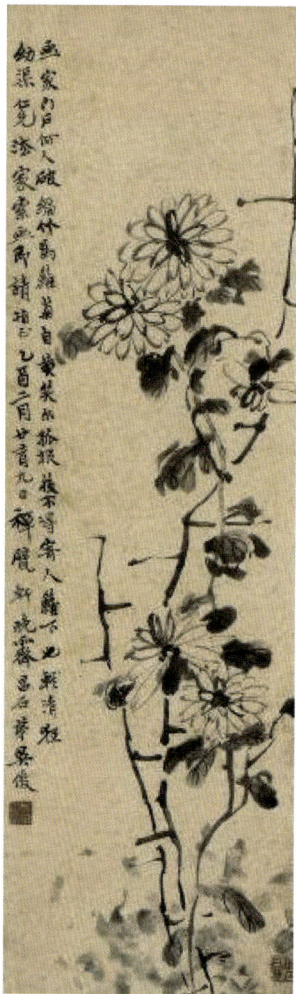
李鱓《篱菊》

李鱓历经坎坷，备受压抑。罢官归里后，常有受欺凌之感，但他仍然狂放不羁，清高自守。他的《篱菊》说：

> 画家门户何人破，编竹为篱菊自黄。
> 笑尔孤根移不得，寄人篱下也清狂。

在《松柏兰石图》中又说：

> 老树横空石半斜，依稀点缀葛真家。
> 墨痕处处留仙迹，怕见当时红绿花。

诗人以"葛真"自比，以横空之老树相衬，借画抒怀，寄意颇深。"葛真"，似指南宋书画家葛长庚（一说"葛真"指葛洪）。他工书善书，尤精梅竹，曾隐居于武夷山。嘉定间，征召至京，封紫清真人。诗中"怕见当时红绿花"一句，既描写了"葛真"之不媚俗，也表现了诗人蔑视权贵、不喜攀附的孤高品格。但是，在林泉生活中，李鱓的内心也常起波澜。他在给侄子的信中说："近复作出山之想。"又说："老去翻思踏软尘，一官聊以庇其身。"为此，他又相信皇恩浩荡，在其《秋葵图挂轴》中说："自入长门着淡妆，秋衣犹染旧宫黄。到头不信君恩薄，犹是倾心向太阳。"在陈皇后与秋葵叠加的形象中，我们仿佛看到了李鱓的身影。他既不同于终身不仕的黄慎、高翔、汪士慎、罗聘，也不同于应博学鸿词科不中而怀才不遇的金农，更不同于先仕后隐而不想再为官的郑燮、李方膺。但是，在贫苦中，诗人并没有忘记现实，其艺术家的良心仍在呼唤公正与善良。他的《秋柳雄鸡画》说："凉叶飘萧处士林，霜华不畏早寒侵。画鸡欲画鸡儿叫，唤起人间为善心。"

李鱓题画诗的特点是既有奇思妙想，又有奇趣佳境，如《三秋图》：

三秋全为草菊忙，瓦罐茶铛插栽黄。

犹有一枝安顿未？酒瓶空后再商量。

《三秋图》用粗放之笔，随意画出瓦罐、茶壶各一只，一插菊花三朵，一插菊花两朵。壶边另有一朵，尚未安顿。一般画菊或在篱下，或在盆内，很少见到将花插在瓦罐、茶壶中。画家构思奇特，才有此奇境。其题诗也如此，后两句诗以自问自答方式说：还有一朵安顿没有？要等我喝完酒，瓶子空了再说。而画面又不见酒瓶，当是诗人正在自斟自酌。这是要等酒瓶空后，将最后一朵菊花插在酒瓶里。我们透过题诗似乎看到了诗人放浪不羁的身姿和醉态。题写画菊，诗人既不以菊花比德，又不写其芳华之美，而是将其与瓦罐、茶铛、酒瓶放在一起，独写画菊之趣，可谓别出心裁、妙趣横生。另一首《姜椒图》说：

莫怪毫端用意奇，年来世味颇能知。

从今相与先防辣，到得含咀悔后迟。

此诗以姜、椒立意，辣字一语双关，既指姜、椒之味辣，也指人世间那些心狠手辣者。这正是画家用意之"奇"。而诗人也就此物轻轻一点，抒写人生之感喟，既深刻警人，又饶有风趣。特别是题诗的书写方式也别开生面：诗人不取画幅的上下方、左右侧，而是从画幅右侧中部起笔，三字、四字一行，向姜、椒中间的空隙斜插过去，好似另一种辣品，一反题画诗平直方正的定式，活泼生动，具有参差错落

李鱓《五松图》

之美。

他的另一篇代表作《题五松图》的风格却与此不同，其诗是：

有客要余画五松，五松五松（一作样）都不同。

一株劲直古臣工，楷笏垂绅立辟雍。

颓如名将老龙钟，卓筋露骨心胆雄。

森森羽戟（一作檄）奋军容，侧者卧者生蛟龙。

电旗雷鼓鞭雨风，爪鳞变幻有无中。

鸾凤长啸冷在空，傍有蒲团一老翁。

是仙是佛谁与从，白云一片青针缝。

吁嗟！空山万古多遗踪，哀猿野鹤枯僧逢。

不有百岳藏心胸，安能曲屈蟠苍穹。

兔毫九折雕痴虫，墨汁一斗邀群公。

五松五老尽呼嵩，悬之素家桂堂东，俯视百卉儿女丛。

李鱓一生曾画多幅《五松图》，其题词曰："有客索画五松者，予以直者比之大臣，秃者比之名将，一侧一卧，似蛟似龙。蒲团之松，或仙或佛，爰作长歌以题。"这首诗将松写得顶天立地，气势磅礴，真所谓"不有百岳藏心胸，安能曲屈蟠苍穹"！此诗风格豪宕，力扫千钧。

黄慎（1687—1768），字恭寿，一字恭懋，号瘿瓢子，又号东海布衣等，福建宁化人，久寓扬州。早年家贫，为侍亲放弃举子业，学画谋生。工画人物，初学上官周，后受书家怀素书法启发，以狂草笔法作画，大有长进。亦工花鸟和山水，用笔奔放，生气勃勃。其书法学"二王"，而得怀素之笔意尤多。用笔枯劲，上下勾连，喜作怪笔，有时难以辨认。也善诗，有《蛟湖诗抄》。黄慎素重题诗，"每题画毕，必凭几掉头，往复吟哦，不能自已"。其题画诗多为近体，工稳圆

黄慎

熟，情景交融。在"扬州八怪"中，其题画诗颇为出色。如七言律诗《题渔归图》：

> 杨柳毿毿曲曲村，沧浪唱罢又黄昏。
> 忘言自是芦中叟，买酒还招楚客魂。
> 荡破水云归钓艇，飞空萝月挂江门。
> 不知何处有耕凿，天汉为家认故园。

这首诗先是描绘江上渔归的情景，杨柳垂丝，日落黄昏，渔民唱着《沧浪》曲，似乎优哉游哉。从画面看，渔民看着收获的鱼虾，喜笑颜开。但是结尾处却突然一转："不知何处有耕凿，天汉为家认故园。"诗中较为深刻地表现了渔民无处安家的飘泊生活，表达了诗人对他们的深切同情。此诗运用反衬手法，跌宕有致；对仗工严，用典贴切，是近体题画之佳作。诗人游走江湖，写渔民的题画诗较多，较有代表性的作品还有《题〈渔妇图〉》（又作《渔翁渔妇图》）：

> 渔翁晒网趁斜阳，渔妇携筐入市场。
> 换得城中盐茶米，其余沽酒出横塘。

此诗展现了一幅生动的渔家日常生活图，质朴自然，极有生活气息。

他的许多题画诗也描写了自己的情志和贫苦生活，如《山水挂轴》：

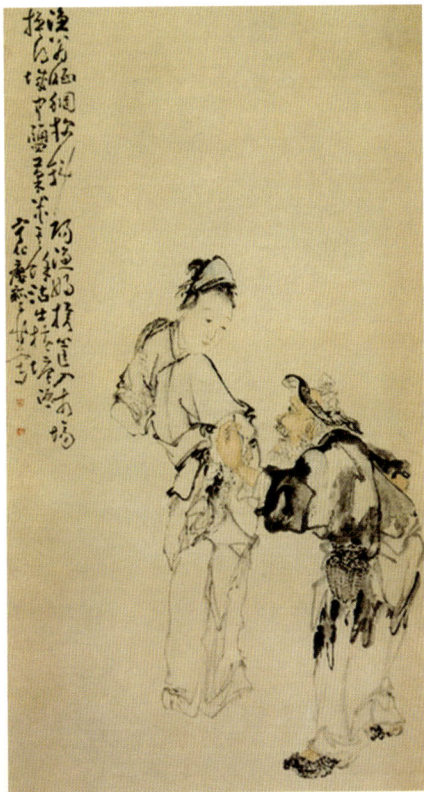

《渔妇图》

"夜雨寒窗忆敝庐，人生只合老樵渔。五湖收拾看花眼，归去青山好著书。"另一首《题醉眠图》是：

不负青天睡这场，松荫落尽尚黄粱。

梦中有客刳肠看，笑我肠中只酒香。

黄慎《柳塘双鹭图》

这首诗描写贫苦文人的嗜酒画面，也是诗人辛酸生活的真实写照。画中人睡在松荫已落尽的青天之下，还独自做着黄粱美梦。"笑我肠中只酒香"，在喜剧的气氛中透出几分悲凉。这带泪的欢笑，不是一般地描写文人的放浪形骸，而是以幽默的笔法写出贫苦文人因无奈而苦中作乐的冷酷现实。因此，它较之单纯抒写隐逸者的清高志趣要深刻得多。黄慎也有意境壮阔之作，如《题柳塘双鹭图》：

青山淡抹走轻烟，杨柳高楼大道边。

闲煞春光看振鹭，一拳撑破水中天。

《柳塘双鹭图》柳高水阔，疏旷闲远，经诗人的点染，给画面增加了动感，浅水中的白鹭长腿屈伸之间，泛起无尽的涟漪，好像撑破了水中天。此诗流转舒展，别有新意。

"扬州八怪"中的金农也是善画梅的画家。

金农（1687—1763），字寿门，又字司农、吉金，号冬心先生、稽留山民、曲江外史、昔耶居士等，仁和（今浙江杭州）人。久居扬州。平生以布衣自乐，未曾做官，荐举其为博学鸿词科，进京未试而返。性好游历，曾先后至齐、鲁、燕、赵、秦、晋、楚、粤诸地，饱览名山大川，考察各地风情。不少著作都说他"性情逋峭，世多以迂怪目之"[1]。据文献记载，他五十多岁"始从事于画"。这一年，正好是他应举落选的一年。自此之后，他便以卖画为生。金农虽然正式习画很晚，但由于

金农

他学问渊博，文学修养高深，一旦画画，下笔便不同凡俗，因而受到人们的推崇，认为是"涉笔即古，脱尽画家之习"。绘画题材广泛，善写花卉、鞍马、佛像、人物、山水等，尤善梅花。笔墨古朴而造意新奇。工书法，精篆刻，隶书以朴厚见长，楷书多隶意，用墨黝黑，自创一格，号称"漆书"。金农喜在画上题咏，现故宫博物院收藏的《山水人物册》、上海博物馆收藏的《山水册》，每页上都有他自画自题的诗词，故所存题画诗词较多。金农怀才不遇，一生坎坷。晚年生活维艰，至衰老穷困而死。有《冬心先生集》《冬心先生杂著》。

金农的题画诗从思想上看，与郑燮有很多相同或相近之处，即都表现了自己倔强的个性，如《〈墨竹〉为汪巢林作》："明岁满林笋更稠，百千万竿青不休。好似老夫多倔强，雪深一丈肯低头？"所不同的是，金诗往往化耿介为清越、化辛酸为自嘲，即愤世为诗，诙谐成趣。如《题墨梅》：

> 老梅愈老愈精神，水店山楼若有人。
> 清到十分寒满把，始知明月是前身。

此诗写寒梅傲立于风雪之中，既活画出老梅之傲骨，又道出诗人之心境。"老梅愈老愈精神"，亦景亦情，于清寒之气中抒写耿介之情，这是金农题咏画梅的主旨。"清到十分寒满把，始知明月是前身"，进一步点明主题，使老梅的清寒之气得到升华，它与人们心目中最纯洁的明月同宗，也将与万古不变的天地同

《墨梅》

寿。于是老梅的形象便变成了诗人形象。诗中虽无豪宕之语，但通过对寒梅的描写，诗人的超尘拔俗之正气却有逼人之势。他的《题画梅》则表现了自嘲的风趣：

蜀僧书来日之昨，先问梅花后问鹤。

野梅瘦鹤各平安，只有老夫病腰脚。

腰脚不利常闭门，闭门便是罗浮村。

月夜画梅鹤在侧，鹤舞一回清人魂。

画梅乞米寻常事，那得高流送米至。

我竟长饥鹤缺粮，携鹤且抱梅花眠。

金农《画梅》

这是一首率意而作的古体诗，真实地反映了诗人晚年贫病交困的生活。但诗人并不悲观，身边有梅鹤相伴，闭门而居俨然罗浮梦境，携鹤抱梅而眠，似不知老之将至。诗人自嘲自乐，自有一番情趣。又如《题罗聘〈冬心先生蕉阴午睡图〉》：

先生瞌睡，睡着何妨。

长安卿相，不来此乡。

绿天如幕，举体清凉。

世间同梦，惟有蒙庄。

此诗亦诗亦画、亦庄亦谐，不仅活画出诗人之睡相，而且写出其超然物外的淡泊心境。以上是金农题画诗的第一个特点。

金农题画诗的第二个特点是既长于直陈，又深于比兴。如他的《画梅自题六首》：

冒寒画得一枝梅，恰好邻僧送米来。

寄与山中应笑我，我如饥鹤立苍苔。

砚水生冰墨半干，画梅须画晚受寒。

树无丑态香沾袖，不爱花人莫与看。

野梅如棘满江津，别有风光不受（一作爱）春。

画毕自看还自惜，问花到底赠何人。

驿路梅花影倒垂，离情别绪系相思。
故人近日全疏我，折一枝儿寄与谁？

横斜梅影古墙西，八九分花开已齐。
偏是东风多狡狯，乱吹乱落乱沾泥。

一枝两枝横复斜，林下水边香正奢。
我亦骑驴孟夫子，不辞风雪为梅花。

　　这组诗虽为六首，但也可看作语意相贯的一首诗。此诗虽有抒情，但主要是叙事：首先写自己一贫如洗，无米下锅，饿得如饥鹤独立苍苔。其次写自己作画时寒冰冻墨的景况。再次写诗人爱花惜花之情怀以及东风恶吹使花乱落沾泥的不幸遭遇。最后以唐人孟浩然自比，如他在困境中于长安踏雪寻梅。值得玩味的是，诗中多次写折梅赠人事，如"寄与山中应笑我""问花到底赠何人""折一枝儿寄与谁"等。很显然，这里寄寓了知音难觅的孤独与苦闷。此外，诗中也不乏比兴之笔，如"偏是东风多狡狯"，就是用来比兴恶势力的。但在金农的题画诗中，直陈其事的诗并不多，更多的是常常采用比兴手法，如《题赵承旨〈采菱图〉》：

《采菱图》

吴兴众山如青螺，山下树比牛毛多。
采菱复采菱，隔船闻笑歌。
王孙老去伤迟暮，画出玉湖湖上路。
两头纤纤曲有情，我思红袖斜阳渡。

这首诗写出了吴兴秀丽的风景。这里山众树多、美女如云，可是理想的美人却不见。此诗先兴后比，表达了诗人知音难求的孤寂心情。又如《画竹》：

> 雨后修竹分外青，萧萧如在过溪亭。
> 世间都是无情物，只有秋声最好听！

雨过天晴，一丛修竹分外青润。溪水潺潺，秋风徐来，境界清丽可见。这清绝的情境，既是画中之景，也是诗人心造之境。雨后临风对竹，犹如面对知心。诗人托物寄兴，既倾泻胸臆，又深于比兴。

金农题画诗的另一特点是，或孤清冷峭，或萧散净朗，或用语酸辣，或自然天成，各具韵味，风格多样。法式善在《梧门诗话》中说："择其孤清冷峭之作，岂难突过渔洋、初白，直入唐人阃奥。"如他的《题瘦马图》：

> 古战场边数箭瘢，悲凉老马识桑干。
> 而今衰草斜阳里，人（一作只）作牛羊一例看。

潘飞声在《山泉诗话》中说："本朝画家独开生面，只得三人，石涛、南田、冬心外，虽'四王'亦未臻此诣。而冬心天分尤高，诗、字、题、跋，皆别辟一境。其画马自谓得韩干法，世上尤甚少。尝见何遽庵家藏一巨幅，上题云：'写此老骥，尚有壮心；譬之于人，不无日暮途穷之叹。又题一诗，聊以解嘲。'"这首题诗曾备受赞赏，罗两峰"叹其工绝"，吴文溥"读之可叹"。此诗先写瘦马曾在战场上驰骋多年，身上有许多箭伤的疤痕，即使处于悲凉的晚境，仍识得"桑干"边疆地。可是，这样一匹志在千里的老马，而今却沉默于衰草斜阳里，人们把它与漫野的牛羊一样看待，实可悲叹。很显然，此诗虽咏马而旨在咏人，其笔调寒峭而老辣。又如《题花果图册梅子》：

> 江南暑雨一番新，结得青青叶底身。
> 梅子酸时酸不了，眼前多少皱眉人！

这首诗以诗入画，诗画互补。在画面上人们看到的只是梅子，但题诗却将梅子的酸与无数民众在窘困生活下的辛酸进行对比，这就使画境得以升华，具有更丰富的社会意义。此诗表面上看感情色彩似乎并不浓烈，实际上并非如此，诗中所表露的感情如浓云密布，笼罩全篇，其愤世之激情溢于言表，可谓酸辣之极。但是，金农的题画诗并非篇篇都眉头紧皱，也有疏朗清新的一面。除上面提到的《题赵承旨采菱图》外，如《饮郑氏园大醉画竹解醒并题》：

> 花气已阑人罢酒，棋声方散月当阶。
>
> 新篁一枝才落墨，便有清风生百骸。

此诗与他的酸辣诗风迥然不同，扑面而来的是阵阵花的余香。这里夜阑人静，风清月白。在沉寂中，新竹摇曳，饶有生气。而另一首《题汪六处士士慎兰竹二首》其一又极富情趣：

> 雨过深林笔砚凉，女兰开处却无郎。
>
> 柔荑骈穗多纤态，不数金陵马四娘。

这首诗以拟人手法把兰花写作一位纤细而白皙的美女，她仪态万方，可惜没有郎君相伴。由此可见，生活中的金农并非整日板着面孔、高深莫测，有时也是充满风趣的。只不过由于生活困顿和环境险恶，使他或愁眉紧锁或横眉冷对，其诗风也变得冷峻罢了。

高翔（1688—1753），字凤岗，号西唐、樨堂、山林外臣等，甘泉（今属江苏扬州）人。擅画山水，法弘仁、石涛，尤工画梅，风格疏朗，墨法苍润。也画人物、佛像。一生不仕，家贫，以卖画为生。书法工八分，晚年右臂废，以左手书，更具天趣。并精刻印，也善诗，格调清新自然。有《西唐诗抄》，惜已散佚。他的题画诗也如

高翔

其画，少奇崛而多清淡，缺少"扬州八怪"的其他画家题画诗所特有的怪放，如《题〈弹指阁图〉》：

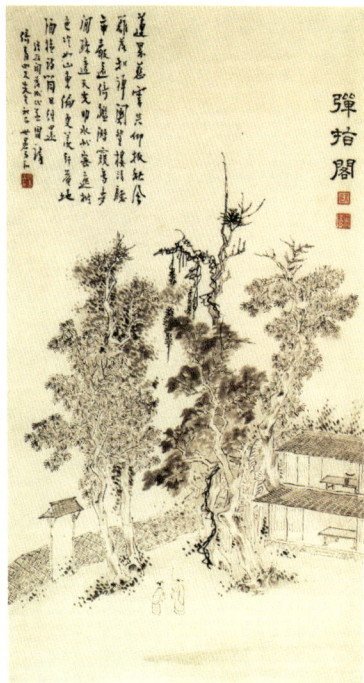

高翔《弹指阁图》

莲界慈云共仰扳，秋风篱落扣禅关。
登楼清听市声远，倚槛潜窥鸟梦闲。
疏透天光明似水，密遮树色冷如山。
东偏更美行庵地，酒榼诗筒日往还。

《弹指阁图》是一幅写实画。弹指阁地址在今扬州市天宁寺外的梅岭西园内。画面有楼阁、古树，树下有两人：一年轻者似躬身求教；一年长者头戴斗笠，扶杖而与之对语。画家没画鸟雀纷飞，只在树上画一鸟巢。说明这里人迹罕至，是鸟雀欢愉之地。古树藤萝下垂，无摆动貌，仿佛景物与时间都已凝固。此画布景不多，突出一个"静"字。题画诗紧扣画意，意境深邃，格调清雅。他的另一首《题〈春山云起图〉》说："云满山头树满溪，春风浩荡绿初齐。若教此地客高隐，我亦移家傍水西。"此诗也反映了诗人淡泊平生、安贫乐道的隐逸思想。高翔的题画诗长于近体，五、七言律诗尤佳，如《山水画册》：

平楼高极目，
小憩驻游踪。
度水林边磬，
推窗江上峰。
翠裙芳草盛，
红粉杏花浓。
指点故宅处，
蓁迷路几重？

此诗由画面景写到画

高翔《山水画册》

外眼前景，意境深远而优美。其中的颈联写远处茂盛的芳草，像一条翠绿的裙带，而浓密的杏花又像是涂上红妆的女子，比喻恰切而生动，是一副名联。另一首七言律诗《秋灯夜话图手卷》也很有韵味：

疏雨明灯夜话长，诗中有画笔生香。
篇章此日留新韵，云水前身属老狂。
窗迥静分光焰焰，榻连空拟听浪浪。
图成我亦增幽绪，竹叶离披拂短墙。

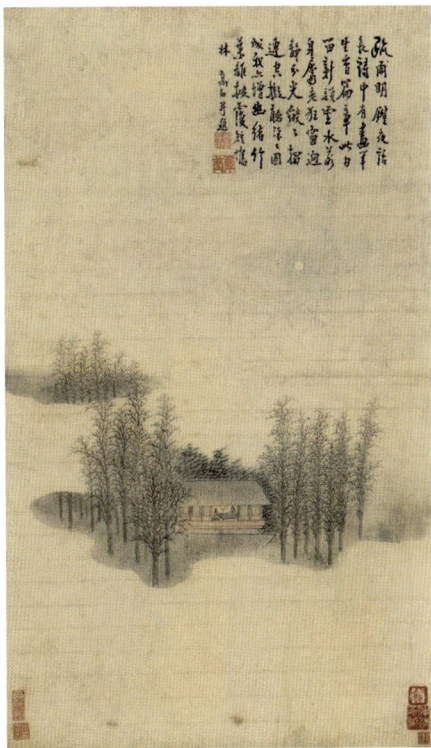

高翔《秋灯夜话图手卷》

此诗写幽绪逸情，既描绘画境，也抒写诗韵，这在自题画诗中较为少见。更值得注意的是诗人说"云水前身属老狂"，表白其作为"扬州八怪"之一画家的狂态，这说明他的题画诗也不单纯是清逸恬淡。其七绝《扬州即景图》说："最繁华地久知闻，无赖多因月二分。廿四桥头箫隐隐，玉人难觅杜司勋。"此诗化用杜牧《寄扬州韩绰判官》和徐凝《忆扬州》两首诗诗意，追忆扬州往日之繁华，透出眼前之荒寂，寄寓深沉的今昔盛衰之感慨，也是题画佳品。

李方膺

同为"扬州八怪"的李方膺，其经历和诗风却与高翔有所不同。李方膺（1695—1756），字虬仲，号晴江，又号秋池、白衣山人等，南通州（今江苏南通）人。善画松、菊、兰、竹，尤工写梅，老笔纷披而不拘绳墨，其巨幅则浑朴淋漓，士气充盈，有乱头粗服之致。所画梅花静逸清古，标格独具，别人评其为"蟠塞夭矫，于古法未有"[2]。也工诗善书。其在山东乐安知县任上遇水灾，因未申报便开仓赈济而受弹劾，后调任兰县知县，又因反对总督王士俊开垦土地扰民而坐牢。复官后，终因不肯逢迎而被诬罢职。罢官后，寄居江宁（今南京）项氏借园，自号借园主人。穷老无依，往来于扬州，以卖画为生。有《梅花楼诗草》。他作画之余，常以诗补隙，诗中多有不平之气和怀才不遇之感，如《题梅花图》二首：

> 铁干铜皮碧玉枝，庭前老树是吾师。
> 画家门户终须立，不学元章与补之。
>
> 元章炊断古今夸，天道如弓到画家。
> 我是无田常乞米，借园终日卖梅花。

李方膺一生爱梅画梅。他在住宅周围种上梅树，经常深入梅丛中进行

李方膺《风竹图》

观察、体验，所以他说"庭前老树是吾师"。他爱梅成癖，已达到神与物游、物我两忘的程度。他画梅，以梅自况，无论是老干还是新枝，都有傲岸不羁的态势，形象感极为强烈。此诗不仅明确地阐述了他的"师法自然"，不随人俯仰、自立门户的艺术主张，而且那"铁干铜皮"、傲然而立的梅花，分明是诗人形象的自我写照。如果说这首题画诗的风格还较为温婉，那么他的《题〈风竹图〉》则更为老辣：

> 波涛宦海几飘蓬，种竹关门学画工。
> 自笑一身浑是胆，挥毫依旧爱狂风。

《风竹图》作于乾隆十九年（1754），画家时年已60岁。画的是石旁几竿青竹与狂风相搏不屈貌。题诗就画意进一步发挥，道出了作者宦海浮沉，几经罢官、入狱的打击，现在虽然退出官场，人已老了，但仍"一身浑是胆"，

决不向那邪恶势力低头。另一首《题〈墨松图〉》也表达了他老而弥坚的意志，其诗是："一年一年复一年，根盘节错锁疏烟。不知天意留何用，虎爪龙鳞老更坚。"写于乾隆五年（1740）六月的《梅花图挂轴》是其题画梅诗的代表作：

我渡大海入空山，空山万树白雪颜。
攀藤穿雾登其顶，十围百尺绝等闲。
欹者欹，春星皎，横者横，春月晓。
拙者拙，神袅袅，枯者枯，老（一作光）窈窕。
形如龙，云天娇，皮似铁，香飘渺。
叹询古梅何年栽，缟衣素冠道士来。
自言九岁坐方台，曾经乾坤两劫灰。
只见梅谢与梅开，不知春去复春回。
牵衣再细问其因，化入寒烟渺无尘。
世人不识古梅面，古梅那识世间人。
寻旧梦，泪沾襟，神仙骨，古梅身。
是一是二，谁主谁宾？
言之津津有味，纵横写之恐不真。

　　这首诗直接把梅花人格化了，变成"缟衣素冠"之道士。他虽两经"劫灰"，但仍见"梅谢与梅开"。而这"神仙骨，古梅身"，实际是诗人的自我形象。他"神袅袅"，"老窈窕"，不屈不挠。这形象时而翩翩而来，时而化烟而去，似真似幻，亦虚亦实，使其写画梅诗达到极高的审美境界。但是这位一生坎坷、晚年隐于江湖的诗人并非飘然世外，而仍关心现实。试看

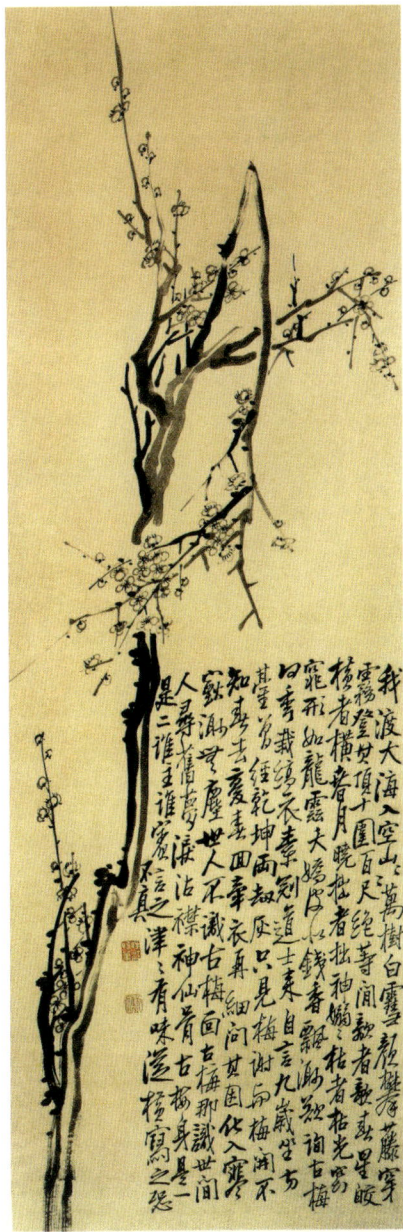

李方膺《梅花图挂轴》

821

其《风雨钟馗图挂轴》：

> 节近端阳大雨风，登场二麦卧泥中。
>
> 钟馗尚有闲钱用，到底人穷鬼不穷。

这是于乾隆十年（1745）端阳节前两日，诗人有感于风雨大作、二麦不能收获而写的一首诗。他一反常例，将原本刚正不阿、专斩鬼蜮的钟馗写成一个搜刮民财的恶鬼，发出"人穷鬼不穷"的不平呼声，表达了对人民的深切关怀。他在《墨梅图挂轴》诗中还说："挥毫落纸墨痕新，几点梅花最可人。愿借天风吹得远，家家门巷尽成春。"尽管诗人的愿望是不能实现的，但其对人民的深情厚爱却是感人的。李方膺的题画诗在艺术上也颇具特色，它不仅描绘生动，增加画中景物的动感，而且拓展并丰富了画意，如《题〈游鱼图〉》：

李方膺《风雨钟馗图挂轴》

> 三十六鳞一出渊，雨师风伯总无权。
>
> 南阡北陌橹声急，喷沫崇朝遍绿田。

《游鱼图》是描画五条鲤鱼戏水的姿态。画家以粗放灵活之笔写其神态各异，生动逼真。而题诗又发挥了诗歌不受时空限制的特点，从画面游鱼态势，联想到它们跃入绿田以后的欢快情景，并为读者展现出江南春天更为广阔的田野风光，给人以审美享受。同时，作者似以游鱼自比，隐喻自己久困樊笼，终得返归自然，表现其向往自由生活的美好愿望。

罗聘（1733—1799），字遁夫，号两峰，又号花之寺僧、却尘居士等，原籍安徽歙县，后迁居扬州。终身不仕，以卖画为生。在金农

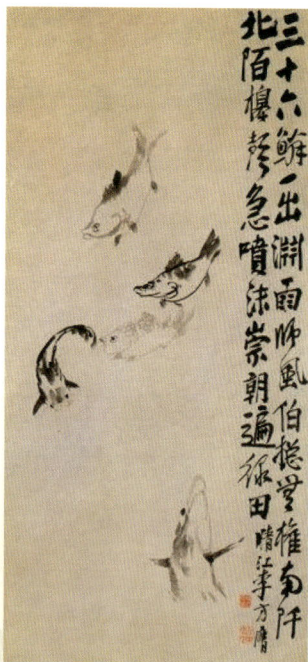

《游鱼图》

门下学画，曾为师代笔作画，"以应四方求索者"。金农曾评罗聘说："放胆作大干，极横斜之妙。"又说："笔端聪明，无毫米之舛。"他擅画人物、花果、山水，尤工画鬼。也工诗，有《香叶草堂集》。罗聘的题画诗多有讽喻现实之作，以《题〈鬼趣图〉》为代表：

罗聘

> 头重如山强步趋，鬼穷还被鬼揶揄。
>
> 几人毛发无端竖，尔辈形骸太不拘。
>
> 大手凭空扇道路，丰颐随意插牙须。
>
> 当年都是衣冠客，一凿凶门貌便殊。

这首诗的前六句都是描绘鬼的奇形怪状，从形体到毛发、牙须，颇为细致。这全是蓄势。待水到渠成，只用轻轻一笔便点题："一凿凶门貌便殊。"原来这些貌殊之鬼，当年都是衣冠楚楚之客。此诗明写阴间之鬼变，实刺世间之人变，即某些一入宦门脸就变的政客。罗聘讽刺现实的题画诗还有《题山水人物图三首》其一："竹里清风竹外尘，风吹不断少尘生。此间干净无多地，只许高僧领鹤行。"

华喦

华喦（1682—1756），字秋岳，号新罗山人、白沙道人、离垢居士等，福建上杭人。后流寓杭州、扬州。出身于贫寒的工匠家庭，自幼聪颖过人。擅画山水、人物，尤精花鸟、草虫、走兽等，是清代中叶艺术成就最高的画家之一。其画"脱去时蹊，力追古法。有时过于超脱，然其率略处，愈不可及"（《清史稿·华喦传》）。他"标新领异"的艺术风格，当时被认为"异端"，因此有人把他也纳入"扬州八怪"之列。华喦具有很高的文学修养，其诗意境窈窕，句多奇拔。顾师竹称华喦"实以诗鸣，画犹余绪耳"。也善书，其书法脱俗。世称"三绝"。有《离垢集》《解弢馆诗集》。他擅作题画诗，每画必题，题画诗是其艺术个性最集中的体现，自然淡雅，浪漫洒脱，具有很高的审美价值。

其山水类题画诗，在抒发隐逸之情外，往往注重意境和审美情趣的表现，如《题画自怡》：

> 山水有佳趣，云烟无俗情。
>
> 澹人怀道乐，森木向春荣。
>
> 结构循吾法，哦吟倩鸟声。
>
> 未论工与拙，且可惬平生。

像这样吟咏自然景物，陶醉于禽鸟和鸣中的诗篇，在他的诗集中俯拾即是，如《题山雀爱梅图》《红牡丹图》《题恽南田画册》《题松月图赠宁都魏山人》《题画》等。在这些诗篇中，他把小鸟与山水、树石互相联系起来。它们和谐共生，构成一幅浑然一体的感人艺术作品。其题人物画，题材广泛，无论是凡人庶士，还是神鬼道士，在他的笔下都栩栩如生，而尤以题画钟馗为佳，如《雨中画钟馗成即题其上》：

> 殷雷走地骤雨倾，龙凤四卷龙气腥。
>
> 高堂独坐无所营，用力欲与神物争。
>
> 案有鹅溪一幅横，洒笔急写钟馗形。
>
> 双瞳睒睒秋天星，嵬岌五岳挂眉棱。
>
> 短衣渲染朝霞赪，宝剑出鞘惊寒冰。
>
> 虬髯拂拂怒不平，便欲白日搏妖精。
>
> 吁嗟山精木魅动成把，更愿扫尽人间蓝面者。

从诗中可以看出，诗人爱憎分明，并不是一味避世的烟霞客。他十分痛恨那为非作歹的山精水怪和人间的鬼魅之辈，因而他歌颂"拂拂怒不平"的啖鬼钟馗，反复为其画像并题诗。诗中用明亮的"秋天星"来形容钟馗的"双瞳"，令一切鬼怪无处逃遁；用巍峨的五岳比喻其眉棱，用"寒冰"来状其宝剑，使其威严无比；用赪色的朝霞来描绘其短衣，使其光彩照人。比喻、夸张极富浪漫色彩，其赞美之情溢于言表。其另一首《钟馗图》说，"老髯袒巨腹，啖兴何其豪；欲尽世间鬼，行路无腥臊"，更是以"直取心肝"的手法，写出诗人欲除尽世间一切妖魔鬼怪的决心。

钟馗的豪壮之气，也是诗人的愤慨之情。

　　高凤翰（1683—1748），字西园，号南村，晚
号南阜，又自称老阜，胶州（今属山东）人。曾
任安徽歙县知县、泰州巡盐分司。久寓江苏扬州
一带。擅诗文、书法、绘画、篆刻，其作品拙中
得势，苍劲老辣。花鸟画笔致奔放，奇逸天成。
山水画雄浑飘逸，纯以气胜，为世人推重。其为
人性情豪迈，不同流俗。他的《自题小像》说：

高凤翰

"颓以唐，激以昂，不痴不狂，亦谑亦庄，是为南阜之行藏。"诗中虽有
自嘲，但也不乏自辩，当是其一生"行藏"的真实写照。其好友卢雅雨
在挽他的诗中写道："最风流处却如痴，颠米迂倪未是奇。"由于他人
奇，诗画也奇，所以有人也把他列入"扬州八怪"之一。有《南阜山人
全集》。其题画诗也如其人、其画，有异境别趣，笔调逸放，如《石梁瀑
布》：

　　　　悬溜曾看走玉虹，香炉峰下驾天风。

　　　　到今心眼留余响，才一开图耳欲聋。

　　"石梁瀑布"是浙江天台山的胜景之一。诗人为自画《石梁瀑布》画
而题诗，不仅是对画的进一步补充，而且深化了画境，使之壮阔而雄浑。
瀑布之声势，似有天助，震耳欲聋，给人以身临其境之感。还有一些题画
诗写高情逸韵，也不同凡响，如《题梅花册》中说："硃砂变相玉精神，
月底衣裳舞太真。却借梅花簇绛雪，特翻别调写阳春。"其《题左臂牡丹
图二首》更有逸情别趣：

　　　　老病为人画牡丹，吟诗坐对一凄然。

　　　　世间富贵能多少，被尔消磨四十年。

　　　　牡丹画久伤右手，更遣左手尔奈何。

　　　　此生莫怪常贫贱，两手争抛富贵多。

　　乾隆二年（1737），诗人54岁，因右臂病废，开始用左手作画，自号

"后尚左生"。《左臂牡丹图》即作于此年。牡丹，素有"富贵花"之美称。高凤翰一生喜画牡丹，然而他一生画"富贵花"却并不富贵，不断地把自己的艺术品和美好愿望献给人间，而并不计较自己"常贫贱"。高凤翰曾说："诗有异境，与奇为趣，寻常耳目不足穷其变也。"这两首诗围绕"富贵"二字，别开新境，语意双关，始而凄然思之，继而泰然处之，意蕴深婉。

边寿民（1684—1752），字颐公，号渐僧。因所居名苇间书屋，自号苇间居士，又自署六如居士、绰绰老人等。山阳（今属江苏淮安）人。善画芦雁，潇洒生动，飞鸣宿食，各得神趣，有"边芦雁"之称。间画山水花卉，也别有逸致。因人品和画风与李鱓、郑燮等人相近，所以有人也把他列入"扬州八怪"之中。有《苇间老人题画集》。诗人所作自题《芦雁图》诗较多，也颇有寄意，如《题芦雁图》：

边寿民

> 不受人间握粟呼，横空渺渺下平湖。
> 影留静渚踪难系，书破高云字欲无。
> 河朔草深多羽箭，江南水浅足菱芦。
> 凭君问讯盟鸥侣，卧稳寒塘十里湖。

此《芦雁图》作于雍正十年（1732），图上水天一色，岸边疏苇抽花，一只芦雁曲颈昂首，似呼同伴。天间一只芦雁平展双翅，头颈向下，势欲降落。两雁上下呼应，形态十分优美。而题诗则另加发挥，寄予新意，诗中"不受人间握粟呼""河朔草深多羽箭"，是说人间险恶丛生，芦雁不为诱惑而上当。其弦外之音当是此诗之主旨。诗人一生不与达官贵人往来，不

边寿民《芦雁图》

为名利所诱，特立独行，品格高尚。据载，雍正帝胤禛曾在邸中悬边寿民的《芦雁》四幅；但当有人劝边寿民入都以图进取时，他一笑置之，不为所动。因此，诗中"横空渺渺""踪难系"之芦雁，当是画家甘愿抛弃功名利禄而终老艺林的自我形象之写照。这首七言律诗将人与雁的形象融为一体，浑然不可分。写景状物，切时切地，无不紧扣芦雁之习性。格律严谨，对仗工稳，足见其近体诗功底之深厚。他的另一首《题画芦雁》中说：

> 倦羽息寒渚，饥肠啄野田。
> 稻粱留不住，老翅破江烟。

此诗写芦雁由"倦羽"栖息到"老翅"高翔，由"饥肠"到"稻粱留不住"，在对比中展现其远志，使画中之形象加以升华。它与前一首诗同为题画芦雁之佳作。其《题画芭蕉》诗以狂放之笔写芭蕉，赞其"风风雨雨朝复朝"，也有自况之意。

边寿民《画芦雁》

陈撰（1686—1758），字楞山，号玉几山人，鄞县（今属浙江宁波）人。善写生，尤精画梅，与李鱓齐名。秦祖永评其画说："此老性情豪迈，落墨布景，均极随意。"（《桐阴论画》三编上卷）因其人品高洁、诗才隽逸，黄宾虹将他也列入"扬州八怪"之中（参见《古画微》）。著有《玉几山房吟卷》《锈铗集》《玉几山房画外录》等。诗集中所存题画诗颇多，多为花卉画而题，如《题〈秋海棠〉》：

> 三千醉面蜀宫妆，恨欠留人月一方。
> 欲借吴姬过夜清，三更与子共灯光。

这首诗将海棠喻人，虽不算新颖，但诗人恨无月光相伴，只好"与子共灯光"，隐括苏轼《海棠》中"只恐夜深花睡去，故烧高烛照红妆"诗意也颇为巧妙。另一首七言律诗《梅竹图挂轴》写梅竹之高洁，也有情韵。其诗是："铁屈霜危格未奇，风光宁待作花时。半依春竹斜流影，遥带寒山正压枝。日落鳞飞添寂寂，绮飘藓绿故垂垂。路旁车马徒纷乱，世外佳人未易知。"

李葂（1691—1755?），字啸村，工诗善画，精于画山水、花卉、翎毛。因其居扬州时多，性格也狂放，故有人也把他列入扬州画派。有《啸村近体诗集》。其《荷花图轴》是自题画诗，写雪中荷花弃尽铅华，遗世独立，破冻而出，不畏严寒，颇有自比之意，借以表现其孤高的品格。其诗是："不涂铅粉不施朱，破冻芙蕖色转殊。为问君家旧花墅，雪深有此一枝无？"另有写给其恩师卢见曾的《题雅雨夫子出塞图二首》，对其被贬谪"徙塞外"的不幸遭遇寄予深切同情。诗中说："碧云红树送吟鞭，戎马书生望若仙。义重及门由从我，恩深解网帝同天。"感情真挚，感人至深。这两首七言律诗对仗工稳，格律严整，可知其近体诗之功力。

第二节　清鼎盛期其他题画诗人

沈德潜（1673—1769），字碻士，号归愚，长洲（今江苏苏州）人。论诗标榜"格调"说，早年以诗论和选家著称。有《沈归愚诗文全集》，其《唐诗别裁集》《明诗别裁集》《清诗别裁集》等流传甚广，影响颇大。但其诗多歌功颂德之作，少有新意。不过，他的有些题画诗却能抒发真情实感，并无拿腔作调的学究气，如《题簪花图小照二首》其二：

> 绣谷留春春可怜，倾城名士总寒烟。
>
> 老夫莫怪襟怀恶，触拨闲情五十年。

据载，"康熙间，苏州名妓张忆娘名艺冠时。蒋绣谷先生为写《簪花图小照》。乾隆庚午，余在苏州，绣谷之孙潇园，以图索题。见忆娘戴乌纱髻，着天青罗裙，眉目秀娟，以左手簪花而笑，为当时杨子鹤笔也。"（袁枚《随园诗话》卷六）面对如花似玉的名妓画像，这位一向道貌岸然的夫子，不得不承认自己也动了"恶"襟怀（即道学家所谓"邪念"），并且"触拨闲情五十年"。当时，还有许多名士（姜实节、尤侗、袁枚等）为这幅《簪花图小照》题诗。其中姜实节的《题簪花图》睹画伤怀，另有感慨，其诗是："六年前见倾城色，犹是云英未嫁身。今日相逢重问姓，座中愁杀白头人。"同一幅画像，不同人看了却有不同感受，这完全是诗人的心境使然。沈德潜的另一首《题画》诗写景清丽，也是佳作。诗中"夜半梦回明月上，白鱼飞破一江秋"的描写也极为生动。

厉鹗（1692—1752），字太鸿，号樊榭，钱塘（今浙江杭州）人。其诗取法宋人，是"宋诗派"代表作家，也是"浙派"领袖。善于描写自然景物，风格清新。其著述颇多，以《宋诗纪事》著称。有《樊榭山房集》，存题画诗近百首。其代表作是《过丁茜园斋观陈洪绶合乐图》：

> 春阴泥杀人，如醉不得醒。
> 东风勒花房，未破小桃杏。
> 竭来过萧斋，款语乐闲静。
> 先生澹荡姿，爱客具佳茗。
> 那用嘲水厄，颇足胜酪酊。
> 自起展缥池，射目惊秀颖。
> 一女鬋两鬟，轻红掩斜领。
> 掺手捩长笛，将吹绛唇冷。
> 一女脸如莲，黛色自修整。
> 襕褵飘回风，轻容曳烟影。
> 半扶琵琶肩，指拨试俄顷。
> 复有两女奴，鸦鬟遮瘦颈。
> 腰身十三四，背面若相请。
> 或是梁绿珠，生自双角井。

弟子得宋袆，吹笛入清迥。

或是杨阿环，合乐最机警。

凤纹逻迤槽，只有阿蛮省。

先生木石肠，伐性久已懵。

翻然持此幅，倘足娱老境。

列屋闲蛾眉，便娟笑齐瘿。

无须五斛螺，帘衣兼可屏。

　　这首诗虽然别无寄意，但所描绘的仕女情态栩栩如生，颇为动人。其吹长笛之态，弹琵琶之姿，都跃然纸上，给人以美感。他的另一首小诗《题陈楞山秋林读书图》中说："桥隐回溪树隐楞，人间有此小林坰。西风日日翻书叶，吹得数峰如许青。"此诗写景幽美，以应"秋林""读书"。西风翻书，吹青数峰，不仅将画境写活，而且充满情趣。厉鹗的题画诗也有感慨身世之作，如《题华秋岳〈浴鹅图〉》：

　　　　昙埚村中我旧过，嗔船无力因沧波。

　　　　近来颇厌书生幻，不爱笼鹅爱浴鹅。

　　昙埚村，在今浙江绍兴境内，是东晋大书法家王羲之笼鹅处。据载，王羲之平生酷爱白鹅，山阴道士好养鹅。说："为写《道德经》，当举群鹅相赠。"羲之欣然写毕，笼鹅而去。这首诗巧用此典，表示自己并不羡慕如鹅困于笼中的仕途，而喜欢像野浴鹅那样不受束缚、自由自在的生活。从"近来颇厌书生幻"一句看，这当是诗人"荐举博学鸿词科而不遇"后心灰意冷的表现。此诗观画生感，既切合画意，又借以抒发感慨。使事贴切，耐人寻味。

　　弘历（1711—1799），姓爱新觉罗，即清高宗，年号乾隆。在位60年，酷爱书画。其对中国题画诗的发展有一定贡献：一是自己能绘画，传世作品有《竹炉山房画轴》《古木竹石图》等，这不仅对绘画艺术有倡导作用，而且引来许多臣子的题诗。特别是他在位时间长，影响也较为久远。二是广泛搜集历代法书名

弘历

画，先后命词臣编纂了《石渠宝笈》《秘殿珠林》等，并且内府所藏，他都亲自审定，一一胪载，著录书体裁，使之完备。三是自己写题画诗，他流传下来的诗歌有近四万首，数目堪比《全唐诗》，其中就有大量的题画诗，虽然有的题诗难免有损古画，但也不能否定其诗作的一定价值。这不仅因为他的题画诗对于我们了解、品评古画有一定参考作用，而且能在一定程度上反映他的心志，如《题韩滉五牛图卷》中说："一牛络首四牛闲，弘景高情想象间。舐齕讵惟夸曲肖，要因问喘识民艰。"此诗以西汉宰相丙吉问牛喘之典（详见《汉书·丙吉传》），表达了诗人关心农事和民间疾苦的思想。但他的多数题画诗内容空泛，吟咏山水，一片鸟语花香，在艺术上水平也不高。

王文治（1730—1802），字禹卿，号梦楼，江南丹徒（今江苏镇江）人。工诗画，尤擅书法，与刘墉齐名，时有"浓墨宰相，淡墨探花"之称。其诗雄健，至老归于平淡。其题画诗也如此。有《梦楼诗集》《赏雨轩题跋》等。因其擅书而常为人题画，其中为画家潘恭寿（号莲巢）题写最多，如《题潘莲巢画卷》："六朝烟树接寒汀，山到金陵不断青。却望海门天尽处，数帆如豆雨冥冥。"此诗如春江新雨，一派清爽。其《题画柏》也是佳作：

> 霜皮古柏冒寒烟，曾系青牛夕照前。
> 记向华山山下见，等闲已过二千年。

这当是诗人的自题画诗。诗人画了"古柏"，似意犹未尽，于是题诗以明意，极言"古柏"之不凡，并联想到自己在华山下所见之柏，它曾系过老子当年过函谷关所骑之"青牛"，可谓想象新奇。其中"等闲已过二千年"一句，用笔于轻松中见

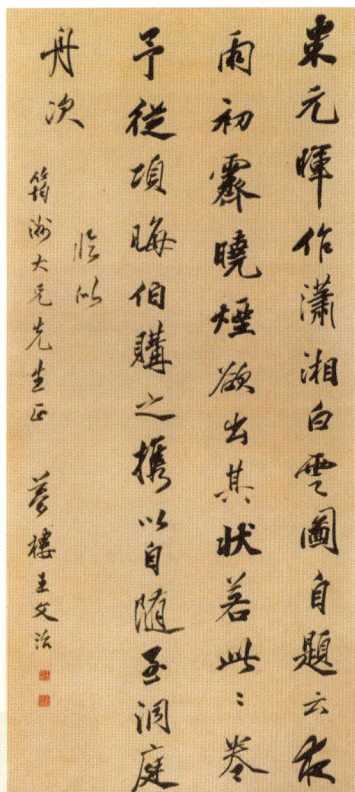

王文治书法作品

遒劲，有早年之诗风。

著名诗论家翁方纲也是题画诗人。翁方纲（1733—1818），字正三，号覃溪，顺天大兴（今属北京）人。他精于考据、金石、书法之学，是"肌理"说诗论始倡者。他说："为学必以考据为准，为诗必以肌理为准。"（《志言集序》）其诗并无创新，其题画诗也不忘言理，但也时有新意，如《题罗聘画梅二首》其二："离合神光静不分，淡浓章法可论文。珊珊玉树交襟袂，一片兜罗雪海云。"

黎简（1747—1799），字简民、未裁，号二樵、石鼎道人等，顺德（今属广东）人。性耿介，不慕荣利，一生未仕。擅画山水，工于诗词，以诗、书、画三绝称于世。晚清汪兆铨评价："不独诗名重海天，即论书画亦堪传。南州正有奇才在，三绝应须拟郑虔。"因善于以画笔写诗，所以其诗常能"诗中有画"。有《药烟阁诗抄》《芙蓉亭乐府》等。其题画诗或清峻奇恣，幽深含蓄；或色彩明丽，风格清新，各有不同特点。前者代表作有《林以善画鹰》：

> 绢素古惨淡，黑若雨竟天。
>
> 梦梦云断崖，浩浩风揭川。
>
> 苍鹰眼如鬼，光堕衣带间。
>
> 远见两肩下，竦挟秋气寒。
>
> 影失冻波底，意已孤云前。
>
> 一瞬谓其去，再瞬惊其还。
>
> 三瞬往复乱，万里自倒颠。
>
> 测彼画师心，静入面壁禅。
>
> 而使后来人，心目不得闲。

此诗虽然意在赞美明代画家林良的高超画技，但也表达了自己高远的胸襟。他的另一首《画鹰》也是借描绘画中雄鹰勇猛之姿，表明自己的不凡抱负和远大志向。诗中说："他时燕雀上，酸目见飞翻"，便是诗人自我形象的写照。以上两首诗运笔苍劲有力，诗风冷峭。清凌扬藻评价："精神气力，无不活见，竟若出少陵手矣。"代表其另一种风格的是《题画》

其一：

> 两道春洲隔水青，桃花万树日冥冥。
>
> 红衫碧草绿波底，上有浴鸥双白翎。

这首诗的色彩极为绚丽，诗人以画家之笔，不仅点出"青""红""碧""绿""白"等明色，而且暗含"桃花"之烂漫、"日冥"之余光。特别是江边游女之红衫与水中浴鸥之白翎交相辉映，更为鲜艳。并且这里生机勃勃，一派盎然之意。

这一时期诗画兼擅的题画诗人颇多。他们都有较多的题画诗问世，也不乏佳作，如张赐宁、奚冈、钱楷、朱鹤年等。其中，张赐宁的《蚕桑图轴》，奚冈的《题画绝句》，钱楷的《题山水小轴》等，或写蚕女劳苦生活，或写山光物态，都有一定特点。而朱鹤年的《破被图》是为唐稚川所作《破被篇》而绘，然后又"系之以诗"。诗中借东汉姜肱与弟弟仲海、季江同被而寝一典，既写兄弟情深，又自嘲生活窘困，颇有风趣。其诗是："十年禅榻睡魔消，留得姜肱被一条。还似霓裳初出破，青天补石月修箫。"他的另一首《题画》也清新可读。

注 释

〔1〕王昶：《蒲褐山房诗话》。

〔2〕转引自文物出版社资料室编《扬州八怪》，文物出版社，1981，第136页。

第四十四章

袁枚及题画诗"性灵派"

　　袁枚以诗人的情智咏画题诗，抒写性灵，寄意深远；以诗论家的视角赏画评画，观点独到，开宗立派，成为清代题画创作群体中"性灵派"的领军人物。在清代以画家为主的题画诗人中，他不仅卓尔不群、成绩斐然，而且在中国题画诗发展史上也是少有人能与之比肩的题画巨匠。

袁枚

　　袁枚（1716—1798），字子才，号简斋，别号随园老人，钱塘（今浙江杭州）人。早年家贫而嗜书如命。乾隆元年（1736）赴广西探亲，因撰《铜鼓赋》为广西巡抚金鉷赏识。乾隆四年（1739）中进士，改庶吉士，开始了仕途生涯。先后任溧水、江浦、沭阳、江宁等县知县。乾隆二十年（1755），他急流勇退，在金陵自置别业，筑室小仓山隋氏废园，改名随园。晚年自号仓山居士。此后，交游广泛，门生众多，成为乾嘉之际文坛上一大在野闻人[1]。与赵翼、蒋士铨并称"江右三大家"，也称"乾隆三大家"。在生活上，他通脱放浪，个性张扬，颇有离经叛道、反传统思想。在诗论上，他宣扬性情至上，主张以"情"求"性"（《书复性书后》）。强调"情"是其诗论核心。他标举"性灵说"，影响巨大，形成了"性灵派"。所谓"性灵"，其含意包括性情、个性和诗才。其中，性情是诗歌的第一要素，诗人要"自把新诗写性情"。在题画诗创作上，他不仅以抒发性灵为宗旨，创作了大量独具特色的题画佳品，而且开一代题画诗风。

袁枚不仅是一位著名的诗人和诗论家，而且工于书法，精于绘画鉴赏，也偶写梅花，是多才多艺的艺术家。有《小仓山房诗文集》《随园诗话》《子不语》等著作。他创作了大量的题画诗，初步统计有140题216首。但实际数量当远不止于此。他曾在《随园诗话》中说："古无小照，起于汉武梁祠画古贤烈女之像。……索题者累百盈千，余不能已，随手应酬。尝口号云：'别号称非古，题图诗不存。'偶然翻撷《全集》（指《小仓山房诗文集》），存者尚多，可见割爱甚难。然所存者，亦十分中之一二"（《随园诗话》卷七）。这里，袁枚所说的题画诗是指题人物诗。而在其所有题画诗中，人物类题画诗又占多数，所以从其人物类题画诗只存十分之一二看，可知当时所作题画诗数量之多。从题材看，袁枚的题画诗主要有五类：一为人物画像而题，在所题诗中比重最大；二为山水画而题，占三分之一左右；三为花卉、竹石类绘画而题，数量不多；四为走兽类绘画而题，数量较少；五是其他类题画诗，数量也少。

第一节　袁枚题画诗社会意义

袁枚人物及画像类题画诗除某些应酬之作外，大都具有一定的社会意义，如《题史阁部遗像有序》：

> 像为蒋心馀太史所藏，并其临危家书，都为一卷。书中劝夫人同死，托某某慰安太夫人，末云：书至此，肝肠寸断。

> 每过梅花岭，思公泪欲零。
> 高山空仰止，到眼忽丹青。
> 胜国衣冠古，孤臣鬓发星。
> 宛然文信国，独立小朝廷。

> 已断长淮臂，难挥落日戈。
> 风云方惨淡，天子正笙歌。

四镇调停苦，三军涕泪多。
至今图画上，如盼旧山河。

且喜家书在，银钩字数行。
凄凉招命妇，宛转托高堂。
墨淡知和血，篇终说断肠。
当时濡笔际，光景莫思量。

太师留画像，交付得欧公。
展卷人如在，焚香礼未终。
江云千里外，心史百年中。
怕向空堂卷，霜天起朔风。

这四首诗是为悼念史可法而作。史可法，崇祯时进士，累迁右佥都御史。后李自成灭明朝，他在南京拥立福王（弘光帝），加大学士，世称"史阁部"。清军南下，他坚守扬州孤城，城破自杀未死，为清兵所执，不屈就义。扬州人民在城外梅花岭筑衣冠冢，以为纪念。这组诗的第一首总写对史可法的悼念之情；第二首写其当年抗清的悲壮场面，但一边是将士浴血奋战，另一边却是天子笙歌；第三首写遗书宛在，劝夫人同死，慰安高堂；第四首回应画像，展卷思人，焚香祭拜。此四首诗虽各自成篇，但对英雄的敬仰之情一以贯之，不仅歌颂了史可法的民族气节，而且抒发了诗人的爱国深情。全诗既有完整的叙事性，又有浓郁的抒情性，情景交融，颇为感人。又如《题柳如是画像》：

《柳如是画像》

生绡一幅红妆影，玉貌珠冠方绣领。

眼波如月照人间，欲夺鸾篦须绝顶。

怀刺黄门悔误投，遗珠草草尚书收。

《党人碑》上无双士，夫婿班中第二流。

绛云楼阁起三层，红豆花枝枯复生。

斑管自称诗弟子，佛香同事古先生。

勾栏院大朝廷小，红粉情多青史轻。

扁舟同过黄天荡，梁家有个青楼样。

金鼓亲提妾亦能，争奈江南不出将！

一朝九庙烟尘起，手握刀绳劝公死。

百年此际盍归乎？万论从今都定矣。

可惜尚书寿正长，丹青让与柳枝娘。

　　这首诗热情地赞颂了明末名妓柳如是的高尚情操，也鞭挞了钱谦益屈节降清的行为。柳如是工于诗画，钱谦益娶为妾，曾为之筑绛云楼。明亡时，她"手握刀绳劝公死"，表现了她在国家危亡之际劝夫殉国的凛然大义，可比之南宋助夫抗金的梁红玉。此诗词彩华赡，声情并茂，其中"勾栏院大朝廷小，红粉情多青史轻"两句，既写出了风尘女子所处社会的人情世态，也喊出了人间之不平，可谓全诗之警策。袁枚人物类题画诗反映生活面颇为广泛，如《为保井公题摇鞭图》也主要是写人物的：

广陵城中花十里，龙楼凤阁参天起。

婆罗争舞《踏摇娘》，琵琶唱断《安公子》。

公子烟花最擅场，起家三十侍中郎。

羊侃筝人夸爪甲，夏王车马斗重抓。

东方日出乌啼早，美人争试丝桐好。

漏水能知夜短长，海棠留得春多少。

白马紫游缰，来游大路旁。

初看《小垂手》，再弹《陌上桑》。

听来天上《回波乐》，谁是吴儿木石肠！

一声鞭响垂杨处，人如蝴蝶花边去。

不闻小海扣歌舷，但见斜阳满高树。

豪竹哀丝尽不欢，请君少驻再盘桓。

谁知望断楼头妇，西北浮云总不还。

保井公"自号'四乡主人'，盖言睡乡、醉乡、温柔乡、白云乡也"（《随园诗话》卷五）。此诗是描写这位"四乡主人"在"温柔乡"的游冶生活，客观上也反映了当时扬州的繁华和纨绔子弟日夜寻欢作乐的社会面貌。在袁枚的诗文中，一向不避男女之情事，他认为"情之最先，莫如男女"。又说："阴阳夫妇，艳诗之祖也。"（《再与沈大宗伯书》）所以，此诗也不妨看作所谓"宫体诗"。但诗人在结尾说："谁知望断楼头妇，西北浮云总不还。"又似有讽意。而《题骆秀才乞食歌姬院图》讽刺的锋芒更为尖锐，试看其一："乞食平康一笑生，衲衣手板拜卿卿。此中定有怜才者，较胜王侯门下行。"

袁枚人物类题画诗有许多艺术特点，其中最突出的特点是着力表现人的真"性情"，这也和他的艺术主张是一致的。袁枚认为，诗应以言情为主，只有真情才能动人。他说："诗家两题，不过'写景言情'。我道景虽好，一过目而已忘；情果真时，往往于心而不释。"（《随园诗话·补遗》卷十）又说："情欲信，辞欲巧。"（《钱屿沙先生诗·序》）为此，他提倡情欲的合理性，并公开宣称："袁子好味好色"。在他的人物类题画诗中，便有许多写男女风情的作品。在《题张忆娘簪花图》中，他赞美苏州名妓张忆娘"色艺冠时"，说："百首诗题张忆娘，古人比我更清狂。"还说："繁华逝水春无恨，只恨迟生杜牧之。"这些都是诗人真情实感的自然流露。诗人对自己昔日钟情的女子更是一往情深，在《题天平揽胜图为珊珊女子作》中，既有对与珊珊同游天平山的描写（如"云压裙钗湿，风吹环珮鸣"），又有对往昔缠绵生活的回忆（"灯残还问字，吟罢始梳头"）。诗人毫不矫情，尽吐自己由衷思念之情。

袁枚写风情、爱情敢于离经叛道，突出真情；同样，写骨肉亲情也以情真意切取胜，如《曼亭画牵衣图送儿出门又索诗》：

垂老别儿，人情可知。

儿行次且，牵父之衣。

父曰嗟，予子行役，稻粱之谋。

岂不尔思，势不可留。

吾不能负剑辟咡，踦闾而语；

又不能如影逐形，步步随汝。

乃染我笔，写牵衣状；

乃击我缶，听尔翁唱。

愿江水汤汤，儿行无恙。

尚慎旃哉！有白发倚门而望。

不必陟岵，而开卷见父；

不必趋庭，而如闻叮咛。

登思子之台兮，何月色之皑皑兮！

读《庭诰》之文兮，宁若此之清且真兮！

这首诗似受汉乐府《妇病行》《孤儿行》以及杜甫《垂老别》的影响，所不同的是，此诗并非意在讽喻现实，而主要是为了表现慈父的爱子之情。诗中的父亲形象真实而感人，其对儿子的关心无微不至，丝毫不让慈母。

袁枚写友情类题画诗同样真挚感人，不乏激动人心的作品。在其近7000 首诗中，"大部分为送往迎来伤离悼死之作。当日得名，主要靠这类作品。"（周本淳《小仓山房诗文集·前言》上海古籍出版社，1988 年版）如《蓝士贤刺史乞病归以画像四幅属题》便有真情实感，诗中说："毋使我公归，颇闻苍生忧。安得生黄金，铸像从公游。"这当是发自肺腑之言，绝非一般临别时的客套话。

这类题画诗的另一个特点是为了突出人物形象，他善于抓住人物的特征，如《题鲁星村小像》：

爱春风，不戴笠；爱徐行，不著屐。

披上一衫青，张开两眼白。

胸中忙杀几首诗，旁人不知谓闲立。

这首诗在写鲁星村外貌、衣着特点的同时，也透出性格特质，他行为潇洒，风度翩翩。"两眼白"，写其鄙夷俗事；"胸中忙"，写其善于构思新诗。由表及里，复由内至外，使人物形象呼之欲出。

袁枚人物类题画诗的第三个特点是语言通俗，诙谐有趣，如《题冬心先生像》：

彼秃者翁，飞来净域。

怪类焦先，隐同梅福。

嗜古得其三昧，观书能穷八录。

画之妙，可以上写天尊；

诗之清，可以声裂孤竹。

然而觭耦不仵，嶔崎历落，

好雄恶雌，污群洁独。

忽共鸡谈，忽歌狗曲；

或养灵龟，或笼蟋蟀。

挥甘始之金，餐李预之玉；

识齐桓公之尊，畜童汪锜之仆。

梁鸿毕竟无家，叔夜终于忤俗。

一旦化去，公归不复！

谁把生金，铸他芳躅！

有弟子分两峰，洗手天河，描成此幅。

充充古貌，襜襜奇服。

其志偲偲，其神愣愣。

手贝叶经，似读非读；

曳鞅鞸履，欲缚不缚；

须连蜷以离披，目睕睒而凝瞩；

贾逵之衣圭齐肩，张融之革带至骼；

点三毫而辅颊宛然，取侧影而精神愈足。

观点无小无大，皆啮曰：此冬心先生之真面目。

于是妒者笑，思者哭，慕者仰，拜者伏。

悬诸中堂，而一醉一杯；

当作佛像，而三熏三沐。

虽然，吾不美夫死后之孙叔敖，而独贤乎纸上招魂之楚宋玉。

这首长诗虽有几处用典，但文字通俗晓畅，洋洋洒洒，既似赞美，又似调笑。然而，就在这种近乎戏谑的文字中，却把著名画家兼诗人金农的形与神表现俱足。但是，在袁枚那似乎诙谐的题画诗中，有时也能表现令人心酸的主题，如《牵车图》：

> 许沧亭观察绘图，将一家人物器用尽置车上，主人负长绳曳之而走，有持鞭者暗中笞督，盖亦借图醒世之意。

全家置一车，主人牵以走。
车中坐妻孥，车傍立仆妇。
车头载尊罍，车尾曳箕帚。
更有暗中神，持鞭督其后。
虽休勿能休，自辰直至酉。
日暮途穷时，精神难抖擞。
犹有眷恋心，一步一回首。
试问牵车人，何如车上狗？
狗态尚安闲，汝身能逸否？
但愿绳忽断，牵覆车中酒。
或者醉糟中，一笑且放手。

这首诗虽然写得有些油滑，但却揭示出一种社会现象，即许多人为家庭所累，不得不辛苦奔波，不知何时是尽头。并且更发人深思的是，在他们的背后，还有"持鞭者"在笞督。这不仅揭露了社会的表象，而且指出造成这种对立的深层原因。因此颇具醒世意义。此诗不用典，不藻饰，文字浅近，几近口语。

袁枚一生"沉溺于山水嬉游，祖国江山的奇丽，被诗人摄入篇中，形诸笔端，如得江山之助，几于前无古人"[2]。因此，他创作的山水类题画诗也比较多。其中较有代表性的作品如《题袁蕙缠〈南湖图〉》：

吾宗有贤者，一见使人古。

学为汉唐文，笔力如牛弩。

屡困公车试，再上惭不武。

示我《南湖图》，其中有衡宇。

将终老于斯，萧然乐环堵。

我偶展丹青，恍若游玄圃。

苍苍远峰蹲，落落长松舞。

闲倚石为梁，静看云出府。

花影人过桥，水声舟荡橹。

平生未读书，此间真可补。

直是羲轩民，岂徒羊求伍？

非饮山泉甘，那知井泉苦。

寄语樵父仙，我来风莫阻。

拟到溪流边，同把游鱼数。

　　虽然这首诗写山水的句子并不多，但也颇为形象生动，其中"苍苍远峰蹲"至"水声舟荡橹"六句，不仅描绘出山水动态之美，而且透露出诗人心态之闲，全诗所表现的也是隐逸之志趣。另一首《题画》诗说："茅屋千竿竹，农歌四面邻。桃花源自在，只少问津人。"同样反映了诗人向往田园生活的情趣。

　　袁枚山水类题画诗也表现山水之神韵，给人以审美享受。他在《何秀才将出售园林画图属题》中说："山虽已卖空存画，卧可常游转胜居。修葺不需题咏满，子孙开卷即吾庐。"诗人认为，有山水画图在，即使不再拥有天然之美，也能借助画图来弥补山水之不足，同样可以用来娱情养性。这类题画诗的艺术风格一般表现为清新恬淡，如《题画》：

　　　村落晚晴天，桃花映水鲜。

　　　牧童何处去，牛背一鸥眠。

　　这首小诗写村落晚景，晴空如洗，桃花映水，光鲜照人。而牧童不在，只有鸥眠牛背，令人感到格外宁静。全诗空灵新巧，颇有韵外之致。但是袁枚山水类题画诗也不乏气势豪壮、意境高远的诗篇，如另一首《题画》：

> 万里惊风浪拍天，桅竿易断缆难牵。
>
> 是谁独立高峰上，摇手人家莫放船。

这首诗写风疾浪高、惊心动魄，而"独立高峰"、力挽狂澜者，当是诗人之化身。又如《题曹麟书学士天下名山图即送其乞假归里》中的一段描写："八十七岁学士何处来？方瞳绿鬓颜如孩。意欲吞尽齐烟九点上天去，故把名山幅幅都安排。左手抱昆仑，右手拍洪厓，使我一见心惊猜。疑是夸娥之神负山至，又疑徐福之船从海回。那知朱家为兄剧孟弟，当年鸡坛同歃长安街。长安李夫子，宏奖诸仙才。夷门大会敦盘盛，谁执牛耳升高台？"这虽然是写曹学士老当益壮之气概，但也反映了诗人磅礴之气势，风格颇为遒劲。而另一首《故人刘鲁原起官甘肃以乘风破浪图属题》则慷慨悲壮，其诗是：

> 西凉地势青天上，万里长风沙作浪。
>
> 刘侯将往索题图，我未挥毫先惆怅。
>
> 忆昔长安听雨眠，彼此金鞍美少年。
>
> 卷中须鬓何曾有，灯下杯盘尚宛然。
>
> 挥手一为别，苍茫事难说。
>
> 大海几回波，落花万重雪。
>
> 君拖墨绶领横塘，予亦寻春返故乡。
>
> 同谈往事烧红烛，代发仙符捉凤皇。
>
> 此时面目图中好，谁知人向图中老。
>
> 误入桃源走逆风，船篷吹堕烟帆倒。
>
> 卷浪重来气转雄，昆明劫后此心空。
>
> 半生披发横磨剑，竟挂崆峒第一峰。
>
> 男儿爱听《甘凉曲》，全家饱啖黄羊肉。
>
> 会看西域起班超，那羡南朝有宗悫！
>
> 三十年来一故人，《阳关》不唱已沾巾。
>
> 况今真个阳关去，争使歌成不断魂！

这首诗将画中所记之往事与观画之感慨联系起来，时而写画境，时而说今事；时而惆怅，时而激昂。既歌赞友人之壮志，又抒写自己之豪情。诗人说："半生披发横磨剑，竟挂崆峒第一峰。男儿爱听《甘凉曲》，全家饱啖黄羊肉。会看西域起班超，那羡南朝有宗悫！"这便把诗人要立马横刀效命疆场的雄心淋漓尽致地表现出来。心高而气壮，这也决定了此诗高亢的基调和豪放的风格。

在花卉、竹石类题画诗中，既抒发诗人的情怀，也关涉时弊，如《题罗聘画梅二首》其一："素屏对影论高格，俱是东风第一枝。不取人看颜色似，冰霜却是两心知。"此诗既赞罗聘画梅之高格，也写诗人与画家"两心"之高洁。又如《题何春巢卖花图》四首其四："十户中人赋莫夸，珍珠一斛更豪华。扣篮我欲低声问，可有人间解语花？"这首颇似白居易的《买花》，所不同的是白诗是"田舍翁""低头独长叹"："一丛深色花，十户中人赋！"而此诗则是诗人"低声问"："可有人间解语花？"诗人问花，而花不解语，其关心民瘼之心无人相知，而更显孤寂。这又和欧阳修的"泪眼问花花不语，乱红飞过秋千去"的无限伤春自有不同。

袁枚题花卉类题画诗也有写友情的，如《题故人画》：

> 几番怕见晴江画，今日重看泪又倾。
> 十四幅梅春万点，一千年事鹤三更。
> 高人魂过山河冷，上界花输笔墨清。
> 听说根盘共仙李，暗香疏影尽交情。

这首诗写梅怀人，感情悲怆，可知诗人与画家李方膺（号晴江）友情之深厚。此诗构思精巧，对仗工严，其中"十四幅梅春万点，一千年事鹤三更"一联，为人广为传诵。如果说这首诗的风格苍凉沉郁，那么其《题梁景山画竹送往和州》则为萧散豪宕：

> 景山先生春满手，笔底烟云无不有。
> 画石能移泰华来，画泉能使波涛走。
> 随园有绢二丈长，先生为写千簮筤。
> 顷刻堂上绿成海，疑有么凤随风翔。

画毕匆匆辞我去，云将采石矶边住。

欲取长江作砚池，好教万象归毫素。

果然高士自不群，人间逼仄难栖身。

看他来去飘然意，便是潇湘水上云。

诗人眼里的画家梁景山虽然能驱石走泉，挥洒自如，"欲取长江作砚池，好教万象归毫素"，似有冲天之豪情，但是他所生活的现实却处处有碍，难以栖身。这又于"飘然意"中透出一丝感伤。

袁枚走兽类题画诗也多有杰作。一类是为画牛羊而题，另一类是为画马而写。前一类如《尹宫保幕府钮牧村骑牛图》其一："濛濛杨柳烟，萧萧杏花雨。山村是谁家，牧童相尔汝。朝骑一牛去，扣角歌乌乌。暮骑一牛归，两角挂《汉书》。骑牛何处往，道看新苗长。日落无人声，云中山泉响。"如果说此诗是一曲田园牧歌，那么他的《题邹若泉牧羊图二首》其一则是一幅白草黄沙图：

白草黄沙望眼迷，荒荒落日雪山西。

群羊似解孤臣意，翘首南云一剪齐。

这首诗是写苏武牧羊的传统题材，融情入景，通过漠漠黄沙和荒荒落日渲染悲凉的气氛。诗人不直写苏武的思乡之情，而写羊解人意，一齐翘首南望，似更为感人。

画马类题画诗则更多以画马讽喻现实，反映现实较为深刻，如《养马图》中说："养马真同养士情，香萁供奉要分明。一挑乌草三升豆，莫想神龙轻死生。"如果说这首诗只是讽喻统治者不能赏罚分明，"糟糠养贤才"，那么另一首《洗马图》则把矛头直指最高统治者：

龙驹卷浪刷毛衣，高坐支公兴欲飞。

笑杀三郎豪气少，温泉只解洗杨妃。

这四句诗分别写了四种人：首句以马喻人，写贤才；二句写爱马的晋高僧支遁，代表知马者；三句写开元皇帝李隆基，代表善治世的最高统治者；四句写李隆基的爱妃杨玉环，代表受宠者。其中的"支公"为承上启下者，他一方面看到"龙驹"卷浪自洗身毛而兴奋；另一方面又为所谓一代明君不知爱惜人才而只解风情感到愤愤不平和无奈。诗人选用典型的人物和对比手法写事言理，既有普遍性，又具深刻性。

袁枚的题画马诗也有风格豪放的作品，如《题奇方伯天马行空图》：

> 天马西极来，张眼不见地。
>
> 但逢英雄人，长鸣便吐气。
>
> 丽川先生性倜傥，一见骅骝即奇赏。
>
> 骑上空中自在行，两耳惟闻风雨响。
>
> 群驹望之心胆寒，一齐蛰伏仰头看。
>
> 是人是马不可辨，但见空中云气飞漫漫。
>
> 我闻李卫公，曾上青天骑白龙。
>
> 手洒葫芦三滴水，顷刻四海生春风。
>
> 又闻李邺侯，幼时能向空中游，
>
> 阿母怕教成仙去，特搏葱蒜相遮留。
>
> 先生身际明良会，那用驰驱出边塞？
>
> 不是鸣銮赴早朝，便来江海摇旌旆。
>
> 画出丹青若有神，分明肝胆向人真。
>
> 只怜逐电追风足，难救拖泥带水人。

这首诗气势豪雄，想象丰富，颇具浪漫色彩；但结尾处却道出了诗人之惋惜，画家虽然能画出"逐电追风"之天马，而自己却久沉下僚，不得重用。此诗的主题仍是感叹英雄无用武之地。

第二节　袁枚题画诗艺术风格

袁枚的题画诗题材较为丰富，除上述四类外，还有许多行旅、读书、琴棋、故实、宴集类题画诗，其中最为新颖的是《题万华亭持筹握算图》：

十万贯钱撑屋破，面有银光奴两个。

衡石铿铿声不停，貂裘者谁拥几坐。

疑是汉时桑大夫，牢盆手握算锱铢。

又疑梁朝萧阿六，紫标黄标自辜榷。

谁知乃是华亭子，贫儿骤富画图里。

描写铜山付渺茫，我怜其意笑不止。

君不见，金堂玉几居王侯，屏风翻画白蘋洲？

以有易无互相美，世间万事多环流。

又不见，古荓之国以梦为是觉为非，

梦中得鹿尚可喜，何况开卷即见青趺飞！

黄禾起赢马，有钱始作人。

求之不得画之得，匹如纸上呼真真。

三十六炉铸横财，登时张说称名臣。

吁嗟乎！凌烟阁，辋川图，此类丹青俱可无。

不若王戎真简要，一把牙筹自写照。

　　这首诗是写画家梦想"骤富"而画《握算图》。他"钱撑破屋"，自己拥裘端坐看伙计算钱。这正所谓"求之不得画之得"。于是诗人感叹道："凌烟阁，辋川图，此类丹青俱可无。不若王戎真简要，一把牙筹自写照。"这是调笑，还是讽喻；是画家梦想，还是诗人另有寄意，颇耐人寻味。不过诗中说："黄禾起赢马，有钱始作人"，"三十六炉铸横财，登时张说称名臣"，却较为深刻地揭示了金钱主宰一切的现实，也在客观上反映了资本主义萌芽的社会生活。另一首《悔轩太守长淮利涉图》也是反映现实之作。此诗写黄、淮水灾，"鱼头赤子相比肩"，太守"救灾如救野火燃……非身亲到心胡安？"诗人赞美"煜煜史册相留传，以公作配何惭焉？"此诗描写具体生动，较好地塑造了爱民如子的太守形象。

　　袁枚的几首写听觉的题画诗，如《美人弹琴图》《题茗生桐下听箫图》《孙晋山幽涧鸣琴图》《蔡吕桥江楼唤鹤图》《到和州题宋刺史竹梧清啸图》等也很有特点，试看《孙晋山幽涧鸣琴图》：

> 与君不相识，开卷有琴声。
>
> 花下七弦响，溪边一水鸣。
>
> 曲终松子落，风定月华生。
>
> 我欲师襄访，移情海上行。

这首诗几乎全篇都在写声音，通过似乎能听到的琴声而使诗人与善鼓琴的画家相知。这里明写的有七弦响、溪水鸣，暗写的细微声响还有轻轻的松子落地声和飒飒风声，还可想象将要渡海的波涛声。画家将"鸣琴"画作无声画，颇为不易。绘画是一种造型艺术，画家善于写形，而不可能写声；但是这并不等于画家无所作为，高明的画家却可以通过惟妙惟肖的动作或形态来暗示声音。因此唐玄宗曾夸赞李思训说："卿所画掩障，夜闻水声，通神之佳手也。"（《唐代名画录》，《美术丛书》2集6辑）不过，绘画的表现手法毕竟有限，有时它不得不让位于诗歌。诗歌是语言的艺术，可以把"无声画"化作"有声诗"。对于绘画与诗歌的区别，18世纪德国美学家莱辛在《拉奥孔》中曾有过详尽的论述。他认为，绘画凭借线条、色彩，描绘那些同时并列空间的物体，所以不宜于处理事物的运动、变化与情节；而诗歌通过语言和声音，叙述那些持续于时间的动作，所以诗歌不宜充分地、逼真地描写静止的物体。（《拉奥孔》第10、21章）但是，如果将绘画和为画所题的诗结合起来，二者互补，便会收到相得益彰的艺术效果。很显然，袁枚的这首为《孙晋山幽涧鸣琴图》所题的诗，便做到了这一点。当然，要把"无声"化作"有声"，还要读者通过自己的艺术修养和丰富想象来完成。另一首《美人弹琴图》则是通过写弹琴来倾诉相思之苦：

> 今夕何夕银河明，单凫寡鹤升天行。
>
> 幽兰花开碧云断，美人独坐难为情。
>
> 一张青琴当郎抱，不肯无人轻有声。
>
> 疑是卓文君，仿佛赵飞燕。
>
> 义髻浓梳洛水妆，烟华摇荡香云鬟。
>
> 织罢流黄手爪伤，久疏云雨朱弦变。
>
> 荡子去关山，乌啼蕙草残。

孤鸾欲作语，对镜发长叹。
不愁明月空床冷，只恨《阳春》识曲难。
何处分钗王敬伯，何时按拍董廷兰？
北斗离离挂寒碧，妾心宛转与琴诀。
一片《潇湘》指上波，万重幽涧花间雪。
弹毕还将古锦包，曲终不觉衣裳湿。
四弦三调本凄凉，琴语琴心暗里藏。
只描一幅相思态，寄与千秋播搭郎。

这首诗将景物描写与女主人的琴语怨声联系起来，既以景寄情，复以声传情，乌啼花残，大有美人迟暮之感。思妇对郎的思念，不独空床难守，更在于琴音无赏。这是思妇用心谱写的曲，和泪而唱的歌，悲悲切切，令人荡气回肠。

故实性题画诗《龙山慈孝堂图为鲍肯园题》写宋末鲍氏父子夜行，父为贼缚，缚至树头欲杀，而儿自草间泣拜，愿替父死。群贼受感动，父子得重生。其后人建慈孝堂以纪之。诗人感叹：“呜呼！君不见武梁祠上图群贤，慈容古貌传千年。男儿生世间，得传孝义名，又何必身标麟阁，貌画凌烟？”此诗句或长短定错，很像叙事性很强的散文诗，但情真意切，颇为感人。另一首故实性题画诗《为王寿峰题〈向天图〉效玉川体》是袁枚最长的一首，长达907字，也当是中国题画史上最长的一首七言歌行体题画诗。这首诗从“楚大夫”屈原的《天问》写起，历数历代皇帝老儿、文人墨客以及神仙方士，驱尽天上日月星辰，然后以嘲笑的口吻得出结论：天帝自顾不暇，“那管人间干啼湿哭诸沙虫！”又说：“碧天若有情，早已老成翁。太阳若下坐，何以烛苍穹？”如此大胆地否定神仙皇帝的言论，颇为奇诡。诗人才力纵横，直逼卢仝的险怪诗风。

第三节　袁枚对题画诗发展的贡献

在袁枚的题画诗中，也有一些自画自题诗，如《画》：“处处种幽兰，朝朝对牡丹。主人心未足，自画一花看。"此外，凡在诗题中未标出画作者或画名者，很可能也是自题诗。这说明，袁枚对于绘画不仅精于鉴赏，而且能亲自作画。这样，袁枚对中国画以及中国所特有的题画诗的感悟就更深一层。他以画家的眼光来品评诗歌，以诗人的身份来鉴赏绘画，又以诗论家的视角来评论题画诗，三者集于一身。这是以往任何一位题画诗人所不能兼备的，特别是作为一代诗论大家，更是一般题画诗人所不可比拟的。因此，无论是评论绘画，还是评价题画诗，都独具只眼。概言之，其对题画诗发展的贡献主要表现在以下三方面。

其一，对绘画理论的建树。袁枚在《品画》诗中说："品画先神韵，论诗重性情。蛟龙生气尽，不若鼠横行。"这首诗不仅以一个绘画接受者的身份提出了品画时的"神韵"问题，而且从一个诗论家的角度论述了诗"重性情"的观点。而更为可贵的是，他还把画之"神韵"与诗之"性情"联系起来，指出二者之不同。但是，画之"神韵"与诗之"性情"并非对立的，他在《题罗两峰〈鬼趣图〉》其二中又说："画女必须美，不美情不生。画鬼必须丑，不丑人不惊。美丑相轮回，造化即丹青。"这里的"画女必须美"中的美既包含形似，又包含神似，即富有"神韵"，这样才能以情感人。同样，"画鬼必须丑"，也是强调既写其形，又要突出其"神"，唯其如此，也才能使人情感震惊。因此，画之"神韵"与诗之"性情"不是割裂的，而是互相联系、互为依存的辩证关系。而美与丑的轮回，也不单是美与丑的自身变化，而是随着其"神韵"的变化，人的好恶也随之变化。这首诗不仅谈了诗人的审美理想，而且论及审丑艺术。其实，他论诗又何尝不注重"神韵"呢？在《再答李少鹤书》中说："足下论诗，讲'体格'二字固佳。仆意'神韵'二字犹为要紧。'体格'是后天空架子，可仿而能；'神韵'是先天真性情，不可强而至。"因此，他在谈诗论画时，往往要求诗风与画境的神韵合一。

袁枚对不同类型绘画的神似与形似有不同的要求，一般地说，对山水画更强调写意，往往把再现的精确性让位于表现的模糊性，这一点与前人似乎没有多大不同，如《题钱玙沙编修〈峰青草堂图〉》中说："汉水淡含三楚白，君山分作几船青。"写水突出汉水之广远而淡白，写山则突出君山之星罗棋布而颜色青翠，都是写其神。但是对人物、仙佛画，他却强调形神并重，在《题金正希先生画达摩图》中说："画作达摩面壁形，高坐枯龟呼不应"，是写形；而"先生画佛即画心，直是诚通非貌敬"，则是写神。正因为画中之"达摩"形神兼备，所以"较彼蒲团枯坐人，禅理文心果谁胜？"不过，他更看重写真画的形似，在《戏题小像寄罗两峰》中说："我亦有二我：家人目中之我，一我也；两峰画中之我，一我也。人苦不自知，我之不能自知其貌，犹两峰之不能自知其画也。毕竟视者误耶？画者误耶？或我貌本当如是，而当时天生之者误耶？"袁枚的话虽然不免有戏谑的味道，但其反对"得神忘形"之意是很明显的。这说明，袁枚主张人物画要在形似的前提下追求神似；否则，画像不知是谁，也就失去了神似的意义。

其二，对题画诗写作经验的总结。题画诗既然是以绘画为题材或媒介的诗歌，一般都要对绘画做出描述，往往体现一种空间感。袁枚认为，最妙的题画诗妙就妙在能写出画面的从容之动美与旷远之静美以及画面构思之奇美。不写画家具有哪些具体的技艺，却通过笔下瞬间盛开的百花，内寓技巧之高超；不写画中何山何水，反写画家创作前如何选取题材，用以暗示画中山水有集千万灵秀于一身之美；不说画家画山水如何有新意，而是用少妇淡扫蛾眉迎夫婿之喻点出其旧中出新。这样的题画诗都是从侧面落笔、从小处着眼，即小见大，乍视似平淡无奇，而细品味之，则余韵无穷。这既淡化了空间感，又增加了审美意蕴。他的这些观点和他论诗的"性灵"说是完全一致的[3]。

其三，对题画诗体裁运用的见解。他认为，题画诗的体裁必须与画家的风格相吻合。他说："某画《折兰小照》，求题七古。余晓之曰：'兰为幽静之花，七古乃沉雄之作；考钟鼓以享幽人，与题不称。若必以多为贵，则须知米豆千籝，不若明珠一粒也。"（《随园诗话》卷十四）袁枚诗首推七古。友人求题七古，当是择其所长。但袁枚认为，七古这样的诗体适于用题写雄风雄放的作品，不宜题写那些表现恬淡美的花卉画。但也偶有例外，其《题童二树画梅》，却用七古体，其诗是："一只小艇划春绿，一枝仙笔画梅花。画成梅花不我贻，远寄瑶华索我诗。我未见画难咏画，高山流水空相思。吾家难弟香亭至，口说先生真奇士。孤冷人同梅树清，芬芳人得梅花气。似此清才世寡双,自然落笔生风霜。杜陵既是诗中圣,王冕合号梅花王。愧我孤山久未到,朝朝种梅被梅笑:如此千枝万枝花,不请先生一写照。"童二树",即清代画家童钰,字二树。袁枚认为,童钰天资超绝,逸气奔放,是"真奇士",所以可以为他的花卉画"作七古题画,叠滇字韵百余首,与古梅槎枒,同摇风云"(《袁枚童二树诗序》)。

袁枚诗首推七古,张维屏赞为"才华丰赡"(《国朝诗人征略》)。其题画诗虽然七古较少,但也充分体现了词藻奇丽和凄艳美的特点,如代表作《题柳如是画像》,以钱谦益为反衬,表现女中豪杰柳如是的高尚节操与超人胆识。于富艳的词采中透出悲凉,哀宛动人,使人肃然起敬,真可与吴伟业的《圆圆曲》相媲美。又如《题曹麟书学士天下名山图即送其乞假归里》《为王寿峰题问天图效玉川体》等,如"天魔献舞,花雨弥空"[4],真令人眼花缭乱。此等七古题画诗,足可为后人范式。其以七言为主,参以杂言的《题吴秀才醉竹歌》"只将寻常话作诗",写得颇为洒脱:

> 竹醉露,人醉酒。
>
> 诗人生在竹醉日,似与此君相识久。
>
> 科头独坐万竿中,奴奉酒壶不放手。
>
> 把竹数一枝,取酒斟一斗。
>
> 浇竹便为竹叶春,自饮便为竹林友。
>
> 竹醉人扶竹不知,人醉竹扶人知否?
>
> 是人是竹浑难分,一醉之外别无有。
>
> 此之谓:与天为徒与物化。君不见藕中之仙橘中叟?

这首诗的形式颇为别致,在七言中杂以三、五、十言,抒情中又有议论,既抒林泉之情趣,又言玄妙之哲理,笔墨放纵,落落不凡,议论精警,幽默诙谐。

其七律题画诗,诗笔老到,炉火纯青,尤为人称诵,如《题钱屿沙编修峰青草堂图》《题严子陵像》《出塞图》等都是其代表作。试看《题严子陵像》:

一领羊裘水气寒，自来自去白云滩。

教陪天子同眠易，要改狂奴旧态难。

星宿张皇乾象动，君臣彼此故人看。

千秋欲解还山意，只问江头老钓竿。

这首诗仅用八句话就概括了东汉高士严光一生之出处。首联以景托情，写严光萧散适闲；中二联承转自然，既写严光之狂态，又言其与光武帝故人之情谊；而尾联尤有新意，不仅回应首联，再写江头垂钓，而且问而不答、余音不尽，令人回味。明胡应麟说："七言律，壮伟者易粗豪，和平者易卑弱，深厚者易晦涩，浓丽者易繁芜。"（《诗薮·内编卷五》）而袁枚此诗可谓既壮伟又绝无粗豪，既和平又内藏锋芒，既深厚又不失之晦涩，既古雅清秀而又不绮靡繁芜。此外，属对也极严整而极流动，浑然天成，堪称典则。其五言律、绝题画诗不仅体式得当，而且工致自然，也可称范式。

作为一位题画诗人，写出许多题画佳作固然能对题画诗发展作出贡献，但如果同时能对题画诗的特点、写法以及应采用什么形式也作出精到的评述，则更为可贵。无疑，袁枚就是这样一位不多见的全能题画巨匠。因此，他在中国题画诗发展史上的地位，是其他题画诗人难以与之比肩的。

注　释

〔1〕参见章培恒、骆玉明主编《中国文学史新著》下卷，复旦大学出版社、上海文艺出版总社，2007，第442页。

〔2〕〔4〕袁枚著，周本淳标校《小仓山房诗文集·前言》，上海古籍出版社，1988，第8页。

〔3〕参见沈玲：《品画先神韵 论诗重性情——袁枚题画诗研究》，《内蒙古大学艺术学院学报》2006年第3卷第1期。

第四十五章

"性灵派"其他主要题画诗人

第一节 "性灵派"副将赵翼题画诗

赵翼

赵翼（1727—1814），清代文学家、史学家、诗人。字云崧，一字耘崧，号瓯北，又号裘萼，晚号三半老人，江苏阳湖（今江苏常州）人。乾隆二十六年（1761）进士。官至贵西兵备道。旋辞官，主讲安定书院。长于史学，考据精赅。亦擅书法。

论诗主"独创"，反摹拟。他与袁枚、张问陶并称清代"性灵派三大家"。所著《廿二史札记》与王鸣盛《十七史商榷》、钱大昕《二十二史考异》合称"清代三大史学名著"。

赵翼论诗重"性灵"，与袁枚接近。他反对明代"前七子""后七子"的复古倾向，也不满王士禛、沈德潜的"神韵说"与"格调说"。他说："力欲争上游，性灵乃其要。"（《闲居读书作六首》其五）"李杜诗篇万口传，至今已觉不新鲜。江山代有才人出，各领风骚数百年。"（《论诗》）所著《瓯北诗话》，系统地评论李白、杜甫、韩愈、白居易、苏轼、陆游、元好问、高启、吴伟业、查慎行等十家诗。他重视诗家创新，立论比较全面、允当。其所为诗，无不如人意所欲出，不拘唐宋格律，自成一家。赵翼存诗4800多首，以五言古诗最有特色。

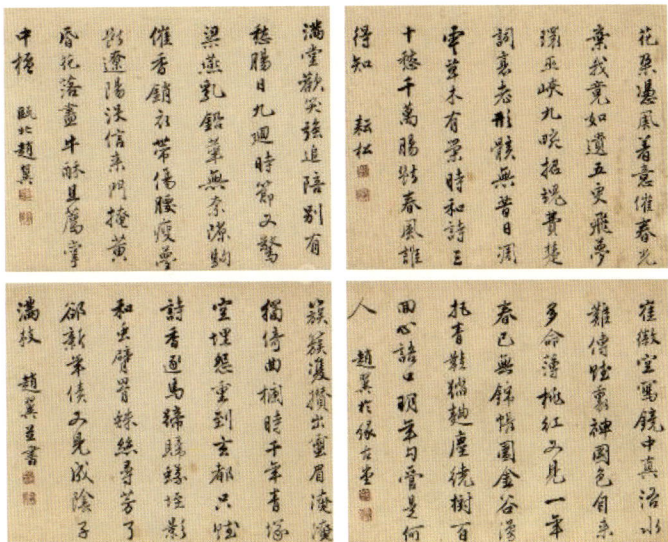

赵翼书法作品

　　赵翼作为"性灵派"创作群体的"副将","性灵"自然是其诗歌创作价值判断的标志。他反对崇唐称宋的复古诗风，以期达到"独抒性灵"的自由创新的至高境界。他在《论诗五绝》其一中说："满眼生机转化钧，天公人巧日争新。预支五百年新意，到了千年又觉陈。"意谓无论是来自"天公"的客观宇宙世界，还是作为"人巧"的人类本身，都要求不断变化生新。为此，他还明确地指出："不创前未有，焉传后无穷。"[1]

　　有《赵翼全集》。

　　赵翼的题画诗也完全体现了他的创作宗旨，视角独特，不仅立意新，语言也新，题材更新，其所涉及的领域也往往是人所未及的。

　　《范莪亭孝廉得二扇面，一为倪元璐画石，一为张煌言自书〈江上闻笛〉诗，合装成卷，索题，敬书于后》，是一首较为罕见的为诗、书、画并题之作：

> 巡远睢阳哀，张陆厓门厄。
>
> 皆因同死事，连传在史策。
>
> 此卷两忠臣，先后廿年隔。
>
> 一攀鼎湖髯，一衔精卫石。

死固非预订，生并或未识。

手笔乃各传，无端作合璧。

四明范莪亭，夙有嗜古癖。

书画广购藏，两笺快新获。

叹其义烈同，联之幅盈尺。

我阅倪公画，片石写寒瘠。

想见骨力坚，卓立千仞壁。

我读张公诗，闻笛秋江夕。

和以激楚音，直迸烟竹裂。

二公染翰时，岂意共素册？

遗墨一朝聚，相映光愈赫。

遂觉横卷中，淋漓满纸热。

石无巨鳌戴，笛有老蛟泣。

当年沧桑痛，耿耿尚如结。

两气化一虹，双血凝一碧。

自非搜剔勤，曷萃此名迹。

殉节前贤事，表忠后人责。

缣素垂千秋，应可慰毅魄。

　　倪元璐（1593—1644），著名书画家。明天启二年（1622）进士。崇祯十五年（1642），闻清兵入至北京，求救兵于天下，他毅然尽卖家产以征兵北上救援。后李自成攻陷京城，他以死殉国。张煌言（1620—1664），南明儒将、诗人，著名抗清英雄，坚持抗清斗争近二十年。被俘后英勇就义。他与岳飞、于谦并称"西湖三杰"，名垂青史。这首诗由观倪画读张诗生感，不仅赞颂了"两忠臣"的高风亮节，而且表述了自己的由衷敬仰之情。全诗感情激越，慷慨悲壮，是赵翼题画诗中不多见之作。

　　为铁画题诗也属题画诗的新品，试看《芜湖铁画歌》：

画家写生尚没骨，专以柔媚矜技绝。

是谁巧匠能翻新，不用胭脂转用铁。

坚镔入煅无礖砂，钳出炉焰红于虾。

阴阳之炭文武火，恍疑地窖烘唐花。

梅根崛奇松节硬，故宜镰锷摹槎枒。

其馀或拗风枝飐，或抽露叶垂横斜。

或鱼鱼游燕燕舞，当空鳞介纷盘拿。

衬以素縠影浮动，映以绛蜡光交加。

灯之屏之挂虚室，使我四壁生妍华。

何哉顽铁本粗丑，乃令作绘替丹黝。

得非点铁指，嚼铁口，否则卷舒铁钩手。

炼得铮铮一寸刚，化作绕指软如柳。

广平不以劲直称，魏徵转因妩媚取。

揉坚揻锐出丽藻，笑他磨杵为针砚成臼。

铸鼎象物古所珍，未有此法传后人。

我闻画竹须用玉钩锁，画山最要丁头皴。

想是良工于此得妙悟，遂以铁笔来传神。

丹青无光卷轴掩，论价贵值双乌银。

从来一技精能名可擅，沈锡张铜李昭扇。

以铁作画尤未闻，特为艺苑开生面。

何不镌取工姓名，流传应过千年绢。

这首诗不仅较为细致地描写了铁画的特点、煅制过程，以及它的艺术价值，而且赞扬了铁画作者揉坚揻锐的高超技艺，并深为其未留姓名而惋惜。"以铁作画尤未闻，特为艺苑开生面"，此诗对于研究这一既古老又年轻的艺术，很有参考价值，值得重视。但诗人并非只是教科书式地介绍铁画制作工艺和特征，而是以生动的笔触加以描绘，或如"拗风枝飐"，或如"抽露叶垂"，或如鱼游于水，或如燕飞于天，栩栩如生，极为生动。

赵翼的《捏塑传真》也是题画诗中罕见之作：

虎丘陆起元，以捏人像称能手。余亦令其捏成一躯，供以小龛。戏题于左。

我闻西天大秦国，一大佛像高摩天。

百尺桅竿胯下过，只如淮阴受侮恶少年。

自从象教西来后，中土仿制遍八埏。

画家亦有写生法，缣素尚扁此尚圆。

刘銮杨惠各绝技，技出妙手兜罗棉。

军隐帐中听人议，肥则稍减瘦则添。

遂令一身化作千百亿，心纵未广体自胖。

我来虎丘偶游戏，三寸小龛妥位置。

绘面泥美人，空心纸皂吏，一样翻新擅绝技。

笑我方师天竺古先生，乃与此曹同把入林臂。

捏塑，即以泥塑造。唐代张彦远的《历代名画记·唐朝上》说："时有张爱儿学吴画不成，便为捏塑。"一说捏塑为山东的一种传统民间艺术。亦称面塑，俗称"捏江米人"。还有一说指掐纸艺术。此指泥塑，或兼指掐纸。一般题画诗是为平面艺术而题，而这首《捏塑传真》则是为立体艺术而作，即"缣素尚扁此尚圆"。"自从象教西来后"中的"象教"，即以象教人。释迦牟尼离世后，诸大弟子想念不已，于是刻木为佛，以形象教人，故又称佛教为象教。中国的传统捏塑，也借助象教之传播而得到发展。这种发展有两个特点：一是趋向小型化。它较唐代寺庙中大型塑像不同，有的竟小至三寸以内。二是趋向民俗化，由捏塑佛像转"绘面泥美人，空心纸皂吏"（此指掐纸），并逐渐变成"游戏"。赵翼这首《捏塑传真》便是为小型捏塑而题的诗，较为稀见。

另一首《题岭南物产图六十二韵》也属题画诗的罕见之作。此前清初著名诗人梁佩兰虽然也有题诗，但既不如此诗长，也不及此诗描绘之形象生动，所列之物产也远不及此诗多。此诗凡天上飞地上长、山上跑、水中游之奇珍异宝莫不一一罗列："开函首螺贝，大小非一族。斑斓骈百宝，宛委旋九曲。次第到花鸟，矗采炫丽瞩。……罗浮五色雀，合队成锦簇。麻姑遗仙裙，化蝶如车辐。……雷柚大如瓜，扶蔗粗于轴。竹一节为舟，茄三岁出屋。……水犀角在鼻，石羊胆藏足。果马三尺高，爆牛一峰独。

饥蛟猛取虎，蚺蛇馋吞鹿。"诗人极尽夸张之能事，读罢令人骇目惊心。此诗的价值主要有三：一是运用神话传说和多种艺术表现手法写景状物，化静为动，化无声为有声，具有审美和欣赏价值。二是艺术地再现了画家林元嵩的名画，赞美了画家令"黄筌应汗流，徐熙定心服"之"神技"，对于研究中国绘画具有重要参考价值。三是具体描写了16世纪以前岭南之物产，并且诗画中所列之物种或早已灭绝，这便为研究我国动植物特别是稀有物种提供了宝贵资料。

赵翼的题画诗也有反映家国情怀之作，如《题柳如是小像》：

> 女假男装访名士，绛云楼下一言契。
> 美人肯嫁六十翁，虽不须眉亦奇气。
> 妾肤雪白鬓云乌，伴郎白鬓乌肌肤。
> 肯同搽粉称虞候，并陌持门胜丈夫。
> 扁舟同过京口泊，桴鼓金山事如昨。
> 何代青楼无伟人，可惜侬家货主恶。
> 早闻谯叟写降笺，不遣朱游和毒药。
> 妾劝郎死郎不膺，妾为郎死可自凭。
> 褚公偏享期颐寿，毛惜终高节侠称。
> 三尺青丝毕命处，尚悲不死在金陵。
> 画图今识春风面，果然绝代红妆艳。
> 谁知腻粉柔脂中，别有爱名心一片。
> 君不见同时卞玉京，心许鹿樵事未成。
> 旋适贵人为弃妇，流离含泪画兰英。
> 又不见顾眉生，荣华曾擅横波名。
> 当其夫妇从贼日，捧泥涂面逃出城。
> 一样平康好姿首，青青终让章台柳。

这首带有叙事性质的抒情诗与袁枚的《题柳如是画像》异曲同工，深情地歌颂了"腻粉柔脂"中"别有爱名心一片"的柳如是。诗人采用对比手法，先是与"六十翁"钱谦益对比，后又与同为"秦淮八艳"的卞玉京和顾眉生对比，以凸显其以死殉国的凛然大义。此诗叙事含情，议论精警，于哀惋中见悲壮，既有柔肠之气，又有节侠之风，是赵翼题画诗风格的另一面。

同是为美人画图题诗的《题春闺睡起图》《题美人春睡图》，却与此诗风格不同。试看《题春闺睡起图》：

> 窗外一声秦吉了，落花惊破香魂小。
>
> 梦回何处续馀欢，倦坐无言绣纬悄。
>
> 小鬟多事漫相猜，镜卜瓦占翻聒扰。
>
> 梦中所历只自知，说与旁人那得晓。

这首诗好似一出短剧。人物只有两个：一个是怀春的少妇，另一个是"多事"的丫鬟。春风拂面，落花缤纷。春睡的少妇突然被秦吉了鸟叫声惊醒，中断了好梦。只得坐在绣帐里发呆。这时身旁的丫鬟有些纳闷，小姐为何这般模样？于是又"镜卜"又"瓦占"，想了解究竟。其实，少妇梦中所历只有她自己知道，而又羞于开口。小剧到此戛然而止，留给人想象空间。此诗无用典，无藻饰，全用白描，语浅情深，耐人思绎。

赵翼诗歌也喜幽默诙谐，其题画诗也不例外。这多表现在为人物画像的题诗上，如《戏题姮娥奔月图》：

> 碧天清怨有谁知，奔月非关窃药驰。
>
> 如此容华嫁穷羿，教他那得不分离。

> 彀率能摧九日精，何难射落月轮明。
>
> 尚留桂馆藏娇地，此老当年也有情。

这两首诗一反传统的说法，一首从姮娥着笔，说她飞天并非"因悔偷灵药"追求长生，而是嫌嫁后羿"穷"。另一首则从后羿落墨，写他之所以不射月，"非不能也"，而是"尚留桂馆藏娇"，有情也。此诗语言虽非诙谐俚语，但别开生面，也让人忍俊不禁。同是诙谐，他却诙谐得含蓄而有趣。

他的几首自题画像诗更具诙谐风格，计有《自题小像》《旧篋中偶检得在京时所画鸥北耘菘小照戏题卷后》《戏题魁星像》《稚存见题贱照有十万黄金之嘲，走笔戏答》《画士顾生为我写照即题帧末》等5首。试看《戏题魁星像》：

> 老夫颜状纵不美，何至被人拟作鬼？
> 世传魁星主文衡，就字象形出怪伟。
> 曷鼻魋颜见者惊，度索山中一郁垒。
> 象形合更兼谐声，一笔一锭两手擎。
> 意取音同必定字，巧为赴举兆荣名。
> 俚俗无稽堪笑歌，无端混号忽到我。
> 谓我才高家又夥，班管握右白锃左。
> 书生眼孔真可怜，非指喻指竟伈传。
> 欲将黔娄侣猗顿，更遣贯休充谪仙。
> 我纵有笔堪脱颖，不过著书铅椠冷。
> 岂能造凤楼，扛龙鼎？
> 最清切处七扎挥，大制作来一椽挺。
> 我纵有锭可代耕，不过卖文铢两轻。
> 岂能铸成饼，积满籝？
> 多比孝杰万铤库，高于齐瀚八尺瓶。
> 浪得虚名翻自喜，生已为神不待死。
> 声望虽无北斗高，位置恰邻东壁迩。
> 幸非盗魁大泽乡，亦岂党魁甘陵里。
> 一个搦管持筹人，竟上穹霄垂玉李。
> 贤人聚为陈实临，少微陨关戴逵耻。
> 由来郎官应列宿，安知我不丽五纬？
> 他年弄假倘成真，文章司命掌青紫。
> 紫府虽让韩侍中，绿袍亦侪锺进士。
> 乐得人间众秀才，瓣香奉我虔拜起。

这首诗作于1802年，作者时年76岁。诗前小序说："北斗为文昌之府。其第一星至第四星总名魁星，决科者咸乞灵焉。世遂就字象形作鬼跳跃，为魁星像。近日村剧又增一手执笔，一手执银锭，盖取必定得隽之意，为赴举者发佳兆也。余薄有诗名，生事亦粗足，人遂以魁星目余，谓有笔能作诗，有锭可致富，一时竟传为口实，爰赋以解嘲。"

从小序中可知，这里的魁星实为赵翼本人。此诗不仅立意新，而且写法也新。诗人采用先抑后扬的方法，首先对被目为魁星表示不满："老夫颜状纵不美，何至被人拟作鬼？"接着进行清白辩解："我纵有笔堪脱颖，不过著书铅椠冷。""我纵有锭可代耕，不过卖文铢两轻。"随后态度又一变："浪得虚名翻自喜，生已为神不待死。声望虽无北斗高，位置恰邻东壁迩。""一个搦管持筹人，竟上穿霄垂玉李。"于是庆幸"他年弄假倘成真，文章司命掌青紫"，"乐得人间众秀才，瓣香奉我虔拜起"。[2] 又气又喜，亦假亦真，一位既怫怒又得意的文章泰斗形象跃然纸上。

赵翼是一位勤于思考的智者，常在题画诗中抒发哲思，颇具理趣。如《题〈春山仙奕图〉》二首：

> 花落空山了不知，为他胜败未分时。
> 神仙已遣名心断，闲气犹争一着棋。
>
> 局中算劫正劳神，早有闲观局外身。
> 袖手不来轻下子，烂柯人乃是仙人。

"春山仙奕"，典出南朝梁任昉《述异记》：晋人王质去山中打柴，看到一童一叟正在石上下围棋，于是把斧子放在一旁，驻足观看。待他要回家时去取斧子，却发现斧柄已腐烂。回到家里，一切面目全非。原来入山仅半日，人世已几百年。古代文人引用此典大多借以感叹世事沧桑、浮生若梦，也有的从避世角度做文章等。而赵翼却别具只眼，自出机杼，掀翻千余年定案，偏要怀疑：既是仙人，名心已断，怎么还会"闲气犹争一着棋"？言下之意，算不上真正的仙人。倒是袖手观棋者，意态非凡，不是仙人，胜似仙人。诗人目光犀利，哲思深邃。这也是赵翼作诗力主创新的另一佐证。

赵翼题画诗的艺术风格是多样的，其为山水画的题诗情景相融，清新自然。如《题画三首》其三：

薄暮萧斋下，高人相对闲。

夕阳红不尽，枫叶满空山。

此诗虽然写薄暮之秋景，但并不给人以衰飒之感。相反的，满山不尽之红叶与夕阳之余辉相映，画面开阔，一派生机，给人以美感。另一首《题恽南田画》风格也与此诗相近。其诗是："秋水渚莲落残，夕阳沙鸟飞去。渔歌欸乃一声，人在芦花深处。"这是一首极不常见的六言仄韵绝句，两字一顿，节奏明快。他还有一首三言题画诗更为少见。其诗是《题敦夫调鹤坐花图》：

臂苍鹰，太豪武。

调缘鹦，太媚妩。

是何人，坐花坞。

抚双鹤，翩以舞。

年正少，春方煦。

相辉映，两栩栩。

缑岭仙，此其伍。

这首三言诗也很特殊。它似三言律诗，基本合律，但又偏押仄韵。这说明，赵翼在诗歌体裁运用上也不循常格，似乎也力求创新。

第二节 张问陶题画诗

张问陶（1764—1814），字仲冶，一字柳门，船山、蜀山老猿，清四川遂宁人。清代杰出诗人、诗论家、著名书画家。因故乡四川遂宁城郊有一座孤绝秀美的小山，形如船，名船山，便自号船山，亦称"老船"。因善画猿，或谓长相像猿而自号"蜀山老猿"。乾隆五十五年（1790）进士，曾任翰林院检讨、江南道监察御史、吏部郎中。后出任山东莱州知府，后辞官寓居苏州虎丘山塘。晚年遨游大江南北，嘉庆十九

张问陶

年（1814）三月四日病卒于苏州寓所。

张问陶画作

张问陶出身官宦世家，自幼受家庭熏陶，在其父直接教导下，与兄问安、弟问莱发愤攻读。其嫂陈慧殊，工诗，时称"女翰林"。张问陶饱览群书，博研名画，勤学苦练，少年时即崭露才华，被视为"青莲再世"。虽家中生活窘困，仍顽强坚持学习，"布衣不合饥寒死，一寸雄心敌万夫"。乾隆四十九年（1784）三月，张问陶年20岁，在京与四川涪陵周兴岱（号东屏，时任赞善官）之长女结婚。次年八月，偕周氏乘船回川省亲，十月在途中生一女，周氏因病乃与小女留涪陵娘家。张问陶回遂宁写诗甚多。第二年五月，周氏病逝于涪陵，不久小女亦夭。这时，其家境更为困顿，有时竟到"仅求衣食亦无缘"的地步。是年秋，张问陶与兄问安去成都参加乡试。因张问陶所写诗歌传抄者众，诗名大噪，成都盐茶道林儁（号西厓）爱慕其文才，将女儿林韵徵（名颀，号佩环）许配予他，乾隆五十二年（1787）九月在盐茶道署成婚，其家里因此出现了世界诗坛罕见的"三兄弟三妯娌诗人"，即张问陶及其兄问安、弟问莱、嫂陈慧殊、妻林韵徵、弟妇杨古雪均是诗人。

张问陶是著名书画家。他的绘画集明四大画家（沈周、唐寅、文徵明、仇英）之技艺精华而挥笔自如。线条流畅，工笔精湛，韵味宏厚，别具风格。画山，险峻陡峭。画树，枝粗叶茂。画面清爽，工笔水墨相间，图纹转折如行云流水，图文并茂。

张问陶与袁枚、赵翼同为"性灵派"执牛耳者。他在清代诗史上占有重要地位，不仅是清代蜀中诗人之冠，也是清代乾嘉诗人之冠。为一代诗宗，是清代第一流的诗人和著名诗学理论家，是"性灵派"后期的主将和代表人物。张问陶虽然否认自己的诗与袁枚有相似之处，曾在《颇有谓予诗学随园者笑而赋此》中说："汉魏晋唐犹不学，谁能有意学随园。"但无论从诗歌主张还是创作实践看，他都与袁枚的"性灵说"一脉相承。张问陶的诗在当时已广受重视，时人洪亮吉将其与李白、苏轼等大诗人相提并论，说："谪仙和仲并庶几，若说今人已无偶。"（《题张问陶诗卷》）今人钱锺书早就提议将"乾隆三大家"中的蒋士铨换作张问陶，方能名实相副。

张问陶一生创作了大量诗词，尤以诗为多。据《船山诗草》统计，存诗3500余首，其中题画诗虽不算多，但也不乏佳作。他咏画抒怀，以间接的方式关注现实，如《鹰》：

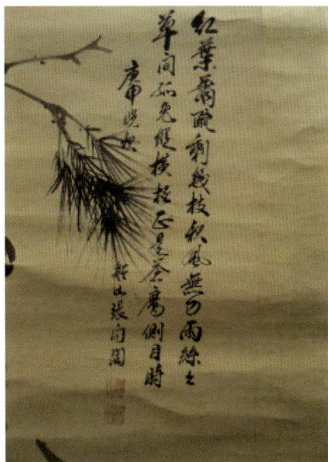

《鹰》

> 红叶萧疏剩几枝，秋风无力雨丝丝。
> 草间狐兔纵横极，正是苍鹰侧目时。

前两句写景，也是"狐兔纵横"的环境，为下文作铺垫。这既是狐兔猖獗之因，也是苍鹰侧目之由。"草枯鹰眼疾"，当是捕获的最好时机。此诗采用比喻和拟人化的手法托物言志，暗斥恶人擅权、恣意妄为，亟待正义力量为民除害。它与后来谭嗣同的《题宋徽宗画鹰》虽出于同一机杼，但此诗更为含蓄蕴藉，耐人寻味。

张问陶为罗聘所题的《墨戏图》也是斥世之作：

> 纱帽无光袍笏冷，鬼中画出官人影。
> 宝幢三五遥相望，坐看鬼戏神扬扬。
> 大鬼如獳小鬼鼠，酾索登场争跳舞。
> 满纸呦呦笑语声，死人大乐忘其苦。
> 股长脚硬行蹒跚，千头簇簇如星攒。
> 枯髅背上青钱重，魑魅肠中白酒寒。
> 罗生画鬼眼如炬，我喜拈毫作鬼语。

一时醉墨何清狂，卷图好赠遮须王。

这首诗活画出一幅官场贪财好酒之徒的群丑图。它不啻现实黑暗官场的投影，其形象惊心骇目，具有很强的感染力与震撼力，真可与罗聘的《题鬼趣图》媲美。此诗托物以讽，以"鬼语"作题，鬼图鬼语，相得益彰，要比直刺人世更具警策力。他的题画诗《画松》也是一首托物寄志的好诗。其诗是：

> 繁林绕地影参差，横绝如龙树一枝。
>
> 想到大才难用处，后彫风骨畏人知。

这首诗以树自喻，表达了自己雄才大略却难以抒展的苦闷和愤懑。诗人因象寄兴，别有意蕴。

张问陶的一组题画马诗更有深意，先看《自题画马》：

> 今夕空维絷，萧萧风满林。
>
> 防他千里足，还有偾辕心。

这里的千里马之所以平时被"维絷"，是防它有"偾辕心"。"偾辕"典出《汉书》《明史·刘基传》："譬之驾"，惧其偾辕也！偾，败坏。偾辕，覆车，比喻覆败。诗中的"偾辕心"，是指千里马不受"维絷"的"壮心"。他的另一首《画马》诗说："居然一顾与千金，几载恩从豢养深。玉柱银环特矜宠，性奇终有不羁心。"这"不羁心"，即"偾辕心"。千里马虽然得到主人一顾"千金"之器重和"豢养"之深恩，但它仍向往自由，而不愿受人管束。在《画马自题》中诗人又说出自己的愿望：

> 孙阳一过马群空，虎脊龙文定不同。
>
> 想着风云真意气，恨无奇笔画英雄。

"孙阳"，即伯乐，姓孙，名阳，善驭马。"马群空"，典出韩愈《送温处士赴河阳军序》："伯乐一过冀北之野，而马群遂空……大夫乌公一镇河阳，而东都处士之庐无人焉。"比喻人才得到充分选拔和任用。然而，千里马真正想的却是"风云真意气"，诗人也企盼"奇笔画英雄"。

张问陶早年胸怀大志，"雄心敌万夫"。为官后，清廉自守，深得民心。出任山东莱州知府时，看到多地遭水灾，村落萧条、民生困苦，他痛如切肤。减免、缓交租税，并开仓放粮，以赈饥民，为此与上官意见不合，难有作为，郁郁不自得。不久，以病辞官。行前，他念及莱州歉收，民不聊生，便将自己历年积蓄捐谷七百石赈济七邑饥民。他在《平度邑道中感事》诗中说："天意苍茫地苦贫，救荒无策愧临民。辞官也作飘零计，忏尔流亡一郡人。"充分地反映了他对官场生活厌恶和沉重的心情。而上述几首题画马诗恰恰和他一生的遭际息息相关，不啻夫子的切身感喟。

张问陶的题画诗也与非题画诗一样，以写性灵、抒真情见长，请看其《为内子写照》：

> 冬日无事，为内子写照，得其神似而已。内子戏题一绝云："爱君笔底有烟霞，自拔金钗付酒家。修到人间才子妇，不辞清瘦似梅花。"依韵和之。

> 妻梅许我癖烟霞，仿佛孤山处士家。
> 画意诗情两清绝，夜窗同梦笔生花。

这首诗当是为他的第二任妻子林颀所作。林颀，字韵徵，号佩环。她不仅美丽端庄，而且知书达理、能写会画。张问陶经常说自己的学问不如林颀。两人结婚后，志趣相投，生活甜蜜，彼此都留下了大量情歌。"内子"的绝句不仅是妻子爱夫的心声，也反映了伉俪情深意笃。而张问陶这首和诗直接抒怀，"画意诗情两清绝"一句，不仅表现了夫妻出类拔萃的才华，而且流露出诗人对妻子的爱恋。

张问陶还有一些题画诗构思较为新奇，如《牡丹卷子》二首：

> 烧根急火漫相催，好待清明谷雨来。
> 只与山梅争第一，春前甘让百花开。

> 簇起深红倚玉栏，一生开落不知寒。
> 金花笺写清平乐，谁道诗人际遇难。

两首诗以牡丹自喻，寄寓颇深。张问陶才华横溢，但早年不仅科举不顺，两次落第，而且生活也常陷入困境，奔走告贷，竟至"恒数日不举火"。然而，在他的题画诗中，既不愿与人争短长，也不嗟贫感伤。"春前甘让百花开""谁道诗人际遇难"两句便很好地表达了自己的操守和情怀。

他的组诗《题屠琴坞论诗图》是以诗言画理的。这当是作者晚年较为集中、系统的论画之作，也是他一生诗歌创作甘苦的艺术总结，对后人颇有启迪作用。这组诗作于嘉庆十七年（1812）冬，作者于这年三月辞官，南下而行至苏州卜居就医，常与旧日诗朋画友切磋技艺。这些诗观点鲜明，一气呵成，流畅连贯，有一种不容辩驳的气势。但这些诗言理而不说教，取譬引典而力求新奇，如其第四、五首：

> 土饭尘羹忽斩新，犹人字字不犹人。
> 要从元始传丹诀，万化无非一味真。

> 来先无谓去无端，口吐人言亦大难。
> 是呓是痴都不解，回头鹦鹉在阑干。

第四首诗是说诗歌的核心问题是"新"和"真"。"土饭尘羹"，原作"尘饭涂羹"，语出《韩非子·外储说左上》："尘饭涂羹可以戏而不可食也。""斩新"，同崭新。此句意谓，以灰尘当饭，以泥土作羹，是儿童的一种游戏，忽然变为崭新。下一句是反对模拟，因为"犹（像、似）人"的结果却是"不犹人"。强调有所本又要有所变化。后两句则强调"真"才是诗歌创作之本。第五首承第四首而来，是说创新、求真之不易，即"口吐人言亦大难"。假如诗人思路不清、随意落笔，就会自觉不自觉地成为栏杆上学舌的鹦鹉，毫无新意。其他八首诗也是就此问题展开议论。总之，抒真情、写真意、发心声，反对模仿依傍，是这组诗的主旨，也是对"性灵派"诗歌主要诗性的重申[3]。他的另一首题画诗《题法时帆前辈诗龛向往图》中说："不写性灵斗机巧，从此诗人贱于草"，也是反映他艺术观的代表作。

第三节　以性情为"主宰"的孙原湘题画诗

孙原湘（1760—1829），字子潇，一字长真，晚号心青，自署姑射仙人侍者，昭文（今江苏常熟）人。幼时即有神童之誉。4岁就能诵汉、魏、晋及唐李杜的诗，8岁学习《孟子》、《论语》、四经、三礼，后随其父孙镐任居奉天（今辽宁）、山西，所历名山大川皆发之歌咏，青年时代已名噪京都，却屡试不第。

孙原湘

乾隆四十一年（1776），16岁的孙原湘与同邑席佩兰结婚，婚后因受妻子影响亦写诗。孙原湘在《天真阁集·自序》中说："原湘十二三时，不知何谓诗也。自丙申冬佩兰归予，始学为诗。"夫妻志趣相同，情投意合，经常在窗前灯下一起吟诗作对，相互切磋，留有不少佳话。俞陛云在《清代闺秀诗话》中说："虞山席道华，归孙子潇太史后，共案诵读，互相师友，唱和之作甚多。袁枚来常熟。经吴蔚光介绍，夫妻均投师袁枚。"

清嘉庆十年（1805）进士。翰林院庶吉士，充武英殿协修。不久，得疾返里不出，先后主持玉山、毓文、紫琅、娄东、游文等书院讲席，学生多有成就。他擅诗词，主张"性情为诗之主宰"。又工骈文、散文，兼善书法，精画梅兰、水仙。诗文与同时期的王昙、舒位鼎足，并称"后三家"或"江左三君"。

孙原湘诗受袁枚的影响颇深，主性情。于唐宗李白、李商隐。所作多清新秀丽，超迈俊逸。《清史稿》本传称"位艳、昙狂，惟原湘以才气写性灵，能以韵胜"。

蕉雨墨池吹黛绿
梨花春露泻鹅黄
子潇孙原湘

孙原湘书法作品

孙原湘诗歌内容多纪行、咏古、抒怀、酬赠之

类。也有一些反映间阎疾苦、讽喻时政的诗篇。清代张维屏认为，孙原湘诗"骨力沉郁不及船山（张问陶），却无船山集中之叫嚣；才气寓赡不及随园（袁枚），却无随园集中之游戏"（《听松庐诗话》）。

著有《天真阁集》54卷、《外集》6卷。

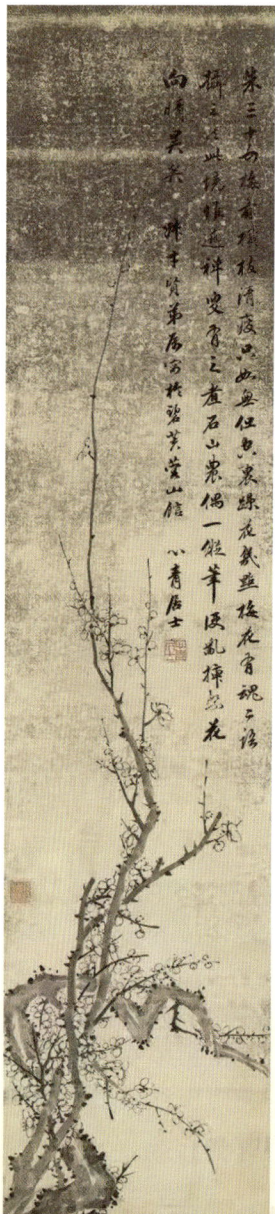

孙原湘的题画诗多为山水、花卉图而题，意在表现自己清幽高雅的情怀，或直抒或假物，都以真情感人。他偏爱梅花，有多首题画梅诗，如《画梅四首》其一：

> 新年无客到山家，雨洒幽窗鼎沸茶。
> 最是称心清绝事，对梅花恰画梅花。

此诗直抒胸臆，表明赏梅画梅是诗人最称心的"清绝事"。这是因为，梅花凌风雪的清风高致正是他人格的写照。并且在题写其他花卉诗中，也喜欢与梅花相比较，如《题兰绝句二首》其一说："只合《离骚》一卷书，水仙相伴住清虚。诗人眼底花如海，除却寒梅尽不如。"

他的《恽寿平秋海棠菊花小幅》也是一首表达自己情致的好诗：

> 同是秋花得气迟，冷香未许蝶蜂知。
> 天生一种萧疏致，多在哀蝉落叶时。

这是一首典型的咏物诗，诗人以海棠菊花着笔，并无一句议论。全诗借喻体说话，通过对两种花开放之迟、冷香不为蝶蜂知等描写，便把诗人萧散为怀、不与人争的品格充分地表现出来，但这仅是一层意蕴。如果将此诗与晚唐郑容的《十日菊》相比较，还

孙原湘《寒梅清影图》

能看出另一层含义。郑诗是："节去蜂愁蝶不知，晓庭还绕折残枝。自缘今日人心别，未必秋香一夜衰。"此诗说，重阳已过，在杂有残枝的菊花丛中，犹有蜜蜂采蜜、蝴蝶翻飞，但人们已完全失去了头天（重阳节）赏花的兴致。门庭顿显冷落。这倒不是因为一夜之间菊香骤减，而是人们爱花的心情变了。于是菊花便成了"明日黄花"。为此，苏轼在诗词中曾两次提到"明日黄花蝶也愁"。"明日黄花"蝶尚且愁，何况人乎！然而，孙原湘却恰恰爱这种迟开的花，不能不说明他心中另有所寄。明明同是"秋花"，而"得气"却迟，其不平自在言外；明明有"香"却不许蝴蝶知，独立特行。而甘愿在秋风摇落秋蝉哀鸣时开花，既是个性使然，又有幽怨之意。联系诗人早年名噪京都却屡试不第之坎坷经历，其怨愤可知。此诗借客观物象寄托感慨，在不动声色中深藏着诗人的不平与愤懑，物我浑然，蕴含深致。

孙原湘的题画山水诗，多表现闲情逸致，也常有隐逸之思，如《自题隐湖偕隐图》：

> 耦耕心事画眉年，小隐须寻屋似船。
> 四面不容无月到，一生长得对山眠。
> 只消春酒如湖水，尽种梅花作墓山。
> 未敢便乘莲叶去，怕人猜著似飞仙。

这首自题画诗最能表达诗人的心迹。他既想归隐山林，又不想离开尘世，所以与其说出世，不如说出游。"寻屋似船"正是为了边走边游，以饱览山光水色。这首七言律诗，格律严谨，对仗工严，其中"只消春酒如湖水，尽种梅花作墓山"是名联。它一应水，一应山，既表达了作者的情趣，又寄寓了自己的情操。

他的题画诗也偶有关心民瘼之作，如《恽兰溪夫人画册二首·稻》：

> 饥馑频仍乙丙年，江乡何处觅红莲。
> 令人展卷犹增慨，一石曾销半万钱。

《清史稿》中说："原湘以才气写性灵，能以韵胜。"他的题画诗也工于写情，运笔细腻，情景交融，如《〈蕉窗听雨图〉吕生乞题》：

> 滴尽残窗碎雨声，破人秋梦到天明。
>
> 不知一夜诗情好，转上潇潇叶上生。

前两句写景，但景中有情。诗人听"碎雨"到天明，可知在赏雨吟诗。后两句将"诗情"转至"叶上生"，既应《蕉窗听雨图》之蕉字，又移情于景，诗思似雨丝，绵绵不尽。全诗围绕"听"字展开，听雨、破梦、潇潇叶声，既活画出一幅充满诗意的《蕉窗听雨图》，又为读者展现出一位诗人浮想联翩的形象。他的另一首《题画》也颇具艺术匠心：

> 片帆飞破一江秋，咫尺应论万里流。
>
> 画里看来诚快绝，可知风急不能收。

帆船飞驶，其快无比，瞬间划破一江秋水，壮哉美景！然而，风急如矢，一放而不可收，真令人惊心动魄。栩栩如生，如置目前。

注　释

〔1〕赵翼《读杜诗》。

〔2〕陈清云：《赵翼自题画像诗中的自我形象》，《中国韵文学刊》2012年第26卷第1期。

〔3〕赵云中等选注《张问陶诗选注》，四川文艺出版社，1985，第242页。

第四十六章

袁枚女弟子题画诗

袁枚一生女弟子甚众，特别是70岁前后广收女弟子，人数达数十人。蒋敦复的《随园轶事·闺中三大知己》中称"先生女弟子三十余人"。又据袁枚于嘉庆元年（1796）编纂的《随园女弟子诗选》以及乾隆五十五年（1790）和乾隆五十七年（1792）两次女弟子西湖诗会、阊门绣谷园诗会的参加者和袁枚家族女诗人人数计算，共达五十多人。而近年出版的《中国历代妇女文学作品精选》序中说，已经查知约有70人。又据南京大学刘源的硕士论文《随园女弟子考论》中考述，随园女弟子有86人。随园女弟子的人数，至今没有准确的数字。这是因为，袁枚在诗坛的威望和名声，尤其是他的诗学观颇得女子的青睐，闺秀竟相依附随园。加之许多虽未入门墙，但深受其沾溉的私塾弟子，这就给统计女弟子的确切人数造成困难。

袁枚的这些女弟子，大多受过良好的教育和家庭的文化熏陶，思想较为活跃、开放，能诗文、善书画，是中国题画诗创作的一支重要力量。其人数之多，整体实力之强，成果之丰硕，不仅是中国题画诗发展史上少见的女性创作群体，也是中国古代妇女诗歌创作的一座高峰。

第一节　丰才啬遇的汪玉轸

汪玉轸本为富家之女，后沦为贫者之妇。当为随园女弟子中最为命苦之人，也是随园女弟子中写题画诗最好的诗人。

汪玉轸生卒年不详，大约生活于清代中叶。字宜秋，号小院主人，江苏吴江（今属苏州）人。工诗，善书画。其父汪蓉亭原是商人，颇好文墨，有子五人，皆愚不可教，唯一女宜秋甚聪慧。宜秋五六岁时，父亲常抱置膝上，教她识字。但宜秋10岁时，其父病殁，家境顿变，乃习针黹，只有稍暇时读点书。而其家苦无藏书，除了四书之外，唯有李渔十种曲、蒲松龄《聊斋志异》而已；但她反复阅读，皆可背诵。19岁嫁吴江人陈昌言，从此境遇更苦。陈氏不但一文不名，而且好吃懒做。开始时，宜秋以奁中物供其挥霍，不久就斥卖净尽，加上先后生五子，家境竟至赤贫如洗。宜秋只得以为人缝纫换钱买薪米，家中整日是孩子啼饥号寒声以及丈夫斥责谩骂声。陈氏还常年外出，曾一走五年不归，全靠宜秋独立支撑家政，抚养五儿。后来，陈氏回来，索性卖掉室庐杂物，一去不返。宜秋母子竟无处可居，只能借表弟室旁一椽栖居。表弟李铁门亦吴江诗人，心肠不错，时时过从慰藉帮助。一日，表弟从宜秋针线筐中发现一纸吟稿，怪而问之，宜秋乃赧然答曰："曩过君家，见架上元人诗一册，窃携以归，俟家人熟寝后，灯下默诵，心为之开，学作数语。自知鄙俚，未敢示人。"铁门于是将自己所藏名人诗稿借给她看，且鼓励她作诗。二三年中得诗千首，皆于枕上微吟得之，有的口诵无存稿。有的亦不自收拾。后朱春生为之搜集二百来首诗，编为《宜秋小院诗抄》，今有嘉庆十六年刻本。

袁枚于《随园诗话补遗》卷八抄录宜秋《春夜》《偶成》《扫墓》诸诗，并评云："宜秋家赤贫，夫外出五年，撑持家务，抚养五儿，俱以针黹自给，而有才如此。"对宜秋诗才颇为赞赏。袁枚编《随园女子诗选》，宜秋名列其中，只是今存本有名而无诗。宜秋与袁枚联系虽不密切，但她属于"性灵派"是无疑的。

汪玉轸在逆境中坚持读书写诗，其诗才迥异庸流，为时叹服[1]。这在她的题画中也得到很好的展现。如《题吴兰雪〈新田十忆图〉》：

> 一幅生绡一段春，乡心真似转车轮。
> 宵深便有梦归去，也恐难分十处身。
>
> 晴窗难展玉鸦叉，画里春风各一家。

生性清寒侬自笑，就中毕竟爱梅花。

儿家旧宅频迁徙，也要良工画几方。
只是不堪追忆了，门庭冷落故园荒。

吴兰雪是清代著名诗人吴嵩梁的号，江西东乡新田人。工诗文，善书画。《新田十忆图》是他为忆故乡而画。这三首绝句借画家的思乡之情来表述自己对"儿家"的思念。然而，故宅频迁，门庭荒芜，已不堪追忆。诗人在凄苦中强颜自笑，更觉悲凉。汪玉轸的诗长于近体，"七绝颇饶风致"[2]。这三首诗"语近情遥"，"只眼前景，口头语，而有弦外音、味外味"[3]之妙。其感情真挚，白描手法娴熟，充分体现了"性灵派"的特点。

《清代妇女文学史》中说："宜秋诗不多作，时人不知其能诗也，及《题郭频伽水村第四图》，诗名遂大著"[4]。其诗是：

深闺未识诗人宅，昨夜分明梦水村。
却与图中浑不似，万梅花拥一柴门。

据载，郭频伽得诗大喜，即请"画师奚铁生补画《'万梅花拥一柴门'图》，一时名士题咏甚多"[5]。此诗之妙处在于诗人不拘泥原画中景物，而是以梦的形式构思出一幅新图："万梅花拥一柴门"。这是艺术上的再创造，也是性灵诗人的笔下生花。汪玉轸《题郭频伽水村图》的另三首题诗也颇有情致：

溪流曲折路迂斜，老屋三间树影遮。
漫道水村秋一色，小桥春涨有桃花。

野水无风细作波，连三白荡接分湖。
先生制有欸歌在，十五渔娃解唱无？

江乡风景世应稀，奈尔饥驱未息机。
输与缝人吴季子，闺门自制藕苗衣。

第一首诗是写水村之景：溪流曲折，路随溪转。绿树遮屋，小桥流水。色彩绚丽，美不胜收。第二首诗是诗人与"先生""渔娃"的对话，诗人、画家、画中人三者互动，不仅使画面活起来，而且问而不答、耐人寻味。第三首诗似言画又似言现实，一句"奈尔饥驱未息机"道出了无限辛酸。这组诗以白描写景，语言平易而不藻饰，不用典而意蕴深厚，既体现了汪玉轸诗歌的一贯风格，也反映了"性灵派"抒写真性情的一般特点。她的另一首题画诗《题陈秋史亭角寻诗图》也饶有新意：

> 亭空面面好寻诗，四角循环步履迟。
>
> 阶下疏花墙外柳，枝枝叶叶解相思。

"枝枝叶叶解相思"，花柳被赋予性灵，有了情致，于是陈秋史寻诗就有了感情的对应物，花柳向陈秋史倾诉着诗情，寻诗者亦就无须苦思冥想而出口成章，可谓人与自然的异质同构。此诗虽为题画，但诗人却作为实景一样描写，画面就鲜活起来。这类题画诗多少有些浪漫气息，是诗人愁思之外短暂的愉悦[6]。如果说随园女弟子诗词的一个共同风格是表现闲适之趣，那么汪玉轸的题画诗大多体现了这一特点。这是因为，受画面感染，诗人暂借这类审美的诗作排遣心中的愁苦。因此，从严格意义上说，汪玉轸的题画诗虽属上乘，但并不能完全代表其诗歌的基本风貌。

汪玉轸的诗词感情哀伤，其基调是悲苦。这和她的痛苦遭际密不可分。"诗穷而后工"，是我国古代诗歌理论中一个非常传统的观点。唐代韩愈曾倡导"欢愉之辞难工，穷苦之音易好"[7]之说。宋代欧阳修也说："予闻世谓诗人少达而多穷。盖愈穷愈工，然则非诗之能穷人，殆穷而后工也。"[8]这种观点揭示出我国古代社会的一条诗歌创作的规律，即作者愈接近社会底层民众，愈能反映民众的疾苦和呼声。倘若作者自身遭受的苦难愈大、愤懑愈深，其作品也愈感人。当然，汪玉轸反映自身不幸的诗歌"易好"还和她的艺术修养和表现手法有密切关系。从这个角度说，要全面了解汪玉轸的诗词创作，还应阅读她的非题画诗，如《风雨连宵杂然有感》、《扫墓》、《酬谢二律》、《偶吟》、《秋夜》和《菩萨蛮》（西风庭院人凄绝）等。

第二节 袁枚的"闺中三大知己"

袁枚曾说:"女弟子二十余人;而如蕊珠之博雅,纤纤之领解,佩兰之推尊本朝第一,皆闺中三大知己也。"[9]蒋敦复也有相似的看法,说随园与席佩兰、金逸、严蕊珠"为最契,先生称'闺中三大知己'"[10]。但平心而论,说三人之诗为"本朝第一",未免过誉。由于三人天赋不同,生活经历有别,加之金逸、严蕊珠均早逝,所以其造诣也大有不同。一般认为,以才力和成就而言,席佩兰居首,严蕊珠次之,金逸为末。但就题画诗而言,袁枚更看重金逸。

《"闺中三大知己"图》

席佩兰

席佩兰,生卒年不详,清乾隆嘉庆年间在世。字道华,号浣云,昭文(今江苏常熟)人。她自幼聪颖,八九岁即学完《毛诗》,父亲又以其《绿窗咏》诗集授之。席佩兰学诗很刻苦,其自述云:"性耽佳句席道华,一诗千改墨点鸦。一字未安心如麻,倚柱夜看秋河斜。"(《诗中三友歌》)后嫁同邑孙原湘。孙原湘字子潇,嘉庆十年(1805)进士,也受业于袁枚。孙原湘常与佩兰共案而读,互为师友,唱和诗甚多。孙原湘的《示内》中云:"赖有闺房如学舍,一编横放两人看。"可见其闺房之乐和伉俪之笃。

席佩兰有《长真阁集》存世。袁枚对佩兰诗格外青睐,题词云:"字字出于性灵,不拾古人牙慧,而能天机清妙,音节琮琤。似此诗才,不独闺阁中罕有其俪也。其佳处总在先有作意,而后有诗。今之号称诗家者愧矣。"

877

席佩兰的题画诗词以表现真情、真爱为主要特点。她的诗作以真心写真情，"字字出于性灵"，"天然去雕饰"，有如天籁。她在《论诗绝句》中说："有意敲来浑不似，始知人籁不如天。"崇尚真性情，也正是其夫子袁枚的诗学观。

袁枚认为，诗歌的真正价值在于它所表达的情感是真实的。他说："诗难其真也，有性情而后真；否则敷衍成文矣。"[11] 他把真情的自然流露比作天籁之音、设题强作的诗比作人工之响，说"无题之诗，天籁也；有题之诗，人籁也。天籁易工，人籁难工。'三百篇'、古诗十九首，皆无题之作，后人取其诗中首面之一二字为题，遂独绝千古。"[12] 席佩兰十分赞同老师的观点，她既反对以学问考据为诗，又不排斥诗人应该有学问，腹中空空并不能吐出珍珠。她反对只作"两脚书橱"，在诗中卖弄学问，堆砌典故。所以，她的题画诗也同非题画诗一样，表现一片真情，只不过不如非题画诗那样直接罢了，而是多了几分婉转含蓄。如《虞美人·题周服卿莲渚文禽图》：

> 芳塘长遍相思草，水亦潆洄抱。花花叶叶总相依。护住文禽一对，不分飞。　　剖开莲子拗残藕，离别从来有。人天欢喜此图中，那识江湖萧瑟，有秋风。

诗人移情于花草、文禽，以景写情，既表达了相思之苦，又寄寓了自己与夫君相依相守、永不分离之愿望。席佩兰一生家庭富裕，夫妻和美。如果与其他一些随园女弟子相比，如金逸、严蕊珠的早亡，骆绮兰、陈淑兰等的早寡，卢元素、张绚霄等的为妾，孙云凤、汪玉轸等的所适不偶，她是极幸运的，不仅婚姻美满、伉俪情深，而且与丈夫孙原湘同为诗人，志同道合。在她与丈夫的诗词中，既有闺房读书、唱和之乐，又见伉俪体贴爱怜之情。然而，爱之深，便有别之苦。孙原湘为应试、求仕，常外出远游，诗人独守空房，惜别、思夫之情便自然诉诸笔端。这首词和另一首《忆真妃·题墨菊》便真切地表现出这种"最相思"之情。

席佩兰的题画诗也擅于描写景物，使笔如画，将山水花鸟一一置于目前，给人以身临其境之感：

> 春生野渚绿萦回，恰有柴门对水开。
> 红到桃花最低处，东风吹个钓船来。

（《题画》）

这首诗极具画面感，不仅写出柴门的方位、周遭景色，而且使画面活起来，东风送暖，桃花自上而下渐次开放，春光一片。一只钓船由远而近正缓缓驶来。此诗将平面图变成立体景，将静态化为动态，让人目不暇接。像这样以动写静的题画诗还有《题蔷薇便面》：

> 浅白深红次第开，绣屏风上蝶飞回。
> 劝君莫吸花心露，留待香闺盥手来。

这首诗受到袁枚的赏识，被选入《随园女弟子诗选》中。它不仅好在将画面写活：次第花开，蝴蝶飞回；而且诗人直接向画中物发话。其怜香惜玉之情颇有情趣。

在席佩兰的题画诗中，也有少量关心民生的作品，如《陆璞堂廉访适园灌畦图》四首之前两首：

> 忧民亦同忧，适人先自适。
> 闲翻氾胜书，中有治安策。
>
> 适口知菜味，挥毫赋小园。
> 要民无此色，先自咬其根。

这是大家闺秀中不多见的忧民之作。诗人不仅劝为官者要翻阅农学著作《氾胜之书》，寻找治安策，而且提出要想让民无菜色，自己要先尝菜根的主张。这是难能可贵的。

席佩兰的题画诗风格以清新淡雅为主，但清而不冷、淡而有色，如《柳根垂钓图》：

> 二月东风细叶裁，轻衫随意坐莓苔。
> 仙原自隔红尘远，人影宁愁白鹭猜。
> 春水多情无浪起，碧桃含笑尽花开。

钓竿似拂珊瑚树，一簇明霞倒影来。

但席佩兰的题画诗也有柔中带刚的诗作，如《又代宛仙题〈烟岚高旷图〉》：

> 濒海岩疆坐镇雄，公馀独往碧山空。
> 刚逢脱剑修文日，亦有鸣琴卧治风。
> 缓带轻裘来岘首，纶巾羽扇出隆中。
> 天生一种凌云相，飒爽英姿自不同。

她的另一首题画诗也格调高古，自有大丈夫之豪情，试看《校猎图》：

> 草枯千里塞云平，羽骑森森猎渭城。
> 弓挽铁胎风力劲，甲擐金锁日光明。
> 鸟罗开一恩原大，兔窟营三计已成。
> 画手料应同谏猎，有谁文笔似长卿？

这首诗前四句写塞上风光和将军神威，颇有气势；后四句展开想象，似谏猎，又似诫饬杀伐，当有寄意。袁枚曾引左兰城话说："凡作诗文者，宁如野马，不可如疲驴"[13]。席佩兰此诗也具有"野马"的奔放气势与活力。

席佩兰为人物画像类题诗也别具特点：一是将画中人物写活，以景衬人，如见其人，如《题越中女士王姞蟾影天香图》。二是不泛赞画中人物，常借以抒写自己之识见，如《题美人册子·王嫱》：

> 丹青失意窜殊乡，边雪朔风减玉光。
> 塞外琵琶宫里舞，一般辛苦为君王。

这是诗人为封建社会妇女发出的不平之音。她认为昭君不论是出塞，还是留在汉宫，都是为统治者的享乐而"辛苦"，并无个人的价值和地位可言。这既是为昭君命运而慨叹，也是"借古人往事，抒己之怀抱"。

金逸，生卒年不详，乾隆后期在世。字纤纤，今江苏苏州人。"生而媄姬有夭绍之容。幼读书即辨四声，爱作韵语。每落笔如骏马在御，蹀躞不能自止。"[14] 她原为任兆麟女弟子，后师从袁枚。袁枚认为她的诗文"神解尤超"，有超高的领悟力和审美鉴赏水平。他说："倘非绝代才，何由领玄妙？"[15] 领解能力源于才学。金逸的诗才深得袁枚的赏识，曾比之为晋代才女谢道蕴。金逸病故后，他亲撰《金纤纤女士墓志铭》，文中推她为吴门闺秀之"祭酒"。有《瘦吟楼集》《虎山唱和诗》。

金逸15岁嫁吴中少年陈竹士。结褵之夕，新妇烟视媚行，忽一小婢手花笺出索郎诗"催妆"。竹士适适然而惊，幸为平素所习也，即应教索和。从此瑟鸣瑟应，形影无间。论者比之三国吴人陆东美夫妇。梁乙真在《清代妇女文学史》中说："余尝谓纤纤诗如新嫁娘花烛之夕，烟视媚行，婉艳欲绝，其情致之缠绵，用笔之飘渺，几何不令人心醉耶！"[16] 袁枚尤看重金逸的诗作，在所编的《随园女弟子诗选》中，独将金逸编为一卷，选诗109首，其中有题画诗13首，另在附挽诗中存题画诗一首。

金逸曾对丈夫陈竹士说："余读袁公诗，取《左传》三字以蔽之，曰'必以情'。"[17] 她认为袁枚诗的魅力即在于写真情，以情感人。由于她对袁枚的深深"领悟"，所以她的题画诗也以写真情、道心声为主。试看其《题王月函姐夫人蟾影天香小照》：

> 木樨香远隔阑干，换得罗衣小立看。
> 毕竟有情惟月姊，为花拼受早秋寒。
> 丁当环珮倚风斜，游戏人间萼绿华。
> 识得倩描春影意，要人见月便思家。

王姐，字樨影，号月函，是清代女画家、诗人。其懒猫诗为袁枚所赏。此诗虽然意在写思乡之情，但颇为婉转，诗人移情于月姊，以表现"春影意"，颇为含蓄，全不似其《闺中杂咏》中寄外诗那样真情外露。

金逸的题画诗想象新奇，颇有情趣，如《读〈香苏山馆集〉有题〈杏花双燕图〉诗两绝句，复和二首》：

> 分明深巷买来迟，恰胜娟娟带露时。
> 是否天涯游子泪，新红弹上杏花枝？

翠羽红襟映夕晖，画图寂寞伴书帏。

故园双燕应相语，三度来寻人未归。

第一首诗写游子思乡。由花间之露水联想到"天涯游子泪"，颇为新颖。"男儿有泪不轻弹"，可见游子思乡之切。第二首回应第一首，连故园的双燕都念及游子三度未归，说明其离家之久。这也是燕代人语，转写思妇之盼归。正所谓"当君怀归日，是妾断肠时"（李白《春思》）。这两首诗紧扣题目"杏花""双燕"展开联想，由物而人，由此地至彼地，思绪跳荡而感情相牵，首尾照应而余音袅袅，是金逸题画诗中之佳品。

她的另一首《题吴嵩梁〈拜梅图〉》之末章，也极为凄怆：

埋骨青山后望奢，种千梅树当生涯。

孤坟三尺能来否，记取诗魂是此花。

此诗是感于《拜梅图》而作。梅花冰清玉洁，向为诗人所钟情。她曾在《烟陇探梅》诗中说："万梅花著一诗人"。因而看到《拜梅图》中之景致，而生死后"埋骨青山"之愿。谁知一语成谶，留下无尽之悲哀。吴嵩梁在《挽纤纤夫人》诗中说："絮酒重斟当夜半，扁舟一放即天涯。得埋仙骨山何幸？招到诗魂月正华。会葬我来题片石，墓门围种万梅花。"此诗步金逸原韵，可谓"冥和"。"墓门围种万梅花"，终偿所愿，人花相融，既是诗人情志之所寄，也为人们见花思人留下了永久的凭借。

严蕊珠，生卒年不详，字绿华，又字宝仙，江苏吴江（今属苏州）人。少工吟咏。袁枚曾在《随园诗话补遗》中记载了严蕊珠拜师事："吴江严蕊珠女子，年才十八，而聪明绝世，典环簪为束脩，受业门下。"不久，即染病辞世。著有《露香阁诗草》。所存题画诗较少。《随园女弟子诗选》未选其题画诗。其较有代表性的题画有《题惕生二兄画山水册》，其中的"一剪钓丝风，蜻蜓立未稳"一联，以瞬间的动态将画面写活，既有"生趣"，又显示了"性灵派"的审美特征。

第三节 袁枚其他女弟子题画诗

袁枚的女弟子大多有题画诗存世，除"闺中三大知己"和汪玉轸外，还有孙云凤、骆绮兰、廖云锦、孙云鹤、钱琳、王玉如、陈淑兰、鲍之蕙、王倩、卢元素、戴兰英、吴琼仙等，也留下了题画佳作。

骆绮兰（1754—?），字佩香，号秋亭，别号句曲女史，江苏句容人。龚世治之妻。为袁枚、王文治弟子。《闺秀诗》中云："佩香博通经籍，工诗……食贫自守，作画亦饶有天趣。"

著有《听秋轩诗集》三卷，存诗218首。其诗颇受袁枚称赏。《随园诗话》中云："有秋亭女子名绮兰者……诗才清妙。余诗话中，录闺秀诗甚多，惜未采及，可谓国中有颜子而不知。"梁乙真评价："秋亭诗明白如画，与席佩兰在随园女弟子中均称翘楚，二兰之妙，宜乎简斋、梦楼心折也。"[18]《墨林今话》中评其画云："秋亭尤喜画兰，以寄孤清之致。有自绘《佩兰图》题句云：'孤清看画本，骚怨得诗源。'"

骆绮兰颇能体现随园弟子创作的自觉性。她在丈夫逝世后，依然作诗、拜师、交友，以积极的生活态度向世人展示女性的能力。骆绮兰不仅和男性文人以诗文唱和，而且以绘画展示女性的精神世界。尤其是她的《秋灯课女图》，她画毕主动向许多文人索诗。其中，王文治、袁枚、王昶等著名的文人都为她的画题咏，尽赞誉之词。在《听秋轩赠言》中，几乎全是名家的题咏。在传统礼教盛行的封建社会，像她这样孀居的妇女，与众男性文人笔墨应对，不仅表明乾嘉时期女性已经逐渐在摆脱封建伦理的束缚，更重要的是她在证明自己的才艺。试看她的《自题秋灯课女图》：

> 江南木落燕初飞，月色朦胧透绮疏。
>
> 老屋半间灯一盏，夜深亲课女儿书。

这首诗语言极为平易，以白描手法画出一幅夜深课女图：江南木落，燕子初飞，月色朦胧，洒入老屋。一位母亲正在教导女儿研习诗文。家贫而志不移，辛劳而感温馨。母亲的拳拳之心自在言外。她的另一首《题简斋夫子〈给假归娶图〉》也颇有情趣。

> 不意杖朝日，重披合卺词。
> 词林增故事，海内补新诗。
> 宫马穿花疾，宫袍拂柳迟。
> 只今图画里，如见少年时。

这是一首五言律诗。首联是起，点明主题：80岁夫子（杖朝，80岁之代称）又做新郎。"不意"，谓未曾想到，似又喜又惊；"重披"句，言夫子"合卺"，不止一次。颔联是承，接写夫子新婚引起海内词林热烈反响。颈联是转写新郎。这一联不仅对仗工严，而且兴比贴切。"花"，常喻指美人，与"柳"对举，互文见义。因而"穿花"与"拂柳"似暗指迎亲娶妻。"疾"，移情于物，似言新郎之心情；"迟"，似写夫子婚时已迟暮。运笔婉转含蓄，亦庄亦谐。尾联是合，总赞夫子。此诗调而不笑，嘻而有节，不仅很好地表达了自己由衷之贺忱，而且热情地赞颂了夫子年既老而不衰、恰如潇洒少年。

孙云凤（1764—1814），字碧梧，仁和（今浙江杭州）人。按察使孙令宜（春岩）之女，程懋庭之妻。能诗文，兼工绘事。"所作词清新婉美，在梦窗、竹山之间。"（郭麐《湘筠馆词序》）袁枚有《二闺秀诗》："扫眉才子少，吾得二贤难。鹫岭孙云凤，虞山席佩兰。"在所编《随园女弟子诗选》中，以席佩兰排第一，孙云凤排第二。

著有《湘筠馆诗》《湘筠馆词》。

孙云凤的自题画诗也较为有名，如《自题墨牡丹》《自题荷花》《自题木芙蓉》《自题梅花》等。《墨林今话》云，这些诗"诵之俱有画意"。试看其《自题木芙蓉》：

> 十年归梦一扁舟，枫叶芦花惹客愁。
> 隐映淡红风露下，空江月白楚天秋。

此诗写客愁全然寄情于景。"十年归梦"，不可谓乡思不深重，然而一切尽在"枫叶芦花"之中，而白月空江、楚天辽阔，更使人产生迷茫之感。另一首题画词《祝英台近·自题画木芙蓉》也有异曲同工之妙。诗侧重写游子，而词侧重写思妇。同是"暮江秋晚"，一边是客子乡思，一边是"美人清怨"，但抒情的主体当是思妇，也是诗人自谓。

孙云凤还有几首题"小照"诗，也较有特点。其中《题净香女史小照》《题万近篷先生拈花小照》《题席佩兰女史拈花小照》等都入选于《随园女弟子诗选》中。

孙云鹤（孙云凤妹），生卒年不详，1790年前后在世。字兰友，又字仙品。浙江仁和（今杭州）人。县丞金玮之妻。自幼聪慧，工诗词，善骈文。与其姊云凤同为随园女弟子。著有《听雨楼词》和《春草闲房》《侣松轩》两部诗集。其代表性题画词是《沁园春·题佩兰女史拈花小照》：

> 慢卷珠帘，初离明镜，繁花翠鬟。正碧窗香细，晴添午倦，绿阴昼永。风减春寒，听罢流莺，拈来香草。小立空庭意自闲。幽怀好，把素心同契，清极忘言。　　东风乍识华颜，念欲缀新词下笔难。况诗中情思，吟时楚楚，望来环珮，听处珊珊。韵写乌丝，神传粉本，人在盈盈一水间。披图久，喜芬芳气味，吹上毫端。

这首题画词不仅以景相衬，从"华颜""幽怀"两方面写图中人，而且突出了她的艺术才华。结尾处说"喜芬芳气味"，既赞其人，也赞其诗。它较之其姊的《题席佩兰女史拈花小照》似更为传神。

廖云锦，生卒年不详，活动于清嘉庆、道光年间。字蕊珠、织云女史，青浦（今属上海）人。工绘花鸟，善诗。著有《织云楼诗稿》。其《双松图歌》较为有名。其诗是：

> 画鳞难画龙，画树难画松。
> 龙乃神物善变化，几人曾见破壁来虚空？
> 松之视龙势不异，离奇屈曲难形容。
> 谁摹此图真妙手，双松矫矫如双龙。
> 爪破白日拿云雨，咫尺庭阴翠万重。

孙枝祖干相追逐，生怕茅屋摇秋风。

我来移挂傍几榻，猛然惊醒午睡浓。

绕阶而走心胆落，满庭云气生窗栊。

日暮萧斋兀愁坐，夜梦已到扶桑东。

这首七言歌行体诗将画松与龙对写，时而松似龙，时而龙似松。最后直将松作龙。它柱地顶天，呼风唤雨。猛然而视，令人骇目惊心。想象奇妙，构思精巧，笔势变幻，极见功力。

钱林，生卒年不详，又作钱琳，字昙如，杭州人，为福建布政使钱琦幼女，巡检汪海树之妻。善诗能画。《随园女弟子诗选》录其题画诗6首，其中《题画扇》颇见新意：

月落鸦寒暮霭平，小桥流水一湾横。

幽人别有看山兴，黄叶声中自在行。

这首小诗有山有水，云霭茫茫，不仅有尺幅千里之势，而且意境悠远，惹人遐思。那小桥流水，那幽人漫行，其逸兴高致，真可与王维笔下的"行到水穷处，坐看云起时"（《终南别业》）的意蕴相媲美。

在袁枚的女弟子中，王倩、卢元素、吴琼仙的题画诗也较多。

王倩，生卒年不详。道光、咸丰间在世。字雅三，号梅卿，浙江山阴（今绍兴）人。知县王谋文女，陈竹士继室。工诗词。兼善绘事，画梅尤多。曾欲绘士女百幅，未就。其"诗才，与纤纤相伯仲，倘使同时角韵，正不知谁作盟主也"[19]。

陈竹士前室金纤纤所著《瘦吟楼稿》，为前辈名流所赏识，惜未刊。于是王倩卖画数十帧，并自著《问花楼集》，悉以付梓，世共称之。

《随园女弟子诗选》选其诗13首，都较有意蕴，试看《题九九消寒图》选二：

四九严寒饯腊残，相期随例作春盘。

年年际此愁风雪，多少人家度岁难。

七九才交柳色柔，怀人容易动离愁。

阳和欲暖风偏冷，还怕登楼望陌头。

第一首诗写一年将尽，按习俗在立春日，家家都相期"作春盘"，但是当此风雪漫天之际，又有多少人家难度年关呢！一边是有美食"春盘"的盛宴；另一边是度日如年，食不果腹。两相对比，意蕴深邃。诗人虑此，难能可贵。第二首诗写春愁，妙在尾句"还怕登楼望陌头"。唐代诗人王昌龄《闺怨》诗说："忽见陌头杨柳色，悔教夫婿觅封侯。"那是少妇见春色而思夫。而诗人却说"怕登楼"，意蕴似更深一层。王昌龄诗中的"少妇"原是不知愁，是"忽见陌头杨柳色"而生愁。但此诗中的思妇是已有"离愁"，所以才借口"风偏冷"而不敢登楼，其愁似更深。它与宋之问的名句"近乡情更怯，不敢问来人"（《渡汉江》）似出于同一机杼。

卢元素，生卒年不详，字鸲云，号静香居士，小字淑莲，长白（今吉林长白）人，一作江都（今江苏扬州）人。后徙居江苏吴江。钱塘钱东继妻。工绣人物、草虫，有针神之目。嫁后，亦善画梅兰，又师袁慰祖写山水。与骆佩香诗画齐名，有"女卢骆"之称。《随园女弟子诗选》选其诗14首。梁乙真评其诗"风流绰约，在随园弟子中，与纤纤相近，然其神韵婉绝，则又似渔洋一派"[20]。她的题画诗与人不同之处在于为刺绣、绘画并题，既言绣之巧，又称画之美，当为题画诗中之新品。其佳作有《宾谷都转诗致玉鱼主人属素为三朵花图绣幅，用元韵并绣卷上》《绣卷成宾谷先生以诗赐示，步元韵谢教，即题卷后》等。试看《宾谷都转诗致玉鱼主人属素为三朵花图绣幅，用元韵并绣卷上》：

> 房州异人久仙去，此地忽降房州云。
> 仙云五朵复三朵，明月二分增一分。
> 画图始识春风面，绮绣还添弱线纹。
> 佳话古今征故事，却于花事所稀闻。

钱玉鱼（东）记载："乙卯四月，扬州金带围开，一茎三花。都转曾宾谷先生属东为图，且乞净香典丝为合卷。时净香颇学为诗，并绣所作，合章于上。七月图绣并成。"[21]金带围，芍药花之一种，似牡丹。此诗首联以神话传说开头，增添了神秘色彩。《苏轼诗集》卷十二中载："房州通

判许安世，以书遗余言：'吾州有异人，常戴三朵花，莫知其姓名，郡人因以三朵花名之。能作诗，皆神仙意。"颈联说由于仙云降临而花开，使原本二分"明月"的扬州又增一分，极言此花之魅力。颈联，一是点出"画图"；二是点出"绮绣"，紧扣题目。尾联言佳话之稀奇。此诗虽无新意，但为画、绣双题却较为罕见。

她的《题陈竹士秀才虎山寻梦图》也是佳作：

> 山径依然是，重寻点屐苔。
>
> 相看图画里，不见美人来。
>
> 一梦何时醒，三生只自猜。
>
> 泠泠剑池水，呜咽绕山隈。

此诗追忆当年金逸于虎山与夫君陈竹士唱和之往事。然而，山径依旧，不见美人，只有剑池水绕山呜咽。流水当哭，不胜凄绝。

吴琼仙，生卒年不详，字子佩，一字或号珊珊，吴江人。待诏徐达源之妻。性聪颖，善诗文，绘事无不工。"袁随园闻之，尝自吴中过访，以为徐淑之才，在秦嘉上也。"[22] 著有《写韵楼集》。《随园女弟子诗选》录其题画诗7首。其中《题陈秋史亭角寻诗图》其一较有情韵：

> 茅亭四角水之隈，门为寻诗昼不开。
>
> 倚遍阑干无一语，梅花如雪点苍苔。

"寻诗"，是指诗人寻求创作素材和灵感的过程，是抽象的思维活动，要表现这种活动颇为不易。宋代诗人陈与义的《寻诗两绝句》中说："楚酒困人三日醉，园花经雨百般红。无人画出陈居士，亭角寻诗满袖风。"这是画出寻诗图之难，至于用文字来表现似乎更难。此诗前三句是写环境和诗人的事前准备，而最后一句"梅花如雪点苍苔"，似乎既找到了题材，又找到了灵感。空灵而具象，颇耐人吟咏。

此外，王玉茹、陈淑兰、鲍之蕙、戴兰英等也有题画诗存世。其中鲍之蕙的《题虎寻梦图有序》与卢元素的《题陈竹士秀才虎山寻梦图》有异曲同工之妙：

吴门陈竹士曾偕尊阃金纤纤女士虎山唱和。甫及岁馀，而纤纤物化，欲作《虎山寻梦图》以寄意。适得陆定子画幅，若预为留赠者。翰墨因缘，非偶然也。爰题小诗纪之。

> 虎山重访旧游踪，山自嶄岏柳自浓。
> 惟有冰魂无觅处，凄凉孤棹梦惺忪。
> 珠联玉和几经秋，佳偶人间罕白头。
> 今日披图思往事，一坪芳草替人愁。

诗人慨今伤昔，感喟无限，而与诗前小序并读，尤令人凄怆。一句"一坪芳草替人愁"，既移情于景，又引人遐思，馀韵不尽，给人以别样的生命体验。

注　释

〔1〕《苏州府志》。

〔2〕李堂：《绿庵诗话》。

〔3〕沈德潜：《说诗晬语》。

〔4〕〔5〕梁乙真：《清代妇女文学史》，山西人民出版社，2015，第95页。

〔6〕王英志：《大家之女与贫者之妇》，《苏州大学学报》1994年第4期。

〔7〕韩愈：《荆潭唱和诗序》。

〔8〕欧阳修：《梅圣俞诗集序》。

〔9〕《随园诗话补遗》卷十。

〔10〕《随园轶事·闺中三大知己》，载《袁枚全集》第八册，江苏古籍出版社，1993。

〔11〕《袁枚全集》第三册《随园诗话三卷》，江苏古籍出版社，1993。

〔12〕《袁枚全集》第三册《随园诗话七卷》，江苏古籍出版社，1993。

〔13〕转引自《随园诗话补遗》卷九。

〔14〕《清代闺阁诗人征略》卷六。

〔15〕《后知己诗·纤纤女子金逸》。

〔16〕〔18〕〔19〕〔20〕〔22〕《清代妇女文学史》，山西人民出版社，2015，第79、89、84、92、75页。

〔17〕《随园诗话补遗》卷十。

〔21〕《随园女弟子诗选》卷五，东方文学社，1953。

第四十七章
与"性灵派"相近的题画诗人

第一节　洪亮吉题画诗

洪亮吉

洪亮吉（1746—1809），清代经学家、文学家。初名莲，又名礼吉，字君直，一字稚存，号北江，晚号更生居士。阳湖（今江苏常州）人。乾隆五十五年（1790）科举榜眼，授翰林院编修。嘉庆四年（1799），上书军机王大臣言事，极论时弊，得罪权臣，免死戍伊犁。次年诏以"罪亮吉后，言事者日少"，释还。居家十年而卒。文工骈体，与孔广森并肩，学术长于舆地。洪亮吉论人口增长过速之害，实为近代人口学说之先驱。著有《卷施阁诗文集》《附鲒轩诗集》《更生斋诗文集》《汉魏音》《北江诗话》《春秋左传诂》等。

洪亮吉论诗强调"性情""气格"，认为诗要"另具手眼，自写性情"，赞赏杜牧的诗文能于韩、柳、元、白四家之外"别成一家"的独创精神；批评沈德潜诗学古人"全师其貌，而先已遗神"（《北江诗话》卷四）；非议翁方纲诗"如博士解经，苦无心得"（《北江诗话》卷一）。

洪亮吉诗虽有与"性灵派"相似之处，并得到袁枚、蒋士铨的赏识，但其风格却不尽与之相同，往往奇崛多姿、气势奔放。他与黄景仁齐名江左，号"洪黄"。

洪亮吉亦擅书，以篆书见长。似能画，虽不见载史籍，但从其《赠花图为严公子观赋四首》诗序中可知，曾"绘赠花图"。

在《卷施阁诗文集》存有许多题画诗。这些诗或咏史或写实，多涉时弊，其风格平易质朴，很少有奇崛之语。如《题阿房宫图》：

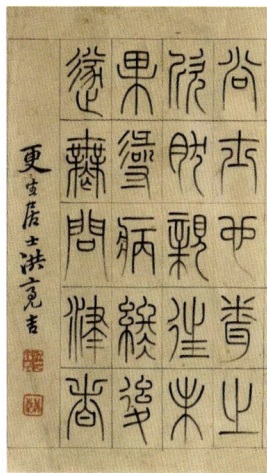

洪亮吉篆书

> 一百万卒长城中，四十万卒新安东。
>
> 咸阳间左已尽发，余者内筑阿房宫。
>
> 小刑鞭笞大刑族，趣就咸阳万间屋。
>
> 连城跨渭百里余，日月光穷许然烛。
>
> 秦家筑城非一隅，秦家筑宫连百区。
>
> 雄心一世至万世，束缚黔首常安居。
>
> 可怜绢粉今凄瑟，焦土星星野萤出。
>
> 版屋祠荒赛百虫，阿房赋冷吟残虱。
>
> 噫吁嘻，悯儒乡，火一日。
>
> 咸阳宫，火三月。
>
> 君不见，楚人灰红秦烬黑，汉家龙兴由火德。

古来吟咏《阿房宫图》的诗有很多，此诗较之更为深刻，不仅揭露了当年秦统治者修城筑宫给人民带来之深重苦难和官吏之残暴——"小刑鞭笞大刑族"，而且指出一切违背人民意愿、逆历史潮流的行径，无论是焚书坑儒，还是筑长城以御强敌，终不能挽救其覆亡的命运。

洪亮吉为官清廉，关心民瘼，试看《南村散赈图为山阳尉题》：

> 河流东来不可当，忆昨鱼鳖升君堂。
>
> 官卑方摄丞簿尉，天险欲合江淮黄。
>
> 河流决城已旬日，散赈遂呼尉官出。
>
> 尉官耳聋年六十，验票呼人百无失。
>
> 大者屋角狂狐奔，小者树底饥鹰蹲。
>
> 头颠颈缩三日饿，共盼赈粟来空村。

持瓢举釜复携斗，已见千人立沙阜。

黄衫小吏足不停，村后村前更招手。

深泥没骭无肩舆，尉来村北跨一驴。

行筹散尽整鞭去，不遣索米来豪胥。

淮阴太守知君绩，早晚台端奏贤迹。

君今所补非寸尺，不见遗黎活千百。

这首诗真实而具体地描绘出一幅灾民图："大者屋角狂狐奔，小者树底饥鹰蹲。头颠颈缩三日饿，共盼赈粟来空村。持瓢举釜复携斗，已见千人立沙阜。"并重点塑造了一位救民于水火的县尉形象，他虽已年届花甲，耳聋不便，但"验票呼人百无失"。在深泥没骭中骑驴往来奔走，对饥民应赈尽赈，毫不徇私枉法，"行筹散尽整鞭去，不遣索米来豪胥。"这在封建社会真是不多见的好官，理应受到诗人的表彰。

在洪亮吉的题画诗中，多为题咏山水、花卉之作。这类诗风格清丽，韵致天成，如《题崔恭人秋山访菊图》六首中其二、三、四：

衫裳叶叶起云霞，簇蝶裙飘一径斜。

却过小桥天路近，绝无人跻（一作迹）有飞鸦。

飞瀑浑疑石上琴，欲从何处更幽寻。

空明一点灵山月，与证迢迢世外心。

云里红阑曲折横，半秋时节出山城。

飞仙一个花千朵，都署头衔太瘦生。

这几首咏菊诗写菊而不出一菊字，以花喻人，复以人喻花，既赞花又赞人，比拟贴切，形象生动。此外，这组诗还通过对山水景物的描绘流露出诗人的"世外心"。瀑水轻流，似石上琴鸣，山月一点，人迹罕至，真有"千山鸟飞绝"之空寂。这是洪亮吉诗风空灵清澈的一面。

第二节 蒋士铨题画诗

蒋士铨（1725—1785），字心馀、苕生、蕖生，号藏园，又号清容居士，晚号定甫。清代戏曲家、文学家。江西铅山（今属上饶）人，祖籍湖州长兴（今浙江长兴）。

乾隆二十二年（1757）进士，官翰林院编修。乾隆二十九年（1764）辞官后，主持蕺山、崇文、安定三书院讲席。

蒋士铨

精通戏曲，工诗古文，少与汪轫、杨垕、赵由仪并称"江西四才子"。由于袁枚的推许，他与袁氏、赵翼并称"江右三大家"。其诗横出锐入，苍苍莽莽，不主故常，盖受黄山谷影响，讲究骨力。诗风虽与袁枚有相似之处，但也有明显差异。就题画诗而言，则相似大于相异。其词笔墨恣肆，自是奇才。戏曲亦为清代大家。亦工散曲。

蒋士铨所著《忠雅堂诗集》存诗2569首，存于稿本的未刊诗达数千首，其戏曲创作存《红雪楼九种曲》等49种。

蒋士铨的题画作品主要有三种体式，即题画诗、词和散曲。他是清代少有的题画诗、词、曲兼擅的名家。其中题画诗最多，词次之，散曲较少。

其题画诗的代表作是《题卖牛图歌为两峰作》：

田无干处用牛力，田家不忍杀牛食。
完粮要钱不要牛，卖人不及牛身值。
人牛饿死争早迟，且换死别为生离。
牛别牛宫不复返，全家哭送牛何之。
相依日久同留恋，虽受鞭笞牛不怨。
杀身有补报酬恩，奈何只卖钱三贯。

皇天生牛任至劳，饿鬼劫到不可逃。

鬼神岂不惜牛命，凶年弃去同秋毫。

菩萨心肠圣贤手，画之咏之亦何有！

君不见安居骨肉每仳离，何况饥寒难共守。

这是一首反映当时农民艰难生活的诗，较为深刻地揭露了所谓乾嘉盛世的社会矛盾。诗人对农民的苦难寄予深切的同情，并大声疾呼："杀身有补报酬恩，奈何只卖钱三贯。"此诗写人牛死别的场面尤为动人："牛别牛宫不复返，全家哭送牛何之。相依日久同留恋，虽受鞭笞牛不怨。"读之，催人泪下。这首诗不就画面着笔，仿佛是现实生活的真实写照，它和白居易的新乐府一样，针砭时弊毫不留情，是清代题画诗中难得之作。

蒋士铨还有一些题画小诗，富有哲理，也耐人寻味。如《题王石谷画册·玉簪》：

低丛大叶翠离离，白玉搔头放几枝。

分付凉风勤约束，不宜开到十分时。

这首诗是为清初著名画家王石谷所画玉簪花而题。首两句写低丛大叶、翠色纷披之玉簪花，为下文造势；后两句借以言理。"不宜开到十分时"，是此篇之警策。其寄意主要有三：其一，从审美的角度讲，花之半开或不"到十分时"，是最具观赏价值的。刘克庄在咏梅花诗中说："到得离披无意绪，精神全在半开中。"[1]其二，展现出一种深邃的哲学思想。中国古代哲人提倡"致中和"，讲究适可而止，反对走极端，认为过满则溢。宋人理学家邵雍的《安乐窝中吟》中说："美酒饮教微醉后，好花看到半开时。这般意思难名状，只恐人间都未知。"也正是此意。对此，德国文艺理论家莱辛作过充分而精确的阐释。他说："在一种激情的整个过程里，最不能显现它的好处莫过于它的顶点。到了顶点就到了止境，眼睛就不能朝更远的地方去看，想象就被捆住了翅膀。"其三，花开十分，正是它的生气将耗尽之时。寓有物极必反、盛极而衰之意。此诗虽短，寄怀却深，不失为题画之佳品[2]。

《题王石谷画册十二首》其五是为山水画而题，其诗是：

> 不写晴山写雨山，似呵明镜照烟鬟。
>
> 人间万象模糊好，风马云车便往还。

此诗的诗眼在第三句："人间万象模糊好。"一是阐释了审美体验。他以写山为例，晴山一览无余，没有多少施展笔墨空间；而写雨山，如烟似雾，亦实亦虚，更具诗情美蕴。二是以哲学思维，从宏观层面上总结了艺术创造、审美感受的一种规律性认识，即提倡一种朦胧之美。三是从诗人的身世、阅历看，说"人间万象模糊"，也有发泄牢骚、愤世嫉俗的因素。

在《忠雅堂词集》的题画词中，主要有山水、花卉、人物等三类。其中人物类又以题照类为多。但无论哪类词，其主旨都为写情。试看写去怀乡之情的《百字令·蔡文姬擘阮图二首》其一：

> 画中人面，坐胡床摘阮。双雏侍侧。貂帽蛮靴垂辫发，绝代春风颜色。旄帐魂孤，兜离语异，猎骑如云黑。阏氏年少，此时应也白头。　　当日一样还朝，羌儿泪洒，不若苏通国。留取馀生埋卫冢，蓬首翻求国贼。虎士如林，龙骧满厩，都尉何恩德！那堪再误，胡笳不用多拍。

这是蒋词中的佳作。上阙写蔡琰（字文姬）坐胡床弹阮，双儿侍侧，感伤去国魂孤、青春不再。下阙写蔡琰被赎回后之遭遇。她本拟"留取馀生"，以归葬前夫河东卫仲道之墓，但祸事再起，她再嫁屯田都尉董祀后，董祀又犯死罪，无奈她只得"蓬首翻求国贼"。据史载，"（蔡琰）蓬首徒行，叩头请罪，音辞清辩，旨甚酸哀，众皆为改容。"（《后汉书·列女传》）曹操也为其所动而赦免了董祀。此词浓缩了蔡琰一生复杂的际遇，极具概括力；情悲意切，哀婉感人。正所谓"词不及情者，未能臻妙如此"（邹祗谟《陈忠裕全集》）。这也体现了"性灵派"诗人之主张。

另一首《蝶恋花·引鹤图》也是写情之杰作：

> 妾意君情花远近。转眼胎禽，却被松枝引。再访玉真云路隐，人间只有情难尽。　　翯影衣香留画本，写自向年，色韵都相准。打鸭

随雅天最忍，柔肠算被相思损。

此词既以花喻人，又以鹤寄意，亦花亦人、亦画亦诗，似远实近，若隐若现，在迷离恍惚中道出"人间只有情难尽"之主旨，缥缈澹宕，足见用笔之妙。

在《全清散曲》中存蒋士铨题画散曲7首，全为套数。在这些散曲中虽然也有讽谕之笔，或感叹"从来行路最艰难"，或长吟"笑偏从贬谪见生平"，但更多地却是热衷于细腻地描写美女的情态和文人追香逐玉的享乐，"生逐莺花老，死凭风月吊"。如《〔南南吕绣带儿〕题仇十洲华清出浴图》中写道："才收起一堆晴雪，梨花带雨些些。拭罗巾雨晕微干，系湘裙花影难遮。瞧者，烟迷暖玉刚半截，漏春光似淡云偷月。莲房小凝酥并列，浑不是隔中单的红绡全卸。"即使写历史名人题材的作品，如《〔南商调金络索〕坡仙黄州旅居图》也用较多文字写艳情："匀脂绽海棠，恰称朝云傍。翠袖红肌，现绝世佳人样。"散曲中这些描写虽然不免低俗，但也真实地反映了清散曲的世俗化倾向。这种对于男欢女爱的渴求与描写，不再矫情地以假道学面目出现，却是人的自然本性的回归。它对于束缚人性的封建礼教也是一种冲击和叛逆。

在蒋士铨题散曲中，也有表现"忠孝情怀义烈心"之作，如《〔南南吕太师引绣带〕题张瘦铜检阅荒庄感旧图》：

> 好青山付与儿孙看，感沧桑又到歌残酒阑。袖中文曾弹权相，手中笏待击群奸。归田，柴门流水真疏散，狎鸥鹭全抛名宦。菟裘小有瓜棚药栏，任鱼樵把作平泉庄远。

张埙，号瘦铜，清代官吏。诗人、书法家和书画鉴赏家。他与蒋士铨共同倡导新乐府，诗歌齐名，交谊深厚。张埙一生为官清廉，颇有政声。据史载，他任登封知县到任之日，即拜岳立誓："不取一钱，不枉一人"，决心做一位勤政廉洁的父母官。后因政绩显著，擢广西南宁通判。去之日，民遮道哭，立祠于四乡，肖像祀焉，榜曰"天下清官第一"。曲中说："袖中文曾弹权相，手中笏待击群奸"，当是对他的真实写照。而蒋士铨也秉性刚直，磊落嵚崎，阮元说他"遇不可于意，虽权贵几微不能容"。因此，这既是赞许张埙之笔，也有诗人自剖心迹之意。此词前段虽有沧桑之感，后段又有隐逸之思，但格调并不低沉，在萧散中有豪情，为题画散曲中之佳品。

第三节　"今李白"黄景仁题画诗

黄景仁（1749—1783），字仲则，一字汉镛，号鹿菲子，武进（今江苏常州）人。其短暂的一生，大都在贫病愁苦中度过，曾自叹："一身堕地来，恨事常八九。"（《冬夜左二招饮》）又说："全家都在风声里，九月衣裳未剪裁。"（《都门秋思》）

黄景仁

他擅长绘画、书法和篆刻，尤以诗著称于世。

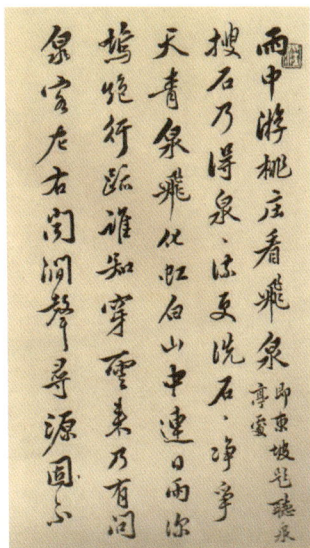

黄景仁书法作品

黄景仁《画竹》

翁方纲评其诗说："能诣前人所未造之地，凌、厉、奇、矫，不主故常。"（《两当轩集·序》）袁枚对其诗也颇加赞许，称他为"今李白"。

有《两当轩集》。

897

　　黄景仁的题画诗因受题材所限，很少写自己的辛酸际遇和羁旅情怀。《题〈桃花流水图〉用陈其年为乔编修赋韵》是黄景仁题画诗代表作之一，最能反映他的思想境界。其诗是：

何人图此七尺练？一舸坐我春江中。

春江忽失鸭头绿，为有万树绯桃烘。

维时花光共水气，拍作一片朝霞融。

岂止染透木兰楫，直欲映到珊瑚宫。

耳边仿佛闻欸乃，橹声划碎波心红。

复有几点随橹去，白鹭飞起苍烟空。

意者此即武陵路，扁舟摇入烟波丛。

画笔难到避（一作遁）秦处，故少鸡犬和儿童。

不然人间岂得此，化手作意摹玲珑。

又或寻溪到刘阮，片片引入仙源中。

琼浆玉液出丹室，云鬟雾髻临青铜。

不知此外已几世，有似弩箭初辞弓。

呜呼！倘得此地绝人镜，遑问窈窕和淳丰。

移家径拟画中住，庶几一与仙灵通。

不然亦当手提钓竿去，看到夹岸成青葱。

手中泼剌鳜鱼起，一笑天地皆春风。

　　这首诗由《桃花流水图》展开想象与联想，诗人提出了两个去向：一是"移家径拟画中住，庶几一与仙灵通"。他不仅用"五彩画笔"将画中景象描绘成人间仙境，而且将"刘阮"天台遇仙的故事也引入画境，亦实亦虚，颇为浪漫，真有谪仙李白之遗风。二是隐居林泉，持竿垂钓。这似乎与诗人早年的仕进理想相悖。但也是他仕途蹭蹬后的无奈选择。他游山川，写山水，既是天性使然，也是为了借山水以排遣内心之苦闷。诗中说"一笑天地皆春风"，并非发自内心，只不过是强颜欢笑而已。黄景仁的这类题画诗，虽然远没有其非题画诗那样强烈的感情宣泄，但也和他的基本思想相一致。

黄景仁的诗风近李白，但其题画诗在艺术上却有多种风格，或豪宕飘逸，或苍凉冷峻，或清新淡雅，或意境幽深，各具特点。试看其《题马氏斋头秋鹰图》：

秋高江馆寒生棱，眼芒忽触瑶光星。
空尘动壁风旋榻，飒爽下击要离精。
金眸窈注紧脑侧，下若万骑相摩声。
凝神看定知是画，是谁扫笔如霜硎？
虚光四来指毛发，杀气迅走兼精英。
悬此可以了魑魅，讵有鸟雀来空庭？
昔年作健臂而走，一挥飞破长天青。
仰天大笑缨索绝，毿毵斗大盘高城。
沙黄日白杳不见，围场散尽毛血腥。
今日见画如见生，头角怪尔逾峥嵘。
得霜则奋饱则飏，呼鹖作弟鹯为兄。
知君气类极神俊，嗟彼雉兔何聊生。
急将此图卷高阁，眼前万物心和平。

这首诗以神来之笔把画鹰写得活灵活现，如置目前。它飞破青空，杀气腾腾，让世间一切"魑魅"逃得无影无踪。这既是写画，也是赞画家，更是诗人少见的强健姿态和美好理想的寄托。浪漫豪宕，激情四射，真有如袁枚所称的"今李白"之味道，而且并无其一般诗歌所惯有的悲愁感伤情调。

但他的《题画二首》则表现了另一种风.

子昂兰
土净烟空点欲无，一花一叶惹秋芜。
水晶宫里王孙画，憔悴何曾似左徒。

仲姬竹
苍凉翠袖感萧辰，林下风标本绝伦。
扫出数枝斑竹影，湘夫人对管夫人。

这两首诗分别为元代著名书画家赵孟頫的画兰和其夫人管道升的画竹而题，虽然意在赞其画其人，但景色萧疏，一片"秋芜"，在"土净烟空"中，让人感到意境清绝，诗调苍凉。试看另一首《题郑秋堂山水幅》：

> 君家三绝此其一，画此春山白云出。
>
> 春山郁郁何葱葱，云卷忽随缣素空。
>
> 偶然断出林岫色，复叠不知千万重。
>
> 长松飘风千堕瓦，下有读书长啸者。
>
> 坐看生灭云耶山？斯人怀抱岂等闲。
>
> 我欲扁舟一相访，侧身天地何由往！

再看另一首《题画》：

> 淙淙独鸣涧，矫矫孤生松。
>
> 半夜未归鹤，一声何寺钟。
>
> 此时弹绿绮，明月正中峰。
>
> 仿佛逢僧处，春山第几重？

这两首诗虽然写的都是山水，青山郁郁，白云悠悠，似乎并无人间烟火，但却自有人在。这就是"读书长啸者"和"弹绿绮"之人。这既是诗人的化身，也是诗人的理想追求。然而，这位似乎已"忘情"的人，也流露出无所归属的幽苦——"我欲扁舟一相访，侧身天地何由往"。

《杂题郑素亭画册四首》也是黄景仁另一种艺术风格的代表作，请看其一、其四：

> 月暗沉云多，山深夜泉长。
>
> 忽断疏钟撞，谁敲石门响。

> 倦掩窗前卷，闲挥膝上桐。
>
> 斜阳留几许，雁背不成红。

前一首诗"月暗沉云"，山深泉长，疏钟忽断，人敲山门。化无声为有声，以动衬静。后一首诗，景色暗淡，夕阳仅馀残辉，已不能染红雁背。意境幽寂，笔调沉缓，其感伤之情自在言外。但为这类山水画的题诗，也能显现诗人特有的孤傲个性，如《题晓山上人画幅》：

> 夙昔烟霞意最亲，披图忽忽感前尘。
> 云林如此真幽绝，可有读书长啸人？

"长啸"，往往是古代"有志不获骋"者的一种抒泄方式。这里的"长啸人"则是诗人"感前尘"而心不平的自我形象。

黄景仁的题画诗在遣词造句上也颇见功力，工巧细密，描绘生动，往往能在有限的词语间营造出意蕴无穷的氛围，如《题李牧堂青岩图》中"壁上龙蛇藤补屋，枕边风雨树穿棂"一联就极为形象：野藤入屋如龙蛇般爬满墙壁，风雨大作，山间的老树借势穿破窗棂。仅仅十四个字就写出建在"重崖叠嶂"上"草亭"的破旧与荒凉。倘无相似的生活经历和细腻的观察力，是写不出这样的名联佳句的。又如《屠青渠丈过饮醉后作山水幅见遗》中一段：

> 常时兀兀不动手，醉来泼墨风雨驰。
> 长虹俯吸海波立，乖龙上蹴天云垂。
> 及当精心运毫末，双目炯如漆点脂。
> 图成挂我竹间屋，恍有光怪来穷追。
> 翻樽却避坐上客，索栗怖走邻家儿。

画家所绘既不是山精海怪，也不是豺狼虎豹，而是一幅普通的山水图，然而诗人却写得风起云涌、海啸波立，恍有"光怪"来追，骇目惊心，竟吓得客人避而"翻樽"，邻家"索栗"小儿怖而逃走。多种修辞方法的运用和字句的提炼，使画中之静景变成波澜壮阔之动态，创造出新的意象。

第四节　舒位题画诗

舒位（1765—1816），清代诗人、画家、戏曲家。字立人，号铁云，小字犀禅。直隶大兴（今属北京市）人，生长于吴县（今江苏苏州）。伯父希忠曾官江南，父永福偕行，因而寄居吴门。乾隆三十年（1765），沈氏于苏州生下舒位，沈氏本也吴人。舒位少颖悟，10岁能文，伯父希忠赞曰："此吾家千里驹也。"14岁随父任居广西永福县，其父官舍后有铁云山，因而自号铁云山人。舒位居京师时，作戏曲，礼亲王爱其才，辄以作品付家乐演习，给以润笔，并与当时的戏曲家蒋士铨、王昙等相友善。舒位因家境贫寒，

舒位

后赴河北河间府太守王朝梧幕中任幕僚。嘉庆二年（1797），曾随王朝梧从军黔西征仲苗。舒位事母至孝，嘉庆二十一年（1816），母殁，舒位自真州戴星奔丧回家。由于悲伤过度，不进水浆，同年除夕卒。

舒位博学，善书画，尤工诗、乐府，书各体皆工。作画师徐渭，冯金伯的《墨香居画识》中评价舒希忠画作云："工山水，学云林生萧疏一派，而笔底仍自浑厚。"舒希忠在绘画上师法倪瓒，而舒位师法徐渭。倪瓒和徐渭分别为元、明两代非常有代表性的文人画画家。元代山水画家摒弃了南宋马远、夏

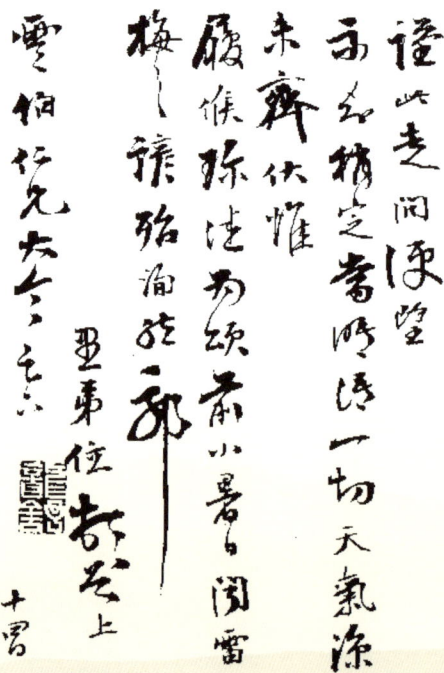

舒位书法作品

珪精妙逼真的传统，上追董源、巨然平淡天真的画风。倪瓒也不例外，他推崇"逸气"与"逸笔"说，笔墨秀润简雅，苍劲浑厚。徐渭在明代属于吴派画家，吴派于山水画宗法王维、荆浩、关仝、董源、巨然及"元季四大家"等人。作为明代最有革新精神的画家，徐渭常称自己"生相由来不附人""墨花夺巧自天成"[3]，但作为吴派画家的一员，他不仅和倪瓒一样师法董、巨，而且对"元季四大家"之一的倪瓒也应有所借鉴。他还在《旧偶画鱼作此》中提到自己和倪瓒"逸笔草草"画风的相似之处："元镇作墨竹，随意将墨涂。凭谁呼画里，或芦或呼麻。我昔画尺鳞，人问此何鱼？我亦不能答，张颠狂草书。"[4]由此看来，舒位与伯父虽有不同的师承，实则两人接受的绘画理论多有相通之处。

舒位的画作流传下来的极少，其中为《红楼梦》所绘的一套彩图，当是目前所知最早的《红楼梦》人物图，弥足珍贵。此彩图共18幅，皆为人物图，"设色浓艳，为青绿山水。人物生动，开脸鲜活，风格古朴"[5]。每幅图后均附行草书题词。

舒位是著名诗人。诗与王昙、孙原湘齐名，有"三君"之称。舒位推崇袁枚，在拜谒随园时，说袁氏"等身诗卷留天地"（《随园作》其一）；又在《乾嘉诗坛点将录》中，将袁枚比作"及时雨"宋江，对袁枚的地位和影响予以肯定："古诗多歌谣，性情之所寓"（《答孟楷论诗三首》其一）。"几从患难伤离别，却谢才华见性灵"（《城南雨夜与姨生王仲瞿孝廉话旧》）。舒位主张诗歌要寓"性情"、见"性灵"。与袁枚一样，舒位在叙述中，有时言"性情"，有时言"性灵"。但无论用哪个词，其基本内涵是相通的。综观舒位诗论，其所说的性情、性灵，可以概括为几个方面：真情、个性和天才，即抒写真情，写出个性，同时诗人需要具备天才。

舒位现存诗达两千余首。由于他读书颇博，又奔走四方，所以其诗反映社会生活较广。但在一部分作品中流露出失意的哀愁，也有些篇章讽刺时政或抨击现实。他的诗以七古、七律为最胜，清浚奇肆。龚自珍则将他与彭兆荪并举，称赞他的诗歌风格"郁怒横逸"（《己亥杂诗》自注）。舒位精通曲律，所作戏曲人称当行。

舒位的诗作很有成就，可他非常谦逊，把自己的知识和创作成就比作

大海中的一瓶水，所以命名自己的书斋为"瓶水斋"。著有《瓶水斋诗集》17卷，《瓶水斋诗别集》2卷，《乾嘉诗坛点将录》，以及戏曲《卓女当炉》、《樊姬拥髻》、《酉阳修月》、《博望访星》（以上四种合刻称《瓶笙馆修箫谱》）、《桃花人面》和《琵琶赚》等。

舒位的题画诗也和非题画诗一样，多有关注现实之作，如他的《题王仲瞿〈留待山居图〉四绝句》。其一是：

> 便有柴门傍水开，田园勤灌树亲栽。
>
> 笑他风雨催租者，不到《三都赋》里来。

王仲瞿，名昙，字仲瞿，一字士良，秀水（今浙江嘉兴）人，是舒位的好友。工诗文，善画山水。一生不得志，晚居西湖郁郁而死。所绘《留待山居图》，意在隐居山林，不愿入世。《三都赋》，即西晋左思所写的《蜀都赋》《吴都赋》《魏都赋》，其主旨是贬蜀、吴，美魏政，论述立国兴邦之策。诗中说"不到《三都赋》里来"，是借指王昙隐居田园，远离封建统治者，以示抗争。因此，这首诗既赞颂友人王昙隐居田园，不与统治者合作的高风亮节，又表现了催租官吏的凶恶无情。他在《题钱舜举锦灰堆横卷》中说："浮名只宜画作饼，好官无过多得财"，更是对贪官污吏的直接嘲讽。

《仇英昭阳宫图》是舒位题画诗的重要代表作，其诗是：

> 汉宫第一是昭阳，纸醉金迷不可量。
>
> 选楼特盛西都赋，画史重开北苑妆。
>
> 屋不呈材墙不露，宝帐芙蓉隐红雾。
>
> 已唱留仙燕燕飞，更占归妹蛩蛩负。
>
> 当年流转向长安，歌舞阳阿结主欢。
>
> 争得方书授彭祖，分明外传付伶玄。
>
> 便房省簿鸳鸯蝶，别馆通仙远相接。
>
> 人间滋味五侯鲭，夜半光华万年蛤。
>
> 此时甲第渭阳开，引水穿城往复回。
>
> 渐台急肖白虎式，灵庙谁歌赤凤来。

吹埙击鼓凝丝竹，更奏归风送远曲。

早听童谣啄木门，似遵祖制藏金屋。

珠围帘幕璧衔窗，道是无双却有双。

松舟波皱千人棹，兰室香凝二等釭。

别有深沉写难遍，长门永巷无人见。

一纸私传许孅书，三秋新制斑姬扇。

昆明池底劫灰涂，海岳船中绢本麄。

可怜列女前编传，不见名臣古画图。

这首题画诗较为具体地描绘出围绕汉代昭阳宫所发生的种种奢靡与荒淫，极大地补充了绘画只见静态景物之不足。诗人绘声绘色，细致入微，将外景引向内室，将现实拉向历史，把统治者"穷耳目之好，极声色之欲"写得淋漓尽致。但因用典过多，读来较为生涩。最后所用的"昆明劫灰"一典出自晋干宝《搜神记》，汉武帝凿昆明池，池底为灰墨，问于世人，有道人称"天地大劫将尽，则劫烧（谓天地间的大劫难被烧尽了，这是劫难烧尽后留下的灰尘）"。后人便以劫灰喻灾难后的遗迹。因此后几句是说，在劫难后的遗迹"船中绢本"里却只见"列女"而不见"名臣"，统治者孰重孰轻，可见一斑。此诗的深刻之处还在于，它所揭露的不仅是汉代帝王之淫乐，也是历代统治者穷奢极欲之缩影。

他的另一首《仇英桃花源图》也颇有深意：

仇英《桃花源图》局部

桃源洞，武陵溪，武陵溪口桃花堤。

扁舟捕鱼者谁子，忽逢桃花红欲迷。

再来不记桃源洞，渔人竟作桃花梦。

桃花疑梦人疑仙，惟有武陵流水声溅溅。

君不见阿房宫中三月火，函关一九不能锁。

火光迸入武陵溪，烘出桃花红万朵。

秦人避火闻花香，渐入佳境非故乡。

外间蛇鹿内鸣犬，一十七史龙玄黄。

当年刘阮天台去，人面桃花渺何处。

太守何须更问津，仙人大抵无情人。

无情有情转愁疾，但见山深而林密。

直教招隐作清谈，且与凿空传彩笔。

这首咏桃花源诗与其他同类诗颇不同，它既不是抒归隐之情，也不是写与之悖论的入世有为，而是另有寄意：一是否定桃花源的存在，"桃花疑梦人疑仙"；二是对中国数千年历史作出深刻揭示：一切"断蛇失鹿"，都只不过是为争夺霸主的血战，即"一十七史龙玄黄"；三是指出"仙人大抵无情人"，救不了任何人；四是指出"招隐"本属"清谈"，并不可信。这些颠覆性的认识正是此诗的闪光点和价值所在。

这首诗想象新奇，运笔如画。诗人以"彩笔"为读者描绘出一幅别样的世事图。

他的《为人题海市楼图》五首，也是题画名作，试看其三、四首：

人海浮云宦海风，真成见惯老司空。

但供吟啸休祈祷，笑杀登州百岁翁。

冰绡织水水生花，缥缈虚无未有涯。

除却题诗作画处，更无实地可移家。

苏轼当年知登州时，曾作《登州海市并叙》，其叙云："予闻登州海市旧矣。父老云：'尝出于春夏，今岁晚，不复见矣。'余到官五日而去，以不见为恨，祷于海神广德王之庙，明日见焉，乃作此诗。"舒位诗便是针对苏轼《登州海市并叙》展开议论，他既不赞成祈祷海神求助神灵，又"笑杀"苏轼诗中的"百岁翁"，而由"海市"之变幻想到"人海浮云宦海风"，这当是有感而发。舒位于乾隆五十三年（1788）中举人，不久，伯父犯事遭抄家，于广西任县丞的父亲也以事失官，旋殁于江西。于是，家贫无屋而一度借居他处。除家门不幸外，仕进也极为坎坷，曾九次参加会试，皆不中。因此，舒位一生饱经"人海"之浮云和"宦海"之浮沉，所以才有"缥缈虚无"和"更无实地可移家"之感叹。

舒位的题画诗在艺术上也有特点，往往富于巧思，新意迭出。如《城南灯火图为于庭题即送之冀州》三首其一：

> 宣武坊南路，灯花夜夜圆。
> 两三亲戚话，尺五别离天。
> 《风雨》谁千载，文章又一年。
> 替人红蜡烛，会作画图传。

此诗是为友人于庭所作《将出都门作城南灯火图为诗纪之》而题的和诗。诗人巧用典故，融情于景，很好地表达了惜别之情。"尺五"，据《辛氏三秦》记载："城南韦北，去天尺五。"又宋曾慥《类说》云："韦曲杜鄠近长安。谚曰：'韦曲杜鄠，去天尺五。'"韦曲、杜鄠都是汉王朝三辅地，为贵族豪门居住地区。此诗中代指京师。此句与上一句是倒装，又与上联适成对照。通过往昔"灯花夜夜圆"，与如今的亲戚话别之对比，显出依依惜别、难舍难分。颔联的"尺五"与"两三"（"两"借斤两之音）相对，剪裁谚语，巧用数字，不仅对仗工稳，而且切地关情。颈联出句的《风雨》是《诗经·郑风》的篇名，其主旨是风雨怀人。对句谓你我的文字唱酬交往，倏忽又一年。尾联是说替人垂泪的红烛和烛影摇曳下行人话别的情景，不正是应该作一幅图画，以流传千古吗！余韵悠悠，颇耐人寻思。

舒位也有少量题画词值得重视。他为《红楼梦》人物图所题的18首词，是我国最早为《红楼梦》人物画的题词，对研究《红楼梦》及其人物有一定参考价值。其中为第一幅"宝玉神游"图的题词《金缕曲》和为最后一幅《李纨课子》图的题词《沁园春》，最能反映舒位作画之旨。试看《金缕曲》：

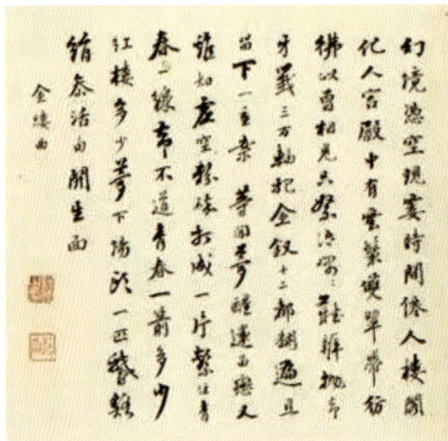

为《红楼梦》人物画的题词

　　　　幻境凭空现。霎时间、仙人楼阁，化人宫殿。中有云鬟双翠带，仿佛似曾相见。只絮语喁喁听辨。抛却牙签三万轴，把金钗十二都翻遍。且留下，一重案。　　等闲梦醒还留恋，又谁知、虚空粉碎，打成一片。系住青春一线，却不道、青春一箭。多少红楼多少梦。下场头、一匹鹅溪绢。参活句，开生面。

　　词中"中有云鬟双翠带，仿佛似曾相见"两句点出《红楼梦》的两大主要人物警幻仙姑与贾宝玉前身神瑛侍者的前世姻缘，即贾宝玉来自太虚幻境，最终还要回到太虚幻境销号。"又谁知、虚空粉碎，打成一片"，是说贾宝玉在人间追求真爱的目的最终破碎。此词和最后一首《沁园春》可视为舒位对《红楼梦》的理解与评价。其他人物画题词多咏叹故事中情节与人物性格，颇为细腻传神，例如咏第二幅"晴雯撕扇"，咏第六幅"二姐出嫁"等，读词如见人，进而联想《红楼梦》中的描写，更有一番情致。

第五节　彭兆荪题画诗

彭兆荪（1769—1821），清代诗人。字湘涵，又字甘亭，晚号忏摩居士。镇洋（今江苏太仓）人。有文名，中举后屡试不第。曾客江苏布政使胡克家及两淮转运使曾燠幕。彭兆荪青少年时，随父宦居边塞，驰马游猎，击剑读书，文情激越，"故其诗有三河年少、扶风豪士之概"。后来遭遇父丧，变卖家产，又因累试不第，落魄名场，常为生活而奔波，诗中"遂多幽忧之旨"。清代张维屏认为他"诗多沉郁之作"，龚自珍则将他与舒位并举，称赞他的诗作"清深渊雅"。他的词今存不多，兼慷慨艳丽之音；文工骈体，亦有佳作。

彭兆荪

著有《文选考异》《小谟觞馆全集》等。

其《题钱舜举春社图和子白作》别有新意：

> 黄鸦谷谷鸠雨晴，十家五家挈队行。
> 神钱花鼓各沾醉，纸上一片酣嬉声。
> 斜阳万条翠陇明，前后人影交欹倾。
> 桃花如云拦路迎，千红笑与酡颜争。
> 社公酒足神应享，禾黍今春定丰穰。
> 归来稳卧三重茅，不怕催租打门响。
> 玉潭画人兼画神，一一想见羲皇民。
> 如金王度不可仿，绘此熙皞尧天春。
> 不隔南阡与东亩，太和盎盎歌盈阜。
> 须知天子万年觞，只视春农一杯酒。
> 鄙人家住东吴东，桑柘亦有蓬蒿宫。

三升治聋看人醉，醒眼妒煞鸡皮翁。

姜棱瓜区都卖却，牛王庙前乡梦恶。

无田无酒我不惜，惜此身当太平日。

不然摹取先生笔，拟身入图添我一。

有手不把犁与锄，请君卷却春社图。

这首诗的前半部写画面景象。从"羲皇民""尧天春"等词语来看，画家所画为上古伏羲、唐尧时期农民祭祀土神之景。春日晴好，黄鸦声喧。人们祭神饮酒，鸣鼓舞蹈，一派盛世和乐之景。农夫对今年的丰收满怀信心与希望，因此"归来稳卧三重茅"，再也不像当时之农夫担心"催租打门响"。并进一步指出："须知天子万年觞，只视春农一杯酒。" 意谓天子要想饮得万年太平酒，江山永固，只看农民是否能够痛饮丰收酒，从而强调了农夫和农业的重要性。从"鄙人"以下，诗情陡转，写出"鄙人"之不幸："姜棱瓜区都卖却，牛王庙前乡梦恶。"地无一垄，居无片瓦。田埂地头都卖却，身在异乡归不得。诗人写的虽然是自身，但读者可以想见当时失掉土地、漂流异乡农夫的深切苦痛。接着笔锋又一转，说："无田无酒我不惜，惜此身当太平日。"好一个"太平日"！这真是对现实的绝大讽刺。最后诗人只好向画家发话，请把"我"再添入图中，意思是宁可做盛世的"画中人"，也决不愿生活在当下，充满了极大的讽刺意味。其对现实批判的尖锐和深刻程度令古今许多题画诗人相形见绌。最后诗人似嘲似谑地说："有手不把犁与锄，请君卷却春社图。"在古代题画诗中，像这样非议画家的作品极少见。钱舜举是南宋末年画家钱选的字，号玉潭，又号巽峰等，宋亡不仕，"励志耻作黄金奴，老作画师头雪白"，是一位很有骨气的画家。因此，诗人并非斥画家，只不过借以揭露和批判现实而已。这首诗写法的好处：一是先扬后抑，对比强烈，形象鲜明，能凸显主旨；二是避直就曲，所谓"画一尺树，更不可令有半寸之直"[6]，曲尽其妙，顿挫有致；三是诗人与画家对话，明贬画作，实斥现实，既耐人深思，又别具情趣。

彭兆荪的题画诗也颇具个性色彩，如《文姬归汉图》三首：

路出祁连塞草寒，两雏抛去返呼韩。

红颜别有伤心事，莫与苏卿一例看。

明妃冢接乌孙路，又送文姬万里还。

看尽往来人似玉，无情最是纥干山。

茫茫家国万愁来，有几蛾眉绝域回。

一种英雄输女子，月明挥泪李陵台。

这三首诗分别用苏武、明妃、李陵三个流落北域的人来衬托蔡文姬形象。她的痛子之心与思亲、思国之情交织在一起，"红颜别有伤心事，莫与苏卿一例看"，视角颇为独特。但是，尽管她"一步一远兮足难移"，最后还是毅然返国。因此，诗人发出了"一种英雄输女子"的由衷赞叹。全诗写得哀婉动人，令人唏嘘不已，体现了其诗沉郁的特点。

彭兆荪另一些为山水画的题诗风格又有不同，如《题湘蘅女弟画扇五首》中后三首：

流水蓬蓬望远村，依稀茅舍枕芳津。

商量白石清泉里，莫有牵萝补屋人。

小艇垂杨一水隈，钓丝风似子陵台。

阿兄颇具烟波骨，添个渔蓑打桨来。

谢家兄弟剧关情，一别红窗岁几更。

讶道离愁频触迕，天边鸿影太分明。

这组山水小诗写得云淡风轻，景色如画，境界清幽，风格恬淡。但画中的人物又引人远思，特别是最后一首诗"离愁"，"频触迕"，分外"关情"。那"天边鸿影"因"太分明"而惹人期盼，使愁更愁，正合其"幽忧之旨"。

彭兆荪也有少量题画词，如《谒金门·巢松斋中秋海棠忽发重台绘瑞棠图索题》：

燕支匀染，双笑梨涡痕茜。莫道秋红春色浅，西风帘自卷。　　六曲屏山云艳，一角蛎墙烟敛。只有幽花心事懒，盈盈低露眼。

此词以花拟人，虽有化用李清照"帘卷西风"句意，但并无衰飒之感，且描绘之美人处处应花，如以"双笑梨涡"喻花之"重台（复瓣）"，以"痕茜"喻花之红艳，均生动而贴切。又下阕中"六曲屏山云艳，一角蛎墙烟敛"一联，以六折之"屏山"对一角之"蛎墙（以蛎壳筑墙，以其灰粉壁）"，以"云艳"对"烟敛"，既工严，又形象，洵为佳联。全词意境幽美，格调清新。

注　释

〔1〕刘克庄：《再和十首》其一。

〔2〕王充闾：《诗外文章——文学、历史、哲学的对话》下卷，人民文学出版社，2018，第212页。

〔3〕章培恒、骆玉明主编《中国文学史新著》下卷，复旦大学出版社、上海文艺出版总社，2007，第464页。

〔4〕方姝：《徐渭花鸟画风格成因研究》，硕士学位论文，上海师范大学，2009。

〔5〕樊志斌：《舒位与〈红楼梦〉绘画》，《曹雪芹研究》2016年第3期。

〔6〕董其昌：《画禅室随笔》。

第四十八章

"四奇"艺术家郑燮

在"扬州八怪"中，最突出的应推郑燮。他以人奇、字奇、画奇、诗文奇称著于世，是中国题画诗发展史上一位思想奇绝、作品奇妙的题画大师。徐悲鸿曾评价："板桥先生为中国近三百年来最卓绝人物之一，其思想奇，文奇，书画尤奇。观其诗文与书画，不但想见高致，而寓仁慈于奇妙，尤为古今天下之难得也。"

第一节　郑燮生平与创作

郑燮（1693—1765），字克柔，号板桥、板桥居士，晚年署板桥老人。兴化（今属江苏泰州）人。后客居扬州。他出身于贫寒的知识分子家庭，幼年丧母，赖乳母教养。康熙年间考取秀才，雍正十年（1732）中举，乾隆元年（1736）中进士。乾隆七年（1742）出任山东范县知县，乾隆十一年（1746）调任潍县。后值山东大饥荒，"人相食"，他开仓赈灾，令百姓领券供给，又修城筑池，招远近饥民就食赴工，还令邑中大中户开厂煮粥，救活万余人。乾隆十三年（1748），乾隆出巡山东。郑燮为书画史，参与筹备。他常以此自豪，镌一印章云："乾隆东封书画史。"乾隆十八年

郑燮

（1753），他因请赈触犯贪官污吏的利益被诬告而辞官。据说，他离职时，只有三头毛驴：一头他自己骑乘，一头驮图书和阮琴，一头给仆人骑乘为前导。因而赢得"三绝诗书画，一官归去来"的美誉。离潍时，百姓遮道挽留，家家画像以祀，并自发于潍城海岛寺为郑燮建立了生祠。罢官后，郑燮回到扬州，以卖画为生，往来于扬州、兴化之间，与朋友书画交往，诗酒唱和。乾隆十九年（1754），他游杭州，复过钱塘，至会稽，探禹穴，游兰亭，往来于山阴道上。乾隆二十二年（1757），他参加了两淮盐运使虞见曾主持的虹桥修禊，并结识了袁枚，以诗相赠答。这一时期，郑燮所作书画作品极多，流传颇广。乾隆三十年（1765），郑燮辞世，终年73岁，葬于兴化城东管阮庄。

郑燮是清代著名的画家，专长于画兰、竹、石，也偶写梅花及其他。其画法既取意于石涛、徐渭、高其佩，又发挥自己的独创精神，形成了独特的艺术风格。他对待古人文化遗产，主张"学一半，撇一半"，"师其意不在迹象间"。在创作上，他提出"眼中之竹""胸中之竹""手中之竹"三阶段论。"眼中之竹"是指观察中的自然实景，"胸中之竹"是艺术创作时的构思，"手中之竹"是艺术创作的实现。他还针对苏轼提出的"胸有成竹"说，别创"胸无成竹"说。郑燮十分注重对自然的直接观察，以真切的感受来萌发画意，而不是心中先有成形之竹。他把这一创作方法描画成"如雷霆霹雳、草木怒生，莫知其然而然"。因此，他的"胸无成竹"与苏轼的"胸有成竹"在实质上并不矛盾[1]。郑燮是"扬州八怪"之一。他思想活跃，风格独特，是"扬州八怪"中最有代表性的画家和题画诗人。

郑燮也是著名的书法家。他以画法入笔，折中于行书和草书之间，自称"六分半书"。其字纵横错落，整整斜斜，不落前人窠臼，人称"乱石铺街"体。"比较他的诗、画，书是最得好评的。《桐阴论画》把他的画仅仅位置在'能品'，而对他的书法则认为'一字一笔，兼众妙之长'。大体说来，他的字，是把真、草、隶、篆四种书体而以真、隶为主的综合起来的一种新的书体，而且又用作画的方法去写。这不但在当时是一种大胆的惊人的变化，就是几千年来也从未见过像他这样自我创造形成一派的"[2]。郑燮也擅长篆刻，古朴不俗。《桐阴论画》的作者秦祖永曾把丁敬、金农、郑燮、黄易、奚冈、蒋仁、徐鸿寿七人的印章边款题跋辑为《七家印跋》，可见其刻印在当时也颇有名气。

郑燮生活于"康乾盛世"，但趋炎附势、哗众取宠之风笼罩于文坛和艺坛，阻碍了文学艺术的发展；郑燮却能突破旧观念的藩篱，大胆探索，勇于创新，给清代文坛、艺苑增添了一缕清风。他作画的目的不是为了自我玩赏，而是有着崇高的精神追求。他说："凡吾画兰、画竹、画石，用以慰天下之劳人，非供天下之安享人也。"又说："若王摩诘、赵子昂辈，不过唐、宋两画师耳，试看其平生诗文，可曾一句道着民间痛痒？"因此，在他的绘画作品中，常有表现关心现实、同情人民的主题，从而把文人画的思想性提高到一个新的水平。

在诗歌创作上，他提倡"真气""真意""真趣"，推崇杜甫"历陈时事，一寓谏诤"，主张诗歌应"道着民间痛痒"（《潍县署中与舍弟第五书》）。这与他的绘画主张是完全一致的。其作品前期受文坛专讲神韵格调的影响，也讲究选字精准、结构精巧；后期则发挥个性，"出自己意"，而以直道心曲为特征，冲口而出，明白晓畅。

第二节　郑燮题画诗主要内容

郑燮的题画诗内容较为丰富，较前人所反映的社会生活更为广泛，也更为深刻。他常在诗中指点江山，嬉笑怒骂，爱憎分明，视民如子。在古代题画诗人中，他是一位不多见的为人民疾苦而奔走呼号的热血诗人。

一、写实干政，深刻而尖锐

傅抱石在评价郑燮时说："他不同于其他七'怪'的就是他还'怪'当时的政治……曾经'怪'过当时荒淫无耻、民不聊生的现实，说出过几句同情人民话儿来。"[3] 他的一首名诗《潍县署中画竹呈年伯包大中丞括》说：

衙斋卧听萧萧竹，疑是民间疾苦声。

些小吾曹州县吏，一枝一叶总关情。

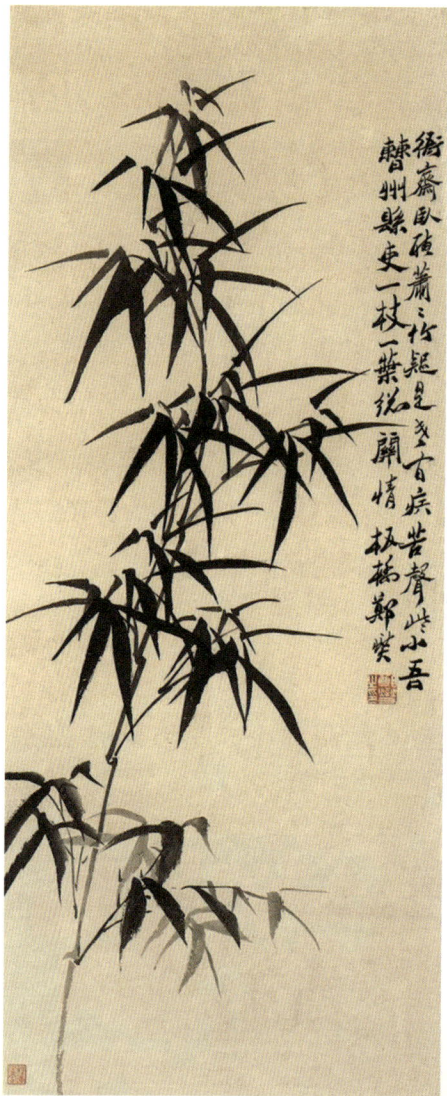

《潍县署中画竹》

诗人从竹叶晃动的微小声音中，也会联想到民间的疾苦，让读者仿佛看到了一位时刻把百姓的冷暖放在心上、处处想到人民的"县吏"。这是他在山东做官近十年体察民情的结果。他既知底层百姓之苦，便要为贫苦民众鸣不平，其《题画竹》诗说："两竿修竹出重霄，几叶新篁倒挂梢。本是同根复同气，有何卑下有何高？"这首诗通过对竹的高矮的评论，表现了诗人对当时社会以贫富来划分贵贱尊卑的封建制度的不满与憎恶，反映了他进步的民主平等的思想。

诗人看到民生维艰，心中充满了激愤而无处发泄，于是便借《题游侠图》加以抒发：

大雪满天地，胡为仗剑游？

欲谈心里事，同上酒家楼。

这首诗虽是化王维的《少年行》诗意而作，但却寄意深刻、耐人寻味。游侠仗剑使气，心中多有不平。他的"心里事"也正是诗人胸中之块垒。因此，他们在"酒家楼"上必定会有一番除暴安良的宏论。康熙年间，大兴文字狱，《明史》《南山集》等案株连甚众。因此，这首诗不仅反映在文网高张下知识分子的惶恐心理，而且揭示了社会政治的黑暗。如果说诗人在这首诗中的激愤尚未爆发，那么在《竹石图》中便喷薄而出：

> 画根竹枝扦块石，石比竹枝高一尺。
>
> 虽然一尺让他高，来年看我掀天力！

诗人心底波澜，笔下千钧。他以不可压抑的愤懑抒写了对统治者的不满，以无比热情对反抗力量进行赞颂。郑燮曾说："兰竹之妙，始于所南翁。"（《中国名画集》）因此，他的许多题画诗同郑思肖一样，带有鲜明的政治色彩。其揭露之深刻、指斥之尖锐，实为前所少见。他既学宋末元初的郑所南，又景仰明末气节高尚的遗老。他在《题屈翁山诗札，石涛、石溪、八大山人山水小幅，并白丁墨兰共一卷》诗中说："国破家亡鬓总幡，一囊诗画作头陀。横涂竖抹千千幅，墨点无多泪点多。"屈翁山，即屈大均，是明末清初的著名文学家，曾参加抗清作战，所作诗文有强烈的反清情绪。康熙三十五年（1696）病逝后，他被立为文字案追查45年之久，其著作全被查抄焚毁。石涛、石溪、八大山人及白丁都相继当了和尚，以示反抗。郑燮是汉族文人，感同身受，深表同情，所以他直接引用朱耷的诗句"墨点无多泪点多"，用以表达自己的愤懑与哀伤。

二、抒怀寄慨，深沉而激愤

在郑燮的题画诗中，多数诗篇都是抒怀寄慨之作，或直抒胸臆，或以画咏怀，或婉转寄意，或借古喻今，感情浓郁而深沉。其激愤之词，掷地有声，颇具震撼力量。如他的《出纸一竿》：

> 画工何事好离奇，一干掀天去不知。
>
> 若使循循墙下立，拂云擎日待何时！

此诗先写画面上一棵修长的竹干伸出纸端而去，然后发问：画工为什么喜好追求离奇？诗人认为，如果按一般常规将它栽立墙下，那么待何时才能拂云擎日呢！可知其笔墨之外另有寄意。这无疑表达了作者要冲破旧思想牢笼束缚的远大抱负和超越凡人的人生态度。再看其《题画竹》：

秋风昨夜渡潇湘，触石穿林惯作狂。

唯有竹枝浑不怕，挺然相斗一千场。

此诗先写秋风逞狂，以反衬"竹枝"之坚挺。"触石"，言其无坚不摧；"穿林"，言其无孔不入。然而，却有挺拔的竹枝如同披着铠甲的将士在急风暴雨中浑然不怕。接着便盛赞了"竹枝"的斗争精神。这里的"竹枝"形象正是诗人自己的写照。"挺然相斗一千场"一句，坚定有力，不可动摇。它好似从诗人胸中喷出的熊熊烈火，决心把一切恶势力烧成灰烬！他的另一首《题画竹》诗中又说："不过数片叶，满纸混是节。万物要见根，非徒观半截。风雨不能摇，雪霜颇能涉。纸外更相寻，干云上天关。"这幅画竹，茎瘦节竦，墨色浓重，更显竹干挺拔有力，在劲风的吹打下百折不弯。题诗借画竹抒怀，与《出纸一竿》有异曲同工之妙。诗人也是通过赞颂竹的品格，讴歌了人的铮铮铁骨、凛然正气。但是也有的题画诗表达了诗人进退维谷、无可奈何的心情，他在《画菊与某官留别》中说："进又无能退又难，宦途踯躅不堪看。吾家颇有东篱菊，归去秋风耐岁寒。"这首诗是写诗人的曲衷。多年来的宦途生活使他悟出原来读书人"达则兼济天下"的信条已经行不通。静言思之，还是走"采菊东篱下"的道路。这首诗的感情虽然不免低沉、忧伤，但是诗人的崇高气节不变。他身退而心不"退"，仍要像菊花一样保持傲霜的节操，继续"斗"下去。

三、论画言理，深入而浅出

郑燮在题画诗中"即景即情，得事得理"，既有对画理画法的阐释，又有对前人画作的评赏。这些散见于不同诗作的言论，较为系统地体现了他的艺术创作观和审美追求。但郑板桥的题画诗并不是空泛地谈艺术理论，而往往是借助画面景物引发而成。他能从很具体浅近的形象中点悟出深刻的艺术道理。其一，在师古与创新的关系上，他既继承了前人的优秀绘画传统，又提出了自己极富创意的艺术主张。他极重视"外师造化"，强调从生活中捕捉创作题材，获得创作灵感，其《竹石图》中说："雷停雨止斜阳出，一片新篁旋剪裁。影落碧纱窗子上，便拈毫素写将来。"这首诗借用五代后蜀李夫人见竹影落西窗而画竹的故事，来说明只有大自然的美景给画家带来感悟，才能产生创作动机，进而创作出优秀的艺术作品。但是画家师法自然，并非对客观事物机械照搬，而是要发挥自己的主观能动性，经过艺术的再创造，也就是"中得心源"。因此，他在《题画竹》其二中写道："江馆清秋，晨起看竹，烟光、日影、露气，皆浮动于疏枝密叶之间。胸中勃勃遂有画意。其实，胸中之竹，并非是眼中之竹也。因而磨墨展纸，落笔倏作变相，手中之竹又不是胸中之竹也。"这里他所阐释的"眼中之竹"与"胸中之竹"的辩证关系，既道出了艺术创作来源于生活，又说明了艺术作品一旦融入画家的思想感情后，又高于生活的道理。同时，又阐明了"胸中之竹"与"手中之竹"的辩证关系。"胸中之竹"是画家或诗人从生活实践中提炼出来之形象，而"手中之竹"是作品中实际表现出来之形象。两者既可能和谐统一，却又可能不完全一致。"胸中之竹"与"手中之竹"道出了画家或诗人主观理想与创作实际之间的统一和矛盾。从创作理念形成到表现于诗画之中，既有创作的深化与提高，也有眼高手低、力不从心之遗憾。其二，在繁与简的关系上，他主张艺术创作要精当。在《题画竹》诗文中说："画竹要以笔墨简省为妙"，"一两三枝竹竿，四五六片竹叶。自然淡淡疏疏，何必重重叠叠？"接着又说："始余画竹，能少不能多，既而能多矣，又不能少。此层功力，最为难也。近六十外，始悟减枝减叶之法。苏季子曰：'简练以为揣摩。'文章绘事，岂有二道！"他在《一枝竹十五片叶呈七太守》诗中更是直截了当地说："敢云少少许，胜人多多许。努力作秋声，瑶窗弄风雨。"郑板桥以画竹为例，形象、生动地阐释了艺术创作以少总多、以一当十的道理，通俗而深刻。其三，在美与丑的关系上，他既画美，又赞丑，也常常以丑为美。刘熙载在《艺概》中说："怪石以丑为美，丑到极处，便是美到极处。"(《艺概》卷五《书概》)郑燮在《题画石》中说："米元章论石，曰瘦、曰绉、曰漏、曰透，可谓尽石之妙矣。东坡又曰：'石文而丑。'一丑字则石之千态万状，皆从此出。……燮画此石，丑石也；丑而雄，丑而秀。"他在题画诗中也多有赞美怪石、丑石的诗

句。丑、怪在一般情况下与形式美的整齐律、对称均衡、光滑细腻等是对立的，但山石的错综变化也能给人怪诞的审美感受。从这个意义上说，郑燮打破了传统的固定求同的思维模式，以思辨的慧眼发现了大自然美中之美、丑中之美，并用画与诗把它艺术化，无疑具有开创意义[4]。其四，在生与熟的关系上，他的艺术之笔也多有创新，其《题画竹》诗说："四十年来画竹枝，日间挥写夜间思。冗繁削尽留清瘦，画到生时是熟时。"多实践、多构思，无疑是提高绘画水平的关键。但是在技法纯熟之后，也不要信笔涂抹、随意下笔，而是要"熟中求生"、反复推敲，要"日间挥写夜间思"，以求不断创新。因此，"生时求熟"，即为反复实践，不断掌握创作规律与技巧，达到烂熟于心、融会贯通的地步。而"熟后求生"，则是不断开拓进取，不断求变求新的过程。这是艺术创作的重要规律，具有很高的实用价值。

第三节 郑燮题画诗主要特点

郑燮题画诗的艺术风格，与他诗歌的总特点虽然基本上是一致的，但是因受其绘画的影响，也有所不同。郑燮的绘画笔情纵逸，随意挥洒。秦祖永在《桐阴论画》中评郑板桥说："此老天资豪迈，横涂竖抹，未免发越太尽，无含蓄之致。"因而其自题画诗的这一特点也较为突出。但是，粗朴而不粗俗，直率而非直白，而是劲峭泼辣、独树一格。其主要特点如下：

一、阔大的审美意象

郑燮的题画诗具有广阔的审美空间。他善于运用传统的比兴手法，在竹、兰、石等类题画诗中取其高洁、正直、坚贞的寓意，拓展了这类题材的审美空间，使审美意象进一步扩大，将强烈的思想感情融入诗中。这主要有三种表现方式。

其一，托物拟人。这是郑燮题画诗的常用手法。如《题竹石》：

咬定青山不放松，立根原在破岩（一作乱崖）中。

千磨万折还坚劲，任尔东西南北风。

在这首诗中诗人将石竹直接人格化，赋予其坚韧不拔的精神。它扎根在破岩中，虽基础不牢，但却能咬住不放。尽管千磨万折、狂风吹拂，仍泰然自若、坚定不移。很显然，题诗对石竹的赞颂，寄寓了诗人在恶劣环境中百折不挠的抗争精神。

其二，联想生新。郑燮在题画诗中很善于就画生情，引发联想。诗人看到画中之竹，似乎又听到了竹叶的萧萧声，并进一步联想到民间疾苦声，于是写下了名诗《潍县署中画竹呈年伯包大中丞括》。这看似偶然生情，实则是诗人平素关心民瘼的必然反映。郑燮突破文人往往以竹自况的传统，把诗的比兴意义从坚贞不屈的气节拓展到黎民的生存大事，既是一种表现手法的超越，也是一种审美意象的扩大。

其三，即小见大。在封建制度压抑下，诗人满怀大志难以伸展，只好通过画笔和诗笔加以抒写，寄慨遥深。如《篱竹》："一片绿阴如洗，护竹何劳荆杞？仍将竹做篱笆，求人不如求己。"篱竹，本是一种矮小的毛竹，它并没有参天的气概，但诗人将其入画入诗，却点化出一种自强不息的精神。这也使小小的篱竹超越一般的象征意义，赋予了新的自力更生的生命寓意。

郑燮《题竹石》

二、怪异谐谑的审美情趣

郑燮的题画诗饶有情趣，如他的《题画兰竹》诗文："昔李涉过皖桐江上，有贼劫之。问是涉，不索物而索诗。涉曰：'细雨微风江上春，绿林豪客夜知闻。相逢不用相回避，世上于今半是君。'书民二哥晚过寓斋，强索余画，且横甚。因亦题诗诮让之曰：'细雨微风江上村，绿林豪客暮敲门。相逢不用相回避，翠竹芝兰画几盆。'狂夫之言，怪迂妄发，公其棒我乎？"这段诗文虽然看似"怪迂妄发"，但却充满了"戚而能谐"的情趣。郑板桥的题画诗除表现一般的高情别趣外，还常常表现一种怪异的审美情趣。他的绘画和题诗有时并不追求事物的完美，相反的却对残缺

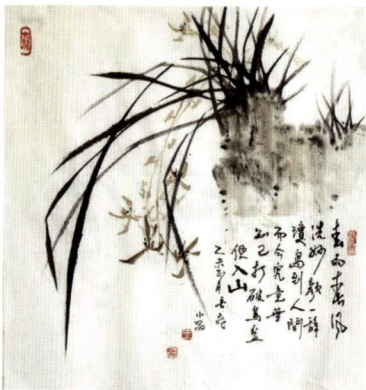

郑燮《破盆兰花》

加以点染，而收到妙趣横生的艺术效果。他在《破盆兰花》题诗中说："春雨春风洗妙颜，一辞琼岛到人间。而今究竟无知己，打破乌盆更入山。"在《半盆兰蕊》诗中又说："盆是半藏，花是半含。不求发泄，不畏凋残。"破损之盆，半藏之盆，半含之花，这些残缺之景物，不仅能完美地表达自己的胸中不平之气，而且充满了怪异的审美情趣。

三、活泼洒脱的口语

郑燮的题画诗以手写口，从不拐弯抹角，所以通俗晓畅、洒脱活泼是其语言风格的突出特点。如他的《兰竹图》："官罢囊空两袖寒，聊凭卖画佐朝餐。最惭吴隐爱钱薄，赠尔春风几笔兰。"这首为女儿出嫁所写的诗，以通俗的文字寄寓诗人的深情，既表现了清正名士的高雅格调，又希望女儿能以兰竹为榜样，学习兰竹的品格与精神。这首诗不晦涩、不生硬，平平写来，既畅达明晰，又雅洁清淡，极富感染力。郑板桥还有一些题画诗直接以俚语入诗，口语化，生动活泼，雅俗共赏。他的一首《题画竹》诗说："今日醉，明日饱，说我情形颇颠倒，那知腹中皆书稿。画他一幅与太守，太守慌慌（一作了）锣来了。四旁观者多惊异，

又说画卷画得好。请问世人此中情，一言反复何多少？吁嗟乎，一日反复何多少！"又如他的《题李鱓①墨笔稻菜小轴》几近打油诗："稻穗黄，充饥肠。菜叶绿，作羹汤。味平淡，趣悠长。万人性命，二物耽当。几点濡濡墨水，一幅大大文章。"这样的白话诗让我们想到了五四时期胡适、刘半农倡导的语体新诗，而这样的全新白话诗出自二百多年前的科举出身的封建文人之手，其创新精神弥足珍贵。

词本来是高雅的艺术，但郑燮的题画词也写得明白如话。如他的《题兰竹石调寄一剪梅》："几枝修竹几枝兰，不畏春残，不怕秋寒。飘飘远在碧云端，云里湘山，梦里巫山。 画工老兴未全删，笔也清闲，墨也斓斑。借君莫作画图看，文里机闲，字里机关。"但是，也不可讳言，郑燮有些题画诗往往太直白，含蓄不足，当是其缺憾。

四、巧妙的诗画配合

明沈灏在《画麈·落款》中说："一幅中有天然候款处，失之则伤局。"郑燮的自题画诗是颇讲究与绘画搭配的，他既不拘泥于古人的惯常题款方式，又在求变求新中注重整体协调之美。有的如《题画竹》（"秋风昨夜渡潇湘"）写于画石的一侧，故意将诗句拉长，与陡峭的山壁相映成趣；也有的如《题画竹石》诗［"一半青山一半竹（一作玉）"］及题文，则是写在岩石之中，几乎分不清哪是题字、哪是苍苔；还有的如《题画竹》（"不过数片叶"）则将题诗穿插画图之间。这幅诗画构图的独特之处在于：竹竿分左右两组纵列，顶天立地，如打篱笆，这本是画竹之大忌，但是画家在中间略布几片竹叶，又把题诗穿插其间，

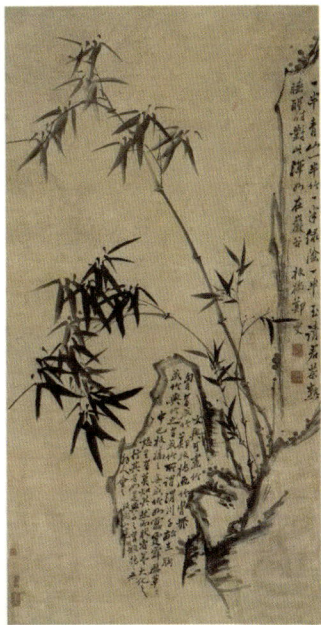

郑燮《题画竹石》

于是画面立刻化刻板为生动，疏密虚实起了奇妙的变化，反给人一种新奇

---

① 此处的"鱓"系"鳝"的异体字。因是古代人名用字，故未更改。

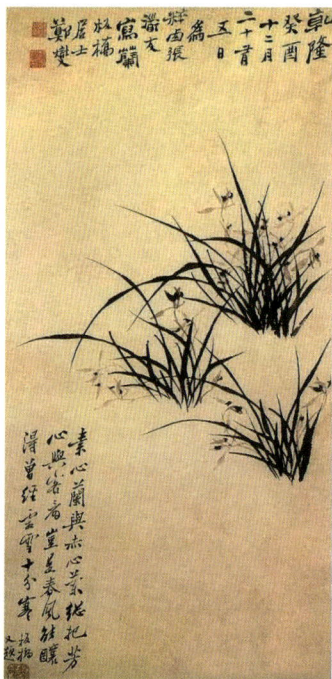

郑燮《墨兰图》

感。总之，郑燮的画上题诗或避让或穿插，或上或下，或左或右，无不搭配得当、珠联璧合。

郑燮诗画配合之完美，不仅体现在形式上，而且表现在内容上。他的绘画虽然"发越太尽"，但有时所画的一兰一石并不能尽其意，于是便以题诗来传画中情，如《墨兰图》：

> 素心兰与赤心兰，总把芳心与客看。
> 岂是春风能酿得，曾经霜雪十分寒。

这幅画只有墨兰三丛，空间极大。虽有一短跋，也难见画意，而这首题诗便道出了诗人的寄托。兰花花蕊多白色，称之为素心兰；而秋兰多赭红色，称之为赤心兰。诗中说，不管是素心兰也好还是赤心兰也罢，都要将芳心给予别人看。我们联系郑燮的遭际，这显然是自剖心迹。最后一联更将诗意推进一层，托物言志，说自己经受现实的种种磨难，如同"曾经霜雪"的兰花一样，更为耿介坚贞。这便是诗传画中意，倘无题画诗，我们是难明诗人寄意的。另一方面，丛兰画境之"隐"，与题诗之意"显"，相互映衬，也起到互补的作用。

本来诗画互补是题画诗与绘画相辅相成的一般特点，但是由于郑燮的题诗多是自题画诗，又兼他善于借画寄意，所以，诗传画外情便成为他的题画诗的突出特点。

五、独特的题诗载体

郑板桥的诗画构图新颖，除了题画诗的位置适当外，还离不开他的独特的书法字体。沈尹默在《书法论丛》中说："我国文字是从象形的图画发展起来的。象形记事的图画文字即取法于星云、山川、草木、兽蹄、鸟迹各种形象而成的。因此，字的造形虽然是在纸上，而它的神情、意趣却与纸墨之外的自然环境中的一切动态，有自然契合的妙用。"[5] 郑燮的书法象形感极强，他将隶、楷、行、草四体相参，融入兰竹笔意，书于兰竹绘画之中，给人以浑然一体之感。其《题画竹》中说："与可画竹，鲁直亦画竹，然观其书法，罔非竹也。瘦而腴，秀而拔，欹侧而有准绳，转折而多断续。吾师乎！"他独创的"六分半"书体，朴茂劲拔，行款活泼自由，往往不是一行整齐到底，而是大小、方圆、正斜、疏密错落有致，穿插得体。字体与画风极为和谐。试看他的《柱石图》题诗：

> 谁与荒斋伴寂寥，一枝柱石上云霄。
> 挺然直是陶元亮，五斗何能折我腰！

这幅画的正中是孤零零的一块柱石，绝无背景衬托，上达天宇，如擎天石柱。画家用淡墨干笔勾出轮廓，稍稍皴擦，再用浓墨点苔、勾边。笔多方直，表现柱石坚实、挺拔。而外貌的嶙峋，恰与他题诗的"六分半"字体相融合，几乎分不清哪是斑斑苍苔、哪是浓淡相间的题字。特别是题诗的长度、方位更耐人寻味。它放到左侧淡墨的山腰处，不仅填实了此处的空白，而且所拉长的诗句，也如

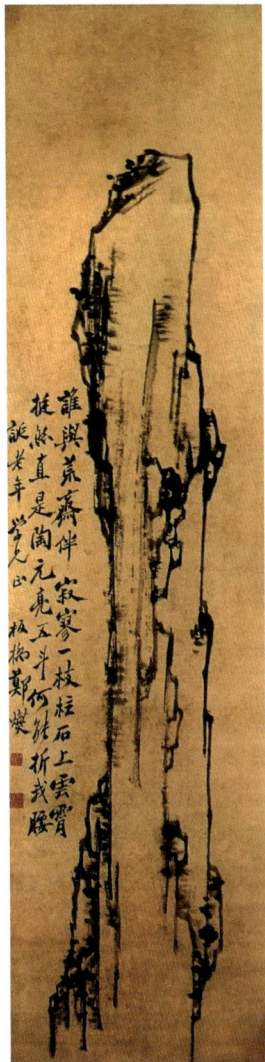

郑燮《柱石图》

一座陡峭的小山与柱石极为吻合。并且诗人把自己的情感、精神完全凝注于艺术形象之中，诗传画意，表现了郑燮挺然如柱石的雄伟气概，使诗情与画意完美统一。

中国题画诗的最佳艺术形式，除了要求诗、书、画"三绝"外，还要达到三种境界：一是题诗与画境要相互配合，并且既要有浓郁的诗情，又要有深远的寄意，而不是简单的文字说明；二是题诗的位置与画面的景物

要搭配得当，达到浑然一体，而非互相割裂；三是题诗采用的书体，即书写的文字笔画与绘画的线条，既要有各自的个性特点，又要协调一致，构成完美的统一体。如果以上述三条来衡量郑燮的题画诗，无疑都已经做到，特别是关于书体这一点，郑燮尤为出色。清代词曲家蒋士铨在《题板桥画兰》诗中说："板桥作字如写兰，波磔奇古形翩翩（一作翩）。板桥写兰如作字，秀叶疏花见姿致。下笔别自成一家，书画不愿常人夸。颓唐偃仰各有态，常人尽笑板桥怪。"这既是对他绘画的充分肯定，也是对他书法的高度评价。因此，从这个意义上看，郑燮的题画诗可谓达到中国题画诗完美境界的高峰。

注　释

〔1〕文物出版社编辑室编《扬州八怪》，文物出版社，1981，第117页。

〔2〕〔3〕傅抱石：《郑板桥集》，上海古籍出版社，1979，前言。

〔4〕〔5〕赵丽华：《郑板桥题画诗文的美学价值》，《西南民族学院学报（人文社科版）》1992年第3期。

第四十九章
明清题画词曲

明清两代是中国题画词曲高度发展的时期。题画词虽然兴于宋，但数量并不多，属于开创阶段，至明才进入发展期，清代则是题画词的鼎盛期。据《全明词》《全明词补编》的统计，明有题画词595首，去掉明显属元、清词人的作品和重出词作，其总数也在500首以上，大大超过宋元两代题画词的数量。清代的题画词，因《全清词》尚未编讫，难以做出准确统计；但仅据《全清词抄》等清词选本统计，也有2000余首[1]。

题画散曲兴起于金元，至明代也进入发展期。据《全明散曲》的统计，明有题画散曲29首，其中，小令22首、套数7首。数量有所增多，质量也有所提升。清代是题画散曲的繁盛期，据《全清散曲》的统计，共有题画散曲165首，其中，小令62首、套数103首。清代题画散曲家之多，作品内容之广泛，艺术形式之多样，表现方法之新颖，都超过了金、元、明各代。

第一节　明清题画词曲之特点

明代题画词曲与清代的虽然各有不同，但也有许多共同特点。从时间上看，明清两代由于诗、书、画等文化艺术有较强的连续性，很难截然分开，所以，在这一时期，无论是题画词，还是题画散曲，其特点也是共性多于个性。因此，将两代的题画词曲一并论述。

第一，题画词曲的题材进一步扩大，描写世俗生活的作品增多。如写采药的，明秦夔的词《满庭芳·云山采药图，为葛元兆作》；写采莼的，清金农的散曲《〔自度曲〕题曹君荔帷秋湖采莼图》；写贫女织丝的，清沈传桂的词《万年欢·寒女机丝画册》；写蚕农生活的，清杨之灏的词《清平乐·题顾松泉东皋蚕月图》；等等。这些题材的出现，从表面上看，是由于绘画题材广泛所致，但其主要原因还是由于这一时期社会生活更为丰富。如写农村学校的，清厉鹗的散曲《〔北正宫醉太平〕题〈村学堂图〉》，既写出了学生贪玩而无上进心，也反映了当时知识分子在政治上无出路情况下的无奈与苦闷。又如写以弄猿为生的妇女，清周元豹词《一丛花·俞芝恬以弄猿妇画幅索题为倚是解》和高隆谔《百字令·题俞芝恬大令所绘弄猿妇》等，也是以前绘画和题画诗歌所从未见过的题材。试看《一丛花·俞芝恬以弄猿妇画幅索题为倚是解》：

> 冶春士女走香车，斗草各争夸。谁怜惯作江湖客，却羞同路柳墙花。步易生尘，眉犹敛黛，怨不诉琵琶。　　频年踪迹等搏沙，容易送韶华。残杯冷炙凄凉甚，共衰猿老向天涯。鸾镜常抛，鸳衾不暖，到处且为家。

这首词以对比手法写行走江湖耍猴妇女的辛酸生活。一边是香车士女游春，斗草争夸，生活优闲；一边是以弄猿为生的贫寒妇女，浪迹天涯，残杯冷炙，满脸风尘。对比强烈，颇为感人。此外，在题画作品中写赈灾生活的也为少见，如明唐世济的《点绛唇》：

> 代狩中都，值齐鲁饥民蚁集境内，百方设处，为粥活之，兼绘图请赈。喜奉俞（一作谕）旨，感赋。

> 赤子嗷嗷，眼前谁是翁和媪。愍焉如捣，奈此沟中槁。　　乳哺殷勤，快睹饥人饱。皇恩浩，手援差早，不换中书考。

这首词不仅反映了明代末年灾民遍野、赤子嗷嗷待哺的现实，而且表现了词人对灾民的同情之心和救济之善举。特别值得注意的是，此词写"绘图请赈"，发挥"画笔善状物"的特点，也是以往题画作品中所未见。

第二，清代题画词曲写文人读书、谈艺、填词等文化生活的作品空前增多，其品位也较为高雅。在题画诗词中写文人填词最早见于清初，康熙十七年（1678）闰三月二十四日广东著名诗画僧人大汕为词人陈维嵩画了一幅填词图。这年秋天，陈维嵩被荐入京应博学鸿词科试，此画也被带到北京。当时在京的名士纷纷题咏此图，如严绳孙的《金缕曲·题陈其年小照填词图，有姬人吹玉箫倚曲》，毛奇龄的《少年游·题陈检讨小影傍有侍儿坐蕉篁弄笛》，朱彝尊的《迈陂塘·题其年填词图》，李良年的《瑶华·题其年填词图》，李符的《洞仙歌·题陈其年填词图》，龚翔麟的《三部乐·题陈其年填词图》等。此后，画家作填词图渐多，写填词图的词曲也渐成风气，如朱芳霭的《齐天乐·题云溪杏花影里填词图》，杨文荪的《绮罗香·题马棣原倚云亭填词图》，施山的《卜算子·题樊云门茗花春雨填词图》，杨承惠的《声声慢·琴清阁填词图》等。这些为填词图而题的词，大多是讲述填词的环境、作者的构思、推敲、谐韵等，有时从梦境写起，有时为外物所牵而浮想联翩。其中，往往都少不了有双鬟侍女伴笛，这无不受僧人大汕所绘填词图的影响。这方面较为典型的作品有徐之凯的《八声甘州·题陈其年填词图》，其词是：

> 讶挥毫落纸迅如飞，输君擅风流。有双鬟疑睬，待将新谱，谱入莹篌。共道洮湖才子，健笔驾辛刘。除是眉山叟，谁与为侔。　　犹忆松陵桥畔，伴小红低唱，余韵悠悠。怅歌成变征，芦雁寄新愁。暂冷落、玉箫金管，奏霓裳、平步上瀛洲。还试问、江南春好，何似皇州？

这样的题画词虽然缺少较为深刻的寄意，但它也反映了清代文人填词活动的频繁和盛况，特别是其中所描绘的填词全过程和词人的心得，对于词的创作也不无参考价值。同样，在清代的题画散曲中，也有一些写填词图的作品，如洪昇的套数《〔南商调集贤宾〕题其翁先生填词图》，金农的小令《〔自度曲〕题江君云溪杏花影里填词图》，蒋士铨的套数《〔北中吕粉蝶儿〕题陈其年先生填词图》等。这些小令和套数，描绘填词的过程更为详细，有声有色，更具借鉴意义。

在题画词曲中写文人读书、吟诗等文化生活的，虽然在明代题画词曲里已有表现，但数量较少。而到了清代，则急剧增多，这主要是现实生活的自然反映。如谢墉的词《忆旧游·题谈艺图》，既写文人赋诗，又写画家作画，反映了当时活跃的文化生活。同样，在清代的题画散曲中，也有这方面的作品，如何承燕的套数《〔南商调梧桐树〕题兰庭二弟读书秋树根小照》《〔南仙吕入双调步步娇〕题菉村施二雪夜读书图》，吴锡麒的小令《〔北双调水仙子〕题顾文媛灯下读书图》等。这说明，当时的读书风气很浓，连女性也有此爱好。

第三，这一时期题画像的词曲大量涌现，尤其是清代题咏画像的词曲空前增多。明代词人陆世仪现存5首题画词，全是画像类作品。其中的《满江红·题沙介臣小像》，不仅活画出人物的肖像特点，而且表现了其叱咤风云的气概，颇具豪情。明代题画像词的代表作是陈霆的《酹江月·题天籁老人像；天籁，金末词人》：

> 滑稽玩世，知胸藏、多少春花秋月。天籁有词人有像，还是遗山风骨。松下巢由，竹间逸少，气韵真高洁。坐谈抚掌，溪山等是诗诀。　　见说多景楼前，凤凰台上，醉帽风吹裂。千古英豪消歇尽，江水至今悲咽。九死投荒，三年坐困，一样成愁绝。寄声知否，酒杯当酹松雪。

这首词用简洁的语言对金末元初著名词曲家白朴（即天籁老人）一生作了较为全面的评价。白朴幼逢战乱，父子相失。曾师事于元好问。及长，学问渊博，有名于时。词中"遗山风骨""松下巢由""九死投荒，三年坐困"等句，对白朴的生活、人格作了充分肯定，对其不幸际遇寄予深切同情，是品评人物类题画词的佳构。

在明代题画散曲中，题画像、写真类作品也较多，并不乏佳作。如殷士儋的套数《〔北双调新水令〕写真自嘲》，不避丑陋，自我解剖，不仅嬉笑怒骂、风趣横生，而且有入木三分之笔："业身躯天赋本寻常，变换了几多形状。乞梭穷嘴脸，龌龊臭皮囊。""那里是经多见广，也跟着魁念文章。""牵前绊后利名缰，假扮乔妆傀儡场。东涂西抹丹青障，细看来全是谎。"

到了清代，题写画像类的词曲更多。及至清代后期，随着照相技术的传入，也有为照片题写的散曲。

第四，女性题画词曲家的出现，成为中国题画文学的新生力量。明末清初，随着妇女的觉醒和受教育程度的不断提升，她们开始涉足艺术天地，并涌现出许多诗、书、画兼擅的才女。如著名书画家文徵明的玄孙女文俶，自幼在其父兄指点下学习画技。《江南通志》称其"善写生，图得千种，名曰《寒山草木昆虫状》，题署皆工，贵姬秀女争来师事"（卷一百七十六）。女词人陆敏在《青玉案·题赵夫人文俶画》中说："寒山闺秀神清澈。映千尺、流泉雪。忽见花开来舞蝶。缣绡乍展，丹铅漫染，点缀香痕湿。　　玉人天授生花笔。非雾非烟空翠滴。好鸟和鸣呼欲出。红蕉白萼，柔枝嫩叶，生意毫端集。"在这首词中，词人既赞其花鸟画的精工细腻、逼真传神，又称其清心玉映的风神，可知其人品与艺术修养之高雅。这一时期女题画词人堵霞的《金缕曲·题西子思归图》颇有新意，其词是：

> 争奈秋将暮。遍深宫、秋容惨淡，秋声凄楚。堤畔芙蓉娇欲语，月浅烟深争妒。那似我、随风飘举。遥望若耶何日返，怎苍天、独待红颜苦。无限恨，凭谁诉。　　溪沙一缕成虚度。没来由、娇丝翠竹，清歌艳舞。尽道吞吴无上策，武将谋臣如许。偏用着、温柔乡女。他日香凋粉瘦也，瘗荒郊、莫把标题误。夫差室，夷光墓。

这首词一方面对西施被迫入吴、身不由己的际遇表示深切的同情，另一方面则毫不隐晦地表现出对那些庸碌无能的"武将谋臣"的鄙薄之意。词人作为女性，真切地感受到西施如飞絮般飘零无主的身世之恨。当日若耶溪畔浣纱的往事已成为一份寂寞的回忆。每念及此，徒增伤怀。"怎苍天、独待红颜苦"的呼告，既蕴含了有见识的妇女的哀怨，又表达了对压迫妇女的封建制度的愤懑与抗争 [2]。这是中国古代题画诗词中难得一见的女性词人的肺腑之言，值得重视。但是，在明清两代的女性题画词中，像这样慷慨激昂的词作毕竟不多，而大多数作品则是写自己身边的景物，表达闲适的情趣，恬淡萧散。如查士英的《沙头雨·题画雪景》。又如徐玉映的《采桑子·题画》：

> 仙山楼阁空中住。不作云车，便上灵槎。又跨青鸾弄彩霞。　　苍苔白石岩扉静，烟水生涯，风月年华。爱伴双成扫落花。

这首词虽然是描写宁静优美的仙境，但反映了当时许多深闺女子所追慕的超越现实羁绊、自由闲散的生活理想。它空灵飘逸，娴雅婉约，在很大程度上代表了这一时期女性题画词的艺术风格。在明末至清中后期，有题画词存世的女题画词人主要有：吴山、沈宜修、商景徽、吴绡、顾如人、沈曼华、浦映渌、李素、黄媛介、朱衣、钱宛鸾、自闲道人、高彩、沈士芳、张道介、陆宛椟、叶芳蘋、顾蕙、顾瑶华、郑沄、秦云等。这些女词人大多出身于官宦之家，自幼受过良好的教育和家庭文化熏陶，具有较高的艺术修养，并且她们的思想相对较为开放，有时也参加一些诗词唱和活动。据载，女词人徐媛，"明万历中在世。好吟咏，与陆卿子唱和，吴中士大夫望风影从，称吴门二大家"[3]。吴肫在"明启、祯间，与王瑞卿、薄西真、莫慧如香闺酬唱、名盛一时。有《忘忧草》《采石篇》《风兰独啸》三集"[4]。至明末清初，女性的诗词创作活动更为活跃，并成立了诗社。如顾之琼，字玉蕊，钱塘（今浙江杭州）人。"工诗词，与徐灿、柴静仪等结诗社，号蕉园五子。著有《亦政堂集》。"[5]其中，柴静仪还有两首题画词存世：一为《减字木兰花·题画梅》；二为《临江仙·题孙暮砧小影》。由于她们常与诗友酬唱赠答，不仅开阔了眼界，也增长了知识和技艺，这也是明、清女性题画词增多的原因之一。在这种社会风气影响下，不仅大家闺秀往往工诗词，擅书画，而且沦落坊间的风尘女子也习诗学画，出现了许多诗、文、书、画俱佳的名妓。她们也由此而提高身价，如胡莲，闽妓，"才情绝世，工诗画，性不偕俗，以诗游学于士大夫间，一时闽巨公如曹石仓（学佺）、徐兴公（㷆）皆爱重之，相与往来赠答"[6]。

此外，马如玉、薛素、朱泰玉、吴娟、吴小荷等也以工诗善画名重一时。其中，有人还有题画词传世。在明清两代题画散曲中，也有少量女性作品，如明代黄峨的小令《〔北南吕骂玉朗带过感皇恩采茶歌〕仕女图》、沈静专的小令《〔南商调金络〕和伯明兄墨梅图》，清代吴绡的小令《〔南商调黄莺儿〕画苹果花》等。

女性工诗善画，为绘画题写词曲，不仅能发挥她们的艺术潜能，提高其自主、自立意识，是妇女解放不可低估的助力；而且她们对子女潜移默化的艺术熏陶，为其幼小的心灵中播下艺术的种子，也起到莫大作用。一个母亲就是一所学校，所以妇女自我意识的觉醒和艺术修养的提高，对于传承中国文化艺术，对于题画文学继承与发展，无疑能发挥巨大而深远的影响。中国近代文化艺术的进一步繁荣和题画诗、词、曲的发展，显然有明清两代艺术女性的一份贡献。

第五，明清以来题画词中的组词开始增多，题画散曲也由小令向套数发展，字数也随之增多。题画组词在南宋时就已出现，如扬补之的《杨柳青·四梅花图》，就是将"画梅四枝，一未开，一欲开，一盛开，一将残"，各赋一首，共4首。至明代，则题画组词渐多，如王越的《满庭芳·题四诗人骑驴图》四首，李东阳的《雨中花·题画四阕》，朱彦汰的《鹧鸪天·四阕题美人画》，夏言的《如梦令·题画四首》等。并且，不用一个词牌的组词也很多，如孙承恩用《秦楼月》《点绛唇》《生查子》《卜算子》4个词牌写的《题画四首》，黄媛贞用《点绛唇》《如梦令》《卜算子》等18个词牌写的《美人图十八咏》等。此外，明代还出现了长篇题画词，如杨慎的题画词《莺啼序·高嵝海庄十二景图》为三叠，而商景兰的《丰乐楼·褚文彦出长江万里图，披玩感赋》长至四叠，是中国题画诗史上最长的一首题画词。到了清代，题画组词更多，首数也增至20首之多。如李雯的《题西厢图二十则》，即《蝶恋花·初见》《一剪梅·红问斋期》《生查子·生叩红》《临江仙·酬和》《定风波·佛会》《清平乐·惠明赍书》《踏莎行·请宴》《何满子·听琴》《苏幕遮·探病》《解佩令·寄诗》《青玉案·得信》《唐多令·越墙》《眼儿媚·幽会》《误佳期·红辨》《风入松·离别》《惜分飞·惊梦》《柳梢青·金泥》《虞美人·寄愁》《丑奴儿令·郑恒求匹》《阮郎归·昼锦》。这可以说是古代题画词中最长的一组组词。此后，还有王昶的《水墨仕女十二幅为吴兴沈宗骞画依次赋之》，共有《留春令·思春》《望梅花·抚梅》《寻芳草·踏青》等12首，郭麟的《菩萨蛮·顾升山画蔬果十五种》共15首等。

明清的题画散曲也出现了文字逐渐增多的趋势。如果说明代还不够明显，那么清代的题画散曲则是以套数居多。明清两代题画词曲的字数不断增多，固然是为了表达丰富的社会生活和思想感情的需要，但也是文人竞相展示、比试才艺的一种结果。

第六，题画词曲中主观意识较为明显，注重对世情的写真和抒发作者的自我感受。这主要表现在以下三方面：其一，这一时期的题画词曲，并不在于对画中景物的描写和对画家的品评，而只是以此为媒介，用来抒发自己的主观情志。这和唐宋时期的题画诗词每每要品画赞人有很大不同。如明代词人金堡的《沁园春·题赵二火笠口看云图》说："问我看云，问我看云，欲答无词。……休相问，只纯情纯想，瘦黠肥痴。"又如高濂的《天仙子·写画》，也只是"心胸写出水云寒"，而不关绘画一字。这种情况在明清题画散曲中表现得尤为明显，如王庆澜的散曲《题薛富春淦钓台观潮图》为的是"写襟期，开怀抱"，"只看江水泱泱，云山缈缈，钓台寂寂，祠宇萧萧。有日共凭吊，有日共招邀，有日共游遨。这便是行乐图儿真注脚，休再要传神画里认风标"。其二，在题画作品中，或适意而行，任性而为；或不泥前人之成说，都体现了独立之人格。文人追求玩赏、享乐，这在明代题画诗中已有反映。到了清代，随着经济的发展和人的享乐本性的回归，在题画词曲中写饮酒对弈、赏花观鱼、登山玩水、携妓出游等，更是屡见不鲜。其中，唐寅的词《一剪梅·题画》颇具代表性，词中说："春来憔悴欲眠身。尔也温存，我也温存。纤纤玉手往来频。左也消魄，右也消魂。"又如词人潘介繁的词《浪淘沙·汪士松晓风残月图》，归懋仪的词《凤蝶令·题美人便面》，散曲家詹应甲的散套《〔北双调新水令〕自题杨柳岸残风残月画帧》，张应昌的散套《〔北仙吕点绛唇〕题唐子畏淮扬春市图卷》，高继珩的散套《〔南仙吕入双调步步娇〕题倪云臞珠海夜游图》等，都是写这类生活的作品。明清两代，由于文人的个性进一步得到张扬，他们多不苟同前人的观点，对于前代的题画作品，常常提出自己的新见解。例如对元代吴镇的题画词《沁园春·题画骷髅》，就有郑以伟、王夫之等明代词人提出了不同看法。其三，在表现家国大事、民族意识上，许多词人，特别是许多散曲家也能直抒胸臆而不吞吞吐吐，如明末清初沈自晋的散套《〔南商调金衣公子〕为顾茂伦表兄题濯足图》中说："蟠冢向东流，泛沧浪一钓舟，楚臣遗恨如君否？独醒将自谋，独清还自求，纵芒鞋不索向尘埃薮。且优游，江涛万里，凭却洗吾愁。"这既是赞颂其表兄的高洁，也是词人自己隐居山林、不仕新朝政治态度的表白。又如其从弟沈自继的散套《自题祝发小像》，更是对抗清廷《剃发令》的大胆宣示。曲中说："谩夸妍通眉李贺，空撅窨怒发荆轲。魄奴无计将愁躲，向针锋句里藏戈。自成久矣他招我，心印终然我负他。羞颜惰，诗非感遇，画岂传讹？"又说："相逢唱哩啰，乐跎跎，仗君策俺根尘懦。夷齐饿，宁戚歌，灵均些。"清顺治二年（1645），清廷严厉推行《剃发令》，所谓留发不留头，沈自继选择出家，毅然决然"祝发（断发）"，这是民族气节的充分表现。因此，明清题画词曲表现现实生活一般较为真实，词曲家往往率意而作，并不矫情。这正如朱小爱在《题画及其衍变的现代阐释》中所指出："明清题画所显示的文化底蕴，首先在于它是一次世情的大写真。在题画中，我们可读民情，听民声。……其次，明清题画的审美追求，由宋人的崇尚情致转变为追求情性。无论是题诗，还是题跋与题记，他们的话语无丝毫隐曲。正是这种真性情的倾吐，使得原本是绘画的辅助话语，到了明清之际，倒成了与绘画匹敌的艺术话语"[7]。

此外，明清题画词曲所题咏的艺术品，也不再是只局限于绢、纸上的绘画，还出现了绣像、泥美人、玻璃画等。在艺术表现手法上，如运用一系列意象来表现作者的多维情思；从多侧面、多角度拓展画境，将想象的景物复出迭现，恍忽迷离，以突现朦胧美；采用小说、戏剧的倒叙、插叙等手法，或将梦境与实境相融，亦虚亦实，或在情节展开中描写人物，既注重写意传神，又善于心理刻画；将视觉、听觉与幻觉交糅，可触可感，有声有色；等等。

第二节　明代题画词曲

　　明代是词的中衰期，明人在谈及国朝词时也有自惭形秽之意，清人甚至说"明代无词"。实际上，这种评价并不公允。《全明词》共收明词作者1390余家，收词作约2万首。《全明词补编》又辑入《全明词》未收词人471家词作3076首，已收词人159家的词作又补入1945首。这样，明代共有词人1860余家，词作2.5万余首。这两个数字都远远超过宋代词人和词作。数量虽然代表不了质量，但一定的数量也能影响质量，况且有明一代并非全无佳作。就题画词而言，明代题画词较宋元有较大发展，其数量是宋代的3倍以上，质量也有较大的提升，因此颇值得重视和研究。

　　明代题画词也同明代其他词一样，初期词人少，词作也不多，到了中期才有发展，出现了许多著名的题画词人和较为出色的作品。其中，主要词人有沈周、陈霆、夏言、杨慎、徐渭等。

　　沈周，既写了许多题画诗，也创作了不少颇具特色的题画词。《全明词》《全明词补编》共收录其题画词12首。其题画词多写自己的诗酒书画生涯，闲适而狂放，如《一剪梅·题画》：

　　　　此老粗疏一钓徒，服也非儒，状也非儒。生来多为酒糊涂，朝也村沽，暮也村沽。　　胸中文墨半点无，名也何图，利也何图。烟波染就白髭须，生也江湖，死也江湖。

　　这首词生动地活画出词人的自我形象。他看破红尘，鄙视功名，甘愿老死江湖；但在他似乎醉生梦死的自贬之词中，也透出其内心的苦闷与不满。不过，其题画词却没有其水墨山水画那种遒劲峻奇之风，而代之以风清月朗之韵，如《清平乐·题画》中说："云凉波小，木落沧洲晓。水影天光秋渺渺，斜带一行飞鸟。　　合江亭上阑干，何消眼界能宽。尽自堪诗堪画，不堪白袷知寒。"他的词在语言方面通俗晓畅，很少用典，几近散曲。

陈霆，字声伯，德清（今属浙江）人。生卒年不详，明正德十年（1515）前后在世。弘治十五年（1502）进士，授刑科给事中。正德初，因忤刘瑾，谪判六安。瑾被诛，起历山西提学佥事卒。博学多闻，工诗词。其词"豪迈激越，犹有苏辛遗范"。从其题画词看，也擅绘画。有《水南集》《渚山堂词话》等。《全明词》《全明词补编》共收录其题画词44首，是明代词人中写题画词较多的词人之一。他的题画词不仅很好地抒发了自己的情怀，而且真实地记录了行踪。其《念奴娇·墨芙蓉》中说："孤芳无主，被西风、送与一天愁色。顾影含羞还有恨，彩笔怎生描得。藕白如矜，蓼红自倚，真意谁能识？"词人以墨芙蓉自比，抒发了自己"孤芳无主"、不为人识的苦闷。其《风入松·旅游图》既写旅途之景，也写离愁之情，其词是：

> 青山断送古今愁，落日下林丘。西风古道无人影，行囊薄、尘满征裘。暝色雁投何处，笛声人在高楼。　　长途世事两悠悠，羁客倦遨游。秋容诗意知何在，寒鸦外、流水桥头。凭仗丹青会写，为予添个离忧。

这首词很好地化用了元人马致远散曲《秋思》中的意境，不仅把词人在青山落日、西风古道中"行囊薄、尘满征裘"的形象写得历历在目，而且融情于景，离愁悠悠。特别是词人"凭仗丹青会写"，绘成《旅游图》，然后自题其画，使全词充满了诗情画意。

陈霆题画词的艺术风格也和他的非题画词一样，风格遒劲，如《念奴娇·赤壁图，用东坡韵》：

> 三分鼎峙，算江东虽小，尽多人物。一片江山千古恨，崩浪怒冲高壁。湖海孤臣，经年放废，破帽撑风雪。浪游怀古，问君谁是豪杰。　　驾此一叶扁舟，举杯属客，清兴樽前发。凌涉沧茫三万顷，洗荡凡尘消灭。夜静江空，洞箫清润，露气侵华发。仰天一笑，醉中卧对明月。

此词虽不如苏轼《念奴娇》（大江东去）那样笔力千钧，风云为之变色之概，但也写得豪情满怀，苍凉而激越。他的另一首《踏莎行·九鹭图》属豪宕之作。但是，陈霆的题画词不仅有苏辛主流的豪放之风，而且也呈现出苏辛艺术风格的另一面，即清新婉丽，并且由于受绘画题材所限，这样风格的作品更多一些。其代表作是《酹江月·吴二尹西湖图，以下凡十景》：

> 红尘道路，笑西湖虽好，未曾相识。匹马经行天借便，一散松厅羁迹。解帽簪花，携壶贳酒，相约寻芳客。满篙春水，画船荡破晴碧。　好似山色空濛，水光潋滟，花柳酣风日。一片笙歌云锦地，依约楼台高出。峰北峰南，湖烟湖水，分付花翁笔。锦江何处，归装聊载春色。

这首词虽然对西湖的山水景色和人文景观描绘得有声有色、十分生动，但却有化用苏轼《饮湖上，初晴后雨二首》的痕迹。这位明词极具代表性的词人的其他作品也出现类似的情况。缺乏独创性，这也是明词艺术成就不高的原因之一。

夏言（1482—1548），字公谨，号桂洲，贵溪（今属江西）人。正德十二年（1517）进士，世宗朝参与机务，居首辅。后为严嵩所嫉，被诬陷至死。其诗文宏整，以词曲擅名。有《桂洲集》《近体乐府》《赐闲堂词》等。《全明词》收录其题画词12首。其题画词早年与晚年风格有很大不同，他在16岁时曾作《如梦令·题画四首》，试看其四《弄花香满衣》：

> 花覆秋千影里，翠袖雕阑斜倚。纤手探花枝，弄落一天红雨。香气，香气，熏透遍身罗绮。

这首小词轻松活泼，如见其人。词人虽然没有具体描写花间依阑少女的形象，但通过动作却写得栩栩如生。并且在这个形象中，似乎也折射出词人"少年不识愁滋味"的影子。词风清新灵动。但是，在他经历宦海沉浮之后词风大变，试看其《大江东去·次东坡韵，题袁佩兰大尹画》：

> 海岳道人，向白云深处、静中观物。百尺瑶台清似水，仄倚丹崖翠壁。台下梅花，虬枝铁干，点缀千年雪。三山咫尺，神仙原是人

杰。　　老我而今自归来，天上豪兴时时发。笑傲烟霞，看人间蠛蠓瓮中生灭。白石樵翁，沧波渔父，相伴俱黄发。蓬莱小阁，相对灵峰山月。

词人在饱经风霜之后，变得十分冷静。他以"虬枝铁干"的梅花自比，虽然仍有"豪兴"，但看到"人间蠛蠓瓮中生灭"，也有不尽沧桑之感，因而开始追慕神仙世界。词风在豪放中，又有丝丝苍凉。但是词人并不消沉，他在另一首《大江东去·庚子初度，陆俨公作金焦图……即席赋答》中又唱出了"丹心炳炳，敢负中兴岁月"的高亢之歌。这也是他不屈服于严嵩恶势力、耿直个性的真实写照。

杨慎（1488—1559），字用修，号升庵，新都（今属四川）人。11岁能诗文。正德六年（1511），殿试第一，授翰林修撰。因敢于直谏，仕途坎坷。以词名世，被时人推为"当代词家"，清人视为"明人第一"。著作甚丰，有《升庵集》《升庵长短句》《陶情乐府》等。《全明词》收录其题画词12首，但好词不多，其《折桂令·昭君出塞图》所描写的塞外风光和愁云惨淡的压抑气氛也颇具特色。其词是：

乱纷纷，玉蕊冰花。气结愁云，泪湿腮霞。高阙千寻，停骖一顾，漠漠黄沙。　　只见三队五队，栅旌旗，舞风番马。千点万点，绕穹庐，成阵寒鸦。一曲琵琶。几拍胡笳。目送飞鸿，恨满天涯。

此词又收入《全明散曲》中，题为《〔北双调折桂令〕昭君出塞图》。另有《天净沙·题画四首》，也收入《全明散曲》，题为〔北越调天净沙〕。杨慎也是散曲名家，但除上述5首作品外，《全明散曲》仅存题画小令一首，即《〔南中吕驻马听〕题捣练图》。

徐渭也有少量题画词存世，如《鹧鸪天·蒋三松风雨归渔图》：

芦长苇短挂青枫，墨泼毫狂染用烘。半壁藤萝雄水口，一天风雨急渔翁。　　蓑笠重，钓竿濛。不教工处是真工。市客误猜陈万里，惟予认得蒋三松。

这首词除了借景抒情外，还提出"不教工处是真工"的画论，这和他在《题画梅》诗中所说的"信手拈来自有神"是一致的。此外，他的题画词有明显的散曲化特点，如《眼儿媚·书唐伯虎所画美人》即其一例。在《全明散曲》中存其题画散曲一首，即《〔北双调清江引〕题花卉卷》。曲中说："三分水共墨，半点烟共粉。瘦梅妃肥太真怎自忖"，也主要是谈水墨画的要诀。

明代中后期，题画词人也有很多，如易震吉、李渔、陆世仪、王夫之等都有较为优秀的题画词。

易震吉，字起也，号月槎，金陵（今江苏南京）人。崇祯七年（1634）进士，官至嘉湖道江西参政副使。词学辛稼轩，以疏秀取胜。有《秋佳轩诗余》12卷，收词1180余首，为明代写词最多的词人。《全明词》存其题画词11首。他的题画词寄意不深，缺少佳作，但有些小词绘景如画，文字晓畅，很像散曲小令，如《好事近·题画》：

> 水际乱杨花，飞落鹭身无影。人在小舟闲看，吃几瓯新茗。　　卖鱼人隔柳堤呼，恰烟遮渔艇。也拟移舟相就，怕撑开青荇。

李渔（1611—1680），字笠翁，一字笠鸿，也称湖上笠翁，兰溪（今浙江金华）人。有才子之誉。有《闲情偶寄》《耐歌词》等。《全明词》存其题画词10首。他的题画词较为关心民间疾苦，在《浣溪沙·题三老看云图》中说："看去既成云世界，原来身住锦乾坤。而今才识下方贫。"另一首《一丛花·题画》揭露现实更为深刻：

> 绝无人处有人家，不畏虎狼耶。因避人间苛政苦，才甘受、猿鸟波喳。还怕招摇，只愁牵引，不敢种桃花。　　主人闲出课桑麻，带便钔鱼虾。钓竿闲着何曾使，为看云、忘却生涯。笑指溪山，叮咛童子，切莫向人夸。

此词写"主人"为避苛税而不畏虎狼，逃入"无人处"的深山。并且不敢种花，以免招摇。如此小心翼翼，他还不放心，又再三嘱咐童子，不可向外人夸。这便深刻地揭示了"苛政猛于虎"的现实，并对"主人"寄予深切的同情。

陆世仪（1611—1672），字道威，太仓（今属江苏）人。明亡后，拓地十亩，筑亭其中，自号曰"桴亭"。为明末著名理学家、文学家，与陆陇并称"二陆"。有《桴亭集》等。《全明词》存其题画词6首，其中多为画像而题，也有一定特点，如《满江红·题陆靡庵小像》《念奴娇·同石隐、圣乘过寒溪小饮，时寒溪邀晋威卞君写〈行乐图〉，并为予作小像，戏成小词一阕》等。试看前一首：

> 两脸春生，君老矣、雄姿益壮。记当日、词坛酒社，风流轶宕。吐咳珠玑成百首，笑谈光焰惊千丈。问而今，何事悄无言，蒲团上。
>
> 天地改，风尘飓。鲸鳄动，沧溟涨。叹靡靡行迈，我心惆怅。羽扇纶巾诚已矣，道冠野服犹堪状。待留些好样与儿孙，儒模样。

王夫之（1619—1692），字而农，号姜斋，别号一壶道人，又称船山先生，衡阳（今属湖南）人。明亡后，于衡山举兵抗清，兵败退广东肇庆，投南明桂王，授官行人，后到桂林依瞿式耜。桂林复陷后隐遁著书。有《船山全集》。《全明词》存其题画词7首，其中《菩萨蛮·桃源图》颇有深意：

> 桃花红映春波水，盈盈只在沅江里。湘水下巴丘，湖西是鼎州。　　停桡相借问，咫尺花源近。三户复何人，长歌扫暴秦。

此词先写桃花映春水的美好景致，似无寄意，但结拍处忽然发问："三户复何人，长歌扫暴秦。"《史记·项羽本纪》载："楚虽三户，亡秦必楚也。"联系词人在明亡后不屈不挠的抗清斗争，这里的"三户"显然用以比众抗清者，而"暴秦"当是指清统治者无疑。这是说，词人要在长歌中扫灭清廷。虽然词人的愿望最终没有实现，但其不与清统治者合作的决心却至死不变。此词在不经意中稍加点染，即写出家国之恨和报国之心，我们不能不叹服其高超的表现手法。

明曲（含明代戏曲），是"大明人"最直接的心灵情怀的歌唱，是我们回顾16世纪中国思想启蒙初兴的一面最好的镜子。"如果说四书五经是

一种严肃的仪式，那么，明曲则是一场欢乐的盛宴。诗、词是属于士大夫阶层的文化形式，明曲，则是属于普通百姓的文化形式。"[8] 但是明代的题画散曲因为与绘画相联系，又增加了其艺术性和高雅性，仍不为普通百姓所掌握，因而明初的题画散曲并不多，并且多为小令。但随着散曲的进一步普及，下层民众也开始运用这种文化形式。因此，便为题画诗歌这种高雅的艺术吹进了一股带泥土味的清风。

明代题画散曲作家不多，并且一位作家大多只存一二首题画散曲，只有王屋在《全明散曲》中存题画小令7首，是明代现存题画散曲最多的一位作家。

王屋，生卒年不详，字孝峙，嘉善（今属浙江）人。有《草贤堂词笺》《蘗铉斋词笺》等。其题画散曲《〔南商调黄莺儿〕题所画五湖渔钓寄友》共4首，其四是：

> 数雨老汀芦，寄萧关一字无。传来塞北烽烟苦，将军虎符，愁人仆姑。天威何日诛在房。正莼鲈，十分肥美。谁报与征夫。

在题垂钓这类题材中，曲家还能想到现实的边关战事，颇为难得。"塞北烽烟苦"，当是指明末清兵入侵给人民造成的苦难。曲中"何日诛在房"一句，反映了战乱中人民企盼和平、安宁的愿望。但是在明代题画散曲中，这类关心现实的作品并不多。

这一时期，或许是因为画坛美人题材增多，或许是文人的审美追求，或许是为适应世俗情趣的需要，在题画散曲中，写仕女、美人的作品比较多，如黄峨的小令《〔北南吕骂玉郎带过感皇恩采茶歌〕仕女图》，梁辰鱼的套数《〔南仙吕入双调步步娇〕题居士贞画金陵王儒卿赛玉卷》，宁斋的套数《〔北南吕一枝花〕题半身美人》，薛论道的小令《〔南仙吕入双调步步娇〕画上美人》等。就连抗清志士陈子龙也写了一首套数《〔南正宫倾杯赏芙蓉〕为宋尚木题梅下美人像》，受到宋尚木的称赏。

第三节　清代题画词曲

　　清代是中国题画词曲大发展时期，呈现繁荣局面。清代题画词发展的重要标志是题画词人多，其中既有知名画家，也有著名词人，他们都有佳作传世。

　　陈维崧（1625—1682），字其年，号迦陵，宜兴（今属江苏）人。以气节著称。官至翰林院检讨。诗词文兼擅，尤长于词。现存词1600余首，为古代词人之最。有《湖海楼诗集》《迦陵词全集》等。其题画词苍凉悲壮，有豪放之风，如《沁园春·题徐渭文〈钟山梅花图〉》：

　　　　十万琼枝，矫若银虬，翩若玉鲸。正困不胜烟，香浮南内；娇偏怯雨，影落西清。夹岸亭台，接天歌板，十四楼中乐太平。谁争赏？有珠珰贵戚，玉佩公卿。　　如今潮打孤城，只商女船头月自明。叹一夜啼乌，落花有恨；五陵石马，流水无声。寻去疑无，看来似梦，一幅生绡泪写成。携此卷，伴水天闲话，江海余生。

　　徐渭文，即徐元殊，字渭文，画家。从此词和其友人曹亮武的《望梅·题徐渭文〈钟山梅花图〉》看，《钟山梅花图》当寓有兴亡之慨。而陈维崧这首词又拓展画意，抒发了故国之深情。此词上阕写明代金陵之繁华，这里"夹岸亭台，接天歌板，十四楼中乐太平"。然而，这样的美景却被朝廷权贵"争赏"，沉湎于声色之中，这也是明朝覆亡的重要原因。下阕写金陵今日之衰飒，"如今潮打孤城"，"落花有恨"，"流水无声"，"一幅生绡泪写成"。通过今昔对比，抒发了深深的故国之思和亡国之痛。此词"情词兼胜，骨韵都高，几合苏、辛、周、姜为一手"（陈廷焯《白雨斋词话》卷四）。他的另一首题画词《满江红·梁溪顾梁汾舍人过访赋此以赠，兼题其小像》，也是一首情韵俱佳的好词。

　　朱彝尊也是一位题画词人。他的题画词名作较多，除了其为陈维崧所写的那首传记式赞歌《迈陂塘·题其年填词图》外，另一首《清平乐·题

水墨南瓜》也有新意，其词是：

> 牵丝引蔓，野外无人管。才见草檐花一半，又早青黄堆满。　　今年谷贵民饥，村村剥尽榆皮。合付田翁一饱，全家妇子嘻嘻。

此词多为历来词家所不选，但它却真实地反映了现实。从有关资料看，这首词当写于康熙三十六年（1697）之后，当时江南地区正有大灾。词人由画中南瓜想到灾民"剥尽榆皮"充饥，并盼其能得一饱，既反映了民生苦难，又对灾民寄予深切的同情与关心，是题画词中难得的佳作。此外，其《迈陂塘·题顾茂伦雪滩濯足图，图为松陵女子沈关关所绣》是为一幅绣图而题。词中说："更无须、调铅吮粉，神针绣出天巧。"这是题画诗词中极少见的为绣图而题的词，颇为新颖。

纳兰性德（1655—1685），字容若，号楞伽山人，满洲正黄旗人，是康熙朝著名阁僚明珠的长子。康熙十五年（1676）进士，选授三等侍卫，后迁至一等。能诗擅文，尤长于填词，也精于书画鉴赏。其词幽怨凄婉，充满感伤气氛。有《通志堂集》《饮水词》等。其题画词的代表作是《南乡子·为亡妇题照》：

> 泪咽却无声，只向从前悔薄情。凭仗丹青重省识，盈盈。一片伤心画不成。　　别语忒分明，午夜鹣鹣梦早醒。卿自早醒侬自梦，更更。泣尽风檐夜雨铃。

这是一首悼亡词的绝唱。此词睹照（此应为写照之肖像画）伤情，为悼念早亡的元配卢氏而作。上阕写看到亡妇画像时所触发的感伤，泪水咽住了喉咙而哭不出声来。进而自悔在妻子活着时没有给她更多的情爱。"盈盈"两字蕴涵丰厚，既写出妻子娇美的容貌，又表现了她内在的高雅气质；既有词人省识得来的容貌比眼前的画像更清晰之意，又有他无限感伤充盈于怀之情。换头两句，由眼前画联想到"从前"景，妻子的"别语"似乎仍萦绕耳畔。而回想当年婚后的美好生活，也如短暂的春梦。词人把妻子辞世说成是梦醒，而自己活着反倒仍沉迷于梦中。词的最后一句化用唐明皇逃蜀夜雨闻铃之典，将悲情推向高潮，此时词人的哭泣声和更声、雨声、风声、铃声交织在一起，把无穷的哀思融于可感知的众多视觉、听觉形象中，产生了巨大的感人力量。这正如顾梁汾所说："容若词一种凄婉处，令人不能卒读"（评《纳兰词》语）。他的另一首题画小词《太常引·自题小照》也充满了感伤情绪，其词是：

> 晚来风起撼花铃，人在碧山亭。愁里不堪听，那更杂、泉声雨声。　　无凭踪迹，无聊心绪，谁说与多情。梦也不分明，又何必、催教梦醒。

由于词人在"愁里"不堪听泉声雨声，似乎但愿长梦不愿醒。这是一种难以言表的惆怅情怀。纳兰性德在这些题画词中把人生的失意与哀伤描绘得如此近乎绝望，既显示了人的个体意识在更深层次上的觉醒，也反映了晚明以来士大夫较为普遍存在的世纪末的悲哀情绪。这不仅有个人因素，也有深刻的社会原因。但是，纳兰性德的题画词也有明快疏朗的一面，如《金缕曲·题〈侧帽投壶图〉》：

> 德也狂生耳。偶然间、缁尘京国，乌衣门第。有酒惟浇赵州土，谁会成生此意。不信道、竟逢知己。青眼高歌俱未老，向樽前、拭尽英雄泪。君不见，月如水。　　共君此夜须沉醉。且由他、蛾眉谣诼，古今同忌。身世悠悠何足问，冷笑置之而已。寻思起、从头翻悔。一日心期千劫在，后身缘、恐结他生里。然诺重，君须记。

此词写词人与顾梁汾的深厚友情。"德也狂生耳"，而顾梁汾"侧帽投壶"，也有狂态。"侧帽"，典出《北史·独孤信传》：独孤信因猎日暮，驰入城，其帽微侧，人以为风流时尚，纷纷模仿。"侧帽风流"一词便出于此。由此可知两人有共同的性格特点，也自然有了思想沟通的基础。他们精神振奋，"青眼高歌俱未老"。面对"蛾眉谣诼"也一笑置之。词的最后说两人既成知己，便情谊长存，即使横遭劫难，也信守誓言，永世不渝。钱仲联对此词评价很高，他说："读此令人增风谊之重。"[9]词中虽有"拭尽英雄泪"、月凉如水等描写，颇有悲凉之气氛，但全词却是萧散而豪宕，因此徐釚在《词苑丛谈》中评价："词旨嵚奇磊落，不啻坡老、稼

轩。"〔10〕

边寿民不仅以画芦雁和题画芦雁诗名世，而且写下了题画芦雁词，如《转应曲·题芦雁图》就是一首好词：

> 芦荻，芦荻，影动半江斜日。旅鸿着意随阳，健翮岂嗟路长？长路，长路，回首塞垣何处？

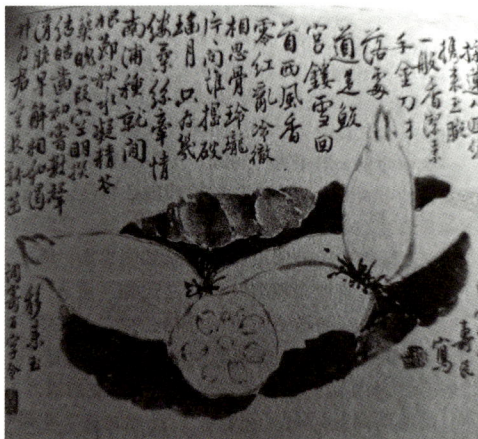

边寿民《杂画册》之十一

此词以简短的语句描绘出大雁在斜日下展翅飞翔的身影。它追随阳光，不畏路远，充满了生命活力。意境优美，意蕴深厚。他的另一首《百字令·题杂画册之十一》是：

> 采莲人返，恁携来、玉腕一般香洁。素手金刀才落处，道是鲛宫镂雪。回首西风，香零红乱，冷彻相思只为几缕柔丝，牵情南浦，种就

闲根节。秋水凝精花葬魂，一段空明撰结。皎齿初尝，数声清脆，早解相如渴。移来玉井，为君重长新茁。

骨。玲珑片片，问谁捣破瑶月。

此词以画面"藕"的形象立意，藕之雪白，如采莲女子之玉腕，亦藕亦人，诗情画意，给人以冰清玉洁之美感。

清代前期题画词人较多，如曹溶、曹尔堪、戴本孝、倪濂、江炳炎、施朝干等都有好词问世。例如曹溶的《浪淘沙·题园茨收纶濯足图》，曹尔堪的《满江红·题柳村鱼乐图》，戴本孝的《菩萨蛮·题晓窗梅影图》，倪濂的《青玉案·题澄江女子桃花燕子画扇》等，都有一定特点。

江炳炎，字研南，钱塘（今浙江杭州）人。有《琢春词》。其《高阳台·清溪女子雄县题壁画卷》写景寄情，颇有新意：

野店烟逵，霜扉月坠，酒醒渐觉寒侵。淡闪星灯，映他半壁愁吟。断肠人远空留迹，卷青衫、细拂墙阴。想难禁，瘦怯罗衣，泪冷罗衾。　梨花貌比轻云薄，恨当时不见，见亦酸心。从古蛾眉，多教玉掩珠沉。钟情最是车中客，和瑶词、欲寄知音。倩谁寻，画里关山，一片愁深。

词人由壁画上的女子的题词而展开联想，她"瘦怯罗衣，泪冷罗衾"，幽思肠断，空留"半壁愁吟"。并体贴入微，竟怕她难禁阴冷。但词人的同情并未到此为止，他又想到"从古蛾眉，多教玉掩珠沉"，既哀其不幸，又为古今许许多多被埋没的才女而鸣不平。此词情景交融，把词人的一片深情充分地表现出来，颇为感人。他的另一首《疏影》，不仅也有此词之风致，还因是为"用落梅贴纨扇成花"而题，更显新颖、别致。

施朝幹，字培叔，号小铁，仪征（今属江苏）人。乾隆二十八年（1763）进士，官至宗人府丞。有《正声集》。其题画词的代表作是《齐天乐·题史忠正公遗像册子》：

广陵江上啼鹃过，风吹远音还咽。拓本重摹，军书试展，遗像清高如接，沧桑话歇。想炮火谯楼，旧时毛发。化去虫沙，磷飞空照二分月。　琉璃官厂市晚，竭来词客手，曾献金阙。寸草心孤，春灯恨锁，留得愁颜千叠。招魂句绝。任袍笏消沉，画图凄切。故岭梅花，送香深夜雪。

此词小序说："按公像及复我朝睿亲王书、殉节时别母书，蒋心余编修购自书肆。彭少司农奏进得旨，于梅花岭刻石。史氏之族有鸿义者复锓于木，以广其传，诚盛事也。"

"史忠正公"，是指明末抗清名将史可法。他坚守扬州，兵败被俘，凛然就义。此词苍凉悲壮，如江水之鸣咽，如杜鹃之哀啼，具有极强的感染力。词人在一开头即以"望帝春心"化作的啼鹃作比，使全词笼罩着一层浓重的悲剧气氛。接着边写遗像，边回顾史可法的抗清斗争。"磷飞空照二分月"，既点昔日"二分无赖"之扬州，又写今日此城之荒凉。下阕倒叙其遗书购得之经过及奉旨刻石，又写其身后之凄凉。词中之"梅花"，不仅是为了点出"梅岭"，而且以梅花喻史公之高洁，语意双关，意味深长。

清代中后期，随着外敌入侵、战乱频仍，国势日渐衰微，于是文人、士大夫中弥漫着浓重的忧患情绪。这在题画词中也有所反映，如金衍宗的《金缕曲·友人以"易惹人愁是夕阳"句绘图，嘱题为赋是解》：

> 午梦醒犹未。渐消磨、如年永昼，乱蝉声里。凝望深林明晚照，林外碧云无际。剩天末、余霞成绮。楼阁昏黄灯未上，莽郊原何限苍茫意。迟暮感，那能已！　销愁我亦浑无计，看遥岚、胭脂半抹，勾留能几？初日年华轻一掷，冉冉双额白矣。有客路、荒寒曾记。古木丛祠鸦背闪，对西风吹影鞭丝细。消领惯，此情味。

这首词把词人的迟暮感和感伤情写得淋漓尽致，给人以沉重的压抑之感。它之所以能达到如此效果，原因有三：一是现实中的清帝国正如夕阳西下，渐至暗淡无光；二是词人难以名状的满腹愁肠；三是这幅以"易惹人愁是夕阳"句绘成的图画的艺术感染力和诱发力，词人本已愁烦在心，看了此图，经过再创造，选择"碧云""昏黄灯""莽郊原""荒寒""古木""西风"等最易引人伤感的词语，又重新组成一幅有声的《夕阳图》。它不仅反映了清代末年知识分子中普遍存在的世纪末的哀愁，而且生动地勾勒出一幅清帝国摇摇欲坠的活画像。这既是画的作用，也是诗的力量。题画诗词的特殊感染力和震撼力正在于此。

这一时期的韩生宝、孙福田、丁至和、陈咏、计敬等，也有较好的题画词存世。如孙福田的《卖花声·倪耕劬夜泛珠江绘图索题率尔倚此》，丁至和的《瑶华·自题十三楼吹笛图》，陈咏的《摸鱼儿·题高茶庵妹倩空江吊影图》，计敬的《点绛唇·题画》等。这些词或在描绘山川景致时想到"劫火才烧"，或直接写"烟荒草蔓，磷火白骨无数"，都没有忘记战乱中的现实。其中，韩生宝的《百字令·题屈勿山大别豪吟图》更有特色：

滔滔江汉，想沉沙折戟，战争多少。今日山头闲眺望，且对青天长啸。夏口东瞻，武昌西望，只有风帆好赋诗横槊，阿瞒可有同调？　叹息挝鼓狂生，登楼词客，一例埋秋草。漫把伤时才子泪，洒向乱峰斜照。家住吴头，身游楚尾，千里关山道。掷将吟卷，有情天亦应老。

词人遥想千年古战场，评点历史人物，为其"一例埋秋草"而兴叹。再写自己漂泊生涯，千里关山，有家难归，更增无限伤感。此词时空频换，忽古忽今，忽夏口、武昌，忽吴头、楚尾。意境开阔，词调苍凉，有苏、辛之遗韵。此后，龚寅的《百字令·题张君仙槎泛槎图》也与此词同调，其情怀高远，意绪豪迈。

此外，冯登府也有题画佳作，如《满江红·题石砫女土司秦良玉遗像》：

百战河山，有几个、蛾眉燕额。撑半壁、夫人城在，风云阵黑。白杆金戈传檄地，明妆铁骑朝天日。看丹青、先画美人图，弓鞋窄。　青犊恨，云阳厄，翠袖断，绵州策。想丰容盛鬋，平台颜色。玉帐夜谈秦陇月，锦袍腥染狼河血。叹国殇、儿女尽英雄，红兰泣（原注：红兰，良玉之媳）。

这首词生动地刻画了明末抗清女英雄秦良玉的形象，高度赞颂了她不屈的斗志和勇武精神。词人写此，当是有感而发。清代末年，边关频频告急，正需要像秦良玉这样的英雄抗敌御侮。此外，这首题词，不仅说明少数民族女土司也能绘画，而且说明秦良玉在西南少数民族中也有崇高威望。女土司能为秦良玉画像，正反映了少数民族也企盼有这样的英雄再世。

清代，散曲进一步普及，"散曲用来题图是清人流行的风气"[11]。因此，清代题画散曲的作家、作品都有很多，是题画散曲发展的鼎盛时期。这些题画散曲作家主要由五部分人组成：一是以诗词名世的，如朱彝尊、冯班等；二是以戏剧著称的，如尤侗、洪昇等；三是以绘画称雄的，如金农等；四是诗词曲赋、戏剧无所不能的，如蒋士铨、吴锡麒等；五是"于经学、小学、历算、乐律，均精研深造，尤长校勘"的杂家，如张文虎等。但其中多数题画散曲家是既工诗文词曲，也善写戏剧传奇的通才。

洪昇（1645—1704），字昉思，号稗畦，别署南屏樵者，钱塘（今浙江杭州）人。出身于官宦世家，早年即以诗词名世。康熙七年（1668）入国子监为太学生，后经历了二十余年的求仕生活，但因其狂疏不羁，始终未获一官半职。康熙二十七年（1688），他的戏剧代表作《长生殿》面世，立即轰动京师剧坛。但第二年却因在佟皇后丧期演唱《长生殿》而被人参劾，革去其国子监生籍。不久，回到浙江，过着放浪潦倒的生活，后因"酒后登舟"，不幸落水而死。他一生创作戏剧40余种，但仅有传奇《长生殿》和杂剧《四婵娟》传世。另有诗集《啸月楼集》《稗畦集》等。《全清散曲》存其题画散曲3首，均为套数。其中《题张杞园泛家浮宅图》颇为有名：

〔南正宫锦缠道〕望桃花，遍青山遥连水涯。晴日散余霞，柳阴中横着一叶浮槎。见一个小渔童双盘髻丫，见一个俊樵青是十五轻娃。风味果清佳，深坐在短篷低亚。沿流趁浅沙，一直去相通苕霅。这的是张志和泛宅远浮家。

〔普天乐〕绿蓑衣，随身挂。青箬笠，笼头大。何须要象简乌纱，休提起御酒宫花。纶竿自拿，只凭着笔床茶灶生涯。

〔古轮台〕漫嗟呀，红尘十丈满东华。名场宦海风波大，许多惊怕。蚁阵蜂衙，终是霎时销化。汉室秦庭，争王图霸，只添得几张残纸费闲牙。装聋作哑，总不如随处作家。黄芦岸侧，白蘋渡口，绿杨堤下，短楫好轻划。真潇洒，月明吹笛过平沙。

〔尾声〕这丹青休道是人儿假，一样须眉总莫差，少不得西塞山前认着他。

这套散曲视功名如粪土，向往"月明吹笛过平沙"的逍遥生涯。张杞园对此曲评价很高，他说："钱塘洪昉思昇，独赠四阕。字句流丽，似不在其所作《四婵娟》《长生殿》诸曲之下。"[12]另一套散曲《题其翁先生填词图》也是佳作。

"扬州八怪"之一的金农，创作了大量的题画散曲。《全清散曲》中存其题画小令23首，是清代写题画散曲较多的一位作家。但他的题画散曲写作较为随意，艺术性不高。其可读者如《〔自度曲〕题自写曲江外史小像》：

> 对镜濡毫，自写侧身小像。掉头独往，免得折腰向人俯仰。无留老眼看煞隔江山，漫拖着一条藤杖。若向当年，无边风月，曾为五湖长。

这首小令用生动的文字为自画像增添了几分灵气，仿佛让读者看到了一位拄着藤杖、独来独往的老者。他寄情山水，放浪不羁，不肯"向人俯仰"。此曲升华了"小像"，表现了曲家的傲骨。金农的散曲多为自度曲，往往有调无格，不尽符合曲谱要求。但这种自度曲可长可短，自由灵活，文字通俗简练，易于掌握，将来未始不是题画诗歌的发展方向。

王庆澜（1737—?），字安之，夷门（今河南开封）人。屡试不第，游幕终生。工词曲，从其题画散曲看，也能画。有《枕霞词》《镜虚词》《菱江集杂曲》等。《全清散曲》存其题画散曲25首。其中，小令7首，套数18首。他是清代现存题画散曲最多的一位作家，并且因多为套数，所以题画散曲的字数也最多。但是这些作品大多不算上乘之作。从内容看，多写自己的诗酒玩赏生涯，往往以酒浇胸中之块垒，尽抒怀才不遇之情，如他在《题秦梅樵械坐花醉月图》中说："骋情豪先脱下方山帽，教你那人儿素手持瓢，漉向瓮中块垒一齐浇。便和你向今宵，同醉个颠和倒。"在《题董十九晋卿槐市饮秋图》中也说："酒户谁偏大，秋庭此最华。一般块垒浇之化，比七贤六逸何高下，况推襟送抱无虞诈，消得几声清话。"但有时也感叹知音难遇，在《题杨信斋心培闲情买醉图》中说："整日家覆香醅，自挥杯，怪底新愁拦住不容推，心事少人知。"又在《题阮山先生重问钓游图》中说："细看少年场，那个是忘年友，不堪回首！"由于他的题画散曲大多是应友人之邀而题，所以曲中也常记事情的经过，并多有赞誉主人话语，如《题新建余十三铁香鼎忆柳图》的开头就说："铁香才气英英，更兼武勇实精能。"王庆澜还有一些题画散曲抒写自己的飘泊身世，这是他游幕生涯的真实写照。当他看到儿童捉柳花时，忽然心有所感，不仅挥笔作画，还动手题曲。其《自题闲看儿童捉柳花小影》说："柳绵又见扑帘栊，眼看着白纷纷难装懵懂。画圈儿手自书空，试想我自家飞絮，也类飘蓬。"又说："晴丝袅，蛛网蒙，遮莫团团如雪拥。莽生涯，本如梦，比较行踪，飘泊应相共。"而在《题刘味颠先生企埰观梅图》中则直接写道："想从前作客向京华，世味都尝饱，曾挨过书城寂寞，旅馆萧条。"由于他所描写的生活和人物都是亲身经历和熟悉的，所以写来真实而深刻。在艺术上，他既善于叙事铺陈，又长于映衬渲染。如在《寄阿环兼题小影》中写道："又到了寒空如洗，又到了冷月初低；又到了哀鸿排出人人字，又到了梦蝶难寻昔昔衣；又到了残芦簇箭生生地，又到了衰柳摇风猎猎时。愁无比，赢得个怀人滋味，对境低徊。"这段曲子把自己的相思之情写得淋漓尽致。但是，王庆澜的题画散曲也有明显的不足：一是结构不够严密，这虽然是有些散曲的通病，但他时古时今，事件之间常无联系，随处用典，也常不贴切；二是好用生涩词语，不易索解。

何承燕（1740—1799后），字春巢，号以嘉，仁和（今浙江杭州）人。官东阳县训导。工词曲。有《春巢诗余》等。《全清散曲》存其题画散曲7首，均为套数。他的题画散曲内容与王庆澜不同，多写著述、读书、对弈等文化生活，如《题兰庭红袖添香著书图》《题兰庭二弟读书秋树根小照》《题菉村施二雪夜读书图》《题马萝溪对弈图》等。在这些作品中，虽然不免娇女伴才郎的描写，但曲中所赞"弱冠方年少，矢志芸窗，不受尘喧扰"，"冷耐着寒灯影斜，不管那寒风乱刮，只是把黄卷手中拿，只是把青史案头查"的专注读书精神值得肯定。此外，其曲中多励志、训诫之语，也有教益。

吴锡麒（1746—1818），字圣徵，号穀人，钱塘（今浙江杭州）人。

官至国子监祭酒。工骈体，善倚声。有《有正味斋全集》《渔家傲传奇》等。《全清散曲》存其题画散曲 12 首。其中，小令 4 首，套数 8 套。其小令《〔北仙吕一半儿〕题友人校书图》写校书生活，为过去所少见。曲中说："虫鱼辛苦剔参差，落叶纷纷扫不辞，然烛但愁丽竖疲。月斜移，一半儿涂黄一半儿墨。"

清代题画散曲家较多，如沈谦、沈起凤、沈清瑞、凌廷堪、石韫玉、范驹、陆文泉等。有人虽然只有一二首题画散曲存世，但也有闪光之作。他们以各自的曲风画采为清代的题画散曲增添了耀眼的斑斓。

注　释

〔1〕马兴荣：《论题画词》，《抚州师专学报》1997年第4期。

〔2〕赵沛雪：《明末清初的女性题画词》，《文学遗产》2006年第6期。

〔3〕《全明词》三册，中华书局，2004，第1322。

〔4〕同上书，第1466页。

〔5〕同上书，第1573页。

〔6〕《全明词》六册，中华书局，2004，第3051页。

〔7〕朱小爱：《题画及其衍变的现代阐释》，《韩山师范学院学报》1999年第4期。

〔8〕裴钰：《明曲被遗弃的世界非物质文化遗产》，《中国教育报》2009年9月13日，第4版。

〔9〕《清词三百首》，岳麓书社，1992。

〔10〕《词苑丛谈》卷五，上海古籍出版社，1981，第93页。

〔11〕谢伯阳语，转引自王起等编著《元明清散曲选》，人民文学出版社，1988，第427页。

〔12〕谢伯阳、凌景埏编《全清散曲》，齐鲁书社，2006，第596页。

第六编　延展期

—— "江头千树春欲暗，竹外一枝斜更好"

　　如一面血染的旗帜飘扬在广阔的海疆，辉映着出征的战舰；又如一曲高亢的军歌回荡在硝烟弥漫的天空，呼唤着沉睡的人们。它以炫目的光彩、动人的旋律写就夕阳的彩霞和朝阳的辉煌。这里有湖畔侠女舞剑多少恨，壮怀激烈；也有楼头思妇望月几回圆，儿女情长。这里有僧人于古刹青灯下奋起，也有隐士在山水田园间徘徊。这里有女子"闷欲呼天"，要变须眉；也有男儿因无"用处"而"罚变"女儿身。这是是非非，这风风雨雨，尽在丰富多彩的中国近代题画诗中。

　　我们翻开一页页书卷，仿佛能看到"列强"瓜分中国的狰狞面目，能听到战场上的马嘶风吼、电闪雷鸣；仿佛能看到悲痛欲绝的眼泪，能听到欢喜欲狂的笑声……

第五十章
诗画交融的新篇章

第一节　有争议的"近代"分期

中国历史进入近代，题画诗也进入一个崭新的发展期。这一时期，传统的题画诗一方面得到延续；另一方面，题画诗的表现领域又有新的开拓与进展，开启了新篇章。

中国近代文学，一般以1840年鸦片战争爆发为开端，至1919年五四新文化运动兴起为止。但是如果从思想领域的嬗变看，早在乾隆十四年（1749）前后，中国文学便开始进入近代期。这是因为，在这一阶段，在思想上出现了新学说。戴震所提出的人的"情""欲"凌驾于"理"之上的观点，从根本上否定了程朱理学的"存天理，去人欲"的理论。应当看到，这绝不是戴震的偶然所悟，而是在现实生活中总结人们的思想和行为的基础上提出来的，所以具有一定的划时代意义。至于近代文学的终结时间，比较流行的看法是爆发五四运动的1919年。但是著名历史学家范文澜却认为是1949年。郭松民又认为当是1953年，其理由主要有两点：一是至1949年虽然全国已基本解放，但中国仍然不能证明其具有保卫主权独立和领土完整的能力；二是中国仍然不能证明其有能力摆脱不平等条约的束缚，即仍受到《雅尔塔协定》的制约。直到在1953年抗美援朝战争中胜利，上述两个问题才得到解决。此外，中国的土地改革也在1953年全面完成 [1]。聂振斌也认为，"从1840年到1949年，虽然可以区分为若干不同发展阶段，但却同属于近代资产阶级的社会历史范畴。社会生产关系决定着这一百多年所进行的政治革命，是资产阶级的民主革命，而不是无产阶级的社会主义革命，是彻底铲除封建主义生产关系、推翻封建主义制度，实现民主、共和，发展资本主义，而不是消灭资本主义"[2]。因此，中国近代史的界标应是1949年而不应是1919年，况且文学艺术的发展又有其自身的特殊性。它虽然受社会生产力与生产关系发展、变化的制约和影响，但是又有其自身的发展规律，在形式、时间上都不是与政治、经济关系的发展、变化同步的。就中国题画诗发展史而言，其分期更不能机械地套用一般的社会史、政治史的分期，而要根据题画诗发展的实际确定。其一，中国绘画自1919年五四运动后，虽然西画渐兴，但中国画仍为画坛的主流。其二，中国诗歌，1919年之后虽然白话诗大量涌现，但为绘画所题之诗仍以古体、近体为主。其三，为画题诗的画家、书家多为长寿者，他们中的许多人跨越清、民国、中华人民共和国三个时期，而按照一般文学家界定的近代史时间又较短，很难把他们划分为两个时代的诗人。经历了五四运动，尽管他们的思想都有不同程度的变化，但反映在创作上，特别是在艺术风格上，并无截然不同的变化。因此，中国题画诗史的"近代"时间，似应适度延长，并应以人而论，或可延至20世纪30年代之后，有的甚至可以延到中华人民共和国成立前后。

第二节　急风暴雨中的政坛与文苑

1838年，道光皇帝任命湖广总督林则徐为钦差大臣，赴广东查禁鸦片。不久，林则徐在虎门销毁了缴获的数万箱鸦片。道光皇帝还下令永远断绝同英国的通商贸易。英国政府于是以此为借口，于1840年6月派出远征军陆续抵达广东珠江口外，封锁海口。鸦片战争自此爆发。由于清政府腐败、无能，在这场战争中，我国以失败告终，并签订了丧权辱国的《南京条约》。接着，美国、葡萄牙、挪威、瑞典等国也纷纷要求利益均沾，清政府先后又与美国签订了《望厦条约》，与法国签订了《黄埔条约》

等。各口岸开放后，外国货像潮水一样涌入中国，使中国传统的手工业遭受灭顶之灾，大批手工业者失业、破产。此时的农村土地兼并愈演愈烈，高利贷横行，大批农民因失去土地而流亡。加之鸦片肆虐，白银外流，危机一触即发。于是，1851年，洪秀全在广西金田率众起义，建国号为"太平天国"。太平天国革命爆发后，西方各国纷纷乘机向清政府提出无理要求，沙皇俄国此时也加入进来，利用武力迫使清政府签订中俄《瑷珲条约》，割去黑龙江以北、外兴安岭以南中国领土60多万平方公里，并将乌苏里江以东40万平方公里的中国领土划为所谓中俄"共管"。1859年，英法又觉得凭借《天津条约》取得的利益还不够，便率军舰突袭大沽炮台。很快，英法联军进至北京德胜门外，攻占了皇家园林圆明园。1860年10月，英法联军洗劫并烧毁了这座融汇中外建筑艺术精华的万园之园。接着，清政府又同侵略者签订了中英、中法、中俄《北京条约》。灾难和不幸接踵而至：1884年，爆发了中法战争，签订了《中法新约》；1894年，爆发了中日甲午战争，签订了《马关条约》。这些条约的签订，无一不是以割让土地、出让主权、赔偿白银为条件，使中国人民一步步陷入水深火热之中。各地反抗情绪不断高涨，在山东兴起了以"扶清灭洋"为口号的义和团运动。英、美、德、法等八国趁此机会再次瓜分中国。并于1900年8月攻入北京，不久，又签订了条件更为苛刻的《辛丑条约》，清政府竟要"量中华之物力，结与国之欢心"，成为"洋人的走狗"，使中国沦为半殖民地。被瓜分的危机，促使广大知识分子觉醒。1895年，康有为等发动1300余名在北京应试的举人联名上书光绪皇帝，痛陈民族危机的严峻形势，提出拒和、迁都、练兵、变法的主张，史称"公车上书"。但是这次变法只进行了100余天，便以失败告终。在国将不国的危难时刻，孙中山领导的中国同盟会提出了"驱除鞑虏，恢复中华，建立民国，平均地权"的革命纲领，于1911年10月10日在武昌起义，推翻了清政府。辛亥革命成功的第二年，中华民国临时政府在南京成立，孙中山就任临时大总统，清帝溥仪也被迫退位。统治中国2000余年的封建专制制度终于宣告结束。但是，掌控北洋军队的袁世凯却与民国临时政府分庭抗礼，并逐渐窃取政权，使辛亥革命的成果丧失殆尽。袁世凯当上大总统后，又在日本政府支持下恢复帝制，结果，在全国人民的愤怒声讨声中，他只当了83天皇帝就暴病而死。此后，黎元洪继任大总统，段祺瑞为内阁总理。当时北洋军阀已分裂为皖、直、奉三大派系。他们在外国列强的操纵下，你争我夺，战乱不已。黎元洪为对付与他政见不合的段祺瑞，召定武军张勋入京相助。而张勋入京不久，却要求黎元洪下台，请溥仪复辟。但这场复辟的闹剧仅仅上演了12天，就在万人唾骂声中收场了。此时的中国，思想极为混乱。袁世凯执政时，下令尊孔读经、倡导复古。对辛亥革命后"举国礼坏乐崩"局面极为仇视的康有为，又举办《不忍》杂志，攻击共和。而广大百姓更不知是应该相信观音还是玉皇大帝。中国思想文化界被闹得乌烟瘴气。

1915年创刊的《新青年》（原名《青年杂志》），以"民主""科学"为口号，掀开了五四运动的序幕。第一次世界大战结束后，1919年1月，美、英、法、日等国在巴黎召开所谓"和平会议"。中国军阀政府在人民的压力下，要求帝国主义放弃在华特权，遭到拒绝，而军阀政府的代表竟拟在和约上签字。消息传来，举国愤怒，于是，5月4日，北京爆发了五四运动。接着，上海、南京、天津等地工人罢工，商人罢市[3]。这次运动是中国由旧民主主义革命转变为新民主主义革命的转折点，也是一场彻底的反对封建文化的新文化运动，在历史上产生了极为深远的影响。五四运动后，一方面是具有初步共产主义思想的知识分子深入工人群众，传播马克思主义，领导罢工斗争，促成了马克思列宁主义同中国工人运动的结合，在思想上组织上准备了1921年中国共产党的成立；另一方面，北洋军阀各派系轮番上台，对各地罢工者展开血腥的镇压，不断制造惨案。而1927年蒋介石的"清党"运动，屠杀数千名工人领袖和富于战斗精神的工人，尤为震惊中外。但是，1931年的九一八事变，特别是1936年12月发生的西安事变，促成了国共两党第二次合作，达成了共同抗日的政治主张。1937年爆发的卢沟桥事变，更激发了军民的抗日斗志，进而掀起了全面抗战的高潮。但内战的阴云却一直笼罩在中国的上空，是三年解放战争的枪声驱散了乌云，迎来了黎明的曙光。

风雨飘摇中的清政府和民国以后急剧变化的政治形势，必然会影响到文坛和画苑。这一时期，无论是诗歌还是绘画，其主题内容和艺术形式都发生了很大的变化。

自1840年以来，随着列强入侵和西方资本主义的进入，中国逐渐沦为帝国主义宰割下的半封建半殖民地社会。这一历史变局，给中国的敏感知识阶层特别是作家带来的变化是前所未有的。表现在文学创作上，以继承感时伤事的传统为主流，抒写爱国激情和对现实的忧虑、愤懑。但近代文学的前期，处于清王朝的后期，人们对传统思想、文化、制度的信仰尚没有产生根本性的动摇，所以文学总体面貌变化并不显著。不过，一些经世派作家，在诗词领域则力求改变文坛旧貌，唱出了新声，翻开了近代文学的新篇章。龚自珍、魏源、王韬等是其代表，龚自珍尤为其中佼佼者。龚自珍"以深邃的史识为诗，撕下'盛世'的面纱，把清王朝统治的腐朽本质及其没落形势，清晰地揭示给人们，特别具有警世、醒世和惊世的力量"[4]。与龚自珍同时或稍后的诗词作家，还有林则徐、张维屏、张际亮、朱琦、姚燮、鲁一同、贝青乔等。他们的作品除反映民生疾苦外，痛斥侵略、抨击投降，表达了中华民族反对侵略、热爱祖国的崇高感情。这一时期的诗词领域，还有以程恩泽、祁寯藻为首的所谓"宋诗派"，他们以"开元、天宝、元和、元祐诸家为职志"（陈衍《石遗室诗话》），其创作倾向则是受当时学术主潮汉学的影响，表现出一种独特的艺术趣味。但其总体却不出封建伦理范畴和正直士大夫的标格，具有很大的保守性。主要作家多是出自程恩泽之门的何绍基、郑珍、莫友芝、曾国藩，其中以郑珍成就最高。在词的领域，以推崇张惠言词论的周济最为著名。他的词超越抒写士子际遇感慨的范围，更加注重社会内容，开阔了词的境地。此外，蒋春霖的词在艺术上也取得了较高成就。

近代中期，即中日甲午战争前后至五四运动爆发。这一时期，文学成为资产阶级改良派和革命派进行维新与革命斗争的武器，因而激起文学领域中的广泛"革命"，涌现了以黄遵宪、梁启超、柳亚子为代表的一批诗人和作家。梁启超虽然是"诗界革命"口号的最先提出者，但成为"诗界革命"旗帜的诗人则是黄遵宪。他关心现实，主张通今达变以"救时弊"，较早地描写了海外世界以及伴随近代科学而出现的新事物，拓宽了题材和反映生活的领域，写出了古典诗歌所没有的新内容，形成了独具特点的"新诗派",被梁启超誉为"独辟境界,卓然自立于20世纪诗界中"(《饮冰室诗话》三二)的"诗界革命"的巨匠。这一时期,改良派的主要诗人还有康有为、夏曾佑、谭嗣同、蒋智由、丘逢甲等,而属"同光体"或受其影响的诗人则有陈三立、刘光第、林旭、严复、林纾等。所谓"同光体",照"宋诗派"倡导者陈衍的说法,就是"同、光以来诗人不墨守盛唐者",也就是以杜、韩、苏、黄为模仿对象的宋诗运动的余绪和发展。此外,还有以王闿运为代表的汉魏六朝诗派等。此时的词坛,以常州派为主,主要词人有谭献、王鹏运、朱孝臧、况周颐等,以朱孝臧最为著名。

近代文学的后期,即一般文学史所谓现代期,是从1919年至1949年。在这30年间,中国文学发生了深刻变化,文学的命运与民族的命运息息相关,新、旧势力的斗争从未停止。新文学的奠基人鲁迅、郭沫若等开拓前进,掀开了中国文学的新一页。这一时期,涌现出众多文学社团,出现了大量的文学期刊和文学流派。其中,文学研究会和创造社分别以标榜为人生的写实主义和鼓吹重艺术的浪漫主义,形成了各具特色的两大流派,对后来的文学发展产生了重要而深远的影响。在第二次国内革命战争时期,于1930年成立的中国左翼作家联盟(简称"左联"),标志着革命文学运动进入新阶段。它根据五四运动以来新文学发展的经验,初步制定了为无产阶级革命事业服务的文学理论纲领,提倡文艺大众化,宣传无产阶级文艺思想,同各种非无产阶级文艺思想作斗争,对无产阶级文艺发展作出了积极贡献。

这一时期的后阶段,随着抗日高潮的掀起,作家纷纷走出书斋,投身于抗日救亡运动,积极宣传一致抗日和爱国主义思想,不仅出现了大量通俗明快、短小精悍的街头诗、独幕剧等,而且创作出借历史人物之口表达人民正义呼声的大型历史剧,如郭沫若的《屈原》《虎符》等。在解放区,毛泽东的《在延安文艺座谈会上的讲话》,指出了文艺为工农兵服务的方向,解决了一系列五四运动以来重要的文艺理论和实践问题,因而出现了新文学以来前所未有的新主题、新题材、新形式,涌现出一大批具有民族风格、民族气魄的作家和作品,显示了实践文艺为工农兵服务所取得的重要成就。在国统区和沦陷区,作家主要围绕反侵略、反压迫和争取民主运动的展开，创作了具有讽刺性、揭露性的作品，全面而深刻地暴露和讽刺了黑暗现实。但是，新文学每前进一步，都伴随着同守旧势力和各种思想派别的斗争。如从20世纪20年代的"国粹派""学衡派"等，到30年代的国民党政府"文化围剿""法西斯民族主义文学"，直至40年代的"战国策派""戡乱文学"等，反帝反封建的新文学正是在同以上形形色色文学思潮的不断斗争中发展、壮大的。

近代文学所发生的这些新变化和所呈现的新特点，无一不影响着近代题画诗创作和发展，使题画诗的主题、题材及艺术形式都出现了与以往任何一个朝代迥然不同的新趋势和新特征。

这一时期的绘画仍呈繁荣发展趋势，但充满了新旧交替、中西混融、变化过渡的特色，表现出错综复杂的新格局。

近代画苑大致有三种情况：第一种是传统的写意画派，主要指活跃在北京地区的京派画家和上海、浙江等地的画家，前期的代表人物主要有钱杜、费丹旭、汤贻汾、戴熙等。这一时期的画家结社活动虽然不如清代中期那样活跃，但蒋宝龄等于1839年创办的"小蓬莱画会"也有一定影响。后期的代表画家是齐白石、黄宾虹、潘天寿等大师级画家。他们反对摹古泥古，力主"外师造化，中得心源"，尊重艺术个性，将传统绘画推向高峰。第二种是改革创新派，主张中西融合、开辟新路。这主要是活跃在上海的"海派"和兴起于广东岭南的"岭南画派"。前者以任颐、吴昌硕为代表，他们善于把诗、书、画融于一体的文人画传统与民间美术传统结合起来，又从古代金石艺术吸取营养，描写民间喜闻乐见的题材，将明清以来的大写意水墨画技巧和强烈的色彩相结合，形成雅俗共赏的新风格，如任颐的代表画作《钟进士斩狐图》。后者以高剑父、高奇峰、陈树人为代表，简称"二高一陈"。"二高一陈"都曾留学日本，归国后倡导改革中国绘画。他们主张"调和古今，折中中西"，注重写生，题材多为南方风物，创立了色彩鲜艳明亮、水分饱满、晕染柔净的新风格。第三种是向西方学习的油画。鸦片战争以后，由于中外交往频繁，西方的宗教绘画、商业性绘画的复制品开始传入中国，使中国知识分子初次了解到与中国绘画完全不同的另一种绘画。曾留学日本的李叔同是中国最早从事油画教学和实践影响最大的西画家。早期油画家多从事美术教育。1912年，刘海粟、乌始光兴办的上海图画美术院，是中国正规美术学校的开始，对中国绘画艺术的发展作出了贡献。20—30年代，还出现了一些西画以及以西画为主的画会，如以林风眠为骨干的留法学生在斯特拉斯堡建立的霍普斯会、上海的天马会、北京的阿波罗学会等。抗日战争爆发后，油画家以油画为武器，积极投身于救亡宣传活动，创造出一系列既富有战斗性又充满生活气息的作品。

近代画苑，除了以上主要画种外，版画、年画、漫画等也在不断发展，特别是能紧密配合形势的漫画，在辛亥革命前后曾掀起热潮。漫画，在清末民初称为"讽刺画""谐画""滑稽画"等。1925年，由陈师曾、丰子恺在《文学周报》上率先使用"漫画"一词，遂逐渐通用。丰子恺是中国家喻户晓的漫画家，天资幽默而又不入流俗。儿童般天真烂漫的雅趣美与耐人寻味、弦外余音的诗趣美，构成其漫画的艺术特色。黄文农也是著名的漫画家，他的作品敢于批判现实，被称为"勇敢的战士"。30年代的上海，漫画呈现出空前繁荣的局面，仅1934—1937年创刊的漫画杂志就达17种。1936年，上海举办了第一届全国漫画展览会。与此同时，苏区革命根据地的群众性的漫画宣传活动也非常活跃。抗日战争时期，许多漫画家积极投身于抗日救亡宣传，出现了由叶浅予、张乐平等组成的救亡宣传队。在延安也集中了以华君武、蔡若虹和张谔为主的漫画家，他们发表作品，举办展览，十分活跃。解放战争时期，漫画家针对内战、饥饿和国民党的黑暗统治，又掀起了新的创作高潮。在上海，以创作《三毛流浪记》成名的张乐平重又出现。他的作品以深厚的人道主义精神和入木三分的揭露引起强烈的社会反响。在解放区，漫画创作紧密配合人民解放战争，发挥了强大的战斗力。近代版画，主要指木刻。它是在鲁迅的热忱关心和扶植下发展起来的。在他的倡导下，新兴的木刻运动突出代表着为人生、为大众而艺术的思潮。在延安，木刻艺术创造出辉煌的成绩，木刻工作者深入农村、工厂、前线，参加火热的革命斗争，创作了一批思想性、艺术性更高、更具有民族风格的木刻作品。与此同时，国统区的木刻创作在火与血的抗日战争中也极富斗争精神。

第三节　近代题画诗发展原因

　　中国近代题画诗既承接着明清时期的发展趋势，不断进步；又受西洋画的影响，开始出现衰微的端倪。但就总体而言，这一时期的题画诗仍继续发展，呈繁荣态势，涌现出一批以爱国志士为主的题画诗人，取得了令人瞩目的成绩。他们以题画诗为媒介，既抒发自己浓烈的爱国之情，又以笔作刀枪，同一切反动势力作不屈的斗争，使近代题画诗形成了"别样红"的特色。下面简述近代题画诗发展的原因。

　　第一，人性解放，思想新潮，是近代题画诗发展的先导。近代思想的先行者戴震在《原善》中说："理也者，情之不爽失也，未有情不得而理得者也。"又说："今以情之不爽失为理，是理者存乎欲者也。"他把"情""欲"凌驾于"理"之上，"不仅从根本上否定了程朱理学'存天理，去人欲'的理论，而且为人们按照'情'、'欲'的要求重新设计自己的生活开辟了新的空间"[5]。此后，龚自珍在思想上也强调"我"为万物之本源。他说："群言之名我也无算数，非圣人所名；圣何名？名之以不名。群言之名物也无算数，非圣人所名；圣何名？名之曰'我'。"（《壬癸之际胎观第九》）龚自珍这种"自我发现"的思想[6]与"文学革命"者的"人性的解放"是一致的。到这一阶段的晚期，谭嗣同则高举"冲决君主之网罗""冲决纲常之网罗"的旗帜，与之后的五四运动的新浪潮相衔接。而五四运动是一场深刻的思想启蒙运动，它所倡导的新思想极大地推动了新文化革命。这一时期，陈独秀、鲁迅、李大钊、蔡元培、胡适等都提出许多关于"改革思想""解放人性"的主张。其中，李大钊在《晨报》上发表的《新旧思想之激战》一文，痛斥了林纾的抱残守缺思想；蔡元培所写的《答林君琴南函》重申北京大学的学术方针是："循'思想自由'的原则，取兼容并包主义。"而伟大的思想家鲁迅既尊重人性与个性的自由，又批判了国民劣根性，他从广大社会群众自身解放的要求看待国民性改造问题。他认为，只有各个民族成员具有自己的个性，具有自己的追求目标和充沛的追求精神，整个民族才会有其精神活力[7]。这些较为先进的思想无疑为一切文学艺术的繁荣发展奠定了思想基础。

第二，开放性与多元化的近代美学，也为题画诗的发展注入新的活力。中国近代社会不再是过去那种一人独裁的专制主义统治局面，"大一统"的封闭体系已被打破。因此，欧、美、日各种思潮、派别可以不受限制地引进、传播，从而为中国近代美学开放体系形成和多元化发展，提供了一种不以人的意志为转移的客观条件。这时，贯穿上下2000多年的儒、道两大美学传统都受到冲击，尤其是处于正宗地位的儒家美学和文艺观点几乎被否定。但其中的某些思想观点，如儒家追求的人性美、人格美、礼乐相济等观点，道家追求的超尘脱俗、自然无为等观点，也被吸收、消化在外来的美学学说之中。虽然中外、各派美学之间也有相互论争与批判，但仍然"和平共处"地发展着，并没有哪一派借助于政治之力取缔对立派的存在。中国近代美学这种"兼容并包，兼收并蓄"的特点，无疑活跃了学术研究和艺术创作。特别是对具有综合艺术特质的题画诗的发展，更有积极的促进作用。

第三，诗、词、曲的繁荣，是近代题画诗发展的直接原因。先是鸦片战争时期的龚自珍开创了近代文学的先声，打破了清中叶以来传统文学的腐朽局面。龚自珍之后，黄遵宪也是近代文学改革的巨擘。他不仅发表了许多描写重大事件的诗篇，而且将国外的新事物写入作品。他在继承前人的基础上另辟蹊径，提出"我手写吾口"的诗歌主张，并形成了当时诗坛上的"新派诗"。梁启超对他的诗歌主张作过高度评价，并创作了被称为中国现代文学第一首诗的《举国皆我敌》，从此，中国文学掀开了新的一页。谭嗣同、夏曾佑等曾同梁启超一起写作"新诗"，也颇有创意。特别是谭嗣同，他同时也是一位题画诗人，有题画诗、词存世。他积极投入变法，在政坛、诗坛都有很大影响。而这一时期爆发的五四运动则把文学革命推向高潮。对于五四新文学的特征，章培恒作过如下概括："第一，它的根本精神是追求人性的解放；第二，自觉地融入世界现代文学的潮流，对世界现代文学中从写实主义到现代主义的各种文学潮流中的具有积极意义的成分都努力吸取；第三，对文学的艺术特征高度重视，并在继承本民族的文学传统和借鉴国外经验的同时，在这方面作了富于创造性的探索。"[8] 因此，这一时期的文学创作无论是小说戏剧，还是诗词曲赋，都有新的发展。就诗词而言，虽然与小说等再现文学相比，发展速度较为缓慢，但自龚自珍出现后，诗词领域却呈现突飞猛进发展之势，特别是1899年梁启超提出了"诗界革命"口号，进一步推动了诗词创作的发展，涌现出一批杰出的诗人、词家。除龚自珍、黄遵宪等大家外，还有以诗名世、诗词兼擅的张维屏、郑珍、金和等。近代词的成就虽然不能与近代诗相提并论，但也取得了新的进展，如继承常州派衣钵的谭献、庄棫，"清末四大家"的王鹏运、朱祖谋、郑文焯、况周颐。而独标宗旨的王国维既有词学理论建树，又有较好的创作经验，其影响更为深远。特别值得重视的是散曲创作，到了近代更加繁荣发展。这一时期题画散曲作家和题画散曲数量之多就是明证。

第四，绘画等造型艺术的新发展和新趋势，为题画诗创作提供了新条件。这一时期画坛的一个突出特点是关于绘画理论的探讨出现了新局面。吕澂在"文学革命"浪潮的推动下，提出了"美术革命"的主张，并发表了长篇论著《美学浅说》《西洋美术史》等，阐述美术的范围与实质及改革等意见。此外，蔡元培关于"静的艺术"与"动的艺术"、鲁迅关于漫画的夸张与讽刺、邓以蛰关于书法艺术的意境与本质及绘画"体—形—意"等论述，都不乏新见。而宗白华的观点尤值得重视，他说："中国画真像一种舞蹈……画家用笔墨的浓淡，点线的交错，明暗虚实的互映，形体气势的开合，谱成一幅如音乐如舞蹈的图案。物体形象固宛然在目，然而飞动摇曳，似真似幻，完全溶解浑化在笔墨点线的互流交错之中！"又说，中国画"皆是用笔法、墨法以取物象的骨气，物象外表的凹凸阴影终不愿刻画，以免笔滞于物……画幅中每一丛林、一堆石，皆成一意匠的结构，神韵意趣超妙，如音乐的一节。气韵生动，由此产生。书法与诗和中国画的关系也由此建立"[9]。以上观点和理论不仅推动了绘画的发展，而且对题画诗创作也有很好的启迪作用。但是毋庸讳言，传统的中国绘画在近代的发展速度似乎有所减缓。沈子丞认为，清代后期传统绘画已经衰微，"仁宗、宣宗、文宗虽亦雅好绘事，顾以国家多故，内忧外患频乘，已无暇及此，绘画遂成衰颓之象。嘉庆以后，作者几已寥寥，偶有一二，亦未能宏演范模。迨光绪间海禁开放，西洋美术大量传入中国，一般喜新迁异者咸趋习之，于是国画更有千钧一发之势，其间不但无杰出之大家，即能绍述前代衣钵者亦不多觏，只有一班以取润为生者，麇集于上海、北平一带，专以前人粉本为摹拟之作，往往市井气重，宛同髹工，不入鉴赏"。此为绘画衰落之论，概述时代及国家之总背景与大环境对绘画的影响，议论详尽。"光绪初年间，则有任渭长、任阜长专以勾勒见长，惜乏书卷气，不为士大夫所重。复有吴让之，士气虽多，笔力较弱，其能为时风尚者，当推赵扨叔，所作多金石之趣，宏肆奇崛，自创格局，堪称为清末花卉画之名家也。"[10] 但是对此也有不同看法，著名艺术大师黄宾虹认为，在道光至咸丰年间，恰恰是中国绘画的中兴时代。他在《画学篇》中说："道咸世险无康衢，内忧外患民嗟吁。画学复兴思救国，特健药可百病苏。艺舟双楫包慎伯，扨叔赵氏石查胡。金石书法汇绘事，四方响应登高呼。"对于道、咸年间金石学兴盛对书画艺术的影响，他在与友人的通信中又作了进一步解释："清道、咸中，士夫伤乱，名贤奋发，如何蝯叟、张叔宪、翁松禅、胡石查诸老，皆能继明季诸大家模范而光大之。"又说："《艺舟双楫》系包慎伯得邓石如之传，而发明书法秘诀；前人所不言，在于各人之心领神悟。此书出版，大画家之秘钥尽显。所以道、咸中文艺高于前人。"[11] 黄宾虹认为，"书画相通"，精通书法是提升绘画艺术的关键。在当代，万青力也从另一个角度反驳了沈子丞的观点。他在《并非衰落的百年》[12] 中，以现代眼光回顾和俯瞰19世纪的中国绘画，将民间技艺和以前未被注意及不知名画家都列入绘画史，使之成为"'并非衰落'的主要依据"。不过，传统画论对人文要求比较严格，从文人画的角度看，近代的中国画较之前代，在某些方面也稍有逊色。但从总体上看，中国近代绘画仍呈发展趋势。在这种大背景下，题画诗也在不断发展，并出现了许多令人瞩目的特点，即无论是哪类题材的题画诗，几乎都不同程度地关涉时政，反映的社会生活也更加新颖而广泛。在列强瓜分中国、社会急剧变化的形势下，无论是画家还是诗人，只要有热血，都不能坐视。他们往往通过一切艺术手段来抒写自己的愤懑与抗争。因此，这一时期的题画诗具有鲜明的时代印迹。

　　这一时期，除了为传统绘画和塑像的题诗仍在增多外，随着照相技术的逐渐普及，为摄影的题诗也日渐增多。这也是近代题画诗不断发展的因素之一。

第五，随着妇女的解放，知识女性参与题画诗创作的积极性增强，也促进了近代题画诗发展。早在明末清初，女性题画诗人和题画词曲家即已崭露头角。经过有清一代的历练和经验积累，到了近代，参与题画诗创作的女性人数不断增多，队伍进一步壮大。其中，有许多题画诗人都是词曲兼擅，或以诗名世，或以词曲著称，如吴藻、顾春、秋瑾、吕碧城、陈翠娜等，都是近代著名的题画诗人。她们的有些作品与男性的题画诗相比也毫不逊色。这是因为，工于女红的女作家往往多擅书画，她们有充裕的时间作画吟诗。同时，由于女性诗人观察事物细致和身心俱受压抑的特点，她们的题画作品又为近代题画诗坛增添了新的亮色。她们的作品一方面以细腻、委婉见长；另一方面，久郁心中的苦闷一旦迸发，又具有一种冲绝一切罗网的豪壮之气。因此，女性题画作家也是推动近代题画文学发展的重要力量。

第四节　高亢的爱国之歌

中国近代题画诗特别是近代后期的题画诗，具有迥别于封建时代的鲜明特色。近代的诗画家用自己的诗笔和画笔愤怒地揭露与谴责封建统治者及帝国主义列强，真实地反映了民族危机和人民苦难，热情地呼唤改革和讴歌革命，从不同角度、不同程度地揭示了反帝反封建的时代主题。在反映当时中国动荡不定的社会面貌上，并不比其他文艺形式逊色。其中，就反映重大历史事件而言，尤为突出。几乎近代史上所有牵动人心的政治事件，在看似习惯于远离现实的题画诗中都有揭示，如反映为近代史拉开序幕的虎门禁烟的题画诗，夏敬观的《题张亨甫际亮洪桥送别图卷卷中有宜黄黄树斋侍郎诗》即为代表作，其诗是：

渡江登焦山，曾坐松寥阁。

再展洪桥图，风流见杯酌。

诗名未掩侠，晚行类朱郭。

间关救石甫，意气今谁若？

概睹宜黄诗，往事述其略。

抗疏禁莺粟，侍郎言謇谔。

文忠尤激昂，山积火焚灼。

诸疆实不济，重地丧严钥。

大事付穆琦，内外构和约。

石甫方守台，忌者谗谪谪。

因之从林黄，以次贬且削。

梦旧翻五两，鼓浪势可愕。

别酒想填胸，吐语芒在锷。

扶疴急友难，竟欠死丘壑。

忠邪虽定论，国烬燎原爝。

世往散如烟，运会艰绵络。

这首诗作于民国六年（1917），是诗人见画图而追忆往事。先写张亨甫的侠肝义胆，救坚守台湾功臣姚石甫；再写睹刑部右侍郎黄树斋诗而赞其上疏禁烟，林文忠全力督办："抗疏禁莺粟，侍郎言謇谔。文忠尤激昂，山积火焚灼。"然而，朝廷权臣穆彰阿、琦善等"内外构和约"，反使禁烟派遭贬谪。为此，诗人感慨万端，"别酒想填胸，吐语芒在锷"。此诗真实地反映了当年志士仁人为了抵御英帝国主义的侵略而前赴后继的销烟壮举。诗人满怀深情，慷慨悲歌，令人有扼腕之叹。又如刘鹗的反映八国联军攻占北京的《题赵文恪光〈涉江采芙蓉图〉图绘公及女公子小像同舟》：

昆明池水含灵曜，毓后锺贤人未觉。

一日云腾北阙蛟，群嗟雾隐南山豹。

戚党争传蜀襇袍，乡人共仰泥金报。

明良喜起四十年，诗书未改儒生貌。

丁字沽前海水深，西洋兵革昼阴阴。

锦筵夜缚巴夏礼，金甲宵奔僧格林。

一介虬须入贯索，满朝蟒玉委华簪。

纵囚俯顺冤民志，留后遥安圣主心。

须叟四海风尘定，天戈到处平枭獍。

万国旌旗启壮图，九重谟典开新命。

杨柳风微淑气浓，芙蓉露满锦江红。

轻舟独载谢道韫，佳句闲吟左太冲。

当年巴使遭徽索，廷士争言宜大辟。

公云英法异朝鲜，即有愆尤非叛逆。

至今玉帛满寰区，始信高贤见自殊。

此时若有法孝直，前年应作谏兵书。

　　这首诗较为详细地记载了光绪二十六年（1900）八国联军侵略中国，火烧圆明园，掠走大量珠宝财物，给中国人民造成巨大灾难——"满朝蟒玉委华簪"，"至今玉帛满寰区"。但是，作者也为侵略者辩护，说"即有愆尤非叛逆"，却诬蔑义和团反帝英雄为"枭獍"。这是其局限性。与刘鹗截然不同的是，黄遵宪对侵略者的态度是不可容忍，其《为香港访潘兰史题其〈独立图〉》中说："四亿万人黄种贵，二千余岁黑甜浓。君看独立山人侧，多少他人卧榻容？"反映戊戌变法的题画诗也有许多，如文廷式的《题张樵野侍郎运甓斋留别图》："虎符龙节壮波涛，榕树风微海日高。天子方通西海使，王臣敢惮北山劳。百年新国无成论，九变英谈寓武韬。重抚丹青忆畴昔，筹边心苦见霜毛。"这首赠别诗首先赞颂张樵野奉命出使，"虎符龙节壮波涛"；然后写他曾因为戊戌变法出谋划策而被充军边疆。此诗可作为戊戌变法失败后，变法志士受迫害之例证。

　　与反映重大历史事件相联系的是，爱国主义是这一时期题画诗的共同主题。这个时期的爱国诗词来自鸦片战争这一民族危机的特定环境，来自群众的觉醒与反抗。"这与以往以维护一姓天朝、某个封建政权所寄托的爱国主义作品不能相提并论。而后者正是服从于挽救中华民族危亡这一根本利益与特殊的历史目的"[13]。并且，与以往任何朝代所不同的是感情更为忧伤、思想更为激烈、斗志更为昂扬。在中华民族最危险的时刻，诗人、画家都发出了"最后的吼声"。如魏源的《题汤雨生双笠图》：

圆灵为笠，五岳为筇，

曾见断鳌立四极，又见黄土搏鸿蒙。

一翁处城西，一翁处城东，

西城太肥东太瘦，天教异地如虎龙。

不文不武亦文武，谁仙谁侠谁英雄？

忽然挂冠戴双笠，飘然来作六代江山之寓公，喁于唱和如蠡蛩。

栽竹十万竿，种花一万丛，

朝夕跨驴扶短筇，笠头浩荡来天风。

一翁忽舍去，顿觉东城空。

惟余一笠蟠苍穹，晚年得我如断鸿。

欲令补笠为附庸，我固辞之匪不恭。

海波翻倒冯夷宫，江上鼋鼍方啸风。

呜呼！安得有笠四海为帡幪。

苍生苍生，谁是江左东山翁？

这首长诗感情悲壮、情绪激昂，真有感天地、泣鬼神之震撼力。此诗原注说："双笠一为雨生都督，一为荆溪周保绪进士。雨生从戎而能诗画，保绪书生而知兵。时保绪已没三载矣。"诗中讲述了两翁挂冠后栽竹种花的闲适生活，但壮志犹存——"笠头浩荡来天风"。在诗的最后，诗人的感情随着景物的变化而再起波澜："海波翻倒冯夷宫，江上鼋鼍方啸风。"诗中化用东晋谢安的典故也大有深意。《晋书》中载，谢安（字安石）初为佐著作郎，因病辞官，隐居东山，朝廷屡诏不仕，时人说："安石不肯出，将如苍生何！"诗人说"谁是江左东山翁"，显然是期盼在国家危难之际，能有谢安式人物来济世救民。诗人先用"呜呼"感叹，后又叠用"苍生"二字，其救国急切之情溢于言表。

爱国与爱家乡本属同一主题，乡思、乡愁是一种家国情怀。"家是个人的放大，国又是家的放大！"[14]特别是在特殊的历史背景下，对家乡的思念总是与爱国相联系的，如柳亚子的《为阳太阳题画三首》其一：

秋意满漓江，秋心日夜长。

何当驱兽迹，还我旧鲈乡。

此诗下有小注说："余家吴江，张季鹰所思莼鲈之乡也，今沦陷已五载矣。"诗中强调"旧鲈乡"，其言外之意是如今经过日本侵略者的铁蹄践踏，故乡早已面目全非。因此，诗人的故乡之思含有深深的故国之情。

第五节　新题材与新风格

新的时代，为画家和诗人提供了全新的创作素材。反映新的生产关系和社会生活，是近代题画诗的一大特点。如贝青乔的《为程生文浏题〈江村蚕织图〉》：

妇姑分坐绿窗里，缫车轧轧鸣不已。

江乡美利擅蚕桑，新丝出茧三月忙。

织成去换街头米，寸罗尺缣不著体。

况今海国新通商，湖丝万箱载出疆。

羌奴蛮婢尽文绣，机中织女寒如旧。

纵使居奇价日高，东南益见漏卮漏。

安得天风吹海海忽枯，重洋不复通舳舻。

冻死之骨中原无。

诗中指出，蚕织者本已衣不蔽体、食不果腹，而与"海国新通商"之后，又加一层帝国主义的剥削，生活更加窘迫。"纵使居奇价日高，东南益见漏卮漏。"无奈，诗人只好发出"安得天风吹海海忽枯，重洋不复通舳舻"的幻想。这首诗不仅揭示了帝国主义"羌奴蛮婢"与"机中织女"贫富悬殊的严重对立，而且抒发了诗人对帝国主义列强的极大愤慨和对劳动人民的深切同情。又如金兆蕃写外域使臣来朝盛况的《张虎人敔〈万国来朝图〉为张文敏百龄作以进御画稿在夏闰庵孙桐所征题》：

先朝至嘉庆，如日方中天。

尧寿八征功十全，絜廿五玺授启贤，藉以玉帛穷纮埏。

菊溪才谞相，三江六载节钺专。

通都绾毂凑水陆，名工染笔濡云烟。

泥金软障进便殿，犹有粉本留人间。

中为丽正门，有如北辰不动日月五星行其缠。

东西绵绵两大道，跨州越郡断复连。

行人如蚁尽北首，千乘万骑何骈阗。

绯衣乌帽礼数娴，岁再贡始碑三田。

中山国小奉职虔，使来自东骊龙渊。

人卧象脊安如山，珊枝犀角压绣韂。

南琛取道粤与滇，富良江水战血溅。

铸金以代躬行愆，大秦使徕波斯船。

深目高準黄发鬈，西王母国昆仑巅。

亦有康卫佛谛宣，哈达严覆牟尼圆。

叶密尔山青猺猺，千斤巨璞捆载便。

马则龙种群腾骞，其人重裘旁执鞭。

一驼八马姻盟坚，服如其教红黄殷。

成吉思裔捍我边，诛准噶尔终歼旃。

北徼万里逾祁连，弢弓脱剑趋龙旛。

其他殊邦异族多至不胜纪，竹帛所阙乃以丹青传。

筑台五方奉茅土，陈诗四国尊辒轩。

是时朝家正极盛，超唐轶汉无惭颜。

画师逸兴为余妍，极命草木征山川。

负局亦有蜀郡贤，堕驴或是华山仙，妇稚杂沓欢𬨎𬨎。

那知日盈则有戾，枝叶尽落本且颠。

海水飞击爻间散，井火熸息当涂迁。

流传上河出真本，慨叹北盟存会编。

高斋静昼画张壁，敦我作诗我笔扉。

曲章名物粲然在，君今郑马宜精挈。

旁行斜上交聘表，抱残守阙王会篇，重是先朝嘉庆年。

这首诗既描绘出清朝如日中天时各国如朝圣般纷纷来朝的宏大场面，反映国家之强盛；又写出"日盈则有昃"，"枝叶尽落本且颠"，反映国势之衰微。像这样涉及如此众多国家人情、物态之诗篇，在当时非题画诗中也较为少见。涉外题材的还有柳亚子的《题苏联游击队女首领丹娘遗像一首》，其诗是："从军胜木兰，殉国拟贞德。肢体纵糜烂，精神永不灭。"诗人赞扬苏联女英雄丹娘，也是为了号召人民学习其精神，在抗日战争中建功立业。

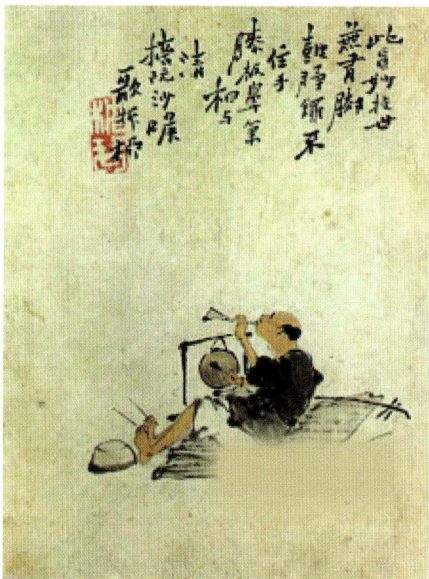

《谭三献技图》

随着社会的发展，城市生活日渐丰富多彩，画家兼诗人苏六明创作的《市见小品册》，既是反映市井生活的绘画，也题有反映这方面生活的题画诗，如其中的《题〈谭三献技图〉》：

此盲妙技世无有，脚鼓肘锣不住手。

膝板鼻箫相与清，摘阮沙喉歌折柳。

这首诗用极为简练的笔墨，描写了盲艺人谭三演奏的绝技，令人拍案叫绝。城市文化娱乐生活丰富，是商品经济发展的结果。这说明题画诗反映的社会生活也有新的变化。

近代题画诗既然反映的社会生活和政治事件都是新的，那么所使用的语言也呈现出新的风格，这就是通俗晓畅，几近白话。如赵之谦的《没骨钟馗图轴》：

廿年卖画求生活，画得钟葵都没骨。

问我何为画此乎？唯唯否否装（一作妆）糊涂。

年年五月五，近近远远，

家家户户，钟葵无数。

志在趋时，万不宜摹古。

标题猥鄙宗语录，朝夕拜观当人谱。

这是一首写民俗的题画诗。钟馗（诗中作葵），传说是人类的保护神。每年的端午节，家家挂钟馗像以驱鬼辟邪。此外，诗中借"没骨"谐音也隐含了诗人自己"为五斗米折腰"的无奈。此诗不仅语言通俗易懂，格调近乎民歌；而且语多调侃，充满风趣。又如王震的《达摩像》也是如此：

王震《达摩像》

白云闲绕禹门来，东土从今识初祖。

色相悟彻四大空，如愚若讷胸无府。

渡江渡海随缘驻，袈裟一袭神光谱。

神光谱，师能度世一切群生苦。

这两首诗的共同点，不仅在于文字通俗浅白，而且用韵和句式也富于变化。前一首诗头两句用仄声韵，次两句又换成平声韵，而后八句又回到仄声韵。从句式看，既有七言六句，也有四言四句，还有五言两句，可谓自由多变、错落有致。后一首则以七言为主，最后忽又跳出一句三言、一句九言，可谓句随意变、不拘一格。这种句式散化的趋向，很明显是在向口语靠近。从后来题画诗的发展看，也正是这样。如五四时期新诗倡导者胡适的题画诗《题刘海粟〈高庄写生〉》就有点半文半白，其诗是：

我来正值黄梅雨，日月楼头看烟雾。

才看遮尽玉皇山，回头已失楼前树。

他的跋文也道出了此诗的特点："海粟作了这幅革命的画，要我在反

面写字，我却规规矩矩地写了这样一首半旧不新的诗，海粟也许笑我胆小咧。"后来，蔡元培为刘海粟国画所题的诗则是纯白话诗。其《题刘海粟〈溪山松风图〉》是：

> 不是一定有这样的石头，
>
> 也不是一定有这样的松树，
>
> 也不是一定有这样的石头与这样的松树，
>
> 同这种样子一块儿排列着，
>
> 这完全是心力的表现，
>
> 不是描头画角的家数。

诗人之所以一再强调"不是一定"，意在说明刘海粟的绘画是他匠心独运的创造，而不是对大自然的简单摹写。这通俗的语言、散化的句式，说明诗人在趋时而不墨守成规。这是近代题诗发展变化的一个特点。

随着社会生活的多元化、复杂化，近代题画诗人队伍空前扩大，除画家、诗人外，政治家、思想家、学者、小说家、戏剧表演艺术家等也加入了题画诗人的队伍。

这一时期政治家出身的题画诗人颇多，除前面提到的魏源等之外，"戊戌变法"的领导者康有为也喜欢绘画，并写下著名的《论画诗》。其诗是：

> 画师吾爱拉斐尔，创写阴阳妙逼真。
>
> 色外生香饶隐秀，意中飞动更如神。
>
> 拉君神采秀无伦，生依罗马傍湖滨。
>
> 江山秀色图霸远，妙画方能产此人。

这首诗的一种可贵观点是主张向西画学习，"合中西而为画学新纪元"。这说明政治家赏画题诗为画坛注入了新观念和新思想。禁烟抗侮名臣林则徐也有题画诗存世，其《题曾静斋总戎大观〈巡海图〉》写海上备战，诗中说："清时纵少跳梁警，劲旅休忘战舰劳。"正因为他看到了海军平时的充分准备，后来才敢于向英帝国主义的战舰挑战。

被称为"中国文化革命的主将，他不但是伟大的文学家，而且是伟大的思想家和伟大的革命家"[15]的鲁迅，也写下多首题画诗。由于近代政治风云的急剧变化，很多画家和诗人都不同程度地被卷入政治旋涡，因此很难区分哪些题画诗人是政治家还是诗人，抑或是画家。

　　驰名中外的国学大师俞樾（1821—1906）、王国维（1877—1927）一生致力于国学研究，几乎心无旁骛，但也偶有题画之作。如俞樾的《为友人题〈苕溪渔隐图〉》，向往扁舟"种鱼"生涯，清新可读。词《高阳台·题郑康成〈白乐天像〉》，既表追悼之意，也抒钦慕之情。王国维的《将理归装得马湘兰画幅喜而赋此二首》，典雅清朗，笔含辛辣。其题画词《百字令·题孙隘庵〈南窗寄傲图〉》《清平乐·况夔笙太守索题〈香南雅集图〉》等也有一定特点。此外，著名戏剧家、京剧改良先驱汪笑侬也有题画诗存世，其《自题肖像》中说："手挽颓风大改良，靡音曼调变洋洋。化身千万倘如愿，一处歌台一老汪。"此诗很好地表达了他要力挽颓风，决心改良京剧的坚定信念。

注　释

〔1〕《天涯》2010年第5期王学明所整理的文章。

〔2〕聂振斌：《中国近代美学史》，中国社会科学出版社，1991，第11页。

〔3〕李肇翔：《中国通史》下卷，万卷出版公司，2006，第528页。

〔4〕袁行霈主编《中国文学史》第四卷，高等教育出版社，1999，第443页。

〔5〕章培恒、骆玉明主编《中国文学史新著》下编，复旦大学出版社、上海文艺出版总社，2007，第389页。

〔6〕《中国新文学大系·散文二集·郁达夫导言》。

〔7〕刘勇、邹红主编《中国现代文学史》，北京师范大学出版社，2006，第73页。

〔8〕章培恒、骆玉明主编《中国文学史新著》下编，复旦大学出版社、上海文艺出版总社，2007，第395页。

〔9〕宗白华：《美学散步》，上海人民出版社，1981，第94，110页。

〔10〕沈子丞编《历代论画名著汇编·清画概述》，文物出版社，1982。

〔11〕黄宾虹撰，赵志钧辑注《宾虹题画诗集》，中国美术学院出版社，2009，第273-274页。

〔12〕万青力：《并非衰落的百年：19世纪中国绘画史》，广西师范大学出版社，2008。

〔13〕钱仲联：《中国近代文学大系·诗词卷》，上海书店，1991，导言。

〔14〕余光中：《乡愁，是一种家国情怀》，《人民日报·海外版》2010年9月18日。

〔15〕毛泽东：《新民主主义论》，载《毛泽东选集》，人民出版社，1960，第658页。

第五十一章

近代前期题画诗

  关于中国近代文学的分期，有的文学史分为三个时期，即鸦片战争和太平天国时期、资产阶级改良主义运动和义和团运动时期、资产阶级民主革命时期[1]；有的文学史则分为两个时期，即以1894年爆发的中日甲午战争为界，分为前后两个时期[2]；而有的文学史则不分期，把近代文学统划归近世文学的嬗变期[3]。

  由于社会因素和题画诗发展的自身规律，我们把近代题画诗史的下限延至20世纪30年代或1949年以后，前后时间长达100余年。为研究方便，拟分为前后两个时期。其前期为1894年中日甲午战争爆发前，大约50年；后期为中日甲午战争爆发后至20世纪30年代或1949年以后，也有50年左右。

  在前期，虽然鸦片战争的失败引起了朝野的震动，救亡的呼声日益高涨，但人们关心的是怎样消除民族、社会的危机，而对于发展人的个性的要求反而较之前减弱了。当时，虽然西方文化不断涌入，但由于文化的差异，大多数人持恐惧、轻视甚至仇视的态度，只有少数先进者热心了解世界，吸收西方文化的长处。如林则徐为了抗英，搜集西方资料编辑《四洲志》；魏源编纂《海国图志》，系统地介绍西方国家的情况，提出"师夷图志""师夷之长技"的方针等。但他们所重视的多是西方实用的东西，而对其政治制度、意识形态则较为忽视。这正如梁启超所说，甲午战争几十年中，言西法者，"不过称其船坚炮利、制造精奇"，"无人知有学者，更无人知有政者"（《戊戌政变记》）。所谓"学"与"政"，主要指西方资产阶级的社会学说及其政治制度。他还说，甲午战争失败后，"朝野乃知旧法之不恃"，"纷纷言新法"。梁启超在描写西方先进文化时说，过去学者好像生活于暗室之中，不知室外还有什么，现在忽然开了一个洞穴，所见都是前所未知的东西。人们在中西学的对比中，对各自的短长看得越来越清晰，而传统文化的神圣光环便渐渐黯然失色了。于是，知识界从西方引进资本主义政治体制与资产阶级意识形态的要求也越来越自觉，声势也越来越浩大。

这一时期的政治形势，自然影响了文学艺术的走向与发展。题画诗作为诗与画交融的一种边缘的艺术形式，虽然不如其他艺术形式与现实关系那样紧密，但其对政治的感受也是明显的。不过，在前期，虽然鸦片战争的失败对社会和人们心理的影响是巨大的，但是由于各种因素，题画诗的发展却是缓慢的，并且出现衰退迹象。其原因有三：一是这一时期传统的文人绘画开始中落，清代中期以前的中国绘画鼎盛期已经一去不复返了。而依附于绘画的题画诗自然也受到影响。二是传统诗歌本身也渐趋衰落，而直接反映现实的小说、戏剧已成为文坛的主流。三是战乱频仍，民不聊生，无论是统治者还是普通文人已不像过去那样重视绘画或雅集作画吟诗了。但是画坛、诗坛并没有寂寞，题画诗创作仍在发展。这一时期题画诗作家主要有三种：第一种是画家出身的诗人，主要有钱杜、姚元之、汤贻汾、费丹旭、戴熙、蒋宝龄、赵之谦等；第二种是诗人兼书画家，主要有何绍基、李鸿藻、居巢、居廉等；第三种是政治家兼诗人，主要有龚自珍、魏源、左宗棠等。

第一节　诗韵画彩墨飘香

在近代前期，以画名世的题画诗人比较多。他们的题画诗虽然各有特点，但也有共同之处：一是受绘画题材所限，多吟咏山水、花卉，风格恬淡清雅；二是诗中多有画境，写景较为细致；三是这些题画诗人往往诗、书、画兼擅。

钱杜（1764—1845），初名榆，字叔枚，后更名杜，字叔美，号松壶

钱杜山水画

小隐，又号松壶、卍居士，钱塘（今浙江杭州）人。官主事，好游，足迹几遍天下。善书画，书摹褚遂良、虞世南。画山水，学文徵明、文伯仁，笔墨妍秀，间带生拙；也作金碧云山，富有装饰性。但其画过于细弱，缺乏魄力。画梅师赵孟坚，风格幽冷疏散。画花卉法恽寿平。也工人物。诗宗唐代岑参、韦应物。他是近代前期著名的兼擅诗、书、画"三绝"的艺术家。所作《皋亭送别图卷》现存故宫博物院。著有《松壶画忆》《松壶画赘》《松壶诗存》等。

钱杜题画诗的风格一如其山水画卷，清雅幽秀，多表现其幽居的隐士生活。其代表作是《松坞幽居图》：

乱蝉渡水日当午，深竹连山客正眠。

静掩茅斋（一作庵）谁剥啄，松花一寸落门前。

诗写画外意，极形象地表现了山居之幽静。蝉鸣山更幽，客人正酣眠，而门前的松花无人剥而自落，竟厚至"一寸"，可见已久无友人造访。这静谧的环境很好地衬托出诗人"心远地自偏"的幽雅情怀。但钱杜的题画诗也偶有较为有气势者，如《曙堂先生乞画江乡渔唱》：

小树历历生炊烟，夕阳野岸闻扣舷。

老渔背网入城去，柴门寂寞江吞天。

他的另一首《水光山色图轴》，不仅描绘了山光水色，而且阐释了画理，也弥足珍贵。这是一首自题画诗。其诗是：

一幅生绡天尽头，水光山色上帘钩。

似将崔白千年轴，挂在元龙百尺楼。

霜叶扫鸦描落照，退云和雁卷清秋。

纷纷纸上争妍丑，还识无为妙处求。

这幅《水光山色图轴》现藏于常州博物馆。画幅上方为群山屏立，山峰插入云端。下方画一草堂，杂树掩映。堂上两人正在晤谈。整幅画构图繁而不密，笔墨娟秀，意境清幽。所题之诗与画意相扣，先写画上山水景色，而明净的山光水色映到帘钩上，好似将千年前宋代画家崔白的名画挂在东汉陈登的百尺高楼上。此诗最妙处在颈联，诗人极为形象地将眼前之景摄入画中：飘落的枫叶随着乌鸦飞向晚照，退去的云气和着大雁卷入清秋，真令人有身临其境之感。诗的最后由画意转为画理，强调"无为"是绘画的妙境。此外，他的《西兴小景》《村坞幽居拟文伯仁》等，也都写得"诗中有画"，颇具情趣。

郭麐（1767—1831），字祥伯，号频迦，因右眉全白，又号白眉生，江苏吴江人。诸生。少有神童之目。一眉莹白如雪，举止不凡，姚鼐极称许之。家贫客游，文采照耀江、淮间。负才不遇，其愤郁无聊之感，时寓于歌咏。善书法、绘画。醉后画竹石，别有天趣。晚岁，侨居嘉善以终。工诗词古文，所作皆清婉颖异。著有《灵芬馆全集》《金石例补》等，均与《清史列传》并行于世。

其题画诗多为吟咏花卉、山水之作，清丽婉约，意境幽美。《题铁生小景八帧》便是其这类诗的代表作，试看其三、其四：

一条略约隔溪横，对面群峰大段青。
记得蹇驴驮我去，松风两耳冷泉亭。

疏篁幽涧各泠泠，坐抚枯梧对石屏。
此地断无筝笛耳，何妨弹与此群听。

但是他的山水诗并不都一味风平浪静，有时也起波澜，如《题屠子垣湘青山归趣图》：

门外垂杨已十围，门前新水没渔矶。
青山大是无情物，冷眼看人归未归。

这首诗虽然只有短短四句，但其意蕴却很丰厚，似叹人也似叹己。门外老树已十围，门前之水不知多少次起落，今又新涨，然而游子却不见归来。青山无情，冷眼看人，而诗人的悲天悯人之心却自在言外。这里似愤郁，似不平，与其说是对无情青山之荷责，不如说是对世事之暗斥。此外，也可解作诗人感叹自己长期客游江淮、有家难归之孤寂，心中也自有不平。此诗一作元人胡天游作，题为《赠余公图画楼二首》其一，文字稍有出入。此或为作者借古人诗以抒己意。

郭麐的题画诗也有直接涉及世事之作，如《芝生卖画买山图二首》：

> 闽山游遍橐空垂，冷笑虎头未绝痴。
> 一幅溪藤三尺绢，此中还有草堂赀。
>
> 劝尔先谋二顷田，鹤粮狙栗各纷然。
> 人生政坐妻孥累，未必山灵定要钱。

此诗劝画家应先置地后买山，以免有衣食之忧而累及妻孥，正反映了诗人自己因家贫而不能远游之困境。

郭麐也存有题画词，曾为顾升山画蔬果题词十五首，其中《菩萨蛮·笋》等篇较有新意。

姚元之（1773—1852），字伯昂，号荐青、竹叶亭生、五不翁，安徽桐城人。嘉庆十年（1805）进士，官至左都御史、内阁学士。善画白描人物，尝临赵孟頫《罗汉十六尊》。所作写意花卉，略参陈淳。翎毛则力追华喦，但不及其神韵。平生所见古画粉本甚多，但所作人物花卉等均不袭前人窠臼。精隶书，师《曹全碑》，行草能得赵雪松之挺秀。传世作品有《为石斋写花卉》《设色多子图》，今藏安徽省博物馆。著有《竹叶亭游诗纪稿》《小红鹅馆集》等。姚元之既是书画家，也是诗人，其题画诗感情真挚，颇能感人。其《题〈寒宵煮豆图〉》说：

> 花落棠梨春树枝，百年鱼菽不堪思。
> 与君共有南陔泪，未忍题君煮豆诗。

据姚元之《竹叶亭杂记》载，此图为崔旭所画。崔旭，字晓林，号念堂，善诗，事母孝，曾于冬夜自起为母煮豆粥，后自画《寒宵煮豆图》，求文士题咏。这首诗即为此图所题。此诗虽多用典故，但自然而不生涩，用简短的文字便把画家的孝母之心和自己的感念之情很好地表现出来，堪称佳作。

汤贻汾（1778—1853），字若仪，号雨生、琴隐道人，晚号粥翁，武进（今江苏常州）人。以祖、父荫，官至副总兵。后因病退隐。咸丰三年（1853）太平军攻克南京，他投水而死。他是著名画家，善山水，也善写梅；写苍松古柏，纵横恣肆；点染花卉，简淡而有情。能诗，兼工行草。与戴熙齐名，并称"汤戴"。著有《琴隐园诗词集》。汤贻汾的题画诗多反映隐逸生活，缺乏社会意义，但多用近体，属对工整，用笔精巧，有一定的艺术性，如《夏芷江张老姜来游江村老姜绘图索题即以送别》：

> 三年仲蔚住蒿莱，屐齿何人印碧苔。
>
> 佳客偶然觞咏至，荒村便入画图来。
>
> 鸥边有梦鱼蛮子，花底无愁曲秀才。
>
> 别后风光谁更识，白苹黄叶楚江隈。

诗人以东汉闭门隐居而不慕荣利的张仲蔚自比，描写了客来"荒村"后诗酒自乐的闲适生活。此诗虽无深意，但文字简洁而描绘生动，对仗工巧而自然。其中的颈联，以渔夫的别称"鱼蛮子"对酒的别名"曲秀才"，既切人又切事，可称佳对。"荒村"入"画图"，既写眼前之景，又赞画家之画，颇见情趣。

汤贻汾为他人画题诗较少，更多的则是自题画诗，如《自题琴隐图》《道光癸卯祀灶日自题田舍图二首》等。其自题画诗不仅能揭示画意，而且能升华画境，别具一种韵味，如后诗其二说："一样光阴田舍好，不知世有折腰人"，将美好的田园风光与"折腰事权贵"的屈辱行为相对比，既歌颂了洁身自好的隐逸生活，又嘲讽了追名逐利的士人，轻松而不失深刻，也是其题画诗的特点。

费丹旭（1801—1850），字子苕，号晓楼、偶翁、环渚生，乌程（今浙江湖州）人，以画为业，专工写照，善画人物、山水、花卉，尤精仕女图。笔法秀润，设色素淡，形象逼真，但风格略带柔弱。他凭一技之长，流寓杭州、海宁、上海、苏州、绍兴等地，以卖画为生。兼善诗文、书法。传世作品有《东轩吟社图》《红装素裹图》《水仙梅花图》《纨扇倚秋图》等。著有《依旧草堂遗稿》。

费丹旭的画因以仕女图著称，故其题画诗也多为仕女画而作。他的这类题画诗往往以景衬人，并通过心理活动和生活细节描写来揭示仕女的内心世界，笔法细腻，婉曲动人，如《柳阴仕女图》：

> 乍减轻寒欲褪绵，合蝉新鬓贴花钿。
> 愔愔帘幕春阴薄，细较年时倦绣篇。

费丹旭《吟诗图》

此诗不直接写仕女的形象，而以所贴合蝉花钿反衬其形单影只；以"愔愔帘幕"烘托闺房的安闲；以春阴迫近暗示对"春半不还家"远人的思念，于是，把这位百无聊赖、倦于刺绣的仕女情态写得淋漓尽致。如果说这首诗主要是仕女春思，那么他的《吟诗图》则是写仕女的"感秋"，其诗是：

> 夜寒帘不卷芙蓉（原作容），灯火疏棂透纸红。
> 吟到感秋诗未就，一声桐叶堕西风。

这首诗与前诗有异曲同工之妙，也是运用景物衬托人物的手法来写仕女的神情心态。芙蓉是秋季的花卉，梧桐至深秋而落叶，这些意象都为仕女吟秋创造了典型的环境和氛围。最后一句是点睛之笔，"一叶落而知秋"，使仕女感秋的情思更加浓重。

费丹旭的题画诗并不是都写仕女绵绵情思的，有时也绵里藏针，表现自己不肯低眉折腰的耿介情操，如《黄蔷薇》说："一点檀心怯嫩寒，香风摇落湿阑杆。额黄初试新承宠，肯向西园侍牡丹！"此外，他的另一首题画小诗《桃花便面》（一作《写桃花便面寄生沐》）化唐诗人崔护《人面桃花》诗意说："桃花门巷分明记，此是东风未嫁时"，也饶有情味。

戴熙（1801—1860），字醇士，号鹿床、榆庵、井东居士等，钱塘（今浙江杭州）人。道光十二年（1832）进士，官至兵部右侍郎，卒谥文节。善画山水竹石，颇雅致。曾与张之万研讨画学，时有"南戴北张"之称。著有《习苦斋诗文集》《习苦斋画絮》。戴熙的题画诗以山水竹石题材为多，如代表作《题山水》。也有一些是为花卉而题。这些诗所表现的往往是对竹的节操的赞美和对隐逸生活的向往，其特点并不鲜明。倒是有一首为渔父画所题的《题画》诗反映现实颇为深刻，其诗是：

> 早起到陂塘，归来每夕阳。
>
> 得鱼不自饱，辛苦为谁忙？

此诗选取一早一晚的时间变化来表现渔人辛苦、忙碌的生涯，并指出这种奔忙又非一日，而是天天如此。但是到头来，他们却不能"自饱"。尤为可贵的是，诗人最后提出一个"辛苦为谁忙"的尖锐问题。这不仅喊出了人间的不平，而且让人们去思考这种不合理的社会现象是谁造成的。因此，这首比起同是反映渔民生活的元代的题画诗《渔樵共话图》来，不知要深刻多少倍！

与戴熙同时代的题画诗人还有创办"小蓬莱画会"的蒋宝龄（1781—1841），字子延，号霞竹、琴东逸史。昭文（今江苏常熟）人，寓居上海，布衣终生。工诗画，山水初法文徵明，继宗董其昌、巨然，后从钱杜游，得其指点。道光三年（1823），吴中大水，震泽王之佐作水灾纪事诗十二章，蒋宝龄为补十二图，绘其惨状，极富现实意义。著有《墨林今画》《琴东野屋诗集》。他作画，必自题诗。并喜为他人画题诗，故所作题画诗较多。其自题画诗以《自题破楼风雨图三首》为代表，试看其三：

> 曙影微茫漏渐残，预愁来日出门难。
>
> 山厨恰已炊烟断，且典袷衣谋早餐。

《破楼风雨图》并诗作于道光十二年（1832），诗人时年52岁。画的是自己居住的一所破旧不堪的小楼。此诗较为具体地表现了诗人衣食无着的窘迫生活。文字通俗，描绘细致，真实感人。其为他人题画诗《题卫叔瑜摹花之寺僧画梅》也较有特点。

赵之谦（1829—1884），初字益甫，后改字扶叔，号悲庵、梅庵、铁三等，浙江会稽（今绍兴）人。以诗、书、画、印名震一时，对后来的任颐、吴昌硕有一定影响，是"海上画派"之先驱。他著述甚丰，但其题画诗的影响并不大，除上面提到的《没骨钟馗图轴》题诗外，其《画梅》也是题画佳作，诗中说："老干槎枒酒气魂，疏花圆满鹤精神。空山安用和羹手，独立苍茫揽古春。"诗人用《尚书·说命》典，以"和羹手"喻宰相重臣，也自喻，而统治者将自己置于"空山"，令自己报国无门，其愤慨不平之意不言而喻。

第二节 "晚清书法第一人"何绍基题画诗

何绍基的书法自成一家，草书尤为一代之冠，被誉为"晚清书法第一人"。

何绍基

何绍基（1799—1873），字子贞，号东洲，晚号蝯叟，湖南道州（今道县）人。道光十六年（1836）进士，改庶吉士，授编修。历任文渊阁校理、国史馆提调等职。咸丰二年（1852）任四川学政，次年因条陈时务得罪权贵，降官调职。遂辞官，创立草堂书院，讲学授徒。后又主讲于山东泺源书院、长沙城南书院等达十余年。晚年主持苏州、扬州书局，校刊《十三经注疏》。他精通金石书画，以书法著称于世。初习颜真卿，中年博习南北朝书，笔法刚健，此期作品传世甚少。后致力分隶、汉魏名刻，临摹多至百本。偶为小篆，必以顿挫出之，宁拙毋巧。暮年眼疾，作书以意为之，笔轻墨燥，不若中年之沉着俊爽，每有笔未至而意到之妙。

何绍基的书法远近闻名，前去拜访或学书者甚多。据说，有一个青年拜他为师。这个青年自以为聪明，学了一年就认为学得很好了，便向老师告别。何绍基取出一只"百宝箱"说："这只箱子里有我多年心血的结晶，送给你作个纪念吧！"青年接过箱子，拜谢了老师，便踏上了归途。箱子很重，那个青年走不到三里路，已经累得气喘吁吁、汗流浃背。他觉得奇怪，便打开了箱子，啊，原来箱子里装的都是磨穿了的砚台。这使他恍然大悟：成功的道路只有一个，那就是勤奋。于是，又回到老师身边。

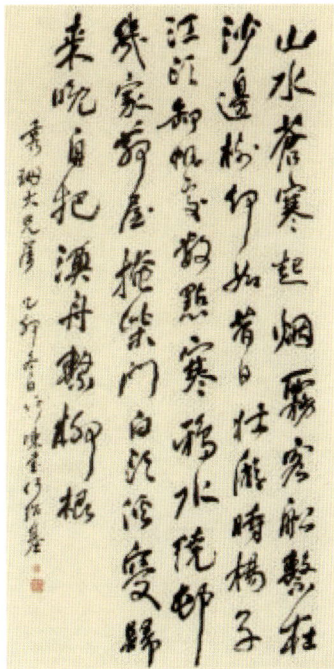

何绍基书法作品

何绍基是近代著名诗人，为晚清宋诗流派的重要诗人之一。他与郑珍同出程恩泽门下，同为经史百家、许、郑诸家之学，是近代早期学人之诗与诗人之诗合一的代表。他论诗主张"先学为人"，而后直抒性情，感情较为真挚。其诗宗尚苏轼、黄庭坚，但也不名一体。苗夔谓"子贞诗，横览万象，兀傲雄浑"（《东洲草堂诗钞·序》）。

何绍基也是一位画家。晚年以篆、隶法写兰竹石，寥寥数笔，金石书卷之气盎然。偶作山水，不屑模仿形似，随意挥毫，取境荒寒，得石涛晚年之神髓。而画必题诗，多为长篇。唯不轻作，兴至为之，常自毁去，故流传者不多，有《东洲草堂诗》三十卷，附词一卷。据统计，在他的2300余首诗词中，题画诗只有200多首，多为他人画题诗。这是因为，他既是大名鼎鼎的书法家，又是著名诗人，并且懂画能画，所以，无论是画家的自作画，还是收藏家手中的古画，都愿意请他题诗。

何绍基的题画诗多为山水画而题。他以白描手法将画中之境与自己游历之景结合起来，由虚而实，颇具艺术特点，如《戴文进〈长江万里图〉厉伯符方伯属题》：

厉侯宴客当严冬，出示戴画惊蝘翁。

奇哉长江万里远，收入矮纸七丈中。

树石千年化苍古，岩渊百转皆深共。

险滩危岫地势极，来樯去楫天宇通。

我十年前曾使蜀，直傍岷江莽驰逐。

迂途灌口访离堆，快上峨眉观雪瀑。

乌尤石畔看花醉，白帝城边枕滩宿。

止余三峡眼未见，游草犹嫌隘篇幅。

狂言一疏辞锦水，赁庑三间寄衡麓。

年头岁尾必出游，北马南船无定蹢。

鄂渚别来才转瞬，怆望故人祠宇蠹。

胡文忠公祠新成。

越吴一气今萧清，凯旋十万湘上兵。

名王乘胜捣余寇，僧邸节相奏肤归会城。

官秀峰爵相。

烬余楼阁峙空秀，晴川阁已修复，黄鹤楼亦议修。

雪后江天终夜明。

官阁摩挲图画古，旧游怅触梦魂惊。

扁舟从此东浮游，无限烟波似镜平。

　　戴文进，即明代著名画家戴进（字文进），其画在明代中叶影响较大，是"浙派"创始人。厉伯符，即厉云官（字伯符），官至湖北布政使。此诗作于同治三年（1864），诗人主讲于长沙城南书院，10月收课后曾买舟东下，作金陵之游，途经荆州、鄂州等地。此时，厉伯符当在湖北布政使任上，故诗题称这位一方"诸侯"为"方伯"。这首诗的纪实性很强，但诗中时而回忆往事，时而写眼前之景。从"我十年前曾使蜀"起，是写诗人当年赴任四川学政沿途所见景物，"乌尤石畔看花醉"，其心情当是欢快的。但是"狂言一疏辞锦水"，是说他因上疏条陈时务被免职，于是辗转来到湖南，"赁庑三间寄衡麓"。最后一段是写见历史遗迹之所感和对战乱时局之忧心。此诗由画境转入实境，复由现实转回画图，时空跳宕，章法变化。又如《济宁舟中题贾丹生大明图卷》也是纪游之作：

> 我昔大明湖上住，出门上船无十步。
> 高楼下收云水色，小桥径接渔樵渡。
> 春风杨柳绿如海，夏雨蒲莲密成路。
> 雪晨月夜更奇艳，清觞短笛无朝暮。
> 不惜狂歌坠星斗，时讶闲魂化鸥鹭。
> 别来弹指二十年，梦似游鱼无可捕。
> 君于此湖有同恋，画图一一幽景具。
> 欹亭古寺长板桥，都是当年醉眠处。
> 半生足目江湖多，诗草酒痕成册簿。
> 算来难似明湖游，少年奇赏由天付。
> 人与湖山共早春，那有诗篇著愁句。
> 推移岁月人事积，感慨苍茫尘土污。
> 却思百岁如风灯，又恐今日翻成故。
> 联舟半月有奇缘，时共停桡看烟树。
> 太白楼头又月明，莫放清秋等闲度。

　　这首诗是写诗人青少年时随父宦游山东"奇赏"大明湖的所见所感。它与前诗的不同之处在于，诗中充满了欢乐与轻狂——"人与湖山共早春，那有诗篇著愁句"，当然也有感慨，但却不像前诗那样感伤——"旧游怅触梦魂惊"。此诗既像春风拂面，轻柔宜人；又像明月当头，清辉悦目。诗人的真情实感在诗句中自然流出，颇具感染力。

　　何绍基的题画诗并非都是写实之作，也有想象丰富的诗篇，如《书黄支山学博吹香亭坐月图后》：

> 大千清气空古今，白月一照常泠泠。
> 遂令吹香亭畔看月老，远与屈子同其醒。
> 为娱览揿隔宵至，山光招客何娉婷。

垂崖绝厂恣孤赏，山醪苦茗皆忘形。

夜深人定歌啸作，惊起岭月来亭亭。

江声十里走如雨，长空一碧寒不星。

若有人兮蹇夷犹，荷衣艾佩纷扬灵。

翛然意感凤鸾下，仿疑乐奏鱼龙吟。

乌呼嘻！空山人迹不易有，明蟾夜夜流光萤。

春风不到洞清谷，不闻兰芷忘芳馨。

胡为先后息心士，兀视万古悲流萍。

矧余行屦烂江路，十年麓寺才几经。

竭来长安遇黄子，读诗见画神一惺。

愿将遗响讬骚韵，要使江头峰再青。

这首诗虽然也是从画境入手，绘声绘色，但很快便驰骋想象："若有人兮蹇夷犹，荷衣艾佩纷扬灵。翛然意感凤鸾下，仿疑乐奏鱼龙吟。"不过，这些想象又都是缘画而起，与画境融为一体，毫无割裂之感。诗的最后几句虽然又转为实写，但诗人仍沉浸于画意中，任思维拓展，不能自已[4]。

何绍基的近体题画诗也多有佳作，如《题五洲图》：

北固风烟接五洲，初霜时候我曾游。

千峰急雨如奔马，十里芦花不见鸥。

棕笠还山成久别，云岚挥手浩难收。

画禅忽向灯前证，梦随江南一叶舟。

这首七言律诗无非是抒发自己的归隐之思，别无深意，但格律严整，对仗工巧，也自有一番情趣。另一首七言绝句《题画为黄香铁》，不言画而直写景物，把细雨濛濛、野航披烟、芦花风起、雁声阵阵等景致绘声绘色地展现在读者面前，形象而生动。何绍基的题画诗也有反映现实的激情之作，如《题陈忠愍公化成遗像练栗人属作》：

我到金陵春二月，耳悉将军忠壮节。

枕菅饭粝不自贵，万卒一心心热血。

夷来乍浦遭焚残，连樯旬日规宝山。

忽传五月八日事，江水不鸣白日寒。

手然巨炮从空落，四舸摧烧如败箨。

天日下照海水飞，鱼羊谁信夷氛恶。

连艌竞进洪涛起，战鼓声喑脆如纸。

功败垂成百铅子，大星昼落将军死。

将军虽死国恩厚，建祠予谥重恤后。

建祠祠于死事区，予谥愍其忠不负。

计从夷锋侵海邦，大将先后多授首。

孰如忠愍陈将军，毅魄英声长不朽。

后世知有陈将军，谁其传之练立人。

芦中得尸榇敛亲，手试面血为写真。

昨来报政觐九阍，将军死状亲垂询。

俯伏奏达不逡巡，天颜泪堕悲贞臣。

遗貌觥觥面铁色，惨淡风霆绕烟墨。

忠魂到处若留影，阴气满天来杀贼。

息肩暂见时事解，蹙额何时祸源塞。

乌乎图画亦何为，重惜将军因爱国。

　　陈化成，谥忠愍，时任江南提督，守江苏吴淞口。道光二十二年（1842）五月，英国侵略军进攻吴淞口，在他的指挥下，曾击毁敌舰三艘，后因势孤援绝，以身殉国。这首诗具体描写了陈化成率兵抗敌的战斗过程，不仅热情地歌颂其"毅魄英声长不朽"的英雄事迹，而且对画家为战死将军"手试面血为写真"的高义也给予赞许。全诗慷慨悲壮，充满了深深的爱国之情。

第三节 "二居"艺术之异同与题画诗之格调

居巢

居巢(1811—1865),原名易,字士杰,号梅生、梅巢,其所居曰今夕庵,又称今夕庵主。原籍宝应(今江苏扬州),先世来粤为官,遂落籍番禺隔山乡(今属广州)。早年随父宦游广西,客居桂林。其父逝世后,家贫,赖时任广西巡抚梁章钜接济为生。后入时在广西剿匪的东莞人张静修处做幕僚,并随其征战两广、江西等地,因而与张静修、张嘉谟叔侄结下深厚友谊。张静修致仕还乡,居巢也随其返粤,寄居可园。

晚年回到隔山乡老家作画吟诗。先从宋光宝、孟觐乙学画,后追求宋人骨法和元人神韵,并深得恽寿平笔致。善画花卉、虫鱼,兼工山水、人物。其画重视师法自然,集宋、孟之所长,以诗意入画,气格秀逸,设色明净。也工书擅刻,近代鉴赏大家邓实对其评价是:"吾粤书画大家,首推二樵山人(黎简),二樵后唯君继起,声誉并重。尺幅兼金,人争购之。"其与堂弟居廉将中国绘画传统运用于对花卉昆虫的写生,着意于半工带写,形成居派独特风格,开岭南画派之先河,名重一时。居巢在诗画理论研究上也有建树,著有《今夕庵读画绝句》共录七绝34首,除石涛、八大山人等为明朝遗老,其余所评均为清代画家。每人一绝,评价尚属公允。另著有《今夕庵题画诗》一卷,均为自题画之作,共98首,多为花鸟草虫画而题,而题山水画诗仅数首而已。其题画诗的特点是淡雅清绝,有唐代田园山水派之诗风,如《题〈菖蒲奇石〉》:

香荃古苔色,幽意亦同岑。

砚北延朝露,花南借午荫。

风尘洗双眼，水石媚初心。

欲访安期宅，相寻还故林。

这是一首较为工稳的五言律诗。从诗后跋语看，为旧作新题，诗与画一并赠予居廉。诗人经过"风尘"之后，心情恬然，醉心于田园风光。他虽然也曾有寻访仙道之想，但终还"故林"。另一首《题〈采菱女图〉》则境幽意远，颇有情致：

越女歌采菱，烟波荡远音。

不识曲中意，此意抵千金。

这首诗把画面上的采菱女形象写活了，她有情有意、有声有色。全诗意蕴深致，饶有兴味。

在居巢的题画诗词中，也有警世劝诫的作品，如《踏莎行·题〈镜中影图〉》：

居廉画、居巢题词《镜中影图》纨扇

色界贪痴，众生苦恼，飞龙骨出情犹恋。镜中头颈示如如，虎头大有慈航愿。　画莫皮看，谈应色变。分明佛说演花箭，解铃好证上乘禅，拈花笑学如来面。

居廉

《镜中影图》，居巢创作后，居廉也创作过，两人曾反复绘制。此图即为居廉所画，并把居巢这首《踏莎行》题写于画上。两人画图、题词的目的是劝谕世人莫贪恋女色，这颇似《红楼梦》中风月宝鉴的寓意。

居廉（1828—1904），字士刚，号古泉、隔山樵子、隔山老人、罗浮散人，番禺隔山乡人。自幼父母双亡，由其姐照抚，后在堂兄居巢指导下习画。又与居巢同赴广西，得宋光宝、孟觐乙两人亲授画艺。回粤后，客居东莞可园、道生园近十年，作画不辍。晚

993

年归隔山乡，筑十香园作画、授徒。善写生，花鸟、草虫、人物、山水笔致工整，设色妍丽。其画以没骨"撞粉""撞水"，法求得特殊的艺术效果，成为"居派"绘画之特色。所谓"撞粉""撞水"，即在色彩未干之际，注入适量的粉和水，待其干后，便别具趣味。此种技法虽然前人也已用过，但经过"二居"的运用和创造，使之更加成熟。晚年，居廉在花鸟画中还运用了"撞石青""撞石绿"等法。

居廉也喜在自己画上题诗，其中不乏佳作，如《题〈设色梨花月影〉扇面》：

> 黄昏庭院月溶溶，一片芳魂自玉容。
> 见说梨花作寒食，春风开后又秋风。

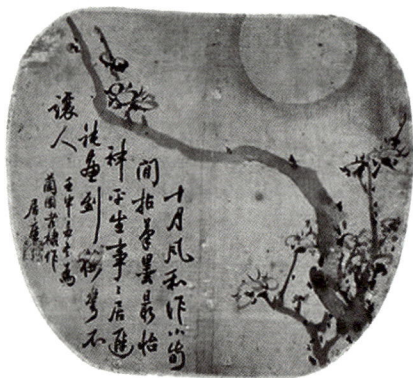

居廉《设色疏梅月影图》扇面

这是诗人见梨树秋季再度开花有感而"写照"并题诗。画家对景写生，在满月周遭淡施花青，使画面变得清幽静谧。诗写画境，但于清阔中充满生机，并无秋风萧瑟之感。在居廉的笔下，秋日的风光多是美好的，又如他的《题〈设色疏梅月影图〉扇面》：

> 十月风和作小春，闲拈笔墨最怡神。
> 平生事事居迟钝，画到梅花不让人。

此诗在赞美十月金秋"作小春"之余，更意在对自己画梅的自评。这幅画梅的画风源自南宋扬无咎墨梅画派，笔法老辣，苍劲秀美。从"画到梅花不让人"之语看，画家在墨梅上别有创意，特别是梅朵的画法自出胸臆，挥洒自如，堪比宋人。

居廉的自题画诗常由画面展开联想，将画境拓展延伸，并添加许多画外景物，形成新的意境，给人留下想象的空间，如《题〈设色花蝶图〉扇面》：

　　婪尾春来分外娇，看花几次泛兰桡。

　　栏干红湿濛濛雨，人在扬州廿四桥。

　　这首诗将画中之景虚化而又活化，不仅写出芍药花开之娇艳，而且透出诗人之活动，既有看花之意，又有会"人"之期。含蓄蕴藉，耐人寻味。

　　居巢与居廉虽然共同开岭南画派之先声，在中国近代绘画史上占有重要地位，但是无论是两人的绘画还是题画诗都同中有异，各具特点。第一，居廉早年曾从居巢学画，并共同拜师于宋光宝、孟觐乙，所以其画风相近。但居廉的功底和艺术水平似逊于居巢。不过，居廉也有特殊之处：一是在人物画上常能独出机杼，赋色雅妍，写实重于写意，尤其在"钟馗"创作上，逸笔洒脱，颇具创意；二是因他去世较晚，受当时"西画东进"的影响，其花鸟画吸收了西方水彩画技法，其作品对水分的控制把

居巢《富贵神仙图》

握，水色晕染，以浓淡变化来体现光影、水迹斑驳、通透逼真等，明显地得益于水彩画中湿画法，从而达到花鸟鱼虫活灵活现的神采。第二，在绘画题材上，两人都钟情于花鸟鱼虫，并且都注重写生、讲究形似。所不同的是，居巢善于画菜园中的小植物或小动物，其中有些小动物、小植物之前从未有人画过。他将其摄入画中，这与日后齐白石画蔬菜、画虾之类题

材无疑是一种暗合，而且早于齐白石[5]。而居廉最引人注目的是以岭南蔬果为主的写生，反映了浓浓的家乡气息和生活情趣。其对乡土题材作品的继承与创作是他对绘画艺术的重要贡献之一。第三，"二居"都重视向前人学习，不同的是居巢更注重创新；而居廉较注重临摹，其临摹之功终生不辍，在小动物画方面，他有很多作品取意构图俱出自居巢，并且连题诗也借用，如1863年居巢创作的精品扇面《双鱼图》，上有题诗："借得幽居养性灵，静中物态逼孤吟。匠心苦累微髭断，刚博游鱼出水听。"事隔七年后，1870年2月12日，居廉也以游鱼为题画了《游画图》，居廉的构图与居巢基本相似，其题款也是当年居巢的题诗，并注明："庚午花朝写今夕庵主人句意。"第四，"二居"虽然都喜在画上题诗，并都有佳作留世，但居巢更擅诗词，其深厚的古典诗词底蕴也为他成为绘画大师最为重要奠基石之一。其作品处处流露出浓郁的文人画气息，这也是他的绘画独胜居廉之处。而居廉虽然也能作诗填词，但功底似乎略薄，因而主要以画家的身份出现在其交游圈内，而并不以诗词名世。第五，从对后世的影响看，"二居"共同在继承的基础上开创的"撞粉""撞水"法影响深远。居巢拓宽了中国花鸟画题材的表现领域；其新的表现技法发展了中国古典花鸟画的艺术表现力，其灵动清新的岭南风物画，凸现出鲜活的生命力，突破了当时中国花鸟画程式；其所形成的独特新颖的居派绘画面貌，树立起崭新的风格，影响至今不衰。

虽然居巢作为居派绘画艺术鼻祖的地位不可撼动，但论其影响，似不如居廉。其原因主要有三：一是居巢的寿命较短，只活了55岁；而居廉辞世较晚，享年77岁。二是居巢平生作画严谨，留下的画作不多，并且绝大多数都被香港地区的博物馆或私人收藏，内地很难见到；而居廉是一位勤奋的职业画家，大半生卖画，因而留下画迹颇多，达1500余幅。三是居巢的弟子较少，而居廉弟子众多，并且出现了许多如高剑父、陈树人等名画家，"师以徒显"，于是居廉声名远播，其名望和影响都胜过居巢。

第四节　政治家兼诗人的题画风采

龚自珍（1792—1841），字尔玉，更字璱人，号定盦，浙江仁和（今杭州）人。道光九年（1829）进士，官至礼部主事。道光十九年（1839）辞官南归，后任丹阳云阳书院讲席。他是朴学大师段玉裁的外孙，而段玉裁则是著名思想家戴震的学生，受戴震哲学思想影响很深。这便间接地影响了龚自珍，使之注重个体，倡导改革，成为近代伸张个性的杰出思想家。其诗词也能得风气之先：诗别开生面，想象奇特，意蕴深邃，文辞瑰玮；词虽不如诗，但也光怪陆离，不拘一格。龚自珍博学多才，著述浩繁，后人辑为《龚自珍全集》。

龚自珍

从其题画诗词看，龚自珍也能画。其《卜算子·题〈独立女士〉》当是自题画词。《鹧鸪天·题于湘山〈旧雨轩图〉》词后注说："辛丑初秋，余客袁浦，颇有感己亥之游，正欲制图以寄幽恨，适湘山词兄以《旧雨轩图》属题，即自书所欲言以报命。"其中，"制图"两字可证明其会画。另有《齐天乐·题〈高楼风雨卷子〉》中说："两幅青山，两家吟料并。"其原注云："予亦有《莫釐仙梦卷子》乞题。"而龚自珍能画，却未见史籍记载。正因为龚自珍懂画，会画，所以写下许多题画诗词名作。

他的题画诗虽然与其非题画诗的基本特点是一致的，但因多为闲适题材的绘画而题，所以缺乏深刻性。但他的一首可算作准题画诗的《夜坐》其一另当别论，其诗是：

> 春夜伤心坐画屏，不如放眼入青冥。
>
> 一山突起邱陵妒，万籁无言帝坐灵。
>
> 塞上似腾奇女气，江东久陨少微星。

平生不蓄湘累问，唤出姮娥诗与听。

这是写诗人在一个春天的夜晚面对画屏所引起的思索，从太空的星宿等自然景物，联想到人世间妒抑奇才、"万马齐喑"的黑暗局面，于是通过对蕴含哲理景物的描绘，委婉地抒发了对封建专制社会的愤懑和谴责，既给人以压抑感，又富有挑战性。他的其他题画诗虽然不如此诗极富现实感，但并没有忘记现实，如《寓苏园五日临去郎中属题水流云在卷子二首》：

水作主人云是客，云留五日尚缠绵。

不知何处需霖雨，去慰苍生六月天。

云为主人水为客，云心水心同脉脉。

水落终古在人间，那得与云翔紫极？

前一首自比为"云"，拟作"霖雨"济"苍生"。后一首"那得与云翔紫极"一句，表达了诗人想与"郎中"共"翔紫极"的积极用世愿望，也旨在拯救"苍生"。可见，在酬赠诗中，诗人也并无闲情逸致。

他的题画词虽然也多取材于山水、花卉类绘画，但有些作品却有几分豪气，如《金缕曲·沈虹桥广文小像题词》："老矣东阳沈！算平生、征歌说剑，十分疏俊。太华秋高攀云上，百首淋浪诗兴。有多少、唐愁汉恨？忽地须弥藏芥里，取一痕瘦石摩挲认。颠岂敢，癖差近。　伊余顽质君休问！笑年来、光芒万丈，被他磨尽。愧煞平原佳公子，骏马名姝投赠。只东抹西涂还肯。两载云萍交谊在，更十行斜墨匆匆印。他日展，寄芳讯。"此词虽然写"老矣东阳沈"，已不见当年"太华秋高攀云上"之狂态，但豪气未除，句词间仍透出无限感慨。词人的"光芒万丈"也并未完全被"磨尽"。另一首《摸鱼儿·题〈山中探梅子卷〉》也是风格遒劲之作：

数东南千岩万壑，君家第一奇秀。雪消缥缈峰峦下，闲锁春寒十亩。春乍漏，有樵笛来时，报道燕支透。花肥雪瘦。向寂寂空青，潺潺古碧，铁干夜龙吼。　幽人喜，扶杖欣然而走。酒神今日完否？山妻妆罢浑无事，供佛瓶中空久。枝在手，好赠与芦帘纸阁归来守。寒图写就。看画稿奴偷，词腔婢倚，清梦不偁偡。

这首写山中探梅的题画词，赋予梅花以生命，其"铁干"在千岩万壑中，随着传来的"樵笛"如"夜龙"在吼。境界阔大，意态缥缈。其两首《水调歌头·题〈黄河归棹图〉》，虽然都是送别词，但并无感伤之情。相反的，词中写落日残照、万舸齐发、旌旗招展、百骑映波，一派壮观景象。龚自珍写情类小词也较少有小儿女之柔情，而另有寄意，如《好事近·行箧中有小像一幅，以词为赞》：

> 三界最消魂，只有辩才天女。半世从无一句，是平常言语。　倘然生小在侯家，天意转孤负。作了槛花笼鹤，怎笑狂如许！

这大约是写他所结识的一位风尘女子。词人不囿世俗之见解，颇为可贵。龚自珍思想较为开放，认为"我"为万物之本源，强调个人的权利、自由和尊严。这与"文学革命"者的"人性的解放"是相通的。正因如此，他却为不幸沦落风尘的女子而庆幸，说倘若"生小在侯家"、"作了槛花笼鹤"，倒失去了自由，其狂笑之态也就见不到了。

政治家魏源、左宗棠在公务之余，也时有题画诗问世。

魏源（1794—1857），字默深，又字墨生，晚年皈依佛门，法名承贯。邵阳（今属湖南）人。道光二十五年（1845）进士。与龚自珍齐名，人称"龚魏"，曾为东台、兴化知县，官至高邮知州。从事经世之学，早年投身时政改革。著有《魏源集》。他的诗歌具有较强的现实性，反映了近代社会矛盾和人民疾苦，鸦片战争期间所写的政治诗更具深刻的社会意义。其艺术风格雄浑奔放，气势充沛，笔力遒

魏源

劲，语言畅达。魏源的题画诗虽不如非题画诗那样直接反映现实生活，但也间接地抒发了报国之心，如《题汤雨生罗浮采芝图》说："偶求黄石书一卷，来访商山四皓芝。及到人间称小草，出山方悔入山迟。"诗人为济

世而求安邦之术，但不为当朝重用而有志难酬。他借画抒怀，表达了自己怀才不遇的愤慨之情。后期，他看到清政府腐败无能，对外妥协投降，于是心灰意冷，其题画诗基调也转为消沉，如《题近人山水画册六首》说"山客老住山，不知山外路"，显然有退隐山林之意。

左宗棠

左宗棠（1837—1885），字季高，一字朴存，湖南湘阴人，晚清军事家、政治家，"晚清中兴四大名臣"之一。他所作的题画诗不多，其题画诗常用来遣怀，如《题顾超秋山无尽图》《题邓厚甫〈采芝图〉》等。

"戊戌六君子"之一的谭嗣同（1865—1896），也偶有题画诗问世，他的《题宋徽宗画鹰》是：

落日平原拍手呼，画中神俊世非无；
当年狐兔纵横甚，只少台臣似郅都。

此诗借题画谴责时政，以画中"神俊"自比，以"狐兔"指守旧的权臣。诗人寄希望于国家多出像西汉郅都那样敢于直谏的台臣来重整朝纲。他的题画词《望海潮·自题小影》也很有特色：

曾经沧海，又来沙漠，四千里外关河。骨相空谈，肠轮自转，回头十八年过。春梦醒来么？对春帆细雨，独自吟哦。惟有瓶花，数枝相伴不须多。　寒江才脱渔蓑。剩风尘面貌，自看如何？鉴不因人，形还问影，岂缘醉后颜酡？拔剑欲高歌。有几根侠骨，禁得揉搓。忽说此人是我，睁眼细瞧科。

这是词人见自己的早年照片而回首往事，在几经沧桑之后，恍如隔世。虽然意志不免有些消沉，但"侠骨"犹在，仍然"拔剑欲高歌"，其胸中之愤懑似难以言表，其报国之志犹烈。

这一时期较为知名的以画名世的题画诗人还有张熊、蒲华等。

张熊（1803—1886），字寿甫，号子祥，别号鸳鸯湖外史，秀水（今浙江嘉兴）人。善画山水、花鸟，重视造型，强调写实。与任熊、朱熊并称"三熊"，是海上画派的重要画家。其题画诗《题〈海棠图〉》较有特色："疏疏雨歇早秋天，滴滴轻红泪泪妍。莫作寻常烧蠋看，一蚕啼破石阑烟。"此诗虽然化用苏轼的《海棠》诗意，但赞海棠而不着一字，颇得含蓄蕴藉之法。

蒲华（1832—1911），字作英，号胥山野史、种竹道人，也是秀水人，也善画山水、花卉，尤善画墨竹。其七言绝句《题〈天竹水仙图〉》，每句各写一种植物，抓住其特点，独具一格，其诗是：

　　璎珞红珠着意妍，万年颂到炼丹仙。
　　洛滨妙试凌波步，庾岭香从破腊传。

蒲华《天竹水仙图》

首句写天竹，突出其如红色珍珠之果实；次句写万年青，突出其果实如神仙所炼之丹砂；第三句写水仙，将其比作洛滨之洛神；第四句写腊梅，既点出产梅之庾岭，又点出梅香之季节。而尤为可贵的是，这四句诗上下一脉相承，诗画交融，不仅给人带来春天的温馨，而且提升了绘画的审美价值。

注　释

〔1〕游国恩等主编《中国文学史》，人民文学出版社，1964。

〔2〕袁行霈主编《中国文学史》，高等教育出版社，1999。

〔3〕章培恒、骆玉明主编《中国文学史新著》，复旦大学出版社、上海文艺出版总社，2007。

〔4〕孙菁菁：《浅论何绍基题画诗的诗歌特色》，《安徽文学》2009年第10期。

〔5〕张锋：《花海砚田自流连》，载《居巢居廉绘画精品集》，辽宁人民出版社，2010。

第五十二章

近代后期题画诗

中日甲午战争结束后，帝国主义列强掀起了瓜分中国的狂潮，国家处于危亡的边缘。但是这一时期也出现了许多令人振奋的事件，辛亥革命的爆发，清王朝的被推翻，特别是1917年俄国十月革命的成功，都对中国的政治、经济、文化等产生深远影响。此后，中国社会虽然一直处于动荡之中，但中国革命却从此走上了新阶段。新的革命形势，使诗人更加关注现实。1896—1897年，梁启超与谭嗣同、夏曾佑一起写"新诗"，并于1899年提出"诗界革命"的口号，倡导用"新语句"表现新思想，推动了传统诗歌向新诗转化。1915年，陈独秀在上海创办了《青年杂志》（后改名《新青年》），胡适、李大钊、鲁迅等参加编辑与撰稿，文学革命首先在《青年杂志》上展开，此后文学革命蓬勃开展。

在画坛上，最突出的是西方油画的引进与起步。1905年，南京两江师范学堂和保定北洋师范学堂首设图画手工课，开油画课。这是中国学习西方美术教育的开端。留学日本的李叔同是中国早期影响最大的西画家。辛亥革命后，出国学习油画的人日渐增多，油画创作不断发展，出现了李铁夫、林风眠、徐悲鸿等著名油画家。西画的兴起虽然使传统的中国画受到一定的冲击，但是在吴昌硕等艺术大师的倡导下，博采众长，自创面目，进一步发扬了中国大写意画的传统。

受西画渐兴的影响，题画诗的发展虽然有所减缓，但急剧变化的政治形势也使诗画家的创作热情空前高涨。他们除了积极为反映时事的绘画题诗外，也常为前朝描写爱国志士的历史画题诗、填词，借以言志。并且，由于社会活动增多，诗人、画家间的交往也较为频繁，他们之间的相互赠画、题诗，也促进了题画诗创作。

第一节 翁同龢诗画情怀

翁同龢（1830—1904），字声甫，号叔平，又号瓶庐，晚号松禅，江苏常熟人。大学士翁心存子。咸丰六年（1856）状元，授修撰。同治年间历官中允，在弘德殿行走，累迁内阁学士。光绪初署刑部右侍郎，奉毓庆宫授读。迁户部，晋都察院左都御史，又迁刑部尚书，调工部。充军机大臣。在中日甲午战争中，坚决主战。战败后中日议和期间，他极力反对割地，指出："宁增赔款，必不可割地。"

翁同龢

次年，他兼总理各国事务大臣，以户部尚书协办大学士。赞成康有为变法。光绪二十四年（1898）六月，被放回原籍。戊戌政变后又被革职，永不叙用。宣统元年（1909），诏追复原官，谥文恭。翁同龢为晚清政治上的进步人物，诗清隽，得力于苏轼、黄庭坚。其以有关书画金石之作为最工，时于其中抒发悲愤。书学颜真卿、米芾，画以墨趣写意，得白阳、青藤之趣。有《瓶庐诗稿》八卷。翁永孙辑《瓶庐诗钞》四卷、词一卷、文一卷。

翁同龢所作题画诗较多，也颇具真情实感，如《题二姊种菊补篱图》：

翁同龢书画作品

己丑九月，觚假满将还朝，二姊以是卷属题诗，岂复有诗意？乃作谣谚之辞以献。

上堂别阿姊，阿姊泪如雨。

问弟尔何为，行役苦不已？

久留固无名，简书况有程。

姊看随阳雁，汲汲南北征。

商声满天地，如羹亦如沸。

阿弟襟袂间，斑斑家国泪。

我泪岂妄挥，人生重乖违。

敬告世上人，弟兄莫分飞。

示朴吾姊夫，古之狂狷徒。

开编见题字，令我长嗟吁。

种菊复种菊，今年高过屋。

更待三五年，金英绚秋谷。

二姊，翁瑞恩，为钱振伦之继室，工诗词。诗中说"开编见题字"，指钱振伦之跋语。其《种菊补篱图跋》曰："余前室乐安君（任），讳兰英，曾写小像，手执双兰。及继室盐官君（翁）来归，自题所居曰兰菊簃，将以踵春畹之早芳，发秋丛之迟艳。犹忆咸丰辛亥（1857），自都南旋，言自故庐，僦居震泽，为沈氏礼耕堂。断桥流水，不闻市喧；蔓草荒烟，尚馀老圃。君乃麀禽华之色，编麂眼之篱。幽栖可安，吟事间作。临将北上，因写此图。"

诗人在序中说"岂复有诗意"，其实，此诗不仅诗情浓郁，而且感情真挚，其中阿姊的话尤为感人："问弟尔何为，行役苦不已？久留固无名，简书况有程"，"阿弟襟袂间，斑斑家国泪。"这里的"家国泪"并非虚妄之词。诗人忧国忧民，在他的题画诗中也有反映，如《三题章侯画博古牌刻本次韵》诗中说："愧我硁硁作计臣，曾无膏泽及民身。楚茶折阅吴绵贱，愁煞东南数郡人。"他的《迭前韵题陈章侯博古牌刻本》又说：

被发行吟楚大夫，不堪赢病恕狂奴。

箧中图画都捐尽，卖到长江万里图。

石谷此图，余所珍重，近亦付常卖家。

持筹无术愧庸臣，只恤民艰不恤身。

赤手能增无量数，桑羊孔仅尔何人？

翁氏虽然官高爵显，但为官清廉，"为晚清大吏中不腐滞、不悖国之开明派人物"[1]。其个人生活并不富裕，所以晚年竟至变卖家藏名画以维生。他在《题杨西亭东塔图示彀夫从孙》中也说："自我归田庐，田庐无可归。赁屋方塔下，闭户聊息机。"即使如此，他仍不忘苦难中的民众，诗中说"只恤民艰不恤身"，当是其肺腑之言，因而他感叹自己不能像汉代善理财的名臣桑弘羊、孔仅那样"赤手能增无量数"，以救济天下之贫民。其《端阳画虎便面戏题》是晚年之作，其诗是：

细草平畴缓缓行，英姿落尽窈毛轻。

十年食肉真无用，怜尔虚名误平生。

原诗注："相国生平在寅，每画虎题以寄慨。"可知这是一首自题画诗。十二生肖以寅属虎，诗人当属虎。诗的前两句写自己被革职后如虎落平阳，失去当年之威风。后两句写当权时未能辅助光绪帝完成变法之大业，深表悔意。诗中流露出拳拳爱国之心志。另有《辛丑中秋月出复翳夜坐悄然见荆门画漫题》也是诗人晚年作品，其二说：

一轮才吐晕微黄，又见浮云白渺茫。

我不胜寒何足道，琼楼玉宇有风霜。

这首诗全以自然景象的变化来暗喻当时急剧变化的政治气候，并借以表现自己之心态。此诗的可贵之处在于诗人虽被革职，但并不以自己之得失为念，而是担心国家之危局，即"琼楼玉宇有风霜"。此诗作于1901年，诗人已是风烛残年，但忧国之心不已，可谓终其一生。

第二节　洗辱牌下成长的"樊美人"

　　樊增祥是清末民初的著名诗人、词家，堪称一代诗宗。他一生共写诗、填词3万余首，是我国近代文学史上一位不可多得的高产诗人。

　　樊增祥（1846—1931），原名樊嘉，字嘉父，号云门，别号樊山，湖北恩施人。4岁时由母自课启蒙。十一二岁时通声律，能诗文，人称神童。但他却经历了一段离奇的成长之路。其父樊燮曾是湖南巡抚骆秉章麾下的一名总兵。一日，樊燮去长沙谒见抚台大人，抚台让他参见坐在旁边的师爷左宗棠。樊总兵不知道利害，参见师爷时没有请安，并振振有词："我乃朝廷正二品总兵，岂有向你四品幕僚请安的道理？"左宗棠盛怒，跳起来用脚踹樊总兵，还高声骂道："王八蛋，滚出去！"不久，朝廷下旨，樊燮被革职回籍。樊燮忍辱含垢，带全家回到恩施城梓潼巷故居，在正屋的侧面修一间两层的角楼，把左宗棠骂他的"王八蛋，滚出去"六个字写在小木板上，放在家里供祖宗神位的牌子下面，名为洗辱牌。从此，他重金聘请名师为两个儿子执教，不准两个儿子下楼，并且给两个儿子穿上女人衣裤，并立下家规："考秀才进学，脱外女服；中举人，脱内女服；中进士，焚洗辱牌，告先人以无罪。"樊燮每月初一、十五必带其二子跪拜祖先神位，在洗辱牌前发誓。后到抗日初期，史学家刘禹生到恩施"寻云门老辈故居"，仍见樊家楼壁上尚存稚嫩墨迹"左宗棠可杀"五字。樊增祥兄长早死，他不负其父所望，把对左宗棠的家恨埋在心里，发愤苦读十年经书，直至考秀才，中举人。洗辱牌前的教导，影响了樊增祥的一生。1861年，他随父来到宜昌。1870年，湖广总督张之洞到宜昌视察时，发现樊增祥的诗文才华，很是赏识，并推荐他担任潜江书院的讲席。1878年秋，樊增祥入荆州幕府，冬天又到武昌张之洞幕府充当幕僚。张之洞成为樊增祥的官场导师和后

樊增祥

台。张之洞劝导樊增祥不要专攻词章之学，要多做经世学问，"书非有用勿读"，引导樊增祥在社会中立足，并走上仕途。1875 年，樊增祥第一次精选自己 1870 年后所写的 500 多首诗词，分上下两卷编为《云门初集》。张之洞赞其在诗词创作方面表现出"精思、博学、手熟"的惊人才华，往往能把"人人意中所欲言而实人人所不能言"的内容，恰到好处地表现在自己的诗词中。

1877 年，32 岁的樊增祥进京会试，终于考中进士。樊家在恩施、宜昌两地迎宾宴客三天，当众烧掉了"洗辱牌"。1884 年，樊增祥前往陕西宜川任知县，走上仕途。执政期间，他虽"劳形案牍，掌笺幕府，身先群吏"，但仍在闲暇时间"结兴篇章，怡情书画"，将自己的诗词整理编成 20 余集。1894 年，第一次将自己的作品集付梓。

1900 年，八国联军进犯中国，清政府节节败退。樊增祥受命到安徽等地招募兵士，以抵御外犯。不久，又受命回西安。慈禧太后认为樊增祥"置身机要""智精过人"，下旨樊增祥进京，"自今机要文字，可令樊增祥撰拟，乃当秘之，勿招人忌也。"樊到任后，在朝廷中增设政务处，负责处理军机政务。1904 年，升任江宁（今南京）布政使。他的诗作《中秋夜无月》中说："亘古清光彻九州，只今烟雾锁浮楼；莫愁遮断山河影，照出山河影更愁。"借中秋天阴无月，抒发了山河破碎、不堪入目的感慨。

1909 年至 1911 年 5 月，樊增祥积极支持保路运动。但辛亥革命爆发后，他却站在革命的对立面。1912 年后，无可奈何地定居北京，退居民间，过着穷困潦倒的生活。为了生计，樊增祥甚至去给比自己小 38 岁的梅兰芳当文词老师，给其修改戏曲文词，聊以糊口。经樊增祥修改过的《贵妃醉酒》《霸王别姬》《洛神》等京剧的道白与唱词颇有文采，这对于梅兰芳在京剧上形成自己独特的艺术风格也起到一定的辅助作用。

樊增祥以诗才称于世，是晚唐诗派的代表诗人。但他兼采唐宋，以张之洞提出的"宋意入唐格"为纲领，喜用典，讲对仗，"尤自负其艳体之作，谓可方驾冬郎（韩偓）"（陈衍《石遗室诗话》）。因而有"樊美人"之称。其长篇歌行《彩云曲》《后彩云曲》，写名妓傅彩云（赛金花）之事，一时传诵，时人比之于吴伟业之《圆圆曲》。他也擅长骈文与词，骈文铺排自

如，很有文采。词作情味浓厚，清丽典雅。他与周树模、左绍佐并称"楚中三老"，与易顺鼎一起被称为两湖诗坛之"两雄"。又与李慈铭、陶子珍、袁爽秋常有唱和，过从甚密，有"李樊""陶樊""袁樊"之称。他又擅红梅诗，与擅写白梅诗的敬安和尚并称"红梅布政，白梅和尚"。有《樊山全书》。

樊增祥的一生也写下了许多题画诗词，其题画诗《自题小影》四首，感慨身世，颇具情韵，其一是：

> 春后孤花病后身，渡江洗马减风神。
>
> 十年前事谁能记，洛下羊车看璧人。

这首诗是诗人在辛亥革命爆发后避居沪上时所作。他从人生的巅峰跌入谷底，心烦身病，此时虽有春花悦目，仍不免感到孤寂，再无往日之"风神"。不过，十年前的风流往事却没有忘记。诗中引用《卫玠别传》典：卫玠"龆龀时，乘白羊车于洛阳市上。咸曰：'谁家璧人？'于是家门州党号为璧人"。"璧人"，即仪容美如玉之人。这里诗人以卫玠自比。

樊增祥的题画词也有抒发山河破碎的感慨之作，如《菩萨蛮·题马士英〈千峰夕照图〉》：

> 桃花扇底虫沙劫，南都乔木伤心色。残照下西岑，难为瑶草心。
>
> 天边百雁过，金粉江山破。莫污女郎名，江南冯玉瑛！

马士英，字瑶草，明末人，有画名。明亡，拥立福王于南京，任东阁大学士，进太保，专国政，与阮大铖相勾结，排除异己。清兵破南京，马士英出走。一说降清变节，为人所不齿。词人似从后说，故说："莫污女郎名，江南冯玉瑛！"冯玉瑛，金陵妓，善画山水，笔法纵逸。或曰实无其人。张浦山谓，人恶马士英瘝节，悉改其画款姓名为冯玉瑛。此词既斥马士英，又抒自己的家国之痛，是樊增祥爱国题画词的代表作。其另一首题画词《贺新凉·题〈秋江菱榜晚霞图〉》则是"艳体"之作，其词是：

> 照影清波里。映秋汀、菱花一剪，晚霞明丽。镜里春人红裳薄，刚似芙蓉并蒂。有无限、夕阳诗思。蘸取明珠多少泪，染情天、一抹

鲛绡紫。浑未隔，绛河水。　　潇湘旧爱牵芳芷，甚新来、凉蘋罢采，玉珰双系。侧帽花间填词客，只合香吟粉醉。早料理、双鬟钗费。一舸霞川寻梦去，唤杨枝作姊桃根妹。谁会得，五湖意？

《秋江菱榜晚霞图》为李慈铭所绘，是游冶之作。而词中"侧帽花间填词客，只合香吟粉醉"，也写画境，并无深意。但此词在写法上却有特点：先写照影清波，映出"秋汀、菱花"，再写镜里"春人"，如水中并蒂芙蓉。水清如镜，镜水不分，亦花亦人，如梦似幻，真"如一缕游丝，空中荡漾"（张德瀛《词征》卷六）。中间一段写河水新凉，双鬟罢采，也由画景生出。最后写"一舸霞川寻梦去"，既与开头相接，又点出词人之"五湖意"。丝丝相扣，笔笔应画。

第三节　爱国诗僧"梅花和尚"

释敬安（1851—1912），是近代著名爱国诗僧，在僧俗两界享有极高的名望。其俗名黄读山，字福馀；法名敬安，字寄禅。湖南湘潭人。幼年随母拜月，喜母亲为他讲述仙佛的故事。7岁丧母，12岁丧父，辍学为人牧牛，常读诵于牛背上。避雨村塾，听诵唐诗"少孤为客早"之句，凄然泪下。塾师周云帆许以服杂役代学费。周殁，至富家伴读，辄受呵斥；改习工艺，常遭雇主鞭打。感慨身世，遂于清同治七年（1868）投湘阴法华寺出家，礼东林长老为师。在南岳祝圣寺从贤楷和尚受具足戒。次年，闻衡阳歧山仁瑞寺恒志禅师倡苦行修道，冒雪往参，为苦行僧，执饲犬役。力行"千疮求半偈"之说，燃顶48处，燃颈至腹108处。同治十年（1871），至巴陵看望舅父，登岳阳楼。友人分韵赋诗，敬安澄神跌坐，下视湖光，一碧万顷，得"洞庭波送一僧来"诗句。诗作得王闿运指教，为王门四大弟子之一。光绪初，东游浙江。光绪三年

释敬安

（1877），在宁波四明山阿育王寺佛前剜臂肉如钱者三四块，注于油中燃灯，又在佛舍利塔前烧残两指，因号八指头陀。此后七年，住禅宗四大丛林之一的宁波四明山天童寺，漫游吴越，自知读书少，刻苦读书识字，"四山寒雪里，半在苦吟中"，走的是一条先学诗后读书识字再写诗的特殊道路。历为衡阳大罗汉寺、南岳上封寺、大善寺、宁乡沩山密印寺、湘阴万福禅林及长沙上林寺等住持十七年，广交名流，参加碧湖诗社，步入诗坛。光绪二十八年（1902）再至浙江，住持天童寺。在他的擘划下，选贤任能，百废俱兴，夏讲冬禅。经过数年经营，终于使天童寺成为海内著名大刹。光绪三十四年（1908），宁波成立僧教育会，寄禅被推举为会长。1912年，中华佛教总会成立于上海，他又被诸山长老推举为第一任会长。在此期间，他亲赴南京，谒见临时大总统孙中山先生，吁请保护寺产。后来，湖南安庆发生攘夺寺产、销毁佛像事件，当地僧侣联名具状内务部，请求回复，而民政司长抗不行文。寄禅应湘僧之请，约请各省僧界代表，赴北京请愿。寄禅于11月1日抵北京，寓宣武门外法源寺。旋与法源寺方丈道皆法师赴内务部陈情。该民政司长态度蛮横，未获结果，乃愤而返回法源寺。刚下车，即胸部作痛，身体不适。亟就榻休息，侍者亦各归寝。明日晨往视，已圆寂。时为1912年11月2日。北京各界千人追悼，归葬宁波天童寺前青龙岗冷香塔。

释敬安学佛未忘济世，早在清光绪十年（1884）秋，闻法舰袭我基隆、闽江，顿时怒不可遏，誓要亲赴国难奋勇杀敌，后为友所阻。当日本侵略中国时，其《寄日本冈千仞》诗中有"中日本来唇齿国，掣鲸休使海波生"句，希望友人能反对日本的侵略行径。晚年曾掩护从事反清的栖云和尚。清光绪三十二年（1906），向前往天童寺附近采集标本的师生大声疾呼：外国侵略者"将以奴隶待我中华"，要求师生以"卧薪尝胆""铁杵成针"的精神唤醒"睡狮"。曾云"豺虎未平空有恨""国仇未报老僧羞"。《感事呈叶吏部》诗前两联说："时事空如此，神州将陆沉。宁堪忧国泪，忽上道人襟。"《江北水灾》诗，反映水灾惨象，末云："冻饥死路隅，无人收其尸。伤心那忍见，人瘦狗独肥。"其诗作把爱国忧民的思想与佛家悲悯众生的教义融而为一，故人称他为近代爱国诗僧。

释敬安口吃字拙，而一生作诗不辍。早年其赠友诗有"花下一壶酒"句，书至壶字忘其点画，遂画一壶酒代替。友人强其为书，则笔画错落左右易位。虽然如此，他一生还是留下了2000多首诗作。就数量而言，与历代诗僧相比，是极其可观的。与苏曼殊、李叔同等近代诗僧相比，其作品数量也超出许多。苏曼殊、李叔同作诗之外，更以绘画、音乐、小说等肆志，而敬安和尚专一倾心诗道孜孜不倦，尚未一停手。他曾经为了吟安一句联语深叹"须易根根断，诗难字字工"，冥思苦索十年始成一律。一个几近文盲的僧人能有如此的毅力坚持作诗，恐怕很难以嗜好两字概括。

释敬安的题画诗也和他的为人一样关注现实，如《农民暮归图》：

> 荷锄日日去耕耘，农事辛勤不可闻。
> 薄暮归来何所有？一肩明月半篮云。

这首诗作于清光绪四年（1878），当时在外国列强的宰割和清政府的残酷压榨下，民不聊生。诗人通过题图，真实地反映了农民的清贫和疾苦。"一肩明月半篮云"句，看去似乎很浪漫，但实际上是说空手而归，一无所获，并且"明月"和"云"，点出时间之晚和山路之高，言农民劳动之艰辛。

由于释敬安一生苦读苦吟，并善于推敲炼字，所以留下了许多令人悠然神往的名作名句，如广为传诵的"三影"："马蹄踏人影""鱼嚼梅花影""横窗鬼绿影"。而他的一首题画诗《题〈寒江钓雪图〉》中就有其中一"影"：

> 垂钓板桥东，雪压蓑衣冷。
> 江寒水不流，鱼嚼梅花影。

此诗作于清光绪十年（1884），为作者早期代表作之一。画意显然取自柳宗元《江雪》诗的"孤舟蓑笠翁，独钓寒江雪"，而释氏的题诗则与柳诗大异其趣。起句交代垂钓地点，"板桥"使人联想起温庭筠名句"人迹板桥霜"，已觉几分寒意。次句以"雪压"托出大雪纷飞景象，着意渲染寒冷气氛。第三句承"冷"字再递进一层，"水不流"不仅说明"江寒"已几近结冰地步，而且衬托出诗人心静如止水。结句"鱼嚼梅花影"是全诗的点睛之笔。着此一笔，全诗皆活，于严寒中透出生机、冷峻中透出禅味，神韵顿出，妙趣横生。它与前三句接榫无痕，使寒江、飞雪、蓑衣、游鱼、梅影等种种形象浑然一体，把全诗升华到人与自然和谐相处的全新境界，给人以回味无穷的感受。但是作为"白梅和尚"代表作的题画诗还是《梅痴子乞陈师曾为白梅写影属赞三首》，其诗是：

> 一觉繁华梦，惟留淡泊身。
> 意中微有雪，花外欲无春。
> 冷入孤禅境，清于遗世人。
> 却从烟水际，独自养其真。
>
> 而我赏真趣，孤芳只自持。
> 淡然于冷处，卓尔见高枝。
> 能使诸尘净，都缘一白奇。
> 含情笑松柏，但保后凋姿。
>
> 寒雪一以霁，浮尘了不生。
> 偶从溪上过，忽见竹边明。
> 花冷方能洁，香多不损清。
> 谁堪宣净理，应感道人情。

这三首诗写梅抒情，表达了诗人崇高幽洁的旨趣。其中第三首诗着力描写静谧的境界：茫茫世界，雪霁天清，万籁俱寂，全无浮尘。竹边白梅，分外眼明。而"花冷方能洁，香多不损清"一联是一篇之警策，它不仅对仗工稳，而且以梅花之品格衬托自己之心志，言浅意深，韵味悠长。

第四节　亦诗亦画亦有情

新时期的题画诗人一般都能画，其中有的以诗名世，也擅画；有的则以书法著称，偶作画。由于他们都深谙画理，所以他们的题画诗大多富有诗情画意，这些诗人主要有林纾、沈汝瑾、李瑞清、赵石、黄节等。

林纾（1852—1924），是近代有影响的文学家，也是题画诗人。原名群玉，字琴南，号畏庐、冷红生，福建闽县（今福州）人。光绪八年（1882）举人，曾任教于京师大学堂。自光绪二十三年（1897）起，陆续译出外国小说180余种，其中不乏外国名著。他不懂外文，据别人口述而译，其译文虽不尽忠实于原文，但简洁传神，时杂谐趣，颇有情味。他早年曾参加过资产阶级改良主义的政治运动，后思想转为保守。他能诗擅画，画以花鸟见长。晚年工山水画，近似戴熙，作品多为工细渴笔。著有《畏庐文集》《畏庐诗存》《春觉斋题画跋》等。

林纾

林纾的题画诗多以山水画为题材，恬淡闲适，风格婉约，如《题画》：

> 连日秋阴欲雨时，鲈鱼逐队过清漪。
>
> 人生得钓桐江水，不着羊裘亦可儿。

这首诗描绘了秋江秋雨时鲈鱼在清波中畅游的画面，由此而想到东汉隐士严光当年身披羊裘在桐江垂钓的情景。感叹只要得过闲适生活，不着羊裘也是性行可取之人。此诗当作于晚年，诗人生活安逸，诗风也趋于恬淡。又如《题画三首》其二：

> 无穷山翠扑空庭，静极偏宜读道经。
>
> 可惜无人携酒过，虚明闲杀半山亭。

这也是一首自题画诗。诗中描写了一派静谧的景象：无穷的山翠笼罩着空庭，因"无人携酒过"，想学陶渊明也不可得。在这极静的环境里最宜"读道经"，这说明诗人的心也如枯井水，不起波澜。这样的心态，与他早年投身于火热的政治斗争时的作为已判若两人。但是，林纾并未完全忘记现实，在他的题画诗中，也偶有提及，如《自题赤壁图》：

> 七月黄泥坂下舟，一时胜事说黄州。
> 鄂西近在兵尘里，月夜何人续夜游？

《赤壁图》是作者所绘的一幅山水画，现藏于山东艺术学院。此诗是从"壬戌之秋，七月既望"，苏轼与客泛舟赤壁写起，然后笔锋一转，回到战火纷飞的现实，于是发出"何人续夜游"之慨叹。

林纾的题画诗虽然都是描绘山水小景，很少有壮阔的画面，但诗人却能在寥寥数笔中写出颇为生动的场景，栩栩如生，使人有身临其境之感，如《题画》二首其一：

> 危栈粘天路不分，鞭丝帽影印斜曛。
> 半程微觉驴鞍湿，记犯山腰一阵云。

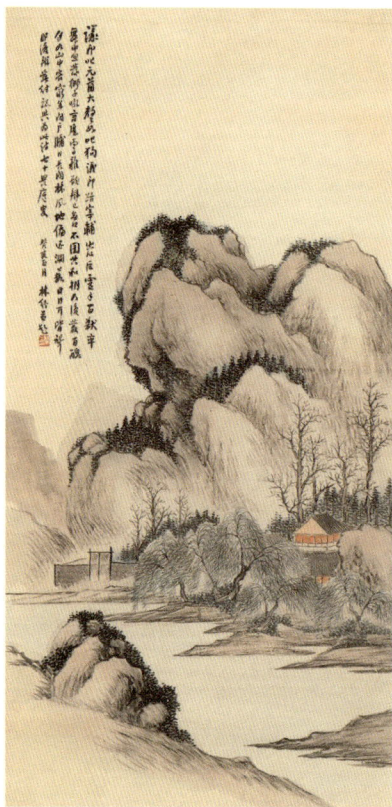

林纾绘画作品

此诗将静态的画面化为动态：山路高危，栈道连天，一个"粘"字，将"危栈"与"天路"叠在一起，浑不可分。此时行路者的"鞭丝"、"帽影"与"斜曛"相印，并随驴子的前行而不断变化。诗人仿佛正骑在驴背上，忽然"微觉"驴鞍已湿，原来是行至山腰时曾穿过"一阵云"，正所谓"入云深处亦沾衣"。诗人完全突破画面的局限，描写细致入微，既有外景的触发，又有自身的感受，题画诗写得如此形象生动，真令人叹服其艺术造诣。

他的题画诗也有谈到自己画艺的，如《题画》五首其五：

> 平生不入三王派，家法微微出苦瓜。
> 我意独饶山水味，何须攻苦学名家。

　　林纾对自己在画坛独辟蹊径之创造颇为自负，他既不学清初王时敏等人摹古画派；也不完全走苦瓜和尚石涛之路，只是"微微"借鉴而已；而是"独饶山水味"，开创自己的新画风。

　　沈汝瑾（1858—1917），字公周，号石友，又号钝居士，常熟（今属江苏）人。诗学杜甫，上溯汉、魏，下逮宋、元，而不受虞山派影响。其诗悲慨国事，讽刺统治阶级的罪恶，反映人民的苦难。擅书画，有《鸣坚白斋诗集》。《题昌硕〈山海关从军图〉》是其题画诗的代表作：

> 君生未识边塞秋，一官懒散如海鸥。
>
> 忽衣短后跨鞍马，饮器欲漆倭奴头。
>
> 倭奴寇边势飘忽，朝鲜沦为虎狼窟。
>
> 长驱直渡鸭绿江，杀气冲霄惨边月。
>
> 是时湘军未败衄，树旗招降冀倭服。
>
> 雅歌投壶主将间，椎牛纵酒三军乐。
>
> 雄才专待书露布，筹边未借筵上箸。
>
> 怀人梦醒五更筊，关中白云关外雨。
>
> 老亲白发愁倚闾，病中远寄塞上书。
>
> 军功不换啮指痛，归舞莱彩为亲娱。
>
> 烟尘漠漠开画图，辽东十万白骨枯。
>
> 书生报国徒慷慨，未能执殳为前驱。
>
> 主忧臣辱谁致死，胜算惟知议和耳。
>
> 流民扶携西入关，胡不图之献天子。

　　这首诗写吴昌硕于光绪二十年（1894）随吴大澂赴山海关从军抗日，后因继母病危而回沪，"军功不换啮指痛"。诗人在感叹"书生报国徒慷慨"之余，更为"辽东十万白骨枯"而痛心疾首，并直斥朝廷"议和"投降而造成流民遍野。为此，他建议画家"图之献天子"，其忧国忧民之心可见。在另一首《题画菜》中，诗人同情人民的感情更为真切："菜根稀，菜叶肥，闭门种菜可疗饥。食菜胜于食鸡肋，愿天下人无菜色。"《题松禅居士〈纸鸢图〉》则是感叹翁同龢不幸际遇的，也较为有名，其

诗是：

> 云霄万里远跻攀，鸷鸟群中独往还。
>
> 一线升沉难自定，罡风吹断落青山。

"松禅"，是翁同龢晚年之号。这幅《纸鸢图》是他所画。鸢，为老鹰。古代风筝上常画有老鹰，因此称风筝为"风鸢"，也称"纸鸢"。明代画家徐渭擅画《风鸢图》，并自题诗30余首。这首题诗显然受到徐渭的《题〈风鸢图〉诗》的影响，但不同的是，他不是为了讽刺时弊和恶人，而是为了赞扬翁同龢敢于改革时政，"鸷鸟群中独往还"，并为其不幸被革职而鸣不平。

李瑞清（1867—1920），字仲麟，又字梅庵，江西临川人。光绪二十一年（1895）进士，选庶吉士。曾任江宁提学使、西江师范学堂监督等。辛亥革命军起，江宁城破后，自为道士装，自署名清道人。精书法、绘画。其诗与王闿运、邓辅纶风格相近。有《清道人遗集》等。他的题画诗多反映诗人在社会变革中看不到出路的哀伤和感叹，如《题徐文长画白菜莱菔》：

> 极目寒江霜气清，鸡虫得失自纵横。
>
> 闭门不管人间世，湿苇空庖煮菜羹。

诗人生活于动荡年代，各种势力蜂起，战乱不已。他似乎看不清革命潮流的走向，认为当时的一切征战都不过是"鸡虫"之争，于是便闭门而居，清贫自守。面对激荡的社会变革，他只能徒唤奈何："孤根闭幽岩，坐视时运易。不能回岁寒，后凋复何意！"（《自题画松便面》）另一首《题九秋图》更为典型：

> 荆棘参天大地芜，千红万紫总模糊。
>
> 人间久已无春色，共写秋心入画图。

诗人看到连年的战乱造成田园荒芜，感到人间似乎"已无春色"，同时又因看不到新兴的革命势力，觉得"千红万紫"也一片模糊。此诗既在一定程度上反映了现实，又透出知识分子的思想苦闷。从这个意义上说，这首诗所揭示的一部分知识分子的内心世界，可谓具有一定的时代性和代表性。

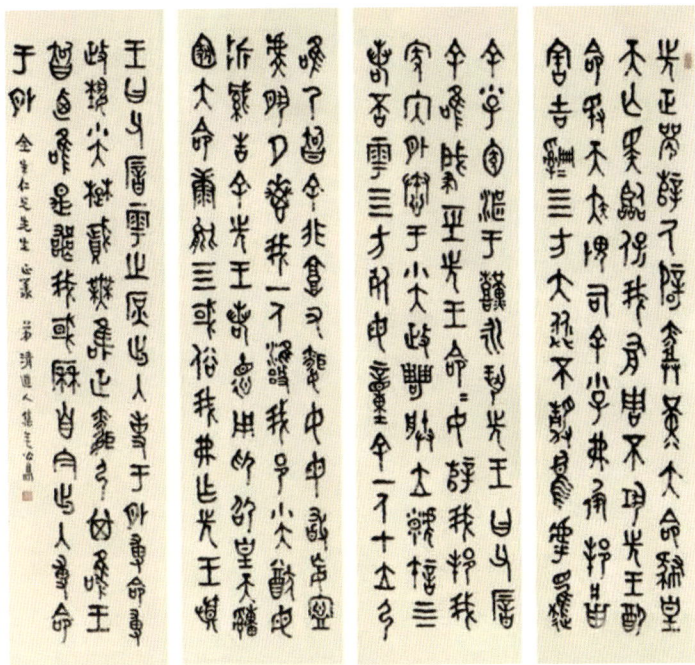

李瑞清书法作品

赵石（1873—1933），字石农，号古泥，自号泥道人，常熟（今属江苏）人。自幼早失慈母，只读过三年私塾，曾在邻村小药铺当过学徒工。后在另一药店供职时，正值有人倡导青少年习字刻印，他每天夜半即起，临池苦练，曾在第一次评比中获得三斤菜油的奖励。后得同乡李虞章先生发蒙指导，见闻渐广，艺事大进。据赵石的女儿、篆刻家赵林介绍，一次"吴缶老（昌硕）来常熟，李先生即把我父亲介绍给缶老，而且拜了门"。昌硕先生观其作品后，十分赞许，不仅授予刻印要诀，并劝其辞去药店工作，介绍他到常熟的好友、收藏家沈石友家中学艺，以增广见识。在沈家三年，赵石读书诵诗、学书习画、鉴别古物、大补印外之功。期间，还为沈石友刻制过100多方端砚的砚，拓成《沈氏砚林》四卷被艺林视为珍品。平生治印在万钮以上，铜印、玉印尤佳，弟子邓散木得其嫡传。行、楷宗颜真卿，与翁同龢如出一手。偶作画，似李复堂。

赵石为人亢直，疾恶如仇，素敦信重义，乐意助人。其弟早亡，遗下妻室及5个子女，赵石抚育20年。病危时对妻子说："我是乡间一个小人物，跟随士大夫一起，得到了一点名望。现在活到60岁，老天总算没有亏待我。"他立下遗言，不立后嗣，死后俭丧薄葬，并自己题了墓名为"金石龛"。其著作主要有《赵泥古印存》《泥道人印存》《泥道人诗草》《枫园画友录》等。

钱仲联评价赵石说："石农先以篆刻名，书法特余技耳。书成又学画，因题画乃学诗。偶作韵语，必有奇趣。"（《梦苕庵诗话》）《题〈牡丹〉》便是其题画诗的代表作之一：

> 惯写疏花笔底寒，写成只合自家看。
>
> 欲惊世眼须煊烂，且把燕支画牡丹。

此诗似取意于宋代画家李唐的一首题画七绝，李诗为："云里烟村雨里滩，看之容易作之难。早知不入时人眼，多买胭脂画牡丹。"这两首诗都是由画牡丹而寄意，针砭时俗，但也有明显之不同。李唐是著名的山水画家，以画水墨山水云雾见长，却不为世风所崇尚，所以心中极度不平；而赵石并不以画名世，他只是"偶作画"，虽然也不满于世人只欣赏"燕支画牡丹"，但较为心平气和。李唐诗中感叹自己创作水墨牡丹的甘苦，不为时人所知；而赵石则是"惯写疏花笔底寒"，安然自适，有一种淡泊名利的气度和情趣。从表达方式上看，李诗是反话正说，以反诘语气出之；而赵诗则是平述，似乎淡定平和，但于悠然之中又有几分不平之气。

黄节（1873—1935），初名晦闻，后改名节，字玉昆，号纯熙，广东顺德人。宣统元年（1909）春加入同盟会，次年加入光复社。后又与梁鼎芬、姚筠等于广州开后南园诗社。民国六年（1917）后，任教于北京大学、清华大学。民国十七年（1928），一度出任广东省教育厅厅长。擅诗，一生宗仰陈师道，曾得到同光体诗人陈衍、陈三立的赞扬，但诗风却与同光体不同。张尔田将他和屈大均、顾炎武并举，谓"得君而三"。有

黄节

《蒹葭楼诗》。黄节也能画，所作题画诗较多。其代表作为《二月十二日过新汀屈翁山先生故里，望泣墓亭，吊马头岭铸兵残灶，屈氏子孙出示先生遗像，谨题二首》：

> 式闾过里独彷徨，尽日追寻到此乡。
> 一族义声存废灶，孤臣词赋痛浮湘。
> 更谁真意绅诗外，不减春阴过夕阳。
> 我愧长沙能作赋，摄衣来拜道援堂。
>
> 西北经营似有无，荒原草木待昭苏。
> 事难语世终多佚，名已从僧且易芜。
> 著述尚闻传大岭，丛残曾见落三吴。
> 载凭遗像殷殷祝，自有精心在八区。

这两首诗是为悼念屈大均而作。屈大均，字翁山，明末清初著名诗人。清兵入粤时，曾参加抗清队伍。明亡后，削发为僧，中年还俗，改名大均。第一首诗写诗人过屈大均故里时的感怀。第二首诗是为屈大均名已沉寂和其著作散佚而感叹，其矛头直指将屈大均诗文列为禁书的清政府。此诗感情忧愤、悲凉，内涵丰富，大有屈大均之诗风。

黄节与近代著名画家黄宾虹常有诗画往来，也留下许多题画佳作，如《自题蒹葭图寄黄宾虹索画》：

> 愁入蒹葭不可寻，闭门谁识溯洄深？
> 江湖一往成回首，风露当前独敛襟。
> 遗世尚多今日意，怀人空有百年心。
> 凭君为写伤秋句，应与鸣条和独吟。

《诗·秦风·蒹葭》中云："蒹葭苍苍，白露为霜。所谓伊人，在水一方。"诗人自画一幅《蒹葭图》寄给黄宾虹，并索画，可知是怀人之作。这首七言律诗虽对仗略显不工，但感情深挚。这是因为他与黄宾虹志同道合，是莫逆之交。另一首《报宾虹寄画》，与此首诗是姊妹篇，是为酬谢黄宾虹寄画而作，其诗是：

> 青山忽飞来，置我几席间。
>
> 如何所思人，梦寐空往还。
>
> 苍波淡将夕，木叶秋渐阑。
>
> 孤松郁奇姿，远峰修秀鬟。
>
> 知非貌云林，意复高荆关。
>
> 万事托笔端，于世真闲闲。
>
> 迩来我为诗，视子尤辛艰。
>
> 朝叩少陵扉，夕抗昌黎颜。
>
> 念枯每微喟，意拙宁多删。
>
> 一艺恐无成，区区同所叹。

从首两句看，黄宾虹所寄当是山水画。于是诗人便在状山绘水中，既寄思友之情，又含赞画之意。并在赞叹黄画的同时，联系自己"为诗"之甘苦，在自负中又有自谦。此诗很好地处理了景与情、诗与画、人与己之关系，即景生情，因画及诗，人、己并叹，相得益彰。他的《为胡夔 文题戴鹰阿山水画册十二首》也是一组较好的题画诗，试看其中之一首：

> 点缀溪山着此翁，扶筇尽日倚高松。
>
> 悬知四海皆秋气，却爱残阳晚更红。

此诗是为戴本孝的山水画册而题。戴本孝是清代著名画家，隐居于鹰阿山中，故自号鹰阿山樵。诗中的"此翁"即指此人。他以山水画名世，也善画松梅。其父重，有气节，明亡绝食而死。本孝也不慕荣利，一生不仕，所以诗中赞颂他"倚高松"的清旷之节。

第五节　宋派诗代表人物陈曾寿题画诗

陈曾寿（1878—1949），字仁先，号耐寂、复志、焦庵，家藏元代吴镇所画《苍虬图》，因以名阁，自称苍虬居士，湖北蕲水县（今浠水县）巴河陈家大岭人，状元陈沆曾孙。

光绪二十九年（1903）进士，官至都察院广东监察御史。入民国，筑室杭州小南湖，以遗老自居。后曾参与张勋复辟、伪满组织等。书学苏东坡，画学宋元人。

陈曾寿

陈曾寿既是书画家，也是著名诗人，为近代宋派诗的代表人物。与陈三立、陈衍齐名，时称"海内三陈"。其诗先效法杜甫、李商隐，后学宋人，是"同光体"派的重要成员。陈衍说他有"韩之豪，李之婉，王之遒，黄之严"[2]。陈祖壬亦称其"出入玉溪、冬郎、荆公、山谷、后山诸家以上，窥陶杜，志深味隐，怨而不怒"[3]。晚年诗风"则渐归于淡远"。钱仲联认为其"集中咏松、咏菊以及游山水之作，最称杰出。南湖诸作，足与瓻庵争胜"[4]。

陈曾寿也擅词，虽然数量不多，但颇有佳作。龙榆生曾评述："强邨先生晚岁居沪，于并世词流中最为推挹者，厥惟述叔（陈洵）、仁先（陈曾寿）两先生。"其弟陈曾则在《旧月簃词序》中称其"喜诵苏长公'大江东去'、'明月几时有'及辛弃疾'千古江山'、'更能消几番风雨'之词，亢声高歌，跌宕而激壮，闻之令人气长；又喜吟李易安'萧条庭院'诸阕，如泣如诉，哀怨凄楚，闻之又不胜回肠荡气，低徊而惆怅也"。由此可知，陈曾寿词既有苏、辛慷慨疏放之风格，又有李清照词婉转蕴藉之韵致。

有《苍虬阁诗集》《旧月簃词》等。

陈曾寿是清帝旧臣，在观念或感情、行动上，都把溥仪视为不贰主上。他说："深恩聊忍死，绝遇只伤神。"（《本性》）即使溥仪在长春成立伪满洲国，他仍保持若即若离的关系。不过，最后终因反对日人干预而决然辞职，表现了一位士人的气节。由于他对溥仪有恋主之情，所以其题画诗词表现这一主题的作品颇多。但在"外务"上，则又表现强烈的爱国之情，如《甲辰岁日本观油画庚子之役感近事作》：

> 我昔东游何所睹？山川步步伤甲午。
> 忽观壁画使我惊，身入庚子天津城。
> 干霄烽火飞霹雳，合围虏骑纷纵横。
> 残军一旅据水次，鼓声已死犹力争。
> 大旗红折惊飚斜，半残马字飘尘沙。
> 颓垣下照白日淡，妖红一丈龙船花。
> 神伤魄动愁逼视，太息沙场生尺咫。
> 却归故国吊遗墟，不见烟尘双阙起。
> 天崩地坼无由逃，其雨杲杲寒霾消。
> 谁翻残局作胜势，气盈脉偾酣醹醪。
> 水晶之宫何岧峣，五侯甲第争相高。
> 龙武新军气矜豪，劫人黑夜胡国刀。
> 河伯汪洋轻海若，大人游戏连群鳌。
> 寸地尺田树荆棘，中央四角酬天骄。
> 不闻韶州遣使祭，谁当社饭长攀号。
> 挂冠汲黯留不得，吞声杜老空悲骚。
> 出辱下殿那可再，坐抚往事忧心忉。
> 云愁海思无断绝，五陵石马风萧萧。

这是一首为油画所题的诗，是题画诗的罕见品种。清光绪三十年（1904），时年26岁的陈曾寿以领队赴日本留学，居三月而返。这首诗便写于留日期间。此诗由观日本油画生感，回顾清光绪二十六年（1900）八国联军由天津入侵北京的历史悲剧。从此，中国陷入空前的灾难，险遭瓜分，最后签订了丧权辱国的《辛丑条约》。诗人"坐抚往事忧心忉"，充满了对"胡国"的激愤，表达了深深的爱国之情。

陈曾寿题画诗的另一个特点是往往因梦而题。有人说，艺术家的全部秘密在于心灵的自由，而梦境是放飞自由的绝佳途径。因此，艺术家常常靠"托梦"来表达自己的旨趣和对人生的态度。古今中外，多有所见。如法国的亨利·卢梭就是一位以画梦为主题的著名画家。陈曾寿的梦画及其题诗大致可分三类：一类是梦他人作画，醒后记以诗，如《一夕梦至陈仲恕园中花木郁然，有小精室，为予画竹一幅，题语甚多，壁间悬尊人蓝洲先生山水小幅，尤精妙，醒记以诗》。另一类是梦见他人诗，醒后请人作诗意图，自己复题诗，如《梦莘田出诗一卷皆咏梅花也，因倩松庵画梅寄莘田》。还有一类是自己梦中作画，醒后复为梦中之画题诗，如《纪梦》。其诗是：

> 仲冬廿三夜，霜重气惨凄。
> 小极拥衾卧，入梦初不知。
> 手画寒菊卷，枝叶纷离披。
> 揽之不可尽，俄化龙夔跎。
> 回旋昵我旁，意若相护持。
> 是时寒嗽作，痰汩汩若麋。
> 时时唾之盂，若以印印泥。
> 泥印满图卷，携之踏荒蹊。

这首诗很奇特。此"菊"是诗人梦中画上之物，然后由画物幻化为实物，又由植物幻化为动物，再幻化为病中诗人家庭中之一员；而他再由"痰"幻化为种菊之泥、钤印章之印泥，并将自己与菊水乳交融在一起。如此绝妙地表现出潜意识中与菊的亲密关系，同时又描写一次绘画的完整过程，真令人称绝。其中"嗽痰"的运用，简直已与20世纪初西方现代派的艺术手法同步了[5]。

陈曾寿虽然自称诗学黄（庭坚）、陈（师道）、李义山，但学陶（渊明）的成分似乎更多，或谓："糅融渊明、义山和山谷三家神形，再运以自家气质色彩的产物。"[6]就这首《纪梦》而言，除诗体似陶外，其爱菊之痴情也和陶渊明毫无二致。此外，其《题孙隘堪南窗寄傲图卷》也有深深

的学陶痕迹:

> 南窗容膝安,北窗卧风凉。
>
> 栋宇自魏晋,斯人自羲皇。
>
> 一世没沧海,微木堕渺茫。
>
> 啸傲复何心?有寄乃非狂。
>
> 谁与同此趣,今见孙平阳。
>
> 所未似渊明,读书精且详。
>
> 龙鳞积岁月,三径犹未荒。
>
> 图中义熙人,顾影何堂堂。
>
> 情无冬心翁,为图辫发长。

　　这首诗从思想到艺术风格都酷似陶渊明,语言平易,几不用典,恬淡自然,诗风疏朗。这种风格在他的题画词中也多有表现,如《鹧鸪天·题清微道人画兰》等。但陈曾寿的题画诗也有陶渊明"金刚怒式"的作品,如《题五月骑驴入华山图》:

> 华山之高孰可攀,青崖白谷非人间。
>
> 天生芳臭不并世,待时敛翼归名山。
>
> 山中师友足磋砺,读书被褐方悠然。
>
> 大云舒卷一千里,三峰屹立凝苍颜。
>
> 僭窃当途迄典午,避秦见志渊明贤。
>
> 草付风云偶会合,犹可牵连三十年。
>
> 千年一清圣人在,河流到海何时还?
>
> 六朝五季并乱世,持校今日犹非艰。
>
> 五岳峥嵘在天地,渺然人物空云烟。
>
> 渔洋山人际盛世,赋诗送远摹高骞。
>
> 戴生务旃画笔好,奇气还仗诗人传。
>
> 我事丹青易升斗,日储月敛惟忧煎。
>
> 聊图故事寄愧慕,嵯峨窈寐长周旋。
>
> 何时真人定六合,坠驴绝倒希夷仙。

这首诗的前半部写得大气磅礴，似有吞云吐雾之慨；而后半部则转写诗人王士禛和画家戴本孝的际遇以及自己鬻画谋生的生计，诗调渐趋低缓。诗中说"戴生务旃画笔好，奇气还仗诗人传"，提出的画以诗传的观点，强调了题画诗的作用，颇值得重视。他的另一首《题梅道人画松》也气势不凡：

> 昔我病中展此画，扑逐真气归羸形。
> 画师精神贯千载，意想至人无穷龄。
> 四松鳞爪互隐见，苍针不动风泠泠。
> 倒盘老藤挂日月，苔厚如铁鸿濛青。
> 千岩万壑气奔赴，空际负运愁六丁。
> 龙蛇启蛰破户牖，雷雨在内无由扃。
> 云开六合忽清朗，卷藏深密海入瓶。
> 平生世物不挂眼，独与此画通精灵。
> 苦修坚固无解脱，安得慧刃磨天硎！

这首诗把画松写得神乎其神，如苍龙出世，叱咤风云。诗人说"独与此画通精灵"，既与画师精神相通，又寄托了自己的平生情志。

陈曾寿的题画诗词感情深挚，但似有欲语还休的蕴藉之致，风格深微淡远。这在其表现"忠悃"之情的诗词中尤为明显，如《浣溪沙·为病树题〈佳住楼词意图〉》《浣溪沙·题桐君〈桐阴待月图〉》等。请看后一首词：

> 金井新秋一叶知，江波忽影佩参差。清歌一曲鬓成丝。　　旧恨遥传鹦鹉笔，幽栖还写凤凰枝。笛声月色为谁迟？

"金井梧桐"，不仅是古典诗词中常见之景，而且常常兴寄相思、幽怨之情。此诗作于民国八年（1919），此时虽距废除帝制的辛亥革命已过八年，并已进入新时代，而诗人对清王朝和旧主的怀恋之情并未泯灭，但对这种感情的表达却极为含蓄，似隐似现。词中的"旧恨"和"笛边月色为谁迟"，显然都有所指。

第六节　台湾上空高扬的一面爱国旗帜

丘逢甲是一位具有强烈反帝爱国思想的志士。邹鲁在《岭云海日楼诗钞·序》中说："与台湾相始终者，吾得两人焉。其一郑成功，其一吾师丘仓海先生。两人者，所处之时与地不同，而其为英雄则一也。"[7] 丘逢甲为抗击日本侵略者，为保卫祖国的领土完整和国家统一，倾其家产，组织义军，"忧勤惕励，不敢稍懈"。其不朽的业绩和光辉的诗篇永载史册。

丘逢甲（1864—1912），字仙根，号蛰仙，又号仲阏，别号武山人、仓海君，台湾苗栗县人。清光绪十五年（1889）进士，官至工部主事。中日甲午战争结束后，清政府割让台湾给日本，丘逢甲曾发动台湾各界爱国人士联名向清廷"刺血三上书"，强烈要求废约。他被推举为义军大将军，抵抗日军。兵败后，离台内渡，寓居广东，曾主持广东各地书院。武昌起义后，出任广东革命军政府教育总会会长，并被举为广东代表，赴南京参加孙中山之临时政府组织工作，当选为中央参议院议员。他一生写了大量诗篇，是诗界革命的著名诗人。其诗突出反映了失台的悲愤和光复乡国的心声。"诗中的切肤之痛，啼血之悲，填海之志，感人至深。"[8] 梁启超对他的诗评价很高，称他为"诗界革命一巨子"（《饮冰室诗话》）。柳亚子在《论诗六绝句》中也说："时流竞说黄公度，英气终输仓海君。"著有《岭云海日楼诗钞》。

丘逢甲

丘逢甲于苦闷中常常借画咏怀，写下许多慷慨悲壮的题画诗。据统计，他的题画诗现存180余首。在这些题画诗中，他不仅抒写了对帝国主义列强瓜分中国的痛恨，而且谴责了清政府的腐败无能，表达了急切要求改变现状、走富国强兵之路的愿望。其突出特点是爱国之情炽烈，爱民之心深切，抗敌之志坚决。他在《题崧甫弟遗像》中说："忧患焚和抑何亟，满腔热血冰难凉。丈夫死牖下，恨不为国殇！是时乾坤正翻覆，目不忍视能无盲？"另一首《眉仙为作〈独立图〉三年尚未成作此速之》也是反映这种思想的代表作：

> 三年变态无不有，世界非新亦非旧。
>
> 前颠后仆人几何？新不能维旧难守。
>
> 此时独立苍茫人，诗且罢吟合呼酒。
>
> 可怜磊块浇难消，谁能写向丹青手。
>
> 荷君诺我频添毫，如何搁（一作阁）笔三年久。
>
> 幸不障面羞彦回，更不函头哀㑹胄。
>
> 还我堂堂地做人，所贵完身成不朽。
>
> 平生儒冠久自厌，长剑横腰衣短后。
>
> 不妨图我作老兵，天下于今武方右。
>
> 乞君速践息壤言，勿使神龙空见首。

这首题诗很特殊，与其说是题画，不如说是求画。诗人不仅促画家速画，而且具体要求画家如何作画。这在古今题画诗中颇为少见。其中要求画家"不妨图我作老兵"，"长剑横腰衣短后"，反映了诗人投笔从戎之心是何等坚定；而求其速画，又说明他要改变现实，救民于水火之情是何等急切！

作于光绪二十七年（1901）的《题兰史〈香海填词图〉二首》是丘逢甲的题画名作：

> 南宋国衰词自盛，各抛心力斗清新。
>
> 零丁洋畔行吟地，又见江山坐付人。
>
> 此是本朝初割地，年来见惯已相忘。
>
> 重吟整顿乾坤句，谁更雄心似鄂王？

诗下自注说："香港为清朝最初战败割让之地。"可知诗人是有感而发。此诗先以南宋民族英雄文天祥言事，进而联系到今日"又见江山坐付人"；后又企盼能有"雄心似鄂王"岳飞一样的人物出现，以救国救民于水火之中。诗人忧国忧民，悲愤填膺。其雄心壮志也极有感召力。他的另一首题画诗《题马生〈美人宝剑图〉》是借神话传说和历史典故来表达自己的感情：

> 万方仪态天风生，素女始教轩皇兵。
>
> 长兵戈矛短兵剑，剑花夜发芙蓉焰。
>
> 越王铸剑光满池，天遣素女为之师。
>
> 亡吴霸越赖有此，世人但道由西子。
>
> 南风烈烈扬胡尘，雌雄剑化延平津。
>
> 可怜歌舞太平日，卧薪尝胆今无人。
>
> 我来吊古越台下，眼中突兀扶风马。
>
> 苦将古事作今图，宝剑非真美人假。
>
> 下穷九地上九天，转劫将逢龙汉年。
>
> 且寻南岳夫人去，唤起千秋女剑仙。

这首七言古诗一气呵成，写得痛快淋漓，大有令人拔剑而起、挺身而出的鼓动力。它痛斥帝国主义列强对中国的掠夺与瓜分，抒发忧时感伤之情怀；表达了希望中国能出现一位力挽狂澜、扭转乾坤的英雄人物，驱逐列强、推翻清廷，使人民能过上"太平日"的美好愿望。而《题陈老莲画〈石芝萱草〉》则是写诗人报国无门的满腔悲愤：

> 忧来不可解，且写忘忧花。
>
> 更写石上芝，笔端英英生紫霞。
>
> 中原剩此埋忧土，纵不忘忧亦徒苦。
>
> 采芝聊作商山翁，留取丹青照千古。

这首诗作于宣统元年（1909）。此前清政府已先后将台湾、香港割让给日本、英国。诗中之所以一再言"忧"，当为此而发。这首诗既表达了诗人对清政府一系列丧权辱国行为的极大愤慨，又抒发了自己无力抗争的苦闷。

面对"群胡"入侵，万方多难，诗人虽然忧心如焚，但对祖国的未来仍充满信心。在《题兰史〈罗浮纪游图〉》中，他一方面指出列强"各思圈地逞势力，此邦多宝尤觊觎"，而"仙人醉生佛梦死"，"一任释种为人奴"；另一方面也坚信"黄河扬子珠江判流域，文明之运方南趋。天道由来后起胜，以中证外原非诬。但须世界有豪杰，太极虽倒人能扶"。在《装裱宜兰山人〈狮子图〉已成题其端》中也说："睡狮不醒今已醒，坐抚奇儿气尤猛。大地山河一吼中，一出群雄归管领。"诗人以物比人，坚信未来的"大地山河"终归其统领。

丘菽园在《诗中八友歌》中评价丘逢甲时说："吾家仙根工悲歌，铁骑突出挥金戈；短衣日暮南山阿，郁勃谁当醉尉呵！"这是说，他的诗既悲且壮，在悲愤沉郁中透出一股豪宕之气。上述几首题画诗，虽然有时不免感伤，但大都笔锋凌厉、气足势壮，基本上体现了其题画诗的主要风格。不过，最能代表其题画诗艺术风格的作品当属《题〈风月琴尊图〉为菽园作》：

> 天风吹琴作变声，举尊喝月月倒行。
> 是何年少发奇想，海天漠漠扁舟横。
> 七弦谁遣补文武，九酝谁教变仪杜。
> 人间又见怀葛民，此琴此尊两太古。
> 古风不作古月沉，青天碧海愁人心。
> 诗中说酒十八九，寄愁更抚无弦琴。
> 琴斫寒崖老桐干，焦尾先闻爨下叹。
> 手中之尊何丹黄，谁知半作沟中断。
> 五湖久厌扁舟游，眼前突兀大九州。
> 有风月处便小泊，素琴自鼓青尊留。
> 君弦忽新臣弦旧，宫声顿哑数穷九。
> 舍风不御月不捉，悲歌扣舷速呼酒。
> 此时之风雌不雄，月生月死天梦梦。
> 眼看海水忽四立，黑风驱月西回东。

振徽未忍琴碎玉，皇羲授我新翻曲。

一弹再鼓八风靖，月照瑶尊酒光绿。

携琴不上歌风台，纷纷猛士皆粗才。

即看赋月亦词赘，琐屑文宴张尊罍。

何如移尊酌沧海，夜半琴声行大蟹。

风轮转地月转天，万里云霓发奇彩。

呼风入琴月入尊，挥斥八极开天阊。

封姨对花不能虐，羿妻窃药不敢奔。

琴不必响泉作记，尊不必洼中铭字。

风月常新遍留印，席地幕天知许事。

谁欤图者酸道人，谁欤歌者仓海君。

闻歌九天下广乐，披图四海生酒云。

吁嗟乎！男儿生当缴大风、射妖月，

听奏钧天醉天阙，下赞虞琴鼓瑶陛，手酌衢尊万方悦。

不然吟风弄月亦可嗤。

径当浮海从宣尼，海山学鼓猗兰操。

百觚侍饮随凤嬉，安能郁郁久居此。

琴弦不张尊酒止，惊风烈烈月睒睒。

老我愁心大海水，誓刃海若糜天吴，道人得我道不孤。

鸣弦着我酒船里，更写平分风月图。

这首诗十分奇妙，它紧紧围绕风、月、琴、尊四种物态，时而说风或月，时而言琴或尊，时而又风、月并赋及琴、尊齐赞。而开头两句很自然地将四者联系起来，并统领全篇："天风吹琴作变声，举尊喝月月倒行。"全篇几乎无一句不谈到四者之一，而又接榫无痕，毫无割裂之感。在状物抒情之中，既有少年之"奇想"，又有老者之"愁心"；既有动地之哀歌，又有撼天之气势；既有"万里云霓"之"奇彩"，又有"闻歌九天"之"广乐"；既有画家之寄托，又有诗人之壮志。而最令人叫绝的是以下几句："吁嗟乎！男儿生当缴大风、射妖月，听奏钧天醉天阙，下赞虞琴鼓瑶陛，手酌衢尊万方悦。"它把全诗之主旨、诗人之理想表达得淋漓尽致。此诗写风月，绝无儿女缠绵之情长；而写琴尊却有"行大蟹""酌沧海"之气概。全诗既似黄钟大吕，高亢洪大；又如商音悲凉低沉，不绝于耳。回环往复，渐次推进，顿挫有致，荡气回肠。但是，随着绘画题材的变化和所表达的思想不同，丘逢甲的艺术风格也不一样。试看其《题〈寒机课子图〉为谢安臣孝廉母作》：

> 慈竹斑斑满地阴，乌衣门巷雪华深。
> 机声古屋三迁梦，灯影寒窗五夜心。
> 晚节终怜范滂传，春晖长入孟郊吟。
> 流传不待甘泉画，彤管先教写德音。

这首酬赠之作，虽然意在颂扬谢母之高尚品德，但却写得情深意切，哀婉深秀，情景交融，颇为感人。并且，格律严谨，对仗工细，是七言律之佳作。有些为山水画而题的诗又呈现出清幽秀丽的特点，如《题画》：

> 两山眉黛送春娇，十里平湖晓长潮。
> 红入桃花青入柳，东风人立赤阑桥。

这首诗不仅所写风景秀丽，而且画中人也似乎很美。诗人虽然没有具体写此"人"之面貌，但从"送春娇"的"两山眉黛"及花红柳绿之衬景，足可想见那当是如花之美眷。不仅如此，我们似乎还能窥见其孤寂的内心世界。她在东风中独立不语，是思人，是春愁，尽在不言中。但是，这位爱国题画诗人的诗，毕竟不同于一般山水类题画诗，如《题画山水》中说："乾坤无地着英雄，满目江山夕照中。欲觅西施作偕隐，五湖烟水一帆风。"江山寥廓，英雄气短，无奈之情，尽在言外。总之，在丘逢甲的题画诗中，几乎无时无地不流露出深深的家国之思，这也决定了其题画诗激越悲愤的主体风格。

在诗体运用上，他既善于以五、七言绝句写格调清新的风景小诗，又善于用长篇歌行体叙事抒情，如《题崧甫弟遗像》《题兰史罗浮纪游图》

等。这类题画诗"气势如大江东下，一泻千里，感情的潮水汹涌澎湃，一发而不可止"[9]。

当然，丘逢甲的题画诗也不无弱点，受晚清拟古诗风的影响，有些诗用典太多，缺少诗味；而有的诗则失之浅白，含蕴不足。

第七节　题画僧人苏曼殊情丝难断

苏曼殊（1884—1918），原名戬，字子毂，法名博经，法号曼殊，广东香山（今广东中山）人，生于日本横滨。父亲苏杰生是旅日侨商；母亲是日本人，名若子，是父亲第四房妻河合仙氏的妹妹。若子生下他三个月后便离开了他。父亲将他带回国，由河合仙氏抚养。童年的苏曼殊没有感到多少家庭的温暖，他在备受冷漠的环境中长大。族人对这个异族所生的孩子总是看不惯，苏杰生的妻子陈氏更是把河合仙氏和

苏曼殊

曼殊看作眼中钉。养母河合仙氏受不了白眼，只好返回日本。后来父亲经商亏本，家道中落。苏曼殊也大病一场，被家人扔在柴房里气息奄奄，后来又奇迹般地活了过来。这一经历给幼小的曼殊沉重的打击，以致他小小年纪竟然看破红尘而剃度出家。后因偷吃鸽肉被发现，不得不走出庙门。15岁那年，他随表兄去日本横滨求学，在养母河合仙氏老家时，他与日本姑娘菊子一见钟情。然而，他们的恋情却遭到苏家的强烈反对。苏曼殊的本家叔叔知道这件事后，斥责苏曼殊败坏了苏家名声，并问罪于菊子父母。菊子父母盛怒之下，当众痛打了菊子，结果当天夜里菊子投海而死。失恋的痛苦、菊子的悲剧，令苏曼殊深感心灰意冷、万念俱焚。回到广州

后，他再度走入寺门。后来还曾漫游南洋各地。他能诗文，善绘画，通晓日、英、梵等多种文字。做过报刊翻译及学校教师。辛亥革命后，他看不到革命出路，思想渐趋消沉。但他出家后，仍不忘革命，披着袈裟奔走呼

号，南社同人称他为"革命和尚"。章太炎称他"厉高节，抗孚云"。柳亚子评他为"不可无一，不可有二"之奇才。

苏曼殊能诗擅画，通晓日、英等多种文字，在小说等多种领域都取得了成就。

在短短三十五年的人生中，他翻译过拜伦的诗和雨果的小说《悲惨世界》，发表过爱情小说《断鸿零雁记》《绛纱记》等6部作品，并有《苏曼殊全集》行世。

苏曼殊一生所作题画诗虽然不多，但颇有堪传之作，如他在清光绪二十九年（1903）发表的《以诗并画留别汤国顿七绝二首》，就令人读罢热血沸腾：

> 蹈海鲁连不帝秦，茫茫烟水着浮身。
> 国民孤愤英雄泪，洒向鲛绡赠故人。
>
> 海天龙战血玄黄，披发长歌览大荒。
> 易水萧萧人去也，一天明月白如霜。

苏曼殊绘画作品

汤国顿，诗人的同事兼好友，革命党人，后被军阀龙济光杀害。此二诗是诗人离开苏州时连同画一并送给他的。前诗以战国时宁"蹈海而死"的齐高士鲁仲连自比，表达坚决不与统治者合作的斗争精神；后诗用《史记》中荆轲刺秦王之典，表现其大义凛然、视死如归的英雄气概。此诗激昂慷慨，气势豪壮，于沉雄中透出悲凉，自有震撼人心的力量。其《题〈担当山水册〉》也反映了诗人的爱国思想：

> 一代遗民痛劫灰，闻师陡听笑声哀。
> 滇边山色俱无那，逆入苍浪泼墨来。

担当，原姓唐，名泰，字大来，法名普荷，担当是其号。明末清初人，故称"遗民"，被誉为当时诗、书、画"三绝"滇中第一人。明将亡，烽烟四起，他目睹中原人民生活无着、卖儿鬻女的惨状，激发了爱国热情，回到云南后参加了当地土司反抗统治者的斗争，兵败而出家。这首诗通过写担当和尚遭遇劫难后内心哀痛和泼墨作画抒怀，既表达了其爱国之深情，又抒写了诗人对民生艰难、山河破碎的隐忧。此外，他的《为玉鸾女弟绘扇》也是寄怀之作："日暮有佳人，独立潇湘浦。疏柳尽含烟，似怜亡国苦。"

苏曼殊也是一位情僧，出家之后情丝难断，这在他的题画诗中也有反映，如清光绪三十五年（1909）写的《调筝人将行，出绡嘱绘〈金粉江山图〉，题赠二绝》：

> 乍听骊歌似有情，危弦远道客魂惊。
> 何心描画闲金粉，枯木寒山满故城。
>
> 送卿归去海潮生，点染生绡（一作绢）好赠行。
> 五里徘徊仍远别，未应辛苦为调筝。

这是两首送别诗。诗题中的"调筝人"即日本艺伎百助眉史。他们是在东京的一场小型音乐会上认识的，因有相似的遭遇，两人一见如故。但此时的苏曼殊已了却尘缘，便垂泪挥毫，写下一首诗："乌舍凌波肌似雪，亲持红叶索题诗。还卿一钵无情泪，恨不相逢未剃时。"其感伤与无奈，读来令人肝肠寸断。而这两首题画诗感情更为缠绵，通过对行人弹筝、诗人为其作画以及景物描写与衬托，表达了两人依依惜别之深情。无怪柳亚子的和诗说："割慈忍爱无情甚，我有狂言一问卿：是色是空无二相，何须抵死谢秦筝？"事实也正如柳亚子所言，他并没有真心忘情，其《寄调筝人三首》就说明了这一点：

> 生憎花发柳含烟，东海飘零二十年。
> 忏尽情禅空色相，琵琶湖畔枕经眠。
>
> 禅心一任蛾眉妒，佛说原来怨是亲。
> 雨笠烟蓑归去也，与人无爱亦无嗔。

偷尝天女唇中露，几度临风拭泪痕。

日日思卿令人老，孤窗无那（一作语）正黄昏。

苏曼殊虽然想追求一种“与人无爱亦无嗔”的境界，但一经“偷尝天女”之“唇中露”，便常常临风“拭泪”。从这几首诗中读出的恰恰是“娥眉”对诗人“禅心”的骚扰，这说明他很难达到“与人无爱也无嗔”的境界。

第八节　遁迹空门、恩断情绝的弘一法师

与苏曼殊截然不同的是李叔同出家后的恩断情绝。

李叔同

李叔同（1880—1942），又名李息霜、李岸、李良，出家后法名弘一，祖籍浙江平湖，出生于天津。父亲李世珍（字筱楼），同治四年（1865）进士，与直隶总督李鸿章同年会试，是挚友。李世珍官任吏部主事，又是天津最大的盐商，兼营银号，家财万贯。母亲王氏，为李世珍侧室，能诗文。他5岁丧父，在长兄文熙和母亲教导、关怀下成长；7岁日诵五百，有过目不忘本领；9岁学篆刻。当其长成青年时，便已在诗词歌赋、金石书画等方面有了广博的知识和造诣。早年入南洋公学，受业于蔡元培。1905年东渡日本留学，在东京美术学校专攻油画，同时学习音乐，并与留日的欧阳予倩等创办“春柳剧社”。1910年回国后，任天津北洋高等工业专门学校图案科主任教员。翌年，任上海城东女学音乐教员。1912年任《太平洋报》文艺编辑，兼管副刊及广告，并同柳亚子发起组织文美会，主编《文美杂志》。1915年任南京高等师范学校美术主任教习。在教学中提倡写生。还在学生中组织洋画研究会、乐石社、宁社等，倡导美育。1918年8月19日，在杭州虎跑寺剃度为僧，并从事

佛学南山律撰著。

李叔同多才多艺，诗文、词曲、话剧、绘画、书法、篆刻无所不能。他擅长木炭素描、油画、水彩画、中国画、广告画、木刻等，是中国油画、广告画和木刻的先驱之一。书法是李叔同毕生的爱好，青年时致力于临碑。他的书法作品有《游艺》《勇猛精进》等。出家前，书体秀丽、挺健而潇洒；出家后，则渐变为超逸、淡冶，晚年之作愈加谨严、明净、平易、安详。李叔同的篆刻艺术，上追秦汉，近学皖派、浙派、西泠八家和吴熙载等，气息古厚，冲淡质朴，自辟蹊径。有《李庐印谱》《晚清空印聚》存世。

作为中国新文化运动的先驱者，他最早将西方油画、钢琴、话剧等引入国内。李叔同是中国话剧运动的先驱、中国话剧的奠基人。清光绪三十三年（1907）春节演出的《茶花女》，是国人上演的第一部话剧，李叔同在剧中扮演女主角玛格丽特。后来，他还曾主演独幕剧《生相怜》《画家与其妹》和改编自小说《汤姆叔叔的小屋》的话剧《黑奴吁天录》。李叔同的演出在社会上反响极大。李叔同的戏剧活动虽如星光一闪，却照亮了中国话剧发展的道路，开启了中国话剧的帷幕。特别是在话剧的布景设计、化妆、服装、道具、灯光等许多艺术方面，更是起到了开风气之先的启蒙作用。

在音乐方面，李叔同是作词、作曲的大家，也是国内最早从事乐歌创作并取得丰硕成果且有深远影响的人。他主编了中国第一本音乐期刊《音乐小杂志》。国内第一个用五线谱作曲的也是他。他在国内最早推广西方"音乐之王"——钢琴。他在浙江一师讲解和声、对位，是西方乐理传入中国的第一人，还是"学堂乐歌"的最早推动者之一。清光绪三十一年（1905），他编辑出版的《国学唱歌集》，被当时的中小学选为教材。他创作的歌曲内容广泛，形式多样，曲调优美，歌词琅琅，因此传布很广、影响极大。

李叔同是中国最早介绍西洋画知识的人，也是第一个聘用裸体模特教学的人。他同教育家、作家夏丏尊共同编辑了《木刻版画集》。他是中国现代版画艺术的最早创作者和倡导者。他广泛引进西方的美术派别和艺术思潮，组织西洋画研究会，其撰写的《西洋美术史》《欧洲文学之概观》《石膏模型用法》等著述，皆创下同时期国人研究之第一。他在学校美术课中，不遗余力地介绍西方美术发展史和代表性画家，使中国美术家第一次全面系统地了解了世界美术大观。作为艺术教育家，他在浙江一师授课时，采用现代教育法，培养出丰子恺、潘天寿、刘质平、吴梦非等一批负有盛名的画家、音乐家。李叔同在西画上也卓有建树。他画过大量的素描、水粉画和油画。人们在今天仍能看到其炭笔素描《少女》、水彩《山茶花》、油画《裸女》《自画像》等作品。更为可贵的是，李叔同不仅大胆引入西方美术，而且十分重视中国传统绘画理论和技法，尤其善于将西洋画法与中国传统美术融为一体。他与弟子丰子恺合作的《护生画集》，图文并茂，为世人所称道，成为中国题画诗发展史上诗画合璧的典范。

李叔同的诗词在近代中国文学史上同样占有一席之地。他年轻时，即以才华横溢受到文坛瞩目。客居上海时，他将以往所作诗词手录为《诗钟汇编初集》，在"城南文社"社友中传阅，后又结集《李庐诗钟》。出家前夕，他将清光绪二十六年至三十三年（1900—1907）的20多首诗词自成书卷。其中有不少值得称道的佳作，表现了作者对国家命运和民生疾苦的深切关注。

李叔同现存诗、词、歌词、诗偈等只有100余首，而题画诗更少；但他的大多数作品都是精雕细刻之作，颇具思想和审美价值。他的题画诗，无论是出家前还是出家后，大多将禅理融于景物描写之中，如《和宋贞题城南草堂图（一无图字）原韵》：

> 门外风花各自春，空中楼阁画中身。
> 而今得结烟霞侣，休管人生幻与真。

作者在原注中说："庚子（1900）初夏，余寄居草堂，得与幻园朝夕聚首。曩幻园于丁酉（1897）冬，作二十岁自述诗，张蒲友孝廉题词云：'无真非幻，无幻非真。'可谓深知幻园者矣。"由此可知这是诗人的早年之作。幻园，即许幻园，是诗人的好友，为"天涯五友"之一。宋贞，是许幻园的妻子。许幻园早年思想新进，热衷文艺，与李叔同志同道合，晚年也皈依佛门，成为居士。据说，那首广为传唱的流行经典歌曲《送别》

就是李叔同专门为他创作的。李叔同在俗时，有一年冬天，大雪纷飞，当时的上海一片凄凉。许幻园站在门外喊出李叔同和叶子小姐，说："叔同兄，我家破产了，咱们后会有期。"说完，挥泪而别，连好友的家门也没进去。李叔同看着昔日好友远去的背影，在雪地里站了整整一个小时，连叶子小姐多次的叫声仿佛也没听见。随后，李叔同返身回到屋内，把门一关，让叶子小姐弹琴，他便含泪写下："长亭外，古道边，芳草碧连天。晚风拂柳笛声残，夕阳山外山。天之涯，地之角，知交半零落。一壶浊酒尽余欢，今宵别梦寒。长亭外，古道边，芳草碧连天。问君此去几时还，来时莫徘徊。天之涯，地之角，知交半零落。人生难得是欢聚，惟有别离多。"

这首《送别》歌词也是《和宋贞题城南草堂图原韵》诗的注脚。人生亦真亦幻，花开花落，生死无常，何况离别呢。在这些清词丽句中，蕴藏着禅意，充溢着不朽的真情，感动着自己，也感动着熟悉的陌生人。另一首《题陈师曾荷花小幅》则更为明显地体现他的禅意：

> 一花一叶，孤芳致洁。昏波不染，成就慧业。

诗人原注中说："时余将入山作禅，慧业云云，以美荷花，亦以是自劭也。"1916年，李叔同因看到日本杂志介绍"养食"以修养身心法，遂生入山断食之念。冬，入杭州虎跑定慧寺，试验断食数日。此诗便作于入山前。

在李叔同的题画诗中，也有少数情调较为开朗、风格清丽淡雅之作，如《题丁慕琴绘〈黛玉葬花图〉二绝》其二："飘零何事怨春归，九十韶光花自飞。寄语芳魂莫惆怅，美人香草好相依。"又如词《玉连环影·为夏丏尊题〈小梅花屋图〉》：

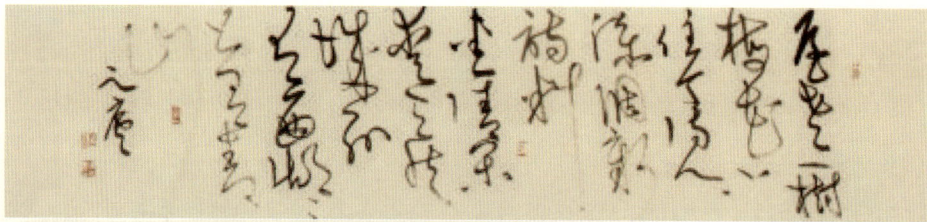

李叔同题《小梅花屋图》

屋老。一树梅花小。住个诗人，添个新诗料。爱清闲，爱天然；城外有西湖，湖上有青山。

据《弘一大师年谱》1914年条引夏丏尊先生对此《玉连环影》的说明："民初余僦居杭城，庭有梅树一株，因名之曰'小梅花屋'。陈师曾君为作图，一时朋友多有题咏。图经变乱已遗失，此小词犹能记忆，亟为录存于此。丏尊记。"又据1979年《人民日报》副刊《战地》第六期增刊上夏丏尊之女夏满子所作《小梅花屋图及其他》一文，知此图尚在人间，并保留了夏丏尊当时所填一阕《金缕曲·自题小梅花屋图》，其词是："已倦吹箫矣。走江湖，饥来驱我，嗒伤吴市。租屋三间如艇小，安顿妻孥而已。笑落魄萍踪如寄。竹怀竹窗清欲绝，有梅花慰我荒凉意。自领略，枯寒味。　此生但得三弓地，筑蜗居，梅花不种，也堪贫死。湖上青山青到眼，摇荡烟光眉际。只不是家乡山水。百事输人华发改，快商量别作收声计。何郁郁，久居此！"李叔同的小令《玉连环影》与夏词不同，它明快清雅，全无夏词的"枯寒味"，但爱梅花、爱天然之心，两人却是相同的。

李叔同出家后，虽然清心寡欲，但对当时动荡的时局仍很关心。抗日战争爆发后，曾多次提出"念佛不忘救国，救国必须念佛"的口号，又说"吾人所吃的是中华之粟，所饮的是温陵之水，身为佛子，于此之时不能不共纾国难于万一"等，表现出深厚的爱国情怀。但是他对儿女情长，出家后便恩断情绝。李叔同有一妻一妾二子，与发妻俞氏感情较淡，而对日籍爱妾却情深意浓。李叔同留日时，无意间发现房东的女儿非常符合女模特的标准。她身材苗条，待人温柔。于是，他向她提出了这个要求。原来这个女子也喜爱绘画。同时她觉得李叔同是一个有才华、诚实的中国青年，经过短暂的犹豫，便答应了李叔同的要求。从此，两个人在生命的旅途上交会了。

共同的爱好，加上两颗同样年轻而热烈的心，使他们越走越近，日久生情，终于跨越了画师与模特的界限。1907年春天，他们相爱了。那一年，樱花开得分外烂漫。

这也是李叔同第一次感受到爱情的滋味，和那个时代大多数男人一样，他把接受父母给自己安排的婚姻看作孝道，而那样的婚姻常常是没有爱情的。而她的出现，也弥补了李叔同内心深处这种情感上的缺憾。

1911年3月，李叔同即将从东京美术学校毕业回国。这位日本姑娘正式提出了与李叔同结婚的要求，并同他一起回中国。回国后，李叔同把她安排在上海居住，自己先后在天津、浙江等地任教。1918年农历的正月十五，醉心佛法的李叔同事先不露一言便在杭州虎跑寺皈依佛门。

在上海的日籍女子闻讯后赶到杭州，希望用一片痴情留下李叔同。想来，那该是令观者落泪的一幕：在潮湿阴冷的午后，在游人稀少的西湖边，她一遍遍地恳求李叔同不要抛弃她，不要遁入空门。李叔同默默地听着。然后，他拿出一块手表，说："你有技术，回日本不会失业。"那一刻，他一定也想到了她孤苦无依的未来。

说完，李叔同离岸踏舟而去，小船一桨一桨荡向湖心，直到连人带船消失在湖云深处，什么都不见。李叔同始终没有回头。她在岸边放声大哭〔10〕。

李叔同早年曾浪迹燕市，走马章台，厮磨金粉，在津、沪间交往密切的女性颇多，但一入空门，也再无眷念。

李叔同的一生都在求真、求善、求美，一直都在进行心灵和精神的探索。他的文化知识结构大抵由三部分组成：一是儒文化，即传统文化；二是新学，即民主文化；三是洋文化。这三种文化叠加在一身，互相渗透、浸染、碰撞，构成了他文化结构的复杂性。这种文化心理使他更注重自我完善。他的前半生积极入世，心系苍生，追求艺术。而一旦理想破灭，便转而消极遁世，退到宗教和艺术的殿堂。这或许是他走入空门的重要原因之一。

注　释

〔1〕严迪昌：《近代词钞》，江苏古籍出版社，1996，第1407页。

〔2〕陈衍：《苍虬阁诗存叙》。

〔3〕陈祖壬：《苍虬阁诗集序》。

〔4〕钱仲联：《论近代诗四十家》，齐鲁书社，1983。

〔5〕张寅彭：《前言》，《苍虬阁诗集》，上海古籍出版社，2009，第12页。

〔6〕同上书，第16页。

〔7〕《岭云海日楼诗钞》，上海古籍出版社，2009，附录。

〔8〕袁行霈主编《中国文学史》第四卷，高等教育出版社，1999，第487页。

〔9〕《岭云海日楼诗钞》，上海古籍出版社，2009，前言。

〔10〕沙晓东：《原来他什么都不想要》，《辽沈晚报》2011年4月24日。

第五十一章

为抗日绝食而逝的古典诗人

陈三立

陈三立被称为中国最后一位古典诗人，而他又是一位题画诗大家，所以也是中国题画诗发展史上最后一位古典题画诗人。

陈三立（1853—1937），字伯严，号散原，义宁（今江西修水）人，近代同光体诗派的重要代表人物。

第一节　崇高的气节

陈三立出名门，为晚清维新派名臣陈宝箴长子，国学大师陈寅恪、著名画家陈衡恪之父。与谭延闿、谭嗣同并称"湖湘三公子"；与谭嗣同、徐仁铸、陶菊存并称"维新四公子"。他年少博学，才识通敏，洒脱而不受世俗礼法约束。光绪六年（1880）随父往河北分巡道（今河南武陟）。光绪八年（1882）入乡试，因恶时文，自以散文体作答，主考陈宝琛赏识其才，破例录为举人。光绪十二年（1886）会试中式。返长沙，与王闿运等人结碧湖诗社。光绪十五年（1889）参加殿试，中三甲四十五名进士，授吏部主事，旋弃职。侍父在湖北布政使任所，曾应张之洞邀，为两湖书院校阅试卷。其间，应易顺鼎邀，两游庐山南北。

中日甲午战争爆发后，光绪二十一年（1895），李鸿章赴日本签订《马关条约》，陈三立闻讯后激愤异常，曾致电张之洞："吁请诛合肥以谢天下。"当时其父陈宝箴任湖南巡抚，推行新政。他往侍父侧，襄与擘划，支持变法。在罗致人才、革新教育方面效力尤多。光绪二十四年（1898）戊戌政变时，因"招引奸邪"之罪，被革职不用。后随父返江西，居西山"青庐"。

清亡后，以遗老自隐；但仍热衷兴利社会，赞助办学，并拟倡修铁路。他为人正直，很有民族气节，其好友郑孝胥投靠日本，辅佐溥仪建立伪满政权，陈三立痛骂郑孝胥"背叛中华，自图功利"。在再版《散原精舍诗》时，愤然删去郑序，并与之断交。1934年，陈三立寓居北平，目睹西山八大处遭八国联军破坏的残败景象，连叹："国耻！"1937年卢沟桥事变爆发，他表示："我绝不逃难！"当年，北平、天津相继沦陷。日军欲招致陈三立，百般游说，均遭拒绝。侦探日伺其门，陈三立怒，呼佣人拿扫帚将其驱逐。从此，五日不食，忧愤而死。为纪念陈三立，1945年，江西省政府决定，将设在修水境内的赣西北临时中学改为省立散原中学。1956年，中央政府将其杭州牌坊山墓园列为国家二级保护单位。

陈三立为诗，初学韩愈，后师黄山谷，为同光体诗派领袖。梁启超在《饮冰室诗话》中说："其诗不用新异之语，而境界自与时流异。醇深俊微，吾谓于唐宋人集中，罕见伦比。"其诗关注现实，多体现爱国精神。1936年，他和胡适获邀代表中国出席在伦敦举行的国际笔会，因病未成行。印度诗人泰戈尔来华，特访陈三立，与之合影。陈三立可谓名重中外。有《散原精舍诗文集》等。

陈三立书法作品

第二节　陈三立题画诗

陈三立喜作题画诗。据《散原精舍诗文集》的统计，收录题画诗180余首，均为他人画所题。陈三立在戊戌政变被革职后，曾一度消沉，说："凭栏一片风云气，来作神州袖手人。"但事实上，他仍然十分关注国事，胸怀大志："百忧千哀在家国，激荡骚雅思荒淫。世言古之伤心者，士有怀抱宁异人！"（《上元夜次申招坐小艇泛秦淮观游》）又《陈三立传略》载："寝疾时，辄以战讯为问。有谓中国终非日本敌，必被征服者，先生愤然斥之曰：'中国人岂狗彘不若，将终帖然任人屠割耶？'"又"民国二十一年壬申（1932），日寇侵占上海闸北，沪战遂作，先生居牯岭，日夕不宁，于邮局订阅航空沪报，每日望报至，至则读，读竟则愀然若有深忧。一夕忽梦中狂呼杀日本人，全家惊醒，于是宿疾大作"。他这种民族气节和爱国热忱在题画诗中虽然没有明显反映，但仍可以或隐或现地看到这种思想的折射之光，如《为海观尚书题所藏郭天门遗老画》：

> 往读漳浦画，泼墨设树石。
> 嵯峨出万怪，一变玄黄色。
> 抗手得此老，惨淡孤臣笔。
> 为僧有余憾，奖洪与史匹。
> 怜才足覆国，天乎非人力。
> 平生儒佛雄，巨刃吞胸臆。
> 百世见公真，自写苍山骨。

此诗题画寄慨，颇有深意。"郭天门"，即郭都贤，字天门，湖南益阳人，曾官至江西巡抚。工诗画，尤擅写竹。明亡后，为僧隐居。史可法是其门下。郭天门爱才，喜奖掖后进，当年曾推荐过洪承畴。后洪氏降清，拜见郭天门，郭氏严拒之。他的终生遗憾就是荐错了人，即"怜才足覆国"。最后四句是此诗之主旨，赞颂郭天门誓不降清的崇高气节与风骨[1]。

如果说这首题画诗是借观画间接寄意，那么《陈述猷乞题〈瞻麓图〉》则是直接写战乱中乡村的凋敝与人民的苦难：

> 昔客潇湘岁月久，纸上陈人相与友。
> 佳日闲寻门外山，苍苍岳麓绝埃垢。
> 爱晚亭抱赤沙湖，一径枫叶寒泉吼。
> 几回夜宿云麓宫，荡出钟鱼摘星斗。
> 弃掷飘流那可道，挂魂木末猿猱守。
> 陈侯旧是耕山人，况系庐墓依林薮。
> 从军学仕三十年，老活江南柳生肘。
> 敢忘父子饮泣处，上塚还家心语口。
> 大乱屡作墟井间，血肉蹂践烽燧厚。
> 祠屋依稀狞虎踞，草树披靡妖狐走。
> 写图寄愤益寄痴，湿寐岚光犹落手。

这首诗是写诗人与友人的"弃掷飘流"生活。诗中说："大乱屡作墟井间，血肉蹂践烽燧厚。祠屋依稀狞虎踞，草树披靡妖狐走。"既是劫后无数山村残垣断壁的缩影，也是千千万万人民走死逃亡的真实写照。另一首《刘聚卿观察饮席观所藏碑拓书画赋贻一首》是写1840年"庚子之乱"所造成的文物流失："拂雪初升君子堂，缣囊甋拓有辉光。故家海内回头数，遗烬兵间动念长。围坐欢呼虹贯酒，更衣颠倒鼠窥梁。春宵知在人间世，漫觅金门作醉乡。"此诗虽然是写诗人的同乡刘慈民的"旧物"因"庚子之乱"仓皇出售而为刘聚卿所购得，是不幸中之有幸，但是在战火的"遗烬"下被烧毁的文物还不知有多少！这便在客观上反映了连年战乱对珍贵文物所造成的破坏和损失。同时，诗人也没有忘记战乱中人民的苦难，他在《题湘上熊翁所画卷子》其二中说："郎君儒雅亦谈兵，手泽摩挲念老成。莫忘图中破茅屋，劫灰飞尽待归耕。"

陈三立诗学黄庭坚，被认为"凝练奥衍"，但并非泥黄不化，而能自创面目。他在《漫题豫章四贤像拓本》其三《黄山谷》中说："驼坐虫语窗，私我涪翁诗。镵刻造化手，初不用意为。"最后两句便是诗人学习黄庭坚诗的独特体会。因此他所追求的是一种精思刻练、奇崛不俗而又能达于自然不见痕迹的境界，如《七月十三日于后园聚家人用泰西摄影法摹小像》：

老味闲愈浓，病骨肯訾省。

闭关绝疠氛，把弄炎昼永。

雨零散花气，淡日衔翠岭。

孺人爱景光，理鬓步园井。

驾海收群儿，新妇亦来并。

层累列笄髦，翼石唾树瘿。

蕉露槐风间，簪佩色深静。

娇雏小垂手，笑探空明境。

依依鸡犬前，录此团圞影。

庄狌各有态，绸缪意自领。

岁时望八荒，羁迹飘蓬梗。

世弃完骨肉，娱我在俄顷。

时大男、次男留学日本，第三男留学吴淞，皆以暑假归，期满将别。

尽比桃源图，聚族夸奇景。

这首写阖家团聚的诗极富温馨情味，诗人对画中每一个人的描写虽然都着墨不多，但却"庄狌各有态"。尤其是描写孩童两句"娇雏小垂手，笑探空明境"，更是传神之笔。至于对园中景物的描绘，也极为形象生动，如"雨零散花气，淡日衔翠岭""蕉露槐风间，簪佩色深静"等，既写出在细雨微风中花气之飘散，又点出因雨湿"簪佩"颜色之"深静"。此诗全无江西诗派所追求的奇崛涩硬，而代之以细笔描绘，人物鲜活，风格自然而清新。

陈三立的题画诗有时也写得洋洋洒洒，大气淋漓，如《题欧阳润生观察丈画像》：

颀颀兀立七尺强，丰颐广颡双瞳方。

雪髯飘裾松柏苍，吐词面折锐莫当。

大声水上钟铿锵，翁笑指腹万怪藏。

胡床踞坐气龙虎，九州人物相尔汝。

苦忆昔年补官处，滨河壮县谣俗古。

翁为区画长儿女，至今渠成歌召杜。

眼底江南谁重轻，强预时议参台评。

颓唾不顾俗物惊，有如风霆夜嗑砰，晴霄劲翮刷层城。

一语不合忤上卿，拂衣岁月空峥嵘。

翁亦提壶但自倾，酒怀向客纵复横。

先公石交今有几，只翁健饭常倒屣。

满眼公卿可人否，辄念先公涕如雨。

贱子瞻翁南斗旁，元精照耀髭戟张。

大材豫章映云日，积气溟渤涵汪洋。

老逢世变亦可伤，独抱玄览哦羲黄。

万事休置冰炭肠，随翁行药匡山阳。

这首写人物的题画诗，紧紧抓住人物的特点，或追述其往昔官场的坎坷际遇，或抒写挂冠后诗酒自适的情怀，都意在凸现其睨视俗物、旷达豪爽的个性。诗人挥洒自如、一气呵成，大有一泻千里之势，毫无晦涩迟滞之感。这类风格的作品大多为长篇五、七言歌行体诗，但在陈三立的全部题画诗中所占比重并不多。而陈三立诗歌的基本风格则是莽苍排奡，气势雄浑。其题画诗也复如此，如《黄忠端泼墨图题应余与九》：

巉岩突兀撑虚无，日精惨淡云气粗。

力穿鸿濛抉造化，震发屋壁频惊呼。

心知流传三百载，孤臣落笔群灵扶。

当时磨盾遘阨运，督师邗上谁与娱。

扁舟遣兴弄毫素，状取物态听提壶。

一朝边警逼畿辅，愤倾砚沈缣模糊。

徐狗客语强钩勒，树石天设非人摹。

隐痛泣血世莫喻，直裂肝膈营柯株。

平生画本尽奇崛，兹幅逸事喧通都。

我阅兴亡话耆旧，竞侪稷契歌唐虞。

万流滔靡要砥柱，懔懔盍视泼墨图。

黄忠端，即黄道周，明漳浦人，为官忠耿负节气，以上书指斥权臣杨嗣昌等，被贬为民。南都亡，与郑芝龙等拥立福王，拜武英殿大学士。率师抗击清兵，战败被俘，不屈而死，谥忠端。他精绘画，工书法。这首诗将赞美黄忠端的《泼墨图》与画家作图时的思想感情结合起来，以情写境，"直裂肝膈营柯株"，所以才使这幅画"力穿鸿濛抉造化，震发屋壁频惊呼"。而写画家"隐痛泣血"之遭际又与诗人"阅兴亡"之感触结合起来，于是既写画家之遗恨，又抒自己之感伤，因而激昂慷慨，势如排山倒海，使此诗成为其莽苍排奡、姿态横生艺术风格的代表作。陈三立题画诗的这种雄浑壮阔的意境在短篇中也有体现，如《题湘上熊翁所画卷子》其一："甲兵十万据胸中，未预铭钟画阁功。闲寄秃毫吐奇气，墨痕犹欲湿鸿濛。"

由于陈三立也学陶渊明，有的题画诗于平淡中却寓有轮囷郁勃之气，如《于乙盦寓楼值汪鸥客出示所写山居图长卷，遂以相饷余与乙盦各缀句记之》：

衰龄遘崩离，荒却溪上宅。

将家悬海市，揩眼乱朱碧。

此厄古未有，万劫互寻觅。

森森麒麟楦，纍纍蛇虺窟。

人海谁与语，呵气润暗壁。

岿然沈夫子，层楼许接膝。

道论演物变，蓄涕抚今昔。

安得寂寞滨，一起幽忧疾。

鸥客山居图，出袖照水石。

窈冥岚翠重，寒韵濯胸膈。

并饷二老翁，印证栖隐迹。

便如系壶峤，阴阳不能食。

当年偕宗雷，异代接陶翟，

共命千木奴，世外对吟席。

犹怜费买山，饮犊巢由隔。

息壤指佳处，且做画中客。

如题目所示，这首诗主要写山居园林生活。这里虽然有风光可人的一面："窈冥岚翠重"，"世外对吟席"；但又有树石可怖的一面："森森麒麟楦，纍纍蛇虺窟"。由此可以看出，诗人虽然表面上闲适萧散，但内心却"幽忧"不已，人海茫茫，无人与语。于平静中隐藏着几分激愤，于沉寂中又似乎能听到天外的风雷声。

第三节　陈氏满门精英

有人说，要造就一位卓越艺术家或大学者，至少要经过三代。江西修水的陈氏家族，便是这样造就大师的书香门第。

陈三立有五子三女，大都很有才华，其中以陈衡恪的绘画和陈寅恪的史学取得的成就最高。次子陈隆恪、四子陈方恪也以诗词称名于世。如果从陈三立之父陈宝箴算起，陈氏家族三代中有四人，即陈宝箴、陈三立、陈衡恪、陈寅恪大名鼎鼎，分列于权威工具书《辞海》条目。如果下延至第四代，算上陈衡恪之子著名植物学家陈封怀，他们又被称为近代"江西五杰"。这在中国文化史上极为罕见。

陈衡恪（1876—1923），字师曾，号槐堂。他出生在祖父陈宝箴的湖南辰沅永靖道官署中。幼年，他跟祖父识字、训诂，耳濡目染，打下了深厚的国学功底。10岁以后，先从尹和白学画花卉，后又与胡沁园、王闿运相识，常以诗书画请教。父亲陈三立还延请名师对他进行严格的专业基础训练，从周大烈学文学，从范镇霖学汉隶、魏碑，从范当世学行书等。光绪二十九年（1903），曾赴日本留学，回国后从事教

陈衡恪

育工作。在日本留学期间，他与毕业于东京美术学校的李叔同相交甚密。两人对诗词、绘画、书法等都极喜爱，遂成莫逆之交。

陈衡恪自述："平生所能，画为上，兰竹为尤，刻印次之，诗词又次之。"其花鸟画大多为写意，工笔极少。他既受吴昌硕的影响，又取法陈道复、徐文长，继承明清以来的写意花鸟传统，取诸家之长而别具一格。他喜欢虚实相生的手法，以空衬实，画意开旷深远。

兰花是他最为擅长的画。他用笔婉转，多用水墨，特别善于表现兰花在风中摇曳的情态，极得石涛神韵。他画的竹石扇面别具格调，或石淡叶浓，或竿淡叶疏，很有轻逸的情趣。近代绘画史论家俞剑华说："石涛的兰竹为清代画坛一绝，陈衡恪的兰竹则可称之为近代画坛一绝。"[2]鲁迅对陈衡恪的绘画也曾给予极高的评价。

陈衡恪虽然不以诗名世，但其诗承家学，也有深厚功底。他"不为唐宋所囿"，"以似二谢者为上，学北宋者次之"（陈衍《石遗室诗话》）。

有《陈衡恪诗文集》《中国绘画史》《染苍室印存》等。

他的题画诗写花卉类的代表作有《画梅歌》《题梨花》《为姚崇光画秋草图并题》等，试看《题梨花图》：

> 娇云无力倚墙东，正好低枝可避风。
> 与汝隔窗斜对面，一春开落特关侬。

> 寓斋梨花一株，婳约可爱，对此写照，并系小诗。

这首以拟人手法写梨花的小诗，文字浅显而韵味深厚。它不仅描绘出梨花可爱之风姿，而且表达了诗人对梨花的爱惜之情。感情欢快，风格柔美。而后一首诗则有感伤意味，其诗是：

> 汉阙秦关夕照馀，当年曾此认模糊。
> 风霜猎猎飞萤散，野烧荒荒落雁孤。
> 瘦影未同前殿柳，艳情空比上山芜。
> 秋灯梦断芳菲晚，留补诗人感旧图。

这首诗借画抒怀，不胜今昔之感。诗中的具象无不寄寓诗人的凄凉孤寂之情。这当是作者晚年的作品，颇有历尽沧桑之况味。此诗文字精美，对仗工严，是题画诗中不多见的佳作。这类题材的题画词代表作是《解连环·为公湛画水仙并题，用清真韵》：

> 素根聊托，怅漾（一作漆）洄别浦，寸心绵邈。试睡起、慵展晶奁，但颦惹月寒，梦移春薄。画桨来迟，正孤守、一窗幽索。定冰姿恨隔，不共丽人，细评花药。　　湘皋近来自若。想轻裳暗掣，香送天角。甚乱云、渐阻相思，忍付与瑶环，怨期闲却。净洗铅痕，稳伴取、烟条珠萼。怕荒汀、夜风似剪，点波泪落。

这首题画词以拟人手法对这位凌波仙子从睡醒梳妆写起，其一颦一笑都描绘细腻，并以景托情。下片由"孤守"转为相思，荒汀夜风，泪落点波，笔笔都在写花，而又无处不在写人。情思悠悠，意象绵邈。此词无论是谋篇命意，还是用字遣词，都有周邦彦之遗风。因此，词人不仅用清真之韵，而且得清真风格之传。

陈衡恪鸟兽类题画诗，代表作有《题〈画鹰〉》《题〈犬〉》等，前诗是：

> 秋风落叶（一作猎猎）霜草枯，欲探爪嘴穷狐兔。
>
> 侧身下视意何鸷，那得猛去如郅都。

这首诗将鹰、人并写，亦鹰亦人。据《史记·酷吏传》载，汉中郎将郅都刚直不阿，直言敢谏，人称"苍鹰"。因此，此诗赞画鹰，尽除狐兔，实乃企盼能有似鹰之清官铲除一切酷吏。诗人不露声色，而锋芒毕现，尖锐而深刻。《题〈犬〉》也是刺时之作：

> 不信而今无孟尝，吠声吠影技偏长。
>
> 颈铃偬若印悬肘，恃宠骄人两眼方。

这首诗显然以狗喻人，写狗仗人势、以权欺人。诗人以反诘语起笔，似有无限愤懑不吐不快，其对世间的贪官污吏可谓恨之入骨。

在陈衡恪的绘画作品中最具现实意义的作品是《北京风俗》册页。这组画共有34幅，描绘的是北京市民的生活情状，如红白喜事、民间娱乐，以及封建遗老的穷愁无聊之态等，是画家人物画的代表作，也是20世纪初少有的触及人生现实的组画。其中的《墙有耳》类似漫画，以茶坊外两个密探的窃听之状，映现了民国初年政治风云的变化。画家画毕，意犹未尽，又在画上题诗一首，其诗是：

陈衡恪《墙有耳》

> 莫谈国事贴红条，信口开河祸易招。
> 子细须防门外汉，隔墙有耳探根苗。

这首诗不仅揭露了执政当局因害怕人民流露不满而下禁令"莫谈国事"的黑暗现实，而且反映了诗人对当时特务遍地、无孔不入行径的愤慨和对民主自由生活的向往。此诗语言平易、笔法辛辣，是陈衡恪直接反映现实题画诗的代表作。

陈衡恪一生先后娶过三个妻子，即范孝嫦、汪梅未（字春绮）、黄国巽。前两位夫人均先衡恪而卒。生前夫妻感情甚笃，因而他写下许多感情深切的悼亡题画诗词。陈衍对陈衡恪的悼亡诗评价很高，他说："悼亡诗古今不知凡几，真悲哀者却少。师曾屡有作，无不真悲哀者。"（《石遗室诗话》）朱金城也说，陈衡恪诗风平淡自然，感情深挚，和他的父亲不一样。特别是悼亡诗，在集中占据很大的比例。这些作品缠绵悱恻，带有晚唐的韵味，具有强烈的感染力[3]。其悼亡题画诗的代表作是《题春绮遗像》：

> 人亡有此忽惊喜，兀兀对之呼不起。
>
> 嗟余只影系人间，如何同生不同死？
>
> 同死焉能两相见，一双白骨荒山里。
>
> 及我生时悬我睛，朝朝伴我摩书史。
>
> 漆棺幽闭是何物，心藏形貌差堪拟。
>
> 去年欢笑已成尘，今日梦魂生泪沘。

这首诗词浅情深，诗人丰富的感情起伏变化紧紧地扣住读者的心弦。诗中先说人死后能见到遗像感到欣喜，但"对之呼不起"又引起悲伤，再想到"同死"，而"同死""一双白骨荒山里"仍不得相见，不如让遗像"朝朝伴我摩书史"。接着又将笔锋转向现实，从"漆棺幽闭"一直写到"去年欢笑"已成"陈迹"，感到分外孤寂和凄凉，以至悲泪横流。此诗采用情景交融、虚实相错的手法，一气呵成，具有极为感人的艺术魅力[4]。他的另一首悼亡诗《素韬舅嫂出示余夫妇在通州时合作画册，为题春绮墨梅二帧后》也是佳作："玉骨冰肌纸上横，小楼弄笔意分明。情天留证瞿昙影，月夜不闻环佩声。对此梦回真隔世，为伊泪落拼今生。残煤付与笼纱薄，共待茫茫身后评。"此诗虽为夫妻合作画册而题，但主要还是对画怀人。诗人怅然若失，泪流满面，一片深情。

陈隆恪（1888—1956），字彦酥，早年曾留学日本东京帝国大学，回国后供职于理财、交通等部门。其初涉诗坛，已近而立之年，较当时已蜚声吟界之乃兄衡恪、乃弟方恪成名较迟。1936年后，他辞职在家研读诗文，并得其父陈三立诗词真传，渐成著名诗人。陈云君在《陈隆恪分体诗选·序》中说："读其诗，温如脂玉，清如醴水，要以外圆内方为旨。盖其嶙峋风骨，隐于平和简易之中，每及大事，心中愤懑而笔下平和。是以平和出之，而愤懑之情油然沛乎篇中。"[5]有陈小从编选的《陈隆恪分体诗选》。

陈隆恪所存题画诗不多，多为其大兄陈衡恪、其女陈小从画而题，代表作有《题大兄画山水》《释戡嘱题大兄遗笔〈一口剑〉，忍痛书此遗之》《小从绘小幅，振玉见之，以为其中盆松颇似在南京时所蓄而珍惜之旧物，因戏附题一绝以贻之》《小从画园蔬瓶鼠乞题》《小从画有汲井图，为赋一绝》等。其中以《释戡嘱题大兄遗笔〈一口剑〉，忍痛书此遗之》较有特点。其诗是：

> 星斗高悬剑气收，茫茫人世欲何求？
> 相看不尽黄垆感，有弟无言泪断流。

这是诗人为其兄衡恪的遗墨《一口剑》立幅而题。《一口剑》又名《宇宙锋》，是一出戏剧名，写秦二世胡亥荒淫无道的故事。宇宙锋是秦二世赐给大臣匡洪的一口宝剑。赵高为陷害匡洪，设奸计命人盗取宝剑去行刺胡亥，并嫁祸于匡洪而使其蒙冤入狱；但匡洪在赵高女赵艳容的帮助下逃脱。后胡亥见赵女貌美而起淫心。赵女临危不惧，装作疯癫而得幸免。又，日本作家幸田露伴也有作品名为《一口剑》，陈衡恪所画当指前者。诗人见画中之宝剑而想到画剑之人，如今"剑气收"而人亡，不禁泪下。其中，既为其兄欲以宝剑除暴安良之心愿未遂而遗恨，又有自己失去长兄之悲痛。此外，为陈衡恪遗画《一口剑》题诗的还有罗惇曧的《师曾〈一口剑〉立幅为释戡题》，姚茫父的《题师曾写剑，记玉霜演〈一口剑〉弹词》，黄濬的《为散释题师曾画〈一口剑〉》等。

陈方恪（1891—1966），字彦通，斋号屯云阁、浩翠楼等，为陈三立第四子，在家族中排行第七，故人称"陈家老七""彦老七"。先后任中华书局、《江海学刊》编辑及武汉大学教授等职，也曾在伪国民政府任秘书等。其一生经历复杂，学界对其颇有争议。陈方恪早年从吴梅、黄侃问学，国学基础深厚。以诗词闻名于世，其诗名在诸兄之上，故陈三立曾称赞说："惟七子能诗。"陈衍认为，陈方恪能传其父家学，"诗则酷似其父"，"几不能辨"（《石遗室诗话》）。其词也享有盛名，钱仲联在《近百年词坛点将录》中称其词"绝世风神，多回肠荡气之作"。

有潘益民辑注的《陈方恪诗词集》。

在《陈方恪诗词集》中，题画诗所占比例较小，并且多是中华人民共和国成立后的作品。其题画诗文字古奥，用典较多，代表作有《阎筱亭嗜菊，多蓄异种花，时模写成图，属题，因赋长歌》《孙少元先生属题曲靖孙氏存祀保孤图卷子》《题李木公肥遁斋图卷》等。其中，后一首诗中李木公自述平生遭际一段，颇具真情实感，较为感人：

> 木公近告我："自从祸乱馋。
> 崎岖背乡井，来此群赢蜎。
> 先人有旧庐，非不便而戢。
> 临风不得去，拊膊徒唏喑。
> 辛勤有此屋，中几更忧湛。
> 于以哭吾亲，于以长子男。
> 回首廿年事，歔歔如癥瘩。
> 今将偿逋赁，斥去同襤衫。
> 独啮宇宙黑，累坐忧如惔。
> 八表充盗贼，去向迷剧骖。
> 日夕望阡墓，我马何时趢。
> 安得武陵溪，桃花红映潭。
> 放我及数子，东西对茅庵。
> 良辰辄命驾，夜雨还开坛。
> 道泰或有待，庶几乐瓢甔。
> 心长发若短，念此殊醰醰。
> 因倩画工笔，为图悬闳龛。
> 谐意以肥遁，用意实两含。
> 实境不可赴，聊托空中昙。
> 斯亦古所悲，子其如我儋。"

"肥遁"即隐居遁世之意。李木公虽向往"武陵溪"，但"实境不可赴"，只好请画工作图悬于"闳龛"。其"所悲"自可想见。在陈方恪的题画诗中，短篇文字较为平易，如《寄题傅苕生丈浔阳晚泛图》："几许当年羁宦情，苇花如雪满前汀。此乡我欲终渔钓，豪隐何由起孟生。"

陈方恪的题画词较多，优秀作品也不少，如《疏影·题伯沆师〈孤雁图〉》《声声慢·梦窗此调有合咏梅、兰、瑞香、水仙四香，伯兄为作图，命谱词题之，即和梦窗原韵》《洞仙歌·题秾园〈梅花香里两诗人〉画卷》等。但其写边塞、海疆的两首词更有特色，先看《锁阳台·裴伯谦丈属题所藏吴汉槎〈鸡塞填词图〉卷子》：

> 塞北春空，江南魂断，独余芳草闲花。故园归讯，燕子已无家。漫道东阳，瘦损旧题，有椒壁笼纱。还来伴、春灯天末，深屋杏花斜。　堪嗟。王孙头白，往事风流，恁尊前重对，付与琵琶。莫向青山摏笛，怕明月、不返轩车。谁怜取梅仙赋后，清梦冷胡沙。

裴伯谦（1865—1937），即裴景福，字伯谦，别署西域戍卒，精鉴藏，为陈三立之友，故词人称"丈"。这首词由《鸡塞填词图》勾起词人对裴伯谦的回忆。然而，当年的风光不再，如今"燕子已无家"，词中充满了感伤意味。此词既写画中之虚境，又写塞北之实景；既写故人之经历，又写自己之感受；既有阔远之境界，又有苍凉之意调。其"清空"之风格，似得张炎之真传。再看《水调歌头·为省安题顾鹤逸画〈北固云山图〉》：

> 京口古雄镇，是我钓游乡。大江日夜东去，山色郁葱葱。著屐来登北固，回望金焦两点，宛在水中央。俯仰发长啸，意气自飞扬。　一弹指，今古事，几沧桑。论兵作赋，谁更相约醉千场。何意输君游历，更遣虎头兴发，四壁素绡张。绝似米家画，云海接苍茫。

这首词虽然也有沧桑之感，但词人意气飞扬、词风豪宕，似与《锁阳台·裴伯谦丈属题所藏吴汉槎〈鸡塞填词图〉卷子》中的凄恻苍凉不同。

注　释

〔1〕郭延礼：《陈三立的诗文浅论》，载《散原精舍诗文集》，上海古籍出版社，2003，第10页。

〔2〕转引自刘子超、刘漪文：《画坛巨子陈衡恪》，《南方人物周刊》2011年第25期。

〔3〕转引自《陈衡恪诗文集》，江西人民出版社，2009，第11页。

〔4〕刘经富：《深知身在情长在——陈衡恪的悼亡诗》，载《陈衡恪诗文集》，江西人民出版社，2009，第13页。

〔5〕《陈隆恪分体诗选》，江西人民出版社，2009，第3页。

第五十四章
教育家经亨颐对题画诗发展的贡献

在中国近代题画诗发展史上，除了涌现出许多以题画诗名世的诗人、画家外，还出现为数极少的以团结、培养文艺人才著称的教育家。他们也为题画诗创作、发展作出了贡献。经亨颐便是其中杰出的代表。

经亨颐（1877—1938），字子渊，号石禅，晚署颐渊，浙江上虞人，后寓居上海。曾留学日本。回国后，曾任多所学校校长。早年加入西泠印社，同时加入柳亚子、陈去病等创办的爱国社团之"南社"，后又与何香凝、陈树人等创办"寒之友社"。社名取自经亨颐的题画诗句"此间俱是寒之友"，并且他被推为召集人。

著有《经颐渊金石诗书画合集》三册和《经亨颐日记》等。

经亨颐

第一节　以艺身教，倾心培养文艺人才

经亨颐先生是中华民国时期著名的教育家，其在艺术教育上贡献尤大。他有先进的教育理念，一贯主张"与时共进""适应新潮流"的办学方针，提出了"反对旧势力，建立新学风"的教学主张。在浙江省从教20余年，广采博引国内外先进教育思想，提倡人格教育。他所创办的春晖中学蜚声海内外，赢得了"北有南开，南有春晖"的美誉（此校旧址已于

2013年被国务院列入第七批国家重点文物保护单位）。他认为，学校不是"贩卖知识之商店"，"求学为何？学为人而已"，所以应当以陶冶人格为主。强调德智体美全面发展。在教法上，提倡"自动、自由、自治、自律"，提出"训育之第一要义，须将教师本位之原状，改为学生本位"，成立学生自治机构。要求教师必须有"高尚之品性"，反对那些"因循敷衍，全无理想，以教育为生计之方便，以学校为栖身之传舍"的庸碌之辈。他特别注重以艺身教，即以自己的艺术实践潜移默化地教育、影响学生。此外，还力主活跃学术空气，丰富课余生活，注意多方面培养和陶冶学生的人格与学术素养。

经亨颐在30多年的教育工作中，培养了一大批各方面的人才，其中有相当多的文学家和画家。他当年的学生曹聚仁在回忆录《我与我的世界》中，称经亨颐为"我们的校长"，说他"不爱权位，不治生产，然而他并不是一个遁世隐逸的人"。他饮酒作诗，绘画篆刻，是一个"富有艺术修养的文士"。在办学中，他提倡"纯正教育""人格教育"。在课程设置上，他认为图画和国文两科"最合人格教育之本旨"。为此，开设了图画科，并请刚刚从日本学成归来的李叔同任教。此外，他在任浙江一师、春晖中学校长期间，还先后聘请夏丏尊、丰子恺、叶天底、朱自清、朱光潜、俞平伯、张大千、柳亚子等著名学者、诗人、画家来校上课或演讲，努力提高学生的艺术修养。

图画与国文是题画诗创作的两块基石。学生学好这两门功课，无疑有益于艺术创作。特别是这些学生又是师范生，他们毕业后大多从事教育工作，将会培养更多的文艺人才。如潘天寿、刘质平、丰子恺、何元等，作为传播美术的耕耘者，相继活跃在上海，组织和参与各种同中国美术事业发展相关的活动。他们是继经亨颐、李叔同、姜丹书等第一批中国美术教育者之后，第二批登上中国美术教育历史舞台的教育者，对将美术广泛地传播到普通民众那里，让美术走向大众、走向民间，无疑起到举足轻重的作用。如果这样联系起来看，那么经亨颐作为浙江省美术教育的发起者之一，对中国美术教育有着功不可没的贡献。因此也会推动题画诗创作。

经亨颐为了能与各位教员、文艺名家朝夕相处，在春晖中学也建有自己的寓所，名曰"长松山房"。不远处是廖仲恺的夫人何香凝的"蓼花居"。他们的爱子廖承志与经亨颐的女儿经普椿相恋多年，于1938年结为夫妇。紧挨着"蓼花居"的是弘一法师李叔同的"晚晴山房"。何香凝和李叔同都是春晖的"亲人"。此外，经亨颐在"寒之友社"中，也以他的人格和艺术，特别是"寒之精神"，团结、影响了许多人，间接地培养了一批艺术家。

人生，或像流星划过夜空，留下瞬间的光芒；或像重载之车，留下深深的辙痕。而经亨颐的人生则像一堆熊熊薪火，代代相传，留下了永不泯灭的辉煌。姜丹书在《经亨颐先生传》中赞叹："先生一生，光明磊落，尽瘁教育，廉顽立懦，此所以凡被其教泽者，亦能如七十子之服孔子也。"

第二节　经亨颐诗书画印

经亨颐长于诗、书、画、金石，被时人誉为"四绝"。经亨颐年少时便在诗文方面"颖悟异常，才气逾人"，并"暇好治印，虽伤指从未中辍"，可见经亨颐对金石的痴迷程度。其父经元佑赠篆刻材料的举动，给予颐渊很大的鼓舞。自此，颐渊便与金石结下了不解之缘。

1895年，因父亲离世，颐渊"从此度飘零，寄身黄歇浦"，只身来到上海投靠其伯父经元善，并当其秘书。当时经元善在沪上交往的都是一时才俊，如梁启超、盛宣怀、郑观应、汪康年、康广仁、严信厚等，其对教育事业的执着感染了经亨颐，同时经亨颐的交际圈得到了空前的扩大。也正是此时（1895—1897年），经亨颐结识了沪上英国传教士李提摩太的中文秘书程浩，两人聚于沪"日夕论金石并刻印"，经亨颐"集爨碑自此始"。所谓爨体，是中国汉字从隶书到楷书的过渡字体，始见于云南爨氏的《爨宝子碑》《爨龙颜碑》——简称"二爨"。

经亨颐篆刻作品

经亨颐传世书作以对联为主，其特色是内容、款识皆用爨碑书体为之，且题画字亦是如此。二者风格极为相似。谢玉岑曾称经亨颐"字法二爨，绝不矜饰，寐叟后一人"。其小楷系典型的晚清"馆阁体"，师法唐碑，整体气息近似颜真卿《麻姑仙坛记》《颜勤礼碑》一路，用笔较为生动活泼，颇具趣味，功底扎实而不死板。其草书曾受到于右任的影响，但不擅草书。他说："我不能写草书，是生乎大干艮。艺术家不学书，学书不学草，枉叫国画，何异缘木求鱼。"在颐渊的传世书迹中，可以看到其草书作品，显然有较好的碑派书法功底，也与于右任标准草书有明显的渊源关系，所谓"碑底帖面"是也。至于颐渊一生作书，除了以诗词文稿见示最亲密的艺友之外，鲜以草书应酬示人，也未尝试在草书一艺上努力图强，就连题画也未见其草书的踪影，但经亨颐始终强调草书与国画之间的关系，其云："画家必须工草书，草书不止，画道不绝。"也许他的真正目的是想在国画上有所建树，通过完善自己的爨体书风，实现入印、入画，达到书、画、印的高度统一，从而追求"四通"的目标。颐渊爨体书法的前后风格变化是受帖学草书见性情的特点所影响的，同时经亨颐用自己的理解把爨碑咀嚼消化，为己所用，从而去构筑自己的风格大厦。总之，书如其人，浑穆苍劲，真气横溢，卓尔不凡。其印在厚重凝练的刀法中，寻求稚气未尽的天真，又营造出简约古朴之风。在印章数量上，经亨颐与同时代的印坛名家相比，并无优势可言，但从艺术风貌和创作技巧而论，并无逊色。故其自称："吾治印第一，画第二，书与诗又其次也。"[1]

再看其排在第二的画。他初画竹，次画梅菊、水仙以及松、石等耐寒之品。其画风或大气磅礴，笔力超拔；或疏落淡

经亨颐隶书作品

雅，标格高逸。他虽然自言"五十学画"，但因得力于书法功底而出笔不凡，可谓"无师自通"的文人画家。其50岁始学画云云，虽为自谦之词，但也道出了其从事绘事实乃职业（教育、政务）之馀事。《经亨颐日记》有记："1917年1月14日，下午在寓阅卷，无趣，家人索余画帐帘（画松树一株）。余思学画数年，时人之笔多不惬意，而自涂竟无把握，亦可知教授经验之足重，理想实行之不易也。"[2] 可知经亨颐素有学画意愿，且眼光高，故云"时人之笔多不惬意"。作为现代美育的积极倡导者和教育管理者，经亨颐深知绘画一事"教授经验之足重"，而"理想实行之不易也"一言，道出了无人传授经验是他学画意愿、作画自适的人生理想难以实现的最大困惑。其实，他受身边的师友影响很大，而陈师曾便是其中最重要的一位。陈师曾说："子渊于弘一上人处见吾细竹扇，欣复写之。然前尘佳事不复记忆。"并且颐渊自言："今漫涂墨竹，非敢云远学东坡，实近取师曾耳"[3]，又说："嗜其画已久，师曾已故，憾不及早"[4]。

经亨颐绘画的金石气无不得益于其深厚的书法功底，画中丰富灵动的用笔，古茂朴拙，率真自然。经亨颐曾以"寒之友"为题材作画，再加之"超逸冲淡"的咏"寒之友"诗，实现了诗、书、画的高度统一。徐悲鸿在《中国今日之名画家》中评价："经子渊半途出家，中年下海，初惟写竹，便能绝俗，施写松菊、芭蕉、梅花，俱苍古有力，而其最清劲作品，尤在水仙，轻盈挺拔，若闻微香，所谓传神，庶乎近之。"[5] 在当时有这样的评价自是非常了不起。

经亨颐先从学制印起，同时也学书，再以书入画，走一条与众不同的画家之路。因此，经亨颐并不拘泥于"三绝"，认为还应加之"金石"，

经亨颐画作

力图"四通",其言:昔人能书、能画、能诗,曰"三绝"开,盖谓各造其极也。书自为书,画自为画,诗自为诗,绝亦何足尚。窃思艺术不在"绝",而在"通",不限书、画、诗"三绝",应加金石而为"四通"。画通于书、通于诗,而金石实为其骨干,四者相互关系殆莫不然。又曾言:"上古文字永诸金石,由金石而书,由书而画,所谓书画一体,骨干还在金石。"[6]潘天寿亦云:"我国绘画自唐宋以来,每谓'诗书画三绝'……然我师经子渊先生却主张中画不必拘于'三绝',而必须'四全'。什么叫做'四全'呢?就是诗、书、画三项以外,还得加治印一项,叫做'四全'。换句话说,就是从事中画的人,诗、书、画、印四项,必须俱全……主张'四全',自是极有理由。"[7]可见经亨颐对"金石"(篆刻)的重视,而潘天寿亦深受其影响。

经亨颐所走的这条艺术道路,不仅使后世的书、画、印家受到借鉴,而且对题画诗创作有可贵的启迪,特别是对中国画的标配(诗、书、画、印四大元素)共识的形成,也有独特的贡献。

经亨颐也是一位诗人,有《颐渊诗集》等行世。于右任评其诗时说:"余诵先生诗,超逸冲淡,佳者上宗陶、孟,下亦出入倪云林、吴野人之间。大音希声,摆落尘堨,安得在书画治印之下!"

第三节　经亨颐题画诗

《颐渊诗集》中统计,有诗歌250余首,其中题画诗近200首。经亨颐的题画诗关注现实,也能反映民间之疾苦,如《一亭画〈眠牛图〉自题》:

> 受生午夏且牛孩,劳命蹉陀甲已回。
>
> 反嚼从无书带草,常鸣不遇介之推。
>
> 青青十亩我何有?逐逐一犁天未开。
>
> 小憩林间毋岁旱,惟希霖雨度黄梅。

经亨颐生于1877年，农历丁丑年，属牛。而1937年适逢花甲，于是见一亭《眠牛图》感而为诗。诗人在衰朽之年仍念念不忘农家生计，他一直关注旱情，曾先后写过《白马湖夜坐感旱》《感旱又句》，以及《感旱》其二、其三、其四、其五、其六等多首诗。这里又说"毋岁旱"，可见其多么盼望风调雨顺的丰年。像这样直抒胸怀之作，还有《十八年四月，与树人、香凝、若文、介堪、伯涤曾咏上海……介堪作印，树人写生，余为之题·鉴湖》："当年此处有龙舟，今古皆为异族仇。碧水犹含烈女血，满湖风雨不胜愁。"这是为凭吊鉴湖女侠秋瑾而作，情见乎言外。但他的许多题画诗，在表现方法上往往借物寄意，如《菊竹》：

> 畅以高竿拓大空，花虽经雨意融融。
>
> 不关枝叶相离远，晚节清风气自同。

此诗作于1928年。1927年，经亨颐任国立中山大学代理校长，兼任国立北京高等师范学校教授。他坚决反对蒋介石"四一二"反革命政变。南昌起义时，他为中国共产党和国民党左派联合组成的25人革命委员会委员，以后虽仍为国民党第三、四届中央执委，又曾出任国民政府全国教育委员会委员长，但均属空名，自嘲为"光棍委员长"。1928年冬，与何香凝、陈树人、柳亚子等革命老人在上海组织"寒之友社"，以金石书画自遣，常与于右任、黄宾虹、张大千、潘天寿等人诗酒酬唱，以诗言志。这首诗便以菊竹喻节，拒与国民党反动派同流合污。首句写竹，言其志向高远，上拂太空。次句写菊，言其经风雨而不畏惧，既应诗题之"菊竹"，又借以自喻，形象贴切。在同一年，他写下了一首政治态度鲜明的《清馨画，补竹》：

> 秋林犹是景全非，红叶凋零竹叶稀。
>
> 惹起愁情千万斛，独依老树不思归。

为了解这首诗，不妨回顾经亨颐在1927年后的经历：1929年3月，他被选为国民党第三届候补中央执行委员，而不就职。1930年被北平反蒋派中央党部扩大会议推为组织部委员，于是被南京国民党中央党部开除党籍。由此不难看出他对国民党反动派的态度，所以诗中说"秋林犹是景全非，红叶凋零竹叶稀"，显然是影射经过"四一二"反革命政变对共产党人和革命者大屠杀的政治环境，为此，诗人满腔悲愤而"愁情千万斛"。另一首《菊》所揭示的主题更为深刻：

> 天地苍茫厄万华，孤芳耿耿照尘沙。
>
> 此花从未随风坠，独殿荒园斗晚葩。

这首诗写于1932年。1931年九一八事变后，经亨颐积极投入抗日救亡运动。首联以自然景色衬托政治背景，在"天地苍茫"中，"万花纷谢一时稀"，只有霜菊映照"尘沙"。次联接写菊之耐风霜的个性，它虽然开在最后而能独斗"晚葩"。这便很好地表现了诗人在国内外阶级敌人的恐怖中坚定的政治立场和不屈不挠的斗争精神。在这一年，诗人还写了一首《香凝〈雪山红树图〉》：

> 白日无灵天地昏，沉沉雪下有寒魂。
>
> 前程迷尽血难灭，望断关山红树村。

1932年，虽然何香凝的丈夫、著名革命家廖仲恺被国民党右派杀害已过去多年，但何香凝心中的伤口仍在流血，即"血难灭"。在国民党的反动统治下，天昏地暗，人们"前程迷尽"。诗人有感于此，便借"红树"寄怀，既表达了对革命先烈"寒魂"的追思与崇敬，又抒发了自己的无限感慨。另一首《墨竹》也有寄意：

> 墨浓酒醉意阑珊，下笔不思这个难。
>
> 横扫即风垂即雨，何如脱手写春寒。

诗人醉中写竹，挥笔横扫，不思其"难"。"这个"，指竹叶形状。画竹叶，既要写"个"字，又要破"个"字，颇有讲究，故说"这个难"。"横"与"垂"，是说风竹叶横飞，而雨竹叶下垂。以上三句都是写竹。而结句忽一转说"何如脱手写春寒"，当有深意。此诗写于1928年，正是国民党反动派实行"四一二"大屠杀的第二年，政治气候严寒，生灵凋残。

诗人此时写"春寒"当心有所指。

经亨颐为花卉类画所题之诗，虽属闲适类题材，但有时反映现实也不失为深刻，如《鸡冠》：

> 秋老自摧残，东风并不寒。
>
> 颓垣零乱处，独立铁雄冠。

"秋老"而草木凋零，本属自然规律，但此时"东风并不寒"，这便耐人深思。而就在这颓垣断壁处，却有一支如铁之"鸡冠"傲然而立。在强烈的对比中，不仅凸显了诗人的人格与气质，而且寓含了哲理的意味。像这样富含哲理意味的题画诗还有《树人紫藤蜂鸟》，其诗是："春卉云何倒影开，苍蜂觅食僭花媒。谁知更有觅其食，一旦投笼万事灰。"

经亨颐一生倾心于教育，在题画诗中也有反映。1929年，在敬修小学成立20周年之际，他画了一幅《松》，并题诗：

> 象岗涛声安在哉，青青何处好培栽。
>
> 听松移向山间去，为有幽栖大厦材。

敬修小学坐落于江苏上虞白马湖北。其前身为敬修义塾，经氏子弟都

敬修小学图

1065

能免费入学。创办人是经亨颐先祖经纬。他是一位上海钱业巨头、著名的慈善家。此义塾于1915年改为敬修小学。这所小学人才辈出，为国家培养出许多如松柏一样的栋梁。所以经亨颐以"松"为题加以称赞，期望它能在"山间"的艰苦环境中长成"大厦材"。

经亨颐的题画诗在艺术风格上以恬淡清逸见长，也有超迈刚劲之作。试看《墨菊》：

> 写菊意在陶彭泽，千古幽情无人识。
> 明月清风堪觅醉，素毫淡墨粲佳色。
>
> 傲霜同是寒之友，秋老埋在长松侧。
> 我筑山房曰长松，长与先生共晨夕。

这首诗显然有慕陶渊明之意，风清月白，风格清幽。但是由于经亨颐的这类题画诗多写"寒之友"，所以在苦寒中既有"傲骨"之气度，又不免有衰飒之意绪，如《竹·树人补菊》：

> 西风飒飒竹生寒，衰草蓁蓁菊又残。
> 莫道秋光无艳色，虚心傲骨耐人看。

这种感情的流露，除了自然界秋气肃杀的原因外，也与当时国民党反动派残酷打压革命势力的政治气候有密切关系。但是，不管条件多么恶劣，诗人仍坚守自己的情操。他在《梅·聿光补鹤》中说：

> 不是守梅是守寒，此梅远隔玉阑干。
> 酸香嚼罢无书读，长啸一声天地宽。

这首诗首联写梅，也用以自况：他"守寒"而不趋炎附势，不为高官厚禄所诱惑，决意"远隔玉阑干"。这浩然之正气，也使此诗格调高爽，"真气横溢"。

注　释

〔1〕于右任：《颐渊诗集·序》，浙江古籍出版社，2007。

〔2〕经亨颐著，张彬、经晖、林建平编《经亨颐集》，浙江大学出版社，2011，第425页。

〔3〕经亨颐：《陈师曾遗稿集·序》。

〔4〕经亨颐：《六十述怀》，载经亨颐著，张彬、经晖、林建平编《经亨颐集》，浙江大学出版社，2011，第412页。

〔5〕《经亨颐遗稿集·序》，《中国美术季刊》第1卷第3期。

〔6〕经亨颐：《何为国画》，《中央周刊》1936年第412期，第46页。

〔7〕1949年，潘天寿关于"国画与诗"的讲演，载潘公凯编《潘天寿谈艺录》，浙江人民美术出版社，2011，第106页。

配图新著

中國題畫詩發展史

国家『十三五』重点图书出版规划项目

下卷

ZHONGGUO TIHUASHI FAZHANSHI

PEITU XINZHU

刘继才 著

东北大学出版社

目 录
CONTENTS

第七编　新变期

——"海压竹枝低复举，风吹山角晦还明"——

结　语

―― "请君莫奏前朝曲，听唱新翻杨柳枝" ――

第五十五章

与毛泽东唱和最多诗人的题画诗

柳亚子虽然病逝于20世纪50年代，但他的主要政治活动和文艺创作都在19世纪末至20世纪初，所以文学史都把他算作近代诗人。

柳亚子（1887—1958），原名慰高，后读了法国卢梭的"天赋人权"学说，便以"亚洲卢梭"自居，改名人权，号亚卢。友人高旭因繁体卢字笔画太多，而写作"亚子"，遂以此号行。江苏吴江人。出身书香门第，幼年从母亲学唐诗，3岁即能背诵《唐诗三百首》，13岁便背完《杜甫全集》。受父亲影响，赞成变法维新。光绪二十九年（1903），他在家乡参加中国教育会，随即赴上海爱国学社读书。

柳亚子

1906年，参加中国同盟会，同时加入光复会，并在吴淞口外轮上谒见孙中山。1907年，游上海，同陈去病、高旭等酝酿筹建南社。1909年南社成立后，他被推举为书记员，为鼓吹革命做了大量的工作。辛亥革命后，他曾任临时总统府秘书，三日后即称病辞职，到上海办报。任《天铎报》主笔时，积极撰文反对向袁世凯妥协。五四运动时，他同情新文化运动，表示"不做新顽固，永远向前走"。1924年，加入改组后的中国国民党，拥护孙中山的"联俄、联共、扶助农工"三大政策，成为国民党的左派。1926年，出席国民党二中全会，他反对蒋介石提出的"整理党务案"，在会场痛哭以示抗议，并中途退会，返回故里。1948年，他与宋庆龄在香港组建中国国民党革命委员会，任秘书长。中华人民共和国成立后，他历任中央人民政府委员、全国人大常委会政务院文教委员、华东行政委员会副主席、中央文史馆副馆长等职。柳亚子是著名的革命活动家，以诗歌名世。他擅写旧体诗，在旧体诗创作上取得了极高成就，也写有少量的词。他一生与毛泽东多次唱和诗词，是近现代与伟人唱和诗词最多的一位诗人。

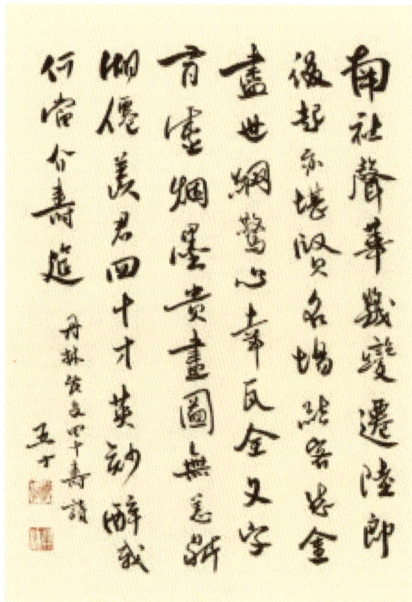

柳亚子书法作品

柳亚子也是书法家，其字虽不称著于世，但也自有特点，人称"新柳字"。以其字书其诗，不仅在诗画联展上受到欢迎，而且能行销于市，"卖到点钱"[1]。

柳亚子一生著述甚丰，卷帙浩繁，有《柳亚子文集》。在《磨剑室诗词集》中，共收录诗词5000余首。其中，有题画诗600余首，题画词近40首。柳亚子的题画诗词不仅有鲜明的时代特点，而且独具艺术魅力。他是我国近代题画诗史上成就卓著的题画大家。

第一节　人品与诗品

柳亚子具有崇高的人格魅力，他的一生是爱国的一生、革命的一生。王晶垚认为，柳亚子的"人品比他的诗文更为可贵"[2]。"柳亚子先生经历了旧民主主义革命、新民主主义革命、社会主义革命和建设几个不同的历史阶段。难能可贵的是，他能始终顺应历史前进的潮流，站在革命人民和革命政党一边，对帝国主义和从清王朝、袁世凯直到蒋介石反动政权、反动势力，都进行了不妥协的斗争。"[3] 1927年，蒋介石发动"四一二"反革命政变，血腥屠杀共产党员和革命志士。柳亚子也遭到搜捕，以匿于复壁中得免。但他并没有被吓倒，不仅以诗歌为武器鞭挞反共卖国的反动派，而且积极营救被蒋介石逮捕的革命志士。为此，王昆仑称他为"白色恐怖下的中流砥柱"[4]。1941年初，蒋介石进攻坚持抗日的新四军，发动了皖南事变。柳亚子义愤填膺，与宋庆龄、何香凝、彭泽民等联名驰电，严厉谴责蒋介石的罪恶行径，坚决拥护共产党的正确主张。他不但亲笔起草电文并签字，而且奔走呼吁。他拒绝参加国民党中央全会。为此，蒋介石竟"开除"他的国民党党籍。柳亚子不仅敢于抨击一切反动势力，而且对共产党也要做"严师诤友"。他光明磊落、是非分明，具有中国优秀知识分子的良知和胆识。1947年12月在香港时，他对好友郭沫若所提倡的"尾巴主义"坦率地提出了不同意见，他主张"只做中共的严师益友，而不做他们的尾巴"[5]。在第三次国内革命战争已从防御转入反攻，"一边倒"的外交路线业已确定的形势下，他声明自己虽然一贯主张亲苏，但绝不"盲目亲苏"，毫不含糊地表示，"万一苏联有一天改变政策，不以平等待我，……当然我们也要反对。"同时，他拥护反美，但也不主张"盲目反美"。他说："我们不反对华盛顿、杰克逊、林肯、威尔逊、罗斯福的美国。""我们所反对的，只是……美国的军阀、财阀、政棍、党痞。"[6]1949年春他到北平不久，便对中共个别领导人在革命胜利之际表现出的"忠言逆耳"态度感到难以理解，并及时在赠给一位老共产党员的诗里，以"旭日中天防食昃"提出忠告。并对工作中"不讲效率、速度"的农村作风和游击作风，多次向周恩来等提出批评建议。"古今历史一再证明：伟大的批评者往往是伟大的爱国者"[7]。同时，柳亚子也敢于毫不留情地解剖自己。他的自传、回忆录、日记以及书信、诗文，实际上构成了这位"亚洲卢梭"自己的《忏悔录》。他曾十分坦率地承认自己"是一个彻头彻尾矛盾的人"[8]。在几十年的革命历程中，他作过多次痛切的反省，如他在自传中说，袁世凯窃国后，自己痛苦异常，一度"鬼混在窑子（妓院）里"，过着醇酒妇人的生活。老友陈子范曾当面批评他"玩物丧志"。后来他每回想此事，都十分愧疚（《我和言论界的因缘》）。柳亚子这种敢于自我揭丑、勇于忏悔的精神，不但无损于他的形象，反而更显示出其胸怀坦荡和人格高尚。至于毛泽东在《七律·和柳亚子先生》诗中批评他一事，也应作具体分析。说"牢骚太盛防肠断"，作为相交多年的老朋友的劝诫，并无不可。而他后来说"不作苏俄叶塞宁"[9]，却未免失当。但他在《七律·感事呈毛主席》诗中说："安得南征驰捷报，分湖便是子陵滩"，也有一些客观原因：一是我国知识分子一向有清高傲世和功成身退的思想，并非柳亚子所独有；二是对于柳亚子这样用世心极强而自尊心也极强的革命活动家来说，在自己终身为之奋斗的新中国筹建中，有些文化机构没有安排他一定位置，令他产生被闲置的感觉，因而难以接受，更不难理解。

柳亚子人品好，诗品也极高。郭沫若曾称赞柳亚子为"今屈原"。茅盾认为，"柳先生的诗，反映了前清末年直到新中国成立后这一长时期的历史，亦即从旧民主主义革命到社会主义革命的历史，称之为史诗，是名副其实的"[10]。王晶垚说："柳亚子以诗歌鼓吹革命，时间之长、数量之多、内容之丰富、感情之热烈、影响之广泛，在中国近代诗坛上没有第二人。"[11] 因此，柳亚子的诗得到中国知识界，包括许多著名新文学家的普遍称赞，也得到中国国民党和中国共产党许多领导人的一致推崇。因而许多伟人都与他有诗歌唱和，如鲁迅那首因名联"横眉冷对千夫指，俯首甘为孺子牛"而广泛传诵的《自嘲》，就是在1932年题赠柳亚子的；毛泽东那首享誉极高的词《沁园春·雪》（北国风光）也是在1942年以手书相赠柳亚子，从此这首词才公开发表的。当人们读到鲁迅、毛泽东的名作时，不能不想到柳亚子。此外，国民党元老于右任，以及共产党领导人周恩来、朱德、董必武等都与柳亚子有诗词相酬赠。但是，就是这样一位与政治领袖人物有密切交往的诗人，在死后却蒙受奇冤。

在"文化大革命"初期，"四人帮"和康生之流，出于不可告人的政治目的，掀起了轰轰烈烈的造神运动，将毛泽东宣传成神仙和救世主。于是他们便抓住柳亚子的两枚闲章连同另一枚刻有相关边款的印章大作文章，硬说是诬蔑伟大领袖毛主席，制造了一起莫须有的所谓反动印章案。

第一枚"兄事斯大林弟畜毛泽东"印，典出《史记·季布传》，季布和季心兄弟俩都是著名的游侠。季心因打抱不平杀人后逃往吴国，躲在吴丞相袁丝家里，季心"长事袁丝，弟畜灌夫、籍福之属"。畜，通蓄，义同爱护，意思是说季心以待兄长的态度尊敬袁丝，以对弟辈的态度爱护灌夫和籍福。此事可追溯到20世纪20年代。当时，柳亚子自称"李（列）

宁私淑弟子"，把列宁看作自己的老师，与斯大林就如同窗一般，因此柳亚子称斯大林为兄。1926年5月，柳亚子出席国民党二届二次全国代表大会，与正在广州主办农民运动讲习所的毛泽东相识。毛泽东非凡的才识和气度及其对斗争时局的敏锐洞察力使柳亚子为之倾倒。柳亚子执行孙中山的"联俄、联共、扶助农工"三大政策的坚决态度也使毛泽东深表赞叹。从此，两人结下了深厚的友谊。当时柳亚子年届不惑，毛泽东年轻，只34虚岁。1929年，柳亚子写了《存殁口号六首》，其中第一首写道："神烈峰头墓草青，湘南赤帜正纵横。人间毁誉原休问，并世支那两列宁。"两列宁，原注：孙中山、毛泽东。这时中国革命处于低潮，毛泽东还不是中共的主要领导人，而柳亚子以他的远见卓识，已经认定，孙中山以后拯救中国的重担历史地落在毛泽东身上。柳亚子自从与毛泽东相识相交之后，对毛泽东一直是兄长般地爱护，并把中国的希望寄托在毛泽东的身上。"兄事"和"弟畜"，历史地来看，只能表明柳亚子对斯大林与毛泽东的亲切和敬重。

第二枚"大儿孔文举小儿杨德祖，前身陶彭泽后身韦苏州"印中"大儿小儿"的成例始于祢衡。东汉建安初年，在京城许昌（今河南许昌）聚集了全国许多贤士大夫，而祢衡只看得起刚直敢言的孔融和才智敏捷的杨修，他说："大儿孔文举，小儿杨德祖，余子碌碌，莫足数也。"（《后汉书·祢衡传》）"陶彭泽"和"韦苏州"，前者即不肯为五斗米折腰的陶渊明，后者是清廉刚直做过苏州刺史的韦应物，后世并称"陶韦"，作为山水田园诗人的代表。以上四人都是用以比况。这里的"儿"，是男儿的意思，祢衡与孔融、杨修友善，所以赞扬他俩是真正的男子汉。此外，"革命军中马前卒"邹容在影响巨大的《革命军》一书中，也套用过"大儿华盛顿小儿拿破仑"的说法，表达他对美国和法国革命时期这两位杰出人物的尊崇，号召国人以他们为榜样起来革命，争取独立。当时柳亚子年仅17虚岁，在上海爱国学社读书，与邹容意气相投，结成莫逆，出资帮助邹容印行《革命军》。柳亚子对邹容援用"大儿小儿"成例的印象异常深刻。

第三枚"前身祢正平后身王尔德，大儿斯大林小儿毛泽东"印中的"祢正平"，即祢衡，少有才辩长于笔札，性刚傲物，曾当众辱骂曹操。

"王尔德"，是19世纪英国唯物主义作家，反对当时的市侩哲学和传统道德，晚年赞成以社会主义制度代替资本主义制度。为了表达对斯大林和毛泽东的感情，特别是毛泽东将个人安危置之度外，前往重庆与以蒋介石为首的国民党进行谈判，柳亚子认为这是大仁、大智、大勇的行为，于是请人刻下了这枚印章，以表达他的尊敬和佩服。以上三枚印章都刻于重庆，为柳亚子的好友曹立庵所刻。当时，抗日战争已经取得胜利，国共两党正进行和平谈判。可是国民党反苏反共的倾向日益明显，柳亚子以文人传统的方式，运用历史典故抒情言志，他的这几枚印文充分表明了对斯大林和毛泽东的热爱，旗帜鲜明地表示自己站在共产党的一边。刻印时，柳亚子担心"昧者不察"，特意请曹立庵增刻了边款，说明"绝无不敬之意"，"斯语特表示热爱"。但是，他的担心并非多余。1966年7月，那个所谓"博古通今"的理论权威康生看到了这几枚印章，马上断定是反动印章。柳亚子怎么可以与领袖称兄道弟呢？至于"大儿""小儿"的印文，康生看了更是暴跳如雷。其实，康生自己明明知道"大儿""小儿"该如何解释，可是他利用群众不熟悉历史典故和文言词汇，故意诱使人们把"大儿""小儿"理解成大儿子和小儿子。更为恶毒的是，康生还不让专家、学者进行鉴定和解说，谁要出来说话就批斗谁。接着，康生连写三个批示，判定这几枚印章"反动之极"，气势汹汹地责问中国革命博物馆"是个革命博物馆，还是个反革命博物馆"，"革命博物馆竟然接收和保存这样反革命的东西，令人十分惊异"。指令文化部"彻底追查"，矛头直指周恩来总理。在他的威压之下，几枚印章被砸碎，印章的所有照片和照片底版在戚本禹特派代表的监督下被当众销毁。同时，中国革命博物馆馆长——一位参加过二万五千里长征的红军老干部，受到了批斗和迫害，造成终身残废。几位鉴定解说印文的专家、学者被作为"反动学术权威"横遭批判。柳亚子尽管已经辞世，但也在大字报上被点名为"老反革命分子"[12]。

　　"文化大革命"结束后，这个所谓"反动印章案"水落石出。1987年5月28日，柳亚子诞辰一百周年，柳亚子纪念馆正式开馆，曹立庵先生重新翻刻了印章，赠送给柳亚子纪念馆珍藏。

第二节　以题画诗书写历史

柳亚子说："我的诗，不是靠的文学而传，而是靠我的历史使命而传。"[13] 他的历史使命，一是在20世纪上半叶，以诗歌作为"宣传的利器"，鼓吹民主革命；一是效法杜甫，既以诗纪游，也以诗写"史"，以诗歌记录自己的游踪和时代，"留当他年诗史看"[14]。

在柳亚子的题画诗中，爱国忧民可以说是唯一的主题，其感情之激烈，爱憎之分明，既令人扼腕，又催人奋起。如果细分一下，主要有反清抗日、抨击反动势力、揭露战乱灾难、追悼革命先烈等方面。

柳亚子生活在清代末期，此时反清浪潮虽然渐趋平息，但是他心中的民族意识仍很强烈，认为清统治者入主中原是"祖国沉沦"，"民族仳离"，所以，他在《为梁公题小影》诗中说："棱棱尚武魂，惨惨亡国恨。黄龙一杯酒，盟誓在方寸。胡运今已替，昆仑有王气。珍重好头颅，努力中原事。"他在《题钱亚伦戎妆小影》诗中又说："残山剩水事堪伤，结束从军入战场。他日义旗齐北指，看君一矢殪天狼！"这些诗虽然不免夹杂着种族主义情绪，但其反帝反封建的民主思想却是可贵的。辛亥革命夭折后，以袁世凯为首的北洋军阀窃取了革命果实。柳亚子一度彷徨苦闷，但不久便振作起来，以诗歌为武器，痛批袁世凯。他在《题范茂芝〈寻诗读画图〉》中说：

> 和议不曾诛贼桧，群儿今已奉曹瞒。
>
> 会须画出中原景，立马昆仑放眼看。

"和议"，是指已控制北洋军队的袁世凯于1912年以南北调解人自居，与孙中山南京临时政府的代表唐绍仪议和。"群儿"句是说孙中山被迫辞去临时大总统后，袁世凯在一些人"拥戴"下当上了临时大总统，美、英、法、德等国公使纷纷上门祝贺。诗人将袁世凯比作卖国求荣的秦桧和篡夺帝位的曹操，十分贴切，不仅揭示了他勾结帝国主义的卖国嘴脸，而且痛斥其窃取革命成果的可耻行径。在诗的最后，诗人以乐观的态度瞻望未来，坚信孙中山最终会收复"中原"，革命一定成功。但是革命的道路并不平坦，继袁世凯复辟失败后，张勋又重蹈覆辙。但当他通电各省，宣布"奏请皇上复辟"后，举国哗然，孙中山在上海发表《讨逆宣言》，段祺瑞组成了"讨逆军"，"辫子军"一触即溃。段祺瑞重任国务总理后，又完全继承了袁世凯的衣钵，继续独裁、卖国，发动内战。于是，孙中山随即开始了讨伐段祺瑞的第一次护法战争。但是在北洋军的镇压下，护法失败。对此，柳亚子极为忧伤，他在《题〈醴陵兵燹图〉》中说：

> 平西卖国诚堪杀，营窟臣佗亦盗名。
> 流尽湖湘万家血，可怜护法竟何成！

这首诗写于1919年，当时西南军阀唐继尧等，盗用孙中山之名进行北伐，以推翻拒绝恢复约法和国会的段祺瑞，但他们的真实目的并非为了支持护法军政府，而是拥兵自重与孙中山分庭抗礼。因此，诗人发出"护法竟何成"的感叹。经历了革命挫折，诗人心中不免产生矛盾，他在《题〈深山采药图〉》中说："恫瘝久已弥天地，采药山中得隽不？我亦韩仇浑未报，翻思径作赤松游。"但是柳亚子并不逃避现实，他在《题〈避秦图〉》中说：

> 羞向桃源说避秦，风云何地足潜身。
> 素书三卷依然在，肯作神州袖手人！

在灾难面前，一般人都选择逃避，但是诗人不仅不做袖手旁观人，而且勇于担当，要做手持兵书的救国者。这首诗所表达的决不仅仅是他个人的期许，而是代表革命低潮中千千万万革命志士抗争不已的精神。

连年的战乱，不知有多少无辜者死于兵灾，其《题宗瑞甫〈寻亲闻耗图〉》就反映了这样的现实：

> 无亲已抱终天恨，况隔烽烟十六年。
> 闻耗不堪拼一恸，椎心呕血复奚言！

　　　　浩劫虫沙又此时，控弦南牧欲何之。

　　　　不知大纛高牙外，多少慈孙孝子悲！

　　这两首诗真实地反映了战乱中人民的苦难。它较之《寻亲闻耗图》更为生动地记录了寻亲者闻噩耗那"椎心呕血"的悲痛，并表达了诗人欲救无力的感伤。而另一首写于1920年的《题屯艮〈章龙归梦图〉》则是写革命形势好转的喜悦："虎跳龙拿梦乍醒，杜陵慷慨为收京。羽书已报南军捷，好买轻舟下洞庭。"

　　对于1927年蒋介石发动的"四一二"反革命政变，柳亚子也以题画诗记之，如1930年所写的《题秋石遗像，一月廿七日作》：

　　　　犹见英姿飒爽来，梦魂无路可追陪。

　　　　三年地下苌弘血，一赋江南庾信哀。

　　　　乱世经纶钩党狱，漫天烽火骷髅杯。

　　　　蹉跎我已悲心死，愧对眉痕日几回？

　　"秋石"，指国民党左派张秋石女士，思想激进，为革命而奔走呼号，"四一二"被国民党反动派残酷杀害，时年仅27岁。这首诗通过对张秋石的追悼，揭露了国民党反动派制造"党狱"，残杀革命志士，造成烽火连天、骷髅遍地的黑暗现实。柳亚子悲悼先烈的题画诗有很多，这些诗不仅歌颂了英烈的不朽业绩，而且反映了许多重大历史事件，如《留别济远，乞画〈黄花岗吊墓图〉》《〈江楼秋思图〉旧卷，仲恺先烈暨夫己氏并有题句，展视怆然，为赋一绝》等。以后，他又连续重题、再题、三题、四题《黄花岗吊墓图》，可见他对黄花岗七十二烈士的景仰与怀念之深。

　　1931年，他为何香凝所绘松菊巨幅而题的《后丹青行》更是一篇史诗般的作品，其诗是：

　　　　卅年革命中山孙，廖何仙俪同及门。

　　　　苌弘埋碧死不朽，周婺恤纬今犹存。

　　　　岭南当日盛才人，跋扈早识桓将军。

　　　　新亭涕泪河朔饮，酒徒一散都如云。

微言愧我称先见，慷慨长辞粤王殿，

杜门已悔锥处囊，亡命还愁剑斮面。

多君仍挺鲁阳戈，赣鄂从征冒矢箭，

武昌虽小正朔尊，巍然坐看玄黄战。

可怜驽马啮骒骢，水火朝端论不同，

殷浩虚名误天下，九章哀郢悲回风。

过江名士多于鲫，唯君杰出群流中，

一恸昭陵毕万缘，誓言去国凌长空。

去国三年居海上，笔床茶灶东西向。

补天炼石梦荒唐，滴粉研朱心惆怅。

馀技丹青迥绝伦，羞为凡范写形相，

后凋松菊入画图，雪虐霜饕岂沮丧。

文章有道交有神，唯我与君同性真。

江山摇落千行泪，家国兴亡几辈人。

秦庭大夫讵足骂，陶家三径宁嫌贫。

吁嗟乎！劲质孤芳世已稀，愿君善保坚贞身。

　　这首诗虽然用典多，较为难解，但它却反映了这一时期曲折、多变的革命史。"苌弘"，春秋时周贤大夫，无罪而被杀，既死，血流成石，其色碧。此指为革命而被暗杀的国民党左派领袖廖仲恺。"周嫠恤纬"，是说周济贫苦的寡妇不忧其织而忧国家之危。"恤纬"，是"嫠不恤纬"之省语。这句指何香凝不为己忧而忧天下。她"仍挺鲁阳戈，赣鄂从征冒矢箭"。此诗既写何香凝在国内为"义愤所激"的爱国斗争，又写她在国外仍梦想"补天炼石"。据载，"廖夫人客巴黎三载矣。辽沈沦陷，仓皇归国，将尽鬻所写画，得钱供反日救伤之用。"[15]因此，此诗以"后凋松菊入画图"为题，赞美何香凝前半生的高德义行；同时记录了大革命前后革命阵营分化及国民党左派的斗争历程。这正如诗人所说："余仿杜陵《赠曹将军丹青行》，并次原韵，……岂敢妄拟诗史；要之大革命前后沧桑之变化，读此诗者，庶几可以仿佛之欤！"[16]

抗日御侮，这一关乎民族兴亡的大事，在柳亚子的题画诗中有更多、更具体的反映。在发生九一八事变的当年，诗人在《十二月九日与香凝夫人夜话感赋》中感叹"人亡国瘁恨难平，空遣深源负盛名"，而在《题香凝夫人画幅，十二月十日作》中即呼唤"卫霍辈"出来打"虎"，并坚信"支那老大国"这头睡狮一旦醒来，定会"大雄大无畏"。为此，在《费毓卿前辈〈蛟龙奏凯图〉，为令嗣君坦题》中盛赞抗日名将马占山："中原岂信竟无人，又见榆关莽寇氛。欲与先公比勋烈，龙江唯有马将军！"在《题救国画展会合作》中又说："健儿塞北横戈日，画客江南呕墨时。一例众芳零落尽，忍挥残泪为题诗。"在这些诗中，既为在塞北坚持抗日的英雄而赞叹，又为"众芳零落"而感伤。而1943年所写的《题利柱石将军〈淞沪抗敌图〉并序》则更为具体地描绘了"八一三"淞沪战场上的刀光血影：

> 柱石将军粤之花县人也。"八一三"之役，以一旅之众，力摧久留米师团于罗店、刘行间，厥勋甚著。后乃解甲归隐苍梧，属黎沛鸿画师绘图以为纪念，并介巨赞上人索题，报以两绝。

> 百粤骁腾士马道，吴淞喋血奋同仇。
> 曾凭一旅摧强寇，歼尽倭夷付浊流。

> 湖上骑驴啸傲时，画图认取旧英姿。
> 收京荡虏明年事，倘着戎衣更一围？

这两首诗不仅赞颂了利柱石将军当年与日寇血战的英雄业绩，而且对他提出新的期许，希望他在未来"收京荡虏"中再立新功。如果说这首诗描写吴淞战役尚不够具体，那么他的《为王济远题战区油画五首》则分别描写了"战区暮色""吴淞废炮""夜行古庙""战区风雨""车站废址"五处战争遗迹，让我们仿佛看到劫火仍在燃烧，空气中似乎弥漫着血腥，从这些废垒残垣中不难想象当年战争的惨烈。而在抗战时期最有代表性的题画诗则是在1942年所写的《匝月前曾观张安治画展，爱其〈后羿射日图〉之作，顷介瘦石索诗，报以一绝》：

整顿新魂换旧模，少年才笔压江湖。

骄阳酷暑相煎急，爱看君家射日图。

诗中的"骄阳"，当影射疯狂入侵的日寇，而"酷暑"似指残酷统治的国民党反动派。人民在二者"相煎"之下，处于水深火热之中，急盼有人"射日"。日寇侵占上海后，柳亚子离沪赴香港。他把自己在港的寓所命名为"羿楼""羿庐"，即取后羿射日之义，以表达对日寇不共戴天的仇恨和抗战到底的信念。这便是诗人"爱看君家射日图"的原因所在。

抗日战争胜利后，其题画诗的代表作是《自题绘像一律》：

五十九年吾未死，杨麽镜里好头颅。

霸才无主陈琳老，竖子成名阮籍吁。

苁篋龙文新宝剑，蜡丸蛟帕旧阴符。

天图地碣堂皇在，振臂中原会一呼。

当时，国民党反动派正准备发动内战，镇压民主力量。诗人对此义愤填膺，便在尹瘦石为自己的画像上题了这首诗。诗人抚事抒怀，通过写自己的坎坷经历，间接地反映中国人民的革命历程，既表达了他敢于向反动势力斗争的桀骜不驯的性格，又抒写了为人民解放事业坚持奋斗的精神。内涵丰富，感情深挚。

1945年的重庆谈判这一重大历史事件，柳亚子的题画诗以画家为毛泽东绘像为题，加以论述，其诗是《瘦石为润之绘像，即题一律，用自题肖像韵》，诗中说："双江会合巴渝地，听取欢虞万众呼。"

由于柳亚子的题画诗较为概括、生动地记录了中国近代史，所以也可称之为题画诗史。在中国题画诗发展史上，虽然不乏以题画诗记述自己平生经历的诗人，但是以题画诗记录国家的兴衰史，柳亚子当是第一人。这是因为以局限性很大的题画诗记录历史，颇为不易，它起码要具备三个条件：一是作者必须是一位忧国忧民、时刻关注现实而又非常勤奋的诗人；二是要有相应的绘画为前提，这又有赖于绘画也能紧密配合形势而创作；三是借助于照相技术为题诗拍摄大量纪实性的照片，特别是特定时间的照片，往往能承载许多岁月流年和沧桑变迁，而为这些照片所题的诗不仅可以串联起许许多多往事，而且情之所系又把爱与恨交织在一起，变成心灵过滤过的生动历史。柳亚子所独具的思想品格和所处的时代，恰恰使他具备以上三个条件，并且他的题画诗不仅全部系年，而且有许多诗还注明月、日以及题诗的缘起，这无疑更有利于我们了解那个时代。因此，仅就以题画诗记录历史这一点而言，柳亚子在中国题画诗发展史上的地位也是无人可比的。

第三节 开一代诗风

柳亚子的旧体诗词创作取得了很高成就。茅盾说："柳亚子是前清末年到解放后这一长时期内在旧体诗词方面最卓越的革命诗人。"[17] 又指出，柳亚子"虽然用文言写旧体诗，可是思想内容完全是新的，比起专写新诗的朋友们的作品来，反而更加新了"[18]。王昆仑在评价柳亚子时说："亚子一生以诗为性命，诗格清新俊逸，才气纵横。少作清丽缠绵，有晚唐风致；中年以后，悲歌慷慨，苍凉激越，洋溢着爱国激情，开一代诗风。"[19] 柳亚子的题画诗，也同他的非题画诗一样，具有多种艺术风格，并且在不同时期有不同的变化，但才气纵横、慷慨激昂是其基本特点。这正如毛泽东致柳亚子信中所评："尊诗慨当以慷，卑视陆游、陈亮，读之使人感发兴起。"[20] 1906年，他在《自题二十小影》中就透出一股不同凡俗的郁勃之气，其诗是："成佛生天两不甘，脑丝魄电自醺醺。死生流转来相值，忍作人间血肉看。"而1908年写的《题留溪钦明女校写真，为天梅作》则是诗人青年时期艺术风格的代表作：

> 高生我友天下士，不肯落落埋姓氏。
> 芒鞋踏遍富山云，蹈海归来心未死。
> 春申江上舞台开，鹿儿私塾多英才。
> 学界风潮一澎湃，白虹堕地声如雷。

高生此时不得意，拂衣竟望乡关去。

端居郁郁苦无赖，雄心聊试牛刀技。

留溪女校建钦明，从此文明教化行。

绛帐不辞秦妇女，红妆多作鲁诸生。

一幅图成索我歌，我歌岂与君殊科！

自由平等凤所慕，贻讥半教理则那。

娲皇炼石曾补天，此时男女无颇偏。

扶阳抑阴谬论起，女权扫地三千年。

三从七出等刍狗，笯凤囚鸾亦何有。

遂令天下女子身，无端尽作牛马走。

百年苦乐由他人，我闻此语心怦怦。

圆颅方趾岂异类，燃萁煮豆诚何心！

物穷必反剥极复，欧风美雨争接触。

十年以还议论新，阳和煦气回荒漠。

教育方针近若何？我言不畏人讥诃。

良妻贤母真龌龊，英雌女杰勤揣摩。

他年亚陆风云起，兰因絮果从头理。

素手抟成民族魂，红颜夺尽男儿气。

高生，高生，如汝真豪贤，勿嫌地小不足君回旋。

愿君孟晋益孟晋，造福女界当无边。

君不见，行远必自迩，登高必自卑。

安知韦露、苏菲辈，不向图中一见之。

　　天梅，为高旭的字，近代诗人，写过不少宣传资产阶级民主革命的诗篇，曾任中国同盟会江苏支部部长，是和柳亚子等人一起开办南社的创始人之一。这首诗不仅盛赞高旭创办女校之功业，而且批判了从古至今"扶阳抑阴"之谬论，充分地肯定了女子在社会中的巨大作用——"素手抟成民族魂，红颜夺尽男儿气"。柳亚子一向尊重女权，先后写过《女雄谈屑》《为民族流血之无名女杰传》《论女界之前途》等论著。由于诗人极为重视妇女，所以便把本为柔弱之身的女性写成顶天立地之"英雌女杰"，并为"女权扫地三千年"，"无端尽作牛马走"而鸣不平，其语言之激烈、气势之逼人，大有横扫一切陈规戒律、颠倒乾坤之概。这一时期的另一组诗《题钱剑秋〈秋灯剑影图〉》四首，也是气势豪宕之作，试看其二、其三两首：

> 肝胆峥嵘伴此宵，中原南望夜迢迢。
> 秋灯自吐苍虹气，肯照儒生读楚骚！
>
> 乱世天教重侠游，忍甘枯槁老荒邱。
> 霜寒一剑惊人句，太息君家十四州！

这两首以剑影为题的诗，不仅写出诗人峥嵘之肝胆，而且道出诗人宏远之期许。它较《题留溪钦明女校写真，为天梅作》，无论是气度还是气韵又胜一筹。但是，自1927年"四一二"反革命政变，特别是九一八事变之后，随着国土沦陷，诗人忧心忡忡、不能自已，使他的题画诗也蒙上一层感伤色彩，先看《香凝夫人属题画集，再赋两律》其一：

> 岂独人间女画师，欲还元气入淋漓。
> 补天捧日心原壮，填海移山事已非。
> 谁遣流民成粉本，终怜绝技属金闺。
> 调脂吮墨吾曹事，莫问长安似弈棋。

诗人虽然说"填海移山事已非"，"莫问长安似弈棋"，表面上看似乎不再关心变化莫测的政局，但其忧国之心不渝，"补天捧日"之志犹存，只是多了几分苍凉。而写于1943年的《满江红·题瘦石绘〈延平王海师大举规复留都图〉，用岳忠武韵，四月一日作》，其豪放风格虽然基本未变，但于悲歌慷慨中又多了几分激愤：

> 三百年来，溯遗恨，到今未歇。真国士，延平赐姓，鏖兵战烈。
> 组练晨翻南澳水，艨艟夜酹秦淮月。奈棋差一子局全输，攻心切。
>
> 甘辉耻，未湔雪。苍水计，成灰灭。愤丑夷狡狯，长围溃缺。龙

驭难归滇缅缪，鲸波还喋台澎血。看白虹贯日画图中，排云阙！

这是写延平王郑成功攻取南京事。"组练晨翻南澳水，艨艟夜酹秦淮月。奈棋差一子局全输，攻心切"，当时郑成功为反对其父降清，曾在南澳起兵，组练水师，并于清顺治十六年（1659）与张惶言（号苍水）合兵夜入长江，围攻南京，后因误中清总督郎廷佐诈降计而落败。词人虽然是写300年前的历史，但却意在反映现实。当时日本侵略者正恣意践踏国土，经郑成功收复的"台澎"又落入日寇手中，他怎能不义愤填膺！因此，这一时期柳亚子的题画诗词便渐渐由豪壮转为悲壮，由苍劲转为苍凉。它较之诗人前期有些题画诗的沉郁风格虽然有相似之处，但也有明显的不同，如1909年写的《满江红·题〈剑魂汉侠图〉，用岳鄂王韵》：

　　荆匕良椎，叹底事，侠风消歇？蓦地里，逢君吴市，箫声激烈。壮士悲歌辽海曲，健儿醉踏沙场月。吊要离冢畔草连天，雄心切！　沼吴耻，几曾雪？报韩谊，终难灭。看不平棋局，唾壶击缺。青史百年薪胆恨，黄衫一剑恩仇血。问何时恢复旧中原，收京阙。

这首词与前一首词同是写往事，指斥的对象同是旧王朝，但在本质上却有不同。此词是痛斥清统治者，而前一首词影射的却是穷凶极恶的日本帝国主义；此词夹杂着民族主义情绪，而前一首词却充满了反侵略的义愤。如果说此词于感慨中有感愤，悲歌激烈，那么前词则是义愤满腔、苍凉悲壮。但豪宕仍是两首词的共同基调：此词中词人"看不平棋局，唾壶击缺"，"雄心切"；而前词也是"看白虹贯日画图中，排云阙"。

在中国文学史上，豪放派词人多富于理想，因此柳亚子的题画诗也颇具浪漫色彩，如1943年写的《自题〈樱都跃马图〉并序》：

　　余想象革命后之日本而作《樱都跃马图》，蕴山题句云："老骥犹存伏枥思，横流沧海感离离。樱花自有红时节，莫道英雄跃马迟。"喜而和之。

　　江户遗亡十六春，画图跃马再来辰。

野心岂比完颜亮，女伴还遗陈小频。

伐罪吊民吾岂梦，旧邦新命孰为薪？

樱花自有红时节，一碣终须补海漘。

此后，又于1944年写了《寄蕴山渝都，即次其去岁题〈樱都跃马图〉韵》，于1945年写了《自题〈樱都跃马图〉，用辅叔韵，十月五日作》《补题〈樱都跃马图〉，二十三叠九字韵十月十三日作》《续题〈樱都跃马图〉，用谢康寿韵，十月十六日作》等。在这些诗中，诗人并未只满足"踏破蜻蜓斗大洲"的快意，也有对樱都未来的畅想："蹴日扶桑倘再红，潮流民主海西东"，表达了诗人的崇高境界和革命理想。

柳亚子曾说："我论诗不喜艰涩，主张风华典丽；作诗不耐苦吟，喜欢俯拾即是。"[21] 其题画诗也基本体现了他论诗的主张。这主要表现在三方面：一是往往脱口而出，口语、俚语、流行语都可入诗，"兴会来时，一下子能作好几首诗。往往有人请他题诗，一面用笔蘸墨，一面想，不过两三分钟就写出来"[22]。二是简洁明快，直抒胸怀。他的许多题画诗不像宋元时有些题画诗往往通过吟咏山水、品花赏月，间接地寄情言志，而是直面现实，快人快语，如《瘦石前绘放翁"南望王师又一年"句为图，余反其意成此》："南望王师又一年，王师到后更颠连。帝王自昔皆民贼，武力端应民众先？"与简洁明快风格相联系，柳亚子的题画诗也酣畅淋漓，如《题沈君匋〈风雨一庐图〉》：

年少休文草檄才，宾筵喜为五旬开。

一庐风雨飘摇甚，万马河山蹴踏来。

旧梦迷楼邻笛渺，新都蜀国霸猷赅。

平倭我挟阴符秘，痛饮黄龙要酒杯。

这首诗虽然对国民党的"新都蜀国"仍有幻想，但其"平倭"的决心却是非常坚定的，誓把日寇赶回老家去，"痛饮黄龙"。一气贯注，痛快至极。三是平易中有典雅，风华清丽，如《罗敷媚·题石子、㮚君伉俪合影》：

几生修到鸳鸯伴，郎是兰成，妾是双成，并坐秦楼弄玉笙。　黄金不把相思铸，月样聪明，玉样温存，绣出人间一段春。

此词虽然有多处用典，但都较为常见，温婉而不生涩，典丽而又清新，可谓既平易又典雅。

此外，柳亚子的题画诗还有"五多"，也为历代题画诗人所少见。其一，一首诗为多幅画而题，如《四月十一日观瘦石画展》其一："尹郎年少笔能遒，高会灵山集众流。国老岂徒尊画苑，群才各自有千秋。图成正气天应泣，血写双忠鬼亦啾。赵宋朱明今已矣，樱都跃马我昂头。"诗人在诗后注明："谓《正气歌画意》《瞿张二公殉国史画》暨《樱都跃马图》。"此诗其二还在诗中夹注诗句所咏之画："如此星辰非昨夜，为谁风露立中宵。瘦石绘两当轩诗意为图。英雄儿女嗟同命，金粉胭脂惨不骄。阁部衣冠梅岭冢，《史可法督师扬州》。延平勋业蚝滩潮。《延平王海师大举规取留都图》。更怜丘壑西山美，一衲难容谢世器。谓桂平西山写生及释巨赞画像，适见报载巨赞辞去西山龙华寺住持启事，故云。"其二，为一幅画连题多首诗，除前面提到的为《樱都跃马图》题5首诗外，又如自题、再题、三题《辽东夜猎图》等。其三，叠韵多首题画诗。柳亚子作诗擅叠前韵，有时一连叠韵几十首之多。其题画诗也喜叠韵，如在他的32首叠九字韵诗中，就有《自题〈辽东夜猎图〉，十七叠九字韵》《自题〈鸥梦圆图〉，十八叠九字韵》《青年馆观高谛生画展，旋赴夫子池五芳斋小饮，十九叠九字韵》《自题尹瘦石所绘〈东都谒庙图〉，二十一叠九字韵，十月十日作》《补题〈樱都跃马图〉，二十三叠九字韵，十月十三日作》等5首题画诗。叠用某字韵作诗，因难见巧，本已不易，而为绘画题诗还要照应画意，更为难能可贵。而更令人叫绝的是，这几首题画诗又都是十九韵以上的长诗，可见柳亚子旧体诗功力之深厚。他的题画词也喜叠韵，如《摸鱼儿·闻秋石女士衣冠墓告成，填此志感，三叠〈秣陵悲秋图〉旧韵》。其四，为多种造型艺术题诗，除为传统的中国画题诗较多外，还曾为油画、漫画、照片、塑像题诗。电影，可视为动态画，其胶片即可洗印照片，所以也当属于广义的题画诗题材。柳亚子还为影片题过诗，如《啸岑邀赴平安戏院观〈今日中国〉影片》。其五，为众多画家作品题诗，而为友人画家作品题诗尤多。其中为何香凝画作题诗最多，达50余首，占柳亚子全部题画诗的近十分之一。其次是为尹瘦石的画题诗也很多。柳亚子于1942年在桂林结识尹瘦石，两人一见如故，遂成忘年交。尹瘦石为激励爱国民心，以柳亚子的风骨、气质为借鉴创作了《屈原图》，深得当时文化人的赞许。柳亚子尤为喜欢，并题诗嘉许："阳羡溪山君入画，吴江风雨我惊魂；如何异地同漂泊，握手漓江认酒痕。"从此首开"柳诗尹画"之端，此后又"约为柳诗尹画联合展览之举"，柳亚子"得诗两截"，其一说："画师要辟千秋境，诗圣真堪九鼎扛。他日渝州传故事，尹宜兴与柳吴江。"并于1945年10月24日，"柳诗尹画联展举行预展于中苏文化协会文化之家"。这当是中国文化艺术史上第一次有组织的诗人与画家联袂举办的诗画展览。此举不仅具有开启意义，而且为诗人与画家的密切配合，发挥诗画的双重乃至多重作用提供了有益的借鉴。

当然，柳亚子的题画诗也不无缺点，有些诗由于用典过多，有时不免失之晦涩或比拟也不甚恰切。但有时也是迫于形势所为，如有的诗在发表时常以"狄"代"敌"、以"卤"代"虏"等[23]。

注　释

〔1〕《柳亚子的诗和字》，载中国革命博物馆、上海人民出版社编《磨剑室文录》，上海人民出版社，1993，第1467页。

〔2〕《柳亚子选集》上册，人民出版社，1989，第16页。

〔3〕胡乔木：《在柳亚子先生逝世二十五周年纪念会上的讲话》，载柳亚子《磨剑室诗词集》，上海人民出版社，1985，第1-2页。

〔4〕同上书，第10页。

〔5〕《柳亚子选集》，人民出版社，1989，第7页。

〔6〕《从中国国民党民主派谈起》，载《柳亚子选集》，人民出版社，1989，第3页。

〔7〕《伟大的批评者往往是伟大的爱国者》，《中国青年报》2010年8月18日。

〔8〕《旧诗革命宣言书》，载《柳亚子选集》，人民出版社，1989，第17页。

〔9〕《口号答云彬》，载《柳亚子选集》，人民出版社，1989，第18页。

〔10〕《解放思想，发扬艺术民主》，载《柳亚子选集》，人民出版社，1989，第9页。

〔11〕《柳亚子选集》，人民出版社，1979，序。

〔12〕晓农:《由柳亚子印章引发的冤案》,《世纪》2001年第4期。

〔13〕《给曹美成的信》,载《柳亚子选集》,人民出版社,1989,第12页。

〔14〕《咏史四首》,载《磨剑室诗词集》,上海人民出版社,1985,第247页。

〔15〕《磨剑室文录》,上海人民出版社,1993,第1079页。

〔16〕《羿楼日札》,载《磨剑室文录》,上海人民出版社,1993,第1273页。

〔17〕《解放思想,发扬艺术民主》,载《柳亚子选集》,人民出版社,1989,第9页。

〔18〕《柳诗、尹画读后献词》,《新华日报》1945年10月25日。

〔19〕《诗人·学者·战士——纪念柳亚子先生逝世二十五周年》,《人民日报》1983年6月21日。

〔20〕转引自《磨剑室诗词集》,上海人民出版社,1985,第17页。

〔21〕《我对于创作旧体诗和新诗的经验》,载《柳亚子选集》,人民出版社,1989,第10页。

〔22〕宋云彬:《柳亚子》,《人物杂志》1946年第9期。

〔23〕《磨剑室文录》,上海人民出版社,1993,第1687页。

第五十六章

题画词曲的底色与折光

近代，是题画诗歌发展的一座高峰，特别是题画词曲空前发展。它犹如压卷之作，光芒四射，彪炳史册。

近代的题画词，因无人编辑《全近代词》，所以其数量难以统计，但仅从严迪昌编著的《近代词钞》看，其中题画词的数量已颇为可观。此书共录入词人200余位，其中绝大部分词人有题画词存世。

近代题画散曲的数量也很多，据谢伯阳、凌景埏所编《全清散曲》统计，属于近代的题画散曲就有近300首之多。近代的题画词曲不仅数量多，艺术质量也达到了相当高的水平，应引起足够的重视。

第一节　诗人的苦闷、愤懑与爱国激情

近代题画词曲所反映的社会生活较清代更为丰富多彩，出现了许多前所未见的新题材，所反映的思想也更为深刻、复杂。其中重大题材，有涉及鸦片战争，写抗英御侮的，也有涉及太平军、捻军的。民生题材，更深入到社会最底层，有写讨饭乞食的。在文化生活方面，除了仍有许多为《读书图》《填词图》而题的作品外，自王鹏运、朱祖谋开校词风气之后，《校词图》几乎代替了《填词图》，于是又出现很多题《校词图》的词曲，如吴昌硕为朱祖谋画了《校词图》后，先后为之题词的作品就有冯煦的《霜花腴》，陈曾寿的《清平乐》，况周颐的《还京乐》，林开谟的《水调歌头》，劳乃宣的《醉翁操》等。但是，另一方面也有大量题画词曲反映的

却是官绅士人内心的苦闷、焦躁、彷徨、感伤、愤懑，愁丝万缕，难以名状：有人耽于醇酒妇人唯恐不足，常生闲愁；也有人为谋生路，奔走于权贵之门，备遭冷眼而生怨；有人感于离乱，常怀相思之苦；更有人为家国之恨，按剑而视，拍案而起，投笔从戎，等等。这一切谱成了中国题画诗史上最后一部交响乐章。

在近代题画词曲中，几乎满眼都是残阳衰柳，满耳都是风声雨声，给人以强烈的压抑之感。这在那些为《感旧图》而题的词中，表现尤为明显，如王鹏运的《绮寮怨·忍庵为题〈春明感旧图〉，依调约沤尹重作》：

> 瞥眼秋云何在？倚风心暗惊。更短角、诉尽边愁，平芜渺，泪接孤城。当时花前俊约，空回首、夜笛飞恨声。感梦华、影事依依，红牙按、旧曲谁共听。　对镜自伤瘦生。夷歌数起，翻怜醉魄骑鲸。暮色零星，剩山意、向人青。凄凉袖中诗卷，尚偎影，共疏灯。愁怀倦醒、阑干旧凭处，尘正凝。

词人看到旧日同友人吟咏处一派荒凉，不胜沧桑之感。同时期，郑文焯的一些题画词也多描写衰飒景物，笼罩着浓重的哀伤气氛。此外，为人物、山水类绘画的题词中，也同样常常会听到词人的唏嘘声。但是，同是抒写愁怀的词，其愁因却各有不同，如夏孙桐的《瑞鹤仙·王半塘〈春明感旧图〉》是"芳韵暗惜"，感叹"鬓丝催白"；张景祁的《金缕曲·茶庵属题〈把酒问天图〉》，是为不遇时而兴叹："甚终古、才人不偶"；张鸣珂的《齐天乐·姚桂生以令兄竹生所作〈旅雁图〉索题》则是写"影落江湖，书传关塞"的羁旅之苦；周之琦的《沁园春·题亡室沈淑人遗照》"描出伤心"，写怀人之"空思"等。在题画散曲中，写感伤主题的作品更多，如高继珩的套数《题意兰女史关山策蹇图》写道："一望黏天衰草，替征夫怨妇，种就愁苗"，"唉，只可怜万斛牢愁，倒亏你者个瘦驴儿驮得了"；秦云的套数《自题花月填词图》也是"断肠花月闲凭吊，把锦囊收拾凄凉调"，"写就千阕伤心花闲稿"；范驹的套数《为芥原先生题桂影图》也写得"云偋雨偆，天荒地老，山遥水悠"。而反映最为典型的文人、仕女受压抑的两首词是吴藻的《金缕曲·饮酒读骚图》和金和的《洞仙歌·题桐城许叔平奉恩〈三生梦悟图〉》。先看前词：

> 闷欲呼天说。问苍苍、生人在世，忍偏磨灭？从古难消豪士气，也只书空咄咄。正自检、断肠诗阅。看到伤心翻失笑，笑公然愁是吾家物。都并入，笔端结。　英雄儿女原无别。叹千秋、收场一例，泪皆成血。待把柔情轻放下，不唱柳边风月。且整顿、铜琶铁拨。读罢《离骚》还酌酒，向大江东去歌残阕。声早遏，碧云裂。

这是一首自题画词。词人在作《饮酒读骚图》时，故意将自己的形象画为身着男儿装，以寓恨不"速变男儿"之意。在封建社会，女子的痛苦是社会痛苦的总和。女子的呼声是她们对社会压抑的一种抗争。相反，金和的词却大呼："须眉何用处？我再升天，罚变双鬟女身可。金屋亦无多，但倾城绝代佳人、是真个。纵碧玉寒门有人怜，更莫作男儿、今生似我。"吴藻以女子而欲变须眉，以求从精神的牢笼中得到解脱；金和是男儿却愿罚变"女身"，以求来生莫受才士落魄之苦和处世之艰。阴阳错位，看似心理变态，实乃痛苦至极的大呻吟、大宣泄。"一种时代之沉沉压抑已激化起比痛不欲生更为痛苦的感知，相比之下，历代'红颜青衫，薄命相怜'的意象显然要温馨得多，此间已无细微暖色，冰寒铁硬的冷色调凝结心底，能不令人悚然"[1]。但是，在这类抒发苦闷、不平、愤懑和感伤情绪的题画词曲中，最能打动人的却是词曲家们对国家命运和离乱中人民的苦难忧心如焚。如：黄燮清在《高阳台·孙懂伯大令熹以其先人子和先生义钧所绘〈吴门清荫禅院延秋雅集图〉遗卷索题》中"叹江山半壁，地棘天荆"；王寿庭的《金缕曲·柳如是小像》在叹惋"半野堂空秋藓合，剩丹青、流落天涯久"之后，发出"国家恨，渐忘否"的呼告；杜文澜的《忆旧游·题鲍问梅〈西湖感旧图〉》面对"烽火连三月"的现实，"故乡几回飞梦"，因而"怕戍角吹寒"等。试看江开的《渡江云·题董啸庵孝廉〈焦山望海图〉，时英夷犯顺，镇江失守》：

> 海门空阔处，浮青一点，关锁六朝秋。大江淘日夜，烟飞云敛，砥柱在中流。芳树里，楼台金碧，列圣旧曾游。　新愁。云颓铁瓮，月涌戈船，竟扬帆直走。最苦是，中泠泉水，浪饮夷酋。当年瘗鹤今

如在，恐仙禽、哀唳难收。东望去，高歌与子同仇。

焦山，位于"海门空阔处"，不仅战略位置重要，而且具有优美的自然景观和人文环境。然而如今"云颓铁瓮"，帝国主义的军舰竟趁着月色"扬帆直走"，肆无忌惮！最为悲苦的是，甘洌醇美的中泠泉水也任夷酋饮用。看到这情景，假如瘗鹤碑下那只仙鹤有知也会哀鸣不已。词人以物喻人，充分表达了对帝国主义野蛮行径的无比愤慨和对民族命运的深深忧虑。但是词人并不失望，词的最后高唱"与子同仇"，表示自己愿同广大抗英志士一道，为打击侵略者、收复失地、保卫祖国而战。这是爱国者的共同心声，具有很强的现实性和感召力。再看邓嘉缜的《水龙吟·题张翰伯恒春〈片石图〉并序》：

赤嵌陆沉，岁在乙未。金戈方耀，玉斧已画。城廓人民，幻若鲛市。卷焉东顾，凄其邈矣。实则铜山腾响，应在洛钟；李树之僵，缘代桃咶。天实为之，谓之何哉？原唱伊郁善感，窅然以深。达者若此，矧在局中乎？嘤嘤之细，振羽鸣膺，不足云和。

几年东海尘生，刚刚留得云根片。潮痕低沁，苔斑凹渍，画情无限。斥卤桑麻，青红楼阁，算伊曾见。对乌皮斐几，殷勤试问，能言否？头须点。　似笑翩翩精卫，不思量、浪高风远。推襟送抱，才温又冷，将抛还恋。何处补天，共谁斫地？江流难转。恰闲身抽得，峥嵘无恙，且依吟砚。

这首词写于1895年。这一年，日军分两路向威海南部炮台抄袭，很快占领威海卫城后又攻击北洋舰队。北洋舰队提督丁汝昌等虽经奋力抵抗，但终告失败，先后自杀殉国，北洋舰队全军覆灭。4月17日，李鸿章与日本签订了屈辱的《马关条约》。此后，俄、德、法等国也趁火打劫，大肆瓜分中国。词人有感于"赤嵌陆沉"而"振羽鸣膺"。词中虽无奈"江流难转"，只能"且依吟砚"，不免感伤，但所发出的"何处补天，共谁斫地"的呼唤，却是苦难中人民的共同声音。在这些爱国题画词曲中，陈栩的散曲《题沧海一粟生乘风破浪图》无疑是最震撼人心的代表作：

〔南南吕一江风〕莽乾坤，到处黄尘滚，搔首天难问。警辽东，烽火连天，陡起鱼龙阵。风涛拥海门，风涛拥海门，噪中原革命军，问何人砥柱在中流定？

〔前腔〕辟荆榛，世路崎岖岔，大器在名山隐。好男儿，莫误儒巾，岁月归虚牝。俺雄心空自扪，俺雄心空自扪，待乘桴浮海滨，耳边厢当不得铜鼙震。

〔前腔〕列强邻，虎视眈眈，认把弱肉供鸥吻。有几辈，断发文身，涎脸向人丛混。竟夸张学术新，竟夸张学术新，去名场鹿鹿奔，说聪明毕竟依然蠢。

〔前腔〕叩天阍，热血如虹喷，唤起那鱼龙问。问江河，日下滔滔，何日风波定？罡风吹断魂，罡风吹断魂，哭号嘈黄帝孙，好头颅那禁得钢刀列！

〔三仙桥〕足根立定，把一帆风趁。拼将热泪，付与寒潮汆。正长空一抹地卷秋云，听鸣鸡向晨。俺起舞学刘琨，发长啸，山川震。说什么靠齿依唇，君不见五印度共三韩，早一似汉阳诸姓！论霸楚，说强秦，今日里更十分残忍。

〔其二〕泛中流，只觉得天风吹鬓，有海气四边摧紧。俺不是乘槎去，探黄河尽处星辰。俺则愿绕遍环球，拓眼界，抒胸烟。蓦纷纷，幻层楼是空中吹蜃。蓬山陡近，乘长风直欲到天门。回头烟水昏，笑几辈虫虫蠢蠢。夸勇力，养和贲，述道德尧和舜。镇日价乱昏昏，只落得是一场胡诨。

〔其三〕算则漂流此身，倘做得牺牲何恨！奈尘海茫茫，风潮吹又紧。那些个绅共搢，握斗大的黄金印。拥铜山不患贫，享自由威福，把脂膏刮尽。怎说好朝纲，凭伊整顿？大树蓁猢狲，心与口自相矛盾。争能够水掬银潢，取若辈的心肝来淘净。

〔尾声〕俺这里发悲歌，倩长风相引，去向那海角招回中国魂。仗

一幅蒲帆，旋转了天人运。

在这套散曲中，曲家想到"烽火连天"的辽东和风涛涌起的海门，看到"列强邻，虎视眈眈，认把弱肉供鸥吻"，他感到"好男儿，耽误儒巾"，于是"雄心空自扪"。但是当此国家危亡之际，"有几辈"却"竞夸张学术新，去名场鹿鹿奔"。特别是"那些个绅共搢，握斗大的黄金印。拥铜山不患贫，享自由威福，把脂膏刮尽。怎说好朝纲，凭伊整顿"。这一切令作者怒火中烧，"热血如虹喷"。他"问江河，日下滔滔，何日风波定"。面对《乘风破浪图》，作者并不愿"乘槎去"，因为"耳边厢当不得铜鼙震"，而是想"绕遍环球，拓眼界，抒胸悃"，寻求救国之路。曲的〔尾声〕发出了"去向那海角招回中国魂"的时代吼声。此曲激情澎湃，痛快淋漓，其指斥国内外之丑类如利剑直刺喉颈，其爱国之热情如火山喷薄而出，不可扼制。

第二节　以诗词名世的题画词曲家

这类题画作家，绝大多数不能作画，而是以诗词名世。他们中的多数写过一定数量的题画词，也有少量题画曲存世。这些作家主要有姚椿、黄燮清、金和、李慈铭、谭献、冯煦、王鹏运、郑文焯、文廷式、朱祖谋、夏孙桐、况周颐、梁鼎芬等。

姚椿（1777—1853），字子寿，又字梦毂，号春木，一号鲁亭，江苏娄县（今上海松江）人。他10岁通声律，随父宦蜀，并游历诸行省。曾以国子监监生应顺天乡试，才名噪京师。道光元年（1821）举"孝廉方正"，固辞不就。一生历主河南夷山、湖北荆南等书院，造就人才甚众。工诗词。其词以清豪称，想象驰骋，意多感慨。有《通艺阁诗录》《洒雪词》等。

姚椿的题画词以《沁园春·赵子昂〈相马图〉》和《满江红·陈其年〈填词图〉》为代表作。试看前词：

　　　落日将沉，素练风霜，英姿飒然。是骨带铜声，常消古雪；耳批竹色，直凑孤烟。肥马开元，当年韩幹，画肉徒为杜甫怜。雄心在，有将军绝漠，壮士临边。　问君伏枥何年？指衰草、牛羊敕勒川。叹空馀咆勃，遥嘶榆塞；几时兀硉，再渡桑乾。旧日龙孙，而今老矣，回首西来万里天。谁惆怅，付鸥波亭子，秋水娟娟。

这首词虽然是表现良马不得其用的常见主题，但词人将自己的身世之感赋予骏骦，绝非文学史上一般文人不遇时的空叹可比。姚椿自幼聪慧，才华名动一时，但在科举中却屡试不售，心中之不平可想而知。因此，便借宝马不能效命疆场抒发自己壮志难酬之苦闷，感情深沉而激越，但在豪壮中又透出几分悲凉。后一首《满江红·陈其年〈填词图〉》也与此词同调：

青兕前身，数千古，词人几个？有如此悲歌慷慨，风流江左。铁拨铜弦雷大使，长头大鼻陈惊座。问当筵、拓戟怎雄心，家山破。

钩党事，清流祸；词科举，兴朝佐。叹盛衰门户，刹时电火。红板已随云影化，素缣尚怕风尘涴。怅山花山鸟更无人，归来些。

自康熙年间广东著名诗画僧大汕为词坛巨擘陈维嵩（字其年）画了一幅《填词图》后，为此图题诗填词者不可胜数；但大多无非写文人填词之雅兴，有的甚至热衷描写图中"姬人吹玉箫倚曲"，而像这首词侧重写陈家门户盛衰、国家兴亡，则较为少见。此词通过图中景物之变化、物是人非之描写，寄寓了词人深深的沧桑之感。

黄燮清（1805—1864），原名宪清，字韵珊，又字韵甫，自号吟香诗舫主人等，浙江海盐人。少贫，游幕四方，曾入王有龄杭州幕。道光十五年（1835）举人，六应会试不第，充实录馆誊录，用为湖北县令，称病不赴任。筑倚晴楼，赋诗度曲于其中，以诗、词、曲、赋擅名，诗近李商隐，词属浙派。于词造诣颇深，不仅《国朝词综续编》裨益词史，而且所作词也流美新转，别具一格。尤擅以平易语写曲深心臆，笔致敏捷而不浮滑。有《倚晴楼诗余》《倚晴楼诗集》《倚晴楼七种曲》等。其所作题画诗不多，以《画鹰》为代表作。其诗是："素壁飒寒气，萧萧枯树风。大荒秋郁勃，平野月沉雄。肃杀乘秋令，精神出化工。兔狐犹未尽，孤负羽毛丰。"此诗意境开阔，气势雄浑，不仅表达了诗人欲杀尽世间"兔狐"之决心，而且流露出自己壮志未酬之怅惘。

其题画词多有佳作，如《念奴娇·题查青华人溁〈龙灵石图〉》《湘江静·题〈手挥目送图〉》《浪淘沙·题葛民〈花楼风月图〉》《水龙吟·题沈晓沧年丈炳垣〈月夜渡海卷〉》《忆旧游·题叶润臣侍读名澧〈客舟听雨图〉》等。试看《水龙吟·题沈晓沧年丈炳垣〈月夜渡海卷〉》：

> 阵云冷压艨艟，片帆如叶烟涛里。忧时感遇，临流慷慨，素娥知未？潮打御袍，雷轰战鼓，睡龙惊起。但浩歌击楫，问天不语，无人会，苍茫意。　　将帅星辰有几？闪磷芒、欃枪犹指。酒酣烛炧，望空搔首，壮心不已。柱倚南天，剑横北斗，男儿谁是？待扶桑日出，余腥断瘴，借银河洗。

词中有注："时方筹办夷务。"由此可知，此词当作于鸦片战争时期。词人见图画，仿佛看到了当年海上抗击英军的硝烟。但是这场战争却以失败告终，并签订许多屈辱的条约。"问天不语，无人会，苍茫意"，写出词人的无限感慨。面对"将帅星辰有几"的危局，词人仍"壮心不已"，欲借银河之水，洗去"余腥断瘴"，表达了他炽烈的爱国之情。另一首《忆旧游·题叶润臣侍读名澧〈客舟听雨图〉》，既叙友情，也写时乱，既抒羁愁，也伤国难，词调苍凉，余韵悠悠。

金和（1818—1885），字弓叔，号亚匏，别号湖上老渔，上元（今江苏南京）人。系吴敬梓曾外孙。太平天国军攻占南京后，曾谋作清军内应，不济，脱逃。晚年游幕于广州等地，穷愁困顿而终。金和以诗名于近世，其诗长于尖刻讽刺，似受《儒林外史》影响。梁启超以与黄遵宪、康有为并举，称为大家，又单与黄遵宪并举为晚清两大家。但近数十年来，因其诗多诋骂太平军，而多受抨击。他虽不以词名世，但其词平易中见奇警，浅近而别显透辟，苦语不涩，情语不熟，愤怼语不衰飒，笔致跳荡，一去依傍，诚无"凡近"之弊[2]。有《秋蟪吟馆诗钞》《来云阁词钞》等。其题画诗以《题绩溪方石湖钟按剑图》较为著名，其诗是：

丈夫按剑未一言，怒已有声到牙齿。

世无血性雌男儿，抢地自知罪当死。

回头大笑不屑杀，若辈人间鸡犬耳。

佞臣舌与贪臣头，乃欲上书奏天子。

时乎未来且饮酒，君少而狂气如此。

只今白发渐星星，早已中年杂悲喜。

乡里庸奴俳谑之，谁信酣歌旧燕市。

摩挲此剑复何用，铁锈成花锋钝矣。

我生虽后君十年，绮岁才名去如水。

弃书敢说侠肠热，红尘谁为刺穷鬼。

见君此图欲一鸣，如今吴越兵方起。

封侯骨相倘无种，更与君摩沧海垒。

　　这首诗塑造了一个无所畏惧、独立于天地间的男儿形象，既透出一股豪宕之气，又杂以些许的悲凉，但诗人忠君封侯的观念不免陈腐。这种强制性的理念在一定程度上也影响了诗的感染力。不过，此诗对比强烈，起伏有致，堪称金和诗中上乘之作。他的另一首《题李小池环游地球图》写李小池赴美作环球游的所见所感，不仅以其亲身经历证明"地圆"之理，而且其中的新奇发现也使人大开眼界。在中国题画诗发展史上，这是一首不多见的长篇五言古体诗。

　　金和的题画词也有佳作，除前文提到的《洞仙歌·题桐城许叔平奉恩三生梦悟图》外，其《金缕曲·题长洲孙月坡麟趾〈乞食图〉》也很有特点：

　　尚有闻钟处。算男儿、加餐无恙，添些寒趣。几辈臣饥真欲死，又抱伤心谁语？况沧海、茫茫前路。只要随身瓶钵好，那箫声不用横吹去。赏音少，日迟暮。　　年来恩怨应难数。尽旁人、恶声呵止，看同尘土。最是朱门留客日，受尽薄嘲轻怒。便冷炙、残杯更苦。我亦天涯同病者，为先生老泪先成雨。赤松子，在何许？

这首词大约作于词人晚年。词人在饱尝世态炎凉之后，看了孙月坡的《乞食图》后感同身受，不禁老泪如雨。词中说："最是朱门留客日，受尽薄嘲轻怒。便冷炙、残杯更苦。"当是词人飘泊生涯的真实写照。"赏音少，日迟暮"，也是他发自肺腑的不遇时感叹。词人在现实中找不到出路时，幻想能从赤松子作神仙游也不可得。这该是多么悲哀啊！

李慈铭（1830—1894），初名模，字式侯，后更今名，字悉伯，号莼客，室名越缦堂，人称越缦老人，浙江会稽（今绍兴）人。光绪六年（1880）进士，补山西道监察御史。李慈铭为学人，著作甚丰。擅诗词，均属浙派风格，而词颇见风骨。从其自题画诗词可知，也能画。有《杏花香雪斋诗》《霞川花隐词》《越缦堂日记》等。

他的题画诗多为山水画而题，意境清幽，风格恬淡，如《题季弟数年前所寄山水小幅》：

> 一角清秋小笔山，荒寒野渡古林间。
>
> 雁行已断斜阳暮，犹系孤舟待我还。

此诗首句点出"笔山"，既应题目，又展开联想并写景抒情，用典也不留痕迹，颇为巧妙。《礼记·王制》："父之齿随行，兄之齿雁行，朋友不相逾。"谓兄弟出行，兄在前，弟在后，后遂以"雁行"为兄弟之称。诗人见斜阳中雁行而生情，其思弟之情不言而喻。李慈铭的题画诗也有慷慨激昂者，他为《太华冲雪图》所题的两首诗，均有豪宕之气，其《再为岷樵题秦宜亭所画太华冲雪第二图》说："河湟烽火断右臂，单车哑驰扼贼冲。书生报国当在此，探奇揽胜奚称雄？氛祲廓尽岳色见，岷峨万里青蒙蒙。"这与前诗风格迥异。

李慈铭所作题画词较多，也更见功力，如《鹧鸪天·王菽畦观察山阴道上图》四首，按春、夏、秋、冬四季写"应接不暇"的山阴道上景致，不仅特点突出，而且描绘生动，佳联迭出，如"茶烟杨柳千家雨，燕子桃花十日晴"；"乱蝉古木多藏寺，曲水修篁半结楼"；"白蘋风细分渔火，红树烟疏飐酒旗"等，既有意蕴，又对仗工严。另一首《双双燕·自题"秋江菱榜晚霞时"图意》，写男女之情爱，以景托情，婉转缠绵，风格纤弱。其词是：

渗金艇子，趁青幔风前，载愁容与。山光巘影，同斗镜中眉妩。才听柔声雁橹。已渐入、菱歌深处。多情晼晚红霞，半带寒烟汀渚。　　延伫，蘅皋日暮。托浅浅微波，暗通心愫。沅江香歇，来共水荘花语。消得斜阳几度。又撩乱、天边孤鹜。何时约定红阑，看足五湖风雨。

他的题画词，也有另一种风格的作品，如《贺新郎·为伯寅侍郎题罗两峰〈当场出丑图〉》：

图中为毛延寿丑脚十人，皆元人院本中事也。

展卷呼之起。便迎人、低眉柔骨，百般神似。不分丹青神妙笔，变相都成非是。算鬼趣、直穷到此。袍笏当场宜活现，奈破衫、多半妆穷子。真与假，有谁记？　　笔头粉墨谈何易。要包罗、太行三峡，眼中心底。莫道当前真出丑，占尽人间头地。且漫问、王侯饿隶。衮衮相逢皆此辈，只笑啼、暂戴猴冠耳。谁竟识，真羞耻！

这首词借院本中画工毛延寿因王嫱（昭君）未赂而故意不画其真容，后当场出丑的故事，嘲讽"衮衮相逢皆此辈"的社会现实，笔锋辛辣而尖锐。不过，在李慈铭的题画词中这样的作品毕竟较少，多数词作都是写闲适的田园生活，风格婉约。其代表作还有《百字令·乞胡石查户部画〈湖塘村居图〉》《贺新郎·题云门〈茗花春雨楼填词图〉》等。

谭献（1832—1901），初名廷献，字涤生，更字仲修，号复堂，仁和（今浙江杭州）人。历任安徽歙县、全椒、合肥等县知县，后归隐，潜心著述。晚年应张之洞聘主湖北经心书院。其学为一时物望所归，章太炎早年曾受业其门。其于词尤称一代宗师，影响深远，为张惠言、周济之后"常州派"之护法者。叶恭绰在《广箧中词》卷二评论说："仲修先生承常州派之绪，力尊词体，上溯风骚，词之门庭，缘是益廓，遂开近三十年之风尚。"但其词"专讲比兴寄托，意象语辞力求古式，恪遵前人范型，于是不免类型化，情清淡而意晦隐"[3]。有《复堂诗》十一卷、《复堂词》三卷，刊入《复堂类集》。

谭献喜为绘画题诗填词，其题画词每有感怀之语、悲凉之意，如《西河·用美成金陵词韵，题甘剑侯〈江上春归图〉》：

> 江上地，长亭草树犹记。梦回故国渺乡心，断鸿唤起。万方一概听笳声，烟波来去无际。　耿长剑，何处倚？杨枝渡口船系。乌衣巷畔有春风，晚芦故垒。倒吹泪点上征衣，知他江水淮水？　女墙夜月过小市，照飞蓬、归来千里。往事几回尘世，只龙蟠虎踞，山形依旧，还枕滔滔寒流里。

此词由《江上春归图》引起回首往事，写春归而又言"归来千里"，只能"梦回故国"。词中说"万方一概听笳声"，当指外敌入侵、战乱频仍。而词人空怀壮志，长剑无处倚。抚今追昔，似有无限感慨，词调较为低沉苍凉。在谋篇命意上曲折深婉，有清真词之遗风。另一首《摸鱼儿·用稼轩韵自题〈复堂填词图〉》与此词也有相近之意境和风格：

> 唱潇潇、渭城朝雨，轻尘多少飞去。短衣匹马天涯客，遥见乱山无数。留不住，又只恐飘零，长剑悲歧路。旧时笑语。待寄与知心，被风吹断，晓梦托萍絮。　瑶琴上，曲调金徽早误。深宫人复谁妒？一弦一柱华年赋，但有别情吟诉。鸲鹆舞，已草草青春，红袖归黄土。斜阳太苦。独自上高楼，迷离望眼，不见送君处。

这首词虽注明为"自题《复堂填词图》"，但不一定是作者自作图，而很可能是为别人给自己画的《复堂填词图》再填词。此词的意象较为零乱，写送别而又忆往事，既写自己漂泊之行踪，又感叹"红袖归黄土"；既像是自抒怀抱，又像是化用辛弃疾《摸鱼儿》（更能消几番风雨）中某些意绪。但长剑无倚，"有别情吟诉"，感情酸楚悲凉，却与前词有相似之处。

谭献的题画诗也常写荒寒之意境，如《题陈蓝洲画》《顾子朋〈寒林独步图〉》等。

冯煦（1843—1927），字梦华，号蒿盦，晚号蒿叟、蒿隐，江苏金坛（今属常州）人。光绪十二年（1886）进士，授编修，官至安徽巡抚。后忤满洲权贵，罢归。入民国，受命督办江淮账务。冯煦为近代著名词家，其选评之著影响甚巨。《小三吾亭词话》卷四说："金坛冯梦华中丞煦，早饮香名，填词大手。"谭献在《复堂日记》中评价说："阅丹徒冯煦梦华《蒙香室词》，趋向在清真、梦窗，门径甚正，心思甚邃，得涩意。"有《蒙香室词》《宋六十一家词选》《蒿盦词话》等。

冯煦所作题画词较多，其风格也近吴文英，如《征招·题〈空帏鉴月图〉同漱泉赋》：

> 酒醒香断眠还起，依依那时怀抱。素魄尚笼烟，奈修箫人杳。倚寒灯晕小。算虚幌、泪痕犹照。独下闲阶，满身梧影，絮虫声悄。
>
> 换了。一分秋，凄凉意，纷如乱云难扫。幽梦已无凭，又疏星沉晓。暗尘惊渐老。怕孤馆、不禁重到。碧天峭、过尽南鸿，问寄愁多少！

此词所写似应画意，但词人思绪纷然，感慨良多。他深夜无眠，听"絮虫声悄"，是依依怀抱，是秋意凄凉，还是"暗尘"带来的愁烦，这一切都付于"过尽南鸿"。意象朦胧，心思邃远。另有《清波引·〈盟心古井图〉同漱泉各赋半阕》《西河·题建侯〈江上春归图〉，用美成韵》也与此词有相同之意境。而另一首《百字令·题黄豪伯〈印度辨方图〉》却有新意：

> 云横西极，自经驮白马，杳无游屐。沙度绳行三万里，历我摩秋健翮。祇树千盘，恒河一线，放眼乾坤窄。使星宵朗，侏僪罗拜前席。 闻道卫藏传烽，纷争蛮触，谁展筹边策。玉斧分疆知许事，一笑风前岸帻。倚剑空同，乘查博望，回首成陈迹。须弥芥子，新图争忍重译！

这首词上阕回首大唐玄奘不远万里赴印度取经之往事，那时国势强盛，"侏僪罗拜前席"；下阕写如今烽火连年，"纷争蛮触"，词人忧念国事，不知"谁展筹边策"，而"倚剑空同，乘查博望，回首成陈迹"。此词虽然不无"涩意"，但其爱国之心却较为明显。其意调很像南宋末年王沂孙抒写故国之思的《眉妩》（渐新痕悬柳）。

王鹏运（1849—1904），字佑霞，一作幼霞，号半塘鹜翁，祖籍绍兴（今属浙江），其先人宦游广西，遂著籍为临桂（今广西桂林）。历官内阁侍读、监察御史、礼科给事中。其词密而不涩，健朗中透清苍气，感慨深沉，气骨挺劲。叶恭绰在《广箧中词》中对其评价说："清季能为东坡、片玉、碧山之词者，吾于先生无间矣焉。"其题画名篇是《浣溪沙·题丁兵备丈画马》：

> 首蓿阑干满上林。西风残秣独沉吟。遗台何处是黄金？　　空阔已无千里志，驰驱枉抱百年心。夕阳山影自萧森。

这首题画马的词，不写马之形貌，而是从侧面着笔，描写马的处境，表现马"空阔已无千里志，驰驱枉抱百年心"，从而寄寓对国势衰颓，自己壮志未酬之感慨。此词的构思意境似受宋代龚开《骏骨图》诗的影响，但自出机杼，另有寄意。其特点是善于烘托，渲染气氛，以景结情，首尾呼应。此外，他的《百字令·自题画像》，写自己平生之经历与感慨，也抒发了"心事终左"之遗恨，韵味深厚。

郑文焯（1856—1918），字俊臣，号小坡、大鹤山人，别号冷红词客，铁岭（今属辽宁）人。官内阁中书。为文最工短简尺牍，兼长书画，尤精音律。作词讲求选辞切律，"体洁旨远，句妍韵美"（俞樾《瘦碧词序》）。为"晚清四大家"之一。其题画词也有旨远韵美之特点，如《祭天神·题〈归鹤图〉为彊邨翁作》：

> 叹岁寒、残雪谁堪语。换苍苔、旧步荒江桥上路。西园梦后重寻，剩有闲鸥侣。奈沧江、照影依依，阶前舞。寂寞送、孤云去。
>
> 漫追惜、仙客归来误。江山在，人物改，一霎成今古。念茫茫、虫沙陈迹，天海风声，独立斜阳，自断凌霄羽。

这首词虽然音韵谐美，但词调苍凉、沉郁。词人通过辽东人丁令威学道后化鹤归来而"城郭如故人民非"的典故，感叹物是人非，抒发了深深的兴废之感。

文廷式（1856—1904），字道希，号芸阁，晚号纯常子，萍乡（今属江西）人。光绪十六年（1890），一甲二名进士及第，授翰林院编修，后擢翰林院侍读学士。因反对中日议和，支持变法维新而被革职。其词自抒胸臆，格随情迁，极富时代感，豪迈劲健，独树一帜。有《纯常子枝语》等数十种，词别集名《云起轩词钞》。最能体现其词风的题画词是《摸鱼儿·为黄仲弢题吴彩鸾〈骑虎图〉》。其词是：

> 倚苍岩、翠藤无路，琅玕芝草谁问。天风忽振疏林外，睹此烟鬟雾鬓。斜日冷，倩白虎从容、远上匡庐顶。松花满径。看银汉回波，石梁飞瀑，一啸万山应。　　吾家事，千古风流仙境。何人蓦入金粉。箫声可似秦楼凤，甲帐瑶台偕隐。环佩整。羡儿女情痴，也有神仙分。清贫自哂。买十幅云笺，唤谁彩笔，重为写唐韵。

此词由观《骑虎图》生感，既抒发豪壮之气，又透出悲凉之感。词风苍劲，郁勃凄清。

朱祖谋（1857—1931），原名孝臧，字古微，号彊邨，归安（今浙江湖州）人。光绪九年（1883）进士，改庶吉士，授翰林院编修，屡擢至侍讲学士、礼部侍郎。后出任广东学政，因与总督不和，引疾辞归，退隐沪、苏间。先以诗名世，后结交王鹏运，弃而专为词，终成一代宗匠。王国维在《人间词话》中评其词说："近人词如复堂词之深婉，彊邨词之隐秀，皆在半塘老人上。"有《彊邨词》等。

朱祖谋所作题画词虽不多，但每有佳作。主要有《燕山亭·寄题郑叔问〈蓟门秋柳图〉》《绮寮怨·为半塘翁题〈春明感旧图〉》《虞美人·题任颐〈临窗观梅图〉》等。试看后词：

> 黄昏笛里梅风起，蔓草罗裙地。满

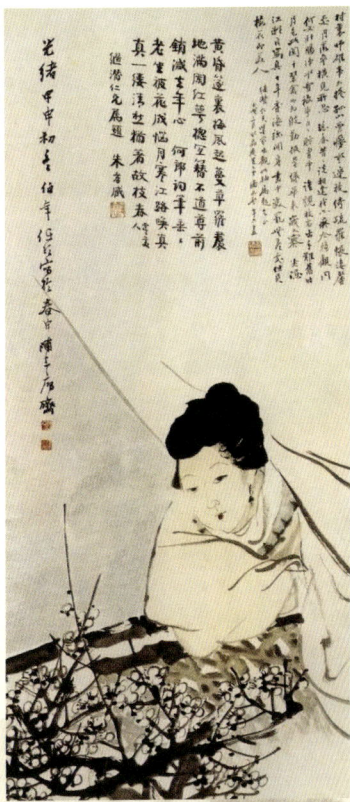

任颐《临窗观梅图》

阑红萼总宜簪，不道尊前消减去年心。　　何郎词笔垂垂老，坐被花成恼。月寒江路唤真真，一缕清愁犹著故枝春。

此词不仅写画梅之形貌、风神，而且写观梅女子之心态、神情，并由画中女子写到词人自己，将画面景象与自我情思相结合，词意、画境迭现，虚实相济，笔法空灵。既抒写自己垂老之清愁，又带来勃勃春之消息。哀而不伤，词意深婉，有吴梦窗之风致。

夏孙桐（1857—1941），字闰枝，号闰庵，江阴（今属江苏）人。光绪十八年（1892）进士，授编修，与修国史会典。两充会试同考官。其词清深雅饬，取尚南宋，然能不涩，不枵。有《悔龛词》等。其一生所作题画词较多，《瑞鹤仙·王半塘〈春明感旧图〉》《玲珑四犯·题顾太清画杏花》《望江南·题〈鹊喜图〉》十二首等较有特点，特别是后十二首词"分隶十二月赋之"，写作者10岁前儿时之生活，颇有情趣。

况周颐（1859—1926），原名周仪，字夔笙，别号玉梅词人，晚号蕙风词隐，临桂（今广西桂林）人。光绪五年（1879）举人，官内阁中书。他主要以词为业，致力五十年。所作《词话》，朱祖谋推为绝作。王国维说："蕙风词小令似叔原，长调亦在清真、梅溪间，而沉痛过之。"（《人间词话》）叶恭绰评其词"寄兴渊微，沉思独往，足称巨匠"。世称其为"晚清四大家"或"清季四大词人"之一。有《蕙风词》《蕙风词话》等。其题画词的代表作为《金缕曲·题东轩老人山水画册，老人一号寐叟》：

> 遗恨横苍翠。算年时、多情海日，见人憔悴。满目江山残金粉，叟也何尝能寐？丘壑是、填胸垒块。叠嶂层峦空回合，甚兰根、欲著浑无地。知渲染，费清泪。　　静观无那东轩寄。俯茫茫、同昏八表，涛惊云诡。陵谷迁流十年梦，并作无声诗史。聊付托、迂倪颠米。兜率海山堪盘礴，莫骖鸾、回首人间世。墨黯淡，剿溪纸。

词人感叹"满目江山残金粉"，"甚兰根、欲著浑无地"，感情颇为复杂，既有清遗老的兴废之感伤，又为世事"涛惊云诡"、山河破碎而忧虑。他还有一首《莺啼序·题王定甫师〈婴砠课诵图〉并序》，也感叹

"山河、风景而今异"，是近代题画词中最长的一首慢词。

梁鼎芬（1859—1919），字伯烈，更字星海，号节庵，广东番禺人。光绪六年（1880）进士，改庶吉士，授翰林院编修。中法战争时，因疏劾李鸿章，降五级调用。张之洞督广东，聘主广雅书院，参幕府事，是洋务派中坚人物。与康有为、梁启超主张相左，以至诋诽。后历任直隶州知州、汉阳知府、湖北按察使等。清亡后，曾参与张勋复辟。工诗擅词。其词辞婉笔曲，多言外意。有《节庵先生遗诗》六卷、续一卷，《款红楼词》等。其题画词的代表作是《貂裘换酒》：

> 甲午十月来白下，雪后同纪悔轩、杨钝叔、沈陶宧游莫愁湖。风景凄冷，怅触万端，陶宧归作图纪事，因制此解。

> 对此茫茫甚。叹清游、一回湖上，一回呜唈。杨柳萧疏芙蓉尽，但见远山如枕。有小艇、撑烟微浸。菜把生涯谁能及？唤芦中、恐触轻鸥寝。知意者，纪、杨、沈。　丈夫不到黄龙饮，看纷纷、是何鸡狗，旁观已审。莽莽乾坤滔滔水，江上愁心难禁。又苦气、暗吹衣衽。半角斜阳好亭馆，莫倾残栋楠无人任。归更恋，泪还渗。

这首词作于甲午年（1894）十月。这一年爆发了中日甲午战争，清海军节节败退，最后不得不于次年签订可耻的《马关条约》。词人于此时游南京的莫愁湖，自然会"怅触万端"。词中既表达了要畅饮黄龙之壮志，又英雄气短，面对"莽莽乾坤滔滔水"，悲从中来。此词与他的《菩萨蛮·和叶南雪丈》十首，同为揭时弊、伤外侮之力作。如果说这首词尚有几分豪气的话，那么他的《摸鱼儿·题缪艺风〈耦耕图〉》则似乎已心灰意冷，甘愿老死江湖："叹从来、登朝叠叠，几人蓑笠终老？开畦分水真闲适，朝晚雨晴俱好。长指爪，合击酒挥镰、陋彼侏儒饱。发犹未皓。趁春汲余光，料量千古，风味似三泖。人间世，且与流连芳草，不须重问怀抱。野菭生遍青瑶局，灵药驻颜难保，携栲栳。算托命清奇、并影斜阳道。如何除扫？笑叱犊田间，呼鱼小浃，输我十年早。"他的另一首词《蝶恋花·题荷花画幅》也反映了词人无可奈何的心绪：

又是阑干惆怅处，酒醉初醒，醒后还重醉。此意问花娇不语，日斜肠断横塘路。　　多感词人心太苦，侬自摧残，岂被西风误？昨夜月明今夜雨，浮生那得常（一作长）如故！

这首词所写虽然都是常见之景和常抒之情，但词人与荷花的对话也颇有情致：一方面，自抒怀抱，"心太苦"；另一方面，又为荷花被摧残而不解和不平。最后又互相宽慰："浮生那得常如故。"此词词调疏朗，似与前词之"风味"不同。此外，词人所题之"荷花画幅"并未注明画者，当是自画之作。另有《菩萨蛮·画菊》也未注明画者。由此可推断梁鼎芬也能绘画。

第三节　词曲画兼擅的题画名家

近代的题画词曲作家很多，较为知名的大致可分为三类：一为词或曲与画兼擅者；二为虽不能画，但擅写题画词曲者；三为以擅度曲称著者。其中第一类题画作家主要有汤贻汾、周之琦、姚燮、谢玉岑等。

汤贻汾，这位武将出身的画家，除有题画诗问世外，也擅写题画词。其主要代表作有《摸鱼儿·题屠琴坞庶常〈耶溪鱼隐图〉》《贺新凉·题吴仲云振棫〈云涧壮游图〉》《东风齐著力·题〈风雪入关图〉》《玲珑四犯·将之粤东重题〈秋江罢钓〉看子》《七娘子·题内子〈梅窗琴趣图〉》等。先看其《贺新凉》：

汤贻汾

足茧千层起。叹何为、端居不乐，便成游子。游到乾坤无地处，五岳踏成平地。问可也、游踪能憩。屐坏筇枯抛便得，只黄尘、千斛无从洗。悲欲泣，少年志。　　图中风景分明记。最销魂、鞭丝帆影，秦山蜀水。趁鲤乘龙全似梦，今日游人老矣。剩几首、伤心游记。楚尾吴头偏又隔，怎教尝、蟹雨蛮烟味。犹未必，壮心已！

这首词写得苍凉悲壮，颇为感人。词人历尽沧桑，感慨殊深。他"服官三十年，家居二十年"，以不得志于上官而归居金陵。此词当作于居家时期。他观画生感，慨述自己平生行踪，跋秦山、涉蜀水，足茧千层，战尘满身，到头来却"趋鲤乘龙全似梦"。他既为"少年志"不获骋而"悲欲泣"，又不甘寂寞、壮心不已。此词用一系列意象写景寄情，境界高远，意气豪宕，真有武将之气概。另一首《东风齐著力》也是写军旅生活：

猎猎关旌，呜呜陇水，此境悲哉！昔年向我，把酒述天涯。今日宁知我到，风兼雪、一骑谁偕。长城外、吟鞭冻折，冰面难揩。　肠断白登台。孤负了、雁门四扇长开。几时入也，君又不重来。万里音书断绝，空凝望、白草黄埃。笳声里，君谙滋味，识我情怀。

此词前小序说："石华尝索写《风雪入关图》，未几而余乃出关，睹景怀人，情思何限，既为补图兼寄此阕。"由此可知，这首词是写词人出关后见景而绘图，复为图而题词，既写实景，又抒真情。前一首词侧重写晚年回忆，此词则写当时关外疆场的所见所感。词人以悲景写悲怀，把自己在"音书断绝"时的思乡念友之情渲染得淋漓尽致。另一首题画词《七娘子》则是写夫妻之情的，情意绵绵，另有一番风致：

泠泠瘦玉纤纤指。深深绣幕悠悠思。画了眉山，烧残心字。百花头上春风至。　江南本是春人地。高楼早筑香云里。冰雪聪明，漆胶情意。长共梅花婿。

这首词是词人为妻子董琬贞的《梅窗琴趣图》而题。汤贻汾之妻及三子一女一媳皆能绘事，并善倚声，可谓满门才俊。此词虽是题画之作，但不写画而径写人，不仅描绘了妻子的美好形象，而且刻画了她微妙的心理以及夫妻间的"漆胶情意"。词风婉丽，迥别于前两首词之苍凉。

周之琦（1782—1862），字稚圭，号耕樵，一号退庵，河南祥符（今开封）人。嘉庆十三年（1808）进士，由翰林院编修累官至广西巡抚。后以病乞休。擅诗词，为近代著名词人及选评家。有《心日斋词集》等。其词情真切，意沉慨。晚年遭值战乱，哀生悯世之音转多。从其《朝中措·自题山水小景》看，也能绘画。其现存题画词虽然不多，但也有佳作，如《沁园春·题亡室沈淑人遗照》：

> 描出伤心，月悴烟憔，回肠怎支。忆香消玉腕，愁停针线；病淹珠唾，怯试枪旗。命薄难留，魂柔易断，当日欢场已早知。良工笔，为传神个里，欲下还迟。　离箱粉缟空思。剩情影、幽房一帧携。看湘兰婳娜，重拈恨蕊；吴绡宛转，未了情丝。缓缓花开，真真酒暖，环珮归来可有期？无眠夜，礼金仙绣像，记否年时？

这首词情意绵绵，低回宛转，把不尽之哀思写得深切感人。无怪有人说其悼亡的"《怀梦词》可步武纳兰"。另有《浣溪纱·题〈溪楼延月图〉》三首，也是悼亡佳作。其词前小序说："题吴兴奚虚白所藏《溪楼延月图》，汤君雨生笔也。楼为鲍氏故居，厉樊榭征君迎月上于此。"可知这是替厉樊榭悼念亡姬月上而作。由于作者融入自己对亡妻的思念之情，所以也写得十分感人，如第二首词："玉茗香名识面迟，为谁传出画中诗。白蘋红蓼系人思。　翠被可禁虚后夜，疏帘真复见明姿。无因写到返魂时。"

姚燮（1805—1864），字梅伯，号野桥、复庄，别署大梅山民等，浙江镇海人。道光十四年（1834）举人。由誊录即选知县，不赴。以著作授徒终身。学识渊博，著述繁多，于经、史、舆地、道藏、释典以至书画、戏曲无不能且精[4]。尤长于诗词，其诗熔李白、杜甫、白居易、李贺、李商隐的风格于一炉，于清则受黎简之影响。其纪事感时之作，世称诗史。其词属"浙派"，锤炼峭秀。其画以绘梅著称。有《复庄诗问》和《画边琴趣》等四种词共五卷，总称《疏影楼词》。

姚燮

姚燮所作题画词较多，风格清逸婉丽，如《桃叶令·自度清商调，改七香〈桃花人面图〉》：

> 天百五，人三五，娟娟花影腻双鬟，渺凝思何许？　隔烟村，露春痕；怕黄昏，锁春魂。一丝风，一剪月，一重门。

这首词写"三五"少女在春日里之情态，虽然人物形象若隐若现，但通过景物描写，衬托她的美貌和情思，其人宛在。全词人花相映，情景相融，风格清新而明快。像这样风格的题画词还有《高阳台·题〈溪楼延月图〉》《解连环·题〈砚環图〉》《洞仙歌·横波夫人画兰卷》等，但较此词则多了几分"苦雨凄烟"。他的题画词只有少量感伤时事之作，多写吟咏闲适生活，其中为《填词图》所题词尤多。此外，他还有一套题画散曲《题韦君绣绿萝高林图》，是"脱尽了闲腔套"的"招隐词"，作者以玩世不恭的态度嬉笑怒骂，其风格与题画诗词大不相同。

谢玉岑（1899—1935），名觐虞，字玉岑，以字行，号孤鸾，江苏常州人。早年从晚清进士钱名山学，以才华横溢为钱氏所赏识，遂许长女素蕖。曾执教于温州中学、上海南洋中学及上海商学院。他工书，善画，尤长于倚声。词名大于书名，书名又大于画名。其诗词可与乡人黄景仁并列。叶恭绰说："乡彦名应抗两当。"夏承焘认为，其词可比纳兰容若。其书

谢玉岑

法以篆隶为工，所书钟鼎金文，论者认为"可胜缶翁（吴昌硕）"。其画多逸笔，水墨清淡，极疏简之致。张大千誉称文人画"海内当推玉岑第一"。有《谢玉岑诗词书画集》等。

在谢玉岑短暂的一生中，所作诗词不多，仅存诗190首、词112首。其中题画诗89首、题画词18首。其题画诗词或苍凉凄婉，或俊朗清逸，常常洋溢着感时伤怀而欲报效国家的思想，如《酹江月·题吴门许盥孚〈秦淮醉月图〉》：

葱茏王气，剩笼烟一勺，秦淮尚碧。淮水东头霜夜，闻有六朝明月。折戟沙沉，倚弓窗废，恨待（又作遗憾）姮娥说。女墙红藓，怪禽啼傍吟楫。　　怜他词客凄凉，酒边吊古，搔首今何夕。丝竹苍生前日事，若个渡江人物？长汉风飚，新亭涕泪，并入悲悲秋笔。画图一样，金瓯同愿（又作回顾）无缺！

这首词当作于日寇入侵、山河破碎之后，词人感于"金陵王气黯然

1109

收"，而有"新亭"之叹。作者虽然不免感伤涕下，但词中说"画图一样，金瓯同愿无缺"，也表达了他的爱国之情。另一首《摸鱼儿·〈红叶馆填词图〉为钱二南丈赋》也是感怀之作，其下阕说："春来事，过了匆匆原误。烟迷一夕千树。洛阳枉妒花如锦，都付铜驼尘土。风莫舞，便醉眼能看，残劫何曾住？江南重赋。对戍角寒鸦，几家鞍马，惊系凤凰柱？"这首词与前一首词当写于同一时期，但所表达的感情更为深沉。词中用晋索靖感叹"铜驼荆棘"之典和庾信写《哀江南赋》之事，不仅暗写国家丧乱后的残破景象，而且抒写了对"大盗移国，金陵瓦解"，"日暮途远，人间何世"（《哀江南赋》中语）现实的愤懑和人民惨遭蹂躏的同情。

谢玉岑有些写女性情思的题画小词则另有一番风致，试看其《谒金门·题画兰、玉簪》：

> 风细细，如梦如烟情味。玉作钗梁香结佩，背人初绾髻。 何处秋江无际？剩有烛儿窥泪。弄粉调脂都不会，芳馨缄欲寄。

这首词由画兰、玉簪花而拟人，写怀春少女的情态。她对翩然而至的青春似无思想准备，所以有"如梦如烟情味"。词人通过对两种花的花叶描写，让我们似乎看到了一位情窦初开的少女那满面羞容和满腹心事，用笔颇为巧妙。另一首《清商怨·题画秋海棠》也有异曲同工之美："凄馨微动，露脚眩、荡秋魂一半。试掐胭脂，是他红泪染。 愁风愁雨合满。护烟绡、晚霞刚展。误了春晴，绿肥帘乍卷。"此词描写了微风吹拂的秋海棠的优美风姿。她俨然又是一位多愁善感的美人，红泪满面，愁思无限。词人运用的拟人化手法，了无痕迹。

谢玉岑的题画诗多为他人画而题，也有佳作，其中以为张大千的画题诗最多，如《寒之友画会读画绝句》二十四首、《题画组诗》十二首、《题大千山水》三首等。这些诗并非都是夸饰别人画的应酬之作，其中既有对现实的关注，也有一定的讽喻意义。如他在《题大千山水》三首其二中说："斜阳村道柳毵毵，游屐秋风客兴酣；空说太平无恶岁，即今米价贱淮南。"在《题画组诗》其三《题张善子〈长松挂猿图〉》中说："长松吐翠云舒舒，仙灵来驾白凤舆。朱巾赤帻朝帝居，朝三暮四人间愚。"又在其四《题张大千〈拟大涤子画〉》中说："南朝女儿歌莫愁，南朝天子称无愁。湖风湖水图长留，只放降幡出石头。"以上三首诗或写现实米贱伤农，或言历史以古鉴今，都是有感而发。

谢玉岑的爱情题画诗，以《题大千为画〈天长地久图〉》为代表。谢玉岑夫妻青梅竹马，感情非常深厚。妻子钱氏因"生之日，庭中白莲花开"而取名"素蕖"，于是谢玉岑也自号"白菡萏室主"。可惜情深不寿，钱素蕖先于谢玉岑谢世。因妻子葬于菱溪，他便请名画家郑午昌专门画了一幅《菱溪图》，又请张大千画了《天长地久图》。他还为这幅画题了一首七言诗《题大千为画〈天长地久图〉》，诗中说："风鬟雾鬓夸绝世，玉箫吹断红楼春。还当移棹入银汉，乞取天荒地老身。"此诗表达了诗人对亡妻的深切怀念和要永远与她相依相爱，直到地老天荒的美好愿望。

第四节　擅度曲的题画曲家

在这类题画作家中，虽然大多都擅绘事，但情况也有所不同。其中有的诗、词、曲兼擅，有的则专以散曲名世，其共同点是都写过较多或较为著名的题画散曲。他们主要有潘曾莹、许光治、周闲、陈烺、杨恩寿、姚华、陈栩、秦云、卢前、吴梅等。

潘曾莹（1808—1878），字申甫，别字星斋，号红雪词人，吴县（今江苏苏州）人。道光二十一年（1841）进士，改庶吉士，授编修，官吏部左侍郎、会试同考官，旋充朝考阅卷大臣。工书善画，尤精品鉴。花卉画初宗徐渭、陈淳，后专工山水，喜作扇头小景。书则初学吴兴，晚学襄阳，尤得其神髓。有《红蕉馆诗钞》《婴武帟栊词》《题画诗》《红雪山房画品》《花间笛谱》等。潘曾莹每画毕，往往喜题诗、词、曲，以升华画意，并伴以小序。其小序多作四言，言简意赅，颇耐玩味，如《〔双调〕清江引·题白团扇》：

潘曾莹

阶前秋海棠一丛，浅妆乍试，楚楚可怜。瘦蝶一双，飞来墙角，因于白团扇上，略染脂痕。替花写影，并拈此调，索蘋香词客和之。

墙角一枝花弄暝，庭院添凄迥。黄昏深闭门，红褪燕支冷。飘来一双蝴蝶影。

这首散曲虽不算题画之上品，但写景明丽，意境清幽，特别是与小序中所描绘之景物相映衬，也颇具情韵。潘曾莹的题画散曲多为花卉画而作，饶有情趣，试看其套数《题白桃花画帧》中对白桃花的描写："似佳人懒向妆台傍，偏则是褪了燕支剩粉香，早做尽怯春模样。花影也，细端相；人影也，细端相。"曲家写白桃花亦花亦人，极为形象。另一段形容白桃花之白也很生动："看斜掠风前白燕忙，更开向江边白鹭乡。尽翻来白雪新腔，尽翻来白雪新腔，只合向白云低傍。浑不是点杨花小砚旁，恰正似䆉梨花夜月香。"他还有一首散曲是为李清照的词意画而题，很别致，其曲是《〔北双调河西六娘子〕写李易安"帘卷西风，人比黄花瘦"词意》：

吴兰雪属写李易安"帘卷西风，人比黄菊瘦"词意。时瓶菊正开，剪烛傅色，觉冷标幽韵，一洗寻常脂粉矣。

凉月低斜玉一钩，谁与诉无限清愁，那人更比秋花瘦。花也不禁秋，人也不禁秋，瑟瑟西风掩画楼。

历代画家将诗或词意绘成画，而自己或他人复为之题诗填词者较多，而像潘曾莹这样为所画的词意画自题散曲者却较少。并且，此曲还贵在将词意画和眼前正开之菊并咏，以花喻人，人花互映。

许光治（1811—1855），字龙华，号羹梅，海宁（今属浙江）人。书画、篆刻，乃至音乐、医药等无不通晓。其词清朗不滑，能不粗率溜于曲；其曲擅得张小山之神理。所著《江山风月谱》，计词一卷、散曲一卷，另有《声画诗》等。其题画词《忆少年·题〈十年磨剑图〉》虽然化用唐代诗人贾岛《剑客》之诗意，但气势更为豪壮，词中说："恩仇身世，纵横眼界，豪狂心迹。何当倚天外，亘雄虹千尺。"这是有感于"人间不平"而发，情调激越。《全清散曲》存其题画散曲6首，均为小令，萧散清空，与题画词风格不同，如《〔北双调折桂令〕题桐阴小影图》：

> 只桐阴消受清华，烟雨帘旌，风露窗纱。在爨心情，孤生韵致，据槁生涯。但招手邀明月清秋坐花，更科头趁凉风溽暑评茶。小隐堪夸，富贵营蝇，名利争蜗。

此曲与另一首《〔北正宫塞鸿秋〕题人采菊图》一样，都是写曲家淡泊名利的"小隐"生涯。

陈烺（1822—1903），字叔明，号潜翁，别号云石山人，阳湖（今江苏常州）人。善度曲。有《玉狮堂传奇》等。《全清散曲》存其题画散曲7首，均为套数。他的题画散曲多写男女情思，流连光景，文词清丽，饶有风趣。其中具有警世作用的是《跨虎图》，其小序说："何仙舫出所绘《吴彩鸾跨虎图》嘱题，并有自制图说。玩其意若取义于胭脂虎者，虽与图未合，而言足警世，爱广其意，戏填此阕。"曲中说："霎然间悟一朝，把痴情撇却抛。这火坑里色易凋，恐柔枝难保。饮美酒，醉醺醪。说什么富缠头黄金买笑，说什么逞豪华金屋藏娇；说什么吟白头夫妻到老，说什么坚誓约生死同巢。不过是花空影泡，休误作芝玉兰苕，算到头来自有贞淫报。劝少年莫被风魔扰，便洛女巫云片刻消，只有这不恋色的神仙少烦恼。"

杨恩寿（1834—1891），字鹤俦，号蓬海、坦园等。长沙（今属湖南）人。工诗文，擅制曲。著有《坦园六种曲》等。《全清散曲》存其题画散曲5首，均为套数。其《〔南北双调合套〕题钟馗拥妾踞坐小鬼唱曲图》写"清宦逍遥"，既惹人捧腹，又令人深思。曲中说，这位钟馗"除魔役鬼同颠倒"，过起享受生活，"今日个退冰衔暑气消，说甚麼闹么麼时局扰，那管他抱枯枝魑魅号，那管他踞城堞狐狸跳。但征歌吹残碧玉箫，但索醉稳睡风流觉。笃便便皤腹没人嘲，意孜孜拍手临风笑。朝朝，倚荷囊隐纱帽；宵宵，伴红妆扇绿蕉。……腐进士这俊风怀一些儿不老。"他的《题林黛玉葬花图，仿扫花出》将小说、戏剧中林黛玉葬花的场面、情节敷衍开来，写景凄风苦雨，愁云惨淡；抒怀情真意切，爱恨绵绵。较之《红楼梦》的《葬花词》更添几分声色。曲中多处运用排比修辞手法，从男女双方着笔，好似戏剧的对白，把彼此的情思写得淋漓尽致，如〔渔灯儿〕"难忘你艳艳的花羞锦羞，难忘你澄澄的星眸月眸，难忘你冷冷的兰幽桂幽，难忘你温存话久尽缠绵情投意投。"又如："怎知我呆呆的似穷鸠拙鸠，怎知我寂寂的似累囚楚囚，怎知我时时的把心留意留，怎知我支离消瘦空空的悟浮沤雨沤。"从这首散曲看，题画文学到了散曲家手里，把诗之庄、词之媚、曲之俗、小说之情节、戏剧之冲突等几乎所有文学作品之所长都用上了，再加上绘画本身，可谓真正的综合艺术了。因此，中国题画诗发展到题画散曲，无论是篇幅的长度、内容的广泛性，还是表现形式的多样性，都已达到了极致。

姚华（1876—1930），字重光，号一鄂，又号茫父等，贵筑（今贵州贵阳）人。光绪三十年（1904）进士，授工部主事。曾赴日学法律、政治，回国后迁邮传部主事。精考据，善书画。每画辄题诗词曲，人竞买之。有《弗堂类稿》三十一卷等。《全清散曲》存其题画散曲51首，其中小令49首、套数2首，是近代题画散曲作家中留存题画作品最多的作家。他的散曲多为自题画之作，其内容以写游赏山水和诗画生涯为主，风光旖旎，曲中有画，如《〔北中吕红芍药〕隔篱青山见寺邻》：

> 松下人家，溪上篱笆，远隔尘凡少喧哗，山径倾斜。藏萧寺，露檐牙，楼阁参差入画。落木归鸦，秋水明霞，听点点暮鼓声挝。

但在这些看似远离"尘凡"的景色描写中，也常常流露出些许哀愁，如《〔北南吕采茶歌〕题画》："水东流，浪催舟，赤枫衰柳碧江秋。去尽千帆谁独塞？夕阳钟鼓眼中愁。"姚华是清末显官，辛亥革命后隐居于京师莲花寺，埋头著书。虽不问政事，但也不免有沧桑之感，所以其题画散曲中常有"尘凡是非没处躲，唯有烟波可"之叹。

陈栩（1879—1940），原名寿嵩，一作寿崧，字叔昆，号惜红生、超然、栩园等，钱塘（今浙江杭州）人。太常寺博士，曾游幕江浙。民国初年，历主《著作林》《女子世界》《大观报》《申报自由谈》笔政。有栩园诗集、词集、曲稿等。《全清散曲》存其题画散曲13首，均为套数。除写实名篇《题沧海一粟生〈乘风破浪图〉》外，其余作品多写男女情事，如《自题湘溪秋病图》《题筝楼泣别图》《题吴门杨瘦鹃东楼望美图》等。

秦云（1833—1890），谱名煃，云乃庠名。一说原名桢，字肤雨，号贞木，长洲（今江苏苏州）人。工诗词，擅谱剧，为吴中名曲家。各类著作极丰，均散佚罕传。有《裁云阁词钞》。其题画词的代表作《菩萨蛮·〈西湖饯秋图〉为潘廪生题》写"一片战场秋，山愁水亦愁"，抒写兴亡之感，词调低沉、苍凉。《全清散曲》存其题画散曲4首，均为套数。从其《自题花月填词图》看，秦云也能画。

卢前（1905—1951），字冀野，号小疏，别署江南才子、饮虹园丁、饮虹簃主人等，江宁（今江苏南京）人。少从吴梅治宋元乐府，为其得意高足。历任金陵大学、暨南大学、河南大学、华西大学、成都大学教授，国立艺术专科学校校长等。善度曲。有《琵琶赚》《茱萸会》《无为州》《燕子僧》等杂剧，及《楚凤烈》《窥帘》传奇，还有《饮虹曲话》《曲雅》《续曲雅》《饮虹乐府》等。卢前一生所作散曲甚多，据《全清散曲》统计，共有800余首，但多为小令，其中仅有题画小令10首、套数3首。这些作品也和他的非题画散曲一样，不仅真实地记录了他的心路历程，而且较为生动地反映了现实，具有一定的社会意义。如《〔北正宫白鹤子〕自题〈辽鹤哀音〉后》：

> 还乡仍是客，苦痛画难成。题咏剩哀音，唱与何人听？

这是一首自题画散曲。从此曲看，卢前似也能画。他画罢《辽鹤哀音》后意犹未尽，于是又题曲抒怀。他这种感伤之情在《〔北越调黄蔷薇带庆元贞〕徐积余先生摄山访二徐题名归记以图属作》中也有较为充分的表现。卢前最有代表性的作品是他的两首长篇套数。这两首题画散曲都是写抗战胜利的，其一是《题泰华图为髯公七十寿》。"髯公"，即美髯公于右任。他将日本海命名为太平海，并自称"太平老人"，除长期担任国民党南京政府监察院院长外，还曾出任陕西靖国军司令，故曲中提到"太华""潼关""阳关""太平老子"等词语。此曲除共贺"九年战果"外，还赞颂了髯公"聚三秦佳子弟同仇敌忾，归东里贤主客齐心恤灾"。其二是《倚装题李涵初培基出峡图卷时将东归》，此曲则是直接写经"九年亡命"后将东归故里的喜悦心情。它好似展开描写的杜甫名诗《闻官军收河南河北》，"白云峡内归心远，绿草天涯画笔轻"，"听渔歌樵唱"，喜上心头。曲家对"费百万头颅"换来的太平倍加珍惜。这首散曲很好地表达了饱经忧患的人民对来之不易的胜利的欣喜。作者此时的心情也如当年的杜甫一样，"漫卷诗书喜欲狂"。

在卢前的题画散曲中，最能代表其诙谐幽默艺术风格的作品是《赵德昌像我》：

〔北般涉调耍孩儿〕赵官家可是这乔模样？却早把红袍穿上。看眉毛细细眼星星，不多隆的鼻准二寸来长。疏疏须髯衬托出庞儿胖，紧接着那不大而圆的嘴一张。就算是官家相，还有的说德昌像我，我那里会像你人王？

〔四煞〕王已成为帝，韩又换做襄，昌休恒侃你名常创。没根由天书屡降谁能信，笑的你一国君臣似病狂！说起来真无当，借一些鬼神设教，吓不退那番邦。

〔三煞〕这一边是西夏，契丹又在北方，要不是澶渊一役声威壮。一从那幽州败后民无气，怕早不得绵延到靖康。从头想，注定了十五朝弱宋，比不上三百载强唐。

〔二煞〕毕竟聪明主，防微笑李沆，他早年听政多恭让。也曾到孔林奠献尊玄圣，又争说云护圜台月有光。都痴妄，那有个人无志气，天示祯祥！

〔一煞〕我只是青衫客，从来薄帝王，你宋真宗却与我时相彷。并不因貌似嗟贫贱，任假手功名道短长。天书降，我要这天书何用？要自家发愤图强。

〔尾声〕供你在庙堂，放我居草莽，我两人各有千金享，且让我鼓吹中兴自标榜。

卢前一生饱经忧患，时有断炊之虞，但他始终乐观开朗。冰心在《记卢冀野先生》一文中说，"他天真得像个孩子，永远保持着一颗赤子之心"，其相貌是"一个胖胖的圆圆的脸孔，浓黑的眉毛，嘴上有短短的胡须"。其达观开朗的性格，决定其艺术作品也常常表现出诙谐的风趣。在这首题画散曲中嘲讽的意味很浓，对己是自嘲："看眉毛细细眼星星，不多隆的鼻準二寸来长。疏疏须髯衬托出庞儿胖，紧接着那不大而圆的嘴一张。就算是官家相，还有的说德昌像我，我那里会像你人王？"但在自嘲中又不忘表现严肃的题旨："要自家发愤图强"，"且让我鼓吹中兴自标榜。"对赵德昌则是调笑："王已成为帝，韩又换做襄，昌休恒侃你名常创。没根由天书屡降谁能信，笑的你一国君臣似病狂！"但在调笑中又有辛辣的讽刺："说起来真无当，借一些鬼神设教，吓不退那番邦。""一从那幽州败后民无气，怕早不得绵延到靖康。从头想，注定了十五朝弱宋，比不上三百载强唐。"此曲亦谐亦庄，似嘲似讥。但其嘲讽的最终目的在于以古讽今。从这一点看，这首题画散曲似有深意。

第五节　诗词曲书画兼擅的题画诗人周闲

周闲（1820—1875），字存伯，一字小园，号范湖居士，浙江秀水（今嘉兴）人，晚清著名词人、篆刻家，海上画派名家。道光年间，父早逝，家道败落，遂弃科举，少年从戎，于军中颇负才名，并结识先辈将领与画家汤贻汾、抗英英雄葛云飞等，阅历和才略大增。英人寇边时，"曾磨盾草檄"。咸丰三年（1853），佐戎幕，以军功赐六品官。同治三年（1864），官新阳令、候补知州同知。同治五年（1866），因事与大吏发生龃龉，遭革职，隐居吴市，假笔墨以自娱。晚年寓居上海。

周闲绘画超浑迈众，矜重艺林。善画花卉蔬果，远师陈淳、恽寿平、李鱓，近参任熊。《嘉兴府志》称："其画浓部密致，似宋人"。与任熊、姚燮、胡公

周闲

寿为艺文挚友，同蒋春霖、任薰、任颐、吴大澂、吴昌硕、张之万等交游密切。笔致儒雅秀挺，雄浑丰腴，对海上金石派文人画风广有影响，与任熊、赵之谦等同为海上画派先驱。吴昌硕素敬重周闲。画作中不时可见"仿范湖法""画毕，自视略似范湖"的题识，称"范湖用笔，专尚神韵"。

周闲善篆刻，富金石派学养。喜用行楷，气韵朴厚。

其诗词追求"于古今各家之外，别具一种面目"。用典新颖，语言奇崛，境界浑厚。著名词人蒋敦复作《志》云："存伯词，前岁在吴门既已得读。时吴中好事者闻余至，咸以词相质。尝语人曰，阅他人词，用目力十三四足矣，至范湖词，光透楮背，复往来墨面数过，才识庐山真际。"

周闲绘画作品

（《蒋志二则》）严迪昌《清词史》和莫立民《近代词史》对周闲词作予以高度评价。严迪昌评道："如果说鸦片战争中出了个诗史型的诗人贝青乔，那么，在词坛上站出来的这个周闲是足可与之并驾齐驱的。"

著有《范湖草堂词》《范湖草堂遗稿》等。

周闲多才多艺，除以词名世，善书、画、刻外，诗、文、散曲也无不工。其诗远宗《选》体，近学浣花。文亦擅唐宋诸家之胜。

周闲是近代著名题画诗人，其题画诗、词、曲都享誉文坛画苑。他的题画诗虽然多吟咏花卉、蔬果或禽鸟鱼虫等，题材闲适，但往往于不经意间寄以深意，以小见大，极具不凡之胸襟。试看《题鸡》：

且群鹅鸭逐柴扉，沦落风尘物色稀。
待到一鸣天下晓，那时方识是雄飞。

再看《题鹤》：

骨格支离病翩微，自怜沦落惜毛衣。

明年借得春风力，看我冲天直上飞。

　　这两首诗都是假物以寄志，寓有自己的身世之感。周闲少年投军，早有大志，也曾驰骋疆场，荣立战功。但仕途坎坷，久沉下僚，后因与上司不合而被革职，郁郁不得志，所以常常借画鸡、鹤以抒怀。那"一鸣天下晓""冲天直上飞"的雄心和气势，正是诗人的壮志和宏愿。诗人心有不平，就要发声。他在《桂花》诗中说：

潦倒秋风市骏台，小山丛桂任低回。

而今多少蟾宫树，尽是黄金买得来。

　　此诗由桂树而生发，以蟾宫折桂之典喻科举及第，说官场重黄金而不重人才，当年市骏的黄金台在秋风中"潦倒"，所以"丛桂"低回，一片萧瑟。因此，趋炎附势，唯权贵马首是瞻便成为常态，连"鹊"也莫不如此："多少东风春又回，声声乾雀噪亭台。可怜世上趋炎客，尽向权门报喜来。"（《题鹊》）这官场的腐败都源于制度的黑暗和无能者掌权，试看他的《荷花蟹》：

红藕田芜芦荻新，厌筐郭索满河滨。

腹中空洞全无物，也自横行不避人。

　　正是因为权奸当道，所以自古以来有志者不获骋，于是诗人借《锦鸡》而抒感：

时命文章两不齐，祢衡李白总囚羁。

年来多少苍凉感，不独今朝为锦鸡。

　　在《祭诗图》中，周闲又说："一年祭汝一年殊，惭愧年来仍故吾。莫说墨华飞八斗，此生心血早愁枯。"谓年华在岁月中悄悄老去，而大志未展。他怀古伤今，似感慨无端。

　　德国哲学家黑格尔在《美学》中说，艺术要服务于两个"主子"：一个是"崇高的目的"（为他人）；一个是"闲散的心情"（为自己）。如果说

1119

周闲为花卉、禽鸟类绘画的题诗，主要是排遣自己的不平或感伤之情的话，那么他的题画词和题画散曲则主要服务于另一目的，即"为他人"的艺术，表现一种如康德所说的"崇高美"。当然，为他人的艺术和为自己的艺术并非截然分开，往往相互联系。就周闲而言，之所以用不同形式表现不同内容，主要是他的题画诗都较短，多为七言绝句，不便于铺陈展衍；而词，特别是散曲，字句错落、篇幅较长，很便于叙事议论，如题画词《临江仙·杜太守文澜〈淝水飞艎图〉》：

> 打鼓发船何处路，舳舻千里横江。逍遥江（一作津）上晚苍茫，营门吹戍火，野月照军幢。　满眼萧条风景异，饥乌飞集征樯。合肥秋色染垂杨，填词姜白石，感事杜黄裳。

淝水之战发生于公元383年，是东晋十六国时期北方的统一政权前秦向南方的东晋发起的一系列侵略吞并战役中的决定性战役。前秦出兵伐晋，于淝水（今安徽省寿县东南方）交战，最终东晋仅以八万军力大胜八十余万前秦军。这是中国历史上著名的以少胜多的战例。前秦因此衰败灭亡，而东晋则趁此北伐，把边界线推进到黄河，并且此后数十年间再无外族侵略东晋。词人对杜文澜的《淝水飞艎图》牛感，绝非仅仅为了抒发怀古之幽情，而是借古伤今，别有寄怀。周闲早年有过定海御英的浴血经历，似乎画图又唤起了他那叱咤风云的记忆，不免壮怀激烈。所以，上阙写得气势豪宕，但下阙却把战场写得很苍凉，饥乌飞集，垂杨秋色，满眼萧条。这分明是影射夕阳残照下的晚清，有浓重的伤今之感。

比起题画词来，周闲的题画散曲更有现实意义。据《全清散曲》统计，周闲共有散曲7首，全是为画而题，并且都是套数。在这些散曲中，作者似有满腔激愤不吐不快。如《自题花下填词图》说：

> 〔油葫芦〕有多少闲愁上柳条，感苍茫重凭眺，千秋睥睨古今遥。江山如梦兴亡小，文章落魄英雄老。恁怪他拔刀斫地疾，呵壁问天高，不平意气谁知道。痛饮酒，读《离骚》。

> 〔天下乐〕俺只向十万花间顾曲豪，雄也么骄。掷银筝，裂玉箫，

苏辛秦柳都推倒。倚新声唤小红，画乌丝倩小乔，可惜《广陵散》绝知音少！

〔那吒令〕叹年来天涯潦倒，怜末路雄心顿小。洒痛泪青衫泾到，短剃头白眼遭。宝剑掷，黄金了，有多少肮脏难消！

〔鹊踏枝〕莽苍苍皆非吾曹，向何处话牢骚。只自怜舞起柘枝，醉起横刀。范蔚宗琵琶零落，桓子野长笛萧条。

〔寄生草〕俺也曾醉买千金笑，俺也曾客结五陵豪。俺也曾锦裘白马夸年少，俺也曾著书奏赋搞词藻，俺也曾长缨大剑从征讨。抚生平慷慨起悲歌，唤奈何空咄咄如殷浩！

〔幺篇〕夺取刘伶酒，闲将块垒浇。按红牙借谱灵胥调，撼钿笛算发孙登啸，掣铜琶掺破祢衡操。也抵得回车大恸嗣宗哭，出门一破士龙笑。

〔赚煞〕如许问头颅，落拓怜客貌，且顾盼仰天长啸。面酣耳热吴门道，渐髟髟短发习骚。起把唾壶敲，这壮志不肯灰销。一声铁笛春风老，看双鬟笑把旗亭画倒。这才是顾曲的周郎意气豪。

这首套曲作于道光二十三年（1843），这时虎门销烟的余灰尚未散去，清廷便与英国签订了《香港殖民地宪章》《虎门条约》等丧权辱国条约。国内阶级矛盾不断激化，民不聊生，处于水深火热之中。外患内忧，使早已腐朽的清王朝摇摇欲坠。当此国家危亡之际，一切有志之士都不能坐视。周闲这位在"英人寇边"时曾经"长缨大剑从征讨"的热血壮士怎能不"慷慨起悲歌"！这套散曲淋漓尽致地表达了曲家报国之壮志和慷慨赴敌之决心，其滚热的爱国心肠令人感佩。当然，周闲这时的思想也较为复杂，既有效忠清王朝之因素，又有对清政府腐朽统治的愤懑。

再看他在道光二十四年（1844）所写的《题许大震蕃抚剑拥艾年图》，感情更为激烈：

〔南商调集贤宾〕血淋淋的倚天长剑，把壮志儿振。秋杳杳的银汉，美人把好梦儿窨。怘律律的头颅，突兀刁骚短发儿抡。怎怪得忽忽喇喇的哭，把嗣宗热泪儿吞。总灰不尽英雄儿女，这心事也轮囷。

〔二郎神〕罢谁存问，这天涯断人肠的行径。难医可赚秋风的消渴病，便鸰鹣判质，当垆今已无人。孤负了这英雄身分，敲唾壶苍茫激愤。怘楞楞，剩剑气如龙，崛强难驯。

〔前腔换头〕风尘，把三千丈怒发，丝丝秃尽。俺呵尝惯了这穷途滋味永，你呵生平为甚牢骚，气概棱棱？莫不是狗监难逢犬子贪，莫不是李卫国斩不落华山的颈。莫不是邓通山，隔断了长城，宝气氤氲。

〔前腔换头〕休论，任儿曹白眼，何妨首肯。但勘得英雄公案尽，怕什么天公作弄，不够俺一剑磨人。……醉时节，把美酒频浇，宝剑腰横。

曲家激愤已极，怒发冲冠。他好似一个顶天立地的男儿，手持宝剑要铲除人间的一切不平。这真不愧是一位浴血疆场勇士的手笔和气概。周闲的其他散曲如《题隆公竹舍诵经图》借否定佛教直斥"西来意"欺世盗名，也很有现实意义。他说："有什么法言般若词，梵叶贝经辞，这多是盲参瞎棒儿曹戏。生公点石虚哄，法雨飞花谁见之？徒欺世，可怜他野狐技俩，活鬼心机。"又说："俺书生才是个真世尊活祖师，几言题醒了禅和子，好付与哈哈大笑向天涯。"在当时背景下，周闲的这些言论真有石破天惊之震撼，其警世作用不言而喻。总之，在周闲的题画诗、词、曲中，题画散曲更具社会价值。

第六节　会唱曲的词曲大师吴梅

吴梅是中国近代词曲奇才、戏剧大家，同时对古典诗文也有精深研究，在理论著述与艺术创作上都有极高的成就。而不为人知的是，他又是著名的题画诗、词、曲作家。

吴梅（1884—1939），字瞿安，一作癯庵，号霜厓，别号甚多，主要有灵鹣、逋飞、厓叟、呆道人、东篱词客等，江苏长洲（今苏州）人。历任北京大学、中央大学、中山大学、金陵大学等校教授。专治词曲学，为近现代词曲大师。他"深究南北曲，制谱、填词、按曲，一身兼擅，世称晚近无第二人"[6]。编校《吴梅全集》的王卫民曾指出，生活于昆剧衰落时期的吴梅，却能"集制曲、论曲、曲史、藏曲、校曲、谱曲、唱曲于一身"，且在戏曲教育上也卓有建树，堪称奇迹。夏敬观序其《霜厓词录》说："海内推明音律，唯首举君，而亦以是掩君他长。世辄谓元曲兴而宋词亡，工于曲者于词为病。观君所为顾不尔。"吴梅也善于读画、赏画，从其题画作品看，似也能作画。况且传统戏曲本身就是一种综合艺术，若非具有文学、音乐、舞蹈、美术等多方面的较高修养，是断不能达到如此高的成就的。其主要著作有《曲学通论》《中国戏剧史》《霜厓曲录》《霜厓三剧》《霜厓词录》《霜厓诗录》《读画录》等。

吴梅的词豪放近于诗，婉约则近于曲。其题画词因多写怀人相思之情，风格也以婉丽居多，如《虞美人·刘子庚毓盘〈断梦离痕图〉》：

吴梅

绵響蘭深緝言瓊秘
澄波仁兄六人雅屬

沈思泉湧華藻雲浮
吴梅

吴梅书法作品

银荷回照红波浅，小扇难遮面。碧纱如梦悄寒时，雨雨风风天气最相思。　　寻常巷陌都经惯，老去情怀懒。闹红一舸可怜宵，不信钱塘今夜不通潮。

这首词虽写相思之苦，但景色清丽，情意绵绵，并不感伤。而另一首《高山流水·自题〈霜厓填词图〉》，意境则与此词不同：

半生落落守寒毡。写风怀、弹尽商弦。无路诉相思，霜灯梦入壶天。惊心处、锦瑟华年。旗亭去，还记双鬟按笛，泪咽尊前。似深秋戒露，独鹤唳荒烟。　　停鞭，欢场忍回首，花月地、换了山川。衰鬓倚西风，水国饱听啼鹃。抱灵修、几误婵娟？白门便，重问乌衣影事，陌巷凄然。算春愁酒病，哀乐付枯禅。

从词意看，此词当作于词人中年以后，从"白门""乌衣"看，当是他供职于南京时。词中既有对往昔"锦瑟年华"之回忆，又有对如今羁旅生活之描写。"寒毡""霜灯""旗亭""水国""巷陌"等景物，无不笼罩着浓重的衰飒气氛，使人读后不免心情压抑。其原因除了"无路诉相思"外，还因为"花月地、换了山川"，爱国之情流露笔端。此词意象鲜明，哀婉动人，是吴梅题画词的代表作。

在吴梅的题画词中，也有雄浑遒劲之作。夏敬观在《忍古楼词话》中说："其词亦不让遗山、牧庵诸公。近得其《霜厓读画录》，题郑所南画兰次玉田韵《清平乐》、题龚半千画《桂枝香》、题王东庄书《长亭怨慢》诸词，豪宕透辟，气力可举千钧。"《清平乐·题郑所南画兰，次玉田韵》是：

骚魂呼起，招得灵均鬼。千古伤心留一纸，认取南朝天水。　　北风吹散繁华，高丘但有残花。花是托根无地，人还浪迹无家。

此词通过题咏郑所南的画兰，抒发自己的身世之感。上阕应题目，点出郑所南的墨兰图；下阕借郑所南所画之无土兰花，来抒发自己的家国之痛。民国初年，袁世凯窃国，南京临时政府内迁。词人也有郑所南当年浪迹无家之感。同时，"北风吹散繁华"，也有以古喻今之意。这首词意境高远，气韵沉雄，似有李白《忆秦娥》（箫声咽）之风调，虽词意不免有些感伤，但也"算得楚骚之神理"[7]。而另一首题画词《八宝妆》更能体现其豪宕风格：

> 苍岛耕烟，绛河飞锡，细数千年如羽。埏土流传凭妙手，海底鲸鳌轩举。青胪斜睨雁奴，持钵呼龙，灵山今夜停花雨。谁信露盘辞汉，铜仙还住。　　因念旧迹毗沙，玉峰破寺，劫尘休话风絮。纵留下、梵天故事，问残影、庄严谁护？算乡国无多绀宇，白莲秋老汀洲路。对蜕影精蓝，清池素月禅心古。

词前小序说："甫里保圣寺罗汉像，旧传杨惠之作。庚子九秋，拿舟参谒，又读太仓奚中石士柱长歌，欢喜赞叹，因成此解。"由此可知，此词是为"罗汉像"而作。下阕虽因感念"劫尘"，"乡国无多绀宇"，词调有些衰飒，但上阕却气势如虹，颇有举千钧之力。

吴梅是近代题画散曲大家。据《全清散曲》统计，吴梅共有题画散曲21首，其中小令11首、散套10套。其题画散曲所涉及的内容较为广泛，有回忆少年生活的，如《〔南仙吕长拍〕重读瀍舲忆曲图感少年事》等；有写读书、填词的，如《〔北双调折桂令〕题谢平原逢源读书图戏效虞伯生短柱韵》《〔北双调水仙子〕题冀野饮虹簃填词图》等。其中以写隐居田园生活及感时伤事题材的作品较为生动感人，艺术性也更强。试看《题金菽缘鹤翀慈乌村图》：

> 〔南仙吕入双调步步娇〕四面青山都如画，随处堪潇洒，这是寻常百姓家。掩上蓬门，不求闻达。一带竹篱笆，淡疏疏好个村庄也。

> 〔醉扶归〕这一答纸窗竹屋春风乍，那一答板桥流水夕阳斜。弄机妇女少奢华，读书子弟多风雅。只要得闲中岁月冷生涯，煞强如齐家治国平天下。

> 〔皂罗袍〕再莫向名场丢搭，做一个清闲自在，老实庄家。柴门倚杖数归鸦，瓦盆试火烹新鲊。春初剪韭，雨前采茶；中秋桂子，重阳

菊花。指桑麻说几句田园话。

〔好姐姐〕笑咱求田问舍，怎及你力田问稼。风月散人，几生修到家？消停者，待他年告个游春假，来伴先生扫落花。

〔尾声〕我买山有愿愁无价，望蒹葭且喜得慈乌村大，且对这画里风光聊自耍。

这首散曲将"慈乌村"的景物写得"都如画"，意境清旷高远，与元人马致远《〔双调夜行船〕秋思》有异曲同工之妙，但又较马致远曲中的感伤情绪多了几分活力与欢快。曲家"不求闻达"，更爱"闲中岁月冷生涯"，认为这"煞强"儒家的所谓"齐家治国平天下"，而不汲汲于功名利禄，心胸较为开阔。另一首小令《〔南仙吕解三酲〕题石桥秋饯图》也写得较有声色。其曲是：

滞南天十年惆怅，话西楼一夕凄凉。把渭城朝雨改做（一作作）庐山唱，长干里暮云长。正黄花簪鬓愁千丈，待白鹿谈经赠数行。秋风荐，万方多难，两地相望。

这首散曲写的虽然是常见的相思之惆怅，但却沉雄豪迈，意境阔远。特别是曲家由感叹个人身世之"凄凉"，联想到"万方多难"之现实，把"两地相望"提升到家国之思，曲风沉郁顿挫，颇有感染力。

注　释

〔1〕严迪昌编著《近代词钞》，江苏古籍出版社，1996，第22页。

〔2〕参见《近代词钞》，江苏古籍出版社，1996，第943页。

〔3〕同〔1〕，第1419页。

〔4〕同〔2〕，第622页。

〔5〕转引自《近代词钞》，江苏古籍出版社，1996，第990页。

〔6〕同〔1〕，第2044页。

〔7〕钱仲联语。转引自吴企明、史创新编著《题画词与词意画》，云南人民出版社，2007，第163页。

第五十七章

半天彩虹：女性中"三绝"

近代，随着社会的发展进步，妇女的自我意识日渐觉醒。她们主动参与社会，求学读书，文化水平不断提高，于是便涌现出一大批画家和诗人。她们的共同特点是，大多出身于官宦之家或书香门第，自幼受过良好的教育和家庭文化艺术熏陶。她们往往既工诗词，又擅度曲；既能绘画，又善书法；既喜欢为自己的画题诗，又愿意为别人的画题咏。她们有人勇敢地越过封建樊篱，同男性诗人流连于山水间；有人不得已，自我封闭于深宅大院编织闲愁。她们有时大胆如喇叭花张扬开放，有时又如含羞草低垂无语。这带有明显时代印记的新群体，谱写了一曲曲别具风情的题画新歌。

第一节　吴藻的苦闷与要"速变男儿"的抗争

吴藻（1799—1862），字蘋香，号玉岑子，又曾托名谢絮才，仁和（今浙江杭州）人。家住仁和县城东的枫桥旁，与大词人厉鹗的旧居比邻。也许是由于对邻家名士的景仰，吴藻的父亲虽是个地道的商人，却对书香风雅之事特别感兴趣。爱女吴藻自小就颖慧异常，吴父对她十分看重，重金聘请了名师教她读书习字、作诗填词、弹琴谱曲、绘图作画。吴藻并没有让父亲失望，到及笄之年，诗书琴画已样样精通，尤其在填词上别有造诣。她月下抚

吴藻

琴，雪中赋诗，与花儿谈心，同燕子低语，生活充满了情趣。

燕回燕去，无忧无虑的小姑娘渐渐长大了。人大心也大，吴藻对自己生活的这个小天地开始有几分不满足了。她从书中了解到，很多文人才士都喜欢聚集在一起吟诗填词，不但可以相互唱和，还可以相互指点品评。风清月朗，薄酒香茗，三五好友诗词互答，她对那种生活十分向往。可是仁和这个小县城里，根本没有闺友组织的文会，一个大姑娘抛头露面是被视为大逆不道的，而她的家庭及亲友中又没有能陪她谈诗论词的人，她只能一个人独吟独赏自己的才情，于是诗词中不免染上了愁烦。如《洞仙歌·奉题梁溪顾羽素夫人〈绿梅影楼填词图〉》：

阴阴薄冥，悄黄昏时候。几树梅开暗香逗。又疏帘半卷，和月和烟，分不出，花影风筛翠袖。　　小窗灯火里，拥髻微吟，想见伊人正呵手。清极不知寒，坐到宵深，有青人，两眉痕瘦。看一角楼台似罗浮，算除却词仙，更谁消受？

这首词既像李清照的《醉花阴》（薄雾浓云愁永昼），又像其《念奴娇》（萧条庭院）。三首词所写的时令虽然不同，但都写了"凉""寒""冷"，这既是写当时的天气，又是为了衬托词人的心境，并且那"薄雾浓云"，那"斜风细雨"，那"阴阴薄冥"，分明也是在渲染词人的惆怅之情。但吴词与李词之不同也是显而易见的：李词所怀之人是丈夫，较为坐实，并于愁思中充满了希望；而吴词中的"想见伊人"，虽为女友，又较为空泛。其"和

吴藻书法作品

月和烟"的意境，又很像少女怀春的朦胧心态，所以很可能是词人的婚前之作。如果说李词写的是实实在在的真愁，那么吴词写的就是不可名状的闲愁。从这一点看，吴词似乎不如李词感人。

时光荏苒，转眼到了婚嫁的年龄。吴藻不仅才高情浓，家境优渥，还长得风姿绰约、容貌清秀，是"千家羡，百家求"的闺中宠儿。事实上，到吴家求亲的人也确实踏破门槛。因为吴家是富商，当时人们谈婚论嫁讲究门当户对，所以求亲的也多是纨绔子弟。吴藻嫌他们胸无点墨，一一摇头拒绝了。仁和县城里才子本就有限，有的家境清贫，有的埋头苦读，谁也没想到吴氏商贾之家还藏着个锦绣才情的大姑娘，就是想到了也会有不敢高攀之虑。如此一来，才貌双全的吴藻竟然芳龄虚度，婚事蹉跎，一直拖到了22岁。吴家父母开始着急了，他们软磨硬劝，终于使吴藻勉强答应了同城丝绸商黄家的求婚。其实，对这门婚事吴藻一点兴趣也没有，可自己已苦苦等了这么多年，心中的白马王子无缘降临，也许自己生就是商家妇的命，任凭怎样心高，也摆脱不了命运的限定，她已有些心灰。好在婚后丈夫对妻子的才情特别羡慕，对她也百般宠爱，还特意为她布置了一个整洁宽敞的书房，让她独自在家中经营书香气息。初见丈夫支持自己读书作文，吴藻还暗暗惊喜，以为丈夫也是个知解风雅的人，自己错怪了他。于是当丈夫忙完商务回家后，她喜盈盈地拿出自己的新诗词读给丈夫听。丈夫倚在床头，频频称好。待吴藻读完再看丈夫时，他已坐着睡着了，原来他只是附庸风雅。吴藻的心又重新掉进了冰窟，一腔风情无人解，冰冷的泪珠无声地从她眼中流了下来。丈夫虽然不懂她的诗词，对她的生活却关怀得无微不至，衣食住行全不需吴藻操心，她天天把自己关在书房中，一心一意编织她的愁绪。据统计，吴藻词集中"愁"字出现79处之多，曲作中亦有9处。在吴藻之词曲中，几乎所有事物都被冠上了愁名：其身临的是"愁乡"；心埋的为"愁怀"；写下的皆"笺愁句"；举眼望"愁风""愁水""愁城"；低眉听"愁吟""愁宫""愁唱"；还有许许多多"旧愁""离愁""烟愁""病愁"，举手投足也变成了"愁对""愁听""愁扫""愁坐"。凄清之愁怀，溢于言表，冷郁绵长。特别是在中晚期作品中，她的愁苦之情更为感人，如《高阳台·题〈悲秋图〉》：

秋娘林氏，吴趋人，美而慧，幼为宦家婢。既长，宦家子纳为妾，已而失宠，复遭大妇挞辱。父母挈之去，奔走天涯，流离失所。题诗岔河驿壁，首叙骈语，备述梗概。戊子冬，许金桥公车北上，夜宿驿中，扪壁读之，归而绘图记事，盖伤其才之不遇也。感填此解。

咏絮才高，量珠聘薄，春人冰透冬心。拥髻凄然，知它翠袖寒深。邮亭一夜闲灯火，谅迢迢、梦冷秋衾。不风流，羔酒谁家，斗帐销金。　莲胎纵把藕丝杀，奈桥霜店月，煮鹤烧琴。彩笔题残，杜兰香去难寻。更无铃索将花护，怕天涯、绿叶成阴。尽生绡，供养云烟，添写愁吟。

这首词写林秋娘的悲惨际遇和辛酸眼泪，伤惋凄凉，无疑是借他人之酒杯，浇自己胸中之块垒。词人以情写事，将自己的满怀愁绪尽泻纸上，并运用对比手法，以秋娘的"拥髻凄然"，"翠袖寒深"与"羔酒谁家，斗帐销金"相对照，犹令人备觉悲凉。

婚姻不幸和知音难寻，虽然使吴藻满怀愁绪，但是她并不甘于让苦闷的波涛将自己淹没，而是广泛结交闺友，并通过她们又慢慢结识了一些真正的文人才士。他们一般是这些闺友的兄弟和丈夫。吴藻的词作传到文人才士手中，他们不由得击节称叹，一些性情比较开放的人开始邀吴藻去参加一些文人的诗文酒会。征得丈夫同意后，吴藻欣然前往。

生活在那些情趣高雅的文人中间，吴藻如鱼得水，顿时变得活跃、开朗起来。吴藻的诗词在当地文人中引起极大的轰动，他们称她是"当朝的柳永"，词句似是信手拈来，却蕴含着深长的情意。吴藻与这些儒巾长袍的书生一同登酒楼，上画舫，举杯畅饮，高声唱和，毫无拘束。他们常常月夜泛舟湖上，深更不归；春日远游郊外，带醉而回。吴藻的这些行径实在是越出了妇人的常规，可是她丈夫并不干涉，只要妻子高兴，他不在乎别人说三道四，因为他有他的理由：吴藻是个不同于一般女人的女人，当然不能用常规来约束她。既然丈夫纵容，吴藻愈加无所顾忌了。与一群须眉男子同行同止，虽是潇洒，但毕竟有不便之处，于是竟埋怨起自己的女儿身来。她在《金缕曲》词中说："愿掬银河三千丈，一洗女儿故态。收拾起、断脂零黛，莫学兰台悲秋语，但大言、打破乾坤隘；拔长剑，倚天外。"但是银河水是洗不去"女儿故态"的，而脱下女儿装，扮成男儿模样倒是不难的。于是她灵机一动，再出门参加文友聚会时，就换上儒巾长袍，配上她高挑的个头，俨然一个翩翩美少年。有了这样的打扮，她的行动方便多了，不但出入酒楼茶馆，甚至还随大家到妓院寻欢作乐。因为经常到"风月楼"喝花酒，那里一个姓林的歌妓竟对她情有独钟了，反正是书生公子打扮，吴藻也干脆逢场作戏，与林姑娘眉目传情，甜言蜜语，恰似一副情人模样。林姑娘表示要以身相许，她还装模作样地答应下来，一本正经地赠了一阕《洞仙歌》以明心意："一样扫眉才，偏我清狂，要消受玉人心许。正漠漠、烟波五湖春，待买个红船，载卿同去。"

吴藻想做男儿，并非一时兴起，而是有着深层的社会原因和自身的心性使然。并且她的这种想法不仅在题画词中有反映，在题画散曲和杂剧中也有表现。吴藻在20多岁时，就写下一部传唱于大江南北的杂剧——《乔影》，并为之配绘了一幅《饮酒读〈骚〉图》。在图中，一位身着男装的女子，饮酒读《骚》，排遣"有才无命"的苦闷与悲愤。剧中，她托名"谢絮才"，直接抒发女性不能如意选择社会角色的不平。她的这种不平与抗争在题画散曲《自题饮酒读〈骚〉图》中表现得更加淋漓酣畅。其曲是：

〔新水令北〕疏花一树护书巢，镇安排笔床茶灶。随身携玉罘，称体换青袍。裙屐丰标，羞把那蛾眉扫。

〔步步娇南〕优孟衣冠凭颠倒，出意翻新巧，闲愁借酒浇。侠气豪情，问谁知道？肘后系《离骚》，更红兰簇簇当阶绕。

〔折桂令北〕你道女书生直甚无聊，赤紧的幻影空花，也算福分当消。恁狂奴样子新描，真个是命如纸薄，再休题心比天高。似这放形骸笼头侧帽，煞强如倦妆梳约体轻绡。为甚粉悴香憔，病永愁饶？只怕画儿中一盏红霞，抵不得镜儿中朝夕红潮。

〔江儿水南〕细认翩翩态，生成别样娇。你风流貌比莲花好，怕凄凉人被桃花笑，怎不淹煎命似梨花小。重把画图痴叫。秀格如卿，除我更谁同调？

〔雁儿落带得胜令北〕我待趁烟波泛画桡，我待御天风游蓬岛。我待拨铜琶向江上歌，我待看青萍在灯前啸。呀，我待拂长虹入海钓金鳌，我待吸长鲸赏酒解金貂。我待理朱弦作幽兰操，我待着宫袍把水月捞。我待吹箫比子晋还年少，我待题糕笑刘郎空自豪，笑刘郎空自豪！

〔侥侥令南〕平生矜傲骨，宿世种愁苗，休怪我咄咄书空如殷浩。无非对旁人作解嘲，对旁人作解嘲。

〔收江南北〕呀，只少个伴添香红袖呵相对坐春宵，少不得忍寒半臂一齐抛，定忘却黛螺十斛旧曾调。把乌阑细抄，更红牙漫敲，才显得美人名士最魂销。

〔园林好南〕制荷衣香飘粉飘，望湘江山遥水遥，把一卷骚经吟到。搔首问，碧天寥；搔首问，碧天寥。

〔沽美酒带太平令北〕黯吟魂若个招，黯吟魂若个招，神欲往，梦空劳。今日里纸上春风有下梢，歌楚些，酹松醪。能几度夕阳芳草，禁多少月残风晓。题不尽断肠词稿，又添上伤心图照。俺呵，收拾起金翘翠翘，整备着诗瓢酒瓢，呀，向花前把影儿频吊。

〔清江引南〕黄鸡白日催年老，蝶梦何时觉？长依卷里人，永作迦陵鸟，分不出影和形同化了。

这首自题画散曲就画意展开具体描写，画中女子完全是男儿打扮，她"随身携玉斝，称体换青袍。裙屐丰标，羞把那蛾眉扫"。并且在心理上也同男儿一样"矜傲骨"，"侠气豪情"。甚至在读书时也要红袖添香，以"显得美人名士最魂消"。"女书生"的这种做法并非"甚无聊"，而是一种庄严的宣示。这种颠倒阴阳的举动，也是对不平等社会的呐喊和抗争，其意似乎是要扭转乾坤："我待趁烟波泛画桡，我待御天风游蓬岛。我待拨铜琶向江上歌，我待看青萍在灯前啸。呀，我待拂长虹入海钓金鳌，我待吸长鲸赏酒解金貂。我待理朱弦作幽兰操，我待着宫袍把水月捞。我待吹箫比子晋还年少，我待题糕笑刘郎空自豪，笑刘郎空自豪！"曲家超拔尘俗，表现出巾帼不让须眉的豪迈气概。吴藻的某些行为固然是对以男性为主导的社会体系的一种认同，但从实质上看还是对男性社会的一种挑战。至于她与歌妓逢场作戏式的"恋爱"，虽然不无因婚姻不幸而感情缺失的因素，但也是对传统观念的一种背叛。并且，她的思想也在不断变化，在题画词《金缕曲》中说"英雄儿女原无别"，就说明其认识已进入到消解两性差异的新阶段。明清时期，随着女性的不断觉醒，她们欲变男儿或喜着男装，已是较为常见的现象。反映在文艺作品上，王筠的《繁华梦》，陈端生的《再生缘》，程惠英的《凤双飞》等，与吴藻的《乔影》等都是相同的母题。因此，吴藻心理上的性别错位，并不是个别的，她想摆脱的也不仅仅是女性的身份，而是强加在其身上的不公与压抑。

吴藻的题画散曲既有伟丈夫的阳刚之美，又有女性曲家所特有的婉转柔弱之风，如《题寒闺病趣图》中一段："恹恹惜惜，楚楚娟娟，一捻腰肢瘦，裙花翠宽。只恐凉煞荀郎香衾怕展，扶不起莲瓣鞋儿弓样弯。瘦腔腔徐嫩喘，怯生生殚腻鬟如水。空庭院檐冰箸悬，分明是甲帐生寒卧彩鸾。"又如："渐渐的咽桃花，粥糜少传；渐渐的调芍药，羹汤厌酸。绿濛濛一带琐窗关，镇日价眠里坐里，伴药炉茗碗。春长梦短，香娇翠软。"曲中对寒闺女子病态和心态的描写细腻入微，楚楚动人。这弱不禁风的病女与《自题饮酒读〈骚〉图》中那拔山盖世的"女书生"真是判若两人。这应看作吴藻题画散曲艺术风格的另一面。

但是，最能体现吴藻艺术风格的作品，还是她的题画词。吴藻虽然诗、词、曲、杂剧兼擅，但其现存诗仅9首，散曲6首，杂剧1部，而存量最多的是词，有《花帘词》一卷、《香南雪北词》一卷，以及收入《民国黟县四志》中的《喝火令》，共存词292首。因此，要论其艺术风格，当首选其词。前人和今人对其词评价也颇高。梁绍壬《两般秋雨庵随笔》谓《花帘词》"逼真《漱玉》遗音"；又有人称其词"豪宕近苏辛"；《续修四库全书·提要》曰："清代女子为词者，藻亦可以成一家矣。"俞陛云在《清代闺秀诗话》中将她与徐灿、顾春等相提并论，称"湘蘋以深稳胜，太清以高旷胜，蘋香以博雅胜，卓然为三大家"。而邓红梅在《吴藻词注评·前言》中说，吴藻"最早和最有代表性的词风是流丽清圆型的。具有这一风格的词，以俊快为主，一气呵成，节奏轻快，思路清晰，常有空灵变化的想象来增加词境的虚灵效果；同时意象优美，情思流溢。这一风格充分体现了她聪明秀出的精神气质。但是，由于内心常常郁积着深沉的苦闷需要打破，她有时不免换腔变调，渴望以铜琵琶、铁绰板来放歌对于命运的悲剧性体验，对于角色的不平性体验，这时，她的词风就变得豪壮悲郁了"[1]。这种将吴藻不同时期和不同心态所写的词加以区别的评价方法是很对的。但是吴藻题画词艺术风格的变化又往往受所题绘画题材的影响，如《水调歌头·孙子勤〈看剑引杯图〉，云林姊属题》：

> 长剑倚天外，白眼举觞空。莲花千朵出匣，珠滴小槽红。浇尽层层块垒，露尽森森芒角，云梦荡吾胸。春水变醹酼，秋水淬芙蓉。
>
> 饮如鲸，诗如虎，气如虹。狂歌斫地，恨不移向酒泉封。百炼钢难绕指，百瓮香频到口，百尺卧元龙。磊落平生志，破浪去乘风。

"看剑引杯"，这样的题材画自然引起早怀壮志词人的遐想和豪情。开头两句"长剑倚天外，白眼举觞空"，即活画出一位睥睨万物的伟丈夫形象，并且其气势越来越旺盛，下阕连用三个"如"字（"饮如鲸，诗如虎，气如虹"），又连用三个"百"字（"百炼钢难绕指，百瓮香频到口，百尺卧元龙"），把词人平生之壮志豪情写得痛快淋漓，如黄河远上，如长江直下，其豪迈之气概，其磊落之胸襟，真不让须眉。此词笔健风刚，气势豪宕，体现出一种强有力的阳刚之美。又如《金缕曲·题李海帆太守〈海上钓鳌图〉》：

> 放眼乾坤小。猛翻来、银涛万叠，海门秋早。一带沧溟云气涌，装点楼台七宝。算十丈、红尘不到。线样虹霓钩样月，让先生、散发垂纶钓。挥手处，复长啸。　诗狂酒侠心难老。拂珊瑚、一竿才下，六鳌齐钓。陡觉天风吹日近，望里蓬瀛了了。问仙骨、更谁同调？不信骑鲸千载下，有如来、金粟重留照。闲把卷，识奇表。

这首词更是气概超凡，一句"放眼乾坤小"，足见其胸襟。词中说"挥手处，复长啸"，"一竿才下，六鳌齐钓"，虽然是夸赞别人，但抒发的却是自己的豪情。全词想象奇特，手法夸张，堪与苏辛媲美。而她为花月等题材绘画所题之词，风格则有明显不同，如《风入松·〈听月图〉》：

> 山河云外桂花浮，霞想广寒游。饭餐玉屑黄昏后，谪仙人、清绝无愁。冷淡心期印月，聪明耳性通秋。　蛾妆不为夜凉休，圆镜正当头。阿谁惊起红尘梦，漫丁丁、宝斧频修。忽忆坡翁佳句，乘风欲上琼楼。

"听月"，本身就是一个玄妙的题目，词人又极尽想象之能事，"耳性通秋"，似乎能听到"宝斧频修"之声，然后又有游"广寒"、"上琼楼"之想。心期无尘之冷月，清旷高雅，别具风韵。与此词风格相近的还有《虞美人·本意题画》：

> 生绡尺幅胭脂冷，省识东风影。二分娇艳一分愁，和月和烟不是楚天秋。　春泥底事埋香早，宿了红心草。凭谁画出美人魂，我欲拈花去吊愤王坟。

此词妙用表意的"双层结构"，将虞美人花和它所蕴含的虞姬故事结合起来，赏花咏人，词旨幽怨，词味绵长。但较前一首词却多了几分感伤之情，并且结尾处说"我欲拈花去吊愤王坟"，对当年叱咤风云的愤王项羽表示哀悼，又透出词人的愤愤不平之慨。

到了晚年，词人历尽沧桑，其豪情已衰减，无论为什么题材绘画所题之词，都不免感伤了，如《台城路并序》：

> 南湖徐氏水楼，厉樊榭征君故居，后为名流觞咏之地。以樊榭自号华隐，故颜之曰华隐楼，宋丈芝山绘图，戴金溪、李卤斋、倪米楼诸老辈皆填词。近为振绮堂汪氏所得。征题及余，即用图中《台城路》原调。
>
> 南湖绿净无今古，年年夕阳红湿。卖酒人家，试香池馆，一样帘

波三尺。荒凉故迹。想曲曲阑干、玉纤曾拍。旧日妆台，杏梁除是燕相识。　　袈裟初地又改，剩横枝瘦影，吹透邻笛。老去秋娘，后来词史，画里依旧（一作然）裙屐。垂杨自碧。便啼杀春禽，不成春色，花月沧桑，水楼传赋笔。

词前小序已点明，南湖徐氏水楼是清代著名诗人厉鹗的故居。这座水楼上曾上演过许多故事，厉鹗和侍姬朱满娘的情事仍留在人们的记忆中，名流觞咏的往事遗痕宛在，如今旧楼已易主。吴藻居此，在流转的故事里读出了岁月沧桑：南湖之水虽然一样"绿净"，夕阳仍旧"红湿"，然而物是人非，只有梁上之燕是旧日相识。"夕阳""荒凉""横枝""瘦影"等词语和一片伤心碧的"垂杨"绘成一幅充满感伤色彩的旧馆画图。任凭春鸟拼命啼叫，也唤不回已逝的春色。词人充满了盛衰之感，词调也转为沉寂苍凉。

就题画词的技巧而言，吴藻的作品也有许多高妙之处。《高阳台·云林姊属题〈湖月沁琴小影〉》即是一例：

选石横琴，摹山入画，年年小住西泠。三弄冰弦，三潭凉月俱清。红桥十二无人到，削芙蓉、两朵峰青。不分明，水佩风裳，错认湘灵。　　成连海上知音少，但七条丝动，移我瑶情。录曲栏杆，问谁素手同凭？几时共结湖边屋，待修箫、来和双声。且消停，一段秋怀，弹与侬听。

这首词妙在词人不甘做图画的旁观者，而是要把自己化进去，"共结湖边屋，待修箫、来和双声"。这便使词人、画家、画中人融为一体，画里画外，沟通无碍，既抒发了她与画家"知音少"的感叹，又写出自己的"一段秋怀"。又如《恋绣衾·题〈画扇写闷寻鹦鹉说无聊〉诗意》：

东风杨柳花外拖，好池台、斜照未斜。悄不见，惊鸿影，是谁来、调弄翠哥？　　玉笼小啄双红豆，问相思、心内几多！陇山远，蓬山隔，说无聊、都唤奈何。

此词既写画境又写诗意，既写笼中之鹦鹉，又写画外之美人，亦鸟亦人，相当精彩。词的题目，看去很"无聊"，但在吴藻生活的年代却是女性精神上磨灭不了的共同印记。词人将它表达得如此细腻与准确，不仅写出画中之意，也透出自己内心的苦闷与无聊。

第二节 "清代第一女词人"顾春

晚清至近代，闺阁诗人辈出，其中最有名的当属顾春。但是在她的才名越来越为世人所钦羡的同时，也成为文人编造佳话的依托。有关顾春与同时代杰出诗人龚自珍之间的"恋情"，自晚清以来一直盛传于文坛，以致成为曾朴所作著名小说《孽海花》的素材。小说将顾春与龚自珍的"一夜情"描写得绘声绘色，颇为香艳。学者们虽然对此种笔法不以为然，却也对龚自珍集中的某些暧昧词句暗自生疑[2]。然而真正用心读过顾春诗词的人，却大多不相信这种传说。近代著名词学家况周颐曾说："言为心声，读太清词可决定太清之为人，无庸断断置辩也。"（《东海渔歌·序》）但是，无论此事存在与否，都决不会影响我们对顾春的正确评价。

顾春（1799—1877），字梅仙，号太清，原姓西林觉罗氏，故也署西林春，满洲镶蓝旗人。其祖父是清代大学士鄂尔泰的侄子鄂昌。乾隆二十年（1755），鄂昌因其门生胡中藻文字狱受牵连获罪赐死。顾春一出生便备遭冷眼。祖母便将她带到苏州养大。为避忌和祖父鄂昌的关系，遂改姓顾氏，呈报宗人府时，假托为荣府护卫顾文星之女，于是世称顾太清。她自幼受到良好教育，三四岁时即由祖母教字，六七岁时又为她专请老师教文化。因顾太清是女流，学习不为科考赴试，故专攻诗词歌赋。她自幼不缠足，天资绝美，又有天赋，时作男儿装，填得一手好词。后来，她靠极为深湛的造诣，成为满族第一女词人，也是现代文学界公认的"清代第一女词人"。

顾春

顾春的婚姻与吴藻不同，并非来自父母之命、媒妁之言，而是两个相爱的年轻人力争到底的结果。丈夫奕绘的祖母是鄂尔泰之子鄂弼之女。由于有这层亲戚关系，顾春得以出入王府，与奕绘相识并相互倾慕，但因顾春为"罪臣之女"，遭到反对，经过抗争，他们终成眷属。顾春婚前生活在家族没落的阴影中，尝尽人间辛酸，但婚后却渐入人生佳境。奕绘是清高宗乾隆第五子永琪之孙，17岁袭爵贝勒，既是贵胄子弟，又是一个博学风雅人士。他工诗词，善书画，于儒、释、道、医、天文、数术等广有涉猎。顾春受过家学熏陶，与丈夫以诗词唱和，也轻松快意。在丈夫的影响下，她习画作词。贝勒府的丰富藏书和各种名家绘画藏品为她提供了入门的途径。对名家名作的潜心研习，使她对绘画艺术的理解逐渐加深，为日后的题画诗词创作奠定了较高的起点。

顾春除了潜心于诗词、绘画创作外，还喜欢游览山水，亲近自然。她经常和奕绘联骑出游。北京城郊的许多寺院、名胜都留下了两人的身影。他们徜徉在大好河山中，既陶冶了情怀，又留下诗词佳句。但是美好的时光仅过了十几年，道光十八年（1838）七月七日，年仅40岁的奕绘突然病逝，顾春再次跌入生活的低谷。祸不单行，三个月后，她和丈夫所生的两儿两女又被婆婆毫不留情地逐出府邸。这场风波也许与当时的家庭结构有关。奕绘的正夫人妙华，在8年前（1830）去世，留下一子二女，长子载钧对顾春或许早已心存芥蒂。奕绘病故后，他袭爵贝勒，与同父异母的弟妹们不能和睦相处，处处违背未亡人的意愿，因此，挟太夫人之势逼迫顾春出邸的可能性极大。他如此不恤亲情，是否与听信龚、顾"恋情"传言有关，也留下了猜测。离开贝勒府后，顾春变卖了首饰，租得一宅，在小儿女的啼哭声中艰苦度日。但从第二年春天起，她便不再闭门索居，开始与一班相知姊妹频繁聚会，相互酬唱，以此化解心中的悲痛。与顾春交往的女性，多是杭州在京为宦者的内眷，其中德清许宗彦的两个女儿延锦（字云姜）、延礽（字云林）以及沈善宝等与她最为相投。她和姐妹们一起赏花、听琴、游山、访寺，并一起填词作诗，似乎重新找回了往日与奕绘共同生活时营造的那种适合其创作的闲适优雅的心态。在这年秋天，她们还成立了"秋红吟社"，同题吟诗，同调填词，在中国女性文学史上留下一道亮丽的风景。

顾春一生写作不辍，涉及诗、词、小说、绘画等创作，尤以词名重文坛，成为八旗女词人之冠冕。《名媛诗话》说她"才气横溢，援笔立成。待人诚信，无骄矜习气，唱和皆即席挥毫，不待铜钵声终，俱已脱稿"。况周颐在《蕙风词话》中谓其可与纳兰性德并称，"曩阅某词话云：'本朝铁岭人词，男中成容若（纳兰性德），女中太清春，直窥北宋堂奥。"其词精工自然，略无刻画痕。尤善构架意境，切近真情实景。"近代女性词家，南有吴藻，北得顾春，可谓双峰耸翠，闺苑不寂寞也。"[3]有《天游阁集》。其中既有题画诗，也有题画词。其题画诗代表作主要有《题李晞古秋涉图》《自题梅花便面》《题倪云林清閟阁图》《寄古春轩老人自画菊花》等。先看第一首：

> 乱石枯藤积水边，疏林叶净晚秋天。
> 寒滩欲济无舟楫，如此风波不可前。

李晞古，即南宋著名画家李唐，善画山水人物。此图写秋日徒步过河。顾春观画，既赏其画，又投入自己的思想感情。她为画中萧瑟凄凉之景所打动，不免为深秋过河的行人担心，于是对他发出不可前行的劝告。此诗前两句写景，突出衰飒之境，是铺垫；第三句点题目之"秋涉"；结句突然一转，生出新意。这正如其友人沈善宝所评："太清诗结句最峭。"（《名媛诗话》卷八）

顾春还善写题石画诗词。在《天游阁集》中，有题石画诗词50余首，当是古今写题石画诗词最多的一位诗人。据载，顾春与奕绘通过许延锦结识了许的公爹大学士阮元。阮元在任云贵总督时，曾搜集许多花纹奇美如画的大理石，"其石色备五采，气若云水，较吴装画法更浑脱天成，非笔墨所能，乃造化所成也。"（阮元《石画记序》）顾春夫妇造访阮府时，得见这批奇石，喜爱无比，并借回家把玩。"石画"，由于并非真画，呈现在观赏者面前的景物似是而非，往往需要人的想象来补足。于是顾春便写下了极为奇特的题石画诗作。试看其《题春山霁雪石画》：

> 碧山如画自天成，陡涧春融雪后冰。
> 昨夜东风吹梦醒，晓霞烘染一层层。

诗中所写紧扣"春山霁雪"四字，首句写碧山如画，浑然天成，应"石"字；第二句写春日雪融，山涧水满，点"春"字；结句写朝霞满天，点"霁雪"。而最耐人寻味的是第三句，东风吹醒了冬眠的大山，如晓梦初觉，看一切景物都很模糊，意境朦胧。这正是表现石画景物不确定性的恰切手法。另一首《自题梅花便面》也是好诗：

> 风帷小影抱寒梅，忽讶低枝近水开。
>
> 不许飞花惊鹤梦，月明人逐暗香来。

此诗化用宋代诗人林逋"梅妻鹤子"之典和其诗《山园小梅》诗意，浑然无迹，并用拟人手法写梅，既有诗人的感情投入，又赋予梅花生命，颇为巧妙。

与题画诗相比，顾春的题画词更具特点。佳作主要有《江城子·题日酣川静野云高石画》《步蟾宫·自题画扇》《金缕曲·自题听雪小照》《醉翁操·题云林湖月沁琴图小照》《凄凉犯·题〈秋窗染翰图〉》《惜黄花·题张孟缇夫人〈澹菊轩诗舍图〉》《早春怨·题蔡清华夫人〈桐阴仕女图〉》等。先看《金缕曲·自题听雪小照》：

> 兀对残灯读。听窗前、萧萧一片，寒声敲竹。坐到夜深风更紧，壁暗灯花如菽。觉翠袖，衣单生粟。自起钩帘看夜色，压梅梢，万点临流玉。飞霰急，响高屋。　　乱云堆絮迷空谷。入苍茫，冰花冷蕊，不分林麓。多少诗情频到耳，花气薰人芬馥。特写入，生绡横幅。岂为平生偏爱雪，为人间留取真眉目。阑干曲，立幽独。

这首自题画词着重写"听""看""想"。先写听雪，"寒声敲竹"，暗写雪；再写看梅，"压梅梢，万点临流玉"，也是写雪，而不点"雪"字；最后是想象中的场景："乱云堆絮迷空谷。入苍茫，冰花冷蕊，不分林麓。"又把"雪"与"梅"融为一体。雪之清净，梅之芳洁，寄托了词人淡泊高雅的情怀。然后把"听""看""想"中一切景与情都落到诗和画上。而结尾处一点，点出"雪"字，则豁然开朗，境界全出："岂为平生偏爱雪，为人间留取真眉目。""雪"可以使一切丑类无处遁形，"雪"可以还人间的清白，"雪"更可以透出一个人的美好节操。至此，全词的意境陡然提升，使我们似乎看到了这位女词人冰清玉洁的襟怀。此词旨雅意远，切近真情真景，不仅写出宗室才女的生活情状，而且反映了她高雅脱俗的精神境界。再看其《早春怨·题蔡清华夫人〈桐阴仕女图〉》：

> 云净天空，苔阶露坐，夜色溶溶。一扇微凉，一轮明月，一树疏桐。　安排肥瘦纤秾。费老手、传神特工。纸上丰姿，画中态度，谁个真容？

这首词写的是清凉世界，词人以生动的文字把《桐阴仕女图》中的夏日风光和人物情态展现在读者面前，真情真景。但在这类雅词中最感人的当属其《凄凉犯·题〈秋窗染翰图〉》：

> 愁难寄托。萧条甚，情丝怎系离索？美人去后，余香尚在，袖稍襟角。罡风最恶，未必算、卿卿福薄。忆当初，修娥连娟，肠断旧标格。　不堪回首处，霜陨秋荷，钗分金雀。姗姗月底，待招来、望中魂魄。未了今生，或能够、来生会著。散花人，结习空时，无所缚。

此词当是词人的思夫之作。丈夫奕绘病逝后，她独守空房。虽然时与名媛交往唱和，但也"愁难寄托"。这首词便真实地写出了词人的思夫之苦。情真意切，感人至深。

顾春的题画词除了以清雅婉丽见长外，也有意境开阔、寄意高远之作，如《江城子·题日酣川静野云高石画》：

> 日酣川静野云高。远山遥，碧迢迢。千里孤帆，一叶任风飘。莫话滩头波浪险，波平处，自逍遥。　昏昏天地太无聊，系长条，钓金鳌（一作鲸）。且对江光，山色酌香醪。其奈眼看人尽醉，悲浊世，续《离骚》。

这是词人走出闺闱"悲浊世"之作。她表面上似乎很逍遥，但看到"昏昏天地"，内心很痛苦。词中大有"众人皆醉我独醒"之意。此词与吴藻的《水调歌头·孙子勤〈看剑引杯图〉，云林姊属题》，虽有相似之风调，但似乎气概稍逊，而缺乏吴词之激越慷慨。

第三节 "蛾眉绝世，人间脂粉如土"

徐自华是一代才女，南社诗人诸宗元曾评说："石门有女士，巾帼而丈夫。"柳亚子题词说："漱玉新词，断肠旧恨，谁辨今和古？蛾眉绝世，人间脂粉如土。"把她和李清照、朱淑真相提并论。

徐自华（1873—1935），字寄尘，号忏慧，浙江石门人，出生在崇德县城一个官宦之家，书香门第。今天的崇福镇横街，还有徐自华故居。她的曾祖父徐克祥曾官至户部侍郎，祖父徐宝谦官至刑部郎中、安徽庐州知府，父亲徐多镠为清朝的国学生，叔祖父、祖父辈中还有多人从政或从事教育事业。徐自华少时生活在一个衣食无忧的大家庭中，在良好的环境中长大，加上她天性聪慧，勤奋努力，5岁就开始跟着舅父学习，10岁能作五言八韵诗。父亲又让她从小学唐人近体诗，打下良好的诗歌创作功底。她的诗才令祖父特别钟爱，赞曰"此女倘投生作男儿，必木天中人也。"祖孙俩常一起诗词唱和。20岁那年，徐自华随父去安徽探望时任庐州知府的祖父，途经之处，随作记游诗。祖父看了大为赞赏，亲加指点，集成一卷名《小韵轩诗稿》。徐自华曾记述自己"刺绣之余，手自抄录"，"无非偶尔展观，觉生平际遇，浏览踪迹，宛然目前"。这些用于自遣的诗作，大多真情流露，自然贴切，虽没有大丈夫的远大胸怀，却自有其清丽可爱之处。21岁那年，祖父赠翠章并诗，其中说："果然一介比书生，修到梅花骨格清。我已三更幽梦醒，楼头犹听读书声。"徐自华敬步原韵，诗曰："自噱性僻本天生，不御铅华意始清。窗下十年空力学，蛾眉那得振家声。"祖孙俩以诗唱和，甚是融洽。

1893年春天，21岁的徐自华嫁与湖州南浔富绅梅谦吉的儿子、秀才梅

徐自华

福均（韵笙）为妻。只可惜，7年后丈夫病死，这段婚姻结束。徐自华嫁到南浔，本是门当户对的一桩好婚姻，她完全可以安心过少奶奶的生活。事实上，她入梅家后，并不感到多少幸福。翁姑是越有钱越小气，爱财如命。徐自华的零用钱，有时还要到娘家取。而她的丈夫却又是一个"性慵懒，不劳而食，无所用心，文学无基础，工作又怠忽"之人，实在不能与自己相投。她也只好暗叹"天壤王郎"，将诗文束之高阁。

丈夫梅福均病逝时，徐自华才28岁。那段婚姻虽算不上美满，但青年丧夫，对一代才女徐自华来说，也增添了哀愁。后来，徐自华回到娘家居住，在父亲劝导下检寻旧作，编成一部《听竹楼诗稿》，取意于钱冰如女史的"夜来风雪里，听得竹声寒"之句。诗稿中有不少诗篇咏物言志，反映她的情趣和品格，还有一些歌颂爱国志士和英雄豪杰的诗篇，字里行间透出诗人的爱国情怀。她与福建林长民诗词唱和，曾有"读史空余千古恨，怜才难灭一时心。平生未得惊人句，愤世徒然泪满襟"之句，诗风豪迈。当时，乌镇才媛郑松筠（静兰）曾赞叹徐自华"松柏清操冰雪心，玉台佳句令人钦"。

1906年初，南浔张弁群等创办浔溪女校，聘徐自华主持校务。3月，秋瑾经褚辅成介绍也来任教。秋瑾与徐自华两人一见如故，既为同事，又为姐妹，纵论国事，诗词唱和，彼此欣赏，结为金兰。这一年秋，徐自华父亲徐多镠病逝于崇德家中，秋瑾来吊丧，居住半月。这时，秋瑾在上海创办《中国女报》，经费筹集困难，徐自华姐妹赞助一千多元，使《中国女报》的第一、二期顺利出版发行。徐自华加入同盟会，是她从协助革命活动到主动参与的一个转折点。这时，她的诗歌创作也进入了一个新阶段，《和鉴湖女侠感怀原韵》《满江红·感怀用岳武穆韵》等都是其代表作。一句"愿吾侪炼石效娲皇，补天阙"，写出了男儿气概，同李清照的"生当作人杰，死亦为鬼雄"有异曲同工之妙。1907年，秋瑾到绍兴主持大通学堂，徐自华到杭州与秋瑾相会并同登凤凰山，吊南宋故宫，泛舟西湖，两人在岳王坟前订"埋骨西泠"之约。秋瑾手指西泠桥方向，神色严肃道："身入革命门，总有牺牲者，若能葬身那里，坟邻岳王墓，为福多矣！有朝一日为革命捐躯后，就请为我成全。"徐自华慨然应答："定然遵

办。我若死于革命，也埋葬于此！"那一年，秋瑾组织"光复军"，配合徐锡麟起义。起义前，秋瑾又自杭州来崇德，与徐自华谈及起义经费困难。徐自华将自己的积蓄及首饰约值黄金30两倾篋相助，秋瑾赠翡翠玉钏给徐自华作留念。秋瑾在徐家留恋三日，以"埋骨西泠"旧约相嘱而别。这一别竟成永诀。徐锡麟安庆起义失败，以身殉国。秋瑾也被捕并就义于绍兴轩亭口。徐自华闻噩耗，悲痛欲绝，写下《哭鉴湖女侠》12首，直斥当局，痛悼挚友。并决定担负起冒死营葬秋瑾的大事，"欲觅西湖干净土，为卿三尺造孤坟"。当时连家人都不敢为一个因起义而遭杀头者营葬，她一个女儿家却去做了，需要有何等义气和勇气！之后，徐自华竭尽全力来做营葬、会祭秋瑾的事情，为此曾遭清廷缉拿，但这并没有吓倒她。后来，在徐自华的发动下，在杭州成立秋社，自任社长，成员有陈去病、褚辅成、姚勇忱、杨侠卿等数十人。

1909年11月，柳亚子、陈去病、高旭发起并在苏州成立南社。徐自华与妹妹小淑便是早期南社成员。姐妹俩曾积极参加南社组织的进步活动，并为南社会刊撰写诗文，成为南社的骨干力量。

1913年春，41岁的徐自华，按照孙中山的意见到上海接办竞雄女校，之后执掌该校16年之久。在这16年内，徐自华将小学扩充为中学及师范学校，学生也从原来的几十人增加到几百人。聘请陈去病、胡朴安、黄宾虹、叶楚伧等名师执教。在后来的很长时间内，同盟、光复两会会员，以竞雄女校教师身份为掩护，做了许多倒袁、倒军阀的工作。

1927年7月，徐自华将竞雄女校交给秋瑾之女王灿芝接管。把当年秋瑾所赠翠钏还赠王灿芝，并作《返钏记》记其事。当时中学国文教科书都选录此文。此后，由沪移居杭州西湖秋社，朝夕与秋墓为伴。

1935年7月12日，徐自华逝世于西湖秋社，两年后葬于杭州第一公墓，后复葬孤山。柳亚子先生为其撰写《忏慧词人墓表》。1960年，西湖秋社全部拆除。1964年，徐自华墓由西湖孤山迁葬至龙井鸡笼山麓辛亥革命烈士墓地。1981年，浙江省人民政府在西泠桥南侧重建秋墓，当年由徐自华撰文、吴芝瑛书、胡菊邻刻的墓表原碑嵌在秋瑾墓座的背面。鉴湖女侠的塑像和石门女杰的墓表为秀丽的西子湖平添几许巾帼的风采[4]。

徐自华擅诗词，能画。有《听竹楼诗》等存世。但所存题画诗词不多，代表作有《题美人弹琴图》《题画》等。试看后诗：

> 小园半亩称幽居，入户云山画不如。
> 叠叠青峦新霁后，阴阴绿树早春初。
> 吟窗遥对田塍密，曲径闲栽松竹疏。
> 容我岩阿常啸傲，兴来还读古人书。

这首诗虽然是写闲居生活，但诗人像男人一样无拘无束地"常啸傲"于山阿，也反映出她自由开朗的个性。这样的个性也决定了她与革命女杰秋瑾的生死之交。诗中所写的景物当是其家乡的山水。由于熟悉和观察得细致，所以颈联不仅对仗工稳，而且笔下的景物也真切生动："吟窗"遥望，远处之田塍便显得密集；而近看，曲径旁之松竹清晰可数，因而稀疏。由此可见诗人写作近体诗之功力。

第四节　"鉴湖女侠"的侠骨柔肠

秋瑾（1875—1907），原名闺瑾，字璿卿，号竞雄，别署鉴湖女侠，祖籍山阴（今浙江绍兴），出生于福建厦门。祖父秋嘉禾、父秋寿南都曾为清朝官吏。秋瑾蔑视封建礼法，提倡男女平等，常以花木兰、秦良玉自喻。性豪侠，习文练武，喜男装。清光绪二十年（1894），其父秋寿南任湘乡县督销总办时，将秋瑾许配给今双峰县荷叶乡神冲王廷钧为妻。光绪二十二年（1896），秋与王结婚。王廷钧在湘潭开设"义源当铺"，秋瑾大部分时间住在湘潭，

秋瑾

也常回到婆家。这年秋天，秋瑾第一次回到神冲，当着许多道喜的亲友朗诵自作的《杞人忧》："幽燕烽火几时收，闻道中洋战未休；漆室空怀忧国恨，谁将巾帼易兜鍪。"以表忧民忧国之心，受到当地人们的敬重。光绪

二十六年（1900），王廷钧纳资为户部主事，秋瑾随王赴京。不久，因为八国联军入京之战乱，又回到家乡荷叶。次年，在这里生下第二个孩子王灿芝（女）。光绪二十九年（1903），王廷钧再次去京复职，秋瑾携女儿一同前往。1904年夏，她毅然冲破封建家庭的束缚，自费东渡日本留学，先入日语讲习所，继入青山实践女校，并在横滨加入了冯自由等组织的三合会。在日本期间，秋瑾积极参加留日学生的革命活动，与陈撷芬发起共爱会，和刘道一等组织十人会，创办《白话报》，参加洪门天地会，受封为"白纸扇"（军师）。光绪三十一年（1905），秋瑾归国。春夏间，经徐锡麟介绍加入光复会。此时，国内革命形势有了迅速的发展。这年七月，秋瑾再赴日本，加入同盟会，被推为评议部评议员和浙江主盟人。翌年归国，在上海创办中国公学。不久，任教于浔溪女校。同年秋冬间，为筹措创办《中国女报》经费，回到荷叶婆家，在夫家取得一笔经费，并和家人诀别，声明脱离家庭关系。其实，这是秋瑾"自立志革命后，恐株连家庭，故有脱离家庭之举，乃借以掩人耳目"。这年十二月（1907年1月14日），《中国女报》创刊。秋瑾撰文宣传妇女解放主张，提倡女权。旋至诸暨、义乌、金华、兰溪等地联络会党，计划响应萍浏醴起义，未果。

1905年秋，陶成章和徐锡麟在绍兴创办大通师范学堂，借以召集江南各府会党成员到校，进行军事训练。后来，在该校发展了600多名会员。光绪三十三年正月（1907年2月），秋瑾接任大通学堂督办。不久，与徐锡麟分头准备在浙江、安徽两省同时举事。联络浙江、上海军队和会党，组织光复军，推徐锡麟为首领，自任协领，拟于7月6日在浙江、安徽同时起义。7月6日，徐锡麟在安庆起义失败，绍兴士绅胡道南出卖了秋瑾。7月10日，她已知徐失败的消息，但拒绝了要她离开绍兴的一切劝告，表示"革命要流血才会成功"。她遣散众人，毅然留守大通学堂。13日下午，清军包围大通学堂，秋瑾被捕。她坚不吐供，仅书引清代诗人陶澹如的诗句"秋风秋雨愁煞人"以对。7月15日凌晨，她目别祖国的蓝天，慷慨就义于绍兴轩亭口，年仅31岁。秋瑾以一腔热血，唤醒广大民众，仅四年后，辛亥革命的炮火就响遍了武昌城头，连绵几千年的封建王朝终成历史。秋瑾牺牲后，遗体被草埋于绍兴卧龙山下。后来他哥哥雇人，把灵柩寄存在严家潭。第二年初,她的好友徐自华及吴芝瑛等,将灵柩运至杭州,于2月25日葬在西湖孤山的西泠桥畔,并立了墓碑,写了墓表。此举正是为了实现她"愿埋骨西泠"的遗言。但这件事却引起清政府的恐慌,忙勒令把墓迁走。烈士灵柩又被运到绍兴,后又送回湖南湘潭。辛亥革命成功,1912年元旦中华民国成立后,才把秋瑾灵柩由湖南运送到上海,举行了隆重的追悼大会,然后用火车护送到杭州,重新安葬于西泠桥下。1921年孙中山到杭州,亲自赴秋瑾墓致祭,并题写"巾帼英雄"之匾额。

秋瑾从小聪颖,念过的诗词过目不忘,祖父和父亲都惊喜不已。祖父秋嘉禾那时在福建厦门、漳州一带为官,每每下堂回来,看到秋瑾小小年纪,抱着杜甫、辛弃疾、李清照的诗词吟读不舍,有时,秋瑾还捧着自己作的小诗给爷爷看。爷爷坐在太师椅中,捻着长长的胡须,欣赏着孙女的吟唱,脸上露出微笑。父亲秋寿南也为女儿惋惜,说:"阿瑾若是个男儿,考(科举)起来不怕不中。"

在秋瑾的短暂一生中,留下了许多著作,包括180余首诗、39首词。她还写过白话文,谱过歌曲,编过弹词等。她以天下为己任,大义凛然,气势豪迈,文词朗丽高亢,音节嘹亮。有《秋瑾集》。在《秋瑾集》中存题画诗7首、题画词4阕。其题画诗的代表作是《题〈江山万里图〉应日人之索》:

> 万里乘风去复来,只身东海挟春雷。
> 忍看图画移颜色?肯使(一作向)江山付劫灰!
> 浊酒难(一作不)销忧国泪,救时应仗出群才。
> 拼将十万头颅血,须把乾坤力挽回。

此诗《秋瑾史迹》题作《日人银澜使者索题,并见日俄战地,早见地图,有感》。日俄战争,指日、俄帝国主义为争夺中国东北而在中国领土上所进行的不义战争。诗人见日俄战争地图感慨万端,情绪激愤,豪情冲天。诗中表达了甘愿抛头颅洒热血来拯救危亡的中国的炽烈感情。这不仅是她的革命誓言,而且代表了千千万万中国人献身国家的爱国精神。又如《自题小照·男装》:

> 俨然在望此何人？侠骨前生悔寄身。
>
> 过世形骸原是幻，未来景界却疑真。
>
> 相逢恨晚情应集，仰屋嗟时气益振。
>
> 他日见余旧时友，为言今已扫浮尘。

诗人自幼习武，喜着男装，常以游侠自居。见自己男装小照，百感交集，既悔前生之"侠骨"而今作女儿身，又对"未来景界"充满了憧憬，"嗟时"而"气益振"，表示自己要亲赴战场，扫除残敌。爱国之情溢于言表。

秋瑾的题画诗多用近体，并具有较高的艺术造诣，尤以七律见长，如《题乐天词丈〈春郊试马图〉二首》，即为代表作。这两首七言律诗将诗人的磊落之怀和沧桑之感寓于格律严整的近体诗中，颇有大丈夫的豪迈气概，其中的"三月莺花千里梦，半林风月一囊诗。元龙湖海增豪气，庾信关山寄远思"，"百战乾坤成感慨，十年脂粉剧苍茫。楼头烟雨新诗句，风月情怀旧酒场"等，既用典恰当、切时切地，又对仗工稳、音节响亮，实为七律之佳构。

秋瑾除了留下题画诗名篇外，也创作了慷慨激昂的题画词，如《喝火令·题魏春皆〈看剑图〉小照》：

> 带月松常健，临窗卷屡翻，吴钩如雪逼人寒。想见摩挲三五，起舞白云抟。　　短袷豪挫地，长歌笑划天。王蕴知己托龙泉。似此襟怀，似此襟怀难。似此高风雅韵，幸有画能传。

这首词虽是为他人小照而题，但却不啻词人抒怀之作，其"短袷豪挫地，长歌笑划天"之英姿，即词人顶天立地气概之写照。另一首《翠楼怨·题王泽寰亡姬吴氏遗像》也"风韵偏豪"。小序说："因庚子兵燹，此像失之，复其友朱望清见于市上，赎回归之。"其词是：

> 寂寞庭寮，喜飞来画轴，破我无聊。试展朝云遗态，费维摩、几许清宵？紫玉烟沉，惊鸿影在，历劫红羊迹未消。赖有故人高谊，赎得生绡。　　环佩声遥，纵归来月下，魂已（一作矣）难招。故剑珠还

无恙，黄衫客、风韵偏豪。自叙乌阑，遍征红豆，替传哀怨谱《离骚》。但恐玉箫难再，愁煞韦皋。

这首词通过一幅画像的失而复得，间接地反映了光绪二十六年（1900）八国联军攻占北京给人民带来的灾难。然而画像可以赎回，但给心灵上造成的创伤却难以抚平："环佩声遥，纵归来月下，魂已难招。"因此，此词即小见大，远比具体写战争场面，表现更为深刻。与这两首词不同，其《满江红·题郑叔进名沅〈孤帆细雨下潇湘图〉》却是写侠骨柔肠：

> 尺幅丹青，藏多少辛酸痛泪？想那时帘纤细雨，魂销帆驶。画获欢成永叔业，导舆不获崔郧侍。恸慈晖、一去见无从，伤心始。 课儿声，长已矣！思亲泪，何时止？剩潇湘诗句，兰闺遗志。纵有虎头灵妙笔，难传仁杰缠绵思。盼何时、懿像画甘泉，荣青史！

1904年3月，秋瑾与日本友人服部夫人到上海，在赴日留学前回绍兴拜别了老母，毅然登上轮船。词中的"魂销帆驶"，便是写她在"细雨"中远渡重洋的一幕。从此天各一方，词人的思亲之情如千丝万缕，绵绵不尽。词中说："课儿声，长已矣！"此句虽然是写慈母课己之意，但也含自己思儿之情。据史载，在日期间，秋瑾为了专心学习，曾把女儿寄养在友人家中，后来又忍慈割爱，让女仆把女儿送回国。她望着心爱的女儿牵着别人的手消失在茫茫大海中，心潮起伏，肝肠寸断。但是作为革命志士，她义无反顾，毅然决然地追求革命，所以词的最后说："盼何时、懿像画甘泉，荣青史！"情词悲壮，感人肺腑。

第五节 风华绝代的民国"剩女"写下惊世题画词

吕碧城姿容娇美，才华出众。从时人赠她的"天然眉目含英气""冰雪聪明芙蓉色"等诗句中不难想象出她的才貌来。著名作家苏雪林曾誉其"美艳有如仙子"。因此，与吕碧城交往的社会名流中，不乏才子和高官，但她始终觉得身边无可匹配之人。当友人问起她的婚姻时，她回答说："生平可称心的男子不多，梁启超早有家室，汪精卫太年轻，汪荣宝人不错，也早已结婚……"于是，她终身未嫁，成为民国时期仅见的风华绝代的"剩女"。

吕碧城（1884—1943），一名兰清，字遁夫，号明因、宝莲居士，安徽旌德人。父吕凤岐是光绪三年（1877）进士，与清末著名诗人樊增祥同年，曾任山西学政。吕家有姊妹四人。吕碧城与其姐吕惠如、吕美荪都以诗文闻名于世，号称"淮南三吕，天下知名"。

吕碧城

吕碧城12岁时，诗词书画的造诣已达到很高水准，有"才子"美称的樊增祥读了吕碧城的诗词，不禁拍案叫绝。当有人告诉他这只是一位12岁少女的作品时，他惊讶得不能相信。1895年，父亲吕凤岐去世，吕碧城的母亲从京城回乡处理祖产，族人因为觊觎吕家家产，唆使匪徒将其母劫持。吕碧城在京城听到了消息，四处告援，给父亲的朋友、学生写信求助，几番波折，事情终于获得圆满解决。此事让吕碧城显示出了非凡胆识，却也让与吕碧城有婚约的汪家起了戒心，认为小小年纪的吕碧城，竟能呼风唤雨，于是提出了退婚要求。吕家孤女寡母不愿争执，便答应下来，双方协议解除了婚约。然而在当时女子被退婚，是奇耻大辱。婚约解除后，吕碧城的母亲带着四个尚未成人的女儿投奔在塘沽任盐运使的舅父严凤笙。

1903年春，20岁的吕碧城有意到天津市内探访女学。外甥女要入新学，思想守旧的舅父严辞骂阻。吕碧城一时激愤，第二天就逃出了家门，只身踏上了去往天津的火车，不但没有旅费，就连行装也没来得及收拾。一个富家女子独自出门，这在当时也算得上是惊世骇俗之举。而此次出走，正是吕碧城登上文坛的开始，也是她与各界名人交往的开始。身无分文、举目无亲的吕碧城，在去往天津的火车上熟识了佛照楼旅馆的老板娘。到达天津后，暂住其家中。但没有经济来源，生活一时陷入困境，吕碧城只好写信向居于《大公报》报馆的方夫人求援。这封信恰被《大公报》总

经理英敛之看到。英敛之一看信，即为吕碧城的文采所倾倒，连连称许。不仅如此，爱才心切的英敛之还亲去拜访，问明情由，对吕的胆识甚是赞赏，并当即约定聘请她任《大公报》见习编辑。从此，吕碧城走上了独立自主的人生之路。

吕碧城到《大公报》仅数月，就在报端屡屡发表诗词作品，格律严谨，文采斐然，颇受诗词界前辈的赞许。她又连续撰写鼓吹女子解放与宣传女子教育的文章，如《论提倡女学之宗旨》《敬告中国女同胞》《兴女权贵有坚忍之志》等，引起强烈反响。吕碧城也因此在文坛崭露头角，声名鹊起。她在诗文中流露的刚直率真的性情以及横刀立马的气概，深为时人尤其是新女性们所向往和倾慕。一时间，出现了"绛帷独拥人争羡，到处咸推吕碧城"的盛况。

1904—1908年，吕碧城借助《大公报》这一阵地，积极为兴女权、倡导妇女解放而发表大量的文章和诗词。她结识了大批当时的妇女运动领袖人物，与秋瑾尤其交好。1904年5月，秋瑾从北京来到天津，慕名拜访吕碧城。两人此番相会不足四天，就一见如故、情同姊妹，当即订为文字之交。这可以称得上是两位新女性间的一段因缘佳话。秋瑾也曾经用过"碧城"这一号，京中人士都以为吕碧城的诗文都是出自秋瑾之手，两人相见之后，秋瑾"慨然取消其号"，原因是吕碧城已经名声大著，"碧城"一号从此应当为吕碧城专用。交谈中，秋瑾劝吕碧城同去日本，投身革命运动。吕碧城答应用"文字之役"，与秋瑾遥相呼应。此后不久，吕碧城在《大公报》上发表的文章，都在不同程度上表现出受秋瑾的影响。1907年春，秋瑾主编的《中国女报》在上海创刊，其发刊词即出自吕碧城之手。1907年7月15日，秋瑾在绍兴遇难。吕碧城用英文写了《革命女侠秋瑾传》，发表在美国纽约、芝加哥等地的报纸上，引起颇大反响。

作为妇女解放思想的先行者，吕碧城积极筹办女学。英敛之介绍她认识严复、严范孙、傅增湘等津门名流，以求支持和帮助。在天津道尹唐绍仪等官吏的拨款赞助下，1904年9月，"北洋女子公学"成立，吕任总教习。两年后，"北洋女子公学"改名"北洋女子师范学堂"，年仅23岁的吕碧城任监督（相当于今天的校长），为我国女性任此高级职务的第一人。

　　吕碧城的志向不仅在于教育，还有振兴国家的宏愿。她希望用自己的力量影响世人，以济世救民。1912年，袁世凯在北京出任中华民国临时大总统，吕碧城被聘为总统府秘书。她雄心勃勃，欲一展抱负，但是黑暗的官场让她觉得心灰意冷。等到1915年袁世凯蓄谋称帝野心昭昭时，吕碧城毅然辞官离京，移居上海。她与外商合办贸易，仅两三年间就积聚起可观的财富。可见，她不只是才学过人，也有非凡的经济头脑。

　　1918年，吕碧城前往美国哥伦比亚大学，攻读文学与美术，兼为上海《时报》特约记者，将她看到的美国之种种情形撰文发回中国，让中国人与她一起看世界。四年后学成归国。1926年，吕碧城再度只身出国，漫游欧美。此次走的时间更长，达7年之久。她将自己的见闻写成《欧美漫游录》（又名《鸿雪因缘》），先后连载于北京《顺天时报》和上海《半月》杂志。

　　1928年，她参加了世界动物保护委员会，决计创办中国保护动物会，并在日内瓦断荤。1929年5月，她接受世界保护动物会的邀请赴维也纳参加大会，并盛装登台作了精彩绝伦的演讲，与会代表惊叹不已。在游历的过程中，她不管走到哪里，都特别注重自己的外表和言行。她认为自己在代表中国二万万女同胞，她要让世人领略中国女性的风采。此后，她周游列国，宣讲动物保护的理念，成为这一组织中最出色的宣传员。1930年吕碧城正式皈依三宝，成为在家居士，法名"曼智"。1943年1月24日，吕碧城在香港九龙孤独辞世，享年61岁。遗命不留尸骨，火化成灰后将骨灰和面为丸，投于中国南海。

　　吕碧城两度周游世界，写了大量描述西方风土人情的诗词，脍炙人口，传诵一时。她诗词造诣深厚，尤擅填词，字字珠玑，吟咏自如，被誉为"近三百年来最后一位女词人"。传世著作有《吕碧城集》《信芳集》《晓珠词》《雪绘词》《香光小录》等。其现存诗虽不足百首，但多为佳作，其中有一首题画诗颇为感人，诗名为《精忠柏断片图为白葭居士题》：

两间有正气，常与木石缘。

庸流悲物化，哲士悟薪传。

干莫冶神剑，跃身炉火间。

巴蜀有贞妇，化石山之巅。

鄂国精忠柏，遗留讵偶然？

当时誓报国，袒背忍镂镌。

今日余此木，裂迹同斑斓。

赵祚三百载，驹逝如云烟。

不见天水碧，犹见苌血殷。

是知万乘重，不及一木坚。

近世道义衰，程子悲悁悁。

拾取且珍袭，咏叹追前贤。

传诵风国俗，懦立贪夫廉。

断片不盈尺，用以撑中原。

　　白葭居士，即程淯，字白葭，吕碧城之诗友，擅书法，喜藏书画。其《精忠柏记》说："柏在浙江按察使司狱公廨之右，土地庙前，宋大理寺狱风波亭旧址也。传岳忠武被害，柏即日死。数百年柏植不仆。度以周尺，长二十有奇，围四尺有奇。人以忠武故，旌之曰'精忠'。咸丰庚辛之间，杭城再陷，毁于兵火，柏断为九，在众安桥忠武之庙。……在昔图咏各四，石与柏俱来，乃最其义如左方。辞曰：'维宋忠臣立人极，木七百年化为石。懿欤两君展风烈，移奠此天镇湖碧。具有人性式此柏。'"又有传说云：此木石是当年岳飞父子被秦桧杀害时忠气熏染而成。它坚如磐石，千年不腐，象征着岳飞尽忠保国之气概。实际上它是大自然的杰作，一种硅化木化石，早在唐代就有诗人吟咏过。吕碧城为《精忠柏断片图》题诗，无非是借以寓大义，既颂扬仁人志士永不泯灭之精神，又抒发自己的爱国之情和报国之志。诗中说："是知万乘重，不及一木坚"，"断片不盈尺，用以撑中原"。诗人似有感而发，其满腔之激愤，尽在言外。因此，樊增祥评价说："坚、原两韵，岂巾帼所能道！"（《吕碧城集》卷二）

　　吕碧城的题画词更引人瞩目，不仅数量比题画诗多，而且能突破以往一般伤春悲秋、愁红惨绿的狭小创作天地，赋予广阔而深刻的社会内容。我们在她的词中，似乎能感受时代的风雨，听到词人的呐喊声，如《法曲献仙音·题〈虚白女士看剑引杯图〉》：

> 绿蚁浮春，玉龙回雪，谁识隐娘微旨？夜雨谈兵，春风说剑，冲天美人虹起。把无限忧时恨，都消酒樽里。　君知未？是天生粉荆脂聂，试凌波微步寒生易水。漫把木兰花，错认作等闲红紫。辽海功名，恨不到青闺儿女，剩一腔豪兴，写入丹青闲寄。

这当是词人早年的作品，慷慨激昂，豪气冲天，已具有非凡的抱负。"她仰慕历史上的巾帼英雄，渴望能有机会同男子一样驰骋疆场，建功立业。然而在封建礼教的重重束缚下，她深感女性被禁锢在深闺，遭受歧视，报国无门，没有机会施展拳脚，无限的苦闷和悲愤，渗透纸背"[5]。徐沅对此词也作出很高评价："拔天矫地，不可一世，在词家独辟一界。"（《吕碧城集》卷三）另一首《二郎神》也是读画抒怀之作：

> 杨深秀所画山水便面，儿时常摹绘之，先严所赐。杨为戊戌殉难六贤之一，变政之先觉也。

> 齐纨乍展，似碧血、画中曾污。叹国命维新，物穷斯变，筚路艰辛初步。凤驭金轮今何在？但废苑、斜阳禾黍。矜尺幅旧藏，渊渟岳峙，共存千古。　可奈。鹰瞵蚕食，万方多故。怕锦样山河，沧桑催换，愁入灵旗风雨。粉本摹春，荷香拂暑，犹是先芬堪溯。待箧底、剪取芸苗麝屑，墨痕珍护。

杨深秀，字漪村，是"戊戌六君子"之一，能绘画。词人通过为他的山水便面题词，缅怀先烈，抒发忧国忧民之深情。词人哀叹"国命"，对列强"蚕食"、"万方多故"之现实忧心忡忡，较其早年的作品多了几分沉重。

在吕碧城的题画词中，最有震撼力的作品是《百字令·排云殿清慈禧后画像》：

> 排云深处，写婵娟一幅，翚衣耀羽。禁得兴亡千古恨，剑样英英眉妩。屏蔽边疆，京垓金币，纤手轻输去。游魂地下，羞逢汉雉唐鹉。　为问此地湖山，珠庭启处，犹是尘寰否？《玉树》歌残萤火

黯，天子无愁有女。避暑庄荒，采香径冷，芳艳空尘土。西风残照，游人还赋《禾黍》。

1908年，光绪与慈禧先后亡故。一批保皇派为之惶惶不安，似乎慈禧一死，国家就失去了主心骨，不知如何是好。于是吕碧城便填了这首词（一说此词作于辛亥革命后），并登在报上。词人痛斥慈禧，说她在主政的近半个世纪中，把国家搞得一塌糊涂，把边疆的大片领土、国库存的大量白银送给帝国主义国家，罪恶深重。她到阴曹地府一定怕见汉高祖的皇后吕雉和唐朝的武则天。据说，此词使清政府十分恼火，世人震惊，成为轰动一时的新闻。这首词以香艳语写丑恶事，在慈禧光彩照人的"婵娟一幅"背后却隐藏一副残忍的铁石心肠。词人将无情之鞭挞寓于清词丽句之中，余韵悠悠，更具杀伤力。

《祝英台近》是词人晚年的作品，代表其题画词的另一种风格，其词并序是：

> 为吴湖帆题其悼亡《绿遍池塘草图册》，盖其夫人遗句也。

> 郁金香，青玉案，人事变昏晓，过了凌波，遗恨问芳草。从教绿遍裙腰，吹笙池上，更莫想、王孙重到。　　感同调，断笺妍籀银钩，春魂尚萦绕。夜露晞原，归鹤认华表。可堪梅雨桐阴，吴霜侵鬓，却不管、方回垂老。

画家吴湖帆在爱妻潘静淑突然病故后哀伤不已，于是取其遗句"绿遍池塘草"为题作画，并遍征题咏。这首词便是为此画而题。此词虽多处用典，但因切人切情而觉浑然无痕。词调哀婉，缠绵悱恻。

吕碧城的词无论在思想上还是在艺术上，都取得了很高造诣。所以前人在评论中往往将她与李清照相提并论，如孤云说："足与易安俯仰千秋，相视而笑。"（《评吕碧城女士〈信芳集〉》）诚然，吕碧城的诗词在表现范围和艺术功力上都可与李清照相媲美，但是其超越李清照处也多有所在。正如沈轶刘所说："其词积中驭西，膏润旁沛，为万籁激越之音。寓情骞虚，伤于物者深，结于中者固，日出日入之际，其哀刻骨，有不可语者在。使李清照读之，当不止江寒水冷之感。……其人其境，李可仿佛，其词所造，广度与深度，则非李可及。盖经历学养，相去悬殊也。"（《繁霜榭词札》第四十九）就题画诗词而言，在李清照的文集中未见此类作品，而吕碧城不仅创作了许多题画佳作，而且在题材上也有新的开拓，如《金缕曲·纽约港口自由神铜像》，就是她留美期间所写国外题材的新词。在近代题画诗词中，写国外题材的题画作品并不少见，且作者都是男性诗人，吕碧城可谓女性作家第一人。

第六节　其他女题画诗人

刘清韵（1841—1900后，一作1915），名淑曾，号古香，小字观音，别署东海女史，海州（今浙江东海）人。工诗词，擅书画，能制曲。有《小蓬莱仙馆诗钞》《瓣香阁词》《小蓬莱仙馆曲稿》等。《全清散曲》存其题画散曲3首，均为套数。这些散曲多写离乱之感伤，曲调苍凉酸楚，如《自题望云堕泪图》中说："望家山目断白云遥，猛酸心泪珠忽掉。馀生怜一瞬，五桂剩双条。风木悲号，忍听那树头鸟返哺噪。"另一首曲《〔南北黄钟合套〕题六桂图》是为南宋高士龚开之画而题，曲中有离黍之叹，当是为现实而发。但其《〔南北双调合套〕题王翼臣茂才泰山堕泪图》却有诋毁捻军之词，称其为"捻寇"、"恶焰"而赞"王师风动涌如潮"。此曲虽意在称颂王朐人不忘旧恩之德，但却不辨是非。

金章（1884—1939），号陶陶，亦称陶陶女史、南林女士，浙江吴兴人，为著名文物鉴赏家王世襄之母。幼嗜六法，花卉、翎毛无所不工，而尤精于鱼藻。亦工诗词骈文。自游学欧洲后，画益进。1920年，金城等创办中国画学研究会于北京，金章任画鱼指导，所撰《濠梁知乐集》为专论画鱼之书，有辛酉（1821）自序。后有王世襄乙酉（1945）跋谓："先慈四十五岁后潜心内典，自谓恐

金章

堕鱼趣,乃后不复执笔。"其自题画诗《画鲤鱼为赈灾作》颇为有名,其诗是:

> 霜缣写出我犹惊,卓荦疑闻拨剌声。
> 愿早成龙夺空去,好施霖雨慰苍生!

　　一般的自题画诗,画家对自己的画往往不作评价,更不会直言其好。而此诗则不同,画家首先赞许自己的画鲤栩栩如生,看到画似乎能听到鲤鱼在水中摇头摆尾的"拨剌"声。这样描写不仅显示了画家对自己画艺的自信和满意,而且为下面点题作了很好的铺垫。正因为画鲤活灵活现,卓然不凡,所以诗人才祝愿它早日化龙腾空而去,好给天下苦难的苍生带来甘露。这便很自然地突显了诗人"赈灾"的主旨。

　　陈翠娜(1902—1968),名璨,又字小翠,钱塘(今浙江杭州)人。陈栩女。工词曲,善书画。曾任上海女子文学专校、上海无锡国专教授,女子画会编辑,上海画院画师。著有《翠楼文草》《翠楼吟草》《翠吟楼词曲稿》等诗文、《自由花》《护花幡》《黛玉葬花》等杂剧和《焚琴记》《疗妒针》《望夫楼》《自杀堂》等小说。也有少量题画词曲存世,据《全清散曲》统计,有其题画散曲3首,均为套数。其中以《题桃花潭送别图咏册代序》最为著名,其曲是:

> 〔北双调新水令〕桃花潭水属谁家?女汪伦吟怀潇洒。青梅宜煮酒,谷雨细烹茶。悄指天涯,有客把云帆挂。

> 〔乔牌儿〕书生井底蛙,岁月追风马。又何似黄沙大漠明驼驾,独携(一作揣)着一囊诗梦出中华。

> 〔风入松〕吹残铁笛向天涯,收拾起珠玉压征车。半生没一句是寻常话,炼诗炉九转丹砂。梦醒梵天红雨,香消海岛樱花。

> 〔拨不断〕洗筝琶,斗尖叉。雄奇处似黄河万里向天边泻,清脆处似辋川细雪把芭蕉打,悠远处似钟声夜半在寒山下。蓦忽地奇峰新拓。

> 〔一锭银〕呀!紫气扶桑荡晓霞,金阙银宫,龙吟凤驾。莫不为访

神仙万里浮槎？

〔离亭宴带歇指煞〕海风劈面千山迓，长吟不怕鱼龙吓。早则是气吞河岳，痛年来剖豆更分瓜，舆图渐渐中原窄，含沙鬼小心肝大。干将与莫邪，此去休弹铗。好身手，男儿华夏，要把那耻来雪，账来查。日中乌拿来杀，烛边龙提来罚。只问他个亲亲善善原来假，捉住了鬼僬侥，把桃条重重地打。

这是近代曲坛少有的题画佳品。曲中畅抒爱国情怀，表现了曲家"气吞河岳"的气概。她直斥"瓜分"华夏的"含沙鬼"，戳穿其"亲亲善善原来假"，并发誓"要把那耻来雪，账来查。日中乌拿来杀，烛边龙提来罚"，"捉住了鬼僬侥，把桃条重重地打"。这当是对肆虐中华的日本侵略者的讨伐檄文。

注　释

〔1〕邓红梅：《梅花如雪悟香禅——吴藻词注评》，上海古籍出版社，2004，第5-6页。

〔2〕参见奚彤云：《闺中造物有花仙——顾春诗词注评·前言》，上海古籍出版社，2004。

〔3〕严迪昌编著《近代词钞》，江苏古籍出版社，1996，第492页。

〔4〕参见徐玲芳：《民国女子徐自华传奇》，《南湖晚报》2010年12月4日。

〔5〕李保民：《一抹春痕梦里收——吕碧城诗词注评》，上海古籍出版社，2004，第56页。

第七编　新变期

—— "海压竹枝低复举，风吹山角晦还明"

　　抗美援朝，是一场为和平和正义而战的战争，打出了新中国的国威和军威。这场战争的胜利，极大地提高了中国的国际地位，赢得了世界人民的尊敬。许多犹豫不定的国家纷纷与中国建交，中国人民从此真正站起来了。因此，中国的现当代文学从这时才真正开始。

　　近代以来，人们习惯将中国文学分为近代、现代和当代三个时期，其起止时间，学界也有不同意见，但就题画诗而言，情况又有不同。其原因主要有三：其一，许多画家和书法家寿命较长，有相当多的人跨越两三个时期，很难认定他们是哪一时期的艺术家；其二，划分艺术家所处时期，虽然是以其艺术成就论，但有些画家、书法家无论是早年还是晚年都艺声斐然，难分轩轾，所以不得不对有些艺术家冠以现当代头衔；其三，古今题画诗大多用旧体诗词，而旧体诗词古今并无实质变化，所以对题画诗人所处时代的划分，就当灵活掌握，不可一概而论。

　　为了较为准确地把握这一时期的时代特点，我们姑且不按一般意义的现代、当代划分，而把这一时期定为20世纪。这样界定的依据主要也有三：一是在20世纪初，特别是30年代初，发生了九一八事变，接着又发生卢沟桥事变，我国进入了全面抗战时期，民族矛盾空前尖锐，人民同仇敌忾，抗日情绪高涨。同时，绘画、旧体诗等也往往以抗日为主题，空前发展。二是有些论述这时期旧体诗词的著作，如吴海发的《二十世纪中国诗词史稿》（山东大学出版社1997年版），刘士林的《20世纪中国学人之诗研究》（安徽教育出版社2005年版），刘梦芙的《二十世纪名家词述评》（安徽文艺出版社2006年版）等，都不是按现代、当代划分的，而是统称

"20世纪"。三是许多被称为当代旧体诗词的作者，也都是经历五四运动洗礼的所谓"现代诗人"，并且他们的绝大多数诗词都创作于新中国成立之前，所以很难界定他们到底是现代诗人还是当代诗人。如在李遇春所著的《中国当代旧体诗词论稿》中，就把本属现代文学作家、诗人的郭沫若、田汉、茅盾等都划归为当代旧体诗词的作者了，这主要是因为旧体诗词的特殊性而有别于其他文体。因此，我们研究以旧体诗词为主的题画诗更当如此。

这个时期的题画诗之所以称为"新变期"，主要出于以下考虑：

一、从时代背景看，20世纪30年代风云突变，日本帝国主义入侵，加速了我国社会的半殖民地化，此为变化之一。变化之二是，随着1953年抗美援朝的胜利，大规模的、急风暴雨式的战争已宣告结束，从此中国转入真正的和平建设时期。从这个意义上讲，此时期也可称为"转折期"。

二、从诗、书、画艺术本身的发展看，也有较大的变化。绘画方面，随着西方油画的传入，中国又增加了新画种。其影响是：一方面，在一定程度上冲击了中国画创作，如在有的高等艺术院校中国画的教学课时减少等；另一方面，中国画对西画吸其所长，也促进了中国画的发展，涌现出一批中西画合璧的美术家，并且出现一批为油画题诗的作品。这时期漫画开始勃兴，为漫画题诗也逐渐增多。

诗歌方面，五四新文化运动虽然极大地冲击了旧体诗词创作，但对以旧体为主的题画诗词影响却较小，并且以新诗题画的作品所占比例也很小。但是由此也催发了题画诗的新品种，即所谓"新古体诗"。还有以近体为主的新格律诗，其代表诗人是聂绀弩，时人称其诗为"聂体"。此外，常规近体诗在这一时期也有所发展，尤其在题画诗中占有极高的比例。但毋庸讳言，从发展趋势看，已见衰微之端倪。特别是到了20世纪后期，一些中青年诗人、画家已不愿写旧体诗，更令人堪忧的是大多数高等艺术院校的国画专业都不开设题画诗的必修课或选修课。有的青年画家甚至说，线条、色彩本身就是语言，再题诗就是废话了。他们根本不知道题画诗在绘画中的地位和作用。

书法是中国画的三大要素之一。在近现代，中国书法虽然仍在发展，但进入当代似进入了缓慢期。尽管各种书法艺术思潮不断涌现，各种"书法主义"和"书法现象"层出不穷，但并未在多大程度上推动传统书法艺术发展，而书法变异的趋势却在增长。不过，沈伟指出："尽管书法的艺术传统几近消逝，但它的文化样式却仍然有着强大的惯性和张力。处于日常现实中的实验书法，既为一个书法传统的现成制度所贬抑，也为一般大众囿于习俗观念而拒斥。尽管目前在书法国家级展览中，已经颇有姿态地接纳了'现代派书法'的存在事实，并给予相应的奖项，但从实际上看，这一事实与其说是宽容地接纳，倒不如说是策略性地'收编'。因为实验前卫的本质，正是不为普遍性接纳的边缘性存在：如果一个前卫的思考能够被普遍接受的话，那么，它的精神动机与观念的真实性就大有值得怀疑之处了。"[1]

但是，影响书法艺术发展的关键因素，是书写工具的改变。书法之所以成为我国独特的古老艺术，首先缘于它所使用的柔性毛笔。如果改用钢笔或圆珠笔等，便失去了它特有的气韵和审美特征。但现实是，毛笔除在特殊场合使用外，已不见踪影。一种艺术如果失去了广泛的群众基础，其发展不能不受限制。群众性书法热的降温，特别是某些国画家和诗人书法水平的下降，直接影响了其在绘画上的题诗。

第五十八章

新变期题画诗

这时期的题画诗发展很不平衡：从纵向看，跌宕起伏，既有复兴之势，也有衰微之兆；从横向看，题画诗的不同品类，如题画诗与题画词、曲等的发展也极不平衡，题画诗较多，而题画词、曲较少。就题画诗而言，为传统绘画的题诗虽占比较大，但却呈衰减之势，而为漫画、画像、照片的题诗较古代有大幅增多趋势。

第一节　新变期题画诗内容及特点

20世纪的中国大地，政治风云变幻不定，既有战争的硝烟，也有政权的更迭，辛亥革命、五四运动、第一次国内革命战争、抗日战争、解放战争、新中国成立、抗美援朝、反右斗争、"文化大革命"等一系列重大政治事件和运动接连发生，对中国的经济、文化、教育等各方面都产生了极为重要的影响。在这样背景下的中国题画诗也呈现出起伏、多元的变化，出现了前所未有的新面貌：时而园内花团锦簇，时而园外山花烂漫；时而花坛沉寂，时而柳暗花明。但这无一不与祖国的命运息息相关，随着时代亦步亦趋。

由于政治形势使然和社会生活的丰富多彩，再加上诗人、画家们的责任感与使命感，便共同谱写了中国题画诗色彩斑斓的新篇章。

这时期题画诗的思想内容，概括地说，就是"广""新""深"三个字。

所谓"广"，一是指题画诗所反映的政治、经济、文化以及社会生活的面更为广泛。上自军国大事，下至市井生活琐事，都有所涉及。写长征题材的，如黄君坦词《满江红·敬题〈万里长征图〉》：

> 万水千山，是虎跃（一作跳）龙争之地。尚仿佛滹沱冰合，潇潇征骑。铁索桥寒天堑渡，草原泥滑铙歌沸。要手提利剑截昆仑，风云伟。
>
> 红旗矗，兵车洗。戈头淅，腾英气。洒健儿热血、河山壮丽。今日边陬笳鼓竞，当年蓝草山林启。写峥嵘，勋业上凌烟，从头记。

何香凝等合绘《长征会师图》

这首词既歌颂了"红军不怕远征难"的英雄气概，又赞扬了他们的革命乐观主义精神，并告诫后人要牢记其名垂青史之功勋。同样，陈毅的《题〈长征会师图〉》也有同工之妙：

> 秦陇万重山，白云渺无边。
> 长城如龙走，大河水滔天。
> 上有无尽之高峰，中有百道之飞泉，
> 下有深壑与宽涧，敌机飞追不能阻我前。
> 长征英雄此聚会，人民历史开新端。
> 感谢母子如椽笔，写来悬挂人民之心间。

此诗系为何香凝、廖承志等合绘画而题。其中廖承志是长征的亲历者，他作此图不仅挥洒了笔墨，也倾注了心血。而作为共和国元帅的陈毅更是以满腔热情既赞画又赞人。如果说黄君坦的词侧重写长征艰苦卓绝的历程，而陈毅的诗则侧重写胜利会师的喜悦和意义。题画诗属边缘艺术，是中国诗歌中的小小分支。它能为举世闻名的伟大长征留下浓墨重彩的一笔，实属难能可贵。

潘受的《掷鞭图歌》是反映抗日战争题材的力作。其诗是：

老翁掷鞭忽掩女，张口无声泪如雨。
女欲有言意更悲，翻身转就老翁抚。
此翁此女家沈阳，世世耕田足稻粱。
但问岁丰还岁歉，不知何物是他乡。
海鲸一夜掀波吼，十万雄师竟弃守。
从此白山黑水非，可怜翁女匆匆走。
走南走北走东西，昼觅饥粮夜觅栖。
翁女相依同卖技，向人歌笑背人啼。
歌声宛转歌喉好，琴韵悠扬琴手老。
妙舞轻盈乍欲仙，低昂天地亦倾倒。
此时女倦不能支，萎地梨花春失姿。
风暴雨狂鞭影疾，逢翁之怒遭翁笞。
旁观少年愤投袂，挥拳向翁声色厉。
汝胡不仁汝胡欺？汝不停鞭吾汝毙。
仓皇女起即陈情：此身元是此翁生，
世间父无不爱子，父自教子君毋惊。
昨日今日未得食，我歌无气舞无力，
不舞不歌安得钱，无钱明日活不得。
阿母当年避贼难，义不受辱悬梁间；
阿弟惨作刀边鬼，至今热血不曾寒。
只剩凄凉爹与我，天相保庇免罹祸。
天相保庇天何心，不如一命同结果。
少年闻语泪沾衣，翁女相持哽咽微。
锣声忽哑鼓声死，满场屏息皆歔欷。
歔欷屏息幕亦闭，适问所见岂梦寐。

无复翁女无少年，恍然始悟戏中戏。

戏中之戏何逼真，使人哭笑不由人。

却问演戏者谁某？女是王莹翁赵洵。

赵、王才本向天借，驰骋艺坛早并驾。

更有画师司徒乔，画笔亦堪参造化。

画成翁女泣抱头，泪痕湿湿几时收。

室中疑在戏台下，空气为之凝不流。

画师画师何画此，我来读画惟切齿。

会看黑水白山重插汉家旗，愿与画师共送此翁此女归乡里。

诗前有序："赵洵、王莹合演《放下你的鞭子》，剧述九一八沈阳陷寇后，一老翁与其女流离鬻技故事，酸楚感人。司徒乔为制巨幅油画，命曰《掷鞭图》，属赋长歌记之。"《放下你的鞭子》独幕剧原由集体创作、陈鲤庭执笔，后经田汉改编而广为流传。此诗详叙了剧情，将街头剧与油画相结合，亦剧亦画亦长歌，感天动地、催人泪下，是抗日烽火中一种特殊的艺术形式。

《放下你的鞭子》

此外，陈野苹的《题〈八女投江图〉》，也是反映抗日战争的名作。

新中国成立后，反映国内外重大政治内容的题画诗也很多，如毛泽东的《题庐山仙人洞照》：

> 暮色苍茫看劲松，乱云飞渡仍从容。
>
> 天生一个仙人洞，无限风光在险峰。

这首诗作于 1961 年 9 月 9 日，此时国内外阶级斗争异常尖锐、激烈，也是我国三年经济困难时期最困难的一年。在国际上，一股股反华逆流甚嚣尘上。面对敌人的猖狂进攻，有些人看不清前进的方向，不免徘徊动摇。为此，诗人描绘出一株株巍然挺立在"险峰"之上、于"乱云飞渡"中"仍从容"的"劲松"。诗人寄情于物，借题物我相托，用比喻和象征手法为我们塑造了伟大的中国共产党及其领导下的中国人民高瞻远瞩、坚持真理、不畏艰险、勇往直前的光辉形象。诗调高亢，笔力千钧。又如周恩来的《题何香凝画联》说：

> 鹊报援朝胜利，花贻抗美英雄。

此联诗是周总理于 1951 年 1 月，为革命老人、画家何香凝所画庆贺抗美援朝胜利花鸟画而题。上联既应画中之"鸟"，又合我国传统"喜鹊报喜"之民俗。下联既应画中之"花"，也表"借花献佛"之敬意。合情合理，恰到好处。诗句虽短，意蕴却深，洵为佳联。

著名书画家李亚如的《画兰赠习仲勋同志》是歌颂改革开放的佳作，其诗是：

> 东风吹雨却春寒，绿荫深处见幽兰。
>
> 孤芳不再守空谷，馨香已到岭之南。

据《现代扬州诗选》原注："1978 年齐心同志来扬，李亚如为之画兰并赠习仲勋同志。"其时习仲勋任广东省委主要领导，他在"春寒"料峭的改革开放初期，表现出解放思想、实事求是、开拓创新的革命胆略，为经济特区建设提供了宝贵经验，作出了重大贡献。诗中说"馨香已到岭之南"，正是对其改革先声和业绩的充分肯定和热情歌颂。

此时，反映下层人民生活和劳作的题画诗更多，描写对象有农夫、渔民、牧童、采桑女、少数民族群众等，不胜枚举。

二是画家、诗人的视野更为广远。他们不仅为国内名画题诗，而且把目光放至海外，如蒋彝的《题康斯堆勃（Constable）画》："山头种树已参天，负郭尚馀二顷田。我欲移家山里住，听风听水自年年。"

作者原注："康氏为英国一大风景画家，作品沉着深邃，余最爱其稻田（Cornfield）一幅，因作是诗。"这首诗大约写于1933—1935年间。它证明中国诗也可以题外国画，并可借以寄意。而郭沫若的《题画赠朝鲜同志》则是以画并诗赠予外国朋友。又如王青芳的《高尔基像二首》等。为国外名人或名画题诗或赠送题画诗虽然自古就有，但远没有这时期多。门户开放，大约是其中原因之一。

郁达夫的《题徐悲鸿为韩槐准作〈喜马拉雅山远眺图〉》写于抗战时期。此诗的可贵之处，还在于诗人在"阵云"封锁之际，想到了敌人覆灭之时，目光极为广远。

所谓"新"，一是指题画诗的题材新，这主要是增加了新画种所致。清代的《御定历代题画诗类》是收集古代题画诗最多的作品总集。此集将题画诗的题材分为天文、地理、山水、名胜、古迹、故实、闲适、古像、写真、行旅、羽猎、仕女、仙佛、神鬼、渔樵、耕织、牧养、树石、兰竹、花卉、禾麦蔬果、禽类、兽类、鳞介、花鸟合景、草虫、宫室、器用、人事、杂题等三十类，不可谓不全，但是现当代题画诗的取材远远超出这些范围。以"像"为例，新出现的照片、漫画像、捏塑像等，就远非"古像""写真"类所能概括。又如动画片，是现当代才出现的新事物。茅盾的《题动画片〈小蝌蚪找妈妈〉》就是全新题材的题画诗：

白石世所珍，俊逸复清新。

荣宝擅复制，往往可乱真。

何期影坛彦，创造惊鬼神。

名画真能动，潜翔栩如生。

柳叶乱飘雨，芙蕖幽发香。

蝌蚪找妈妈，奔走询问忙。

只缘执一体，再三错认娘。

莫笑蝌蚪傻，人亦有如此。

认识不全面，好心办坏事。

莫笑故事诞，此中有哲理。

画意与诗情，三美此全俱。

《小蝌蚪找妈妈》（茅盾为之题诗）

《小蝌蚪找妈妈》对于1960年后出生的人来说，是一部耳熟能详的动画片。它于1960年由上海美术电影制片厂制作，其原型出自齐白石的水墨画名作《蛙声十里出山泉》，里面的鱼虾等形象皆取材于齐白石的画作。它是我国第一部水墨动画片。其故事梗概是：池塘里的小蝌蚪慢慢长大了，它们要寻找自己的妈妈，却不知道妈妈长什么样。经历了一个又一个波折，曾将金鱼、螃蟹、乌龟等误认为自己的妈妈。但在金鱼等的提示下，小蝌蚪终于找到了自己的妈妈。后来它们也从小蝌蚪变成了青蛙。动画片既有哲理性，又有讽喻性。诗人认为，在小蝌蚪找妈妈的貌似荒诞不经的故事中，隐含了人生与社会的苦涩经验。人如果"只缘执一体，再三错认娘"，"认识不全面"，就会"好心办坏事"。这部水墨动画片实现了现代动画片与传统水墨画的完美结合，可谓中国电影史上的一次创举，而茅盾为此片的题诗也当是中国题画诗发展史上的一次创新。

二是题画诗的品种新。举办画展，也是新事物；为画展题诗，是题画诗的新品种。在古代，虽然在文人雅集时也会赏画题诗，但多是鉴赏古画或专为某一幅画题诗。而现当代的画展，则多以当代画家的作品为主，并且多是同一主题的画参展。为这种画展的题诗很多，如郭沫若的《南宁看美协画展》，张爱萍的《虞美人·题新四军征途书画展》等。此外，也有个人画展及其题诗等。有的画展不仅主题新，题画诗的立意也新，如钱仲联的《为"振兴丝绸之路国际书画展"题诗二首》其二：

> 飙轮电驶了非难，过却千山又万山。
>
> 孔道不殊人世换，春光远度玉门关。

此诗所赞不仅在丝绸之路，更在"人世"。"春光远度玉门关"，反王之涣"春风不度玉门关"句意而用之，正是盛赞"人世换"。

木刻虽然起源很早，有汉朝说、东晋说等不同说法，据说从唐代起就很发达，但是真正复兴还是在近现代。而为之题诗则更晚。因此，题木刻版画也属题画诗的新品种，如邓拓的《青玉案·题俞启慧木刻〈战友——鲁迅和瞿秋白〉》：

俞启慧《战友——鲁迅和瞿秋白》

> 凄风苦雨寒天短，最难得知心伴。长夜未央相待旦；论文谈道，并肩扶案，不识何时倦。 投枪掷去歼鹰犬，翰墨场中久征战。笔扫敌军千万万；普罗旗号，马列经典，艺宛流风远。

此词既赞鲁迅、瞿秋白之间的革命友谊，又赞其并肩与反动势力战斗的不懈精神。情辞恳切，意气飞扬。此外，这时期还兴起了为戏剧画题诗之风，也前所不多见。此外，还有为水画、火画、土画、尘画等题诗的新品种。

所谓"深"，也有三层含义。一是诗画家爱国情深。20世纪前期，由于帝国主义国家的入侵，民族矛盾、阶级矛盾尖锐、复杂，人民空前觉醒，救亡之呼声日益高涨。因此，无论是画家还是诗人，其作品往往都以爱国救亡为主题。如田汉《题尹瘦石作屈子像》：

> 淡淡山容渺渺波，春风吹堕泪痕多。
>
> 天涯我亦行吟者，却喜旌旗渡汨罗。

此诗作于1943年，诗人以古化今，既抒发了对屈原忠贞情怀的钦仰，又表达了自己决心抗战、不甘沦亡的爱国之志。但这时期诗人的爱国之情，既深且沉，多为沉郁悲怆，如夏承焘的《醉花间·顾公雄为林子有作梅图，子有嘱题》："林家树。顾家树。离合不须数。劫罅暂相逢，何处为吾土？　　邓尉与孤山，迢迢胡角语。画里问归心，花泪应如雨。"又如钱锺书的《题叔子夫人贺翘华女士画册》：

> 绝世人从绝域还，丹青妙手肯长闲。
>
> 江南劫后无堪画，一片伤心写剩山。

看到祖国的大好河山惨遭蹂躏，诗人心在滴血，眼在流泪，不免多了几分哀伤。

二是诗人、画家深入到生活的最底层，反映下层人民的悲苦生活，如王季思的《题〈三毛流浪图〉》：

> 寒流袭东海，户外霜凄凄；
>
> 灯前霞不寐，为儿补棉衣。
>
> 棉衣各上身，一室暖融融，
>
> 转念三毛寒，赤脚过长冬。
>
> 今朝报纸来，三毛着长裤；
>
> 阿柯蹦蹦跳，阿楚双手舞；
>
> 我亦不自知，热泪落如雨。
>
> 烽火暗南天，流民半沪市；
>
> 壮者勉撑持，老弱难转徙；
>
> 北风吹瘦骨，一夕僵不起。
>
> 君看黄浦滩，豺虎踞层关；
>
> 毒牙饱人肉，血口进大餐。
>
> 何时太阳升，光彩射海东；
>
> 严霜化甘露，鬼魅无影踪。

此诗是作者为画家张乐平所绘的连载漫画而题，作于上海解放前夕。

诗人由己及人，不仅表达了对三毛的同情之心，而且指出造成苦难的根源："君看黄浦滩，豺狼居层关。毒牙饱人肉，血口进大餐。"诗人所写流浪中的三毛，并非个别现象，而是"流民半沪市；壮者勉撑持，老弱难转徙；北风吹瘦骨，一夕僵不起"。因此，此诗即小见大，反映了广大下层民众——包括诗人在内——的苦难生活，极具普遍性。

三是这时期的题画诗对社会丑恶现象揭露深刻。其中多借《鬼趣图》《钟馗图》等加以表现，如夏承焘的《清平乐·题罗两峰〈鬼趣图〉，颉刚翁藏》：

> 齐谐漫续，百态从描貌。展向秋窗闻夜哭，寒气一灯吹绿。
> 试招被荔山阿，世间应比人多。扛倒涂山九鼎，敢投伪帖来么？

这首词作于 1932 年。其深刻处不仅在于鬼之为祸，且鬼"比人多"，而且指出鬼之所以为非作歹，因其有"禹"作靠山。这就把锋芒直指当时的最高统治者，即要"扛倒涂山九鼎"。此句谓顾颉刚曾怀疑禹是虫而不是人（见其《古史辨·与钱玄同先生论古史书》）。这里的"涂山""九鼎"，便是代指禹。末句，作者自注云："鬼投启扬愿，伪造古典，见宋人野记。"这表明"禹"是祸害之根源。

丰子恺《敌马被俘虏》

就针砭时弊之深刻而言，丰子恺的漫画及题诗，往往能入骨三分，尖锐而深刻，如作于 1938 年的《敌马被俘虏》：

> 敌马被俘虏，牵到后方来。
> 自知罪恶重，不敢把头抬。

诗人寥寥几笔，便揭示了日本侵略者人不如兽的丑恶本质。

创作于 20 世纪中后期的题画诗因具体所处创作时期不同，其特点和艺术风格也不尽相同。20 世纪 30 年代至 50 年代，经历了抗日战争、解放战争和抗美援朝战争。烽火连数年，硝烟笼心头，画家、诗人激情燃烧。他们或以笔为刀枪，亲赴前线，或在大后方以文艺为武器为战事服务，其题画诗大多激昂慷慨，气势豪壮。而到了60年代，"文化大革命"的乌云使人们心情压抑。潜伏期的题画诗往往语意隐曲，难以索解。但其中有些题画诗或间接影射现实，或以古喻今，也不失为深刻，如1974年茅盾的《为沈本千画师题〈西湖长春图〉四首》，虽是咏史诗，但却是借他人之酒，浇自己胸中之块垒：

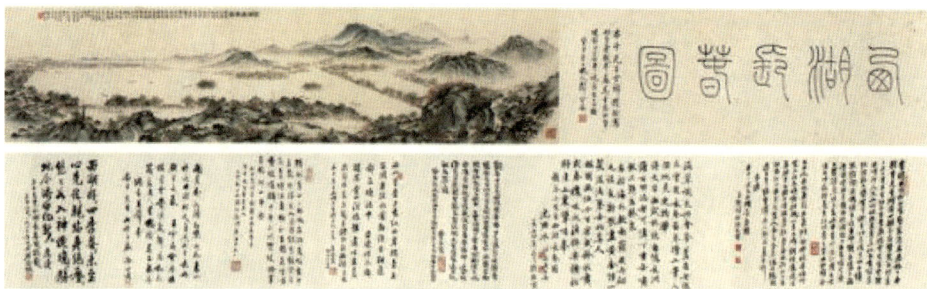

《为沈本千画师题〈西湖长春图〉》

> 诗文字画咸称绝，吾忆长洲癯石田。
> 此老可怜丁季世，啸傲只解在林泉。（其二）
>
> 名扬海外数南蘋，花卉翎毛设色新。
> 散尽黄金惟一笑，混沌尘世此真人。（其三）

前一首咏明代画家、诗人沈周。他一生谢绝仕途，隐遁山林。诗中说"此老可怜丁季世，啸傲只解在林泉"，既叹人，亦自叹。自己身处"文革"乱世，忧世伤怀，连啸傲山林也似不可得。后一首咏赞清代画家沈铨。其字南蘋，为清代著名画家。诗中激赏其"散尽黄金惟一笑"之襟怀。他不为外物所累，放达不羁，实乃真人。对于此等人生境界，诗人虽不能至，心向往之。[2]其复杂之心境，难以言表，似赞人以自况。这时期，题画诗人主要有两种：一种是老一辈作家和诗人，还有一种是青年诗人、画家。他们的题画诗除一部分不涉时政的吟咏花草、山水外，大多有寄意，或幽愤沉郁，或激昂慷慨，颇多佳作，正所谓："国家不幸诗家幸，赋到沧桑句便工。"（赵翼《论诗绝句》）

1976年粉碎"四人帮"后，1978年至1992年是改革开放的前期。政治清明，环境宽松，文艺事业开始恢复性发展，题画诗创作也出现了一些较好的作品。不过，在粉碎"四人帮"后的相当长一段时间里，仍有许多诗人沉浸在对"文革"的回忆之中。他们的题画诗多以回忆"文革"中的生活为主题，如臧克家的《展看干校照片三十幅》，黄苗子的《渔家傲·题〈十五贯〉》等；但更多的题画诗或是对大好形势的赞颂，或是假花卉、山水以怡性，诗调平和，风格清新。

总起来看，20世纪的题画诗从艺术上或创作个体上看，主要有以下几个特点：

一、风格多样化。由于风云激荡的政治背景和诗人的爱国激情，此时期的题画诗多以豪宕为主，有的沉郁中见慷慨，有的雄健中有悲壮。因人因题材而异，风格不一。但是也有相当多的一部分题画诗风格淡雅，以清新见长。这尤以老画家、老诗人为多。元代诗人元好问说："一语天然万古新，豪华落尽见真淳。"[3]这时期的老一辈诗人经历了太多的风雨，可谓"豪华落尽"，他们不再追求绮丽，而转为崇尚清淡，并且非在艺术上达到很高的境界也很难做到。这正如梅圣俞所说："作诗无古今，惟造平淡难。"[4]如老作家老舍的《为胡絜青〈桃花游鱼图〉题诗》："细雨江南客欲归，桃花流水小鱼肥。莫怜晴日无聊赖，绿柳青天白鹭飞。"虽至简至淡，但水流鱼肥，一派生机，色彩斑斓，淡而有味。又如申石伽的题画诗淡爽清朗，有清淳恬淡之美。即使偶涉时事之作，也无浓墨重彩。如《题山水图》：

申石伽《山水图》

山河遍劫火，何处可携筇。

木落识幽径，风清闻远钟。

危楼青嶂绕，野壑白云封。

欲上一重阁，遥天暮霭浓。

此诗作于1939年，当时劫火燃烧，焦土抗战，但诗人却写得云淡风清，只是寄情于景，婉转地表达了自己忧时伤乱之情。此外，还有许多诗人在不同时期其题画诗风格也不同，或豪放和婉转兼而有之。

二、诗体变异化。这时期的题画诗虽然以古体、近体为主，但体式却发生了很大变化。一是出现一种似古非古的新古体诗；二是以近体为基本格式的所谓新近体诗，其中聂绀弩的诗即为一例；三是非古非近的新诗，即五四运动以来出现的白话新诗。

三、语言通俗化。语言通俗晓畅，是这时期题画诗的一个显著特点，并且这一特点随着时间的推移，越来越凸显。其原因主要有二：一是题画诗的作者越来越年轻化，他们的古典文学功底大多不够深厚；二是读者对文言文和文学掌故的接受能力不断降低。因此，白话题画诗逐渐成为题画诗的主流。

四、情趣诙谐化。诙谐幽默的题画诗自古就有，但极少。自近代以来，诙谐的题画诗便逐渐增多。这也是诗歌世俗化的结果。这时期的题画诗已远不像古代题画诗多限定在高雅的文化阶层，随着反映民俗的绘画增多，为其所题之诗也要随之民俗化。某些诙谐风趣的题画诗便迎合了市民阶层的口味。此外，这时期的某些阶段或政治斗争（包括战争）激烈或生活节奏加快，诗人想以幽默的方式排解胸中的积愤和苦闷，读者也愿意读些令人暂时忘却愁烦的文艺作品。这也是近现代以来相声兴起的原因之一。

五、学者诗人化。如果说古代题画诗人往往多是纯画家、诗人，那么现当代的题画诗人中，却有相当多的以学识名于世的大学者。如章太炎、汪辟疆、夏承焘、王力、王季思、冯其庸、顾易生等。他们留存的题画诗虽然不多，但人数颇多，也多有佳作。此外，还有相当多的政治家兼学者也加入了题画诗创作队伍，如毛泽东、陈毅、王昆仑、赵朴初等。

六、艺术个性化。近代以来，人性的解放，个性的张扬，为文学创作开辟了新天地。作为中国诗歌一支的题画诗也向着个性化的方向发展。特别是新中国成立后，艺术家有了更大的创作自由、更为广阔的创作空间以展现自己的个性和才华，作品的个性化更为鲜明。

创作个性是形成作家创作艺术风格的基础和前提。因此，作家的创作个性始终是与作品的艺术风格紧密相连的。汉代扬雄在《法言·问神》中说："言，心声也；书，心画也；声画形，君子小人见矣。声画者，君子小人之所以动乎情。"就是说，作家的人格与情性可以从其作品体现出来，并且强调了个性气质对文学风格的决定作用。而新变期的题画诗恰恰在其个性化方面较前人有了进步。这里有三层意思：其一，作品中突出了诗人个性，如臧克家的《题友人所摄野花》："春到洛阳女儿家，姚黄魏紫竞相夸。幽香不叹无人识，旷野田头自开花。"此诗以对比手法，写了两种场景，一边是开得绚烂的名花，人竞相夸；一边是田野独自开放的野花，无人欣赏。臧克家一生乐于奉献，心底无私，淡泊名利。写此诗时已85岁高龄，对名利更是无所萦怀，所以这默默开放"不求人夸颜色好"的野花当是其个性和人生信条的自然比况。从格律看，这虽是一首七言绝句，但作者并不为格律所拘，偶有失律，也体现了这位"勒马回缰作旧诗"的著名新诗人顺其自然的率性。其二，显现了所题画家的个性和艺术特质。如光未然《题〈韩美林画册〉》："历下美林何所求，眼勤笔勤腿不休。时将狂草写奔马，每以童心弄小猴。纳天为画画风健，冶土成诗诗意稠。随君纵目山阴道，不觉年轻四十秋。"这八句诗高度概括了画家在绘画、书法、陶瓷以及写作等诸多领域的很高造诣，指出其独到的艺术风格和鲜明的个性特征。光未然的《题赵丹画展》更为精妙，只用了20个字便写出赵丹的一生际遇，并且突出了其"风骨"。其诗是："挥泪辞银幕，泼墨写白芍。丹心美风骨，长温艺海波。"其三，体现出题画诗本身的艺术个性。这主要是指同题一幅画而展现出不同的艺术特点。如题咏《傅青主听书图》的诗人有十几人，如黄苗子、聂绀弩、杨宪益、舒芜、陈迩冬、郭隽杰、吴甲丰、吴祖光、柏高、荒芜等。他们的题诗因作者性格、思想各异，以及当时处境的不同、角度不同，所以笔锋指向和艺术风格也不尽相同。傅青主，即傅山（1607—1684）之字，明清之际思想家、书法家、医学家。明亡，穿朱衣，住土穴，拒不做官。康熙间举博学鸿词，强征至京，以死相拒，后放还。文章、书画有盛名，家居以医为生。据记载："老人家是甚不待动，书两三行，眵如胶矣。倒是那里有唱'三倒腔'的，和村老汉都坐在板凳上，听什么飞龙闹勾栏，消遣时光，倒还使得。"（见鲁迅《西牖书钞》）黄苗子为此图题诗两首，其二说："小闹勾栏算什么，擎天只手世无多。空仓鼠雀徒悲怨，总为年年吃大锅。"此诗针砭现实，诗笔老辣。而陈迩冬的《题〈傅青主听书图〉》三首，或回首傅青主当年听书之往事，或赞扬画家之"妙手丹青"，均为白描，语言平实，有学者之风。

《傅青主听书图》

第二节 新变期题画诗发展原因

新变期的题画诗虽然呈衰减趋势，但也有起伏，也有发展，只不过渐缓而已。其发展主要有以下原因。

第一，现代绘画的发展，"读图时代"的到来，促进了题画诗发展。无论中国还是西方，"读图"都有久远的历史，但是得到发展、繁盛还是近代以后的事。这主要基于绘画的发展和人们认识的改变。

民国时代，时局动荡，国粹沦亡，很多知识分子都将绘画、美术、艺术视为蕴藏中华传统文化之精华的重要组成部分。他们认为，美术不仅攸关中华文化国粹之所系，亦有启迪民智、涤荡人心之效。在这种舆论环境中，绘画不仅是文人怡情养性、寄意遣怀的工具，而且可以有"使览者有所歆动鼓舞，然后法语庄论得假之以行而其道不悫"[5]的功效。传统绘画进入现代传媒语境，并不应该仅仅将之视为文人雅趣在报刊媒介上的一种视觉呈现；同时，图像的编选与排列，其间渗透着"读图时代"文人想要通过图像再现所意欲完成的话语建构。《小说月报》创刊号卷首"编辑大意"即云："本报卷首插图数页，选择綦严，不尚俗艳，专取名人书画以及风景古迹足以唤起特别之观念者。"[6]上海的《国粹学报》，博物学式地刊登了从古至今的众多人物画像，构建了一幅华夏文明与中国学术的人物谱系图：其间多历代汉族政权之帝王将相，宋明之遗民，文章学术之大家。以如此方式精心排置的人像序列，也透露出刊物编撰队伍在文化与学术等方面"保存国粹"的诉求。旧式文人在期刊上时常刊登地方风景画、传统绘画以及前人画像，图像背后关涉的历史背景纷繁复杂、曲折幽深；其意义只有通过包括题画诗在内的大量文字，才能得到充分的揭示。

从晚清兴起的画报热，近代以来不断升温。除《国粹学报》外，上海《神州日报》于1909年1月创刊时就出版了《五日画报》。于同年创刊的《儿童教育画》，立足于学前教育，内容丰富，图画清晰，颇受欢迎。这时期有影响的画报还有《图画日报》（1909）、《真相画报》（1912）、《良友画报》（1926）、《北洋画报》（1926）等。1942年，由中国共产党领导的抗日根据地创办的《晋察冀画报》，以战争新闻照片为主，兼登通讯、漫画等，发挥了很好的宣教作用。1948年5月，该画报与原晋冀鲁豫军区所办的《人民画报》合并，组成了华北军区政治部领导的《华北画报》。这些画报以及其他画刊、画展、墙头漫画等，便为"读画时代"提供了必要条件。同时，人们对"读图"认识也不断提高。一般地说，图画或照片，都比占有同样面积的印刷文字，具有更多的信息，并且具有更强的吸引力，所以读者对"读图"更有兴趣。在"读图时代"，画家作图以寄意，文人假画以抒怀，题画诗便得以发展。

此外，西画的传入虽然对中国画有所冲击，但也在某种程度上促进了中国画向着中西融通的方向发展，并且为西方油画题诗也日见增多。

第二，旧体诗词的复兴，推动了题画诗创作。新中国成立后，以毛泽东诗词和他致臧克家等人的信公开发表为开端，旧体诗词获得了社会的承认，并逐渐掀起了旧体诗创作的热潮。1957年1月25日，《诗刊》创刊号发表了毛泽东致《诗刊》主编臧克家和《诗刊》编辑部的一封信，并于同期发表了毛泽东的18首诗词。毛泽东在信中说："这些东西，我历来不愿意正式发表，因为是旧体，怕谬种流传，贻误青年"，"诗当然以新诗为主，旧体诗可以写一些，但不宜在青年中提倡，因为这种体裁束缚思想，又不易学。"1958年，毛泽东曾对梅白说："旧体诗词源远流长，不仅像我这样的老年人喜欢，而且像你这样的中年人也喜欢。我冒叫一声，旧体诗要发展，要改革，一万年也打不倒。因为这种东西，最能反映中华民族和中国人民的特性和风尚，可以兴观群怨嘛，怨而不伤，温柔敦厚嘛……"[7]毛泽东的诗学观念对于现当代旧体诗词繁荣起了巨大的推动作用，他本人的诗词创作也带动了旧体诗词发展和复苏。

这时期旧体诗的兴盛和繁荣，主要表现为报刊上竞相发表旧体诗词。1957年以前，新中国的报刊上很少看到旧体诗词作品发表，而1957年以后，《人民日报》《光明日报》《文艺报》《文汇报》《人民文学》《诗刊》等中央和省市报刊上纷纷发表旧体诗词作品，成为一种引人注目的文学景观。其中，《光明日报》自1958年1月1日起创办了《东风》副刊，发表名家旧体诗词是其特色之一，冯友兰、田汉、叶圣陶、叶剑英、陈毅、沈从文、郭沫若等一大批社会名流、文人学者和老一辈革命家，都在《东风》副刊上发表过旧体诗词作品。1985年，光明日报社编辑出版了一本《〈东风〉旧体诗词选》，选录了上述诸家的旧体诗词佳作。编者在《编后记》中说，毛泽东当年读《东风》发表的旧体诗词，"既仔细，又认真"。如1961年12月28日的《东风》上刊登了吴跻因的两首七绝《赏菊》和钱昌照的《七绝两首》（《芦台农场》《藁城农村》），毛泽东批注道："这几首诗好，印发各同志。"当时党中央正将召开扩大工作会议（即"七千人大会"），这四首诗被作为会议文件印发给与会代表。

在毛泽东的倡导和当代旧体诗创作热潮影响下，许多青年人也开始喜欢旧体诗词。"在'文化大革命'中，北大教授王力的《诗词格律》，在群众中广泛流传、手抄、油印。旧体诗词不仅没有销声匿迹、一蹶不振，反而打下了深厚的群众基础。古典诗词的影响范围远远超过'文化大革命'之前。在吸收和借鉴古诗词，推动新诗创作上，也有了长足的进步。所以，'文革'后，各地诗社组织犹如雨后春笋，遍布湖南、湖北、江苏、上海、浙江、福建、广东、广西、甘肃、青海、宁夏、吉林等地，各种以旧体诗词为主的刊物不下几十种，各地还不乏自费印刷、内部交流的诗集。"[8]这不仅使旧体诗词创作后继有人，而且为以旧诗为主的题画诗创作培养了后备力量。在已发表的旧体诗词中，虽然题画诗词所占的比重并不大，但因旧体诗的数量大，所以题画作品的数量也不少。

还有一个值得重视的现象是，党内领导层的诗人群体及其所倡导的诗性之风，对题画诗发展起到了重要的推动作用。早在延安时期，董必武、林伯渠、徐特立和谢觉哉等老一辈革命家便创立了"怀安诗社"。新中国成立后，在毛泽东的重视和影响下，逐渐形成了党内领导层的诗人群体，并不断扩大。他们以旧体诗创作为主，也写新体诗。他们之间频繁往来，相互唱和，相互改诗，诗性之风一派畅扬。党内领导层的诗人群体，不是一般文人兴趣的投合。他们多是久经革命考验的政治家，诗作虽不乏闲适雅趣，但更多的诗情共鸣，则来自世事大势，坚持诗歌"合为时而著"。同时，他们也不是简单地把诗词作为政治表达工具来运用，而是既讲究艺

术性，也重视声韵格律，真正把写诗当作一件严肃而高雅的事情。(参见陈晋《党内领导层的诗性之风》，《诗潮评议》2016年第3期) 党内这种良好的诗性之风，产生良好的社会影响。胡乔木或许受到这种诗性之风的感染，于1964年开始学写旧体诗词，先后创作了16首和27首，均送毛泽东修改，并受到毛泽东的点评："乔木词学苏辛，但稍晦涩。"此外，毛泽东还称赞董老的诗醇厚严谨；陈毅的诗豪放奔腾，有侠气，爽直；叶剑英的诗醇醇劲爽，形象亲切，律对精严。这些评价，既鼓舞了当事者本人，也倡导了诗歌评论。党内领导层的诗性之风不仅使党内诗人的诗歌创作健康发展，而且由党内影响党外，为广大诗人和诗歌爱好者作出了示范，极大地推动了诗词创作的繁荣，自然也促进了题画诗创作的发展和水平的提高。

第三，随着摄影技术的发展和普及，为摄影作品的题诗也日渐增多。

1839年，摄影术在欧洲发明，很快便传入中国，但多为西方摄影者来华拍照。中国本土摄影团体建立较晚，大约于19世纪70—80年代在城市中才渐成风气，华人影楼纷纷建立，也让国人赴照相馆拍"小影"成为一种新潮选择。但摄像术在中国普及很慢，一是中国幅员辽阔，直到民国年间，许多小县城还没有专门的照相馆；二是摄像价格昂贵。直到20世纪以后，摄影术才逐渐普及，并且成为上层社会的一种爱好、追求。有人甚至玩起了花样翻新。如活跃于20世纪20—30年代的上海文坛作家、翻译家邵洵美在新婚之际，曾自制摄影漫画一帧，纪念他与盛佩玉的结合。他把两人头像剪下，加上手绘身体部分，剪贴成两人相拥而坐在有城市天际线衬托的露台的拼贴照片。他以谐戏打破结婚照片必庄重的套路，在手绘部分，把自己画成伸出手抱住太太，以示主动求婚；而最"另类"处，居然让两人都着女装。此"漫影"不仅因漫画加摄影的蒙太奇手法而显前卫性，而且是自拍摄影的"奇葩"。如果说邵洵美所制的"影射"只是偶然行动，那么它所开启的漫画与摄影相融合的新技术却在以后很长时间都广为应用，甚至很可能是中国最早的PS。本来，这时期的照片已成为题诗的热门题材，又加之漫画的配合，无疑更能推动题画诗创作的发展。

第四，书画家与名人、戏剧家交往密切，互相学习，促进了题画诗创作。民国以来，书画家与文艺工作者交往频繁、互学共进，既促进了文艺繁荣，也推动了题画诗发展。

文人习画，诗人画家互动，虽然自古即有，但以近现代为盛。在现当代，由于交通和通信的便捷，诗人、作家与画家的交往更多，其中郭沫若与傅抱石的友谊传为佳话。自1933年傅抱石在日本留学期间与郭沫若相识后，两人友谊甚厚，亦师亦友。傅抱石每画完一幅画，都会找郭沫若听取指点；郭沫若也常常为傅画题诗。1942年，郭沫若的话剧《屈原》上演后，傅抱石深受感染，便创作了《屈原》《屈子行吟图》《湘夫人》《湘君》《九歌图》等作为呼应。郭沫若又为之题诗。后来，傅抱石将自己的力作《丽人行》送给郭沫若作生日礼物。郭沫若设宴酬谢，又邀请老舍、曹禺等文艺界名人一同观赏此画。由此可见当时诗人、作家与画家过从之密切。此外，画家为诗人、作家的作品插图也屡见不鲜，如叶浅予就曾为茅盾的小说、老舍的话剧插图。

新中国成立后，诗人、画家、戏剧艺术家的交往也较为密切。京剧四大名旦梅兰芳、尚小云、程砚秋、荀慧生等不仅京剧演得好，而且都喜好书画。为此，他们请名师指点，再加上自己勤奋好学，都取得了不俗成绩。而老舍又喜欢收藏名伶画扇，经过十几年的辛勤收集，大约收藏了163位名伶画扇，其中特别看重对四大名旦画扇的收藏，经多方努力终于收全。他不仅爱画，而且懂画，经常去看画家作画，并关心美术理论的导向，以及具体创作技巧等。因此，他的题画诗不仅具有审美价值，而且对画理也有精准的分析。

由于诗人与画家、戏剧表演艺术家有良好的友谊和密切的交往，所以便出现了大量为戏剧画题诗的佳作。如仅荒芜一人，就为画家韩羽戏剧画题诗词24首。其中大部分作品或赋予当前的生活内容，别具风趣，如《小放牛》："清明时节，十里梨花一片雪。路上行人，问答声中笑语亲。居家哪处？俺是前村专业户。你去何方？咱到州城进学堂。"或以古鉴今，婉转讽喻，如《霸王别姬》："好戏人争看，千秋兴不衰。霸王终刎别，历史有馀哀。楚帐歌方歇，霓裳舞下来。几回惊往事，重过钓鱼台。"这最后一句，暗讽"四人帮"曾于此搞阴谋篡权活动。此外，郭沫若、叶圣陶、老舍、吴白匋、黄苗子、李汝伦等都曾为戏剧画题诗。由于画家常为小

说、剧本等文艺作品插图，所以为小说等插图的题诗也不少，如著名红学家周汝昌就为《石头记人物画》题诗40首之多。

毋庸讳言，这种文学工作者与画家、戏剧表演家互通信息、密切往来，诗人擅于、乐于为画家题诗的局面，并未随着时间的推移而增进，相反地，却呈衰减之势。个中原因，留待后叙。

第五，知识女性在题画诗创作中发挥了重要作用。妇女的觉醒虽然早在明末清初即已开始，但她们的活力和创造力并没有充分发挥出来。只是到五四运动之后，妇女解放才引起广泛的关注。所谓妇女解放，一般指妇女超出家庭的局限参与社会活动、获得独立人格，实现自己的尊严和男女价值的平等。近代中国妇女解放运动虽然一开始就被赋予了国家、民族解放的时代含义，但直至新中国成立后，妇女解放才真正开始。1950年颁布的新《婚姻法》和1954年出台的《中华人民共和国宪法》，用法律的形式确立了妇女在婚姻、财产、就业、选举等方面的平等地位，妇女解放运动翻开了新的一页。

不过，妇女意识觉醒、参与社会活动却开始很早，特别是在诗画创作上。女性诗画创作，早在明清之际就蔚然成风，文学结社不断涌现。这些女性诗社多数有自己的名称、创作主张、日常规范等。诗社成员在业师或诗社领袖的奖掖支持下进行诗歌或绘画创作，由其评点作品、裁定名次。成员之间也经常往来，切磋技艺。通过结社，女性的创作能力得到了充分展现，其知名度也随着社会活动而得到提高，并且渐次构建了由家到社会的交游网络。迨至近现代，女性结社更加扩大和发展，直至新中国成立后，仍然延续存在。1934年5月18日在上海成立的"中国女子书画会"，是现代中国女画家团体的先锋，在中国书画史、中国题画诗发展史上都占有重要地位。其会员多至200余人，以何香凝、潘玉良、陆小曼、吴青霞、周炼霞、陈小翠、朱尔贞等最为著名，都是一代丹青高手。其中不乏诗、书、画三绝之才和题画诗坛名家。

新中国成立后，由于妇联、文联等社会团体的建立，专门的女性社团组织逐渐减少，并且女性书画家也在许多男女同在的社团组织中发挥了重要作用。如"乐天诗社"，是20世纪50年代人数最多的旧体诗团体。周炼霞从1954年被选为该社理事长，至1964年卸任，任期达十年之久。这充分说明女性诗画家在文坛、艺苑有着重要的地位。正因为如此，女性的书画作品也格外为人所看重，如美女画家陆小曼的《山水长卷》、张充和的《仕女图》等绘画就得到了许多名人的题诗。这也为题画诗发展作出了贡献。

陆小曼《山水长卷》（局部）

注　释

〔1〕沈伟：《中国当代书法思潮——从现代书法到书法主义》，中国美术学院出版社，2001，第2页。

〔2〕李遇春：《中国当代旧体诗词论稿》，华中师范大学出版社，2010，第493页。

〔3〕元好问：《论诗三十首》其四。

〔4〕梅尧臣：《读邵不疑诗卷》。

〔5〕章太炎：《发刊辞》，《华国》第一卷第一期，第3页。

〔6〕王蕴章：《编辑大意》，《小说月报》1910年第一卷第一期。

〔7〕梅白：《要发展，要改革，打不倒》，参见张贻玖编《毛泽东和诗》，中央文献出版社，1998，第131页。

〔8〕杨健：《"文化大革命"中的地下文学》，朝华出版社，1993，第202页。

第五十九章

"新变" 前期题画诗

"新变" 前期，是指 20 世纪初期，特别是 30 年代后至新中国成立初期。其中有一段时间与近代时期相交叉。这是为了与习惯所称的"现代文学"时期相一致，而把一部分本属于广义的近代画家、诗人放到这时期来论述，如吴昌硕、鲁迅等。

20 世纪初期是中国文化发展过程中的巨大转折期。其间，既有新文化与传统旧文化的断裂与传承，又有中外文化的碰撞与交融，具有几千年历史的中国古典文学也从此开始了根本性的变化。以全新的内涵和全新表现形式的中国文学便掀开了历史的新一页，打造出一片文学的新天地[1]。白话新诗从尝试到逐渐成为诗坛的主流，并取得卓著成就。不过，尽管它是在对旧体诗的反叛中出现的，但仍植根于民族传统文化的土壤之中，特别是中国古典诗歌忧国忧民、愤世嫉俗的传统精神，更是在深层次对新诗创作产生无形的巨大影响。而传统的旧体诗也随着时代的发展，以旧瓶装新酒的形式赋予新的思想内容。

在解放区，诗歌虽然以新诗为主，但旧体诗也得到了长足发展，其中最具代表性的诗歌组织是"怀安诗社"。此社是 1941 年 9 月 5 日在抗日民主圣地延安，由陕甘宁边区政府主席林伯渠在邀请寓居延安耆老作延水雅集的宴会上倡议成立的。诗社成立之日，公推李木庵为社长。诗社命名为"怀安"，林伯渠曾作过说明："边区建设民主政治，必须使老者能安、少者能怀。"即期望延安的革命者把边区建设成为一个使老幼都有所养的熙熙和乐的幸福社会。这也正是办社的宗旨。诗人们"陈诗以展义，长歌以骋情"，从他们的诗里可以听到推动历史前进的脚步声。但是在他们所创作的旧体诗中，却很少见到题画诗词。在1980年由陕西人民出版社出版的《怀安诗社诗选》中竟无一首题画诗。另有1992年重庆出版社出版的《中国解放区文学书系·诗歌编》，收录旧体诗词281题301首，也仅有题画诗2首。这很可能是因为在抗日战争与解放战争的高潮中，人们往往即事抒怀，而不愿意用题画这种形式来间接表达自己的感情。

1942年11月1日在盐城由陈毅倡导创建的"湖海艺文社"，也是创作旧体诗为主的重要社团。当时签字发起人除陈毅外，还有彭康、李亚农、阿英等21人。同时决定，拟邀入社者43人，并确定了各区的负责人。在陈毅的带动下，艺文社成立前后，许多文人雅士写了不少好诗，相互唱和，广为传诵，成为湖海艺文社的一段佳话。

在抗战的大后方重庆，诗歌创作更为活跃，"不仅新诗空前繁荣，世积乱离、国难家仇也给旧体诗的吟咏留下了广阔天地，致使它如老树新花，鼎盛一时，为'五四'以来所仅见"[2]。在旧体诗创作队伍中，不仅有著名的旧体诗人，也有新旧兼作的"两栖"诗人，甚至还有"勒马回缰作旧诗"的原著名新诗人。重庆的重要诗社是1940年由章士钊、沈尹默、潘伯鹰等共同发起创办的"饮河诗社"。他们的诗作在《中央日报》《时事新报》《世界日报》上开辟专栏发表。潘伯鹰任主编，共刊出100余期。抗战胜利后，总社迁至上海，仍由潘伯鹰主持。诗社在1949年11月解散。

这时期解放区旧体诗的一个突出变化是对旧体诗的内容、题材、形式、音韵和格律以及诗的民族化与大众化等问题进行了有益的探索和改革的尝试，并取得了可喜的成果，因而也出现了少量的题画佳作。

在美学上，这一阶段也是中国美学史上的重要时期。以王国维、蔡元培为代表的美学理论与美学教育家，是中国近代美学的启蒙者与奠基人，对美学传播与普及起到了巨大推动作用。此后，鲁迅、蔡仪等接受了马克思主义，从唯物主义认识论出发考察文艺、研究美学，在与唯心主义美学的斗争中，逐渐形成了新的美学思想。特别值得注意的是王国维的意境说，直接影响了诗词、绘画、书法等艺术创作。其中，朱光潜等主要是在诗词文学批评中发挥意境理论，宗白华等主要是从书画艺术创作与批评方面阐述其意境观点，使意境范畴具有更为普遍的意义。

这时期的绘画、书法也有新的发展，特别是在理论上有新的建树。蔡元培在《美术批评的相对性》《美术的起源》《普通教育和职业教育》等文章中，对美术的起源、书画艺术的独创性以及审美教育等都提出了自己的见解，对中国画与书法、诗歌之关系也作过精当的论述。他说："中国之画，与书法为缘，而合文学之趣味。西人之画，与建筑雕刻为缘，而佐以科学之观察、哲学之思想。故中国之画，以气韵胜，善画者多攻书而能诗。"[3] 鲁迅在《漫画"漫谈"》中，阐述了漫画的诚实与夸张之关系。宗白华在《论中西画法的渊源与基础》中认为，"中国画以书法为骨干，以诗境为灵魂，诗、书、画同属于一境层"。清代著名书法家和篆刻家邓石如的五世孙邓以蛰的书画理论更具独到见解，他说："吾国书法不独为美术之一种，而且为纯美术，为艺术之最高境。"又说："画之意境犹得助于自然景物，若书法正扬雄之所谓书乃心画，盖毫无凭借而纯为性灵之独创。故古人视书法高于画，不为无因。"[4] 邓以蛰的画论，集中表现在《画理探微》和《六法通诠》两篇论文中。前者侧重于基本理论，其要义是探索绘画如何能达到"气韵生动"的根本规律；后者则侧重于绘画技巧。

这时期的画坛也和绘画理论研讨一样活跃。伴随着一次次革命运动和西方文化的冲击，也兴起了改造中国画的革新运动。率先打出改革中国画旗帜的是广东岭南派画家，他们主张"调和古今，折中中西"。代表画家主要有高剑父、高奇峰、陈树人三人。此外，刘奎龄、刘海粟、徐悲鸿、朱屺瞻、林风眠、张大千等，也是主张中西融合、革新中国画的代表画家。而活跃在北京地区的京派画家和上海、浙江等地的画家也反对摹拟古人，力主"外师造化，中得心源"，尊重艺术个性，将传统绘画推向新的高峰。这时期最重要也最有代表性的是所谓20世纪中国传统画四大画家：吴昌硕、齐白石、黄宾虹、潘天寿。

由于这时期的画坛呈现出新旧交替、中西融合的新格局，绘画创作也出现许多新特点：一是绘画的门类不断增多，除传统的中国画、年画、壁画等品类外，还产生和发展了油画、版画、连环画、漫画、宣传画等新画种。在这些新画种中，版画、漫画、宣传画尤为关心时事的诗人所钟爱，他们常常乐于为其题诗。二是中国画逐渐从趣味高雅的写意、象征向大众化的写实过渡，化抽象为具象，更为民众所喜闻乐见。三是随着革命浪潮的兴起，绘画艺术与社会、政治的关系更为密切，关涉时政的优秀画作不断涌现，配合形势的画展经常举办。这些新特点，都程度不同地影响了题画诗创作，出现了许多表现新内容、采用新形式的题画诗。

第一节 "三千剑气社"里的文人雅士

黄人

黄人（1866—1913），初名振元，字慕韩，一字慕庵，中年改名人，别字摩西，别署震元、梦暗等，昭文（今江苏常熟）人。30岁游苏州，与词曲大师吴梅至契。又与同乡庞树柏等结三千剑气社。后与章太炎同任东吴大学国文教授。宣统元年（1909），南社成立，即加入。辛亥革命成功，南京成立临时政府，欲前往参加，因病发未遂。黄人以奇才著称一时，文学、史学、名学、佛道、医术、剑术乃至西方自然科学，无不研究。曾为《小说林》等期刊主笔。其诗词批判社会现实，抒发自己壮志难酬之愤懑，风格奔放横逸，雄奇瑰丽。著作甚丰，有《中国文学史》《石陶梨烟室诗存》《摩西词》以及杂剧《红勒帛》等三种。今人编有《黄人集》。据《黄人集》统计，存题画诗11首、题画词20首。

黄人的题画诗虽然较少，但多为长篇之作，并且最能反映他的思想、抱负及艺术风格，如《题金惺斋扇头画鬼》：

> 橐橐系木靴，峨峨进贤冠。
> 须眉颇奇伟，似鬼又似官。
> 女青亭畔折花返，独来独往冥途宽。
> 玻璃碧眼青无翳，堵灰夜辨金银气。
> 前程赖此一镫传，四顾徘徊寻要地。
> 吁嗟乎！与为鬼其心，无宁鬼其形。

鬼心不可测，鬼形犹得留丹青。

君不见，青天白日，冠盖如织，狡狯伎俩，过君千百。

画师万辈画不成，君倘闻之应吐舌。

此诗以鬼喻人，无情地鞭挞了那些"似鬼又似官"的酷吏，他们"为鬼其心"，"不可测"，伎俩极为狡狯。而这样的坏人，"画师万辈画不成，君倘闻之应吐舌"，其讽刺可谓深刻而尖锐。如果说这首诗是间接反映现实的话，那么他的《冠剑从军图为陈擂鱼筠书题》则是直接抒发他的杀敌报国之志：

腰君七星嵌首之剑，冠君五岳真形之冠。

越裳正多事，南望天漫漫。

扬鞭一笑抵百蛮，丈夫意气轻关山。

冯唐威（一作缄）信边人诵，此去原为知己用。

豺虎奋怒蛇豕穷，坐见华夷成一统。

画沙聚米殊模糊，倩君健笔为之图。

天险神奸收尺幅，兔毫三寸胜万夫。

马下露布盾鼻墨，英雄不脱书生色。

画中形势已了然，出奇制胜人莫测。

一尺之面七尺身，凌烟云台非异人。

不捣黄龙意未快，九天忽下佳兵戒。

丹青闲煞李将军，笔尖未（一作示）达西南界。

剑不跃，冠且弹，

一官已觉君恩（一作思）重，百战方知将略难。

髀肉久生犹暗哑，风云奇气重追写。

披图仿佛闻鼓鼙，匹马短衣真健者。

方今海上未洗兵，天心人事多不平。

太阿柄下移，补履名分轻。

偶看从军图，思作从军行。

君行君法再拭土，吾戴吾头须结缨。

平填瀛海铲三岛，貌取扶桑万丈献阙廷。

芙蓉古色竹皮样，双鬓虽华气逾壮。

知君终非百里才，对镜自画封侯相。

在中日甲午战争中，中国军民同仇敌忾，艰苦奋战，表现出崇高的爱国主义精神。诗人"披图仿佛闻鼓鼙，匹马短衣真健者"，顿起报国之心，"思作从军行"，誓要"平填瀛海铲三岛，貌取扶桑万丈献阙廷"。他虽然未能实现夙愿，但其英雄气概和爱国精神却令人感动。

甲午战争失败后，内忧外患，招致列强瓜分中国的狂潮。1901年签订的《辛丑条约》使中国的国际地位跌至谷底，黄人的思想也发生了深刻变化，他"看到了师夷变法的重要，开始摆脱传统的华夷之见，站在世界潮流的前列，用一种全新的眼光和开阔的世界意识来批判当时的许多世俗陋见"[5]，进而自觉接受自由、民主思想，把国家、民族的希望寄托在志士仁人身上。他在1901年所作的《祝心渊望岳图，图系江建霞标唐绂丞才常等题》诗中指出："祸斗争饷人，忍垢草间伏。壁立千仞谈何易，国维再绝无人系。"他一方面批判旧势力"中兴耆硕尽刍狗""纷纷鼠壤饰高名"；另一方面热情地歌颂了维新志士唐才常等"多闶才"。

他的另一首长篇歌行体题画诗《为家坦庵题溪山无尽图》也是其代表作之一，诗中说：

吾家坦老亦奇特，骨带铜声面铁色。

花江梅岭鸿印泥，槐庭莲幕鹏羁翮。

霸才豪气倾千人，绰有闲情萦翰墨。

开缄示我溪山图，赤夏萧萧风满室。

溪孕溪，山宫山，云情水意相回环。

溪光山色不到处，青天几点琉璃斑。

李仙谢贼大索不及到，止有胎禽野客吟啸常往还。

非真非幻出奇境，似蜃嘘气镜留影。

侧理尺五变万端，丹青有尽意无尽。

笔下纤芥无，胸中丘壑有。

须弥纳大千，云梦吞八九，画家得此亦好手。

卧笔作波竖作岑，烟云一气相浮沉。

纸为天地笔造化，著色愈浅景愈深。

我亦好游有奇癖，蜡得平生几两屐。

可惜桑弧气不扬，只踏江南山半壁。

羯来高卧沧海头，尘客已召山灵檄。

览君图，为君歌，一溪一壑聊婆娑。

东第尘生六鳌死，不若此图终古森烟螺。

烟螺过眼精神注，似我前宵梦游处。

乾坤无地著狂生，还拟呼君画中住。

这首诗既赞美了画家画技之高超，"霸才豪气倾千人"，又表达了自己空有"好游"之奇癖而"桑弧气不扬"之遗憾。诗的最后说"乾坤无地著狂生，还拟呼君画中住"，不仅透出诗人对现实之愤懑，而且抒发了有志难展之感慨。此诗写景奇丽，气势豪迈，足以代表其题画诗雄奇逸放的艺术风格。

黄人的题画词也多有佳作。张鸿在评价其词时说："其奥如子，其怨如骚，其空寂如禅，其幽眇如鬼，其冶荡如素女。说不可说之言，达不能达之意，寄无可寄之情。如游丝之袅于长空，不知所住，而亦无不住。唏！微词，其谁与归！"[6] 其题画词主要呈现出两种艺术风格：一是如素女之清丽温婉；二是如剑客之张扬豪宕。前者如《水龙吟·自题〈城西闻笛图〉》：

城阈渐近黄昏，桃花影里谁家院。一丝摇曳，笛声似近，那人还远。想见双鬟，花阴独坐，教侬寻遍。正红墙在望，留神细听，偏又被，风吹断。　　仿佛春纤重按，比前番更多哀怨。分明此曲，曾经领略，悄窥云慢。一笑停吹，三年怅别，絮飘蓬转。谢湘龙解事，刚温旧谱，引君重见。

此词明写笛声，实写吹笛之人："一丝摇曳，笛声似近，那人还远。"

词人"想见双鬟"，留神细听，笛声时断时续，正所谓"如游丝之袅于长空，不知所住，而亦无不住"。词中的"更多哀怨"，"三年怅别"，给人留下想象的空间。而《百字令·题河东君像》虽然也写红袖佳人，却另有寄意：

> 白门无柳，剩一枝堪压，南朝金粉。修黛横秋青不展，似带随鸦遗恨。卧龙难飞，骑驴空老，不是戎装影。白头红袖，比肩笑看鸳镜。　　回首红豆花残，绛云烟冷，江令风流尽。歌扇舞裙消绮业，撒手一声清磬。龙首三朝，娥眉千古，一死侬偏肯。蘼芜冢在，清明插柳重省。

河东君，即明末清初秦淮名妓柳如是，号河东君，又号蘼芜君，工诗画。后嫁钱谦益为妾，为筑绛云楼。明亡，劝钱谦益自杀殉国，有凛然之大义。此词上阕写柳如是之画像，既赞其"堪压南朝金粉"，又为其有志难展而抱憾。下阕写佳人已逝，"绛云烟冷"。上、下阕又以钱谦益为衬托，以明赞叹之意：生前他们"白头红袖，比肩笑看鸳镜"；而死后，曾为朝廷重臣的钱谦益只不过显赫"三朝"，而柳如是则"蛾眉千古"。其褒贬之中，也蕴含着词人的民族意识。而最能体现黄人雄放风格的题画词是《满江红·自题〈长剑倚天图〉》：

> 巨刃磨天，浑不怕黑罡风陡。看化作、飞虹千丈，弹丸离手。苍狗白衣虚幻甚，挽枪天狗纵横久。替东风、斩断万千丝，长亭柳。　　禽乌兔，污除旧，尸虎豹，阍休守。到天惊石破，不平平否？承影白头儿戏视，风驰电掣归来骤。却依然，绕指一般柔，投衣袖。

这首词起笔即气势如虹："巨刃磨天，浑不怕黑罡风陡。看化作、飞虹千丈，弹丸离手。"词人对恶势力无比仇恨，决心用倚天之剑铲除人间不平。其叱咤风云之气概，真令"天惊石破"。

黄人除这首自题画词外，还有《摸鱼儿·自题〈人面桃花〉》《齐天乐·自题〈黄卷青山红袖三好图〉》等多首自题诗词。由此可知，他也是一位史籍未载的画家。

另据《全清散曲》载，黄人还有散曲两首，均为题画作品，一为《题叔远慈乌村图和癯庵韵》，一为《题病鹤石屋寻梦图》，以后曲为佳。题目中的"病鹤"是作者友人金鹤翔之号。此曲虽为代人怀亡妻之作，但也写得十分动情："忘不得雀翘初聘，忘不得蛛盒新盟；忘不得生花绪柳回春俊，忘不得写韵聪明；忘不得栖尘预悟琼昙命，忘不得香火同参贝叶经。"又说："从此后黛凄绣岭，从此后佩杳瑶扃；从此后缟衣永绝罗浮信，从此后玉笛无声；从此后簪花遗墨都成血，从此后斗酒重斟不解醒。悲无尽，便抛尽相思千点，依旧生根。"可谓哀婉低回，其恨绵绵。

"三千剑气社"的另一位题画诗人庞树柏（1884—1916），字檗子，号芑庵，江苏常熟人。从小聪明过人，9岁能作韵语。15岁丧父母，赖亲戚资助，肄业于江苏师范学校。后历任南京、上海、苏州等地学校教师。与柳亚子、陈去病等发起成立南社。宣统三年（1911）农历十月，武昌起义。其时在上海教书的庞树柏曾参与擘划上海光复计划，随后又赶回常熟策动响应，率领民众包围县衙，迫使知县交出大印。后遭恶绅猾吏加害，脱走上海。从此不问政事，渐趋消沉。民国五年（1916）抑郁而终，年仅33岁。他工填词，从朱祖谋学，取径姜夔。虽诗作不多，也卓然成家，有王维、孟浩然之诗风。而言及国事者，则又悲愤激越，意气坌涌。有《庞檗子遗集》。庞树柏也有题画诗词存世。其题画诗的代表作有《题山水小册》《自题携笠图》等，试看前一首诗：

> 依依水杨柳，风前作烟态。
>
> 前溪没板桥，晚渡借牛背。

这是诗，也是画儿。杨柳依依，烟笼前溪。水涨没桥，牛背借渡。这历历在目的小景，很像王维笔下的山水诗。而后一首诗却表现了另一种气度：

> 长啸青霞间，危坐碧峰外。
>
> 茫茫俯九州，何如一笠大？

诗人危坐于碧峰之外，长啸于青霞之间，似乎要置身世外；但当他俯视九州时，又睥睨万物，充满豪气。此诗显然表现了诗人的另一种风格。

庞树柏的题画词也有佳作，如《鹧鸪天·题病鹤丈〈石屋寻梦图〉》：

> 水白霜红初雁天，西风衰帽又经年。寻来无赖三生梦，画出销魂一角山。　山似黛，梦如烟，钟声落叶到愁边。阿谁解得凄凉句，留段斜阳看不完。

此词同黄人的题画散曲《题〈病鹤石屋寻梦图〉》一样，都是代为友人金鹤翔（号病鹤）悼念亡妻之作。它虽不如黄人散曲那样铺陈展衍，写得具体深切，但也另有一番情韵。其特点是融情于景，那如黛之山，如烟之梦，似幻似真，幽思不尽。而不绝之钟声，无边之落叶，更添愁肠。此外，写同一题材的题画词还有孙景贤（1880—1919）的《浣溪沙·题鹤公〈石屋寻梦图〉》，也较为生动感人。

第二节　闽中名士何振岱题画诗

何振岱（1867—1952），字梅生，又字心与、觉庐、悦明。先祖由安徽庐江白湖迁入福清南华乡，自祖父起又迁居福州。光绪二十三年（1897）中第四名举人。后三次举进士，均落第。1906年后，同乡沈瑜庆任江西布政使，聘他为藩署文案。沈瑜庆离职后，何振岱的好友柯鸿年在上海创办呢织厂，遂聘请何司笔墨兼教读其子女。不久，结识了老乡、同光派诗人陈衍。辛亥革命后，何振岱回到福州。

何振岱

1915年，福建巡抚使许世英疏浚西湖，当时的水利局长林炳章倡议重修《西湖志》，何振岱遂被聘为总纂。1916年，何振岱参与编撰《福建通志》中的《艺文》《列传》部分。1923年，何振岱往北京柯鸿年家任教读。1936年底，何振岱回到福州，一面以诗文自遣，一面广为授徒，人们皆以入何门为荣。

在日寇侵华期间，当他知道"我师"郑孝胥投靠日本人后，为明心志，把昔日与郑孝胥等人往来的书札诗文悉数烧毁，即使是上乘之作也不录入诗文集中。1941—1944年间，福州两次沦陷，何振岱贫病交加，生活极为拮据。日本人慕名欲聘何振岱为顾问，遭他严辞拒绝。他说："宁可挨饿，也不奉事外寇。"表现了崇高的民族气节。

1949年8月17日福州解放后，何振岱任福建文史馆名誉馆长，直至1952年12月病逝。

何振岱《梅花轴》

何振岱著有《觉庐诗稿》（七卷）、《我春室集》（诗一卷、词一卷、文二卷）、《心自在斋诗集》（四卷，1918年前诗作选集），另编辑《榕南梦影录》（二卷）、《寿春社词抄》（八卷）。何振岱《觉庐诗稿》七卷系丙子年（1936年）前所作，《我春室诗集》所存乃《觉庐诗稿》补遗及丁丑（1937年）至己丑（1949年）所作；其庚寅（1950年）至辛卯（1951年）间诗稿不幸散佚。今人刘建萍等将现存文稿点校后，结集为《何振岱集》，于2009年由福建人民出版社出版。

何振岱工诗擅文，能画善琴。其书法融碑帖于一炉，功夫深厚，自成一家。其所作山水、花鸟画清隽飘逸。尤喜画梅，故号梅生，老年自称梅叟。所画梅花清雅淡丽，笔触轻盈。诗词造诣更高，以其深微淡远、疏宕幽逸的美学特质在闽派中独树一帜，是"同光体"派的殿军人物。

何振岱现存诗词作品达千余首，其中题画之作并不多，仅60余首，题画词近20首。

在何振岱的题画诗词中，以题照（含画像）之作最多，其中诗21首、词9首，占其所有题画诗词约一半。

何振岱有多首自题照诗词。这些从早年至晚境的题诗也是写怀之作，对研究他的心路历程很有帮助，值得一读。如《病中补题春日小影》：

烂熳烟花中著我，沉冥楼阁坐搜诗。
世与吾性疑微异，梦是春痕不可期。
快马青芜过玉勒，怒猊小篆冷香丝。
东风别有天涯感，只许离亭柳色知。

这是诗人的前期作品，作于1907年。诗中说"世与吾性疑微异，梦是春痕不可期"，感慨殊深，似斥世道昏暗，似指科举失利，因而自己的理想如春梦恍惚迷离，遥不可期。这里既有对青春的回忆，也有对现实的审视；既有追求，也有失望。这就是初尝"愁滋味"的诗人。《辘轳金井·自题小影》是晚年作品：

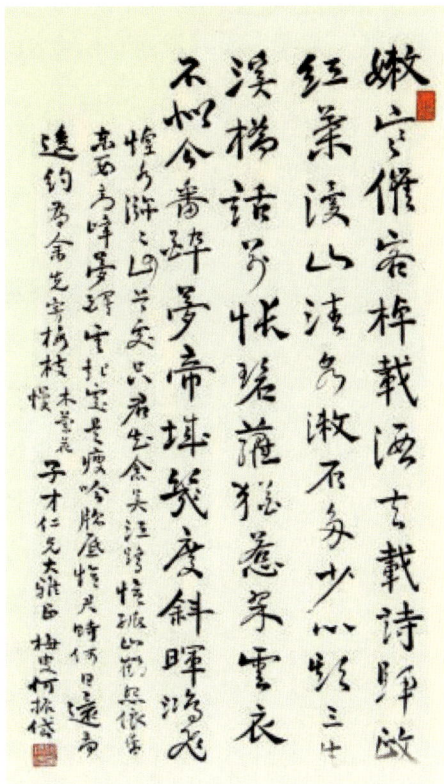

何振岱书法作品

　　　　细生何爱，倚庐中、写出半身秋影。石瘦松癯，换年时吟鬓，风柯莫静。恨佳日、过时思永。薄暮投怀，依依底似，堂前光景。　　垂髫旧踪怕省。痛人间路仄，霄宇秋迥。半老孤儿，减雄豪心性。屏躯似病，更惘惘、古愁难整。向晓乌啼，呼娘不见，泪弹怵冷。

此词当写于辛亥革命后至新中国成立前。衰残之年的诗人经历了国破城陷之痛，亲眼目睹了日寇的暴行，词中自然流露出对动乱时局的隐忧。一句"痛人间路仄"，道出了他多少感慨和哀伤！最后两句"呼娘不见，泪弹帏冷"，更是把悲怆推至极致。试想，人在呼爹喊娘时，当是一种何等忍无可忍的宣泄啊！何振岱曾说："吾尝窃愿天无残世之运，人有救世之心，苦乐不甚相远。此愿不偿，吾郁然之。"因此，词中之"痛""愁"并非只是身世之感，而是他济世之志不得骋的家国情怀。

何振岱另一类题照诗是对已故亲人、友人等的追怀和纪念，感情真挚，感人尤深。如《坦西寄示令祖濂泉公遗像属题》：

> 公为振岱先姑丈之介弟也。忆当幼时尝得见之，迄今五十有余矣！感念旧事，因成长句。

> 林姑家在黉宫旁，忆我丱角跻姑堂。
>
> 有叟颀然蔼以庄，于吾姑为嫂叔行。
>
> 诸表冠年能文章，讲春秋义如倾筐。
>
> 春秋攘夷以尊王，圣人严为中外防。
>
> 益明是非分否臧，我时听之徒旁皇。
>
> 但见叟悦眉若扬，蕙花百本陈前廊。
>
> 风过蟢蜨沾微香，此景至今不可忘。
>
> 五十年来百沧桑，亲戚存者稀于亡。
>
> 忽瞻画幅从端相，是林叟像初寄将。
>
> 平生教家多义方，宜有子孙皆蕃昌。
>
> 我怀旧事思旧乡，为姑家喜为姑伤。
>
> 一族盛衰莫衡量，吾姑苦节松柏芳。

这首诗由写"濂泉公"而感念旧事，其中对"濂泉公"着墨虽不多，但形象生动，在其表兄为他讲《春秋》时，"但见叟悦眉若扬"，并以蕙花之香，衬托其亲切而温馨，令他"至今不可忘"。语言通俗流畅，不使事用典，体现了何振岱的一贯风格。

在何振岱的题画像诗中，有一首为前代人的题诗也是佳品，即《题明人画李香君小像》：

> 子将衡人如揭蒙，风尘亦有平舆龙。

> 秦淮李香压南曲，阳秋凛凛藏词锋。
>
> 桃叶渡头琵琶语，斑骓催送垂杨风。
>
> 黄金何物比介节，肯卖公子随田公！
>
> 咏怀堂集有逸语，著笔能窃陶韦工。
>
> 人生有才苟无行，宁不识字如村童！
>
> 蛾眉齿冷正在此，痛恶何让贵池翁。
>
> 吁嗟培塿无乔松，却见青泥生芙蓉。
>
> 立身毋为儿女笑，漫后枉直先穷通。

此诗极赞李香君之高节，将其比作风尘中之龙。据《世说新语·赏誉》载："谢子微见许子将兄弟曰：'平舆之渊，有二龙焉。'"又据《汝南先贤传》："谢甄字子微，汝南邵陵人。明识人伦，虽郭林宗不及甄之鉴也。见许子将兄弟弱冠时，则曰：'平舆之渊有二龙。'"诗人将李香君比作东汉名士许子将兄弟，可见评价之高。诗人爱憎分明，对无耻奸臣阮大铖则似褒实贬，斥其有才无行，不如不识字的村童。诗中多用反诘句，说明诗人心情十分激动。我们联系诗人对日本侵略者大义凛然的言行，便不难理解其写诗时的心境。

"同光体"闽派诗歌崇尚青苍幽峭。何振岱继承了这一诗风而又有所创新。他虽然主张宗宋，但也学唐。陈衍曾评价说："乡人中能为深微淡远之诗者，有何梅生。非惟淡远，时复浓至，其用力于柳州、郊、岛、圣俞、后山者，皆颇哜其哉也。"因此，何振岱的题画诗不仅具有闽派所共有的青苍幽峭诗风，还追求疏宕飘逸、深微淡雅的美学风格。如《谛华兰路寓宅，见所供慧明小影》：

> 秋原草瘦水风凉，惘惘车声辗夕阳。
>
> 人去虚堂空见影，画中遗墨有余香。
>
> 何悲忏后肠仍断，一恸神存质已亡。
>
> 差近去年相见日，舟山烟月更苍茫。

此诗作于1923年，是诗人怀念慧明法师之作。人去堂空，见像思人。

遗墨有香，逝波无情。草瘦风凉，月色苍茫。幽峭中有悲凉，清苍中有幽逸。另一首诗《螺渚泛舟，题刘、王、叶诸生合画横幅》，则风格淡远。其诗是：

> 建溪三十六滩水，遥出虎门流到海。
>
> 此洲南迤独灵秀，岛溆回环林壑美。
>
> 人家门前多种橘，夹港霜余红万实。
>
> 苍茫寒思入风烟，装点岁华作缯缬。
>
> 诸生相携刺小船，前洲后洲一回旋。
>
> 老榕瞰波垂鬣古，螺女庙前天欲雨。
>
> 红蜻蜓作回风舞，催送归篷急摇橹。
>
> 篝灯蘸墨打新图，商略买鱼佐村醑。

景色淡远，画面清恬。人在"画"中作画，别有风致。此诗一反闽派诗人习见的苍而峭的诗风，疏宕清幽，淡雅明丽，有王维、孟浩然山水诗之格调。

这位诗画兼擅的艺术家对画理和作画的体悟，也较有启迪意义。他在《画意》中说：

> 睡醒画意忽崔嵬，起映晴窗染麝煤。
>
> 郁作长松依翠竹，静添红叶点苍苔。
>
> 一凭孤赏随心写，何限秋光绕笔来。
>
> 更为小斋添供养，装潢拓本古樽罍。

这首诗较为完整地描写了作画过程，从醒来打腹稿到染墨作画，先画长松倚竹，再画红叶点苍苔，随意而写，不为秋光所限。像这样专写绘画流程的题画诗，在古今题画诗中较为少见。

此外，何振岱还有一篇题画赋也值得一提，这就是《黄山谷题苏子瞻墨竹赋》。此赋以"笔墨皆挟风霜"为韵，几近律赋。汉班固在《两都赋序》中说："赋者，古诗之流也。"它当是《诗经》《楚辞》发展而来。因此，从广义说，有些律赋也属诗歌范畴。因为它除了具有浓郁的诗情外，还有属对和韵律，都合乎诗的基本要求。试看此赋最后一段：

> 惟彭城公，称墨戏雄。
>
> 拂鹅溪之一段，写龙䇮之三弓。
>
> 颂之莫名其妙，赞之岂足为功？
>
> 自参玉版禅宗，兰省久标劲节；
>
> 未了乌台诗案，冰天自寄孤忠。
>
> 风雨铜陵，对此不思安道；
>
> 琵琶铁板，如公高唱江东。
>
> 当年涩勒蛮村，辟毒氛以正气；
>
> 何处冷陶獠户，化醉墨为芳丛。
>
> 抚平生荐祢之书，一样感怀知己；
>
> 读岭外和陶之作，同时想象化工。
>
> 恨无南史特书，信笔聊酬灵迹；
>
> 直待北溟举钓，截竿同向秋风。
>
> 之二公者，并时杰出，相得弥彰。
>
> 以涪翁之名语，题玉局之新篁。
>
> 一则凤世鹦鱼，缘深香火；
>
> 一则后身奎宿，象应文昌。
>
> 颤掣成书，动波澜于健膊；
>
> 烟云浼壁，生芒角于枯肠。
>
> 笑士夫持赠袜材，赏音何有；
>
> 看此老欹斜帽影，醉笔弥狂。
>
> 谁摹笑笑鬓眉，竹疑身化；
>
> 更尽觥觥笠屐，墨有古芳。
>
> 至今松雪嗣音，不愧雕蚕屈铁；
>
> 当日庐陵集古，休夸黑水黟霜。

此赋虽然论列了许多书画家、诗人，但谈到最多的是苏轼与黄庭坚两人。赋中说："以涪翁之名语，题玉局之新篁"，紧扣题目《黄山谷题子瞻墨竹》。黄庭坚原诗只有四句，即"眼入毫端写竹真，枝掀叶举是精神。因知幻物出无象，问取人间老斫轮。"此诗虽好，可惜太短。而何振岱的长赋，就诗情画意铺陈展衍，抒情以尽兴，言理而透辟，似更具参考价值。

我国古代题画之赋，早在两汉已见端倪，如扬雄在《甘泉赋》中就有对"金人"的生动描写；到了晋、唐，有了进一步开拓；直至北宋才渐成规模，并形成了与题画诗相媲美的创作局面。但是到了近现代，写题画赋的人日渐稀少，题画赋已寥若晨星，很难见到。

第三节　大总统们的题画之作

在中华民国（1912—1949）时代，民国首脑们多能作诗填词，并有题画诗词存世。他们在政务之余，或以诗志怀，或借以附庸风雅，各有特色。

孙中山（1866—1925），名文，号逸仙，旅居日本时曾化名中山樵，后遂以中山名。广东香山（今中山市）人。1879年随母赴檀香山读书，1892年毕业于香港西医书院。1894年11月从上海去檀香山组织兴中会。1895年10月密谋广州起义，失败后流亡海外。1905年8月，兴中会、华兴会、光复会在东京合并为中国同盟会，被推举为总理。1906年起，同盟会在华南各地组织多次武装起义。1911年武昌起义爆发，他从美国赶回，被推举为中华民国临时大总统。1913年二次革命失败后再度流亡日本。1914年在东京建立中华革命党。1917年在广州组织护法军政府，任海陆军大元帅。1921年5月在广州就任中华民国非常大总统，准备以两广为根据地进行北伐。次年因陈炯明叛变，退居上海。1923年2月回到广州重建陆海大元帅府。1924年1月主持召开中国国民党第一次全国代表大会，确立了联俄、联共、扶助农工

孙中山

三大政策。1924年5月创立陆军军官学校。后接受段祺瑞、冯玉祥、张作霖临时联合政府的邀请，北上共商国是，12月底扶病到达北京。1925年3月12日因病逝世。

孙中山无意做诗人。1897年他对日本友人宫崎寅藏说："弟不能为诗，盖无风流天性也。"[7] 因此，他不以诗名世，平生所作诗词，存世者不过数首，其中仅有一首题画诗，即《鲁旅长梓楠像赞》：

> 智战岭海，夙耳英声。
> 桓桓心杰，卜为国祯。
> 转斗入蜀，戈返阳精。
> 沙场洒血，锦水鸣鸣。
> 缅兹遗像，宜炳丹青。

"鲁旅长"即鲁子材，字梓楠，曾在护国军韶关战役中以"神奇"炮火扭转战局，后升任滇军第六旅旅长，牺牲于重庆。此诗高度赞扬了鲁子材智勇双全、喋血沙场的英雄事迹，并以其"桓桓心杰"，预卜国家之吉兆，对胜利充满了信心。

被称为窃国大盗的袁世凯（1859—1916），1911年辛亥革命爆发，清廷起用他出任总理内阁大臣，主持军政。后挟革命军声威逼迫清帝退位。1912年3月，取代孙中山成为中华民国临时大总统，随后成为正式总统。袁世凯的诗多作于20岁之前和50岁之后。他的第一首诗，据说是他14岁乡试落榜后的《言志》。其诗是："眼前龙虎斗不了，杀气直上干云霄。我欲向天张巨口，一口吞尽胡天骄。"口气虽大，诗律不协，充其量不过是一首打油诗。其《自题渔舟写真二首》也颇油滑：

> 身世萧然百不愁，烟蓑雨笠一渔舟。
> 钓丝终日牵红蓼，好友同盟只白鸥。
> 投饵我非关得失，吞钩鱼却有恩仇。
> 回头多少中原事，老子掀须一笑休。

百年心事总悠悠，壮志当时苦未酬。

野老胸中负兵甲，钓翁眼底小王侯。

思量天下无磐石，叹息神州变缺瓯。

散发天涯从此去，烟蓑雨笠一渔舟。

这两首诗当作于他辞官归隐之时。他故作淡泊，静待时机，还让人拍了几幅题为《烟蓑雨笠一渔翁图》的照片，发表在当时颇有影响的《东方杂志》上。图上，其兄袁世廉扮渔翁坐船中披蓑垂纶，他自己则扮艄公立船尾执篙点水。这实际上是在演戏，借以韬光养晦。这哪里是钓鱼，分明是在"钓国"。诗中的"野老胸中负甲兵，钓翁眼底小王侯"几句便把他的心思说破了，真是欲盖弥彰！

在民国总统中，诗书画俱工的却是徐世昌。他存诗2000余首，其中题画诗也有200首以上。

徐世昌（1854—1939），字卜五，号菊存，一号菊人，晚号弢斋、水竹邨人、石门山人、东海居士，又别号东海相国等，祖籍浙江鄞（今宁波鄞州）县，直隶（今河北）天津人。7岁时亡父，寡母隐忍持家，对徐世昌管教甚严。徐世昌20岁时就四处坐蒙馆奔生计。穷困潦倒之际在开封结识了袁世凯，后来结为金兰之好。经袁世凯的资助回籍应考。光绪十二年（1886）中进士，授翰林院编修，历任清政府军机大臣、巡警部尚书、东三省总督、邮传部尚书、内阁协理大臣等。袁世凯在天津小站练兵创建北洋军后，日渐崭露头角，权倾一时，其中徐世昌作为智囊人物，运筹帷幄，功不可没。所以袁世凯当上民国大总统后，便请徐世昌出任国务卿。在袁世凯要恢复帝制，想当皇帝的大节关头，徐世昌力谏袁世凯，最后不得不以辞职抗争。袁世凯倒台后，北洋军阀分裂为直奉皖三派，权力倾轧愈演愈烈，作为北洋元老的徐世昌再次被推向政治的波峰浪尖。1918年，皖系段祺瑞胁迫直系冯国璋下台，并操纵安福国会选举徐世昌为总统。1922年，徐世昌被直系曹锟赶下台，从此结束了政治生涯。

对于徐世昌的评价，历来褒贬不一、毁誉参半。有人认为，他凭"玩弄权术起家"，是"祸国殃民"的反动派；有人肯定其某些历史功绩。改革开放以来，随着研究的不断深入，最近出版的《翰林总统徐世昌》一书认为，徐世昌创造了许多奇迹，即在政治领域改革中，力推立宪政治、总统集权制，这集中体现在东三省的政治体制改革、地方自治实验，获得巨大成功以及构建整个北洋社会法律制度建设等；在军事领域改革中，实行军事制度与技术全盘西化，又融入中国的传统军事文化，亲自设计新军事制度与法规章程，亲自训练常备军和巡警部队，构建国家柱石的全套基础等；在经济领域改革中，全国大规模实行"新政"，成绩最为突出，他在位期间，成为近代中国经济发展唯一的"黄金期"；在文化领域改革中，他以博古达今、学贯中西的当权者，推行多元化的文化政策，所取得的成绩更是无人可比；在外交领域改革中，他改变了清末民初闭关自守、没有外交史、只有丧权辱国史的被动挨打局面，对外积极抗争，收回外蒙古、东三省、山东主权，以及一系列条约规定的特权，以独立、平等的地位参加国际会议。

以上所评，虽然在学术界尚不能完全为人接受，但是对徐世昌的崇高晚节和在文化、艺术方面的建树却有较为广泛的共识。

徐世昌自息影津门后，虽然一再称不问政治，但是1931年九一八事变后，他又忽然特别关心国家政治大事，每天叫侄女上街买报，观察时局。1937年卢沟桥事变发生后，日本特务土肥原在中国物色"第一流人物"出任北平"临时政府"的"主席"，以作为侵华的工具。当派汉奸找到徐世昌时，遭到婉拒。此后，日本坂垣师团长又亲自出马约见他定期会见，又遭到他完全拒绝。日本特务遂指派徐世昌过去的两个得意门生前去拜见，更遭到徐世昌的痛骂："像你们这样贪一时名利，出卖整个国家民族，违背天理良心，这才算晚盖不忠呢。你们太浑！"[8]

徐世昌读书万卷，文化艺术功底深厚，诗、书、画无所不能。他素有"文章魁首"和"总统诗人"之美称，在清末民初诗坛上占有一席之地。其诗题材广泛，内容宏阔，"继承了同光诗风，颇尊崇宋诗，仿唐

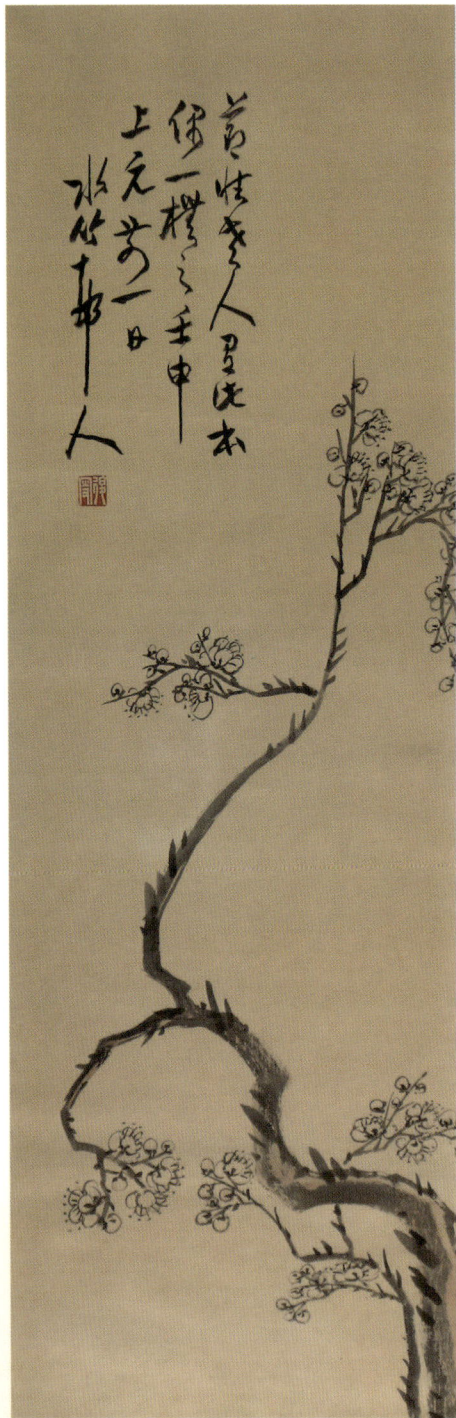

徐世昌绘画作品

诗"。他尤喜题画诗，先后有《归云楼题画诗》《退园题画诗》《海西草堂题画诗》问世。

其书法也有很高造诣，他早年着力临池学书，写馆阁体，雍容富丽；曾面对阁书凝精细读，详细观察原阁书之用笔、点画、结体、映带、笔法、气势等微节，细究其理、其势，从整体上看其貌、观其神，用心寻玩它的风韵。临池时先求其似，后求阳刚、阴柔之美。可见，其书法造诣皆得力于他的刻苦学习。中年以后，徐世昌力读王羲之的《笔势论》《书论》，始临王的《圣教序》《十七帖》等，以达十分潇洒、精到，字势雄强而多变之境，"体如鹰，势如龙"。后学颜鲁公之《笔法十二意》，自谓"由是而知用笔着力与不着力之法"。他博采众长，正、草、隶、篆齐全。其行书遒劲郁勃，雄健瑰丽，体、势、气三者的融合与巧妙运用，开创了行书笔力雄浑的新风格。任大总统后，徐世昌对书法自信写苏黄体，"飘逸飞扬，秀丽隽美，结构精巧，向背有法，深得其中三昧。每日临池挥洒，分赠简任官以上官员"。其书法大部为行、草体。从风格上看，颇受王羲之、怀素、张芝等书法大家的影响，并能分别他们的蹊径，字体"潇洒清朗，朴实劲挺，自成一派"，可达珠圆玉润的境界。

徐世昌对绘画也下过一番功夫。他6岁开始学画，擅画山水、松竹等，而且特爱绘制扇面。其作品特色，属近代绘画流派——"简洁胜于烦琐，拙朴胜于灵巧，巨钝胜于细腻"。徐世昌的画多取中国传统画刻意渲染之法。他的山水画，平淡天真，意取高古，挥毫画竹，"取遒劲与颤曲交融，远虚近实，江山雄伟，神韵清爽不凡"。其代表作《晴风露月四竹图》极为有名，人们评价道："画中晴竹，振羽露声；风竹摇曳飘洒，露竹沐甘浸润。月竹清蹊漪宜人，为竹作中之精品。"徐世昌山水画的基础是国学。儒家的"仁者乐山，智者乐水"是其创作的灵感，而道家的自然与人融为一体的观念又是他山水画的精神源泉。1920年春，徐世昌利用大总统职权之便，为了促进中华国画艺术进一步发展，在北京成立了国家"国画研究社"，又叫"中国画学研究会"。聘当时国画界大师周肇祥主其事，金城、陈师曾等参加。同时拨公帑巨款，明令设立国家北京艺术专科学校，即今中央美术学院的前身。由国画大师陈师曾任校长，聘请名画家王梦白、萧谦中、齐白石等任教，培养了一代国画人才。徐世昌尊崇宋元山水画的见解，并"以花卉擅长，独开一派，后人终莫望其项背"，为后来的山水画变革打下了深厚的基础。该社曾与日本画社共同举办联合画展，分别在中国与日本轮流展出。他本人也将自己的力作送展，获得了中外画界的赞扬。

徐世昌绘画的可贵之处，还在于每画必题诗，诗画相映成趣，为画增辉。如《水竹邨写景》：

> 红厌墙头放石榴，绿蒲沟满接桑畴。
> 鸡孵埘底方槐夏，蚕老筐中正麦秋。
> 半水半山花外路，宜晴宜雨竹间楼。
> 十邻数里梅溪近，从古名贤此钓游。

水竹邨，在河南辉县市区西南，山水秀美。建村时，徐世昌自捐银两，亲自搬砖建桥，挖土修路，开掘鱼塘。此村四周竹林环抱，故名"水

竹邨"。在徐世昌一生中，无论得意于青云之上，还是失意于山野之中，都对水竹邨情有独钟。这首诗勾勒出一幅丰乐淳厚的乡村生活图画，充满了泥土的芳香和花木的勃勃生机。在徐世昌的自题画诗中，往往托物言志，尤以咏画梅见长，如《题画梅》：

> 年来试种寒梅树，挺干抽条已过墙。
>
> 写取数枝春雪影，疏廊风月绚红妆。

写罢此诗犹未尽兴，又作咏红、绿、黄、白梅四首。在他的笔下，各色梅花各有风姿，神态毕肖。徐世昌之所以如此喜爱梅花，是因为他把梅花当作春之使者。当梅花凌霜傲雪、开满枝头时，大地即将复苏，万紫千红的春天即将到来，从中寄托了诗人的进取精神和对未来的美好期盼。特别是梅花那凌风雪而香愈烈的坚贞品格，正与中华民族不屈不挠的斗争精神相辉映。"徐世昌生活在清末民初的大转型时代而酷爱梅花，具有忧国忧民、保国卫民的特殊历史使命的意义。"[9]

徐世昌为他人画题诗也很多。他诗书画俱佳，既是文化名人，又长期身居要职，所以请他题诗者甚多。其中《为严范孙题垂（一作重）绘水西庄图》就是较为有名的一首：

> 诗坛酒垒厌江湖，眼底纵横见此图。
>
> 花月多情如梦幻，川原有恨入榛芜。
>
> 客来关辅三霄路，臣本烟波一钓徒。

此诗很好地表现了诗人飘然山林、视宦途如梦幻的复杂心态，虽有"起凡入圣"之意愿，但终不脱世俗之情怀。这是一首很不常见的七言"小律"。清代王琦说："六句近体，唐人时有之，本于六朝人，或号小律。"（《李白集校注》卷十七）当代著名语言学家王力则称之为"三韵小律"。这种小律诗同其他五、七言近体诗一样，除一联之内和上、下联之间的平仄要合律外，中间一联也要求对仗。而徐世昌此诗不仅全诗的声律无懈可击，而且本不要求对仗的尾联也自然成对，既收住又未收尽，余韵悠悠，耐人寻味。这说明，徐世昌不仅艺术造诣颇高，古典诗词的功底也十分深厚。他出身翰林，博学多才。为此有人说他"如不从政，或成国学大师"。其实，他虽然从政多年，但并未影响他成就学术和艺术的大业。他一生著述和编纂的文集达32种共1123卷（或册），所涉及的有政治、经济、法律、典章儒学、诗、词、书、画、楹联、音乐等十几个领域，其中长达208卷的《清儒学案》和200卷的《晚晴簃诗汇》等都是极为重要的文化典籍。而327卷《海西草堂集》更是他一生诗文作品的结集，对于研究徐世昌的生平和创作具有重要的参考价值。如此丰硕的成果，即使是一生专门从事国学研究的学者，也很难相比，更不要说他在书法、绘画等方面所取得的成就了。因此，徐世昌即使不能算作国学大师，也可算是一位复合型的大师，并且像他这样几乎无所不能的学者和艺术家，在中国文化史上也极为罕见。

第四节 "草圣"于右任题画诗

于右任（1879—1964），原名伯循，字敬铭，号大风，别署骚心、髯翁、关西馀子、太平老人等，陕西三原人。幼丧母，由伯母房氏抚养，从小种地、放羊，做过爆竹工人，但坚持读书。1903年考中举人。戊戌变法后，他锐意革命，提倡新学，著《半哭半笑楼诗草》，其中多反清、讥讽慈禧之作，且于首页印一赤膊照片，旁书一联："爱自由如发妻，换太平一颈血。"陕西总督升允见诗草即批示："严令追捕，就地正法。"后来于右任逃到上海，办《神州日报》。1906年，至东京晤孙中山，加入同盟会，奉命至沪主持东南八省会务，并办《民呼报》。清政府痛恨此报，扬言要挖去主编双目。《民呼报》被查封后，又出《民吁报》，暗示"呼"字少两点，被人挖双目，成为"吁"字。不久，《民吁报》也被查封，又出《民立报》。辛亥革命后，任南京临时政府交通部次长。袁世凯篡位，入陕西组织民军讨袁。至1922年始回沪，协助孙中山改

于右任

组国民党，推行联俄、联共、扶助农工三大政策。历任国民政府要职，官至监察院院长。1949年被迫赴台湾。晚年身居孤岛，心情落寞，思乡之情日殷，于1962年写下不朽爱国诗歌《望大陆》，诗中说："葬我于高山之上兮，望我故乡；故乡不可见兮，永不能忘。葬我于高山之上兮，望我大陆；大陆不可见兮，只有痛哭。天苍苍，野茫茫；山之上，国有殇。"（此为硬笔真迹，与毛笔真迹文字略有不同）这是于右任一生诗歌创作的巅峰之作，其震撼中华民族的诗句，表达了海峡两岸同胞渴望祖国统一的共同心声。

于右任早年加入南社，为其中坚，诗、词、曲俱佳，尤擅书法。前期以魏碑为基础，中年变法后专攻草书，融章草、今草、狂草之精髓，参合魏碑笔意而有创新，并以"易识、易写、准确、美丽"为标准，出版了《标准草书》，人称"于体"，日本人称他为"草圣"。

有《于右任诗词曲全集》《于右任墨迹选》《书学论文集》等。

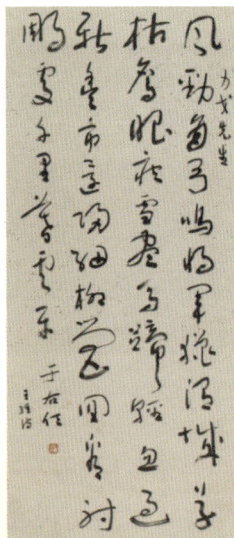

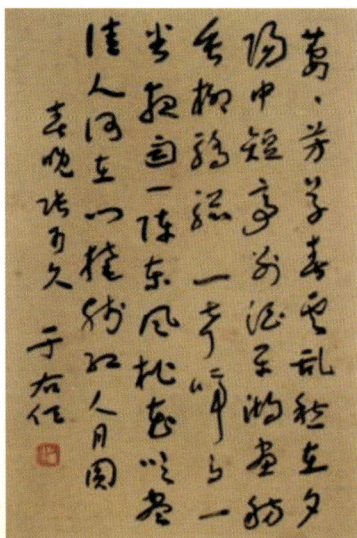

于右任草书

于右任既是政要又是著名书家，因而求其题画者颇众，一生留下许多题画作品，诗、词、曲均有佳作。于右任的诗歌"是一部凝结中华近代史的史诗，它再现了先生那颗赤热的爱国、爱民之心，坚贞不渝的救国救民之志，刚直不阿的高尚品格，质朴无华的平民作风。他的诗歌一直贯穿了爱国主义精神的激情，爱国主义在他的诗歌里是一曲波澜壮阔的主旋律"[10]。其题画作品的思想也基本如此。先看他的题画诗《题于鹤九画》：

> 中渭桥前大麦黄，将军作势取咸阳。
>
> 吾家老鹤真潇洒，驻军河干画战场。

这首诗作于民国七年（1918），诗人时任陕西靖国军总司令，率军讨伐袁世凯。于鹤九时任靖国军总部参议，能画。此诗热情地赞扬了于鹤九的爱国精神，他勇武潇洒，旗开得胜。诗中洋溢着诗人的喜悦之情。其实，于鹤九的形象也是诗人的自我写照，他为讨袁护国回陕西组织义军，夙兴夜寐，奋斗不息。他与于鹤九志同道合、生死与共，结下深厚的革命情义。于右任为他题画，既赞人赞画，又自勉自励。另一首诗《题曹印侯小照》，也是写讨伐袁世凯的："跃马横戈西复东，曾持白刃定关中。西湖遁去呕心死，落日河山起大风。"曹印侯，陕西临潼人，辛亥陕西首义，曾率当地团勇在东路作战。后日军围攻凤翔，他率敢死队驰援，终因劳累成疾病逝于杭州。这首诗写其当年跃马横戈的军旅生涯，盛赞其爱国精神。此诗激昂慷慨，颇有豪宕之风。而他的《寄新画扇斋主人》三首与此诗风格似有不同，试看其二：

> 浓蛾点黛醉香唇，鬓影春风两地身。
>
> 北望冰轮南望雁，画中人是月中人。

这首写两地相思之情的诗虽然主题并不新，但诗人运笔高妙：先写画中艳丽人，再写"两地身"，而重点是所思之人；第三句承上启下，一人北向望月，一人南向望雁，彼此相思之意自在其中；而结句既扣人，又应月，人月相融，两情依依。此诗柔婉清逸，意绪绵绵。而他的《题缶老为畹华画梅》的风格与此诗又有不同，其诗是：

> 辉映人天玉照堂，嫩寒春晓试新妆。
>
> 皤皤国老多情甚，嚼墨犹矜肺腑香。

"缶老"，指吴昌硕。畹华是京剧表演艺术家梅兰芳的字。此诗以画梅喻人，主要写梅兰芳，但又兼顾作画者吴昌硕和题诗人自己，既面面俱到，又重点突出。前一首诗于浓艳中有几分相思之苦，而这首诗则于清丽中多了几分欢快之情。

于右任一生所作题画词不多，写于1949年前的作品只有5首，其中较有特点的词有《菩萨蛮·题张秉三兄〈适园忆旧图〉》《鹧鸪天·题楚伧夫人吴梦（一作孟）芙女士〈忆亲图〉》《点绛唇·看天山之行摄影》等。前两首词都是忆旧、怀人之作，其中前一首主要写思乡，但词人却劝"君莫念家乡，乾坤一战场"，反映的是烽火连年的现实；而后一首则是代人思念至亲，其词是：

> 翠滴松阴宝篆残，望中何处是江南？阶前春草增惆怅，窗外孤云自往还。　慈母线，报应难，书声灯影又年年。蜀山千叠吴山远，绿染春丝岁不寒。

这首词融情于景，不言思而思愈深。由"春草"满阶而生萋萋别情，由"孤云"自由往还而想到自己有家难归。这不仅是写一位女士的思亲之苦，也在一定程度上反映了战乱中许许多多亲人不得团聚的现实。《点绛唇·看天山之行摄影》也是一首好词：

> 飞越祁连，雪峰万仞争雄长。有怀相向，似现光明相。　老出阳关，那作功名想！君休唱，白云河上，一片孤城壮。

1946年8月，诗人应张治中的邀请，自南京乘飞机至迪化（今乌鲁木齐）作新疆之行。一个月后返京，发表许多脍炙人口的诗篇。此词为其中之一。词人兴致颇高，词中充满了欢乐。他在新疆会晤老友张治中，当有许多共同的话题，其中渴望和平、避免内战是共同的愿望。因此他在迪化参加了当地的和平大会。会后还作了一首散曲《〔大石调青杏子〕迪化和平大会后作》，曲中说"大地现光明"，并高呼"和平万岁"。由此可知，词中所说的"有怀相向，似现光明相"，当指和平的曙光。作为一位爱国者，他不以物喜，不以己悲，当看到久经战乱、和平安宁的日子即将到来时，心中自然无比欣喜，所以词中说"那作功名想"。此词气势豪迈，意境高远，一扫王之涣《凉州词》的落寞感伤。

于右任也喜作散曲，现存题画散曲5首，均为小令，如《〔双调殿前欢〕题〈全面抗战画史〉》：

> 噪昏鸦，中原满地逞胡笳，沿江各口窥胡马。切莫嗟呀，看神州，放异花！一战收功也，把血史，争图画。更高呼："中华万岁，万岁中华！"

这首散曲先写日寇横行于中原大地，气势汹汹，似不可一世；然后笔锋一转，写全面抗战告捷，神州一片欢腾，字里行间充满了无比喜悦；最后的口号，爱国之情炽烈，似可见曲家手舞足蹈之状。曲家的爱国深情像一条红线一样贯穿在他的许多作品中。又如《〔中吕醉高歌〕题〈董寿平山水画册〉》：

> 寒梅雪里香浓，仙境人间自永。犹余故国青山梦，画得神州一统。

董寿平是当代画家，以山水画见长。曲家所题之画当是"寒梅"，但他并未被其"香浓"陶醉，而是想到了"故国青山"和尚未停息的战乱，并盼国家一统。即小见大，爱国情深。

第五节 新文学巨将鲁迅、朱自清、闻一多题画诗

鲁迅（1881—1936），姓周，原名树人，字豫才，浙江绍兴人。出身于破落的封建家庭。早年留学日本，原学医，后投身于文艺运动，决心用文艺来启发人民的自觉，以达到救国的目的。1918年5月以"鲁迅"为笔名发表的中国近代文学史上第一篇白话小说《狂人日记》，是文学革命的第一声春雷。此后又陆续创作了《阿Q正传》等小

鲁迅

说和大量战斗杂文。其作品受到世界各国人民的喜爱，被翻译成50多种文字。从1930年起，先后参加中国左翼作家联盟、中国民权保障同盟和中国自由运动大同盟等进步组织。其后，又参加和领导了文化界抗日民族统一战线的运动。鲁迅一生还参编、主编过《新青年》等多种文化、文学期刊，并领导和支持"未名社""朝花社"等进步团体，为中国近代文化事业作出了巨大贡献。有《鲁迅全集》《鲁迅诗文集》等存世。

鲁迅也是一位书画家。他不仅精于书画鉴赏，而且也能绘画。《朝花夕拾》后记中有四幅插图，其中有鲁迅亲手画的一幅《活无常》。这幅《活无常》较之另外剪贴的《活无常》《死有分》更为生动。它那诙谐的表情，轻佻的举止，表现出一种充满生活气息的鬼趣。他所画的另一幅《猫头鹰》也同样生动有趣。此外，他还绘过一幅《小刺猬撑伞图》，可惜已散佚。鲁迅还善于为图书设计封面。据统计，他一生中大约设计了六七十个书刊封面。鲁迅的书法艺术有很高的造诣。郭沫若曾评价说："鲁迅先生亦无心作书家，所遗书迹，自成风格。融冶篆隶于一炉，听任心腕之交应，朴质而不拘挛，洒脱而有法度。远逾宋唐，直攀魏晋。世人宝之，非因人而贵也。"[11]

鲁迅以小说、杂文著称于世，也创作了少量的诗歌，其中以旧体诗为佳。郭沫若也曾有过评说："鲁迅先生无心作诗人，偶有所作，每臻绝唱。或则犀角烛怪，或则肝胆照人。如'横眉冷对千夫指，俯首甘为孺子牛'，虽寥寥十四字，对方生与垂死之力量，爱憎分明，将团结与斗争之精神，表现具足。此真可谓前无古人，后启来者。"[12]对于这种评价，虽然有人认为未免夸饰，但也基本符合实际。

在鲁迅现存的60余首诗歌中，题画诗主要有3首，其中最著名的是《自题小像》。这首诗作于1903年，其诗后跋语说："二十一岁时作，五十一岁时写之，书时辛未二月十六日也。"其诗是：

> 灵台无计逃神矢，风雨如磐暗故园。
>
> 寄意寒星荃不察，我以我血荐轩辕。

诗人感情激越，热血沸腾。诗中既表达了自己的爱国深情，又唱出了

鲁迅与其《自题小像》

为革命不惜以"血荐轩辕"的崇高理想。前两句是说当时暗无天日,自己难避不测之飞矢。"神矢"典出英国诗人拜伦的《罗罗》,这里指飞来之暗箭[13]。诗人写此诗时,八国联军之祸刚刚结束,清朝订下屈辱的《辛丑条约》。清政府昏庸,政治黑暗,正所谓"风雨如磐暗故园"。诗人以英雄罗罗自比,抗争不已,虽然会有不测之"矢"穿心,但为了拯救祖国,他决不逃避,表现了大无畏的斗争精神。最后两句谓诗人曾寄意寒星表达自己的忠诚,可惜国人昏睡,无人体察;而甘愿在始祖轩辕之前献上热血。这里的"荃",在《楚辞》中象征人君或神灵,诗中则是泛指封建统治下的国民。诗人以血荐轩辕,不仅具有浓厚的革命意味,而且深深地表达了其为解救人民的苦难而斗争的耿耿丹心。这首诗作于诗人的青年时代,至晚年又重写此诗,由此可见诗中所反映的思想终其一生。因此,研究鲁迅思想的人,一向重视这首题照诗,"视为鲁迅先生一生全力以赴的革命誓言"。

鲁迅另一首诗《赠画师》也是反映现实的杰作:

> 风生白下千林暗,雾塞苍天百卉殚。
> 愿乞画家新意匠,只研朱墨作春山!

这首诗作于1933年1月26日,是为日本画家望月玉成而题。"白下"是南京的别称。而"风生白下",是说风源来自南京反动政府。当时国民党不仅发动了对苏区的第四次军事"围剿",而且实施了严酷的文化"围剿"。而日、美、英等帝国主义列强也加紧了对中国的瓜分。诗人以"千林暗""百卉殚"来比拟"寒凝大地"的政治气候。但是诗人仍然坚信严冬即将过去，春天终会到来。因此他劝画家以"新意匠"画出未来的"春山"美景。鲁迅不为眼前山河破碎的惨象迷失斗争的方向，在革命低潮中想到了即将到来的革命高潮，充分表现了这位"中国文化革命的主将"的高瞻远瞩之识见。诗人胸襟开阔，高屋建瓴，所运用的象征手法意蕴深致、余韵无穷。这正如张向天所说："所谓'风'，就是当时由白下城吹出来的阴风；所谓'雾'，就是国民党在全国所布下的弥漫天地的愁云惨雾，象征着正义、民主的'千林'、'百卉'，刹时间多归于消萎。"[14]

他的《题〈芥子园画谱三集〉赠许广平》也是一首题画佳作。此诗感情深挚而哀婉，既表达了他与夫人许广平十年来患难与共的深厚情意，又表现出其"哀而不伤"的乐观精神。其诗是：

> 十年携手共艰危，以沫相濡亦可哀。
>
> 聊借画图怡倦眼，此中甘苦两心知。

鲁迅这三首题画诗在内容上具有很强的概括力，既表现了国家兴亡之大事，又抒写了夫妻间之情意。在艺术上，既有豪迈遒劲之风格，又有温婉清纯之情韵。

与鲁迅同样有崇高气节的朱自清，也有题画诗存世。

朱自清（1898—1948），原名自华，号秋实，后改名自清，字佩弦，原籍浙江绍兴，生于江苏东海，定居于扬州。他是著名的散文家、诗人、古典文学学者，为文学研究会的早期会员，并参加新文学史上第一个诗歌团体"中国新诗社"。1925年起历任清华大学教授、中文系主任和西南联大教授、中文系主任。在反饥饿、反内战斗争中，他身患重病，仍签名于《抗议美国扶日政策并拒绝领取美援面粉宣言》，坚决不吃"嗟来之食"。毛泽东曾称赞他和闻一多"表现了我们民族的英雄气概"（《别了，司徒雷登》）。著有《朱自清文集》《朱自清古典文学专集》等。

朱自清

朱自清以清新明快的新诗著称于诗坛，偶作旧体题画诗也清丽典雅，蕴含丰富。如《为春台题所画清华园之菊》：

霜姿丽质掩莓苔，曾诩缤纷照眼来。

此日丹青重点染，山河秋影费疑猜。

此诗自注"昆明作"，当是1937年全面抗战爆发后，诗人随清华大学南迁，在西南联大任教时所作。菊之"霜姿丽质"，当是诗人形象的自我写照。而其中的"山河秋影"则颇有深意。《酉阳杂俎》谓："佛氏谓月中所有，乃大地山河影。"南宋词人王沂孙《眉妩·新月》中说"看云外山河，还老尽、桂花影"，表达了诗人深沉的亡国之痛。而此诗中的"山河秋影"，当是指沦陷之国土。"费疑猜"三字，是说山河破碎，难以辨认。其感伤之情自在言外。在这首小诗中，诗人借画抒怀，寄慨遥深，可见笔力之不凡。

闻一多（1899—1946），本名闻家骅，字友三，生于湖北省黄冈市浠水县，中国现代伟大的爱国主义者，坚定的民主战士，中国民主同盟早期领导人，中国共产党的挚友，新月派代表诗人和学者。1912年考入清华大学留美预备学校。1916年开始在《清华周刊》上发表系列读书笔记。1922年，去美国留学，学习绘画，进修文学，研究中国古典诗歌和英国近代诗歌。他在论文《诗的格律》中要

闻一多

求新诗具有音乐的美（音节），绘画的美（词藻），建筑的美（节的匀称和句的均齐），由实践到理论，为新诗发展探索一条值得重视的艺术途径。1928年1月，第二本诗集《死水》出版。1927年任第四中山大学文学院教授并被选为校务会议中文学院的唯一代表。1928年秋任武汉大学文学院院长兼中文系主任。1930年秋转任青岛大学文学院院长兼国文系主任。1932年8月任清华大学中文系教授。1944年加入中国民主同盟，抗战胜利后出任民盟中央执行委员、云南总支部宣传委员兼《民主周刊》社社长，经常参加进步的集会和游行。1946年7月11日，李公朴惨遭国民党特务暗杀。闻一多在7月15日云南大学举行的李公朴追悼大会上讲演，愤怒斥责国民党反动派，当晚即被国民党特务暗杀。

著有《闻一多全集》《红烛》《闻一多论古典文学》等。

闻一多不仅是出色的诗人、学者，还擅长书法、篆刻，美术功底也很好。他有一首题画诗颇为有名，其诗是《爱之神——题画》：

啊！这么俊的一副眼睛——两潭渊默的清波！

可怜孱弱的游泳者哟！

我告诉你回头就是岸了！

啊！那潭岸上的一带榛薮，

好分明的黛眉啊！

那鼻子，金字塔式的小丘，

恐怕就是情人底茔墓罢？

那里，不是两扇朱扉吗？

红得像樱桃一样，

扉内还露着编贝底屏风。

这里又不知安了什么陷阱！

啊！莫非是绮甸之乐园？

还是美底家宅，爱底祭坛？

呸！不是，都不是哦！

是死魔盘踞着的一座迷宫！

这是一首为西洋画维纳斯——爱之神——的题诗。在美学史上，维纳斯历来被作为美的典范，是世俗美与仙界美的交融，是女人和女神的结合。这些都还仅仅是它自身的容貌气质。就其司职而言，它也同样的让人仰慕歆羡、浮想联翩。她释放和操纵着人类最美好的感情，成全着我们最温馨的美梦。

作为清华有名的美术家，闻一多当然对维纳斯的美学内涵熟悉之至。作为二十来岁的青年人，他自然也会因她那特有的女性风采而心旌摇曳，因而其《爱之神——题画》的题画诗理所当然会满怀深情，满怀敬意。这些情绪的确极明显地浮现在诗歌之中。他用美好的语言赞叹爱神的眼睛、眉毛、鼻子、唇齿等，把她冰清玉洁的青春韵味都淋漓尽致地表现了出来。

但是，他却陡然语调一沉："可怜孱弱的游泳者哟！我告诉你回头就是岸了！"这显然是套用了佛家用语"苦海无边，回头是岸"。爱神的一双美目竟然成了"苦海"，它深不可测、风云变幻。这首诗显然是浸透着西方现代主义精神的。出于对人生终极意义的深入思索，现代主义对人生的烦恼、痛苦有着异常敏锐的直觉能力。西方现代主义精神在"五四"时代进入到中国文化界，对当时的一代如饥似渴的青年学生产生了极大的影响。虽然闻一多在清华学校之时主要还是受到西方19世纪浪漫主义思潮的影响，但西方现代主义的影响也肯定是难以避免的。一首《爱之神》几乎就是叔本华"爱与生的恼烦"的阐释。但诗人的作品往往并不是哲学精神的形象说明，即便这种哲学精神明显地构成了诗人世界观的一部分，它也不会直白无误地进入诗的语言之中，诗人的创作往往是他的一些无意识心理的映现。显而易见，在诗人的眼中，爱神浑身充满了女性的特征。女人、女神和司爱的职能这三者当中，"女人"因素占了主导性的地位，所谓苦海、茔墓、陷阱之类的比喻，肯定不是指她作为神在履行职责过程中耍了什么阴谋诡计，这都是她作为"女人"的"本质属性"。无论是意识层次上对时代精神的容纳，还是无意识层次上对人生感触的抒写，都有一个共同的特点，那就是诗人都由此而对现实的人生有所超脱和疏离。他是站在"苦海"之边的峭壁上俯瞰那些竞技于爱浪中的泳者，于是，不免就要指指点点，体现出一位旁观者的语重心长。[15]

闻一多先生曾说："诗人主要的天赋是'爱'，爱他的祖国，爱他的人民。"[16]从此诗中同时可以看出，他认为，爱不是盲目的，即使对美丽的女人也要保持清醒，决不能为其"迷宫"所诱，而坠入"陷阱"。可见他的"爱"是极理智的，对于一个多情的诗人又是难能可贵的。

写这首题画诗时，诗人年仅20余岁，此诗是其早年作品。从这一点看，它也是我国最早的白话题画诗之一。

第六节　爱国大画家郑午昌题画诗

郑午昌

郑午昌（1894—1952），名昶，字午昌，以字行，号弱龛，浙江嵊县（今嵊州）人。他是嵊州历史上成就最高、影响最大的书画家之一。郑午昌由于其在书画创作、理论著作、社团组织等方面的成就和影响，对海上画派乃至对中国美术的发展影响巨大。

早年在中华书局当练习生，曾师从著名画家许征白等学画。先后任杭州国立艺专、上海艺专、新华艺专国画系教授，中华书局美术部主任等职，并创办《国画》刊物，为弘扬民族文化作出了贡献。

他擅画山水，兼工花卉、蔬菜，也偶作人物，各臻其妙。所画杨柳、白菜，别具风格，有"郑杨柳""郑白菜"之誉。郑午昌在艺术上主张创新，自出机杼，尝云："画不让人应有我。"其山水画多次参加在美、英、德、法、俄等国举办的国际艺术展览，曾获巴拿马国际博览会金奖。他也工诗词，曾与著名诗人徐志摩同为张相弟子，诗文功底颇为深厚。一次与友人聚会，他趁兴画白菜79幅，并奋笔题写不同诗句，才思敏捷。其在画学研究上也卓有成就。郑午昌是一位有很强民族气节的艺术家，他曾联合二十余位爱国忧民的属马的艺术家，创立"甲午同庚千龄会"，又叫"千

郑午昌绘画并题诗

岁马会"，郑午昌被推为马首，会员一度发展至数百人。他们经常举办各种爱国活动，也多次举办义卖活动，所得款项捐给抗战团体和赈灾单位，以此来支持抗日、拯救难民。郑午昌还数次掩护被国民党追捕的进步学生到解放区，资助共产党地下组织营救狱中同人。当时曾有一个日本宪兵队长要求郑午昌为他的画像补景，郑午昌便在他的脚边画了一块石头，含蓄地告知日本人就是中国发展的绊脚石。他还应要求为日本高官画了一幅《牧马图》，描绘汉人装束的牧马人在日本琵琶湖边洗战马，并题诗表达收复失地、占领日本的意思，但很快被日本人识破并要抓捕他。郑午昌为此避至郊外。这两个戏弄日本高官的故事，被传为美谈。

著有《中国画学全史》《中国壁画史》《画馀百绝》等。

郑午昌的题画诗多为山水、花卉、蔬菜类绘画而题，语言通俗，风格淡雅，如《题〈烟雨归舟图〉》：

> 南朝寺外柳千条，平岸江流涨午潮。
> 多少征帆天际下，前程犹是路迢迢。

这幅《烟雨归舟图》虽然意在表现"烟雨归舟"，但这些景物却以淡墨出之，朦胧虚化，而最为突出的却是满目成片之柳林。其实这也是以柳写烟，即所谓"烟柳"，所以画上题诗之首句便写"柳千条"。次句写江流涨潮，浪起水激，也暗含"烟雨"。经过前两句的蓄势，最后两句便点出此诗主旨：征帆竞驶，前路遥遥。是写诗人自己之"前程"未卜，还是言世间行路之迢迢，留下令人玩味之余地。再看其《题白菜二首》其一：

> 邾泽丘墟金谷空，繁华绝代付西风。
> 绿云满地霜初降，清福何如种菜翁。

郑午昌《仙源鸣琴图轴》

诗人自跋云："辛未（1931）年初冬，散步徐家汇，见白菜满田间，豁尘眼。归途遇苏九邀至其家，曰：'君喜菜，余亦有同好，请一饱菜饭如何？'菜饭既饱，乘兴泼墨，不一时得十九纸，此其第十二纸也。"这首诗不仅抒写了诗人清贫自守的情怀，而且揭示了一个道理：世间的"清福"来自农家质朴而安稳的生活，那些所谓绝代"繁华"只不过是过眼云烟。另一首题画诗《题〈仙源鸣琴〉》，虽然写的是桃源仙境，但也曲折地反映了现实，既反衬当时之战乱，又表达了人民对和平安宁生活的渴望，也是题画之佳作。

第七节　旧体诗写得最好的题画诗人郁达夫

郁达夫是近代作家中旧体诗写得最好的诗人之一。其著名的《钓台题壁》诗中的名句"曾因酒醉鞭名马，生怕情多累美人"，曾广为流传。刘大杰说，五四以来的旧体诗当推鲁迅与郁达夫。周知堂则认为是郁达夫和沈尹默[17]。由此可见，郁达夫的旧体题画诗弥足珍贵。

郁达夫

郁达夫（1896—1945），原名郁文，字达夫，以字行，浙江富阳人，著名小说家、散文家、诗人。1913年赴日本东京帝国大学经济学部学习，后因酷爱文学，走上文艺创作道路。1921年，同郭沫若、成仿吾等发起成立创造社。1928年，与鲁迅合编《奔流》月刊，并主编《大众文艺》。1930年，参加中国左翼作家联盟。抗日战争爆发后，曾在香港、南洋群岛一带从事抗日宣传活动。1938年末，客居新加坡，任《华侨周报》主编。新加坡沦陷后流亡苏门答腊，于1945年9月抗战胜利时惨遭日本宪兵秘密杀害。有《郁达夫文集》《郁达夫诗词钞》等，现存题画诗40余首。

郁达夫的题画诗内容大致可分为两大类。一类是爱情题材。这部分作品感情缠绵，风格婉丽，如《题〈织女春思图〉》：

> 朝织巫阳山，暮织满湘渚。
>
> 暮暮复朝朝，郎今到何处。

这首小诗轻盈简洁，好似巫山暮雨、阳山朝云，飘然而至，不知所终，而织女之情丝也连绵不绝。可谓言有尽而意无穷。又如《题〈红闺夜月图〉》说：

> 楼上月徘徊，泪落芭蕉影。
>
> 荡子不归来，忆煞当时景。

这也是闺思之佳作。诗人将静态之画化为动态之景，月徘徊而人远思。一句"忆煞当时景"，有如一幅幅叠加的画面展现在读者面前，让人联想到思妇不尽的回忆与思念，别情悠悠，不绝如缕。

他的另一类题画诗为感时抒怀之作。这部分作品往往是有感而发，多表达故国之思和爱国之情，如《为胡仁东先生题海粟大师画芦雁二首》：

> 芦花瑟瑟雁来时，秋尽天涯鬓有丝。
>
> 万里烽烟归梦断，披图撩乱是乡思。
>
> 故国音书到渐稀，料因烽火暗边圻。
>
> 画中大有沧桑感，南雁西风获正肥。

这两首诗作于1941年3月诗人流亡新加坡时。诗人远离祖国，见画中芦雁，顿起思乡之情。芦花瑟瑟，万里烽烟，诗人"大有沧桑"之感。那不尽的秋风，把诗人带到遥远的异国他乡，让我们仿佛看到了诗人那有丝

徐悲鸿《喜马拉雅山远眺图》

的双鬓和企盼故国音书的双眼，"诗中有画"，感人至深。他的另一首题画诗《题徐悲鸿为韩槐准作〈喜马拉雅山远眺图〉》更是大有深意：

> 寰宇高寒此一峰，九州无奈阵云封。
>
> 何当重踏昆仑顶，笑指蜗牛角上踪。

抗战期间，著名画家徐悲鸿曾在新加坡举行绘画展览。这首诗也题于1941年新加坡。喜马拉雅山是世界第一高峰，它是中国的象征。当诗人看到《喜马拉雅山远眺图》时，自然想到当时之中国因日本帝国主义的入侵而战云密布，即"九州无奈阵云封"。于是诗人便盼望有一天国家收复失地，"重踏昆仑顶"，笑看曾称霸一时的一隅小国。"蜗牛角"，是用典。《庄子·则阳》："有国于蜗之左角者，曰触氏；有国于蜗之右角者，曰蛮氏。时相与争地而战。"诗中的"蜗牛角上踪"，是指日寇铁蹄踏过之踪迹。一"笑"字，可见诗人对正在猖狂不可一世的日本侵略者是多么藐视！他的《题悲鸿画梅》诗也写于1941年。其诗是：

> 花中巢许耐寒枝，香满罗浮小雪时。
>
> 各记兴亡家国恨，悲鸿作画我题诗。

诗人时任新加坡《星洲日报》副刊编辑，并兼任《华侨周报》主编。太平洋战争爆发后，又任新加坡文化界战时工作团主席及战时工作部训练班主任等，正为抗战而奔忙。此诗赞梅花为花中之"巢许"，不仅暗颂画家的高尚品格，而且把它当作祖国的象征：不畏风雪，在严寒中争奇斗艳。"香满罗浮小雪时"，是全诗中最精彩的一句，既意境优美、意蕴丰厚，又色香俱全，给人以美的享受。结句"悲鸿作画我题诗"，看似平易质朴，实为升华之笔，诗人和画家都把神圣的爱国之情集中在梅花这一意象上，足见他们心灵相通，思想一致。这深层之含义，正是其魅力之所在。

第八节 其他题画诗人

此外，严复、王震、夏敬观等也是这时期较为著名的题画诗人。其中严复是翻译家，王震是画家，夏敬观是诗人、词论家。他们的身份不同，所作题画诗也各有特点。

严复（1854—1921），字又陵，又字幾道，福建侯官（今福州）人。曾赴英学习海军，回国后长期在天津北洋水师学堂任职。早年鼓吹维新变法，而晚年却日趋保守，成为封建复古派。他一生写诗不多，也偶有佳作。其《题李一山汝谦所藏唐拓武梁祠画像有序》有一定史料价值，其诗并序是：

> 丁巳岁杪，英使朱迩典君于其馆夜集，美使芮恩施君起为众宾演说中国古物之珍异，与夫美术流传关于生民进化甚巨之理，则谓：吾国美术，自建筑、雕塑、绘画、音乐之伦，虽与雅典发源不同，而先代教化之崇深，精神托寄之优美，析而观之，皆有以裨补西人所不及者。是故一物泯没不传，不止此邦人士所宜痛惜，广而言之，凡在人伦皆蒙其损。顾不幸海通以来，适值欧美物质科学大昌之会，华民怵于富强，与夫一切机械之利，遂若自鄙其先。而前数事者，坐以颓废，往往极高之诣，莫之或继，驯至失传，如古之乐舞，甚可痛也。又谓今日之事，宜使求古求新之家，知夫一国之所以为大，与夫民种之号为文明优秀者，不必在最胜之余烈，与其所享受者，豪侈富厚已也。必其所积于先民者，有郁为菁华，以与其国命相永，而后当之。然则先进礼乐，固不宜一付诸悠悠，而转取异邦人之所唾弃者（意指近世建筑），宝贵而崇大之，亦已明矣。言次于建筑、绘画，所历指尤多，复不足以尽喻之也。既闻其语，愀然以悲，爽然自失。而李一山君方出纸，索题其所藏之唐拓武梁祠画像。此拓自唐历明以至于今日，数易主人，中经兵燹，若有神护。观李君自述得碑之由，通于梦寐矣。则其抱残守阙，为先民精爽所凭依，固大异于今世人之所为者。卷中

诸题识，自竹垞老人以降，考订是碑踪迹，又已不胜其详。则无似著语，舍咏诵赞叹而外，又奚所容其三尺之喙也邪！

> 武梁祠宇已风烟，画像千秋尚俨然。
>
> 自是挥呵烦鬼物，与谁传宝亦因缘。
>
> 三皇收去天应惜，百行从知孝总先。
>
> 好为人寰护珍袭，休同顽石说平泉！

这篇作品的主要价值在序。其观点主要有三：一是论述中国建筑、雕塑、绘画等，与"雅典发源不同"，其"先代教化之崇深，精神托寄之优美"，"皆有以裨补西人所不及者"。二是阐释"美术流传"与"生民进化"之关系，指出"海通以来"，"适值欧美物质科学大昌之会"，国人"自鄙"精神文明，而使"珍异"泯没不传。但"一国之所以为大"，"民种之号为文明优秀者"，"必其所积于先民者，有郁为菁华，以与其国命相永"。作者把艺术之传承与否上升到国运兴衰的高度，颇具卓见。三是赞扬李一山收藏唐拓武梁祠画像的可贵精神。武梁祠，约建于东汉桓帝建和年间，内有大量石刻像，"足征吾国古代之神话历史，服用装饰，以及生活状态等，变化极为多端。其高古朴茂，琦玮儵诡之趣，诚非想象所及"[18]。因此，此拓本之价值不言而喻。而严复以诗"咏诵赞叹"正是感于李一山行为"大异于今世人之所为者"。这首题画诗既指出唐拓武梁祠画像几经"风烟"，保存之不易，又进一步肯定李氏"为人寰护珍袭"之意义。

王震（1867—1938），字一亭，号白龙山人、梅花馆主、海云楼主，浙江吴兴（今湖州）人。工书法，擅画花鸟、人物、佛像。其绘画《雀稻横幅》，描绘田里的稻穗已成熟，呈金黄色，有无数麻雀在田间嬉戏，形象各异，生动可爱。画幅左上方有一首题诗：

> 黄云被陇亩，雀喜有余粮。
>
> 人物两无扰，天心降百祥。

这首诗前两句写画面：陇亩上稻浪金黄，有如飘浮的黄云，无边无际，暗示丰收在望。后两句见画景生感，人遇丰年衣食无忧，雀有"余粮"也可饱腹，不必与人争食，正所谓"两无扰"。此诗不仅写出自然界之天趣，而且形象地表达出生物链不可破坏的道理，揭示了人与自然和谐共生的新主题。他的另一首题画诗《题〈渔舟图〉》以口语入诗，明白晓畅，格调清新，也是题画佳作。

夏敬观（1875—1953），字剑丞，号盦人，又号映庵，江西新建（今南昌）人。历任三江师范学堂、复旦、中国公学监督，江苏巡抚参议，署提学使。民国初，任浙江省教育厅厅长。其诗出入唐、宋，但独尊梅尧臣。工词，张尔田誉为词中之郑珍。也能画山水花卉。有《忍古楼诗词》《映庵词》等。其题画诗代表作为《题左文襄公遗像》，其诗是：

> 幼小拜堂下，得仰相公仪。
>
> 长松生须鬐，横日交柯枝。
>
> 稍长瞻庙貌，鲁殿光巍巍。
>
> 正气摄孺子，皎皎升春曦。
>
> 高林施茑萝，中岁对值宜。
>
> 往来谢傅庭，小草亦华滋。
>
> 今兹出遗像，更睹骨相奇。
>
> 始知山泽间，已露陵云姿。
>
> 惟天降民英，用解天下危。
>
> 岂惟衽席安，功实在四夷。
>
> 临洮不敢渡，白日耀旌旗。
>
> 颇闻慕平原，酋女绣买丝。
>
> 稽首崩厥角，俯伏如牲牺。
>
> 谁为顾虎头，图写将军髭。
>
> 将撰麟阁颂，刻画臣能为。

这首诗作于光绪三十四年（1908）。左文襄，即左宗棠，清末名臣，湘军统帅，洋务派首领，官至军机大臣。他因镇压太平军而毁誉参半，但仍功大于过，其最大贡献是为后人收复了六分之一的大好河山。据史载，垂暮之年的林则徐将自己在新疆整理的资料和绘制的地图交给左宗棠说：

"吾老矣，空有御俄之志，终无成就之日。数年来留心人才，欲将此重任托付！"又说："西定新疆，舍君莫属。"临别，他还写了一副对联相赠："苟利国家生死以，岂因祸福避趋之。"左宗棠将这副对联作为座右铭，时时激励自己。后来，他作为钦差大臣，督为新疆军务时，率领6万湖湘子弟驰骋疆场，终于收复了被俄军占领的土地。其友人杨昌濬写诗赞曰："大将筹边尚未还，湖湘子弟满天山。新栽杨柳三千里，引得春风度玉关。"夏敬观此诗通过自己自"幼小"至"稍长"对左宗棠的认识过程，概括地记述其一生的业绩，赞扬他"功实在四夷"。诗中虽有不当之誉，但其对左宗棠的景仰和怀念之情，也在一定程度上反映了人民的心声。左宗棠死后，不仅清廷失去了支撑即将倾覆大厦的重臣，而且也从此缺少了那指点江山的豪情和秋风扫落叶般的霸气！其《题黄宾虹为陈柱尊作〈八桂豪游图〉》是赞画之作，诗中高度称许黄宾虹：

> 眼底胸中斗怪新，无声诗匹有声诗。
>
> 是岩通径川流峡，使墨如烟笔似锥。
>
> 匝地徒歌惊上界，弥天豪思压南埵。
>
> 平生块垒能浇否，只许扁舟酒伴知。

此诗既有冲天之豪气，又有跌宕之韵律，是七言律诗上乘之作。

夏敬观也有题画词存世，其《惜秋华·题陈师曾画菊》，是为画家陈衡恪悼亡妻而作，凄风苦雨，词调哀婉，也为佳作。

注　释

〔1〕参见刘勇、邹红主编《中国现代文学史》，北京师范大学出版社，2006，第1页。

〔2〕重庆文史研究馆编《中国抗日战争诗词曲选》，重庆出版社，1997，第3页。

〔3〕《蔡元培先生全集》，台湾商务印书馆，1968，第747页。

〔4〕《书法之欣赏》，载刘纲纪、吴越编《美学述林》第1辑，武汉大学出版社，1983，第47页。

〔5〕李峰、王晋玲：《甲午战争与黄人爱国诗歌创作的艺术新变》，《苏州大学学报（哲学社会科学版）》2009年第1期。

〔6〕黄人著，江庆柏、曹培根整理《黄人集》，上海文化出版社，2001，第363页。

〔7〕《孙中山全集》第1卷，中华书局，1981，第179页。

〔8〕郭剑林、郭晖：《翰林总统徐世昌》，团结出版社，2010，第469、450页。

〔9〕崔庆忠：《图说中国绘画史》，浙江教育出版社，2001，第234、233页。

〔10〕周明：《于右任诗词曲全集·前言》，世界图书出版西安公司，2006。

〔11〕〔12〕鲁迅著，上海鲁迅纪念馆编辑《鲁迅诗稿·序》，文物出版社，1976。

〔13〕一说指爱神之箭，也可通，参见张向天注《鲁迅旧诗笺注》，广东人民出版社，1962，第34页。

〔14〕《鲁迅旧诗笺注》，第125页。

〔15〕参见网文李怡《闻一多名作欣赏》。

〔16〕参见"秒懂百科"《闻立雕眼中的父亲闻一多》。

〔17〕参见许宏泉：《管领风骚三百年：近三百年学人翰墨　初集》，黄山书社，2009。

〔18〕潘天寿：《中国绘画史》，团结出版社，2006，第25页。

第六十章

高剑父与"岭南画派"题画诗人

高剑父（1879—1951），名嵛，字剑父，以字行，广东番禺（今广州）人。著名画家，岭南画派领袖，岭南画派奠基人，画派创始人之一。高剑父的祖父高瑞彩，父亲高保样均擅医学、武术，亦能书画。高剑父共有兄弟六人，他行四。五弟高奇峰亦善画，与他同为岭南画派的先驱。高父是近现代中国画家、美术教育家。

高剑父

第一节　高剑父艺术历程

高剑父自幼失去双亲，家境贫寒。少年时曾在族叔的药店中做学徒。其族叔能医善画，使高剑父从小对绘画产生了兴趣。14岁时经人介绍，随居廉学画。因聪明颖悟，进步较快，深受居廉器重。一年后又入黄埔水师学堂学习，不久因病辍学，仍回居廉门下研习绘画。17岁时，转入澳门格致书院（今岭南大学前身），从法国传教士麦拉学习素描。不久，返回广州，在述善小学堂任图画教师，又从当时在两广优级师范任教的日本画家山本梅崖处接触到日本绘画。通过与麦拉、山本的交往，高剑父进一步开阔了眼界，接受了外国艺术的滋养，从而初步奠定了他改革传统中国画的志向和决心。以后，他又东渡日本，以求深造。初与廖仲恺、何香凝同住一处，以卖画为生，并先后加入白马会、太平洋画会、水彩画会等日本绘画组织，研究东、西方绘画。后毕业于东京美术学校。1906年他参加同盟会，任广东同盟会会长，积极从事民主革命活动，并与陈树人、高奇峰等人先后在广州、上海创办《时事画报》《真相画报》及审美书馆，宣传革命主张，倡导美育，推行中国画的革新运动。清光绪三十四年（1908），高剑父在广州首次推出一个带有"折中"倾向的"新国画"展。其后，他把一些被认为不能入画的新事物——汽车、飞机、坦克——纳入表现主题。这种有悖于传统规范的倾向，理所当然地激恼了捍卫传统画纯洁性的传统派画家，他们把高剑父及其追随者称为"不中不西"的"混血儿"。随着时间的推移，这种新旧的对立，终于在20世纪20年代中后期发展为以高剑父为首的岭南"新派"（也称"折中派"），与以广州国画研究会为代表的传统派画家之间的公开论战。这次论战，考验了高剑父的革新精神，并进一步增强了他在新的试验工作中追求艺术的新和谐的信念。于是，以高剑父为首的岭南画派，开始以崭新的面目活跃于画坛。

真正奠定高剑父在画派中主导地位的是：他将东洋画中对于环境的渲染、意境的表达连同技法的创新结合在中国画的改造中，形成了20和30年代以来较为稳定的风格。这种风格经其弟子的追随和传承，使其得到无与伦比的殊遇，最终使他成为近代岭南画史上开宗立派的重要人物。

第二节　高剑父书画艺术

高剑父是近现代中国画家、美术教育家。他善画人物、山水和花鸟，具有很高的艺术造诣。他的绘画可分为两个阶段。第一阶段为1905年前后到20年代后期。这段时期，高剑父留学日本，受到邻国美术作品的冲击并被其画风及迥然有别于国画的技法所感染，尝试将这种技法运用于自己的创作中。因此，在其作品中，所谓"日本画"的风格表现得最为明显，也最为"政敌"所攻击。这些作品大多以写实为主，设色鲜丽。如人物画《罗浮香梦美人》、山水画《昆仑雨后》便是典型的例子。前者表现的人物衣纹、发髻、服饰以及美人所处之环境、朦朦胧胧的意境，都是日本画典型的表现手法；后者之雨后雾霭、水汽、山峰、溪流以及充满潮湿而清爽气息的空气，都是19世纪以来日本画家们惯常用的技巧。高剑父这时的作品，临摹的痕迹是显而易见的，但并不妨碍我们对他地位的认识。

第二阶段是20年代后期直至50年代，其艺术活动主要在上海、广州、印度、澳门等地。其间经历了比较大的社会动荡（如抗日战争、解放战争等）和时空变幻，这对于他的画风无疑具有一定的影响。在技法上，他摈弃了那种东洋画风占主导地位的表现手法，有限度地回归传统，将两者有机交融。所以在山水中，既能看到日本画中渲染环境的笔法，也能看到来自宋人的斧劈皴或披麻皴，如广东省博物馆所藏《风雪独钓图》，近景之老翁、树木及雾霭朦朦的氛围有日本画风的影子，远景之山势、点苔及皴法则又不乏传统国画的技巧。在花卉中，作为衬景的石头、小草等用一些水彩、水粉等晕染的

高剑父《罗浮香梦美人》

同时，偶尔也用水墨辅之，颇类徐渭之泼墨大写意，而花卉则能见其来自恽南田一路的没骨技法。人物画已经没有了先前以工笔仕女为主、侧重表现环境的画作出现，取而代之的则是以大写意的佛教人物为主，看似意笔草草，实则匠心独具，如他从印度归国后创作的大量以达摩、罗汉、观音等为主题的人物画等。

在题材上，较之以前更为广泛，呈现多元化的局面。既有表现传统题材的山水、花鸟、人物，如《海棠图》《墨竹图》《秋山高士图》等（均藏于广东省博物馆），也有现代意趣的时尚生活，更有反映现实关怀的战

争、饥荒或写实的旅行胜地等传统国画家较少关注的主题，如《寒烟孤城图》《东战场的烈焰》等。在意境上，作者以大写意的笔法表现出一种恣肆淋漓、纵横捭阖之气。有论者认为他的画较之高奇峰、陈树人愈显剑拔弩张，主要就是指这一时期的画风而言，如《倚楼极目图》《残荷鹨鸰图》《双鹰图》等。无论技法、题材，还是在意境上，这一时期的高剑父画风日趋成熟，在画境处理上已轻车熟路、游刃有余，从而逐渐形成定性，成为我们现在所常见的"高剑父画风"。

《虎》   高剑父绘画作品

总之，高剑父一生都不遗余力地提倡改革中国画，反对"定于一尊"，认为"学者如定于一尊，就会产生门户之见，阻碍绘画艺术的创新与发展"。他提出既折中于传统文人画与院体画，又折中于中国传统绘画与日本及西方绘画的观点，主张不论中国与西方，都应去芜存菁，一炉共冶。晚年，他提倡"新文人画"，其内涵是"重笔墨之写意，然后以现代之事物或感想为题材"去"传达善、美"。这里略去"真"，表明他不是再现客观之摹绘、写实的艺术，而是主观性、写意性、表现性的艺术。

高剑父也长于书法，喜用鸡毫笔，风格雄厚奇拙。早期的书法较为谨

高剑父的绘画与题诗

严，笔意端庄、秀美，个别题识甚至还有一些"馆阁体"痕迹，这和他同时期的画风是一脉相承的。而后期的书法风格却与早期截然不同。其书以淋漓尽致的草书出现在题款、楹联或为友朋题写之匾额甚至书札中，笔势曲折多变，笔画或粗或细，墨色或浓或淡。纵笔如枯老之藤蔓，横笔如垂死之枝桠，看似拙笔，实则意趣横生。他的这种以怪异、癫狂的意境出现于中晚期的书法风格，有论者称其为"枯藤体"。虽然是言其"枯"，但并非指缺乏活力，而是指其一种形态，一种苍劲而独具个性的品格。

高剑父的画风经过其弟子的传承得到发扬光大。他和其业师居廉一样，在岭南画坛桃李满天下，影响甚巨。在这些弟子中，不少人后来成为当代粤、港、澳画坛的中坚力量，如方人定、苏卧农、黎雄才、关山月、司徒奇、杨善深、赵崇正、何磊、李抚虹、伍佩荣、罗竹坪等。虽然他们的画风与当初"折中派"时期相去甚远，但作为高剑父的传人，一直成为人们心目中当代"岭南画派"的主要代表。

第三节　高剑父题画诗

高剑父文学功底较为深厚，其题画诗颇见功力。他的许多题画诗都直接或间接地反映社会现实，并抒发了自己的家国情怀。他的一组题画虎诗颇有寄意，如《月夜虎》：

阴霾寒生万木枯，野风猎猎卷黄蒿。

苍茫四顾人踪绝，虎啸一声山月高。

此诗主旨是赞虎威，以虎啸山月高来形容其山中之王的形象，是这组诗的总起和铺垫。另一首《猛虎词》则是全面写虎之强弱、功过：

> 虎能噬人人畏虎，虎亦畏人避纲罟。
> 虎智不如人智高，况以牙爪当枪刀。
> 虎未向人快一齿，人已制之槛以铁。
> 伈尔草间尽狐兔，几将磨牙吮人血。
> 世间嗜杀无过人，猛将由来称虎臣。
> 两军一战枯万骨，以暴较虎尚称仁。
> 始叹虎欲虽逐逐，未及人贪不知足。
> 人欲如壑深难填，虎之所餍仅满腹。
> 如何人但畏虎凶，不畏屠杀人相攻？
> 更作虎伥引虎卫，虎亦笑人非英雄。
> 呜吁！杀机今满天地中，人攫人食漫腥风。
> 安得驱尽虎狼国，各无吞噬无兵戎。

这首诗文字通俗，诗意也较为鲜明，通过比较人与虎的贪暴，尖锐地指出披着人皮的"虎"比虎更为残暴——"杀机今满天地中，人攫人食漫腥风。"其主旨是要将一切侵略我国的豺狼虎豹驱逐出去，换得"无兵戎"的和平世界。如果说以上两首诗取譬见意的话，那么他的《猛虎词》则来得更直接：

《月夜虎》

> 朝作猛虎画，暮填猛虎词。
> 夜夜梦虎成虎痴，安得化作虎，关山飞度噬胡儿！

诗人写此词时，当是义愤填膺、怒发冲冠，誓噬胡虏肉而后快！然而，现实是残酷的。外国侵略者的铁蹄仍在恣意践踏祖国的土地，他的《睡虎词》便抒发了英雄的无奈：

> 逐鹿中原气万千，风云未遇事徒然。
> 英雄偶亦思韬晦，梦在黄芦明月边。

高剑父早年参加革命，胸怀大志，但世事变幻，"风云未遇"，只好退隐江湖。此诗以睡虎寄意，既表达诗人"气万千"之豪情，又流露出壮志未酬之苦闷。此诗当作于1931年九一八事变之后，诗人之所以夜夜梦虎，实乃要以身化虎，飞渡关山去收复河山。他的另一首《虎》也表现了他壮志未酬的惆怅：

　　　　一啸风生百草枯，阴霾消处见于菟。

　　　　眼中颇觉妖狐静，不道相看是画图。

此诗写于1935年春诗人客居南京时，当是看到国民党反动派的残酷统治、贪官污吏横行霸道有感而发[1]。高剑父直接反映现实较为深刻的题画诗，还有《山居题画》：

　　　　尘事纷纷不可闻，河山无地著孤身。

　　　　欲寻画里攒（一作钻）将去，破烂茅亭已有人。

《飞鱼》

这首诗不仅写出尘事纷乱，自己无处著身的现实，而且说连画里的破烂茅亭也已住满了人。这极度的夸张深刻地揭露了连年战乱给人民带来的灾难。

高剑父的题画诗题材较为广泛，有时异国风物也入诗，如《飞鱼》：

　　　　担经渡海归天竺，舷板飞鱼折翅惊。

　　　　濯借浪花煨下酒，不须更羡五侯鲭。

这是诗人于1930年春所作。据诗序说，他"自狮子国南归印度，辄见飞鱼出水，破浪腾空。时海日将沉，风涛复作，一飞鱼撞我折翅，坠甲板上，拾而图之，炙以下酒，味殊鲜美，不亚吴淞江上之鲈"。此外，还有一首《三高合作图》既写兄弟情谊，又言自己漂泊行踪。其诗是：

> 心绪无端乱如麻，年年除夕不返家。
>
> 从今画石心如石，怕见春残杜鹃花。

据诗序载："民二除夕，于沪上黄叶楼与奇峰、剑僧两弟围炉守岁，饮酒作画，以消寒夜。奇弟伸纸画石，僧弟继作杜鹃一枝，颇饶清逸，予补上小鸟其上，聊破荒寒。嗟乎！人事靡常，而僧弟不可复作矣。因忆前尘，感而赋此，不禁有折翅之悲矣。""僧弟"即诗人六弟剑僧，不幸早亡。在中国题画诗发展史上，为两人合作画题诗者屡见不鲜，但为三人合作画题诗者却不多见，而为兄弟三人合作画题诗者尤为难见。

高剑父题画诗的艺术风格，虽然不无豪宕之格调，但主要呈现的却是冷峻凄寒，如《题张纯初〈九秋图〉》：

> 词馆空萧瑟，青灯悲故人。
>
> 秋入乡园梦，披图重怆神。

这是写诗人在词馆中悲思故人。秋季本已萧瑟，诗人又在孤灯下披阅《九秋图》，更感神伤。读罢此诗，不禁令人凄神寒骨。但是，高剑父的题画诗虽然有时冷峭，但并不空寂，而往往是凄寒中又透出生机，如《禅院灯下画杜鹃花》："呵冻调脂纤指冷，佛前灯影记蒙蒙。子规夜夜空啼血，染却山花一瓣红。"又如《题竺摩〈艳雪图〉》："山水余秋艳，溪水照胆寒。大地鱼虾尽，忙煞钓丝竿。"在凄寒中有"一瓣红"来点缀，在"鱼虾尽"的沉寂中有钓者在忙碌，让人感到一线生机。并且，他的题画诗在冷峻中又不乏孤峭、高远的意境，如《云（一作雪）栈图》：

> 枫壑霜飞冷，秋深旅梦惊。
>
> 穿云度危栈，云外复千程。

诗人在小序中说："竺摩弟过我，出示近构《云栈图》，颇得萧森雄浑之气。今日晨起，绿窗人静，晓梦如尘，爱书二十个字以相印证。"诗人以诗证画，同竺摩的《云栈图》一样，也有"萧森雄浑之气"。又如《月夜虎》诗在严寒中有生气，于苍凉中见豪气，意境壮阔，风格遒劲，是高剑父题画诗艺术风格的另一面。

高剑父的题画诗并非只以冷峻见长，也有活泼疏朗的风调，如《山水》：

> 雨打梨花未著花，无栏无槛未成家。
>
> 他年门巷重相见，柴米油盐酱醋茶。

诗前序说："某女士以所画'雨打梨花深闭门'见示，尚未葳事，戏题一绝嘲之。"这首诗由画生意，前两句以"无栏无槛"未著花之梨花喻未出嫁女，贴切而自然。后两句写他年再见，当名花有主，而耽于烦琐家务之中。此诗语言通俗晓畅，充满了生活情趣。又如《胡伯翔〈击球仕女〉》：

> 踏碎斜阳逐绿尘，腰斜臂曲倍传神。
>
> 只愁击落梢头月，误煞黄昏赴约人。

这首诗写得很妙，赞画而不滞于画，极为生动传神，人物形象呼之欲出。后两句化用欧阳修词《生查子》中"月上柳梢头，人约黄昏后"句意而又不留痕迹，既有儿女之风情，又有调笑之意味。

第四节 "岭南画派"其他题画诗人

陈树人（1884—1948），又名澍人、树仁，号拈花微笑子、得安老人等，笔名猛进、美魂女士，广东番禺人。早年从居廉学画，为其关门弟子。夫人居若文为居巢孙女。曾两度赴日本留学。受日本画风影响，他在技法上将色彩、光、影的对比与传统国画技法相结合，创造出清淡自然的花鸟画风；在意境上则更多地侧重于画面的渲染。刘海粟曾评价他"以逸笔写生，自出机杼，风神生动，一扫古法，实为努力开辟新纪元者"。他擅画山水、花卉，尤工木棉花，也精通书、诗、文、史。诗集有《绿寒吟草》《自然美讴歌集》《廿四年吟草》《战尘集》等。

陈树人早年曾加入同盟会，参与过推翻帝制的斗争，经历过辛亥革命失

陈树人

败的痛苦。尽管革命道路坎坷，但他始终没有失去对国家民族复兴的信念，后来把精力放到艺术创作上，继续为人民作出贡献，可是当地平线上刚升起人民民主胜利的曙光时，却不幸逝世了。他在辞世前曾一再叮嘱家人：要把自己平生的作品奉献给国家博物馆，作为他对人民的最后献礼。他的遗愿在1957年由其夫人居若文为他实现了。

陈树人的题画诗除少数他题外，多为自题，感时叹世，抒发胸臆，如《蒹葭图》：

> 沉溟四海皆秋气，弱絮浮萍已不苍。
> 汝独凄凉持苦节，肯随霜露便焜黄？

据落款所注，此诗为"晦闻先生"而作。蒹葭即芦苇。因其值贱而常用以喻微贱。这首诗作于1911年秋，辛亥革命虽已成功，但反动势力仍很猖狂，四海之内一派"秋气"。诗人为晦闻先生作《蒹葭图》并题诗，当有三层意思：一是怀念异地之故人，这也是《诗经·秦风·蒹葭》题中应有之意；二是以蒹葭之"弱絮"为喻，赞友人质虽弱而志却坚；三是借以自励，表示自己也要在"霜露"凄凉之际，坚持"苦节"。诗虽短，而意蕴深。另一首《秋江冷艳》也有寄意：

> 尽多佳胜好池台，却向空江冷寂开。
> 至竟铅华徒自惜，众芳芜秽总堪哀。

这首诗写于1924年，当时直奉两系再次交战，全国处于军阀混战之中。这一年，诗人以广东省代表身份参加国民党第一次全国代表大会。他虽有进言之机会，但看到"冷寂"的政治局面，也只能"徒自惜"。"众芳芜秽"出自屈原《离骚》："虽萎绝其亦何伤兮，哀众芳之芜秽。"这里，诗人既有为许多革命志士被杀害而惋惜之意，又似为在大革命中屈膝变节者而痛心。托物寄志，语虽婉，而意却明。

陈树人的自题画诗，诗与画相映生色，往往画境优美、诗味隽永。例如1938年所作的《鹊噪寒柳图》，画面朝霞满天，杨柳枝头一只喜鹊，似喳喳鸣叫。上有题诗是：

杨柳藏鸦景已非，惊心节物换芳菲。

查查报喜知何意，眼见春归人未归。

诗人时任民国政府侨务委员，1937年底曾赴菲律宾，在当地华侨中为抗战募捐。由此可知，诗中所感叹的"景已非"，当指祖国的大好河山已沦陷，大地"芳菲"不再。诗人以乐景写哀，喜鹊报喜，而征人却未归，其感喟时事之情自在言外。又如他在1934年赠夫人居若文的《白头偕老图》并诗也诗画俱佳：图中画了两树梨花，栖息着一双白头鸟，花前一对白头人。以淡雅和谐的色调和疏放轻灵的笔墨挥写，构图、赋彩都极着意，其题诗是："花里一双白头鸟，花前一对白头人。为卿着意描天趣，留取人间不老春。"此诗不仅写出诗人与老妻间的恩爱以及对生活的美好祝愿，而且烘托出一对老人对逝去岁月的眷顾之情。可谓画既雅丽，诗尤清秀。

高奇峰（1889—1933）原名嵡，字奇峰，以字行，广东番禺人，为高剑父的五弟。1906年冬，随剑父赴日留学。归国后参加广州起义。1911年，同剑父在上海创办《真相画报》和审美书馆，倡导以图画"唤起人群爱国之思想，扶植社会进行之秩序"。后因反对袁世凯而遭通缉，二次东渡日本。1925年，被授予岭南大学名誉教授，在广州开设美学馆授徒。其创作以翎羽、走兽、花卉、山水为主，尤擅画鹰、狮和虎。高奇峰是"岭南三杰"中写生和表现力最强的一位，其画作融合中国传统笔墨形式与日本画法，在注重写生之同时又长于色彩和水墨之渲染，笔法雄健，敷色湿润，形象准确生动，气氛轻盈活泼，极富时代感。孙中山曾赞许其画具有新时代美，足以代表革命。画作《海鹰》《白马》《雄狮》等被选作中山纪念堂壁饰画。高奇峰的书法艺术也有突出成就。其用笔纵横屈铁，高简醇古，有沉雄苍莽之气象。1931年比利时百年独立大典，举行万国博览会，其中国际艺术展览会上高奇峰获得最优等奖。1933年，中央政府任命他为赴德国柏林中国美术展览会专使，不幸在北上的轮船上晕跌在地，于11月2日在上海病逝，享年仅45岁。其遗体葬于广州基督教墓场。孙科、蔡元培、于右任等纷纷撰挽联、挽诗悼念。蔡元培的挽诗是："革命精神彻始终，政潮艺海两成功。介推岂肯轻言禄，笔底烟云供养丰。"其挚友陈树人的挽诗是："卅载虎隅同砥砺，丹青宁计拟徐黄。妻梅鹤子林和靖，纯白坚贞陶华阳。尽有蜚声扬海外，尚有桃李满门墙。天风楼远魂归处，忍见珠江月似霜。"此诗既道出诗人与高奇峰交往之深厚和他艺术成就之高超，又抒发了自己哀悼之深情。1935年，高奇峰逝世两周年之际，孙科、孔祥熙等人以高奇峰生前殊多建树，且为一代宗师，特呈请国府，准予其灵柩迁葬首都陵园附近，于1936年12月27日葬于栖霞山。

高奇峰《神鹰图》

高奇峰虽为著名书画家，但所作题画诗并不多，倒是其好友叶公绰每喜在其画上题诗。高奇峰虽然现存题画诗较少，但大多颇富寓意，如《自题〈霜光马色〉》：

> 白马意闲闲，不受黄金络。
> 安步向秋林，无心怨摇落。

这是一首言志诗。诗人早年在日本加入同盟会，参加革命。回国后曾搞暗杀，出生入死。辛亥革命成功后，孙中山本想让他出来做官，但他却坚持自食其力，一面致力于艺术，一面宣传革命。此诗以白马作比，不仅表达了自己不为名利所诱的高尚情操，而且无怨无悔、襟怀坦荡。高奇峰在题画诗中所抒写的心闲意适，与其在绘画特别是在花鸟画中所表现的闲逸格调是一致的。这种闲逸的气韵主要来自其笔墨，观者从中可以感受到画家作画时的悠闲意态。这与高剑父厚重强劲的风格形成鲜明的对照。但是高奇峰的许多题画诗表现更多的却是遒劲豪放的风格，而这又与高剑父的画风相近，如《自题〈啸虎〉》：

> 一声长啸谷生风，木叶惊飞百兽空。
> 城社倘交（一作教）狐鼠少，不须草泽起英雄。

诗中所表现的"啸虎"之霸气，与前诗中"白马"之安闲迥然有别。它横空出世，一啸山谷生风、木叶摇落，既是赞颂疆场上的英雄，也是诗人惊世骇俗气度的写照。又如《自题〈红棉〉》，也是这种风格。其诗是："木棉说是英雄种，为问英雄世有无？万紫千红空烂漫，孤标毕竟胜凡株。"

高奇峰的题画诗关注民生，既有对劳苦大众的同情和关心，又有对祖国的热爱和深忧，如《自题劳止·双牛》：

> 万物苦辛牛独甚，人生缰（原为疆）锁又何如？
>
> 可能释负歌劳止，回沐清凉水一涡。

此诗名为哀牛，实为叹人。牛之辛苦虽然"独甚"，但人生之缰索更多。诗人愿牛"释负""回沐清凉"，实乃希望天下劳苦者都能解"倒悬"，过上安适的生活。他的另一首题画诗《二十一年春集门弟子作〈群力回春图〉，题此以相冕（一作黾）勉》[2]，感情更为深挚：

> 哀国步之日蹙兮，痛胥哭其谁援？
>
> 惟自强以不息兮，葛藟犹能庇其本根。
>
> 合群力以成城兮，起我神明之国魂。

诗人哀叹"国步"日蹙，心情虽不免沉痛，但决心自强不息，合群力以救国。"葛藟"，典出《诗·周南·樛木》："南有樛木，葛藟累之。"又《左传·文公七年》："公族，公室之枝叶也。若去之，则本根无所庇阴矣。葛藟犹能庇其本根，故君子以为比。"此诗以葛藟作比，既自勉又励人，师徒合力，众志成城，必将挽救危亡之祖国。诗人的拳拳之心、报国之志，年既长而不衰。这正如他在《题〈松鹰〉》中所说："英雄老去心犹壮，俯视苍茫有所思。"

注　释

〔1〕此诗见广东高等教育出版社1999年版《高剑父诗文初编》等77页，下注"廿四年春客金陵作，剑父。"一作明程敏政作，题为《题〈虎〉图》。待确考。

〔2〕以上所引诗均见《高奇峰先生荣哀录》，文字或与其他书有出入。

第六十一章

从流浪汉到艺术大师的吴昌硕

在近代题画诗人中，吴昌硕是第一位艺术大师。他的绘画继古扬今，博采众长，极具开创性，深刻地影响了整个20世纪中国画的发展，是"海派"晚期最杰出的画家。他善于为画题诗，不仅匠心独运，升华画境，而且十分注重题诗、落款、钤印与构图轻重疏密的整体配合，形成完美的画幅，所以他又是一位成就卓著的题画诗人。

第一节　短工、县令、艺坛泰斗

吴昌硕（1844—1927），初名俊、俊卿，字昌硕，70岁以后以字行，也署仓硕、苍石，别号缶庐、老缶、苦铁等。生于浙江省孝丰县（今安吉县）鄣吴村一个读书人家。

幼时随父读书，后就学于邻村私塾。咸丰十年（1860），太平军与清军战于浙西，全家避乱于荒山野谷中，弟弟妹妹先后死于饥馑。后又与家人失散，替人做短工、打杂度日，先后在湖北、安徽等地流浪数年，时常以野果和草根树皮充饥。21岁时回到家乡务农。耕作之余，苦读不辍。

吴昌硕

同治四年（1865），吴昌硕中秀才，曾任江苏省安东县（今涟水县）知县。因不惯于逢迎官长、鞭挞百姓，到任仅一月即去，自刻"一月安东

1241

令"印记之。同治十一年（1872），他在安吉城内与吴兴施酒（季仙）结婚。婚后不久，为了谋生，也为了寻师访友，求艺术上的深造，他时常远离乡井经年不归。光绪八年（1882），他把家眷接到苏州定居，后来又移居上海，来往于江、浙、沪之间，阅历代大量金石碑版、玺印、字画，眼界大开。后定居上海，广收博取，诗、书、画、印并进。晚年篆刻、书法、绘画三艺精绝，声名大振，被公推艺坛泰斗，成为"后海派"艺术的开山代表、近代中国艺坛承前启后的一代巨匠。

吴昌硕30岁以后才正式开始学画，因与当时著名画家任颐是师友之交，得到其悉心指导，所以进步很快。但他却自称50岁开始学画，意谓50岁之前的画不好，这当是自谦之辞。吴昌硕善于继承传统，广泛吸收沈周、陈淳、徐渭、八大山人、石涛及"扬州八怪"诸家画法，但并不盲从古人，提出"古人为宾我为主""自我作古空群雄"的主张。他最擅长写意花卉画。由于以书法、篆刻的行笔、运刀及章法、体势融入绘画，所以形成了富有金石味的独特风格，他说："我平生得力之处在于能以作书之法作画。"所作花卉木石，笔力老辣，力透纸背，纵横恣肆，气势雄强，布局新颖，构图也近书印的章法布白，喜取"之"字和"女"字的格局，或作对角斜势，虚实相生，主体突出。用色上似赵之谦，喜用浓丽对比的颜色，尤善用西洋红，色泽强烈鲜艳。任伯年对吴昌硕以石鼓文的篆法入画拍案叫绝，并预言其必将成为画坛的中流砥柱。吴昌硕作画用"草篆书"入画，虽然从状物绘形的角度看其线条的质感似乎不够丰富、切实，但恰恰是舍弃了形的羁绊，吴昌硕的绘画才步入了"意"的厅堂，从而形成了影响近现代中国画坛的直抒胸襟、酣畅淋漓的"大写意"表现形式。

他酷爱梅花，常以梅花入画，用写大篆和草书的笔法为之，墨梅、红梅兼有。画红梅，水分及色彩调和恰到好处，红紫相间，笔墨酣畅，富有情趣，曾有"苦铁道人梅知己"的诗句，借梅花抒发愤世嫉俗的心情。又喜作兰花。为突出兰花洁净孤高的性格，作画时喜以或浓或淡的墨色和篆书笔法画成，显得刚劲有力。画竹竿以淡墨轻抹，叶以浓墨点出，疏密相间，富有变化，或伴以松、梅、石等，成为"双清"或"三友"，以寄托感情。菊花也是他经常入画的题材。他画菊花或伴以岩石，或插以高而瘦的古瓶，与菊花情状相映成趣。菊花多作黄色，亦或作墨菊和红菊。墨菊以焦墨画出，菊叶以大笔泼洒，浓淡相间，层次分明。

晚年较多画牡丹，花开烂漫，以鲜艳的胭脂红设色，含有较多水分，再以茂密的枝叶相衬，显得生气蓬勃。荷花、水仙、松柏也是经常入画的题材。菜蔬果品如竹笋、青菜、葫芦、南瓜、桃子、枇杷、石榴等也一一入画，极富生活气息。崔庆忠评价说："一变冷逸的旧情趣，表现出一种坚韧蓬勃向上的精神，创造出雄健烂漫的新风格。"[1]

吴昌硕也是著名的篆刻家和书法家。少年时他因受父亲影响即喜作书，10余岁开始刻印章。他的楷书，始学颜鲁公，继学钟元常；隶书学汉石刻；篆学石鼓文，用笔之法初受邓石如、赵之谦等人影响，以后在临写《石鼓》中融会变通，极力避免"侧媚取势""捧心龋齿"的状态，把三种钟鼎陶器文字的体势杂糅其间。吴昌硕的行书，得黄庭坚、王铎笔势之欹侧，黄道周之章法，个中又受北碑书风及篆籀用笔之影响，大起大落，遒润峻险。60岁后所书尤精，圆熟精悍，刚柔并济。喜将石鼓文字集语书写对联。晚年以篆隶笔法作草书，笔势奔腾，苍劲雄浑，不拘成法。

他的篆刻先从"浙派"入手，后专攻汉印，也受邓石如、吴让之、赵之谦等人的影响，成为一代宗师。他的篆书个性极强，印中的字饶有笔意，刀融于笔，所以他的篆刻常常表现出雄而媚、拙而朴、丑而美、古而今、变而正的特点。吴昌硕上取鼎彝，下挹秦汉，创造性地以"出锋钝角"的刻刀，将钱松和吴攘之切、冲两种刀法相结合治印。其篆刻作品，能在秀丽处显苍劲，流畅处见厚朴，往往在不经意中见功力。因此，他在篆刻界有极高的威望。后来，篆刻家丁辅之等发起成立西泠印社，首推吴昌硕为社长。

吴昌硕在书法、篆刻上的造诣，与他在绘画上的成就有着极密切的关系。他在《题画梅》诗中说："山妻在旁忽赞叹，墨气脱手椎碑同。蝌蚪老苔隶枝干，能识者谁斯与邕。"他画梅有篆书之功力，画葡萄、紫藤有狂草之笔致，正如他自己所说："草书作葡萄，笔动走蛟龙。"

吴昌硕也是一位诗人，尤擅写题画诗。他是"海派"创作群体中最擅诗名的画家。陈衍在《近代诗钞》中说："书画家诗，向少深造者，缶庐出，前无古人矣。"他的题画诗骨气奇高，与画境相应，透出苍劲之气、狂逸之趣，寄慨幽远，情韵深长，再配上遒劲雄健的字，真正达到了诗、书、画融通的美学境界，在中国题画诗发展史上占有重要地位。他一生写了很多题画诗。据统计，现存题画诗801首、题画词6首，是近代题画诗人中创作题画诗词最多的诗人之一[2]。

第二节　感时抒怀，爱国忧民

吴昌硕的题画诗涉及的绘画题材很广，山水、名胜、花卉、蔬果、翎毛、鳞虫、走兽等绘画，他都有题咏，但最多的还是为花卉类绘画的题诗。这是因为他专精花卉，这类题画诗也多是自题画诗。这些诗直接、间接地反映了现实生活。

吴昌硕生活于动荡的年代，自幼就遭受战乱之苦，所以他的题画诗充满了忧国忧民之情，直至晚年也未曾忘怀。特别是他的爱国思想，尤为感人，如《题〈博古〉》：

> 从军赴榆关，未获书露布。
> 母病亟图南，奉母海上寓。
> 弄笔破岑寂，即景得幽趣。
> 盆尊杂位置，花萼半含吐。
> 是时岁将除，冰雪正寒冱。
> 卷图望烽烟，忽忽念征戍。

《博古》是图绘古器物的中国画。吴昌硕平生喜爱文物，曾收藏过很多古砖古陶，并常在古器物拓片上补画梅花、牡丹等，别具幽趣。此诗是写诗人从军，与《博古》图并无直接关系。光绪二十年（1894），吴昌硕不顾半百之年及家庭劝阻，毅然随吴大澂北上榆关御日。次年二月，因继母杨氏病危急函催返，遂乞假南归上海，即诗中所说的"母病亟图南"。"是时岁将除，冰雪正寒冱"，并非单指时令、气候而言，也当指中日甲午战争时严峻的政治形势，国家前途危在旦夕。这首诗表现了诗人慷慨从戎以及归后仍念念国事的赤子之心。另有《乱石松二首》也写此事："野坫当门水，层阴背郭峰。窒冰狐听老，兵气雁知凶。啖饼名何补？浇愁酒正浓。苍凉娱薄醉，来倚两三松。　　旗翻龙虎日边来，只（一作咫）尺天门轶荡开。万里秋光看不尽，独披风帽上芦台。"前一首诗通过巧妙用典，暗讽清政府主和派卖国求和的畏战情绪。"狐听"，《水经注·河水》引《述征记》："冰始合，车马不敢过，要须狐行。云：'此物善听，冰下无水，乃过。人见狐行，方渡。'""啖饼"，《三国志·魏志·卢毓传》："选举莫取有名，名如画地作饼，不可啖也。"此指清政府拟对日割地求和。这首诗不仅揭露了清政府的卖国行径，而且表现了诗人要像松树一样岁寒不凋，坚守民族气节。后一首诗由山海关的危局写起，反映了威海卫海战失利后对国家前途的焦虑和担心，全诗充满了深深的忧国情怀。甲午战争后，诗人的心情仍不能平静，他在《石》诗中说：

> 西风万里逼人寒，奇石苍茫自写看。
> 莫笑胸中多磊块，难为砥柱障狂澜。

此诗以"西风"逼人比况日本等帝国主义列强频频入侵，致使国土沦丧、山河破碎；又以奇石自比，因难为"砥柱"障狂澜而痛苦。全诗用隐喻象征手法，既写出清政府腐败无能而使西方列强乘机侵略，又表达了自己的不平之慨和爱国之情。晚年，他的忧国伤时之心弥烈，像南宋爱国诗人陆游一样，在梦中也不忘收复失地。他在《山水》诗中说："石头奇似虎当关，破树枯藤绝窒攀。昨夜梦中驰铁马，竟凭画手夺天山。"诗人在无可奈何之际便幻想有济世英雄出世来挽救国家。其《竹三首（又作四首）》其一说：

> 犹堪劲直作渔竿，数个萧疏近水滩。
> 安得重逢任公子，六鳌一钓靖波澜。

诗人又以竹自比，说自己"犹堪"作渔竿，为国尽绵薄之力，只要有像《庄子·外物篇》中"任公子"那样的钓者出世，就能用这渔竿钓上制造祸端的"六鳌",从而使海晏河清、天下太平。但是现实是黑暗的,有志者难展宏图。他在《双松》中说:"涛声纸上飞,墨池出梁栋。干霄拔地姿,并立如伯仲。朝阳赤当顶,何时集鸣凤!掷笔三叹吁,材大难为用。"此诗当是有感而发。光绪二十四年(1898),以康有为、梁启超为首的维新派,因佐光绪皇帝施行"戊戌变法"而遭到慈禧太后的镇压。光绪皇帝被囚禁,康有为、梁启超被迫逃亡,维新派中坚谭嗣同等"六君子"被杀。这便是诗中"材大难为用"的注脚。尽管如此,诗人仍然关注现实,关心国家的命运,在他80岁时所写的《题山水》诗中仍说:"清溪雾露余,早日浴不出。野老双青瞳,扶杖看天色。"诗人通过巧妙的构思,表达了自己对动荡时局的焦虑和盼望云散天晴、天下太平的心情。

在吴昌硕的题画诗中有许多批判现实的诗篇,有的作品也颇为尖锐,如《〈钟馗图〉赞》:

> 钟馗捉鬼之说,相传谓:唐明皇因病昼卧,梦大鬼破帽蓝袍,角带朝靴,自称终南山进士钟馗,为帝除虚耗妖孽之事。旋见其捉一小鬼,刳其目,劈而啖之。明皇醒而病良已,乃诏吴道子画之,即世所传《钟馗图》也。然古人谓其曰"终葵",用以逐鬼,如大傩之执戈扬盾,马融《广成颂》挥终葵扬王斧是也。此论本亭林顾氏,则明皇梦中之事不辨而知其妄矣。此图乃棱伽山民所画,以贻麟士先生者,壬午夏属余题其上,乃为赞曰:

> 磔张其髯,瞋突其目,
> 臃肿其躯,褴褛其服。
> 么么小鬼,姿尔吞剥。
> 独不见魑魅魍魉鸟言夷面之耽耽逐逐,
> 入据我心腹,以阴肆其荼毒。
> 馗乎,馗乎,曷不奋尔袍袖,
> 砺尔剑锷,入鬼穴,
> 剚鬼母,寝其皮而食其肉。
> 俾四海八荒,纤尘不作,

而依草附木之游魂，曾何足以供尔之大嚼？

这首诗较为深刻地揭露小鬼猖獗、荼毒生灵的现实，并把矛头直指"鬼母"，这当是暗讽世间一切灾祸之母——慈禧太后。诗人要"寝其皮而食其肉"，可谓大胆至极！而另一首《戏题弥陀像》则借弥勒佛指桑骂槐，对袁世凯篡位称帝进行讽刺和抨击：

> 光头赤足，垂耳皤腹；
> 心广体胖，海口河目。
> 佛中散圣，无拘无束；
> 对人惟笑，不作威福。
> 手持布袋，亦解储蓄；
> 袋藏何物？或曰五谷。
> 吾为尔计：何不散之大陆，
> 使年岁丰熟，普救白屋，
> 无寒号饥哭。非然者人呼尔善慈活佛，
> 我斥尔为行尸走肉无赖之秃。
> 姑图尔像，为众生祝。
> 尔听我言："毋但窃天禄！"

诗人或斥或劝，笔法多变，气势逼人，痛快淋漓。

诗人在批判反动统治者的同时，对处于水深火热之中的人民也寄予深切的同情，如《题一亭画〈流民图〉六首》其二：

> 遗黎抱命出波澜，卒岁无衣古所叹。
> 我欲呼天留白傅，长裘一袭复饥寒。

据吴长邺《吴昌硕年谱简编》载："民国六年（1917）冬，北方直隶、奉天等省水灾严重，被灾者百余县，饥民数百余万，各界人士发起救灾募款，吴昌硕为绘《流民图》作序言义卖。""白傅"，原著误为"自传"，这是指唐代诗人白居易，曾任太子少傅，世称白傅。其《新制布裘》诗说："安得万里裘，盖裹周四垠；稳暖皆如我，天下无寒人。"诗人

高呼苍天能降下此裘，虽不能实现，但却表达了他对苦难中人民的同情和关怀。

吴昌硕作为一位曾经为官的知识分子，自己的生活也十分清苦，他在《任伯年为画〈归田图〉戏题》中说：

长镵白木柄，饱饭青雕胡。
生计昔如此，田园无处芜。
而今一行吏，转负十年租。
何日陶潜菊，篱边对酒壶？

诗人为谋生长年奔波在外，致使土地荒芜，欠下十年地租。而在《饥看天图自题》中描写得更为具体：

造物本爱我，堕地为丈夫；
昂昂七尺躯，炯炯双青眸。
胡为二十载，日被饥来驱。
频岁涉江海，面目风尘枯。
深抱固穷节，豁达忘嗟吁。
生计仗笔砚，久久贫向隅。
典裘风雪候，割爱时卖书。
卖书犹卖田，残阙皆膏腴。
我母咬菜根，弄孙堂上娱。
我妻炊扊扅，瓮中无斗糈。
故人非绝交，到门不降舆。
见笑道旁谁？屠贩鬑鬑须。
闭户自斟酌，天地本蘧庐。
日月照我颜，云雾牵我裾。
信天鸟知命，人岂鸟不如？
看天且听天，愿天鉴我愚。
海内谷不熟，谁绘流民图？
天心如见怜，雨粟三辅区。

贱子饥亦得，负手游唐虞。

此诗不仅写出全家人贫苦无助之惨状，而且推己及人，想到天下之"流民"，并企盼天心"见怜"，"雨粟三辅区"，果能如此，"贱子饥亦得，负手游唐虞"。这同唐代伟大诗人杜甫在《茅屋为秋风所破歌》中所表达的"安得广厦千万间，大庇天下寒士俱欢颜""吾庐独破受冻死亦足"思想何其相似乃尔！此外，在《展拜先人遗像泣赋二首》其一中又说："甘载嗟无怙，他乡苦食贫。"在《貘翁先生命题〈孤松独柏图〉二首》其一中也说："冷合辞官去，饥犹弄笔忙。"这些描写，虽不免有些夸张，但也较为真实地反映了他的贫寒生活。这位"狂名满人口"的著名诗画家的生活尚且如此，而在重负中苦苦挣扎的农民情何以堪！这在吴昌硕的题画诗中也有反映，其《墨牛三首》其一诗中说："劫后荒田耕遍，家家户户还租。莫道一牛蠢物，曾陪老聃著书。"此诗不仅写出农民为还租而不得不辛苦耕"荒田"，而且还透出天灾人祸给农民带来的深重劫难。但这"劫"到底何所指呢？他在《沈子修属题其令弟全修茂才〈一蝶图〉》中说："一蝶情栩栩，池塘春草边。惠连悲此日，庄叟醒何年？我有同怀弟，云亡只自怜。苦无遗墨在，回首莽烽烟。"在诗下，诗人还有自注："予弟祥卿难中病殁。"因此，联系当时的背景，诗中的"烽烟"，当既指外强的入侵，又指国内的战乱。人民本已饥寒交迫，加上战争频仍，以致无数无辜者死于非命，而诗人的胞弟只不过是其中之一。因此，吴昌硕对连年的战乱痛恨不已，有时对人民的革命斗争也缺乏理解。他在《翁松禅老人画斗牛卷》中以牛之相斗，比况当时的内战。诗中说："相公归田罢章奏，不问牛喘写牛斗。庞然大物起竞争，同类相残为乌豆。笔端托意抒牢骚，愿人买犊去卖刀。太平万族各安分，高下荒畦皆插苗。"这里既有诗人对骨肉相残的内战的反对，又有对太平生活的向往，在一定程度上也反映了人民的心声。在豺狼当道、坏人为非作歹的社会，诗人也借助题画来表达自己的愤慨。他在《题任颐〈钟进士斩狐图轴〉》中说：

须眉如戟叱妖狐，顾九堂前好画图。
路鬼揶揄行不得，愿公宝剑血模糊！

任颐是"海派"著名画家，以画人物见长，常以象征手法对现实进行讽刺，其《钟馗》画是代表作之一。据其子堇在父40多岁照片的题记中说，任颐曾参加太平军为"旗手"。由此可知任颐的为人。诗人作为其师友，当深谙画家之用意，所以一句"愿公宝剑血模糊"，既写出画家除暴安良之志向，又有诗人要铲除人间不平之希冀。

在吴昌硕的题画诗中，更多的是抒写自己的情操和不遇时的感慨。他在《水墨山水图》中袒露了自己超脱世俗的志向和清旷萧逸的情趣；在《墨竹图》中，以画竹比德，寄托自己的浩然之气、淡泊之志、坚贞之节；在《牡丹水仙图》中，赋予"石"以人的品格，抒写了自己不慕富贵、神仙，追求耿介的精神境界。在这些诗中，似乎可以感知到他超然物外的情怀，但是在纷繁的大千世界，他的心并不平静。他在《题画兰石》中说：

> 兰生空谷无人护，荆棘纵横塞行路。
> 幽芳憔悴风雨中，花神独与山鬼语。
> 紫茎绿叶绝世姿，湘累不咏谁得知？
> 当门欲种恐锄去，王者香贵非其时。

这首诗先描写兰花不为人知时的艰难处境："荆棘"塞道，"风雨"交加，"花神"不与语。这显然是诗人以兰花自况。接着，又进一步说其遇与不遇的悬殊情况。这首诗原题于画家78岁时所作的《兰石图》上，在五年后诗人逝世的前三天又画一帧兰花图，也把这首诗题写在上面，由此可知诗人对此诗的钟爱。在垂暮之年，他回首往事，愈加感到无人相知的苦闷。他在另一首《兰三首》其三诗中也说："识曲知音自古难，瑶琴幽操少人弹。紫茎绿叶生空谷，能耐风霜历岁寒。"诗人之所以常常借画兰抒发不遇时的感慨，是因为他胸怀大志而不得舒展。他在《〈诸曦庵墨竹卷〉为贞壮题二首》其二中说：

> 鬖髿雪竹最精神，展卷秋山涨碧（一作绿）筼。
> 欲斫琅玕钓沧海，映天不信有鳌身！

此诗的最后两句不仅写诗人欲济沧海之胸襟，而且极端藐视传说中曾负海中三座仙山的"鳌身"。在《四友图》中又说：

> 历劫不磨梅竹松，岁寒气味君子风。
>
> 补天谁有好手段，顽石跳出娲炉中。

这首诗运用"君子比德"的审美观点，赞美松、竹、梅、石四友的气质和风度，并把重点放在"顽石"上，说它从女娲炼石的炉中跳出来，成为画家笔下一景。很显然，诗人要做有"好手段"补天之"顽石"。因此，吴昌硕并非一介柔弱的书生，而是一位顶天立地的奇男子。他本有"补天"之壮志豪情，但是因为当世"无风波处真难得"（《冷香画荷索题》），不遇时而洁身自好，于是只好在题兰咏石中寄托自己的精神世界。

吴昌硕还有些题画诗是言画理的，其中既有自己创作的体会，也有对前人绘画的评价，很有参考价值。概括地说，他的画论主要有三点最值得重视：一是巧妙地将书法引入画法，强调"拙无巧""颇

《四友图》

草草"。他在《偶画石榴桐子瓷盆》中说："且凭篆籀笔，落墨颇草草；人讥品不能，我喜拙无巧。"在《红梅》中又说："枝干纵横若篆籀，古苔簇簇聚蝌蚪；平生作画如作书，却笑丹青绘桃柳。"他以书入画，讲究笔

力，追求气势而反对矫揉造作、浮艳媚俗的画风。二是通过形象地描述艺术创作过程，深刻地揭示中国写意画创作原则，即画家的主观思想感情要与客观物态融为一体，达到"兴酣落笔""物我两忘"的境界。这与苏轼在《高邮陈直躬处士画雁二首》其一中所说的"无乃槁木形，人禽两自在"虽有相似之处，但他更强调"醉来"和"兴酣"。在《以酒和墨为梅花写照》中说："醉来气益粗，吐向苔纸上；浪贻观者笑，酒与花同酿。"在《醉后写桂》中又说："木犀香否今休问，上乘禅真在酒杯。"这是更看重"陶醉"在艺术创作中的作用，即进入创作状态后，要凭着直觉、即兴和激情一挥而就。三是主张师法造化，敢于创新而不盲目依傍前人。他在《蒲陶二首》中说："青藤白阳安足拟，八大山人我高弟；眼前颗颗明月珠，昨夜探之龙藏里。"又说："画当出己意，摹仿堕尘垢；即使能似之，已落古人后。"又在《古瓶花卉图》中说："花草乱插陈古瓷，凡稿拨去天为师；板桥肯作青藤狗，我不能狗人其宜。"他的这些艺术主张不仅引导了自己的创作，而且为后来的中国绘画创作提供了借鉴。

第三节　诗笔老辣，兀傲奇崛

吴昌硕题画诗的主要特点是诗笔老辣，兀傲奇崛。陈衍说："缶庐造句力求奇崛，如其书画篆刻，实如其人，如其貌，殆欲语羞雷同，学其乡冬心、箨石两先生，而益以槎枒者。统观全诗，生而不钩棘，古而不灰土，奇而不怪魅，苦而不寒乞，直欲举东洲、巢经、伏敔而各得其所长。"[3]此评虽有过誉之嫌，但也基本道出了吴昌硕题画诗的特征。试看其《酸寒尉像诗并序》：

> 予索伯年画照，题曰"酸寒尉像"。顶凉冒（帽），衣纱袍褂，端立拱手，厥状可哂。与予相识者，皆指曰："此吴苦铁也。"因题诗写意并以自嘲。

> 达官处堂皇，小吏走炎暑。

束带趋辕门，三伏汗如雨。

传呼乃敢入，心气先慑沮。

问言见何事？欲答防龃龉。

自知酸寒态，恐触大府怒。

怵惕强支吾，垂手身伛偻。

朝食嗟未饱，卓卓日当午。

中年类衰老，腰脚苦酸楚。

山阴予任子，腕力鼎可举。

楮墨传意态，笔下有千古。

写此欲奚为，怜我宦情苦。

我昔秀才时，食贫未敢吐。

破绽儒衣冠，读书守环堵。

愿言窃微禄，奉母有酒脯。

铜符不系肘，虚秩竟何补。

枉自刻私印，山石遭凿斧。

名留书画上，丹篆粲龙虎。

回思芜园里，青草塞废圃。

咫尺不得归，梦倚故园树。

逐众强奔驰，低头让侪伍。

如何反招妒，攻击剧刀弩。

魑魅喜弄人，郁郁悲脏腑。

拂壁挂吾像，饮之以薄醑。

顾影醋无数，兀然自宾主。

权作醉尉看，持杯相尔汝。

《酸寒尉像》

　　此诗先写"酸寒尉"之苦相，但"苦而不寒乞"，于诙谐中又有几分沉痛；接着回忆自己"秀才时"之清贫，但贫而有节；最后写"窃微禄"后"反遭妒"，"攻击剧刀弩"，但他泰然自若，于清高中又有几多兀傲。在《吴昌硕诗集》中，表现这种风格的题画诗很多，如《钟进士像戏

题》，他"为君歌不平"，要"磨刀天踏平，一试霹雳手"，不啻夫子自道，表达了诗人对世间"怪事"的愤愤不平之心。

吴昌硕题画诗这种风格的形成，与他的人格特质有密切的关系。其同乡施浴升说："吾友吴子苍石，性孤峭，有才未遇，以簿尉待次吴下。其胸中郁勃不平之气，一皆发之于诗。……抱膝长吟，悄乎以思，旷乎以放，时而兀傲，时而愁悲。凡以自达其性情，不苟合于今，亦不强希于古，所谓克自树立者，殆庶几乎！"（《缶庐诗附别存》）此外与其画风相联系，他的题画诗也常常呈现出古逸苍冷之风格，如《巨幅红梅》：

> 画红梅，要得古逸苍冷之趣，否则与夭桃秾李相去几何。一落凡艳，罗浮仙岂不笑人唐突？

> 铁如意击珊瑚毁，东风吹作梅花蕊。
> 艳福茅檐共谁享，匹以盘敦尊罍簠。
> 苦铁道人梅知己，对花写照是长技。
> 霞高势逐蛟虬舞，本大力驱山石徙。
> 昨踏青楼饮眇倡，窃得燕支尽调水。
> 燕支水酿江南春，那容堂上枫生根！

这首诗表现了诗人不入时俗的高尚风格，并寄托其希望未来春满人间、时局不再动乱的美好愿望。此诗气调高古，不同凡响。要表现这种古逸苍冷的艺术风格，必须写"枯寂寒瘦之景"。他在另一首《题画菊》诗的小序中说："予欲写吟诗图，谓必极天下枯寂寒瘦之景，方能入妙，苦无稿本。丁亥初冬，寓黄歇浦上，夜漏三下，妻儿俱睡熟，老屋中一灯荧然，光淡欲灭，缺口瓦瓶养经霜残菊，憔悴如病夫，窗外落叶杂雨声潇潇，倏响倏止，可谓极天下枯寂寒瘦之景，才称酸寒尉拥鼻微吟佳句欲来时也。即景写图，不堪示长安车马客，远寄素心人，共此清况。"其诗是：

> 灯火照见黄华姿，闭户吟出酸寒诗。
> 贵人读画怒曰嘻，似此穷相真难医。
> 胡不拉杂摧烧之，牡丹遍染红燕支。

　　此诗是应菊花"枯寂寒瘦之景"而作，虽意在表现苍冷古逸之趣，但因缺乏意境而含蓄不足，远不如序文之耐人寻味。

　　吴昌硕作画主张"任天机"，尚自然，他说："唯任天机，外形似，兴酣落笔，物我两忘，工拙不暇计及也。"[4] 由于他的画崇尚天机自然，所以写题画诗也无拘无束，于是便在古逸苍冷中带有疏放的野趣，如《为香禅画梅》：

　　　　香禅居士性好梅，有林逋之风。丧偶不娶，亦绝相似。岂逋之后身耶？拿舟载酒，观梅山中。归，出长歌，示予索画。挥醉墨应之。昔逋仙以梅为妻，予画拳屈臃肿，丑状可哂，与梁伯鸾椎髻之妇殆仿佛也。投笔大噱。

　　　　　　罗浮梦醒春风赊，笔底历乱开梅花。
　　　　　　青虬蜿蜒瘦蛟立，冰雪点点迷横斜。
　　　　　　千枝万枝碾寒玉，缶庐塞破窗黏纱。
　　　　　　江城五月动寒意，放笔拟泛梅溪查。
　　　　　　梅溪梅树涨山野，移种记拨芜园沙。
　　　　　　芜园劫余有老物，补卅六株争槎枒。
　　　　　　别来梦想不可见，故乡隔在天一涯。
　　　　　　前年腊月暂归去，着花犹未过邻家。
　　　　　　翠羽啁啾不知处，最恼人意山城鸦。
　　　　　　离奇老干欠收拾，势压亭子穿篱笆。
　　　　　　江南作尉醉亦可，所嗟不学耽风华。
　　　　　　七年邓尉未一到，香雪海听香禅夸。
　　　　　　囊中诗句动惊俗，时吐光怪抒寒葩。
　　　　　　偶思画意偏好古，泼墨一斗喷烟霞。
　　　　　　灯前月下见道气，入坐老辈同乾嘉。
　　　　　　请君读画冒烟雨，风炉正熟卢仝茶。

　　吴昌硕在此诗中所表现的疏野情趣，体现了其以狂放为尚的审美观。

诗中所谓"笔底历乱""青虬蜿蜒""时吐光怪",使他笔下的寒梅"拳屈臃肿,丑状可哂",这正如沈其光所评"如溪女浣纱,乱头粗服"（《瓶粟斋诗话》)。但这"丑女"丑而不俗,疏放清新,一派天真。

凡是著名的艺术家,其艺术风格都是多样的。吴昌硕的题画诗也是如此,虽然多为轻狂疏放之作,但也不无幽雅清丽之佳品,如《题画》:

> 酤酒怡白云,吹笛坐黄犊。
>
> 江花泊岸红,山雨下庭绿。

这首诗景致清丽,色彩鲜艳,诗中所透出的不仅是画上人物的悠闲,

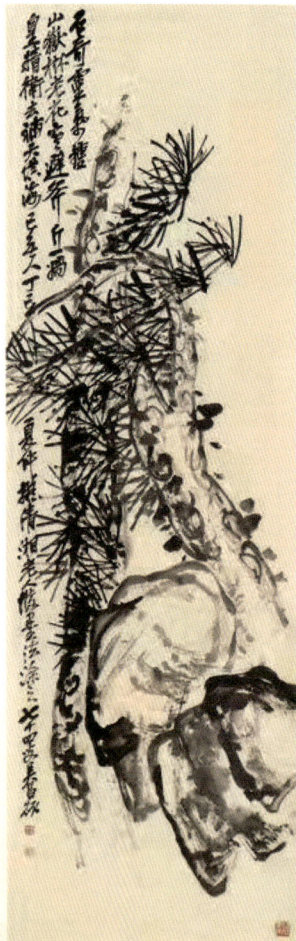

而且反映了诗人恬然自得的情怀。在艺术上,它与诗人一贯的奇崛兀傲风格迥然不同,倒很像隐士笔下的田园诗。但是吴昌硕题画诗的风格并不纤弱,虽然有些作品似乎心静如水,诗风恬淡,但却绵里藏针,有时甚至剑拔弩张、气势雄健,如同他的笔墨狂放的大写意绘画一样。试看其《王一亭临吴小仙画卷》最后一段:

> 我谢一亭诗不吟,撼屋风涛猛若虎。
>
> 鳌身映天长鲸舞,恍若移我居之峬。
>
> 我试僵臂发强弩,射石当能饮白羽。
>
> 或同击缶歌呜呜,付与沧江和柔橹。

此诗在赞美吴小仙、王一亭"笔金刚杵笔扛鼎"之余,尽情抒发自己的感受。他年既老而不衰,以"僵臂发强弩","射石当能饮白羽",胸襟与气势,似可与李太白相媲美。他的《怀素画像》是赞许唐玄奘弟子怀素的。本来僧人坐禅喜静,但诗人却写得极有气势,一开篇就说"画笔千寻气九秋",写他的故居也说"绿天摇影走蛟虬",最后竟把书圣王羲之的手书《兰亭集序》

吴昌硕《松石图》

视为"赘疣"，可谓狂妄之极。又如他的《松石图》，画与题诗都雄浑苍劲，气势不凡。这幅画松的主干劲挺，有顶天立地之势。右下方画顽石，形状怪奇。左下方题一首七言绝句："石奇灵气钟山岳，树老荒寒避斧斤。一自娲皇精卫去，补天填海已无人。"此诗与画意相扣，写老松与奇石合力相依，在"补天填海"无人之后，担负起支撑天地之重任。

在吴昌硕的题画诗中，还有一些诗意婉曲、诙谐有趣的作品，其《端阳嘉果图》说：

> 端阳嘉果熟熏风，色似黄金不救穷。
> 曾伴榴花作清供，馋涎三尺挂儿童。

这首诗先写画上之枇杷，因其成熟于五月熏风催化之季，故称"端阳

吴昌硕《端阳嘉果图》　　　　　　吴昌硕《枇杷图》

嘉果"。它虽色如黄金，但却不能救济穷人，似褒似贬。然后翻出新意，说画家将它和榴花图一起挂在壁上作清供，不想儿童却把它当作真枇杷，竟馋得在嘴边挂起三尺馋涎。这是一首自题画诗，诗人不便说自己的画图如何逼真，而用儿童见画生馋来暗示画艺之效果，既婉曲含蓄、耐人寻味，又免去自诩之嫌，极为高明。又如《题画枇杷》：

> 五月天热换葛衣，家家卢橘黄且肥。
>
> 鸟疑金弹不敢啄，忍饥东向林间飞。

这首诗与前一首有异曲同工之妙，也写得既含蓄又风趣。此诗所题之画面本无飞鸟，经诗人如此一点，不仅凸显出枇杷色金黄，其果鲜嫩可口，而且使画图生气勃勃，满纸活跃起来。又如他的《布袋和尚图》，在嬉笑中嘲讽那些奔走于名利场之徒，也充满了生活情趣。

吴昌硕题画诗的另一个特点是很善于以景结情，使诗味悠长，如《题黄山古松图》：

> 古松日日貌黄山，始信峰头梦往还。
>
> 知是王蒙是公望，烟霏雾溢有无间。

这首诗既写绘画，又似写自己的行踪。画家常常往还于始信峰，貌写黄山古松，连梦里都好像在峰上行走。但是此画到底是运用王蒙的画法呢，还是体现黄公望的画风呢？诗人并未回答，而只是用一句景语结尾——"烟霏雾溢有无间"。这不仅恰恰点出了黄公望、王蒙山水画郁然深秀、苍茫简远、"纵横离奇、莫辨端倪"之艺术特点，而且

吴昌硕《黄山古松图》

道出了自己这幅水墨山水画之美学特征。而这烟雾飘渺之景色，又使诗意挹之不尽、味之无穷。又如《墨荷图》：

荷花荷叶墨汁涂，雨大不知香有无。
频年弄笔作狡狯，买棹日日眠菰芦。
青藤雪个呼不起，谁真好手谁野狐。
画成且自挂粉壁，溪堂晚色同模糊。

吴昌硕《墨荷图》

　　此诗写的是画家泼墨画荷，虽然日日买舟在菰芦中观察、揣摩，但不知画得如何；而大画家徐渭（号青藤）、朱耷（号雪个）早已作古，不能评判，只好将画挂到壁上自我欣赏。"溪堂晚色同模糊"一句，颇耐人寻味，不仅写出画家赏画之久，直至画上的水墨与晚色相模糊；而且衬托出画荷之美，即艺术品与自然景色融为一体，真假难辨。

　　吴昌硕还有些题画诗语言平易，常用口语，风格与民歌相近，具有明丽俊逸的特点。如《紫藤图轴》：

繁英垂紫玉，条系好风光。
岁岁花长好，飘香满画堂。

　　这首诗用平易的语言写出了紫薇花的美好形象，先写繁密的花朵好似倒垂的紫玉，晶莹剔透，惹人喜爱。接着又以繁花象征春光，然后又暗点紫薇花的别名"满堂红"。明代朱国桢曾在《紫薇小品》中称："紫薇，一名满堂红。"此诗先用比喻将紫薇花形象化，然后又将其象征春光加以抽象化，最后又化视觉为嗅觉，让人似乎闻到了满堂的香气。诗人用通俗的语言点染画境，既写出紫薇花之美好，又蕴含着"花长好""香常在"的祝愿。他的《题八大山人画·鸡》，语言更是几近白话，其诗是：

> 小鸡小于拳，喔喔来窗前。
> 谁可与谈元又元？当时多异闻吁嗟，
> 奇事更有驴人言。

这首诗是写小鸡的，很像是咏物诗。前两句写比拳头还小的小鸡，"喔喔"叫着来到窗前。语言极为通俗，很像顺口溜，但写得又极形象，小鸡好像从画中跳出来，栩栩如生，活泼可爱。后三句改用七言，将"元元"（即百姓）一词拉开，略感生疏（一说"元又元"即"玄又玄"——为避玄烨讳而改）。此诗写的虽是雏鸡，但诗人却能以小见大，反映人民的疾苦，使人从小鸡的"喔喔"叫声中似乎听到百姓的嗟叹。

不过，通俗易懂固然是吴昌硕题画诗的一个优点，但是有些题画诗率意而作，语言脱口而出，使人一览无余，似缺乏深厚的意蕴，也是一个缺点。

吴昌硕的题画诗还有一个突出特点，就是常常以诗笔补画笔，将画境延展，如《题画梅》（又作《题〈画梅图〉》）：

> 危亭势揖人，顽石默不语。

吴昌硕《紫藤图轴》

风吹梅树花，着衣幻作雨。

池上鹤梳翎，寒烟白缕缕。

《画梅图》所画的只是几枝梅花，别无余物，但是诗人为突出梅花，在诗中又补写了画上所没有的"危亭""顽石""池""鹤"等景物。危亭前倾，顽石不语，好像都在恭拜、倾听梅花，让人似乎嗅到梅树飘香，看到花瓣着衣幻化成雨。而池上仙鹤梳羽，远处寒烟缕缕，又以其纯真、飘逸衬托了梅花的冷艳、高洁。诗人巧妙地运用了诗与画的密切关系，以诗笔补写画境，将实写与虚拟相贯通，成功地使诗和画在艺术境界上达到完美统一，不仅延展了画境，而且凸显了画意。又如《水墨山水图》：

杨柳依依拂远汀，东风吹我过溪亭。

禅关静闭无人到，隔岸钟余一塔青。

这幅现藏于故宫博物院的水墨山水图，构图极为简洁：远峰高峙，沙汀柳垂，逸笔草草，不求形似，以突出清逸萧散的气韵。诗中的"我""溪亭""禅关""塔"等，在画面中并没有出现，而"东风"、"钟"声等听觉形象更是绘画艺术无法表现的。诗人将画中没有的视觉形象与听觉形象表现出来，也是为了升华画意。"禅关"，闭门静思，参悟禅理；而从远处佛教建筑塔边传来的钟声，更显"万籁此皆寂"。这样借助诗的意象，便更好地表达了诗人超脱世俗的志向与清旷萧逸的情趣。

这里要指出的是，吴昌硕所补写的画外景物，既不是就画意展开联想的人与物，也不是自己过去曾见过的景观，而是一种有意识的增写。前者如杜甫在《奉先刘少府新画山水障歌》中的"玄圃""潇湘""天姥"等，后者如白居易在《画竹歌并引》中所说"西丛七茎劲而健，省向天竺寺前石上见；东丛八茎疏且寒，忆曾湘妃庙里雨中看"，等等。吴昌硕的这类诗多是自题画诗，他把诗与画真正视为一体，诗补画不足，画图诗意显。两者相济相补，浑不可分。这说明，题画诗发展到近代艺术大师吴昌硕手里，已达到前所未见的艺术境界。

吴昌硕的题画诗还有一点特别值得提及，即他不仅把诗题在画上，还刻在印章上。他的《读劫斋先生画册偶成》诗就是刻于一方名贵的熟栗黄寿山田黄石上。更妙的是，此印并非一般的篆刻形式，而是以印石作碑版，在一整面上，用铁笔阴刻着一首行草七律。其诗是：

吴昌硕《读劫斋先生画册偶成》

> 武侯下笔铁铮铮，金石渊源古性情。
>
> 非有非无得佛说，晓钟如听一声铿。
>
> 笔如铁铸墨如飞，何处重寻画里诗。
>
> 茂茂毫毛谁领略，宗风仍在武梁祠。

诗刻成后用石青涂底，笔势如飞，一气呵成，沉雄酣畅，神采飞扬。诗后落款曰："丁卯夏日读劫斋先生画册偶成吴昌硕老缶。""丁卯"，为1927年。此年冬，84岁的吴昌硕即病逝于上海。这枚印当是其封笔之作，弥足珍贵。"劫斋先生"即近代著名画家、篆刻家武曾保。武曾保（1867—1945），杭州人，擅作粗笔设色花卉，所画牡丹为当时一绝。其画作与吴昌硕的艺术风格颇多接近之处。在这方诗印中，吴昌硕称赞他不仅将金石、书法笔意引入绘画，而且能从汉代武梁祠石刻画像中汲取艺术营养，从而使画艺愈加臻于浑朴超迈[5]。将题画诗刻于山石上古已有之，但将一首较长的题画诗刻于印章上十分罕见，这当是吴昌硕首创。

在诗体上，吴昌硕也可谓众体兼备，既以五言、七言为主，律诗、绝句皆工，又擅长七言歌行体，而为人所不常用的三言诗也有佳作。五言绝句如《写兰四首》《写梅六首》等。七言绝句好诗更多，如《题画五（一作四）首》其一：

> 猵獭无依海自波，楼噓蜃气棘埋驼。
>
> 色空空色豪难著，若有人兮带女萝。

此诗措词精准，用典恰切，既反映了当时动荡的政局，又表达了自己忧国伤时的复杂心情。含蓄蕴藉，颇有弦外之音。五律名作有《山水障二首》、《题山水》、《鄱阳湖舟中见此奇景，约略写之》、《松二首》其一等。试看《山水障二首》其二：

隐居谁见招，山好路迢迢。

石剩危亭俯，松愁古雪销。

假书陪酒盏，索枕听江潮。

时逝直堪惜，浮云仰碧霄。

这首诗对仗工稳、悲壮高古，写出了诗人坐待时光流逝、有志难酬而欲归不能的复杂矛盾心情。其欲哭无泪之情，令人有击胸之痛[6]。其七律《题〈三泖泛雪图〉》《烟柳斜阳填词图》《老梅怪石》等都是佳作。其歌行体以赋为主，尤见功力，在结构上注重气势、跌宕起伏，有一唱三叹之妙，如《为香禅画梅》《天池画草溪题一亭并临之索赋》等，读来如黄河之决口，一泻千里，滔滔不绝。

其三言诗也极妙，如《白梅》：

倚虬枝，寄遐赏。

山荒荒，月初上。

又如《兰三首》其一：

叶萧萧，歌楚骚。

鼓素琴，霜月高。

这些诗言简情深，寄意高远，读来琅琅上口、十分流畅。

注　释

〔1〕崔庆忠：《图说中国绘画史》，浙江教育出版社，2001，第229页。

〔2〕光一编著《吴昌硕题画诗笺评·后记》，浙江人民出版社，2003。

〔3〕《近代诗钞》，上海商务印书馆，1923，第911页。

〔4〕吴昌硕：《吴昌硕诗集》，华东师范大学出版社，2009，第342页。

〔5〕参见温流：《吴昌硕诗印》，《中国教育报》2008年9月1日，第7版。

〔6〕参见《吴昌硕题画诗笺评》，第213页。

第六十二章

由木匠而成为艺术巨匠的齐白石

齐白石，这个享誉画坛的名字，拥有许多耀眼的头衔：20世纪中国画艺术大师、人民艺术家、世界文化名人。而且，齐白石也是中国近代艺术史上绝无仅有的从民间画工发展成为文人画之巨匠。

第一节　早年励志与"衰年变法"

齐白石（1864—1957），原名纯芝，字渭清，后改名璜，字濒生，别号白石山人、借山吟馆主者、寄萍老人、木居士、湘上老农等。湖南湘潭人，出生于一个穷苦农民家庭。父齐贯政，母周氏。他8岁时在外祖父周雨若主持的村学中读书，半年后因家贫辍学，从父务农。牧牛、砍柴等粗重的农活，培养了他吃苦耐劳的品格。务

齐白石

家之余，少年齐白石对读书学画产生了浓厚的兴趣。他常常一边牧牛、砍柴，一边温习旧读的功课。有时只顾读书，竟忘了砍柴。《白石自状略》曾记："一日王母曰：'今既力能砍柴为炊，汝只管写字。俗语云，三日风四日雨，哪见文章锅里煮。明朝无米，吾孙奈何？惜汝生来时走错了人家。'"此后，齐白石上山总是把书挂在牛角上，拾满了粪，砍足了柴，再

读书。清同治十三年（1874）农历一月二十一日，由父母做主娶童养媳陈氏春君。按当地风俗，童养媳与丈夫年龄相当，先拜堂至夫家操持家务，成年后再"圆房"。父亲见幼年齐白石体弱力小，难学农活，便决定让他学一门手艺，先是从叔祖父学做木工，后因他力气小扛不动檩条便送还家。后改学小器作，拜雕花木匠周之美为师。齐白石撰作《大匠墓志》称："余师事时，君年三十有八。常语人曰：'此子他日必为班门之巧匠。吾将来垂光，有所依矣。'"1882年，齐白石出师，与妻陈春君圆房。出师后，他仍跟师傅一起走乡串户做雕花木器。后在一家顾主处借得一本刻印的彩色《芥子园画谱》，遂用半年时间，在油灯下用薄竹纸勾影，染上色，订成十六本。这是他迈向艺术殿堂的第一步。此后，他做雕花木活，便以画谱为据，花样翻新，颇受乡民喜爱。同时，求他画神仙圣佛等画像的人也日渐增多，自此他的画名已誉满乡里。

齐白石正式学画始于拜民间画师萧传鑫为师，学画肖像。后又得到文少可传授画衣冠写真像的手艺，为日后赴京城开始卖画生涯打下了基础。1889年，又先后拜胡沁园、陈少蕃为师学习诗画。从这年起，他逐渐扔掉斧锯，改行画肖像，专做画匠。除画像之外，他也画山水、人物、花鸟鱼虫、仕女等。齐白石在《自述》中说："尤其是仕女，几乎三天两朝有人要我画的。我常给他们画些西施、洛神之类。也有人点景要画细致的，像文姬归汉、木兰从军等等。他们都说我画得很美，开玩笑似的叫我'齐美人'。"

自1902年起，他开始了7年的游历生活，所谓"读万卷书，行万里路"。他的足迹踏遍华山、庐山、长江、黄河等名山大川之后，艺术境界大为提高。特别是阳朔那些形状奇特的石山，给他留下了极深的印象，成为他日后构建自己山水图式的典范。在此期间他还广交画友，得见许多古今名家书画作品，艺术修养进一步提高。1910年，齐白石集历年游历的画稿编成《借山图卷》53幅，借山翁之号即由此而来。从这一年开始，他集中精力在家中作画，并植树栽花，种菜养鱼，修炼身性，达7年之久。1919年，齐白石举家迁往北京，开始他人生的第一次动荡。他当是中国文化史上较早的"北漂族"。此时，他结识了人生中最重要的一位友人陈师曾。有人说："没有陈师曾就没有齐白石，没有齐白石也就没有陈师曾。"

陈师曾著有《文人画的价值》一书。他坚持传统，对齐白石给予多次鼓励和指引。在他的支持下，齐白石毅然以十年工夫进行"衰年变法"，从此他的大写意花鸟画元气旺盛、一派生机，呈现出崭新的面貌。他的这次大胆创新，也成为20世纪初中国画理论与实践相结合的成功典范。1927年起，齐白石任教于北平艺术专科学校，后更名为北平艺术学院后，院长林风眠聘他为教授，专职教花鸟画。此后，有《借山馆诗草》《白石老人画选二集》《三百石印斋纪事》九册陆续出版，渐老渐熟的齐白石完全确立起自己在画坛的地位。1937年，卢沟桥事变后北京沦陷，齐白石辞去教授，闭门以诗画自娱。1942年，他赴南京、上海等地举办画展，巧遇著名的美术教育家徐悲鸿。徐悲鸿对齐白石深厚的写意状物功力青睐有加，从此两位画坛巨擘结下了深厚友谊，并引出许多艺坛佳话。新中国成立后，齐白石被中央人民政府文化部授予"人民艺术家"称号，获得了同辈画家中最高的荣誉。从社会意义上说，齐白石画作的艺术风格，为人民大众所喜闻乐见，对于在全国乃至世界范围内推广中国画作出了卓越贡献。他是20世纪硕果仅存的几位文人画家之一。也正是因为他和吴昌硕等几位艺术大师的存在，才使文人画在20世纪得到了延续和发展。因此，齐白石在中国艺术史上占有独特而重要的地位。

齐白石也是一位著名的篆刻家和书法家。他大约自1896年开始钻研篆刻。黎锦熙在《齐白石年谱》[1]按语中云："白石此年始讲求篆刻之学。时家父与族兄鲸庵正研究此道，白石翁见之，兴趣特浓厚，他刻的第一颗印为'金石癖'，家父认为'便佳'。……自丙申至戊戌……这几年白石与家父是常共晨夕的，也就是他专精摹刻图章的时候。他从此'锲而不舍'，并不看作文人的余事，所以后来独有成就。"他的篆刻取法汉印，所作布局奇肆朴茂，用刀劲辣有力，蔚然成家。齐白石在年轻时即致力于书法，初学馆阁体，这纯然出于谋生的需要。至1889年拜著名书法家何绍基为师，书风渐变，习钟鼎篆隶诸体。其书法刚劲沉着，别具一格。

齐白石也是一位诗人，他自己说："我的诗第一，字第二，印第三，画第四。"可见他对自己的诗是多么看重。但是这并非说明他的诗一定最好。中国古代画家，往往喜说自己是诗第一、书第二、画第三……而实际情况并非如此。他们之所以这样说，无非是追求文人"雅"的流品，以为只有诗作得好，其画才会有"书卷气"或"卷轴气"。而文人画家最看重的恰恰"在乎雅、俗。不然摩诘、龙眠辈，皆无卷轴矣"[2]。严寿澂指出："雅、俗是中国文化传统中一对重要概念。正如日本学者村上哲见所说，'雅俗认识'是中国读书人阶层'人间观念'的'中核'，而'文人'则是读书人的典型。此一'文人'类型为中国所特有，始于魏晋六朝，即所谓'晋宋雅士'。赵宋之世，贵族社会已完全崩坏，官僚士人（士大夫）兴起，其地位的保证，不在家族谱系，而在人格与教养，'文人'型态至此而臻成熟之境。文人的根柢，正在其去'俗'而就'雅'。"[3]

　　齐白石年幼时即开始学诗。他一生中在诗上所下的功夫并不比画少。他在《往事示儿辈》诗中说："村书无角宿缘迟，廿七年华始有师。灯盏无油何害事，自烧松火读唐诗。"1894年，他参加了王训发起组织的诗会，后又借五龙山大杰寺为址，成立了龙山诗社。齐白石年最长，被推为社长。成员有王训、罗真吾等七人，人称"龙山七子"，名噪一时。据王训《白石诗草跋》云："山人天才领悟，不学而能。一诗既成，同辈皆惊，以为不可及。"但是，此时齐白石的诗尚未达到成熟地步。1904年秋他自南昌归来后，将"借山吟馆"改为"借山馆"，并自撰《借山馆记》说："甲辰（1904）春，薄游豫章，吾县湘绮先生七夕设宴南昌邸舍，召弟子联句，强余与焉，余不得佳句，然索然者不独余也，始知非具宿根劬学，盖未易言骄。中秋归里，删馆额'吟'字，曰'借山馆'。"他在画上题诗也说："自笑中年不苦思，七言四句谓为诗。一朝百首多何益，辜负钦州好荔枝。"正是由于他虚怀若谷，不断努力，其诗歌创作才渐入佳境。齐白石晚年在《自述》中总结分析了自己"诗艺有成"的原因，大意是：朋友的文化底蕴比我高深，但他们心存科举功名，学作的是试帖诗，虽然工稳妥帖，用典用韵讲究，但毕竟拘泥板滞，不见生气。我作诗不为功利，反对死板无生气的东西，讲究灵性，陶写性情，歌咏自然。所以，他们不见得比我写得好。

第二节　亲情、乡情、爱情、友情与爱国之情

在绘画之余，齐白石诗情勃发，创作旺盛，一生作诗3000余首，其中题画诗占三分之一以上，有1000余首。他当是古代、近代题画诗人中创作题画诗最多的一位。

齐白石题画诗反映的社会生活较为广泛，但主要是写亲情、乡情、爱情、友情和爱国之情。

齐白石自幼多病，母亲和祖母多方求医，竟至烧香求神。《白石自状略》说："祖母曰：'汝小时善病，巫医无功。吾与汝母祷于神祇，叩头作声，额肿坟起，尝忘其痛苦。医谓食乳，母宜禁油腻。汝母过年节，尝不知肉味。吾播百谷，负汝于背，如影不离身。'"因此，齐白石对祖母、父母和亲人的养育之恩一直铭刻在心，终身不忘。晚年在《为人题〈霜灯画荻图〉》诗中说："我亦儿时怜爱来，题诗述德愧无才。雪风辜负先人意，柴火炉钳夜画灰。"在《自题红蓼红菊》中又说：

> 水边篱下锁红霞，秋老星塘处处花。
>
> 安得能成归去梦，入门先见阿娘爷。

星塘，地处风景极佳的紫云山下，距湘潭县约一百余里，是齐白石的出生地。这里留下了他儿时许许多多的梦，而"娘爷"更是他永远的牵挂。此诗以梦当归，表达了他对父母的深深怀念之情。他的另一首《画乌》诗，感情更为深挚：

> 不独长松忆故山，星塘春水正潺潺。
>
> 姬人磨墨浓如漆，画到慈乌汗满颜。

此诗由画乌而展开联想。俗云："乌有反哺之恩。"齐白石深为未能报答父母的养育之恩而愧悔。1935年，他回湘潭祭扫先人墓之后在日记上写道："乌乌私情，未供一饱；哀哀父母，欲养不存。"又刻了一枚"悔乌

堂"印章以表心意。诗中说"画到慈乌汗满颜",真实地表达了人不如乌的惭愧之情。齐白石对父母等亲人的爱己之深情,在他古稀之年体念更深,其《画柿》诗说:

> 紫云山上夕阳迟,拾柿难忘食乳时。
> 七十老儿四千里,倚栏鹤发各丝丝。

齐白石自40岁离家赴西安后,其间虽有两次返乡,但与父母聚少离多,其思念之情与日俱增,紫云山是他魂牵梦绕的地方。诗人自注:"燕市见柿,忆及儿时,复伤星塘。"诗的最后两句尤为感人,不仅写出自己之年迈和距父母之遥远,而且仿佛让我们看到了白石老人与白发苍苍的父母相互依栏对望的形象,令人动容。

由亲人而及故乡。思乡也是齐白石题画诗的主题之一。如《题〈老少年〉》:

> 老少年红燕地凉,离家无处不神伤。
> 短墙蛩语忽秋色,古寺钟声又夕阳。
> 却忆青莲山下雨,怕言南岳庙边霜。
> 何时插翅随飞雁,草木无疑返故乡。

这是忆故乡之作,诗人对故乡的思念之情溢于言表。"老少年",即"老年少"花。诗人由画"老少年"而忆及故乡的山水风光,其思乡之切,恨不得插翅而归。

他的《借山馆图》是离乡10年之作。此图是画家创作的《借山图卷》53幅作品之一。诗人因思乡而作《借山馆图》,又因这些图卷而引起更深切的思乡。其诗是:

> 六七邻家享太平,有时雨急失溪声。
> 出门十载路万里,却负山头云自生。

云无心而出岫,本是坐看云起的好时机,可惜离乡在外,不能不深以为憾。为此,他不得不借画还乡。其《〈白石老屋图〉并题》说:"老屋无

尘风有声，删除草木省疑兵。画中大胆还家去，稚子雏孙出户迎。"但是，齐白石在题画诗中所写的乡情，并不是一般意义上的游子思乡，而多是诗人对战乱中故乡的挂怀，如《自题山水画》：

> 墨海发乡愁，南衡雨后幽。
> 江烟迷岸脚，村树（一作屋）上桅头。
> 如此湖山好，奚堪戎马蹂。
> 梦归无处着，劫后失危楼。

由于诗人生活在军阀混战的动荡年代，人民处于水深火热之中，其家乡湖南湘潭也不得幸免。诗人在画本可怡情的山水画时，心情也不能开朗，反而"发乡愁"：大好河山惨遭戎马蹂躏，田园荒芜，"危楼"倒塌，自己连"梦归"也失去了着落，其忧伤可知。又如《题画赠贞儿》：

> 惊闻故乡惨，客里倍伤神。
> 树影歪兼倒，人踪灭复存。
> 西风添落叶，暮雾失前村。
> 远道怜儿辈，还来慰老亲。

此诗有注："戊辰秋，贞儿来京省余，述故乡事，即作画幅一，题句以记之。""戊辰"，为1928年。湖南当时是军阀混战的战场。诗人的故乡惨遭涂炭，"树影歪兼倒，人踪灭复存"，更增加了诗人对故乡的思念与担忧。

在齐白石的题画诗中，描写爱情与友情的作品也占有一定比例。他与童养媳陈春君青梅竹马，圆房后夫妻感情甚笃。他在《祭陈夫人文》中说："吾妻事翁姑之余，执炊爨，和小姑、小叔，家虽贫苦，能得重堂生欢。"他晚年的一首《题葡萄》颇见其对陈氏之深情：

> 山妻笑我负平生，世乱身衰重远行。
> 年少厌闻难再得，葡萄架（一作阴）下纺纱声。

《白石老人自传》中说："春君整天忙着家务，忙里偷闲，养了一群鸡鸭，又种了许多瓜豆蔬菜，有时还帮着我母亲纺纱织布。她夏天纺纱，总是在葡萄架下阴凉的地方。我有时回家，也喜欢在那里写字画画，听了她纺纱的声音，觉得聒耳可厌。后来，我常常远游他乡，老来回忆，想听这种声音，已是不可再得。"从语意看，这首诗当是齐白石妻子陈春君病逝后的悼亡之作。诗人通过对纺纱声由厌听到想听的变化，表达了自己对"山妻"深深的怀念之情。

齐白石的姬人胡宝珠，自1919年陈春君去世后扶正为继室至1943年病故，与他共同生活了24年，常为齐白石理纸磨墨，耳濡目染，对绘画艺术也有相当高的鉴赏力。她与齐白石志同道合，感情也十分亲密。齐白石在《题画山水》（赠姬人）诗中说："谁教老懒反寻常，磨墨山姬日日忙。手指画中微笑道，闲鸥何事一双双？"这"一双双"，哪里只是画中"闲鸥"形象，不也是她与齐白石伉俪形影不离的真实写照吗？

齐白石一生中，除为自己的画题诗外，也常常为友人、门人的绘画题诗。这些诗都凝结着他们之间的深深友情。其中师生之情最为深重，如《画海棠并序》：

湘绮师函云："借瞿协揆楼，约文人二三同集，请翩然一到。"

往事平泉梦一场，师恩深处最难忘。
三公楼上文人酒，带醉扶栏看海棠。

"湘绮师"，即著名文学家、诗人、湘潭名士王闿运。1899年，齐白石曾拜他为师。此诗作于1911年，是诗人应王湘绮之约访长沙于瞿子玖家的超览楼观赏樱花海棠而作，表达了对恩师的难忘之情。齐白石和自己的门人也同样结下了深厚友情，其《霞绮横琴》就是为门人姚无双而作：

儿女呢呢素手轻，文君能事只知名。
寄萍门下无双别，因忆京师落雁声。

1902年冬，齐白石应夏午贻之聘，赴西安教其如夫人姚无双学画。次年春，夏午贻偕眷赴京任职，齐白石同抵京城，仍教姚无双画。诗中"因忆京师落雁声"即指此而言。《白石老人自传》云："无双跟我学画，倒也闻一知十，进步很快。我门下有这样一个聪明的女弟子，觉得很高兴，就刻了一方印章：'无双从游'，作为纪念。"可见他与门人不仅有师生之谊，而且有朋友之情。

齐白石不仅对家人、亲人、友人情深意重，而且他的思想感情也与广大民众声息相通，时刻关注着动荡的时局，对山河破碎痛心疾首。他在《题友人冷庵画卷》中说：

> 对君斯册感当年，撞破金瓯事可怜。
>
> 灯下再三挥泪看，中华无此整山川。

此诗最初是为友人胡冷庵的山水画卷而题。辛亥革命虽然推翻了清朝统治，但代之而起的是连年军阀混战、民不聊生。诗人挥泪看图，黯然神伤。抗日战争全面爆发后，国土沦陷，诗人再次将此诗题于画卷，一吐满腔的激愤，为抗日战争那血与火的时代留下一道诗艺色彩。另一首写于抗日战争时期的诗《题鸬鹚》说："大好江山破碎时，鸬鹚一饱别无知。渔人不识兴亡事，醉把扁舟系柳枝。"诗人把醉生梦死、不关心国家兴亡的人比作鸬鹚和渔人来批判，并对"大好江山破碎"表示痛惜，从中流露出深沉的爱国感情。

正是基于对祖国、对人民深深的爱，他对贪官污吏充满了恨。在题画诗中对其进行了辛辣的讽刺，如《题画鸡》(过午鸡声)：

> 一生消得几清晨，朝气还钟早起人。
>
> 天下鸡声君听否，长鸣过午快黄昏。

此诗后，白石自注："北京官吏多于午后方离床。"在北洋军阀统治时期，在京的官吏暮气沉沉，常常午后起床，到衙门里打一转，便在酒足饭饱之后继以嫖赌，不到天明不归。齐白石曾叹息道："像这样的腐败习气，岂能有持久不败之理！"于是他便画了两幅鸡画并题诗，加以嘲讽。另一幅名为《啼鸡》，其诗是：

人正眠时不必啼，锦衾罗帐正双栖。

佳禽最好三缄口，啼醒诸君日又西。

这首诗较前诗的讽刺更为深刻，诗人告诫雄鸡应三缄其口，否则"诸君"醒来又要周而复始地吃喝嫖赌，坑害百姓，还不如让他们永远沉睡为好。齐白石还把贪官比作家雀，在《家雀》中说："家雀家雀，东剥西啄；粮尽仓空，汝曹何着！"[4]此诗虽然很短，但讽刺深刻，入木三分。另一首诗《题画归田》（又作《题画毕卓》）以古喻今，更为辛辣：

《题画归田》

> 宰相归田，囊底无钱。
>
> 宁肯为盗，不肯伤廉。

据《晋书·毕卓传》载，毕卓字茂世，新蔡铜阳人，太兴末为吏部郎，常因饮酒而废职。比舍郎酿熟，卓因醉夜至其瓮间盗饮之，为掌酒者所缚，天亮后发现是毕吏部，遂释。毕卓曾对人说："得酒满数百斛船，四时甘味置两头，右手持（一作置）酒杯，左手持蟹螯，拍浮酒船中，便足了一生矣。"诗人为毕卓画像并题诗，显然是有感而发。从诗后说"借山老人画吾自画"看，当是以自嘲而嘲人，讽刺那些醉生梦死的腐败官吏。

齐白石作为一位画家诗人，在题画诗中也有许多论画的佳作。在这些作品中，既有对自己大胆创新的绘画艺术横遭非议的抗争，也有对前代和当代画家的品评，但主要是对自己创作理论的阐释以及对"同侪骂"的回应，如《画山水题句》：

> 山外楼台云外峰，匠家千古此雷同。
>
> 卅年删尽雷同法，赢得同侪骂此翁。

文艺贵在创新，正如山外有楼云外有峰一样，然而千古以来"匠家"

却因袭守旧，方法雷同。齐白石在尊重、继承优秀绘画传统的基础上，大胆创新，自辟画境，不但很少得到理解和支持，反而招来更多的贬损甚至唾骂。但是，他经过三十多年的努力而开创的画格和理念，并不动摇。此诗不仅描述了他遇到舆论压力时的泰然心情，而且表白了他坚持创新的态度和决心。在《题画棕树》中又说：

> 形状孤高出树群，身如乱锦裹层层。
>
> 任君无厌千回剥，转觉临风遍体轻。

此诗也是有感而作。1917年，齐白石第二次到北京时，结交了许多画友诗友，他们常常在一起畅谈画艺。有一位名士说："常言要有书卷气，肚子里没有一点书底子画出来的东西俗气熏人，怎么能登大雅之堂呢！"[5]在这首题画诗中，诗人以"形状孤高出树群"的棕树自比，说自己的绘画功底深厚，如同层层之锦，是不怕被别人"千回剥"的，反而越剥身体越轻健，以此来回答那位自称能诗善画的所谓名士，巧妙而有力。但是，随着时间的推移，齐白石的绘画越来越受到人们的理解与推许，其中陈师曾、徐悲鸿等就是其艺术知己。

齐白石对前代的绘画传统主张批判地继承，而非一概否定。他在《题山水画》中说："曾经阳羡好山无，峦倒峰斜势欲扶。一笑前朝诸巨手，平铺细抹死工夫。"可见，他所否定的只是"诸巨手"的"平铺细抹死工夫"。而对黄筌、米芾、石涛等画家却是无比钦服的，尤其对石涛更是佩服得五体投地。他在《题大涤子画像》中说：

> 下笔谁叫泣鬼神，二千余载只斯僧。
>
> 焚香愿下师生拜，昨夜挥毫梦见君。

《白石老人自传》说："我对大涤子，本也是生平最钦服的。"此诗便表达了他对清初著名画家石涛的由衷尊崇。

齐白石的绘画力主创新，并非独出心裁，而是主张"师造化"。他在《题借山图》中说：

　　自夸足迹画图工，南北东西尺幅通。

　　却怪笔端泄造化，被人题作夺山翁。

　　这首诗是"因怀唐曳传杜"而作。传杜曾写《题借山图》诗说："山本天生谁敢借，无端笔底夺天工。山翁是夺非缘借，尽在挥毫一笑中。"齐白石此诗便是"师造化"的最好说明。在他"师造化"的主张中，又特别强调求真。其《画葫芦》诗说："涂黄抹绿再三看，岁岁寻常汗满颜；几欲变更终缩手，舍真作怪此生难。"求真是"师造化"的基本要求，舍此则舍本逐末。为此，齐白石说："凡大家作画，要胸中先有所见之物，然后下笔有神。故与可以烛光取竹影。大涤子尝居清湘，方可空绝千古。画家作画，留心前人伪本，开口便言宋、元，所画非所见，形似未真，何况传神，为吾辈以为大惭。"[6] 由此可知，齐白石求真的目的，是为了达到神似。《白石老人自传》中说："写生我懒求形似，不厌名声到老低，所以我的画不为俗人所喜，我亦不愿强合人意，有诗说：'我亦人间双妙手，搔人痒处最为难。从今尘垢皆除尽，合掌来同弥勒龛。'"（此为《合掌佛手柑》）齐白石认为，要做到真正"师造化"，还必须用"心"来画，他在《题某女士画山水画幅二首》其二中说：

　　老口三缄笑忽开，平铺直布即凡才。

　　庐山亦是寻常态，意造从心百怪来。

　　这首诗说的是画家之"心"在创作中的关键作用。诗人说客观景物是不变的，即"庐山亦是寻常态"，但是经画家"从心""意造"之后，便会创作出千奇百怪的姿态。这既是对"某女士"的绘画不"平铺直布"的赞扬，也是对自己多年来艺术创作经验的总结。由此，画家还谈到对"心"的要求，这就是要排除尘念，心静如水，全身心地投入到创作中去。他在《画〈华岳图〉题句》中说："仙人见我手曾摇，怪我尘情尚未消。马上惯为山写照，三峰如削笔如刀。"在以后的创作中，齐白石经过不断的历练，逐渐排除名利之心，经过"衰年变法"，终成大器。他在《题画》中说：

扫除凡格总难能，十年（一作载）关门始变更。

老把精神苦抛掷，工夫深浅心自明。

这首诗不啻为齐白石一生艺术创作的总结，既说出了创作的甘苦历程；又道出了成功的秘诀，即要有坚定的信念，以艰苦的努力，经过长期关门静心修养，扫除"凡格"，最终才取得成效。这里，画家的真知灼见固然重要，但是其不为外界的褒贬所动、泰然自若的心情则是走向成功的关键。

第三节　齐白石的诗是"薛蟠体"吗

齐白石一生不仅刻苦绘画，并总结出成功的经验，而且努力作诗，在题画诗创作上取得了较高成就。他在《画虾二首》其二中说："苦把流光换画禅，工夫深处渐天然。等闲我被鱼虾误，负却龙泉五百年。"这里的"工夫深处渐天然"，便是夫子自道。

齐白石题画诗的突出特点是质朴自然。其《题画梅》说：

妻子分离归去难，四千余里路漫漫。

平安昨日家书到，画出梅花色亦欢。

这首怀人之诗既写诗人离家路途之遥，归去之难，思念之切；又写家书到达之后的欢喜之情。诗人移情于画梅，人花同喜，情溢于纸，颇为感人。但诗人只是平平写来，并无雕饰。这是诗人真情实感的自然流露，毫无矫揉造作之态，风格极为质朴。

齐白石题画诗的质朴自然来自泥土的芬芳。他出身于贫苦的农民家庭，村边的树，山上的牛，田里的芋，炉中的火，使他在骨子里充满淳朴淡定。从他回忆幼年生活的诗中，可以深深地感到是勤劳朴素的生活铸就了他的质朴诗风。试看他的《画芋》：

叱犊携锄老夫事，老年趣味休相弃。

自家牛粪正如山，煨芋炉边香扑鼻。

这是写他幼年适逢天灾，日食难继，只得以牛粪煨芋充饥。齐白石曾多次画芋并题诗。另一首诗《画芋魁》也说："一丘香芋暮秋凉，当得贫家谷一仓；到老莫嫌风味薄，自煨牛粪火炉香。"由此可知幼年的贫苦生活对他一生的创作影响有多深。

齐白石题画诗质朴自然的特点又与古代隐士诗的恬淡自然有所不同。古代许多隐士的山水诗在恬淡中不免沉寂，而齐白石的题画诗在质朴中充满了生机，如《题画》描齐白石《山水册页》：

《山水册页》

> 春烟万柳晴，波绉舞风清。
> 江石学龟小，布帆同叶轻。

这幅山水画，春烟飘拂，波光潋滟，连江中的石头似乎也不甘寂寞，在流水中活起来，像小龟一样游动；而船上的布帆迎风招展，似乎在与水上的落叶比赛，看谁更轻悠。这里动中有静，既安谧闲适，又生机勃勃。

齐白石的题画诗多是自题画之作。由于他的画充满了情趣，其诗也趣味盎然，如《题送学图》：

> 处处有孩儿，朝朝正耍时。
> 此翁真不是，独送汝从师。
> 识字未为非，娘边去复归。
> 须防两行泪，滴破汝红衣。

这当是诗人为自己所画的一幅送儿上学图而题的诗。我们虽未见其画，只读了此诗，便仿佛看到了小儿郎哭哭啼啼不愿离开娘身边的样子。人物呼之欲出，语言充满情趣。又如《门人为画小像友人以为未似余自戏题一绝句》：

> 身如朽木口加缄，两字尘情一笔删。
> 笑倒此翁真是我，越无人识越安闲。

这首诗在自嘲中充满了诙谐，可谓题画像之佳构。诗人洞察世态炎凉，心胸豁达，不为外物所扰。这既是画家的旨趣，也是文人的高雅。如果说前一首诗表现的是画工出身的匠人情趣，那么此诗则体现出已经知识化的文人雅趣。

齐白石题画诗的艺术风格虽然质朴，但也不乏绮丽，如《画凤仙花》：

> 朱栏十二粉墙斜，芳径红衫半掩遮。
> 曾见阿珊惆怅立，含情手折凤仙花。

诗人把水仙花置于粉墙之内，好似以绿叶相扶，红衫半遮，虽未具体写花姿，但花之娇艳已现。而一位美女含情折花，人花相映，更加楚楚动人。像这样以浓墨重彩描写景物的诗篇，还有《题画牡丹》《湖桥泛月》等。

和质朴风格相联系的，是齐白石题画诗通俗易懂的特点。如果说他是黄遵宪"我手写吾口"主张的最好实践者，那是再合适不过了。但是他的题画诗也偶有典雅者，如《老屋听鹂》：

> 音乖百啭黄鹂鸣，斗酒双柑老屋晴。
> 笑我买山真僻地，十年不听子规声。

诗人自注："自丙午（1906）新迁，老妻尝云：来此不闻杜宇已九年矣。"此诗巧妙地将黄鹂与"双柑斗酒"典故联系起来，然后又联想到"不听子规声"，思乡而不直言，含蓄蕴藉，耐人寻味。据唐人冯贽《云仙杂记·俗耳针砭诗肠鼓吹》载："戴颙春携双柑斗酒，人问何之，曰：'往听黄鹂声，此俗耳针砭，诗肠鼓吹，汝知之乎？'"后以"双柑斗酒"代指春游，这里是指远游。诗人用典恰切而自然，把自己的思乡之情很好地表现出来，而不留痕迹。

作为画家，齐白石很善于观察生活。他的题画诗常常以细节入手，真实地反映生活，如《画牛》：

> 星塘一带杏花风，黄犊出栏西（一作东）复东。
>
> 身上铃声慈母意，如今亦作听铃翁。

齐白石在《周太君身世》一文中说："纯芝及弟纯松尝牧牛，归来迟暮，姑媳悬望。祖母令纯芝佩一铃，太君加铜牌一方，上有'南无阿弥陀佛'六字，与铃合佩，云可祓除不祥。日夕闻铃声渐近，知牧儿将归，倚门人方入厨晚炊。"此诗抓住"铃声"这一细节，既写出当年的"慈母意"，又表达了今日自己的怜子之情，形象而生动，颇具感染力。

齐白石的题画诗基本以写实为主，细节描写是其表现手法之一，但也有大胆的夸张，如《画山水》（病减）：

> 六军难压小儿啼，白日鸣雷肚里饥。
>
> 妻妾安排锅要煮，老夫扶病画山溪。

这首写贫困生活的诗，虽然较为真实地反映了他时而断炊的境况，但也未免夸张：小儿饥饿，"六军难压"；肠中饥鸣，竟如雷响；而画家饿得如何，虽未明说，但自可想象。然而为生计，他还不得不扶病作画卖钱。像齐白石这样的知名画家生活尚且如此窘迫，而一般百姓情何以堪！

作为一位自题画诗人，齐白石还善于对自己同一题材的绘画作不同的题咏，以表现他对人生的不同认识与理解，手法灵动多变。他对"不倒翁"似乎情有独钟，一生画过许多次，并再三题跋。1919年7月15日，他为廉南湖画不倒翁扇画，曾写道："余喜此翁，虽有眼、耳、鼻、身，却胸内皆空。既无争权夺利之心，又无意造作以愚人，故清空之气，上养其身。泥渣下重，其体上轻下重，虽摆动，是不可倒也。"这里无疑是赞美不倒翁，但以下几首却转褒为贬："能供儿戏此翁乖，打倒休扶快起来。

头上齐眉纱帽黑，虽无肝胆有官阶。"另一首是："秋扇摇摇两面白，官袍楚楚通身黑。嗟君不肯打倒来，自信胸中无点墨。"这两首题诗都是讽刺那些只知鱼肉百姓而不学无术的旧官僚。还有一首更为辛辣，其诗是："乌纱白帽俨然官，不倒原来泥半团。将汝忽然来打破，通身何处有心肝。"

《不倒翁》

　　齐白石揭露社会黑暗的题画诗，以讽刺为主，手法老辣，灵活多样，而为花鸟鱼虫类绘画所题的诗则充满诗情画意，如《鸡·蝴蝶·花》（蝴蝶影）：

　　　　小院无尘人迹静，一丛花傍碧泉井。

　　　　鸡儿追逐却因何，只有斜阳蝴蝶影。

　　王朝闻曾评价此诗说："他的题画诗，例如《鸡·蝴蝶·花》也可以当成富于诗意的画来欣赏……对象的特征和画家的感受的适当表现才能产生诗意，情景交融的形象才是诗意的形象。'意中有意，味外有味'的形象才是诗意与形象。只求逼真地模仿对象的外形，看不出艺术家的主观能动作用的作品，即令是从写生得来的也难免使人感到乏味。"[7]此诗将画上的小鸡写活了，它误把飞动的蝶影当成蝴蝶追逐，然而这"望风捕影"的形象却憨态可掬，惹人喜爱。这便是情景交融，味外有味。

齐白石的题画诗虽然在艺术上取得了很高成就，但也不免有瑕疵。据传，王闿运曾私下说，齐白石的画还可以，诗则是薛蟠体。胡适认为，这个评价很不公道。但平心而论，王评虽未免过于贬低齐诗，但也并非一无道理。一是他的近体诗虽然有如《题梅花二首》《蝴蝶花》《辽东吟馆谈诗图为宗子威作》等格律严整，对仗工稳的五言、七言律诗，但也有相当多近体诗并不合律；二是有些题画诗缺乏提炼，过于浅白，往往给人以一览无余之感。但是瑕不掩瑜，齐白石的题画诗仍以其深厚的内容和较为完美的形式，在中国题画诗发展史上占有独特的地位。

齐白石在艺术上之所以取得如此成就，除了他个人的刻苦努力外，也和师友的帮助和奖掖分不开。齐白石"北漂"之后，正是他探求画艺"衰年变法"之际。当时北京国画界不少人以摹仿古人为能事，门户之见很深。齐白石的画大胆师造化，虽然别具一格，充满生活气息，但却知音甚少，甚至遭到画坛保守派的一片骂声。他们骂齐白石是"野狐禅""俗气熏人""不能登大雅之堂"等。当时，齐白石只能街头卖画为生，穷苦度日。而就在这时，他的画却受到了大名鼎鼎的画家、北平艺术学院院长徐悲鸿的赏识。为此，徐悲鸿几次登门请齐白石到北平艺术学院当教授，但都遭到齐白石的婉拒。徐悲鸿第三次上门敦请时，齐白石深为感动。他坦言相告："我不是不愿意，是因为我从来没进过洋学堂，连小学、中学都没有教过，如何能教大学呢？"后来，在徐悲鸿的诚恳邀请下，他答应去试一试。次日清晨，徐悲鸿坐着马车亲自去迎接齐白石。上课时，在众目睽睽之下，他用自己带来的画笔缓慢地运笔作画。画完之后，他开始了漫谈式的讲课："不要死学死仿，我有我法，贵在自然……花未开色浓，花谢色淡，画梅花不可画圈，画圈者匠气……"一堂课下来，学生们对齐白石的教法很满意。课后，徐悲鸿又坐马车送齐白石回家。在家门口，齐白石用激动得有点发抖的声音对徐悲鸿说："徐先生，你真好！我以后可以在大学教书了，我应当拜谢你。"话音未落，他便双膝下屈。徐悲鸿慌忙扶起。不久，徐悲鸿亲自编辑、作序的《齐白石画集》出版。从此，齐白石名声大噪，成为我国近代画坛的一代宗师。

对于徐悲鸿的知遇之恩，齐白石十分感激、终身不忘，曾多次作画题诗赠给徐悲鸿，如《答徐悲鸿并题画寄江南》：

> 少年为写山水照，自娱岂欲世人称。
>
> 我法何辞万口骂，江南倾胆独徐君。
>
> 谓吾心手出异怪，神鬼使之非人能。
>
> 最怜一口反万众，使我衰颜满汗淋。

诗人在画的左上角补注："前题句中谓徐君，即谓悲鸿先生也。"他在

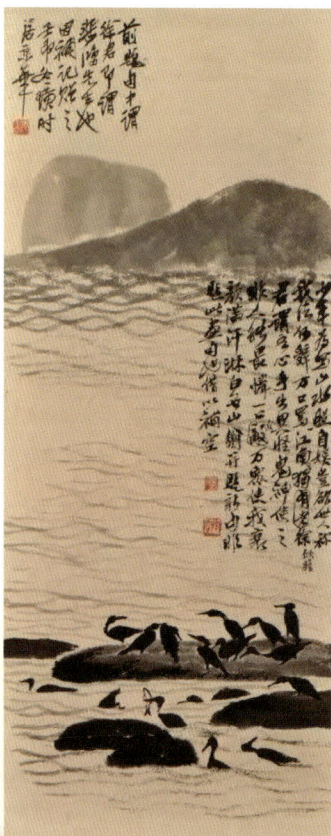

《答徐悲鸿并题画寄江南》　　　　　《月下寻旧图》

一封给徐悲鸿的信中说："生我者父母，知我者君也。"

齐白石如此敬重徐悲鸿，并向比自己小32岁的徐悲鸿下拜，"这样的姿态不是丑化老先生吗？在那充满扼杀的世界里，齐白石此举是代表了所有的艺术家的真诚，是对于那些心胸坦荡不排斥异己而提携贤才的人永久的最高敬意。"[8]然而，徐悲鸿重聘齐白石，坚持教学改革却遭到保守派的反对和抵制，责难声纷至沓来："齐木匠也居然来当教授了！徐悲鸿凭个人好恶用事，他要把北平艺术学院搞成什么样子？"改革计划难以实施，徐悲鸿只好拂袖而去。在辞别齐白石时，老人家黯然神伤，当即作了一幅《月下寻旧图》送给徐悲鸿，又在画上题诗两首，第一首是：

> 草庐三顾不容辞，何况雕虫老画师。
>
> 深信人间神鬼力，白皮松外暗风吹。

齐白石木匠出身，而徐悲鸿则是科班出身。齐白石在60岁之前几乎未离开过乡土；而徐悲鸿曾长期留洋，先后到过七八个国家。但齐、徐两人都是画坛巨擘，"齐白石是画坛上的一颗星，徐悲鸿也是画坛上的一颗星，星和星联系在一起，便构成了星座"[9]。这"星座"交相辉映，永远闪耀着夺目的光芒！

注　释

〔1〕黎锦熙、胡适、邓广铭编《齐白石年谱》，商务印书馆，1949。

〔2〕方薰《山静居论画》，载沈子丞编《历代论画名著汇编》，文物出版社，1982，第593页。

〔3〕吴昌硕著，童音点校《吴昌硕诗集》，华东师范大学出版社，2009，第400页。

〔4〕齐白石还有一首题为《家雀》的诗，与此诗的文字互有异同。本章所引诗均出自湖南美术出版社出版的《齐白石题画诗选注》。

〔5〕参见澍群选注《齐白石题画诗选注》，湖南美术出版社，1987，第184页。

〔6〕《齐白石全集》第10卷第二部分，湖南美术出版社，1997，第86页。

〔7〕王朝闻：《再读齐白石的画》，《美术杂志》1957年第12期。

〔8〕〔9〕许谋清：《寻找大师》，《北京文学》1993年第6期。

第六十二章

"诗才不亚于画才"的绘画大师黄宾虹

在中国近现代绘画史上，向有"南黄北齐"之说。"北齐"是指居住在北京的花鸟画巨匠齐白石，而"南黄"则指浙江的山水画大师黄宾虹。黄宾虹擅书画，工诗文，也是一位著名的题画诗人。

第一节　黄宾虹艺术人生

黄宾虹

黄宾虹（1865—1955），初名懋质，后改名质，字朴存，又作朴人，别署予向、虹庐、虹叟等，中年以后更号宾虹，以号行。祖籍安徽歙县，出生于浙江金华。平生遍历山川，注重写生。早年得力于李流芳、程邃，以及髡残、弘仁等，但也兼法元明各家。其作品重视章法上的虚实、繁简、疏密统一；用笔如作篆籀，遒劲有力，在行笔谨严处，有纵横奇峭之趣。新安画派疏淡清逸的画风对黄宾虹的影响是终生的。60岁以前，他是典型的"白宾虹"。60岁以后，曾两次自上海至安徽贵池，游览乌渡湖、秋浦、齐山。江上风景甚佳，他起了定居之念。贵池之游在黄宾虹画风上的影响，便是从新安画派的疏淡清逸，转向学习吴镇的黑密厚重的积墨风格。以此为转机，黄宾虹开始由"白宾虹"逐渐向"黑宾虹"

过渡。1928年以后，黄宾虹基本上从古人粉本中脱跳出来，而以真山水为范本，参以过去多年"钩古画法"的经验，创作了大量的写生山水，在章法上前无古人。黄宾虹有巴蜀之游。这是其绘画产生飞跃的契机。其最大的收获，是从真山水中证悟了他晚年变法之"理"。他精于墨法，有时在浓、焦墨中兼施重彩，并以"明一而现千万"的表现手法，写出浑厚华滋、意境深邃的山川神貌。黄宾虹不仅是近代中国山水画的杰出代表和著名书画家、篆刻家，而且擅诗文。其诗清隽疏朗。柳亚子称其"诗才不亚于画才"。黄宾虹现存诗作940余首，绝大多数为题画诗。

黄宾虹生于乱世，感于时事，曾参与戊戌变法、辛亥革命等政治活动，并参加了文化革命团体"南社"，是一位爱国战士。其故居"铸园"就是当年秘密参加推翻清王朝的革命活动之所，因为同盟会铸造钱币而得名。晚年任中国美术家协会华东分会副主席、中国美术家协会理事。1955年90岁寿辰时，获华东行政委员会颁发的奖状，被授予"中国人民优秀画家"称号。同年3月25日病逝。所藏书籍、字画、金石以及自作书画、手稿等10100多件，全部捐献给国家。主要著作有《虹庐画谈》《中国画学史大纲》《宾虹诗草》以及赵志钧辑注的《宾虹题画诗集》等。

第二节 黄宾虹书画特点和成就

黄宾虹的书画成就在我国近现代绘画史上与齐白石齐名，足见其艺术功力和成就非同一般。他擅长画山水、花卉并注重写生，但成名相对较晚。50岁以后，他的画风逐渐趋于写实。80岁以后，才真正形成了人们所熟悉的"黑、密、厚、重"的画风。黄宾虹晚年的山水画，所画山川层层深厚，气势磅礴，惊世骇俗。这一显著特点，也使中国山水画上升到一种至高无上的境界。

1928年之后，黄宾虹首游桂、粤，画了大量写生作品。特别是巴蜀之游，是他绘画上产生飞跃的契机。1933年的早春，黄宾虹去青城山途中遇雨，全身湿透，索性坐在雨中细赏山色变幻，从此大悟。第二天，他连续画了《青城烟雨册》十余幅：焦墨、泼墨、干皴加宿墨。在这些笔墨试验中，他想找到"雨淋墙头"的感觉。雨从墙头淋下来，任意纵横氤氲，有些地方特别湿而浓重，有些地方可能留下干处而发白，而顺墙流下的条条水道都是"屋漏痕"。当我们把这种感觉拿来对照《青城山中》，多么酷肖"雨淋墙头"啊！完全是北宋全景山水的章法，一样的笔墨攒簇，层层深厚，却是水墨淋漓，云烟幻灭，雨意滂沱，积墨、破墨、渍墨、铺水，都运用得恰到好处。"瞿塘夜游"发生在游青城后5个月，回沪途中的奉节。一天晚上，黄宾虹想去看看杜甫当年在此所见到的"石上藤萝月"。他沿江边朝白帝城方向走去。月色下的夜山深深地吸引着他，于是黄宾虹在月光下摸索着画了一个多小时的速写。翌晨，黄宾虹看着速写稿大声叫道："月移壁，月移壁！实中虚，虚中实。妙，妙，妙极了！"此后，雨山、夜山成为黄宾虹最擅长、最经常画的绘画主题。70岁后所画作品，兴会淋漓，浑厚华滋；喜以积墨、泼墨、破墨、宿墨互用，使山川层层深厚，气势磅礴，十分挺拔。所谓"黑、密、厚、重"的画风，正是他逐渐形成的显著特色。这一显著特点，也使中国山水画上升到一种至高无上的境界。黄宾虹曾说过学习传统应遵循的步骤："先摹元画，以其用笔用墨佳；次摹明画，以其结构平稳，不易入邪道；再摹唐画，使学能追古；最后临摹宋画，以其法备变化多。"黄宾虹所说的宋画，除了北宋的大家外，往往合五代荆浩、关仝、董源、巨然诸家在内。

在北京（时称北平）的11年，黄宾虹完成"黑宾虹"的转变后，又进行"水墨丹青合体"的试验。用点染法将石色的朱砂、石青、石绿厚厚地点染到黑密的水墨之中，"丹青隐墨，墨隐丹青"，这是受西方印象派启发，将中国山水画两大体系（水墨与青绿）进行融合的一大创举。南归杭州后，看到良渚出土的夏玉而悟墨法，将金石的铿锵与夏玉的斑驳融为一体，使画面的朦胧融洽更接近江南山水的韵致，笔与墨一片化机。

黄宾虹先生关于绘画的理论，在多部著作中均有记载。如王伯敏编《黄宾虹画语录》中载：

作画应使其不齐而齐，齐而不齐。此自然之形态，入画更应注意及此，如作茅檐，便须三三两两，参差写去，此是法，亦是理。——1952年语。

中国画讲究大空、小空，即古人所谓"密不通风，疏可走马"。疏可走马，则疏处不是空虚，一无长物，还得有景。密不通风，还得有立锥之地，切不可使人感到窒息。许地山有诗："乾坤虽小房栊大，不足回旋睡有馀"。此理可用之于绘画的位置经营上。——1952年语。

游黄山，可以想到石涛与梅瞿山的画；画黄山，心中不可先存石涛的画法。王石谷、王原祁心中无刻不存大痴的画法，故所画一山一水，便是大痴的画，并非自己的面貌。但作画也得有传统的画法，否则如狩猎田野，不带一点武器，徒有气力，依然获益不大。——1948年语。

写生只能得山川之骨，欲得山川之气，还得闭目沉思，非领略其精神不可。余游雁荡过瓯江时，正值深秋，对景写生，虽得图甚多，也只是瓯江之骨耳。——1948年语。

天下书多读不完，最忌懒惰；天下景多画不尽，最怕乱涂。——1952年语。

山峰有千态万状，所以气象万千，它如人的状貌，百个人有百个样。有的山峰如童稚玩耍，嬉嬉笑笑，活活泼泼；有的如力士角斗，各不相让，其气甚壮；有的如老人对坐，读书论画，最为幽静；有的如歌女舞蹈，高低有节拍。当云雾来时，变化更多，峰峦隐没之际，有的如少女含羞，避而不见人；有的如盗贼乱窜，探头探脑。变化之丰富，都可以静而求之。此也是画家与诗人着眼点的不同处。——1952年语。

石涛曾说"搜尽奇峰打草稿"，此最要紧。进而就得多打草图，否则奇峰亦不能出来。懂得搜奇峰是懂得妙理，多打草图是能用苦功；妙理、苦功相结合，画乃大成。——1955年2月病中语。

作画时，要心在画中之物，石涛深悟此理。画黄山松，要懂得黄山松之情意，做诗也如此。我曾作《迎送松》诗道："今古几游客，劳劳管送迎，苍官不知老，披拂自多情"。——1948年语。

学画如打铁，要趁火热的时候打，不能停，不能歇。又如逆水行舟，不进便是退。——1934年语。

画有四病，邪、甜、俗、赖是也。——1948年语。

宋人夏珪，元人云林（倪瓒）杂树最有法度，尤以云林所画《狮子林图》，可谓树法大备。杂树宜参差，但须乱而不乱，不齐而齐；笔应有枯有湿，点须密中求疏，疏中求密。古人论画花卉，谓密不通风，疏可走马，画杂树亦应如此。——1953年语。

张振维《浑厚华滋　刚健婀娜》中载：

我说"四王"、汤、戴陈陈相因，不是说他们功夫不深，而是跳不出古人的圈子。有人说我晚年的画变了，变得密、黑、重了，就是经过师古人又师今人，更师造化，饱游饫看，勤于练习的结果。

山水的美在"浑厚华滋"，花草的美在"刚健婀娜"。笔墨重在"变"字，只有"变"才能达到"浑厚华滋"和"风健婀娜"。明白了这一点，才能脱去凡俗。

初学（画）宜重视者三：一曰笔墨，由练习（书画）、读书得之；二曰源流，由临摹赏鉴悟之；三曰创造，由游览写生成之。非明笔墨则源流莫窥，未讲源流则创造无法，未讲创造则新境界又从何而来？

（画）先求实，后求虚，先从容易的，再后到难的。讲虚实有难易，但不是好坏，整幅画中没有实的地方，那里还有虚的地方，虚实是相生的。从那里画起？还不是一笔笔画起。要懂得虚实不是这笔虚那那笔实，而是从通幅的气势意境来着眼的。虚要从实处看，实要从虚实处看。

婀娜多姿是花草本性，但花草是万物中生机最盛的。疾风知劲草，刚健在内，不为人觉察而已。

书画同源，理一也。若夫笔力之刚柔，用腕之灵活，体态之变化，格局之安排，神采之讲求，衡之书画，固无异也。

师造化，多写生很重要！

一幅画，有山、有石、有溪流、有瀑布、有树木楼阁，如果用笔不分明,什么东西都分不出,立不起了。但是它们的神采、气势、内在的美,又是相通的。更随着时季、环境在变化。如果用黑不融洽,什么东西都变成一个死物了。

朱金楼《近代山水画大家——黄宾虹先生(上)》中载:

> 古人谓山分朝阳山、夕阳山、正午山。朝阳山、夕阳山因阳光斜射之故,所以半阴半阳,且炊烟四起,云雾沉积。正午山因阳光当头直射之故,所以近处平坡白,远处峦头黑。因此在中国山水画上,常见近处山反淡,远处山反浓,即是要表现此种情景。此在中国画之表现上乃合理者,并无不科学之处。而且亦形成中国山水画上之特殊风格。不同于西洋山水画上之表现。

> 应该从实到虚,先要有能力画满一张纸,满纸能实,然后求虚。

> 实中虚白处,不论其大小、长短、宽狭,要能在气脉上互相连贯,不可中断,否则便要窒塞。但所谓气脉上的连贯,并非将虚折白的各个部分都连贯起来。实中虚白处,既要气脉连贯,又要取得龙飞凤舞之形。如此使实处既能通泄,也使通幅有灵动之感,更能使通幅有气势。

《山水轴》:山川浑厚,草木华滋。

黄宾虹认为画在意不在貌,主张追求"内美",认为国画最高境界就是"有笔墨"。他作于1934年的《山水轴》,正是展现其笔墨特色的代表作。笔墨上,以重墨细笔勾画树木、茅屋,再用墨层逐渐积累,由轻而重,直至浓墨打点。

《拟孙雪居笔意》:色渍漫溢,流彩飞扬。

《拟孙雪居笔意》图是黄宾虹渍色画法的经典之作。技法上,山形质朴,不作奇峭之状。黄宾虹将渍墨画法发展到渍色画法,突破了画面墨色的限制。作品一派色渍漫溢、流彩飞扬,色墨浑然一体,令山水意蕴散发出别样的魅力。

《为居素作山水图》:刚柔相济,清妍秀润。

《为居素作山水图》作于1952年,时年黄宾虹87岁。画面染色不多,突出赭石和草绿色的鲜亮。崇山峻岭，山路曲折，远景苍山之葱茏，近景茅屋之孑然，不落寻常蹊径，笔墨枯润相间，有虚有实，繁而不乱。画面内容虽多，但层次变化丰富。

《深山夜画》

《深山夜画》：静中寓动，暗中求明。

《深山夜画》是黄宾虹晚年山水画代表作，充分展现了他"黑、密、厚、重"的不俗画风：画面元气淋漓，墨华飞动，意境清远深邃，去尽斧凿雕琢之迹，令观者动容。虽是夜山，但画面并非墨黑一团，反而是水际天光、清澄一片。

黄宾虹书法，用墨比较好，笔法差一些，仍旧不失优质。黄宾虹把山水画的这种墨韵内涵移植到书法创作中，其弊可免，其优可扬。换言之，黄宾虹书法因为墨色的变化而显得特别有味道。他书法里的墨色变化，真如天飘美云，意境悠悠。

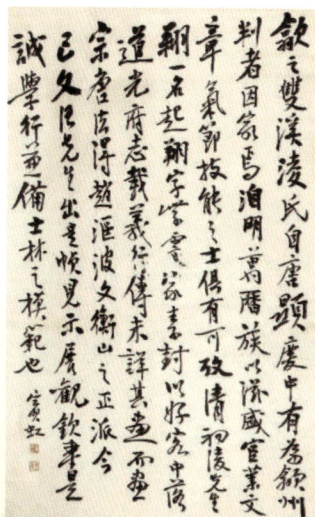

黄宾虹书法作品

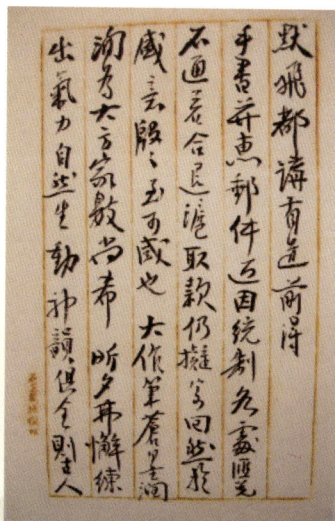

　　黄宾虹的书法颇见功力。书画同源，画为书之余。一般来说，书法水平的高低能尽显艺术家的整体笔墨功力。黄宾虹的书法，用墨品质非常独到。他对水墨氤氲的把握能力很强，书法用墨以含水量大为主要特点，墨色可湮，形成一种独特的发散意境，并且湮到何处，都有规划、能把握。俗笔用水墨写书法，一般就是染成一团糟，但黄宾虹书法中水墨不但能染散而去，也能守住边际而归位。因此，黄宾虹堪称用墨大家。

　　善于水墨写书法，墨色滋润多变化，相当悦目。这是黄宾虹书法的优点。但是，纵观他的书法用笔，则稍显呆板，不灵动，也不飘逸，流畅感不强，显得笔迹生疏。当然，这种用笔的短处，可能不是黄宾虹书法的天然毛病，应该是受绘画线条勾勒的习惯影响而形成的。画画勾线，特别是画山水，笔迹一般会受刻画对象的影响，慢勾加慢皴，笔法形成相对滞慢的习惯，比较难以在书法的过程中得以更正。习惯成自然。黄宾虹书法，有着画山水笔法的滞慢影响，所以用笔不似怀素之机变，也不似王羲之之飘逸，不是写字的形态，多有画字的不足，手腕与臂肘都显僵硬，以致笔法不灵活。特别是他书法里的折笔，多是牛车过小巷，不能速达，有慢拖的迹象。

　　黄宾虹书法，是民国及民国之后书法的精彩保留，方家之功，非常可贵。所以，整体来说，黄宾虹的书法，小刺不压主干，仍旧是艺术天地的一棵参天大树，功力深厚，是其学养与艺术心境的突出表现。

黄宾虹篆书作品

第三节　黄宾虹题画诗

　　黄宾虹的题画诗以山水类为主。在他的全部题画诗中，为山水画而题的作品占80%以上。这也是这位山水画大师的题中应有之意。并且其题画诗的组诗较多，有些篇幅也极长，如《题画山水五绝六十首》《题画山水七绝五十首》等，后者长达1400字。黄宾虹"对山水有情，能领悟到群山间的对话，听出江河的悲欢，看到花木的舞姿，洞察云海瀑布奇石的个性。在他的心目中，大自然是有生命有情感的，是可以倾诉心曲的挚友，也是开掘不尽的美感的矿山"[1]。在黄宾虹的所有山水类题画诗中，以为黄山画而题的诗最多。这是因为他一生爱黄山。张大千曾十上黄山，他九上黄山。据《黄宾虹题画诗》载，他的黄山纪游从1883年至1948年，共60余年。最早的一首《题黄山图》作于1883年。其诗是：

　　　　寂寂黄山觅隐沦，百年僧济忽翻身。

　　　　愿君卅六峰头影，莫浣红飞十丈尘。

　　光绪九年（1883），黄宾虹从金华至歙县潭渡村。有一次去虬村汪溶家中观赏石涛所作《黄山图》，为之狂喜，欲借去临摹，汪不允。他仍念念不忘。夜间竟梦见此图及石涛其人。翌晨，他喜出望外，遂默写石涛《黄山图》。此事他终身不忘，直至晚年在栖霞岭谈及此段经历时，仍面有得色。他的另一首题黄山画的代表作是《青鸾峰》：

　　　　山势插层云，矫健鸾翻翼。

　　　　吹箫人去遥，壁立玉千尺。

　　这首诗由"青鸾峰"之名联想到古代箫史吹箫引凤与弄玉共升天的传说，写山高插云而去，如鸾鸟之健翼翻飞升腾，既形象生动，又紧扣典故。意境高远，诗笔雄健。但是，黄宾虹这类风格刚健的题画诗，大多不瘟不火，并无掀天盖地之气势。《小心坡二首》也是题画佳作：

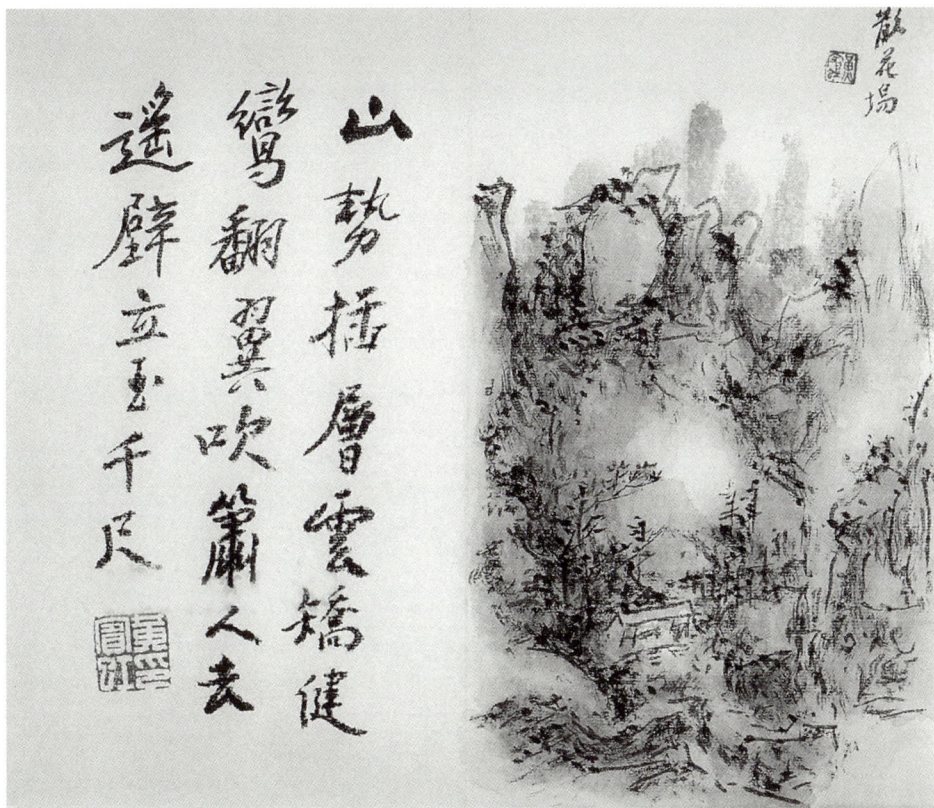

山势揺层云矫健
鸾鸾翻翼吹箫廊人去
遥辟立玉千尺

《青鸾峰》

断续绠悬路，倾欹沙滑坡。

人窥飞鸟背，下界白云多。

过雨瀑争流，扶云岩欲堕。

络石见繁枝，横截一松卧。

这两首诗写景极为形象，其中"人窥飞鸟背，下界白云多"两句不仅写出了山之高危，而且烘托出人在云鸟之上的险境，令人望之悚然。"络石见繁枝"一句中的"繁枝"，题画本作"深根"，似不如前者好。"络石"，又名白花藤、石龙藤等，一种常绿攀援木质植物。它根深叶茂，可供观赏。倘作"深根"，只是写其地下状，则与观赏无关。这说明诗人在将画上题诗修改定稿时，颇费推敲而成。黄宾虹最后一组题黄山图是《黄山追忆二首》：

> 黄海银涛泛滥铺，不期片域具方壶。
> 置身已在光明顶，云际归来住足无？
>
> 十年不踏黄山路，一片云飞万里遐。
> 他日重来松菊径，相期重啜紫霞茶。

诗人自注云："戊子初春别黄山已十年矣，追忆图此。八十五叟宾虹写。"戊子，为1948年。诗人时在北平。新中国成立前夕的诗人似对未来充满期许。"光明顶"虽为黄山主峰之一，但也蕴含诗人对光明的向往。而"一片云飞万里遐"更是诗人豁达胸襟的写照。但此时诗人已届耄耋，重品紫霞茶之愿望，终成了永久的遗憾！

黄宾虹的题画诗是从心中自然流出来的，浑然天成，既有魏晋山水诗之神韵，又几近口语，而无古涩之感。淡从腴出，朴自华生，风格清新淡雅。试看其《池阳湖舍四首》其二：

> 久喜临流拟结茅，数椽虚敞倚云坳。
> 香浮玉液斟桑落，色嫩金黄出柳梢。
> 闲静吟边沙浴鹭，荒寒画意石潜蛟。
> 钓船却系柴门外，暖暖桑榆影自交。

这是一首典型的山水田园诗，山清水秀，沙软风轻，船系门外，桑榆成荫，一派依山傍水的田家风光。诗中虽然出现"荒寒"两字，但并未破坏全诗优美之风调，并且这"荒寒"也与清初某些画家以"荒寒"表现自己孤寂凄凉之心境迥然不同。它只是画家常追求的一种意趣，正像古代诗人喜欢吟叹"闲愁"一样，并不一定代表他当时之心境。黄宾虹的山水类题画诗意境清幽，赏心悦目，也给人以脱尽芳华的自然美，如《题画二十四首》其中二首：

> 湖汀一雨余，遥岑净如沐。
> 筑屋迎朝曦，春风吹杜若。

绿烟红雨岸，桃柳数家齐。
山客正高卧，幽禽不住啼。

　　湖汀雨过，遥岑如洗，茅屋晨曦，春风吹花，桃柳遮檐，幽禽啼鸣。诗人用简洁的笔墨描绘出一派优美景致。诗风淡雅，情韵深长。又如《题画十五首》其十二：

　　　　浩渺波光夏木稠，
　　　　通津遥曳橹声柔。
　　　　到门飞翠环瑶屿，
　　　　四面虚窗池上楼。

　　这首诗在艺术上颇见功力。诗人似未从画面着笔，而直写周遭景物。"浩渺"言水大，"夏木"言节候，均为后面的描写张本：有"波光"，才有"橹声"；有"木稠"，才有"飞翠"；而"瑶屿"与"池"又都和"浩渺波光"相照应。此诗不仅所写景色清新宜人，而且使笔

《湖汀过雨立轴》

起承转合，环环相扣，是题画之佳作。黄宾虹这样的诗篇很多，又如《己酉七月题山水图册二首》：

　　　　泉上幽亭近翠微，树凉如水湿人衣。
　　　　平湖直接阑干下，远见轻鸥点点飞。

虚亭萧寂带沧州，雨过陂塘水乱流。

诗思不禁斜日好，碧山飞影落扁舟。

这两首诗朗润秀逸，淡雅流丽，像无云的天空一样明朗，又像雨后的空气一样清新，足以代表黄宾虹山水类题画诗的基本风格。

黄宾虹的题画诗虽然多描绘自然山川之美，并寄托自己的情怀，但并没有忘记黑暗的现实，也有一定数量的关涉时事之作，如《题黍离图》：

太虚蠓蟻几经过，瞥眼桑田海又波。

玉黍离离旧宫阙，不堪斜照伴铜驼！

此诗作于1944年春。诗人经过北平长安街时见日寇军队集结于新华门，心中如噎。归家作《黍离图》，并题诗于上。"太虚"指天空，"蠓蟻"是小飞虫蠓子，喜乱飞。扬雄《甘泉赋》："历倒景而绝飞梁兮，浮蠓蠓而撇天。"诗人用《甘泉赋》句意来表达自己对日本侵略者的蔑视：它为患一时，但不可能一手遮天。此句表现出强烈的民族自信心。《黍离》是《诗经》中篇名，写西周亡后旧臣经过故都见宗庙宫室倒塌，遍生禾苗，因而感王室之倾覆。后人便把"黍离"之感作为亡国之哀思。诗中的"铜驼"是用《晋书·索靖传》典："靖有先识远量，知天下将乱，指洛阳宫门铜驼，叹曰：'会见汝在荆棘中耳！'"后便以"铜驼荆棘"形容亡国后的残破景象。这首诗通过用典，以极少的笔墨，不仅抒发了自己沉痛的哀伤，而且表达了深深的爱国之情。后来，他的行动也证明了这一点。在他80岁时，日本人想利用他，为他举办庆寿会，寿堂已设，他却拒绝参会。他在《八十感言》中说："虽得宾朋欢，那能咽清旨。当期气运回，泰来尽去否！"他的《响山书愤》更是直斥现实之作：

苛敛追逋谷弃民，盗由民化困穷凶；

却为当道豺（一作豹）狼迫，狮吼空山一震聋。

光绪二十五年（1899），帝国主义的疯狂侵略和清政府的卖国投降，激起全国人民的强烈反抗，各地反对外国教会、反对筑路开矿以及抗租抗税的斗争此起彼伏，形成了广泛的武装起义。诗人当时因支持维新变法被告发而出走申沪。不久又经宣城返歙县，过响山时传来农民暴动的消息，于是便以愤怒的笔触写下这首诗。诗人用"雄狮"形容起义的饥民，用"豺狼"比况当时的官府，用极为简短的语言揭示了官逼民反的深刻道理。此诗犹如暗夜的火把、战斗的号角，指引并激励人民起来反抗和斗争。其强烈的爱憎、恢宏的气度，具有很大的震撼力。因此，这类题画诗与其山水类题画诗所呈现的清新秀逸风格不同，多慷慨激昂、掷地有声，有一种超拔的气势。又如《〈游侠图〉并题为侠飞作》："日暮天寒风正遒，与君郑重拂吴钩。难忘荆轲争廷事，易水声渐不断流。"这首为《游侠图》而题的诗如侠客义士一样具有侠骨豪情。如果说前一首诗是以慷慨豪壮见长的话，那么此诗则是以沉郁悲壮著称。

黄宾虹题画诗的突出特点之一是将纪游与绘画、题诗有机结合起来，以画纪游，复以诗题画。由于他的绘画题材多是旅游之地的山水，所以一路所作之画自然便是纪游，而在这些画上所题之诗，从形式上看是题画诗，从内容上看又是纪游的山水诗。并且，画绘实景，具象生动；诗写虚境，升华画意。虚实相补，相得益彰。如《宾虹题画诗集》中的《吴中纪游》《黄山纪游》《白岳纪游》《雁荡纪游》《武夷纪游》《粤西纪游》《入蜀纪游》《潭上杂咏》《西湖杂咏》《江行杂咏》《淞沪杂咏》等，既是纪游之作，也多属题画之诗。但仅从题目看又不像题画诗，如《粤西纪游》中的《漓江上》，并未标明"题画"两字，而从注释"题画亦作'粤西纪游'"看，也是题画之作。

黄宾虹以题画诗纪游这一特点，与柳亚子的题画诗颇有相似之处，但也有很大不同：一是黄宾虹的题画诗多是自题其画，而柳亚子的则全是为他画而题；二是黄宾虹的纪游题画诗多是为自然山水而作，而柳亚子的则多是为社会类绘画或照片而题；三是黄宾虹的题画诗虽然也偶涉时事，但多为个人游踪之作，而柳亚子则侧重写国家重大历史事件，具有"诗史"之性质。

黄宾虹题画诗的另一个特点是善于在诗中述画史论画理，并且颇具系统性。在前人的题画诗中，虽然也不乏论及画理之作，但往往多为只言片语，较为零散；而黄宾虹的论画理之作，不仅有长篇专论，而且整首论画的短章也俯拾即是。这些题画诗中，有许多新观点都很有参考价值，而最值得注意的有两点：一是极为重视书法与绘画的重要关系；二是全面论述了中国绘画的发展史，既有对许多名家的精到点评，也有对画史的宏观而系统的论述。

对于书法与绘画之关系，他一方面认为，文字产生于绘画。他在《论画七首》中说："画先文字，而有象形。"又在《奉答刘均量兄见怀之作即依原韵以博一笑》中说："皇初图画启文字，字有本谊由会意。"另一方面，更强调学画必先学书。他说："画中笔法，由写字出。"又在《庚辰题画二首》其一中说："士夫六法本隶体，天开易象怀鸿蒙。"在《酬刘湖涵赠书横幅》中说："六书象形籀古始，点画参差通画旨。"黄宾虹之所以特别强调书法对绘画的作用，主要原因有三：其一，他学画最初由学书起步，延师启蒙时，从萧山倪翁处闻"当如作字法，笔笔亦分明"画诀，便一生谨从此道。其二，由自己的创作经验中总结出绘画与书法依存的关系，绘画不可须臾离开书法，画好必须书先好。他在《与郑轶甫书》中说："赵扮叔山水尤佳，以其精通书法，学综汉魏，超之前人，可信然已。"其三，黄宾虹的画尚写意，也得之于书法。他说："浑厚华滋，书之正宗。"他的学生刘君量在《题黄宾虹夫子近作山水并以奉怀》中说得更为明确："以字入画画而字，字耶画耶但写意。一山一水妙难言，恢奇卓绝五百年。吾师九十笔愈老，千军为扫万马倒。钩树勒石老愈奇，如篆如籀蟠蛟螭。脱尽皮毛见筋骨，直是寒山拾得诗。"

黄宾虹在题画诗中论画，一是对画家的评论，二是对画史的论述。两者相辅相成，关系密切。如他的《论画十首》，既评价了郑虔、王维、吴道子、关仝、荆浩、米芾等画家，又纵论唐、宋、元画史，说："唐纤宋犷馀，逸品重元季。"既泛论一个朝代的绘画特点，说："唐画重丹青，宋画如点漆。"又专论某些画理，说："浓淡论深浅，皮相仍骊黄。行空自天马，云衢看脱缰。"又说："鲲鹏海上游，海天本无界。神游六法中，元气起象外。"这些诗将玄妙的画理化作生动的比喻，绘声绘色，深入浅出，对形神之关系论述得十分透彻，指出无神则形象呆滞，无形则神无依托。他在《题山水》诗中还论述了绘画作为一种艺术高于自然形态的道理："江山本如画，内美静中参。人巧夺天工，剪裁青出蓝。"江山如画，是赞美山河美丽如艺术品绘画一样，但"江山"作为自然界的"内美"，并非任何人都能领略到的，必须经过"静中参"；而画家一旦参悟到其"内美"，再经过艺术创作，就可以达到"巧夺天工"之效果，即"青出于蓝而胜于蓝"。这深刻的艺术道理，由于诗人出于对绘画的深刻理解，只用四句话就表述无遗，其高度的艺术概括力令人叹服。

黄宾虹论述中国绘画史的题画诗既有短篇组诗，也有长篇力作。前者如《论画七绝句》《论画七绝五首》等，后者即著名的《画学篇》，其诗如下：

文明钻燧稽皇初，丹成纯青火候炉。

女娲补天石五色，平章作绘开唐虞。

凤凰来仪奏韶舞，龙马应瑞呈（一作星）河图。

夏璜殷契周金石，国族标识（一作帜）通鱼兔。

春秋封建既破坏，民学洙泗删诗书。

优游暇豫攻六艺，画事附属书数馀。

图经刻画近匠作，士习重画旋分途。

顾（恺之）陆（探微）张（僧繇）展（子虔）真内美，齐而不齐三角觚。

李唐君学画有奴，丹青炫耀阎（立本）李（思训）吴（道子）。

魏徵妩媚工应制，王侯妃嫔宫廷娱。

郑虔王维作水墨，诗中有画三绝俱。

集取众长洪谷子，嵩华山中居结庐。

补缀人物倩胡翼，关仝出蓝非过誉。

范宽林峦壅砂碛，平汀浅渚层层铺。

董（源）巨（然）二米（元章、元晖）一家法，浑厚华滋唐不如。

房山（高彦敬）鸥波（赵孟頫）得神妙，传柯丹邱（九思）方方壶（从义）。

元季四家称杰出，黄（公望）吴（镇）倪（瓒）王（蒙）皆正趋。

梅花庵主渍墨濡，黄鹤山樵隶体臞。

墨中见笔笔含墨，大痴不痴倪不迂。

明初作者繁有徒，自弃轩冕甘泥涂。

唐（寅）仇（英）继起鲜真迹，沈（周）惟求细文（徵明）求粗。

自董玄宰（其昌）宗北苑（董源），青藤（徐渭）笔端露垂珠。

启祯多士登璠玙，群才济济均俊厨。

邹衣白（之麟）笔折钗股，恽香山（道生）墨滋藤肤。

泾阳（张恂）莱阳（姜实节）足文史，黄山（李永昌）绣水（项元汴）兼藏储。

笪江上（重光）有郁冈斋，朱竹垞（彝尊）为静志居。

画筌书筏会真赏，殚见洽闻德不孤。

朝臣院体宝石渠，渐由市井邻江湖。

娄东海虞入柔靡，扬州八怪多粗疏。

邪甜恶俗昭炯戒，轻薄促弱宜芟除。

道咸世险无康衢，内忧外患民嗟吁。

画学复兴思救国，特健药可百病苏。

艺舟双楫包慎伯，㧑叔赵氏（之谦）石查胡（义赞）。

金石书法汇绘事，四方响应登高呼。

夏玉出土今良渚，斒斓色采实若虚。

古文奇字证岣嵝，舜禹揖让无征诛。

会稽和协集万国，平成水陆通舟车。

天然图画大理石，神工诡秘滇南无。

文治光华旦复旦，月中走兔日飞乌。

变易人间阅桑海，不变民族性特殊。

箕裘弓冶缅矩矱，行之简易毋踌躇。

来轸方遒拥先导，负弩我愿随驰驱。

群策群力加勤劬，功夺造化味道腴，永寿万年当不渝[2]。

　　这首七言古诗从画家自己毕生从事国画理论研究的心得和丰富的创作经验出发，探讨了中国绘画产生、发展和演化的历史，具有重要的理论价值和实践意义。

这首论画诗，虽然不是题在画上，也非一时兴来之笔，而是作者经过长期缜密思考后，为整个中国绘画而题，因而也可算作广义的题画诗。作者在与友人信中说："拙作《画学篇》长歌，于中国画学升降，略贡意（一作臆）见。兹以清之道、咸，名流哲士，追求画法，胜于前人，以金石碣碑之学，参以科学理化，分析精微，合于宋元精神，拟加诠释，详叙成帙。"（《宾虹书简·致汪孝文》）由此可知此篇之主旨，是要从中国绘画史的变迁演化中考察其升降、优绌，作为借鉴。在这篇长诗中，除了对历代重要画家一一论列，评其得失外，还提出两个重要观点，当引起重视：一是指出清代道光、咸丰年间金石学盛是中国画学中兴的标志，并论述金石学与画学之关系；二是提出"君学"与"民学"两个对立的概念，并阐释了其重外美与尚内美的不同审美判断。作者在《国画之民学》的演讲中曾解释说："君学重在外美，在于迎合人；民学重在精神，在于发挥自己。所以君学的美术，只求外表整齐好看，民学则在骨子里求精神和个性的美，涵而不露，才有深长的意味。"这篇《画学篇》是凝聚画家一生心血而写成，诗中"精研画理画法画史，所咏多前人所未发"[3]。他当是中国文化史上以长诗写绘画史的第一人。

此外，黄宾虹在题画诗中对留白、白与黑、变与不变的辩证关系的阐释也有独到的见解。

黄宾虹的题画诗虽然取得了很高的艺术成就，既给人无穷的审美享受，又给人画理画法之启迪，但是有些诗篇率然而作，不拘形式，在音韵上也不太讲究，是白璧之微瑕。

注 释

〔1〕柯文辉：《黄山灵气铸诗魂：读〈黄宾虹题画诗集〉》，载黄宾虹撰，赵志钧辑注《宾虹题画诗集》，中国美术学院出版社，2009，第258页。

〔2〕《画学篇》版本较多，文字也多有出入，此以《画家篇》定本为主，并参以其他版本。此外，其他引文多出自《宾虹题画诗集》，也与其他版本略有不同。

〔3〕赵志钧：《盛世诗画魂：记黄宾虹的论画诗〈画学篇〉》，载黄宾虹撰，赵志钧辑注《宾虹题画诗集》，中国美术出版社，2009，第260页。

第六十四章

中西合璧的艺术大师徐悲鸿

徐悲鸿（1895—1953），原名徐寿康，江苏宜兴市屺亭镇人。中国现代画家、美术教育家。先后任教于国立中央大学艺术系、北平大学艺术学院和北平艺术专科学校。1949 年后任中央美术学院院长。被授予"人民艺术家"称号，与张书旗、柳子谷三人被称为画坛的"金陵三杰"。1953 年 9 月 26 日，徐悲鸿因脑溢血病逝，享年 58 岁。按照徐悲鸿的愿望，夫人廖静文女士将他的作品 1200 余件，他一生节衣缩食收藏的唐、宋、元、明、清及近代著名书画家的作品 1200 余件，图书、画册、碑帖等 1 万余件，全部捐献给国家。

徐悲鸿

第一节　徐悲鸿在艺术旅途的跋涉

徐悲鸿出身贫寒，自幼随父亲徐达章学习诗文书画。徐达章是私塾先生，能诗文，善书法，自习绘画，常应乡人之邀作画，谋取薄利以补家用。母亲鲁氏是一位淳朴的劳动妇女。徐悲鸿 9 岁起正式从父习画，每日午饭后临摹晚清名家吴友如的画作一幅，并且学习调色、设色等绘画技能。10 岁时，已能帮父亲在画面的次要部分填彩敷色，还能为乡里人写"时和世泰，人寿年丰"等春联。13 岁时随父辗转于乡村镇里，卖画为生，接济家用。背井离乡的日子虽然艰苦，却丰富了徐悲鸿的阅历，开阔了其艺术视野。17岁时，徐悲鸿独自到当时商业最发达的上海卖画谋生，并想借机学习西方绘画，但数月后却因父亲病重而不得不返回老家。他在20岁时再度来到上海，在友人的扶助下，考入法国天主教会主办的震旦大学，为日后赴法留学打下了一定的法语基础。其间认识了著名的油画家周湘、岭南画派的代表人物高奇峰、高剑父，在画作上得到他们的赞许和指点，增强了绘画创作的信心。他还结识了维新派领袖康有为，在其影响下确立了自己的创作思路。在康氏"鄙薄四王，推崇宋法"艺术观念的影响下，他对只重笔墨不求新意的"四王"加以贬薄，认为只有唐代吴道子、阎立本、李思训，五代黄筌，北宋李成、范宽等人的写实绘画才具精深之妙。在康有为的支持下，他观摩各种名碑古拓，潜心临摹《经石峪》《爨龙颜碑》《张猛龙碑》《石门铭》等，深得北碑真髓，书法得以长进。后获得赴日本东京研究美术的资助。在日本，徐悲鸿饱览了公私收藏的大量珍品佳作，深切地感受到日本画家能够会心于造物，在创作上写实求真，但在创作上缺少中国文人画的笔情墨韵，无蕴藉朴茂之风。

徐悲鸿从日本归国后受聘为北京大学"画法研究会"导师。在京期间，相继结识了蔡元培、陈师曾、梅兰芳及鲁迅等各界名人，深受新文化运动思潮的影响，树立了民主与科学的思想。在北洋政府的资助下，24岁的徐悲鸿到法国学习绘画。抵欧之初，他参观了英国的大英博物馆、国家画廊、皇家学院的展览会以及法国的罗浮宫博物馆，目睹了大量文艺复兴时期以来的优秀作品。徐悲鸿感到自己过去所作的中国画是"体物不精而手放佚，动不中绳，如无缰之马难以控制"。于是，他刻苦钻研画学，并考入巴黎美术学校，受教于弗拉芒格先生，开始接受正规的西方绘画教育。弗拉芒格擅长历史题材的人物画，其画作不尚细节的刻画而注重色彩的和谐搭配与互衬，对徐悲鸿日后油画风格形成有着巨大的影响。

徐悲鸿每日乐此不疲地进行西洋画的基本功训练，上午在巴黎美术学校学习，下午去叙里昂研究所画模特儿，有时还抽空去观摩各种展览会。此间，他有幸结识了著名画家柯罗的弟子、艺术大师达仰，每星期日携画到达仰画室求教。达仰"勿慕时尚，毋甘小就"及注重默画的艺术思想对他影响较大，使得他没有追随当时法国日渐兴盛的现代派画风，而是踏踏实实地钻研欧洲文艺复兴以来的学院派艺术，在继承古典艺术严谨完美的造型特点的同时，掌握了娴熟的绘画技巧。留学4年之后，徐悲鸿的绘画水平已达到可与欧洲同时期的艺术家相媲美的地步，其油画作品《老妇》入选法国国家美术展览会。由于北洋政府一度中断学费，徐悲鸿被迫转至消费水平较低的德国柏林。在那里，徐悲鸿仍然不放过每一个学习的机会。他求教于画家康普，到博物馆临摹著名画家伦勃朗的画作，并且常去动物园画狮子、老虎、马等各种动物，以提高自己的写生能力。当徐悲鸿重新获得留学经费后，便立即从德国返回法国继续学习。他抓紧每一分一秒，在名师们正规而系统的训练和他本人孜孜不倦的努力钻研下，绘画水平日渐提高，创作出一系列以肖像、人体、风景为主题的优秀的素描、油画作品，如《抚猫人像》《持棍老人》《自画像》等。徐悲鸿在旅欧的最后阶段还先后走访了比利时首都布鲁塞尔，意大利的米兰、佛罗伦萨、罗马，以及瑞士等地。美丽的异国风光令他陶醉，欧洲绘画大师们的佳作令他受益匪浅。长达8年的旅欧生涯，铸就了他此后一生的审美意趣、创作理念和艺术风格。

　　学有所成的徐悲鸿在32岁这一年回到中国，开始在国内投身于美术教育工作，发展自己的艺术事业。他参与了田汉、欧阳予倩组织的"南国社"，积极倡导"求美、求善之前先得求真"的"南国精神"。他陆续创作出取材于历史或古代寓言的大幅绘画。这些画作借古喻今，观者从中能够强烈地感受到画家热爱祖国和人民的真挚情感。1931年日军侵华加剧、民族危亡之际，徐悲鸿创作了希望国家重视和招纳人才的国画《九方皋》；1933年创作了油画《徯我后》，表达苦难民众对贤君的渴望之情；1939年创作《珍妮小姐画像》，为徐悲鸿最著名的油画人物肖像之一，为支持国内抗战而作；1940年完成了国画《愚公移山》，赞誉中国民众坚忍不拔的毅力和夺取抗战最后胜利的顽强意志。除此之外，还创作了《巴人汲水》《巴之贫妇》等现实题材，《漓江春雨》《天目山》等山水题材以

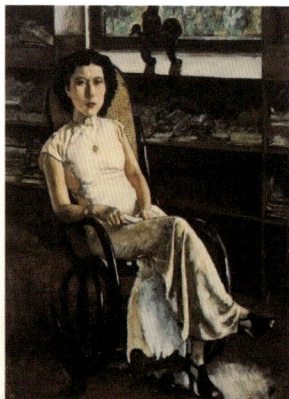

《珍妮小姐画像》

及大量人物肖像和动物题材的作品。1949年新中国成立后，徐悲鸿在担任政务、行政工作的同时，仍笔耕不辍地进行创作，满腔热情地描绘新中国建设中的新人、新事、新面貌。他为战斗英雄画像，到山东导沭整沂水利工程工地体验生活，为劳模、民工画像，搜集一点一滴反映新中国建设的素材。但这一切艺术活动因画家过早地离世戛然而止。

有《徐悲鸿画册》《徐悲鸿画集》《徐悲鸿艺术文集》《徐悲鸿文集》等。

第二节　徐悲鸿书画艺术

在绘画创作上，徐悲鸿提倡"尽精微，致广大"，主张"古法之佳者守之，垂绝者继之，不佳者改之，未足者增之，西方画之可采入者融之"。他坚持对中国画的题材内容进行改良。他的人物画摒弃了中国画守旧的传统，所创造的基本就是一个浪漫、古典的世界。他的这种改良在《负伤之狮》这幅作品中得到了很好的体现。《负伤之狮》创作于1938年，当时日寇侵占了大半个中国，国土沦丧、生灵涂炭，徐悲鸿怨愤难忍。他画的负伤雄狮回首翘望，含着无限的深意。他在画上题写："国难孔亟时，与麟若先生同客重庆相顾不怿写此以聊抒怀。"表达了他爱国忧时的思想。这是一幅现实主义和浪漫主义相结合的杰作。徐悲鸿对中国画的语言形式进行了改良，在整体上坚持了笔墨语言，但对它还是有所取舍和改造，并且融入了一些西画的因素。他始终坚持用中国画的材料工具，坚持以传统的勾、染、泼墨的方法为主。徐悲鸿认为素描是包括中国画在内的一切造型艺术的基础，于是他把素描融入并转换成了笔墨。他要求笔墨与物体结构、空间相统一。

徐悲鸿擅长油画、中国画，尤精素描。其绘画继承了中国文人画之传统，借物寓志，寄托深远，极富思想性；同时又熔古今中外技法于一炉，显示了极高的艺术技巧和深厚的艺术修养。其作品是古为今用、洋为中用的典范，在中国美术史上起到了承前启后、继往开来的巨大作用。他的创作题材广泛，山水、花鸟、走兽、人物、历史、神话等无不落笔有神，栩栩如生。其油画代表作《田横五百士》《徯我后》，中国画代表作《九方皋》《愚公移山》等作品，充满了爱国情怀和对劳动人民的深切同情，表现了人民群众坚韧不拔的毅力和威武不屈的斗志。他常画的奔马、雄狮、晨鸡等，给人以勃勃生机和无穷力量，表现了令人振奋的进取精神。尤其是他画的奔马，驰誉世界，几成近现代中国画的象征和标志。

《九方皋》（局部）　　　　　　　　《奔马》

　　徐悲鸿也是著名书法家。一直以来，徐悲鸿的书名为画名所掩。其在书法方面，在碑帖结合的探索、在碑体行草的贡献上取得了卓越的成就。徐悲鸿一生钟情书法，其迷恋之深、建树之高，在书坛上已远超许多"偏玩"的名家。他在书法上极力推崇碑学。这种碑帖同重、兼容并蓄，博涉多优又见性情的书法精神，形成了徐悲鸿书法的独特风格：结体宽博而修长，劲健而洒脱，豪迈而内敛，铿锵浑穆又烂漫天真，古拙雄强又质朴灵动，力透纸背又飘逸飞动，悍野铁骑又顾盼有情，跌宕欹侧又静若秋水，点化放逸又内紧遒丽。他的书法艺术风格深受康有为的影响，脱胎于魏碑，参以行书笔意，结体疏朗大方。其书与魏碑相比，不如魏碑凝重，当是其少年时学习赵孟頫书法所致。其书与康书相比，拂去了康书的霸悍之气，锋芒内敛，使作品气息归趋平淡冲和。其书与其他画家书相比，几乎没有画家们惯用的墨色的强烈变化，在字的结体上、节奏上也没有太大的夸张变形和起伏，在线条的质感上则非常内敛和纯净，没有大多数写碑人绞转笔法所带来的毛涩感和挣扎感。绝大部分作品都是按照心性自然、轻松的写来，一派文人不经意的散淡和儒雅，极富书卷气。欣赏他的书法，如晤高士，乍见平常，愈后则回味无穷。

徐悲鸿对大篆、小篆、魏碑、行书亦均有涉猎：大篆碑文，他对《毛公鼎》和《散氏盘》尤为钟爱，并曾集得《散氏盘》金文为一联"东井西疆司邑宰，左图右史傅传人"。小篆，他喜欢邓石如。魏碑，尤其是对《龙门二十品》，他更是赞赏有加，反复临习揣摩。他在 1939 年临摹的《魏灵藏寺碑》，颇得精髓，格调高古。行书，他十分欣赏王铎、文徵明，曾收藏了王铎十余幅作品，曾集文徵明行书联数副。

徐悲鸿一生临帖不辍。他的学生沈左尧有一些记载：20世纪50年代初期，沈在北京探望徐悲鸿时曾在徐的案头见到一本《积玉桥字》的拓本，拓本只存少数残字可辨。从徐将其置之案头、朝夕揣摩多年，可见徐对这一拓本的钟爱。他的故居客室里曾悬挂一幅摩崖隶书《汉杨淮表记》的整张拓片，气势磅礴、结构天成。在他病危前，床头仍放着一本《散氏盘铭》放大影印本，而且平时最喜临习。他在中年留居海外的条件下，仍然研习魏碑，不肯间断。1950年曾以他 1939 年在新加坡临的《魏灵藏》《爨龙颜》等碑字见赠，并且勖勉有加，发人深省。通过以上几件事例不难看出，他对书法的酷爱已达到难以割舍的程度。

徐悲鸿不仅是我国著名的艺术家，在国际上也享有很高的声誉。他留给世人的影响主要有以下三个方面：首先，徐悲鸿涤荡了晚清遗留下来的艺术靡靡之风，他提倡的写实主

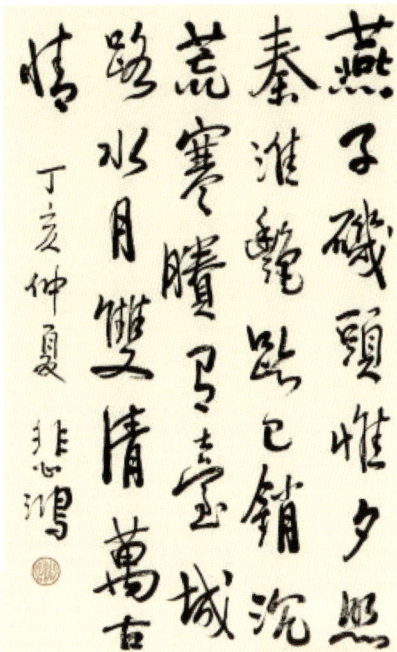

徐悲鸿书法作品

义将画作和现实生活联系起来。从徐悲鸿的作品中可以清晰地了解到他浓厚的爱国思想和悲天悯人的情怀。其次，他是中国现代美术的奠基者。徐悲鸿的写实主义思想对中国现代美术的发展影响至深。他引进西方的解剖知识和素描技艺，成为中国画转折路程上关键的领路人。最后，他大力发展美术教育，将素描、水粉、水彩引入教学，对于我国美术教育的发展作出了莫大的贡献，且在其教学生涯中，一直坚持不懈地推行素描训练和艺术要写实的教学主张，使得学生的基本功得到进一步夯实。他毕生致力于美术教育工作，培养扶植了大批美术人才。此外，他所提倡的道德观念和积极向上的生活观、自然观等，不仅促进了社会风气改善，而且让艺术作品得以升华。

第三节　徐悲鸿题画诗

徐悲鸿一生致力于绘画创作，特别是倾心于油画创作，而油画又不便于在上面题诗，所以所作题画诗不多。据《徐悲鸿文集》统计，仅有题画诗70余首。

徐悲鸿具有强烈的爱国思想，一生忧国忧民，这在他的题画诗中都有所反映。

一是对黑暗、凋敝现实的揭露，如《题〈春歌〉》：

> 春已垂度，春无聊赖；
> 欲问东风，人间何世！

《春之歌》是作者1935年创作的一幅国画，原本要歌颂春天，但是诗人联系到现实中人民之苦难，愤怒难平，于是借题画发出了"人间何世"之慨叹。在《题〈怅望〉》（哭所养猫）中也感叹"故园灰烬里，国难剧堪悲"。

二是对列强瓜分中国的抨击和对胜利的向往。他在《为黄君璧画像》中说：

剧感强权公理争，自然烽火会消沉。

看他倭寇全军没，便下夔门下白门。

三是借题动物画赞颂抗争中的人民，如《题〈奔马〉》：

本是驰驱跋涉身，几回颠踬几沉沦。

为寻尝胆卧薪地，不载昂藏亲善人。

这首《题〈奔马〉》诗，实则是写人，既是诗人"几沉沦"身世的写照，也是对抗战中人民刻苦自砺、发愤图强精神的赞许。诗中的"昂藏"，原指山之高峻，后用来形容人的气概高朗。"昂藏亲善人"，似褒实贬，用以讽刺那些以伪善、文雅面目出现的日本侵略者。奔马不载其人，正表现了诗人坚决不与其合作的政治态度。如果说《题〈奔马〉》是以马喻人，写其驰骋疆场的斗志，那么他的《题〈病马〉》则是写战士在"狂奔

《为黄君璧画像》

八百里"的病姿。但是这"病马"仍然与主人"艰危相倚"，不失沙场"他年志"。另一首《雄狮图》①也寄意颇深：

凛凛百兽尊，目中无馀子。

剧知有长蛇，瑟瑟暗中伺。

高行何所畏，浩然气可恃。

此诗写百兽之王威风凛凛，高行无畏，岂惧在阴暗角落里伺机之"长蛇"。这雄狮的形象正是充满浩然正气的中国人民的化身。面对投降派的不抵抗政策，诗人常常痛心疾

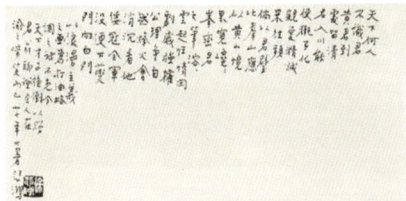

《雄狮图》

首，有时也不免感到孤独苦闷。这种"感绪万端"的心情在《题〈牛〉》中便有表露：

> 山川其舍诸，人群何残苦。
>
> 往事尽成空，心灵契冥寞。
>
> 回首江南山，历历记芳躅。
>
> 怅望天人姿，伤哉终茕独。
>
> 何当世外游，为云度寥廓。

诗人虽然偶有"世外"之思，但是他在《题〈自写像〉》诗中仍然坚定地说："乱石依流水，幽兰香作威；遥看群动息，伫立待奔雷。"这最后一句同鲁迅《无题》诗中的"于无声处听惊雷"一样，都是坚信人民在沉默之后一定会爆发出反抗的怒吼。这怒吼最终必将汇合成天崩地裂的巨响，并预示着一个新世界将在春雷中诞生。

徐悲鸿的题画诗多关注现实，借画言志，所以其表现手法多为直抒胸臆，语言也较为平易。这正如诗人自己所说，是"以浪漫主义之画，为打油格调之诗"（《为黄君璧画像》附注）。但是也有不涉时事，而风格婉丽者，如《题〈天女散花图〉》：

> 花落纷纷下，人凡宁不迷？
>
> 庄严菩萨相，妙丽蘵神姿。

《题〈天女散花图〉》

梅兰芳早年被偶然见到的一幅《散花图》所吸引：画面上那体态轻盈、风带飘逸的散花天女，激发了他的创作冲动。经过八个月的不懈努力，终于与齐如山合作编排出歌舞剧《天女散花》。演出时，绚丽多姿的舞蹈，婉转嘹亮的歌声，炫目的缤纷色彩，使广大观众为之倾倒。1918年春，徐悲鸿看了此剧后激动不已，用一周时间精心绘制了大幅油画《天女散花图》赠给梅兰芳。此画用西洋写真画法表现天女面目神态，用国画技法勾勒其躯体线条，是画家早期中西合璧的代表作之一。画家画之不足，又以诗咏之。前两句既写画面形象，又赞美梅兰芳的优美舞姿，如天仙下凡，使人们忘情迷恋。诗人以反诘句出之，充分表现了其观看演出时的惊艳之情。"庄严菩萨相"，据《维摩诘经》载，佛祖派文殊率诸菩萨弟子探视生病的维摩居士，又命天女去散花以检验他们的心性。这是画之所本，也是诗之所来。最后一句"妙丽貌神姿"，进一步赞美梅兰芳的天女扮相比天上的仙女更为庄严妙丽。梅兰芳的学生陈正薇一直牢记着他的教诲："切记突出天女的庄严妙相。""庄严妙相"一语极为准确精当地概括出剧中天女的扮相，以至于成为表演此剧的基本准则。"庄严"，是菩萨之本相；而"妙相"，则是舞台艺术的审美追求。徐悲鸿的画笔和诗笔都惟妙惟肖地勾勒出梅兰芳在舞剧中的扮相。这首题画诗的突出特点是将画、剧、舞、诗四者有机结合，形成一个完美的艺术形式。梅兰芳由看《散花图》生感而编演舞剧《天女散花》；徐悲鸿因观剧动情而绘《天女散花图》，复为画而题诗。这便使此诗既有画之具象，又含剧之情节；既有舞之风姿，又具诗之情韵。这在中国题画诗发展史上是绝无仅有的，值得重视。

在《徐悲鸿文集》中还有一首长篇题画诗《题〈桄榔树〉》，是画家游广州时创作的，描写了多情之"粤妇"与"郎"分别后的日夜思念之情。诗中说："痴心天涯少年妇，空闺思念行人苦。一年半载甘心守，两年不得郎消息。访尽瞽巫祷尽神，海天莫识郎踪迹。开箧启视郎身物，中心呜咽如刀割。此物当日系郎身，思郎不见久沉寂。忍将持去系树腰，郎归不归带先凋。带先凋，永寂寥，思妇之心千里遥。"此诗既有叙事性，又有较为浓郁的抒情性，其情节和叙事方式很像李白的《长干行》。

第六十五章

中国最后一位王孙画家溥心畬

溥心畬（1896—1963），满族，原名爱新觉罗·溥儒，初字仲衡，改字心畬，自号羲皇上人、西山逸士，北京人，著名书画家、收藏家。清恭亲王奕䜣之孙。曾留学德国，笃嗜诗文、书画，皆有成就。画工山水，兼擅人物、花卉及书法，与张大千有"南张北溥"之誉，又与吴湖帆并称"南吴北溥"。

溥心畬

第一节　溥心畬艺术之路

溥心畬之父载滢为奕䜣次子。溥心畬的长兄过继给了伯父载澄，袭了王爵。排行老二的溥心畬与三弟溥德奉母定居北京。溥心畬出生满5个月时蒙赐头品顶戴，4岁习书法，5岁拜见慈禧太后，从容廷对，获夸"本朝灵气都钟于此童"；6岁受教，9岁能诗，12岁能文，被誉为皇清神童。溥心畬幼年除在恭王府习文，亦在大内接受"琴棋书画诗酒花美学"培育。辛亥革命后，隐居北京西山戒台寺十余年，再迁居颐和园，专事绘画。1924年，迁回恭王府的萃锦园居住，涉足于社会，开始与张大千等著名画家往来。两年后，他在北京中山公园水榭举办了首次个人书画展览，因作品丰富、题材广泛而声名大噪，获评"出手惊人，俨然马夏"。1928年应聘赴日本京都帝国大学执教，返国后于北平国立艺术专科学校沐浴春风，其后又与夫人罗清媛合办画展，再度名震丹青，被公推为"北宗山水第一人"。1932年，溥仪在"满洲国"当了伪皇帝，溥家兄弟趋之若鹜。溥心畲却拒任伪职，并以一篇著名的文章《臣篇》痛斥溥仪"九庙不立，宗社不续，祭非其鬼，奉非其朝"，继而怒骂这位堂弟"作嫔异门，为鬼他族"。

1924年冬，溥心畲与溥雪斋（号松雪）、溥毅斋（号松邻）、关松房（号松房）、惠孝同（号松溪）等人创立了近代著名国画团体松风画会，自号"松巢"。松风画会是京津画派的主要成员，迄今已有近百年的历史。

1949年10月18日，从舟山辗转赴台，并在台湾师范大学执教。为贴补家用，亦曾在自宅开班授徒，至亚洲各国讲学。但以愧对先祖为由，拒绝了蒋介石夫人宋美龄的拜师习艺邀约。溥心畲在自传中提及，居台期间，曾为堂弟溥杰夫人回大陆夫妻相聚之事与寻找战后失落的末代皇后婉容之下落，数度赴日。1959年，中国台湾历史博物馆特地为他举办个人展览，展出作品多达380幅。1963年11月，溥心畲患鼻咽癌在台北病故，年仅68岁，葬于阳明山。1991年，溥心畲长子溥孝华病危，家宅遭歹徒入侵，其妻遇害。由于溥孝华早已将其父遗作藏于壁内，致歹徒遍寻无所获。溥孝华去世后，遗物处理小组将溥氏遗作一分为三，分别交由中国文化大学华冈博物馆、台北"故宫博物院"与历史博物馆托管。

溥心畲得传统正脉，受马远、夏圭的影响较深。他在传统山水画法度严谨的基础上灵活变通，创造出新，开创自家风范。溥心畲作为清朝皇室后裔，其特殊身份使他悟到荣华富贵之后的平淡才是人生至境，因而他在画中营造的空灵超逸的境界令人叹服。《光宣以来诗坛旁记》云，"近三十年中，清室懿亲，以诗画词章有名于时者，莫如溥贝子儒。……清末未尝知名，入民国后乃显。画宗马夏，直逼宋苑，题咏尤美。人品高洁，今之赵子固也。其诗以近体绝句为尤工。"

第二节　溥心畬艺术成就

溥心畬天资颖悟，用功又勤，因此虽然在比常人更多不利因素的压力下，仍有极高的文采与艺术成就展现。他自许生平大业为治理经学，读书由理学入手及至尔雅、说文、训诂，旁涉诸子百家以至诗文古辞，所下功夫既深且精，因此不免视书画为文人余事。这使他毕生未能将全部创作精力投注于绘画之中。然而，这虽是他的不足，却也因此使他的画风露出一种高雅洁静的人文特质，为常人之所不及。

溥心畬的画风并无师承，全由拟悟古人法书名画以及书香诗文蕴育而成，加之他出身皇室，因此对大内许多珍藏自然多有观摹体悟的机会。他曾经收藏一件明代早期佚名画家的山水手卷，细丽雅健，风神俊朗，俱是北宗家法，一种大气清新的感觉满布画面。溥心畬的笔法几乎全由此卷来。因此其所作山水远追宋人刘李马夏，近则取法明四家的唐寅，用笔挺健劲秀，真所谓铁划银钩，将北宗这一路刚劲的笔法——斧劈皴的表现特质——阐发无余，并兼有一种秀丽典雅的风格，再现了古人的画意精神。

观察溥心畬的作品时，画面上的任何一个部位，无论在表现的技法、形式以及意念上，那种文人心灵、鱼樵耕读与神趣世界的向往，还有远承宋人体察万物生意，与自然亲和的宇宙观及文化观，皆可谓完全谨守传统中国文人精神本位，而拒绝了与现代世界工业社会之文明结构沟通的可能。然而他的书画作品却并未落于古典形式的僵化，而有其生命内涵的真实与精采，只因他的

《松山茅屋图》

世界本来如此。

从溥心畬外在表现的艺术形式来看，他似乎并没有较新颖不凡的创见。然而艺术的创造性并非仅着眼于外在形式上的考量，赋予旧形式之内涵有新的生命诠释，则有另一层重要的创作意义，却很难由粗略的表面观察所能认知。就这一点而言，民国以来的艺术史研究可谓并未给予溥心畬应得的评价。然而在时代的意义上而言，溥心畬也代表了中国传统知识分子在面对世界新文化转型时众多反应中的一种典型价值取向。以溥心畬的背景养成来看，即使他早年曾有留学欧洲研习西学的背景，恐怕也不会使他像徐悲鸿一样，扮演一个积极寻求改革与沟通中西文化的角色。造成这样的原因，一方面固然来自他对传统文化中高度的智慧与价值有深切的体悟与认同；另一方面则多少由于知识分子面对西方强势文化冲击时，高傲自尊之本位表现。这种坚持文化道统的立场，虽可视为极端的保守主义，在感应时代的开创性上或有不足，但就另一层重要的意义而言，他却保存了一个传统时代的人文精神与价值延续。这使得他的后继者在现代的人文精神与新画风发展得以成为可能。

溥心畬的画在笔法上具有北宗的厚重古朴，而在意境上却显示出南派的萧远淡泊。所谓"宁静以致远"，描绘的就是这样一种感受。然而，"文章千古事，得失寸心知"，从画幅中深邃稳健的风格与清雅淡逸的意境之间的交织中，我们终能体会到画家旷阔高深的情怀。其代表画作有《松山茅屋图》《雪中访友图》《终南进士行旅图》等。

溥心畬善书法。行草学"二王"、米芾，飘洒酣畅。他主张树立骨力，强调书小字必先习大字，心经笔法，意存体势，如此书法方能刚健遒美，秀逸有致。其小楷作品《金刚经》用笔意境高古，气韵生动，堪称绝妙。溥心畬不仅书画好，且从小即通诗词及

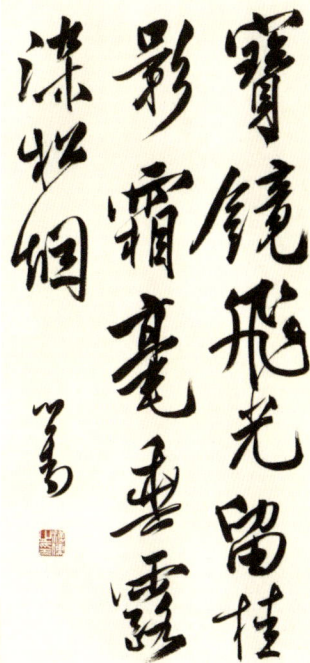

溥心畬书法作品

典籍，晚年常对弟子说，称他画家不如称他为书家，称他为书家不如称他为诗人，可见他对自己诗心的看重。

第三节　溥心畲题画诗

溥心畲的题画作品大致可分四类：一是题画诗，这类作品最多；二是题画词，作品不多；三是题画诗联，为数也不少；四是画赞、画赋和题画跋文，其中有的近于骈文。

《芭蕉仕女图》

溥心畲的题画诗风格，与其画大致相同。张大千在《四十年回顾展·自序》中评溥心畲画说："柔而能健，峭而能厚，吾仰溥心畲。"但他的题画诗似乎大多以"柔""厚"为主，虽然也时而"健""峭"，但基本风格还是柔婉、飘逸。如《题〈山水人物图〉》："翠巘凝秋色，丹林振远风。空山招隐士，高咏夕阳中。"此诗淡定萧散，与《山水人物图》所表现的高山流水之雄浑壮观适成鲜明的对照。又如《题〈挂帆乘月图〉》：

> 碧嶂临江水，云山若织成。
> 挂帆乘月去，留彩逐波生。

这首诗当是溥心畲山水类题画诗的代表作。写月下乘舟，不写人而人自在。碧嶂如屏，云山似织。迷茫的景色透出诗人不平静的心态。那随波而生的光彩，似乎是诗人心中泛起的涟漪。风轻云淡，诗风娴雅。如果说这首诗所表现的感情颇为隐约的话，那么其《题〈芭蕉仕女图〉》则较为显露：

> 绿天蕉雨正消魂，落叶无边覆竹根。
>
> 天际音书断消息，只将芳草忆王孙。

这首诗以芭蕉下仕女忆王孙寄意，采用诗从对面飞来的手法，表达了诗人追思故国的惆怅心情。由于诗人身处异地，长期思念故园，心情不免忧郁，这便使题画诗蒙上一层感伤色彩，表现出一种凄寒意味，如《题〈山水人物图〉》："薜荔秋风玉露残，锦台幽石洗清湍。梦中不必游天姥，松影泉声处处寒。"又如《题〈骆驼与人图〉》："寒笳呜咽朔风惊，独伴明驼万里行。大漠平沙何处宿，夜依北斗入孤城。"以上两首诗除了溥诗固有的柔而健、峭而厚外，还多了一种苦而寒。

溥心畬自结识张大千后，合作的绘画相当多，绝大多数由溥心畬题记题诗[1]。这些诗有的是即兴而题，有的录旧作，如1945年两人于北平合作的《松下高士图》，上有溥心畬题诗："空山秋雨夕，端居日多暇。时望幽人来，邂逅松风下。"至于溥心畬为张大千的画题诗更多，其中就有不少旧作重题，如张大千的《蜀山秦树图》的拖尾便是溥心畬录旧作《赠张大千诗》："青天连蜀道，蜀客此中行。来去三巴水，秋风满锦城。云霄方异路，江汉未休兵。正有南归雁，遥怜独夜情。"此诗不仅抒发了诗人思乡之情，而且对江汉兵灾忧心不已。在此画的拖尾又见溥心畬一诗："落日千山暮色开，片帆东下海门回。秋江秋峡猿声急，巴水无边天上来。"这也是录旧作。如果说溥心畬前几首题画诗是以"柔""厚"为主，那么这首诗则是以"健""峭"见长。此诗意境壮阔，诗风陡峭，在溥心畬的题画诗中确不多见。

溥心畬与张大千的画风并不相同，但他们的合笔画却作得非常好，各自题款、题诗也恰到好处。在中国题画诗发展史上，画家们合作画的事例并不少见，画家、诗人相互题诗者也不乏其人，但是像溥心畬、张大千这样合笔之频繁，彼此友谊之深厚，配合之默契，相互题诗之多，却极为罕见。因此，王耀庭评论说："溥、张合作画"，"从传统的文人画传承看，具有如此相称的诗书画，衡量20世纪的中国画坛，固不得见，而时移世易，风流已逝，再说一次'文人画的最后一笔'也不为过。"[2]

溥心畲的题画词以《题〈秋江帆影图〉》二首为代表作，其一是《八声甘州》：

> 望幽燕暮色对残秋，千峰送斜阳。正萧萧木叶，沉沉边塞，滚滚长江。已是登临恨晚，谁共赋沧浪？衰草连天碧，故垒云黄。　　尚有梁园修竹，剩青山愁外（一作绪），云路悲凉。似猿啼三峡，烟棹下瞿塘。更何堪，江山异色，怨黍离、转眼变沧桑。伤心处、远天鸣雁，声断潇湘。

《秋江帆影图》

作者款识："己卯初夏，录旧作小词，题秋江帆影画意。"《秋江帆影图》作于1939年，词具体作于何时不得而知，但从两首词意看当作于1931年后。这首词所写地域极为广阔，词人北望幽燕，南听潇湘，既有沉沉之边塞，又有滚滚之长江。虽然意境高远，场面宏阔，但所有景致无不笼罩在残阳暮色之中，烘托出一种悲凉的气氛。这是因为词人哀叹"江山异色"，有黍离之怨。其感情也颇为复杂：作为炎黄子孙，既为日寇入侵、山河破碎而生愁；而作为清室王孙，又为江山易主而伤心。另一首《念奴娇》也是好词："梵王高阁，对青山一线，秋光斜景。三十年来陵谷变，极目苍葭千顷。大泽云飞，荒塍龙战，边塞西风迥。沧浪回首，夕阳何处孤艇。　　愁见背郭遥村，崩沙断路，无限登临兴。旧苑凄凉来牧马，天地都成悲境！辽海鸦沉，榆关雁度，落叶尊前冷。横空衰草，满城残照烟暝。"此词仍表怀念故国之意，但从"辽海鸦沉，榆关雁度"句意看，也抒感伤国土沦丧之情。

溥心畬旧作新题，词如此，诗也常见，如长诗《题〈西山秋色图〉》也注明是"庚子十一月写西山秋色并录旧作"。他的这些写在画上的诗，原本是普通诗，并非为画而题，但一经书写于画上便变成了题画诗。不知是画家由诗意而作画，还是由画意而想起旧诗，但诗情与画意配合得当，相映成趣。这也是他的题画诗词的一个特点。

溥心畬也擅写题画诗联，言简意赅，画龙点睛。这些诗联，有的对仗工稳，平仄合律，如《题〈青冥道深图〉》："寥落人家少，青冥鸟道深。"《题〈水山四屏〉》其一："夕光寒照水，波色远连天。"又如《题墨荷图》："翠盖摇明月，余香散碧空。"其中虽然有的对仗欠工严，但也基本成对。从中可以看出，诗人并非刻意求对，而是随意而作、浑然天成。还有的题画诗联，则不成对，更是率意而为，如《题〈秋塘鹣鹕图〉》："秋塘新雨过，波际响鹣鹕。"

溥心畬不仅常为自己的绘画题诗联，而且与他人的合作画的款识也有诗联，如他与张大千合作的十二幅山水画，每幅画上都有溥心畬的一副五言诗联。当读到第一幅画上的题句"江帆去不尽，岩叶落无声"时，似乎既看到"孤帆远影碧空尽"的画面，又听到了岩石上落下树叶的微弱声音，让人感到深秋的丝丝寒意。而当读到第五幅画上的诗联"觅句临秋水，怡情对暮山"时，不仅感到画中自有人在，而且似乎看到了诗人怡然自得的神态。像这样仅仅两句的题画诗，看似简单，但既要点出画境，又要尽抒诗人情怀也颇不易写。溥心畬由于自幼饱读诗书，具有极为深厚的艺术功底，所以就能见画生意，信手拈来，自成佳对。正所谓只要功夫深，点铁也成金。

溥心畬的第四类题画文学作品主要有三种：画赞、画赋和题画跋文。其画赞的代表作如为张大千《自画像》的题赞：

栩栩然蝶，蘧蘧然周。

橘中之乐，物外之游。

画赞用《庄子·齐物论》典："昔者庄周梦为胡蝶，栩栩然胡蝶也，自喻适志与！不知周也。俄然觉，则蘧蘧然周也。不知周之梦为胡蝶与，胡蝶之梦为周与？周与胡蝶，则必有分矣。""橘中之乐"典出唐代牛僧孺的《玄怪录》：有巴邛人家有橘园，霜后诸橘尽收，余有两橘大如三斗盎。巴人异之，剖开，每橘有二老叟相对象戏，谈笑自若……相与言曰："橘中之乐，不减商山，但不得深根固蒂，为愚人摘下耳。"又，苏轼《洞庭春色赋》中说："吾闻橘中之乐，不减商山。岂霜余之不食，而四老人者游戏于其间。悟此世之泡幻，藏千里于一斑。"（《东坡全集》卷三十三）此赞言世事变幻莫测，恰如庄周之梦，时而蝶，时而周。又如"橘中之乐"，虽"谈笑自若"，但不得久长。而应达观适志，作物外之游。此画赞是由张大千《自画像》的款识而题，其款识是："壬申二月八日，漏已三下，篝灯自写三十四岁小像，怆然南望，不胜归思矣！"因此，此赞显然有劝慰张大千之意，但同时也蕴含自己身世飘零后的处世态度。这篇画赞虽然只有短短四句，寥寥十六个字，但却化用三个典故，深寓人生出处之道，其艺术概括力之强，其思想含量之大，颇为惊人。

溥心畬创作的题画赋不多，见于《海石图》上的《海石赋》篇幅较长，几占画面的一半，盛赞海石"岂蜗皇之所遗，疑天柱之所倾"，似有自比之意。另有《观画图》上的题跋为傅申恭抄录《寒玉堂论画》中语，可算作题画文。但与一般题画跋文不同的是，它颇近骈文，试看其前段："曹衣出水，吴带当风，笔号云河，文成波涌。王维写黄梅问道，心悟禅机；吴生画老子出关，神参净理。"这是因为溥心畬长于骈文，正如他在《自述》中所说："余性喜文藻，于治经之外，虽学作古文，而多喜骈俪之文，骈俪近画，故又喜画。"骈文虽属文，但因其押韵，也可看作一种介于诗、文之间的文体，所以也在题画诗中论及。

注　释

〔1〕王耀庭：《南张北溥合作书画》，载《南张北溥》，辽宁人民出版社，2009，第10页。

〔2〕同上书，第14页。

第六十六章

中国传统绘画大师潘天寿

潘天寿（1897—1971），字大颐，自署阿寿、寿者。浙江宁海人。著名画家、书法家、美术教育家。早年曾受教于经亨颐、李叔同等人。其写意花鸟画初学吴昌硕，后取法石涛、八大山人。特别是早年师吴昌硕后，画艺大进，并受到吴昌硕的赞赏。曾任中国美术家协会副主席、浙江

潘天寿

美术学院院长等职。为第一、二、三届全国人大代表，中国文联委员；1958年被聘为苏联艺术科学院名誉院士。著有《中国绘画史》《听天阁画谈随笔》《潘天寿诗存》等。据《潘天寿诗存》统计，存诗319首，其中题画诗约100首。

第一节　潘天寿书画艺术

潘天寿全面而深入地继承了我国传统绘画，功底深厚。同时他又具有独特的艺术表现个性，突破陈法，尽脱窠臼，创造出沉雄奇崛、苍古高华的画面效果。他善于发挥以线为主的中国画表现特点，造型既概括简约，又风骨遒劲。用笔精练而果断，霸悍而有控制。他善于以浓墨作泼墨法，加上焦墨，使作品显得苍茫厚重，枯湿浓淡中均显笔力。其用色也古艳脱俗，不为自然色相所囿。他深入研究和发展了中国传统绘画

的构图特点和规律，尚气势，重整体，章法结构极为严谨。他作画如老将用兵，高瞻远瞩，出奇制胜，能在奇险之中形成巨大的震撼力和独特的结构美。

在用毛笔书画的同时，潘天寿还常作指墨画。指画特有的沉郁古拙之意，绝非毛笔所能代替。指墨技法的创始人是清代指画家高其佩。而潘天寿将毛笔与指墨结合起来，使其绘画达到更为完美的境地，为传统的中国画创造了新的奇迹。

潘天寿绘画代表作有《露气》《雨后千山铁铸成》《记写雁荡山花》等。画集有《潘天寿画集》《潘天寿画选》《潘天寿画辑》等。

潘天寿不仅以画名蜚声海内外，其书法艺术也独具风格。由于他精通书史、画理，学识渊博，集诗书画印于一身，仅画作题识部分就异常丰富。这是探究其书法艺术的一大宝库。潘天寿最擅长的书体是行书，次为篆隶，楷书则较为少见。由于他偏爱适于抒情的书体，所以更能抒发其雄肆奇逸的审美理想——阳刚之美。鉴赏他的书法，不仅能感受到其高尚的人品、博大的胸襟，更能感受其纵横的才气和精湛的功力。著名书法家沙孟海评其书："从结体、行款，到整幅布局，惨淡经营，成竹在胸，挥洒纵横，气势磅礴，富有节奏感，可说独步一时。"[1]书家余任天也说："没有潘天寿的书法，就没有潘天寿的绘画。"人们在欣赏其书法时，很容易联想到其绘画。画如其书。潘天寿的画风是以奇险寓平稳，其破除陈习之艺术胆魄非常人所及。书如其画。潘天寿的书有着奇特的风格和韵致。其书繁茂有《小龙湫一角》，奇崛有《雨后千山铁铸成》，纵逸有《野

潘天寿《映日》

战》，跌宕有《映日》，酣辣有《初升》，清隽有《雁荡山花》，等等。书与画浑然一体，书与诗密不可分，于是诗、书、画便形成了一个完美的艺术体。

第二节 潘天寿艺术贡献

潘天寿一生除了创作出大量风格独特的绘画作品外，在美术教学、教材编写、绘画理论等方面也都取得卓著成就。

潘天寿说："我这一辈子，是个教书匠，画画只是副业。"由此可见他对中国画教学有多么重视和认同。他从1923年春开始任教于上海民国女子工校，直至1966年"文革"爆发，一直从事美术教育工作。因此他积累了丰富的教学经验，并形成了自己的教育理论。他认为，中国的传统绘画有其独特之处。他指出，西欧与东方的地域不同，人种肤色不同，生活方式、性情脾气、风俗习惯都不同，西洋人说自然界没有墨色，但中国画却利用墨色来表现对象，中国古代的彩陶就是用墨色来表现的；吴昌硕常常用墨色和红色画牡丹，充分发挥墨色的效能，使其色彩变化非常复杂，对比强烈，达到淋漓尽致的程度。

齐白石说"妙在似与不似之间"，追求神似，不求表面的形似，这是中国传统艺术的特点。潘天寿认为，"墨为五色之主，然须以白配之，则明。"又说，"画事以笔取气，以墨取韵，以焦、积、破取厚重。""色易艳丽，不易古雅，墨易古雅，不易流俗，以墨配色，足以济用色之难。""水墨画，能浓淡得体，黑白相用，干湿相成，而百彩骈臻，虽无色，胜于有色也，五色自在其中，胜于青黄朱紫矣。淡色惟求清逸，重彩惟求古厚，知此，即得用色之极境。"

对于学习中国画的具体方法和途径，潘天寿也总结出自己的经验。他说，中国的绘画有它独特的传统和风格。学习中国的艺术，应以中国的方法为基础。中国画的基础训练，对入学的新生，首先要讲两点：一是要集中精力，埋头学画，决心一辈子献身艺术；二是要不存偏见，博采众长，并努

力创新，否则艺术的重复等于零！

学习方法大体有：一是从事中国画技术基础的锻炼；二是注意诗文书法金石之辅助；三是骈考画史、画理，及古书画之鉴赏；最后的重点，在品德与胸襟的修养。持之以恒，不求速成，自然能得水到渠成之妙。

潘天寿主张，基础是现实生活，一方面向古人吸收技法，另一方面从自然界的生活中提炼精华。写生要活写，不能死写，好的作品应比生活更美好。[2]

潘天寿在艺术上的最大贡献，是为现代中国画教育体系的建立作出了重要探索和实践，并创建了自己的教育体系。

诗歌是一种严谨、精致的艺术。潘天寿不仅努力学习，并创作了许多题画诗，而且教育学生要学好诗歌。

1957年12月，中国美术学院（当时叫杭州美术学院）彩墨画系改回中国画系，潘天寿担任主要教学工作。他认为，学习国画的学生掌握一些诗词基础是十分必要的。根据中国美术学院档案，国画系二年级还开设了诗学这一门课，每周上2次，一学期共32课时。在其学科目的与要求这一栏，潘天寿写道：诗的趣味和国画有关，学中国画必须要学中国古诗。要求通过学习，（一）能辨别平仄声；（二）普通能对对子；（三）绝句能作作。诗词的课程设置其实早在建校之初就在学校开展了。高冠华曾就读于杭州艺术专科学校高三班，他提到："本来我不会作诗，而且也没有家学根底，从1938年进国画系后，才有了诗词课，又是先生亲自教导，从平仄分辨，到逐字逐句地批改，往往一字更换，面目全非，这不能不使我佩服得五体投地。"潘天寿还曾感叹："咳！现在有些人，动辄出来要超越古人，就这两笔画，超得了古人吗？历史上所有代表性的画家，哪一个不是诗、书、画三绝，现在他们对诗词、书法毫无基础，就想同古人抗衡？那是夜郎自大，不足为训。你要想有所成就，非得诗、书、画齐头并进才有希望。"潘天寿1963年曾对来访的学生说道："中国画向来重气韵、重意境、重格调，同中国的诗一样，靠的是胸襟、学问、修养。如果读者看了一幅画，读了一首诗，亦能在胸襟、学养上有所提高和收获，这就起了很好的作用。"这说明，潘天寿一直认为画与诗在一定程度上是相通的，能够写好诗在一定程度上可以有助于绘画的进步和提高[3]。

　　20世纪60年代，在潘天寿的主持下，浙江美术学院的学科设置又经历了一次变革。1961年4月，潘天寿在北京"全国高等院校文科教材会议"上提出中国画教学改革建议。他认为，人物、山水、花鸟是三个独立的系统，三科的学习基础各有不同的特点与要求，为了专精地培养人才，三科必须分开教学。文化部决定首先在浙江美术学院试点。它的实行，使中国画的山水、花卉两个画科在全国美术院校得到了应有的重视，山水、花卉学科的教学工作大大加强，对中国山水、花卉画的发展起了重要的推动作用。1962年4月，在杭州召开的"全国高等院校文科教材会议"上，潘天寿提议，国画专业应把诗词、书法、篆刻等列为正式课程。后在浙江美术学院建立起第一个正规的书法篆刻专业。至此，现代中国画教学已构成了一个系统的整体，传统的师徒传授方式得到了彻底改变。其中，他把诗词、书法等列入国画专业的正式课程，不仅从制度上保证了诗、书与绘画的结合，而且对于提高画艺，促进诗、书、画一体化，为建立完整的中国画新体系作出了贡献。这一举措既影响了当时的书画界和诗坛，又为后来培养题画诗人才、促进题画诗创作奠定了基础，其意义十分深远。

　　潘天寿对指画艺术的主张也很有参考价值。他认为，指头画之运纸运墨，与笔画大不相同，此即指头画意趣所在，亦即其评价所在。倘以指头为炫奇夸异之工具，而所作之画，每求与笔画相似，何贵有指头画哉？指头画，宜于大写，宜于画简古之题材。然须注意于简而不简，写而不写，才能得指头画之长。不然，每易落于单调草率而无蕴蓄矣。他说，指画是偏侧小径，第于运指运墨间别有特致，故自高且园后至今未废也。指墨以凝重生辣见长，为笔墨所难到。他的代表作巨制《无限风光》被誉为"登峰造极，指墨之最"，彰显了潘天寿在当代指画界的"一指霸悍"地位，也把人们对指画的关注度提到了一个新的高度。

　　潘天寿在美术、书法等教材建设上更是功不可没。他1926年编著的《中国绘画史》，在商务印书馆出版后一直被用作艺术院校的教材。1936年，经修改后再版，列入"大学丛书"。其后所著《中国书法史》也被用作教材。

如果说他的艺术教学仅限于一地或几地，所培养的人才仅限于一代或几代，那么他所著美术教材的影响既不限时也不限地，而是泽惠中外。所直接或间接培养的画家、书家和题画诗人则难以胜数。这一点是其他国画家难以比肩的。

但潘天寿最大的贡献在于他对中国画优秀传统的坚守和捍卫。清末以来，西风东渐，中国绘画传统受到康有为、陈独秀等思想领袖的严厉批判，要革"文人画"的命。到20世纪50—60年代，主流观点是学苏联，思想内容上要的是为现实服务的现实主义，艺术形式上要的是为内容服务的写实主义，教学上则要求不论学什么画种，基础训练都必须画西式素描。而传统文人画则往往被当作封建糟粕受到批判，大有必欲取缔之势。当时，主持浙江美术学院工作的潘天寿成了对抗中国画西化倾向的主帅。他在极端困难的背景下，通过对中国画、西画的不断研究、比较，

潘天寿指墨《无限风光》

在赞成中国画、西画并存的前提下，坚持"中西绘画要拉开距离"的观点，通过不懈努力，终于给传统国画教学构筑了一个较为完备的体系，并培育和造就了一支有力量的教学、科研与创作队伍，形成了一个足以与西画体系并列发展的局面，为当时也为他身后中国画的发展奠定了基础。这种历史性的担当，有赖他可贵的自觉与自负，更是他人格最高尚、最闪光的所在。[4]

所以，有人评价说："从维护文化生态平衡的意义上说，从传统国画在延续中发展的意义上说，潘天寿既是传统国画的最后终结者，又是现代国画的奠基者。"[5]

第三节　潘天寿题画诗

潘天寿画风雄阔奇崛，高华质朴，显示出一种深沉雄大的格局和霸悍无敌的气概。其题画诗也如其画，"棱峭峻拔，出人意表"，风格雄壮。这正如他自己在诗中所说："老夫指力能扛鼎，不遣毛龙张一军。"（《题指画山水障子》）但潘天寿不同时期的风格也有不同的变化。潘天寿的学生林锴回忆说，潘师"晚年尤好陈与义与杨万里，特别对杨万里，倾倒备至，画上题诗，经常引用杨万里的名句"[6]。潘天寿也曾总结自己的风格来源："我早年的时候，最喜欢李白、李贺的诗。李白的诗不仅才气横溢，如长江大河一泻千里，好像是三神山中的神人，真是缥缈无边，难以形容。李贺的诗则僻涩幽怪，往往在至无理中而有至理，至险绝中不离乎人情。后来，我渐渐觉得二李的诗非具有特具的才情学养，是学习不到的。因此，转到杜、韩的一路。虽然如此，我仍觉才情功力太浅，而近时却又逐渐转到两宋了。"[7] 实际上，潘天寿学习的诗人和诗画家远不止上述这些。陶渊明、嵇康、阮籍等的诗，他都有涉猎。

总起来看，潘天寿的诗歌既雄劲阔大，又绝无粗粝之气；既奇崛怪异、避熟求新，又无江西诗派瘦硬奥涩之嫌，依然圆转超绝。豪放中时显沉郁、时显清新圆润，以画家的独特感受创造"诗中有画"的境界[8]。

早期，潘天寿的诗作明显留有李白、李贺的痕迹，也追求韩愈"横空盘硬语，妥帖力排奡"，有奇诡硬健之风，如他的《偶成〈沉醉图〉系以长句张之》：

羲和鞭缏六龙驱，百千万载一斯须，莫计琐屑不欢愉。
秦皇汉武无术能使颜长朱，大风台址芜复芜，何如倚罍有酒铛盘盂？
长生木瓢舒州杓，夜光之杯青玉壶，糟丘自有天地非唐虞。
挥霜刀，脍赤鲤，烹鸾炮凤煎龙髓，
琥珀光浓浮绿蚁，宾铁文飞春云起。

春云淡泹桃李妍，锦茵银烛月娟娟。

秦筝赵瑟纷当筵，鲸吸牛饮斗十千，

醉中羽化为天仙，乘风遨游三山巅。

李太白、刘伯伦，

仍是疏狂与率真，长须眉古等闲身。

嵇叔夜、阮嗣宗，

依然体态清而丰，精神矍铄如老龙。

连宵继暑颠复倒，商山芝露酿红稻。

不管世人白发新，只识个中滋味好。

吁嗟乎，安得昆仑山顶有酒泉，汩汩东流成大川。

吾辈饮之不醒自年年，不管眼前沧海变桑田。

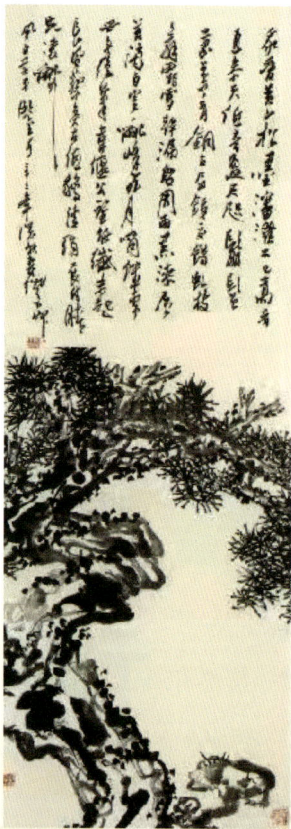

《画松》

此图并诗发表于国立艺术院（中国美术学院的前身）《亚波罗》半月刊1929年第八期。创作时间当于1928年底至1929年初。此时的政治背景是1927年蒋介石发动"四一二"反革命政变，大肆屠杀共产党员、国民党左派及革命群众，政治极为黑暗。在小环境内，国立艺术院在院长林风眠主持下，改革中国绘画，强调"调和中西艺术"，要打破画种界限，将西画系和国画系合并为绘画系。合系之后，便有些重西画而轻国画，课时安排上西画与国画的比例为5：1。为此，潘天寿对中国绘画的发展前途和命运忧心忡忡。

在这样的大小背景下，他的这首题画诗当是有感而发。诗人从神话传说"羲和鞭箠六龙驱"写起，泰皇、汉武、李白、刘伶、嵇康、阮籍等无不好酒沉醉，追求"欢愉"，"不管世人白发新，只识个中滋味好"。潘天寿平生并不喜酒，更不会沉醉，然而此篇写得酣畅淋漓，不吐不快，当是清醒的沉痛悲愤之语。古往今来，纵酒往往是为了排遣心中的不平。此诗与李白的《将进酒》有异曲同工之妙。他说"吾辈饮之不醒自年年，不管眼前沧海变桑田"并非颓废狂放，乃是激愤之词，当是对现实黑暗和人世不平的一种抗争。此诗豪宕诡谲，变化万千，夸张大胆，想象惊人，是诗人这时期豪放诗的代表作。稍后的《画松》也极具个性，以苍松为喻，写出诗人自身的倔强性格：

我爱黄山松，墨瀋泼不已。
高者直参天，低者盈咫尺。
鬅鬙万叶青铜古，屈铁交错虬枝舞，霜雪干漏殷周雨。
黑漆层苔滴白云，乱峰飞月啸饥虎。
世无绝笔韦偃公，谁能纤末起长风？
蔡侯古纸鹅溪绢，展付晴光凌乱中。

　　此诗将松树挺拔的雄姿与刚毅的个性描写得十分突出，跃然纸上，充分表现了作者"倔强弥坚"的傲骨。其中"黑漆层苔滴白云，乱峰飞月啸饥虎"两句，把苍松所处环境渲染得荒冷阴森，更衬托出其傲凌霜雪之品格，真可与杜甫《戏为韦偃双松图歌》中的名句"白摧朽骨龙虎死，黑入太阴雷雨垂"相媲美。

　　潘天寿前期的题画诗风格也是多样的。1941年春，他从四川璧山回到浙江缙云探亲，暂时放下繁重的教学任务，投身于自然环境之中，创作了不少山水、花鸟画并题诗。试看以下几首诗：

《翠羽妙香图轴》

楼小能留晴翠色，山高不与汉秦争。

微风偶掠窗前过，天半轻传飞涧声。

（《题〈秃笔山水图轴〉》）

翠羽明珰质，娉婷孰与俦。

妙香清入髓，凉月淡成秋。

环佩（一作洛浦）波声渺，湘云梦影浮。

何人歌系缆，一片水风柔。

［《题〈翠羽妙香图轴〉》（一作《白荷》）］

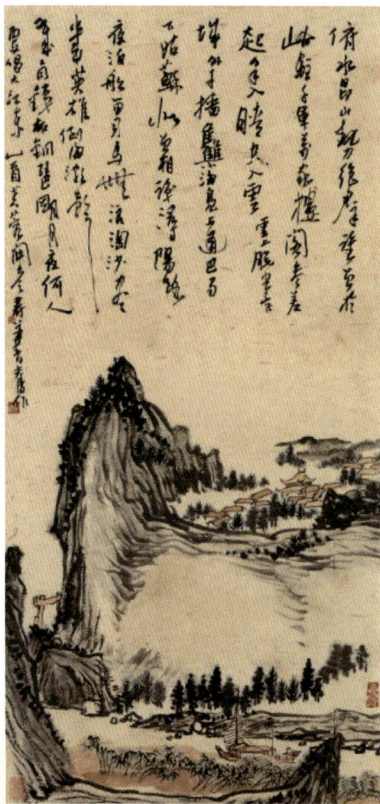

潘天寿《江洲夜泊图》

这些描写山水田园的题画诗，充满了田园生活的安详、闲适，风格清新淡雅。有如明月清风，给人安适之感，一扫以往的激越或悲壮气氛。

潘天寿前期为山水画所题之诗风格也不尽相同，如1945年写的《题〈江洲夜泊图〉》：

俯水昂山势绝群，谁曾于此驻千军？

万家楼阁参差起，半入晴空半入云。

城外千樯集海凫，上通巴蜀下姑苏。

似曾相识浔阳路，夜泊船留司马无？

浪沙淘尽几英雄，倒海潮声岁岁同。

铁板铜琶明月夜，何人更唱大江东？

夕阳城郭花如锦，灯火楼台夜有声。

欲济莫嫌官渡晚，蒹葭沙水太清明。

这首题画诗虽然也描绘了浔阳江的景色，但不是寻常之景，而是突出了山险江阔、气势雄强，体现了一种极不寻常的阳刚之美。

从思想上看，潘天寿前期的题画诗也和其他诗歌一样，多心系国运，感时伤乱。如他的《题〈楚兰轴图〉二首》：

> 不多笔墨已离披，纫佩何心唱楚辞。
> 同与夷齐无寸土，露根风叶雨丝丝。
>
> 眉湿春痕重，非关墨瀋多。
> 有怀荆楚月，意绪乱婆娑。

此诗作于1940年，是应学生吴季鑫之嘱而题。当时由于学校从昆明又迁至四川，画材和教具都非常缺乏，教学困难重重。"纫佩"出自《楚辞·离骚》："纫秋兰以为佩。"用于比喻对别人的德泽或教益铭感于心。兰花象征淡泊、高雅，表现出潘天寿对弟子的期待和激励之情。"夷齐"即伯夷、叔齐，是商末孤竹君的两个儿子。相传武王灭商后，两人耻食周粟，采薇而食，饿死于首阳山。"露根"，承"无寸土"而来。它与宋代诗人郑所南"画兰不画土"出于同一机杼。这两首诗表达出作者虽如夷齐抱节守志，却不能避免因为战争失去家乡土地的无奈和悲伤之情，雨丝仿佛眼泪，春痕犹如泪痕，揭示出当时战争所造成的凄惨景象和人民的深重灾难。诗

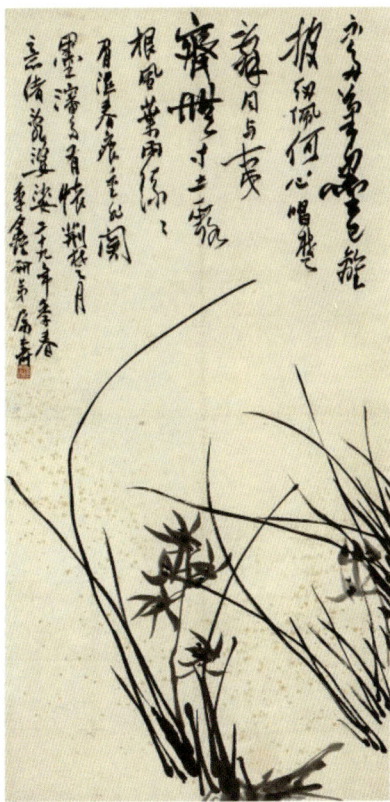

潘天寿《楚兰轴图》

人伤时忧国，心情更加孤愤愁苦，诗作风格沉郁，气象宏远。

他的另一首题画诗《读八大、石涛二上人画展后》，则是表达对八大山人和石涛的推崇，以及两位画家的家国沦丧之感。"离离禾黍感，墨沈乱滂沱"两句表达的当是诗人对日寇入侵时"城春草木深"的感伤和激愤。

潘天寿中后期的题画诗因学"两宋",诗风有较大变化,如《题荷》:

> 姑苏荷花荡遍植荷,开时接天漾碧,映日摇红,清香遥递十里,真奇观也。安得有一来复之暇,买小舟荡漾其间,以为清赏。

> 晨曦新逗雨晴初,花光日色红模糊。
> 乍醒倦眼未全苏,叶样罗裙花样脸。
> 推篷闲梳洗,照影唱吴趋。

《梅月图》

此诗题于1959年作的《晴晨图》上,又题于《晴霞图》上。无论小序还是诗文,不仅化用了杨万里的名句"接天莲叶无穷碧,映日荷花别样红",而且从意境到风格都酷似"诚斋体"。如果说这首诗体现的是潘天寿语言平易、诗风清丽,那么另一首《题〈梅月图〉》体现的则是"诚斋体"的奇趣:

> 气结殷周雪,天成铁石身。
> 万花皆寂寞,独俏一枝春。

这首诗题于1966年所作的巨幅《梅月图》上。诗人在政治"暴风雨"来临前以诗明志,表现了他如雪中古梅的高洁品质和铁石天成的不屈斗志。后两句寄意颇深,意谓当天下处于危难之中时,先觉者应挺身而出,为人民消灾弥难,迎接美好的春天。这既是一种预见,也是诗人自己的理想。全诗想象奇特,立意高远。

他的《题〈墨菊障子〉》又呈现出另一种艺术风格:

> 秋色矮檐奢,南山天外斜。
> 篱边何冷落,独放两三花。

日来开几许，帘外雨声寒。

消瘦知无比，西风李易安。

这两首诗，前一首化用陶渊明《饮酒》其五诗意，后一首化用李清照《醉花阴》词意，冷寂清新，风格恬淡。

潘天寿的题画诗除了具有多样艺术风格外，在艺术技巧上也有很高造诣。他最常用的表现手法主要有大胆的夸张，丰富的想象，生动的比喻，形象的拟人等。如《题〈朱荷红蜻蜓立幅〉》：

蜻蜓款款玉屏风，艳映花光扇扇红。

醉后六郎颓甚矣，凭谁扶入翠帷中。

这首诗将想象、比喻、拟人等并用，极为生动地描绘出一幅朱荷红蜻图。首句想象画中蜻蜓款款飞动；次句写因蜻蜓飞舞、花光闪耀，而使障风"扇扇红"。这是铺垫。然后请出主体朱荷，它好似唐代有莲花之美称的俊男张昌宗醉酒后迈着醉步，被谁搀扶着进入如翠幔般的莲叶中去休息呢？既以人比物，又以物拟人，形象生动，极有韵致。苏轼曾说："论画以形似，见与儿童邻；赋诗必此诗，定非知诗人。"清代钱梅溪也说："咏物诗最难工，太切题则黏皮带骨；不切题则捕风捉影，须在不即不离之间。"这首题画类咏物诗正是抓住"荷"之神，不为外在之形所囿，在似与不似间加以选择，才摆脱凡庸，高出现实，以臻艺术之高境⑥。潘天寿的《题〈野塘清趣图〉》也别有情调：

《野塘清趣图》

春归莼菜已花黄，深阁但添绣线长。

翠鸟不知青鸟事，听风听雨老横塘。

这是一首春闺怀人诗。先是"诗从对面飞来"，用汉代张翰典，写远方游子见秋风起而想家乡莼香、鲈肥，有怀归意；接着写闺中思妇，但妙在不直接写思人而思尤深。她只是孤孤单单地靠刺绣来打发日子。这里的"长"字，明指"绣线长"，暗示忧愁长。而最耐人寻味的是最后两句："该死的翠鸟儿呀，却不管刮风下雨，成天在池塘边蹲着，你为什么不能学着多情的青鸟，能为我心上人送个信儿呢？"这本是一幅普通的花鸟画，经这首题诗一点染，顿觉妙趣横生，满眼生辉，画意延伸，境界开阔。

潘天寿《题拟石涛山水轴》

潘天寿在题画诗的体裁上也富于变化。他除了喜用句式整齐的近体外，也善于运用歌行体。这是因为，歌行体较为自由，不受拘束而其句式又可随意短长，一如其书，大大小小，整整斜斜，了不经意。如上文提到的《题荷》。这首诗凡六句，前四句七言，末两句忽变作五言，且仅两句便戛然而止，突兀而又有余韵。此诗曾多次写为条幅，又一再题于画端，当是诗人得意之作。

潘天寿还有一部分题画诗是论画的，代表作为《论画绝句》二十首。从东晋的顾恺之论起，共论了宗炳、薛稷、王维、张璪、徐熙、董源、僧巨然、苏轼、米芾、郑思肖、黄公望、倪瓒、吴镇、徐渭、董其昌、朱耷、石溪、石涛、高其佩等20位画

家，不仅论述了他们在中国绘画史上的地位，而且概括地阐释了他们的艺术特点和贡献，以及对后世的影响等，不啻于一部微型的中国绘画史。

其《题拟石涛山水轴》也有论画新见：

> 习俗派争吴浙间，随声相誉与相讪。
> 苦瓜佛去画人少，谁写拖泥带水山？

此诗作于1929年，表达他对绘画史上流派纷争的态度。联系到此前1922年所写的《古木寒鸦图题跋》："唐王右丞曾作《古木寒鸦图》，为南派之始祖。余于作画素无门第之见，故不暇辨其为南为北也。"以及1961年又将此诗题于《晴峦积翠图》上，便可知这是潘天寿终其一生的画学思想，即他绘画作诗都不主一家一派。这也是他题画诗的风格之所以多样化的理论根源。也正是由于他善于兼容并蓄而臻入化境，才成为一代宗师，彪炳画史。

注　释

〔1〕转引自梅墨生：《天惊地怪见落笔——试论潘天寿的书法艺术》，原载《书法博览》1988年刊。

〔2〕《潘天寿画论》，山东潍坊新闻网。

〔3〕参见徐虹：《潘天寿传》，中国美术学院出版社，1997。

〔4〕潘公凯：《二十世纪传统派四大家》，《文艺报》2011年第4期。

〔5〕潘耀昌语，转引自高峰《潘天寿：局阔格高　霸悍静穆》。

〔6〕林锴：《意趣高华气象粗——潘天寿诗歌的成就》，载《潘天寿研究》，浙江美术学院出版社，1989，第521页。

〔7〕潘天寿：《诗与画的关系》，载《潘天寿谈艺录》，第141页。

〔8〕参见朱利：《诗传画外意——论潘天寿的诗与画》，硕士学位论文，中国美术学院，2014。

第六十七章

"新变"中期题画诗

这一时期，是指新中国成立初期至改革开放前期，大约30年时间。这一段时间，又可分为前后两段：前一段为"文化大革命"前，题画诗仍呈发展态势，可称为延续期。毛泽东18首诗词和他致《诗刊》主编臧克家等人的信公开发表以及许多名家旧体诗词在《人民日报》《文汇报》《人民文学》等报纸杂志上相继刊出，逐渐掀起了旧体诗词创作的热潮，同时促进了题画诗的发展。"文化大革命"至改革开放前为第二段，可称为低潮期。这时期虽然文学艺术创作受到很大冲击，但群众中旧体诗词创作仍有一定发展，题画诗也时有出现，只不过都处于"地下"状态，往往以传抄或油印小报形式流传，无从公开发表。

第一节　聂绀弩题画诗

聂绀弩（1903—1986），原名聂国棪，笔名绀弩、耳耶、悍膂、臧其人、史青文、二鸦、澹台灭闇、萧今度、迈斯等，湖北京山人。诗人、作家、编辑家、古典文学研究家。因某些言论和诗词而被加"现行反革命罪"服刑九年多后，于1976年10月10日获释。1979年3月和4月，聂绀弩"反革命罪"和"右派分子"相继被平反改正，恢复名誉、级别、工资及中国共产党党籍；9月，任人民文学出

聂绀弩

版社顾问；11月，当选为中国文联委员、中国作家协会常务理事。此后又任全国政协委员。1986年3月26日，聂绀弩病逝于北京，享年83岁。

聂绀弩的旧体诗词创作始于20世纪50年代。他说："1959年某月，我在北大荒850农场第5队劳动。一天夜晚，正准备睡觉了，指导员忽然来宣布，要每人都做诗，说是上级指示，全国一样，无论什么人都做诗。"[1]于是第二天他上交了一首七言古体长诗。从此，一发不可收，佳作迭出。2004年2月，武汉出版社出版《聂绀弩全集》，共收诗词606首。后来，山西人民出版社又出版了《聂绀弩旧体诗词全编》，并补充了一些佚诗。

聂绀弩的旧体诗词出版后，好评如潮，在广大读者中引起了轰动效应。他的诗词与时代息息相关，虽然其格律基本上仍属旧体，但题材新、思维新、感情新、格调新、语言新、句法新，显得生机勃勃，别开生面，从而有了所谓"绀弩体"或"聂体"。胡乔木说，他的诗是"以热血和微笑留给我们的一株奇花——它的特色也许是过去、现在、将来的诗史上独一无二的。"[2]

聂绀弩早年以杂文闻名于世，被夏衍赞为鲁迅以后第一人；但其旧体诗名超过了杂文。他以杂文入诗，辛辣幽默，冷峻风趣，于平静中见深沉，从微笑中看泪眼，形成了独特的艺术风格。

在《聂绀弩旧体诗全集》中，有少量题画诗词。这些诗词虽然在全集中所占比例不大，尚不能反映其诗词的全貌，但思想价值和艺术价值却不容低估。他的题画诗多为人物照或画像而题，其代表作有《丁聪画〈老头上工图〉》《题小丁画〈老聂劳动图〉》等。试看《丁聪画〈老头上工图〉》：

> 驼背猫腰短短衣，鬓边毛发雪争飞。
> 身长丈二吉诃德，骨瘦嶙三南郭綦。
> 小伙轩然齐跃进，老夫耄矣啥能为。
> 美其名曰上工去，恰被丁聪画眼窥。

丁聪画《老头上工图》

　　这是为著名漫画家丁聪的画所题之诗。以画写人，既夸张又写实。一位短衣驼背、两鬓如雪的老者跃然纸上。"骨瘦瘪三"不仅是诗人的自嘲，也反映了某些社会现象。其讥讽自在言外。此诗语言浅显，几近口语。既诙谐，又高雅；既悲苦，又乐观；既古典，又现代。如"老夫耄矣"，虽为用典，出自《左传·隐公四年》"老夫耄矣，无能为也"，但也极通俗，几乎看不出用典。在格律上，不以平仄害义，但基本合律，其对仗尤为工巧。将文言虚词放在句子中间作对仗，是他惯用的新句式。"小伙轩然大跃进，老夫耄矣啥能为"，"轩然"对"老矣"，即为典型一例。另一首《题小丁画〈老聂劳动图〉》的颔联"一把乙字刀无刃，三寸丁谷树全皮"，对仗也很巧妙。"乙字刀"，是说镰刀的形状，近乎"乙"字，既形象又通俗。"三寸"句，系用典。《水浒传》第二十四回："武大郎，身不满五尺，面目丑陋，头脑可笑。清河县人，见他生得短矮，起他一个诨名，叫做'三寸丁谷树皮'。"古代称成年男子为"丁"，"三寸丁"，言短矮。"谷"，繁体字为"穀"。穀树皮，言皮黑而粗糙，形容容貌丑陋。难

《天问篇》

为诗人想到此典，以"一把乙字刀"对"三寸丁谷树"，又俗又雅，可谓绝对。

　　《诗人节吊屈原题黄永玉画〈天问篇〉》《雨中瞻屈原像》《屈原像下》等三首是专为怀念屈原而写的题画诗，思想之深邃、艺术之高超，都堪称其题画诗的代表作。试看第一首《诗人节吊屈原题黄永玉画〈天问篇〉》：

> 屈原清醒敢问天，千百年来一人焉。
> 风雨雷霆都不怕，自称臣是水中仙。
> 我曾梦非天所宠，夜深不敢仰天眠。
> 前怕狼，后怕虎，怕灶无烟锅无煮。
> 怕无首领入先茔，怕累一妻和两女。
> 自笑梦胆空如鼠，醒逢天晴好端午。

诗人济济献诗黍，我亦随之倾肺腑。

灵均灵均君何许？

诗人劈头就说"屈原清醒敢问天，千百年来一人焉"。敢于问天，确为一难题，杜甫曾说："天意高难问"。张元幹也说："天意从来高难问"。这是因为，问天是需要胆识的。当年屈原在《天问》中一口气对天地、自然和人世等一切事物现象发出173个问题，内容奇绝，显示出作者沉潜多思、思想活跃的个性，表现出超卓非凡的学识和惊人的艺术才华，被誉为"千古万古至奇之作"。此诗将自己和屈原对比，极赞屈原，而嘲贬自己，不仅表现了他对屈原的钦敬，也暗藏着自己内心深处的种种不平与悲伤。李遇春评价说："聂绀弩写旧体诗就是把自己的离骚气掩盖在阿Q气之下，以打油的面目掩饰他内心的悲伤和忧患意识。……直到20世纪70年代从狱中幸运归来，他还做过两首怀念屈原的诗《端午节怀屈子》和《诗人节吊屈原题黄永玉画〈天问篇〉》。后者写道：'屈原清醒敢问天，千百年来一人焉。风雨雷霆都不怕，自称臣是水中仙。'自始至终，屈原于聂绀弩心有戚戚焉。"[3]

聂绀弩为画家韩羽的人物画题诗也很有特色，如《题韩羽画〈盗御马〉》：

大盗盗家国，小盗盗御马。
盗马将何为，马上打天下。
彼时天骄剪凤麟，是非颠倒日月昏。
绿林崛起窦二墩，誓为中夏扫胡尘。
虽有此心功未立，天下英雄长叹息。
韩羽画人不画马，须发皆动如生者。
龙潭虎穴闯不怕，令人羞死黄天霸。

《盗御马》，是京剧传统剧目。写清代连环套寨主窦尔墩盗太尉梁九公的清帝所赐御马，并留下黄三太姓名。后为黄三太

韩羽画《盗御马》

《董超薛霸》

之子黄天霸侦悉，以计诱惑窦尔墩投案。此诗的重点并不在赞扬窦尔墩的英雄行为，而是为了揭示"大盗盗家国"的主题。它较之《庄子·胠箧》篇中的"彼窃钩者诛，窃国者为诸侯"之说更为深刻。由此而推，历史上一切帝王，都无非是窃国大盗。另一首为韩羽画的题诗《董超薛霸》，嘲讽更为深刻：

> 解罢林冲又解卢，天下英雄尽归吾。
> 谁家旅店无开水，何处山林不野猪？

> 鲁达慈悲齐幸免，燕青义愤乃骈诛。
> 佶京俅贯江山里，超霸二公可少乎！

董超、薛霸，是《水浒传》中两个押解犯人的小人物，在一般评论中很少有人提及。此诗专写两人，似有深义。商为东说："《董超薛霸》一诗的首联'解罢林冲又解卢，天下英雄尽归吾'，生动地入木三分地刻画了董薛一类人的心态与嘴脸。"[4]

这首诗用漫画笔法，刻画了董超、薛霸作为"佶京俅贯"（赵佶、蔡京、高俅、童贯）爪牙的嘴脸。他们以整人为能事，落井下石，无所不为。在诗人自身的经历中多见这类人物，并且吃过他们的苦头。此诗也可看作一篇短小精悍的杂文，笔调大胆泼辣，嬉笑怒骂皆成文章。

聂绀弩的《为方瑞公题〈白骨精〉》也当算作写人的题画诗。其诗是：

> 从来白骨易成精，化作千娇百媚形。
> 三十余年三里雾，只消一棒便澄清。

这是1978年作者在韩羽所画送给方瑞的《白骨精》上的题诗。此诗言简意赅，锋芒毕现。一句"从来白骨易成精"，将其危害推向广远，更有警世作用。

聂绀弩为一组动物画《猫图》所题之诗，既讽刺辛辣，又意趣盎然。这些诗主要有：《赠猫画家张正宇》《咏猫为猫画家张正宇作》《黑猫》《阔猫》《老猫》《睡猫》《双猫》等。试看《阔猫》：

> 日攘一鸡扰户庭，坐观群鼠倒油瓶。
>
> 笑它鼠辈真多事，计议赠君九子铃。

这首诗用典浑然无迹，看去极通俗，但讽刺意味却很辛辣。"日攘一鸡"，典出《孟子·滕文公下》："今有人日攘（偷窃）其邻之鸡者。""九子铃"，典出《西京杂记》卷一："（汉昭阳宫）上设九金龙，皆衔九子金铃。""计议赠君"，出自《伊索寓言·给猫系铃铛》："老鼠召开大会……大家你一言、我一语，最后，一只小老鼠站出来说，自己有个好主意：'我们最危险的是猫总是悄悄地接近，趁我们不备发动偷袭。如果我们能听到猫靠近的讯号，就可以及时逃走。因此，我斗胆建议，找一个小铃铛，用绳子系住，挂在猫的脖子上。这样一来，我们就能知道猫的行动，猫一旦靠近，我们就来得及撤退啦。'小老鼠的建议得到了大家热烈的掌声。一只上了年纪的老鼠站起来问道：'主意是很好，可是谁去给猫系铃铛呢？'"

寓真在《聂绀弩的咏猫诗》中说："对时下的讥诮又进了一步。'日攘一鸡扰户庭'，是指责那些扰民的官僚的。猫不捉鼠，只是每天打鸡斗狗，扰乱民户。"这首诗所写的可能是一只肥猫，但作者突出它的阔气，即财大气粗的作派。在鼠辈猖獗之时，它却"坐观"，就是失职。此诗写来风趣，"笑它"两句，是反衬，也是烘托，妙不可言[5]。

如果说《阔猫》是讽刺反面形象，那么《老猫》则是写反腐斗士：

> 画虎不成改画猫，画猫反类锦毛虎。
>
> 不随鸡犬去登仙，要捉人间白日鼠。

1966年春节，张正宇画猫图一帧，上题"要捉人间白日鼠"。这里的"白日鼠"是贬义，专指那些在光天化日之下为非作歹的坏人。因此，"老猫"便是一个正面形象。它不愿随波逐流，坚持操守，不慕荣华，誓捉一切"白日鼠"。这既是消除现实中"鼠"害猖獗现象的需要，也反映了诗人自己的理念。

聂绀弩为山水画的题诗只有两首，即《为静芳大姐题其尊人所画玄武湖图》和《题三峡图》。试看前诗：

> 四十年前玄武湖，樱花如海似东都。
>
> 何人为语汪精卫，此是中华旧版图。

《玄武湖图》和《三峡图》均为朱静芳之父朱亦丹于1954年所作。题诗则写于1979年10月。诗人既不从1954年写起，也不从1979年着笔，而是回忆40年前日寇侵华的痛苦往事。那时春天樱花如海，美不胜收。而人间却是物是人非、汉奸横行。诗人一句"此是中华旧版图"，充分表达了他的一片爱国之心，读来令人感奋。

聂绀弩不仅为名画家的画题诗，也为儿童画题咏，如《赠吴双双作画》。据吴祖光回忆："女儿忘不了的是她七八岁时由于总爱跟妈妈到剧场看戏，所以画了许多妈妈演出的戏像，聂伯伯看到了十分欢喜，就作七八十句长诗，并且用宣纸写了送给她。""这一幅绀弩珍贵书法赠吴双双作画长诗的命运悲惨，在十年大难之初便和我的许多藏书藏画一起被那群暴徒抄走毁掉。至今我只记得开始的两句是'白纸一张笔一枝，双双当做竹马骑。'当中还有两句是：'八岁能看几回戏，此殆天赋非人为。'"

聂绀弩为儿童画题的另一首诗《题黄黑妮画莲花掌图》有幸保存下来。其诗是：

> 爸爸画画笔一枝，黑妮曳作竹马骑。
>
> 一朝打马纸上过，马迹变作黑猫咪。
>
> 忽而又画莲花掌，家中奇卉久真赏。
>
> 口吮笔尖墨满唇，膝移椅上生钝响。
>
> 错错落落纸上影，绰绰约约盆中景。
>
> 盆中自比纸上青，纸上何如盆中冷。
>
> 莲花掌非寻常物，仙掌若仙莲掌佛。
>
> 错教佛物栩栩仙，风雨忽来鬼夜哭。
>
> 黑蛮黑妮两兄妹，兄才八岁妹五岁。

> 不知胸中何所思，但觉画里有诗味。
>
> 安得糕糖千百斤，给我黄家兄妹分。
>
> 他日大成何疑问，此时作画太苦辛。

这首给儿童看的诗写得极通俗，也极有趣味。在中国题画诗发展史上，为名家名画题的诗比比皆是，但为儿童画所题之诗却极少。因此，聂绀弩的这首诗弥足珍贵。

在近现代题画诗中，聂绀弩的题画诗特点鲜明，独树一帜，值得深入研究。从题画诗的角度看，"绀弩体"主要有以下特点：

其一，既刻意又随意。这里有两层意思：一层意思是看似随意，实则刻意，如《题瘦石为绘小影》：

> 人皆欲杀非才子，老更能狂号放翁。
>
> 万里投荒千顷雪，一冬在系五更风。
>
> 白头毛发森如许，北国冠裳厚几重。
>
> 影似牌名浑不似，予怀渺渺墨伤浓。

这首诗一气呵成，看似很随意，实则颇为用心。一是要用56个字概括自己一生的际遇，就必须选择典型事例；二是使事用典，也颇费思虑，如"才子""放翁""予怀渺渺"等，都极为贴切；三是用近体，要注意格律，尤其在对仗上极见功力，如颈联"万里投荒千顷雪，一冬在系五更风"，不仅立意好，也对仗工整。又如首联本不需对仗，也自然成对，但又不刻意求工。另一层意思是不求刻意之随意，如《题黄黑妮画莲花掌图》，就是随意而为，而时见刻意之笔。

其二，既典雅又通俗。聂绀弩的题画诗往往典雅与通俗并重，有的以雅为主，有的以俗见长，还有的雅中有俗、俗中有雅。如《题瘦石秀芳婚影》：

> 才子佳人岂易逢，君家夫妇太从容。
>
> 思化十三陵库水，照尔双飞倩影鸿。

此诗以典雅为主。而《如梦令·题韩羽画〈两将军〉》则以通俗著称。

其三，既庄重又诙谐。聂绀弩的每一首题画诗都二者兼具，几浑不可分。如《题尹瘦石〈漓江祝嘏图〉二首》：

> 文化城中文化头，一时裙屐竞风流。
> 樱都跃马人何在，影倩宜兴画手留。

> 三十几年兴与亡，人间正道果沧桑。
> 别来无恙诸君子，忆否谁曾共一堂。

这是题写于尹瘦石为柳亚子所画的《漓江祝嘏图》上的一首诗。祝寿本是严肃的话题，然而诗人却写得洒脱、诙谐。比如"文化头"一词，是文化界首领的俗称，但如果溯源，它又是元散曲中"文化班头"的省略语，可谓既俗又雅。像这样亦庄亦谐的作品，在他的题画诗中几乎随处可见。

其四，诗体既旧体又现代。聂绀弩的所有诗歌都是旧体，有的或称新古体，其题画诗亦不例外。但其特点是近体为多，并且是古近相间，而近体又非严格意义上的律诗、绝句，又夹以古体或现代体，颇为复杂，难以区分。如《睡猫》："有鼠犬当捉，无鱼鸡可攫。牡丹花下眠，做梦也欢乐。"此诗似绝句又似古体，从平仄看，基本合律，并且首联又是工对，但却是押仄声韵，"捉""攫""乐"都是入声，又不合近体诗的常规。另有相当多基本属于近体的题画诗，也多有平仄失对或失粘，而对仗通融处更多。

其五，语言既浅白又古雅。总起来看，聂绀弩的题画诗大多文字较为通俗易懂，如《为苗公题〈傅青主听书图〉二绝》：

> 楚馆听书事已忘，晋牢饕粥七年强。
> 开图蓦见青山主，如遇故人话故乡。

> 傅札襟期娓娓详，韩图气势更飞扬。
> 我思张画吾斋壁，只把空诗寄与黄。

"黄公"，是对著名画家黄苗子的敬称。《傅青主听书图》，是韩羽遵黄苗子之嘱所画。诗人见此画后对往事有感，遂以诗代札，寄给黄苗子。此诗明白流畅，似唠家常，既有对友人的赞许，又有自己读画之感受。语言畅达，形象生动。而另一首题画诗《口占谢雨田画师画盘》则多处用典，略显古雅。特别是最后两句"鱼飞驴叫牛马走，粪土墙低无处悬"，用典恰切，既自谦又赞人，颇耐人寻味。

第二节　荒芜的旧体新意题画诗

荒芜（1916—1995），著名作家、翻译家、诗人。安徽凤台人。曾用笔名黄吾、叶芒、李水、淮南、林抒、方吾。民盟成员，曾任民盟中央联络委员、民盟北京市宣传委员，中央文史馆员。上海复旦实验高中毕业。参加过"一·二九"运动。1937年毕业于北京大学。1938年参加中华全国文艺界抗敌协会，并在长沙李觉部队的青年抗日军官培训班任政治教官。后任重庆《世界日报》明珠副刊主编，自此开始诗歌翻译，如美国黑人麦凯诗、惠特曼的诗等。出版翻译作品30余部。

1949年任国际新闻局《争取人民民主争取持久和平》中文版主编，外文出版社图书编辑部副主任，中国社会科学院外国文学研究所研究员。

中学期间开始发表散文作品。1952年加入中国作家协会。1957年被错划为右派，在黑龙江边境853农场改造。1961年后在中国社会科学院文学研究所做资料员。1979年落实政策后返回外国文学研究岗位。

主要著作有诗集《纸壁斋集》《纸壁斋续集》、诗话集《纸壁斋说诗》等。

荒芜50多岁时才开始写旧体诗，起步较晚。姚雪垠曾将其比作唐代杰出诗人高适。他的诗感时斥世，颇有诗名。在他的诗集中，题画诗占有相当大的比重。

荒芜的题画诗词主要可分为两大类：一是为自然景物画而题；二是为戏剧人物画而题。第一类题画诗词，细分又有花鸟、山水、鞍马等不同类

别。其中《题黄永玉〈红莲图〉·调寄临江仙》以花喻人，颇有寄意：

画家说，有一年，他在福建旅行，过一大山。山阴处，有一深潭。树阴绿沉，水黑如漆。其中红莲怒放，朱墨交映，景色慑人。

独占江山清绝处，晓风残月双开。碧潭幽静少人来。出泥原不染，鼠兔莫相猜。　蝉噪蛙鸣浑忘却，系情白石苍苔。深宵喜有爽鸦陪。将雏还挈妇，高唱满林隈。

词中，"独占江山清绝处"的红莲，既借以赞画家，又似自况，抑或指身处恶劣环境下的超尘拔俗者。他出污泥而不染，心系林泉。有"爽鸦"相伴而不怕鼠兔相猜（鸦能捕食鼠兔）。此词当写于"文革"时期，其中的"鼠兔"似暗喻当势者。针砭时弊，托意深婉。

其《题尹瘦石〈奔马〉》风格豪宕：

浩浩风霜墙上起，奔腾白草黄沙里。
昂昂顾盼足精神，光彩飞扬俊绝伦。
伯乐精鉴析神理，杜陵佳句托生死。
韩干丰腴微失真，于今重见李公麟。
嘉陵江水沄沄碧，柳诗尹画连城璧。
荣于华衮拜殊赐，第一人颁亲笔字。
潜思精研又卅年，长安再会各华颠，
大笔刻画入毫芒，穷极世象何琳琅。
此骥昔曾上太行，盐车中坂汗流长。
历尽艰难与险阻，时来世异得其所。
识途终必赖长才，历块过都疾若雷。
从来壮志穷益坚，空阔千里直无前。

尹瘦石，著名画家，以画马著称。1945年，柳亚子与他在重庆举行的诗画展，广受好评。诗中说"第一人颁亲笔字"，即指毛泽东亲为画展题字。从"潜思精研又卅年"可知，此诗当作于"文革"后期或粉碎"四人帮"初期。此诗不仅气势豪迈、神采飞扬，而且充分表现了诗人、画家穷且益坚、勇往直前的斗志。这既是诗人一生不畏艰险的意志体现，也是他为迎接革命新时期到来的誓言。

在荒芜的所有题画诗中，为画家韩羽的漫画京剧人物题诗最多。这组诗的前言说：

韩羽《白蛇传》

> 余幼嗜皮黄，于其历史渊源，流派演变，亦复稍稍留意。尤爱谭、余唱腔，檀板歌钟，依声按拍，至今犹能仿佛一二。尝观时贤所绘京剧人物，但求貌似，至其神情身段、服饰冠佩、脸谱发型，懵然不察，往往差以毫厘，失之千里。韩羽同志之作则不然。不但喜怒哀乐之情，画龙点睛，跃然纸上，即一举手，一投足，亦悉中窾窍。铢两之间，丝丝入扣。展对之下，恍如置身梨园，金石弦管之音，洋洋盈耳。友人为余言，韩羽同志早岁即精娴此道，且能粉墨登场，是则实践真知，信有以也。谨缀芜词，借申敬意。

> 百年世事真如戏，深味莎翁句意新。
> 笔墨有灵传态势，丹青无语见精神。
> 时从静处闻丝竹，更向毫端认笑颦。
> 我欲高歌还起舞，为君重作少年人。

这首诗作于1977年8月29日，是这组24首题画诗的第一首，总赞韩羽的京剧人物画形神毕肖，跃然纸上，使人如闻其声、如见其人，也令自己随之高歌起舞，重返少年。

英国戏剧家、诗人莎士比亚在剧作《皆大欢喜》中曾借剧中人之口说："全世界是一个舞台，所有的男人和女人都是演员。他们各有自己的进口和出口。一个人一生中扮演许多角色。"荒芜此诗的第一句"百年世事真如戏"，便开宗明义地说明了这组题戏剧人物图诗的宗旨。既然人生

韩羽《拾玉镯》

如戏，那么为画戏剧人物题诗，自然就是为了谈人生。因此，这组题诗无一不是面对现实，纵谈人生。如《临江仙·拾玉镯》：

> 儿女风情细事，人命案件关天。官司越打越新鲜。宦官成正派，贾桂把名传。 想起郿邬县令，长篇检讨当先。官僚主义是根源。不亲家务事，难断米油盐。

《拾玉镯》常与《法门寺》连演，合称《双姣奇缘》。其情节是：明朝陕西世袭指挥傅朋游孙家庄时，偶遇孙寡妇之女玉娇，便产生爱慕之情。傅故意遗玉镯于地，而玉娇也有意于傅，便将玉镯拾去。此事恰为刘媒婆所见，并允为两人撮合，于是以绣鞋为凭持之回家。此事为其子刘彪知悉，乃持鞋夜入孙家庄，误入玉姣舅父母房中，以为玉姣与傅朋同卧，遂杀之，遗玉姣鞋于房内，又将人头投入刘公道家朱砂井中。后刘公道恐遭嫌疑，欲转移人头而被长工宋兴发觉，便杀宋灭口。经官后，郿坞县令赵廉草率断案，定傅朋为凶犯。宋父控刘公道杀其子，赵也未加详察，不能定案。此时，宋巧姣已与傅朋订婚。她以酒灌醉媒婆，得知事情原委，趁太监刘瑾伺候皇太后到法门寺之时，前往上告。刘瑾责令赵廉复查而真相大白。刘瑾复审后，斩刘彪、刘公道，并奉太后旨，令孙、宋二姣同嫁傅朋。

荒芜这首诗至少有三层意蕴：一是反话正说，"宦官成正派"，此指臭名昭著的大太监刘瑾。但反派人物演正派，总是不太像，况且只是演戏。二是斥贾桂，所谓"把名传"，只是臭名远扬。他是刘瑾的亲信奴才。在《法门寺》中，郿坞县令赵廉向贾桂行贿，贾桂就在刘瑾面前为赵廉说情开脱。当赵廉去拜见刘瑾时，刘瑾叫赵廉坐，赵廉也请贾桂坐。贾桂答道："您倒甭让，我站惯了。"毛泽东在《论十大关系》中说："有些人做奴隶做久了，感觉事事不如人，在外国人面前伸不直腰，像《法门寺》里的贾桂一样，人家让他坐，他说站惯了，不想坐。"后来因称缺乏自尊自信的精神状态为"贾桂精神"，贾桂也因此出名。三是批评官僚主义，提倡亲力亲为，调查研究。这首诗与作者其他板谨严肃的题画诗不同，它寓庄于谐，正话戏说，嬉笑怒骂，构思别致。这是荒芜题画诗艺术风格的另一面。另外二十几首为戏剧人物画的题诗，风格也大致如此。

注 释

〔1〕聂绀弩：《自序》，载《聂绀弩旧体诗全编注解集评》，山西人民出版社，2009，第9页。

〔2〕谷羽（胡乔木夫人）：《胡乔木与知识分子》，《文汇读书周报》1995年8月5日。

〔3〕李遇春：《阿Q·屈原·江湖——论聂绀弩旧体诗的精神特征》，《福建论坛（人文社会科学版）》2008年第3期。

〔4〕商为东：《散宜生诗漫话》，《团结报》1993年3月。

〔5〕《聂绀弩旧体诗全编注解集评》，山西人民出版社，2009，第667页。

第六十八章

新诗奠基人郭沫若的书画情缘
与题画诗造诣

郭沫若

郭沫若（1892—1978），现当代诗人，剧作家，历史学家，古文字学家，是五四以来我国新诗的奠基人之一。原名郭开贞，字鼎堂，号尚武，笔名有麦克昂等。

生于四川乐山沙湾，幼年入家塾读书。1906年入乐山县高等小学堂学习，开始接受民主思想。1914年春赴日本留学，这个时期接触了泰戈尔、歌德、莎士比亚、惠特曼等外国作家的作品。1918年春写的《牧羊哀话》是他的第一篇小说。1918年初夏写的《死的诱惑》是他最早的新诗。1919年五四运动爆发，他在日本福冈发起组织救国团体夏社，投身于新文化运动，写出了《凤凰涅磐》《地球，我的母亲》《炉中煤》等诗篇。1921年6月，他与成仿吾、郁达夫等人组织创造社，编辑《创造》季刊。

1923年，他在日本帝国大学毕业，回国后继续编辑《创造周报》和《创造日》。1924年到1927年间，他创作了历史剧《王昭君》《聂莹》《卓文君》等。1928年流亡日本。1930年加入中国左翼作家联盟，参加"左联"东京支部活动。1938年任中华全国文艺界抗敌协会理事。这一时期创作了以《屈原》为代表的6部历史剧。他还写了《十批判书》《青铜时代》等史论和大量杂文、随笔、诗歌等。

新中国成立后，曾任中央人民政府委员，国务院副总理兼文化教育委员会主任、中国科学院院长，全国文联一、二、三届主席，并任中国共产党第九、十、十一届中央委员，第一至第五届全国人大常务委员会副委员长，全国政协委员、常务委员、副主席等职。作品有《新华颂》《东风集》《蔡文姬》《武则天》《李白与杜甫》等。

1978年6月12日，郭沫若在北京逝世，终年86岁。

第一节　郭沫若书画生涯

郭沫若是中国现代史上一位卓越超群的文化伟人。与其笃实的学养一脉相通，郭沫若在书法艺术方面同样成就璀璨，在现代书法史上占有重要地位。他在书法艺术上的探索与实践历时70余年。青年郭沫若的书法就得到社会承认，始于辛亥年间。10年以后，他的著名诗集《女神》等作品集问世，其书体在更广泛的读者面前显露风采。20世纪20年代末，郭沫若旅居日本，由金文甲骨入手，以字辨史，借史鉴今，谙熟祖国文字、书体的演进轨迹，创立了古文字研究的科学模式。1937年归国抗战。在民族危难之中，其诗词创作常与书法相结合，翰墨间包含了深厚的文化底蕴和自强不息的民族精神。新中国成立以后，郭沫若在繁重的国事之余从事了更为丰富的书法创作。他慷慨为人，博识广闻，为全国各地名胜古迹、工矿学校，以及社会各界、海内外友人留下难计其数的辞章墨宝。其书法作品数量之多、影响之广，少有出其右者。

郭沫若以"回锋转向，逆入平出"为学书执笔八字要诀。其书体既重师承，又多创新，展现了大胆的创造精神和鲜活的时代特色，被世人誉为"郭体"。郭沫若以行草见长，笔力爽劲洒脱，运转变通，韵味无穷；其楷书作品虽然留存不多，却尤见功力，气贯笔端，形神兼备。

郭沫若作为苏轼以后四川又一大文人，其书法成就真堪与东坡媲美，为世所重。东坡书法向来受到书法界重视，为宋代尚意书风代表。郭沫若书法从宋四家出来，用笔、结体都有宋四家意味，但又个性突出。苏东坡书法曾被黄山谷戏为"石压蛤蟆"，但其横向取势的结体，实际从隶书而

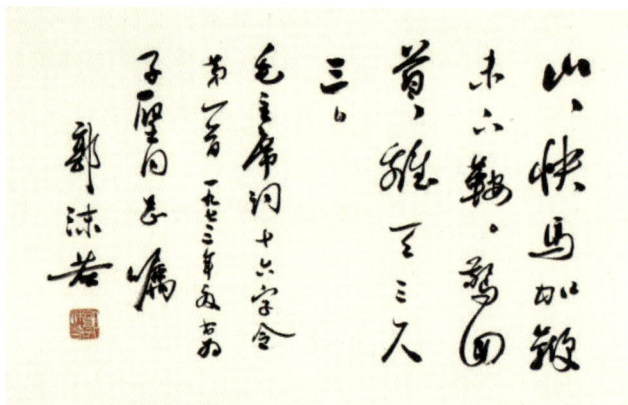

郭沫若书法作品

来的书法史上就已有历史，与黄山谷书法取纵势截然不同。正如秦效侃先生所指出的那样，"字之结体汉唐即有横纵二种。黄纵苏横，不必是病。"沙孟海先生以"斜划紧结"与"横划宽结"概括之。郭沫若书法与东坡书法同属于横画宽结一类。抗战时期，郭沫若在重庆时期书写了大量书法作品。郭沫若的书法研究，可以从他对甲骨、金文研究开始计算，成果丰硕。

到20世纪60年代，郭沫若与高二适等人展开《兰亭》真伪大讨论，无论从何种意义上说，都极大地推动了书法研究的深入，带来了书法事业在"文革"时期的发展。这些成就，尤其是后期兰亭论辩中的数篇论文，无疑都充分地反映了他深厚的学养。在大风大浪中走过一生的郭沫若，在书法上充分表现出其大学者、大文豪风范：每幅作品，无论长篇巨制，抑或短笺小札，用笔都十分肯定、果断，没有犹豫与迟疑；书写内容多系自作诗词，无论旧体新体，都富有时代气息；对古典书法有广泛深入的学习与探究，深得苏东坡、颜真卿神韵。郭沫若学习书

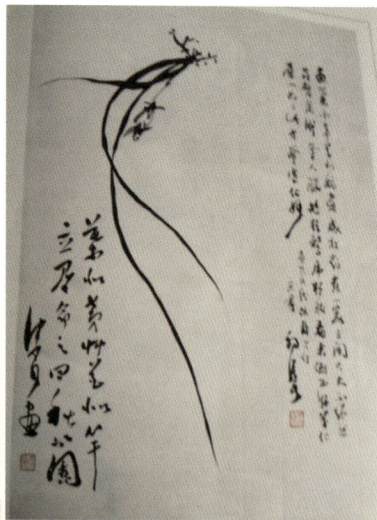

《自画秋兰》

法，不像一般人兀兀穷年专于一家而难有自家面目，而是从一开始便有着强烈的个性色彩，非以自身作为先人奴隶，而是化他人为己用，独具风骨。

郭沫若自幼喜欢绘画。1943年，他在元弟为侄外孙张可源画的一幅水墨秋菊图上题词，其中有云："幼时亦能画，至今手犹痒。愿得芥子园，恢复吾伎俩。"并于短跋中附言："回思幼时，余亦能画，因特（一作为）题此。"郭沫若还曾画过扇面画。他在晚年的时候，还为长沙的一位小朋友在她的一把檀香小折扇上画画写字。1939年春，他回故乡乐山沙湾老家看望家人，遇到元弟郭翊昌正为亲朋好友画画，欢喜得手舞足蹈。可见，郭沫若对画道的热衷经久未衰，看到有人画画也喜欢在旁观摩。郭沫若喜画兰花。他一生留存的画作不多，仅有《自画花卉二帧》《自画秋兰》《自画扇面》等。郭沫若既能画、懂画，也精于品画、鉴画。龚济民曾指出："他虽然不是画家，但他懂画、爱画甚至还会绘画，他在这方面有精湛的艺术修养"[1]。并且，他与中国著名画家齐白石、李可染、傅抱石、刘海粟、徐悲鸿、王雪涛、何香凝、关良等有着密切的交往，经常一起品画、论画，也提升了他对绘画的鉴赏力。

第二节　郭沫若题画诗

郭沫若是现代文学大师，集作家、诗人、学者、社会活动家等于一身。尤其在诗歌创作上有极高的造诣，成为蜚声中外的大诗人。他的诗以浓厚的浪漫色彩著称，富有鲜明的个性。其感情激烈充沛，常常给人以极大的冲击力和感染力。

郭沫若题画诗同其他文艺作品一样，既是体现诗人政治立场和文艺思想的载体，也是考量诗画家政治立场和艺术水准的重要标尺。因此，郭沫若的题画诗无不反映了他的家国情怀，渗透着对党的热爱和对人民命运的关心。1943年2月27日，他在重庆为画家张文元写了两首题画诗。其一是《金刚桥畔》：

金刚桥畔

一道蜿蜒破天险，复兴国难见民劳。

山川到处增颜色，莫道英雄始是豪。

其二是《丰年图·文元同志画此农家风物索题》：

农村生活原邦本，人民劳止竹森森；

尽他寂寞无相问，幸尔春牛共一岑。

文元，即张文元，著名画家。张文元1943年在重庆中苏文化协会举办第一次个人国画展览，展出60余幅作品。郭沫若参观了这次展览。《金刚桥畔》与《丰年图》大概即为这次展览所题。《金刚桥畔》的"作者志"说："文元同志画歌乐山下金刚桥畔之实境，足征抗战中民众生活。"描写"实境"是张文元国画的一个突出特点。观看展览的兰石说，这些国画中大部分以四川风物为背景，表现"抗战后方动态"。

郭沫若对于张文元用国画表现抗战实景的创新精神颇为赞赏。在《金刚桥畔》与《丰年图》中，他用白描的手法将画面内容勾勒出来。尤其是"山川到处增颜色""春牛共一岑"等，充满了田园风趣和乐观精神。抗日战争在1943年已经进入了最为艰难的时期，长期抗战使得民生日用品极为匮乏，广大人民挣扎在饥饿与死亡的边缘。张文元的国画、郭沫若的题诗都充满了太平景象，这不是画饼充饥，而是体现了艺术家和诗人坚忍淡定的风度。

《甲申三百年纪念，为非杞戏绘》

1644年，闯王李自成进京，崇祯自缢，明朝灭亡。三百年后，郭沫若撰写《甲申三百年祭》纪念此事，在学界、政界引起巨大反响。1945年，当郭沫若了解到自己的文章《甲申三百年祭》被毛泽东主席表扬并且规定为整风学习文件时，他非常高兴，马上为爱国民主人士、书画收

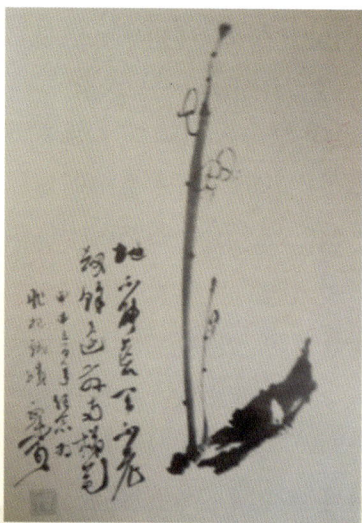

藏家柳非杞画了一高一矮相连的两株梅，并题诗铭志："地不能荒天不老，劫余还存两梣花。"题款为"甲申三百年纪念，为非杞戏绘，郭沫若"。画中诗寄寓了作者对党的一片忠心。

郭沫若也常为历史人物画题诗，曲折地表达自己的爱国情怀。他曾先后为傅抱石《屈原画像》、刘旦宅《画屈原像》题诗。其《题傅抱石〈屈原画像〉》是：

> 屈子是吾师，惜哉憔悴死。
> 三户可亡秦，奈何不奋起？
> 吁嗟怀与襄，父子皆萎靡，
> 有国半华夏，荜路所经纪，
> 终隳前代功，长遗后人耻。
> 昔年在寿春，熊悍幽宫圮，
> 铜器八百余，无计璧与珥。
> 江淮富丽地，诔墓亦何侈！
> 无怪昏庸人，难敌暴秦诡。
> 生民复何辜，涂炭二千祀？
> 斯文遭斫丧，焚坑相表里。
> 向使王者明，屈子不谗毁，
> 致民尧舜民，仁义为范轨。
> 天下安有秦？遑论魏晋氏。
> 呜呼一人亡，中国留污史。
> 既见鹿为马，常惊朱变紫。
> 百代悲此人，所悲亦自己。
> 中国决不亡，屈子芳无比。
> 幸已有其一，不望有二矣。

傅抱石《屈原画像》

此诗原为傅抱石1942年作《屈原画像》题写。1953年傅抱石以原图不尽其意而另绘新作，与题诗手迹重新合裱为一。在这幅画中，画家将屈原赤胆忠心的爱国精神、心系苍生的忧患意识、超凡脱俗的形象展现在观者面前，体现了中国人物画以形传神的最佳境界，堪称其历史人物画作的"铭心绝品"。郭沫若见画后，认为这幅画和自己创作的历史剧《屈原》出于同一机杼。对此剧，他曾指出："我便把这时代的愤怒复活在屈原的时代来象征我们当前的时代。"这首题诗中，诗人通过表达屈原的爱国深情来鞭挞黑暗的现实，借以抒发自己的义愤。诗中说："三户可亡秦，奈何不奋起？……中国决不亡，屈子芳无比。"显然都是针对现实而发。它与话剧《屈原》中屈原的咆哮——"你们风，你们雷，你们电，你们在这黑暗中咆哮着的，闪耀着的一切的一切，……发泄出无边无际的怒火，把这黑暗的宇宙，阴惨的宇宙，爆炸了吧！"有异曲同工之妙。

郭沫若有些题山水画的诗也颇有深意。如1935年的《题抱石画〈苍山渊深〉赠吴履逊》：

> 银河倒泻自天来，入木秋声叶未摧。
>
> 独对苍山看不厌，渊深默默走惊雷。

吴履逊，又名铁生，毕业于日本陆军士官学校。1932年回国，时值九一八事变后。在民族危难之际，他参加了以蔡廷锴为军长的十九路军，被任命为抗日名将翁照垣将军的一五六旅炮兵营长。在震惊世界的"一·二八"事变中，吴履逊率领全营驻守军事要塞淞沪炮台。他身先士卒，视死如归，英勇奋战，打退敌人数十次进攻，立下了赫赫战功。此诗作于1935年。诗人时在日本仍念及国事。为吴将军赠画题诗，正表现了他的爱国赤诚。其中"渊深默默走惊雷"一句，让人想起鲁迅"于无声处听惊雷"的名句。这显然是在暗示国内将会掀起巨大的全民抗日的浪潮。诗人的心也会随着这浪潮剧烈跳动。这首《题抱石画〈苍山渊深〉赠吴履逊》，如惊雷在悄然无息中炸响，如烈火勃然喷薄而出，气势磅礴、惊天动地，远非"浪漫"二字所能概括。这种风格在题花鸟画的诗中也有显现，如《题卢坤峰画双鹫》：

> 岩岩双鹫，郁郁深松。
>
> 蠢尔狐鼠，直等微虫。

铁喙出钩，怒目瞳瞳。

振翮待飞，朝霞正红。

翱翔八极，鼓荡东风。

诗人笔下的双鹫跃然纸上。它铁喙如钩，怒目远视，一飞冲天，激荡东风，大有睥睨一切之气概。这既是画家之襟怀，也是诗人之气度。但在郭沫若更多的题画诗中，其艺术风格往往是闲适淡雅、清新自然。如他的《题金淑娟画红绿梅二首》：

一

晴光透澈影玲珑，冷艳凝香斗彩虹。

疑自湘皋来帝子，双身绰约（一作绚）画图中。

二

胭脂凝艳玉含香，照眼春光引兴长。

莫问几生修得到，待裁新笛弄新腔。

这两首诗清新淡雅，质朴无华，似与诗人的其他题花卉画诗并无两样。但细细分析，郭沫若的这类题画诗又同中有异：题画诗淡雅中有萧散，质朴中又含清丽，并且呈现出浪漫诗人所特有的张扬。如《题刘海粟〈夏山欲雨图〉》：

刘海粟《夏山欲雨图》

山水在性，天才赋官。

自然心随物已远，意到笔之先。

尺幅罗千里，寸晖引万年。

此中饶逸趣，言外谁可传？

诗人在尾注中说："一九三七年八月客寓沪上，日日在飞机炸弹声中讨生活。一日海粟携此画来，顿感坐游之乐，爰题此数语。"在炸弹声中，诗人独享"逸趣"，苦中作乐。既有无奈，又有无声之抗争。"尺幅罗千里，寸晖引万年"两句，于恬静的山水中，增添了几分气势。

郭沫若题画诗的另一个特点是"随意、洒脱、幽默"[2]，极富情趣，于诙谐之中时有嘲讽。如《题于立群画六只螃蟹》：

螃蟹、螃蟹、螃蟹，

一共六只螃蟹。

四只在打扑克牌，

两只在旁谈胜败。

快请烧锅开水来，

亢八朗为我煮成下酒菜。

你也爱，我也爱，

各吃三只公平无碍，

姜醋在旁喜满怀。

渊默之中起惊雷，

让我们也献出自己，

好不快哉，快哉，快哉！

关良《黄金台》

此诗如餐桌上夫妻唠家常，语言平易如话，既诙谐又风趣，是典型的题画诗中的白话自由体。而《题关良画〈黄金台〉》，则风趣中又寓辛辣的讽刺：

据说这是旧剧中的《黄金台》，

但不知道是不是燕昭王师拜郭隗。

郭隗的故事我觉得很可爱，

治国必须有杰出的人才。

人才虽然四处都在，

但却不能轻易地呼之使来。

你必须礼贤下士，

然后才能有云龙风虎的气概。

奈何现代的为政者，

却拒绝人于千里之外。

此诗作于 1942 年，其讽刺国民党黑暗统治之意自不待言。这类题画诗较好的还有《题沈叔羊画猪》。这首诗含而不露，其讽刺意味自在言外。郭沫若这类题画诗有些一览无余，诗味不多。但是，郭沫若是现代诗人中写自由体白话题画诗最早、最多的诗人之一，不仅开启了题画诗创作的新局面，而且有些自由体白话题画诗也有一定的开创意义。收入 1921 年 8 月泰东图书局初版《女神》中的《电火光中》一组诗有两章是题画诗，一章为《观画——willet 牧羊少女》，另一章为《赞像——beethoven 底肖像》。这后一首诗，是中国诗人首次为外国音乐家贝多芬画像而题，并且在诗中把对"力的音乐，力的诗歌"的追求相切合，具有启迪意义。

第三节　郭沫若对题画诗发展的贡献

郭沫若对中国画及其题诗的发展，有着多方面的贡献，其影响之大，在近现代艺术史上少有人可比。

第一，他的题画诗有"三多"。一是数量较多。据《郭沫若题画诗存》统计，题画作品约计 200 篇，其中包括十几幅对金石器物纹案拓本的题跋。但郭平英说："有相当数量的原作已去向不明或者存于海外。"因为郭沫若既是著名诗人，又是著名的书法家和社会活动家，所以无论是画家还是社会各界人士，都向他索要墨宝。虽不能"一经品题，便作佳士"，但也深感荣耀，所以流存在私人手里的题画作品难以胜数。二是所题绘画的种类极多，除常见的山水画、花卉画、禽鸟画、鱼虫画、鞍马画、故实画、人物画外，还有不常见的戏剧画、漫画等。如果以人论，还有外国人的画等。特别不常见的为立体艺术的题诗，如《题故宫藏猫蝶砚》和《题筚叔为季妃作盥器》等。三是题画诗体式较多，既有五言、七言近体诗，也杂言古体诗。特别是他的大量白话自由体题画诗，体式变化多端，句式参差有致，可谓开了新例。这对后来白话自由体题画诗的发展无疑会产生很大影响。

第二，他在绘画理论和题画诗创作上提出了许多创建性意见。

其一，他主张绘画要反映现实，尤其喜欢反映当代的绘画作品。从1943年的三首题画佚诗《金刚桥畔》《丰年图》《题道纲先生画》就可看出他的这一观点。从郭沫若为陈之佛《寒梅栖雀》题诗，题刘海粟《夏山欲雨图》，题李可染画赠阳翰笙，题齐白石画白菜萝卜赠张良，题邵宇《黎族姑娘》，题张介民《试马》，题李宇超《第十只鸡》赠谷牧，题徐悲鸿画册页等，都可以看出他对反映现实绘画的偏爱。他在《题关山月〈沙漠驼铃〉》中也说："生面无须再别开，但从生处取将来。石涛河壑何蓝本，触目人生是画材。"

其二，他主张绘画要师法造化，摹写自然。他在1942年为傅抱石的一幅山水画题诗中说："抱石入蜀画风改，青城峨眉到笔锋。师法自然创奇格，好在新旧能兼融。"

其三，他主张中国画要改革，反对死守旧的窠臼。对于一些画家在艺术创作上的突破，他都给予热情的鼓励和支持。他指出："要说国画仅学着古人的皮毛，新的美术又何尝不是仅学着西洋人的皮毛呢？更说宽一点，不仅画家是这样，举世滔滔，不都是在学西洋人，尤其美国人的皮毛吗？要紧的是民族意识的觉醒，尤其人民意识的觉醒，但请留心，这决不是排外，也决不是复古。""复兴中国美术的客观条件，在目前是相当充分地具备了。科学方法的坚实步骤，社会生活的迫切需要，都促醒着民族美感的自觉与美术家的自觉，以自然为师而有抉择，以社会生活为源泉而施以净化，为民众服务而导引民众，这应是中国美术家们今天共守的一般原则。"[3]郭沫若对画家改革的支持，在关良身上体现得尤为明显。关良本是擅长西方油画的，但由于抗战期间条件艰苦，难以找到油画颜料，因而走出一条用水墨刻画戏剧人物的新路。郭沫若十分推崇这一创新，称关良改国画多避现实的旧风，直写人生舞台，新颖可喜。据统计，在郭沫若为其画题诗的画家中，关良有16首之多，是画家中最多的一位。

其四，他善于与画家交往，拥有很多画界的朋友，因而他的绘画理论对他们的影响也最直接和深入。他不仅与齐白石、刘海粟等老一辈国画大师有交往，而且与后起之秀傅抱石、李可染、关山月、李雪涛等名家也有较好的关系。尤其与傅抱石，交情更深。早在傅抱石还未成名时他们就相识于国外，并相互欣赏和支持。他曾多次为傅抱石的绘画作品题诗。1958年，在《傅抱石画集》出版时，郭沫若为之作序，称："我国绘画，南北有二石。北石即齐白石，南石即傅抱石。"郭沫若还赠予傅抱石"南石斋"的手书。

其五，他对如何创作题画诗也有自己的体会和观点。20世纪40年代，郭沫若在重庆写过一篇《题画记》[4]，对题画诗这种独特的艺术形式有一番精辟论述："中国画需要题跋是一件很有意义的民族形式。题与画每每相得益彰。好画还须有好题。题得好，对于画不啻是锦上添花。但反过来，假使题得不好，那真真是佛头著粪。题上去了，无法擦消，整个的画面都要为它破坏。"

"辞要好，字要好，款式要好，要和画的内容、形式、风格恰相配称，使题辞成为画的一个有机的部分，这实在不是容易的事。我感觉着，我自己宁肯单独地写一张字，或写一篇小说，写一部剧本。因为纵写得不好，毁掉了事，不至于损害到别人。"

"好的画不仅可以诱发题者的兴趣，而且可以启迪题者的心思。你对着一幅名画，只要能够用心地读它，它会引你到达一些意想不到的境地。由于心思的焕发，兴趣的葱茏，便自然会得到比较适意的辞，比较适意的字，比较适意的风格。"

此外，郭沫若在1958年撰写的《画为书祖》一诗，对画与书关系的论述，对绘画、书法及题画诗创作都有一定的指导和启迪作用。其诗为：

> 画为书祖，书为画余。
>
> 先画后书，部得其居。
>
> 花束澧浦，草拟唐初。
>
> 芳分秀布，王者奚如。
>
> 鼓琴鼓瑟，悠扬其音。
>
> 鱼出于深，鸟飞自林。
>
> 琅玕作伴，琼浆泛澜。
>
> 一拳缱绻，两仪斡旋。

　　开头四句总说：画是书的源头，书是画的发展；倘若画上题诗，先赏画，后题书，安排得要使二者各得其所，和谐而统一。接着四句，写题画诗的构思：先玩味画面的意境，就像手捧着花束在澧水边徜徉、嗅香，随之像唐诗一样捕捉到一个个优美的意象，心中渐渐草拟出诗句；那些意象、诗句的结构芬芳美好，就是王公贵族的奇珍异宝也未必如此。再下来的四句，写好的题画诗达到的境界，一定是像鼓奏琴瑟，声音悠扬婉转一样，意趣深长，耐人寻味；是像鱼从深渊游出，鸟从深林飞来一样，既依凭画又独出机杼，自然和谐。最后四句，写诗画结合后的整体艺术感受：画有诗，诗有画，就像美玉作伴一样，更加熠熠夺目；欣赏诗画，就像美酒佳酿泛涨起浪一样，让人沉醉得难以言表；这杰出的诗画，真的会让人一下攥在手里，恋恋不舍，忽品味诗，忽品味画，久久旋转在诗画两边[5]。此诗极为形象地描写了题画诗创作过程和诗人的心得，对于写好题画诗，无疑具有重要的借鉴价值。

注　释

〔1〕龚济民：《郭沫若的题画诗》，《郭沫若研究》1985年第2期。

〔2〕郭平英主编《郭沫若题画诗存》，山西教育出版社，1997。

〔3〕郭沫若：《国画中的民族意识》，载《郭沫若全集》第十五卷，人民文学出版社，1990，第159页。

〔4〕郭沫若：《今昔集》，东方书社，1912。

〔5〕参见郭有生：《题画诗的艺术奥妙》，"文章阅读网"。

第六十九章

"两个半画家"中第一位画家吴湖帆

吴湖帆（1894—1968），吴大澄嗣孙。初名翼燕，字遹骏，后更名万，字东庄，又名倩，别署醜簃，号倩庵，书画署名湖帆，江苏苏州人。20世纪30—40年代与吴待秋、吴子深、冯超然并称"三吴一冯"。又与溥儒并称"南吴北溥"。据说，张大千毕生只佩服"两个半画家"，第一个佩服的就是吴湖帆。作为鉴定家，他与收藏大家钱镜塘并称"鉴定双璧"。

吴湖帆

第一节　吴湖帆艺术生涯

新中国成立后，吴湖帆历任上海中国画院筹备委员、画师，上海大学美术学院副教授，中国美术家协会上海分会副主席，上海市文史馆馆员，上海市文物保管委员会委员。收藏宏富，善鉴别、填词。画山水从"四王"、董其昌上溯宋元各家，冲破南北宗壁障，以雅腴灵秀、缜丽清逸的复合画风独树一帜，尤以熔水墨烘染与青绿设色于一炉并多烟云者最具代表性。工写竹、兰、荷花。他是20世纪中国画坛一位重要的画家，在中国绘画史上的意义其实已远超他作为一名山水画家的意义。

有《联珠集》《梅景画笈》《梅景书屋全集》《吴氏书画集》《吴湖帆山水集锦》及多种《吴湖帆画集》行世。

作为一位集绘画、鉴赏、收藏于一身的显赫人物，吴湖帆的成就是多方面的，可以说代表了中国绘画史上的一种现象。

吴湖帆家世居吴中（今江苏苏州），其宅为明代金俊明"春草闲房"旧址。自幼受家庭熏陶，拜陆廉夫学画。赴上海后办书画事务所、正社书画会。1939年设梅景书屋，招生授徒。他生于甲午年，曾和梅兰芳、周信芳、范烟桥、汪亚尘等20人结为"甲午同庚会"。在庆花甲寿辰时，设宴"万寿山"，饮"千岁酒"，制纪念章。章有图文"千里马"，午年属马，极具巧思。后以军阀混战，避乱迁沪，卖画为生。

1964年10月，我国自行研制的第一颗原子弹爆炸成功。他看了几次纪录片，又看到彩色照片，就点染妙笔，绘成《原子弹放射图》，在画展上展出。解放军参观时，在意见簿上提出要求："请把这幅画制版，印为宣传品，以供群众购赏。"影响之大，可想而知。其代表作有《长江风轻浪平图》《峒关蒲雪图》《庐山小景》《写米芾诗意》《芙蓉映初日》等，其中《长江风轻浪平图》是吴湖帆为庆贺中国人民解放军横渡长江天险解放大西南后八个月时的画作。

第二节　吴湖帆书画艺术

20世纪30—40年代，吴湖帆以其出神入化、游刃有余的笔下功夫，成为海上画坛的一代宗主。他的"梅景书屋"是江浙一带影响最大的艺术沙龙，几乎当时著名的书画、词曲、博古、棋弈贤人雅士都曾出入其中。他的青绿山水画，设色堪称一绝，不但清而厚，而且色彩极为丰富，其线条飘逸洒脱，正所谓含刚健于婀娜之中。因而吴湖帆开拓了前人未有之境，成为中国绘画史上旷古惊世的绝唱。

吴湖帆工山水，亦擅松、竹、芙蕖。初从清初"四王"入手，后深受宋代董源、巨然、郭熙等大家影响，画风不变，然骨法用笔，渐趋凝重。其画设色深具烟云飘渺、泉石洗荡之致。吴湖帆山水画最有特色。当他挥毫时，先用一枝大笔洒水纸上，稍干之后，再用普通笔蘸着淡墨略加渲染，一经装裱，观之似云岚出岫延绵，妙绝不可方物。有时画鸟、画牛，更以稀见为贵。

吴湖帆还有"近世画竹第一人"之誉，其《赏泉图》展现了高超的画竹技艺。他画竹从宋人双钩入手，又参以赵雍墨竹及恽寿平的没骨法。以淡墨或淡色画竹，笔下的竹子有疏淡清雅之韵味，特别是水分的使用和控制恰到好处，使竹叶有"凤尾梢卷"之势。虽不着色，但仍有缤丽丰润、苍翠华滋的富丽堂皇之感。《赏泉图》所绘虽为丛竹，但吴湖帆墨竹的神韵却已展露无遗。

这一时期，吴湖帆在花卉、鞍马、人物画上也下了不少工夫，如作于1931年的《仿郑所南兰花》，1935年的《仿唐寅仕女》，1935年的《辛夷》《临赵氏三马图》《临张子政双鸳》，以及此年底至1936年初的《临王若水双鸳》等，显示了他由山水入手向人物、鞍马、花鸟全面迈进的过程。作于1936年的《雾障青罗》是吴湖帆画荷的精品之作，用写意的手法，以色和墨描绘了荷花盛开的景象。从题款知，它是吴湖帆一次偶然的对景写生之作。从这幅画可以看出，吴湖帆画荷设色精妙，清丽雅腴，调子明快，与恽南田有很深的渊源。

《云表奇峰》是吴湖帆的成名作，也是代表作，首次发表在1936年的《美术生活》。这幅画主体写簇拥着的群峰列岫，远峰一抹直入云中，山谷中弥漫着出岫的白云，成排的松杉覆盖着山体中景，楼阁掩映在丛翠之中，近景溪流淙淙，远景水气与云雾氤氲一片。整个画

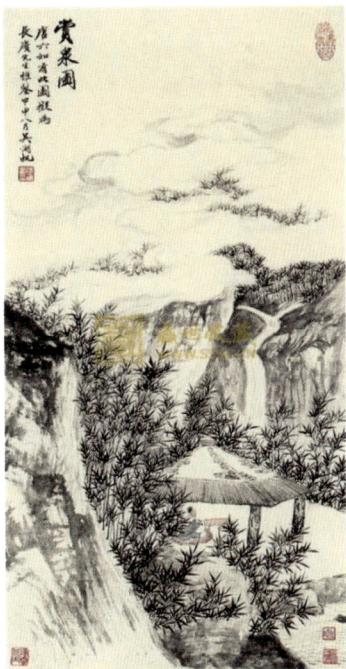

《赏泉图》

《云表奇峰》

面极尽丘壑之美。在画法上，或用没骨烘染，得淡荡明艳之致；或用解索皴，或披麻皴，或小斧劈皴，得其深穆渊厚之气。从这幅画上可以看出，吴湖帆对传统山水画"南北宗"、青绿水墨的兼收并蓄，已经摆脱了流派的束缚，从而形成了自己的笔墨风格。除《云表奇峰》外，《晓云碧嶂》《海野云冈》《秋岭横云》等都是标志着他的画风走向成熟的重要作品。

《渔浦桃花》是吴湖帆青绿山水画的又一代表作。这幅画描绘的是江南三月秀丽明媚的人间胜景。春日江南，芳草鲜美，莺歌燕舞，桃花映面，三三两两的渔舟荡漾在万顷碧波间，令人想起陶渊明《桃花源记》所描绘的理想世界。它的构图采用平远法，可以看出来自以董源、巨然为代表的江南画派。在画法上，《渔浦桃花》主要吸收综合了董源、巨然、黄公望诸家之法，如山体的披麻皴，这些短条子来自董源的《潇湘图》《夏山图》《夏山口待渡图》，巨然的《秋山问道图》《层岩丛树图》，特别是黄公望的《富春山居图》。这些作品，吴湖帆在民国时期基本上皆寓目过。《富春山居图》残卷是吴湖帆梅景书屋于1936年入藏的重要秘笈之一，吴湖帆曾多次临摹，从这幅图中可看出他对黄的心印之深。不过，同黄公望的皴法相比，它们又有微妙的差异，如黄的用笔虚灵松动，吴在灵动的基础上则较之趋于挺劲坚实。这与吴师法唐寅有极大的关系，实际上，这也是吴湖帆在继承传统时的一大贡献及特色。色彩运用是吴湖帆绘画的一大特色，尤其是他的山水画，如《峒关蒲雪》《秋岭横云》《渔浦桃花》等，皆鲜丽明亮，极富装饰感。这是他对用色一道穷根溯源、反复探究的结果。唐、宋是青绿山水画的高峰时期，除壁画外，《江帆楼阁图》《千里江山图》《万松金阙图》等皆为青绿山水中的不朽名作。元代赵孟頫，明代文徵明、仇英、董其昌，清代王鉴等尚能继承青绿山水的发展，但总的来讲，元代之后，水墨浅绛成为主流，青绿则每况愈下。吴湖帆在20世纪30年代曾发现赵伯驹的青绿山水设色有七层之多，这对他的山水画设色不无有益启发。吴湖帆在此基础上做了进一步的发展。他的山水设色远远超过了石绿、石青、泥金之类，几乎所有的国画颜料都有运用。这样，在吴湖帆的笔下，古代青绿山水语言的高度纯粹化、作风古朴典雅发展为语言繁富、作风清艳明丽。

据考证，国画名迹《富春山居图》火殉三百年后的首次笔墨合璧是1954年11月由吴湖帆根据他所收藏的《剩山图》和清宫中《无用师卷》的印刷件合璧绘制而成。吴湖帆这一版的笔墨合璧可称为《富春山居图》的火后版。非常巧合的是，1954年所画火后版与1487年由明四家沈周绘制的火前版均是两位国画宗师60岁时所作。通过对火后版与《无用师卷》《剩山图》、火前版在气韵、用笔、位置等方面的仔细比较，国画理论家关瑞之指出，吴湖帆先生的笔墨极尽苍莽，其气韵和用笔较沈周的火前版更接近元代黄公望的《富春山居图》真迹。

吴湖帆常于笔闲之际取唐宋名家诗词览读。苏轼曾称王维的艺术是"画中有诗"。吴湖帆是画中有词，特别是有婉约派的词意。

吴湖帆书法作品

吴湖帆书法临宋徽宗瘦金书，后得米芾"多景楼诗卷"真迹，开始专研米芾书法，题画字体不是宋宣和，便是米襄阳。

与他的健康状况相适应，从20世纪60年代起，是吴湖帆绘画风格的又一转变时期。在书法上，他临习怀素草书《自叙帖》，与此相匹配的是他在绘画上向苏轼、赵孟頫枯木竹石及大写意画法拓展，题款亦改为草书，而非以前惯用的取法薛稷、米芾的行楷。

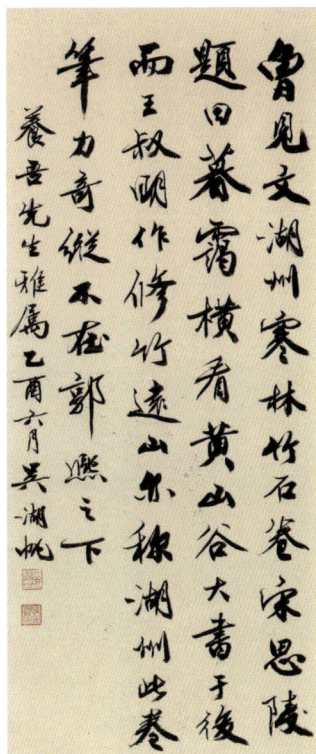

第三节　吴湖帆题画诗词情缘

吴湖帆的题画诗词，以词为主，多有佳作。其反映的内容虽不无家国题材，但以抒写儿女情长为多，也最为著名。

吴湖帆与大家闺秀潘静淑的结合可谓天作之合。他们是一对著名的丹青伉俪。潘静淑自幼读书习字，吟诗作画，是远近闻名的诗画家。由于共同的爱好，他俩的婚后生活十分惬意甜蜜。有时共赏一幅古画；有时共读一首名诗；有时为买一幅名画，潘静淑不惜质钗售书；有时一起完成一幅画，并题诗唱和，乐此不疲。

《彩蝶纷飞图》

1939年，48岁的潘静淑因病突然去世，吴湖帆悲痛不已，整日处于恍惚中不能自已。于是不仅留下了无尽的思念，也留下无数诗篇。如《洞仙歌·静淑遗照》：

> 霎时永诀，殆今生缘满。暮暮朝朝梦魂远。恨只恨、亏此一点情天，事不料、真有人生肠断。
>
> 影形相共处，廿四年中，辛苦奔波饱经遍。安乐未亲尝、死别生离，从今后、我心难遣。愿天上、神仙似人间，再盟订、他生白头从愿。

这首题画词当是爱妻辞世不久所作。词人似乎还没有从噩梦中苏醒，哀从中来，率意而作，不使事，不用典，语言虽平白如话，但悽恻惓恋，感人至深。另一首《金缕曲·绿遍池塘草图》也哀婉动人：

> 绿遍池塘草。过清明、妒春风雨，春残人渺。无可奈何花落去，肠断离情难道。忍检点、零星遗

稿。一念相思更番读，惹伤心、更把心萦绕。千万语，总嫌少。

　　危楼半角斜阳照。问从今、怨怀孤愤，何时能了。双眼泪痕干不透，去去寻思凄吊。料地下、应知余抱。指望虹桥桥边路，叹青青、一例年年扫。非痛哭，即狂笑。

　　"绿遍池塘草"是潘静淑《千秋岁》词中的名句。其词是："梦魂惊觉，一片纱窗晓。春风暖，芳菲早。梁间双燕语，栏角群蜂闹。酬佳节，及时莫负韶光老。　　正好抒（一作舒）怀抱，休惹闲愁恼。红杏艳，夭桃笑。清明新雨后，绿遍池塘草。拼醉也，酡颜任教花前倒。"这首词只不过写词人的早春闻见，惜春情深，闲愁人恼，似并无新意。其中"绿遍池塘草"一句，也并非独创。早在宋代，周铢《蓦山溪·松陵江上》中就有"故园应是，绿遍池塘草"句。但不知何故，此句出自潘静淑笔下便受到大家激赏，以为可以与谢灵运的"池塘生春草，园柳变鸣禽"媲美。特别是在潘静淑逝后，吴湖帆由词句而思人，更觉此句之可嘉。于是便以"绿遍池塘草"为题广征海内名家诗词书画。据说有120余位画家诗人为之画图、题诗。吴湖帆还以《绿遍池塘草》为名编辑出版了一本书。

　　吴湖帆这首词较之上一首感情更为沉痛，思念更为深切。上阕写池塘草绿而思人；下阕进一层写思念之深和料想旧游地年年草青，年年扫，而自己的痛苦却扫之不去。非哭即笑，正是痛定之狂态。

　　他的另一首题画词《一萼红·湖帆静淑合画群芳册，次姜白石韵》也是写他与潘静淑共同生活之作：

　　仁花阴。系离愁几许，仙格借豪簪。涕泪家常，宫商国破，英气都付消沉。忆春草、闲吟自适，羡月满、枝上并栖禽。密护情同，暗浮香冷（一作合），何日重临。　　回记去年元夜，有华灯照眼，玉笛吹心。疏影黄昏，纹窗绿惨，温梦轻徙难寻。恨空负、林泉旧约，剩螺黛、残粉重千金。却怨修眉未舒，墨浅愁深。

　　从词意看，此词当作于日伪时期。当时，词人夫妻分居两地，故云"系离愁几许"。又从"涕泪家常，宫商国破"句，可知诗人感叹国土沦丧。因此这首词不仅写了家愁，而且写了国恨。这种将家国之情寓于"春草、闲吟"之中的描写，虽然看似闲笔，但却"墨浅愁深"，英气并未"消沉"。

在吴湖帆的题画词中，有许多是次姜白石韵或用姜白石体的，《扬州慢·冒鹤亭水绘庵填词图，次姜白石韵》也是名作：

> 金粉名园，玉虹佳丽，洞天几许行程。望红尘麦秀，遍断陌芜青。叹公子、年华耄矣，素怀离客，空梦销兵。对梅花零落，年年哀赋江城。　广陵嗣响，恁（一作凭）秋风、涛汛多惊。恨旧梦难贪，新愁又惹，消受无情。纵得悄然长啸，横江下、独鹤声声。镇东南词脉，迦陵低拜先生。

此词化用姜夔《扬州慢》（淮左名都）词意，似有感而发，寄寓怀抱。从"叹公子、年华耄矣，素怀离客，空梦销兵"诸句看，此词当作于战乱年代。词人年龄渐长，事业无成，漂泊在外，有家难归，因而梦想早日"销兵"。国家之命运与个人之遭际相交融，感慨殊深。此词的格调一改其他抒情词之缠绵，在沉郁中寓刚健，萧散而不失豪宕，是其艺术风格的另一面。

吴湖帆与著名诗画家周炼霞的诗画交往颇多，也留下许多题画词佳作。1953年，他俩合作《荷花鸳鸯》立轴，吴湖帆题《五彩结同心》一首：

《吴湖帆　周炼霞〈荷花鸳鸯〉立轴》

冰绡凝粉，晓烟织雾，池塘绕遍清香。娇倚瑶台月，凌波影、罗袖水佩风裳。丝丝五彩同心结，愿身化、叶底鸳鸯。漫赢得、湖光十里，梦回妃子潇湘。 记曾画堂相映，恁金辉紫绶，玉莹霞觞。经雨人扶醉，零珠泪、生怕错媚斜阳。碧纱笼护知何处，总休负、锦绣心肠。溯一片、红情绿意，露华并蒂青房。

题下有注："癸巳夏日，对玉山顾氏瑞莲写照，炼霞补鸳鸯，吴湖帆并题。"此画轴精工细腻、美轮美奂，不但画技精湛，也见证了两人之间的一段旖旎情缘。此画所展示的正是两人的文采风流。吴湖帆从恽南田画风转化而来的吴装荷花点染出一片清凉绿荫遮蔽着夏日的如火骄阳；而周炼霞则以女性的柔情用宋人工笔描绘出一双五彩鸳鸯，在遮天的荷叶下相依相偎，怡然自得。抑或周氏把她和吴比作一对鸳鸯，尽享着绿荫下的清凉。如果说画意尚且朦胧，那么吴湖帆的题词则更为了然。此词以主要笔墨写荷花，但看似写花，实则写人，亦花亦人。那翠叶宛如罗袖；那花蕊在阳光下五彩缤纷，丝丝下垂，宛如同心结。风吹仙袂飘飘举，俨然一位绰约仙子下凡。这当是比拟词人眼中的"炼师娘"吧？而"愿身化叶底鸳鸯"一句，不仅将上述比拟进一步坐实，而且表达了彼此的心愿。

吴湖帆另一首为周炼霞所作的题画词《解语花·螺川写韵图次周清真韵》也意味深致：

螺痕漾月，秀色餐霞，钗鬟神光射。凤檐鸳瓦。迎归燕、卷起翠帘莫下。风流俊雅。初可可、词心恰把。调粉脂、一点灵犀，浅逗芳菲麝。 曾共西园醉夜。记花娇人倩，红袖扶冶。漫题诗帕。还凝伫、过眼艳阳驰马。才华称也。犹想见、旧时王谢。谁伴伊、清梦闲情，嬉彩毫吟罢。

这首词虽未标明为和周炼霞名作《采桑子》而作，但词中"曾共西园醉夜。记花娇人倩，红袖扶冶"句却是化用周词"人醉花扶，花醉人扶"句意。周炼霞《采桑子》全词是："当时记得曾携手，人醉花扶。花醉人扶。羞褪红香粉欲酥。 而今只是成相忆，灯背人孤。人背灯孤。千种思量一梦无。"冒鹤亭在《螺川韵语序》中对此词极为称赏。他说："余所喜螺川之作，则为《采桑子》词，有云'人醉花扶，花醉人扶'，又云'灯背人孤，人背灯孤'，尝举以语人，以为此十六字置之《花间集》中，几于乱楮。"[1] 从吴湖帆为周炼霞所题两首词看，两人推心置腹，感情颇笃，但也不能无端揣测。近人陈巨来所著《安持人物琐忆》曾述及吴周两人婚外之私情，语多诋毁，实未可尽信。据吴湖帆《佞宋词痕》可知，两人于20世纪50年代方往来密切，"然其时周炼霞'已作阿婆，非复三五少年也'（冒鹤亭《螺川韵语序》）。炼霞友包谦六曾道：'紫宜少时颇端丽富文采，所作词语颇大胆……其实跌宕有节，有以自守，只是语业不受羁勒而已。'（《与施议对论词书》）实已为其辩诬。友人周采泉在《金缕曲》中又道：'半世空房榻。赏孤芳，榴花插鬓，凤仙殷甲。'亦言周炼霞与夫婿半世分居，却守节自赏之意，皆可为旁证。至于《佞宋词痕》中二人唱和之篇，或互有倾慕缠绵之意，实同为'语业不受羁勒'之例也"[2]。

注　释

〔1〕刘聪著辑《无灯无月两心知——周炼霞其人与其诗》，北京出版社，2012，第217–218页。

〔2〕同上书，第303–304页。

第七十章

时代歌手、国歌歌词作者田汉题画诗

田汉（1898—1968），本名田寿昌，乳名和儿，笔名有田汉、陈瑜、伯鸿、汉儿倚声、首甲、绍伯、漱人、陈哲生、明高、嘉陵、张坤等。湖南长沙人。剧作家、戏曲作家、电影编剧、小说家、词作家、诗人、文艺批评家、文艺活动家，中国现代戏剧三大奠基人之一。田汉早年留学日本时曾自署为"中国未来的易卜生"。又被人称为"当代的关汉卿"。

他作词的歌曲有《毕业歌》《夜半歌声》《天涯歌女》《四季歌》等，脍炙人口，从20世纪30年代一直传唱至今。他创作的歌词《万里长城》的第一段，后来成为中华人民共和国国歌《义勇军进行曲》的歌词。

田汉也是著名书法家。他的书法往往一气呵成，雄健潇洒，豪气逼人，个性张扬。

田汉

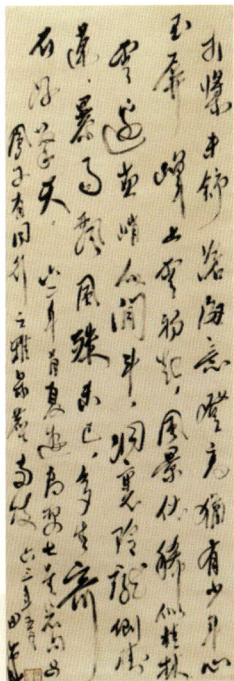

田汉书法作品

第一节　田汉生平与文艺经历

1898年3月12日，田汉出生于湖南省长沙县东乡茅坪田家塅一户贫农家庭。1912年，就读于长沙师范学校。1916年，考入日本东京高等师范学校。1919年，在东京加入李大钊等组织的少年中国学会，开始创作诗歌和评论。1920年，发表处女作《梵峨琳与蔷薇》。1921年，与郭沫若等组织创造社，倡导新文学。1922年，回国，受聘于上海中华书局编辑所。1924年，与妻子易漱瑜创办《南国》半月刊。以后相继任教于长沙第一师范学校、上海大学、大夏大学（今华东师范大学）。1926年，与唐槐秋等在上海创办南国电影剧社。1927年秋，到上海艺术大学任文学科主任、校长，创作了话剧《苏州夜话》《名优之死》等。是年底同欧阳予倩、周信芳等举行"鱼龙会"演出，影响甚广。1928年，与徐悲鸿、欧阳予倩组建南国艺术学院，同年秋成立南国社，以狂飙精神推进新戏剧运动，多次到南京、杭州、广州等地演出，同时主编《南国月刊》。1929年冬开始，他在从事文艺活动的同时，积极参加政治活动。1930年3月，他以发起人之一的身份参加中国左翼作家联盟成立大会，并被选为七人执行委员会之一，接着参加了中国自由运动大同盟。同年6月，南国社被查封，左翼剧团联盟改组为左翼戏剧家联盟，他是发起与组织者之一。

1932年，加入中国共产党后参与了党对文艺的领导工作，和夏衍等打入电影阵地，为艺华、联华等影片公司写了《三个摩登的女性》《青年进行曲》等进步电影文学剧本，使电影文学从思想到艺术出现了新的面貌。

1934年，创作三幕话剧《回春之曲》及电影故事《风云儿女》（后经夏衍改为电影台本，主题歌即田汉作词、聂耳作曲的《义勇军进行曲》），创作歌剧《扬子江的暴风雨》。1935年2月，田汉曾被捕入狱，后被保释出狱。1937年七七事变后，创作了五幕话剧《卢沟桥》，并举行劳军演出。8月赴上海，参加文化界救亡工作。上海沦陷后，到长沙、武汉从事戏剧界抗日统一战线工作。12月，中华全国戏剧界抗敌协会成立，他是组织者之一。

1938年初，与马彦祥等编辑出版了《抗战戏剧》半月刊，后又去长沙筹办了《抗战日报》。2月，到武汉参加国民政府军事委员会政治部第三厅工作，负责艺术宣传工作，同洪深等组建了10个抗敌演剧队、4个抗敌宣传队和1个孩子剧团。

　　1940年，到重庆，与欧阳予倩等创办《戏剧春秋》，后到桂林领导组建新中国剧社和京剧、湘剧等民间抗日演剧团体。1944年春，与欧阳予倩等在桂林主持西南第一届戏剧展览会，为加强戏剧队伍的团结和坚持进步戏剧运动起到了推动作用。1949年后，任文化部戏曲改进局、艺术局局长。1968年，在"文革"中被迫害致死。1979年4月，为田汉平反，在北京召开了隆重的追悼大会。

第二节　田汉题画诗

　　在现当代写旧体诗的诗人中，田汉无疑是最杰出的诗人之一。郭沫若曾经对陈明远说，在现代中国诗坛，他最欣赏闻一多和田汉的诗。他认为，田汉尤其是个天才的诗人，其旧体诗词根底极深[1]。他对古典诗词的格律驾轻就熟，当场赋诗就能写出既合律又优美的作品，让人琅然成诵。茅盾晚年曾对自己的亲人说过，在现代诗人中他最推崇柳亚子和田汉。老舍也曾对曹禺说过："田汉同志的诗，是我们无法比的。他是个真正的诗人。"陈毅则说："田汉作为诗人是我们的国宝。"[2]据袁鹰回忆，邓拓曾对他说过，现代诗人写旧体诗，他最喜欢、最佩服的三位是毛泽东、柳亚子和田汉[3]。新中国成立后曾在田汉身边工作过的屠岸也说："在新文化运动中，柳亚子除外，我最倾心的旧体诗作者是三位，一位是鲁迅，一位是毛泽东，还有一位，就是田汉。他们是我心中的三座丰碑。"[4]老舍、陈毅、邓拓都是中国现当代旧体诗词名家，袁鹰和屠岸虽然以散文、新诗著称，但也都有专门的旧体诗词集行世，他们都对田汉旧体诗交口称赞，足以说明田汉在20世纪中国旧体诗坛的重要地位[5]。

　　田汉也是杰出的题画诗人。他的题画诗以旧体为主，也有少量白话诗。如《春月的下面——题画》：

　　　　　　岩头乱垂着落叶，
　　　　　　映着多情的好月；

岩下正临着苍波，
波上也带些儿月色。

岩上如茵的碧草，
坐一个翩翩的年少，
着一件淡红色的衬衣，
罩一身天鹅绒的夹袄。

花是这么热烈，
他是这么纯洁。
了不觉春寒，
露出胸儿如雪。

独自凄凉的月下，
手抚流青的柔发。
像歌德的访南欧？
像摆伦（今通译拜伦）的哀希腊？

莫提歌德的意国记，
莫歌摆伦的希腊歌，
愿将渺渺的情怀，
托之脉脉的微波。

波面春风片片，
吹动爱神的琴线，
仿佛一声声：
"相见争如不见"。

　　这首诗意境朦胧，耐人寻味。诗人所题的当是一幅山水画，画中有一位翩翩少年，仅此而已。这少年既像德国的歌德，又像英国的拜伦。这是因为当时这两位诗人在中国颇有影响。但继而作者又对歌德的自传著作《意大利游记》和拜伦的《哀希腊》（其诗体小说《唐璜》的第三章）提出了疑义。最后道出了诗的主旨："愿将渺渺的情怀"，"吹动爱神的琴线"。但结尾又一转："仿佛一声声：'相见争如不见'。"诗中的主人公可能是诗人自己，也可能是泛指，但这并不妨碍我们展开想象的翅膀，去作种种猜想。诗人着力写的是期盼，"花是这么热烈，他是这么纯洁"等都是写爱，而结句的"相见争如不见"似乎有煞风景，但却留下了极大的想象空间。并且"美感的产生缘于保持一定的距离"（瑞士心理学家布洛语），一旦距离拉开，悬想之境遂生。相反，近在咫尺，不仅失去期盼的审美，而且会顿生希望与现实之差距，反觉索然无味。这正是此诗之佳境。

但这首题画诗的意义绝不仅在于此，它当是我国题画诗发展史上最早的一首白话新诗。此诗作于1920年。当时新文化运动刚刚兴起，新诗创作虽然开始发展，但旧体诗词仍占据诗坛的主导位置。朱自清在《〈中国新文学大系·诗集〉导言》中说："最初自誓要作白话诗的是胡适，在1916年，当时还不成什么体裁。第一首散文诗而具备新诗的美德的是沈尹默的《月夜》，在1917年。继而周作人随刘复作散文诗之后而作《小河》，新诗乃正式成立。"其实，这时的所谓白话新诗并未成型，而是仍未完全脱去文言的痕迹，还受五、七言格律的某些束缚。因此，田汉这首白话题画诗的出现，不能不说是新鲜事儿。其"新"至少有以下四点：一是全用白话，并无初期白话诗文白夹杂的现象；二是用韵灵活多变，虽然每节诗都押韵，但节与节之间平仄韵相间，并且一句之中和句与句间也不拘平仄，这在旧体律、绝诗中未见；三是不讲对仗，也用古代典故；四是全诗分六章（节），好似《诗经》，各章既意蕴相通，又相对独立，这在古代题画诗中也无先例。

不过，最能体现田汉题画诗思想和功力的还是他的旧体题画诗。

田汉一生光明磊落，以赤诚之心热爱党，热爱祖国，热爱社会主义建设事业，即使蒙冤下狱，也坚定地表示要"沿着主席道路走，坚贞何惜抛我头！"这些思想都在他的题画诗中闪闪发光。田汉在1919年至1946年所作的题画诗，为画马名家沈逸千的画题诗最多（有4首），为尹瘦石画题诗2首，为徐杰民画题诗2首，为徐悲鸿、齐白石、蔡楚生等画或像题诗11首，另有《题关羽像》一组4首，共17题23首。《题关羽像四首》为：

> 汉季民生苦不均，纷纷黔首裹黄巾。
> 大兴山下横戈者，曾是河东亡命人。
>
> 单骑斩将驰神勇，千里寻兄发至情。
> 我亦江湖飘泊甚，桃园争待结新盟。
>
> 飘然昨夜渡黄河，读罢春秋感慨多。
> 汉贼几人逃显戮，宝刀如月不须磨。
>
> 联吴抗魏老成谋，却为刚矜误一筹。
> 征马不前人不语，长江呜咽过荆州。

这组诗写于1937年5月，正是全面抗战的前夕。诗后小注云："一九三七年四月，游苏州在元妙观得此像，忆伯绥兄善演关公，因题数绝赠之，暇亦想试写关公戏也。"由此可知，这首诗是像、人并题，也同属"立体艺术"，亦像亦人，浑不可分。但无论是写历史还是写京剧演员高百岁（号伯绥），都是为了影射现实。以其三为例，诗中的"汉贼"，语意双关，斥一切奸佞必将加罪而死。而"宝刀"也不单指关羽的青龙偃月刀，分明有自谓之意。

《题尹瘦石作屈子像》也是题画佳作：

> 淡淡山容渺渺波，春风吹堕泪痕多。
> 天涯我亦行吟者，却喜旌旗渡汨罗。

此诗多从画外着笔，既抒发了对屈原忠贞情怀的景仰，也表达了自己决心抗敌、不甘沦亡的救国之志。

如果说上述诗作是借历史人物以寄意，那么《题徐悲鸿作〈猫〉图》则是假物以讽今：

> 已是随身破布袍，那堪唧唧啃连宵。
>
> 共嗟鼠辈骄横甚，难怪悲鸿画怒猫。

田汉与徐悲鸿是多年朋友。1934年，徐悲鸿从海外归来时，田汉诤言以对："悲鸿先生归国来所能做的事，也还是画他的马，但不能仍是那种企图超越现实的'行空的天马'，他应该画那惨毒的羁勒与驱策下发出反抗的嘶鸣的战马！"[6] 所以当他看到徐悲鸿所画的"怒猫"时，便立刻心领神会，从"怒猫"身上看到画家心中的愤怒和悲哀，其矛头指向国内投降派的内讧和误国的可耻行径，含蓄而尖锐，婉曲而深刻。

他的《为翟翊题画》则是直接写实之作：

> 自从敌骑犯中华，雾鬟风鬓半失家。
>
> 美睡轻描入图画，慰她香梦到长沙。

诗后注："翟翊同志从湘北战地写生归过衡阳，在郊外茶店中为睡美人写此，风韵无比。问之为长沙人，遂为题此。"此诗作于1942年，正是日军大举进攻长沙之际，市民逃难，无家可归。这首诗看似香艳，实则寄寓无限辛酸，令人唏嘘不已。

田汉作为文艺工作的组织和领导者，所作的反映文化人工作、生活的题画诗较多。这也从一个侧面反映了战乱中广大人民的苦难遭际，如《题〈养猪图〉》："猪婆身上痒，有人捉虱子。可怜文化人，谁管生和死。"又如《题蔡楚生作〈黄坤逃难图〉》：

> 风云香岛恶，游子只顾返。
>
> 昨过蛟龙窟，今遇铁门坎。
>
> 疾趋都斛镇，途远日已晚。
>
> 衫如孔乙己，须如加拉罕。
>
> 更如张伯伦，肩挑破洋伞。
>
> 眼昏路不熟，心急脚愈懒。
>
> 四海正蜩螗，一身馀肝胆。
>
> 仆仆道路间，惟恐文明斩。

幻作流民图，聊以寄有产。

这首诗写的是著名文学家、上海临时中央文化工作委员会成员夏衍的一次经历。他在离开香港后，途中改名黄坤。某日至暮，离村镇尚远，星月暗淡。夏衍以一柄洋伞挑蔡楚生的藤箧和自己的行囊，高卷起西装裤管，颠簸而行。抵桂林后，蔡楚生见状为之作画，并请田汉题了此诗。加拉罕，苏联外交家，多胡须，曾任驻华公使。张伯伦，曾任英国首相。因英国多雾雨，张伯伦以携带黑伞而闻名。全诗文字通俗，除两个外国人名外，无须注释。并且多谐语，饶风趣，几近聂绀弩的打油诗。这与田汉一向庄重、严谨的格律诗颇不同，是其艺术风格的另一面。

此外，自1947年至1967年尚有题画诗两首。

第三节　田汉与沈逸千的诗画情缘

沈逸千（1908—1944），是一位鲜为人知的艺术家。原名承谔，因崇敬当时名满天下的革命先行者孙中山，便以孙中山的号"逸仙"的谐音改名为"逸千"。祖籍松江，出生于江南名镇嘉定（今属上海）。自幼嗜画，并随父亲学习书法。少年时，师从旅沪日本画家细川立三学习素描，画技大进。后考入上海美术专科学校西画系，矢志以自己的一技之长报效祖国，遂致力于将中西技法融合的写生绘画探索和现实主义绘画题材开拓。抗战期间，他深入延安、太行山写生，用画笔记录了中国人民抗战的历史，并先后为毛泽东、朱德、周恩来、林伯渠、贺龙等画像，成为"为领袖画像的第一人"。

沈逸千

1931年九一八事变后，上海街头出现的第一幅抗日宣传画就出自他的手笔。1932年夏，从上海美术专科学校毕业，成为职业画家，遂以画家身份参加"陕西实业考察团",开20世纪中国西部题材绘画之先河。自1933年起,历任上海美术专科学校国难宣传团团长、上海国难宣传团团长,率团两度北上进行救亡宣传,曾经出塞争取蒙古王公抗日。1935年,国难宣传团被迫解散。1936年,应邀出任《大公报》特约写生记者,其水墨画形式的旅行写生在该报上连载,深受读者欢迎。1937年上半年,举办察绥蒙古写生画展。该大型个人画展在上海、南京、杭州巡回展出,引起轰动。1939年,在重庆发起中国抗战艺术出国展览筹备会,出任总干事,于1940年将应征作品运往苏联,参加在莫斯科举行的中国艺术展览会。1940年2月和10月两度赴延安访问,曾在鲁迅艺术学院举办过"战地写生画展"。当时,艾思奇观展后即视其为中国美术发展的方向。1942年,在战时"文化城"桂林举办个人画展时,得到作家茅盾、画家徐悲鸿的赞赏。其作品因被包括美国《亚细亚》杂志在内的众多中外报刊发表而颇具影响。

田汉深为沈逸千的事迹和画作所感,曾四度为他的画题诗,其中两次在南京,两次在柳州。第一次的故事发生在1937年初,为了声援傅作义将军领导的"绥蒙抗战"之役,沈逸千特意挑了一幅作于一年前的国画《运粮图》,参加在南京举行的"援绥义展"。当时客居南京的田汉独具慧眼,在这个展览会上一眼相中该画,随即捋袖挥毫在画面右上方留白处题诗一首:

《题沈逸千作〈运粮图〉》

烽烟处处忍凝眸，此是存亡危急秋。

一队毛驴千石麦，粮官昨日过包头。

诗人满怀驱逐日寇、收复失地的民族信心，豪迈雄健，似有宋代爱国诗人陆游之气概。

第二次为画题诗，是在沈逸千1937年2月到南京举办个人画展的时候，田汉在观展过程中，看到画家新近创作的一幅国画《绥蒙抗战图》（又作《战士持刀跃马图》）上跃马扬刀的中国军人形象，顿时兴奋不已。于是，田汉激动地用奔放的草书在该画上题写道：

万弹嘶风马怒鸣，绥东昨报复三城。

黄沙白草堪埋骨，不让青山有敌兵！

诗后注云："读逸千先生画至此，不觉感愤兴起，为题一绝。"这首诗不仅赞美了画中将士浴血奋战的爱国热忱，而且抒写了诗人抗敌的坚强意志和决心，读来颇令人振奋。

抗战期间，田汉与沈逸千久别重逢。1943年，沈逸千在柳州举办画展，田汉前来捧场。那时候，沈逸千刚从新疆写生归来。听了画家非凡的写生经历，田汉按捺不住澎湃的激情，遂索笔即兴为沈逸千画作《哈撒克牧羊女》先题了一句："逸千谈哈撒克牧女事，心向往之。"然后，沉吟片刻，便赋诗于后：

金黄马甲浅蓝袍，一任春风舞鬈毛。

闻道于今回汉合，牧歌声比塔铃高。

这是田汉第三次为沈逸千之画题诗。此诗中牧羊女骑马迎风之英姿跃然纸上，与其书法之飞动相配合，使人观后真有飘飘欲仙之感。

第四次题诗也是在1943年，那是为沈逸千的《老骥伏枥图》而题的诗："千里征尘忍画描，霜毛曾逐雪花飘。亦知终有驰骋日，瘦骨如柴不肯号。"诗人看到久经风霜、"瘦骨如柴"的老马，虽然不免有些感伤，但仍坚信它终有驰骋疆场之日。此诗以马喻人，既是鼓舞画家和世人，也有自勉之意。

1944年，沈逸千在准备出国举办展览的前夕，在四川万县和重庆连遭汉奸特务两次暗杀未遂。但同年中秋前夜，沈逸千在重庆神秘失踪，至今未解其谜。时年仅36岁。其生前享有"写生第一"之称号，卒后则被誉为"画坛怪杰""画马大师""杰出的爱国主义画家"。《上海美专新制第十届毕业生纪念刊》中沈逸千专版上的一首佚名诗，颇能反映其短暂而光辉的人生："众人皆醉君独醒，先觉者自是劳碌命。九一八山河颜色变，奔走呼号喘不息……别消极，不灰心，劝人家甜自己的心！血泪染丹青，惊心动魄警国人！至诚哀精卫，任劳任怨，一心掠夺中华魂！革命种子仅尔硕果存！民族灵魂只有你寄身！东北羊亡你要去补西北牢，海角天涯，荒郊绝塞，茫茫前程何处是你的归宿……"

注　释

〔1〕〔2〕参见陈明远：《忘年交——我与郭沫若、田汉的交往》，学林出版社，1999，第200页。

〔3〕邓拓：《邓拓诗词选》，人民文学出版社，1979，第185页。

〔4〕屠岸：《田汉：中国诗坛的巨擘——纪念田汉诞辰100周年》，《文艺报》1998年7月23日。

〔5〕参见李遇春：《中国当代旧体诗词论稿》，华中师范大学出版社，2010，第86页。

〔6〕田汉：《田汉全集》第16卷，花山文艺出版社，2000，第553页。

第七十一章

漫画家丰子恺题画诗

丰子恺（1898—1975），原名丰润，又名仁、仍，字子觊，后改为子恺，堂号缘缘堂，笔名TK，浙江桐乡人。以中西融合画法创作漫画以及散文而著名。

丰子恺是中国现代画家、散文家、美术教育家、音乐教育家、书法家和翻译家。

丰子恺

第一节　丰子恺艺术人生

1914年入浙江省立第一师范学校，从李叔同学习绘画和音乐。另一位对他有较大影响的老师是夏丏尊。他称李叔同对他的教育方式为"爸爸般的教育"，而夏丏尊老师的则为"妈妈般的教育"。这两位老师，尤其是李叔同，对他的一生影响甚大。

1919年他在师范学校毕业后，组织发起成立中华美育会，创办《美育》杂志。与同学数人在上海创办上海专科师范学校，并任图画教师。1921年东渡日本短期考察，学习绘画、音乐和外语。

1922年回国，到浙江上虞春晖中学教授图画和音乐，与朱自清、朱光潜等人结为好友。曾任上海开明书店编辑，上海大学、复旦大学、浙江大学美术教授。同时进行绘画、文学创作和文学、艺术方面的编译工作。

1924年，与友人创办立达学院。抗战期间，辗转于西南各地，在一些大专院校执教。文艺刊物《我们的七月》4月号首次发表了他的画作《人散后，一钩新月天如水》。

1925年成立立达学会，参加者有茅盾、陈望道、叶圣陶、郑振铎、胡愈之等。1926年，任教于上海艺术大学，参与发起和创办开明书店。

1927年11月，从弘一法师皈依佛门，法名婴行。1931年，丰子恺第一本散文集《缘缘堂随笔》由开明书店出版。七七事变后，率全家逃难。1933年，故乡新居"缘缘堂"落成，自此专心从事译著。

《人散后，一钩新月天如水》

1939年，丰子恺任浙江大学讲师、副教授。1942年任重庆国立艺专教授兼教务主任。1943年结束教学生涯，专门从事绘画和写作。其间，丰子恺到五通桥卖画，结识、指点李道熙。陆续译著出版《音乐的常识》《音乐入门》《近世十大音乐家》《孩子们的音乐》等面向中小学生和普通音乐爱好者的通俗读物，为现代音乐知识普及做了许多有益的工作。

1952年后历任上海文史馆馆员、中国美术家协会上海分会副主席、中国美术家协会常务理事、上海市对外文化协会副会长、上海市文联副主席、全国政协委员、上海中国画院院长、中国美术家协会上海分会主席、上海文学艺术界联合会副主席等。

第二节　丰子恺书画艺术

丰子恺的漫画具有朴实、温馨又十分自然的特点，并且内容广泛，大多数题材都取自自己的生活。这些大约与他的童年生活有关系。丰子恺的童年十分温馨，他母亲温柔的态度和博大的胸怀，对他的一生产生了深远的影响。丰子恺的漫画具有简洁、柔和的特点，总是寥寥几笔就勾勒出十分深沉的意境；而且不管是情景还是人物，都具有浓郁的生活气息。丰子恺善于运用比喻的手法，将自己的感情融合成诙谐幽默的画面，因此受到人们的喜爱和欢迎。丰子恺中期的漫画对儿童感情和心理描绘得十分到位，他大多是以自己子女的形象为主要素材，因此画中的情感是最为丰沛和浓郁的。他把自己对于儿女的爱和漫画结合在一起，让漫画更加生动形象的同时，也给人一种温馨的感觉。除此之外，丰子恺的漫画还有以讽刺现实和社会状态为主题的。这一类漫画的特点是善于温情地讽刺，乍一看并不十分突出，但是细心品味之后，往往带给人们心灵的震撼和人性的反省。丰子恺是中国文人抒情漫画开创者。1925年上海文学研究会办《文学周报》，郑振铎托胡愈之向丰子恺索画，陆续在周报上发表，从此我国正式统一使用"漫画"二字，并作为一个画种的名称。丰子恺早期的漫画作品多取自现实题材，后期常作古诗新画，特别喜爱儿童题材。他的漫画风格简易朴实、意境隽永含蓄，是沟通文学与绘画的一座桥梁。

丰子恺漫画多以单幅形式出现，笔调简洁流畅，无论是生活场景、人情世态，还是自然风貌、诗词意境，都能信手拈来，散发着浓浓的生活气息。他的漫画一般运用变形、比拟、象征的方法，构成幽默诙谐的画面，以达到讽刺或歌颂的效果。

丰子恺的书法天真自然，古朴纯正，独具特点。丰子恺曾说："书法是最高艺术……艺术的主要原则之一，是用感觉领受。感觉中最纯正的无过于眼与耳。诉于眼的艺术中，最纯正的无过于书法；诉于耳的艺术中，最纯正的无过于音乐。故书法与音乐，在一切艺术中占有最高的地位。"其书法宏大气度，蕴含于毫芒之间，其烂漫气质又流露在造型结字之内。

丰子恺书法风格的形成，既缘师门的影响，也有对现实世界的感悟。

丰子恺题额"柳烟斋"

首先，在其求学期间，丰子恺曾在李叔同先生的指导下，很认真地临摹过《张猛龙碑》《龙门二十品》《魏齐造像》等碑刻书法。其次，丰子恺年轻时也非常服膺于马一浮的行书。据载，某次丰子恺坐船回家。船头所挂帆布上有马一浮先生手书，异常潇洒倜傥。丰子恺喜爱之极，或有摘下私藏之思。而马一浮先生的书法就是魏碑与"二王"行书结合的典范，丰子恺后来书法的走向或与此有很大渊源。与丰子恺同时代的美学家朱光潜先生曾说："书画在中国本来有同源之说。子恺在书法上下过很久的功夫。他近来告诉我，他在习章草，每遇在画方面长进停滞时，他便写字，写了一些时候之后，再丢开来作画，发现画就长进。讲书法的人都知道笔力须经过一番艰苦训练才能沉着稳重，墨才能入纸，字挂起来看时才显得生动而坚实……"就丰子恺漫画的整体布局和内容要旨而言，如果没有了题画之书，题画之妙句的配合，绝对不会有现今大家公认的成就。人们在看了丰子恺的漫画及题款后，无不钦佩其书法风格与漫画的和谐一致、珠联璧合，甚至把他的书法和漫画比作一母同胞之孪生兄弟。古人曾云："未入深山，焉闻鹧鸪？"品赏丰子恺的书法，要重真迹、重渊源、重揣摩、重体验。与那些假、大、空的书法相比，他的书法更注重小、巧、精、秀、

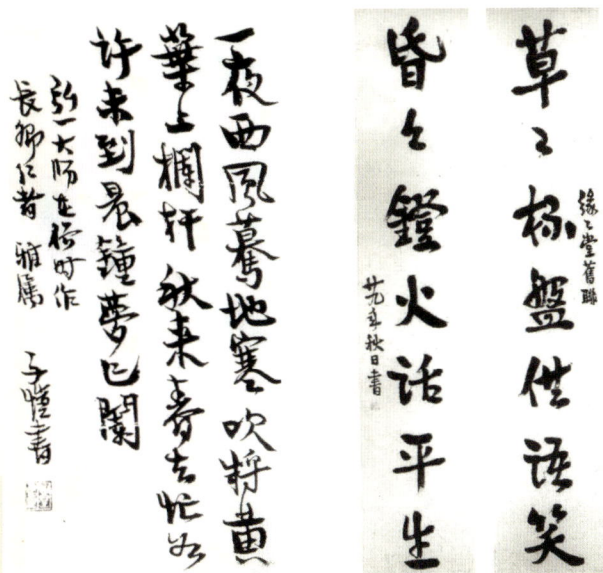

丰子恺行书《李叔同诗一首》　　　《缘缘堂旧联》

拙，表现出书法创作中的真情、真趣，以及孩童般的天真、自然。

第三节　丰子恺题漫画诗

题漫画诗是中国题画诗中的新品种。中国最早作题漫画诗的画家是陈衡恪，但数量不多，在画界和诗坛也影响不大。而真正以漫画名世的画家则是丰子恺。他不仅创作了大量情趣各异的漫画，还创作了许多题漫画诗。其代表作是《护生画集》，共六集。

丰子恺与画结缘的诗词大致有三种：一种是以古典诗词或其中的名句作画，即所谓诗意图，其代表作是《古诗新画》。画家以绘画形式诠释古典诗词中的佳句，颇为不易，需要画家具有很深厚的文学修养和熟练的绘画技巧。丰子恺的成名之作《人散后，一钩新月天如水》，画题出自宋代词人谢逸所作《千秋岁·夏景》。另一种是先作诗而后配画，诗画相得益彰。如《仁者无敌歌》：

《清平乐·儿童节》（又作《返老还童图》）

东邻有小国，其地实寒微。
幸傍大中华，犹得借光辉。
初通霸国术，遂尔图杀羿。
飞机兼炮火，杀人复掠地。
思以非人道，胁我神明裔。
岂知中华民，万众一心齐。
群起卫社稷，抗战为正义。
胜暴当以仁，不在民甲利！
仁者本无敌，哀哉小东夷。

这是一首直斥日寇侵略行为的诗，义正词严，激昂慷慨，并坚信仁者必胜。此诗1938年作于江西萍乡，后发表于当年《少年先锋》第六期，并配以画。又如词作《清平乐·儿童节》：

> 良朋咸集，欢度儿童节。天气清和人快活，个个兴高采烈。
>
> 唱歌拍手声中。饼干糖果香浓。邀请公公列席，祝他返老还童。

第三种是专为画题诗。这又有两种形式：一是题于画上，如《豺虎入中原》；一是题于另纸，其"护生"诗多属此种。这里要研究分析的便是后两种题画诗。

丰子恺的漫画及其题诗无论当时还是后来，一直为群众所喜闻乐见，受到广泛欢迎。概括地说，他的题漫画诗有五个特点，即"五化"：题材现实生活化、文本故事化、情节趣味化、形式自由化、语言通俗化。这五个特点有时在一首诗中都有体现，有时在某些诗中体现不同的特点。

近现代中国，社会政治风云变幻，人们的生活状态也与以往有较大的不同。作为直接反映现实的漫画及其题诗，更是政治现实和人们个人生活历程中的不同缩影。它们如日记般记录了画家丰富多彩的各种人生体验。其中虽然不乏重大家国题材，但更多的却是日常生活的小事，如《被弃的小猫》：

> 有一小猫，被弃桥西。
>
> 饿寒所迫，终日哀啼。

《被遗弃的小猫》

犹似小儿，战区流离。

无家可归，彷徨路歧。

伊谁见怜，援手提携。

《善哉老医生》

这首题漫画诗最能代表丰子恺题画诗的特点。它写的虽然是流浪小猫一件小事，但却即小见大，反映了战乱中流离失所的战区人民的痛苦生活。此诗在形式上也讲究点格律，似乎旧体诗的"形"仍在延续，但细读却有多处失律，并且无一处用典，全是生活中的常见词语。全诗读来朗朗上口，浅显易懂。又如《善哉老医生》：

善哉老医生，处处行听诊。

摇首颦蹙言，此君患大病。

此诗作于1935年，国家内忧外患，正是战争频仍的年代。诗中谓"此君患大病"，不仅指全球性战乱，还暗讽日渐堪忧的生态破坏。清代方薰在《山静居画论》中说："高情逸思，画之不足，题以发之。"如果说某些表现闲情逸致的山水田园画，画意或可不言自明的话，那么像丰子恺这样的漫画，如不加题诗说明，就不知所云了。这首题画诗便起到了画龙点睛的作用。另一首诗《豺虎入中原》也是如此。其诗是："豺虎入中原，万人

《漏网》

皆失所。但得除民害，不惜流离苦。"此诗失于直白，毫无意蕴。而同是从日常生活小事写起反映重大主题的作品《漏网》却很有深意：

> 群鱼皆被难，一鱼独漏网。
>
> 如人遇炸弹，相距仅数丈。
>
> 如人遇炮火，飞弹拂颈项。
>
> 身逢战争苦，此情始可想。

　　诗人由漏网之鱼想到战争中的人，由此及彼，联想自然，既揭露了战争给人类带来的灾难，又毫无牵强之感。两个"如"字比喻句，更是形象又贴切。

　　丰子恺的题画诗往往充满理趣、情趣，读罢惹人深思。如《残酷的风景》，融形象与哲思于一体，借平凡之事，寓深邃之理：

> 垂纶称风雅，鱼向雅人哭。
>
> 甘饵藏利钩，用心何恶毒！
>
> 穿颚钻唇皮，用刑何残酷！
>
> 风雅若如此，我愿为庸俗。

《残酷的风景》

　　画中展示的是我们生活中的常见之景：水波粼粼，柳条曳曳。树下两人握竿手中，耐心垂钓，神态悠然。这种静心垂钓之举在常人看来是一种闲适、风雅的爱好，但诗人却在画面之侧题以"残酷的风景"这一醒目的标题，使人顿发深思。钓鱼真是一种风雅无害的爱好吗？接着诗人在题诗中道出了自己的观点："垂纶称风雅，鱼向雅人哭。"从"雅"和"哭"的强烈对比中可以看出，这种风雅的爱好建立在自然生命的痛苦和性命之上，突显了雅的表象与残酷实质之间的激烈矛盾。怡然垂钓的诗画在古人的作品中，或是为了单纯传达诗人恬淡、悠闲的生活意趣，或是为了表达自己淡泊名利、寄情自然的人生态度，但丰子恺的作

《襁褓像物价》

品，却别开生面，拓出了新的思想境界。它们往往形象性强，寓意深远，新奇之中而给人以一种强烈的"理趣"之感。

丰子恺的有些题画诗在诙谐中蕴含讽刺，也很有情趣，如《襁褓像物价》：

> 襁褓像物价，日长又夜大。
> 出世才三朝，看似三岁外。

此诗作于1948年，正是国统区物价暴涨之时。画面襁褓中婴儿居中，四周围着面带笑容的男女老少。然而在嬉笑的背后，却是当时物价飞涨的隐忧。寓嘲讽于诙谐之中，别有情趣。

丰子恺的题漫画诗也有纪史之作，如《光明都市——庆祝上海解放十周年》：

> 红旗照耀处，木石尽生光。
> 号海十年前，本是黑暗乡。
> 自从插红旗，好比大天亮。
> 万恶全肃清，众善日宣扬。
> 投机无遗类，剥削自灭亡。
> 流氓皆敛迹，娼妓出火坑。
> 游民有归宿，乞丐无去向。
> 货币常稳定，物价永不涨。
> 努力除四害，居民保健康。
> 公园到处开，绿化满里巷。
> 转瞬十年来，地狱变天堂。
> 十岁小朋友，生长光明乡。

《光明都市——庆祝上海解放十周年》

以为上海滩，本来是这样。

听我唱此歌，方知感谢共产党！

　　这首诗是以对比手法写上海解放十年后天翻地覆的变化。最后以解放初期出生的儿童浑然不知这种变化结尾，别有兴味。此诗虽无完整的故事，但叙事中有情节，也是故事化题画诗之一种。此外，这首诗是他自由体题画诗的代表作。基本不讲平仄，也不追求对仗。虽是五言诗，但尾句却是七言，可谓极为自由。从韵律看，虽然同押一韵部，但却用上了上海方言语音，如"火坑"之"坑"（上海方言读"抗"）。

　　在丰子恺全部题画诗中，以"护生"为题材的诗占绝大部分。其缘起是，在他的恩师弘一法师五十诞辰时，他画了50幅主题为"戒杀"的作品，以庆贺法师50岁寿辰。后法师提议将"戒杀"改为"护生"。同年，《护生画集》出版。"护生"也成为丰子恺终生信奉的准则。

　　丰子恺说："护生即护心，慈悲在心，随处皆可作画。"他提倡的"护生"，最希望通过这种方式，使人们建立起对众生的同情之心，也是在保护和培育自己的善良之心。从这个意义上说，"护生"，其实就是《金刚经》上所说的"善护念"。其目的是长养天地的和谐之气，消除人间一切恶行暴力产生的内心根源，追求和谐、安适的社会。日本汉学家吉川幸次郎在评价丰子恺时曾说："如果在现代要寻找陶渊明、王维这样的人，那么，就是他了吧。他在庞杂诈伪的海派文人中，有鹤立鸡群之感。"[1] 其实，丰子恺的偶像正是东晋的陶渊明。他终其一生，都在寻找一方精神上的桃源胜境。但是，在现代社会，是没有所谓"桃花源"的。他曾将精心修造的"缘缘堂"视为自己的"世外桃源"。可惜在战争中，"缘缘堂"却毁于日寇的炮火之下。

　　丰子恺题画诗的风格，也同他的漫画一样，清新淡远，浑然天成，宛如一块明澈通透的水

《盆栽联想》

晶，既闪闪发光，又不动声色。有时他的题画诗表现的内容似乎惊天动地，但所表现的方式却是从细小的俗事着笔而内藏激动的善心。如《盆栽联想》：

> 小松植广原，意思欲参天。
>
> 移来小盆中，此志永弃捐。
>
> 矫揉又造作，屈曲复摧残。
>
> 此形甚丑恶，画成不忍看。

盆栽是生活中常见之小景，本可供人们赏心悦目，但在诗人看来却是荼毒生灵的丑行。这好似在平静水下的急湍恶流。

毋庸讳言，丰子恺有些题画诗词也有那个时代的通病，不免流于标语口号，似乎很难与这位卓越的艺术家联系起来。但"平心而论，即使那些时政诗词，从老画家此时此境此情来看，也是发自内心的，绝不是无病呻吟、故作姿态。相反，这些诗词也体现出艺术家的真诚"[2]。

丰子恺的题画诗是其文学宝库中一笔宝贵的财富。它虽然不能与其漫画、散文等相提并论，却伴随着他的艺术人生从年轻走向晚年的全过程，而且这些诗词也和他耐人寻味的漫画一样，历久弥新，不仅是他心路历程的真实写照，也是给人以赏心悦目、教益良多的审美佳品。

朱光潜在《缅怀丰子恺老友》一文中说："一个人须是一个艺术家才能创造真正的艺术作品。子恺从顶到踵，浑身都是艺术家。他的胸襟，他的言谈笑貌、待人接物，无一不是至爱深情的流露。"我们对丰子恺的题画诗词也当作如是观。

注　释

〔1〕转引自应丹：《论丰子恺"爱心论"与爱心教育》，百度"行知部落"。

〔2〕钟桂松：《丰子恺诗词选·序言》，齐鲁书社，2010。

第七十二章

"艺苑真学人" 张伯驹

张伯驹（1898—1982），原名张家骐，字丛碧，别号游春主人、好好先生，河南项城人。爱国民主人士，收藏鉴赏家、书画家、诗词学家、京剧艺术研究家。曾任故宫博物院专门委员，国家文物局鉴定委员会委员，吉林省博物馆副研究员、副馆长、中央文史馆馆员，燕京大学国文系中国艺术史名誉导师，北京中国画研究会名誉会长，中国书法家协会名誉理事等职。

张伯驹

新中国成立前，张伯驹与张葱玉、邓以蛰、张大千、徐悲鸿、沈尹默、吴湖帆、启功等诸先生一起被聘为故宫博物院专门委员，工作任务为"书画审定"，为故宫博物院收购清宫流散书画出谋划策，做了大量工作。当溥仪盗运出宫的书画在市场上陆续出现时，张伯驹即谏言故宫博物院，尽早开展征集工作："一、所有《赏溥杰单》内者，不论真赝，统由故宫博物院价购收回；二、选精品。经过审查，价购收回。"经其考订，1198件中，除赝迹及不甚重要者外，有价值之品约有四五百件，按当时价格无须大笔经费便可大部收回。1946年底，北京古玩商马霁川从东北带回20余件文物，推荐给故宫博物院。张伯驹不仅给出了具体的审定意见，而且将他所了解的信息及时反馈给故宫博物院。1947年4月19日，张伯驹又作为专门委员，与徐悲鸿、邓以蛰、启功等人出席故宫博物院在绛雪轩举行的第六届理事会在平理事第四次谈话会，讨论书画收购事宜。

第一节　张伯驹捐赠的国宝级书画

张伯驹一生醉心于古代文物，致力于收藏字画名迹。他自30岁开始收藏中国古代书画，初时出于爱好，继以保存重要文物不外流为己任，不惜一掷千金，虽变卖家产或借贷亦不改其志。张伯驹颇为重视文物精品，曾向马衡院长建言："余主张宁收一件精品，不收若干普通之品"。所以，当发现精品文物在市场上出现时，他多会优先推荐故宫博物院收购。例如范仲淹《道服赞》由北京古玩商靳伯声从东北购得，他居中协调，商定以黄金110两卖给故宫博物院。又如，当得知马霁川有展子虔《游春图》时，他建议故宫博物院将此卷买下，在故宫博物院无力收购以上两件文物的情况下，为防止文物流落海外，张伯驹不惜鬻物举债将它们买下。一件《游春图》使他从豪门巨富变为债台高筑，不得不变卖在弓弦胡同的一处宅院和潘素的金银首饰。

新中国成立后，张伯驹继续关注故宫博物院事业的发展，而一生所藏文物精华，也大多归于故宫博物院收藏，兑现了其"予所收蓄不必终予身为予有，但使永存吾土，世传有绪"的初衷。故宫博物院共计收藏有张伯驹《丛碧书画录》著录的古代书画22件，几乎件件堪称中国艺术史上的璀璨明珠。如晋陆机《平复帖》是传世文物中最早的一件名人手迹；隋展子虔《游春图》为传世最早的一幅独立山水画。其余如唐杜牧《张好好诗》，唐李白《上阳台帖》，宋黄庭坚《诸上座帖》，宋赵佶《雪江归棹图》等，都是中国艺术史上的重要文物。这其中，晋陆机《平复帖》、唐杜牧《张好好诗》、宋范仲淹《道服赞》、宋黄庭坚《诸上座帖》等8件古代法书精品是1956年由张伯驹、潘素夫妇捐赠国家的，国家文物局后调拨故宫博物院；隋展子虔《游春图》、宋赵佶《雪江归棹图》、明唐寅《王蜀宫妓图》等是张伯驹让与国家，国家文物局收购后陆续调拨故宫博物院的；唐李白的《上阳台帖》则系张伯驹赠与毛泽东主席，1958年中央人民政府主席办公室将其调拨故宫博物院的。另外，故宫博物院还于1959年购买了张伯驹曾收藏的宋赵孟坚的《行书自书诗》。需要特别强调的是，隋展子虔的《游春图》，唐杜牧的《张好好诗》，宋范仲淹的《道服赞》等，都是故宫博物院当时有意收购，但因各种原因未能入藏的。它们最终能由故宫博物院收藏，为中华民族所享有，张伯驹居功至伟。

1956年7月，时任文化部部长沈雁冰（茅盾）亲笔为捐献8件国宝的张伯驹颁发了一个褒奖令。

1961年，张伯驹调吉林省博物馆工作，后任第一副馆长。当时吉林省的文化底子相对薄弱，省博物馆的藏品根本无法与国内重点单位相比。于是，张伯驹再次慷慨解囊，无偿地捐献了几十件自己的珍贵收藏，包括元代仇远的《自书诗》卷、颜辉的《煮茶图》卷，宋代赵伯啸的《白云仙乔图》卷，元代赵子昂的《篆书千字文》卷，明代薛素素的《墨兰图》轴，唐人写经《大般若波罗密多经》，明代董其昌的字对，唐人楷书册，等等。时任吉林省委宣传部部长宋振庭对省博物馆的藏画中尚无宋人真迹感到甚是遗憾。张伯驹得知后，又捐献了宋代杨婕好的《百花图》。

为继承和发展中国古典艺术，新中国成立初期，张伯驹还创办了北京古琴研究会、京剧基本艺术研究社、中国书法研究社、诗词研究社等。

张伯驹的主要著作有：《丛碧词》《春游词》《秦游词》《雾中词》《无名词》《续断词》、《氍毹纪梦诗》《氍毹纪梦诗注》《洪宪纪事诗注》及《乱弹音韵辑要》《丛碧书画录》《素月楼联语》等。

第二节　张伯驹书画艺术

张伯驹是"民国四公子"之一。人们对他保护、收藏、捐献祖国书画国宝的事迹钦佩敬仰。实际上，张伯驹不仅是收藏家，也是我国近代艺术史上全才的大艺术家。国画大师刘海粟先生忆及张伯驹时说："丛碧词兄是当代文化高原上的一座峻峰。从他广袤的心胸，涌出了四条河流，那便

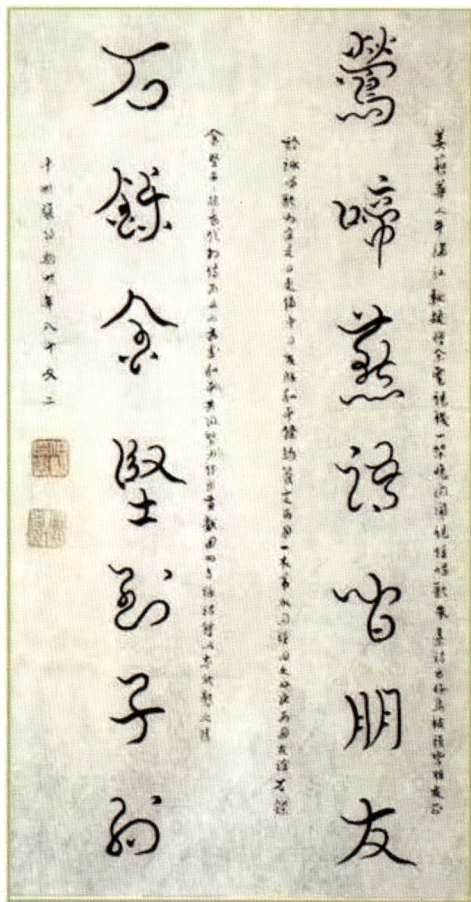

张伯驹的"鸟羽体"书法

是书画鉴藏、诗词、戏曲和书法。四种姐妹艺术互相沟通，又各具性格，堪称京剧老名士、艺苑真学人。"张伯驹的书法独具特色，几无第二人与之相似。刘海粟先生誉之为"鸟羽体"。

他在所收藏的《宋蔡忠惠君谟自书诗册》一件珍品的题跋中说："余习书四十岁前学右军十七帖，四十岁后学钟太傅楷书，殊呆滞乏韵，观此册始知忠惠为师右军而化之，余乃师古而不化者也。遂日摩挲玩味，盖取其貌必先取其神，不求其似而便有似处；取其貌不取其神，求其似而终不能似。余近日书法稍有进益，乃得力于忠惠此册。"从张伯驹先生自评其书法中可看出，他的晚年书法定型主要得力于蔡忠惠。他那超人的天赋和悟性，在欣赏诸多名家真迹时，会潜移默化，影响他的书法艺术。这些因素是形成他的"鸟羽体"的主要原因。

"鸟羽体"，是对张伯驹书法艺术的形象比喻，并且这种比喻只是以物喻其姿、态、势、形，而非等同。如《书谱》中说钟、张、"二王"的书法时以奔雷坠石、鸿飞兽骇、鸾舞蛇惊、绝岸颓峰，喻其书法之奇、姿、态、势。我们欣赏张伯驹先生的"鸟羽体"书法，也应从鸟羽特点的比喻，欣赏其书法之奇、姿、态、势。试看所附的张伯驹的一件书法作品"燕、语"两字的钩连、扭结，可联想到鸟羽的翎毛，其粗笔颇近似鸟羽的翎管，其他如四点连处，似与鸟之细毛软毛近似，其他笔画也多与鸟羽近似。此外，还要从张伯驹的书法特点，追溯蔡忠惠的书法特点和鸟羽比喻的"神"中欣赏。最应注意的一点，就是张伯驹书法艺术的独特成就，源自他的人品、学识、修养。这是他的书法"神"中之"神"，非只"鸟羽"之貌，也是旁人不易模仿的奥秘。张伯驹也擅绘事。多画山水、花卉等，特别是与潘素结婚后，他请来名师教潘素绘画，两人切磋技艺，绘画水平不断提高。但总起来看，其绘画造诣似不及潘素。

第三节　张伯驹题画诗词

张伯驹从小就接受中国传统文化的熏陶。他博览群书。扎实的文学功底，造就了他深厚的文化底蕴。他天资超逸，多才多艺，写下了大量格律相谐、化典圆熟的古体诗词和音韵、戏曲论著。其诗词、对联等，均达到很高的水平。

楼宇栋说："我岳父走上艺术之路岁正三十。他一生的艺术之路坎坷不平，尘劫伴随他始终。尽管如此，可他从来未懊丧过，也从未回头过。记得1979年夏，岳父偶患腹疾，在病榻上和我聊及张勋复辟事和他一生鉴藏书画事时告诫我说：'人生在世，爱国是大事，决不能糊涂，小事满可不必计较。'"[1]

纵观张伯驹的题画诗词，爱国思想一直贯穿始终。这种思想深忧而热

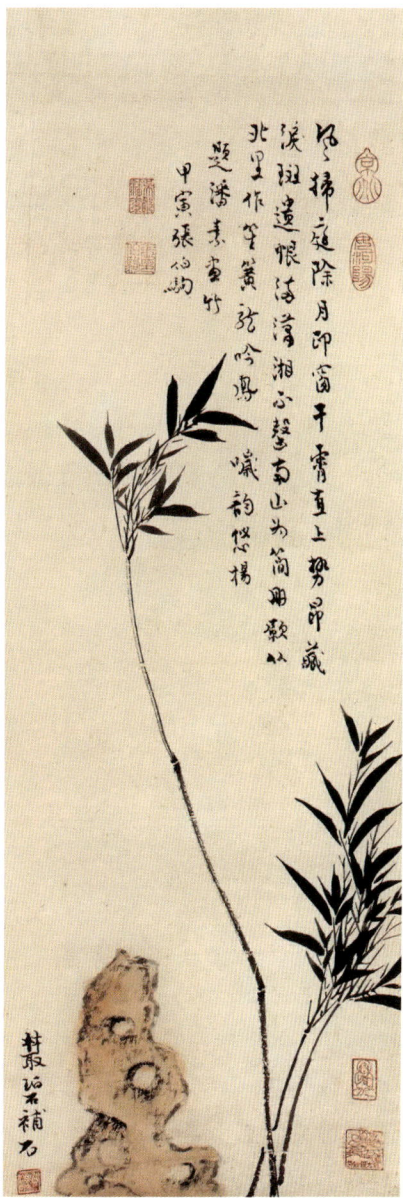

张伯驹与潘素等合作画

烈。试看《满江红·题黄三君坦〈天风海涛楼图〉》：

> 楼外天垂，遥望尽、齐烟九点。惊残劫、梦回孤枕，浪翻潮卷。关塞秋生鸿雁思，风雷夜挟鱼龙惨。指星河、万里泛仙槎，沧波剪。　　思旧泽，芳徽远。怀故国，兵戈满。纵怒涛千尺，客愁难浣。人海倦看朝市改，吾庐幸在山河变。算只馀、泪眼对红桑，斜阳晚。

这首词大约作于 20 世纪 40 年代前后。此时国土沦丧，词人见图思旧，感情悲怆。早在清代，夏孙桐也曾写过题《天风海涛楼图》的词《小重山·黄君坦〈天风海涛楼图〉，楼在青岛，为先德避地栖隐所筑》。其词是：“闻说桃源不避秦。依依南雁侣，尽愁人。一楼高纳海天云。思先泽，薇蕨尚留春。　　山旧劫灰新。蓬莱清浅水，又逡巡。九州何日淡烟尘。金台侧，还吊望诸君。”张伯驹词与此词共同的基调都是感伤，但所感却有不同。张词从民族大义出发，“怀故国”“山河变”，深哀巨痛，“纵怒涛千尺，客愁难浣”。词意苍凉悲壮，可代表其爱国词的基本风格。另一首作于 1939 年的词《风入松·题枝巢主人〈楼台梦影图〉》，感情更为悲怆：

> 绿杨门巷背河街，灯火旧秦淮。玉钩罗幕春时梦，记昨宵、故国重回。红粉飘零有恨，白头流落堪哀。　　江山龙虎气沉埋，歌舞剩荒台。前朝多少兴亡事，只空城、潮去潮来。燕子不知世改，琼花犹向人开。

这一年，词人偕潘素去上海，辗转香港、河内、重庆等地，5 月间方到，艰辛备尝，即所谓“红粉飘零有恨，白头流落堪哀”。他见《楼台梦影图》而虚游故国，感慨系之。“江山龙虎气沉埋”一句，词调虽不免低沉，但爱国情深，极为感人。结句“燕子不知世改，琼花犹向人开”，尤耐人寻味。上句化用刘禹锡“旧时王谢堂前燕，飞入寻常百姓家”（《乌衣巷》），有沧桑之感；下句“以乐景写哀，一倍增其哀”。山河已变，花草无情。词人的家国情怀，自在言外。

《木兰花慢·题马湘兰画山水》与此词出于同一机杼：

数南都艳迹，繁华梦，去如烟。看堑限金汤，城围铁瓮，无奈降幡。帘前，画眉彩笔，有佳人、写出旧江山。风月魂销故国，莺花劫换勾栏。　连环，小字印玄玄，半偈忏情禅。想镜槛隔灯，芸窗倚翠，螺墨金笺。当年，练裙宝扇，问风流、惟剩夜潮还。只有秦淮一水，无情送尽红颜。

这是一首感人至深的爱国词。马湘兰，明末清初的诗人、画家，为一代名妓，"秦淮八艳"之一。词人写金陵"艳迹"，也是见证历史的败迹，颇有深意。"看堑限金汤，城围铁瓮，无奈降幡"，既是咏史，也是鉴今。此词以艳丽词写辛酸事，在芸窗金灯下，映照的是一双泪眼，在"风月魂销故国，莺花劫换勾栏"中，饱含着多少辛酸！"只有秦淮一水，无情送尽红颜"。它送尽的岂止"红颜"，还有那一段不堪回首的历史。但是留在人们心头的创伤和遗恨是永远送不尽的。

张伯驹像这样吊古伤今或感旧伤怀的题画佳作颇多，如《金缕曲·题〈庚寅词集图〉》《天香·题启元白〈紫幢寄庐图〉》等。

张伯驹的题画词也有用以抒写自己情操的作品，如《浣溪沙·题自画红梅》《临江仙·题自画兰梅》等。其中最值得称道的是《水龙吟·和刘海粟写铁骨红梅》：

腊梅冻雪全消，孤寒不把冬心换。朱砂点染，胭脂渲注，东风吹暖。疏影横斜，美人林下，月明星转。羡寿阳貌写，品流标格，神来笔，惊飞腕。　乍见南枝先绽，倚银瓶、绣帷眠坦。冰盘宴喜，和羹调鼎，香随波泛。映上红旗，日升胜海，霞天同灿。看春回大地，百花齐放，满今朝愿。

此词上片先写梅花，并以花喻人，既赞刘海粟先生，也有自况之意。接写作画，赞其飞腕神笔。下片由画境转为实境。词人一扫往昔之愁怀，词调欢快，喜上心头。"看春回大地，百花齐放，满今朝愿。"这既是写照现实，也寄寓了对未来的美好希冀。

众所周知，词人虽然在1957年被错划为右派，但其对党和国家的忠贞之心始终不渝。这首题词大约作于1975年，其时他在大连棒槌岛与刘海粟先生结邻而居。据其婿楼宇栋回忆，一天，闲谈间刘海粟问张伯驹："戴上右派帽子后有什么感想？"张伯驹苦笑一阵，说出了肺腑之言：'先父任过直隶总督，又是第一批民族资本家，说我是资产阶级，有些道理。但是我平生不会赚钱，全部积蓄，包括卖字的钱，都花在收藏上了。这些东西捐赠国家之后，我已经成了没有财产的教授，靠劳动吃饭。戴什么帽子，我倒无所谓。一个渺小的凡人，生死得失，无关大局。但说我反党，实在冤枉。……本想见见周总理、陈总，一吐为快，后来饱受打击歧视，见领导人已极难，我又不愿为个人荣枯浪费他们时间，一拖就是4年。……1961年，去长春离京前，陈公（陈毅副总理）派车接我到中南海，问到生活、写作、爱人作画等方面有什么困难，十分细致。然后询及去东北后的打算。我说可以教诗词、书法和古画鉴定。陈总说：'这正是你们当行的事情。关于右派的事，有些想不通吧？'我老老实实地说：'此事太出我意料，受些教育，未尝不可，但总不能那样超脱，做到无动于衷。在清醒的时候也能告诫自己：国家大，人多，个人受点委屈不仅难免，也算不了什么，自己看古画也有过差错，为什么不许别人错送我一顶帽子？……我只盼望祖国真正富强起来！'陈公说：'你这样说，我代表党谢谢你了。你把一生所收藏的珍贵文物都献给国家，怎么会反党呢……我通知你们单位，把结论改成拥护社会主义，拥护毛主席，拥护共产党。'我们珍重道别，心里暖烘烘的。"[2] 看了这段回忆，我们再通读全词，词人的高大形象便立刻屹立在我们面前。他胸怀大度，忍辱负重，默默奉献而不求回报，一席披肝沥胆的话，让我们深为感动；一颗火辣辣的爱国之心，让我们肃然起敬。

在张伯驹的题画词中，有相当多的作品是为其爱妻的画或两人合绘的画而题的，计30余首。这些词风格也自有不同。试看《杨柳枝·再题潘素〈四时柳枝图〉》：

> 东风著意向西吹，又见新枝换旧枝。
> 重到胭脂坡上望，已非走马少年时。
>
> 绿暗红稀感不禁，吹棉渐少怨春深。
> 双柑携酒曾听处，百啭黄鹂夏木阴。

明湖已减碧毵毵，摇落心情百不堪。

正是鹊华秋色里，济南风景似江南。

怕上翠楼望眼赊，无枝无叶可藏鸦。

玉门关外深闺梦，风雪一天万里沙。

这一组词作于1975年。此时词人因眼疾在北京家中休养，有暇回忆往事，吟诗作画。这些词主要是写夫妻两地相思之情。春季，见"新枝换旧枝"，春意盎然，然而已非少年，不觉感伤涌上心头。夏季，"绿暗红稀"，虽"怨春深"，但黄鹂百啭，自有乐趣。秋季，虽然心情摇落，但"济南风景似江南"，也自有情韵。冬季，"无枝无叶"，一片衰飒。在这四首词中，这一首写得最好。"诗从对面飞来"，以闺思烘托己之思归，情辞哀婉。冬季登楼，视野开阔，本可远望当归，但却说"怕上翠楼"，笔锋一转，耐人寻味，心中之苦不言自明。这是因为，漫天风沙，远隔万里，望而不能归，相思之情更切。此词缠绵而不悱恻，感伤而不悲伤，是张伯驹题画词的另一种风格。

《小秦王·题与潘素合画〈梦华图〉》，是长达21首的组词。这些作品虽然每首词短小，但含蕴丰厚，各具特点，都堪玩味。

"梦华"，典出《列子·黄帝篇》：黄帝"昼寝而梦，游于华胥氏之国"。后遂以"梦华"谓往事恍如梦境。而张伯驹与夫人潘素合画的《梦华图》则是以梅、兰、山茶、水仙、迎春、杏花、玉兰、木笔、牡丹、白莲、昙花、菊、松石等花木、山水画组成。繁华旧梦几多悲欢。其中或回首往事，感物伤怀，如其三："五十年前梦已非，小桥北畔雪成围。漫天花满停香院，不用炉薰荀令衣。"这是见图中之"腊梅"而生感，往事如烟，感慨良多。或以花喻人，咏物见志，如其四："寒风相妒雪相侵，暗里有香无处寻。唯是月明知此意，玉壶一片照冰心。"又如其六："予怀渺渺或清芬，独抱幽香世不闻。作佩勿忘当路戒，素心花对素心人。"这两首词分别为"白梅"和"素心兰"而题，既赞潘素，也自喻。或寄情山水，萧散闲适，如其十五："解缆行人晚泊船，露筋祠外一林烟。红蜻蜓弱飞无力，月白风清野水边。"或假事言理，指斥时弊，如其十七："眼前万事遍沧桑，旭日无何到夕阳。舜竹尧蓂今不见，荣枯一例等彭殇。"又如其十八："光阴原是指头弹，暮落晨开笑蕣颜。一现犹嫌非解事，凡花莠草遍人间。"这两首词感叹时光过隙，既有沧桑之感，又寓庄子"齐物"之理，虽不免消极，但也有斥世之意。二词寓理于景，夹叙夹议，其风格与前几首迥别，也与下两首有所不同。

其二十

阅世犹馀五大夫，凌空一鉴众山孤。

竭来不作参天势，缩地长房入画图。

其二十一

太华峰头玉井莲，蒙蒙晓日射潼关。

何来十万横磨剑，削尽芙蓉剩一拳。

这两首词是为潘素所绘"松"和"石"而题。既未写花卉之柔情，也未言事理之深邃，而是揭地掀天，气势恢宏。纵观这一组题画词，虽然所咏之物不同，但却似断实连，前后贯通。如果从"人化自然"的角度讲，词人将所咏之物都一一人格化了。所喻之人始而冰清玉洁，光明磊落；继而超尘拔俗，傲立苍穹；最后变得顶天立地，气盖山河。这与其说是赞人，不如说是自谓；既是比况自己的人格，也是对自己的一种期许。我们联系词人跌宕的一生经历，便不难理解这些词的深厚意蕴。当他把倾尽心血和财力珍藏的国宝级文物捐献国家时，慨然出手，不计私利；当他遭受不白之冤时，泰然自若，不怨天尤人。没有这样的人格和气度，怎能写出如此感人的词章。

张伯驹虽然不是英雄，但他绝不缺少英雄的胆识和气概。

注　释

〔1〕〔2〕楼宇栋：《尘劫难志爱国志》（代序），载《张伯驹集》，上海古籍出版社，2013，第2-4页。

第七十二章
张大千与大风堂派题画诗创作群体

　　大风堂画斋由张善孖（一作子）、张大千兄弟在上海拜师学艺时共同创建。在20世纪20年代，张善孖、张大千在上海西门路西成里客居时，因有缘收藏到明朝画家张大风所画《诸葛武侯出师图》，对此画爱不释手，加之对张大风的画艺十分倾慕，且又同姓张，故在极其得意之余，张善孖、张大千兄弟即将西成里居室的厅堂取名为"大风堂"。这可以从1932年张大千在一次寿宴后与宾客的谈话中了解大风堂的真正来源。张大千当时对客人说："我自幼崇拜明末清初的张风，母亲也酷爱其画技，他姓张，我也姓张，五百年前是一家。我和家兄议定，便将张风的字（大风）用来命名画室，以催自进。"张大风，南京人，清画家，工山水、花卉、人物，人品与艺术均极受张善孖、张大千兄弟推崇。后来张善孖、张大千兄弟开堂收徒，传道授艺，所有弟子皆被称为"大风堂门人"。其弟子之多，不下百人，有主要影响的是：曹大铁、谢伯子、何海霞、胡爽庵、俞致贞、刘力上、胡若思、慕凌飞、糜耕云、梁树年、汪德祖、吴青霞、厉国香、龙国屏、黄独峰、王康乐、胡力、王永年等人。其中，曹大铁是张大千弟子中绘画水平最高的一个。蒋介石夫人宋美龄也拜张大千为师学画。张大千再传弟子也相当多，比较有影响的是：白传巨、曹公度、李柏林、陈沫吾、杨振升、杨震麟、葛茂柱、刘起伏、刘力群、何纪明、葛茂桐、孟庆利、吴嗣坤、聂振文、吕刚，姚丹萍、江洪泉、安云霁、杨春蕾、张师曾，包伟东、赵凯等人。"人多势众"，形成了所谓"大风堂派"。这些门人大多也善诗书，每有画作往往自题诗，并常为他人画题诗。由于人数众多，所以这当是中国题画诗发展史上最大的一个题画诗创作群体。

第一节　张大千艺术之路

张大千

张大千（1899—1983），中国著名泼墨画家、书法家，享誉海内外。他或许是中国成就最高的国画家，被誉为"五百年来一大千"，被西方画坛赞为"东方之笔"。1899年5月10日，张大千生于四川内江。父怀忠，母曾氏友贞，兄弟十人，另有一姐。行八，乳名小八，名正权，又名权。曾随姐姐、四哥习字，从母习画。

1917年东渡日本，在京都公平学校学习染织，课余时间坚持自学绘画，学诗，学治印。其二哥张善孖也在日本。1919年完成学业，由日本返沪。秋，拜上海著名书法家曾熙、李瑞清为师。曾熙为其取艺名爰，字季爰。在上海宁波同乡会馆，他举办了首次个人画展，百幅作品全部售完，一鸣惊人，自此以卖画为生。后念未婚妻谢舜华去世，至松江禅定寺出家为僧。师事住持逸琳法师，法名大千。三个月后还俗。1921年借寓上海李薇庄宅。与画家李秋君定交。秋君名祖云，别号瓯湘馆主。在三师叔（李筠庵）的影响下，开始临仿石涛画迹，仿石涛册页一开，瞒过前辈画师黄宾虹。1924年善孖奉调入京，任总统府咨议。随兄弟初次入京，与汪慎生定交。仿作金冬心、石涛、八大、渐江扇面四帧赠汪慎生。秋，应邀参加上海文人雅集"秋英会"，结识常州词人谢玉岑、上海画家郑曼青，并与谢玉岑结为知友。1927年临曾熙所藏《石涛小像》，曾师为之题跋。应张群函购，先后仿作石涛、金冬心笔意山水扇面两帧。参加"寒之友"画会，会友有：于右任、何香凝、经亨颐、陈树人、黄宾虹等。1928年与善孖、马骀、俞剑华、黄宾虹诸人组织"烂漫社"，刊行《烂漫画集》。5月，与善孖、郎静山等人倡建"黄社"。二赴北平，与余叔岩结识。在陈半丁家中，结识旧王孙兼书画名家溥心畬。1929年从汉城返沪。《蜀中三张画册》出版（三张者，张善孖、张大千及九弟张君绶）。被聘全国美展干事会员，与叶恭绰定交，同时结识徐悲鸿。出席全国第一届美展。1930年与善孖合作《十二金钗》，曾熙题款。1932年与善孖、黄宾虹、谢玉岑等人同游浦东顾氏园观桃。黄宾虹作《平远山水图》及诗八首相赠。与叶恭绰、吴湖帆同游苏州，组织成立"正社书画会"。移居苏州网师园。1933年春节，邀章太炎、叶恭绰、陈石遗、李印泉等前辈欢聚网师园。徐悲鸿组织"中国近代绘画展览"赴法展出，内有张大千所作《金荷》一幅，被法国政府收购。1934年与善孖北上。客居听鹂馆，馆内有"蝴蝶会"之举。9月9日，中山公园举办"正社画展"，内有他的作品40件。与善孖同游华山。张善孖、叶恭绰加入"正社"。1935年应徐悲鸿之聘，任中央大学艺术科教授。南京举办"张大千画展"。与徐悲鸿、谢稚柳及中大艺术科学生同上黄山。"张大千、方介堪、于非闇书画篆刻联展"在北平举行。《张大千画集》由上海中华书局出版。"济贫合作画展"在北平展出。

1936年首次在英国伯灵顿美术馆举办个人画展。1937年，"第二次全国美展"在南京举行，任审查委员。七七卢沟桥事变后，困居北平。

1938年，驻北平日军司令部多次派汉奸劝张大千出任伪职，张大千推诿不从，化装逃出北平，辗转上海、香港，入桂林途中会见徐悲鸿。隐居青城山上清宫。1939年邀黄君璧、张目寒同游剑门。在青城山上收龙国屏（龙治）为入室弟子。为张目寒作《蜀山秦树图卷》。应黄君璧之邀同游峨眉，作《峨眉金顶合掌图》赠君璧。先后在成都、重庆举办画展。

《仕女图》

1941年在重庆举办画展。先后出席成都"黄君璧画展""关山月画展"开幕式，并重金订购画作，以示祝贺。赴敦煌途中，结识陇中画家范振绪。在范振绪陪同下抵达敦煌，留敦煌临摹壁画。在其临摹壁画期间，对多处壁画有所剥损。访榆林窟，临摹壁画，年底离榆林窟，赴青海西宁。1942年率心智赴塔尔寺访藏画师，请教大幅画布制作工艺。携带五名藏画师返敦煌继续临摹壁画。与西北文物考察团王子云等人相识。致函谢稚柳前来相助。岁末与谢稚柳及子侄门人离莫高窟赴千佛洞考察，并为其编号。1943年敦煌艺术研究所筹备委员会在兰州召开会议。筹委会主任常书鸿抵达敦煌。5月1日，离莫高窟赴榆林窟，在榆林窟临摹月余。8月，"张大千临摹敦煌壁画展览"在兰州首展。11月，返回成都，敦煌之行前后历时两年七个月。1944年"张大千临摹敦煌壁画展览"先后在成都、重庆展出。展品44幅。1947年《张大千临摹敦煌壁画》（第一集）在上海彩印出版。"大风堂门人画展"在上海展出。"张大千画作展"在上海展出。1948年在沪举办画展，展品多系工笔重彩。编印《大风堂同门录》。1950年由香港地区赴印度，在新德里举办画展。考察临摹阿坚塔壁画。旅居大吉岭年余，诗画创作颇丰。

1952年远游阿根廷。5月，返回香港。筹划移居南美。为筹措旅费，由徐伯郊牵线，与郑振铎联系，向内地出售《韩熙载夜宴图》、《潇湘图》、宋人册页等名画。徐悲鸿、叶浅予联名致信劝其回内地，婉辞。迁居阿根廷首都近郊曼多洒，受到阿总统贝隆及夫人接见。1954年迁居巴西圣保罗市。赴香港地区举办画展，展品中有《美国尼加拉瀑布图》，甚得观众赞赏。赠画12幅给巴黎市政厅收藏。1955年巴西圣保罗八德园建成并命名。《大风堂名迹》（四册）在日本东京出版。"张大千书画展"在日本展出，巴黎罗浮宫博物馆馆长萨尔出席画展。夫人曾正蓉、杨宛君向四川博物馆捐赠敦煌壁画摹画稿百余幅及张大千书画印章80方。1956年在东京展出"张大千临摹敦煌壁画"，萨尔馆长观后邀张大千赴巴黎展出。6月，巴黎赛那奇博物馆展出临摹敦煌壁画。

1957年患目疾，回八德园静养，服药疗疾之余，仍挥笔题诗作画，细笔改粗笔，力图变法。为张群影印出版《石涛十二通景屏》作序。巴黎展出《秋海棠》，荣获纽约"国际艺术协会"金奖，被选为"当代世界第一大画家"。在圣保罗市举办画展，威震巴西。1958年，被纽约国际艺术学会以其在巴黎展出的《秋海棠》一画选为"当代伟大画家"，获金牌奖。

1959年台北历史博物馆首次举办"张大千先生国画展"，主要展品为临摹敦煌壁画。作《故宫名画读书记》。赴法旅欧。法国国家博物馆成立永久性"中国画展览"，以作品12幅参加开幕展。1961年在日内瓦举办画展。赴日参加"郎静山摄影展"。新作巨幅《荷花》在巴黎赛那奇博物馆特展，纽约现代博物馆购藏。继续创作《瀑布》《罗浮飞云顶晓日》等泼墨山水。1962年赴巴黎，下榻郭有守家，作通景屏《青城山全图》。赴东京，下榻偕乐园，作丈二匹巨幅《瑞士风景》。这两幅均为巨幅泼墨山水。

张大千泼墨画

1965年在伦敦举办画展。作大泼墨山水《山园骤雨》《秋山图》。自谓"这主要是从唐代王洽、宋代米、梁楷的泼墨法发展出来。只是吸收了西洋画的一点儿明暗处理手法而已"。1966年在圣保罗、香港地区举办画展。赴香港地区访友。据门人林建同说，此次香港之行，甚有启发，其后"作风大变，泼墨泼彩，大行其道"。

1968年，纽约福兰克加禄美术馆、芝加哥毛里美术馆、波士顿亚尔伯-兰敦美术馆分别举办张大千画展。1969年赴旧金山治眼疾，与旅美老友侯北人、张孟休等度春节。返八德园作《杏花春雨图》赠侯北人；《泼彩青绿雪景》

赠张孟休。黄君壁访八德园。由巴西迁美国卡米尔城"可以居"。在洛杉矶考威美术馆展，纽约文化中心展，纽约圣约翰大学展，纽约福兰克加禄美术馆再展。波士顿亚尔伯-兰敦美术馆现展。

1974年在香港大会堂举办画展。应美国旧金山版画制作中心之约，创作了两套石版画，被提名为"驰名世界的张大千"和"张大千形象"。作根雕假山、八面观音。

1975年应叶公超之约，为其辑《叶退庵先生书画集》作序。以80幅精品参加台北历史博物馆举办的"中西名家画展"。应约撰写《毕加索晚期创作展序》。该馆举办"张大千早期作品展"，又以60幅作品参加在韩国汉城（今首尔）举办的当代画展。1976年举家移居台北。台北历史博物馆举办"张大千先生归国画展"。台湾地区电影界人士吴树勋以退休金自费拍摄《张大千绘画艺术》纪录影片。台北历史博物馆出版《张大千选集》。1977年，历时5年所编的《清湘老人书画编年》在香港地区出版。将老友陈巨来历年为其所刻的印章，汇编成《安持精舍印谱》在日本出版，并为之作序。台中举办近作展。在外双溪筹建"摩耶精舍"。1978年，在高雄、台南、汉城举办画展。"摩耶精舍"落成，喜迁新居。出席亚太地区博物馆会议，讲演《论敦煌壁画艺术》。作《明末四僧画展序》《大风堂名迹再版序言》。

张大千泼墨画赠篆刻家陈巨来

1980年春节期间，台北历史博物馆举办"张大千书画展"。3月，新加坡国立博物馆举办《中国现代画坛三杰作品展览》。台北出版《张大千书画集》一、二集。四川出版《张大千画辑》一、二、三辑。1981年3月，应邀提供作品参加法国巴黎东方博物馆举办的"中国国画新趋势展"。1982年元月，台北举行"傅抱石、徐悲鸿、张大千水墨彩色画展"。香港集古斋举办"张大千画展"。

1983年4月2日，心脏病复发，医治无效，一代艺术大师永远放下了自己的画笔。

总之，不平凡的游历，频繁地参加画展，广泛地结交画友诗朋和自己的不懈努力，成就了"五百年来一大千"。

第二节　张大千绘画、书法艺术造诣

张大千是全能型画家，其创作达"包众体之长，兼南北二宗之富丽"，集文人画、作家画、宫廷画和民间艺术于一体。中国画人物、山水、花鸟、鱼虫、走兽、工笔，无所不能，无一不精。诗文真率豪放，书法劲拔飘逸、外柔内刚，独具风采。张大千是20世纪中国画坛最具传奇色彩的国画大师，绘画、书法、篆刻、诗词，无所不通。早期专心研习古人书画，特别在山水画方面卓有成就。后旅居海外，画风工写结合，重彩、水墨融为一体，尤其是泼墨与泼彩，开创了新的艺术风格。他的治学方法，值得那些试图从传统走向现代的画家们借鉴。张大千画意境清丽雅逸，他在20世纪的中国画家中，无疑是佼佼者。他才力、学养过人，于山水、人物、花卉、仕女、翎毛画无所不擅，特别是在山水画方面，具有特殊的贡献：他和当时许多画家一起，担负起对清初盛行的正统派复兴的责

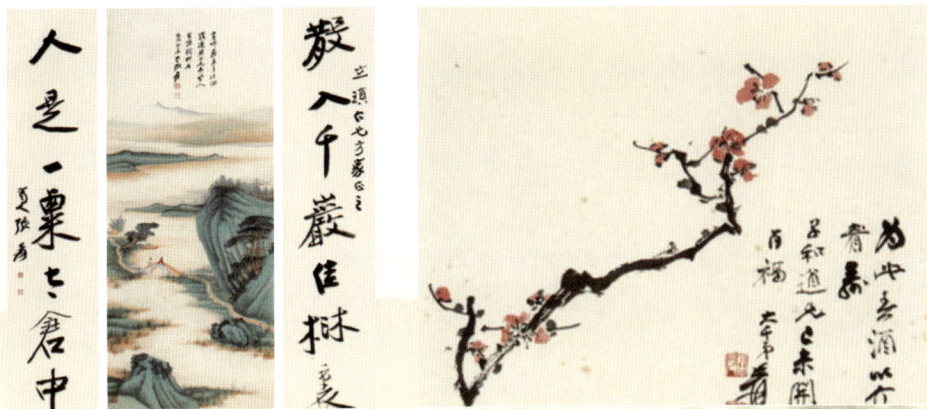

张大千书画

任，也就是继承了唐、宋、元画家的传统，使得自乾隆之后衰弱的正统派得到中兴。

张大千是一位集绘画、书法、印章、刻章于一身的艺术大师。因为绘画成就极高，他的书法成就常常被人们忽视。事实上，他的书法也极具特色，有着十分鲜明的个性特点，被誉为"大千体"。

自宋代开始，中国的书画艺术便开了先河，画中追求诗、书、画相结合的"三绝"。张大千被称为"中国历史上迄今为止的最后一个文人书画家"，他要求题画书法要与画作相得益彰。怎样题画行款才可以使得画面唯美，并且产生相得益彰的效果，就成为要考虑的内容。"大千体"书法就是这种书与画相得益彰的完美典型。

"大千体"书法不但有碑那种苍劲、厚重、古朴的感觉，又具备帖那种圆润、秀丽的特点，可谓碑与帖的融合，刚柔并济、方圆有致，裹锋蓄势、浓墨枯墨、行笔施展之变化，末端转换之收势皆能意会也。

张大千书法作品

第三节　张大千题画诗词

张大千有《张大千诗文集编年》《张大千诗词全集》等。据曹大铁、包立民统计，张大千存诗753首，存词22首又半阕。在这些诗词中，绝大多数为题画作品。

张大千的题画诗词虽然表现的题材不够广泛，触及社会问题也不够多，但因情感丰富、文化底蕴丰厚、表现手法多样，而风格独特、韵味十足，具有极高的审美价值，成为古今题画诗的范例。

张大千漂泊一生，游踪遍及海内外，所以思乡恋土便成为其题画诗词的永久主题。这种情思在海外时尤为浓烈，如《题〈万里故山〉》：

> 岸花送客雨绵绵，墙（一作樯）燕留人意惘然。
>
> 万里故山频入梦，挂帆归日是何年。

此诗作于南美。《无题二首》其二也说："不见巴人作巴语，争教蜀客怜蜀山。垂老可无归国计，梦中满意说乡关。"诗后注说："投荒南美八年矣，欲归未归，眷恋故山。真如梦寐中事。漫拈小诗，并图寄意。"诗人在离家万里的异乡，只能远望当归，梦中还家，其无奈和惘怅之情自在言外。诗人"久在异乡为异客"，即使回到故乡，也觉得自己仍在客中。这更令人心酸动容！其《题浣纱图》说：

> 练光亭下水光明，水上轻烟荡俗情。
>
> 我是到家仍作客，任他砧杵动秋声。

"砧杵"指捣衣石和棒槌，代指浣洗。寒冬将至，闺中之妇常为远行人缝制寒衣。故闻砧杵之声，常常归思难收。而诗人却说"任他砧杵动秋声"，意谓久客他乡之后，诗人心已麻木，即使听到砧杵声也不为所动。这正是不言久客之苦而苦自在，不说愁而愁更多。但是最能表达诗人"离情苦味"的词是《唐多令》：

> 节物变清商。西风生昼凉。裹春衫浅淡梳妆。肯说别离情味苦，任绣被，罢薰香。　　愁画两眉长。归飞雁带霜。恨穿帘紫燕成双。况是新来风雨恶，待莲叶，盖鸳鸯。

词下云："《云山万重，寸心千里》作于布宜诺斯艾里斯。四月七日得雯波三月二十五日复书，并滕近影。故国春醑，此邦已是金风送爽。离索何堪！隐括书倚《唐多令》，今赋此题画上即寄。阿爱。"

这首词以一个思妇的口吻轻轻道来，似有无限幽怨不能尽诉，诗味隽永，别有情致。既好像辛弃疾的《摸鱼儿》（忽忽春又归去），又近似李清

《南岳图》

照的《醉花阴》（薄雾浓云愁永昼），思断干肠，愁思万叠。以此词而言，张大千的题画诗好，而题画词更妙。其20余首题画词虽然不能说字字珠玑，但也都堪称绝妙好词。

张大千在流连山水、常怀儿女情长时，也没有忘怀祖国的命运。他在《题〈南岳图〉》中说：

竹枝穿云蜡屐轻，

玉（一作春）风扶我趁新晴。

上方钟磬松杉合，

绝顶晨昏日月明。

中岁渐知经（一作输）道路，

十年何处问升平！

高僧识得真形未？

破碎河山画不成。

这首诗作于"癸酉（1933年）十月"。此时国家内忧外患，战乱频仍，民不聊生。诗人说"破碎河山"，正是现实的真实写照。另一首诗《题己卯闰七月二十七日为某君所画扇》，更是对侵华日寇的直接声讨。其诗是：

喷火诸天午夜叉，人间劫尽几虫沙。

不须检点行程历，一握亲题纪岁华。

小注云："是日日机大炸梧州。"这是用诗笔写下的日寇在我国的国土上狂轰乱炸的罪行。虽寥寥几笔，却有立此存照之意。诗人不仅直斥日本帝国主义的侵略行为，而且对那些甘为汉奸的奴才也极尽鞭挞。其《题梅

《花》说：

> 中丞印已付泥沙，方伯逍遥海上槎。
>
> 多少逃臣称逸老，孤忠只许玉梅花。

此诗作于1933年夏，当时张大千的"知友名鉴赏家陆丹林，持郑孝胥书扇面至苏州綱师园，乞先生画右页，因作诗崇扬其业师李梅庵之清标高致，讥刺郑孝胥投日通敌"[1]。诗中一褒一贬，爱憎分明。张大千的爱国之情还表现在1945年为《墨荷图》所题的两首诗中：

> 一花一叶西来意，大涤当年识得无？
>
> 我欲移家花里住，只愁秋思动江湖。

诗后有注："两京未复，昆明、玄武舟渚之乐，徒托梦魂。炎炎朱夏便有天末凉风之感。"

> 忽报收京杜老狂，笑喧强寇漫披猖。
>
> 眼前不忍池头水，看洗红妆解佩裳。

诗后又注："七月既望，日本纳降，收京在即，此屏装成，喜题其上。"

张大千善作大画，而画大画是对画家最艰难的挑战，往往是其毕生艺术修养与功力的呈现与考验。张大千一生中创作的高3米、长10米以上的巨幅画作至少有10幅，这幅《墨荷图》是他大画的代表作之

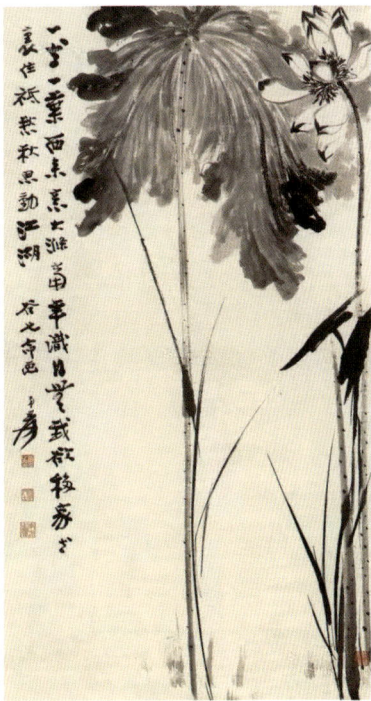

《墨荷图》

一。在这两首题画诗中，诗人为"两京未复"而忧，为日寇"纳降"而喜，充分表达了其爱国情怀。

张大千虽然以"远离政治"为自己的终身信条，但"政治"并没有远离他。后来他拟去台湾地区定居，台湾当局就曾以"亲共人士"为由而婉拒。其"罪名"是在1949年为毛泽东画过一幅《荷花图》。

张大千以善画荷花著称，素有"古今画荷的登峰造极"之誉。这幅画是他的力作。画面上，茂荷两叶，白莲一朵，给人以生机盎然、万象一新之感。全画构图饱满而疏密有致，浓淡相宜而余韵悠悠。在图的左上方，是张大千的一行工工整整的题词："润之先生法家雅正。已丑二月，大千张爱。"此图并题款充分表达了张大千对毛泽东的倾慕和敬意。据说，这幅画经何香凝转送毛泽东后，毛泽东非常欣赏，并把它挂在自己居住的中南海房内珍藏。

张大千的题画诗词艺术风格是多样的，但"大都隽永有逸趣，不拘何家何派，或谓其'近于李白（太白）、苏（东坡）'云云"[2]。其实，他的诗风与李白、苏轼并不相同，而是清新淡雅，偶有萧散豪宕之作，也是外刚内柔，并无剑拔弩张之势。如《题〈千山浮云〉》：

> 万里江河无尽流，归舟应向海东头。
>
> 登高已上千山顶，天际还看云脚浮。

又如《题庐山图》其一："从君侧看与横看，叠壑层峦杳霭间。仿佛坡仙开笑口，汝真胸次有庐山。"以上两首诗意境开阔，给人以尺幅千山之感，极为壮丽。特别是"汝真胸次有庐山"一句，更可看出诗人的博大胸襟。如果说张大千的诗近乎苏轼，那么他的《水调歌头》倒有几分相似之处：

> 横槊发浩唱，洒酒忆临江。武昌夏口相望，山水郁苍苍。何处舳舻千里，当时英雄一世，敛手避周郎。成败渺千古，人物费平章。　纵一苇，凌万顷，溯流光。盈虚消长，如彼逝水一何长。唯有清风明月，耳目取之无尽，物我足相忘。洗盏与君酌，枕籍向东方。

> 隐括坡翁赋为之，辛卯之秋阳明山中作图。

这种近于豪放的作品在张大千的题画诗词中并不多，更多的却是温婉清丽之作。这很可能与其所表现的题材有关。张大千喜作花卉、山水画，为这类画题诗词也限制了他豪情的发挥。尤其是美人画，更是如此。张大千善于画美人，也懂得欣赏美人。这便留下许多描绘美人的题画诗词。如《谒金门·〈纨扇仕女〉》：

　　　　风渐暖，只觉起来能倦。飞絮落花
君（一作春）不管，瑶阶浓绿换。

　　　　小扇罗纨羞展，双凤檀槽争按。谁
说归程（一作期）天样远，量愁天更短。

　　这幅美女慵春图，虽未直接写她的美
姿秀容，但其娇羞状已跃然纸上。含蓄蕴
藉，风格婉转。

　　在张大千美女题材的题画诗词中，爱
情之作尤为温婉凄美。他在 1928 年应日本
三菱公司董事会之邀，由日籍老友江藤涛
雄引导到朝鲜游览，受到隆重接待。江藤
为张大千雇来一位原为"伎生"（艺伎）的
朝鲜少女伺候笔砚。大千为她取名春红。
据张大千描述：春红楚楚可人，心思灵
巧，虽言语不通，但善解人意，相处不久

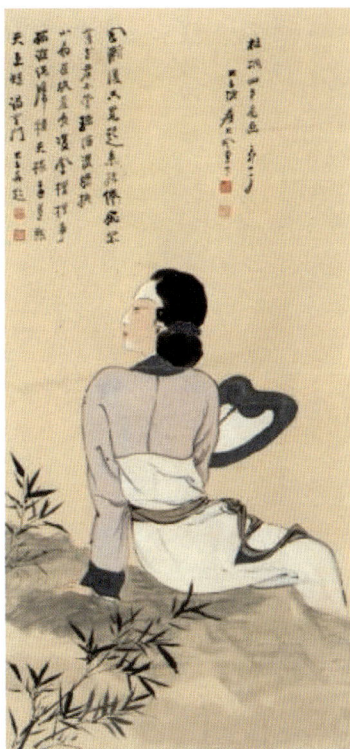

《纨扇仕女》

便产生恋情。但这段跨国之恋，终未成眷属，留下一段凄美的情史。为
此，张大千也留下了许多描绘春红的绘画和思念她的题诗，如《题〈天女
散花仕女图〉》：

　　　　偶听流莺偶结邻，偶从禅榻许相亲。
　　　　偶然一示维摩疾，散尽天花不着身。

　　此诗作于 1936 年 5 月。据曹大铁、包立民记载："此诗先生作仕女画
中屡书之。"原画中除有此诗外，还有"画中非幻亦非真"之句，以示画
中"并非虚幻，亦非真"的天女。这天女便是诗人昼思夜想的恋人。

　　在朝鲜，张大千与情窦初开的春红（真姓池，名凤君）朝夕相处，缱
绻缠绵，难舍难分。不觉已过三月有余，岁暮必当返国。于是张大千便有
了"纳宠"之念。一天，他带了春红到朝鲜京城街头一家照相馆，两人拍

《天女散花仕女图》

了一张合照。并写了两首陈情诗，连同合影一并寄给二夫人黄凝素，试探"纳宠"之意。这两首题画诗写得委婉多情，是张大千早年的得意之作。《与春红合影寄内子凝素二首》：

依依惜别痴儿女，写入图中未是狂。
欲向天孙问消息，银河可许小星藏。

触讳踌躇怕寄书，异乡花草合欢图。
不逢薄怒还应笑，我见犹怜况老奴。

"凝素"，即张大千二夫人黄凝素，曾深得张大千宠爱。这是他以诗代书，写得情真意切，颇为感人。前一首似征求黄夫人的意见，"银河可许小星藏"，将黄夫人比作"银河"，将春红比作"小星"，委婉而坦率。第二首则是以黄夫人的口吻作答，"我见忧怜况老奴"一句，似写对方通达而善解人意。这两首题画诗写得既得体含蓄，又曲尽其意，是题画诗中的上乘之作。在古今题画诗词中，像张大千这样以诗代情书，当属首开先河。但诗虽好，并未如愿。两首诗寄出后碰了钉子，黄夫人不但不同意他"纳宠"，还转来了太夫人严命张大千即时返家的讯息。张大千事母至孝，不敢违母命，遂匆匆回国。春红是一位痴情的女子，张大千离去后，她山盟海誓要等待张大千回来。她用张大千给她留下的钱开了一家药店，以维持生计，不再做"伎生"了。

距离不仅可以产生美，而且产生了不尽的思念。特别是远隔万水千山，这种思念更是刻骨铭心。而表达这种思念的题画诗也愈加感人至深。张大千先后写了《赠春红》二首、《再赠春红》等，表达了他对春红的无限思念之情。他还以春红为蓝本画过许多仕女画，如《红拂女》《美人双蝶图》等及其题诗，以表达对春红的眷恋之情。

全民族抗战爆发后，张大千和春红失去了联系。直至第二次世界大战结束，张大千和日本老友江藤联络上，得知春红在战争中已因故过世。张大千获此噩耗，悲痛万分，立刻亲笔写了"池凤君之墓"一纸碑文，请江藤带去韩国为春红修坟立碑，并希望能有机会到韩国悼念春红。在三十多年后的1978年，张大千应邀到汉城（今首尔）举办画展，轰动一时。春红的兄长获知消息后，便将张大千带到春红的坟前上香致祭，了却了多年的心愿[3]。

张大千题画诗词的这种婉转多姿的艺术风格，在山水类题画诗词中也充分体现，如《杏花天·题巫峡清秋，仿吾家僧繇笔》：

逝波也带相思味。总付与、消魂眼底。千愁唤起秋云媚，绰约风鬟十二。

过朝两眉消梦翠。顿减了、襄王英气。人生头白西风里，况此千山万水。

这首写巫山神话传说的词，虽然哀婉动人，也带"相思味"，但似乎多了几分慷慨悲凉。既秀丽婉约，又意调凄楚。

总之，张大千的题画诗词，无论什么题材

《巫峡清秋图》

或什么风格的作品，都有其特有的风情和艺术魅力。其原因主要有六：其一，他作为一位杰出的画家，具有敏锐的观察力和洞察力，对发生在周边的人和事能及时捕捉，并艺术地再现于诗画中。其二，他感情丰富，既有浓郁的乡情，又有儿女之情；既有爱国之深情，又有思古之幽情。并且既没有为了情而强说情之矫情，也没有脱离诗词本身的意境而表现情之滥情。其三，他的审美经验丰富。1987年，诺贝尔文学奖获得者、俄裔美国诗人约瑟夫·布罗茨基在演说中说："个体的美学经验愈丰富，他的趣味愈坚定,他的道德选择就愈准确。"张大千作为一位罕有人与之比肩的艺术家,其美学经验无疑是无比丰富的。其四,他不仅读万卷书,还行万里路,其足迹遍及世界各地,这一点也无人可及,因而对东西方艺术都有较为深入的了解。他在继承并发扬中国画传统的基础上又融入西方绘画之所长,形成了自己的独特风格。其五,他具有深厚的文化底蕴,对文学典故能信手拈来为我所用而不留痕迹。他的题画诗词如果与齐白石相比,这一点更为突出。齐白石虽然也曾拜名师学习古典诗词,并且还说自己的诗比画好,但因其缺乏扎实的古典文学功底,写起诗来终觉底气不足。其六,他善于运用各种艺术手法来表现自己的情思。除了常用的寄情于景、情景交融外,他的大胆夸张、丰富的想象力和创造力也提升了诗词的审美境界。

第四节 "虎痴"画家张善孖

从艺术的角度来说,没有张善孖,就没有张大千。1919年,张大千从日本京都公平学校归国,向父母提出要到上海拜师学习书画,父母反对。在这个决定张大千今后命运的关键时刻,张善孖站到了弟弟一边,支持他到书画家荟萃的上海拜师。或许就是在这个时候,张善孖发现了张大千卓越的绘画天赋和才能,对张大千关怀备至,所需金石书画及参考资料莫不搜求以供,并经常指点书画之道,使张大千获益良多。

张善孖对其弟的支持,还表现在不断携带当时还名不见经传的八弟出入上海滩上的文人雅集,利用各种场合,把八弟引荐给艺苑前辈名流。诸如陈散原、傅增湘、黄宾虹、齐白石、柳亚子、叶恭绰、谢玉岑、郎静山等,张大千都是通过张善孖的引荐而得以结识的。

张大千能在上海很快崭露头角,与这些艺苑前辈名流的提携分不开。

张善孖在中国画坛上也是个很有成就的画家。他在烽火连天的抗日岁月,以绘画和题诗为武器,到处布展、募捐,奔走呼号,谱写了可歌可泣的爱国战歌,响彻云霄,令人回肠荡气。

张善孖（1882—1940），原名泽，字善孖（一作善子，又作善之），以字行，自号"虎痴""虎髯"，时人称他为"虎公""张老虎"。四川内江人，著名画家张大千的二哥。早年师从李瑞清学画。曾两度东渡日本，先后学习经济、绘画。1905年，加入同盟会。1922年起任总统府咨议、财政部佥事、国务院咨议等职。1927年因愤于官场腐败，毅然辞去一切职务，寓居上海，潜心绘画，任上海美术专科学校教授。善画走兽、山水、花卉，尤精于画虎。画有《十二金钗图》写虎的各种形态，各摘《西厢记》中词句题之，如"临去秋波那一转""终日价情思睡昏昏"等，以寓美人猛虎之意。曾与黄宾虹、马企周、俞剑华等组织烂漫社。

张善孖也善作诗词，其题画诗多感事而发，启人深思，如《题画羊》：

> 吾党何来一直躬，攘羊证到阿家翁。
> 世间多少轻浮子，不及长髯主簿公！

《论语·子路》："叶公语孔子曰：'吾党有直躬者，其父攘羊，而子证之。'"意谓叶公告诉孔子："我那里有个坦白直率的人，他父亲偷了别人

《十二金钗图》

《题画虎》

的羊，他便去告发。"诗中的"阿家翁"，指父亲；"长髯主簿"，羊之别称。此诗引直躬者举发其父偷羊之典，讽喻当世缺少正直坦荡之人。诗人并以"何来""多少"之语，表明其感慨之深。另一首《题画虎》（一作《双虎图》）更耐人寻味：

却忆当年隆准公，竖儒谩骂笑雕虫。

飞腾谁识真人意，丰沛归来咏《大风》。

诗人题画虎，却从刘邦着笔，寄意殊深。据《史记·高祖本纪》载："高祖为人，隆准而龙颜。""竖儒"，言其贱陋如竖子。这里指书生郦食其。《史记·留侯世家》："汉王辍食吐哺，骂曰：'竖儒，几败而公事！'"后汉王刘邦得天下，衣锦还乡，志得意满而咏《大风歌》。此诗虽写画虎，但实写画虎之人，意在说明画虎并非雕虫小技，有朝一日画虎者也能像虎一样"飞腾"，而成就大业。这首诗以画虎为喻，即小见大，不仅抒发了诗人的雄心壮志，而且寓意深远，具有广泛的启迪意义。

张善孖与张大千手足情深，大风堂是他俩共用的画室。为了绘画，他们在庭院里豢养了不少动物。早在1915年，张善孖就从日本带回一只乳虎在成都家养。张善孖、张大千经常把老虎牵到山野之中，放开铁链，任其奔跑。他们或照相留影或勾勒草稿，对虎的习性、特征了然于胸。大风堂养的第二只虎叫虎儿。该虎从小散放驯养，在园内除了与狗追逐外，也同孩子一起戏耍。张大千常带它去虎丘公园吃茶，其间，老虎就卧伏在茶桌旁的树荫下，吸引了很多游人围观。

一天，张大千酒醉画了一只老虎，张善孖又在画上补景题款，并将此画售出。不知怎么，此事被一画商知晓，第二天就来求画，并趁机吹捧张大千，还以高于"虎公"十倍的价钱收买张大千的虎画。张大千一听，明白是自己昨晚酒醉心迷，一时兴起而做了对不起二哥的事。为了让张善孖独擅其美，张大千发誓以后不再画虎，于是便顺手提起毛笔，在宣纸上唰唰写上两行字回答画商："大千愿受贫和苦，黄金千两不画虎。"自此，张大千立下"二戒"：一戒画虎，二戒酗酒，以便让"虎公"的威名由二哥独享。

但是，张大千从此不画虎，并不影响他与二哥合作绘虎图。如作于1935年的《美女与野兽》，就是由张善孖画虎、张大千画美女而共同完成的一幅名画。其款识是："乙亥六月与仲兄虎痴合作，蜀人张大千。"并在画上题一首诗：

> 亭亭玉立袜生尘，
> 蓦地相逢讶洛神。
> 低头不敢瞻颜色，
> 一任牢笼野性驯。

他们的合作并不止一次。1937年，兄弟两人又共同创作一幅《美人与野兽》。此画中美女体态丰盈，斜依虎身；老虎怒目而视，张牙似吼。妩媚与凶猛相映成趣。画上落款是："善子大千戏笔。"

张善孖是一位感情炽烈的爱国画家。1937年8月13日，日本侵略者进犯上海，中国军队奋战三个月后，上海沦陷。当时住在苏州的张善孖，家园财产、文玩字画丧失殆尽。家仇国恨，义愤填膺。他率家人去安徽郎溪拜别父母坟茔，对郎溪友人说："丈夫

张善孖、张大千合作《美女与野兽》

《怒吼吧，中国》

值此机会，应国而忘家……以今日第一事为救国家于危亡……恨吾非猛士，不能执干戈于疆场，今将以吾画笔写出吾之忠愤，来鼓荡志士。"9月中旬张善孖抵达汉口，与郭沫若等往来。得知国民党与共产党已经协商一致，共同抗日，十分兴奋，即开始构思创作长二丈、高一丈二尺的巨幅国画《怒吼吧，中国》。11月，张善孖撤退到宜昌，终于最后画完了这幅巨作。该画绘20只斑斓猛虎，腾跃飞奔，张口咆哮扑向一丝落日。猛虎寓意中国当时的20个行政省区，落日则指日寇。画上题诗说："雄大王风，一致怒吼，威撼河山，势吞小丑。"表达了他称赞国共合作，全国一致抗日，誓死打败日本侵略者的喜悦、坚定的心情及信念。1937年底，他回到重庆，接受老友、时任国民政府赈济委员会主任许世英的聘请，担任赈济委员，积极参加抗日救亡宣传及赈济难胞等工作。

1938年春，张善孖去昆明宣传抗日。他以我国历史上的爱国故事和著名爱国人物为题材，创作了《精忠报国》《文天祥正气歌》等画幅，借古励今，动员抗日。他在所画《文天祥像》上题款说："要效文山先生，发扬民族精神。"接着在昆明等地举办"正气歌人物图巡回展览"。他为云南省主席龙云作《十二山

LA CHINE RUGIT

《中国怒吼了》

君图》，虎姿威武，满纸生风，寄托了他坚贞不屈的民族气节。8月13日是上海抗战周年纪念日，张善孖以两大幅素帛合成巨幅，奋然挥毫，画高大威猛雄狮怒吼于富士山上，足如铁柱，踏碎山石，山崩土溃，泥沙俱流。张善孖为图题名《中国怒吼了》，并书诗三节十二行，其中"杀得敌人惊破胆""不收复失地不休"等诗句坚强有力地表达了抗战必胜的信心。此画印成图片，与其他宣传画一起送往前线，鼓舞士气。

1938年，张大千离开北平，经上海、香港、桂林、贵阳，于10月抵达重庆，与张善孖久别重逢，悲喜交加。兄弟两人即合作创作《忠心报国图》，又名《双骏图》。图绘红色、白色骏马各一匹，昂首向前，扬蹄同步，疾驰飞奔于原野。张善孖题"忠心报国"四字，并书长跋；张大千题诗："汉家合议定，骄马向天嘶；何日从飞将，联翩塞上肥。"兄弟俩衷心称赞国共合作，颂扬人民团结，坚持抗日必胜的信念，尽在图画中。时任国民政府主席林森在画上题"寓意精深"四字。同时，张氏兄弟共同创作百余幅绘画作品，在重庆举办抗日流动画展，不出售、不募捐，请大家观看，深受群众欢迎。杨云史赞诗说："轼辙齐名昔两苏，蜀山再见二雄具；丹青有力明尊攘，正气歌成正气图。"

1938年12月，张善孖在国民政府、中共驻渝办事处各方面的赞助下，筹划出国举行画展，宣传抗击日本侵略，募集抗日捐款。他携带自己与张大千以及兄弟俩合作的绘画作品近200件，前往欧美。1939年1月抵达法国，在巴黎贡格尔德堡国立外国艺术馆举办"张善孖、张大千兄弟画展"。兄弟两人合作的《忠心报国图》展出的印刷文字说明云："骏马，对祖国忠诚的象征。"观众踊跃，盛况空前。法国总统勒勃郎曾前往参观，赞扬张善孖是"近代东方艺术的杰出代表"，对他热爱祖国的作为表示钦佩，并向他授予勋章。

1939年4月，张善孖携画到达美国，先后在纽约、芝加哥、费城、旧金山、波士顿等地举办展览，又深入各地大学及群众团体进行演讲，介绍中国的文化艺术，宣传中国人民的抗日斗争，呼吁各国朋友支持、帮助中国的民族解放斗争。在展览会或演讲会上，张善孖还常常挥毫作画义卖。张善孖炽热的爱国情怀、真诚的友善作为，轰动了美国。各地各家报纸在显著位置刊登有关他的消息、谈话、照片、绘画等，赞赏他的爱国热情、绘画技艺，尊称他是全世界伟大的画虎大师。纽约美术学院选出三位美女，围看长袍大褂、美髯拂胸、专注作画的张善孖，并拍摄照片在各地报刊刊登。美国总统罗斯福及夫人曾多次请张善孖做客白宫；张善孖到各地去演讲中国抗日斗争，罗斯福夫人还专程陪同前往。1939年7月26日，罗斯福总统宣布废止《美日商务通航条约》。张善孖闻讯欣喜，为表谢意，他精心绘制了数张巨幅虎图，分别赠送美国总统罗斯福、国务卿赫尔等人。罗斯福命将此画挂在白宫林肯像侧，展示于白宫大厅陈列室内，是中美人民友谊的历史见证。

《飞虎图》

1940年，中国航空委员会顾问、昆明航校总教官陈纳德回到美国，着手筹备组织美国空军志愿队援华抗日。时在美国的张善孖得知此事十分高兴，特别精绘两只长着双翅的猛虎飞翔于纽约的上空，并将该《飞虎图》赠予陈纳德将军。他在该《飞虎图》上题款："大中华民国虎痴张善孖写于纽约。"陈纳德将军非常喜爱此画，并且将其组建的美国空军志愿队易名为"飞虎队"，还按此图制旗与徽章分发部下。后来"飞虎队"的将士与中国军民团结一致，狠狠地打击日本侵略者，为世界和平作出了巨大牺牲和杰出贡献，享誉全球。陈纳德将军的这幅《飞虎图》现存于美国国家博物馆。

1940年9月2日，张善孖结束美国之行，抱病乘轮船回国，25日抵达香港。为筹足路费，他又在香港举办半天临时画展。10月4日，他飞回重庆，受到各界人士及群众的热烈欢迎。张善孖不顾疾病在身、旅途疲劳，应重庆各界群众团体约请，白天、夜晚连着举行报告会，汇报出国画展筹赈以及国际友人、爱国侨胞热情支持、帮助中国抗日民族解放斗争等情况，鼓励各界同胞团结一致、坚持抗日，夺取最后胜利。终因劳累过度，于10月11日问医治疗，17日住院，20日上午不幸去世，享年59岁。消息传来，重庆广大民众悲痛难忍，众口一词赞誉张善孖先生是"真正爱国的大画家"。张善孖实践了他的誓言"以吾画笔写出吾之忠愤，来鼓荡志士"。他是中华民族抗日文化战线上的一名伟大战士，为打败日寇、实现民族解放的崇高理想奉献了宝贵的生命。

第五节　大风堂派其他题画诗人

曹大铁（1916—2009），原名鼎，字大铁，又字若木，号尔九、北野、若木翁、寂庵、寂翁、废铁、大铁居士、菱花馆主等，斋名"半野堂""菱花馆""双照堂"，江苏常熟人。从杨圻先生作诗，入张善孖、张大千兄弟门墙习丹青，叩于右任先生学法书。主攻土木工程，余绪诗词书画，均臻上乘，有声海内外。

曹大铁

曹大铁虽然是著名画家、书法家和篆刻家，但诗名更大，并常以诗词名世，是中国当代旧体诗词十大家之一。他的诗从青年时期一直作到老年，数量极多。其诗崇尚古意，迹追汉魏齐梁，尤擅白居易长庆体，多作长篇歌行。在内容上关注现实，是时代和人生的留影。在主题上，感时忧国，动人肺腑；或悼师怀友，情深意切；或悯弱怜香，荡气回肠。

曹大铁的词比诗数量更多，成就更大。他一生极爱作词，从20世纪30年代一直到21世纪初，词的创作从未中断，时间长达约70年，故其词不仅数量多，而且质量高，成就很大。他的词内容丰富，辞藻优美，俊逸精妙，波澜壮阔，可谓才气纵横，且其词篇制之巨，古今罕见。在艺术上，其词蹑步苏、辛，并融明末清初的陈维崧、吴梅村、陈子龙、朱彝尊、纳兰性德等的词风于一体，是词坛公认的中国当代重要词作大家。正如国学大师、著名诗人兼词人钱仲联先生所言："曹君之作，词胜于诗。"钱并赞曹词"可补史事之不足，且事中又有大铁之人在焉，斯足当'词史'，而无愧矣！"而一代大儒、国学大家程千帆先生亦评曹词，"其辞美富，其风格清且雄，其义尤芬芳悱恻，有合乎风雅，传世殆无疑也！"

曹大铁的题画诗词虽然数量不多，但质量很高，其艺术风格与非题画诗相似，也以题画词著称。《梦江南·自题戎装小照》三首是其代表作：

> 频回首、慷慨也生愁。立马长城悲北望，铭心辽水咽南流。沉痛拂吴钩。

> 从军乐、戍角月三更。疾走衔枚军骑拥，宿营列幕阵云横。筑灶夜分羹。

> 边笳动、顾盼出风尘。锦绣文章徒饶舌，雪霜戈戟作干城。少壮几秋春。

这三首词当是写九一八事变东北沦陷后词人的悲愤。"立马长城悲北望，铭心辽水咽南流。沉痛拂吴钩。"词调慷慨，极有气魄。另一首题画词《念奴娇·题华山纪游图》也气势豪宕：

> 振衣千仞，出青冥天半，若华堪折。豫镇秦城指顾处，眼底川原明灭。近压关辅，载枢京国，正色秋光洽。巨灵擘掌，巍乎华宰西极。

> 探幽览胜登临，强年腰脚，玉女星坛谒。黛壑中开岚影里，图取浮生健踏。安渡苍龙，喜攀莲蕊，寻卧羊公榻。游仙梦断，翠屏时瞭眉睫。

这首豪放词不仅以壮观景色取胜，而且将神话传说融于景物描写之中，既似游仙，又是写实；既有浪漫之情调，又有高雅之情趣。

他的《贺新郎·观电视剧〈四世同堂〉，书愤》形式别致，当属现代版的新品题画词。其词是：

> 歌响双环启。听凄清、单弦浅唱，旧京风味。四世同堂存孝友，间亦连枝异意。更奸黠、妖嬲井里。划地胡骑临城郭，任虎狼伥鬼甘人庳。生死恨，恨无已。　　舒翁笔底灵均泪。假荧屏、衔哀申诉，近今痛史。竞杀夺标彰勇武，目我生民狗彘。岂只在，燕台一地？闻道彼邦昭忠祀，愿吾侪前鉴毋忘记。看是处，髑髅时。

这首词不仅高度概括了《四世同堂》全剧的剧情，而且笔端有情，怒斥了日本侵略者的滔天罪行，苍凉悲愤，感人至深。这种新型题画诗词与一般题画诗词的区别主要有三：一是为极多的画面题写，而且是有机联系的画面，就这一点而言，有点像为连环画题诗题词。二是为动态的、有情节的连续画面题写诗词，这又像音频版的连环画。三是改变了为"无声画"题诗词的旧模式，而是有声有色。

曹大铁的题画诗词也有婉约的一面，如奉张大千之命所写的《拟元人山水·和大千师》：

> 岩峣翠接天，逸兴与云连。
>
> 容与舟书里，怡然不计年。

此诗前两句颇有气势，与张大千"春水碧于天，云山断复连"两句颇不同；但后两句的诗调却转为平和，有怡然自得之意。他的有些题画诗词也复如此，如张大千命题的《南歌子·题张大千〈独立仕女〉》：

> 复盖龙鳞翠，云屏凤尾蕉。柔荑自握小围腰。花落无言，心事在眉梢。　流水寡情远，砧声着意高。关山梦里路迢迢。暗想寒衣，几日到临洮。

此词是就张大千《题独立仕女》诗意展开来写，又似化用李白《子夜吴歌·冬歌》中思妇之深情，有景有情，词意婉转而缠绵，颇耐人寻味。

陈从周（1918—2000），原名郁文，晚年别号梓室，自称梓翁。浙江杭州人，中国著名古建筑园林艺术专家，同济大学教授、博士生导师。为张大千入室弟子，诗词承夏承焘教授。擅长文、史，工诗词、绘画。著有《说园》《苏州园林》《山湖处处——陈从周诗词集》等。

陈从周的诗词都是他历年来访古探胜、饮泉观石及题画作品。"凡诗具有三个范畴，即抒情、写

陈从周

景、记事。从周到处行吟，把三者综合起来。这些作品，既不崇唐，也不崇宋，更不管什么郊寒岛瘦、李艳温香，随意出之，为非诗人中之诗人。"[4]因此，他的诗大多出于真情流露，不尚雕琢，风格清新自然。由于他的绘画专攻山水花卉人物，所以他的题画诗词大多为梅兰竹菊画而题，如《曹大铁属为丁湘灵写兰竹》：

> 须知清品皆成趣，未必今人逊古人。
> 才到琴川惊绝世，湘兰湘竹更湘灵。

这是一首七言绝句，语言通俗，用事使典而不留痕迹。"清品"，即兰竹，又喻所赠之画家。特别是"湘兰""湘竹""湘灵"其双关之意，尤令人叫绝。"湘兰"，即澧兰，出自《楚辞·九歌·湘夫人》："沅有芷兮澧有兰。""芷"，一本作"茝"。"澧"，一本作"醴"。沅芷澧兰，本指生于湘江支流沅澧两岸之芳草，后被用于比喻高洁的人或事物。"湘竹""湘灵"，出自屈原的《湘君》《湘夫人》。传说舜的二妃——娥皇、女英，闻舜南巡死于苍梧，后赶到湘边。泪流到竹上成斑，而称斑竹。又称湘妃竹。又《楚辞·远游》："使湘灵鼓瑟兮，令海若舞冯夷。"如果说"湘兰""湘竹""湘灵"主要是应人，那么诗中"琴川"则是应地，也应人。丁湘灵，为张大千的再传女弟子，即曹大铁之高足，是江苏常熟人。"琴川"即常熟古之别称。此诗看似诗人"随意出之"，既赞人又赞画，应地应人，巧妙而富有情趣，当是陈从周题画诗中的代表作。另一首《为俞子才题石湖泛月（一作舟）图》也有类似的特点：

> 石湖泛月秋霄永，蜀道连云别梦长。
> 角技当前谁主客，大风梅景两堂堂。

俞子才，为著名艺术家吴湖帆弟子，而作者为张大千门人。"石湖"，应江苏苏州，是吴湖帆之生地；"蜀道"应四川，是张大千之故乡。而"大风"应"大风堂"；"梅景"应吴湖帆之画室"梅景书屋"。既切地又切人，也十分巧妙。

谢伯子（1923—2014），名宝树，江苏常州人。著名画家，我国著名聋人特殊教育家。为著名书画家、词人谢玉岑长子，张大千、郑午昌弟子。生有异禀，虽病喑而胸次寥廓，挥毫落纸，有解衣盘礴之概。写山水气魄雄伟，作人物则神韵隽逸。得力于石涛甚深。其外祖父钱名山、姑谢月眉、叔谢稚柳均以画名世。一门隽才，蜚声艺苑。

谢伯子

有《谢伯子画集》《九十初度——谢伯子先生谈艺录》等。

在我们这个诗的国度里，诗人队伍极为庞大，著名诗人也繁若群星，但要寻找"聋哑诗人"却是凤毛麟角，特别是像谢伯子这样先天聋哑而能熟谙诗词格律和音韵四声的更是不可多得。

汪毅指出："谢伯子的诗文书画'四艺'是其生命构筑的文化结构，互为支撑，形成其艺术人生的矩形而具有不可动摇的稳定性。"[5] 但是，迄今为止，我们对谢伯子的研究还很不得力，尤其对谢伯子题画诗词的研究相当薄弱。

谢伯子的题画作品独具特点，颇多佳作。

2004年，在钱名山作古60周年的元宵节，谢伯子特作《寄园图》。图中之高士便是他深深怀念的外祖父。其款识是："幼随名山外公在寄园读书，至今历历在目。依恋之余兴而作。"并题了一首《忆东门寄园荷塘》诗：

《寄园图》

丹烟白雪伴青霞，玉立清池胜百花。

纵出污泥还不染，香风远送未须夸。

诗人对烟霞、白雪笼罩下寄园的荷塘浮想联翩，以白雪言洁，以青霞喻高远之志，并以荷花比人，既赞其先师出污泥而不染的高尚品格，又以"香风"惠人来表达自己受其熏陶的感恩之心。全诗以比兴起，以寄托结，意蕴丰厚而诗味隽永，是聋哑诗人之作中不多见的佳品。

谢伯子题画诗词的风格有谢灵运之灵气和李白及苏（轼）辛（弃疾）之豪气，这也包含钱名山之浩气。他在《忆名山外公授课》中的"壮论雄谈胜孟轲，胸襟坦荡放高歌"便是佐证，如《读梅瞿山〈黄山图〉》：

云林笔意多平远，难得瞿山气势雄。

妙在何方动心魄，黄山七十二奇峰。

这首题诗因画之"气势雄"而有豪迈之气慨。而另一首《题墨竹》则于挺拔之中，又有清雅之气。其诗是："潇洒风姿纸上成，幽情雅趣笔端生。任它雪压腰还挺，形影相随伴月轮。"

但总起来看，谢伯子的诗风则是以清雅自然为主，如《读徐渭水墨花卉图》《渔歌子·咏荷》等。试看后一首题画词：

潇洒多姿碧叶圆。无情有恨素葩妍。池似镜，藕如船。风裳水佩宛神仙。

这好似一幅水粉画，素装淡雅，花香怡人。湖面如镜，莲藕似船。在风裳水佩之中，荷花宛如仙子，多姿多彩，清新自然。这既是荷的风姿，也是谢伯子诗风出神入化的生动写照。

谢伯子的题画诗还有谈及绘画主张的，也颇有见地，如《读大涤子画》：

弃绝因循背道驰，形神契合画中诗。

奇峰搜尽随时代，第一江南百世师。

这首诗既赞颂了"大风堂派"先师石涛反对当时画坛因循守旧、拟古成风的行为，也表达了自己坚持改革画风、坚持"借古开今"的绘画观点。他这种"随时代"的艺术主张是很有现实意义的。

谢伯子的上述题画诗词虽然并非都属上乘之作，但是作为一位聋哑人艺术家能深谙音律、创作出如此高水平的题画诗，委实难能可贵。因此，他在中国题画诗发展史上占有特殊的重要地位。

注　释

〔1〕参见曹大铁、包立民编《张大千诗文集编年》，荣宝斋，1990。

〔2〕同上书《徐邦达序》。

〔3〕参见黄天才：《张大千的后半生》，商务印书馆，2015。

〔4〕郑逸梅：《引言》，载陈从周：《山湖处处——陈从周诗词集》，浙江人民出版社，1985。

〔5〕汪毅：《胸襟坦荡放高歌》，"百度文库"。

第七十四章

"生欲济人应碌碌，心为革命自明明"

—— 报界奇才邓拓的题画诗

邓拓（1912—1966），原名邓子健、邓云特（一说为邓殷洲），笔名马南邨、于遂安、卜无忌等。福建闽侯（今福州）人，家住道山路第一山房。1934年毕业于河南大学。当代著名新闻家、政论家和诗人。擅书会画，多才多艺。

邓拓

中华人民共和国建立后，除在《人民日报》任要职外，还兼任中科院科学部委员，中华全国新闻工作者协会主席。1958年调任北京市委文教书记。1960年，兼任华北局书记处候补书记，并主编理论刊物《前线》。

著有《中国救荒史》《论中国历史的几个问题》《邓拓诗词选》《邓拓文集》《邓拓诗集》等。

第一节　邓拓悲壮而光辉的一生

1930年秋，18岁的邓拓秘密加入了中国共产党。当时，国民党实行高压政策，共产党员和大批进步人士遭逮捕、杀害。一些在革命高潮时期加入党组织的不坚定分子，有的声明退党，有的自首叛变。邓拓在这时入党，并决然放弃学业，充分显示了他对革命事业的忠诚与无畏。1932年，他在参加上海纪念"广州暴动"五周年游行时被捕。在狱中他受尽各种酷刑，但始终坚贞不屈，保护了党的组织和同志。出狱后，他积极开展学生运动，不幸第二次被捕入狱。1937年七七事变后被保释出狱，奔向抗日战场。在极端艰难困苦的环境中，他一手握笔、一手拿枪，出生入死，呕心沥血，先后主持编辑了《战线》《抗敌报》。1940年11月7日，《抗敌报》改版为《晋察冀日报》，邓拓任社长兼总编辑。新中国成立后，邓拓任中共中央机关报《人民日报》副社长兼总编辑，后任社长兼总编辑。他二十年如一日，和战友们一道，坚持不断改革，创造了人类新闻史上的奇迹。他襟怀坦白，光明磊落，面对风云变幻的种种复杂情况，勇于讲真话、讲真理，始终保持着一个共产党人坚持真理、坚持原则的革命精神。

20世纪60年代初，他应约以"马南邨"为笔名在北京晚报副刊《五色土》开设《燕山夜话》专栏，共发稿153篇，受到读者喜欢。他的杂文爱憎分明，切中时弊而又短小精悍，妙趣横生、富有寓意，一时全国许多报纸、杂志争相仿效，开设了类似的杂文专栏，为当时"百花齐放、百家争鸣"的文苑增添了生气。他还与吴晗、廖沫沙合写杂文《三家村札记》。邓拓撰写过大量社论、杂文，具有较高的思想性和艺术性，著有《燕山夜话》等，深受读者欢迎。

1965年11月10日，上海《文汇报》发表姚文元的《评新编历史剧〈海瑞罢官〉》，拉开了"文化大革命"的序幕。文章的出笼对知识界、政界震动很大，有不少报纸开始转载；而《北京日报》《人民日报》按邓拓的意见却极为慎重，经请示主管领导后不予转载。并且，邓拓亲自出马，以"向阳生"的笔名写文章加以反驳。邓拓的所作所为，都是力图把制造动乱的序幕关上，不希望朝着疯狂的、无原则的政治批判方向发展。这无疑极大地激怒了"四人帮"，为他后来的被批判埋下了祸根。于是在"文化大革命"中，邓拓与吴晗、廖沫沙一起被诬为"三家村"成员。1966年4月16日，《北京日报》刊登关于《燕山夜话》和《三家村札记》的批判材料，"三家村"被打成"反党集团"。1966年5月8日至16日，姚文元、戚本禹等先后发表了诬陷邓拓的批判文章，称邓拓是所谓"反党反社会主义头目"，并且无中生有、血口喷人地声称："邓拓是什么狗？现在已经查明，他是一个狗叛徒。"邓拓当然知道，这种诬陷是欲把他置于死地，是为了达到某种政治目的。邓拓当然也知道，姚文元、戚本禹等这股恶势力在当时是无法抗拒的。邓拓在"五一六通知"通过后的第二天晚上或第三天凌晨，以死来做最后的抗争。之前，邓拓给彭真、刘仁和市委领导写了一封长信（此时彭真早已被批判）。信中表明了他对彭真和市委的信赖，同时申明自己绝不是"混进党内，伪装积极，骗取了党和人民的信任"的人。并坦然地相信那些构成他"反党反社会主义"罪名的杂文，到底是"什么性质"，"一定会搞清楚的"。在信的最后他诚挚地写道："我的这一颗心，永远是向着敬爱的党，向着敬爱的毛主席。"

邓拓一生从事马克思列宁主义和毛泽东思想宣传，在极端艰难的条件下主编出版了中国革命出版史上的第一部《毛泽东选集》，写过大量热情讴歌和传播毛泽东思想的文章。他以毕生的精力宣传真理，歌颂光明，揭露黑暗；却惨死在用最卑鄙的谎言和最恶毒的诬陷织成的罗网之中。他用犀利的笔英勇奋战了一生，最后却被一小撮反动文痞的笔杆子杀害。在他活着的时候，有些人不能真正了解他；有的人误解过他，责难过他，甚至伤害过他。但是，在他死后，随着岁月的流逝，人们越来越了解他、怀念他，越来越敬重他。

他的一生是短暂的，在他生命的盛年就离开了我们。但是，他让自己生命的分分秒秒都发出了光和热。他留给人们的精神财富是多方面的。他一生争分夺秒，珍惜"生命的三份之一""生欲济人应碌碌，心为革命自明明"。他用自己一生的行动，实现了自己的志向和信念。与成千上万为中国人民的解放事业献出了生命的先烈一样，他也将永远活在人民的心中。

第二节　邓拓与诗书画

邓拓虽然不以诗名世，但却是一位杰出的诗人。据说，一次著名学者张奚若、叶圣陶和郑振铎在谈到有造诣旧体诗词作者时，一致认为，除毛泽东外，现代诗人中首推田汉和邓拓。

邓拓从小酷爱文学艺术，尤爱古典诗词。参加革命后，他在血与火的斗争和革命洪炉中，造就了特殊的气质。他既有博大精深的中华文化传统的功底，又具有丰富、扎实的现代科学理论知识；既有史学家的明鉴和深沉，又具有诗人的热情与奔放。因此，他的诗词极具个性色彩。自20世纪30年代起，一直到60年代中期，邓拓从没有停止过诗词创作。诗词贯穿于他的文学活动始终。邓拓一生创作了大量诗词，但多有散佚，在《邓拓诗集》中仅存400余首。其形式以旧体为主。内容丰富广博，涉及了许多历史知识、文化典故、风土人情和自然景观，记录了诗人坚实的人生足迹、多彩的文学生涯以及自己的情感历程。

标志着邓拓这一时期诗歌创作最高成就的是题画诗。当时的报刊上常有《一诗一画》《诗配画》等栏目。邓拓先后以左海、高密等笔名在《人民日报》《光明日报》《前线》等报刊上为不少画家的作品配过诗。这些画家有：吴作人、周怀民、华君武、蒋兆和、董希文、叶浅予、黄胄、郁风、张彤云、许麟庐、赵丹、汪慎生、刘旦宅、李克瑜等。他们有的当时就已享誉画坛，有的还是初出茅庐。

邓拓的书法心态平，入门正，笔墨遒劲有力，浑然大气，骨力尽现，且才情飞扬，有质感丰满的气韵，形成了独特的个人书法艺术风格。其特点是潇洒俊逸，笔势奔放，通篇气韵很足，给人以一笔到底、一气呵成的感觉，使汉字行书那流畅洒脱的特征得到充分展现。他的字的另一个特点就是瘦劲

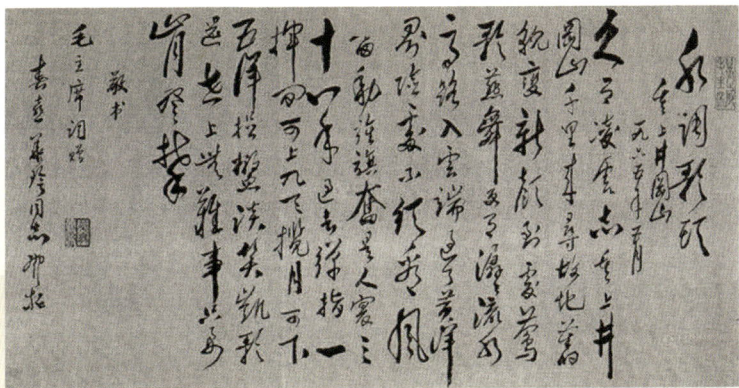

邓拓书法作品

洗炼，以骨力胜。他的大字行书间或杂以飞白，疏密相间，更显摇曳多姿。

1987年12月，《邓拓书法作品选》出版，当代书法大师启功先生为其作序。启功在序言中说，邓拓主张学写字时，最好不先去临摹碑帖一点一画地入手，而是先抄书抄稿，字字行行有个整体的观念和习惯。启功认为，邓拓书法没有"造作气"，放笔写去，表现出强大的精神气魄，若仔细推敲笔画，又处处符合传统[1]。作为书法大师，启功的评价既中肯，又极具权威性。

对书法艺术，邓拓不但长于实践，还在理论上作过一番探讨。20世纪60年代初的《燕山夜话》和《三家村札记》里，就有他写的《大胆练习写字》《书画同源的一例》《讲点书法》《选帖和临池》《有法与无法》《从红模字写起》等多篇谈论书法艺术的文章。其中的一些观点，不仅对初学写字的人有帮助，而且得到了不少专家的赞誉。

邓拓不反对临帖，但不赞成死抱住一种字帖临之摹之。他在《选帖和临池》一文中写道："要知道，无论学习哪一种字帖，对于初学者都未必适宜。最好在开始学字的时候，只教一些最基本的笔法，然后练习普通的大小楷。等到笔法完全学会，能够运用自如的时候，随着各个人的喜爱，自己选择一种字体，同时尽量多看各种法帖墨迹，融会贯通，就能写一手好字。"他自身的书法实践也证明了这一点。据他姐姐讲，邓拓早年临习颜字、柳字，在福州老家时，每天未明即起，用自己拿麻绳捆成的"抓笔"，蘸着清水在方砖上练字，力求钻进去，学得像。成年以后，便逐渐冲破规矩，写自己的字。在他的墨迹里，再也找不到一毫颜、柳的味道，也找不到同别的名家的瓜葛。他的字就是"邓体字"，是独一无二的书法体例。他这样主张，也这样实践。

邓拓对于如何执笔运笔，也有自己的主张。当时流行的一种意见是要紧握笔管，特别要求学生着力握笔，以全身之力，由肘而腕，由腕而指，由指而笔管，而注于笔尖。因为学生很难掌握这一点，有经验的老师就站在学生身后，出其不意地去拔学生手里的笔管，以拔不掉的为好。邓拓在《讲点书法》一文中批驳了这种做法。他引用苏东坡的一段话："献之少时学书，逸少从后取其笔而不可，知其长大必能名世。仆以为不然。知书不在于笔牢。浩然听笔之所至，而不失法度，乃为得之。然逸少所以重其不可取者，独以其小儿子用意精至，猝然掩之，而意未始不在笔。不然则是天下有力者莫不能书也。"邓拓由此评述说："苏东坡的这一段议论，应该承认是讲得对的。"从邓拓对旧说的评价，再看他所写的字腕力灵活，就可以想象他作书时，必定不是墨守旧说、死执笔管的。

邓拓很喜欢绘画，也留下一些画作，并对绘画理论有较深的研究。邓拓年轻时，因研究中国历史，接触许多美术方面的资料。新中国成立后，他对历代绘画的兴趣越来越深，研究也越来越深入。曾计划写一部《中国绘画史》，系统地评介我国历代有代表性的画家和他们的作品，并已开始写出了几篇专论。谁料，在"文革"中他被无辜地毁掉了生命。

研究历代绘画，必须重视收集第一手资料。为此，邓拓多方访求，购买和鉴赏古画。他常同一些收藏家交流藏品，观赏切磋。他与北京的吴作人、周怀民、黄胄、许麟庐，上海的谢稚柳、唐云，辽宁的杨仁恺等画家、收藏家过从甚密，或观赏藏品，或品评新作。1962年，他几次为周怀民收藏的董其昌、仇十洲、文徵明、王麓台、新罗山人等珍品作题跋。就画图的意境、风格、纸质、裱工等，或诗或文，虽寥寥数语，却精到、中肯。

为了更深入地研究古代绘画，邓拓还挤时间到博物馆去接触历代作品，不断提高自己的鉴别能力。他懂得，如果本身缺乏鉴别知识，对作品就无法作出具体的分析，结论必然会出偏差。起初，他把注意力放在近代和晚清作品上。在不太长的时间内，就积累了许多专业知识，能提出独立的见解。他既有实践，又有理论，既掌握了第一手材料，又能深挖野史文献，对问题研究得深透，新意迭出。如对清中叶名画家华嵒的研究，他下过很多功夫，曾用"左海"笔名撰成文章，在《文物》上发表，受到业内人士的重视。

研究绘画艺术，特别是古代绘画史，往往涉及对印钤的研究。邓拓在这方面下功夫很深。他曾在一份手稿上写道："宋元以后士大夫文人，制作一些艺术欣赏的印章，遂使画、书、刻三种艺术融为一体。篆刻艺术，以宋元时王俅等著录秦汉印章，作为欣赏。后来赵子昂、钱选、王冕等便从事这种创作活动。王冕使用青田花乳石后相习成风。明代文彭为第一

《太真上马图》

流，推为一代宗师，对后来影响很大。何震与文彭称'文何'，他们力宗秦汉，提倡学汉印风格，访古之风，以汉印为正宗。以后发展到清代为鼎盛时期，形成浙皖两大派。浙派的丁敬为浙西诸家之祖。皖派祖述何震，近世齐璜皆承前启后，独创一家。"[2]通过这篇简洁的勾勒文字，可以看出邓拓对印章发展演变是作了专门研究的。为了把这项研究搞得更深入，他还多次同一些专家切磋，并收藏和请金石家篆刻一百多枚印章，有的大如拳头，有的小似豆粒。

1959年，邓拓得到一幅南唐画家周文矩的《太真上马图》。这是一幅古代名画，后来亡佚了，如今重现人间，是真是假，谁也吃不准。有人说他得到的这幅并非真迹。邓拓认为，对于古画的鉴别，首要的和基本的着眼点是作品本身。他通过对画的线条、绢丝的质地、设色的颜料以及印钤、题跋等的研究与辨识，再参阅有关史籍，认为这幅画确系周文矩真迹，是古典写实主义的优秀作品。他把自己的考证结论写成《谈谈周文矩的〈太真上马图〉》，连同原画发表在1959年第8期《中国画》上，受到业内人士的高度关注，也使这幅历史名画重登"大雅之堂"。

邓拓热心古画收藏，最常去的地方是荣宝斋画店。每当看到心爱的古画，常不惜重金购买，到外地采访时也不忘搜求古画。不过，他的收藏活动，始终坚持三个原则：第一，凡国家文物部门准备收藏的作品，自己一概不收藏；第二，凡属争论较大的作品，国家文物部门不肯接受的，尽可能加以收集保护；第三，凡个人收藏，都用自己的钱，绝不动用公款。

　　1961年的一天，邓拓从老画家周怀民、许麟庐处得知，四川来了一位姓白的老人，要出售一幅苏东坡的真迹，名为《潇湘竹石图》。苏轼工诗、擅书、能画，人称'三绝'，但苏画早已失传。这幅画是真是假，古画收藏家们颇多争论。北京的画店怕是赝品，不敢收购。邓拓看了这幅画，一时虽不能确定是否出自苏东坡手笔，但从画的风格、气势、纸质以及画面上宋代以来二十六家题跋，看出是一件有价值的艺术珍品。他想买下来，但卖主索价很高，要上万元。这显然超出了他的购买能力。那人见他是真心喜欢古画，便降价为五千元。这个价格在当时来说，仍然较高。但邓拓求画心切，就用平日积存下来的全部稿费，再由荣宝斋画店从他那里选了二十多幅古画作价，终于买下了这幅《潇湘竹石图》。对于他的行为，很多人感到不可理解。有人问他：一幅有争议的画，花这么多钱值得吗？他回答说，自己的目的是抢救有价值的国画。如果当时不买下来，这幅画很可能会流失掉。为了抢救祖国文物瑰宝，他认为花这样的代价是值得的。著名书画家启功曾就此评价说："豪举也罢，痴举也罢，在对民族文化有深厚感情的人说起来，这个举动的艺术并不减于一卷苏东坡墨竹！"[3]

　　《潇湘竹石图》到手了，邓拓对其做了全面深入细致的研究。半年后，他得出结论：这幅画确是苏东坡作品，是真迹，不是伪作。他把自己的研究成果写成《苏东坡〈潇湘竹石图〉题跋》，连同画卷发表在1962年第6期《人民画报》上。文章对历代题款和苏轼生平创作活动作了考证研究，认为这幅画"可谓古画中杰出作品之一"。当然，他也没有把自己的意见作为定论。他说："现在苏东坡作品已经摆在大家面前，就此进行多方面分析研究，还是刚刚开始，有待于文物鉴赏家、艺术评论家、国画家、收藏家及其他热心人士，共同努力考证、解释，更进一步接受这一珍贵文化艺术遗产。"后来，在1984年夏，由我国著名书画家组成的国务院中国古画鉴定小组对《潇湘竹石图》又作了反复研究，确认是苏东坡真迹。不过，此时邓拓已经离开人世将近二十年了。

邓拓收藏购买文物古画，用的是自己的工资，包括几乎全部稿费。他写作《燕山夜话》，共得稿费两万多元，也全部拿来购买文物和古画。邓拓由于搞收藏，个人没有存款，手头经常拮据。有的朋友劝他要给孩子留点钱，他说："孩子将来可以自立。"他还说："我搞个人收藏，并不单单出于个人爱好，也不把它当成财产，到了一定的时期，自然捐赠国家。"[4]

邓拓是这样说的，也真的这样做了。1964年，他将个人收藏的最好的一批古代绘画共154件整理得清清楚楚，裱糊得干干净净，开列出目录清单，注明年代作者，无偿地捐赠给中国美术馆。

综上所述，邓拓也是一位杰出的书画收藏家、鉴赏家。

第三节　邓拓题画诗

蒋兆和《和平鸽》

邓拓留下的题画诗颇多，涉及的内容、领域也较为广泛。有历史陈迹，有时代风云；有古代贤达，有当今俊杰；有战争烟尘，有和平曙光。既有对峥嵘岁月的回顾，也有对美好未来的展望。他的笔下，时而惊涛骇浪，时而波澜不惊；时而给人以鼓舞，时而为人敲起警钟。他的题画诗以宽篇幅展示出一代报人的忧患意识和博大胸襟，跳动着饱含深情的赤子与时代同频的脉搏。俄罗斯著名的思想家、文学评论家别林斯基曾说："诗人首先是人，然后是他祖国的公民，他的时代子孙。"作为诗人，邓拓无愧为一个"大写"的人，无愧为社会主义祖国的公民，无愧为伟大时代的杰出子孙！《题蒋兆和〈和平鸽〉》是他的述志之作：

战地传书忆旧时，羞衔橄榄剩空枝。

和平比翼双飞梦，生死同心一念痴。

历尽世途忘苦乐，炼成火眼识安危。

倘来风雨漫天起，奋翅关河任所之。

此诗作于1961年10月，当时国内外政治形势十分严峻。诗人看到和平鸽，不由想到了战争年代，因而对帝国主义者空喊和平怀有高度警惕，于是说"和平鸽""羞衔橄榄剩空枝"。倘有"风雨"再起，它将如战时一样，奋翅"任所之"。这首咏物诗，托物言志：此鸽志向高远，愿为革命赴汤蹈火，在所不辞。这显然是诗人的化身。

邓拓的《题梅三首》也是表现自己人格的代表作：

其一

矜持傲骨出尘寰，石破天开岂等闲？
老竹千秋留劲节，招来春色到人间。

其二

年年占得百花先，红满枝头态自妍。
最是画坛春不老，岚光香雾绕山前。

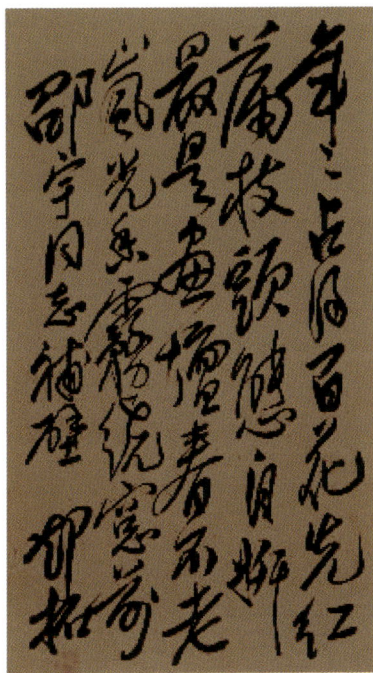

《年年》

其三

石破天惊骨相奇，冰霜历尽挺雄姿。
灵岩月照罗浮影，更喜春风着意吹。

这组诗写于1961年冬，正是"高天滚滚寒流急"时。诗中两次提到"石破天惊"（一为"石破天开"），表现出梅花面对艰险不屈不挠的性格。它"冰霜历尽挺雄姿"的"傲骨"，正是诗人人格的写照。诗人既不畏"石破天开"之险境，又对"春风着意吹"的春天充满了憧憬。寄怀高远，意蕴深长，虽有议论，却兴味盎然。

邓拓更多的题画诗是热情歌颂新社会、新生活的，如《纸鸢》：

> 鸢飞蝶舞喜翩翩，远近随心一线牵。
>
> 如此时光如此地，春风送你上青天。

这是1958年3月为画家董希文的画《纸鸢》所题之诗。诗人借风筝纸鸢腾空而起，直上青天，热情地歌颂当时热火朝天的形势，也寄寓自己的美好理想。取譬恰切而自然，寄怀悠远而格调高亢。如果说这首题诗歌颂新形势较为含蓄，那么他的《献岁》便更为具体、生动：

> 传闻天上有仙林，银汉迢迢何处寻？
>
> 采得山桃迎新岁，携来京国馈知音。
>
> 瑶池金谷云根浅，公社阳坡沃土深。
>
> 果熟千年王母妄，悟空证古不如今！

这是1963年春节为画家吴作人《献岁》画所题之诗。此诗虽旨在歌颂，但并不直白，而是借助神话传说加以渲染，处处以"天上"反衬人间，对比鲜明，言之凿凿。最后又拉出悟空作证，颇有情趣。如果说这首诗是概括写形势，那么《踏莎行·寨歌》便是一例典型：

> 南国风光，傣家歌舞，景颇村寨喧箫鼓。西双版纳卡牌奴，如今个个奇男女。　孔雀弄姿，青年结侣，芭蕉水果盈筐篓。溪桥集市换犁锄，社田增辟万千亩。

此诗是1961年7月为画家韩美林《寨歌》而题。这是通过边寨少数民族的歌舞，从一个侧面反映当时的形势。1961年，尚处三年困难时期，天灾人祸，物资匮乏。但是，难能可贵的是诗人以乐观态度看待这一切，于林角见"晨曦"，写的是民族风情，而歌颂的却是人民的美好生活。试想，如果诗人没有对中国共产党的由衷热爱，没有对共产主义的坚定信念，怎会写出如此热情的颂歌？

邓拓的诗词似受柳亚子、田汉的影响，既沉雄奔放，又清新婉丽，其题画作品也大致如此。前一种风格题画诗的代表作有《雄鹰》《题〈猎骑

图〉》《题麟庐画〈河鱼出海图〉》《雁荡大龙湫图》等。试看《题麟庐画
〈河鱼出海图〉》:

> 一跃龙门去不停,风波万里入沧溟。
> 久经浅底惊滩险,何惧深渊起巨霆?

这首诗题于1962年9月,当是有感而发。这年的7月起,开始了对小
说《刘志丹》的批判。作为政治敏感的诗人、报人,此时他感受到"山
雨欲来风满楼"的气候,邓拓似乎已经做好了思想准备。"久经浅底惊险
滩,何惧深渊起巨霆"两句,既是对自己平生历尽艰险的回顾,也是他
面对即将到来的政治风浪的勇敢宣誓。立场坚定,斩钉截铁。此诗的风
格正像大海波涛一样汹涌澎湃,气吞万里。他的另一首《题〈猎骑图〉》
也气势豪宕:

> 壬寅秋日,喜见溥雪斋先生早年所临赵伯骕人物鞍马卷,精妙墨
> 缘,爱题小诗一绝以志。

> 八尺龙文胆一身,沙场沥血不知春。
> 只今犹有良弓在,游猎归来几路尘。

这是写马,也是写人。小诗容纳了一个伟丈夫的无边胆量和万丈豪
情。他浑身是胆,曾浴血奋战有年。如今雄心犹在,宝刀不老。此诗奔放
之气势真可与苏轼、辛弃疾的豪放词相媲美。

邓拓山水类题画诗多婉丽多姿,格调清新。如1959年所写的《水乡小
景》:

> 万顷绿波自作田,荷风初起鲩鱼鲜。
> 晚来撒网湖中去,摇漾星华落满天。

此诗是为许十明画而作。渔村以水作田,四月荷风起,鱼儿鲜肥,正
是捕鱼之季。但诗人不写捕鱼丰收场面,而写湖光美景,星华倒映水面。
其实,由于前两句的铺垫,这满天星斗,就是满舱鲜鱼。他的另一首七律

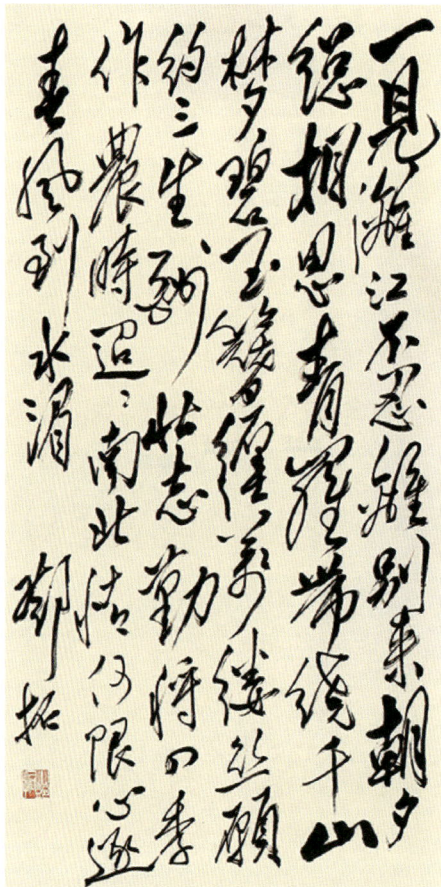

《题〈漓江春〉画页》

《题〈漓江春〉画页》也是其诗风清丽的代表作：

> 一见漓江不忍离，
> 别来朝夕总（一作似）相思。
> 青罗带绕千山梦，
> 碧玉簪缠（一作系）万缕丝。
> 愿约三生酬壮志，
> 勤将四季作农时。
> 迢迢南北情何限，
> 心逐春风到水湄。

这既是一首题画诗，也是诗人的忆旧游之作。1962年2月，作者曾去南方考察，并写下《南游未是草三十一首》。其中的《桂林揽胜》说："浪游到此意留连，叠翠层峰绕市廛。山向苍天挥剑戟，人从洞府晤神仙。夕阳如火林峦醉，曲水长流花月妍。诗思万千消不尽，何如泼墨写云烟。"此诗与《题〈漓江春〉画页》虽然都是写景佳作，风格也极相似，但笔法却不同。题画诗见画而思实景，重在写"思"。首联点出"相思"。颔联承上启下，"千山梦""万缕丝"无一不在"思"。颈联由"思"而生"愿"。尾联总合"思""愿"，"心逐春风"再到漓江。可谓丝丝入扣、结构严谨，较非题画诗似更胜一筹。更为有趣的是，非题画诗由实景想到了泼墨山水画；而题画诗则由画想到实景，由虚而实。这说明有声画与无声诗各有所长。

但是，在邓拓的题画诗中，这样的绮丽之作并不多，往往于清丽之中寓刚健，如1964年的《题画一首》：

　　　大野薄寒天，遥山动晚烟。

　　　轻鸿飞远塞，云水自相连。

　　同是为山水画而起的诗，此诗画面壮美：大野薄天，云水相连；远山含烟，轻鸿高飞。在水光山色中有萧散清健之气。

　　邓拓自 1942 年开始写题画诗起至 1965 年止，长达二十余年。这些诗虽然多为他人画或像而题，但也是一生记者生涯的艺术写照，同时也从一个侧面反映了我国新闻界乃至时代社会发展的历程，所以弥足珍贵。1942年，他有两首题像诗，一为《题聂荣臻同志像》，其诗是："百战长征上太行，幽燕多难马蹄忙。中年边寄纤筹策，谈笑兵戈翰墨场。"另一首是《题像》，其诗是："映水霞光耀眼新，两间一瞥欲无尘。春温秋肃凝冰火，战地烽烟自在人。"这两首诗写的都是金戈铁马中的人，把我们带回了战争年代。而最后一首题画诗写的是和平年代，其诗为《题黄胄〈赛马〉卷》：

　　　一代天骄属少年，青春幸福创新天。

　　　沙场跃马飞鸿影，关塞鸣笳满路烟。

　　　千里长驱无反顾，几回断后着先鞭。

　　　英雄儿女边疆去，倒转乾坤试铁肩。

　　1965 年，画家黄胄画了一幅长卷《赛马》。草原儿女们那龙腾虎跃的无畏气概和争先恐后的勃勃英姿，使邓拓很激动。在战胜了一段时期的重重艰难困苦后，经过三年的调整、巩固、充实、提高，我们的社会主义祖国又跨上了千里骏马，向更宏伟的目标扬鞭奋进了。千千万万中华儿女，响应党中央和毛主席的号召，心怀天下，志在四方，踊跃地走向祖国边疆，誓在那里贡献自己的青春和力量。面对画面上群马奔腾的景象，邓拓想起了自己一年前访问内蒙古大草原的感受，从内心为青年一代的昂扬斗志感到喜悦，于是浮想联翩，挥毫写就此诗。"诗人对社会主义前途、对祖国的明天满怀着热爱和信心。他依旧在充当一名不知疲倦的鼓手，为时代的奔腾脚步擂鼓助威。然而，仅仅过了一年，诽谤和诬蔑就像晴天霹雳似地劈头盖顶而来。……邓拓同志被夺去了笔，夺去了申诉的权利，最后更被夺去了生命。而这首对青年一代寄予满腔豪情的题画诗，竟然成了我们现在能见到的最后绝笔。"[5]

邓拓的诗以七言律、绝见长，尤擅七律。这首七言律诗格律严谨，对仗工整。起承转合，衔接自然。既层层递进、一气呵成，又沉稳妥帖、脉络清晰。它不仅是诗人的绝笔，也是压卷之作。

注　释

〔1〕邓拓：《邓拓书法作品选·序》，中国书店，1987。

〔2〕王必胜：《邓拓评传》，群众出版社，1986，第208-209页。

〔3〕启功：《谈邓拓同志的书法》，载《忆邓拓》，福建人民出版社，1980，第196页。

〔4〕刘孟洪、刘永成：《杰出的功绩　无私的奉献——忆邓拓同志对我国古代书画和文献的研究和收藏》，载《忆邓拓》，福建人民出版社，1980，第156页。

〔5〕袁鹰：《不灭的诗魂——怀邓拓同志和他的诗》，载《邓拓诗词选》，人民文学出版社，1979，第184页。

第七十五章

"新变"后期题画诗

从1978年党的十一届三中全会召开至21世纪初，是属于"新变"的后期。这时期，题画诗创作再度复兴，涌现出一批歌颂新时代的题画佳作，可称为复兴期。从横向看，题画诗的不同品类，如题画诗与题画词曲等的发展也极不平衡，题画诗较多，而题画词曲相对较少。就题画诗而言，为传统绘画的题诗虽占比较大，但却呈衰减之势，而为漫画、画像、照片、塑像类作品的题诗则有大幅增多之势，并渐至繁盛。

第一节　闽中才女刘蘅题画诗

刘蘅（1895—1998），字蕙愔，号修明，室名蕙愔阁。福建闽侯（今属福州）人。刘蘅是民国"福州十才女"之一。她幼年失怙恃，由三位兄长抚养成人。其兄刘元栋早年投身国民革命，加入了同盟会，是黄花岗死难烈士、"福建十杰"之一。在胞兄的影响下，刘蘅对国民革命有朦胧的向往，曾协助革命党人做通讯联络工作以及帮助散发反清传单等。新中国成立后，曾执教于福州业余大学。1952年参加中国美术家协会，1953年被选为福建国画研究会常务理事，1955年被聘为福建省文史研究馆馆员，1987年被选为福建逸仙诗社社长。刘蘅于丹青琴瑟皆独步一时，而诗词更擅闽中闺秀之胜场。她先后师从晚清诗坛

刘蘅

巨匠、同光体闽派的代表人物陈衍与何振岱，所作诗词题材广泛，意趣高远且诗心清妙。她早年研习溥心畬之"北宗画派"，后转入"南宗"，师王蒙、文徵明两家笔法。其作品法度谨严，色调清雅，曾多次参加国内外画展并在多种报刊上发表，颇受好评。

刘蘅绘画作品

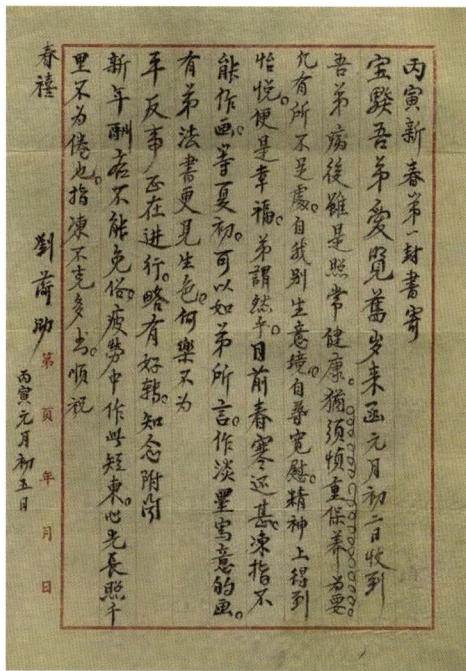

刘蘅书法

刘蘅的诗词名冠一时，深得同光体诸名家的赏识。陈宝琛称赞其诗，"开卷一片清光，写景言情，皆能出以酝藉。闻实受学于何梅生，得所宗矣……诗有山水之音，无脂粉之味也。"[1]陈曾寿在《蕙愔阁诗·序》中说："把读过日，洵足以净我之虑，洗我之尘，引人胜地，叹为未经见也。"[2]何振岱在《蕙愔阁词·序》中也说："蕙愔词笔清妙，较所选（一作撰）古今体诗尤近自然。"[3]由此可见，刘蘅可谓诗词俱佳。

刘蘅题画诗词的风格虽然与其非题画之作基本相同，但也有独到之处。概括地说，即清淡、沉静、苍坚、巧妙。

清与淡是相联系的，唯清才能淡，而淡却未必清，但刘蘅的题画诗词可谓二者兼具。如《自题七十九岁花前小影》：

爱花情不倦，秉性疑独偏。

凉意入早秋，清心合悟禅。

无愁当此际，是否蓬莱仙。

坐倚菊花边，花枝扶两肩。

怎知白发我，不是青春年。

空馀诗几篇，多情岁月镜中天。

诗人爱花，老而情深，痴心不渝，一派天真。诗风清朗，饶有情味。而清又与简相辅相成，正如《与冷月论画》所说：

画成笔墨归于简，意味多从淡处生。

正似参禅空是色，何殊为学敬兼诚。

三隅自反天才备，六法忘诠物理明。

善变粗文为细沈，不求谐俗自峥嵘。

这首诗虽然主要是论画的，但画论与诗论本一体，往往画理即诗理。无论是绘画还是作诗，极简而能概括，极简而能传神。老子在《道德经》中说"大道至简"，莎士比亚言"简洁是智慧的灵魂"。宋人陈骙在《文则》中认为，"事以简为上，言以简为当"。刘勰《文心雕龙》也指出："文以辨洁为能，不以繁缛为巧"。因而简与淡也相联系。刘蘅的题画诗词既简且淡，如《琴调相思引》：

燕酒沾襟晕未消，宵阑欹枕梦琼瑶。西山沉翠，淡日冷鸦巢。 飞屑无声飘古殿，残寒有影落荒郊。旧踪谁省？自写上生绡。

词前小序说："梦旧京晴雪，以淡墨写之，成一小帧。"雪是白的，墨是淡的，而诗味也极清淡，但淡而有味，诗味清长。张大千在他的题跋中曾说："闭门学种菜，识得菜根香。撇却荤膻物，淡中滋味长。"刘蘅此诗便是一首"淡中滋味长"的好诗。它只用淡笔写了当年诗人在旧京的几个小细节，便让人品味到酒之芳香、雪之洁白，那西山之"沉翠"，淡日之冷巢，尽收眼底，似乎能听到"无声"之"飞屑"，感受到"残寒"之清凉。因此，淡是本位，淡是回归，唯有淡才能显出生活之真味。诗人深谙此理，才能写出如此清淡之诗。

　　刘蘅题画诗词的第二个特点是沉静。沉静由淡定而来，只有内心淡定，其诗词的沉静特点才能显现。试看《瑞鹤仙·自题香山松上弹琴小影》：

　　　　颓云依古树。看绿润凉襟，四围山气。峰高逼天纬。望浮图遥矗，梵缘先缔。扶筇涉翠，趁几尺、斜晖未坠。敛真禅、乍入趺趺，膝上一张焦尾。　　幽暨。松阴开合，鸟影低徊，素弦初理。残寒褒指。流泉逆，玉徽里。念青禽消息，空中如接，不负焚香叩齿。自凝听、弦外余音，尚流烟际。

　　这里虽有素弦响、流泉逆，但以动衬静，正所谓"鸟鸣山更幽"。但是，沉静并不等同死寂。它有时是轰轰烈烈后的一种状态，或美好记忆的一种回想，因而静也当是响亮悦耳的。

　　刘蘅题画诗词中这种沉静特点的形成，除了她一生淡泊名利，心态决定状态外，还有另外两个因素：一是环境因素。何振岱说："（刘蘅）茸楼以居，力蠲俗事，惟莳花种竹，拥书习静为娱。"一是喜参禅。刘蘅平生礼佛，常打坐入定。这在其《玉泉寻梦图题后》等多首诗中都有描写、体现。

　　如果说清淡、沉静的特点所形成的艺术风格是婉转含蓄的话，那么其苍坚的特点所呈现的风格却是遒劲、豪壮。如《八声甘州·题扴庵先生蛰园勘词图》：

　　　　怅神州八表正昏昏，珠光烂当前。念湘江人渺，滋兰芳绪，一脉犹连。收拾谁家凄怨，写上衍波笺。恨泪无消处，付与啼鹃。　　我也欲将清梦，谱江城玉笛，吹傍梅边。试凭高眺远，黯黯尽寒烟。向平沙、招来鸥鹭，且漫言、解忆旧词仙。曾知否、水西庄外，花月年年。

　　这首词大约写于20世纪30—40年代。当时生灵涂炭，八表昏昏。词人看图生感，心情悲怆。但意境苍健，自有豪宕之气溢于词表，所谓"于婉妙中时见苍坚，风骨更上，工力益深"[4]。也正如陈宝琛所评："有山水之音，无脂粉之味也。"

巧妙，也是刘蘅题画诗词的突出特点。其意有二：

一是构思巧妙，不寻常路。如《题画》：

> 当今多处建楼台，闻道牛山有栋材。
>
> 采伐争先谋泄秘，牛山惊避画中来。

此诗当为一幅牛山画而题，诗人不寻常习，去吟咏山水之美景，而是把矛头暗指为建楼台馆所而乱砍滥伐者。诗中说采伐者的秘谋被泄，吓得"牛山"上的树木不得已而逃避画中。

二是文字运用上的巧妙。这主要是炼字的功夫。正如许承尧所评："蕙愔女士诗笔清妙，昔岁见示，即曾标其俊句，谓玄寄超悟，夙慧过人。"[5]这样的"俊句"在《蕙愔阁诗词》中几乎随处可见。如《画余戏题》：

> 春萝蒙墙碧有光，深深竹径笼夕阳。
>
> 风回绿上门前柳，叶嫩烟轻枝欲飏。
>
> 窗中有女调弦索，指下无声心更伤。
>
> 商量更画长川水，切莫伤心画离黍。
>
> 画成自赏还自嗟，毫端楼阁知谁家？杜陵广厦今犹赊。

此诗作于日寇侵华时期。诗人于写景、绘画中"无声"地表达了自己的亡国之痛，并深为"杜陵广厦今犹赊"而嗟叹。此诗不仅家国情怀令人感佩，而且文字之高妙也可称道。"绿上门前柳"中一"上"字，将"绿"人格化，并点出春之到来，而"叶嫩烟轻"方使柳枝"欲上飏"。栩栩如生，跃然纸上。又如《浣溪沙·自写〈溪桥暝色图〉》：

> 野趣萧然见晚樵。闲挑暝色过溪桥。桥西风外酒帘飘。　　篱落青苔无屦迹，林阴丸墨是鸦巢。夕阳红晕碧桃梢。

《溪桥暝色图》画的是暝色笼罩下的溪桥景物，其形象朦胧难捉，但诗人抓住"暝色"两字，使人读词如见其画。其中一"挑"字尤见功力。它既写出此时溪桥模糊之状，又点出词人过桥时仔细辨识之形，将"暝色"形象化、立体化，可谓运笔之高妙。又如《摹文徵明画本并题》中"渔笛不知归路晚，吹残斜日下高峰"的"吹"字，本是写"渔笛"的，但诗人却将它"移"来，吹得"斜日下高峰"，既写时间之流逝，又写出吹笛者之忘情而"不知归路晚"，极见诗人炼字琢句之巧妙。

刘蘅享年103岁，一生从事诗、书、画创作，直至100岁。她在1989年6月，参加福建省文史研究馆组织的鼓岭读书会，住地有十人合抱之寿树柳杉。诗人即兴绘《柳杉王》一幅并题诗。其诗是：

> 东风不负柳杉王，根托闽疆得地良。
>
> 卓立撑云怀远志，凭虚遮日布清凉。
>
> 大材兼有千年寿，浓绿凝含六月霜。
>
> 物理天时难审问，画家弄墨费平章。

写此诗时，诗人已95岁高龄，这是她的题画诗压卷之作，也当是中国题画诗发展史上题画诗人在最高龄时留下的题画作品，很值得珍惜、重视。

刘蘅一生笔耕不辍，不仅给我们留下了许多诗词佳作和书画精品，而且为我们提供了宝贵经验。其中，至少有两点可资借鉴：其一，对艺术的热爱是她成功的前提。因为热爱，所以一直坚持。她早年因病切除子宫，因不能生育，丈夫另立侧室。这些不幸与痛苦并未动摇过她对艺术的执着信念，反而激励她自立自强，视艺术为生命，至年既老而不衰。其二，对生活的热爱，是鼓舞她前行的风帆。刘蘅性情通达而乐观，"胸无俗虑，笔无点尘"[6]，不为俗嗜所染，笑对人生。年近八旬，仍不知老之已至。她在诗中说："怎知白发我，不是青春年。"由于她热爱生活，年近百岁仍积极参加社会活动。1989年9月，福建省文史研究馆组织旅游画展，往游泉州。其时她目已近盲，仍心不服老，兴趣盎然，并作诗一首。诗中说："管领秋光率意游，一车书画赴泉州。沿途美景能消受，百岁余生且少留。"

热爱艺术，热爱生活，造就了这位长寿的题画诗人，也成就了中国题画诗发展史上的一段佳话。

第二节 名媛张充和题画诗

以书法和昆曲著称的张充和，也是一位画家和题画诗人。她活跃在20世纪30—40年代的艺苑，1949年1月随丈夫——德裔美籍学者傅汉思——赴美定居。因此，她当算我国近代名媛。

张充和

张充和（1914—2015），生于上海，少年时在安徽合肥老家接受传统教育。1934年考入北京大学国文系。曾任职于《中央日报》、教育部音乐教育委员会。1947年，应北京大学之邀，讲授书法和昆曲。移居美国后，于1962年受聘于耶鲁大学美术学院，讲授中国书法。擅长诗词、书画、昆曲，并长期担任美国海外昆曲社顾问。有《张充和诗书画选》等。

全面抗战爆发后，张充和流寓西南，在重庆的教育部下属礼乐馆工作，首次展示其书法艺术，受到好评，又因她大方而热情，所以很有人缘。西南科教界人才云集，她广结师友。她与知名人士章士钊、沈尹默等相互唱和诗词，并正式拜沈尹默为师，从此书法和诗词创作大有长进。在此期间，她与曲人的交往更为频繁。她曾得到著名曲学大师吴梅的教诲，并和吴梅的弟子卢前、四川大学教授龚圣俞、西南联大教授罗常培等一起唱曲或演昆剧。张充和早在北京大学学习期间就不舍对昆曲的追求，曾不时和弟弟宗和参加曲友们的演出活动，甚至到青岛去拍曲，小有名声。加之她端庄秀丽，才华横溢，因此周围不乏"粉丝"和追求者。不过，她的"粉丝"绝非等闲之辈，大多为大学教授和社会名流。他们所倾慕的也不只是她姣好的面容和优美的昆曲

唱腔，而主要是她超凡的才华。并且追求的方式也极为理性和含蓄，一般表现为诗词唱和、书画酬赠，具有高雅的人文情怀。这与当下某些追星族的盲目和疯狂不可同日而语。在张充和的众多追求者中，当时的诗人、后来的著名学者卞之琳是最执着的一位。

他先是在北大校园里见过张充和，后来又在沈从文家中碰见过她（张充和的三姐兆和嫁给沈从文）。从那时起，他就一直给张充和写信，多达一百余封，从此便苦恋了几十年。卞之琳先在四川大学教书，后来到西南联大任教，他与张充和在昆明相遇。卞之琳著名诗篇《断章》大约就写在此时："你站在桥上看风景，看风景的人在楼上看你。明月装饰了你的窗子，你装饰了别人的梦。"据说此诗就是为张充和写的。诗中的那个"你"，就是张充和。对此，张充和却说这是一个"无中生有的爱情故事，说'苦恋'都有点勉强"。又说："他从来没有认真跟我表白过，写信说的也只是日常普通的事，只是写得有些啰唆。"1936年，张充和因病辍学回苏州休养，卞之琳回故乡奔丧后曾去苏州探视张充和，在张家还住了几天。1937年，他把自己的诗作编成《装饰集》，手抄一册，题献给张充和。张充和用银粉抄录了《断章》等7首诗。但最终这颗爱情的种子仍旧没有发芽。张充和的四弟宇和曾回忆说："当年在成都，四川大学的几位热心教授，给卞之琳帮忙，定期设宴，邀请四姐出席。四姐讨厌这些，一气之下悄悄离家出走，独自一人上青城山为上青宫道院题写诗作。"然

张充和与卞之琳唯——张合影

而，痴情的卞之琳一直等到1955年才成家。2000年，他带着遗恨与世长辞。诗人周良沛在悼念卞之琳的文章中说："他与张家小姐诗化的浪漫，在圈内早是公开的秘密。看着说话做事总是认真得不能不感到严肃的他，是没有勇气开口谈这些事的。有次偶尔谈到《十年诗草》张家小姐为他题写的书名……他突然神采焕发了，不容别人插嘴，完全是诗意地描述她家门

第的书香、学养，以及跟她的美丽一般的开朗、洒脱于闺秀的典雅之书法、诗词。这使我深深感动他那诗意的陶醉。"直到卞之琳离开这个世界，他的痴情和含蓄都不曾更改。

张充和不仅以书法、昆曲名世，诗词也作得很好。其题画诗词清新典雅，有大家闺秀之风范。沈尹默曾以"词旨清新，无纤毫俗尘"来评价她的诗词。如《题谷翁九曲屏杜鹃》：

> 云涛载梦逐无涯，啼遍山红日已斜。
>
> 最是无声声外意，卧游争若早还家。

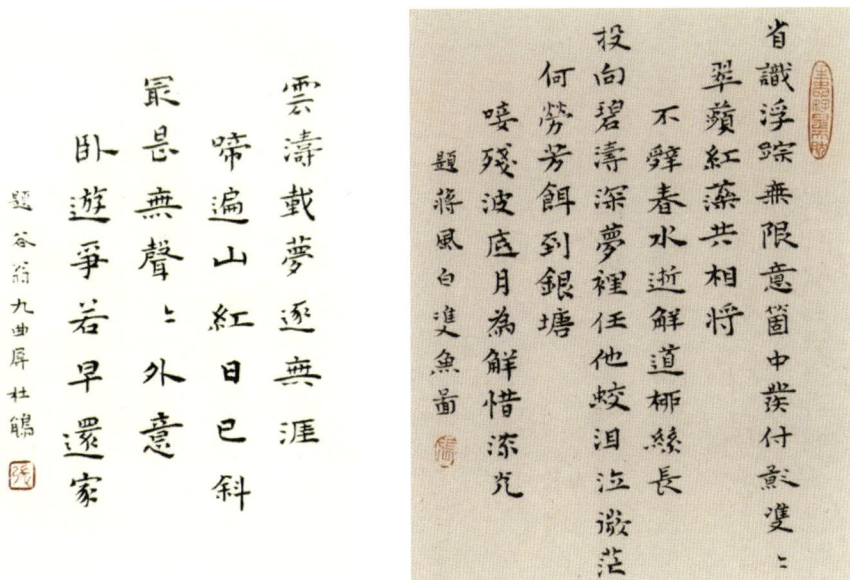

《题谷翁九曲屏杜鹃》

《临江仙·题蒋风白〈双鱼图〉》

这是诗人应罗忼烈所嘱，为他人所作的题画诗。全诗紧扣画中杜鹃，既联想到满山之红花，又写啼血之杜鹃鸟。杜鹃常常鸣叫"不如归去"，而如今无声胜有声，其思乡之意不言自明。另一首题画词《临江仙·题蒋风白〈双鱼图〉》也饶有情趣：

> 省识浮踪无限意，个中发付影双双。翠蘋红藻共相将。不辞春水逝，却爱柳丝长。　　投向碧涛深梦里，任他蛟泪泣微茫。何劳芳饵到银塘。噗残波底月，为解惜流光。

蒋风白，是四川北碚（今重庆北碚）的一个青年画家，以卖画养家，常请名人为其画题诗以增值。这首词由"双鱼"而生感，题旨是"惜流光"。词人以鱼喻人，写鱼之"浮踪无限"，有自伤之意，而其不为"芳饵"所诱，既赞画家之情操，也抒自家之怀抱，寄意深远。其名句"不辞春水逝，却爱柳丝长"，又作"不辞春水逝，解道柳丝长"，但似不如前句好。前句对比鲜明，不仅把流光易逝、鱼儿爱春水之意表现俱足，而且余味悠长、耐人回味。

在张充和的诗书画生涯中，极富戏剧性和文人雅趣的，是她一生中所作的唯一一幅人物画《仕女图》。

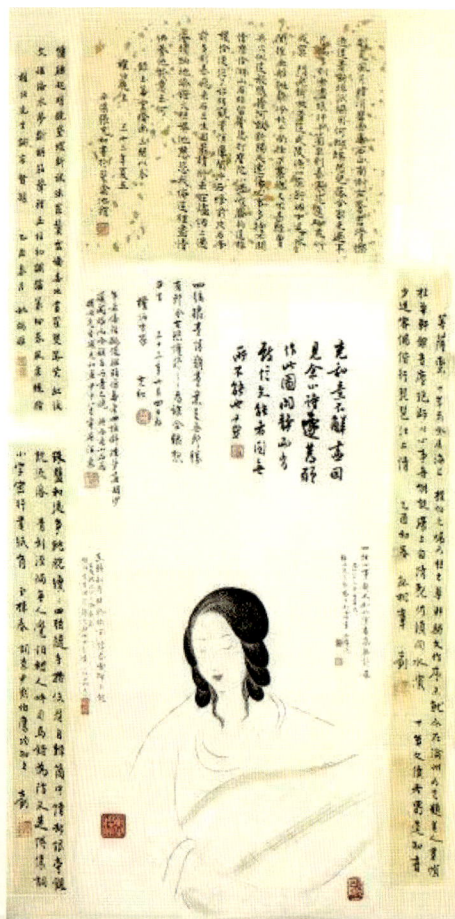

《仕女图》

1944年6月，张充和因事由北碚乘车路经歌乐山看望沈尹默，见其纸条上写有近作七绝："四弦拨尽情难尽，意足无声胜有声。今古悲欢终了了，为谁合眼想平生。"张充和见诗生情，很快便画了这幅《仕女图》。这虽是她第一次试作人物画，但由于她书法功夫好，文化涵养深，所以下笔不凡，画面上静谧的气息也颇能为沈尹默的诗句"为谁合眼想平生"传神。画幅上方诗塘有张充和为郑泉白书写的小楷《玉茗堂·拾画》三阕。这是现存少数几件张充和在重庆时期的小楷作品之一，是研究她书风演变的重要资料。画面和裱边上还有八则题跋。仕女上方有张充和的题字，写的是沈尹默的原诗。书体是行草，自由流畅。张充和的字旁是沈尹默的题跋："充和素不解画，因见余小诗，遂发愿作此图，闲静而有致，信知能者固无所不能也。"其他题跋者还有章士钊、汪东、乔大壮、姚鹓雏、潘伯鹰等。

章士钊的一首题词《玉楼春》是：

> 珠盘和泪争跳脱，续续四弦随手拨。低眉自辨个中情，却恨旁观说流落。　　青衫湿遍无人觉，怕被人呼司马错。为防又是懊侬词，小字密行书纸角。

词后作者自注："词意尹默、伯鹰均知之。"所谓"词意"，是指1940年张充和在重庆主演昆曲《游园惊梦》，章士钊曾赋七律一首志感。诗中将流寓重庆的张充和比作流落异乡的蔡文姬，张充和以为不妥，并当面有微词。章词中的"为防又是懊侬词"，即指被张责怪一事。然而世事难料，若干年后张充和果然离开故土，旅居异邦，竟被当年章士钊的词句言中。

这幅《仕女图》及其题跋的结局更富戏剧性。此画原由郑肇经收藏，十年动乱中散佚。许多诗画家都为之惋惜。著名国际画家王令闻女士特别偏爱仕女画，一向以仕女画著称，于是她便于1991年为张充和画了一幅《仕女图》，以补丢失原《仕女图》的缺憾。1981年，郑肇经与张充和通信，言及此事，并希望能将《仕女图》的照片复印一两份寄来。张充和按信便将《仕女图》照片放大，系以小令三首寄出。其中的《玉楼春》是：

> 新词一语真成谶，谶得风烟人去汉。当时一味恼孤桐，回首阑珊筵已散。　　茫茫夜色今方旦，万里鱼笺来此岸。墨花艳艳泛春风，人与霜毫同雅健。

词中的"孤桐"，是章士钊的别号。如今章士钊当年的诗却成谶语，她真的万里风烟来到异国他乡，似不该再"恼孤桐"了。并且，"回首阑珊筵已散"，《仕女图》也不知流落何方。而令人想不到的是，就在王令闻女士重绘《仕女图》的1991年，张充和的《仕女图》竟出现在苏州的拍卖场上。后来，经其五弟寰和的帮助，她终于以高价买回此图。对此，张充和感慨不已，按惯例本应写诗纪念，但想到题词的人、收藏的人都已寂寂长往，没有一个当时人可共欢喜，她喉头哽哽，心头重重，再也写不出一句诗来。

围绕《仕女图》所发生的故事，颇具耐人寻味的特点。

其一，在《仕女图》上，不仅有画家亲自抄录的产生这幅诗意图的原诗，还有诗的作者沈尹默书写的题跋。在古代，画家以前人诗意作画较为常见，但画家以当代诗人的近作绘画，而诗的作者又题写赞美之词，却极为少见。

其二，此画绘成之后，为之题跋者众多，不仅有常见的诗词，而且有极不常见的曲词。将诗、词、曲同写于一幅画上，古今也少见。

其三，画家自己在画幅上题写诗词所用的书体，既有行草，又有小楷。而别人题跋的书体，更是异彩纷呈，几同一次书展。这在古今文化史上也不多见。

其四，在这幅画上，画家还抄录了昆剧《牡丹亭》中《玉茗堂·拾画》一出的三阕曲词，即《好事近》《锦缠道》《千秋岁》。这并不是画家随意而为，一是这些曲牌与画有关，二是曲词的内容也是写"断肠人远，伤心事多"，这与《仕女图》中仕女"合眼想平生"也相吻合。而更有意思的是，通过将这三阕曲词抄录于画上，便把昆曲艺术融于画境，使画与曲完美结合，真正体现了这位以昆曲名世的画家的特质。

其五，虽然古人在晚年为自己早年的画作补诗不乏先例，但像张充和这样为自己近四十年以前的画作照片题词，其相隔时间之长，在中国题画诗发展史上也是绝无仅有的。

其六，在《仕女图》原作丢失之后，又有人补画《仕女图》，而就在同一年，张充和丢失的《仕女图》又物归原主，其戏剧性和巧合性堪称中国文化史上的佳话。

第三节 书法名家刘夜烽题画诗

刘夜烽（1920—2004），江苏宝应人。原名文忱，字蕙风，笔名夜烽、抑烽，别号樵园、竹庐、暗香室主人、无半车书斋主人。幼年从父刘晓生学习诗词、书法。1935年入扬州国学专修学校读书，师从张毕父学篆书，师从薛青萍学诗词。1938年参加革命后，在家乡从事地下工作。新中国成立后，曾任安徽省巢湖地区党校副校长、南陵县委书记、安徽省委宣传部办公室主任、安徽省文化局副局长等。

刘夜烽

其书法始学欧阳询、苏轼，继学汉魏碑帖。1961年后专攻隶书，所作得力于《张迁碑》与《泰山金刚经》，笔墨厚重，结体方正，以雄强古拙为主，兼有秀润挺拔之致。运笔方圆并举，融有篆、隶、草笔意。其作品多次在《人民日报》（海外版）、《光明日报》、《书法》杂志发表，被收入《中国现代书法选》《名家墨迹》《当代书法名家作品选》等。

刘夜烽书法作品

刘夜烽亦作篆刻绘画，尤喜画梅，偶作竹、莲等。工诗词，自1961年以来发表诗词作品千余首，其中有些被收入《当代名人咏黄山》《中国当

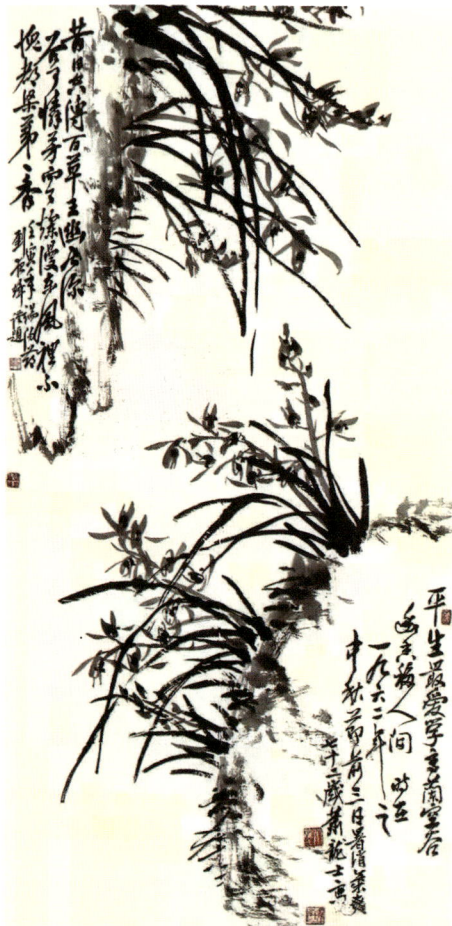

《空谷幽香移人间图》

代诗词选》等。

历任中国书法家协会第一、二届委员会理事，中国书法家协会安徽分会副主席、名誉主席，中华诗词学会常务理事，安徽省文联顾问，安徽省诗词学会会长，安徽书法函授学院名誉院长，国家一级美术师。

编著有《黄山诗选》《李白及其诗歌》《诗学门径》《夜烽诗词选》等。

刘夜烽十岁能诗，一生创作诗词2000余首，其中有许多题画之作。他的题画诗最突出的特点，是极富时代气息，并且对时代气息的表现手法极其巧妙。它往往与画本身的意蕴有机结合，毫无生硬之感，更无牵强附会之嫌。其方法之一是利用历史典实以达意，如《题唐开元宫人"战袍题诗"图》：

战袍絮就漏声长，搁管低吟墨数行。

寄语天涯征戍客，休教胡马度边疆。

唐代开元宫人《"战袍题诗"图》系当代画家唐玄、孔小瑜所作。其本事是，据《全唐文》载，玄宗开元年间，有一位宫女创作了一首五言律诗。其诗为："沙场征戍客，寒苦若为眠。战袍经手作，知落阿谁边？蓄意多添线，含情更著绵。今生已过也，结取后生缘。"此诗平铺直叙，明白易懂。末两句表达了宫女的哀怨之情和对自由爱情之向往。后来这首藏在棉衣里的诗被得到棉衣的士兵发现并上报主帅，主帅又奏唐玄宗。唐玄宗怜悯写诗的宫女，并把她嫁给了得诗的士兵。于是"后生缘"便变成了"今生缘"，成为一段佳话。诗人借此典生意，由"战袍"而想到"时印度正欲犯我边疆"，于是道出"休教胡马度边疆"的爱国誓言。

其方法之二是，利用植物本身的民俗特点以达意，如《题画竹》：

> 风姿潇洒碧琅玕，节直心虚耐岁寒。
>
> 天喜晴和人厌乱，愿君日日报平安！

此诗作于1983年，政治形势和国民经济正在好转。诗人显然是要大家珍惜来之不易的安定局面，并希望生活日益美好。竹，素有可报平安之民俗。所以诗人借以寄意。但在不同的社会背景下，诗人对竹也有不同的期许，他在《题画竹二首》其二中又说："殷勤寄语碧琅玕，万事长宜放眼看。尘海风云多变幻，岂能一味报平安！"此诗大约作于1961年至1963年间，此时不仅国内经济困难，国际反华势力也甚嚣尘上，诗人面对"尘海风云多变幻"的形势，冷静地告诫不可"一味报平安！"发人深醒。

其方法之三是，利用自然景观以达意，如《题黄山人字瀑图》：

> 烟云蔼蔼数峰青，千尺飞泉白似银。
>
> 山水也知谁是主，故书"人"字属人民。

又如《题黄山猴子观太平图》：

> 一阵惊风草木鸣，漫天云雾障晴明。
>
> 猕猴不识风云势，犹向峰头乞太平。

猴子望太平，本是黄山一处奇石景观。诗人见景而另生心意，联系"时国际上帝国及反动派正进行反华大合唱"（诗前小序语）的政治形势，而告诫人们要坚持以斗争求胜利，不可一味向敌人乞求和平。切时，切地，十分妥帖而巧妙。

其方法之四是，借助花卉之名或属性以达意。为花卉画题诗，自古以来常用以表现家国情怀，刘夜烽也是如此，如《题画金银花》：

枝藤环绕竹篱笆，满院清香二色花。

莫道金银归富有，今朝开遍万民家。

金银花，正名为忍冬。"金银花"一名出自《本草纲目》，初开为白色，后转为黄色，因此而得名。又称二色花藤。此花本为药材，但诗人却借其名而寓意，歌颂改革开放后万民富裕的新生活。又如《题画木兰花》：

木兰洲上白霓裳，素艳临风冉冉香。

本是英雄巾帼种，一枝宜赠李双双。

诗人由木兰花的"木兰"两字想到巾帼英雄花木兰，又由花木兰想到当时正上映的电影《李双双》，于是将木兰花与英雄花木兰、当代模范人物同咏，既不觉牵强，又含蓄有趣。

刘勰说："登山则情满于山，观海则意溢于海。"[7] 刘夜烽的题画诗之所以能看到画中景物而生家国之思，实由于其心中永远装着国家和人民。他弱冠即参加革命，新中国成立后，无论做领导还是做一般干部，他都热爱党的事业，热爱社会主义，心中充满了对国家、人民热爱的激情。因此，"他的诗词作品，在感情上力求与人民合拍。"[8] 看到《画榆荚》，他便题诗说："浓荫密叶大堤边，荚雨飘飘个个圆。今日更生凭自力，何劳沿路散青钱？"看到《画蔬菜》，又说："雨后园蔬绿满筐，盘飧毋忘菜根香。休嫌清淡无多味，歉岁曾经助半粮。"[9] 不仅想到"嚼得菜根，百事可为"的名言，而且想到三年经济困难时期，因缺粮曾用"瓜菜代"[10] 的艰苦生活，可见思虑之广远。

由于他能坚持自己的崇高理想，即使在"四人帮"横行的"文革"时期，他也不怨天尤人，而是乐观面对，在《题画雁来红》中说："北雁来时红映天，风摧霜打更鲜妍。劝君莫漫轻秋草，老去犹能号少年。"[11] 刘夜烽曾说："现代人如何运用诗词反映现实生活，使其既具有时代气息而又不失诗味，实为一大难题。"[12] 而运用题材极为有限的题画诗词反映丰富多彩又千变万化的现实生活，更是难上加难。刘夜烽以他的创作实践为我们提供了一些可资参考的经验，即掌握好三"点"：第一点，是创作的出发点，首先要明确创作的目的，要有意识地去实践文艺为人民服务、为社会主义服务的宗旨。刘夜烽的题画诗词或记事，或咏怀，或写景，或赠答，无不以时代感情为感情，无不以人民愿望为愿望[13]。这正是他明确了创作出发点所致。如在《题池塘青蛙图》时，诗人首先想到的是要借以歌颂新生活，所以对蛙鸣说"作不平鸣事已过"，而引入"蛙鼓蚓笛"之典，使其为"山川今更好"而欢歌。第二点，是要找到所咏之物与所寄之意或本体与喻体的相似点。如作者1976年所作的《自题画梅》：

> 晴天霹雳大星沉，雾惨云愁月色昏。
> 梅蕊也知人世恸，一身缟素吊忠魂。

诗前小序说："元月八日周总理溘然逝世，悲恸不已，含泪挥毫画梅一幅，以寄哀思。"此诗首两句多处设喻，主要凸显梅花的形象。诗人不仅以梅花之冰清玉洁比拟周总理之崇高人格，还以其"一身缟素"为总理吊悼，以增举国之哀伤。这里的"大星"，既暗合古代相星术，又与总理永远闪光的形象极为相似；"月色昏"，与当时的政治气氛恰好相应。所以，像这样反映重大政治事件的题画诗读来并不觉抽象空洞，而是有景有情、有韵有味，极富感染力，在艺术上达到了很高境界。第三点，是选好切入点。这也是至关重要的一点，否则无论出发点多好，寓意多高妙，如果找不到或找不好切入点，也难以达到创作目的。如《题画松》：

> 岁末天寒百尺松，虬枝飞舞欲腾空。
> 为甘负雪排烟雨，纵使风来不化龙。

自古以来，松的象征与寓意很多，如象征坚韧不拔、百折不挠的精神，象征积极向上、坚强不屈、不向困难低头以及向往光明的崇高品格。此外，左思《咏史》中的"涧底松"还比喻才高位卑之寒士等。而诗人选取苍松甘负寒雪，为人"排烟雨"的特点，赞其勇于担当的精神，这也正是《周易》中所称道的"君子以厚德载物"之高尚品质。因此，对于咏物类题画诗而言，选取切入点十分重要。

此外，刘夜烽还有几首悼亡的题画诗，也有情有味，颇为感人，如《画梅纪念亡妻逝世十六周年》：

一九四一年，亡妻吴坚在上海就读，余曾寄一诗，有"何妨清瘦似梅花"之句。回思往事，萦怀不已，爰作梅花以纪念之。

芳华绝世锦江春，憔悴花枝已作尘。

漫道玉消烟月冷，余香常在梦中闻。

吴坚，字元庄，诗人，曾师事于著名诗人丁宁。她与刘夜烽可谓知音，早在1940年就常与之唱和，并一起从事革命活动。刘夜烽在《悼亡妻吴坚同志八首》其三中说："未酬壮志竟伤身，革命行中少一人。记得同舟风雨夜，芦丛转战到更深。"共同的革命经历，结下了深厚的战友情和夫妻情。而年仅44岁的妻子过早地离开人世，不能不给他留下深深的痛惜和思念。此诗既赞美爱妻如寒梅之高洁，又抒发了不尽的怀念之情。语短情长，感人至深。

第四节　当代杰出诗人李汝伦题画诗

李汝伦（1930—2010），男，汉族，吉林扶余人。中国作家协会会员，民盟成员，广东中华诗词学会常务副会长。1949年入东北大学文学院学习并开始文学创作。1953年毕业于东北师范大学中文系。1956年参加工作，历任中学教师，市文委干部，广东作家协会文艺创作研究室副主任，杂文创作委员会副主任，中华诗词学会副会长，《当代诗词》主编，广东省作家协会《作品》副主编，编审。

李汝伦

他曾两次获得广东省"鲁迅文学奖"。2008年5月，获得由中国诗词研究院颁发的全国唯一的"中华诗词终身成就奖"；同年8月，获得国际炎黄文化研究会颁发的龙文化金奖；12月20日，获得中华诗词学会颁发的"中华诗词终身成就奖"。这是新中国成立以来颁发的诗词创作的最高奖项，也是首次。

李汝伦诗歌的特色主要有四点:一是关注社会民生,这一类题材在李诗中占有很大的比例。二是对人生的感悟,其作品感悟人生之深刻,读来令人难忘。三是赞美师友情深,他在这些诗中以诗代文,情意深深。此类诗作在他的诗集中占了很大比重。四是热衷国粹,在他的诗集中有不少关于京剧的诗,充盈着对京剧艺术的深情。

著有《杜诗论稿》《种瓜得豆集》《性灵草》《旧瓶·新酒·辩护词》《当代诗词研讨文集》《蜂蝶无缘》《紫玉箫二集》《李汝伦作品选粹》《李汝伦杂文选粹》等。

李经纶说:"李汝伦是当代诗词界中令我心折的几个人之一。他似乎是一个天生的诗人,一个多情种。他的大量高质之作,以其扛鼎之力,给当代诗坛增添了生气,发出夺目的异彩,耸起一座诗的巍巍高峰。人间杰出诗人的出现,往往是一个时代诗歌水平的标志。"[14] 从这个意义上说,李汝伦当是这种标志之一。

李汝伦是当代诗词界的杰出代表,他的题画诗词同样是中国当代题画诗词的佳品。他往往以幽默风趣、寓尖锐讽刺见长,或含泪以微笑,或寓沉痛于谑谐。虽然有时不免郁勃、愤怒,但心肠总是热的。如《西江月·题方唐漫画〈回想〉》:

> 万木千林伐尽,春光不住葱茏。树墩寂寞坐诸翁,爱续当年雅梦。　　瘦骨枝悬独鸟,铁笼瑟瑟迎风。多来米法索拉中,生态平衡断送。

这首词描绘了"万木千林伐尽"的惨状:寂寞的老翁坐在树墩上回忆往昔一派葱茏的"雅梦"。如今陪伴他的只有铁笼中的"独鸟"在风中瑟瑟发抖。写鸟也是写人,更是对砍伐者的无声控诉。

如果说此诗只是对破坏自然生态现象进行针砭的话,那么他的《刘耦生〈百虎图〉歌》的讽刺锋芒,则刺向更多丑态:

> 耦生馈致长画幅,画中打面风粗鲁。
> 蓦然腿抖心突突,斗室居然围百虎。

腰无熊渠子之没羽箭，手无黑旋风之黑板斧。

景阳岗上无我胆，十多大碗二郎武。

齿交嗑嗑前致辞：体缺肥厚包瘦骨。

虎曰知君弱书生，滋味不过酸豆腐。

余等皆为美食家，缴首诗儿免食汝。

只许颂德兼歌功，体裁任凭律或古。

我道应制非可长，秃笔不擅细腰舞。

感公不吞不嚼意，小可敢辞作诗苦！

公等山林为行藏，自由之国百兽王。

松涛有乐鸟有簧，高天伞盖石榻床，溪水春醅苍崖墙。

一跃风随神扬扬，跃到人间成豪强。

不着红装着武装，虎臣虎将驰沙场，捉得狐兔交皇粮。

虎痴许褚脱星当，蜀汉关张赵马黄。

窈窕为之披霓裳，封侯赐爵挂勋章。

虎而冠者吾不详，冠而虎者见平常。

攘攘熙熙聚敛忙，握符逐鹿坐庙堂。

噫，吁，嘘，苛政猛于虎之殃，妇人荒山泪断肠。

更有狡狐假威光，奸宄奴才为主伥。

此事虎曰太荒唐，岂需鬼物来相帮，

愚人莫犯吾发芒，人若犯我当馔尝。

生态平衡绩煌煌，食劣吞卑留刚强。

虎兮虎兮堪流芳，仁兽之名未可忘。

《聊斋》卷里曾表彰，松龄惜未寿而康。

颂歌唱起收难了，诗人虎前纷拜倒。

虎臀略如马屁拍，虎髯谁敢试一挠。

山林大烧而滥伐，公等领地日蹙小。

虎骨坚挺虎皮妍，猎户获之当稀宝。

浸之乙醇可壮阳，披之诸兽逃夭夭。

非鳏即寡婚姻难，独生一个也难保。

兄弟袍泽关图圄，无期之刑胃无饱。

前岁我作曼谷游，鳄鱼湖园虎已老。

铁锁加项匐伏之，风雨骄阳昏到晓。

遭缚还遭叭儿吠，林泉梦断长林杪。

傻瓜相机争咔嚓，人虎合照美个鸟。

我思纵之山乡里，敌人岂不尝镣铐。

休为膝下悲空虚，虎子虎孙人间找。

为公叹息倍伤神，所见多矣难具陈。

百虎泣下数行苦，哀我族类同轻尘。

故园有路归魂魄，骨肉天涯共沉沦。

感戴先生能爱物，先生胸头揣个仁。

可堪商品大潮涌，一颗仁心值几文？

不如大款一口烟，不及小姐一点唇。

春光一缕千金夜，绿酒红包权力门。

刘氏藕生多高义，问苦敢与虎比邻。

保护区开宣纸上，长吼声自画中闻。

行扑眠坐纷百态，怨怒气多出岫云。

淋漓意匠泼浩淼，肖公形象蓄公魂。

诸公遗照凌烟阁，百家姓外郡望新。

伤心百虎返画图，世间几个同情人？

这首诗写得很别致，先写画中之虎突然跳出画面，似要吃人。他只好"前致辞"求饶。虎嫌他"体缺肥厚包瘦骨"，而允其缴一首"颂德兼歌功"的好诗而饶他一命。于是他便唱起了对虎的"颂歌"。在这些"颂歌"中，既有虎的不可一世之威风，也有虎的无家可归之忧伤。而诗人的讽喻对象也一一被揭出，并对其加以鞭挞。然后转入对画家刘耦生的赞许："感戴先生能爱物，先生胸头揣个仁。可怜商品大潮涌，一颗仁心值几文？不如大款一口烟，不及小姐一点唇。"最后"伤心百虎返画图"，给我们留下了无尽的思考。

与这首诗不同，《京剧诗、文、画、书、印三十首》之一的《武松与潘金莲》则充满了柔肠与谐谑："盆中炭火妙文章，纤手儿拨拨弄弄忙，却热不成对，旺不成双。'叔叔要有心，嫂嫂有情肠！'小杯杯怎比大碗量，叫汉子敢过景阳冈。拳头不打象牙床，这出戏，该重唱。 也莫说潘氏淫兼荡，生就花儿相，该有春风暖雨供伊享，老天欠伊一笔风流账。也休云封建武二郎，绿头巾怎忍抛给亲兄长！这幅丹青，男可敬，女堪谅。"诗人一改其他讽喻诗之严苛，对"淫兼荡"的潘氏网开一面，寄予同情，并说"这出戏，该重唱"，体现了他不同于世俗的妇女观。

在李汝伦的题画诗中，为塑像而题的诗占有较大比重，有十余首。这些题塑像诗虽然主题有别，但都饶有情味，如《莫愁湖写莫愁女塑像》：

> 少小诗中识绰约，相迎今日情不薄。
> 六朝烟雨秦淮讴，胜棋楼敲灯花落。
> 风尘一去郁金堂，少妇心事荷花托。
> 访客多是劫余灰，廿二年中我萧索。
> 块垒积为层岩堆，汲取湖光胸头濯。
> 伊道湖有愁千缸，骚人濯之愁更作。
> 畏尔游士愁难禁，频将朱唇呼莫莫。

这首诗化用六朝梁代萧衍的《河中之水歌》和唐代沈佺期的《古意呈补阙乔知之》中某些诗句而另有寄意。沈诗写卢家少妇的是思夫之愁，她哀叹"谁谓含愁独不见，更教明月照流黄"，而此诗"愁"的含义更为深广，既有诗人自身之愁，也有"骚人""游士"之愁。于是便幻想以莫愁湖中之水来洗濯这些愁，谁知却"愁更作"。看到此情此景，莫愁女只好频启朱唇连呼"莫莫"。但是，莫愁女本是传说中的人物，她的呼喊能解愁吗？似荒唐，似无奈，颇耐人寻味。

诗人还有五首为纽约的几座塑像的题诗，即《纽约孔子塑像二首》《纽约林则徐塑像》《自由女神二首》等。试看《纽约孔子塑像二首》：

> 先师至圣也心伤，华埠街头放逐场。
>
> 绿卡未知曾获否？孔林绿叶已还乡。
>
> 何日为公大道行，当今天下未分明。
>
> 劳心游说寰球国，羁旅前头万里程。

前一首诗借纽约的孔子塑像讽喻某些为谋取绿卡而流浪街头者，但"孔林绿叶"却早已还乡，有贬有褒。后一首诗则从正面着笔，写孔子"大道之行也，天下为公"[15]之理想远未实现，他还要游说寰球，征途万里。格调高亢，意蕴深邃。同样，《纽约林则徐塑像》也是浩然正气之歌：

> 高过楼群十万重，漫天正气大洋横。
>
> 销烟事业英雄概，百载公为第一名。

诗下有注："林则徐塑像今年十一月落成揭幕。像后为曼哈顿高楼集中地，距孔子塑像很近。美人评公为近代第一位反毒英雄。"诗中不吝赞美之词，从高度和广度来写这位反毒英雄，其崇高非高楼可比，其影响跨海越洋，流布天下，是中国之英雄，也是世界之英雄。诗风豪宕，气势凌云，是李汝伦豪放诗的代表作。

但是，最能体现李汝伦艺术风格的作品却是非塑像类题材的题画诗，主要是为花卉类绘画所题之诗，如《郑州丁云青女史画牡丹即题》：

> 绝似春风访洛阳，牡丹园醉老诗狂。
>
> 翩然蝶扑香笺蕊，不是花香是墨香。

这首诗用生动的文字将画中之牡丹活化，以假乱真，栩栩如生，蝴蝶以为是真牡丹而飞扑香笺上之花蕊，然后笔锋一转——"不是花香是墨香"。这既是赞画，也是赞人，语意双关，令人回味。又如《画师关山月赠〈红梅〉一幅》：

> 轻寒小驻半窗开，绛雪忽然香入怀。
>
> 风叩扃门疑有客，孤山处士问妻来。

这首诗写得也很妙，先写窗开半扇梅香入怀，将画中之梅置于目前；再写疑有人叩门，又让人一惊；接着竟有人排闼而入，原来是孤山处士林逋前来问梅妻。此诗一是将画境与实境相融，让人似乎既能看到真实之红梅，又能嗅到梅香。二是将历史拉回现实，既把典故用活，又借以自况。林逋（967—1028），人称和靖先生，北宋著名隐逸诗人。性孤高自好，喜恬淡，不趋荣利。曾漫游江淮间，后隐居杭州西湖，结庐孤山。终身不仕不娶，惟喜植梅养鹤，自谓"以梅为妻，以鹤为子"，人称"梅妻鹤子"。诗人用此典，当谓与林和靖为同调。吴调公在评价他的诗词时说："着手成春，妙在性灵。"[16]如果用在上述两句诗非常恰合。

在李汝伦的题画诗中既有清新自然的一面，也有奇崛豪纵的一面，如《画家王立赠画竹》《题画家陈洞庭〈三峡图〉》等。

李汝伦在诗歌体式运用上，尤工五、七律，其余绝句、古风、散曲、自度曲等，都有精妙之力作。一枝诗笔仿佛是一根魔杖，摇曳生姿，变化无穷。如五律《王船山像前》：

> 如拜先生座，姜斋绛帐声。
> 论高天地气，句妙古今情。
> 漫捻长髯白，傲看莽草青。
> 人间徒广远，无处载均平。

王船山（1619—1692），即王夫之，晚年隐居于石船山，自署船山病叟，人称船山先生。字而农，号姜斋，又号夕堂。湖南衡阳人。他与顾炎武、黄宗羲并称明清之际三大思想家，亦为著名学者、诗人。明末，坚持抗清，誓死不剃发。章太炎曾称道："当清之际，卓然能兴起顽懦，以成光复之绩者，独赖而农一家而已。"李汝伦此诗不仅高度评价了王船山的"均天下，反专制"的政治主张，而且在表现方法的运用上也十分高妙。一是省略词语和倒置因果关系等，如"论高天地气，句妙古今情"一联，"论高""句妙"，两个句子形式在前，省略了后面"天地气""古今情"的动词谓语，而完整的句式应为："（你的）持论高旷，是因为善养天地间浩然之气；（你的）琢句高妙，是因为茹涵古今万类之情。"如此省略，不仅仅是韵律之需要，而是强调王船山学说之高论和诗歌之精妙。二是格律严谨，对仗工整。此诗不仅粘对几无懈可击，而且对仗尤为出色，除颔联外，颈联中的"漫捻"言己之潇洒，而"傲看"是对异类邪说之藐视。"长髯白"，言年既老而持论不改；而"莠草青"，谓邪说仍在泛滥。不仅颜色相对，所持之主张也迥异。可谓对比鲜明。

李汝伦也创作过少量散曲，其特点是活脱幽默，潇洒自然，处处透出灵气。有时不受曲牌限制，全凭意之所向，涉笔成趣。如《叨叨令·为漫画配词二首》：

> 壳儿碎了黄儿破，一番检讨三关过。
> 休看座（一作坐）椅人前撤，谁曾见过乌纱落？
> 该挪挪窝儿也么哥，该换个汤儿也么哥，威风再抖官重阔。
>
> 灵魂降价权提价，权爷变脸财神怕。
> 从今依旧圈儿划，圈中消尽冬和夏。
> 是工作之需也么哥，是组织关怀也么哥，原来法小人情大。

这两首散曲看似随意而作，语言平易，似不讲章法，但锋芒尖锐，寄意深刻。

李汝伦的题画诗词与聂绀弩的题画之作极为相似。他们不仅有相似的人生遭际，而且有相似的艺术笔法，即他们都善于运用讽喻，尖锐深刻；都善于写打油诗，诙谐幽默；都善于写新格律诗，往往不受格律束缚。但是他们之间的不同也很明显：其一，他们所处的时代不同，李汝伦比聂绀弩晚出生近30年，直至2010年才辞世，经历了30余年改革开放，因而其作品更富于时代精神。其二，李汝伦的诗词对丑恶现象虽然也有辛辣的讽刺，但也有对新生活的热情歌颂，如《竹枝词·田园小照六首》等。其三，在表现题材上，李汝伦的题画诗更为广泛。除了题咏各类社会现象外，对山水类绘画的题诗也颇多佳作，如《漓江图咏》："绿障炊烟下木排，清歌江上月初回。空劳渔父千秋网，未网青山出水来。"将漓江两岸的青山放至水中写，极为别致。《画师黄安仁赠阳朔山水条幅》写景绘声绘色，也好似一幅极佳的山水画。在模山范水方面，李汝伦似胜于聂绀弩。其四，在旧诗体的运用上，李汝伦虽然也不免突破格律限制，但从总体上看，其近体诗的格律还是较为严谨的。这是因为他对格律诗有较为系统的研究，并且有理论支撑。而聂绀弩原是写新诗的老诗人，晚年才开始学写旧体诗词，并非科班出身。其五，李汝伦近体诗词的语言更具特色。他不仅在炼字和句法运用上颇见功力，而且善于打破常规，变换音步。侯孝琼曾指出："当代诗坛多数人还停留在'合理合法'地把'情事'塞入平仄、押韵、对仗的框架，很少在字句琢练上下功夫。"[17] 李汝伦便是在诗词创作上善于锤炼文字的杰出代表。

注　释

〔1〕陈宝琛：《蕙愔阁诗·序》，载《蕙愔阁诗词》，福建美术出版社，1993，第118页。

〔2〕〔3〕〔4〕〔5〕〔6〕《蕙愔阁诗词》，福建美术出版社，1993，第119、121、118、119页。

〔7〕刘勰：《文心雕龙·神思》。

〔8〕柯文辉：《夜烽诗词选·跋》，载《夜烽诗词选》，安徽文艺出版社，1989，第189页。

〔9〕〔10〕《题画蔬菜》及其注释，载《夜烽诗词选》，第51页。

〔11〕雁来红，又名"老少年"。

〔12〕《夜烽诗词选·自叙》。

〔13〕《夜烽诗词选·后记》。

〔14〕李经纶：《万首凝成江海声——初评当代诗词开拓者李汝伦》，载《李汝伦诗词选》，作家出版社，2008，第10页。

〔15〕《礼记·礼运篇》。

〔16〕吴调公：《着手成春　妙在性灵——读李汝伦〈紫玉箫集〉》，载《李汝伦诗词选》，作家出版社，2008，第19页。

〔17〕侯孝琼：《紫玉箫吹别样声——试论李汝伦近体诗的语言特色》，载《李汝伦诗词选》，作家出版社，2008，第59页。

第七十六章

"金闺国士"周炼霞

刘聪曾指出："女画家兼女诗人周炼霞，在当时可谓绚烂至极，即使于光芒敛去的今天，她在诗词上的过人天赋与不凡造诣，仍旧令世人为之倾服不已。"[1] 著名学者冒鹤亭曾称她是"今日之黄皆令也"，"不让李漱玉"[2]。学衡派主将胡先骕也说她"诚今日之李易安"[3]。诗家沈瘦东更认为她"清词秀句，不近烟火，信乎毛嫱、西子，不必见面而知其美也"，又说："其诗秀美在骨，无尘秽淬其笔端，锦心绣口，本之天授。"[4] 至于填词，同辈词人更公认她为当代最杰出的女词人之一，如周采泉词中云："间气中兴矣，女词人祖茶双蕙，怀枫一紫。"[5] 一紫，即紫宜周炼霞。陈九思道："当代女词人者三，曰螺川诗屋周炼霞，飞霞山民张珍怀，蕙风楼主蕙漪陈乃文，皆名重一时。"[6] 宋训伦更认为，她与"清照珠玑，祖茶才调，掎角千秋树一军"[7]。皆可谓推崇备至。当时，中国画院的狂人许微庵亦不无感慨道："画院数十人，论诗词，螺川第一，真愧煞须眉。"[8]

以上对这位美女画家、诗人的评价虽然不无溢美，但也足以说明她在中国艺坛的重要地位。

周炼霞（1908—2000），字紫宜，号螺川，书斋名"螺川诗屋"。她是中国著名国画家，生前系中国美术家协会会员，上海中国书画院首批女画师之一。以品貌双全、一身才华，被誉为"金闺国士"。

周炼霞

第一节　绚丽而跌宕的人生

周炼霞出生于湖南湘潭诗礼簪缨之族，其父周鹤年精通诗画，思想也很开明，没有男尊女卑和"女子无才便是德"的迂腐观念。那时又正逢兴办女学，周炼霞从小就在父亲的指导下阅读书籍，临摹古画。她12岁随父亲移居上海，14岁开始学画，起初师从湘潭画家尹和白。尽管当时的尹和白已至耄耋之年，他的讲授多是点到为止，更多的是要周炼霞自己参悟，但她凭借聪颖的天资和非凡的悟性让尹和白刮目相看。她对绘画很快入门，画技也日渐长进。教周炼霞绘画不久，尹和白便溘然长逝。这时，吴兴画家郑德凝走入周炼霞的画途。从湖湘风格融入江浙风格，周炼霞的艺术基因变得更加丰富和从容。郑德凝擅长的艺术门类很多，但周炼霞最想跟郑德凝学习的是仕女画和花鸟画。从她的作品里也的确能看出她对仕女画和花鸟画有颇高的悟性。

教周炼霞学诗词也有两位老师，且都是极负盛名的诗词家。一位是蒋梅笙，他讲授得十分用心，再加上周炼霞天资聪颖、家学深厚，她所作的诗极具灵性，常常令蒋梅笙拍手称赞、回味无穷。蒋梅笙便有意栽培她，有一次寻到机会把她带到朱祖谋那里学词。朱祖谋是晚清四大词家之一，成就颇高。蒋诗古雅，朱词幽深。后来周炼霞的作品引来大众瞩目，令世人钦佩，也就不足为奇了。而且这深厚的诗词功底更为她的画作增添了不少光彩。当年，冒鹤亭、张大千、唐云、钱瘦铁等近代诗坛、艺坛大家对周氏才思敏捷、锦心绣口的创作都极为推崇，屡屡向人推荐，而人莫不惊其才华灼艳。

"文革"期间，周炼霞这位曾与李秋君、陆小曼、吴青霞、陈小翠等发起成立中国女子书画会的"金闺国士"，在上海自然逃不过被批斗甚至被殴打的厄运。据说，最后给她定的一个"罪名"是"不要光明，只要黑暗"，其根据居然就是一首词中的名句"但使两心相照，无灯无月何妨"。

因为这个"罪"，她备受折磨，甚至被打得一目成瞽。但在连续多年的"黑云压城"下，她从未写过大字报，没有揭发过任何人。"文革"后期倒是请人刻了两枚印章，一枚是成语"一目了然"，一枚用楚辞句"目眇眇兮愁予"，算是为这段不堪回首的生活留下一份记忆。后来她在书画上用得最多的钤印便是"一目了然"。1977年，"文革"寒冬过去，进入了大地回春的时节。身在安徽的冒效鲁才会将钱仲联写于20世纪30年代的梅村体诗《胡蝶曲》寄给周炼霞，并鼓励她因生日相同而"宜有诗为赠"。这种风雅之举在十年浩劫期间对冒、周二氏都是不可想象的。原来，在1977年9月钱仲联七十诞辰时，王蘧常撰联祝寿："高才八斗，看诗同潮文同海；生朝七十，正露似珠月似弓。"因周炼霞与钱仲联生日相同，冒效鲁（叔子）在给钱仲联寄诗祝寿时，一并寄去周炼霞的两首七绝，题为《叔子寄示仲联先生故〈胡蝶曲〉，并谓先生与余同生日，宜有诗为赠，今夕酒酣俚句报命》。诗曰："两地相望月似弓，喜闻生日各相同。相同何必曾相识，胡蝶歌边拜下风。""藕丝不断露珠圆，巧手从来未易穿。弓月上弦弹力健，乞它弹赠老诗仙。"仲联先生回赠周氏的《寿炼霞女史七十其生日与余同》，亦为两首绝句："一水西江世泽长，白蘋歌好满潇湘。初三月里乘鸾女，又为金刚祝晚香。""鬓底红桑七十春，翦淞林际袜生尘。螺川韵语分明在，谁是新声比玉人。"钱仲联先生平生交游甚广，但极少与女性诗人赠答酬唱。以上诗中述周氏江西籍贯与世泽，并以乘鸾女和洛神比拟，可见对周炼霞的特别看重，而"螺川韵语分明在，谁是新声比玉人"更可见对其诗词创作的评价之高。

1980年，在进一步开放宽松的背景下，周炼霞从沪上移居美国洛杉矶，与睽隔三十多年的丈夫徐公荷相聚。得名医治疗，盲目竟得复明。于是她重执画笔，进入丹青世界，有《洛城嘉果图》（曾获得当地市长特别奖），亦有《卜算子》等词作问世。"已是丑奴儿，那复罗敷媚"，这看似自嘲中仍然流溢着掩不住的才气。可惜写作数量已经很少了。2000年4月辞世，据说无疾而终，走得很平静。

第二节　周炼霞书画成就

　　周炼霞擅长画仕女，她有选择性地吸纳了两晋时期女性清新脱俗的气质。对于唐代雍容丰满、宋代清丽婀娜的仕女形象，周炼霞也有所甄别与借鉴。她笔下富态、细腻又高贵的仕女，以及鲜艳丰富的运墨着色，透露着盛唐气象，又诉说着两宋风流。明代是仕女画高度发展的时期。周炼霞画仕女时，多师法唐寅和仇英，但对他们的风格也有所取舍，并非亦步亦趋。到了清代，仕女画开始走向一定程度的模式化，部分画作以病态美人的形象作为审美追求。但清代仕女画也有优点。由于在表现技巧上吸收了文人画元素，此时期的仕女画形象柔美、画风淡雅。周炼霞对这一风格也有所吸纳。周炼霞的仕女画吸收了历代仕女画在审美上的精髓。在画作上，她从不拘泥于某一特定题材，而是跳出定式，寻找女性审美流变过程中那些核心不变的元素。如：女性之美在不同时代如何表达，女性之雅在不同时代有怎样的内涵。她紧紧抓住这条主线，在作品中兼收并蓄、游刃有余，呈现出更为丰富的面貌。郑逸梅曾说周炼霞本身"就是一幅仕女画"，此话不虚。周炼霞身上，既有古典女子的清雅之气，也有海派佳丽的现代之美。更有意思的是，她很喜欢画自己，研朱调墨，把自己当成模特，对着镜子一笔笔勾勒。所以她笔下的仕女，和前人凭借自身的想象和理解所画出来的仕女又有所不同，因为她同时以自己为原型，描绘出形态、神态各异的女子形象，这是前代画家难以做到的。

《仕女图》

周炼霞笔下的花鸟非常有个性，笔致雅正，蕴藉自得。都说画如其人。周炼霞花鸟画的风格与她活泼敏锐的性格、优雅淡然的气质、毫不做作的个性是分不开的。其画面上时而有厚重的笔墨，时而又稍加点染，在墨迹将干之时，忽然宕开一笔，把片刻拾来的灵感与之前的细细勾勒融为一体，于是浑然天成、玲珑剔透之意跃然纸上。当然，这更要归功于她对中国传统文化和国画意蕴的领悟。传统文化中感悟自然、物我合一的理念，在她这里变成将人的精魂赋予花鸟，让花鸟具有了人的灵性。她画中的花鸟虫鱼都透露出生机与灵动。花鸟虫鱼是自然之物。自然无情人有情。这些看似不起眼的小东西，在周炼霞的画笔下成了精神世界的依托，从而使她的绘画显得格外纯粹。

周炼霞花鸟画

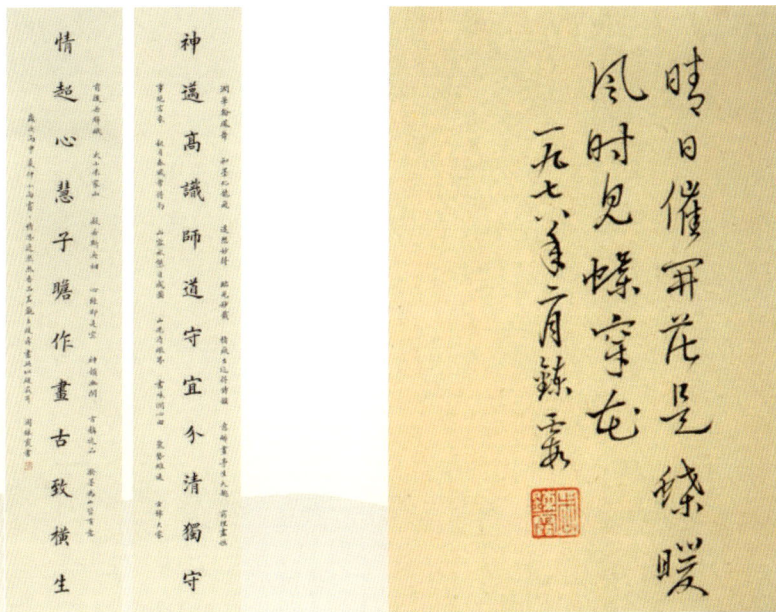

周炼霞书法作品

周炼霞花鸟画的色彩大多清新淡雅，即便有浓丽的设色也不显俗气。

周炼霞把写诗写词作画作为毕生的追求。她悟性很高，再加上积极向前辈学习，刻苦钻研、改革创新，便创造了属于自己的"周式风格"。这种风格在潜移默化中对女性绘画产生了积极的影响。

周炼霞也擅书法，尤工楷书。

第三节　周炼霞题画诗

周炼霞不仅以画驰名画界，而且以题画诗享誉诗坛。据刘聪著辑的《无灯无月两心知》中《周炼霞诗词辑》统计，共收录诗词613首，其中标明为题画作品的有200余首，另有相当多的诗词因未注明并找不到所题绘画佐证而难以确定其属性。即使这样，周炼霞的题画诗在近现代女性题画诗人中也是较多的。

周炼霞的题画诗词基调乐观欢悦，即使是讽喻之作，也用笔婉转，嬉笑而不怒骂。这种风格的形成，固然是她性格开朗、喜诙谐使然，但也与当时海派文化特点和市民审美趣味有一定关系。冒鹤亭在《螺川韵语序》中就曾指出："自来作者多愁苦之言，以其易工。其实际有不尽然者，等于无病而呻，以求动人之听已耳。螺川词一破陈规，务为欢娱，以难好者见好，而有时流于骀荡。"如作者最为世人传诵的《庆清平·寒夜》自度曲，即为其骀荡欢娱风格的代表作：

> 几度声低语软。道是寒轻夜犹浅。早些归去早些眠，梦里和君相见。　丁宁后约毋忘。星眸滟滟生光。但使两心相照，无灯无月何妨。

此词原非为题画而作，但因其中"但使两心相照，无灯无月何妨"传为名句，李祖韩特嘱张大千、郑午昌两人各绘春画两段，合为一手卷，其引首即求周炼霞写此两句，她欣然书之。又据董桥《无灯无月何妨》载，此词周炼霞也曾写于画扇上。因此此词也当算作题画词。

在20世纪40年代日伪统治时期，因资源紧张及防空要求，上海经常实施灯火管制，一拉警报，全市熄灯。市民若夜间出行，实在多有不便。对于这样的社会弊端，当时同在上海的著名女诗家陈小翠就有诗写道："收灯门巷千家黑，听雨江湖六月寒。"[9]诗中凄苦，虽亦动人，但其意境仍未脱出传统诗人的窠臼。同样面对灯火管制，周炼霞却不直言其苦，反而写下"但使两心相照，无灯无月何妨"的欢娱之句，暗指国人只要心心相印，即使无灯无月，再黑暗再恶劣的环境与苦难也不足畏惧。这两句词，情致欢娱，而词意微讽、语出旷达，反生骀荡之情，气度胸襟自与陈小翠不同。故此词句一出，即被广为传诵，在当时引起了不小的社会反响，以致著名的夜花园香雪园茶座，特请她书写此联贴于园内，以作招揽生意之用。[10]后来竟有人从"无灯无月"的字面上曲解此词为艳情大胆之作，浮想联翩。这实在有昧于当时的历史，又有违于作者的初衷了。

对诬以情色者，周炼霞亦曾作《非日记》（1945年8月30日《海报》）自辩道："知道么？无论什么文字，都不能以文害辞，以辞害意，这上面还有更要紧的一句：'星眸滟滟生光'呀！我正是取于孟子说的：'胸中正则眸子瞭焉，胸中不正则眸子眊焉'。瞭然就是光辉明亮视黑夜如同白昼，无灯无月又有何妨？也就是'不欺暗室'的意思。"炼霞自道，亦颇狡狯，虽未明言当时灯火管制的社会背景，但已将消息暗泄。直到胜利后，周炼霞才于《关于"无灯无月"》（1948年第128期上，《礼拜六》）中明言道："按当时上海正在沦陷时期，夜间灯火管制，家中闲坐，觉此时此地，暴富新贵，触目皆是，其果能免于昙花一现乎？必须心地光明，则一旦战事胜利，国土重光，其欣慰为何如！穷与苦复何足道哉！因当时文网森严，未许作露骨之词，爰掇成小词，鼓励身心洁白之士，坚其信心，其所以能传诵一时，无非人人所欲言而不敢言者，余以小词两语出之，使读者皆默喻于心耳。或指为香艳大胆……未免曲解。"

因此，这首词至少有三重含义：一是讽刺日伪时期的黑暗统治，文网森严；二是嘲讽当时的"暴富新贵"，不过是"昙花一现"；三是鼓励人们坚定信心，迎接光明。此词委婉含蓄而不掩其锋芒，托物寄意而不失其深刻。

但是，从接受美学的角度讲，"作者之用心未必然，而读者之用心未必不然。"[11]波兰美学家英伽登说："每一次新的阅读都会产生一部新的作品。"这是因为，诗意在对作品整体意蕴的辨识过程中，由于"期待视野"的存在，读者之于作品，不可能以空白的头脑去理解，接受者总是自觉或不自觉地带着预先构成的思维定向或"前结构"。这种"前结构"与作者的创作意图、作品意蕴及价值之间构成的关系极为微妙，既可能相符，也可能相乖。因此，我们应允许读者对周炼霞的名句"但使两心相照，无灯无月何妨"有不同的理解和认识。

周炼霞的题画诗词往往于旷达乐观之中多豪迈之气，与历代闺阁诗词以婉约为宗的传统有所不同，如《满江红·题小翠终南夜猎手卷》：

> 十尺生绡，描摹出，龙眠家学。分明处，浓钩淡染，墨痕新渥。不是诗魂吟月冷，错疑仙梦教云托。背西风，磷火闪星星，秋坟脚。　　枭鸟泣，山魈恶。貙虎啸，神鹰跃。看挪揄身手，狰狞眉目。摄尽人间魑魅影，布成腕底文章局。猎终南，一夜剑光寒，钟馗乐。

据1938年12月25日《社会日报》上作者自撰《金闺书碟》载："空翠居士，以终南夜猎卷索题，且嘱必须题得'艳丽清新'，是诚大难。试思'钟馗捉鬼'，艳丽将何从？费二日夜脑经，竟不得一艳句，恨极，几欲就书案，将钟馗涂脂傅粉，蝟毛短髯，编成小辫，群鬼亦一一化妆，庶乎'削足就履'。然一细思，若果如此，非特大好画图成一幅怪现状，而居士必责令赔偿，是又将奈何！无已，取淡胭脂钩花纹方于冷金笺上，然后写《满江红》一阕以塞责。词虽不艳，而题法亦合乎'艳丽清新'也。"其实，此词并非只'艳丽清新'，而多是激昂慷慨，于豪迈中又略显悲壮，并且其中"钟馗乐"——"乐"字，又与她诗词的一贯格调相符。又如《唐多令·题唐云三十岁骑马肖像》：

> 此君轩在寿星寺西廊，廊前多竹，为西湖胜迹之一。唐云，杭

人，善写竹，故及之。

> 开卷忆当年。松筱貌郑虔。此君轩不羡凌烟。想见酒痕襟上满，和墨沈，任斑斓。　参（一作透）画中禅，生香活色妍。写江山彩笔翩翩（一作斑）。万里云霄千里路，应让着，一鞭先。

如果说前一首词还有些许悲凉的话，那么此词则开朗乐观，积极向上，豪宕不羁，一马当先。

周炼霞一些忧国伤时的题画诗也很少直抒胸臆，多是避直就曲，如《临江仙·为郑子褒题香妃影片特刊》二首：

> 丽质奇才天赋与，非兰非麝芬芳。检兵督战着戎装。英姿何婀娜，长映水银光。　仿佛虞兮随楚项，君王自刎沙场。伤心国破又家亡。金戈欺弱士，宝辇劫红妆。

> 独系深宫怀故国，空劳帝子痴狂。红砖白塔饰回疆。江山无限恨，双泪唱伊凉。　忠烈能全拼一死，珠焚碎何妨！女儿从古有刚肠。幻灯传粉幕，千载美人香。

20世纪40年代，大中华唱片公司将袁雪芬主演的越剧《香妃》灌录成影片。故事是讲述遍体生香的回族女子卓氏（即香妃），被清乾隆帝劫掠为妃的传说。当时正值日寇侵华，人民涂炭。故事中的香妃国破家亡之痛，引起上海沦陷区人民的广泛共鸣，为一时所传诵。此诗借古吟今，婉转地表达了诗人对日寇的"无限恨"和深深的爱国之情。

周炼霞的题画诗也有很多惜春、伤逝之作。这些作品用笔缥缈，情致缠绵。如《题〈芭蕉蜘蛛图〉》："绿遍天涯更水涯，芭蕉叶大掩窗纱。蜘蛛也解留春住，着意添丝网落花。"又如《唱火冷·题〈"绿遍池塘草"图〉》：

> 酒倩红罗荐，诗催碧玉敲。小楼深夜雨潇潇。彩笔生来花并，相对洒冰绡。　芳草春仍遍，池塘梦易消。空从粉本识丰标。不见莲踪，不见窄裙腰。不见惊鸿照影，依旧绿波遥。

此词为怀人之作。著名诗画家吴湖帆夫人潘静淑曾以"绿遍池塘草"词句得著名诗曲家吴梅激赏。1939年潘氏辞世后，吴湖帆便以"绿遍池塘草"为题广征海内名家诗词书画，并付梓成书，以为悼念。吴炼霞的画并词便是应征而作。此词由塘草生情，芳草年年生而绿波遥逝，怀人之情自在言外。哀而不伤，清丽芊绵。于词句之间，流露出款款真情。

周炼霞的题画诗也有自然清新、语言浅近通俗的特点。她擅长白描而不喜用曲，绝无掉书袋之弊。如《刘定之属题册》：

> 瘦骨长髯入画中，行人都道是刘翁。
> 银毫并列排琼雪，宝轴双垂压玉虹。
> 补得天衣无缝迹，装成云锦有神工。
> 只今艺苑留真谱，先策君家第一功。

装裱大师刘定之在六十寿辰时以绘像征题。连著名老诗人冒鹤亭都觉难以下笔——因为装裱无典故可用。在大家正踌躇间，周炼霞却说："白描为之，何必拘泥于典故。"于是提笔写下此诗，纯以白描敷衍成篇，而不用一典，却书得风流，使在场的众人无不叹服。

如果说这首诗的语言还较为文雅的话，那么她的《题〈丰收果图〉》则是明白如话：

> 中华好儿女，智勇壮山河。
> 为国争光显身手，他山可攻切而磋。
> 青春朝气前景美，蓬蓬勃勃胜利多。

但是通俗并不等于直白，更不意味她在遣词造句上不下功夫，而是匠心独运、了无斧痕。如《虞美人·檀香扇 四川竹帘二首》其一：

> 是谁妙手轻轻擘。细缕横陈织。此君再世也风流。故意化身千亿看梳头。　虾须凤节难相比。西蜀良工美。更教添上画中人。错认隔帘呼出俏真真。

这是一首题竹帘画的词，也是一首咏物词。竹帘画，是将蜀中慈竹制成细如毫发的竹丝，再纺织成画帘。"抽筋""刻骨"，形象生动地描绘出帘画的制作工艺。而慈竹甘愿遭受"抽筋刻骨"之痛化身竹帘，却只是为了看美人"梳头"。此词巧妙地化用杜牧《离思》五首其二中"水晶帘下看梳头"句意，将水晶帘变成竹帘。此君不惜粉身碎骨，只为看伊人梳头。痴情如此，风流至极。这种拟人手法使得该词情趣盎然，意味无穷。

周炼霞题画诗还有一个特点多为一般人所不具备，即她为合作的画题诗较多，且与她以题画诗唱和的人也极多。众画家合作一幅画自古即有先例，但一个画家的画多次与多人合作的却不多。

周炼霞除才华过人外，仪容也出众。当年沪上每值文酒之会，她总是光彩照人，妙语连珠，倾倒四座。著名画家、诗人陈巨来说她"绝代尤物，令人销魂也"；郑逸梅说她"体态清便宛转，如流风回雪"；暮年之时，著名史学家苏渊雷仍赞她"尚七十犹倾城"。其实，周炼霞的美不光在容颜上，更重在气质与风韵上。她让人一触眼帘，便觉如和煦春风，心旷神怡。由于她得天独厚的仪容与风度，当年爱慕、追求者自是不可胜数。这既是她超出常人之处，也是她与众人合作画并唱和题画诗的重要原因之一。

周炼霞与吴湖帆合作创作的绘画并唱和题画诗词最多，其中较为有名的是《荷花鸳鸯》，其中吴湖帆画荷花，周炼霞画鸳鸯。《为向仲坚题柳溪词境图》，也是周炼霞与吴湖帆合作画、并题《南乡子》一词，吴湖帆也有《淡黄柳·次姜白石韵为向仲坚作柳溪填词图并题》等。

周炼霞与别人唱和的题画诗也每有佳作，如《题美人香草图》：

> 当年空谷自称王，不道而今侍晚妆。
> 若使群芳重订谱，国香终逊美人香。

《美人香草图》，本为周炼霞与白蕉合作而画，白蕉画兰草，炼霞画美人。画毕，白蕉题诗称所绘之兰为王者香。炼霞闻后，便立题此诗于画上，称兰草而今侍奉美人，故王者香也终要逊于美人香。作者锦心绣口，压倒须眉，且以诗相谑，妙趣横生。诗中句句不离画，却又未曾拘于画幅之上。如此手段，当为题画诗之上品。此外，诗中所流露出的这种新女性独立不屈的思想意识也难能可贵。

注　释

〔1〕刘聪：《周炼霞的诗词创作》，载《无灯无月两心知——周炼霞其人与其诗》，北京出版社，2012。

〔2〕冒怀苏编著《冒鹤亭先生年谱》，学林出版社，1998。

〔3〕胡宗刚撰《胡先骕先生年谱长编》，江西教育出版社，2008。

〔4〕沈瘦东：《民国诗话丛编·瓶粟斋诗话》，上海书店，2002。

〔5〕周采泉：《金缕石咏》，澳门99学社，1997。

〔6〕陈乃文：《蕙风楼烬馀幸草》（私印本），陈九思所撰序。

〔7〕宋训论：《馨庵词稿》，台湾私印本，2005。

〔8〕陈巨来：《安持人物琐忆》，上海书画出版社，2011。

〔9〕《翠楼吟草三编》油印本，1953。

〔10〕周炼霞：《非日记》，《海报》1945年8月30日。

〔11〕谭献：《复堂词录·序》。

第七十七章

"我愿人间尽如是，幸福美满千万家"

——艺术大师启功

启功（1912—2005），自称"姓启名功"，字元白，也作元伯，号苑北居士，北京市满族人。他是清皇室爱新觉罗氏的后裔，雍正皇帝的第九代孙。中国当代著名书画家、文物鉴定家、教育家、古典文献学与古典文学研究家、红学家、诗人，艺术大师。曾任北京师范大学教授、博士研究生导师、中国人民政治协商会议全国委员会常务委员、国家文物鉴定委员会

启功

主任委员、中央文史研究馆馆长、九三学社顾问、中国书法家协会名誉主席，世界华人书画家联合会创会主席，中国佛教协会、故宫博物院、国家博物馆顾问，西泠印社社长等。

第一节　启功艺术成就

启功在书画界享有盛名。他所创造的"启体"在中国书史上占有极为重要的地位。启功曾临习大量碑帖。他的书法作品，无论条幅、册页、屏联，都能表现出优美的韵律和深远的意境。书法界评论道："不仅是书家之书，更是学者之书、诗人之书。"

对于书法艺术本身，他也有很多创见。一般人学书法都是从写"九宫格"或"米字格"开始，并把字的重心放在方格中心。启功却发现，字的

重心不在传统的米字格的中心点，而是在距离中心不远的四角处，还推算出它们之间的比例关系正符合所谓"黄金分割率"，对学习书法有重要的指导意义。

启功的绘画也具有独特的艺术风格。他曾明确地说过："我的绘画都是文人教授的"。启功最初拜近代书画家贾羲民先生为师学画。贾羲民不但画得一手典型的文人画，而且对书画鉴赏也极有素养，使启功在绘画和鉴赏两方面都受到很好的教育。后来贾羲民又主动把启功介绍给著名的"内行画"画家吴镜汀先生。启功随吴镜汀学画，也不全囿于老师的成路，而最终形成自己的独特风格："以画内之境求画外之情，画境新奇，境界开阔，不矫揉造作，取法自然，耐人寻味"。

启功尤其擅长画山水竹石，以书法之笔入画，明净无尘，清劲秀润，极富传统文人画的意趣。他曾在自己的《翠竹牡丹成一家》画作中题诗："翠竹牡丹成一家，刚柔并济好生涯；劲节虚心誉君子，天香国色领百花。日月常新情依旧，容颜不老驻春华；我愿人间尽如是，幸福美满千万家。"这正是这位德高望重的艺术家心灵的自我写照。

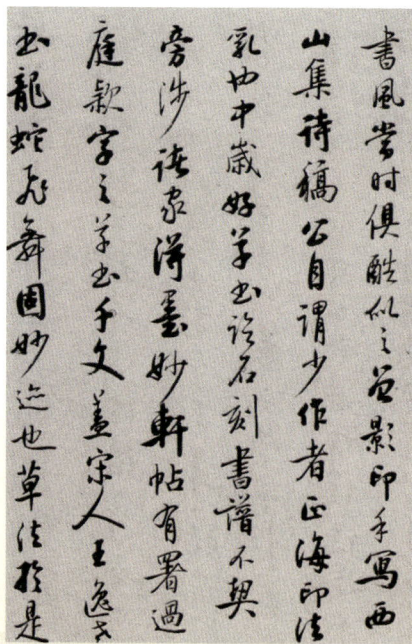

作为鉴赏家，精湛、精审、精确的书画文物鉴定，是启功先生平生最得意的成就之一，使其成为国家文物鉴定委员会主任的不二人选。启功自幼开始几乎贯穿一生的、得天独厚的品读鉴赏书画珍品的丰富阅历，所谓观千剑而后识器。他精通书法史、绘画史，兼通文字学、经学、史学、古典文学、文献学，熟谙历代典章制度、各种风俗礼仪，故能将一般收藏家所不能的艺术鉴定学术化，能独具鉴定的火眼金睛，作出令人心服口服的决断。

启功书法作品

启功于2005年病逝于北京，享年

93岁。早在66岁时，启功就自撰《墓志铭》："中学生，副教授。博不精，专不透。名虽扬，实不够。高不成，低不就。瘫趋左，派曾右。面微圆，皮欠厚。妻已亡，并无后。丧犹新，病照旧。六十六，非不寿。八宝山，渐相凑。计平生，谥曰陋。身与名，一齐臭。"意思是说，中学生，当了副教授。知识不广博，专业参不透。大名扬天下，本事还不够。高度达不到，低了不愿就。偏瘫于左臂，也曾判右派。脸是有点圆，脸皮不够厚。妻子已先亡，至今没有后。丧礼犹如新，我病仍照旧。今年六十六，却也可算寿。想那八宝山，离我也不远。论起我生平，谥字可叫陋。皮囊本无名，不如与同臭。

启功以幽默、调侃的语言对自己的一生作了自我评价。其实，他越是谦虚，越显示他人格的伟大。他一生始终过着粗茶淡饭、布衣土鞋的简朴生活。他用卖字画积蓄的200余万元设立了奖学助学基金，却不用自己的名义，而是用他恩师陈垣(励耘)的名义。他还不计报酬地为别人创作了很多书画作品，多次捐资希望工程，赞助失学儿童。

启功不是一座巍峨高山，耸立云端；也不是滔滔大河，汹涌澎湃；他就是一条清净的溪流，宁静平和，清澈见底。他宅心仁厚，不掺杂念，视名利如鸿毛。生前，许多人要为他立传，都被他一一婉拒。直至92岁，他才在别人劝说下，答应了出版《启功口述历史》。后又出版了《启功评传》等。但是人物的传记不是写在纸上，而是写在人们的心里。因为一切文字总会被雨打风吹去，当历史的风烟散去之后，留下的只有真诚。

启功书法作品

第二节 "启体"书法与绘画、题诗之关系

有人认为，启功书法当属大家之一，但是启功的书法与传承主流并不完全同轨而成。启功的书法成就，是其非主流修炼的结果。

要体会启功书法的非主流形态，就得先界定一下中国书法千年的主流传统。中国书法以隶楷行草为主流进化方向，书法艺术的个人修成，最终应该归结于草书为主流。其次，中国书法以雄泰为笔墨意境主流，简单地说就是笔画偏粗，用墨趋厚为主。那么，以主流书法形态去对比启功的书法就会发现，启功书法有明显的非主流偏向。启功书法基本上是直入行书的熟写手体。

启功没有非常刻意的楷书修行，其楷书也不怎么依帖而成。如果非要说帖意，那么应该是与赵体接近或沾边的，因为启功的楷书都是带有连笔形态，非常纯粹的楷书启功不写。不写楷书，就是书路走偏，非主道。启功书法修行到行书体态后，基本上就不再写草书了。并不是启功写不成草书，是因为启功骨子里对草书没有什么好感。据说，他多次表达自己可意的书法成就：我这一辈子，唯一欣慰的就是写字比较端正，我喜欢端正一些的写法。

从启功的心意来看，他是不以草书为最终进修终点的，这与大多数书法家最后必归草书神境的想法完全不同。启功以行书为本，不写草书，所以从书体进化的角度来讲，只爱行书、极少草书的启功就显得雁不入鹤群，有非主流的书法修行标准。再者，我们看启功书法的笔画，是以细致为美的，他用墨更是以细柔为态。所以启功书法根本的艺术特色就是

"细"。这与中国书法的粗浑主流形态可以说区别非常明显。也正是因为区别明显，所以启功书法才显得与众不同。当然不止是不同，艺术价值另当别论。有人说启功的书法就是自习而得的手熟形体，远离碑帖，似乎也有些道理。正因为非主流，所以启功书法就有了成就。

当然，启功书法因与主流相左，所以他的书法成就在得到肯定的时候，也常受到非议。非议更加确切地说明启功书法有着非主流修炼的结果——如果是主流，则不会有这么多非议。

但是，无论这种说法是否有道理，启功特立独行之举，恰恰成就了他卓然不群的艺术风格。而这种极具个性的书法又与他的绘画、题诗有着极为密切的关系。绘画方面，启功善写兰竹，而兰竹之叶多细长，这正好与他的细笔书法相契合。即使画松，也很少用粗笔。这与黄宾虹的"黑、密、厚、重"画风迥然不同。可谓书风在一定程度上决定了画风。至于他的题画诗，与其书法的关系更为密切。既然绘画线条疏朗，不用浓墨重彩，那么为这种画所题之诗的书法，自然要与画的风格相协调，当然不宜用粗笔。同时，他的这种似楷似行、行中有草的书法，端正自然，易认易辨，又与他的题诗喜用白话相一致。其实，就一般为绘画题诗而言，启功的端正书法也是一种极好的选择。特别是在近现代画坛，题画诗具有较多的解说功能。如果所题之字让人看不清、读不懂，也就失去了它存在的价值。此外，题画诗对画而言，毕竟是辅。既然题诗是画媵，就不能掩盖画的光彩。倘若以大笔横扫，占有较大空间，则必有喧宾夺主之嫌。

启功《竹石图》

第三节　启功题画诗

书画界对启功的书画才艺和成就无不钦佩，然而对他在诗词方面的造诣往往知之不多、了解不深，而诗词素养的高下往往决定书品的优劣、画境的雅俗。于是其弟子赵仁珪在《启功评传》中特设"诗词家启功"一章，专就启功在诗词方面的天赋学力、论诗作诗解诗、其风趣诙谐的风格、意在言外的神韵、工巧典雅的对仗、通俗自如的语言等，一一道来，如数家珍。

在启功的诗词中，有相当多的题画作品。这些题画诗词别有意境、饶有特点，在中国题画诗发展史上占有重要地位。

一、于不经意间出奇语

启功的题画诗往往在叙事中忽发奇语，或语出惊人，或耐人寻味。如《临八大山人〈双鸟图〉误题为雏鸡，拈此解嘲，二首》其一：

《双鸟图》

暮年肝胆失轮囷，不为鸡虫自损神。

开卷有时还技痒，居然四个大山人。

《松泉图拟梅花道人》

此诗首两句自言晚年肝胆日衰，不再为琐事劳神。本为平常事，而结句忽然生出个"四个大山人"。这对"八大山人"而言，当为奇语；而对己而言，又有技不如人的自谦之意。这正如作者在自注中所说："或问四大山人出处，对曰即半个八大山人。"诗人在不经意间脱口而出，既自嘲又俏皮，颇有韵外之致。又如《松泉图拟梅花道人》：

> 长松发狮子吼，怪石坐金刚禅。
>
> 若问梅花消息，道人一指青天。

元代著名画家吴镇，字仲圭，自号梅花道人，以《松泉图》名世。此诗最后两句，似自问又似问人，而"道人一指青天"突兀一语，既言梅花消息在天时，又暗喻"道人"与梅花一体，赞其如梅花傲霜雪之高洁。而且这种模糊意象，营造出一种若隐若现、似有若无的朦胧意境，供人想象，耐人咀嚼。清代画家戴熙说："画令人惊，不若令人喜；令人喜，不若令人思。"这是因为，惊、喜都是感情之外溢，有时而尽；而"思"则是此意绵绵，可望持久。

启功题画诗中的妙语奇思多出自结句，如《题石涛画卷二首》其二中的"毫端一踢铜瓶倒，云在青天水自流"，《题金陵姚允在仿荆关山水长卷，有龚野遗长跋》中的"赏音难得龚遗叟，腕底犹飞六代烟"等等，既以奇语作结，又以景语结情，余味悠悠。

这里的"奇语"，与陶渊明所说的"奇文共欣赏，疑义相与析"(《移居二首》其一)中的"奇文"同义。这样的隽语，若没有高深的学养，没有深邃的眼力和丰富的阅历，是绝然写不出来的，如《临国香图因题》：

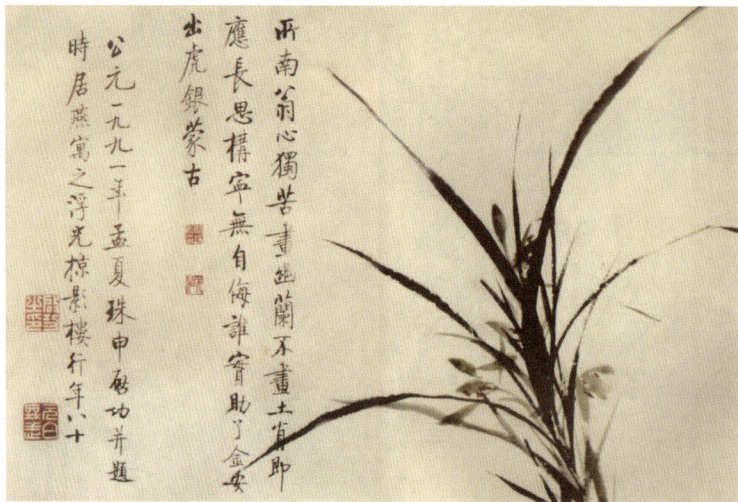

《临国香图因题》

> 所南翁，心独苦。
>
> 画幽兰，不画土。
>
> 肖即应长思，构宁无自侮？
>
> 谁实助了金安出虎银蒙古。

此诗的前四句写郑思肖在南宋灭亡后画兰不画土的典故，这当为人们所熟知；但后面的议论便是诗人的奇思妙想。"肖即"两句是说肖已走后的宋王朝值得追思，无奈像"（赵）构"这样的昏君自取侮辱。"安出虎"，即满语"金"的音译；"蒙古"，即满语"银"的音译。最后一句是说，究竟是谁帮助了金、元入主中原呢？启功对宋朝灭亡的原因作出了如此深刻的阐释，从而对郑思肖《国香图》的题跋升华到常人难以企及的历史高度。倘若没有丰富的美术史和历史知识，没有丰富的民族史和语言学知识，怎能写出这样精辟的题画诗！这既是学者之诗，也是智者之语（参见赵仁珪《伴我孤吟诗万首——启功先生的题画论书诗》）。

二、于寄意时见真情

启功在《东坡像赞》中说："香山不辞世故，青莲肯混江湖。天仙地仙太俗，真人惟我髯苏。"前两句说白居易不辞世俗人情，李白也肯混迹江湖，他们都并非不食人间烟火。后句在与白、李对比后，更为赞美"真人"多髯公苏轼。这"真"，既是肯定苏轼真性情，也是诗人自己心仪的人格。因此，写真情是启功题画诗的突出特点。而最能体现真情的作品当是他怀念爱妻的题画诗。试看他的《自题画册十二首》其一：

> 依稀明月短松冈，
> 苊箧缄来墨自香。
> 老眼半枯迷五色，
> 并无金碧也辉煌。

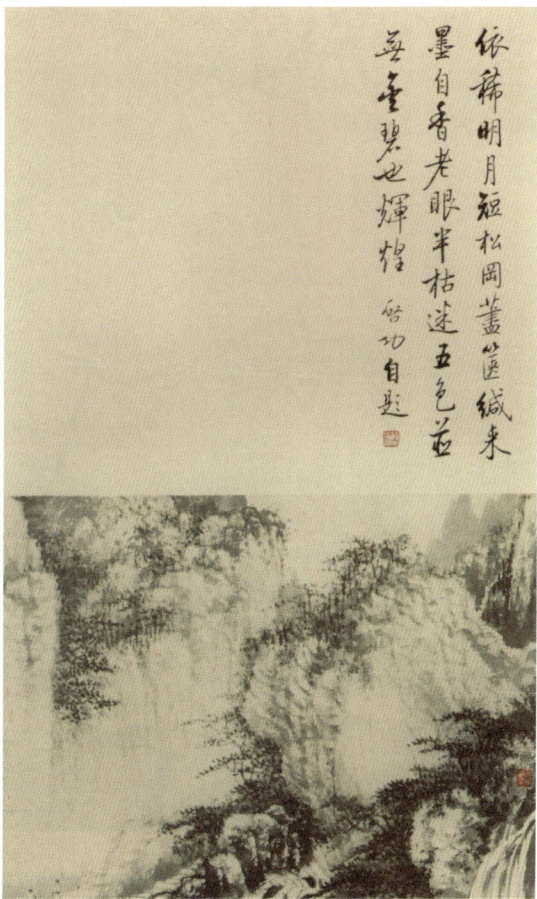

《自题画册十二首》其一

诗前的小序说："旧作小册，浩劫中先妻褪其装池题字，裹而藏之。丧后始见于箧底。重装再题。"由此可知，此诗当是悼亡之作。诗人先从亡妻的墓地写起，然后转至眼前的"苊箧"。"明月短松冈"，是化用苏轼怀念亡妻王弗《江城子》中的名句"明月夜，短松冈。""苊箧"，既指当年装藏画册之箱，又让人想到唐代诗人元稹悼亡诗《遣悲怀三首》其一中"顾我无衣搜苊箧，泥他沽酒拔金钗"那感人的"贫贱夫妻"境况。

启功的发妻章宝琛，长他两岁，容貌平常，文化也不高，但却是他难得的知己。她勤劳、善良、贤惠，从不发脾气，具有中国妇女的传统美德。自章宝琛过门后，启功再没有为家事操心。启功的母亲和姑姑上

了年纪，又常闹病，不免会发脾气；但不管遇到多大委屈，她从不顶嘴。后来母亲久病不起，姑姑也随后病倒。章宝琛把所有重活脏活、端屎端尿的事都包了。在"文化大革命"中，为防止红卫兵抄家，细心的章宝琛偷偷地把启功的藏书、字画和文稿用纸包了一层又一层，并捆放在一个缸里，在后院的墙角挖一个洞，深深地埋在深处。1975年，她在弥留之际才把此事告诉启功。挖出后，共有四麻袋，从1930年到1960年启功的作品和藏品全部保存完好，无一遗漏。当启功捧着自己的心血之作，心剧烈颤抖，真有一种劫后重逢之感。他完全没有料到，一个不通文墨的弱女子竟敢冒如此大的风险来珍藏他的作品。这需要多么大的勇气！因此，"苴篚缄来墨自香""并无金碧也辉煌"两句当指老妻当年将画册"裹而藏之"和"丧后始见"时的感觉和感慨。由于启功与妻子的感情殊深，所以在章宝琛去世后的二十多年里，启功一直沉浸在无尽的哀思之中无法自拔。很多人劝他再婚，为他做媒的人络绎不绝，还有一位女画家慕名而来，愿奉箕帚，都被他一一婉拒。他把对亡妻的思念诉诸笔端，写了催人泪下的长诗。诗中说："白头老夫妻，相爱如年少。""相依四十年，半贫半多病。虽然两个人，只有一条命。""今日你先死，此事坏亦好。免得我死时，把你急坏了。""枯骨八宝山，孤魂小乘巷。你且待两年，咱们一处葬。"诗人似有千言万语要向亡妻倾诉。然而这首题画诗只有四句话，并无一句哀痛之语，只是客观地拣出他们夫妻生活中让人刻骨铭心的事件，平平道来，却可以令人想象到诗人心中的感情波澜。

这种寓主观于客观的手法，可谓不言痛而心愈痛。这大约就是"死别已吞声"吧。而"明月短松冈"，更让人想到诗人也同苏轼一样对亡妻"不思量，自难忘"。

三、于状物中有哲思

启功的题画诗不仅有情语感人，而且多哲语警人。如《题〈枳棘幽兰图〉》：

枳棘生佳实，平芜遇好风。

幽兰相并长，道大自能容。

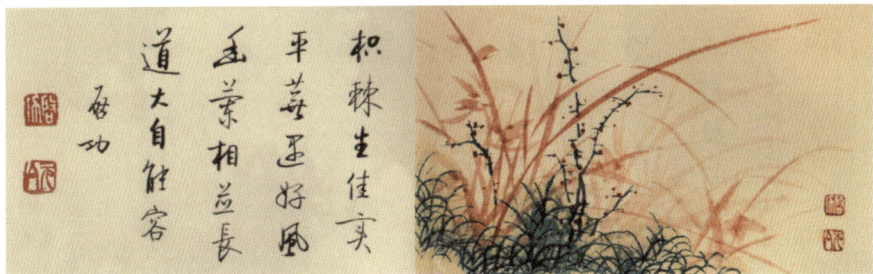

《枳棘幽兰图》

　　枳与棘因多刺而被称恶木，常用以比喻恶人或小人。但这种恶木，也会生出"佳实"，正如"平芜遇好风"。它有时也会与美好的"幽兰"相并而生，互不相扰。于是诗人便说出"道大自能容"的深刻哲理。这"道"既指自然之道，又指哲学界的思想体系。西晋左思《咏史》诗中说："出门无通路，枳棘塞中涂。"（涂，通"途"）明言枳棘生于道中，妨碍交通，实则暗喻佞臣当权，仕进无门。而此诗便由"枳棘塞中涂"之"涂"转指哲学之"大道"，于是便寓有兼容并包、相反相成之哲理。此诗倘用以喻人，也深有启迪：平庸之辈也可创佳绩，正如平芜处也会遇好风。这里寓必然于偶然，贵在识才者之慧眼。又如《题〈画云〉》：

《画云》

变幻无如岭上云，从来执笔画难真。

如今不复抛心力，且画源头洗眼人。

　　这首诗表面上看是写云——它变幻无定，难以描画，但实际上是阐释如何掌握世间万物变化之规律——要寻根溯源。诗人只画站在源头的"洗眼人"，他站得高看得远，不仅看到了云产生的源头，而且看清了云的走向。而《题乾坤一草亭图》则于平淡的描写中见哲理。其诗是："一曲溪山换草莱，雨馀清净夕阳开。小亭无语乾坤大，坐阅青黄又几回。"诗人以拟人的手法，将小亭比作一位世外高人，冷眼看世间一切变化，以小见大，哲思绵绵。

四、于抒情时有嘲戏

启功在《启功韵语自序》中说："这些'韵语'的内容，绝大部分是论诗、题画、失眠、害病之作，而且常常'杂以嘲戏'。"[1] 启功诗词中的嘲戏主要是自嘲。而自嘲要有敢于否定自我的勇气，必然会折射社会因素，具有一定的社会意义。

启功自嘲式诗词多为非题画作品，如《颈部牵引》《沁园春·自叙》《自撰墓志铭》等。题画诗也有少量调侃之作，如《题〈九牛图〉》：

李可染《九牛图》

李君画师古，笔端金刚杵。

细者如一毛，大者兼二虎。

匹夫心匪石，拉转徒自苦。

韩滉枉驰名，平生才画五。

这首诗虽有自嘲，但主要是调侃李可染画《九牛图》时"笔端金刚杵"之魄力，意在赞人。诗人把"九牛一毛""九牛二虎"的成语及"九牛拉不转"的俗语巧妙地嵌于诗中，令人忍俊不禁。全诗在充满幽默的笔调之中对李可染画品之高作出极为生动的评价。又如《题〈蕙竹〉》：

《蕙竹》

两枝花，几片叶。

纸上无香，不劳蜂蝶。

半生画兰竹，浅尝徒涉猎。

且比药山看经，聊以自遮眉睫。

启功一生喜画兰竹，且造诣很高。兰竹画是他画中上品，然而他却说"半生画兰竹，浅尝徒涉猎"，于自嘲中自谦，别有风趣。最后两句是用典。唐代高僧惟俨，别号药山。有僧问药山："和尚寻常不许人看经，为什么却自看？"药山曰："我只图遮眼。"诗人引此典，意在说明自己画兰竹别无所求，也是自谦。启功诗词中表现的幽默，绝非插科打诨，更非"耍贫嘴"。它与中国文化传统所提倡的"诙谐""戏谑"很相近，所使用的语言一般都通俗易懂、口语化，并且语言越是通俗浅易，其幽默的效果越被反衬得强烈深沉。这也是幽默入诗的特殊美学魅力。

启功诗词中的幽默和嘲戏，在中国诗歌发展史上具有重要意义。幽默，常常是中国人的弱项，也许是中国诗歌之短板。读中国诗歌史，我们可从民歌中读到些许幽默之作，而文人之作，似乎只有宋代苏轼、辛弃疾、杨万里等略具规模。而散曲中幽默诙谐之作相对较多。究其原因，恐怕仍与它接近民歌有关 [2]。从这个意义上说，启功在题画诗中表现的嘲戏和幽默，不仅对近现代题画诗创作影响甚巨，而且在整个中国诗歌史上也占有重要地位。

五、于大俗处寓大雅

启功的题画诗虽然并不刻意追求典雅，但也有许多典雅之作，如《墨竹芭蕉》："甘蕉何故见弹文，修竹多应望策勋。久旱田家薪似桂，长兼彼此共蒿焚。"这是运用沈约《修竹弹甘蕉文》之典。此诗以拟人手法将修竹喻指监察官、甘蕉喻指被弹劾者，意在讽刺当时吏治黑暗，以及防贤阻善、压抑人才的佞臣。诗人将此典巧妙地融入诗中，让人联想到"文革"中种种弊端，含而不露，蕴藉典雅，引人深思；但启功更多的诗词却是雅中有俗、俗中见雅。如《临八大山人画自题》：

> 胆无八大大，气无八大霸。
> 八大再来时，还请八大画。
> 八大未来时，此画先作罢。
> 试读《人觉经》，我话非废话。

此诗文字通俗，朗朗上口，粗看类似打油诗，细品却有深意。"八大"指明末清初著名画家朱耷。他是明太祖朱元璋第十七子宁献王的九世孙。朱耷的反清复明思想一直深藏于心。诗中的"胆"和"气"，极为形象地概括了朱耷超尘拔俗的人格气质和大胆夸张的艺术手法。"大"和"霸"更是俗中有雅。朱耷60岁时开始用"八大山人"署名作画题诗，并常把"八大山人"四字连缀起来，仿佛像"哭之""笑之"字样，以寄托他哭笑皆非的痛苦心境。此外，他署名时，还把"朱"字拆成一个"牛"字、一个"八"字，以此隐名埋姓，可谓用心良苦。《人觉经》，全称为《八大人觉经》。此经为说明诸佛菩萨等大人应觉之思念的八种法。有人认为，《八大人觉经》是朱耷自称"八大山人"所本。因此，诗中说"试读《人觉经》，我话非废话"，在言外当有不尽之意。又如《在合肥安徽省博物馆鉴定书画留题》：

> 皖公山翠接肥淮，璀璨人文振古开。
>
> 满路花香随鸟语，我真为看画图来。

这首诗的前三句，文辞高雅，诗意含蓄，赞画而不言画。天柱山（即皖公山）接肥水、淮河，是实景，而"满路花香随鸟语"则是虚境，赞博物馆中花鸟画之传神，一路看画，如置身于花香鸟语之中。最后一句"我真为看画图来"，看似大白话，却既为点题，又为自谦。鉴定书画，本是国家鉴定专家的高雅之举，而诗人却说是为看画而来，是实话，也是雅言。

六、于语言运用中讲技巧

启功善于运用语言，将语言活化，为我所用。有些诗句，看似脱口而出，但都恰到好处。他尤其擅长以长短句来表达自己的感情。从诗体上讲，三言、四言、五言、六言、七言直至九言以上的杂言，他都运用自如。如《题五大夫松》："五大夫，两千年。纸一尺，云无边。"

《五大夫松》

此诗只用短短十二个字，就概括了当年秦始皇封一松树为"五大夫"爵位的两千多年历史以及它如云般无边的文化承载，可谓言简意赅。但启功以三言为主的题诗，往往是三加六式的，如《自题竹石幽兰》："硃（一作朱）作竹，翠作兰。一拳石，秀可餐。长寿半窗小景，不知夏燠冬寒。"又如《墨竹》："湖州文，眉山苏。松雪赵，梅花吴。源同归，流殊途。自恨悬槌手笔，不能依样葫芦。"诗人之所以由三言变六言，完全是出于感情表达的需要，用得很巧妙：三言句的语义单位是二一式或一二式，而六言句的语义单位是二二二式。由于表义单位变了，所以句式也随之变了。他的四言题画诗也不少，即使不常见的六言诗也常见于他的笔下，如前文提及的《松泉图拟梅花道人》，但此诗并未按六言诗的惯例二二二式，而是前二后四式。六言诗句式变化灵活，也不拘平仄、对仗，很便于抒情言志。而句式变化、语言白话化的典型之作是他的《无款雪景牧牛图，古媚可爱，因题》：

> 禅家机锋每拈水牯牛，画家点染好写林塘幽。
> 积翠西园赫然见此本，树枝屈铁下映牛毛柔。
> 名画贵处在佳不在款，图上幸未妄署韩戴流。
> 世有李迪归牧出宝筴，持较此轴（一作本）风格殊堪俦。
> 不问为宋为元遮射覆，但觉一树一石俱宜收。
> 常见画费九牛二虎力，浮烟涨墨块块黑石头。
> 吾病心胸气闷已经岁，那堪再压木炭千层楼。
> 居然艺林种子竟不绝，绢上神去谬论今全休。
> 展玩之际积郁得快吐，山明水秀人欢牛乐彼此同天游。
> 从兹画在吾诗亦必在，蹄迹题记牛眼我眼一照即足垂千秋。

这是一首以九言为主的杂言诗，但又保留了古体诗的押韵和三字脚，句式灵活而又不离七言句的基调，显示了诗人善于突破藩篱、兴之所至、洒脱不羁、不拘一格的创作个性。

注　释

〔1〕启功：《启功丛稿·诗词卷》，中华书局，1999，第21页。

〔2〕赵仁珪：《启功诗论：嘲戏与幽默》，北京出版社，2017。

第七十八章

漫画家黄苗子题画诗

黄苗子（1913—2012），广东中山人。当代著名漫画家、美术史家、美术评论家、书法家、作家。

黄苗子

第一节　黄苗子生平与著述

黄苗子早年就读于香港中华中学，8岁师从邓尔雅先生学书法。20世纪30年代初到上海，继续从事美术漫画活动。先后任职于《大众画报》《小说半月刊》等。全面抗战爆发后，黄苗子先后到广州、重庆。香港失陷后，郁风也辗转到重庆，不久后随徐悲鸿去成都青城山写生。在此期间，黄苗子与郁风的关系开始热烈起来。当黄苗子向郁风求婚时，郁风作为革命者却觉得难以抉择，因为黄苗子这时依然在国民党政府任职。为此，黄苗子请夏衍帮忙。夏衍专程到盘溪徐悲鸿的美术学院找到郁风，并说服了她，从而玉成了黄苗子、郁风的"国共合作"。1944年5月，他们在重庆天官府郭沫若的家里举行了订婚仪式，并于当年11月举行了婚礼。1945年9月下旬，黄苗子被安排接受到重庆与蒋介石谈判的毛泽东的会见。这次会晤之后，黄苗子将毛泽东的《沁园春·雪》交给重庆《新民报》副刊发表，还加上了编者按语，称赞这首词"气魄之大，乃不可及"。1949年9月，对新中国满怀欣喜的黄苗子与郁风应邀到北京参加10月1日中华人民共和国开国大典。

1950年后，黄苗子和郁风定居北京。黄苗子先在华北革命大学政治研究院学习，后任政务院秘书厅秘书、《新民报》总管理处副总经理、人民美术出版社编辑、民革中央监察委员会常委。20世纪80年代后，黄苗子曾任全国文学艺术界联合会委员、中国美术家协会理事、中国书法家协会常务理事等。他是政协第五、六、七届全国委员会委员。1992年以后，曾任澳大利亚昆士兰州格里菲斯（Griffith University）大学客座教授、名誉教授

黄苗子与郁风合影

等职。

　　黄苗子著述颇多。散文集、诗集有《货郎集》《无梦庵流水账》《青灯琐记》《风雨落花》《牛油集》《三家诗》等。系列著作有《苗老汉聊天》等。

第二节　黄苗子题画诗

　　黄苗子平生疾恶如仇，对于那些丑恶的腐败、可笑的矫情现象，在诗中尽情鞭挞，嬉笑怒骂。这便形成了"打油"风格。他说："思到无邪合打油"，"青蚓爬成字，黄油打作诗。"[1] 其代表是题《钟馗图》之作，如《西江月·题〈醉钟馗图〉》：

　　　　妩媚偏怜脸晕，风流爱露胸膛。恹恹病酒似娇娘。只是胡须不像。　　妹子嫁归香港，孩儿走读西洋。妖魔鬼怪任披猖。老子醉乡放荡。

　　此词作于1981年。醉态的钟馗，既可笑又可憎。其讽刺多有所指。

"妹子嫁归香港，孩儿走读西洋"，既令人忍俊不禁，又耐人深思，而"老子"任妖鬼"披猖"，仍风流放荡，其讽刺锋芒更为尖锐。另一组题诗《题〈钟馗嫁妹图〉》（五首选四）似荒唐似油滑，刻画世态人情更是入木三分：

> 从来女将出杨门，不嫁官人与士绅。
> 借问老兄沉醉后，硬推小妹嫁何人？
>
> 推出窗前便闭门，管他穷鬼抑豪绅。
> 可怜命薄如花女，误被哥哥错嫁人。
>
> 闻道钟馗本姓杨，硬将妹子嫁明皇。
> 贵妃国舅皆欢喜，班地茅台土亦洋。
>
> 红脸钟馗醉太阳，卢家小妇郁金堂。
> 一从妹子和番后，股市狂潮也断肠。

民间曾有钟馗嫁妹的故事，谓钟馗落第自戕后，为感杜平埋骨之义，乃亲率小鬼，将妹嫁往杜家，为其完婚。而这几首诗却脱离了原有故事情节，诗人一任想象驰骋，随意点染，于诙谐中见新意。其讽刺对象既形象鲜明，又指向模糊，蕴含颇为丰富，不由让人生出对现实的种种联想。

他的《临江仙·题李二曲背面画像》亦庄亦谐，表现了诗人的崇高民族气节：

> 尊貌怎生看得见，试翻纸背探觑。国之不国士人羞。将身埋土室，面目不须留。　束发顶颠如道士，倾城倾国无忧。扬州嘉定血溅流。有头皆可剃，无剃不成头。

李二曲（李颙），明清之际思想家、哲学家。字中孚，号二曲。曾主讲关中书院，与孙奇逢、黄宗羲并称三大儒。他曾到各地讲学，力主讲学自由，认为"立人达人，全在讲学；移风易学，全在讲学；拨乱反正，全在讲学；旋转乾坤，全在讲学"。与清统治者钳制思想政策相对抗。此诗不仅对清兵入关后的血腥镇压加以怒斥，而且颂扬了李二曲羞于留面目的民族尊严。晚清的陈楚南曾写一首《背面美人图》，其诗是："美人背倚玉栏干，惆怅花容一见难。几度唤她她不转，痴心欲掉画图看。"这是诗人看到美人婀娜多姿的背影而生要一睹芳容之想，先是要唤画中人转身，继而又要把画图翻过来看，构思殊巧，颇具审美情趣。而本诗说"尊貌怎生看得见，试翻纸背探觑"，却不是出于好奇，而是出于对画中人的由衷爱戴和崇敬。两诗相同的是都给读者留下了想象的空间。

他的《菩萨蛮·题〈寒山诗意图〉》也是一首有情趣的打油诗：

> 一池春水干卿底？丰干饶舌何如你。该打是寒山，抽他一竹竿。　　相怜情狡猾，和尚偏明察。不做打油诗，凡心佛也知。

寒山，唐代著名诗僧，与拾得、丰干相友善。他有一诗云："柳郎八十二，蓝嫂一十八。夫妻共百年，相怜情狡猾。"此诗看似说禅界，实则是说俗世。黄苗子的题诗看似打油，实则言情，似禅似俗，充满了风趣。

总之，黄苗子的打油类题画诗，其灵魂是对国运民生的执着关注，对侵害人民权益者的犀利指陈，常常在笑声中有辛酸，在幽默中藏锋芒，留给读者的既有深深的忧患意识，又有对未来的无限憧憬和希冀，是古今题画诗中的另类佳品。

黄苗子虽然以打油诗称著于世，但他的题画诗词中也有许多"严肃"之作。这主要表现在人物画、山水画和花卉画的题诗上。如《江城子·题夏公画像》：

> 意气当年玉茗堂，笔如枪，血凝腔。《细菌》《金花》笑骂草头王。岂是两间余一卒，新文苑，旧疆场。　　白头记者几风霜，剩周扬，与欧阳。打断骨头犹自气轩昂。懒溯流光寻旧梦，翁九十，再称觞。

这首词巧妙地融入夏衍抗战时期的作品《法西斯细菌》《赛金花》和近年回忆录《白头记者话当年》《懒寻旧梦录》等，用以表现当年他在"新文苑，旧疆场"的斗争生活，以笔作刀枪，斗志昂扬。如果说此词只是对"夏公"的赞美，那么《沁园春·题尹瘦公旧作〈柳亚子先生漓江祝嘏图像〉》则是对辛亥革命以来"一代英才"的集体歌颂：

笔奋青锋，魄夺群奸，豪雄莫当！道平生自负，列宁弟子；千秋接踵，杜老诗王。板荡中原，衣冠南社，一代风骚作主张。图而史，记漓江春好，济济称觞。　　丹青妙手无双，把多士纷纷列雁行。写掀髯柳七，苍松劲挺；红妆何逊，巾帼轩昂。一代英才，马安孟宋，烈烈黄泉作国殇！应愁予，念春风歇浦，巴蜀星霜。

此词虽然只列举七人，但实际代表了参加祝寿会的四十余人。据尹瘦石在1991年11月27日给侯天井的信中说："一九四九年五月二十八日为柳亚子先生五十七初度，桂林文化界假嘉陵川菜馆祝贺，我即席为来宾速写头像，画有四十余人：柳亚子夫妇、欧阳予倩、熊佛西、叶子、宋云彬、端木蕻良、周钢鸣、司马文森、安娥、孟超、陈芦荻、谢冰莹、巨赞、陈迩冬、朱荫龙、林北丽、李紫贵、傅彬然等，后补绘何香凝及其孙廖恺孙（即廖晖）。"又据侯天井按："四十余人，实为48人"，尹信未举人名还有田汉等人。因此，词中所说的"一代英才"颇具代表性。以上两首词激昂慷慨，气势豪健，是黄苗子题画诗词豪放风格的代表作，与其打油诗风格有别。

黄苗子为山水画的题诗也较为工稳，其《题〈长江万里图〉》和《为宋文治题〈蜀江图〉》都是歌颂日新月异的社会主义建设的作品。先看前诗：

却凭郁嶂葱茏气，写出长江万里图。
西极昆仑东入海，势吞巴蜀卷三吴。
从知后浪推前浪，已历艰途到坦途。
过尽千帆风景好，也教神女叹今殊。

此诗以奔腾的长江水为喻，不仅借以烘托社会主义建设之蓬勃发展，而且以"西极昆仑东入海"之广阔地域，来显示祖国到处"后浪推前浪"，不断掀起生产高潮。诗人满腔热情，笔调酣畅地歌颂了新社会。这首诗是总写长江两岸"风景好"，而另一首诗《为宋文治题〈蜀江图〉》则是侧重写长江之一段，而重点是通过写葛洲坝水电站来反映蜀江新貌。两首诗均气势雄健，风格豪迈。

第三节　黄苗子为女画家题画之作

黄苗子还有一首题画绝句，也别有情致。这首诗是为郭秀仪画的一幅《芍药》而题：

《芍药》（送邓颖超的一幅画）

芍药心丹枫叶红，海棠如火共春融。
此花此叶情无限，溶入亿人心坎中。

诗末有"郭秀仪画呈""邓颖超大姐并属苗子题句""一九八二年九月一日"等字样，画上一共用章五枚。邓颖超和郭秀仪早在抗战初期就相识。郭秀仪的丈夫黄琪翔与周恩来同龄，是国民党桂系爱国将领，1938年在武汉时两人都受蒋介石的邀请，担任国共合作的国民政府军事委员会政治部副部长。他们都住在武汉珞珈山上，两家经常往来。在邓颖超的影响下，郭秀仪也走出家门，参加各种抗日救亡活动，向抗日救亡团体捐赠过大量财物，受到世人的尊重。自相识以来，黄琪翔、郭秀仪夫妇都十分敬佩周恩来和邓颖超，他们之间也有着深厚的友谊。1982年的一天，郭秀仪去中南海西花厅做客，见到邓颖超卧室里那块将红叶、海棠和芍药等压在一起、悬挂于墙上的"北京—日内瓦"的镜匾时，对邓颖超说："总理和您互赠的海棠花、芍药花和红叶就是你们终生相伴、革命深情和两地相思的象征，我想以此为题，画一幅画敬赠给您。"邓颖超点头笑了。待郭秀仪将这幅画画好送到西花厅后，邓颖超十分高兴，一再称赞郭秀仪这幅画画得好，并嘱咐身边工作人员将这幅画悬挂于西花厅的后客厅中堂上，好让她天天都能看到。这是因为其中有一个动人的故事：

那是1954年4月，为和平解决朝鲜问题和印度支那问题，周恩来以外交部长身份率领中国政府代表团，前往瑞士出席日内瓦会议。那是新中国的代表第一次登上国际会议的舞台。由于受到美国的干扰，这次会议前后开了70多天。当时，中南海西花厅的院子里，娇艳的海棠花正在盛开。海棠是周恩来最喜爱的花卉之一，当年周恩来选择西花厅作为他工作和生活的场所，就是因为西花厅院子内有座不染亭和满院子的海棠花。邓颖超见花思人，十分惦念远在日内瓦的亲人，就剪下开得很美的一枝海棠花小心地压好，连同原来压好的一片红叶，一起装进信封，托参加会议的有关人员带去日内瓦。邓颖超知道周恩来特别忙，在随花而带的小纸片上只简单地写道"红叶一片，寄上想念"，以表达她的思念之情。周恩来收到信、红叶和海棠花后，知道是妻子想念他。但他太忙，无法分身，就吩咐卫士长成元功到日内瓦大街上买回一枝当地名贵的芍药花，亲自压好，连同捎去的红叶、海棠花一起装进信封，托人带回国内交给邓颖超。后来，这代表两人两地互相思念的花和叶，被邓颖超当成一件十分珍贵的工艺品装进一个镜框，组成了一幅"画"，她还亲笔在"画"旁题写上"北京—日内瓦"的字样，挂在自己卧室的墙上。这幅画和题诗是两位伟人两地相思的见证，也是他们永恒爱情的象征，值得珍视。

黄苗子为夫人郁风的山水、花卉画也有题诗。这些诗风格清朗、壮健，如《题郁风画插盂折枝花二首》：

老亦凭高欲奋飞，风光一代壮心驰。
偶然洗却凌云气，故染花青画折枝。

不买胭脂画牡丹，却留丛碧储春颜。
葱葱尽是东风力，爱作寻常花草看。

郁风画作

郁风（1916—2007），浙江富阳人，烈士郁华之女，著名作家郁达夫侄女，著名画家、散文家。曾任《新观察》副主编、《诗与画》半月刊主编等，中国美术家协会书记处书记，中央文史研究馆馆员。她与黄苗子结婚后一直恩爱如初，直至晚年，仍是"一对快活的老伴"。据说，91岁高龄的她，热情如青年，天真如中学生。前一首说"老亦凭高欲奋飞，风光一代壮心驰"，便反映了郁风那蓬勃的朝气。全诗赞扬了郁风脱俗的人品和艺术风格。她不追逐时尚，"不买胭脂画牡丹"，而是"爱作寻常花草看"，要留绿色满人间。虽欲"洗却凌云气"，但壮心不已，仍要"奋飞"，反映了她不断的艺术追求。

黄苗子的《题〈富春图〉二首》也是为夫人画而题。其第二首是："前头无限好风光，绕过严滩即富阳。长恋鹳山花草梦，儿家门巷达夫坊。"这首诗以郁风的口吻着笔，写出画家怀念故乡的情思。此诗风格婉丽，似与前几首诗不同。

注　释

〔1〕黄苗子、杨宪益、邵燕祥著，纪红编《三家诗》，花城出版社，2017，第3页。

第七十九章

学界泰斗饶宗颐题画诗

　　饶宗颐（1917—2018），生于广东潮安（今潮州），祖籍梅县铜琶村，字固庵、伯濂、伯子，号选堂，是享誉海内外的学界泰斗和书画大师。他在传统经史研究等多个学科领域均有重要贡献，在当代国际汉学界享有崇高声望。中国学术界曾先后将其与钱锺书、季羡林并列，称为"南饶北钱"和"南饶北季"。钱锺书称饶宗颐是"旷世奇才"，季羡林则说："他就是我心中的大师。"

饶宗颐

　　饶宗颐一生成就卓著，著述除"敦煌学"、"甲骨学"、"词学"、"史学"、"目录学"、"楚辞学"、"考古学"（含"金石学"）、"书画"八大门类外，还有教育学、音乐学等，可谓包罗万象。曾任中央文史馆馆员、西泠印社社长，香港中文大学中文系荣休讲座教授、艺术系伟伦讲座教授以及中国文化研究所顾问，香港大学、北京大学、南京大学等校名誉教授。饶宗颐曾获多项奖誉，包括法兰西学院儒林汉学特赏、法兰西学院外籍院士、巴黎亚洲学会荣誉会员、法国索邦高等研究院首位华人荣誉人文科学博士、中国国家文物局及甘肃省人民政府授予敦煌文物保护、研究特别贡献奖、香港政府大紫荆勋章，以及香港艺术发展局终身成就奖等。

第一节　非凡的人生　辉煌的成就

饶宗颐天分极高，更兼幼承家学，学养深厚。12岁，从金陵杨栻习书画，攻山水及宋人行草，开始抵壁作大幅山水及人物。16岁，咏优昙花诗，一时惊诸老宿，竞相唱和。15岁时，其父饶锷老先生因编写《潮州艺文志》劳累过度而逝。饶宗颐继承父志，一面将父亲诗文遗稿编成《天啸楼集》，一面旁搜博采，拾佚钩沉，完成《潮州艺文志》，后刊于《岭南学刊》，一时名声大噪，并由此开始了学术和艺术生涯。

1938年至1939年，饶先生受聘为中山大学研究员。当时广州沦陷，中山大学迁往云南澄江。饶先生拟绕道香港入滇，不料抱病留港，大受香港各界名流欢迎。著名学者王云五邀请他参加《中山大辞典》编辑，书法家叶恭绰也力邀他加盟《全清词钞》编纂。这两项工作使饶先生有机会阅读到不少一流藏书家的各种珍本，其学识有了一个质的飞跃；而且，他对国学的研究一发不可收，几年间先后撰写《广东易学考》《尚书地理辨证》《说文古文考》《古史新证补》《西汉节义传》《金文平议》等，受到顾颉刚的看重并受约为他的《古史辨》撰著第八册《古地辨》和史书《新莽史》。著名学者童书业为饶宗颐名作《楚辞地名考》作序云："考据之学，愈近愈精，读宗颐饶君之书，而益信也。君治史地学，深入堂奥，精思所及，往往能发前人所未发！"

1952年至1968年，历任香港大学中文系讲师、高级讲师、教授，主讲诗经、楚辞和六朝诗赋、古代文论及老庄哲学；后在日本东京大学讲授甲骨文以及从事甲骨学研究。后来进行敦煌学研究，出版了《敦煌本老子想尔注校笺》《楚辞书录》《巴黎所见甲骨录》等专著。其甲骨学著作《殷代贞卜人物通考》获得汉学儒莲奖，成为继洪煨莲之后第二个获此殊荣的中国学者。主编《文心雕龙研究专号》，首次将敦煌本《文心雕龙》印刊。

饶先生精通梵文，受聘为印度班达伽东方研究所研究员，游学足迹遍及印度南北。此间，饶先生发现刘熙《释名》源于《婆罗门经》，韩愈

《南山诗》深受马鸣《佛所姓赞》的影响，"悉昙"之学对中国音韵学、文学影响深远。其间，饶先生还翻译了《梨俱吠陀》经，为中印文化交流史研究作出了贡献。

饶宗颐曾师从巴黎大学高等研究院（EPHE SORBONNE）教授、亚述学泰斗蒲德侯（Jean Bottero）学习楔形文字及西亚文献，首次译出《西亚开辟史诗》。在施舟人（Kristofer Schipper）教授的陪伴下，一同考察闻名世界的法国西南部拉斯科史前洞窟壁画（Lascaux Caves）。1978年8月从香港中文大学退休后，应聘为法国高等研究院宗教部客座教授，主讲"中国古代宗教"。

饶宗颐著作等身，共出版论著50余部，发表论文400余篇。

饶宗颐人生的每个阶段，都活得精彩。少年时代从发表第一篇论文起，就出手不凡，像一条汩汩小溪奔流不息；青年时代，足迹遍及海内外，求师访友，学业大进，像一条长长的小河左右逢源；壮年时代，厚积薄发，大著频出，像一条滚滚的大江一浪高过一浪；老年时代，千锤百炼，炉火纯青，像大海广纳百川，汪洋恣肆，横无涯际。因此，饶宗颐在当代中国学术史上的地位，几无人可比肩。

其一，20世纪的中国传统人文学术研究，一个大的趋向即如何在乾嘉诸老的基础上再向上一层。饶宗颐以其特殊的个性和聪明才智，正是处于此一学术潮流中的前沿人物，其成绩足以与当代名家相颉颃。

其二，1949年至1978年，是饶氏学问生命的精进期，也正是他成长为中国与海外汉学研究领域不多的桥梁人物之一的时期。1956年，饶宗颐发表《敦煌本老子想尔注校笺》，将伦敦所藏这部反映早期天师道思想的千载秘籍全文录出，兼作笺证，阐明原始道教思想。在20世纪的"东学西渐"史中，饶宗颐是一个重要的开风气之先的人物。

其三，饶宗颐在学术上和艺术上的造诣均达到很高水准，他集学问与艺术于一身，以博洽周流、雅人深致的境界，成为当代罕有的国学名人。同时，他的文化世界具有自信、自足、圆融、和谐的特点。整个20世纪，一般知识人都觉得一定要在东方与西方、传统与现代、"新派"与"旧派"之间做选择的时候，他却没有焦虑和困惑。他的世界里，东方与西方之间没有鸿沟，古代与现代之间没有裂罅。这是特殊时代、特殊地缘所造就的学术文化史现象。这一范式所树立的标格，对未来的中国学术具有重要的启示意义。

第二节　饶宗颐书画艺术

学术的高度在一定程度上决定了饶宗颐的艺术高度。不少人把饶宗颐与王国维、陈寅恪相比，因为他们在治学上都是既博又深，在不少领域都极具开创性。但王国维和陈寅恪两位，都未有如饶宗颐之艺术成就。倘若与前人相比，饶宗颐应更近于宋代苏轼。但若论学术成就，又非苏轼能比。古人常说"读万卷书，行万里路"，而饶宗颐先生在古训之上而有"著等身书，写各种画"。如果自饶宗颐1929年从金陵杨栻学习书画开始，到先生去世，艺术生涯共八十九载，画历之长也是少有。饶先生从12岁开始研习山水及宋人行草并能够抵壁作大幅山水及人物，与书画结下不解之缘。

纵观饶先生各个时期的画作，无论题材还是风格，大抵都与其学术领域和学术成就相关，表现出了学艺融通的绘画特色。从旧学基础上发展而成的饶宗颐先生的画学，从开始学画到后来的学艺融通，都不可能离开学习传统的基础，因此，他不仅临摹了诸多古人的画迹和画法，还参合古人画法而有新的表现。在他的早期作品中有一些摹本，记录了这些过程；中期则有一些演绎之作，表明了融通的意义。早在1975年，饶宗颐先生就出版了《黄公望及富春山居图临本》，他像自明代董其昌以来的诸多画家一样，用临摹的方式表达了对黄公望的尊崇。1977年作《摹唐韩滉五牛图》；1982年作《摹宋李公麟五马图卷》，并就此作了相应的考证。正因为有了这些对于历史上画马之作的临写，才有了《八骏图卷》（1995年作）这样的鞍马题材创作。

1979年，他首次回内地，在参加中国古文字学会议之后赴湖南考察马王堆出土文物。1985年又出版了《楚帛书》《随县曾侯乙墓钟磬铭辞研究》（与曾宪通合作）。而这一时期他还作了楚国帛画《龙凤仕女》的摹本，并题："是图具见楚人画艺之高，写窈窕佚女，夔凤在侧，山魈以逐魑魅，祈禳兼施。余曩以为即写九歌山鬼之状，有文论之，说者多歧，似无庸刻舟求剑也。"他将画与楚文化研究结合起来，体现了他的学识，也表现了他以书画寄情的方式。

陈师曾论文人画时曾说："有何奇哉？不过发挥其性灵与感想而已"，而这一发挥中的"性灵与感想"在文人那里有一些世代相传的内容，包括像梅兰竹菊这样的常规题材，还有像寓意坚韧和长寿的松石、表现高洁的荷花等。因此，饶宗颐先生既画《四君子四条屏》，又画松树、柏树、梧桐、椿树成《松柏同春四条屏》，而更多的是画荷花。

素有"饶荷"之誉的饶宗颐先生的荷花，论幅面有巨幛，也有尺幅；但不管是水墨，还是设色，所表现的荷花精神，尤其是荷花与他学问中的敦煌学、佛学、禅学都有着重要的关联。"蒲上生绿蒻，波底荡红云"，《泼墨荷花四联屏》显现的也是不尽的文思。

在文人绘画中，题跋占有重要的位置，也有很多讲究，往往是"画之不足，题以发之"。作为文人思想在画面上的一种特别的表达方式，饶宗颐先生不止于此，他还常常配以对联。《荷花八条屏》以对联

饶宗颐绘画作品

"竹雨松风荷月，茶烟琴韵书声"传达了文人的意趣，超越了物的对象。荷花作为一种文化符号，在饶宗颐先生的绘画世界中，得到了尽情的表现。他经常不满足于传统文人的方式，不断变换语言和形式而求得自我风格的展现。同时，他还以传统文人的习性，通过文人所钟情的内容来构想新的画作。

在文人画的各种题材中，作品所表现的文人的生活方式也是重要的内容。文人的怀古、寻古、鉴古，发思古之幽情，常常出现在画面中而表现出特别的文化内涵。饶宗颐先生作《泰山绝顶》，题"昔七十二君遗迹无有存者"，由此及彼地联想到唐玄宗到泰山封禅时的遗迹，"古封泰山，七十二君，或禅奕奕，或禅云云，其迹不见，其名可闻。"而由玄宗亲自撰写的《纪泰山铭》碑文，用隋唐风行的八分书体凿就于石崖之上，以千字而蔚为大观，其浑厚苍劲的书风也对饶先生书法有着重要的影响。而由此可以联想到饶先生1969年出版的《星马华文碑刻系年》以及此前对敦煌写经书法的研究。而与其早年研究成果《楚辞与词曲音乐》相关的是，饶宗颐先生所作《潇湘水云》，自题："琴曲潇湘水云余喜弹之，郭沔造此调，借二水奇兀于九疑惓惓之情，沔字楚望，未亲临其地，空中传恨，极苍茫恍惚之致，艺术从虚造景，正当如是。"从著名的琴曲到潇湘云水的景致，彼此的关联通过笔墨而给人以余音绕梁的想象——"剩伴我、有飞鸢点点，芦边雁影，天上星痕。"此情此景所表现的怀古之思之想联系了文人的胸襟，而笔墨的意趣也通过怀古而生发出特别的味道。另所画《琴材图》，"不可以弦，而具琴则，不可以鼓，而蓄琴

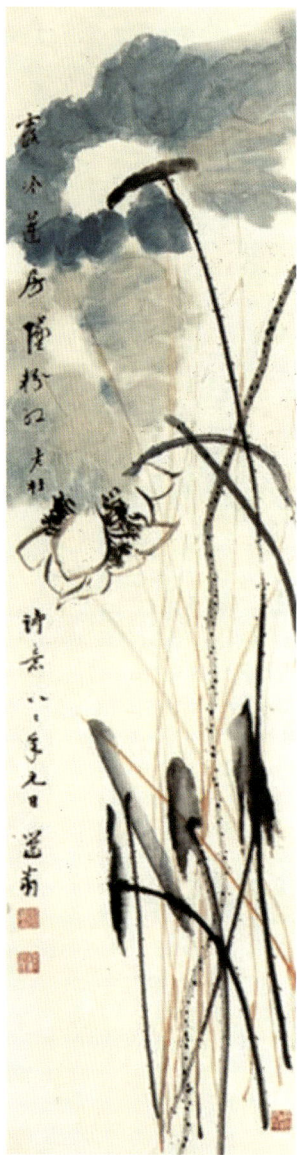

饶宗颐绘画作品

德。不雕不琢，心以阔而益空。不丹不漆，文以朴而胜色。"也与前者有异曲同工之妙。

饶宗颐先生不仅画了一些关于"西北宗"的画，表现了他对西北山水的特别感觉，还在研究敦煌书法和壁画的基础上，挖掘敦煌白画资源，寻找壁画中感兴趣的内容，创作了一批属于他自己的敦煌题材的作品。1978年，饶宗颐先生在香港中文大学艺术系主办书画展览，第一次展出了他所创作的敦煌白画的作品。此后，他不断深入，综合其他画法，开始展现独具学艺融通特色的艺术面貌，反映了这一时期他在学术上的关注点，以及在艺术上的追求。

在书法方面，饶宗颐植根于古文字，而行草书则融入明末各家豪纵韵趣，隶书兼采穀口、汀洲、冬心、完白之长，自成一格，真草隶篆皆得心应手，从大幅中堂、屏条、对联到方寸空间小品，风格多样，而沁人心脾的书卷气洋溢于每件作品之中，是名副其实的文人书画。饶宗颐主张书法要"重""拙""大"。先看"重"。唐代孙过庭说，书法创作的开篇起笔很重要："一点成一字之规，一字乃终篇之准。"书家书写第一个笔画和第一个字，是在为全篇的用笔用墨定下基调。作品的"重"，是用墨浓重，用笔深重，行笔沉重；要舍弃的是用笔轻佻和用墨浅淡，要入木三分，让线条有力量。难能可贵的是对"重"的把握恰到好处，否则轻了没有效果，过了便成"墨猪"。再看"拙"。作品在结字造型和运笔用墨上显得不同寻常的"笨拙"。运笔用墨"重"，不够轻灵飘逸，已是"拙"了，而那些笔画的写法也不同于"二王"一脉书家的笔法，更显"笨拙"。饶宗颐

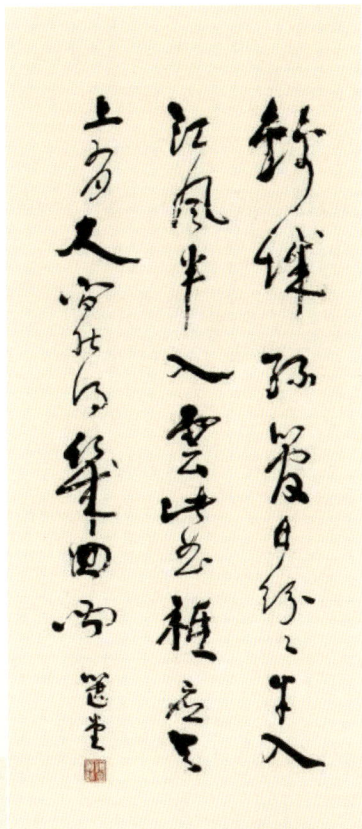

饶宗颐书法作品

是用汉隶和简帛的笔法来写行书的，多用逆锋、涩笔，行笔显得十分吃力，仿佛是磕磕绊绊往前走，字的线条自然动荡弯曲。这样写出来的字并不妩媚，甚至有点丑拙，可是看似笨拙的线条却质感很强，有金石味，蕴含着生命的坚韧力量。最后看"大"。饶宗颐的作品有一种正大气象和开张的气势，不是小家子气。他早年习颜楷，又临"二爨"，故作品结字宽博端正，正面示人、不偏不斜，平衡稳定，如君子正襟危坐。而且每个字的笔画分间布白均匀，更增添了字的稳定感。其书法以博大精深的学问为底蕴，将南帖、北碑、汉隶、简帛、钟鼎共冶一炉，自成一家。

第三节　饶宗颐题画诗词

饶宗颐不仅是享誉海内外的国学大师，也是当代杰出的诗词名家。《选堂诗词集》是他近百年诗词的典范之作。其诗词气格高逸，风神绵邈，淡而有味，秾而不华，一派清澈。有《题画诗》集，收题画或书诗跋76首，集诗、书、画于一体，既有艺术价值，又具审美情趣，是饶宗颐诗词中的精品。

饶宗颐一生淡泊名利，热心公益事业，先后为灾区捐赠大批财物。他追求积极向上的精神境界。据施议对编纂的《文学与神明——饶宗颐访谈录》一书记载，饶宗颐受王国维境界说的影响，也有自己的"三境界"："漫芳菲独赏，觅欢何极"，为第一重境界，意谓在孤独中思考和感悟，上下求索。"看夕阳西斜，林隙照人更绿"，为第二境界，意谓尽管夕阳西下，却仍不失其光辉。他认为，这是一般人不愿进入的一重境界，因为一般人都愿意精神外露，既经不起孤独寂寞，又不肯让光彩被掩盖。"红蔫尚伫，有浩荡光风相候"，为第三重境界，即无论如何都要相信，永远会有一个美好的明天在等候自己。饶宗颐的三重境界，就是要培养自己"富贵不能淫，威武不能屈，贫贱不能移"的精神意志。

只有了解饶宗颐这三重境界，才能更好地解读他的题画诗词。他的题画诗都是其人格的艺术再现，好似一汪湖水，清澈见底；又好似纯净的山泉在心灵流淌，给人以脱尘超俗之感。如《题画杂诗》其三：

> 去水涟漪合入诗，波澜纸上动风姿。
> 湖光四方宽如许，商略残阳欲坠时。

这是诗人32首组诗之一。其诗前小序说："往岁过日本琵琶湖，有句云：'天含神雾水如诗，湖草寻常只弄姿。犹是荻花枫叶地，夕阳无语雁来时。'近以暇暑，作画颇多，屡有题句，辄次是韵，共得三十许首，录为一卷，以备忘云。辛亥秋杪，选堂时在星洲。"由此可知，这组诗作于新加坡，并且都是次往岁《题日本琵琶湖》诗韵。其实，不仅韵同，诗的意境也极相似。流水泛起涟漪，波澜涌于纸上，既写实景，又写画境。四面湖水宽阔无垠，山光水色交融，好像在互相商量着如何去迎接夕阳的光彩。诗人以拟人手法化静为动，充满了诗意美，毫无衰飒之感。再看其四：

> 西风卷地忍抛诗，南雁飞来媚远姿。
> 写得鸳鸯难嫁与，亏它涂抹费移时。

秋风卷地，一片萧瑟，诗人难以赋诗；然而看到南雁展翅飞来的妩媚姿态又诗兴大发，画笔飞扬。涂抹多时画出了鸳鸯。忽而一转，又愁纸上鸳鸯难以嫁出。忧中而喜，喜中又忧。此诗基调是乐观而诙谐的，充满了情趣。诗人无论面对让人留恋的夕阳西下，还是西风凛冽，都不为所动，心如止水。他的这种沉静心态在其六诗中有揭示："一川雨歇暮催诗，鼓吹鸣蛙豹隐姿。画境人家谁会得，登楼好是去梯时。""去梯"，是说南朝宋时画家顾骏之筑高楼作画，"登楼去梯，妻子罕见。"[1]诗人有了去梯作画的心境和画境，安得不看淡一切。

诗人都是多情人。饶宗颐当然也不例外，心中的涟漪也常常泛起，只不过他表达感情的方式不同罢了。试看第十一首诗：

> 缕缕炉烟处处诗，紫禽柳巷作吟姿。
> 芭蕉犹滴心头雨，看放春晴记叙时。

前两句描写美好的村落画景，炉烟缕缕，柳巷鸟鸣。第三句忽一转，说芭蕉叶上露雨下滴，宛如心头落下的愁雨。这是以乐景写哀，但并未一倍增其哀。第四句又转悲为喜，等待放晴时再叙写更美好的明天。可见诗人偶有哀愁也是淡淡的，并且寄情于景，委婉含蓄。即使表现较为深沉的离愁，诗人也不直抒胸臆，如《宋元吟韵继声十首》其一：

> 乱草如愁不可名，远山远水梦牵萦。
>
> 荒陂落日城头客，离绪连根铲又生。

如果说首句形容离愁如乱草较为常见，那么次句的"远山远水梦牵萦"则寄意遥深。它让人想到唐代罗隐《魏城逢故人》中的佳联"山将别恨和心断，水带离声入梦流"，又让人想到宋代刘过在《醉太平》词中怀人的名句"思君忆君，魂牵梦萦"。可知诗人既思乡又怀人。后两句写日暮荒坡城头之羁旅，惜别之情如乱草锄根又萌生，思绪悠悠，不绝如缕。这既承前两句之愁思，又紧扣首句之"乱草"，首尾相应，思维缜密。

饶宗颐也有一些关心民族、家国命运题材的题画诗，如《梅窝写生》：

> 此去梅窝近，人归傍午天。
>
> 沙黄矶似铁，浪白海为田。
>
> 短树难成阵，秋风且趁船。
>
> 江山方待雨，囊括入诗篇。

诗人在诗后注："六十年代梅窝写生，癸未冬日，于丛残中检出，重题旧句，忽忽四十年前事，恍如梦中事也。"这是一首写景诗。颔联"沙黄矶似铁，浪白海为田"是咏海滩之名句，沙黄矶黑，白浪滚滚，既有斑斓之色彩，又现无垠之海疆。而最有意蕴的是尾联，"江山方待雨"，是自古至今人类的永远期望。诗人旧句重题，恰恰表现了他一生的人文关怀。

饶宗颐《五岳图》

另一首《五岳图·衡山》是诗人对国家

统一的欢唱：

> 岭似儿孙相率从，凭高喜见九州同。
>
> 陇岷嵩岱都行遍，更上朱明第一峰。

首句从高峰远望写起，看脚下连绵之山岭，犹如儿孙在身后相随。这又恰似祖国大家庭中儿孙簇拥于后。于是道出"九州同"之喜悦。

饶宗颐题画诗词的艺术风格清淡高雅，自然质朴，如《浣溪沙·为云山题梦景庵图》：

> 一梦从谁论古今，觉来浑不辨晴阴。薄云小院自深深。 园柳惯随芳草绿，江风只送夕阳沉。几时待得变鸣禽。

此诗为画家陆云山《梦景庵图》而题，由梦起兴，因梦入画，既描绘出画中云山梦境，又描绘出朦胧的梦中画境，似写实似梦幻，意境缥缈，余韵悠长。下阕化用谢灵运名句"池塘生春草，园柳变鸣禽"，将梦境拉回现实，一扫夕阳西下之沉寂，饶有兴致地盼望春鸟悦耳之鸣声，既激活了画面，又给人以期待。风格恬淡而清新。

宋代诗画家刘延世在《自题墨竹》诗中说："毫端虽在手，难写淡精神。""淡"，作为一种审美概念或标准，早在《庄子·刻意》篇中就已提出："淡然无极，而众美从之。"汉代又有"大味必淡"之说。唐人司空图则把"冲淡"标举为《二十四诗品》中一品。饶宗颐的题画诗词之所以能达到至淡之境界，是其一生人格、诗品修炼之结果，绝非易事，正所谓"作诗无古今，唯造平淡难"（梅尧臣《读邵不疑学士诗卷，杜挺之忽来，因出示之且伏高致，辄书一时之语以奉呈》）。

但是，作为国学大师饶宗颐的诗词，其艺术风格也是多样的，再看《白山图册题句》其四：

> 群山势走蛇，其来不可已。
>
> 屋小如牵舟，红浸夕阳里。
>
> 飞雪拂空林，朔风振枯苇。
>
> 去霭密成阴，浮生薄如纸。

> 莽莽万里山，微绛染千里。
>
> 山穷仆休悲，马后峰头起。

　　诗人在诗后补记说："辛亥岁暮，戴密微丈寄贻《瑞士图册》，回忆曩年白山黑湖之游，挑灯写此，率成数纸，时除夕纵如三鼓矣。选堂记于星洲。"白山，指冬日法国一侧的阿尔卑斯山。此时山上白雪皑皑，故称。1966年，诗人曾与法国友人戴密微一起游阿尔卑斯山等地，对"白山""黑岭"留下很深的印象。这次看画诗兴大发，挑灯成篇。这首诗与他的其他山水画题诗不同，不是孤山静水、湖平沙软，而是群山起伏、势如奔蛇、朔风飞雪、苍茫辽阔。诗风豪宕，壮观雄健。他的另一首《题刘海翁狂草卷，兼谢其远颁红梅画幅，用东坡黄楼险韵》，是书画并题的杰作：

> 奔蛇走虺谁能说，烟墨澶漫看波发。
>
> 气盛空阔欲无前，古劲真堪药流滑。
>
> 美公锋抵屋漏痕，惭我浪学翻着袜。
>
> 冷艳远颁来千里，温煦何当献一呷。
>
> 范水模山事已勤，去壑藏舟且负锸。
>
> 绿衣鸟挂朝暾回，红萼香销秋肃杀。
>
> 柳侯归来亲传语，喜揖高轩如古刹。
>
> 相望情比潭水深，晤言何及思轧轧。
>
> 清光北斗月照人，仙云南海风低压。
>
> 笔肆人与花俱老，枝斜势共山争嶻。
>
> 向来姿媚仅换鹅，茂赏画图出双鸭。
>
> 乞公还写江南春，预赋新诗咏苕霅。

　　这首诗颇见这位学界泰斗和书画大师之功力。其一，在同一首诗中展现两种不同的艺术风格，前半部褒扬刘海粟之狂草，诗亦如狂草横放桀出，气凌霄汉。后半部赞其红梅画幅，又忽如春风拂面、明月照人，清新典雅，风格淡逸。其二，将字、画、情融于一体，由字而画，由画及情。一是深情地表达了对刘海粟的思念及思乡之情；一是在不经意间阐述了自己在书画上追求独立而自然之风格以及自身不愿与世俗逐流之思想。由人及己，复由己及人。至此，友情与胸襟、气度，浑然而不可分。其三，用典恰切，几不见痕迹。此诗几乎处处用典，而且无不切人、切地，合情合理，如"羡公锋抵屋漏痕，惭我浪学翻着袜"两句，"屋漏痕"，比喻用笔如破屋壁间之雨水漏痕，凝重自然。据唐陆羽《释怀素与颜真卿论草书》载，颜与怀论书法，怀素称："吾观夏云多奇峰，辄常效之，其痛快处，如飞鸟出林、惊蛇入草，又如壁坼之路，一一自然。"颜真卿谓："何如屋漏痕？"怀素起，握怀素手曰："得之矣！""翻着袜"，比喻违背世俗之说而实别具真知灼见。据《苕溪渔隐丛话》卷五六载："王梵志诗云：梵志翻着袜，人皆道是错。乍可（宁可）刺你眼，不可隐（伤痛）我脚。'一切众生颠倒，类皆如此，乃知梵志是大修行人也。"此两句一是赞人，一是说己，"浪学"二字既诙谐又自谦。这样的用典，非大学问家是不能做到的。其四，像这样的长诗用别人诗的险韵，也极难，用得妥当尤难。

饶宗颐还有几首为莫高窟壁画所题之诗，也饶有特色，试看《自题莫高窟图，为苏莹辉作》：

河湟入梦若悬旌，铁马坚冰纸上鸣。
石窟春风香柳绿，他生愿作写经生。

"河湟"，指今青海、甘肃境内之黄河；湟水流域，此指莫高窟。诗人观看莫高窟壁画，深为其打动，由昼思而入梦。"悬旌"，既说自己心旌为之摇动，又说仿佛见到河湟旌旗招展，铁马踏冰而来。壁画之神奇可见一斑。

他的论诗画的题诗也颇有见地。如《题画杂诗》其三十：

画史常将画喻诗，以诗生画自添姿。
荒城远驿烟岚际，下笔心随云起时。

前两句言理，阐述自古以来诗画同源说，将画比作诗，用诗意创作画境，素为人所称道。后两句假景物以寄意，说明只有"心随云起"般天人合一才能以诗心驱画笔，化腐朽为神奇。其三十二又说："何当得画便忘诗，搔首无须更弄姿。惟有祖师弹指顷，神来笔笔华严时。"这首诗以禅说诗，颇为精妙。诗人以"艺术换位"论如何以诗生画。诗与画是相对独立的艺术门类，画可取诗之美，把诗意化为画境，无须搔首弄姿般矫揉造作，应自然融合二者之美。至于诗人的素养，则如佛家参禅一样修炼，厚积薄发。当达到祖师之修为时，作画便信手拈来，化用自如，描绘出华严大乘境界[2]。另有《张谷雏命题所度潘冷残画卷》也是一首评画的佳作。

注　释

[1] 谢赫：《古画品录》。

[2] 饶宗颐：《选堂诗词评注·题画诗》，花城出版社，2016，第20页。

结　语

—— "请君莫奏前朝曲，听唱新翻杨柳枝"

在对中国题画诗的纵向论述与横向论述中，遇到很多问题或课题，有待进一步探讨。这些问题有的已然论述或涉及过，但并未完善；有的是新问题，如对题画诗未来发展之展望等，都需加以论述。

第一节　细分题画诗种类

题画诗的内容虽然受到题材的限制，但因为可以借题发挥，所以所表现的内容也较为广泛。与许多非题画诗一样，题画诗不外乎写景状物、抒情言志，就画赞人和寄寓理趣等方面，不必细说。但从形式看，却种类繁多，千姿百态。如果从艺术分类看，又有平面艺术和立体艺术之分。

平面或弧面的，有绢帛、纸张、屏障、粉壁、扇面、石面、砖面、瓷面等。从所题诗的质地看，后三种为硬质的石料和陶瓷。以石料为载体的题画诗主要有两种：一种为加工的岩石，如最早见于记载的东汉石刻像《慈母投杼》上的四言赞。此后又有唐太宗李世民为昭陵六骏的题诗和欧阳询的书法、阎立德的刻字，是现存最早集诗、书、画、刻于同一平面的艺术品，只可惜由于年代久远和盗者破坏，石雕已破损，欧阳询的字迹也不清，但李世民的六首题诗尚可辨认。如《特勒骠》：

应策腾空，承声半汉；

入险摧敌，乘危济难。

又如《青骓》：

足轻电影，神发天机；

策兹飞练，定我戎衣。

这些诗虽然都是四言，但有抒情，有比喻、夸张，并非一般枯燥之铭赞。

《昭陵六骏》

另一种是为天然花纹石（即石画，不同于在石上作的画）的题诗。最早见记载的当为南朝沈约的《瑞石像赞》，而留下石画和题诗墨迹的是宋徽宗赵佶的《题祥龙石图》：

祥龙石者，立于环碧池之南，芳洲桥之西，相对则胜瀛也。其势腾涌若虬龙，出为瑞应之状，奇容巧态，莫能具绝妙而言之也。乃亲绘缣素，聊以四韵纪之：

彼美蜿蜒势若龙，挺然为瑞独称雄。

云凝好色来相借，水润清辉更不同。

常带暝烟疑振鬣，每乘宵雨恐凌空。

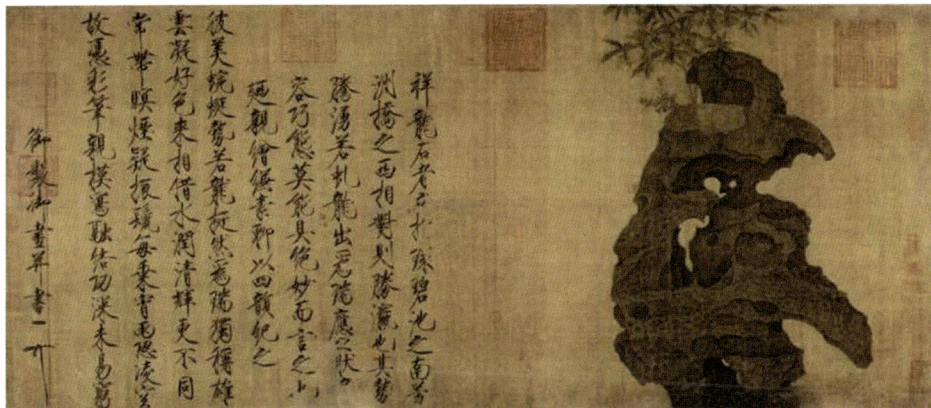

《祥龙石图》

故凭彩笔亲模写，融结功深未易穷。

这首诗虽然主要是咏《祥龙石图》，即为天然石画而写，但也有咏自绘"石画"之笔，可谓石画与自画石双咏。

在古代、近代题石画诗人中，题石画最多的是近代女诗人顾春，在《天游阁集》中有题画诗50余首。其代表作是《题春山霁雪石画》：

碧山如画自天成，陡涧春融雪后冰。

昨夜东风吹梦醒，晓霞烘染一层层。

"春山霁雪"，由花纹石形状而得名，诗人就石画而想象山景：山涧中的雪，春来融化后仍留残冰。仿佛东风吹醒了冬眠的大山，晓梦初觉，霞光烘染天际，一片朦胧。一"染"字，用水墨或色彩之晕染技法，描绘出石画模糊之状态，贴切而自然。如果说这首诗主要是咏石，那么明代王履的《关下林中二石如虎，奇不可状，于是悟画之所以然》则是写画石，其诗是："描貌三十年，接折纸绢里。槃礴谢斑寅，微风走秋水。"这两首诗同是咏石，但因所咏画的质地不同，一为天然石，一为艺术品画石，所以角度不同，特点也各异。

以石质材料作画的，还有沙画。这是一门独特的艺术。它结合现代人的审美观，依托深厚的中华文化底蕴，采用产生于大自然的天然彩沙，经手工制作而成。沙画还具有独特的表演魅力，能让现场观众进入梦幻般的

沙画《牵手的情侣》

世界，体会到前所未有的视觉享受。因此，常常用于现场表演。中央电视台等单位于 2017 年 9 月 28 日在北京举办的大型特别节目 "诗意中国"，即第九届中华世纪坛中秋诗会，就是沙画与诗朗诵相配合的现场表演晚会。中国沙画创始人之一，沙画艺术家苏大宝以精彩的创意、独特的视觉演绎了北京、成都、西安、广州、杭州等五个主题沙画作品贯穿晚会的始终。在一撒一抹间，在优美的诗朗诵配合下，一幅幅饱含诗意的画面徐徐展开。这五首朗诵诗，也应算作题画诗。又如为沙画《别让我为你心碎》所配的唱词（汪立生作词）也是一首题画诗。诗中说：

> 听到情之所至，听出义无返顾。
> 伤的更深，唱的更动心。
> 这就是现在的易王子，这是他一路走来的最精选作品集。

这是一首表现爱情的题诗，哀而不伤，颇可玩味。除自由体白话诗外，也有题沙画的近体诗，如王向峰的《咏沙画》：

> 画体成因格调殊，
> 形生沙上构为图。
> 亦雕亦塑千般景，
> 敷彩融情无不如。

这首诗紧扣沙画的特点，写其 "亦雕亦塑" 之手法和 "敷彩

苏大宝沙画《在路上》

融情"之功能，言简意赅，变化有致。

在瓷器上题诗，早在唐代就已出现。1974—1978年出土的长沙铜官窑瓷器上就有题诗21首。驰名中外的唐代长沙铜官窑，不仅首创釉下彩瓷新工艺，而且别开生面地把诗刻写于瓷器上，既达到了装饰的目的，又给今人留下了宝贵的艺术遗产。但这些瓷器上的题诗，并非真正意义上的题画诗：一是这些诗的作者并不都是瓷器的制造者；二是即使有少量诗是瓷器制造者所作，但与瓷器之间并无关联；三是瓷器上并无绘画，只有花纹或彩色。但是，这些题诗也有价值，它们对后来的瓷器画题诗有一定的开启和借鉴意义。

真正大量在瓷器画上题诗的是清代乾隆皇帝。据统计，仅故宫博物院收藏的瓷器，带有乾隆皇帝爱新觉罗·弘历御题诗的就有300余件，其中许多诗属于题画诗。如一件粉彩开光花卉御制诗文瓶，四面开光内以粉彩绘牡丹、荷花、芙蓉、梅花四季花卉；另四面开光书楷、行、隶、篆四体乾隆御制诗各一首，其中一首咏牡丹诗是：

粉彩开光花卉御制诗文瓶

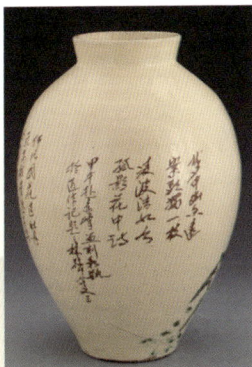

锦绣堂中开画屏，牡丹红间老松青。
日烘始识三春丽，岁暮犹看百尺亭。
天矫拿空欣得地，辉煌散彩正当庭。
一般都是生生意，坐对从知笔有灵。

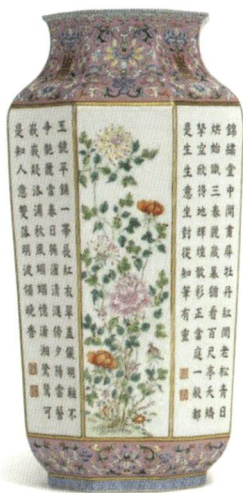

三彩釉水仙梅瓶

1529

诗写画境，诗画相得益彰。但在这些题瓷器画诗中，也有借用他人之作的，如一首咏水仙花诗："凌波仙子生尘袜，水上轻盈步微月。是谁招此断肠魂，种作寒花寄愁绝。含香体素欲倾城，山矾是弟梅是兄。坐对真成被花恼，出门一笑大江横。"这首诗并非乾隆所作，而是抄录宋代诗人黄庭坚的《王充道送水仙花五十支》一诗，并不算真正意义上的题画诗。在当代也盛行瓷器画题诗，如林声的《三彩釉水仙梅瓶》上的题诗：

> 凌波水仙子，雅洁不染尘。
> 洗尽凡心骨，花中冰玉魂。

此诗将水仙与梅花并咏，颇具概括力，既言水仙飘逸超尘之风姿，又写梅花冰清玉洁之魂魄，并借以喻诗人之节操。这件艺术品融诗、书、画于一体，作者既是诗人，又是书家、画家，为自画自诗自题之作，较为少见。

以木质为载体的雕刻或雕塑，是我国的传统工艺之一，有平面的，也有立体的，都有为之题诗的佳作。其中有一种朽木画，是介于平面和立体之间的艺术品，极为少见。它是利用朽烂木材断面的纹理加工而成的画。天然的纹理有深有浅，有粗有细，有直有曲，再经人工施以颜色、点染后，色彩斑斓，活色生香，极具观赏性。如王充闾的《题朽木画二绝》：

朽木画

> 古木精魂化锦斑，雷痕雨渍袅烟鬟。
> 画图省识神州景，横写江河竖写山。
>
> 天然朽木存机理，造化神工出匠心。
> 异卉奇葩荣四季，凋零不必怯秋深。

此二诗，前者写山水，后者状花卉。山水空濛，花开不败。既有哲思理蕴，又意境阔远。

以竹木质材料为载体的绘画、雕刻、塑像及其题诗很多，其中有为竹木塑像而题，有为竹雕刻而题等多种。竹刻宗师，清代周芷岩的竹雕和木雕享有盛名。竹木雕有阳刻，也有阴刻，其题诗同样也有阳刻、阴刻。阳刻如竹刻诗画《好鸟枝条亦朋友》。竹木阴刻的诗画较阳刻更多。

《好鸟枝条亦朋友》

这里重点介绍一种特异的"竹叶诗画"。所谓诗竹画，即把诗句的每个字的笔画都变形画成竹叶，与竹竿相配所组成的竹子图。这种画至少要做到三点：一是必须有诗，包括词、曲等；二是必须用竹叶组成诗的每一个字；三是必须是画。如果仅仅把诗的字变形成竹叶，而没有组成一幅画，也不叫诗竹画。这种诗竹画，将诗、书（字）、画完全融于一体，浑不可分，诗即画，画即诗。而这一切都有赖于竹叶组成的字。很显然，这是古今中外极为罕见的一种题画诗。中国古典诗竹画流传在世的，仅发现一幅《关帝诗行圣迹》，据民间传说为三国名将关羽所画。图上的竹叶字，自上而下，由右至左是：

> 不谢东君意，丹青独立名。
> 莫嫌孤叶淡，终久不凋零。

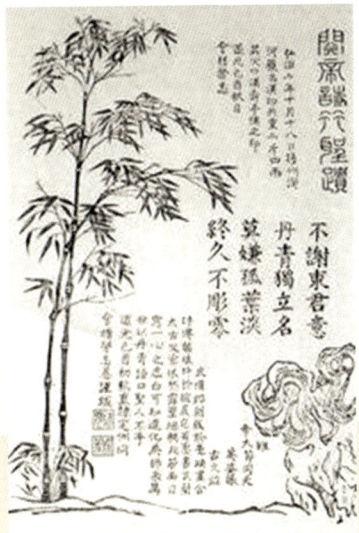

《关帝诗行圣迹》

关于这幅画与诗，史书《三国志》和小说《三国演义》中均未见记述。关羽究竟有无此作，无从考证。很可能是托名关羽之伪作。大约产生于明清之际。长江三峡著名游览胜地白帝城西碑林里的一块竹叶碑，上面也刻有一幅诗竹画，其诗与上诗同。此"竹叶碑"是光绪庚辰年（1880）以画著称的绍兴人曾崇德携其子与徒，游白帝城时所作。此图中之诗较《关帝诗行圣迹》图更易辨识。

在以丝绸类为载体的题画中，为缂

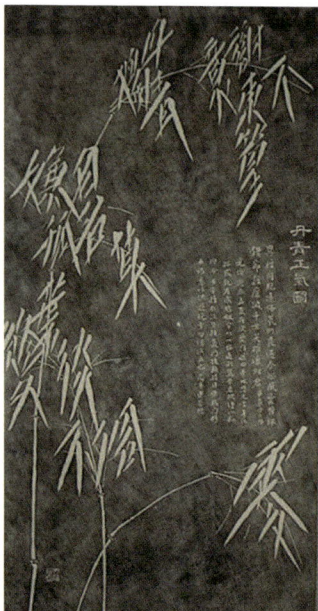

《丹青正气图》

（同刻）丝画的题诗是极为珍贵的作品。缂丝，又称刻丝。缂丝最早起源于汉代，是中国丝织业中最传统的一种挑经显纬，具有犹如雕琢镂刻的效果，且富双面立体感的丝织品，是中国丝绸艺术品的精华。宋元以来，一直是皇家御用织物之一，常用以织造帝后服饰、御真（御容像）和摹缂名人书画。因其织造过程极为细致，摹缂常胜于原作，而存世精品又极为稀少，所以极具收藏价值，常有"一寸缂丝一寸金"和"织中之圣"的盛名。其中苏州缂丝织造技艺已入选第一批国家级非物质文化遗产名录，后又成为世界非物质文化遗产。

缂丝画是一种以绘画为稿本，利用通经断纬工艺制成的艺术精品，如宋徽宗赵佶亲手为《碧桃蝶雀图》题诗：

雀踏花枝出素纨，曾闻人说刻丝难。
要知应是宣和物，莫作寻常蒿绣看。

此诗前两句写画图，并说其织造之难；后两句指出其为宣和年间（1119—1125年，宋徽宗年号）产品，很珍贵，不当只看作寻常刺绣品。

另一种题诗，是用人或动物的发丝为原料，运用书画的原理，在绣料上精心绣制的，称为发绣。由于效果很像墨绘，又称"墨绣"。发绣虽然针法相对简单，但操作难度很大，因为发丝纤细光滑，很难掌握，绣后还要用发丝固定。如明代的一幅《发绣停琴伫月图轴》，以发丝绣白描人物，一人长袍

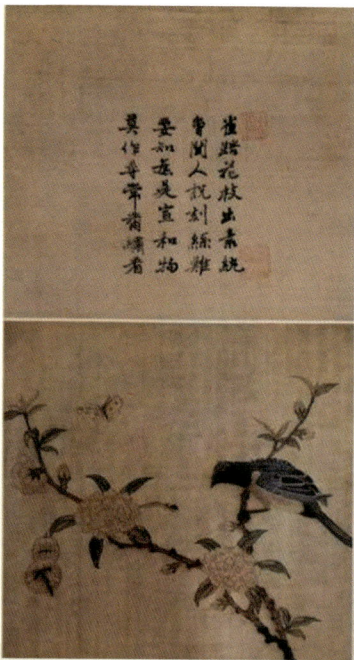

《碧桃蝶雀图》

广袖，神情潇洒，旁边一童子右手携琴，左手指向天上的太阳，寓意"指日高升"。其上绣有五言诗：

> 瑞气自天来，新恩陟上台。
> 日边应有诏，黄阁待君开。

此画图和题诗的作者均不详。后绣"七襄楼"白文印，或为某绣楼号[1]。

水画，是我国古代的一种神奇画种，不同于一般的水彩画。据《酉阳杂俎》载，"李叔詹尝识一范阳山人，停于私第，时语休咎必中，兼善推步禁咒。止半年，忽谓李曰：'某有一艺，将去，欲以为别，所谓水画也。'乃请后厅上掘地为池，方丈，深尺余，泥以麻灰，日汲水满之。候水不耗，具丹青墨砚，先援笔叩齿良久，乃纵笔毫水上，就视，但见水色浑浑耳。经二日，拓以缯绢四幅，食顷，举出观之，古松、怪石、人物、屋木，无不备也。李惊异，苦诘之，惟言善能禁彩色，不令沉散而已。"[2]《酉阳杂俎》虽为小说类典籍，但所言并非凭空想象，当以事实为据。水画又称为水拓画、无笔画，指用容器装满水，对水进行处理后，在水上点滴墨、色，利用水的张力，使其颜料在水面上形成画面，将有吸水性的画纸铺于水面，水面之墨、色被吸收的一种画法。

《发绣停琴伫月图轴》

到了当代，水拓画又有开创性的发展，出现了许多水画家，如秦旸、袁一宽等。但在他们的画上却不见题诗，这很可能受创作条件的限制。尚永亮有一首画外题诗《题水画》，对水画的特点、意蕴作了生动的概括。其诗是：

水画《自然百景》

> 满纸烟云凭水描，成图舍笔迹全消。

　　倩君唤取丹青手，万里山川入望遥。

　　火画，即火笔画，又称烙画、烫画，也有为之题诗者。其画法是，用火烧热烙铁，在物体上熨出烙痕作画。这是我国传统艺术的珍品。据史料记载，烙画源于西汉，盛于东汉。后由于连年灾荒战乱，曾一度失传，直到光绪三年（1877），才被民间艺人赵星重新发现和整理，逐渐形成以河南、河北等地为代表地的几大派系。

　　烙画以前仅限于在木质材料上烙绘，如木板、树皮及葫芦等。画面上自然产生不平的肌理变化，具有一定的浮雕效果，色彩呈深、浅、褐色乃至黑色。及至现代，又有人大胆采用宣纸、丝绢等材质，从而丰富了烙画的艺术形式。

　　在为烙画的题诗中，既有自由白话体，也有工严的近体。自由体的如墨耕散人的《题葫芦烙画诗》：

《葫芦烙画》

松风拂泉，云漫烟渺，荫浓隐渔樵。

青山绿水，村蔬野酒，浅酌乐逍遥。

人生十年有几，休蹉跎，润几分道气，笑看它日月穿梭。

格律诗有易夫的七律《烙画艺术》：

焦痕栩幻入丹青，烙墨齐眉各有形。

地化千姿天作巧，画成百态意生灵。

神奇难索思须悟，景秀常随创未停。

世上妙玄知不少，不离慧智早修铭。

如果说上一首是仅就山水烙画而题，那么此诗则是总说烙画艺术，赞其以焦痕烙墨幻化成人间的千姿百态，栩栩如生。

题画诗所题之画，按所使用的工具分，有中国画、油画、水彩画、版画、铅笔画、钢笔画、剪纸画等。这些画所使用的材料，基本都是绢绸和纸质，只是油画多为布料。其中，为中国画的题诗最为常见，并且多题写在画上，而为油画、版画、剪纸画的题诗多题于另处。但也有例外，中国最早出现的为版画题诗的著作、南宋的《梅花喜神谱》（这里的"喜神"指像），作者宋伯仁，善画梅花，工诗。其《梅花喜神谱》图形百种，各肖其形，以木刻出之，后系以诗。这是中国题画诗发展史上最早的题诗与木刻同在一

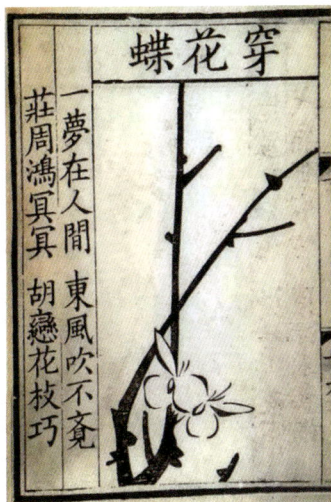

《梅花喜神谱》

个平面上的诗画相配的著作。这种形式的题画诗，在以后各代也时有出现。但多题于版画之外，如邓拓的题俞启慧的木刻《战友——鲁迅与瞿秋白》等。

钢笔画，是以普通钢笔或特制的金属笔灌注或蘸取墨水绘制成的画，是一种具有独特美感的绘画形式。其特点是用笔果断肯定，线条刚劲流畅，黑白对比强烈，画面效果细密紧凑，对所画的事物既能做精细入微的

刻画，又能进行高度的艺术概括，肖像、静物、风景等题材均可表现。

钢笔画的技法有多种，如：点法、马国斌的竖直排线法、交叉排线法等。钢笔画又分为写实钢笔画、彩色钢笔画、钢笔淡彩画、设计类钢笔画等不同种类。所用笔尖有粗、细、扁、圆等多种，不同的笔尖可以产生不同的效果。通过单色线条的变化和由线条的轻重疏密组成的灰白调子来表现物象。钢笔画从西方引进，在中国属新画种，尚处于发展当中。[3]

钢笔画

写实钢笔画，是采用写实手法进行钢笔画创作。这与以往所有的钢笔画有着本质上的不同，以往的钢笔画都有一种"工作"为另一种"工作"服务的迹象，它存在的性质，似乎"永远"没有独立性，即使有的作品独立性较强，也摆脱不了"附属"的命运。写实钢笔画则不同，它是独立的。

钢笔淡彩画在传统意义上指的是在钢笔线条的底稿上，施以水彩。如今钢笔淡彩的范围已经被大大地拓展开了。对于这个"彩"，可以理解很多，可以是彩铅，可以是水粉，可以是马克笔，可以是油画棒，只要是能在钢笔线条的底稿上和谐地运用色彩的丰富和微妙来表现物体的立体感、空间层次感，能充分营造画面氛围的方式，都能尝试。

彩色钢笔画，指单纯用金属质笔端画具和墨水（含各种墨水及自制墨水）在不同画材（纸张等）上绘制的钢笔画。其前提是不应以牺牲钢笔画的特质为代价，不能因其他介质的加入而改变或弱化了钢笔画的特质。其技法原理与我们平常见到的钢笔淡彩、毛笔水彩或彩色铅笔画有着本质区别[4]。

陆钧彩色钢笔画

近年来出现了"大钢笔画",代表人物徐扬被誉为"世界大钢笔画创始人"。大钢笔画以物象庞大著称,其表现力更强,更真实,线条笔触层次分辨率更高,气势磅礴,更具震撼力,一改过去人们对钢笔画只能画小品和插图的旧观念。大钢笔画完全可与其他画种(如国画、油画等)比肩同行。

大钢笔画《信步》

2008年徐扬在西安举行的全国第二届钢笔画展中获特等奖的作品《信步》(220 cm × 160 cm),画中的大象与原物等高,气势磅礴,令人叹为观止。

目前为大钢笔画的题诗尚不多见,试看王振纲为徐扬大钢笔画《吉祥门第》所题的诗:

放步征途远，平川荡瑞云。

凭君神妙笔，雄健冠群伦。

大钢笔画《吉祥门第》

　　在中国传统文化和民俗中，因"象"与"祥"谐音，故被赋予吉祥、长寿等之意。古人云"太平有象"，即有此意。徐扬的《吉祥门第》中的"吉祥"二字谐音"集象"。"集"，集中、集汇之意也，言多，故画面大小象云集。象多，自然吉祥也多。王振纲的题诗首句即点群象，并颇具动感。次句，诗人的目光由近而"远"，既展开想象，又紧扣诗题之"吉祥"。三、四句一赞画家通神之"妙笔"，一以"雄健"回应放步之"远征"，构思缜密，意境阔远。

　　剪纸，又叫刻纸，是一种用剪刀或刻刀在纸上剪刻图案、花纹等，用于装点生活或配合其他民俗的民间艺术。它具有上千年的历史和广泛的群众性，是国家第一批非物质文化遗产，后又被联合国教科文组织列入"人类非物质文化遗产名录"。这种镂空艺术，在视觉上给人以透空的感觉和特有的艺术享受，受到人们的喜爱。其载体除纸张外，还有金银箔、布、树皮、皮革等片状物。

　　在剪纸图案上刻诗出现很早，唐代就有镂金为"胜"（古代戴在头上的饰物），现存于日本国奈良正仓院。据考证，这一"人胜"（古代荆楚风俗，妇女于农历正月初七的"人日"所剪彩或镂刻金箔为人形之首饰）是为日本天平宝字元年（757）八月间之献物，即唐肃宗至德二年前刻制。此"人胜"为正方形，折叠金箔，雕镂而成。下有花木青石和一儿童在与一宠物嬉戏。图案花边雕镂精细，儿童神态身姿活泼，宛如一幅"婴戏图"。最可贵的是，中空刻有"令节佳辰，福庆唯新。燮和万载，寿保千春"的吉祥赞诗。这当是我国题画诗发展史上最早有实物的画与诗在同一平面的镂金艺术品，弥足珍贵。

在当代，也盛行剪纸艺术，但为剪纸画的题诗却不多，偶有题诗也多在剪纸之外，如周汝昌为李宝凤的剪纸《红楼梦·大观园》的题诗：

> 红盏一丈现红楼，满眼群芳百态收。
> 也似娥皇铺彩石，神工巧剪世无俦。

《红楼梦》中"大观园"（局部）

此外，为平面图像题诗的还有为照片、影片的题诗。其中的影片，可称为动态的画。底片洗印出来即为照片。所以，为影片的题诗也应算作题画诗，如茅盾的《题动画片〈小蝌蚪找妈妈〉》等。

为塑像等立体艺术题诗也是题画诗一种。从其用料看，有泥塑、陶瓷塑、金属塑等。早在唐代，就有为泥塑佛像的题诗，以后各代也多见。其中清代赵翼为《捏塑传真》的题诗较为新颖。此塑像似未经陶制，风干而成，造价较低。为金属类塑像的题诗也很多，其中有金、银塑像的题咏之作，也有为铜、钢塑像的题诗，但最多的是为铜像的题诗，也颇多佳作，如钟振振的《北京大学校园见蔡元培先生铜像》：

铸就精铜不坏身，未名湖畔（一作侧）对松筠。

上庠祭酒知何限，青史偏传蔡子民。

自注：上庠祭酒，大学校长。蔡元培先生字子民。

蔡元培先生铜像

此诗语意双关，取譬恰切，格律严谨，情意深厚，洵为绝句之上品。

综上所述，绘画、剪纸、雕刻、塑像等的载体和所用材料极为丰富：金、木、水、火、土及其所派生物等无不可用来作为制画的材料或工具。所谓金，是指金属材料，包括金、银、铜、铁等，主要有铜塑像和铁画等。木，主要指木刻、木雕等制品。水，主要指水画。土，指地画、尘画、泥塑等。火，主要指火笔画。所有这些以不同载体创作的绘画或雕塑等，都可以为之题诗，并且数量可观。这再一次说明诗与画是"绝不争风吃醋的姊妹"，她们相互配合，相得益彰，为中国艺术史增添了光彩夺目的一页。

第二节　画与诗之短长

我们在论述题画诗人的思想与艺术风格时，经常会感到力不从心，即仅从其题画诗难以了解作者之全貌。一是无论题画诗作者是画家、书家，抑或诗人，题画诗毕竟只是其全部艺术创作的一部分，往往不具有代表性。二是题画诗本身具有局限性。画与题诗相比，画是关键。没有绘画，题画诗便无从谈起，并且往往画的内容又决定题画诗的主题。虽然题画诗也可以借题发挥，但没有相关内容的画，诗人也就没有借题发挥之"题"。此其一。其二，中国画，特别是文人画，以表现山水、花卉、果蔬、鱼虫等为主，很少涉及家国、民生等重大题材，这就难免限制诗人或画家借画发挥，赋予新意。其三，绘画本身的局限也在一定程度上限制了题画诗的发挥。绘画是空间艺术，它描绘那些同时并列空间的物体，不便于表现时间的连续性，即便是连环画也要受到某种限制。绘画的表现社会面窄，也就影响了为之题诗的表现范围。

但是，无论绘画还是照相、塑像，都是造型艺术，其优势是一般不必借助想象，便具有直接可感性。

在造型艺术领域，尽管各个门类都有自己的特征，但从中也能发现一些共性的东西，即莱辛所说的"美是造型艺术的最高'法律'"。具体而言有以下几点：

其一，具有造型性。它是指艺术家使用一定的物质材料和手段，在一定空间中塑造出的艺术形象。无论是绘画或摄影的二度形象，还是雕塑在立体空间中创造出的三度形象，造型艺术的物质媒介决定了其作品的静态特质。

其二，具有瞬间永恒性。这是指造型艺术具有选择特定瞬间以表现永恒意义的特性。因而造型艺术不适合表现事物的运动和过程。所以艺术家塑造出的艺术形象只能是艺术形象运动过程中某一瞬间的凝固，或在情感的沸点瞬间凝固。这说明，它是一种空间艺术，而非时间艺术。

其三，长于再现性而拙于表现性。前文已述，莱辛曾说过，绘画所处理的"是一个眼见的静态，其中各部分是在空间中并列而展开的"，因此，造型艺术在再现事物形象方面便具有更大的确定性，而无须再去猜想。

其四，具有凝聚的形式美。形式美法则对于造型艺术各门类都具有普遍性，因而运用形式美法则对物质媒介进行加工，便可以整合出凝聚着形式的艺术符号，如运用对称、主从、明暗、虚实、多样统一等法则，便可以凝聚成美的千姿百态。

以上几点，虽然多是谈造型艺术之所长，但也同时指出其所短。如果将中国画与西方画相比较，既有相似之处，也有不同之点，从中也可以进一步看清中国画之短长。除了中西画的起源和运用的颜料、笔墨、技法等不同外，还有以下几点不同：

一是，西画的题材以人物为主，而中国画的题材则多以自然为主，其

中山水、花鸟等为传统题材。当然，初期的中国画也是以人物为主的，多为帝王将相或佛像等，只是到了六朝之后，山水画才逐渐成为独立的画科。并且，就是在山水、花鸟画大发展时期，中国画中的人物画也占有一定比重。

二是，西画重写实，中国画重写意。在绘画理念上，西画注重思维，而中国画注重情感；所以西画再现性强，而中国画表现性强，抒情意味浓，更加注重情与理的统一。

三是，西画重形似，中国画重神似。这一特点与上述第二点是互相联系的。西画因为重写实，所以力求形似、逼真；而中国画重写意，所以讲究意境，画的构图可以北地之山、南河之水，也可以"不问四时"，追求神似，偏于抽象。

四是，西画重背景，中国画不重背景，多有空白，以求"虚实相生"的艺术效果。西画一般都有背景，如画果物，其背景为桌子等；画人物，其背景为室内或野外。画面全部填涂，不留空白。西画与中国画这一差别，也是由于写实求真与写意传神不同而生。西画重写实，故必描背景；中国画重传神，故忽略琐碎物而突出其主题。

从中西画的比较中，既看到各自所长，也看到各自所短。英国著名的后现代主义作家巴恩斯在所著的《另眼看艺术》中囊括了他对席里柯等17位艺术家的观察。他清楚福楼拜所说的"一种艺术没法用另一种艺术来解，伟大的画作不需要文字作注"，也清楚勃拉克所讲的"在一幅画前能一言不发就是理想的境界"。但巴恩斯却认为，"我们是无可救药的语言生物，在一幅画面前我们忍不住要说说。"这既谈到了语言的力量，也间接地说明了题画诗存在的价值。

为此，我们有必要再谈谈作为语言艺术的诗歌的优势。宋代邵雍说："诗笔善状物，长于运丹诚。丹诚入秀句，万物无遁情。"这是说，诗歌不仅能状物，而且宜于表"情"，世间万物、万情，诗歌无不能表现。这恰恰是绘画难以做到的。此其一。其二，诗歌可以化静为动，化无声为有声。它可以通过联想使画面的静物活起来，并将无声画变成有声诗，既增添画的情趣，也提升画的意境。如清代恽寿平的《山雨图》：

峰头黛色晴犹湿，笔底春云暗不开。

墨花淋漓翠微断，隐几忽闻山雨来。

此诗先写画之意象和读画时的心理感受；末句忽一转，化视觉形象为听觉形象，从无声画中听出雨声来。其三，可以增加新的艺术表现力。绘画作为造型艺术，当它绘制完毕后，画家的表现力已经用尽，而再题以诗，无疑可以再展现一番语言艺术的表现技巧和手段。这些手段和方法很多，诸如借代、象征、烘托等，而最为独有的则是诗词比兴手法。由此而产生的词语背后的隐藏义，不仅能增加意蕴，而且更为含蓄有余味。如杜甫的《杨监又出画鹰十二扇》

恽寿平《山雨图》

中说："当时无凡材，百中皆用壮。粉墨形似间，识者一惆怅。干戈少暇日，真骨老崖嶂。为君除狡兔，会是翻鞲上。"很显然，这里为自然界之鹰赋予了新的社会意义，即真鹰虽垂老于山崖间，但为君除狡兔（比喻敌人或恶势力），还赖此鹰。诗人以鹰自况，通过对画鹰的赞美和对真鹰的慨叹，表达了自己要除害报国的心愿。诗中"鹰"与"兔"，都是古典诗词特有的比兴，这是绘画难以表现的。其四，题画诗可以深化或点明绘画的主题。又如金代元好问的《右司正之家〈渭川千亩图〉》："官街尘土雾中天，入眼荒寒一洒然。大似终南山下看，北风和雪卷苍烟。"将现实之境与画中之景相对比，揭示了现实官场之昏暗，赋予原画新的意义。其五，题画诗可以言理，具有哲理之趣味。如清代郑板桥的《题画竹》："新竹高于旧竹枝，全凭老干为扶持。明年再有新生者，十丈龙孙绕凤池。"此画原本为贺人生子而作，但诗人却借以言理：新竹高于旧竹，而新竹又有赖于"老干扶持"，这便很好地表现了新人、旧人在成长和发展中的辩证关系，使之具有更为广泛而深刻的意义。

第三节　诗画相配及其优长

关于题画诗产生的时间，全书已作了重点论述，下面再探讨为诗配画产生的年代。

以诗为题而配画，大约产生于六朝。传为东晋顾恺之所绘的名画《女史箴图卷》，便是根据西晋张华的四言诗《女史箴》而作。图和文互相间插，共9段，可谓插图性画卷。这是画配诗的最早实证。此外，顾恺之说："每重嵇康四言诗，因为之图"[5]，也可作旁证。此后，东晋马岌所写的《题宋纤刻石壁诗》和杨宣为此诗的配画并题诗，当是我国现存资料中最早的为诗配画、复为画题诗的形式。[6]

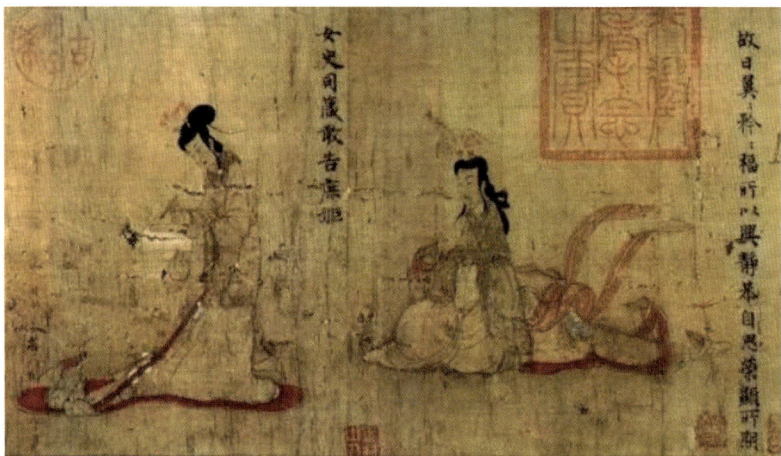

《女史箴图卷》

到了唐代，随着山水画的发展，也开始出现诗画相配合的作品。其中王维的题画诗与其绘画，孰先孰后很难分清，既可说成画配诗，也可说成诗配画。当然，有类似作品的诗画不止王维一人。

到了宋代，诗画配合这种形式有了进一步的发展，出现了这方面的专著。如宋伯仁编绘的《梅花喜神谱》，就是我国较早的一部为画题诗、诗画合璧的专著。书中全是梅花各品种姿态的画谱，每页一图，图的上方有根据梅花形状比拟的命名，图的左方配以五言诗。

以诗词为题材而作的画，并将诗画合编一书刊刻出版的，自明代开始。明万历四十年（1612），新安汪氏刊印的《诗余画谱》便是我国最早刊印的一部这方面的专著。它是从《草堂诗余》中选出历代名家的词百首作画的。由于绘者能领会词中的意境，这些画大都画得很好。一词一画，相映成趣，当时就很受欢迎。此书出版后，《唐诗五言画谱》《唐诗六言画谱》《唐诗七言画谱》《草木花诗画谱》等也相继问世。到了清代，由于最高统治者诱导文人寄情山水，大力提倡咏物题画之作，这种诗画配合的形式有了很大发展，出现了许多为诗作画和为画题诗的专著。康熙四十六年（1707），由陈邦彦编辑、康熙亲自作序的《御定历代题画诗类》，就是一部我国题画诗集大成之巨制。

由此可见，我国这种诗画配合的艺术形式源远流长，有其优良的传统，很值得我们拿来作为发展、繁荣社会主义新文艺的借鉴。

新中国成立后，这种诗画配合的形式，也为我们的报章杂志所采用。早在新中国成立初期，《人民文学》就开始刊登有题诗的国画[7]。不过，那时的题画诗大都是作为画的附属品出现的，并未引起人们的重视。到了20世纪60年代初期，《人民日报》开设了《诗情画意》专栏，后又改为《诗画配》专栏，专登诗画配合的作品。许多地方报纸也常常刊登"诗配画"。这些"诗配画"不仅继承了我国古代诗画配合的好传统，而且有许多创新。归纳起来，古今诗画配合主要有以下几点不同：

首先，古今诗画配合的最大差别，在于它们所反映的思想内容不同。

由于古代诗画配合所表现的主题思想往往取决于题画诗，所以这里侧重分析题画诗。古代诗人以画为题所作的诗，多是为山水画、花鸟画而题，一般很少反映现实生活。比如元代，由于政治黑暗和民族压迫，许多文人陶醉在狭小的天地里，文坛上出现了大量无病呻吟的题画咏花的诗作。不过，古代的题画诗中也有一些是反映现实的好作品。上面提到的杜甫的题画诗，就有许多是直接抒发自己的远大抱负和干预社会的杰作。如他的《画鹰》一诗，不仅在艺术上独具匠心，而且更重要的是通过咏画鹰表达了诗人的雄心壮志。诗中的最后两句"何当击凡鸟，毛血洒平芜！"

让我们仿佛感触到诗人那种奋发有为的炽热感情和疾恶如仇的气质。至于他的《天育骠骑图歌》，表面上是为马叫屈，其实是为奇士的不遇时而鸣不平。正如萧涤非先生所说："杜甫往往因小明大，借物寓怀……由马说到人、说到自己、说到社会。"[8]诗中"如今岂无骐𫘤与骅骝？时无王良伯乐死即休"两句，对唐代政治腐朽、小人当权、忠良受害的现实，是多么有力的抨击！

现在，报刊上发表的"诗画配"，不仅继承了古代某些题画诗反映现实的优良传统，而且由于诗人和画家合作得好，诗和画都具有较鲜明的思想性。因此，这样的作品就能很及时地反映现实生活。

其次，古代的诗画配合，实际上诗与画配合得并不紧密。一是有主有从，往往不是平列的，或以诗为主，为之插图；或以画为主，为之题诗。这样的诗，谓之"画媵"，好似陪嫁之女，足见其地位是不平等的。二是古代的诗画配合，最初很少一同刊出。三是表现的主题思想配合得不紧密，有时甚至互不相关。这一点在题画诗中更明显。当诗人为画题诗时，常常脱离画意另有所寄。然而借画咏怀，也正是某些题画诗的可贵之处。伟大诗人李白、杜甫所作的这类题画诗，有不少是思想性、艺术性很高的作品。而古代以诗词为题材所作的画，在主题思想上与原诗的配合更不紧密。虽然画家也尽力想体现出诗的主题，但是由于诗人和画家的思想感情不尽一致（有的诗人和画家还是两朝人），或者由于诗意曲折、隐晦，也难于完美地画出诗中意境。

然而，今天的诗画配合，情况则完全变了。诗人和画家的创作目的明确，思想感情相通，这是达到诗画主题一致的关键。加之某些报纸、杂志上发表的"诗配画"常常是在编辑部统一组织下创作出来的，所以这样的作品不仅形式上印于一纸，而且在思想内容上也基本上达到了一致。

复次，今天的诗画配合，在形式上也有创新。古代的诗画配合，一般都是一首诗配一幅画；或一幅画附有多首题画诗，如为张忆娘的画《簪花》题过诗的，就"几及百人"[9]。这样，诗画之间在反映时间上出现的矛盾就不好解决。而今天的诗画配合，为了克服一幅画难于表现时间的连续性的缺点，便用几幅画与一首诗配合。如《人民日报》1980年5月30日第八版上诗人柯岩的题画诗《题童话邮票〈咕咚〉》，就是与四幅名为《咕咚》的童话邮票同时刊出的。柯岩还出版了一本专门为孩子们所写的题画诗选集《月亮会不会搞错——题画诗百首》（新蕾出版社出版）。此书图文并茂，篇幅短小，很适合儿童早期教育，应引起我们的注意和提倡。它既不同于古代为手卷画（一种长卷国画，在空间上扩大图景，在时间上持续意境的表达，可以延长观赏过程）所题的诗，或为辞赋而作的多幅插图（如明代画家李在、夏芷等为东晋大诗人陶渊明的《归去来兮辞》作的几幅插图），也不同于今天用诗歌作解说词的连环画，而是一种新的"诗画配"。此外，1980年《诗刊》第一期刊登的诗人艾青《彩色的诗——读〈林风眠画集〉》，是另一种形式的题画诗。它不是为几幅画题的诗，而是为一本画集题的诗。这样的题画诗很难作。它不仅要就画论画，而且要就画论人；不仅要论人的一时一事，而且要论及画家的一生一世。并且要从中引出新意，给人以美的享受和哲理性的启发。而这几点，艾青的这首题画诗无疑都做到了，很值得我们一读。

既然诗画配合在中国有悠久的历史，并且直到今天仍有其生命力，那么诗画配合这种形式究竟有哪些好处呢？

西晋的陆机说："宣物莫大于言，存形莫善于画。"[10] 诗画配合的好处在于，不仅可以发挥"宣物"和"存形"两个方面的作用，而且作为一种新的艺术形式，还派生出许多新的优点。

第一，使抒情性与形象性相结合。

别林斯基说："诗人比任何人都更应该是自己时代的产儿。"[11] 这是因为，诗人最敏感，感情往往容易为时代的脉搏所激发，表达出较为强烈的政治热情。这就决定了诗歌具有浓郁的抒情性。即使是叙事诗，也是富于抒情的。虽然诗歌也是通过形象来抒情言志的，但毕竟不如造型艺术绘画对形象描绘得那样具体，不免要抽象一些。当然，这样讲，并不意味着绘画不需要抒情，也不等于说欣赏绘画不需要用想象加以补充。既然如此，那么这种诗画配合能不能因为某些诗画达到了"诗中有画""画中有诗"的境界，而多此一举呢？不能。因为诗与画既然是两种艺术，是不能互相代替的。何况有的诗难以入画呢！清张岱就说过："王摩诘《山路》诗：

'兰田（一作荆溪）白石出，玉川（一作天寒）红叶稀'，尚可入画；'山路原无雨，空翠湿人衣'，则如何入画？又《过香积寺》诗：'泉声咽危石，日色冷青松'，'泉声'、'危石'、'日色'、'青松'，皆可描摹，'咽'字、'冷'字决难画出。"[12]

第二，使时间感与空间感相一致。

前文已述，诗歌所表现的内容不受时间限制，比如李白的《静夜思》，是表现"举头"与"低头"一刹那间的情怀，而毛泽东同志的词《贺新郎·读史》则是反映人类从无阶级社会发展到有阶级社会的漫长历史。绘画则不然，它所表现的时间和空间都有一定的限制。王维在《山水论》中说："丈山尺树，寸马分人。远人无目，远树无枝。远山无石，隐隐如眉。远水无波，高与云齐。"[13] 这都是在绘画创作中对审美空间的一种法度。正因为如此，莱辛认为，一篇"诗歌的画"，不能转化为一幅"物质的画"，"因为语言文字能描叙出一串活动在时间里的发展，而颜色线条只能描绘出一片景象在空间里的铺展。"[14] 但是，欣赏画的人同样可以根据仅有的画面展开想象的翅膀，飞向无限高远的天空。比如当代画家李可染根据毛泽东同志的词句"万山红遍，层林尽染"而画的国画，并非画了一万座山来表现诗意，而是用浓淡相间的朱笔画了屈指可数的几座山峰，但是从那层峦叠嶂的画面中，谁不能想象出其蜿蜒无尽的山势呢？可见，"咫尺之图"是可以"写千里之景"[15] 的。这样就可以使人对两者的时间感与空间感基本上一致起来。

第三，使主体与客体互补。

题画诗中的主体与客体互补有两个层次：一是，诗和画本身都是主客体的互补。诗是寓情于景，借景抒情；画是寓情于画，一枝一叶总关情。二是，题画诗的主体部分主要是指诗人的主观情志，题画诗的客体部分主要是指画，即一种间接地被物化了的主体审美意识。被物化后的主体审美意识被物质媒介固定下来就成了绘画。绘画已经是画家主观的意与客观生活的互补。题画诗是在经过了画家主观的意与客观生活的互补之后，再加入诗人的主观成分，针对画中的景物来借景抒情、托物言志。[16]

第四，使主题突出，加快阅读速度。

众所周知，绘画是造型艺术，有着鲜明的形象，看过之后，能给人留下较深的印象；但画的主题，特别是山水、花鸟画的主题，又不容易让人看得分晓。有时即使大致可以了解画意，但也不容易理解得很充分。如果配有一首带有解说性或深化性的诗，那么就会起到突出或强化主题的作用。另一方面，诗虽然易懂，但读过之后给人的印象并不深刻。哪怕是一首感人的诗，留下的印象也不如一幅画深刻。这是为什么呢？其实，图画或照片，一般都比占有同样面积的印刷文字具有更多的信息，并且人们往往一下子就能掌握这种图形的全部信息，因而文字与图画的密切配合，就能使人以最高速度接受信息。有人预料，现在的书籍和刊物将被新型出版物代替。在新型出版物中，文字和图画构成了不可分割的统一体。我们的后代将以很快的速度阅读这类出版物，迅速而大量地掌握信息。如果用快速阅读法来阅读这类出版物，那么接受信息的速度便可提高十倍，甚至提高一百倍[17]。而诗歌与图画配合，除了诗歌本身押韵、便于记忆外，又加上图画具有更多的信息，所以读起来不仅使人易于接受，而且可以大大提高阅读速度。

第五，诗画配合具有通俗性和群众性。

实践证明，这种形式最为工农群众和少年儿童所喜欢。诗与画配合，使画之鲜明、诗之轻捷合成一股新的力量，轻而易举地打开了通向人民群众的大门。在生活中，我们常常看到这样的现象：大多数人拿到报纸或书刊之后，往往先看画，如果画的旁边还配有诗，他们便一边看画、一边琢磨诗，这样就促使诗歌这种语言艺术中的"高级品"尽快地接近群众。所以诗画配合受到群众的欢迎是不奇怪的。发表在1980年《诗刊》第五期上诗人柯岩为9岁儿童卜镝的画而写的三首题诗，就以其特有的明快风格，受到广大少年儿童的喜欢。特别是在艰苦的革命战争年代，诗画配合以其形象直观、通俗易懂的特点，曾发挥过重要作用。

第六，诗画配合，对于诗人和画家来说，也是一种技能的锻炼。

诗人根据既定的画面作诗，不仅要受类似命题作文那样的限制，而且要求诗情尽量符合画意，所以颇不容易。但是为画题诗，对诗人也有许多好处，不仅容易使自己的诗歌渐渐臻于情景交融的境地，而且能逐步提高

诗人的丰富想象力，因此，诗人经常为画题诗或学学绘画也是有必要的。"自古词人是画师"（张舜民《题赵大年奉议小景》），在我国诗歌史上，有许多著名的诗人也是画家。例如唐代的王维、顾况、张志和、皎然、杜牧等，宋代的苏轼、王安石、晁补之、李清照等，元代的赵孟頫、王冕、倪瓒等，都能诗善画。正因为这样，他们之中的许多人又是著名的题画诗人。而以诗入画更不容易。表面上看，为山水诗作画好像并不难，其实要把诗中的意境完美地表现出来，也不是轻而易举的。尤其是为感情充沛的抒情诗作画，更不容易。有时画家绞尽脑汁，也只能画出诗中的一个场面。据《萤雪丛记》记载，宋徽宗政和年间，画学（一种习画学校）录用画工考试，就是以古人诗句命题的。可见，这是对画家真功夫的一种考验。

由于诗画配合有多方面的好处，所以这种形式越来越引起人们的重视，并且有了很大发展。不仅《诗刊》上出现了《诗画之页》《讽刺诗与漫画》等专栏，就连《化石》这样反映年代久远事物的刊物中也出现了这种形式。

但是，我们不能仅仅满足于此。目前报刊上的诗画配合，还存在着有待改进和普及的问题。一是诗与画的质量都不够高。许多画缺少艺术提炼，画家不是去画耐人寻味的场景，而是平铺直叙，画面上的景物往往让人一览无余。倒是有些讽刺画还有些兴味。至于为画所题的诗，虽然多数较好，但也往往停留在对画面的解说上，缺乏艺术上的升华，没有给人以新的启示和教益。二是缺少为山水画、花鸟画相配合的题画诗。虽然这类作品不便于直接反映火热的现实生活，但是在艺术家的笔下，人物含态，花鸟也并非无情，那些描绘山水、花鸟的题画诗，同样能给人以美的享受和情的感染。三是诗画配合这种形式还不够普及。在我国数以千计的报纸、杂志上，诗画配合这种形式寥若晨星。在繁花似锦的艺苑里，这朵古老而年轻的艺术之花还没有占据应有的位置。实际上，这种颇受群众欢迎的好形式，应大力提倡、多多发表。如果哪家出版社有兴趣，能创办一种叫《诗情画意》的杂志，专登一诗一画相配合的"孪生姊妹"篇，那么，在我国四季飘香的艺术百花园里，一定会增添一种沁人肺腑的馨香。

第四节　诗书画印之深层关系

作为一幅完美的中国画，一般要具备诗、书、画、印四种元素，其中诗、书、画为重要元素。

书，即书法。它与中国画有极为密切的关系，自古就有"书画同源"说。这除了因为字（主要指象形字）与画是同源外，还因为绘画写字所使用的工具毛笔也相同。毛笔是我国传统的写字工具，其特点是柔软有弹性和笔锋，因而能书写出粗细、刚柔、顿挫、干湿、浓淡等不同形态，并由此而产生千变万化的笔趣。这与绘画运用线条作画极为相似。因此，书法与绘画的相互作用便顺理成章。

先看书法对绘画的作用：一是基础。书法好是画好画的前提和基础。古今的实践证明，凡是著名画家，首要是书法家。因此书法是通向画家的必由之路。二是书法直接助力绘画。据说，唐代画圣吴道子的用笔来自张旭的草书。而元代吴镇以书法作竹。赵孟𫖯在其《枯木竹石》图上自题："石如飞白木如籀，写竹还应八法通。若也有人能会此，须知书画本来同。"明代王绂说："画竹之法，干如篆，节如隶，枝如草，叶如真。"唐寅说："工笔画如楷书，写意画如草隶。"清代郑板桥说："要知画法通书法，兰竹如同草隶然。"因此，不少老画家主张"未曾学画先攻书"。三是书为绘画之骨，可以支撑绘画，是绘画的有机组成部分。换言之，如果没有书法，绘画就会散架。因此，《笔阵图》中说："善笔力者多骨，不善笔力者多肉。"对于竹兰画，书不仅是枝叶，有时也是主干；对于人物或景物画，书（线条）则是轮廓。失去它，无论人物还是景物也就失去了基本形态。四是与绘画相映成趣，构成形态美。绘画之外的书法，无论是简短的款识还是长篇的题诗，不仅可以补画意之不足，而且可以增加绘画的和谐美。

书可以成就画，相反地，画也可以助力于书。二者相辅相成。因为作画的过程，也是运笔的过程，从某种意义上说也是书法练笔的过程，所以凡是著名画家，无一不是书法家。

至于诗与画的关系，潘天寿评价明代书法家倪鸿宝时说："上虞诗亦虎，画以诗为主。"意在强调诗的重要作用。还有人说，"诗是画之魂"，似乎没有诗的点缀，画就失去了生命，成为行尸走肉。其实，诗对于画并没有那么重要，有许多画没有题诗也不失为好画。这是因为画的本身也有其独立的意义。但是在古代画家特别是文人画家看来，诗的地位十分重要。许多画家不惜贬低自己的画，也要抬高自己的诗。徐渭就认为，自己书法第一，诗第二，文第三，画第四。齐白石也说，自己诗第一，书第二，篆刻第三，绘画第四。但实际情况并非如此。黄宾虹认为，"齐白石的画艺胜于书法，书法胜于篆刻，篆刻又胜于诗文"。这些画家之所以要抬高自己的诗词，除了要追求文人之"雅"外，更是看重诗词在画中的地位和作用。如果从画上题诗对画的主题的点睛或点醒作用，赋予其灵性来看，说它是画之"魂"也未尝不可，但对于并无题诗的绘画来说，所谓"画之魂"之说就不存在了。

《潇潇暮雨》

诗与画的关系，除了诗、画本身的层次外，诗歌对书画家的修炼和素养提高也有极为重要的作用。苏轼在《文与可画墨竹屏风赞》中说："诗不能尽，溢而为书，变而为画，皆诗之余。"这句话确切地道出了诗与书画的密切关系，同时揭示了诗对于书画家及其创作的重要作用。

其一，可以引发画家的创作灵感。且不说许多画家的诗意画，是由诗词和意境引发灵感创作而成的，如傅抱石为柳永的词《八声甘州》而创作的词意画《潇潇暮雨》，一些非诗意画也往往因某些诗句或意境唤醒过往的记忆而产生创作灵感，如陶渊明《饮酒》其五中的"采菊东篱下，悠然见南山"和李白《早发白帝城》中的"两岸猿声啼不住，轻舟已过万重山"等诗句构成了一幅幅灵动而悠远的诗中之画，很容易引起画家创作画中有诗的山水画。

其二，可以提高画家的综合艺术修养。孔夫子说："不学诗，无以言"。苏轼说："腹有诗书气自华。"诗词修养，对于任何人来说都是重要的，何况艺术家！诗词对于画家而言，一是打好功底。古典诗词，是中国文学的精华。学好诗词可奠定坚实的文学基础，然后才能建构起华美的高楼大厦。二是增强艺术的表现手法。王昌龄的《诗格》说："诗有三境。一曰物镜，二曰情境，三曰意境。"这"三境"，其实都是意象，即情景之结合，抒情中有意，达意中有情，情、意、景三者浑不可分。画家如果借助诗词的意境表现手法来作画，便会增加画的艺术表现的广度和深度，使画面灵动多彩而富有诗意。如王维的《蓝天烟雨图》，由于作者既是画家又是诗人，所以便借助诗的表现手法来表现象外之象、味外之旨，在描绘画中之景时也能传达出画外之情，正所谓"观摩诘之画画中有诗"[18]。

其三，可以提高画家的审美能力。审美能力也称艺术鉴赏力，是画家不可或缺的一种能力。有人说，审美有四种境界：一是艳俗；二是含蓄；三是矫情，如毕加索的画；四是病态，如缠足、病梅等。其中的含蓄，学习古典诗词是最好的获取途径。而文人画最需要含蓄，最需要味外之致。因此，一位合格的画家只有熟读诗词，会品味鉴赏诗词，才能更好地提高自己的艺术鉴赏能力，从而才能创作出高格调的绘画作品。

其四，只有懂诗、擅诗，才能创作题画诗。题画诗原是中国画的重要元素，可惜今人多不会作或不屑为。刘海粟曾说："一个画家如若不懂得作诗，不会题画，便是个哑巴画家，等于半个美人。"[19]因此，想要不做"哑巴画家""半个美人"，必须学会作诗，并能为画题诗。这应当是作为中国画家的必备条件。

在中国绘画史上，画家同时是诗人的例子不胜枚举。同样，在中国诗歌史上，诗人兼画家者也屡见不鲜。并且，在近现代有些学校的语文教师也擅画，为此便培养出许多诗画家，如江苏草桥中学的教师胡石予，是江南名儒。他既教语文，又教美术，既能作诗；又喜绘画（尤擅画梅）。这位循循善诱的师者，培养出许多著名文史学者和书画名家，叶圣陶、顾颉刚、郑逸梅、吴湖帆、高吹万、范烟桥、赵眠云等都出自他的门下。胡石予的亲传，为他们日后成才打下了深厚的基础。

印章与绘画、题诗的关系也很密切。中国文人画，是一项集"诗、书、画、印"为一体的综合审美艺术。印章作为其一，蕴含着丰厚的文化底蕴和艺术价值。好的印章能把诗歌通过书法融入篆刻艺术，与绘画巧妙结合，使其具有很高的审美价值。

印章按其内容大体可分为姓名章、闲章、斋堂馆阁章和鉴藏章等四大类。这里重点要说的是闲章。闲章也称布局章，包括引首章、拦边章、压角章和腰章等，其位置并不固定。闲章并不"闲"，其文字对于书画作品关系重要，从印文中可以看到作者的文化素养、审美情趣、思想境界以及作者的创作心态或当时的创作环境等，是作者言情达意的表达方式，不可忽视。好的印文或为诗句或为格言，配以功夫极深的篆刻，融诗书于一体，使书画作品形神兼备，增添无穷的艺术感染力。唐寅《秋风纨扇图》是一幅以绘画为主的诗、书、画、印结合比较完美的作品。画的上方自左至右纵题一诗："秋来纨扇合收藏，何事佳人重感伤？请把世情详细看，大都谁不逐炎凉。"下钤私印"唐寅私印"。朱文"龙虎榜中名第一，烟花队里醉千场"印两方。这朱文是两句诗，也是篆刻化的书，再加上四句题画诗，一并嵌入画中，位置得当，轻重平衡，臻于完美。像这种将诗句刻于印章上的，在古今图画中并不少见，但将一首长诗刻于印上并钤于画中的却罕见。近代大画家吴昌硕的《读劫斋先生画册偶成》就是一首特殊的题画诗。前文已述，此诗先是诗人用草书写成，然后再刻于一方名贵的熟栗黄寿山田黄石上。更妙

胡石予《梅花立轴》

的是，此印并非一般的篆刻形式，而是以印石作碑版，在一整面上用铁笔阴刻而成。诗刻成后又用石青涂底，笔势如飞，一气呵成，沉雄酣畅，神采飞扬。与劫斋先生将金石、书法笔意入画的风格极为相似。二者浑然一体，相得益彰。

印章的字体，多用大小篆，故又称篆刻。但又变化多端，几乎各种字体无不可印。不过，篆刻创作有其特殊规律，书法、章法、刀法是构成篆刻艺术的主要元素。其艺术美首先取于以刀代笔入印的文字美。刀法的重要性恰似书法之用笔。书法的笔法美、结构美，都要通过刀法表现出来。用刀的手法不同，产生的刻痕体貌也不同。因此，刀法决定了篆刻的质量。这说明，篆刻也是一种独立的艺术形式。另一方面，也可以说它又是书法变种。倘若书法原体不好，也很难刻出好字。而吴昌硕的《读劫斋先生画册偶成》便是一幅融诗、书、印于一体的综合艺术品。正因为印在某种意义上也是一种特殊的书，所以我们讲中国画时往往说诗、书、画三大元素，而忽视了印。但从艺术价值和鉴赏价值看，完美的中国画"诗、书、画、印"是缺一不可的。

总之，作为中国画，它需要诗、书、画、印共同来丰富自己的表现力，并且它们的关系正如叶浅予所说，"不仅仅是表面的、外部的关系，不是简单的加法关系，而应是一种乘除关系"。

第五节　题画诗确认与辨识

我们在探讨题画诗义界时，曾说："广义的题画诗，除指题于画面上的诗外，还包括一切与绘画、雕塑有关联的诗。"现在看，这个义界是不准确的。一是"题于画面上的诗"，并不一定算作题画诗；二是"与绘画、雕塑有关联的诗"，也不一定是题画之作。如明代唐寅《临李公麟饮中八仙图》上题有杜甫的《饮中八仙歌》。此诗不能不说与画有关联，但原诗却非为画而题。因此，杜甫的《饮中八仙歌》不能算作题画诗；而唐寅所临摹之画，也只能称为诗意画。又如清代石涛的《重九登高图》，上题王维的《九月九日忆山东兄弟》一诗，同样也不能算作题画诗。但是，倘若是自绘画而自题之诗，则另当别论。如石涛有一首题在《江南八景图册》上的诗："万里洞庭水，苍茫失晓昏。片帆遥日脚，堆浪洗山根。白羽纵横去，苍梧涕泪存。军声正摇荡，极目欲消魂。"此诗也录于《八大山人石涛上人合册》中，其款云："此诗是吾少时离家国之感，过洞庭，阻岳阳之作，今日随笔写此。从旧书中得之，无端添得一重愁也。"由此可知，此诗并非为画而作，而是先有诗后有画。像这样的诗、画同出一人之手，诗意与画境又相契合的诗也应算作题画诗。

为画家写的诗，即赠画家的诗，是否算作题画诗，应作具体分析，不可一概而论。这主要看诗的内容是否与作画或评画有关。如明代廖道南的《赠冯画师》："白发青僮拟列仙，桃溪溪上卧云泉。虎头心事龙眠手，点染长临万里川。"既评述画家又写其作画，理应算作题画诗。而清代梁佩兰的《赠石涛道人》并非如此。其诗是："闭门长许日相寻，不负神交十载心。乱后王孙成白首，对来风雪况寒林。苍梧八桂天何远，楚水三湘梦独深。得似神仙住人世，丹砂还学铸黄金。"只赞画家而未评其画，似不合题画诗的基本要求，但是有些题画诗选本仍把它算作题画诗。这说明，对题画诗的义界并无统一意见。

对题画诗确认的另一个难题是怎样看待某些唱和类题画诗。有些和诗并不难确认，如韩秋岩《步楚图南题画展原韵》："海汩冬泳不称雄，画里神州赋国风。愧展京都蒙品价，欣逢尔我岁同翁。"楚图南的原诗是《读韩秋岩在京展览画》："胸有丘壑跨自雄，割云剪柳自生风。争春繁卉烂如锦，翠柏苍松识此翁。"两首诗的内容均不离画，理应算作题画诗。但有些唱和题画

《重九登高图》

诗，并未言画，如清代王文治《和莲巢题〈江楼望远图〉》："谁寄高楼脉脉心，归期欲数暗敲簪。春江两岸桃花水，未抵相思一寸深。"此诗虽然只写相思之情，但因缘画而起，一般也认作题画诗。又如胡适的《和半农的〈自题画像〉》："未见名师画，何妨瞎品题？方头真博士，小胖似儒医。厅长同名姓，庄家半适宜。不嫌麻一点，偕老做夫妻。"此诗写得诙谐打油，极有趣味：三、四句写其貌。四、五句一言刘半农原名复，与安徽民政厅长刘复同名；一说"庄稼半"应"半农"。七、八句更俏皮，原诗注云："半农近和麻韵诗有'妻有眉心一点麻'。"此诗虽好，可惜诗人未见画而题诗，似有缺憾，但习惯上仍有人把它算作题画诗。

为电影题诗，是否算作题画诗，也是确认的一个难题。电影，可视为动态的画，其胶片可洗印照片，所以也当属于广义的题画诗之题材。不过，一般诗画家并不把为电影而题的诗算作题画诗。但对某些动画片可视为例外，如茅盾的《题动画片〈小蝌蚪找妈妈〉》就应算作题画诗，这一则是因为动画片缘自画；二则是因为它采自齐白石的传统水墨画摄制而成。

与题画诗确认相联系的一个问题是对题画诗本身的辨识。对于在题画诗集中的题画诗自然好确认，因为它们都是从画上抄录整理的，一般是无误的；但是有些画上题诗也常常在抄录时出现舛误，这样就出现了不同版本，需要我们仔细辨识。如唐寅的《西洲话旧图》中"漫劳海内传名字，谁信腰间没酒钱"一联，有的版本却作"缺"酒钱，另一联"诗赋自惭称作者，众人疑道是神仙"中，一版本又作"'书本'自惭称作者，众人'多道我'神

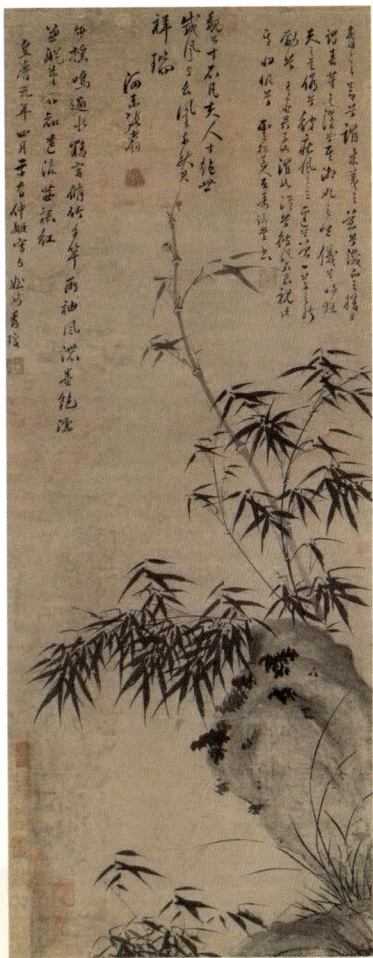

管道升画竹

仙"。这也可能出于作者自己不同时期的修改稿，但改动的文字的平仄，与画上之诗并无不同。对于这样的画上题诗便需慎重选取。还有的题画诗并无文字版本，需从画上辨认抄录，便较为困难，这是因为画上题诗往往多用行书或草书，有的因字迹模糊难以辨认，如元代画家管道升题在画竹上的诗是："步摇鸣过水精宫，修竹千竿两袖风。浓墨饱濡兼纵笔，不知遗滴茜裙红。"其中的"遗滴"字迹尤难确认，"遗"又似"遣"，"滴"又似"流"。倘认作"流"，与上联的"濡"失对。从绝句的格律要求，还是作"滴（入声）"较为合律。这便是辨识之难。

从一般诗人、画家诗集或选集中查找题画诗也有一定难度，因为看不到画或看到画而不见画上题诗，只有从诗意上来辨别。如清代的庄冏生有一首名为《竹》的诗，仅从题目难以辨别是否为题画诗，只能从诗中找线索。其诗是："成竹胸藏写一枝，古今得失寸心知。眼前尽是香光法，争得香光与手期。"从诗意看，这当是一首自题画诗，诗中除了用"成竹在胸"和赵孟頫的"香光法"二典外，一个"写"字，也透露出画竹之意。但有的题画诗无论从题目还是从诗意均难识别，只好再查有关资料或注释，如老舍《赠陈叔通》一诗，从诗意看，并不像题画诗。其诗是："夫子风流爱赤梅，月明不待美人来。晴霞红日花如海，枝是珊瑚珠是胎。"此诗只是通过赞赤梅来赞人，并不涉画。而诗后作者的跋语说："回忆蜀中朱砂梅立春前放蕊香艳无比，故与素心腊梅予所喜爱。"这也看不出此诗是为画梅而题。只是在《老舍文集》的编者注中才见端倪："五十年代胡絜青画赤梅，老舍题诗并题词赠陈叔通。"[20] 由此方可断定此诗为题画之作。

在中国题画诗中，有大量作品是为画屏、画扇而题，但有一些题屏、扇诗并未注明屏、扇上有画，这便要注意辨识。如传为东晋桃叶的《答王团扇歌三首》，仅从题目看，并未言画，只有其中的第一首说明是画扇："七宝画团扇，灿烂明月光。与郎却暄暑，相忆莫相忘。"所谓"七宝画团扇"，是指一种以多种宝物装饰的有画的团扇。扇子，古代又称屏面、便面，以其用来遮蔽脸面而得名。在扇面作画题诗，也由来已久。据《南史·竟陵文宣王子良传》："（萧贲）能书善画，于扇上图山水，咫尺之内，便觉万里为遥。"南齐丘巨源的《咏七宝扇》也属题画之作。

古代的屏风，又称屏门或屏障。汉刘熙《释名·释床帐》："屏风，言可以屏障风也。"其上多有图案或题诗。但有些题屏风诗，仅从题目看，难以判断是否为题画诗，如前文已述隋代大义公主的《书屏风》，并未言所书为画屏风而题。据《隋书·列传》卷四十九载："平陈之后，上（文帝）以陈叔宝屏风赐大义公主。主心恒不平，因书屏风为诗，叙陈亡以自寄。"诗中说"盛衰等朝暮，世道若浮萍。荣华实难守，池台终自平。富贵今何在？空事写丹青。"由此可知屏风上有画。

屏风与扇相比，因其面积大，又作为室内之装饰，上面多有画，所以题咏屏风之诗多为题画之作。在唐代题画诗中，这种为画屏所题之诗尤多，如上官仪的《咏画障》《假作屏风诗》，袁恕己的《咏屏风》，梁锽的《观王美海图障子》，李颀的《崔五六图屏风各赋一物，得乌孙佩刀》，岑参的《刘相公中书江山画障》，李白的《巫山枕障》，杜甫的《奉先刘少府新画山水障歌》《杨监又出画鹰十二扇》（即十二折画鹰屏障），刘长卿的《观李凑所画美人障子》，白居易的《题〈海屏风图〉》，刘禹锡的《燕尔馆破屏风所画至精，人多叹赏题之》，张祜的《题王右丞山水障二首》，皇甫冉的《题画障二首》，张乔的《鹭鸶障子》，齐己的《谢徽上人见惠二龙障子以短歌酬之》，李洞的《观水墨障子》，杜牧的《屏风》，等等。仅从题目统计，就不下20首。如果从李颀诗题中"图屏风各赋一物"和刘禹锡诗题中"人多叹赏题之"来看，仅为"崔五六图屏风"和"燕尔馆破屏风"所题之诗，也有相当多数量。此外，还有的诗虽然仅从题目并不能看出是咏画屏，但诗中却有对画屏的描写，如白居易的《春老》就说："歌舞屏风花障上，几时曾画白头人。"白居易还有一首《自咏》诗是："须白面微红，醺醺半醉中。百年随手过，万事转头空。卧疾瘦居士，行歌狂老翁。仍闻好事者，将我画屏风。"从诗句中我们可以看到屏风画上有微醉清旷的白居易形象。这显然也是一首题画诗。但是像这样的题画诗，如果没有所题画作参照是很难发现的。而且，白居易也爱无绘之屏风。据说，白居易家中还有一种不纹不饰、不丹青的素屏风，故白居易也以"素屏居士"自称。因此，我们对古代无画屏可参照的题屏诗，必须逐篇细细查阅，才能找出真正的题画屏诗。这当是辨识题画诗很难的一项工作。

中国屏风的历史极长，为屏风所题之诗量很大。上古时期，人类从穴居走向平原，开始"构木为巢"，过着半穴居式生活。《易经》说："上古穴居而野处，后世圣人易之以宫室，上栋下宇，以待风雨。"为了避免野兽侵袭，人们用树枝扎成一个木排把窗户堵住，再用一根木棍支撑着。后世把这种工具称为"坫"，而这"坫"就是屏风的始祖。《说文解字》对"坫"的解释为："坫，屏也。"屏风在周朝曾作为等级和权力的象征，是周天子的专用器具。后来随着人类社会的不断发展，屏风的应用越来越广，并被赋予浓厚的文化内涵。大臣们把屏风作为警示自己的工具，文人雅士则把屏风作为艺术品放在案头欣赏，都在屏风上注入了精神寄托。因此，屏风的形制与屏芯画所反映的内容都带有鲜明的历史烙印。商周的屏芯绘制的是斧纹。汉代的屏芯装饰着漆画。到了隋唐，屏心除了有绘画外，还有名家书法和题诗。敦煌莫高窟发现有大量唐代壁画和屏风画。在唐代，屏风画属于一种较为普遍的壁画形式，盛唐时期尤被广泛应用。至

《韩熙载夜宴图》

中晚唐，其势头仍不减，这从《韩熙载夜宴图》中也可见一斑。此画全卷共有五段，每一段都以一扇屏风作为自然隔界，使每段画面都可独立成章。韩熙载坐的是三屏风床榻，三面围屏上都是山水画，前面则立着一个大座屏，可见屏风之多用。宋以后，屏风上的饰物除山水木石画外，还装有雕漆、螺钿、百宝嵌、缂丝等。但民国之后，随着人们生活方式的改变，屏风及其屏画、题诗等也开始走向没落。不过，仅近代以前的题屏风诗数量也极大，我们要一一辨认哪些属于题画诗，也是一项耗时费力的工程。

第六节　题画诗方位与布局美学

狭义的题画诗，即题在画上的诗，为绘画增添了新的审美元素。随着题诗书写位置的千变万化，也形成了新的美学格局，值得我们深入研究。

清代孔衍栻《石村画诀》说："画上题款诗，各有定位，非可冒昧，盖补画之空处也。如左有高山右边宜虚，款诗即在右。右边亦然，不可侵画位。"

题画诗在画上的位置，主要有四种格式，即上、下、左、右。进一步细分，又有上方偏右与偏左式、下方偏右与偏左式、上横贯式、下横贯式、右纵贯式、左纵贯式，以及中贯纵式、四围式、中心式、落花式、穿插式等多种。

在以上各种格式中，以上偏右式和上偏左式较为多见。上偏右式如清代郑燮的《竹图》："宦海归来两袖空，逢人卖竹画清风。还愁口说无凭据，暗里赃

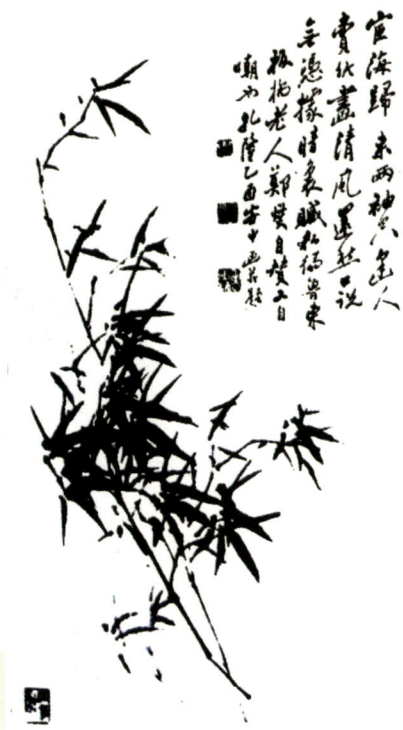

《竹图》

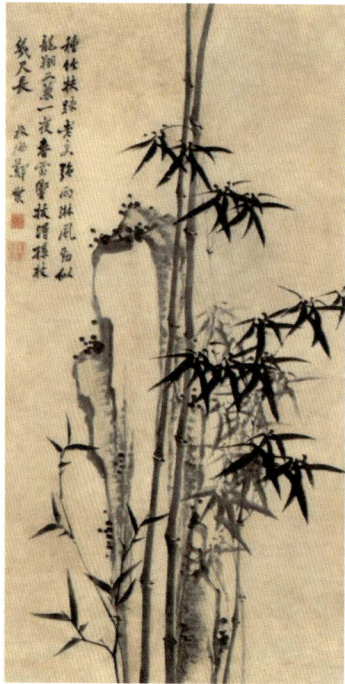

《墨竹》

私遍鲁东。"此诗既自嘲又自赏，颇有余味。这种自题画诗，画家将画竹置于左侧，似有意留右上方空白以题诗，因而使左右不失衡，画面和谐。齐白石《渔翁图》中的自题诗，也是这种格式。有时为他画题诗也常采用上偏右式，如任颐《钟进士斩狐图》上面有吴昌硕的题诗，其诗是："须眉如戟叱妖狐，顾九堂前好画图。路鬼揶揄行不得，愿公宝剑血模糊。"此诗写在右上方，不仅填充了空白处，而且黑字对左下方所画黑发之妖女适相对称，也格外醒目。

上偏左式题诗也多见，如清代边寿民的《芦雁图》，其题诗是："双双辞塞北，两两下平沙。只道寒光少，芦花又雪花。"此诗墨迹工整，与芦叶浑然一体，诗情与画意相

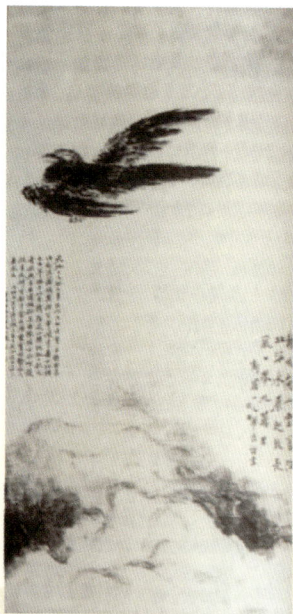

得益彰。又如郑燮的《墨竹》及其题诗，也是这种格式。此诗故意将诗的书写拉长，似与长竿相比高，使画面参差有致。

下偏右式与下偏左式，也都是题画诗的常见格式。清代华喦的《鹏举图》，将诗题于右下侧，就是较好的下偏右格式。画面中一只雄健的大

《鹏举图》

鹏翱翔于太空，借以寄托画家的崇高理想与远大抱负。为了突出大鹏扶摇直上之非凡气势，画家除了在周围留出大面积空间，下部再衬托汹涌的云海外，还有意用淡笔在右下角不显眼的位置上题诗，可见构图之细致与精巧。但同治五年（1866）收藏者戈鲲化的题跋位置不当，使大鹏凌空之艺术形象大受影响，破坏了审美意境。徐悲鸿《奔马图》的题诗也是这样，画家也故意将题诗用小字写在右下角，以突出奔马的高大形象。这当是油画家的特有习惯。

相对而言，题左下角的诗较少，但也有所题位置恰当者，如郑燮的《竹》：

《竹》

> 七载春风在潍县，
> 爱看修竹郭家园。
> 今日写来还赠郭，
> 令人长忆旧华轩。

此诗题于左下空白处，也将诗拉长书写，与右侧的长竿、竹叶互为相依，使画面和谐而完美。

画的上中、下中处也是题诗的较好方位。如元代倪瓒的《容膝斋图》："屋角春风多杏花，小斋容膝度年华。金梭跃水池鱼戏，彩凤栖林涧竹斜。矗矗清淡霏玉屑，萧萧白发岸乌纱。而今不二韩康价，市上悬壶未足夸。"此图画的是江南春景，平远山水。近处为山石陂陀，林木萧疏，中幅为湖光波色。图上远岫遥岑，横于波际。这三段式构图，是倪瓒山水画

陆鹏《容膝斋图》

陆鹏《仕女图》

的特征之一。题诗写于画之上中，工整秀丽，既与山川图景浑不可分，又自成格局，为画增色。但很可惜，乾隆皇帝为显示自己的尊贵与皇权，竟在题诗的中上头加盖其大印。这不仅污损了题诗，也破坏了画面的整体美。又如清代陆鹏的《仕女图》，画的上半幅空白，人物居下半幅正中，若有所思，人和前面所摆设的器物组合成三角形轮廓，无背景，构图上轻下重。于是画家以行楷于上中部题明代冯小青诗一首："冷雨幽窗不可听，挑灯闲看《牡丹亭》。人间亦有痴于我，岂独伤心是小青。"此诗不仅阐明了画意，而且缩小了空间面积，相对地提高了人物的位置，使构图均衡，画面也更显完美。但是，对于在画的上中部题诗，也有人持不同意见，如宋代赵佶的《听琴图》及题诗即为一例。此画正中一人端坐于石墩上抚琴，前方两位官员对坐谛听，一童子拱手侍立。背景为高松一株，细竹数竿。松下香炉青烟袅绕。赵佶于右侧题"听琴图"三字；又于右下侧签署"天"（天下一人）的花押，与"听琴图"题字适成斜对称。上中部有蔡京的一首题诗："吟徵调商灶下桐，松间疑有入松风。仰窥低审含情客，似听无弦一弄中。"有人认为，蔡京的题诗紧压在松树梢头的正中间，侵害了构图上下空间的均衡和画面的形式美。清代的胡敬还在《西清札记》中大骂蔡京的题诗压于御笔画上是"肆无忌惮"（一说此画非赵佶所作，而是

《岁寒三友图》

1564

出自宫廷画师之笔）。其实，仅从构图看，蔡京题诗的位置并无不妥。此图似上轻下重，而蔡京的题诗不仅方位适宜，而且墨迹与松树的浓叶浑然一体，既调解了上下轻重，又使构图和谐。倘若换一个位置，无论题于四角中哪一角，都失去了构图美。同样，马远的《岁寒三友图》在上中部也有一首题诗，是乾隆皇帝所写，人们却没有非议。

将题诗置于画的中心处，也有少例，如近代李可信的《墨梅图》，画面上一枝老干曲折而上，将开未开之花穿插其间。上下和右侧已被花枝占

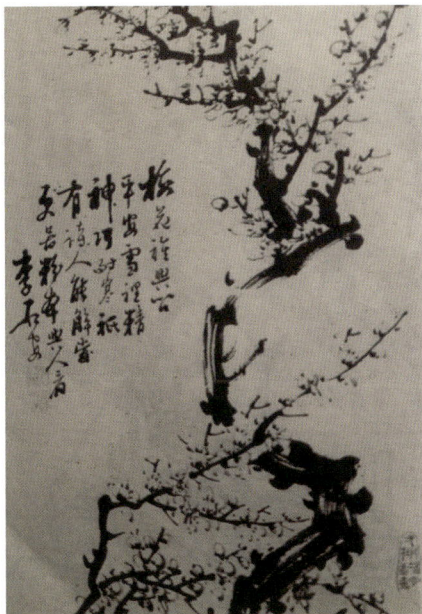

《墨梅图》

满，于是画家便在其中部以行书自题诗一首："梅花谁与问平安，雪里精神巧耐寒。只有诗人能解爱，更图粉本与人看。"称许梅花的高洁品格，并借以自况。诗下钤白文和朱文两印，又特于右下角钤朱文"一片冰心在玉壶"一印，不仅与诗意相照应，而且与诗文斜对称。诗、书、画、印格调一致，字画之间疏中见密、密中见疏。布局合理，张弛有度，为艺术佳品。

《雨后山村图》

上横贯式题诗，在画中也多见，如清代石涛的《淮扬洁秋图》，近代齐白石的《雨后山村图》等。后图题诗云："十年种树成林易，画树成林一辈难。直到发亡瞳欲瞎，赏心谁看雨余山。"此诗题在画的上半部，依山林之高低而书写，

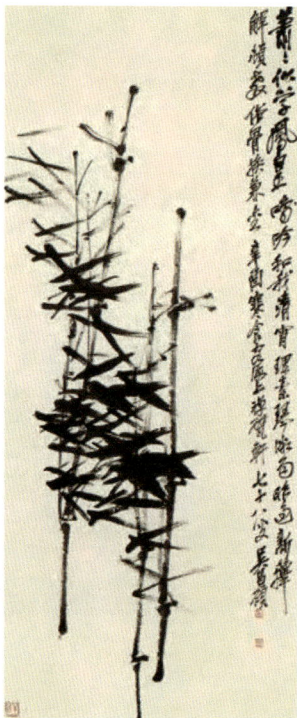

《画竹》其三　　《萧萧凤皇竹立轴》

前两句因山林高而书写短，后两句因山林矮而拉长，高低错落，自成格局。

但下横贯式的题诗却不多见。

近代吴昌颐的题画诗多书于画的左侧，往往纵贯之，如《岁寒三友图》《桃实图》《画兰》《画竹》《题〈石榴图〉》等。但纵贯式的题诗也有变化，试看吴昌硕《画竹八首》其三："风枝露筱净无尘，画竹从来喜画真。月影（一作明月）满窗挥黛墨，含毫遐想李夫人。"此诗书写于竹叶间，时断时续，与竹之枝叶浑然一体，几不可分。豪迈跌宕，畅快淋漓。吴昌硕也偶于右侧纵贯题诗，如《萧萧凤皇竹立轴》："萧萧似学凤皇吟，和我清宵理素琴。微雨昨过新籜解，顿教俗骨换兼金。"此图墨竹画于左侧，空出右侧，题诗依长竿而写，与画面相平衡。

清代李方膺《游鱼图》上的题诗，也是右侧纵贯式题诗较好的一例。此图当是画家罢官后的作品。似以游鱼自比，隐喻自己久围樊笼，终得返回自然的自由。画中五尾姿态不同的游鱼组成一条反S形曲线，鱼头、鱼尾相互呼应，既有形式上的美感，又渲染出腾跃而出的欢快气氛。右侧的题诗一贯到底，既有补白作用，又补充了画意。字体浑厚雄肆，与游鱼相呼应，增强了画面整体感，成为诗、书、画统一的佳构。

在古代、近代题画诗的格式上，也偶有四围式的，即画的四围都布满题字，其中有跋，而以诗为主，如清代汤贻汾的《荻庐问字图轴》。画面除画家自署双款："时乙丑（1805）冬至后二日，于听香馆为韵山先生写《荻庐问字图》。雨生弟贻汾。"
下钤"龙山琴隐""贻汾"两枚印章之
外，图的四周边框有赵振盈、钱清
履、蒋鼎、潘椿、季芝昌、陆肇源、
郭凤、查奕照、陈鸿寿、梁章钜、陈
襄之、陶本忠、杨炳、陈基、郭麟、
王昙等16人的题诗或跋文。这种题诗
方式，以诗围画，好似为画镶上了墨迹
边框，似有凸显画的作用，但也有喧宾
夺主之嫌。此外，还有半围式的题诗格
式，如近代张充和的《仕女图》及其题
诗。这种情况的形成，其原因不外乎有
二：一是画家或其亲友的主动邀请，于
是诗人、画家在盛邀之下纷纷题跋；一
是画家是名人、名媛或显宦，文人雅士
主动捧场、助兴。不过，此种情况在现
当代已不多见。

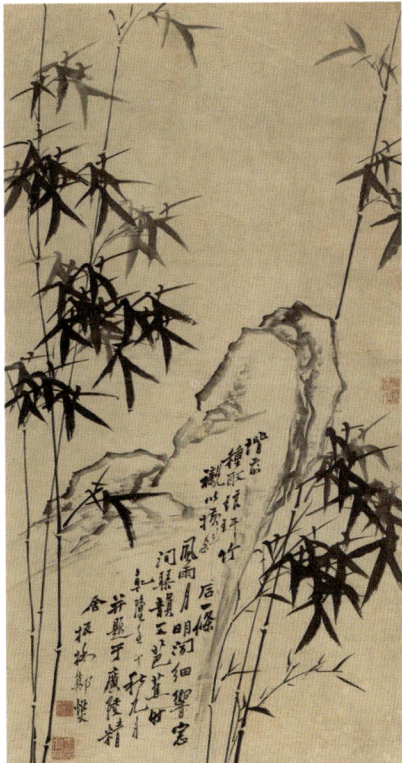

郑燮《明月琅玕立轴》

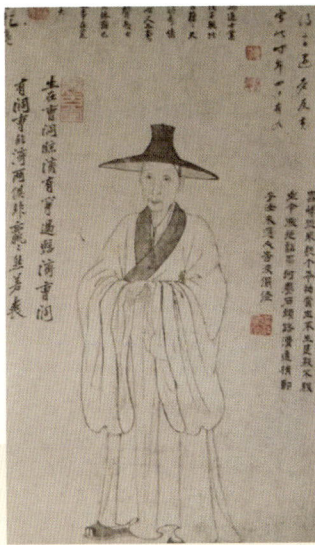

《个山小像》

除常见的题画格式外，还有穿插式、参差
式以及落花式等不常见格式。清代郑燮的题画
竹兰诗跋常用穿插式，如《明月琅玕立轴》上
的题诗："阶前种取琅玕竹，衬以横斜后一
条。风雨月明闻细响，窗间琴韵又芭蕉。"这
首诗书写于竹石之间的石处。此处因无竹，色
显淡，而补之以如竹叶的字，使石、竹、字浑
然一体，提升了画面的整体美。但郑燮这类格
式的题诗并不多，而多是跋文。这主要因为他
喜用的绝句较短，不足以穿插其间。此外，黄
慎的《盆菊图轴》上的题诗也穿插于盆菊之
间，左右各一半，互为呼应，轻重平衡。

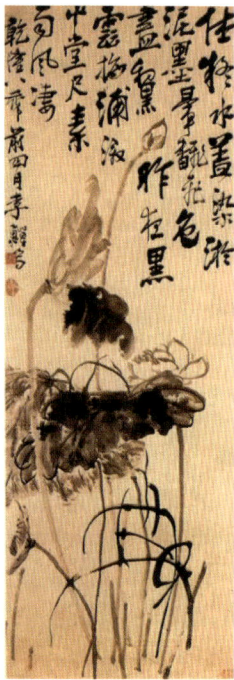

李鱓《墨荷图》

有的图画上出现多处错杂的空白，为了使构图丰满，画家在空白处题完一诗，意犹未尽；或因题之不当，再题以补正；或补题上款以赠人等，往往在画上多处题跋或钤印。这些题文错落有致，好似落花，可称落花式。如清代黄安平的《个山小像》，上有个山自题7则，并有多处钤印。这种落花式的题跋，既要见缝插针，又要位置适当，应做到疏密有致、松紧协调，使诗、书、画、印相得益彰。

参差式，也是题画诗的常见格式。它与穿插式的区别在于，一般不题于画中间，而是题于或上或下，只是诗句书写的长短、大小随空间而定，参差不齐。如清代李鱓的《墨荷图》，"休拟水盖染淤泥，墨晕翻飞色尽鲛。昨夜黑云拖浦溆，草堂尺素雨风凄。"此诗书写于墨荷之间，与墨荷的浓淡干湿、用笔的轻重缓疾相烘托，参差错落，跌宕有致。

综上所述，题画诗的格式多种多样，变化不定。这种不定性，有时也难免有随意性。为此，应遵循以下两条原则：一是题诗的位置与画面的景物要搭配得当，达到浑然一体，而非互相割裂，以体现画面整体美；二是题诗采用的书体，即书写的文字笔画与绘画的线条，既要有各自的特点，又要和谐一致，以构成完美的统一体。

第七节　留白与题诗

在社会生活中，有"留余"一说。所谓留余，南宋王伯大在《四留铭》中说："留有余，不尽之巧以还造化；留有余，不尽之禄以还朝廷；留有余，不尽之财以还百姓；留有余，不尽之福以还子孙。"这"留余"颇具哲理性：说话做事，为他人留点余地；为人处世，为自己留点余地。

中国书画的"留白"，同样具有深邃的哲理意味。留余是社会生活的艺术，留白是书画布局的艺术。"白"和"余"是一种空间和时间的无形延展，都给人以思考和回味的余地。中国的题画诗，一般多题于画的空白处，以免破坏画之完美。因此，中国画中的留白，并非可有可无，而是画家有意为之。它不仅为题诗等款识留有余地，而且彰显了画家的心胸和气度，拓展了画境之深度与广度。

中国画的"留白"，从先秦的"错彩镂金"，至六朝时"出水芙蓉"形成，已有几千年的历史。它是我国传统艺术的重要表现手法之一，也是中国画有别于西方油画的独特之处，被广泛用于中国绘画、书法以及诗词等领域中。中国画除了三度空间外，还有四度空间，即时间性。这一点似与西画有所不同。这是因为，中国画不仅是纸上的平面，其空白处已隐喻了天地自然，而且画的四周和内在形成了时间的顺序和延伸。所以，中国画的留白，不仅用以表现画面中所需要的水、云雾、风等朦胧景象，而且可以借助想象，在一定程度上表现时间的延展与流逝。据说，宋徽宗赵佶在朝廷主持画家考试时常常以古人诗句为题，让应考者按题作画，择优录用。有一次，宋徽宗用"踏花归来马蹄香"为题，要求画师作画。众画师

后人仿作《踏花归来马蹄香》

挥毫泼墨，各显其能：有的画骑马人手里拈着一枝花，有的画马蹄上缠绕着一枝花，有的画一匹马站在一片鲜花盛开的草地旁……最后夺魁的却是这样一幅画：一匹骏马奋蹄疾驰，马蹄边飞舞着几只小蜜蜂。画面上有开阔的留白。画中没有花，但那追逐马儿的小蜜蜂却使人依稀嗅到浓浓的花香。

香是难以正面描绘的，即使非要从正面描绘，也往往会显得直白、平淡，而以蜜蜂衬托花香，则使作品从虚无中见出丰盈，从而取得一种含蓄蕴藉、虚实相生的艺术效果。作者的高妙之处在于表现花"香"这一主题上，不像有些画家那样在马踏花瓣上下功夫，而是重点画蜜蜂追逐马蹄这一细节。这不仅表现了马蹄之香，而且表现了马踏花之过程和"归去"之时间。这种技法比直接用颜色来渲染表达更为含蓄内敛，更富有诗意，所以才受到宋徽宗的称赞。

此外，留白也可以使画面构图协调，减少构图太满给人的压抑感，较为自然地引导读者把目光投向主体。从艺术的角度说，留白就是以"空白"为载体创造出美的意境的艺术。

《寒江独钓图》

古今绘画艺术大师往往都是留白艺术的高手，以方寸之地显天地之宽广和时间之延宕。南宋马远的名画《寒江独钓图》：一只小舟上，一个渔翁在俯身垂钓。画家仅以淡墨寥寥数笔，勾出水纹，四周都是空白。但画面并不显空缺，反而令人觉得江水浩渺，寒气逼人。这空白处有一种物象或语言难以表达的意境，是空旷寂寞，还是萧疏淡泊，引人深思。这种以无胜有的留白艺术，诗一般耐人寻味的境界，具有很高的审美价值。正所谓"此处无物胜有物"。倘若在这样的画面上题诗，不仅会破坏绘画艺术的整体美，而且会失去虚实相生而产生的绝妙艺术效果。因此，这样的画面，别人是不宜题诗的，除

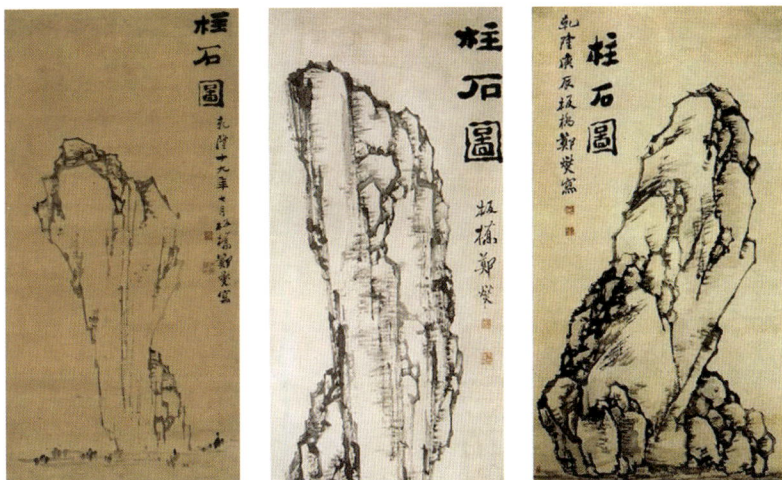

《柱石图》

非画家有通过物象难以表达之情愫，不能不题诗加以明志，那另当别论。但大多数绘画，都是可以在上面题诗的，并且提倡一幅画由多人题诗或留款。这也是中国题画诗数量不断增多的原因之一。

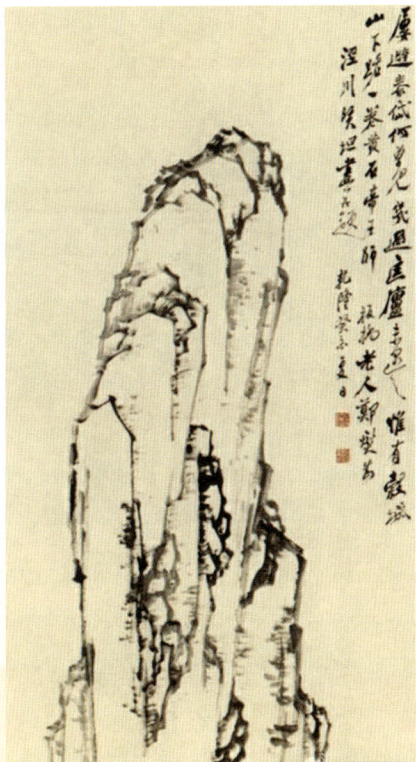

不过，同一主题的画，画上的物象也基本相同，但是否在画上题诗和如何题诗，画家却有不同的选择。如清代郑燮的《柱石图》至少有五幅。画家在其中三幅上只书写"柱石图"三字和作画的时间，但书写的方位却不同：其中两幅题写于右上角；一幅题写于左上角，这是因为柱石斜向右上角，左上角的空白较大。

另有一幅《柱石图》的题诗是：

屡游泰岱何曾见，几过匡庐未遇之。
惟有谷城山下路，一卷黄石帝王师。

此画并诗是郑燮于乾隆二十八年

《柱石图》

（1763）70岁时特意为爱婿所作。诗中的"谷城山下路"，"黄石帝王师"，典出《史记·留侯世家》。当年张良得黄石公《素书》一卷，助汉王刘邦得天下，是为国家柱石；而"谷城山下路"，也出自太史公所记载的一段话——黄石公谓子房："十三年孺子见我济北，谷城山下黄石即我矣。"十三年后，张良功成名就，一日随汉高祖过济北，"果见谷城山下黄石"。所以郑燮此图画的柱石，也是黄石，其中寓含着对爱婿寄予的厚望。又，"谷城山下路"，曾葬西楚霸王项羽。诗中的许多典故，引出人们的无限遐想。人们似乎可以想到"破釜沉舟"等著名战例；想到"力拔山兮气盖世"的项羽；想到张良三次为老者拾履而不愠，终得黄石公授书，成就大业……

假如没有这样的题诗，我们虽然仍可对画中的"柱石"展开想象，但这种想象漫无边际，既不能看到郑燮对女婿的冀望，也不能围绕这一主题展开联想。因此，题画诗对于揭示、深化绘画主题的意义十分必要。多数情况下，较之单纯的留白更为重要。事实上，留白还是题诗，要看题画诗的位置和内容恰当与否。一般地说，像《寒江独钓图》这样意在表现空廓、辽远意境的绘画，是不宜在上面题诗的，并且时人和后人也应尊重画家的本愿。

此外，题画诗虽然多题于留白处，但一幅画的留白不止一处，诗画家应斟酌选之。一般情况下，要表现画中物象高、或向上生长或向下延伸的动植物，不宜在上、下端题诗；要显示广远场景的绘画，不宜在两侧题诗，以免影响绘画的艺术效果。但也偶有例外，如上文提到的蔡京在赵佶《听琴图》上端的题诗，即是一例。这是因为，画上虽有向上生长的树木，但画的主旨是写琴音和听琴，而琴音并非只向上扩散，而是向周遭传播，所以在上端题诗并不影响画意。

总之，诗画家面对一幅景色富丽或意境幽深的绘画，"吟罢低眉无写处"时，如何选择在适当的留白处题诗，是对诗画家审美功力和诗词技巧的考验。

第八节　对中国题画诗未来之展望

中国传统意义的题画诗发展到清代晚期，已达极盛。按照盛极而衰的规律，似乎以后的题画诗该走下坡路了。有人认为，传统题画诗的发展，在很大程度上受中国传统绘画的制约，而中国绘画在清代以后便进入了衰退期。李小山发表于1986年《江苏画刊》上的《当代中国画之我见》一文认为，"传统中国画发展到任伯年、吴昌硕、黄宾虹的时代已进入了它的尾声阶段"。还有人看到，改革开放以来，很少有人在画上题诗，因而不免担心，中国传统题画诗将后继无人。

其实，我们也不必过于悲观。应该相信，随着时代的发展，中国的题画诗也会不断发展；即使发展的形式有所变化，但它不会消亡。

首先，从题画文学产生算起，中国题画文学艺术已有两千余年历史。经过长时间的发展，它已形成较为固定的形式规范，并为画家、诗人所接受。它好似一株参天大树，根深叶茂。历史上无数次洪水没有把它冲倒；频仍的战火也没有把它烧焦；朝代的更迭，民族的融合，更没有把它废止。相反，题画文学始终为不同时代、不同民族、不同阶层的人所认同和使用。这无疑说明它具有极强的生命力。

其次，从审美的角度看，中国的题画诗与绘画、书法形成了融于一体的审美形式，既提升了画境，又丰富了诗、书、画的审美情趣。这既是民族的，也是世界的，具有极高的审美价值。徐复观曾指出："画出了一张画，更用一首诗将此心灵、意境，咏叹了出来；再加上与绘画相通的书法，把它写在画面空白的地方，使三者相互映发，这岂非由诗画在形式上的融合，而得到了艺术上更大的丰富与圆成吗？"[21]

再次，诗歌与绘画是一对孪生姊妹，她们之间有千丝万缕的联系，很难分割开来。并且，在我国诗歌史上有许多著名诗人也是画家。同样，在绘画史上有很多著名画家也是诗人。诗与画的联系，通过诗人与画家兼擅诗画，而使两者的关系更为紧密。这是历史形成的，不会为某些人的爱恶而轻易改变。诗歌与绘画互为依存的客观事实，决定了题画诗的生命将无限延续下去。

第四，从国家层面看，各级政府和群众团体都积极倡导、支持书画艺术的发展。2008年9月，教育部颁布了书法等级考试。2011年，教育部又决定在中小学开设书法课。这对于青少年学习书法和社会上书法爱好者提高书法艺术水平，无疑具有巨大的推动、鼓励作用。各地、各级艺术院校的美术专业，每年培养的艺术人才也在源源不断地充实到各类书坛和画苑，使书画艺术后继有人。此外，随着文化艺术的发展，民间的书画院也在不断涌现，参与的人数也在不断增多。上有政府的倡导和支持，下有民间广大群众的热爱与研习，我国传统的书画艺术，一定会不断发展、繁荣。因此，当有人对李可染说，中国的传统绘画走到穷途末路了时，他只回答了四个字："东方既白。"[22]

第五，诗歌与绘画相互配合的天然优势，已为人们所接受，所以诗人、画家都不会放弃。西晋的陆机说："宣物莫大于言，存形莫善于画。"诗与画配合不仅可以发挥"宣物"和"存形"两方面的作用，而且作为一种新的艺术形式，还派生出许多新的优点：一是使抒情性与形象性相结合。释皎然在评诗时曾说："夫境象非一，虚实难明。有可睹而不可取，景也；可闻而不可见，风也；虽系乎无形，而妙用无体，心也；义贯众象，而无定质，色也。凡此等，可以偶（遇）虚，亦可以偶（遇）实。"（《诗议》）这就是说，诗歌作为一种语言艺术，其形象是"无定质"的，"可以偶虚"，也"可以偶实"。这种"可睹而不可取""可闻而不可见"的局限性，要靠"妙用无体"的"心"去驰骋想象加以克服。而绘画是造型艺术，它是具体可感的。因此这两种不同艺术的结合便会产生"1＋1＞2"的艺术效果。二是能使时间感与空间感相一致。诗歌所表现的内容不受时间的限制，它可以表现眼前发生的稍纵即逝的事物，也可以反映上下几千年的历史。而绘画所表现的时间和空间都有一定的限制。但是，欣赏画的人却可以根据仅有的画面而展开想象的翅膀，无限地扩展空间和延长时间。这样一来，有了可以表现无限时间的诗，配合富于想象意味的画，就可以缩小人们对两者的时间感与空间感。三是可以突出主题，加快阅读速度。绘画作为造型艺术，有着鲜明的形象性，看过之后，能给人留下较为深刻的印象。但绘画的主题，特别是山水、花鸟画的主题，却不容易让人看得分晓。有时即使大致可以了解画意，但也不容易理解得很充分。如果配有一首带有解说性或深化性的诗，那么就会起到突出或强化主题的作用。四是诗画配合具有通俗性和群众性。实践证明，这种形式最为文化水平不高的工农群众和少年儿童所喜欢。诗与画配合，使画之鲜明、诗之轻捷合成一股新的力量，轻而易举地打开了通向人民群众的大门。由于诗与画的配合有以上诸多好处，所以这种珠联璧合的题画诗将不会中断。

第六，从当前旧体诗词的创作看，正方兴未艾，这也有利于题画诗的传承与发展。据报载，近年来，旧体诗词创作如火如荼，创作队伍之浩大亘古少见。据统计，中国现有旧体诗词刊物近 1000 种（含内部交流刊物），诗词组织约 2000 家。仅中华诗词学会，会员就多达 38000 余人。据说，2002 年举办的一次诗词评赛活动，包括中国的十几个国家共 31000 余人参赛，有 108000 多首诗词作品参评。国内外数百家报纸、杂志争相转载征稿启事，盛况空前。中华诗词学会创办的《中华诗词》杂志，发行量达到了 30000 余份。对于这种现象，尽管评论界存在不同的声音，但无论持何种意见，都不能不承认旧体诗词繁荣的现实。众所周知，题画诗是以旧体诗为主，而旧体诗创作的勃兴，无疑将促进题画诗创作的发展。

第七，从书法的角度看，只要有汉字存在，中国的书法就不会消亡，而书法又是题画诗的载体，所以中国题画诗也会永远存在下去。王蒙说："唐诗宋词是汉字的范本：整齐、音乐性、形象性、全面的符号性、合理性、同音字的联想与发挥、对称或对偶性与其辩证内涵、字本位的演进性质，都令人神往乃至痴迷。"[23] 而题画诗融诗、书、画三种元素于一体，自然也是"汉字的范本"。中国画，尤其是文人画，主要有两大基石：一是书法，一是诗文。如果说以毛笔书写的汉字是绘画的筋骨的话，那么诗文底蕴则是绘画的气韵。当然，书法中也寓有气韵，因为"字，里面蕴含着书写者的精神灵气，俊秀才华，气质风度"[24]。同样，诗文中也包含风骨。无数事实证明，古往今来，所有绘画艺术大师无一不是诗、书、画三绝。并且从直接影响看，一手炉火纯青的书法对于绘画的效果更为明显。但是，当下汉字书写也遇到了危机，特别是有些青年人已渐渐不会"写字"了。当写字越来越被打字替代，汉字书写便面临前所未有的生存挑战与文化危机。令人欣慰的是，一股"回归手写"的暖流也正在年轻人中涌动着。豆瓣网上名为"温暖的手写体"的兴趣小组，一群对"用手写字"满怀温情的人，在一年多的时间里唤起了很多人对曾经习以为常的"写"字的集体怀念。"汉字书写，承载着悠久的历史文化传统，过去如此，今天如此，未来也会继续传递下去。"[25] 因此，只要汉字不消亡，以汉字为载体的中华诗词不消亡，题画诗也必将传承下去。

第八，题画诗一向被称为"诗人之骄子，画家之宠儿"，既受到诗人的重视，又得到画家的青睐，所以它是不会轻易退出艺术舞台的。尽管当代许多诗人、画家不善写旧体诗，但题画诗仍会在变化中得到发展。既然变化是永恒的，那么题画诗也将为适应新时代的需求而求变生新。这种变化早在清代末期已见端倪：其一，题画诗的表现领域开始扩大，由于绘画已从传统的山水、花鸟等闲适题材扩展到社会重大事件，为其所题之诗也更富于社会性；其二，所题的绘画，除了传统的写意画外，还有西方油画、中国年画、漫画等；其三，题画诗所使用的语言趋向通俗化，句子逐渐散化。展望未来，书写题画诗的工具也将随着所咏绘画形式的不同而发生变化，为传统的中国画题诗可用毛笔，而为通俗画、漫画等题诗也可用钢笔、圆珠笔，倘是为电子版的绘画题诗也可用电子版的不同笔体。有的题画诗可题于画上，有的也可题于背面或另纸，形式将会是多样的。

但是也毋庸讳言，今后题画诗的生存与发展仍存在许多问题：一是青年画家多不擅题诗，刘海粟先生所说的"哑巴画家"大有人在；二是现在会写旧体诗的多是中老年人，随着他们日渐老化，后继乏人；三是画家与诗人的联谊活动较少，缺乏中国古代画家与诗人频繁交往和诗词唱和的氛围，等等。前文所述的有利条件，只是为题画诗营造了生存空间，而要使题画诗继续发展，还需要我们做许多推动工作。从政府层面看，除大力提倡外，还要给予一定的资金支持；高等艺术院校的国画专业，应把"中国题画诗写作"列入必修课，努力培养诗画兼擅的艺术人才；社会团体更要义不容辞地担负起对题画诗的宣传普及工作，定期组织诗人与画家的联谊活动，请专家为画家作"怎样写题画诗"讲座，或在诗人中开展学习国画等活动。只有不断造就大批诗、书、画三绝的艺术家，中国题画诗才能后继有人、薪火相传。只要我们倍加珍视中国题画诗这份宝贵的文化遗产，并且保护和传承的措施有力，就有理由相信，随着时代的前进，题画诗的发展空间也会不断拓展。它不但不会消亡，而且将会以多姿多彩的面貌出现在艺坛上，永远熠熠生辉！

这里，我们对中国题画诗之前景不妨再作畅想：

计算机图形处理技术的飞速发展，越来越广泛而深入地影响着人们生活的各个方面，并快速渗透到艺术设计领域，从而产生了一种新的艺术形式——电脑绘画艺术。运用软件在计算机上进行绘画创作，便形成了电脑绘画。电脑绘画改变了艺术家的工作方式和绘画设计理念，同时使传统艺术形式受到一定程度的冲击，为人们更好地发挥创意和提升想象力开辟了广阔的思维空间。它将人类的理性思维能力与艺术灵感源泉融为一体，创造出普通艺术难以实现的虚拟艺术世界，使我们陶醉于奇妙的模拟环境，体验到传统绘画艺术无法带给大众与图像之间的交互感、真实临场感和强烈视觉冲击力。电脑绘画的优越性在于，可以快速高效地完成艺术创作，让人们感知真实的虚拟世界，了解艺术作品所处的环境、创作背景和工具等，更深刻地关注和欣赏艺术。它可以完美表现每一幅作品的微小细节，并展现传统绘画艺术中不能实现的功能。

电脑绘画艺术通过强大的数字处理功能让传统绘画艺术得到新的突破，扩展了观赏者的视野。在艺术创作表达中，利用Corel Painter、Photoshop、Illustrator和3Dmax、Maya等二维和三维制作软件，可以表现出绚丽的视觉效果和奇幻艺术效果。与其他软件技术结合，丰富数字化形式，还可以使作品更加灵活、生动。数字绘画板与压感输入技术的使用，不仅给绘画艺术注入新的血液，还给我们学习其他艺术带来了便利。同样，下载软件后也可以在电脑上酣畅淋漓地书写各体书法作品。至于作诗，无论是古体、近体，还是白话自由体，只要输入能表现题旨的关键词语，加以程序操作，也不是难事。这样一来，粗通文墨和书画艺术的人，也可以像模像样地绘画、题诗了。因此，我们似大可不必为自己不擅绘画，或诗不好、书不佳而不敢为画题诗了。当然，这样说并不等于今后我们再也不必学习绘画、书法和作诗了。电脑艺术和人工艺术是两种不同的艺术品，其高下之分，似不可同日而语。正像人造钻石，无论怎样炫彩夺目，都永远不如天然钻石贵重。数字时代的电脑艺术和所产生的题画诗，可以从更大的范围普及这种电脑题画诗，反过来，又能增加人们学习绘画和题写题画诗的兴趣，进而更好地学习绘画和题诗。并且，传统美术永远是电脑美术的基石，几千年总结的美术规律是电脑美术工作者的必修课。电脑美术的"大厦"，必须建立在传统美术的基础上。

对于现当代的美术家来说，今天的图形图像软件已相当完善了，完全可以满足画家绘制各种风格的作品。不难想象，随着电脑绘画、书法和作诗的普及、提高，电脑题画诗和人工题画诗将像两种不同土壤中生出的花枝一样，千姿百态，竞相开放，让我们的艺术百花园鲜花不败，永远是春天！

注　释

〔1〕辽宁省博物馆编《华彩若英：中国古代缂丝刺绣精品集》，辽宁人民出版社，2009，第180页。

〔2〕段成式：《酉阳杂俎》前集卷六，中华书局，1981。

〔3〕《中国钢笔画现代技法创始人臧金龙》，人民网，2013年3月26日。

〔4〕段渊古主编《钢笔画》，中国林业出版社，2007。

〔5〕《晋史·列传》卷六十二。

〔6〕丁福保：《全汉三国晋南北朝诗》。

〔7〕《人民文学》1953年第10期。

〔8〕萧涤非：《杜甫研究》下卷，山东人民出版社，1957，第34页。

〔9〕《清诗别裁》卷三十二。

〔10〕张彦远：《历代名画记》卷一。

〔11〕《别林斯基论文学》，第21页。

〔12〕《琅嬛文集》卷三。

〔13〕王维：《画学秘诀》，载《王右丞集》卷二八，中华书局，1961。

〔14〕钱锺书：《旧文四篇》，上海古籍出版社，1979，第31页。

〔15〕《王右丞集笺注》，第489页。

〔16〕参见阎丽杰：《论题画诗的体式特征》，《北方论丛》2007年第2期。

〔17〕孙义雁：《信息爆炸和人脑容量》，《科学画报》1980年第5期。

〔18〕苏轼：《东坡题跋·书摩诘〈蓝田烟雨图〉》。

〔19〕江辛眉：《刘海粟中国画选集·序》，上海人民美术出版社，1983。

〔20〕石理俊主编《中国古今题画诗词全璧》，商务印书馆国际有限公司，2007，第1578页。

〔21〕徐复观：《中国艺术精神》，春风文艺出版社，1987，第420页。

〔22〕邹佩珠、路琰、任愚颖：《李可染画笔背后的辛酸》，《环球时报》2010年第33期。

〔23〕王蒙：《汉字之恋》，《文汇报》2010年12月27日。

〔24〕周汝昌：《中国人爱字》，《文汇报》2010年12月27日。

〔25〕莫湘：《汉字书写 怀恋中国人的"文脉"载体》，《文汇报》2010年12月27日。

参考文献

（一）选集、总集类

[1]　蒋骥.山带阁注楚辞[M].北京:中华书局,1958.

[2]　逯钦立.先秦汉魏晋南北朝诗[M].北京:中华书局,1983.

[3]　林庚,冯沅君.中国历代诗歌选[M].北京:人民文学出版社,1964.

[4]　刘继才.中国古代文学作品选[M].大连:辽宁师范大学出版社,1995.

[5]　刘继才,闵振贵.陶渊明诗文译释[M].哈尔滨:黑龙江人民出版社,1997.

[6]　彭定求,等.全唐诗[M].郑州:中州古籍出版社,2008.

[7]　陈尚君.全唐诗补编[M].北京:中华书局,1992.

[8]　陈贻焮.增订注释全唐诗[M].北京:文化艺术出版社,2001.

[9]　袁闾琨,刘继才.全唐诗广选新注集评[M].沈阳:辽宁人民出版社,1997.

[10]　赵殿成.王右丞集笺注[M].北京:中华书局,1961.

[11]　瞿蜕园,朱金城.李太白集校注[M].上海:上海古籍出版社,1980.

[12]　仇兆鳌.杜诗详注[M].北京:中华书局,1979.

[13]　柳宗元.柳河东集[M].上海:中华书局上海编辑所,1961.

[14]　王琦,等.三家评注李长吉歌诗[M].上海:中华书局上海编辑所,1964.

[15]　张璋,黄畬.全唐五代词[M].上海:上海古籍出版社,1986.

[16]　傅璇琮,等.全宋诗[M].北京:北京大学出版社,1991.

[17]　钱锺书.宋诗纪事补正[M].沈阳:辽宁人民出版社,2003.

[18]　钱锺书.宋诗选注[M].北京:人民文学出版社,1982.

[19]　马兴荣,刘乃昌,刘继才.全宋词广选新注集评[M].沈阳:辽宁人民出版社,1997.

[20]　唐圭璋,等.全宋词[M].北京:中华书局,1999.

[21]　唐圭璋.宋词纪事[M].上海:上海古籍出版社,1982.

［22］ 顾嗣立. 元诗选［M］. 上海：上海古籍出版社，1993.

［23］ 康金声，阎凤梧. 全辽金诗［M］. 太原：山西古籍出版社，1999.

［24］ 隋树森. 全元散曲［M］. 北京：中华书局，1964.

［25］ 吴庚舜，吕薇芬. 全元曲广选新注集评［M］. 沈阳：辽宁人民出版社，2000.

［26］ 夏承焘，张璋. 金元明清词选［M］. 北京：人民文学出版社，1983.

［27］ 沈德潜，周准. 明诗别裁集［M］. 上海：上海古籍出版社，1979.

［28］ 李圣华. 高启诗选［M］. 北京：中华书局，2006.

［29］ 华汝德. 石田诗选［M］. 台北：台湾印书馆，1986.

［30］ 祝允明. 祝允明集［M］. 上海：上海古籍出版社，2016.

［31］ 唐寅. 唐伯虎集［M］. 北京：北京市中国书店，1987.

［32］ 宋戈. 唐伯虎诗选［M］. 沈阳：辽宁大学出版社，1987.

［33］ 文徵明. 文徵明集［M］. 上海：上海古籍出版社，2019.

［34］ 文徵明. 甫田集［M］. 杭州：西泠印社出版社，2012.

［35］ 朱彝尊. 明诗综［M］. 上海：上海古籍出版社，1993.

［36］ 饶宗颐，张璋. 全明词［M］. 北京：中华书局，2004.

［37］ 周明初，叶晔. 全明词补编［M］. 杭州：浙江大学出版社，2007.

［38］ 谢伯阳. 全明散曲［M］. 济南：齐鲁书社，1993.

［39］ 沈德潜. 清诗别裁［M］. 上海：上海古籍出版社，2008.

［40］ 王昶，等. 清词综［M］. 北京：北京图书馆出版社，2006.

［41］ 谢伯阳，凌景埏. 全清散曲［M］. 济南：齐鲁书社，2006.

［42］ 陈书良. 板桥诗词撷英［M］. 南宁：广西人民出版社，1983.

［43］ 朱良志. 石涛诗文集［M］. 北京：北京大学出版社，2017.

［44］ 袁枚. 小仓山房诗文集［M］. 上海：上海古籍出版社，2009.

［45］ 曹鹄雏. 随园女弟子诗选［M］. 上海：九州书局，1953.

［46］ 席佩兰. 长真阁艳体诗［M］. 上海：上海中央书局，1935.

［47］ 蒋士铨. 忠雅堂词集［M］. 复印本.

［48］ 赵翼. 瓯北诗钞［M］. 上海：世界书局，1937.

［49］ 赵云中，等. 张问陶诗选注［M］. 成都：四川文艺出版社，1985.

［50］ 严迪昌. 近代词钞［M］. 南京：江苏古籍出版社，1996.

［51］ 钱仲联. 中国近代文学大系·诗词集［M］. 上海：上海书店出版社，2012.

［52］ 阮章竞. 中国解放区文学书系·诗歌编［M］. 重庆：重庆出版社，1992.

［53］ 陈三立. 散原精舍诗文集［M］. 上海：上海古籍出版社，2003.

[54] 陈衡恪. 陈衡恪诗文集[M]. 刘经富, 辑注. 南昌: 江西人民出版社, 2009.

[55] 陈隆恪. 陈隆恪分体诗选[M]. 陈小从, 选编. 南昌: 江西人民出版社, 2009.

[56] 陈方恪. 陈方恪诗词集[M]. 潘益民, 辑注. 南昌: 江西人民出版社, 2007.

[57] 秋瑾. 秋瑾集[M]. 北京: 中华书局, 1960.

[58] 邓红梅. 吴藻词注评[M]. 上海: 上海古籍出版社, 2004.

[59] 奚彤云. 顾春诗词注评[M]. 上海: 上海古籍出版社, 2004.

[60] 李保民. 吕碧城诗词注评[M]. 上海: 上海古籍出版社, 2004.

[61] 吕碧城. 吕碧城诗文笺注[M]. 李保民, 笺注. 上海: 上海古籍出版社, 2007.

[62] 钱理群, 袁本良. 二十世纪诗词注评[M]. 桂林: 广西师范大学出版社, 2005.

[63] 吴昌硕. 吴昌硕诗集[M]. 童音, 校点. 上海: 华东师范大学出版社, 2009.

[64] 丘逢甲, 等. 岭云海日楼诗钞[M]. 丘铸昌, 校点. 上海: 上海古籍出版社, 2009.

[65] 于媛. 于右任诗词全集[M]. 西安: 世界图书出版西安公司, 2006.

[66] 黄中模, 等. 连横诗词选注[M]. 重庆: 重庆出版社, 2018.

[67] 经亨颐. 颐渊诗集[M]. 杭州: 浙江古籍出版社, 1984.

[68] 陈曾寿. 苍虬阁诗集[M]. 上海: 上海古籍出版社, 2009.

[69] 黄人. 黄人集[M]. 上海: 上海文化出版社, 2001.

[70] 张向天. 鲁迅旧诗笺注[M]. 广州: 广东人民出版社, 1959.

[71] 柳亚子. 柳亚子选集[M]. 王晶垚, 等编. 北京: 人民出版社, 1989.

[72] 陈次国, 叶至善, 王湜华. 叶圣陶诗词选注[M]. 北京: 开明出版社, 1991.

[73] 王震. 徐悲鸿文集[M]. 上海: 上海画报出版社, 2005.

[74] 华锺彦. 五四以来诗词选[M]. 开封: 河南大学出版社, 1987.

[75] 鲁歌, 羊春秋. 老一辈革命家诗词选注[M]. 福州: 福建人民出版社, 1983.

[76] 茅盾. 茅盾诗词[M]. 石家庄: 河北人民出版社, 1979.

[77] 田汉. 田汉文集(诗歌卷)[M]. 北京: 中国戏剧出版社, 1986.

[78] 张伯驹. 张伯驹集[M]. 上海: 上海古籍出版社, 2013.

[79] 吴浩然. 丰子恺诗词选[M]. 济南: 齐鲁书社, 2019.

[80] 陈翠娜. 翠楼吟草[M]. 合肥: 黄山书社, 2010.

[81] 白谦慎. 张充和诗书画选[M]. 北京: 生活·读书·新知三联书店, 2010.

[82] 刘海粟. 刘海粟艺术文选[M]. 上海: 上海人民美术出版社, 1987.

[83] 曹大铁, 包立民. 张大千诗文集编年[M]. 北京: 荣宝斋, 1990.

[84] 侯井天. 聂绀弩旧体诗全编注解集评[M]. 太原: 山西人民出版社, 2010.

[85] 臧克家. 臧克家旧体诗稿[M]. 武汉: 武汉出版社, 2000.

［86］　赵朴初.片石集［M］.北京:人民文学出版社,1978.

［87］　刘聪.无灯无月两心知:周炼霞其人与其诗［M］.北京:北京出版社,2012.

［88］　启功.启功丛稿:诗词卷［M］.北京:中华书局,1999.

［89］　赵仁珪.启功韵语集注释本［M］.北京:北京师范大学出版社,2004.

［90］　邓拓.邓拓诗词选［M］.北京:人民文学出版社,1979.

［91］　丁一岚,成美.邓拓诗集［M］.北京:中国社会科学出版社,1993.

［92］　纪红.三家诗(黄苗子、杨宪益、邵燕祥)［M］.广州:花城出版社,2017.

［93］　荒芜.纸壁斋集［M］.哈尔滨:黑龙江人民出版社,1984.

［94］　陈从周.陈从周诗词集:山湖处处［M］.杭州:浙江人民出版社,1985.

［95］　刘夜峰.刘夜峰诗词选［M］.合肥:安徽文艺出版社,1889.

［96］　中华诗词学图书编著中心,北京中华典籍图书编著中心.李汝伦诗词选［M］.北京:作家出版社,2008.

［97］　杨健.“文化大革命”中的地下文学［M］.北京:朝花出版社,1993.

（二）题画诗类

［1］　孙绍远.声画集［M］.四库全书版.

［2］　陈邦彦.御定题画诗类［M］.长春:吉林出版集团,2005.

［3］　赵苏娜.历代绘画题诗存［M］.太原:山西教育出版社,1998.

［4］　王伯敏.李白杜甫论画诗散记［M］.杭州:西泠印社,1983.

［5］　洪丕谟.历代题画诗选注［M］.上海:上海书画出版社,1983.

［6］　刘继才,柳玉增.中国古代题画诗释析［M］.兰州:甘肃人民出版社,1986.

［7］　李德壎.历代题画诗类编［M］.济南:山东教育出版社,1987.

［8］　张晨.中国题画诗分类鉴赏辞典［M］.沈阳:辽宁美术出版社,1992.

［9］　郑文惠.诗情画意［M］.台北:东大图书公司,1995.

［10］　周积寅,史金城.中国历代题画诗选注［M］.杭州:西泠印社,1998.

［11］　吴企明.清代题画诗类［M］.北京:国家图书馆出版社,2016.

［12］　刘海石.清人题画诗选注［M］.沈阳:辽海出版社,1998.

［13］　黄颂尧.清人题画诗选［M］.杭州:浙江人民美术出版社,2012.

［14］　孔寿山.中国题画诗大观［M］.兰州:敦煌文艺出版社,1997.

［15］　陆家衡.中国画款题类编［M］.北京:人民美术出版社,2002.

［16］　吴企明.传世名画题诗品赏［M］.昆明:云南人民出版社,2006.

［17］　吴企明,史创新.题画词与词意画［M］.昆明:云南人民出版社,2007.

［18］　石理俊.中国古今题画诗全璧［M］.北京：商务印书馆国际有限公司，2007.

［19］　刘云.诗情画意：题画诗集锦［M］.北京：文物出版社，2009.

［20］　刘继才.趣谈中国近代题画诗［M］.沈阳：辽宁人民出版社，2012.

［21］　光一.吴昌硕题画诗笺评［M］.杭州：浙江人民出版社，2003.

［22］　赵志钧.宾虹题画诗集［M］.北京：中国美术学院出版社，2009.

［23］　澍群.齐白石题画诗选注［M］.长沙：湖南美术出版社，1987.

［24］　郭平英.郭沫若题画诗存［M］.太原：山西教育出版社，1998.

［25］　侯刚，章景怀.启功题画诗墨迹选［M］.北京：北京师范大学出版社，2004.

［26］　启功.启功题画诗［M］.北京：北京师范大学出版社，2009.

［27］　陈韩曦，翁艾.选堂诗词评注·题画诗［M］.广州：花城出版社，2016.

［28］　柯岩，月亮会不会搞错：题画诗百首［M］.天津：新蕾出版社，1984.

（三）史传类

［1］　吕振羽.简明中国通史［M］.北京：人民出版社，1955.

［2］　范文澜.中国通史简编［M］.北京：商务印书馆，2010.

［3］　伊佩霞.剑桥插图中国史［M］.赵世瑜，等，译.济南：山东画报出版社，2002.

［4］　罗兹·墨菲.亚洲史［M］.黄磷，译.北京：人民出版社，2010.

［5］　李肇翔.中国通史可以这样读［M］.沈阳：万卷出版公司，2006.

［6］　樊树志.国史十六讲［M］.北京：中华书局，2006.

［7］　中国科学院文学研究所中国文学史编写组.中国文学史［M］.北京：人民文学出版社，1962.

［8］　游国恩.中国文学史［M］.北京：人民文学出版社，2002.

［9］　袁行霈.中国文学史［M］.北京：高等教育出版社，2004.

［10］　傅璇琮，蒋寅.中国古代文学通论［M］.沈阳：辽宁人民出版社，2004.

［11］　傅璇琮.唐才子传校笺［M］.北京：中华书局，2000.

［12］　章培恒，骆玉明.中国文学史新著［M］.上海：复旦大学出版社，2007.

［13］　刘继才.中国题画诗发展史［M］.辽宁：辽宁人民出版社，2010.

［14］　杨海明.唐宋词史［M］.天津：天津古籍出版社，1998.

［15］　李昌集.中国古代散曲史［M］.上海：华东师范大学出版社，2007.

［16］　敏泽.中国美学思想史［M］.济南：齐鲁书社，1987.

［17］　陈望衡.中国美学史［M］.北京：人民出版社，2006.

［18］　聂振斌.中国近代美学思想史［M］.北京：中国社会科学出版社，1991.

［19］ 李浚之. 清画家诗史［M］. 北京：科学出版社，2007.

［20］ 梁乙真. 清代妇女文学史［M］. 太原：山西人民出版社，2015.

［21］ 王伯敏. 中国绘画史［M］. 北京：文化艺术出版社，2009.

［22］ 徐琛，等. 中国绘画史［M］. 北京：文化艺术出版社，1998.

［23］ 崔庆忠. 图说中国绘画史［M］. 杭州：浙江教育出版社，2001.

［24］ 潘天寿. 中国绘画史［M］. 北京：团结出版社，2011.

［25］ 施淑仪. 清代闺阁诗人徵略［M］. 上海：上海书店，1987.

［26］ 廖晓晴. 清代文化名人传略［M］. 沈阳：辽海出版社，2015.

［27］ 曾迺敦. 中国女词人［M］. 北京：文化艺术出版社，2018.

［28］ 郭剑林，郭晖. 翰林总统徐世昌［M］. 北京：团结出版社，2010.

［29］ 刘建萍. 何振岱评传［M］. 北京：人民出版社，2017.

［30］ 宋连生. 邓拓的后十年［M］. 武汉：湖北人民出版社，2010.

［31］ 张充和，等. 曲人鸿爪［M］. 桂林：广西师范大学出版社，2010.

［32］ 李辉. 黄苗子与郁风［M］. 武汉：湖北人民出版社，2006.

（四）书法、绘画类

［1］ 朱天曙. 中国书法史［M］. 北京：文化艺术出版社，2009.

［2］ 沈伟. 中国当代书法思潮［M］. 北京：中国美术学院出版社，2001.

［3］ 张弘苑. 中国名画全集［M］. 北京：京华出版社，2002.

［4］ 纪江红. 中国传世山水画［M］. 呼河浩特：内蒙古人民出版社，2002.

［5］ 《第一影响力艺术宝库》编委会. 风流画俊唐伯虎［M］. 北京：北京出版社，2005.

［6］ 辽宁省博物馆. 六如遗墨：唐寅书画精品集［M］. 沈阳：辽宁人民出版社，2010.

［7］ 文徵明. 中国画大师经典系列丛书：文徵明［M］. 北京：中国书店，2011.

［8］ 杨新. 扬州八怪［M］. 北京：文物出版社，1981.

［9］ 杨家骆. 高奇峰先生荣哀录［M］. 私人印制.

［10］ 赵启斌. 江山高隐［M］. 沈阳：东北大学出版社，2015.

［11］ 沈阳故宫博物院，旅顺博物馆. 近现代十二家绘画［M］. 沈阳：辽宁人民出版社，2012.

［12］ 辽宁省博物馆，台北历史博物馆. 南张北溥：张大千、溥心畬书画作品集［M］. 沈阳：辽宁人民出版社，2009.

［13］ 辽宁省博物馆，四川博物院. 大千与敦煌：四川博物院藏张大千绘画精品集［M］. 沈阳：辽宁人民出版社，2012.

〔14〕 谢建新. 谢伯子画廊：画集三［M］. 常州：谢伯子画廊网站印制，2007.

〔15〕 辽宁省博物馆，徐悲鸿纪念馆. 永恒的艺术：徐悲鸿绘画精品集［M］. 沈阳：辽宁人民出版社，2011.

〔16〕 杨晓明. 九十初度：谢伯子先生谈艺录［M］. 香港：环球文化出版有限公司，2012.

〔17〕 云雪梅. 中国名画家全集：何香凝［M］. 石家庄：河北教育出版社，2004.

〔18〕 吴湖帆. 近现代名家丛帖：吴湖帆［M］. 上海：上海书画出版社，1999.

〔19〕 郑恩德，许志浩. 西泠石伽题画诗词集［M］. 上海：上海人民美术出版社，2016

〔20〕 张金鉴. 中国画的题画艺术［M］. 福州：福建美术出版社，2002.

〔21〕 王超海. 超海诗竹画丛辑［M］. 乌鲁木齐：新疆电子音像出版社，2006.

（五）评论、考据类

〔1〕 王茂. 乱说画：从顾恺之到黄宾虹［M］. 北京：中国青年出版社，2017.

〔2〕 段成式. 酉阳杂俎［M］. 北京：中华书局，1981.

〔3〕 任半塘. 唐声诗［M］. 上海：上海古籍出版社，1982.

〔4〕 林庚. 唐诗综论［M］. 北京：人民文学出版社，1987.

〔5〕 钱锺书. 谈艺录［M］. 北京：中华书局，1988.

〔6〕 张帆，刘建萍. 闽派诗歌评析［M］. 福州：海潮摄影艺术出版社，2005.

〔7〕 启功. 启功丛稿：论文卷［M］. 北京：中华书局，1999.

〔8〕 傅璇琮. 唐代诗人丛考［M］. 北京：中华书局，1981.

〔9〕 王充闾. 诗外文章：文学、历史、哲学的对话［M］. 北京：人民文学出版社，2018.

〔10〕 刘继才. 唐宋诗词论稿［M］. 沈阳：辽宁人民出版社，1987.

〔11〕 张涛. 赵翼诗歌创新说研究［M］. 北京：世界知识出版社，2014.

〔12〕 朱良志. 石涛研究［M］. 北京：北京大学出版社，2005.

〔13〕 吴果中. 左图右史与画中有话：中国近现代画报研究［M］. 北京：北京大学出版社，2017.

〔14〕 严善錞. 文人与画：正史与小说中的画家［M］. 南京：江苏教育出版社，2005.

〔15〕 李遇春. 中国当代旧体诗词论稿［M］. 武汉：华中师范大学出版社，2010.

后　记

　　要撰写一部从远古至当代的完善的中国题画诗发展史，并非易事。除搜集资料颇难外，还遇到其他一些较难处理的问题。一是分期与断代。中国题画诗发展的分期是个新课题，几无可参考的资料，特别是近现当代部分，分期尤难。其中近代与现代，不仅政治背景有相同或相似之处，而且有不少题画诗人和画家也跨越两个时代，于是只好用"20世纪"这一较笼统的概念来代替。二是与此相联系的许多题画诗人难以划归某一时期。这一则是他们寿命大多较长；二则是这时期形势变化太快，政治事件频发，但从政治大背景看，半封建半殖民地社会又没有变，因此题画诗人的思想和创作风格也无明显变化，所以将他们划归哪个时期，似都无不可。三是对当代题画诗人的取舍问题。当代文学虽然有不同的分期，但其起始时间都是从1949年新中国成立后算起。然而，属于1949年之后出生的题画诗人又较少，大多都是从现代时期走过来的诗人。所以，这些题画诗人并非纯当代诗人。如此一来，纯当代诗人便很少。即使纯当代题画诗人，又有取舍之难。这主要是因为有些纯当代题画诗人的思想和艺术风格尚未定型，或对其评论的资料也相对较少，难以论定。因此，只好对年纪较轻或老而健在者，暂不入选（为特殊画种题诗的极少作者除外）。今后倘天假以年并有条件，拟再写一部"中国当代题画诗概览"。

　　此外，关于诗画家的排列顺序，也较难处理。一般讲，是按诗画家出生的时间顺序，但也有例外，一是按诗画家所处的地位，重要者往往都居前，如明代的高启，虽然生于开国元勋刘基之后，但从其文学地位和对后世的影响看，理应列于刘基之前。二是创作群体中的诗画家，因为同属一个风格流派，无论年龄大小都应排于一处。如清代"性灵派"题画诗创作群体，是我国题画诗发

展史上人数最多、影响最深远的诗画创作群体，理应列在突出的地位，所以不仅把此派的开创者袁枚排在当属前辈的郑燮之前，而且这一创作群体的其他成员也随之排在前面。

本书于2020年3月初已基本完稿，修改、校订的时间近一年，并且请近十位著名学者、诗人、画家审订、润色，但舛误之处仍在所难免。袁枚在《遣兴》诗中说："爱好由来落笔难，一诗千改始心安。阿婆还似初笄女，头未梳成不许看。"这是比喻要以严肃认真的态度对待写作，精益求精，不把文章修改好，就决不面世。而本书的写作，从20世纪60年代初确定选题，准备资料，至今已60余年，几乎用了自己一生的心血，但仍觉"头未梳成"。这次之所以要出版，"许看"，也是为了更广泛地征求意见，以便有机会再作修订，以期更臻完善。

本书的出版，要由衷感谢东北大学出版社社长兼责任编辑郭爱民先生和编辑部主任兼责任编辑孙德海、牛连功、刘莹等女士、先生的鼎力支持和精心校订。在视频制作中，得到沈阳师范大学、辽宁广播电视台、辽宁省博物馆领导和有关专家的热情支持、慨然相助，令人感动。出版社袁美女士巧于设计、追求完美，功不可没。

著名学者王兆鹏、王向峰等先生，著名书画家李勤学、张葆桂等先生悉心审阅书稿，提出了许多宝贵的修改意见；窗友赵刚、王今胜、邹淑娟等女士、先生不避寒暑，断续审稿达一年之久；特别令人感激的是范垂新先生抱病审改书稿，字斟句酌，用力最勤，历时三年有余；王振纲先生不仅指出疏漏，还作了必要的补充，使本书增色。

著名学者、文体学家吴承学先生在百忙中为本书赐序，多有奖饰，笔者不胜感愧！

在资料搜集、核对上，董宝厚、印有志、朴文英、朱静霞、杨世剑等女士、先生以及刘船、张阳等，都付出了辛勤的劳动。在此，一并致以诚挚的谢忱！

刘继才

2020年12月8日于沈北